日系ブラジル移民文学 II

日本語の長い旅［評論］

細川周平

みすず書房

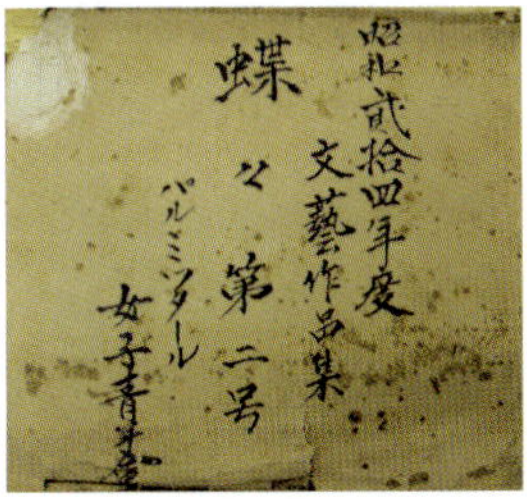

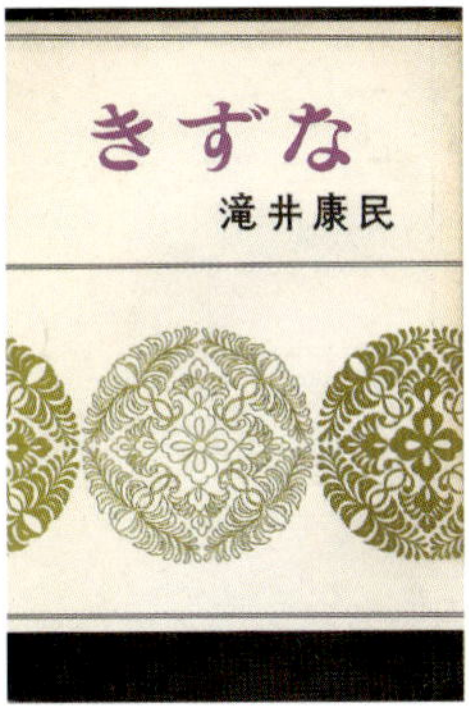

石川芳園編『杜住人』(1957)
コロニア文学・詩話会『風と土』(1975)
矢嶋健介『流氓』(2004)

大浦文雄・横田恭平『スザノ』(1961)
パルミッタール女子青年会編『蝶々』第二号(1949)
星野良江『星野良江作品集』(1989)

鳥井稔夫・古野菊生・古田土光良『花粉』(1951)
岩波菊治『岩波菊治歌集』(1959)
滝井康民『きずな』(1987)

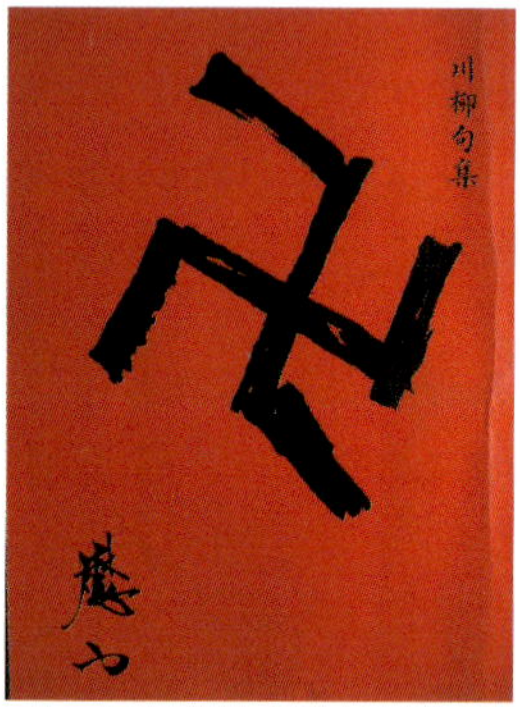

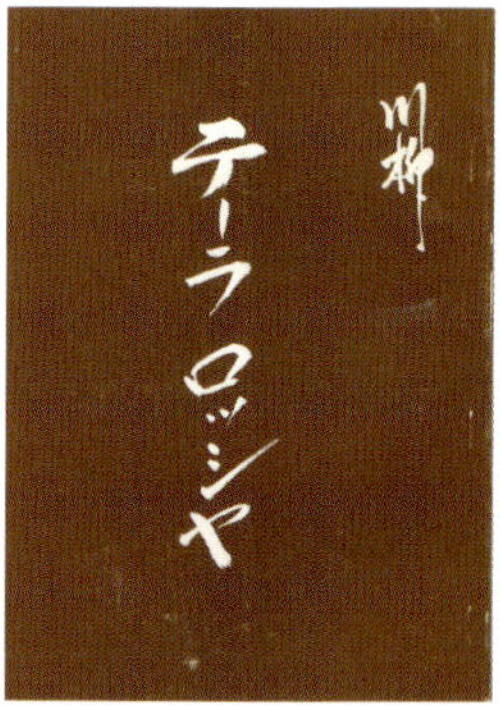

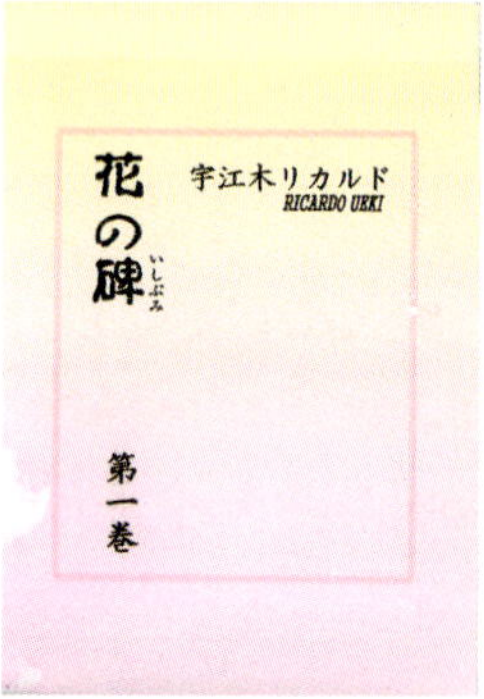

間島稲花水『黒蝶』(1957, 1999)
山里アウグスト『七人の出稼ぎ』(2005)
安良田済『戦時下の日本移民の受難』(2011)

安藤魔門『卍』(1997)
松井太郎『うつろ舟』(2003)
佐藤牛童子編著『ブラジル歳時記』(2006)

瀬古義信『テーラロッシャ』(1986)
宇江木リカルド『花の碑』(2005)
小斎棹子『太郎』(2006)

日系ブラジル移民文学Ⅱ　日本語の長い旅［評論］

目次

凡例

略号
『時報』＝『伯剌西爾時報』
『日伯』＝『日伯新聞』
『聖報』＝『聖州新報』
『日本』＝『日本新聞』
『新報』＝『南米新報』
『パウリスタ』＝『パウリスタ新聞』
『日毎』＝『日伯毎日新聞』
『サンパウロ』＝『サンパウロ新聞』

＊引用にあたって、散文は原則的に現代かな遣いに改め、ルビを加えたり削った。明らかな誤記は訂正した。

＊〔　〕内は筆者による注。

故郷なんてものは、泣きぼくろみたいなものさ。気にかけていたら、きりが無い。手術したって痕が残る。
（太宰治「善蔵を思う」一九四〇年）

血といえる隠微なものに捉わるる躬《み》の運ばれてゆけるにっぽん（弘中千賀子『小さき詩型』一九七六年）

〈移民〉だけが見ることの出来る日本と日本人の意味…（藪崎正寿「海外版〝文学青年〟」一九六六年）

序　母語のめぐりをたどる旅

捨てきれぬ言葉と生きる

外国語のみのめぐりの中に住み日本の言葉を捨てきれぬ生き（米沢幹夫、『コロニア万葉集』）

米沢幹夫《よしお》（一九一八年山形県生まれ、一九二九年渡航）は、ブラジルで一九三〇年代から活躍した歌人である。普通に考えるなら、生活では母語を口にせずとも、わざわざ捨てるには及ばない。使わないと捨てるの間には大きな違いがあるように思うが、彼にはそうではなかった。なぜ「日本の言葉を守りながら生き」、あるいはより現実的に「使いながら生き」ではなかったのか。歌人はそのような穏やかな態度は選ばず、あえて「捨てきれぬ」と強い執着心をこめた。ただ「捨てない」のではない。捨てなくてはならないが、捨てられないのだ。ここには理想と現実の緊張があり、いわば使ってはならない言葉を否応なしに使っている未練や後ろめたさを伴っている。「日本の言葉」を積極的に選んでいるのではなく、捨てきれずにすがりついている。それには重く感情的な負荷がかかっていて、そこに「生き」る根源を見出している。生もまた外国語の「めぐり」のなかで縛られ、重荷を負っている。ポリグロットのナボコフは英語を選ぶことができ、大作家のソルジェニツィンは亡命先でも、疑いなしにロシア語にすべてを託すことができた。しかし無名の歌人は、母国語を否定しながら、そしてされながら、それしか使えない限界のなかで書かざるを得なかった。

ブラジルでは日本語は空気のように自明の存在ではない。これは移民の読み書き話す営みにとって決定的だ。移民の母国語はポルトガル語社会のなかで孤立し、あまり子どもに伝わらず、日本語社会は収縮し、高齢化している。移住前には「国語」だったものが、ここでは「母国語」と意識される。外からは「民族語」と分類される。その分、日本語使用者の結束は高まり、その唯一読み書き自由な言語に頼る度合いは高くなる。ブラジルの日本語文学の独自性はここにある。この言語的・世代的な孤立のなかで、文化的な防衛が日本語文学の存在の基盤を成したことは否定できない。母国語社会の絶対的周辺性のなかで、移民は読み、書いた。

米沢はただ日本語で暮らすだけでなく、その言葉で「文学する」ことに生きがいを見出している。収入こそもたらさなかったが、短歌や詩や評論に趣味に留まらないほど身を捧げた。日本語に実用よりも、表現の言葉として執着した。「捨てきれぬ」言葉との強迫的ともいえる一体感は、文学活動に支えられたことと切り離せないだろう。「捨てきれぬ生き」は文学的移民の言葉と生の相反を突き刺す七文字だ。母国語を「捨てたら死ぬ」と透かしに入れた通告札だ。

本書の動詞活用

この捨てがたい言語をいつくしむようにして綴られたのが、日系ブラジル人の文芸である。その百年の軌跡について、第1巻でジャンル別に歴史を追ったが、この第2巻では概念、同人誌、題材、作品、人物などに個別にあたり、それぞれのセクションを動詞でまとめた。第I部〈耕す〉は戦前の農村文学を詩歌、川柳、都々逸を例に論じる。いずれも他の方法では残されていない生活や感情の細部を伝えて余すところがない。形式の違いが目のつけどころの違いに反映していて、それぞれに特色ある言葉遣いで、暮らしと心が表現されている。これらが一九二〇〜三〇年代に書かれたのは、それだけ日本語メディアが成熟したことを示す。移民社会の拡張期に生まれた「植民文学」という旗印は、移民独自の文学樹立を求める最初の徴として重要である。たとえ実作が理想に伴なわなかったとしても、書くことに熱帯生活の根拠を求める思想がこの時期に明確になり、議論の土俵を作った意義は大きい。〈耕す〉の正反対にあたるが、サンパウロの活気あふれるモダン生活に触発を受けた小説や詩歌も次々と書かれた。モボ・モガ、ジャズ、ダンス、カフェ、プロレタリア文学、未来派、新感覚派など同時代の日本のモダン文学の諸項目は南米でも輝きを放った。州都はもちろん日本語出版の中心地だった。そこに住むのは全日本移民の数パーセントにすぎなかったが、文学に親しんだ新青年が比較的多く、三〇年代後半には俳句・短歌・小説の三つの同人誌が次々創刊された。サンパウロは文学生産の現場として、また魅惑に満ちた表現対象として重要性を増した。戦前期の文学活動全体を押さえるためには、農村と都市の両方を見ていく必要がある。

一九四五年八月に始まる勝ち組と負け組の抗争は日系ブラジル史最大の事件であり、その民族的裂傷は今なおその影を引きずっている。勝ち負け抗争は政治的・社会的事件であるばかりか、文学的な事件でもあった。第Ⅱ部〈争う〉の最初の章で調べたように、抗争に取材した小説が半世紀後もなお間歇的に書かれている。その半数は戦後移民による。言葉にならないしこりの深さがよくわかる。歴史的認識としては正しかった負け組が戦後日系社会を支配する中、文学のなかでは勝ち組に対する潜在的な同情と共感が消えない。勝ち組の側から描いた物語は、現在の読者にはSFの過去改変物に似た印象を与えるだろう。それに続いて、ブラジルでは最も論争的な同人誌だった『コロニア文学』（一九六六年～七七年）から、移住が終わりかける時期の文学状況を概観する。同誌の論客であった人類学者前山隆と、プロに転向した唯一の作家、醍醐麻沙夫は一九六〇年前後に渡航し、学者は北米の黒人文学にヒントを得た実存主義的な「土着的文学」の概念によって、作家は現実主義に縛られない風刺や風俗描写によって、文学界に新しい風を吹き込んだ。

第Ⅲ部〈流れる〉は移民の基本的認識に触れる移動体験、居場所のなさについて論じる。まず、戦前、戦後の移民船の小説数編を読み、性欲と陰謀と政略渦巻く過渡的な移動空間について論じる。三等船室の悲惨さ、北米移民との感情のすれ違い、誘惑と不倫、詐欺的な企業移民、こうしたサントス接岸以前に始まるドラマは「移民になる」までの通過儀礼として興味深い。次に『コロニア文学』誌上で最も輝いた藪崎正寿と、七〇年代からこつこつと小説を書いている松井太郎という対照的な気質と作風を持つ作家に焦点をあてる。藪崎は日本人にもブラジル人にもなれない準二世（小さいうちに親に連れてこられた世代）の屈折を描き、松井は日本人社会を飛び出した日系人、辺境に暮らす日本人とブラジル人の孤愁を描いた。前者は一貫して言葉の壁、心の居場所のなさ、意思不通状態を問い、後者は逆に殺人から埋もれた個人や土地の歴史を浮かび上がらせたり、滑稽な掌編小説、ブラジルの民衆文学の翻訳、私小説、戯れ歌にも手を出す多彩な作風を展開した。二人は〈流れる〉体験について、正反対の考えを持っている。日系ブラジル史上唯一のバイリンガル小説家、山里アウグストは京都で僧籍を得、ラジオやテレビの台本を書くという変わった経歴の持ち主で、二〇世紀末から新聞連載された二編の長編――笠戸丸移民を描いた『東からきた民』と出稼ぎ二、三世を主人公とする『七人の出稼ぎ』――は、それぞれ神戸港、サンパウロ空港から始まり、両方向の「流れ者」群像を描き出している。どちらに向かうにせよ、日本人（日系人）よ、仏心に目覚めよという突拍子もない主張が込められている。これほど強烈な（別の見方をすれば、素朴な）仏教小説は本国を見渡しても例がない。

第Ⅳ部は精神もしくは性欲が「乱れ」た女を主人公とする小説二編を論じた。ひとつは山路冬彦「おたか」（一九四六年ごろ）で原生林の精霊に取りつかれた農婦を主人公としている。何の事件も野心もなく黙々と夫に従い渡航し一家を切り盛りしてきた妻が、孫を森で見失ったことから発狂する。直木三十五に師事したという作者は、平凡な開拓生活の底に潜む心理的な緊張を見事に描き、幻想小説として秀逸である。七〇年代に渡ったリカルド宇江木の『花の碑』（二〇〇五年）は四百字換算で一万枚を越える大作で、一七歳で移住した少女の奔放無比な性の遍歴を通して、天皇制、戦争、勝ち負け抗争を問いかける。彼女の相手は勝ち組テロリスト、勝ち組インテリ、放浪の朝鮮渡来系アナーキスト、弱気なキリスト教青年、インチキ教団の教祖、沖縄系密入国者ほか十名を下らず、漫画的な性格づけと筋立てで深刻な題材を究めている。満州引き揚げ時に目撃した残酷きわまる光景から、天皇嫌悪を心に刻んだ著者は、ブラジルで唯一の「不敬文学」を残した。その一方、ヘンリー・ミラーとウィルヘルム・ライヒの影響下、露骨な性描写に向かい、性の歓びこそ国家の束縛を無化するアナーキズムへの道であると単純明快に述べている。

ブラジルへ渡るアルゴー船

本書執筆は私にとっても長い旅だった。そして長旅には息抜きが必要だ。煮つまってくると、言葉遊びに逃げた。五つの動詞はその一例だ。〈流れる〉、〈乱れる〉と成瀬調で押してくれば、最後は第1巻第1章の副題（「生きものの記録」→「書きものの記録」）でいただいた黒澤明にもどって、〈生きる〉が東宝調のうまいオチと最初は思った。しかしこれではあまりにはまりすぎだし、普遍的すぎる。こう考え直すうちに、移民にとって〈生きる〉の前提にある〈渡る〉を立てることをひらめいた。彼らは海を渡らなければ、ブラジルで〈生きる〉ことはなかった。〈生きる〉が世界という抽象的な観念に似つかわしいなら、〈渡る〉は具体的な人間関係と生活と居場所から成り立つ世間と通じ合う。〈生きる〉が堂々たる哲学を述べるにふさわしい観念の場であるなら、〈渡る〉はその場その場の暮らしの戦術（世を処す術）と関わる。世界を生き、世間を渡る。この二重性から近代日本人は逃れがたい。明治以降に翻訳語として広まった「世界」（もとは仏教用語）や「社会」（福沢諭吉の「ソサイチー」との格闘）と比べ、「世間」には西鶴や近松が描いた土着の考えや習慣が深くしみこんでいる。特に仏教的無常観の上に広がる「浮世」の感覚が、世間を〈渡る〉と感じる基本にあるだろう。「人の間」を思索した和辻人間学に匹敵する「世の間」を省察する世間学が打ち立てられたなら、それは〈在る〉や〈生きる〉よりも〈渡る〉や〈渉る〉を根本とする体系に違いない。〈流れる〉が概して他動的で足場のなさを連想させるのに対して、〈渡る〉はふたつの地点の間の意図的な移動を暗に含む。世渡りという言葉があるが、その行程を地球大に拡張したのが移民の人生だった。

「海を渡らなくちゃならない、生きる必要なんてない」。カエターノ・ヴェローゾの有名なファド「アルゴー船の一行」（一九六九年）はこう歌う。翌年には軍政を逃れてロンドンに亡命する新進歌手が、わざわざ旧宗主国の古い、保守的と見られる調子を選んだ意図は明らかだ。船酔い、地平線、星空、夜明け、港。歌詞には明示されていないが、ファドの調べからかつてのポルトガル船以外を想像することはむずかしい。ギリシア神話のような大冒険の末、ポルトガル船はブラジルに到着した。航海なしにはブラジル国民は存在しなかったと、出帆した港のはやり歌の形を借りて歌うのはひねりが効いている。いや、筋が通っている（付け足せば、権威あるブラジルの音楽事典は、ファドが一九世紀ブラジルの民衆歌謡に起源を発すると主張し、ブラジル帰りがポルトガルの国民音楽を創造したと内心自慢している。海を渡ることは、ヨーロッパの突端で熟した切ない歌にとっても不可欠だった）。大航海が人生を二分した点では、神戸・横浜を船出した乗客も、大西洋を南西に横断したポルトガル人、黄金の羊毛を求めて、エーゲ海からはるばる黒海の東端まで漕ぎ出したイアーソンの一行とあまり変わらない。〈渡る〉は彼ら日本人が一世になり、子孫を殖やし、ブラジル国民の一角を占めるのに必要な通過儀礼だった。この動詞はすべての移民文芸に適用できるが、風土、季節感を主要な表現内容とする詩歌ではとりわけ大きな意味を持つ。渡り着いた場所の柄をどう詩歌の言葉に孵化するか。第V部は熱意ある詩人たちの問いかけをまとめた。

日本の風土で生まれ、それに本来的に根ざしたかのような俳句と短歌をいかに新天地に移植するかは、海を渡った詠み手にとって無視できぬ課題だった。渡航前の語彙そのままの祖国想像の作は一九二〇年代には捨てられた。ブラジル独自の風土を描くとしても、日本側とブラジル側では感じ方が違う。短歌界では本国の歌人に数首を送って感想を聞くという企画から、違いがはっきりし、多くは日本側の異国趣味に反発した。「移民でなければ作れない歌」というコラムは、現地の鑑賞眼を讃えている。俳句界では季語作りが移植のカギを握り、三〇年代からいろいろと試案が提出されてきた。本国の季節感と外地の季節感をどう調停するかという議論の基礎を作ったのは、高浜虚子の熱帯季語論だった。東京を季語の基準地点とすべしという彼の論に対して、ブラジルの俳人はどう反応したのか。最も極端な例は四季を四ヶ月ごとに分割する必要はないとするアマゾンの歳時記で、一種の「世界俳句」に向けた跳躍が感じられる。これが許されれば、南極でも有季俳句を作れる。最後の二章は俳句の佐藤念腹、詩の横田恭平というそれぞれのジャンルの中心人物（奇しくも二人とも新潟県人）の作品論にあてる。念腹は虚子の直弟子で花鳥諷詠、写生俳句を頑固に主張し、ブラジルの句会を分裂させた党派的な人物だが、渡航直後の句は『ホトトギス』巻頭を飾るにふさわしい強烈な印象を残す。横田は骨太な農民詩の信奉者で、山村暮鳥や八木重吉の生命主義を吸い込んだ。サンパウロ郊外の半農村スザノに居を構えてからは、そこを宇宙の中心と見る作品を多く書いた。二人は俳人、詩人と呼ぶにふさわしい信念と作風と論争的態度を備え、ブラジルの文学界を引っ張った。

最後に対蹠地に向かう日本人を描いた一九三〇年代、五〇年代、八〇年代の本国の作家の三作品に触れる。石川達三『蒼氓』は、ブラジル移民を描いた小説中、最も有名だが、評論家の食欲をそそらないのか、精読した議論はあまりない。移民の悲惨イメージを広めた張本人とされる作品だが、第三部のブラジル編ではあっけらかんとするほど気楽な暮らしが描かれている。この描き方には政府の定住政策が関わっていると考えられる。本間剛夫『望郷』は他の二作に比べるとまったく無名だが、勝ち負け抗争を最初に取り上げた長編小説で、著者のあからさまな同化論が執筆当時の政策と思想を彫り込んでいる。中上健次『千年の愉楽』は、前二者よりもずっと高い評価を得てきたが、ここでは南米移民の登場人物に眼を向けて、大洋横断する「路地」という見方を提案する。

母語のめぐりを生きる

多和田葉子は今、世界各地で注目を集めている第二言語による文学についてのエッセイ集『エクソフォニー』（岩波書店、二〇〇三年）に、「母語の外に出る旅」という副題を与えている。彼女は最初の言語、「母語」でしかきちんとした創作はできないという先入観に疑問を投げかけ、後から学習された言語にしかない表現の潜在能力に一票を投じている。モノリンガルの移民にはそのような選択の余地はなかった。その意味では「母語の内にこもる旅」しかなかった。ポルトガル語の包囲の内側で暮らすことは、同時に日本語のめぐりを知ることでもある。移民は否応なく、言語の境界線に立たされている。職場や店まで日本語が使えるなら御の字だが、家の玄関が母語の限界であったり、居間すらポルトガル語に占領されることも多い。さらに孤立すると、日本語は内話で使われるだけで、口はたどたどしいポルトガル語しかしゃべらない生活を強いられた。そのうち日本語で話すことを忘れ、たぶん考えることも忘れてしまったかもしれない。

境界線といっても両側から同じ力がかかった壁ではない。日本語とポルトガル語の力関係は圧倒的に差があり、日本語側はつねにポルトガル語側から圧迫を受けている。「外国語のみのめぐり」をブラジル人は知らない（もちろん本国の日本人も）。日本語は越えがたい柵に囲い込まれている。「めぐりの中に住」んでいる閉塞感は消しがたい。だが思う。その囲いから出られないとしても、じっとこもっているのではなく、その囲いのあたりを経巡って、向こう側をのぞいたり、柵を植えなおしたり、抜け穴を掘って、日本語の表現力に自らの一部を委ねたのが、文芸に手を染めた人々の姿ではないだろうか、と。大多数の書き手は既存の枠を超え出ることはなかったとはいえ、実用を越えて言葉を使い、詩歌や物語をつくりだした。母国語の文芸諸ジャンルの規則や型に則って書くことを楽しみとした少数民族集団のなかの少数派、彼（女）らの行いを「母語のめぐりをたどる旅」と名づけてよいだろう。

これから金色の羊皮紙に重ね書きされたその百年の旅を追い求める旅に出たい。導いてくれるのは、一九〇六年、笠戸丸の二年前、移民事業のたった一人の先遣隊として、鈴木貞次郎（南樹）がリオに到着した折、輝いていたあの星だ（『ブラジル日本移民の草分』）。その遠い光に射抜かれ、河東碧梧桐の弟子は、あたりのすべてが詩《うた》になる昂揚感を覚えた。それに似た興奮なしには、後続の誰も「文学する」という無償の行為に打ち込んだりはしなかっただろう。詩の国、物語の国、散文の国。第二の書き言葉を持たなかった人々が、渡り着いた第二の国を「文学の国」にした。

椰子の木に一点の星輝けば彼の山よ水よ皆詩《うた》の国（鈴木南樹）

Ⅰ　耕す

戦前文学——土、ときどきアスファルト

1　植民文学の理想と実践

ぼくは土地を選ばない　ぼくは土地になる
（友部正人「月の光」）

はじめに――詩になった文学

戦後、数冊の詩集を日本で出版した永田泰三には、一九三八年ごろの作とされる「植民文学」という作品がある（『亜熱帯』三二号、一九八四年一二月号）。

酷暑と戦いながら畑で働く病弱の家族の呻きの中に
悲壮な植民文学が潜んでゐるだらう

十字架の下に異国の人々と共に永眠している同胞の墓のほとりから
植民文学は哀話を私達に語りに来るだらう

椰子の木蔭の恋人同士の会話を記憶して、
情熱的な植民文学が河辺からやってくるだらう

大気と日光に抱かれ自然と親しみながら働く人の健康な家庭で
和やかな田園の植民文学が目覚めて現れるだらう

処女地の一角から原始林を崩して行く斧の響きに
素朴で力強い植民文学が目覚めて現れるだらう

都会の外人の中で生活に疲れた人々に
祖国を思ふ植民文学が逞しい意欲を取りもどさせるだらう

まず題名に驚く。「文学」を題に冠した詩はちょっと思いつかない。メタ文学（文学についての文学）のたくらみが潜んでいるわけではない。ただ素朴に「植民文学」というものを讃えている。六連ではそれぞれ悲壮、哀話、情熱、田園、素朴、郷愁の文学が要約され、やや具体的には病気、死、恋愛、農耕、開拓、疲弊が語られている。この詩自体はなまぬるい文言の連なりで、植民文学の宣伝にはなっていないかもしれない。しかし詩を捧げられた「文学」がブラジルに存在したことに好奇心が湧いた人は、この先を読んでほしい。「植民文学」とは何なのか。

一九二五年の国策移民開始は執筆者層を分厚くし、それまでとは違った気構えで文を書く者が現われた。新聞の文芸欄は定期的になり、選者を設けたり懸賞募集を行い、潜在的な書き手を刺激した。短詩三ジャンルの愛好家が連絡網を固め、月例会や同人誌を持った。日本の雑誌に投稿する者も現れた。批評が書かれ、熱心さにはそれ相応の精神的・心理的報いをもたらすような体制が整備された。書き散らしから目標を持った態度に変わり、何を書くべきかという議論が起こった。そこで浮上してきたのが「植民文学」（殖民文学）の概念だった。(1)

新しい文学青年層は読むだけでも、ただ書くだけでも満たされず、ブラジルで書く営みの根拠を求めた。筆のすさびだけでは不充分で、精神的・芸術的な理想に向かって切磋琢磨することが重要視された。日本の外で定住者として日本語で書くことの根拠を求めた。そして移民としての自覚、ブラジルの特異な風土や生活の表現が求められた。それは本国にはない特殊な文学的条件を洗い出すこと、文学を通して「植民者」としての自分たちの位置を明確化することだった。「我等の文学」というこの時期に初めて使われた言葉に、それは集約されている。

植民文学の概念自体は目指すべき宣言、目標として、各自がそれぞれ言い立てるばかりで、特に論争を呼ぶことはなかった。短詩の世界では一九三〇年代には、渡航前にしかるべき流派（ホトトギス、アララギ、新興川柳）の薫陶を受けた者が、初心者・対立者を叱る場面が見られた。しかし「文学」という小説（と近代詩）を暗黙の核として形成された、より抽象的な概念を論議するような集団も媒体もまだ生まれていなかった。書店広告や新聞連載から想像されるように、ブラジルでも本国の小説（ことに通俗物）の読者は少なくなかったが、創作や批評に向かう者は限られていた。植民文学はそうした少数の精鋭の間で持ち上がった用語だった。それによって、日曜文学者しか養えない日本語共同体の脆弱な経済的・文化的条件を肯定的に捉え、「一銭にもならぬ」と家長連中に悪し様に言われる趣味を創造活動と意味づけようとした。理想を掲げたということは、それに至らぬ実作を批判する視座を確保したことを意味する。日系ブラジル文学に見る理論と創作の隔たりはここから始まる。

なぜ北米や満州で流通した「移住地文学」「移民文学」ではなく、「植民文学」だったのか。(2) その用語の歴史にも一瞥を加えておこう。「移民」と「植民」は通常、移動先に本国の政治的統治が及ぶか及ばぬかで分ける。これに対して植民政策学者、矢内原忠雄は両者には「本質的の差違」はないとして、「植民」の語によって両者を含むよう提案している（『植民及植民政策』一九二六年）(3)。ある「国民」が集団で移動し定住することを事柄の本質と見る。日韓併合後に満州・シベリアの朝鮮人共同体に移住した「日本国民の一部分」である朝鮮人や、パレスチナ移住した各国のユダヤ人（矢内原によれば、ドイツ国民やロシア国民の一部）を例に挙げ、従来の「移民」と「植民」二分法の空しさを強調する。しかしこの特殊な二例から属領と植民地は概念上、区別するに及ばぬと結論づけるのは強引で、台湾、朝鮮、南洋諸島を統治下においた日本の領土政策に合わせた論法であることは明らかである。実際、矢内原の植民政策論に南北アメリカへの日本「移民」はほとんど出てこない。北米の日本移民排斥に怒りをぶつける論考はあるが（『植民政策の新基調』一九二六年、『矢内原忠雄全集1』収録）、日本の移民政策に対する提言はない。彼の関心はこれからどのように日本の現在や将来の統治地域を経営すべきかにあり、南北アメリカの新移民政策にはなかった。日本政府がどのように政治的従属関係にない国家に国民を送り出すべきかは、別の事柄だった。それもすべて統一的な視点で把握すべきだと矢内原は論陣を張ったが、「移民」について無視したまま、「植民」の概念を拡張しても、果たして本質的な議論になるのかどうか。

そもそも植民は民を植える政策や事業を指す語で、植えられた民をめったに指さない（人を指すには「植民者」とやや冗漫に呼ぶ必要がある）。移る民、移民とは指示対象が異なる。「我々移民」はありえても「我々植民」はあまり見ない。ブラジルの書き手が矢内原の定義を呑み込んだうえで用語を使い分けていたとは考えがたい。移民よりも植民のほうが公的な響きがする。ふだんは「移民」を自称していた人が、「文学」というよそ行きの言葉を使うにあたってかしこまってみた、あるいは上からの視点で自分たちを定義することで「格上げ」したかった。これが「植民文学」の実情ではないだろうか。ただし集団移住地を「植民地」（あるいはコロニア）と呼び習わしていて（たとえば「イタコロミ植民地」、「イタリア人植民地」）、「植民」にはそこに住む（住ませる）ことの意味がある。そのために移民一般よりも農業に重みがかかる。移植民（移殖民）という語も散見できるが、移民（人）と植民（事業）をまとめるというより、移民を丁寧に言い替えただけで、その堅い語呂が一部の書き手に好まれたようだ。そして「移殖民文芸」樹立を励ます声から「植民文学」は始まった。

一　理想主義的詩歌

香山六郎の移植民文芸のすすめ

日本語新聞が創刊されると同時に、投稿の短詩や小説が発表されたが、筆のすさびを超えなかった。そうしたなか、移民独自の文学への渇きを最初に表わした宣言は、一九二五年五月八日付『聖報』掲載の第一回K生「日本移殖民文芸を興せ」だった。K生は笠戸丸に乗ってやってきた同紙社主兼編集人香山六郎である。この号は活字印刷開始の第一号に当たり、いよいよ本格的な新聞に生まれ変わるという歓喜が第一面トップの「本紙改版に就て」にあふれている（「縞の木綿被物を脱いで、新調のガゼミーラ〔カシミア〕洋服をつけた様である」）。この紙面の下半分が「日本移殖民文芸を興せ」で、いかに社主が活字印刷に値する文芸の樹立を望んでいたかがわかる。活字印刷の導入は『聖報』の新時代を画し、移民独自の文化建設への意欲を刺激した。

仏宗には経あり、キリスト宗にはバイブルがある。英国には英人の海事活動思想をそそった、ロビンソン漂流記あり、日本にも万葉集あり、其他大和民族を今日まで育てた書籍が沢山あるも、未だ日本民族の海外発展移殖民文芸の代表的著作物がない。日本移殖民なるものは恐らく伯国にあるお互を以て嚆矢とするからであろう。

例によって飛躍の多い文章だが、移民独自の文芸に対する過剰な期待――『ロビンソン・クルーソー』に匹敵する文学が生まれれば、日本移民を刺激し、かつての英国民のように海外に雄飛するだろう――が読み取れる。文芸は政策上必要とされるだけでなく、人間の価値を高める。「文芸の興らぬ処人間味が不足している」と述べ、人間らしさの根本に文芸を置いている。それは現世の富よりも重要で、永遠に残る文化財だ。

日本植民文芸を勃興させ其代表的現実創作の一巻をお互の間から産み出すことは百万アルケーレス〔一アルケールは二・四二ヘクタール〕の土地〔を〕持つより大事業であろう。地上に築く荘厳な殿堂は現実の誇だ、光栄だ、が久遠の誉でない。移植民の汗身泥になって土中への智慧もて永違《ママ》に保存するもの打ちこむ棒杭の心の紀念を、人間は今の処、文字より外にない。

国家政策的な、また精神的な見地に立ってブラジルに日本人の新天地を拓くことを目指す知識階層と、早く儲けて帰郷したい貧困層との間には、この頃既に気構えの違いが顕著だった。新聞は日本政府との距離感の違いはあれ、

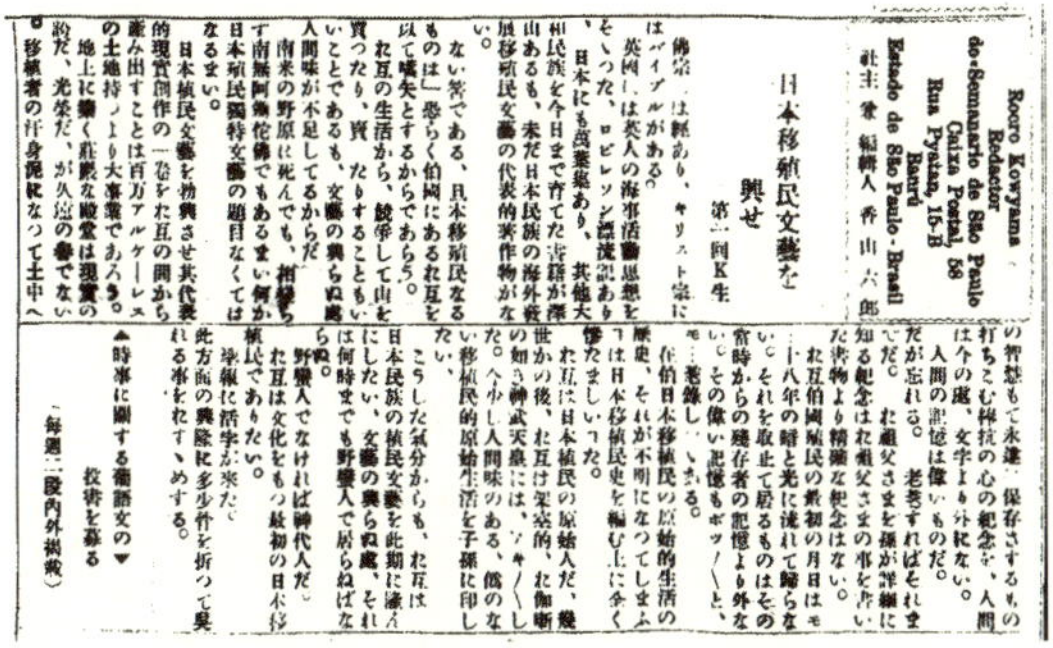

Rocro Kowyama
Redactor
do Semanario de São Paulo
Caixa Postal 58
Rua Pyaiaa, 15-B
Bauru
Estado de São Paulo・Brasil
社主兼編輯人　香山六郎

日本移植民文藝を興せ　第二回K生

佛宗には經あり、キリスト宗にはバイブルがある。英國には英人の海事活動思想をそゝつた、ロビレンソン漂流記あり、日本にも萬葉集あり、其他大和民族を今日まで育てた書籍が澤山あるも、未だ日本民族の海外發展移殖民文藝の代表的著作物がない。

ない筈である、且本移殖民なるものは」恐らく伯國にあるれ互を以て嚆矢とするからであらう。

れ互の生活から、競爭して山を買つたり、買たりすることもいゝことであるも、文藝の興らぬ處人間味が不足してるからだ

南米の野原に死んでも、相變らず南無阿彌陀佛でもあるまい何か日本殖民獨特文藝の題目なくてはなるまい。

日本植民文藝を勃興させ其代表的現實創作の一卷をれ互の間から産み出すことは百万アルケーレスの土地持つより大事業であらう。

地上に築く莊嚴な殿堂は現實の誇だ、光榮だ、が久遠の譽でない。移植者の汗身泥になつて土中への智慧もて永違に保存さするもの打ちこむ棒杭の心の紀念を、人間は今の處、文字より外にない。

人間の記憶は儚いものだ。老ゆればそれまでだが忘れる。

れ祖父さまを孫が詳細に知る紀念はれ祖父さまの事を書いた書物より精確な紀念はない。

れ互伯國殖民の最初の月日はモー十八年の昔と光に流れて歸らない。それを取止て居るものはその當時からの幾存者の記憶より外ないゝその儚い記憶もポツ／＼と、モー…老衰し…てゐる。

在伯日本移植民の原始的生活の歴史、それが不明になつてしまふ「は日本移植民史を編む上に全く慘たましいった。

れ互は日本植民の原始人だ、幾世かの後、れ互は架空的、れ伽噺の如き神武天皇には、ソキ／＼した。今少し人間味のある、儚のない移植民的原始生活を子孫に印したい、

こうした氣分からも、れ互は日本民族の植民文藝を此期に據んにしたい、文藝の興らぬ處、それは何時までも野蠻人で居らねばならぬ。

野蠻人でなければ神代人だ。れ互は文化をもつ最初の日本移植民でありたい。

學術に活學が來た。此方面の興隆に多少竹を折つて與れる事をれすゝめする。

▲時事に關する論語文の▼
投書を募る
（毎週二段内外掲載）

香山六郎の宣言文（『聖報』1925年5月8日付）

前者によって創刊されているので、出稼ぎ根性を捨て、腰を据えた生活を奨めた。文芸勃興はこの基本姿勢に則っている。荒れがちな移民の生活に潤いを。このモットーは文芸、美術、音楽、芸能、スポーツ、その他文化と名づけられたものすべてについて掲げられた。文化はこの場合、現地生活の精神的な質を高め、むやみに金儲けに翻弄されずに落ち着かせることで、定住、定着志向を持つ活動だった。

香山は記録と記憶のメディアとしての文字の力を信じている。新聞事業がまさにそうである。「在伯日本移植民の原始的生活の歴史、それが不明になってしまうことは日本移植民史を編む上に全く惨たましいことだ」。彼はこのように、いまだ日本語出版体制が固まらないうちに早くも、未来の歴史家のために書かれた資料を残しておくことを勧めている。彼にとって歴史を編むことは民族文化の柱だった。彼のいう「歴史」は当時文学青年の間で人気のあったドイツ史学よりも、東アジアの史記の伝統に由来し、大小の出来事を文字に記すこ

とそれ自体に価値を求めた。死後、それが歴史家によって引用されるときに、記録者、そして記録された出来事や関わった人物は蘇る。その日のために生活の諸相を書き記さなくてはならない。それをひもとくことで、後世の読者は過去との連帯感を深め、自分たちもまた同じように出来事を書き記して、未来の読者層との絆を想像する。新聞事業も生活に必要な情報の流通というだけでなく、未来への遺産という願いが込められていたに違いない（実際、『聖報』に記録されなければ忘れられてしまったはずの雑報に、後世の研究者がどれだけ助けられたかわからない）。

彼によれば、最初の十数年、在伯日本移植民の輝かしい歴史の始まりを印す最も意義深い年月には記録者がいなかったし、そもそも記録メディアがなかった。つまり「無文字」時代といってよく、文明化以前に逆戻りしてしまったようなものだ。その空白を埋めようにも、生存者は老化し、集団的記憶は薄れてきている。この時点で既に、香山は最初期の（「神代」の）生活記録の欠如を嘆いている。彼の考えによれば、移民文芸の最も基本的役目は生活と心情の記録にある。実際、後の小説の書き手のなかには、文学作品を著わすというより、自分たち無名移民の記録を残したいと思って筆を執った者も少なくない。履歴書的文学が繁殖する原因はそこにあるだろう。それは文字にしておかなければ、日本からもブラジルからも我々は忘れられてしまうという強迫観念、どちらの国からもきちんと認知されない周辺的集団に帰属するという意識と切り離せない。文字記録としての文学は野蛮段階から脱する文明の利器だった。

お互は日本植民の原始人だ、幾世かの後、お互は架空的、お伽噺の如き神武天皇には、アキアキした。いま少し人間味のある、偽のない移植民的原始生活を子孫に印したい。
こうした気分からも、お互は、日本民族の植民文芸を此期に隆んにしたい、文芸の興らぬ所、それは何時までも野蛮人で居らねばならぬ。
野蛮人でなければ神代人だ。

お互は文化をもつ最初の日本移植民でありたい。聖報に活字が来た。此方面の興隆に多少骨を折って呉れる事をおすすめする。

香山らしいよく筋の通らない、ぶっきらぼうな言い方で、自分たちは末永く続くはずの移民史の第一代で、日本の神話から切り離された新しい民族の興隆をここに印すと宣言している。彼のツピ幻語学研究（日本語とブラジル先住民語は同じ根に発するという説）を支えた日系ブラジル人の起源神話樹立の意志を、既にここにのぞかせているのは興味深い（詳しくは拙著『遠きにありてつくるもの』参照）。同じ日には奇しくもツピ語についての記事が掲載されている。

開拓と人類愛

香山がこうした大望をふくらませた根本には、開拓に対する絶対的な信奉がある。一九一〇～二〇年代はサンパウロ州の奥地開拓期にあたり、鉄路が日々延びその先に開拓基地が作られ、土地を持たぬ者が斧を持って森に入っていった。香山自身、一九一〇年代、原生林のなかで暮したことがその後のブラジル観、移民観を決定している。印象にすぎないが、フロンティアが消滅した後に西海岸に入植した北米の日系移民よりも、ブラジル移民の開拓への関わりは深かったのではないだろうか。開拓とは農業的な征服のことである。一六、七世紀の征服者と違い、国として勝手に領土化するには遅すぎたが、買い取って私有なり公有することはできる（サンパウロ州奥地には先住民がわずかに残っていたが）。開拓民は土地を馴化し自分のものにし、未開と文明の境界線に立つ。「処女」林という言い方があるように、未開を切り開く男性的な、時には暴力的な力が現実的にも、言説的にも強調される。それを煽る記事はどの新聞にも頻出したが、『農業のブラジル』誌一九二八年二月号掲載のＹＤ生「移植民は相愛である」は、とりわけ激烈な調子で謳った。

世界は全人類に属する未開地を開拓し、其埋没されたる富源を発掘して全人類の福祉に貢献するは、先進諸民族の重大なる責任である、嘗て植民が征服欲の発現なる時代があったが今や植民は人類愛の蒙徴《ママ》であらねばならぬ。若し各民族が各々固有の領土に蟄居して互に他民族と隔離し、文野相通じ労資相結ぶの機会がなければ人類文化の進歩は永久に不可能で有る、植民は各民族相交るの始めである、相解するの始めにして相解するは相信ずるの始めである。相信ずるは而して相愛せざるものあらんや、海外発展は動もすれば封建化せられんとする、世界を世界化する最も有効なる文化運動である。

開拓は物質欲ではなく、交→解→信→愛の四段階を踏んで高みに達する全人類的な一大計画で、その到達点には人類愛、コスモポリタニズム（「世界化」）がある。先進民族である日本人は、かつての西洋人のように他の民を征服する代わりに、他民族と愛し合いつつ、自分ひとり、日本のみの利益ではなく、全人類の利益のために大地を開拓しなくてはならぬ。「海外発展」、「植民」は悪しき征服ではなく、博愛精神に充ちた「文化運動」だという。日本が採っている道が人種差別を含む列強の植民地主義とは違うと著者は言いたいのだが、帝国の侵略と支配を未開人の文明化、キリスト教化のためと称した論法と実はそれほど遠くない。さらに日本人の道徳的理想を掲げる。即ち奢侈、遊蕩の廃墟のなかから、「敬天、愛人、質朴、勤労の四大精神」を基礎とする「新日本」建設を目指すことが、「大震災以後の生活理想であらねばならぬ」。「移植民」は遠くブラジルで祖国復興に参加している以上、四大精神を磨かなくてはならない。開拓とは物質的な簒奪ではなく、精神的な道場である。著者がキリスト者なのか、扇動者なのかわからないが、開拓に農地拡張以上の意味をこめるプロテスタント思想を高らかに唱えた[4]。

開拓生活の理想化は、移住宣伝にまず始まっている。青年の「海外雄飛」「海外発展」をたきつけるのに、開拓の夢は有効だった。たとえば『新青年』には時折、キリスト教精神にもとづく移民振興団体、力行会の指導者がペンを振るっている。たとえば大正一〇年（一九二一年）の記事によれば、イギリス人は「足跡未到の原野や森林に入って、コツコツと自分の腕で自然を切り拓いて行く事を一の理想的生活と思って居る」ので、これからの日本人青年もそのような「野営的生活」に慣れ、彼らとの競争に勝たなくてはならない。外国へ行けばどうにかなるというような気持ちを捨てて、剛健な体と精神と信仰心を鍛え、日本人内の小競り合いを下に見、「自治の精神と経国の雄図」を掲げて「世界の諸民を膝下に集めて一大新国を建設しようと云う体の日本人が欲しい」[5]。プロテスタントの自助の概念と植民地経営が相容れやすく、道徳的傲慢に満ちていたことがわかる。著者は「丸太を切って小屋を建て、椅子を造り兎や狼を獲てスープの御馳走を作る、雑木の焼跡に播た豆や水瓜が大きくなる、鶏や豚も成長する。子供は毎日ポチと小川の辺で遊んで居る」と、アメリカのフロンティア小説から写してきたような理想を語る[6]。

山焼き（『在伯同胞活動実況写真帖』竹下写真館、1938 年）以下『在伯同胞』と記す

このような記述に吸い寄せられたのは、本当に困窮した農村の次男三男ではなく、やや高い教育を受け、経済的理由とは別の動機で海外雄飛を夢見た青年たちだろう。開拓生活は移民の知識階層の文学的想像力に訴える力を持った。彼らは一攫千金よりも、丸太小屋や手作り家具、自分たちの新国家建設に価値を見出した。処女地を開墾し、教会と学校を建て、ひ孫の代には都市になり、本人は開拓者として尊敬を受ける――力行会はこう未来を描く。眼前の困窮解決のために旅券を申請した者には、このような文明化の理想は無意味だっただろうが、宣伝にはこうした夢や意気が飾られた。

植民文学論は多かれ少なかれ、植民（多くの場合、開拓と同意語）を精神的・文化的事業と称揚する。たとえば短歌や詩で鳴らした今井白鷗は、植民文学を次のように定義する。「開拓者自らが営む生活の全方面に於ける芸術的表現であり、自然鑑賞の美的表現でなければならない。換言するならば、尠くとも、ブラジルの悠久そのものの如き大自然の上に建設される文学であって、開拓者の尊き体験記録であり又前途への理想表示の文学であり、植民地的色彩の濃厚のものでなければならないのである」(7)。

自然(いや、大自然)を重く見、それに抱かれて悠々と生きる「開拓者」の感動と感傷が、植民文学の根本にあると今井は確信していた。「南国的な灼熱の日輪が丘陵の緩に起伏した、彼方に休息の旅を急ぐとき、永劫に最高なる真実を、深き沈黙の裡に物語る大地に、浮雲の陰影の静かに流れゆくとき、遠大なる前途への光明と理想とに燃えつつ鉄腕を振う開拓者の胸にも、人生への無限の感激と同時に、一抹の哀愁とを覚えるであろう」。

ミレーの『晩鐘』の解説のようにも読める。今井の詩「植民地の姿態」はまさに鐘を原始林に鳴らしている。「底知れず澄み切った碧空に/南国の夕陽が薔薇色の光を漂はせ/永劫の自然美を表徴して/原始林は深く眠ってゐる/(中略)清新な風景の中に/椰子の樹が高く揺れ/微風に運ばれた鐘の音が/中空に乱れてふるへる//静寂に輝ける/初秋の珈琲園に佇んで/私の魂は恍惚として/植民地の生気ある偉大な姿態に/何時までも見惚れてゐる」(『農業のブラジル』一九三〇年一一月号)。

このように夕陽、鐘、椰子、珈琲園と随筆に挙げられた南国の自然が読み込まれているものの、絵葉書のような類型性は免れない。「永劫の自然美」「清新な風景」などと散文的に詠んでしまうと詩的感銘は薄い。透明な空気、輝く太陽、処女林に響く快い斧の音を讃えつつ、彼は「大自然の実相は永劫であり、虚偽がない。その底に流るる生命は滾々として尽きず、その呼吸は全人愛へのささやきに外ならない」と記す。ここでも人類愛が顔を出す。それに比べ、「唯物的機械的」な「近代物質文明の靡爛せる都市生活者」の哀れなことよ。白鷗はどのようにこの理想を具体化したか。「開拓者と自然」と題された一編は上の植民文学の定義をそのまま分かち書きしたように見える。

初夏の輝ける雲／生々と碧空を漂ひ／そを眺めてあれば／緑の森を越え／珈琲畑のうねりを越えて／幻のごと何処ともなく消え去りぬ
鍬を大地につきし開拓者の面影は／先駆の誇りを秘めて微笑し／過去の苦闘に打ち勝った／喜悦が血色のいい両頬に溢れてゐる
異郷の自然に敬虔な心をもつて親しみ／そこに生の歓喜と希望を／自己の努力によつて描き出すことは／勇敢な戦場の騎士のやうに／颯爽とした尊敬すべき／未来の姿ではないか
永遠の自然は美しい光の輪の中に／開拓者の麗しい顔ひと夢を飾り／その周囲の明るい青葉の梢には／愛らしい小鳥の合唱を歌はせ／微風は地の果から／祝福を奏でつつ／何んと穏かに流れてくることか／自然のしつかりとした愛情は／かくて地上に幸福の種を蒔き／開拓者は朗らかに日毎／幸福の萌芽の成長を楽しみつつ／感謝を捧げた生活を送るのだ（『農業のブラジル』一九三三年四月号）

この上ない開拓讃美がここにある。植民文学の理想は口語体の農民詩という形式に最もたやすく実現されることを実証している。このような桃源郷は「現実」を知る者、つまり読者の大半には非現実的だということを白鷗が知らないわけではない。それでも歓喜や希望や幸福や感謝を太字で書かずにおれない。それは開拓者の現実がなぜか殺伐とし利己主義に走って「人間味に乏し」いからだ。その原因は宗教意識の欠如と「芸術的素養の幼稚」にある。植民文学は後者の弊を改め、「物質以上の実在に対しての歓喜と鑑賞」を教える「指導原理」となるだろう（宗教的なもの、より正確にはキリスト教的な超越性への漠然とした憧れは、大正の思潮の特徴）。植民文学は利己的な人々に道徳を教える教材になる。「植民地には「植民文学」とも名称づけらるべき、特異なる色彩に依って存在を付与される芸術が創造されねばならないと考えるのである。それは故国に於て、伝統的に存在する既成文学への模倣であっても、亦、新興無産階級文学への追従であってもならないし、都市居住の所謂作家なるものの手によって抽き出されたものであってもならないのである」。このように今井は本国の既存の文学、プロレタリア文学、都市の職業作家をすべて否定し、到達不可能なほど高い理想を掲げた。本気で考えれば、文学の極限まで行かなくてはならないが、著者はこの高い調子を空洞化するような平凡な詩行に署名を入れている。これをあまり皮肉っぽく見てはならないだろう。大望をふくらませることは、素人の批評文のひとつの役目といえる。彼は詩や短歌を熱心に発表していたが、藤村＝犀星調とアララギ調にほぼ尽きる。批評と創作の隔たりは明らかだが、理想をぶつこともまた文学の楽しみである[8]。

友人よ、斧を取れ

今井白鷗の理想は、都会からはるか彼方の悠久の大自然を生きる開拓民の体験記録を描いた丁未子《ていみし》（鳥井稔夫《としお》）の詩「斧を握って」（一九三一年一〇月八日付『時報』）に実現されている。

戞ッ！／戞！戞！／斧を握った／若人が／今、渾力の鉄腕を／振るって大樹を／うって居る。／聞け　聞け／あの快音を／喬木／巨樹の間を縫ひ／木魂して響く音／令涼の朝／紺碧の空を流れる／天籟は／かれに和するが如くなり。／メキ！メキ／メキ！ッ／忽ち　颯！／枝、梢／大気を切り立つ／音と共／どう――！／地に震はして倒れたり／刹那は陽光／銀箭の如く／さんと、あたりに降り注ぐ／ああ！／感激に満てるシーキン／若き日の活躍はここブラジルの新天地／深き眠りの原始林／醒して拓かんカナンの地／そも／千古ゆるさぬ処女の膚／ふるるは誰れぞ／小パイオニヤ／斧を握って／涼風に、ほっと憩へる／若人は／おお！勇まし／日東健男子！

原始林は「カナンの地」に比せられ、斧を振るう日本人は「日東健男子」と讃えられている。「日東健男子」はこの当時作られた青年団歌でも使われていて、青年が自分を大きく見せたいときの紋切型だった。巨木を切り倒すことはまさに世界の端に立って、それを切り開くことで、自分はそこに初めて踏み込む人間であるという高揚感と自負が、青年の心を貫いている。「処女の膚」の比喩から、性的な征服を読み込むことはたやすい。この詩が描くのは、俗世から遠く離れて一人で巨木と立ち向かう勇者の姿である。彼は処女峰を極める登山家のように英雄的で、超然としている。(9) 同じ昂ぶりを散文で表すと、「打ち下ろすあの素晴らしいマッシャード〔斧〕のリズムを聞け、そのリズムの存する限り芸術は永遠に滅びないのだ。そしてそこから力と汗と情熱と音響の中からこそ当然産れなければならぬ。農民文学は産れなければならぬのだ」(修一郎「天空よりの言葉」一九二八年七月二七日付『聖報』)。

泡影子の「耕人」は、民衆詩お得意の「君」への呼びかけを使って、鍬を持つ男の肉体と精神を挑戦的に讃美している(一九二五年三月一三日付『日伯』)。

君のその打ち下す鍬先を／君のその太った筋肉とを／凝視せよ、／君の胸には何の響も起らぬかー塊一塊の土を起しながら／「世の中は一体何だ」と考へる／…其所に貴重な教訓がある、／活力も見出されるではないか（中略）

不幸な男達よ／その生半可な智識を棄てよ、／その古い「抱かされた」／智識を棄てよ／そして真の「君達の」智識を、／その打ち下す鍬先に探さねばならぬ。

濁水を飲んでいる君達でも／鍬先に囁く音に、耳を傾け／「世の中は一体何だ」と考へる／余裕さへあったら／君達の耕地は雑草もない筈だ／美く手入れされた土地からは／君達を満足させる実が生まれる筈だ。（後略）

耕す人は自分が誰なのかを考える。他人の理論を捨てて、自らのからだを使って考える。土の上の足跡は存在証明である。肉体や汗水の肯定、大地讃歌は農民詩の根幹にある。同じ著者の「土を踏む」第九連でも同じ詩想が反復されている。「歩む「力」に人間が生きる／ふみしめよ、／その一歩を！／土の上に強く足跡を／印しながら、／踏みしめる一歩一歩に／おれ達の生きている事を／肯定しながら」（一九二五年八月七日付『日伯』）。「土」とは回転する地球のことで、地上をあらゆる生命が回り揺すられ叩かれ叫んでいる。死もあれば生もある。すべてに平等に「時」は過ぎ行き、おれはただ力強く歩み続ける。途方もない力みは泡影だけでなく、この時期の多くの詩人に共通する。[10] 藤村調の感傷と光太郎調の高揚の両極端の詩風が好まれた。

一九三〇年代、レジストロの青年団の機関誌『先駆』（七号、一九三一年一一月号）には、もっと直接的に土と開拓者を一体化する詩「土」が記されている。

土から生れ出る生活、それが開拓者の生活だ、
土の臭ひのなまなましき処にこそ植民地の生命があるのだ、
土の臭ひをはなれた人達はすでに私達の仲間ではない、
人間がどれ程利巧であったとして見ても辞令一本で赴任して来る様な人間達に何が出来よう
土の生活を知らない人達に、土の生活から生れ出る植民地の経営が出来る筈がない
木に依って魚を求めるより愚な話だ
土の中から伸て来る植民地の生活
その空気の中に浸ってこそ始めて、その指導も出来よう、
おだやかに伸びて行く小さい社会の中へ波乱を起こし、その空気をにごす者は土の生活を知らぬ人達である
それは私達にとって油断の出来ぬ、そし〔て〕監視を怠ってはならぬ、異端者である

この作には外交官や移民会社の社員のような「辞令一本で赴任して来る」連中に対する敵意が強く感じられる。彼らは手を汚さない。「おだやかに伸びて行く小さな社会」の「油断の出来ぬ」攪乱者、敵対者である。具体的な衝突が作者の周辺であったのかもしれない。このように敵を明示した詩はブラジルでは例外に属す(11)。谷定輔を思わせる戦闘的姿勢だが、階級闘争へ眼を開かせるより、植民地指導者にとっての「土の生活」の根源性を説くことに主眼が置かれている。開拓民は奴らの手を離れて自律すべきであると作者は高唱している(12)。

鍬は農具である以上に尖筆のように土をひっかいて、思想や詩を作り出していく道具である。斧で原生林を拓く生活はしだいに遠のき、鍬が労働の象徴となっていった。この農具はエンシャーダとポルトガル語のほうがしっくり来るようになり、「エンシャーダ精神」という言葉も現れた。鳥井稔夫「エンシャーダ」が擬人化して讃歌を捧げている（『花粉』所収）。

パラナ州開拓神社（ローランジア）に祀られる四種の農具（著者撮影2011年）ローランジア博物館蔵

私はあなたを梳つた
私はあなたを揉みほぐした
私はあなたをほころばせた

尺一尺續け次ぎ
三千六百五十日
脊骨で半弧の圓描き
畝を築いたり崩したり
私はあなたに仕へ切つた
私の皎歯はみなかけた

私の爪はすりへつた
私の肉はなえかれた

私はあなたを謳はせた
私はあなたを誇らせた
……
私はあなたを獲なかつた。

この種の呼びかけは常套的で、光る詞章ではないが、真摯な態度で農具に立ち向かっていることはわかる。エンシャーダは恋人、主人、朋友で、単なる道具を越えた聖具の扱いを受けている。呼びかけが私／あなたではなく、俺（ぼく）／おまえだったなら、詩の印象はずいぶん違っていただろう[13]。

ミレーの「晩鐘」との連想が強い夕暮れとは好一対を成す、植民詩歌お定まりの時間帯が、朝（黎明、暁）である。本国でも朝は明朗さ、青年らしさの常套的象徴として、ずいぶん利用されたが、ブラジルでは文学の担い手が比較的若い層であったことと関連し、前向きの作にはほとんど欠かせない字句だった。たとえば、不二山南歩「農生の喜悦」（一九三七年一月二七日付『時報』）は、底抜けに明るく朝を讃えている。

暁の大地だ！
爽々しい朝を迎へて
俺達はピチピチと
生きてゆくのだ

太陽に煌く鍬！
ザクリ雑草を曳き刈る音
赤銅色の腕にたらたらと流れる汗
どうだこの素晴しさは！
つぎはぎの木綿のシャツが
ぐっしょりと汗で濡れきって仕舞ふと
不快な酸味が発散する
だが心の満足する尊い汗なのだ
まひる、高台の樹蔭に憩ひ
固いパンとほろ苦いカフェーを暖ため乍ら
赤色に改装された棉のルア〔路〕を眺め
限りない農生の喜悦に浸るのだ

農民詩批判

これらの引用から、ブラジルの開拓詩の題材や語法が民衆詩派に影響を受けた、あるいはもっと強く言うと、依存していたことは明らかだろう。民衆詩派は韻律の縛りを解き、平明な言葉遣いで組み立てる詩学を打ち立てた。少々の素養で作れる詩、これは大正の民主主義的な風潮に乗り、投稿中心の雑誌を媒体に詩を書く人口を増やした。民衆詩の語法はある時期の藤村調と同じように、詩の入門者を招き寄せた。その内容は抒情、叙景が主で、「民衆」を讃えた。しかし白秋に論破されたように、散文を分かち書きしたような作も乱造された。たとえば民衆詩派の代表、福田正夫――「（前略）ああ、すすけ黒んだ肉の重味が、／みちてみちたる土の底へ、／生活と生命の一切が這入りこんで、／農民の一切をつくる。／燃える労働に、／深酷なる賛美を捧げることが、／すべての黒い土――否人間の源だ。」（「黒い土」）。土に人間の源があり、鍬を入れることは即ち生命の根源に立ち返ることだというのだが、松永伍一は「観念的で、偽わりにみちている」と罵倒している。その通りだろう。上滑りな労働観、生命観は、冒頭で引用した永田泰三が尊敬した井上康文にも色濃い。「おお、土に祈る心、／土に祈る心、／それはなんとい ふ謙譲な心だ。／おお、一切の悩めるものよ、／／この生きた土を思へ、／この尊き土の力を見よ、／そして土に祈る心だ。／／おお、いま私は地上の一切を見つめ、／涙せんばかりに土に祈りを捧げてゐる。」（「土に祈る心」）。「宗教的なもの」への憧憬を露わにしているが、松永は「祈りの観念的処理における詩的論理の稀薄さ」を難じている。民衆派の支持者である乙骨明夫でさえ、「観念性と感傷性」が民衆派から拭いがたく、「そぼくで平明であるために、平板に流れやすい」（福田について）と譲らざるを得ない[14]。

ブラジルで書かれた農民詩の大半は、民衆詩派の焼き直しで、からだよりも先に頭が農作業している感を受ける。開墾とは、土とはかくあるべしという固定観念が、詩想をこねあげている。上の引用からわかるように、斧や鍬を握ったことがあっても、いったんペンを握ると、綴られる言葉の貧困は隠しがたかった。言葉の表現には技術が必要で、体験だけではどうにもならない。多くの書き手は好きな詩を書き写しながら、詩の作法を学んだはずで、できた作はその模作を越えることはめったになかった。ジャズの世界では元の旋律に付点や違うアクセントをつける初歩的技法をフェイクというが、投稿詩はそれに似ている。もっともこれは、ブラジルだろうが本国だろうが変わりない。本国の民衆詩雑誌にも上で引いたような詞章にあふれていた。書き手にとって批評・鑑賞よりも制作に意義があり、類型性は二次的だった。

二〇年代末にはブラジルにも民衆詩派の批評者が現れた。はらだ「植民文学への断想」（一九二九年七月二五日付『時報』）は、「目ったやたらに一寸哲学めいた字をならべて格好に句ぎって」いたり、「感情の緊点を表わすのに感嘆詞を間に入れて中学校の二、三年生の作文みたいになって」いたり、「一段上から社界をにらめつけて自分が植民者で無い様な書きぶり」の詩を拒絶している。「ああ、とか、おお、とか全く鼻持ちがならない」。松永伍一ほど分析的ではないが、民衆詩派の弱点が指摘されている。植民者の意識を持ち、大げさでなく、人や自然の情緒を描いた詩が彼の理想だった。

　賀川健三という読者は「「百姓を歌う」人へ」次のことばを与えている。確かに汗は神聖だが、過労になればけっしてそうはいえない。田舎から都会へ出るものを怠惰と罵ってはならない。「如何に百姓が好きで、土に親しむを無上の幸福とする人でも若し束縛の外少こしの心の自由も与えられないカボクロ〔土民〕同様の破目におかれるか若しくは人里はなれた山奥での生活であるならば、必ずその人と雖も悠然と百姓を歌う気持になり得まい」（一九三一年一月一三日付『新報』）。文学はカボクロ化の恐怖、真の未開生活のまえではきれいごとにすぎない。

田舎のバールの風刺画（頑骨）
（『時報』1935年8月10日付）

　ところで一九三〇年代になって、開拓者イメージが鮮明に描けるようになったのは、いわゆる辺境《フロンティア》の消滅がサンパウロ州で起きたことも関わっているだろう。『聖報』の社説「消え行く原始生活」（一九二五年六月五日付、執筆者はおそらく香山六郎）によると、ながらく開発の遅れていたノロエステ線沿線も南部の州で蜂起した革命軍が来たり（一九二四年）、交通機関が整備されて文明化が進み、資本主義が入って、そこに多く入植した日本人社会にも階級差が現れた。「ユートピア殖民状態の末路、と顧みれば茲に十年、ノロエステ日本人殖民状態大観すれば仙境にも似たる原始的平和な幸多い植民地帯であった。常夏の国、千花万果、耕田而食、鑿井而飲、帝力于我何有哉のエデンであった。天候の不順と作の凶と革命騒擾に悩む現在のノロエステ同胞は一切平等自由の原始的極楽境を失し、将に文明界へ転任せんと動揺しつつある。此動乱後のノロエステ日本殖民状態は智慧者が出でて一階級をつくり、大偽か出でて一党を組むであらう、そこには原始的自由平和が消え、弱肉に強存《ママ》する時代へと入るであろう。文明進歩の苦悩生活への転化だ」。

階級差は実際には文明化の結果ばかりとはいえないだろうが、全員がゼロから出発したはずの日系移民はこの時期になると、農園主になる者と小作人から抜け出せない者、都会に移った者と田舎で暮らす者が現われ、所得差と生活差が目立ってきた。社説は弱肉強食の資本主義と対比して、開拓生活の原始共産生活を「極楽境」と理想化している。ブラジルに着いた当初を懐かしむ調子が感じられる。実際には、日本移民はノロエステ線よりもさらに奥地のマットグロッソ州に入って斧を振るうので、開拓民が消えたとはいえない。しかし一九一〇年代に比べれば、新聞、商店、旅館、学校など日本人社会の基礎構造はしっかりし、生活形態や組織の面での「原始生活」は多くの入植地で消えつつあった。開拓はその時期になって描かれた。つまり後から理想化された文学的な形象だった。実際、開拓生活のさなかに、大自然を観照し人生を反省する余裕はあまりない。個人差はあるが、短詩以外はある程度、生活の余裕が生まれてからしか筆を握れないのが普通だった。

二　現実主義的小説

『伯剌西爾時報』の植民文芸募集

一九三二年、既に日本語新聞には詩歌欄が定着していたが、いよいよ小説の募集が始まった。『伯剌西爾時報』の「植民文芸短篇小説懸賞募集」は、この年から六年にわたって四次実施された（第1巻「小説」の章参照）。その最初の告知の頁には「文芸欄拡張に就いて」という宣言が載せられている。

あらゆる芸術の士は人の世を長閑にし、人の心を豊かにするが故に尊い——草枕

最も簡明に文芸の価値をこう漱石は説いています。此の意味に於いて兎もすれば荒み勝ちな同胞社会に必ず植

民文芸とも名づけられる可きものが出でねばならない。否生み出さねばならない。

最近文芸欄開放の声が高〔ま〕りつつあるのは邦人社会一般要求がこの方向に動きを見せたものでありましょう。本紙はこうした一般要求に応える為に文芸欄を開放し文芸愛好者の活動舞台に提供することにしました。

同好の士よ！奮ってこの欄内に参加せられんことを希います（一月二一日付、句読点の一部は引用者）

この文章の内容は新しくない。それを新聞社の名で発表したことが重要だ。プロを発掘するというより、読者の文筆を促すことが目標だったろう。読者の参加が盛んになればなるほど、部数は確保できるし紙面は活気づく。[15]愛好家の文芸が新聞の看板になるほど伸びた。この認識が時代を画す。募集の主体である「文芸部」はこの時にできたらしいし、欄の新しいロゴマークも作られた。翌週には小剣生が「植民文学　事象と感想」で、追い風を吹かせている（一月二八日付）。日本移植民（著者は一貫して「移民」の語を避けている）はこれまで「拝物万能主義」で「排文的」だったが、その「旧思想」を改め、「生活そのものの移動」を考える時代がやってきた。つまり生活を犠牲にしてまで金もうけに走ることは昔話となった。ブラジルでは「安住の地」（とかく抵抗の多い「永住」の語を避けている）と認識され、「伯国の移植民を移植民社会の本来の形態に組織づけて行く条件」が生まれた。本国とは異なる生活形態は移植民固有の文化の創造につながる（はずだ）。その結果、「瞬

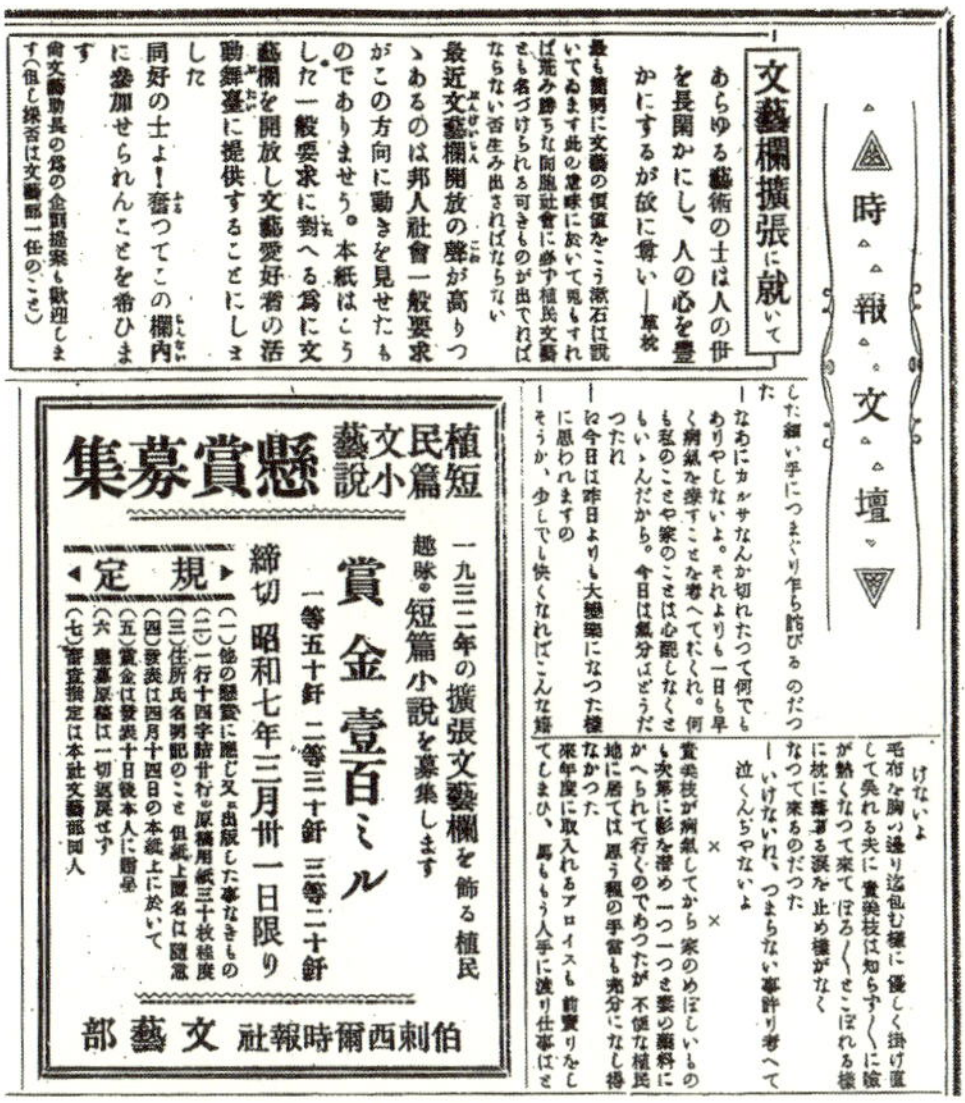
時報文壇

文藝欄擴張に就いて

あらゆる藝術の士は人の世を長閑かにし、人の心を豊かにするが故に尊い——草枕

最も簡明に文藝の價値をこう漱石は説いてゐます此の意味に於いて兎もすれば荒み勝ちな同胞社會に必ず植民文藝とも名づけられる可きものが出でねばならない否生み出されねばならない

最近文藝欄開放の聲が高りつゝあるのは邦人社會一般要求がこの方向に動きを見せたものでありませう。本紙はこうした一般要求に對へる爲に文藝欄を開放し文藝愛好者の活動舞臺に提供することにしました

同好の士よ！奮つてこの欄内に參加せられんことを希ひます

尚文藝助長の爲の企劃提案も歡迎します（但し採否は文藝部一任のこと）

した細い手につまぐり乍ら詫びるのだつた
—なあにカルサなんか切れたつて何でもありやしないよ。それよりも一日も早く病氣を癒すことを考へてくれ。何も私のことや家のことは心配しなくともいゝんだから。今日は氣分はどうだつたね
—ね今日は昨日よりも大變樂になつた様に思われますの
—そうか、少しでも快くなればこんな嬉
けないよ
毛布を胸の邊り迄包む樣に優しく掛け直して呉れる夫に寶榮枝は知らず〳〵に瞼が熱くなつて來てほろ〳〵とこぼれる樣に枕に落ちる涙を止め樣がなくなつて來るのだつた
—いけないね、つまらない事許り考へて泣くんぢやないよ
×　×
寶榮枝が病氣してから家のめぼしいものも次第に影を潛め一つ一つと妻の藥料にかへられて行くのであつたが不慣な植民地に居ては思う程の手當も充分になし得なかつた
來年度に取入れるアロイスも前賣りなしてしまひ、馬ももう人手に渡り仕事ばさ

植民文藝短篇小説　懸賞募集

一九三二年の擴張文藝欄を飾る植民趣味の短篇小説を募集します

賞金　壹百ミル
一等五十餅　二等三十餅　三等二十餅
締切　昭和七年三月卅一日限り

規定
（一）他の懸賞に應じ又は出版した事なきもの
（二）一行十四字詰廿行の原稿用紙三十枚程度
（三）住所氏名明記のこと　但紙上匿名は隨意
（四）發表は四月十四日の本紙上に於いて
（五）賞金は發表十日後本人に贈呈
（六）應募原稿は一切返戻せず
（七）審査摘定は本社文藝部同人

伯剌西爾時報社　文藝部

「時報文壇」植民文芸募集記事
（『時報』1932年1月21日付）

間的な移動から永久的な生活へ」、「平面的な発展から立体的な発展（文化的）」へと変わりつつある。「母国日本とは自から異った情勢が生れ発展へのイデオロギーも特殊なものが生じつつある〔。〕植民文学はこうして植民地（厳密な意味では植民地ではないが）の独特な色彩が織り込まれて形ち作られて行かねばならない、文学は社会的実体が出来ると共に生れるが又生れると同時に一歩踏み出して社会をさしまねく〔。〕そこに文学の存在価値がある」。日系ブラジル社会は、母国と異なる思想的指針を持って発展しつつあり、文学はそれに付随するというよりそれを先導する役割を持つ。彼は武者小路実篤のいう「生命に役立つもの」を引用する。この教養人は（『草枕』を引用したのとおそらく同一人物）、白樺派の生命論（生活論でもある）を引いて、新しい文学の芽生えに期待をかける。このように「新しい村」の思潮は植民（開拓）文学の理論に多大な影響を与えた[16]。文芸部は翌月にはこんな檄を飛ばした。「諸君の日焼けした荒くれた手にわしづかみにした作品を、日本の青白い文学青年〔一〕流芸術家どもの鼻先につきつけてやり給へ。われわれの祖国文壇では、「非常時」を外に、カーニバル式芸術派と大衆文芸派との横行があり、ファシズムの怒涛の下にプロレタリア文学の圧殺的弾圧がある」（二月九日付）。プロレタリア文学に期待する口ぶりだ（領事館お抱えの新聞であるのに）。

さてどのような作品が集まったのか。選考委員の「詮衡を終えて」（四月一四日付）によれば、日本を舞台としたものとブラジルを舞台としたものがあり、後者では青年の恋愛が主要テーマだった。似た経過をたどる悲劇が多く、昔ながらの三角関係、『金色夜叉』のような美文調もあった。植民地生活を扱った応募作は深刻な筆致で苦闘を描くが、小説としての変化に乏しく、極端な場合「開拓生活の記述そのものの様だった」。この報告文的傾向は今日まで続く。書き手は必ずしも理想に刺激されて筆を取ったわけではなく、身の回りで見聞したできごとを小説の形と身近な文体を借りて語ってみたいという欲求が先にあっただろう。審査員は読み物として面白いものか、「作者の真意まで立ち入って作品の内包するイデオロギシュな着想の優れたもの」を採るかで迷ったが、日本人社会が雑多な様相を呈しながら前進していくことを目指すために、社会的な関心を示した後者を採った。現実を「社会学的」な観点から描いた真面目な文学を高く評価する軸がこの時に生まれた。これもまた最近まで続いた。いろいろな意味で、この時の選考基準が小説の価値判断の下地を作った。

上記の詩のように、一方的に農村生活を讃美した小説は見当たらない。主人公は必ず人間関係で苦悩を抱いている（最後に解消されることもされないこともある）。おそらく一人の著者が詩人としては希望を謳い、小説家としては苦難を描くこともあっただろう（たとえば武本由夫は一方で農村の泥沼の不倫を小説化しながら、他方でのどかな風景を短歌に詠んでいる）。真実がどちらかということよりも、書き手が参照したジャンルの暗黙の約束事と評価基準に関わる。つまり農民詩の肯定的な大地観・労働観だけでは、農民小説を構成し得ない。苦悩を経て明朗に鍬を握るハッピーエンドの作があってもよいはずだが、ブラジルでは書かれなかったようだ。前山隆が後に「被害者意識」（本書第6章参照）の文学と呼ぶ根っこが一九三〇年代には出来上がった。

『時報』の文芸募集は四回行われたが、第三回（一九三五年）からは「植民」の文字が外された。第二回（一九三三年）から審査に加わった古野菊生によると、「植民文学」の定義が不明瞭というのが理由だった（一九三五年七月三一日付『時報』）。そしてこの二文字を外したにもかかわらず、九割方の応募作は選考側が期待した通り「ブラジルに於ける日本移民の生活感情を土台としたもの」となっていた。つまり指導者が口をすっぱく祖国文芸との違いを述べ立てなくても、書き手は既に身の回りから現実主義的に書き起こすことを前提としていた。「植民文学」の旗を掲げなくても主張の内実が浸透したと考えるなら、植民文学キャンペーンは勝利を収めたといえる。冠をかぶろうが外そうが、移民が書く小説の枠組み――日本移民を主人公とし、多くの場合彼らの苦労と不幸に焦点を当てた現実主義的物語――はこの時期にあらまし固まった。[17]

流浪するカインの末裔――田辺重之「ある開拓者の死」

第一回募集の第一席は次の章で論じる園部武夫「賭博農時代」だった。際立った題材と文体は審査員を瞠目させただろう。第二席入選の西岡正雄（筆名は田辺重之）「ある開拓者の死」（『コロニア小説選集1』収録）は、それよりもありふれた設定と文体で、一代記を織り込みながら、農園内の貧富の差、人種問題に触れている。作者（一九〇八年北海道生まれ〜?、一九二八年渡航）は「ペンなどほとんど握った事のなかった」「小学校を終えただけの青年百姓」と自称している（実際は北海道高等専修学校農業科卒。学歴の「下方修正」は貧農＝民衆を正統視する植民文学の思想傾向を示す）。一九七五年当時、コロニア文学会会員だったから、細々と文学熱を持ち続けた生涯だった。

「何、仕事が欲しい」と、仕事を探しに来た黒人夫婦にコーヒー園の持ち主大助が怒鳴りつけるところから小説は始まる。労働と人種をめぐる物語であるという明らかな宣言である。その日の夜、身重の黒人女が夕食時の食卓を窓からのぞくと、「働かぬ者が飯を食うという法があるか」と大助は再びどなりつける。これが彼の労働哲学で、食うために彼はたゆまず働き、ゼロから今の財産と地位を勝ち得た。黒人男は憤怒の眼差しでにらみ返すが、拳を上げることができない。「いったん怒り心頭に達した黒の男も、支配者の前には頭を下げねばならないのか、結ぶこぶしをそっと解く弱さであった」。大助は階級差を思い知らせ、最後に白銅貨を食卓に投げ出すが、男はそれには目もくれず、妻と幼児を連れて闇に消えて行く。

コーヒー採集（『在伯同胞』）

大助は今でこそ一五〇アルケール（約三六三〇ヘクタール）の大コーヒー園を所有する成功者で、その自慢を日本人の雇い人に語る。そこから一人称の語りが始まり、話が終わった後も、客観的な描写と大助の「意識の流れ」のような主観的な文章が境目なしに混じる。くだけた内話が文体に良いリズムをもたらし、主人公の人格と言動を柔軟に描くのに成功している。大助はもともと維新の頃に、北海道へ逃げのびた会津藩士の家の三男で、十七の時に室蘭で大工の見習いをやっている時に棟梁の娘に恋をしたのを咎められ、二十歳の時に飛び出し、東京で二年、満州で数年、それから「うんと遠い所へ行ってみようと」ペルーに移民、リマで床屋の弟子になるがそこも飽きてチリで硝石を掘り、そこからブエノスアイレス郊外に二年、そしてサンパウロへ流れてきた。この「カインの末裔」の末裔は地球規模で最底辺を渡ってきた。

サンパウロで三年間、大工をやる間に金を貯め、ついに全財産をつぎ込んで、鉄道の終点から原始林のなかを四〇キロ歩いてようやくたどり着く土地を買った。それから十四年、努力と辛抱のおかげで大農園主となったが、今でも「赤土の極く粗末な」家で、伸びきったオレンジの樹と雑草に囲まれ、お化け屋敷のように見える。身づくろいにも頓着しない。勉強がしたいとサンパウロに家出した長男を恨み、学歴なしで農学士をあごで使う自分を見習えと思う。日本人連中は胴欲な奴、運が良かっただけと悪口を言い、日本人会長を押しつけたくせに、大助が欲張って独占していると吹聴する。「人間は努力だ。ふんばりさえすりあ、俺のようなヤクザモンでもかなり成功できるんじゃ」。このように裸一貫の哲学を心底から信じている。成功者の勲章として彼は錦衣帰国を思い立つ。その出立の日、彼は追っ払ったばかりの黒人に撃たれて死ぬ。

これは他人に対する冷酷さが仇となった単純な報復劇だが、人種観も絡んでいる。コーヒー園を巡視しながら、前年、イタリア系の雇い人がナイフを抜いて追いかけてきたことを思い出し、ヨーロッパ系はもうこりごり、日本人は刃物は出さないが、小理屈が多くて困る。「危険もあるが、騙して使うには」黒人が一番だと結論に達する。つまり生かさず殺さずの頃合さえわかっていれば、黒人が良い。その「危険」が命取りになった。彼は肌の色をとやかく言うのではなく、使用人として使いやすいかどうかで他者を判断する。彼の経営哲学は厳密に合理的で、経済効率が肌の色よりも重要視されている。ブルジョア層に成り上がったルンペンの独善と欺瞞が、日本ではありえない状況のなかで描かれている。黒人を追い出したのは、ただ飯は食わせないという原則を貫いただけのことである。おそらく日本人だからといっても容赦しなかっただろう。だが当人が思っているように、本当に人種偏見はなかったのだろうか。

黒人はお恵みの白銅貨を受け取らずに去っていくだけの誇りを持っている。野蛮人ステレオタイプではなく、家族思いの人物として描かれている。つまり復讐は衝動的というより、名誉回復という充分な理由がある。主人公の殺害者であるにもかかわらず、読者は彼を憎むことができない。大助はサンパウロで結婚した糟糠の妻に心よりの感謝を述べているが、使用人の妻思いにはまったく冷淡である。立志伝がほめたたえる裸一貫の哲学が、えてして独善に陥ることを小説はえぐり出している。

開拓や農地を舞台にした日系人の小説では、日系人しか登場しない作、日本の村生活を異国に場所を移しただけのような物語がかなりを占める。実際にはたいていのところで異人種の労働者、使用人と同居していたにもかかわらず。ところが「ある開拓者の死」では黒人カマラーダ（日雇い）が敵対者（それも善良な心を持った）に配されていることが出来る。ブラジル独自の人種体験（それがあってこそ、日本人意識を強固にした）を描いている点で、本作は注目に値する。賭博農であてた成功者の転落という点では「賭博農時代」と共通している。同胞の裏切りですっからかんになるか、他者に情けをかけなかったために殺されるか、の違いはあっても。

大助は北海道の土地で儲けた男を知っていたので、ブラジルでも一刻も早く土地を買うことを目標に据えた。放浪的人生から定着的人生に転換させたのは、本国の植民地の賭博的な経済の仕組みを思い出してのことだった。サンパウロ州もまた明治の北海道と同じく、奥地開拓が時に莫大な利益をもたらすことを彼は直感していた。北海道、満州、南米。彼の「行っても行っても峻嶮な岐路と苦悩の山路」の半生は、世界に散った日本政府の植民地（それぞれ異なる政治的背景を持つが）を横断している。彼は地図でしか見たことのない土地に全財産を賭けた。「考えて見りゃ空恐しいことさ」。幸い、人生最後のバクチに勝ち、その後は逆に汗水をたらすだけで財産を築き上げた。運が良かっただけという隣人の悪口は半分当たっている。しかし好機を握りしめ、極貧に耐えてこつこつと財をふくらませたのは自分の努力であると誇りにしている。「後から楽に這入って来る奴とおなじじゃ残念だからな」。「草分の価値」、つまり先取りの益を逃さぬようにと働いた。

大工仲間が「宵越しの金を持たぬ」消費に走るのを横目で見ながら、「厘に厘を積む式」で金を貯めた（「金子」という姓は、体を表している）。本人は質素と勤勉の鑑と思っているが、周囲から金の亡者、非情な支配人と見られても仕方ない。彼はその厳しさあってこそ成功を実現したと信じている。「人情だなんかと女々しい考えを起こしこの浮世が渡れるものか」。両親ともほとんど連絡なしに驀進してきたが、「目標の成功というゴールに飛び込んだ」今、ようやく二八年ぶりの帰郷を考えている。それは家族的情愛のためというよりも、相変わらず貧乏から抜け出せないであろう肉親に錦を見せびらかすためである。墓の相談もあったかもしれない。それなのにキリスト教式の墓石の下に眠ることになる悲劇を、作者は乾いた文体で閉じている。

馬耕　角田歳丸寄贈
広島市市民局文化スポーツ部文化振興課提供

この悲劇を単純に海外雄飛の挫折と呼ぶことはできない。学校や家庭で教わった質素と勤勉の道徳と、「食う」ために必要な金を得ることはどこで折り合いをつけたらよいのか。彼の殺害はキリスト教的な慈善を拒絶した報いなのか。たとえ地主にのしあがったとはいえ、彼の半生が辛酸を極めていたことは間違いなく、吝嗇哲学には同情できる。聖書にしたがえば、どれほど貧しくとも他人とパンを分かち合わなければならないが、現実的には自己保存の本能が自己犠牲の信仰に勝る。そこから非人情な行動に走り、死は当然といえばいえる。彼は理想的な善人でもなければ根っからの悪人でもない。その点で「普通の」人である。有島武郎「カインの末裔」（一九一七年）の仁右衛門のような本能に任せた行動、凶暴性や溢れる性欲はなく、むしろ仁右衛門を追放する不寛容な村人に近い。開高健『ロビンソンの末裔』（一九六四年）のわき役、本土からの移住者とは相容れない生活力と腕力で周囲を威嚇する樺太渡りの乱暴者をふと連想させる。彼は道庁が開拓する村に定着することなくどこかに飛び出してしまう。外地の厳しい経験は人を変えるのかもしれない。

今、有島と開高の名作を挙げたが、植民文学は北海道文学と共通する、少なくとも比較に値する点をいろいろ持っている。一世の一代記的な小説はたとえば本庄陸男「石狩川」（一九三九年）、早川三代治「処女地」（一九四二年）、坂本直行「開墾の記」（一九四二年）の縮小版に思えるし、開拓村の牧歌的な描写は吉田十四雄「幾山河」（一九四七年）に見られる（『北海道文学全集　第八・九巻』立風書房、一九八〇年）。アイヌとの接触はブラジル人（特に先住民、混血）との接触に重なるし、珍しい地名や動植物名、プラオやハーローといった英語、エンシャーダやコロノといったポルトガル語の借用は舞台の異国情緒を醸し出す。亜寒帯の自然描写は亜熱帯の場合と同じように、書き手の文章力を試す良い試金石だ。このような共通点を持ちつつ、土地の支配者側に立つか、「他人」の国に遠慮がちに鍬を入れるかで、入植者とその子孫の自己意識は正反対に向かう。北海道を含めた広義の外地日本語文学という見方は、ブラジルの創作を大きな視野で把握し直すのに有効であろう。

コロノとカマラーダ

牧歌的な植民文学論とは別に、現実直視の植民文学を待望する声も上がっている。杉武夫（一九〇九年北海道生まれ～?、一九三二年渡航）の「植民文学について」（一九三五年一〇月二三日付『時報』）である。「文学は作者が生存する所の自然及び社会の現実の描写である」と法政大学専門部高等師範科卒業らしく大上段に構え、文学は現実の丸写しでも「空想の産物」でもなければ、そこからの逃避や妥協でもいけないとたたみかける。「生々しい現実から生れ出る文学には、社会が異るに従って必然的に異った文学が生まれねばならない筈である。そこに我々のいう、植民文学という〔も〕のの根拠がある」。定義し直せば、「植民地の現実から生まれた文学それが植民文学である」。「現実」という概念（語感?）がどれほど力強く、この力行会員の心に響いたか。「植民地の現実」は、本国の現実とは異なるのに、祖国の文学にぶら下がっているのが現状だ。「多分に感傷にふけっている」ものばかりで、現実を突き刺すものがない。「弱々しい個人的感傷にふける代わりに、我々は現実をよしそれが如何に冷酷であり、堪え難いものであろうと、ぢっと見つめ、それをありのままに描き出さなければならない、現実の冷酷さに悲鳴をあげ、すすり泣きつつも戦って行くのだ、そこにトルストイのいう、感傷を他に伝える事が出来るのだ、それが真の文学であるのだ」。

感傷と現実が対比されている。感傷とはつらつらと欲求不満や幻想を原稿用紙に書くことで、逃避と言い替えてもよい。それに対して、現実的文学は生活の生の姿を直視し、ヴェールをはがして醜さや冷酷さをさらけ出すことである。現実が美しいはずがないという前提が隠されている。感傷性の他に、在伯同胞の文学にはもうひとつ欠点がある。「日本の智識階級の思想であるという事である。それは現実から超然とし、植民地の人々の行動を卑しいものと見勝ちである。我々が文学によって、あるがままの世界を描き、然もそこにあるべき世界を感じさせるものは作者の現実の社会をながめる立場である、その思想である」。

この引用には本国の知識階層に対する不信感と、思想的自律が宣言されている。植民地に対する本国の知識階層からの蔑視を感じつつ、杉はこの地に立脚した視線の必要性を説いている。しつこいばかりに繰り返される「現実」、「あるがままの世界」、その冷酷さの背後に階級差が横たわり、その打破を目指す啓蒙。マルクス主義を研究したというより、植民地の現実がこの思想のモデルになっているのを彼は前の年に発見した。「植民地という所ほど金が単《ママ》的に現われている所は他にあるまい。センチメンタルな感じでも葛藤でもそれが金と結びついて始《ママ》めてはっきりと解釈が出来るのだ。義理人情それさえもが金を度外視出来ない所が植民地なのだ〔。〕すべてが直接だ」（「植民地文学の確立」一九三四年一月一七日付『時報』）。経済関係の前面化は、金儲けを第一の目標に渡ってきた連中が、集団を形成しているからである。恋愛も甘い囁き抜きにいきなり肉体関係に突進するところに、「植民地の特殊相」がある。こうした欲望がむきだしになった現実に向き合うためには、旧来の理想主義的な書法は通用しない。

綿花の収穫（サンパウロ州パラグアス・パウリスタ、1935年）
小山群市寄贈、広島市市民局文化スポーツ部文化振興課提供

そこからマルクス主義への共感が現われる。地主層から見ると植民者（小作人、コロノ）は「金銭の奴隷となった、卑しい人間」にしか見えないが、逆の立場に立つと、やむにやまれぬ事情が理解できる。

> そうだ、その時我々はあるべき社会を作品を通して、はっきりと必然の力を以って示し得られるのだ。従って植民文学を書く作者の態度はコロノ、農奴制の残骸であるコロノ乃至は植民者の立場から描かなければならぬ。その為には我々は植民地の社会組織の方面、及び経済組織の方面を研究しなければならぬ。真に現実を描き出す為には、又コロノ、植民者のイデオロギーを確立するには、植民地の経済組織、社会組織を知らなければ不可能であるからだ（「植民文学について」）。

ここではコロノは現地人、植民者は日本人を指すようだが、両者はひっくるめて地主層と対立している。植民文学は移住地や大農園の社会・経済組織の学習に結びつかなくてはならない。この啓蒙の姿勢は本国のプロレタリア文学の哲学そのものである。「植民地に於いて、歴史的な興隆の使命を帯びたものはコロノ及び小植民者、カマラーダであるが故に、我々植民文学のイデオロギーはコロノ及び植民者カマラーダのイデオロギーでなければならぬ」。

カマラーダはこの脈絡では、日系人より先に農園に雇われていた最貧困層の労働者で、北東部からの国内出稼ぎ（バイアーノと総称された）、行き場のない元奴隷の子孫などを指し、時にはカボクロと蔑まれる。日系人はたいてい無気力で無教育で怠惰な連中と見下し、彼らのような境遇に陥らないために倹約や勤勉に励んだといってもよい。彼らには錦を飾るべき故郷がないし、明日の目標もない。だから気楽にその日暮らしを送れる。日系人はよくその楽天主義を羨ましがった。日本人は早いうちに彼らを雇う側に立った。北米で後発のアジア系移民が黒人層を「追い越して」いったのと似ている。「小植民者」は他で聞いたことがないが、たぶん「小市民」の連想だろう。杉は地主と小作人の古典的な対立図式で植民地＝農園の社会・経済構造を理解しようとしているが、同胞がしだいに地主の側に回って、他のコロノ（日本人を含む）やカマラーダを搾り取っていったことをどう考えていただろう。

勇ましいイデオロギー論は、日系社会の「現実」を前にすると萎えてしまう。杉は同胞の具体的な生活ぶりと心情をねちねちとえぐり出す。彼らは経済的に虐待されているのに無情で、助け合いどころか足の引っ張り合いをしている。植民者の現実は階級闘争から程遠い。

その冷たい無情を人々は感じてどうしているのだろうか。それに堪え切れないものは悲鳴を上げて母国へ逃げ帰るものもある。わざと無関心をよそはう者もある。だが最も多くの帰国の旅費もない人々は空想を抱く。それは母国日本を絶対的な理想郷に空想する事である。彼等は日本から来たのだ〔。〕日本を充分知り尽しているにもかかわらず、現実の苦しみから逃避するにはかく空想しなければならないのだ、そして帰国の旅費を作るべく、せっせと金を蓄えるのだ〔。〕他の一切を犠牲にしても、子供の教育も衣服も家も食物さえも犠牲にして顧みないのだ。彼等は日本へ帰って幻滅の悲哀を感ずるに違いない。いやそれよりもその大部分は彼等の夢の実現を果し得ない中に、金の出来ない中にむなしく朽ちて行くのだ。その為にどんなに多くの悲劇が発生した事だろう。いや現に発生しつつあるのだ。多くの人々は現実から逃れようとして殊更見まいとしてその冷酷、無情さから遠ざかろうとする、然し植民文学の作者はその現実に面と向かって行くのだ。ころげようと、傷つこうと、どうしようと敢然と進んで、現実の暴露を果さなければならない。

植民文学は多くの人の殊更見まいとする現実の冷酷をコロノ、植民者の立場からはっきりと敏感に描きださなければならない（前掲「植民文学について」）。

成功を収めずに帰国するのを「逃げ帰る」と呼んでいる。錦を持たずには帰郷を許さない本国の圧力がわかる（前著で私は「錦の敷居」と呼んだ）。しかし成功を収めたら帰国してよいのか、あくまでも定住（永住？）植民者であり続けるべきなのかは答えない。彼の声はもう一面では郷愁批判になっている。いつまでめそめそ日本を懐かしがっているのか、家族を犠牲にしてまで、帰国のための蓄財をして何になる、空想に逃避せずに今いるところを凝視せよ。つまり郷愁は捨てられた国への儚い幻想にすぎない。焦って帰国を目指す生活は、彼の考えでは「現実から逃れ」ることに他ならない。定住こそが現実のなかで生きることである。だが彼が批判する人々にとっては、その焦りや逃避こそが現実ではないだろうか。「現実の暴露」はリアリズム文学論の決まり文句だが、暴露すべきことがあらかじめ決まっているのが普通で、イデオロギー的偏向は免れない。「あるべき社会」の提示という暴露の政治的な目的が見るべき、書くべき現実を決定している。杉の評論は「我が〝植民文学界〟への目覚めの興奮剤」（尼子半之介「１９３３年の在伯邦人文学界を顧みる」一九三四年二月一四日付『時報』）と評価された。高い調子の文学論を差し出すことが、欲求不満の文学青年にとって重要だった。

百姓の現実と青年会の陰惨――杉武夫「珈琲園を売る」と「ふくしゅう」

この論客は一体どのような作品を書いたのか。時報懸賞小説第三等入選の「珈琲園を売る」（一九三三年一〇月四日～一二月二〇日付）は、一九三二年、サンパウロ州を蹂躙した革命軍に加わる将兵に、馬を脅し取られた吉三が、豚をたたき売り、父の重病も重なり、大事に育てた珈琲園も売り飛ばす物語である。父の枕元で吉三は思う。商人や役人はつまらぬことで一喜一憂するものだが、百姓だけは「喜びもしなければ落胆もしない」。ただ黙々と耕すだけだ。船で知り合った白石老人は字も書けないが、自分は米しか作れないとブラジルでもそれを続けた。「俺達は何よりも金になるものを多くさえ作って、それを売った金で食物を買えばよいと考えていたんだが」、白石は「百姓は自分の作ったものを食べ、余りを売るという風に考えていたんだ」。吉三たちはブラジルに夢を抱いて渡ってきたが、白石は「ブラジルに空想を抱いていなかった」。彼のほうが正しかった。杉は吉三らの空想を批判しつつ、白石の現実主義を理想化している。自給自足を基本にした農業経営は力行会の理想にも合致するが、それがうまく立ち行かない現実を描き損ねている。どちらにしろ、「現実」はいかようにも解釈できる。

日本人社会のなかで完結しがちな物語の類型に対して、「珈琲園を売る」はブラジル兵の略奪を筋の発端に置いて、国家的事件の末端に遭遇した移民の現実を描いている。革命軍といっても略奪するしかない「泥棒兵隊」、「体のよい強盗」と変わりなく、ピンガの樽を破壊し、母に銃を向けて、隠してあった馬の居場所を白状させる。吉三たちは「全くひどい事をする、支那の兵隊とメズマコイザ〔同じこと〕だな」と怒る。不意に満州開拓民の境遇が重ね合わされ、ブラジル兵は中国兵と同一視される。しかもその兵隊は混血で、母親は「あんな半黒に馬鹿にされてなるもんかね」と人種偏見をむき出しにするが、銃の前では抵抗しがたい。物語の後半は家族の不幸に焦点が移り、けなげな妹と無力な母を配しメロドラマとなる。作者の評論の観点からすればいかにも弱々しいが、これもまた現実的といえばいえる。

杉武夫は最も活発な論客のひとりとして、日系ブラジル最初の文学サークル地平線に加わった。同人誌に発表した「ふくしゅう」(『地平線』八号、一九三八年一月号初出、『コロニア小説選集1』収録)は本国の非常時に緊張する農村青年群像を描いている。ブラジル生まれの前青年会長前川は、互いに好意を寄せ合っている幸子と、日曜に町に一緒に買い物に行く。彼女に目をつけている日本生まれの現青年会長相田はそれを根に持ち、その日に青年会の全員参加事業として行なわれた道の修繕工事の案内を前川に送らない。その工事をやることで浮く金は、国防献金として本国に送られることになっている。前川はその晩、青年会の集会で非国民と名指しでつるし上げられ、屈辱のあまり飛び出す。

相田は恋敵がよりによって「日本語も碌々読めないここ生れ」であったことに憤然としている。彼が「金持ち」であるため、幸子の母が前川以上に気に入っているのも、さやあての後押しをしたかもしれない。執筆者の年齢を反映してか、この時期、青年会や恋のもつれを扱った小説は少なくないが、これは日本生まれとブラジル生まれの間の微妙な亀裂に触れている点で注目される。海外在留意識は外地に対する本国の優越を伴なった。前川は外地生まれではあるが、日本への忠誠が他の団員に劣るわけではない。外地生まれの引け目があればこそなお、日本生まれよりも熱心に愛国者たらんと願っただろう。遅れて入った集会の会場で、相田が愛国大演説をぶっているのを聞いて、緊張に身がすくみ、女のことさえ忘れてしまう。一体道路修繕をサボったのは誰かと相田の挑発に、うっかり乗ってしまう。「馬鹿な、道路修繕に知らないで出なかったからって、非愛国者になってたまるものか」。具体的な作業と抽象的な愛国心のつながりを彼は理解できない。しかし実際には細々したつきあいのなかでしか愛国心を外に訴えることができない。相田がぶつ居丈高な非常時演説は、よくいえば肉体作業の上に成り立っているが、悪くいえば労働奉仕の口実でしかない。

青年会記念写真（サンパウロ州パルメイラ、1930年）
角田歳丸寄贈、広島市市民局文化スポーツ部文化振興課提供

　青年団の摩擦という身近な話題をきれい事抜きで描写している点は、彼のいう厳しい現実を描けという意図の反映と見ることができるかもしれない。地主と小作の対立こそ見当たらないが、日本人植民地の社会・経済組織の分析も見られる。それよりも重要なのは、祖国の非常時を口実に私怨を晴らす青年団長とその犠牲者のぶつかり合う心向きである。「万世一系の天皇をいただく世界に比い《ママ》なき国体」というような相田の

型通りの弁舌は、前川と彼に一体化する読者には空虚に響く。発表当時、愛国心を口実とすれば何事も枉げられるかのような風潮が高かったが、その内実は個人的な利害関係、感情の力学で動いていた。「ふくしゅう」は国家の存亡を借りた青年会のミクロな政治状況を描いているといえるだろう（相田は前任者の非を告発することで、自らの権威を揺るぎないものにしようとしている）。この当時、日本語新聞には天皇崇拝記事があふれ、祖国支援の献金は、個人団体ともかなり熱っぽかった。同じ年の暮れには本国より来訪した中西良介武官が「日本は神国なり」と演説して、聴衆を興奮させ、翌年には一世が二世大学生の「不敬」を告発する機運を作った。ブラジルの排日運動に一部には刺激された日系人の国粋主義が高まるなかで書かれたことを思うと、「ふくしゅう」の政治性はもっと明らかになる。

「我等の文学」樹立へ向けて――北南青「植民地に於ける組合選挙の夜景」

「ふくしゅう」の脇に、文芸欄の常連、北南青の「植民地に於ける組合選挙の夜景」（一九三二年三月一〇日付『時報』）を置くと、日本人社会の実相がいっそう鮮明になる。空虚な大地や汗の礼讃を斥け、生活の実景が戯画化され、その緊迫した（しかし同時に弛緩した）集会の様子は、啄木の「はてしなき議論の後」（一九一一年）を髣髴とさせる。もちろん誰も「ヴ・ナロード（人民のなかに）」と叫ばない。決断を避け、無為に他人の出方をうかがっている。どの発言も口先だけで重たい空気が淀むまま、一番鶏の声が聞こえる。重要な決定は陰で取り引きされるのだろう。このような陰湿な選挙は、どこの村でも日常茶飯事だったと思われる。

メーザ〔テーブル〕の真中に一個のランプは燻つてゐる
それを取りまゐて赤黒い昂奮を抱いて
人々の眼は空洞の様な変な輝きを持つてゐる

当選した組長は辞退を始めた
組合員相互の自治精神の欠如を指摘し
自己の無能を惜みなく暴露し始めた

自我と云う団子がこねられ出した投げ始められた
己は己だと利己ガリガリ主義が星の様に
人々の心の中で明滅してゐる——
忘却——忘却——そうだ
真理と正義は彼岸に隠れてしまふて
混迷——無意思——逃避——
ああ　どうか皆様方の御都合のよい様に

そこで唯一の道徳は雑力と無為と云うことになつた
詭弁哲学が醜悪な蔭部をさらけ出した
けれども人々は自らの心が決して満足してゐないのを知つてゐる

鶏が鳴いた
ランプが風に揺れた
散会だ——散会だ

日本人会にもめごとがつきものなのは、川柳でよく風刺されてきたが、詩のかたちを取ったのはこれがたぶん唯一だろう。単なる報告を越えた政治的な憤りを示している。作者は植民文学が「単なる生活の記録的表現に止まってよいものかどうか」と問うているが、この詩はその言葉に対する自らの回答だ。彼は移民の生活が本国の生活とまったく異なっている以上、植民文学は本国の文学と同じはずはないと自律を期待している。「それ〔日本の文学〕はもはや我等の文学でない」（「農民文学のこと」一九三一年一一月二〇日付『時報』、傍点引用者）。

ブラジル文学はポルトガル文学に非ずというブラジル独立後の国民主義文学者の声と似ている。北はブラジルでは本国以上に農民文学が栄えるはずで、土に根づいた「我等」の結束を強く求めた。日本人とも一致しないが、「同化せざる国民」としてブラジル人でもない点に、この「我等」の独自性があると彼は考えた。日本語で書くこと自体が、非同化の何よりの徴である。「日系ブラジル人」という概念はまだなかったが、香山の「原始人」と同様、既存の二つの国民のどちらとも違う第三の存在であると自己認識し、それにふさわしい文学がその精神的な柱になると期待した。

既にして吾等の同胞はこの異土に於いて確固たる新生活を建設した。しかし未だ新精神の建設には至らない。あらゆる文化の発展は模倣より始まる。吾等の精神に於いて、又は文学に於いて故国を模倣することはまぬがれ難い。しかし模倣に満足すべきでない。飛躍の努力を続けねばならぬ。勿論文学が小ぼけな一植民地の生活や、精神の範囲に属さねばならぬ理由は少しもない。たとえそれらの生活精神の中からの現れにしても——。要するに自己と自己の周囲に忠実でありたいのである（北南青「文芸に就いての平凡なる感想」一九三一年九月一〇日付『時報』）。

「忠実」の語は曲者だ。故国の模倣の段階を越えて次の段階に達しなくてはならないと力説しつつ、移住地の身辺に留まっていてよいものかと自問している。自分や周囲の何に対して忠実であるべきだと北は考えていたのだろう。威勢良い発言も突き詰めれば、「自分なりに書く」という程度の「平凡なる感想」に終わってしまいそうだが、「ねばならぬ」文で文学する目標を遠くに立てることには充分意義がある。

おわりに

一九三九年には「移民」を廃して「拓士」と呼ぶ決定が政府でなされた。「拓務省では「移民」という語感がともすれば「経済的に追いつめられた」という消極的な響きを与えがちな事実に鑑み、以後移民という言葉を廃し、新に「拓士」という語に使用を統一する事になった」(一九三九年一月二九日付『東京朝日新聞』)。これは省内の移民問題懇談会で、現地の強い要望から急速に具体化したとある。このような呼び替えは日本の行政の特徴かもしれず、現在でも人々の不幸、不公平、被害から目を逸らす目的で、妙な漢字の組み合わせ、片仮名やアルファベットの新語が次々と導入されている。包みが変わっても中身が変わらず、ただ事態が不透明になっていくだけだ。語感を大事にするのは、万葉集を持つ国民ならではの繊細さの表われであろうが、政治家に悪用されている反面も見なくてはならない。この場合なら、なぜ「経済的に追いつめられ」ると海外に活路を求めざるをえないのかを解決せずに、さらに「棄民」という彼らの否定的なイメージを根本から改めるべく、国家的な支援を強化することなく、ただ開拓戦士の省略形であるかのような強い語感と字面の語を採用し、事足れりとしている。

ここでの「拓士」は満州移住が念頭に置かれているが、ブラジルにも同じ風潮は伝わった。一九四〇年一〇月五日付『ブラジル朝日』(『日伯』の後継紙)には、「影を消した「移民」これからブラジル移住者と呼ぶ」という記事がある。「移民」という「何かしら一種軽蔑的な響きをもって一般に迎えられている」言葉は「海外雄飛の平和の戦士を遇する適当な言葉ではない」。そこで母国有識者が今後「移住者」と呼ぶ合意に達したという。これまでにも改まった文では、この言葉が利用されてきたが、本国でもお墨付きを得た。この時期、既に新来者の数は少なく、呼び替えがどれほど効果的であったかは不明だ。既に移り住んだ者に対する元気づけの効果も極小だっただろう。なぜ「軽蔑的な響き」が生まれるのかという根本には、誰も触れない。どのような意味合いが含まれるにしろ、「移民」という自称・他称は消えずに生き残っている。

こうした本国の呼び替えの風潮に呼応して、同じ時期、植民文学を移民斡旋の宣伝ないし、海外雄飛を煽る国策文学と捉える提案が出されている。人気作家を移住地に滞在させて、移民を「ロマンチックに描」いた作品を書かせ、内地の人々に海外事情を知らせつつ、移住を振興しようという目論見である（渥美育郎「植民文学を興せ」一九三九年一月四日付『聖報』）。この時期、ブラジルは日本移民排除を打ち出していて、日本政府はその緩和を求めて工作していた。香山六郎がかつて求めたような移民のための移民による文学ではなく、プロ作家による本国向けの文学に植民文学の名を与えた。文学報国会や新聞社などを通じて、大陸や南洋に派遣された文学者が念頭に置かれたことは間違いない。同じ年には湯浅克衛『先駆移民』、和田伝『大日向村』がやがて出版され、開拓、移民は文学的な流行でもあった（ブラジル移民を扱った作に、大江賢次『移民以後』［一九三九年］、大石千代子『山に生きる人々』［一九四〇年］所収の「相剋」と「鶯と蝸牛」があり、いずれも苦境を乗りこえて前向きに生きる人々が描かれている）。しかし日本側には帝国の外まで適切な人材を派遣する余裕はなかった。一九三六年、国際ペンクラブ大会に出席のためにリオとサンパウロに滞在した島崎藤村が、戦前唯一の渡伯文学者だった。渥美の記事の数ヶ月後には、石川達三『蒼氓』が単行本として出版された。その第三部ブラジル編は非文明国でのどかに定住する移民を描いた。これは果たして渥美の期待に沿っただろうか。

渥美はポルトガル語の代表的長編詩『オズ・ルジアダス』の作者ルイス・デ・カモンイスをポルトガルの海外進出の象徴的文学者として挙げ、彼に続くような「国民作家」に移民を美しく描かせれば、日本からの人の波が途絶えないだろうと期待している。ヴァスコ・ダ・ガマをオデッセイアのような海洋の英雄として描いたカモンイスの詩的な真髄を語っているのではなく、その地位・名声に匹敵する作家を求めているのだろう。ブラジルにとっての小さな「本国」ポルトガルが、日本の本土に比されている。

新聞の一般的論調にならって、植民文学は浮き草根性を捨て、ブラジルの大地に足をふんばることを勧めた。日本の農民文学の延長で、大自然や労働を讃えた。そこには大別してふたつの流れが見られた。ひとつはマルクス主義に傾斜した文学、プロレタリア文学で、もうひとつは大正生命主義を後ろ楯とした白樺派と民衆詩派の流れで、数からすれば後者が支配的だった。この全体図のなかで、前者から後者に「転向」したらしい池田重二《しげじ》の「植民文学の「イデオロギー」」が興味深い（一九三七年三月三日・一〇日付『時報』）。池田は短歌、評論のほか、戦後は紳士録や自伝代筆を引き受ける文筆家として生活した。この文章によれば、かつての葉山嘉樹や小林多喜二や徳永直には、ゴーリキーやシンクレアに匹敵する「人間苦の赤裸々の闘争描写」があって驚嘆したが、その後は公式的なイデオロギーの従僕に甘んじ、宣伝や報告の文学に堕してしまった。植民文学はプロレタリアやブルジョアを一方から描くのではなく、「人間官能の蠢助する宇宙に対する全認識でなくてはならぬ」。階級闘争ではなく、自然を征服して生活向上を計る意識は、ニーチェの「力の哲学」に潜在している。植民（地）文学は「農民生活様式が主体となって発展してゆ」かなくてはならず、「農民意識」の樹立が必須であろう。池田はモンテルランの『独身者』などフランスの地方主義文学、ドイツや英語圏の農民文学、ナップの転向農民文学、犬田卯グループ、文戦労農芸術家聯盟についていずれ論じたいと予告しており、左翼文学に通じた読者であることをうかがわせる。キーワードを羅列するだけの論文だが、新聞読者を敬服させるには充分だろう。論客は共産党大弾圧後のプロレタリア文学に失望し、宇宙生命論に期待をかけている。こうした記載がいくつもあれば、「転向」をブラジル移民の思想の問題として設定できるが、ブラジルでは他に見かけず、彼もこの記事以外ではそれを扱っていない。反響としては、杉武夫の「イデオロギーの問題」（『地平線』六号、一九三七年一一月号）が、マルクス主義寄りの立場からコメントしているのがたぶん唯一だろう。

「「植民文学」論が我々の大きな研究課題であるのに異論なし。しかるに、これが議論は、まことに間歇的で、マラリア熱の悪感《ママ》のごとき有様なることに、異論なかるべし」。こう『地平線』七号（一九三七年一二月号）の「狙撃兵」欄は議論の沈滞に言及している。しかし文学を論じる層はあまりに小さく、白熱には程遠かった。この時期、俳句、短歌のほうが作法・流派の対立が鮮明で、熱い応酬が見られた。植民文学については、もともと抽象的で、せいぜいマルクス主義に力点を置くかどうかに話題は終わった。議論に値する創作も二、三に留まった。

それでは植民文学の提唱は何を残したか。植民文学は日系ブラジル移民文学史のなかでは、移民性を最初に打ち出した概念で、文学青年らしい高邁な内容を掲げている。それまでいわば新聞の埋め草にすぎなかった創作活動を新聞社が振興するように高め、評論のかたちで論ずべきテーマを作った。創作と評論がかみ合うことはあまりなかったが、近代文学の世界を構成する主要な二輪、小説と詩が植民文学の登場によって動き出した。戯作から創作へと書き手の意識を変えた。「何々生」のような筆名はほぼなくなり、日本で完結したり、日系人が一人も登場しない小説はほぼ全面的に消えた。また日本引き揚げ譚もない。想定される読者が似た心情を共有する移民であることが明確化されたからかもしれない。ブラジルの日本語読者に向けて、同胞意識を持って書かれた。「我等の文学」と誇れる創作は現れなかったかもしれないが、本国とはまったく異なる言語環境で生きる営為や意味を植民文学は書いてきた。あるいはそれしか書いてこなかった。

本章では開拓の表象を提唱当時の植民文学概念の中核として論じてきた。しかし三〇年代末には、冒頭の永田泰三の詩に見るように、広範な題材が「植民文学」に加えられた。また本国向けの宣伝小説も同じ名で呼ぼうと提案された。こうして植民文学の概念は希釈された。戦後、この概念が顧みられなくなったのは、「植民地」の語が移民の語彙から消えていったこと、「植民事業」という名称が公的にも封印されたこと（代わって「移住事業」）が関わっているだろう。文学活動が戦後甦ったとき、「植民文学」の名は戦前の遺物と聞えただろう。永住を決意した人々の本国からの精神的・文化的独立は、「コロニア」（元は「植民地」「集団移住地」の意）という新たな自称に集約された。「植民文学」はいわば「コロニア文学」と衣替えした。

移民らしさ、ブラジルらしさの強調という点で、植民文学の内容は戦後の「コロニア文学」に引き継がれるが、永住意識、家族構成の変化（二世・三世の成長）、生活の都市化、日本語出版界の盛衰、本国の敗戦と戦後民主主義思想の普及（と抵抗）、本国の文学思潮の変遷など複合的な条件のために不連続なところも多い。もちろん半世紀を越す共同体の歴史は戦後の執筆者に戦前より広い題材を与えた。戦前には現在形で描かれていたことが戦後には回想的に語られ、最初の三十数年はコロニア意識が形成されるまでの「前史」と見なされた。在外日本人から日系ブラジル人へという自己定義の転換（前山隆）を、植民文学とコロニア文学の比較から読み取れるだろう。植民文学は運動というかたちにまでは発展しなかったが、一九二〇～三〇年代の日系ブラジル知識階層の文学への期待をよく教えてくれる。現実を描き、集団の記憶装置となり、より人間味あふれる暮らしを作り出す。およそこのような理想が唱えられた。これにかなった実作は数少なかったかもしれないが、書き手はそれぞれのやり方で移民の現実を描こうとつとめた。文学概念として深められはしなかったが、同時期の文学を読むひとつの灯として有効だろう。

註

（1）「植民」と「殖民」の表記が当時は混在している。『字通』『大字源』などによれば殖は増える、育つ、生い茂るなどの意味を持ち、植に通じるとある。両者は同じ文章でも混用された（たとえば後で引用する香山の文章）。本書では引用以外は現在一般的な「植民」を用いる。調べた限りでは、「殖民文芸」のブラジル初出は、ほし生「邦字紙上に表われた文芸私見」（一九二四年九月五日付『日伯』）。この筆者はそのような「個陋《ママ》の名」を冠した稚拙な作に失望しつつ、将来の発展を期待している。

なお本国では日露戦争後、立志文学の延長で、南米への海外雄飛を勧める膨張論的な殖民文学、殖民小説が『殖民世界』などで著された（和田敦彦「〈立志小説〉の行方――『殖民世界』という読書空間」、金子明雄・高橋修・吉田司雄編『ディスクールの帝国――明治三〇年代の文化研究』新曜社、二〇〇〇年、三〇三～三三一頁）。立志小説では故郷凱旋が目標点として設定されるが、殖民小説では故郷を振り返らず、かの地で成功を収め永住せよと説いているため、出航の威勢の良い書き出しが途中で失速してしまう。立志出世は錦衣帰国に対応するはずだが、この夢は海外に日の丸を掲げよという殖民論の前提とぶつかる。永住とは異国で死ねという意味で、実利主義的青年にとってもぞっとする結末ではなく、すぐに消えてしまった。

『殖民世界』創刊号から三号にわたって連載された堀内新泉「南米行」「殖民隊」「深林旅行」（一九〇八年五月号～七月号）は、横浜から笠戸丸に乗ったペルー移民が、奥地の村を目指して探険家のような冒険を行なう物語である。現実には同じ年の四月に神戸から笠戸丸はサントスに向かって出航していて、空想小説といってよい。それは特に第二部以降、地名を細かに挙げた経路の記録に現われている。地理の知識と国情紹介と体験記と称するものとを混ぜ合わせて、新大陸を荒唐無稽に空想している。明治一〇年代の政治小説の遺産継承者だ。大峡谷の隘路から荷馬が真逆さまに落ちる挿絵（七月号）はジュール・ヴェルヌの冒険物にふさわしい。なぜか目指す村に到着する前、同胞と分かれ道に立ったところで唐突に終わってしまう。語り手の「自分」は九州の貧農で、日露戦争の戦友から南米に行くという手紙を受け取る。「遼陽、奉天で鍛《ママ》つた腕を振廻したら、何に旨くは行かずとも、高が金の拾万か百万、日本へお土産に持って来られんこともあるまい！」。大成功を先取りするような大言壮語は、立志願望を巧みにくすぐる。満州と南米は距離こそ違え、同じ外地であるという認識に、戦争と平和の対比を重ね、自ら人減らし政策に協力することが、平時の奉公であると理屈づける。戦地に駆けつけたように横浜に駆けつける。「今までは鉄砲の戦争で、お互に聊か国家に尽した了簡だが、これから先の御奉公には、平和の戦争に力瘤を入れるより外《ほか》道が無い。来給え、来給え、君も愚図愚図して居らんで、一船後から奮発し給え」。雑誌全体が「行き給え」の連呼のようななか、理想の先駆けの立場から後発者に向かって「来給え」と呼びかけている。読者は否応なく潜在的殖民者に仕立てられる。愛妻との永の別れ、同船者の死のような感傷は脇に置き、最後は「懐かしい」同胞と別れて独立する希望に満ちている。

　南北米で提唱された植民文学なり移住地文芸は、永住を暗にはげます点では明治末の殖民文学と一致するが、渡航先の現実を観察する点、経済的成功よりも精神的充実を掲げる点では正反対である。仮に移住先の文学愛好家が海外雄飛雑誌を読んでいたとしても、別のカテゴリーとして捉えるべきである。

（2）　北米では当初、「植民地文芸（文学）」の名で日本移民の文芸活動を呼び始めたが、一九一〇年代後半から「移住地文芸」の名称が一般的になった（『立命館言語文化研究』一九九四年二月号「翁久允《きゅういん》と移民地」特集参照）。北米でも日本人集団地を「植民地」と呼んでいたことから「植民地文芸」がまず発案されたが、この名称はアフリカやインドを含むことから、より移民集団に指示対象を絞った用語に変更したのだろう。その代表格、翁久允はサンフランシスコの『日米』紙上に「移住地文芸の宣言」（一九二〇年七月）を発表し、新天地に生まれる移民固有の文芸の樹立を謳った。一方、満州ではゲオルグ・ブランデスの『移民文学』（翻訳は一九一四年と一九三三年）の影響下、新たな土地で生まれる（はずの）文学を「移民文学」と呼んだ（たとえば丘益太郎「自然描写に飢える」『満州浪漫』一九四〇年五月号）。ブランデスはルソーによる原始性の発見、ヴォルテールやシャトーブリアンが描く荒涼たる北米の原始的風物などを一八世紀の革命以前の文学に対する反抗として論じている。移民と訳された emigré は、必ずしも一九三〇年代の満州その他への移民 emigrant とは重ならない。ブラジルには翁ほど明晰に概念を理論づけた者は現れなかったが、北米の「移住地文芸」とは用語の違いに留まるだろう（合衆国とブラジルの日本語メディア環境の違い、排日運動の社会的背景の違いなど比較すべき点は多々あるが）。

（3）『矢内原忠雄全集 第一巻』岩波書店、一九六三年、一四頁以下。

（4）移民のコスモポリタニズムは、綿摘みを讃えた次の詩によく示されている。「おらが在所で摘み出す綿は／総て世界万民の衣服となるのだ／（中略）かくて大和民族の努力は／総てコスモポリタンの／生の努力と連〔な〕るのだ」（花野雲平「おらが在所」一九二五年一〇月二日付『時報』）。

（5）木下乙市（日本力行会長代理）「海外へ発展せんとする青年へ」『新青年』一九二一年一月号、三〇～三六頁。

（6）昭和一〇年代の政府筋の開拓賛美については、日伯協会理事中村直吉の「我が建国精神を回顧して開拓者精神の鼓吹を提唱す」（『ブラジル』一九三六年一〇月号）参照。神武東征の詔にあるという「天業を恢弘し天下に光宅せん」を全人類、全世界に日本の精神文化を広げる根拠とし、「我が建国史は即ち開拓者精神の表現」であると豪語している。海外知識の啓蒙はさらに推進されるべきで、ブラジルについてもありのままの姿ではなく、「日本民族発展の活舞台としての観念の下」で研究すると「国策の遂行」は容易になる。さらに宗教についても述べる。「開拓者精神には宗教的信念をも加味せしむることが必要で」、白人の先例では宗教家が先頭に立って開拓事業を行なってきた。日本はこの点で遅れを取っている。神道は単なる宗教以上であるという右翼思想も跋扈しているなか、日本の宗教として中村は何を考えていたのか。「神仏と共に在る人」を期待しているが、神主、僧侶の移住を目論んでいたのではないだろう。実際には「宗教的の敬虔に満ちた大信念」、「宗教的情熱を有する人」を待望していた。これはあいまいな表現で、一心不乱、強固な決意ぐらいの意味にしか受け取れない。力行会の理想は「宗教的に」横取りされて、皇国思想に接木された。

（7）「植民文学について」『農業のブラジル』一九三〇年四月号、六六～六八頁。

（8）植民文学像はかなり画一的だった。たとえばJ生は「荒けずりの豪壮さ、明朗な風俗と原始的な質撲《ママ》な人間味」が「拓人芸術」の本質だという（「文芸」一九三二年一二月一一日付『日本』）。上で述べた開拓の理念をそのまま文学にあてはめたような言いっぷりだ。はらだ（次の章で引用する原田奈美男か）によれば、植民文学は定住者の文学とは異なる情緒や世界観を持っていなくてはならない。逆説的だが、「一つの文学を持ったと意識せられる時はその場所はもう植民地では無い」（「植民文学への断想」一九二九年七月二五日付『時報』）。独自の文学を確立するころには、定住者となっているということらしい。植民地とは第二の国に完全に所属せず、中間的な存在であるから、植民文学とは過渡的であり続けながら書かれる文学となる。後にいうノマド文学、マイナー文学のような構想か。実例がなく空虚な論だが、国民（定住者）文学という枠が彼の文学観には強固に働いていたことがわかる。

（9）同じ詩人の姉妹編「樹を伐る日に」では、樹の「深い心を伐りに来たのであらうか」と自問しながら、「私」は森を進む。戦士のような魂は次のように讃えられている。「血みどろの路／あらそひの果／かうした森に踏みこんで／ひるまない魂で居られるだらうか。／冬である。／常夏のくにの空っ風が鳴つてゐる。／森の香には／朽ちたものの咽せっぽさが／太い幹の樹肌裂いた樹脂《やに》の匂ひと／こもらひ立ち　ふるえたつてゐる／そこにこそ私は寂しく戦いてゐる。」（『地平線』四号、一九三七年九月号）。

(10)　たとえば昿野子「勇敢に歩まう」（一九二五年一一月二七日付『日伯』）――「天から天に連る昿野に立ちて／胸一杯に昿野の魂を吸ひ込む時／私はいつもこう叫びたくなる／「勇敢に歩まう」と（後略）」。散文では久岡晶「土の上の心」（一九三一年二月一七日〜二四日付『新報』）が、「俺は土百姓サ」と胸を張る。

(11)　日本からの視察者を攻撃した他の例として、清水平三「小さい睾丸《きんたま》の人々」（一九二二年一二月一五日付『時報』）――「（前略）お前等は／雀の舌の様に八釜敷い／その範類に慣れた故にか／此の自由な大鳳の心を持つ／国に来ても／燕雀の輩だ（中略）己はブルジョアの前駆者だ／名前を見ろ！／観光団ではないぞ／実業のそれだ視察に来たのだと／そして席順がどうしたと／偽似の面目玉を振り廻す」。作者は慈愛の視察者を待つ。「ブラジルに住む／人々の心を黙って見て／黙って去る／視察者が欲しい」。

(12)　自由詩の詩風でさえ、これほど定型的な内容であるから、定型詩の固定的な語法は推して知るべし。たとえばＮＳ「開墾者」――「大木雑然と横はり／未開の森林丈高く／谷間を越えて眺むれば（中略）発汗衣服をさらしつも／猶鍬をとりて働けり／ああ彼は森の開拓者／高原の勇士なり（中略）ああそは彼が涙と汗の結晶の／貴重な芸術ぞ」（一九二九年四月四日付『時報』）。これが青年団歌に通じる新体詩調の開拓謳歌ならば、次のは俗語調の例である。「故郷を出る時きや玉の肌／今ぢやすり疵蚊にくはれ／是が誠の男ぢやと／微笑む顔は垢だらけ（後略）」（多和田紫山「工夫の歌」一九二一年三月二五日付『時報』）。

(13)　エンシャーダ頌歌としては以下を参照。佐藤「希望」（一九二三年二月一六日付『時報』）、丁未子「鍬のうた」（一九三二年二月二五日付『時報』）、氷河「若さ」（一九三〇年七月二四日付『時報』）。

(14)　松永伍一『日本農民詩史　上巻』法政大学出版局、一九六七年、二二〇、二五六頁。乙骨明夫『現代詩人群像――民衆詩派とその周圏』笠間書院、一九九一年、五一頁。松永の大著から、胡麻政和という和歌山県の教師が、ブラジルへ出稼ぎに出る一家を「追はれ行く者」（『農土詩集』一九二七年）で詠んだことを知った。「土天井から吊されたランプの灯は／納屋の隅々に黄色な光の環を描き／親子三人氷雨の夜に臼を挽く／籾殻にまぢった米粒は／かすかな音を立てて土間の上にこぼれ落つ／今年みていな旱魃のところへ／虫と来た日にやたまりやせぬ／みんなこのとほり死米《みなせ》ばかり／かいもく収穫《とりみ》はありやしやあせん」（『同　中巻（一）』六四頁）。ブラジル行きが、一家にこれよりもましな生活を与えたかどうかはわからない。

(15)　明治の懸賞小説が「文壇」形成に果した役割についての紅野謙介の考察（『投機としての文学』新曜社、二〇〇三年、第一章）を読むと、職業作家を養えない規模に留まったブラジルの日本語社会の限界がよく見えてくる。それではどの程度の経済的な基盤があれば、筆で食っていける集団を維持できるのか。

(16)　『時報』の募集後にも「植民文学（文芸）」の名を冠した募集が行なわれた。地平線社主催、遠藤書店後援の「在伯日本人植民文芸賞」（『地平線』八・九号、一九三八年一月・不明号発表）と、この流産に終わった企画を引き継いだ「植民文学賞」（『地平線』の後継誌『文化』編集部主催、同誌発行元の遠藤書店後援、『文化』八号、一九三九年一一月号発表）である。この用語の定着ぶりがうかがえる。文学賞の歴史については、前山隆「コロニアにおける文学賞の歴史」（『コロニア文学』二七号、一九七五年八月号）に詳しい。

「植民文芸」とわざわざ銘打った短編小説がある。千代「小母さんのたより」（一九三六年一一月二六日～一二月三日付『日伯』）である。アリアンサの千代小母さんの名を力行会の機関誌『力行世界』の短歌欄で見た敏夫が、懐かしさのあまり手紙をしたためると、小母さんから情愛に満ちた返事が返ってくるという書簡体小説。千代は敏夫一家の渡伯を神戸で見送った後に入植したが、交際はほとんどない。敏夫は旧制中学を出て父母に連れられて移住して六年、ハイネに憧れ、ゲーテ、トマス・マン、ロマン・ロランを愛読し、ドイツ語もある程度でき、ポルトガル語で読み書きができるほど知的で、しばらく放浪に出るという。敏夫像には著者の現実と願望が反映されているだろう。日本にいれば大学生になっていたような青年が、文芸に表現のはけ口を求めたことは不思議ではない。

（17）前向きの植民小説を希求する声が無いわけではなかった。『聖報』の連載小説、金杉わたる（川柳の古田土光の説あり）「移民《イミグランテス》」（一九三八年四月六日～五月一一日、六月五日～六月二九日付まで確認。中断か）の予告によると、「入口の扉サントスから這い上った南米東岸の高原に、亜細亜の日本移民の家族連れが、開拓幾年、幾十年の後、又どれ丈け、サントスから亜細亜の日本へ、母国へと這い下り、帰り行くだろうか。家族揃うて。移民等よ、お前等は皆んな伯国社会に同化せない前に、伯国の土と化してしまうのでないか。アングー〔マンジョカイモやトウモロコシの粉を煮た料理〕と、フェジョン〔豆〕とを喰い、水を呑みながら、知らぬ他国の墓場へと墓場へと消えて行く人々。日本移民もそれでいいのか、皇道移民も、春影夢裡の人でいいのか、皆んな墓場へ墓場へ。これぢゃいけない。作者は日本移植民が、伯国の自然開拓者の一員として、親しめる大地の土に思い思いの根を痕したいと希った。墓場墓場々々の暗らい冷たい犠牲から、流れるものは再生の春、人の希望、黎明であらねばならぬと、民族的血に燃えて此の一篇に努力した。題《なづ》けて移民《イミグランテス》とした」（一九三八年四月一日付）。これは本社が長い間捜し求めていた「移民小説」で、読者諸兄の「日々の原始的生活の苦しき胸の血に触れて高鳴るものがあると確信する」と前宣伝を結んでいる。

あらすじは以下の通り。一九三〇年、邦人植民地。大農園主の娘西山美智子は日本語教師の忠を慕う。だが忠は口先三寸のカトリック神父大村によって社会主義者と非難されたために村を追放される。神父は美智子に言い寄るが、軽薄な男と拒絶される。美智子の父は死に、西山農園は不作でつぶれ、母娘はサンパウロに出る。大村は美智子の母と関係を持つ一方、美智子にも触手を伸ばしまんまと結婚する。一方、ミナス州の農園に拾われた忠は非日系女性と愛欲関係に陥る。美智子と忠は心で求め合いながら、手紙の不着などですれ違いに終わる。そこで連載は途切れている。前宣伝を素朴に信じるならば、二人が真実の愛を築くことが予想される。終わりがどうあれ、「希望、黎明」からは程遠い泥沼の情愛が延々と綴られている。ありあまる大地礼讃詩に対応する小説は書かれなかったようだ。

2　サンパウロ行進曲——旅するモダン文学

サンパウロを歩くのは　いつも素敵
サンパウロじゃ
天気は落ち着かなく　暮らしは高い
黄土色の日本女性　褐色の北東ブラジル女性
パンクの牝猫ども
サンパウロの　アメリカっぽさ
（チターニ「サンパウロ、サンパウロ」一九九〇年）

一　海を渡った新青年

ブレーズ・サンドラール、カーザ・トーキョーを謳う
ここには工場がある、郊外がある、優雅な路面電車がある
電線がある
午後の買い物をする人々で道はあふれている
ガスタンク
ああやっと駅に着く

サン・ポール
ニース駅にいる気がする
ロンドンのチャリング・クロス駅を降りているようにも
友だちみんなに出会う
やあ
ぼくはここに着いた

一九二四年、スイスの隻腕の詩人ブレーズ・サンドラールは、プラド財閥の若主人パウロ・プラドの招きでブラジルを訪れた。サンパウロ（サン・ポール）に近づく列車の窓から、ワルター・ルットマンの映画『伯林・大都会交響曲』（一九二七年）の冒頭のように、都市の記号を次々に読み取った。サンパウロ州は二〇世紀初頭のコーヒー・ブームで栄え、一九〇七年には三二六の工場しかなかったのが、一九二〇年には一二倍の四一五四に増え、資本は四倍、生産高は九倍、労働者数は三倍にふくれた。プラド家のような大農園主は新興成金として、パウリスタ大通りなどに屋敷を構えた。路面電車は一九〇〇年に初めて開通し（東京は一九〇三年）、新市街地と中央をしだいに密度を増す路線網で結んだ。最初のデパート、五階建のマッピン・ストアズが一九一三年に市の中心に出現し、新中間層の散財を待ち受けた（五階建の三越本店は一九一四年開業）。日本移民が到着したのは急速な都市化の最中だった[1]。

サンパウロ市ルス駅（『在伯同胞』）

「ここには伝統も偏見もない／古いも新しいもない」。旅する詩人は欲望と楽天主義が一時間に十軒もの家を建て、それが「ばかげていてグロテスクで美しくて大きくて小さくて北方的で南方的でエジプトもヤンキーもキュビストも」とあらゆる様式をごちゃまぜにしているのに目を見張り、爆発しそうな都市をためらいなく賛美する。イギリス風のルス駅に到着した時にはヨーロッパを想起したが、街中では旧大陸の統一的な美学が失効している。場処の徴はない。「都市は目覚める」とミラノの未来派画家ボッチョーニの直感を借りながらモダニズムに陶酔し、「巨大な移民をひきつける統計」が急速な都市化の根源にあることを見抜いている。イタリア人が最大勢力だが、日本人もコスモポリタンな景観に一役買っている。「ペンシオーネ・ミラネーゼ（旅館ミラノ）と塗りたくられた壁が、ぼくの窓で四角に切り取られている／アベニーダ・サン・ジョアンの一かけらを見る／市電　車　市電／市電市電　市電　市電／三頭のラバがつながれ空の荷車を引っ張っていく／通りの胡椒の木の上に巨大な看板が目をひく／カーザ・トーキョー／太陽がニスを流していく」（六三頁）。カーザ・トーキョーはサンパウロの中心街《セントロ》に店を構えた最初の日系商店（杉本芳之助経営の家具屋）の一つで、大きな看板を出すほど繁昌していた。家具のニスがぎらぎら反射するのがホテルの窓から見えたのだろう。トーキョーとミラノの組み合わせは、市電とラバの同居よりもっとちぐはぐに映ったに違いない。

カーザ東京の広告（永田稠『南米日本人写真帖』日本力行会、1921年）以下『写真帖』と記す

　一九二〇年代、サンパウロはそれまでにない生活様式の激変を経験した。ニコラウ・セヴセンコのサンパウロ文化史『メトロポリスの恍惚のオルフェ』によれば、一九世紀の文学、科学、理性、言葉、意識の世界は崩壊した。「大メトロポリスの出現、その方向を見失うような渦巻き、つじつまの合わない複数の顔、ばらばらのリズム、人間の扱えないような規模、分断された時空間、緊張の集中、これらは安定した連続的な文化の基盤を消滅させた[2]」。東京、大阪、パリ、ベルリン、ニューヨーク、ミラノの同時代文化を知る者には既視感のある分析だ。南半球もまた世界規模の大きな変化の一端を担い、またそれに巻き込まれていたことが、この魅力的な著書からわかる。東京・大阪とサンパウロ

の住人はこの時期初めて、流行、感性、意識、不安、表現を共有することになった。長い船旅をした移民は、東京以上に高層化の進んだ都市景観を見、日本で聴いたジャズソングを聴き、母国ではあまりできない冒険に繰り出した。その一方で適応できずにふさぎこんだ。彼らはモダン・サンパウロで何を見聞し、感じ、それを文章にどう言い表したのか。本章はサンドラールにとっては点景にすぎないカーザ・トーキョーの窓から、シカゴやマンチェスターに比較されるサンパウロの急激な変化を見たい。

カーザ東京の広告（左『聖報』1930年4月11日付、右『聖報』1931年11月13日付）

戦前、サンパウロ市に住んだ日系人は移民全体の一、二パーセント、二、三千人にすぎない。一九三九年でさえ五千人弱で、商店、旅館、食堂、運転手、大工、洗濯屋、露天商、青果市場労働者などが代表的な職業だった[3]。ほとんどは農家出身で、農園にいったん送り込まれてから引っ越して、都市の下積み層に組み込まれたが、稀には移住前に都市文化に親しみ、文章を書ける者もいた。彼らは日系社会のなかでは少数派だったが、無視することはできない。

彼らが執筆の際に参照したのは、都市風俗を軽妙に描いた一連の文章だった。文学史では新感覚派、新興芸術派と呼ばれるが、その感化を受けた旅行記や都市探訪記や生活スケッチがブラジルの書き手に取り込まれた。ひとつの数字を挙げれば、一九三〇年、サンパウロの日系四商店に輸入された雑誌の総数一八五五冊の売り上げ順位では、モダン青年必携の『新青年』が二七冊で一四位につけている（一〇月九日付『日伯』）[4]。『キング』や『講談倶楽部』ほど多くないが、一定数の読者がいたことが重要である。同誌が移住のすすめ、開拓生活記、冒険譚などによって、読者に「海外雄飛」をあおったことを思えば、意外とはいえないが、これまでのブラジル移民の土臭いステレオタイプとはうまく合わない[5]。その読者のなかにはこれから取り上げるような文章を読んだり書いたりした者がいただろう。質の点では、文学青年が筆のすさびに物してみたという程度の作しか残っていない。最初の同人サークル地平線が生まれるのは数年後で、新聞がほぼ唯一の発表メディアだった。互いに刺激し合うような拠点もなく、最後に詳しく論じる上出来の作を残した作者ですら、継続的に発表した形跡がない。

本章の目的は移民文学を暗黙のうちに農民文学に限ってしまう固定観念に対して、モダン文学の側面を紹介することにある。ブラジル社会のなかで少数派であるばかりか、移民社会のなかでも少数派であった主にサンパウロ市の青年が、どのように都市体験を文章化・物語化し、移民であることを自己省察したか、本国の文学とどう関連するのか、このような点を解き明かしてみたい。主流が「土臭い」農民文芸（前章で論じた植民文学）にあったことはまちがいないが、一部の書き手はサンドラールと同じ空気を吸い、都市風俗に敏感だった。著者のなかには帰国者もいて、厳密な意味での移民文芸に含めるべきではないかもしれないが、ここではその詮索はしない。

最初に渡航前に都市体験をしていた青年の存在と彼らの文章の好みについて大雑把な図を提供する。都会青年は概して農村から離脱・脱落した挫折を負い、定職も見通しもなく鬱屈していた。その手なぐさみに文章が選ばれ、定型的な、興味本位の、性的な小説や随筆が本国の流行に則って書かれた。書き手にとってサンパウロの繁華街やダンスパーティーは日本の（したがってパリやロンドンなどの）尖端風俗と文学的に連携していた。次に工場や革命にちなむプロレタリア詩に触れる。その作者は運動に立ち上がることはなかったが、表現欲は満たされた。最後に本国の新興文学の感化を強く受けた園部武夫の短編小説「賭博農時代」を取り上げ、そのフラッパーのイメージ、都市描写、農園の階級構造、歴史観について詳しく論じる。全般として京浜・阪神のモダン文学の外地縮小版でしかないかもしれないが、異郷に暮らす興奮と不安、マイノリティ意識が執筆の基盤となっている例が多々見られる。

メトロポリスのジャポネース

一九二七年ごろ、サントス港に到着した若い移民は判でおしたように、男はラッパズボンに長ったらしい上着（ズートスーツ）、女は断髪で裾の短い着物を着けていたという（一九二七年一一月一一日付『日伯』）。神戸で慌てて洋

「キング・オヴ・ジャズ」広告
（『新報』1930年10月7日付）

装を買い込んだ者が石川達三の『蒼氓』にメモされている。人生の変わり目に、しっくりこない尖端ファッションを試した者が少なくなかったようだ。しかしなかには渡航前に尖端文化に親しんだ者もいた。奥地のコーヒー園のエピソード。銀座を懐かしがる青年が「フト頭を持ち上げ初めたノスタルヂャを誤魔化す為」に「ティティナ」を英語で歌いはじめた。すると相棒の黒人がびっくりしてポルトガル語で歌ってみせた。そして「バレンシア」「ラモーナ」など国際的なヒット曲（日本でいうジャズソング）を次々に歌わされた。ブラジルではトーキーがこれらをはやらせたとその黒人は語った（王張生「田舎から田舎へ」一九三〇年五月二九日付『時報』）。

この逸話はジャズの世界同時性を雄弁に語っている。一九二〇年代は、交通や情報網の発達、録音技術や映画の普及のおかげで、国境と大陸をこえて、都会の中産階級が初めて同じ話題についておしゃべりし、同じ音楽を聴き、同じダンスに踊った最初の年代だった。アメリカ合衆国の大衆音楽が最新性を象徴し、世界共通の基本になったのも二〇年代からだった。アメリカの歌が口をついて出る青年は紛れもなくモボ（モダンボーイ）の一人だった。アメリカ合衆国のアジア系移民への門戸閉鎖と昭和大恐慌は、「大学は出たけれど」行き場のない都市中間層を南米に送り出した。日本で働き口を見つけた駐在員の他に、早いうちに離農し、教師になったり出版界や領事館や銀行に仕事を見つけた者も多く、小さな日系ホワイトカラー層を築いた。上の銀座通いが田舎に飽きて、サンパウロの中心街《セントロ》で職を見つけたら…。紫雲生「給仕狂進曲」（一九三〇年二月七日付『聖報』）が自己風刺するお気楽な事務員は、角のラジオ屋から流れる「いいムジカ」にうっとりし、五時を回ると「これからは俺の天下だ　夕飯後はパラマウントか、ドロレス・デ〔ル〕・リオも満更ぢゃないな」と、ハリウッド映画を壮麗な劇場に見に行こうとしている。日本でいう洋楽（ジャズ、ラテン）、洋画しかない都市生活を独身青年は満喫している。果たして事務員の給料で錦衣帰国できたのだろうか。それともこの程度の俸給生活に満足して居残ったのだろうか。他人事ながら、現地採用者の行方が気にかかる。

メトロポリス体験は随所に描かれているが、まずサンドラールが印象深く連呼した市電から始めよう。二〇年代最大の問題作、阪井田人間「狂伯爵」には次の一節がある（一九二三年五月二五日付『時報』）。

> その漆を塗り詰めたやうに磨きをかけた路面、四条の鉄路はヂリヂリ焼きつける熱帯の日を紫に照り返しつつ、街の中央を一貫し蜿蜒と匍匐している。その軌道の上を納涼にはお誂え向きと云った風の開放電車が、時たま思い出したように警鈴をけたたましく鳴らして、兜型の帽子にノッソリと退屈相にぼんやり突立っている巡査の耳を驚かしながら、行路樹のしたたる緑を両側に眺めて走って行く、その並樹の隙間から丁度黒人が純白の高い襟をつけて立ち佇んでいるように、漆黒い円筒柱が電気の架空線を高所で互いに引っぱり合い、一定の或の《ママ》間隔を保ちながら行列を作って居るが其襟とも見るべきペンキ塗の白色の部分だけが特別クッキリと青葉の蔭に引き立って行人の睡気を醒まして居るようだ、坦々として両側に延びている贅沢な歩道に面しては思い思いに華美な意匠を凝らした大厦や高楼の直線美や曲線の美等が広い庭園の鬱樹に蔽われて、ちらりちらりと樹の間に隠顕して居る。緑の光彩鮮やかな芝生や、種々の趣致を具えた荘麗な花壇の香に取り巻かれて（傍点原文）。

中心街では二〇世紀初頭にヨーロッパ風の歩道が完備された。同時期の銀座や丸の内よりも広範囲にわたった。黒々と光るアスファルトの技術も日本よりも進んでいたようだし、緑との調和も配慮されている。架線を支えるポールの秩序ある並び、蜘蛛の巣のような鉄線は最新の風物詩で、ヘルメットの交通巡査の姿さえ異国風で目新しい。熱帯の都市風景を気温や雰囲気も含めて巧みに伝えている。

マルチネリ・ビル

一九三四年に完成した三十階建（一三〇メートル）の南米最大の摩天楼、マルチネリ・ビル（マルビル？）は、サンパウロのモダン生活の象徴だった。日本の建築史を画した丸ビル（一九二三年竣工、八階建、三一メートル）程度の高層建築が複数立ち並んでいたばかりか、その外見も「華美な意匠」を凝らし、偉容を湛えた。それは移民の自負心さえくすぐった。そして騒音も心地よく響いた。「聖市（サンパウロ市）の騒音は焦立たしい機械性のものでない。それは叙情間《ママ》で朗らかさのある色彩的香気に恵まれている街だ。白亜が緑的に輝いて美しい。そこに頭角を抜いて燦然として聳えている。「伯人の誇りマルチネリが天に嘯いている」。馥郁たる南風に薫られ、南欧風な韻律を加える音楽は椰子の葉裏を思わせて不思議と魅惑的に翠緑と粉淆する…」（一九三五年九月一八日付『時報』）。

外国人としてサンパウロの中心街を闊歩する違和感と昂揚感を、原田奈美男の「異国の都の十字街にて」では次のように描いている（一九二八年一〇月二八日付『時報』）。

赤、青の強き色のどよめき／…／われは、実に／日出る国よりの旅人／赤、青の強き色のどよめき／強き弱き、／香と音波との流れ。／目に、耳に、／寄せ来る濃きときめきは／外国人《とつくにびと》の我に／只むなしさの習慣《ならわし》のみ…／ベルの音けたたましく流れ、／立てる守人の白き棒の／妙に、右より左へとうごけば／赤、青の強き色のどよめきは／又、／太き官覚《ママ》を生々しく／我が眼に焼付けて消ゆ／都の街の行進曲よ。／ああ！／我はエスタンゼーロよ。

信号待ちしながら交通巡査の身振り、雑踏を観察している「旅人」は、まだブラジルに着いたばかりらしく、眼

市立劇場（左）とエスプラナーダ・ホテル（右）
（両角貫一アルバムより）

も耳も鼻も開いて新天地を感じている。感覚の刺激過多を通したモダン都市の点描は日本のジャーナリズムで流行し、カクテルライト、けばけばしい色の広告、騒音、ジャズなどを次々に挙げて新しい生活の様相を描く文章が氾濫した。「官覚」が造語なのか誤字なのかわからないが、官能と感覚を圧縮したようで、モダニズムに合っている。また「行進曲」はモダンを感じられる事柄の隠喩で、日本では流行語だった。著者は数多の「行進曲」文を浴びるように読んできたのだろう。[6] 原田にとってサンパウロの十字街は既視（聴）感のある場所だった。しかし似た「官覚」的体験なのに、雑踏から浮いている自分に気づく。「日出る国」の出であることが強く意識に上り、「エスタンゼーロ（異邦人）」と通行人の立場と言葉で自分を定義している。彼がそれを快く思っているのかどうかはわからない。「エトランゼ」というフランス気取りの言葉は、この時期、日本の新し好きの間に広まっていたが、「エスタンゼーロ」（エストランジェイロ）はそのポルトガル語版、つまりブラジル在住の日本人にしかわからない符合だった。

サンパウロのモダンぶりは詩人ばかりか歌人の目も奪った。『椰子樹』創刊に尽力した花瀬群濤こと坂根総領事は、赴任間もない一九三八年、「聖市讃歌」という連作を発表した（四月一九日付『聖報』、聖市は聖《サン》パウロに由来する略称）。その一部を引用すると——

九つの丘から丘へ家建てて富めりと誇るひじり名の都府《まち》
聖名《ひじりな》の都府《まち》うつくしや目も眩《あや》に人種《ひと》のいろいろ群れ睦み居て
革命の血を流したるきほひよき州都《みやこ》も飽きて今しづかなり

TEATROにHOTELの続く車みち花壇めぐりつ岡下りてゆく
短冊を椰子の樹梢《こずえ》に散さばや夕空たかき陸橋《はし》に凭れて
赤や黄にカンナ燃えつつとりまけどVERDIの像は物思ひ居り
SÃO JOÃOの長き通に灯は点きぬ凪なまぬるき一月の宵

サン・ジョアン大通り（『在伯同胞』）

世界各地を見てきたコスモポリタンは、町の華やかさにすっかり眩惑されているようだ。移民の「土臭い」短歌を読んでくると、別天地に降り立ったような気がする。サンパウロ市に住んだり、立ち寄った歌人がそれまでにいなかったわけではないが、町の表玄関（市立劇場、陸橋、サン・ジョアン大通り）の壮観をこれほど情熱的に歌にした者はいなかったはずだ。富の開花に対して気後れするところがない。もちろん着いたばかりの旅人の眼であるし、数年後には離任することも自覚している。日伯外交関係の危機も充分に理解している。革命が再び起きないとも限らない。それでも市電と車が行き交う陸橋にもたれて、椰子に短冊をばらまいてみたいと夢見るような無邪気さを失っていない。そこからは例のマルチネリ・ビルも間近に見える。市立劇場の前に立つヴェルディ像に一礼することを忘れていない。劇場横には賓客の泊まるエスプラナーダ・ホテルが構える。サン・ジョアン大通りは三十年後、カエターノ・ヴェローゾがバイアから着いた時、「心に何かが起きる」実感を得たところだった（「サンパ」、サンパウロの愛称、フランス語の「すてき」と同音）。外交官歌人もまた心のざわめきを隠さない。

ヂレータ通りのエトランゼ

東京でいえば銀座にあたるヂレータ通りを闊歩するモダンガールのファッションを、生島生「ア・モーダ」（フランス語のラ・モード、流行の意）は細かく観察する。「ラガルソンヌ（若い女性、フランス語）に／つば短のボンネ（帽子）／／両耳に神秘的の光を／放つ真珠一粒づつ／／黒繻子に白か金色を／配した短かいベスチド（ガウン）／／肉色の靴下を長く見せ／ペリカブランカ（白の仔牛革）の靴はいて／／片手には紙入風の／粋なカルテイラ（書類入れ）を持ち／／片手の小脇に太く短かい／洋傘を軽く挟んで／／スーッスーッと／精錬された歩きぶりで／／行くのがヂレータの／ノビダーデ（新人、最新ファッション）」（一九二五年七月一〇日付『時報』）。

日本でも女性ファッション用語（髪型、ドレスのタイプなど）が一般にも流布し、それ自体が流行語になった。モガの洋装を見る男性の眼差しは新たな語彙を獲得したために、より分析的になり、細部まで見分けられるようになった。女性がファッションに敏感になると同時に、見つめる男性もまたファッションに聡くなった。ヂレータ通りで美しいブラジル女性に心惹かれた日本人は、それまでにもいたに違いないが、生島ほど精密に誘惑的な外見を言葉で表現した者はいなかった。彼はポルトガル語の豊かな語彙を持つモダンボーイ、モボだった。

自家用車に乗る日本人家族（1940 年サントス）
（両角貫一アルバムより）

ファッション用語は今も昔も片仮名が多い。それだけでなく、片仮名語をうまく使えることがモダン感覚の証となる。守家峰花「並樹路の夕」（一九二五年一二月一一日付『時報』）は、モボの片仮名趣味を前面に打ち出した詩である。「ヴェランダのチャー（チェア）」に腰掛けて道行く人を眺めるという内容で、「カペロコルタード（ショートヘア）の／モーダの襟に／肉体美の貴婦人が／フイリヤ（娘）らしい三人のモッサ（少女）伴れて／向ふのサイドウォオクから…」、あるいは「絶え間なくパルチクラール（自家用の）自動車が／ブルジョア連のファミリアと共に／ヴィドロ〔ガラス〕の様に滑らかな／ロードウェーイを／右往左往して走って居る」というような外来語の混合率の高い詩句を連ねている。この書き手もまたこのような言葉遣いに馴れたモボだったろう。

都会と田舎の二分法は、日本と同じくブラジルでも見られた。次の詩は都会の腐敗と頽廃を批判し、高原の畑を讃えている。だが語彙や修辞にはモダニズムがしっかり刻み込まれ、作者は自虐的に都会的悪に心引かれているようにも見受けられる。「脂肪質な、巨大な体軀／時代を／颯爽として闊歩する／田園の紳士／サンパウロ！／／極端に収縮した／心臓！／キンゼノベンブロ〔十一月十五日通り、中心街〕よ／夜となれば／世紀末的怪しげな／心臓の、ときめき／AVIAÇÃO〔航空〕／GOODYEAR〔米国のタイヤ会社〕／／時代の／めまぐるしい進展に／成り上り者の／深刻な懊悩よ／だが／高原の圃場は／陽に輝き／類例なき肥土に／稔りは豊かだ／其処に／投げ込む搾取網の／手応へは、常に、／確かだ」（K・K「サンパウロ」一九三六年三月二四日付『聖報』）

マッピン・ストアズ

「南米のパリ」を目指した首都リオに比べずっと都会化が遅れたサンパウロを「田園の紳士」、「成り上り者」と皮肉っているが、日本語のなかに撒かれたアルファベットはネオンサインのように、安っぽい輝きを放つ。作者はその模造宝石のような輝きを肯定している。そして「搾取網」というマルクス主義風の語彙も忘れていない。

このひねくれた好みを廃し、きっぱりと都会を批判しているのは、一九三〇年の「田舎者漫話」だ。「ジャズ、レビュー、テレビジョン、トーキーなど片仮名コトバが氾濫している昨今、「私の様な田舎者は、所謂末梢神経の興奮と麻痺が同時に起こってうっかりしていると生肝が引っくり返って、ジャズを踊るかも知れない。…モダーン生活者が、モダーン生活に身も世もあらぬほど、瞳影〔憧憬?〕を持ち、モダーン空気を飽くまで呼吸し度く思って、あえぎあえぎ生活して居るのに比べて赤い土の上へ排便し、珈琲の蔭で睦言を語る、田舎者の方がずっと幸福感が深かろうと云うもの」（五月一五日付『時報』[7]）。これもまた都会と田舎のステレオタイプを語る植民文学の一変奏だろう。モダーン生活を実現する経済基盤は、田園生活にいろいろな形の「あえぎ」をもたらす。都会生活もジャズやトーキーから外れた部分が広がっている。モダーン風俗は日本でもブラジルでも、「憧憬」を喚起するマスメディアによって作られた面が大きい。田舎者もまたその言説の作り物のなかに取り込まれている。

悟堂を模しながら

サンパウロはイタリア系移民が都市化に貢献したため、カフェーでくつろぐ習慣が早くから定着した。労働者階層にはそれにふさわしい趣味と値段のカフェーがあり、金持ち階層にはそれに応じたカフェーがある。カフェー自体には尖端風俗というような意味合いは少ない。これに対して日本では最初、パリの雰囲気を懐かしむような客層に向けて作られたため、長い間、貧乏人には敷居が高く、コーヒーは奢侈品に属し、一部の人の口にしか入らなかった。コーヒー園で初めてそれを飲んだ日本人があまりの苦さに吐き捨てたという話がよく伝えられている。戦前はコーヒーはもちろんのこと、カフェーを知らずに移民船に乗った日本人も多かっただろう。次に引用する詩の作者は気取った語法からして、日本でもカフェーに通うようなグループに属していたと思われる。彼はカフェーが都市生活の幻想的小宇宙であると讃えている。

「都会小曼陀羅帳　珈琲店」　若男
色やかなる情熱のカフェーは／不思議なる都市の光線の筋で／夜の紫の焔と／深紅の虹を纏ひつつ／星や街灯の／交叉のうちに散らばる
カフェーは華やげる／漂流人の天幕となり／匂はしき／彷徨女の王宮となり／もろもろの孤独なる／情熱像を燃やし出して／衣装ある髑髏の色絵を灯す

瓦斯や影絵の彩薫ある街巷から／男女の流星は／ほのかにカフェーにすべり入り／秘密の計画ある／魔の鳥のように／青い肉体を／卓や椅子に飾り立てる
夜の時計の回転につれて／客は朧ろげなる焰となり／酒の牧師も／花の兇漢も／累々としてすれちがふ
カフェーは／夜の都会のあたらしい／教会となって／悶ゆる懺悔人を／呼び入れもするが／化粧せる闇の／貴婦人がするどい表情で／生きた心臓をとりにくる／地獄にもなる
カフェーは／夜街の彩られし天文台で／情熱の深夜や四季や／時刻表をうつし出し／多くの人情技師や散歩の魔女が／死や恋愛の現実文字を／読みに来る小建築である（一九二四年二月二二日付『日伯』）。

この詩、実は中西悟堂の「珈琲店」（『東京市』一九二二年）をそのまま引き写したものである（鈴木貞美編『都市の詩集』平凡社、一九九一年に再録）。若男はお気に入りの作を書き写し、自分の署名をし、投稿したにすぎない。著作者意識に欠け、新聞の公共性を黙殺した「盗作」だが、私は書き写しで文学的な渇きを癒そうとした若男に同情的だ。たぶんヤングマン氏はサンパウロのカフェーでくつろぎながら、たぶん元の詩の読書体験を思い出した。日本よりも遅くまで営業し、男女が露骨にくっつき合い、教会が近くにあるサンパウロのカフェー——中西が銀座あたりで空想したに違いない異国的雰囲気はまさに目の前にある。若男はただ「漂流人の天幕」という言葉に反応したかもしれない。はるばる地球の裏側までやってきたもののいつ帰れるかわからない旅人。書き写し、活字になったのを読み返しながら、「原作」を読むのとは違った心持で日本を思い出したかもしれない。
実際、すべての頁が一人の詩人の作品で統一され、余白の多い紙面の詩集のなかに置かれた「珈琲店」と、ブラジルの雑多なニュースに囲まれた「都会小曼陀羅帳　珈琲店」は、外見も読者層も違う。文学者のテクストを個人全集に収録した時に、初出紙誌のさまざまな脈絡が切り捨てられるのと同じように、ブラジルの新聞に異なる署名者により「再録」された作は、決して「同じ」テクストとはいえない。私はこの詩を見たとき最初、ブラジルにも洗練された自由詩の書き手がいたことに不意を突かれたが、「原作」発見後は、中西悟堂の読者が移民のなかに混じっていたことに改めて驚かされた。若男は愛読詩集を柳行李に入れたか、詩のノートを持ち歩いていたに違いない。モダン感覚の読者はこの時期、ほとんどいなかったはずだ。筆名が示すように自分の若さを強く感じた青年は、愛唱詩を書き写すことで文学的な孤独を慰めるしかなかった。わざとらしい筆名を署名しているのは、書き写しが文学的な虚飾であると意識していたからに他ならない。もしこれが同人誌だったなら、仲間に対して虚偽の評価を得る企みと見ることができる。しかしこれは不特定読者相手の新聞であるし、若男の名は他では使われていない。そもそも詩の読者集団がほとんど形を成していないのだ。おそらく当人だけがこっそりほほえむだけですべてが終わる悪意なきいたずらと見るのがよいだろう。書き写される原作者よりも書き写している文学的な分身に比重をおいた営みだった。セルバンテスを一九世紀に一言一句たがわずに書き写した作家を発明したボルヘスの短編「『ドンキホーテ』の著者、ピエール・メナール」を想起させる。若男についてはは一切わかっていないので、これ以上推測を重ねても無駄だが、通常の引用や盗作の域を超えた書き写しの文学実践として、ブラジルの「珈琲店」は興味深い。

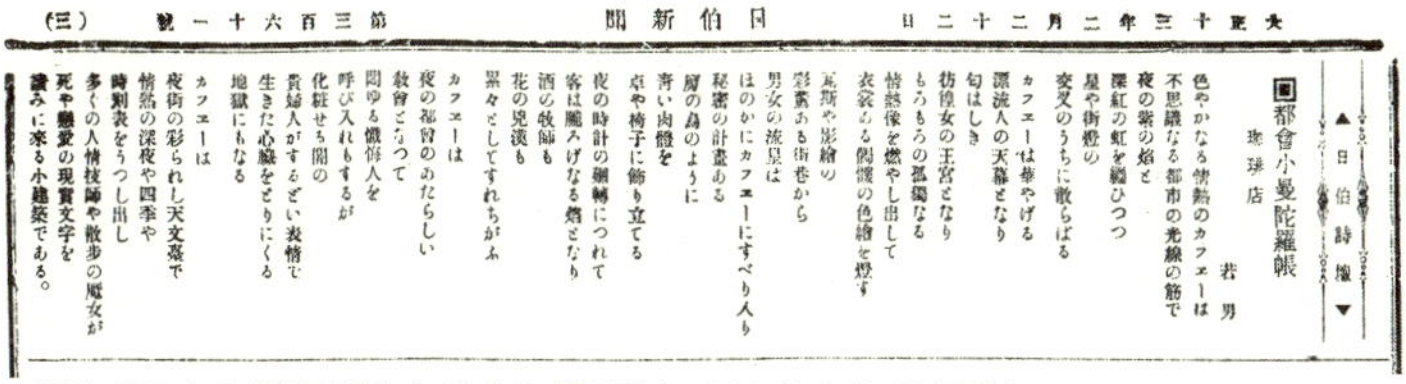
大正十三年二月二十二日　日伯新聞　第三百六十一號　（三）

▲日伯詩壇▼

都會小曼陀羅帳
珈琲店　若男

色やかなる情熱のカフエーは
不思議なる都市の光線の筋で
夜の紫の焔と
深紅の虹を織ひつつ
星や街燈の
変叉のうちに散らばる
カフエーは華やげる
漂流人の天幕となり
匂はしき
彷徨女の王宮となり
もろもろの孤獨なる
情熱像を燃やし出して
衣裳ある偶像の色繪を燈す
瓦斯や影繪の
彩紫ある街巷から
男女の流星は
ほのかにカフエーにすべり入り
秘密の計畫ある
屑の蟲のように
青い肉體を
卓や椅子に飾り立てる
夜の時計の廻轉につれて
客は臆みげなる燐となり
酒の牧師も
花の兇漢も
累々としてすれちがふ
カフエーは
夜の都會のあたらしい
教會となつて
悶ゆる懺悔人を
呼び入れもするが
化粧せる闇の
貴婦人がするどい表情で
生きた心臓をとりにくる
地獄にもなる
カフエーは
夜街の彩られし天文臺で
情熱の深夜や四季や
時刻表をうつし出し
多くの人情技師や散歩の魔女が
死や戀愛の現實文字を
讀みに來る小建築である。

若男「都会小曼陀羅帳 珈琲店」（『日伯』1924年2月22日付）

書き写しは他にもある。一九三六年の無署名のカルナバル記事には「カルナバルは贋と真者の振酒器なのだ、みんながお互いにMake-Believe し合って相手の夢を尊重する約束を実行している催眠状態だ」（一九三六年二月二五日付『聖報』）という凝った文章がある。実は谷譲次『踊る地平線』（一九三四年）の一節を引き写している。(8) 原文はアルプスの保養地の豪勢なカルナバルを活写した「白い謝肉祭」の章。「聖モリッツは贋と真物の振酒器《ミックサア》なのだ。みんながお互いにMake-Believe し合って相手の夢を尊重する約束を実行している催眠状態

——」（岩波文庫、下、二五六頁）。聖モリッツをそっくりサンパウロに瞬間移動させ、「白い謝肉祭」を「黒い謝肉祭」に反転させたかのようだ。筆者だけが知っているいたずらだった。この引用の直前で彼は「黒坊も白坊も、トルコもジャポンも何もない、カルナバルはすべてを平等にする」と記しているので、ヨーロッパでは特権階級にしか許されない乱痴気騒ぎが、ブラジルでは万民に解放されているという平民主義的な誇りを感じたかもしれない。

模作はサンパウロの尖端と日本の尖端を強引かつ私的（詩的？）に連携する試みである。書き手には贋作を書いてやろうとか、文学的評価を得ようというようなねじ曲がった大志はなく、お気に入りの文句を公共の媒体に流し、活字として読みなおすのを楽しんだとしか思えない。他にも室生犀星の有名な「故郷は遠きにありて思ふもの…帰る所にあるまじや」が、地元の詩歌に挟まれ、作者名抜きでレイアウトされた「詩歌壇」を発見した（一九二九年五月一〇日付『日伯』）。古い歌の折り句のように見える。これに犀星以外の名を彫ったら、作為は丸見えだ。埋め草に担当者が好きな文句を脈絡なしに活字にしたことは間違いない。個人の帳面に自分の字体で書き残したものを一人で読むのとは、自ずと違った喜びがある。もっと目立たない書き写しもあるだろうが、許容範囲内のいたずらと見る。その署名がその場限りで、匿名的ならなおさらだ。作者意識の乏しさは、素人（作者以前）文芸の特徴だが、地理的に最も離れているうえ、文学業界が成立していない土地ではなおのこと、署名に対する責任感は薄かった。

マリネッティに捧ぐ

渡航者のなかには最新芸術事情に詳しい者もいた。泡影子と名乗る『日伯』の定連寄稿者はマリネッティの未来派宣言を礼讃する自由詩を発表している（一九二四年八月二九日付『日伯』）。この二年前にサンパウロの前衛運動の一大宣言となったモデルニズモ週間が市立劇場で開かれ、音楽、詩、美術、演劇の偶像破壊者が過去と決別する展示、演奏、朗読などを行なった。一九二四年前後、マリネッティの挑発的な文章はブラジルの尖端的知識人・芸術家の間で論議を呼んでいて、著者はそれに触発を受けたのかもしれない。全文を引用する。

「その宣言から」　泡影子

『我々は危険を愛し…』と／新しい主義の為めに立った――／伊国の詩人その名はマリネッテ、／今俺は未来派の絵の前にいて／かの雄々しい宣言を回想している
反逆の気に充ちた宣言書に／新しい力が生れた、／それは芸術の新しい方面への／転回だった、／反逆の彼等の前に蹂躪された／歴史と伝統、
不徹底な過去を夢みる／抒情詩的な気分の前に／激怒した青年画家の一団は／『革命』の叫を高くあげた、
混沌に生きている彼等の／神経の末端には／吾々がかつて讃へた／希蠟の古い彫像よりも、／街道を馳駆する自動車の／曲線の無数の連続や／町さ《ママ》走る犬の足に／より多くの共鳴を発見する、／『争闘の地には美は存在しない』／『侵畧外に傑作もない』／彼等は叫んだ、／新しい時代は来た、／労働、快楽、反逆を號ぶ群集／工場汽《ママ》関車の美を喝采する群集
『教授連や考古学者や／古典崇拝の連中を伊太利／中毒から救はねばならぬ』／おれはこの新しい気力を貴んだ
『腐敗している内躰の堆積』／それは博物館に、／おれの前には何の意義もない／自身を毒し、／頽廃を自ら求める人間は不幸だ
一九一〇年高く叫んだ／伊太利亜の詩人マリネッテ！／あらゆる芸術から離脱した／彼の『事業』は偉大だ、／芸術本来の精神への／復帰を高唱した彼、
甘い古びた夢の殿堂の中に／安易な惰眠をむさぼる／画家の前におれは頽廃根性を／覆し、新しい未来主義の芽を／植え付ける為に大きな「力」を／投げる、
マリネッテは永遠に生きる、／彼の「事業」と「力」は不朽である。

一九〇九年（一〇年ではなく）、マリネッティの「未来派宣言」が引き起こしたスキャンダルはよく知られている。もともと力、破壊、機械を讃えていた創唱者は第一次大戦後、急進的な軍国主義礼讃に走り、ファッショ党に近づいた。芸術と政治の境界を踏み越え、左翼からは嫌われた。彼らの眼には、二〇年代の未来派は宣言ばかりが大胆な芸術的な道化のように映った。マリネッティは何であれ挑発を行動の最終目的とし、どのように評価されるにせよ、注目を維持することを運動の本義とした。緻密な論争よりも鮮烈かつ大仰な宣言に、彼らの本質はあった。

泡影子は「未来派宣言」の有名な文句を随所で引用しながら、マリネッティの革命的態度、過去主義との訣別に心服している。発表当時は群衆の力を讃えた宣言が、労働者革命の潜在力を刺激するかのように読まれたことがあったが、泡影子の詩はその幻想が一九二四年ごろにもまだブラジルで生きていたことを推測させる。

一九二六年にはマリネッティがサンパウロとリオを訪れ、大騒動を引き起こした。ヨーロッパ各地で企画された催しと同じく、観客の怒号、口笛、歓声、野次に迎えられた。国際的未来派を標榜しつつイタリアの主導を疑わない彼の大演説は、モデルニズモに参加した前衛文学者・芸術家をあまり納得させなかった。ムッソリーニの諜報員かもしれないという風評も立って、左翼系知識人は激烈な演説を半信半疑で聞いた。ブラジルの前衛はヨーロッパの前衛とは違うということが明確化し、飛行機や電気を讃えるよりも、伝説的な先住民文化や野蛮なアフリカ文化を呑み込んだ「食人種」（オズヴァルド・ジ・アンドラージ）が、その後、ブラジルの前衛の鍵となる隠喩になった。マリネッティの来訪は、ブラジルの前衛運動が民族主義と原始主義の混淆に傾斜していく触媒になった。日本語新聞はマリネッティの来伯について何も論評していない。泡影子の熱が去ったのか、彼自身が去ったのか(9)。

二　官能と憂鬱

サンバで踊って

「僕も長い間凡そ海外を歩いた方だが、ブラジル人ほどダンス好きの人間を見たことがない。昼でも、夜でも、何かと言うと直ぐダンスをやり出すのである」。堀口九萬一は外交官としてのブラジル滞在（一九〇〇年〜〇五年、一九一八年〜二三年）をこう振り返っている。[10] 田舎暮らしの移民でさえも、日本ならば尖端人の間にしか広まらなかった社交ダンスをじかに体験することができた。社交ダンスは国内では、国粋主義者の嫌悪の対象となり、流行歌や通俗小説やジャーナリズムで、ダンスホールや職業ダンサーが華々しく採り上げられている時でさえ、都市青年のサークルの外に広まることはあまりなかった。ほとんどが農村出身者の移民のなかで、ダンス経験を持つ者は本当にわずかだっただろう。これに対してブラジルでは事情はまったく異なり、ダンスパーティー（バイレ）を都会でも田舎でも、老いも若きも楽しんだ。上で述べたコーヒーの文化的位置と似ている。次のダンス礼讃は「鍬引く青年」の感激を伝えてくれる。モンソン耕地という純農村でさえ、日本から見ればコスモポリタンなパーティーが週末、夜通し開かれた。

「舞踏」　すみれ

春の様な長閑な楽の音につれ／若い男女は腕を組みつつ／静かに踊り出した／伊太利人／ブラジル人／スペイン人／それらの若い　男女が／日本人、ポルトガル人混じって／余り広くもないサロンで／ピッタリ寄り添い乍ら／輪になって踊り回っている

タララッタッタ　タララッタッタ／赤い血に燃えた／二ツの心臓は／今にも破れそうだ／薄い衣服をへだてて／二ツの肉体が触れ合う時／何と若い　俺達は／お互いに興奮してることよ！／楽手が夢中で奏でて行く間／男女の群は／楽しい囁きを交わし乍ら／ぐるぐると　軟らかく　軽く／静かに静かに　廻って行く

情熱に燃えた南欧の娘等よ！／御身等の柔らかい腕に抱かるる／我々青年の幸福さ／細い金髪が風にゆれて／熱した息が耳たぶにふるる時／燃えたつ様な唇が微笑を含み／チャーミングな瞳が輝ける時／おお　若者よ！／踊れ！狂え！舞え！／若い血潮を湧きたたせ／其処に鍬引く青年の／春があるのだ／其処に／コスモポリタンも出来るのだ／おお若者達よ‼／あの軽やかな／ワルサ〔ワルツ〕が聞こえないのか⁉（一九二八年八月三日付『聖報』）

作者は「我々青年」に呼びかけ、連帯を図っている。彼は官能的な金髪娘と体を寄せ合うことに素直に興奮している。ダンスの輪に加わることはブラジル生活の喜びを自分のものとし、「コスモポリタン」になる手形である。最後の文句はたぶん傍観するだけの引っ込み思案の日本人青年に向かって、檄を飛ばしているのだろう。
次に引く詩は田舎のダンスパーティーを大胆に描いた（野崎）舟人の「百姓舞踏」だが、日本なら横浜か神戸の西洋人向けホテル、あるいは上海やハルビンの風景としか思えない。ダンスの興奮を描こうとするとき参照されたのは、本国で流行のリズミカルで軽妙な文体だった。

灯がぱっと眼を開く頃、／乳辺に紅薔薇をつけた／薄物の夜会服の華やかさで／モッサムリエル〔少女と婦人〕達が／花吹雪となだれ寄せる。／――会場へ会場へ酒場に並列するビール樽には／ポンプが取り付けられて、／石鹸玉の泡を噴く／カップが乱れ飛ぶ。／むらがる頭上に／無数の手が生えて／先を争ひショップ〔生ビール〕を呼ぶ。／「ビイバア！〔万歳〕ビイバア！」／の歓声…

かん骨のみ特種《ママ》に目立つ／ジャポネース達も／周囲の席に陣取り／しょぼ眼を見張っている。／「どうです？踊っちゃ!?」／由比の正雪や天狗菌《ママ》の／断髪連が狐めいてはにかむ。

白、黒、半黒、／老若男女入り乱れ、／万国合併のダンスである。／一同に溢るる／幾百組とない異性同志の／——ボールルーム・ダンス！／マヅルカ。ワルツ。／ツーステップス。等等。／円舞〔ラウンド・ダンス〕は／次々に行進する。

アルモーニュのタンゴは、／群肝《ママ》をゆり挙げゆり降げ、／歓楽の絶頂に沸騰させ、／そして天国地獄の境界線《ママ》を／断ち切ってしまう。／絹一重に相抱擁し、接触し、／感覚し乍ら蠢く／異性の肉体と肉体／さら〔に？〕燃え。輝き。戦きふるふ——／瞳—唇—腕—足、足、足だ。／奔放な人間性の具体化！

——其処には、虚偽も憎悪も、／伝統、道徳も、何等の絞《ママ》束も／屁理屈もない。／ただ赤裸々な人間性の／全感性の火華だ。／靴の尖端から尖端へと、／情欲に膨らむ臀筋の圧縮運動／かね——よいしょ来た。

該《ママ》一夜の十二時間こそ／思う存分彼等のものだ。／混交醋雑な感激の中に、／良心と魔性なら勝手に抗争し／或は妥協し翻ろうとしやがれ／近代の科学の文化の／享楽への行進歩調だ。

「あいつの尻に／喰っ付いてるのは、／どいつの眼だい？」／「──奴！頭越しに／尠からず気遣ってやがらム／余り美し過ぎても困る。て」／無電的視線の暗号電波／魅惑的微笑の渦…／全く素晴らしい色彩とリズムの／曲線美の蕩酔境！

おお、乱舞、乱舞、乱舞！／──ラアー／ララアーラララアーン…・／ララアーラアー／ララアーラララアーン…／アマリヤ。アルゼンチーナと／演奏は愈々佳境に入る。

やがて鶏が笛吹き、電灯も／息を引き取り、幾台かの自動車は／へたばった死骸を乗せて／運び去る。／同時に尚、／疲労と骸骨とを引摺って、／暁の地平の胴腹から／各自の心臓が甦生える。

──しかし、人間と云う奴は／獣の様に率直に行かない。／「変な香水の匂がするぞ？／こりゃ俺のぢゃない！／ぢゃこう臭い魂だ。／──昨夜の彼奴のだ。／──しまった。／奴も困ってるだろう？／どれ取換えて来よう──」／なんと厄介な魂だろう。／何時とはなしに紛れ失せ、／盗み去られ、取違えられて／あたふた慌て出す──／宛でスリッパみたいな魂だ。

また誰れ彼れの尻もが、／いやに倦怠な欠伸をするのも／──それから後の現象。／「おい！／何でうろつくんだい⁉」／「──実は僕の魂を／探してるんです」／「魂を⁉ぢょ戯談ぢゃねえ。／そんな者をさがしたって君！／判るもんか！」／「あいつは⁉」／「あれも矢っ張り…／失して困ってるでしょう…」／「──あいつもか？」／──あいつも。あいつも。」／何とそそっかしい話だろう。

全体、／人間はやくざな所有物が／余りに多過ぎる。／——だから昂奮過剰を来し／心臓の位置に狂いを生じ易い／——俺はそれ以来、すっかり／心を暗くされて了った（一九二九年一〇月二四・三一日付『日伯』）

万民平等と感性と享楽が賛美され、タンゴの熱狂がたたみかけるような文句や誇張の連続によって表現される。「瞳—唇—腕—足」という表記、「臂筋の圧縮運動」「無電的視線の暗号電波」「魅惑的微笑の渦」「曲線美の蕩酔境」というような擬似科学的で突飛な言葉遣いは、新興芸術派を受け継いでいる(11)。その即物主義は大正教養主義が重く扱った「魂」を「スリッパ」のように着脱可能なモノに安売りしている連によく表われている。ゲーテもどきの魂の彷徨は放屁並みに卑しめられている。上っ調子なだけかもしれないが、書かずにおれない見聞があったようだ。ダンスについての一応の知識は持っている（マズルカの流行はヨーロッパではせいぜい二〇世紀初頭までだが、その後もブラジルのダンス音楽ショーロのなかには「ブラジル風マズルカ」と名づけられた曲もあった）。「万国合併」、つまりコスモポリタニズムはモダニズムの妄執で、人種平等と混血を国是としたブラジルは、その見本のような国だった。万国合併を寿ぐことはブラジル国民と一体化することでもあった。いわば文学上の同化を果す修辞だった。

おもしろいことに日本人は性愛空間である踊り場の周囲に陣取って観察しているが、「狐めいてはにかむ」だけだという。踊っているのではなさそうだ。法悦の数十連の果てに、「すっかり／心を暗くされて了った」。先に挙げたすみれと同じく、舟人も「万国合併のダンス」に参加できなかったのではないだろうか。日曜は宴の後の侘しさをかえってかみしめることになったかもしれない。肌の色が入り乱れたパーティーに日本人はうまく適応できず、肩身の狭さをよく感じた。ブラジル人ならばただ身

ダンス本広告（『日伯』1938年9月25日付）

体的に快く疲れるだけのところが、日本人には精神的な疲労がともなったようだ。投稿は男性のほうが熱心で、女性によるダンス体験記はまだ見つかっていない。

「サンパウロ行進曲」――陽気に、ちょっと憂鬱に

「コスモポリタン　浮気の都／ラヴは国際　熱いキッス／胸の口紅　笑ふて捨てて／思ひ出します　日本娘」（一九三五年二月六日付『時報』）。これは一九二九年の大ヒット「東京行進曲」の替え歌「サンパウロ行進曲」で、東京とサンパウロを言葉で連携させている。歌いだしからわかるように、国際都市の真っ只中にいるというのが作者の一番強い実感だった。異邦人、異人種の彼がサンパウロをコスモポリタンにした。自分がそこではコスモポリタンだった。コスモポリタン、このすてきなものには東京よりもサンパウロのほうがよくあてはまった。行き交う人々は百パーセント洋装だったし、建物の高層化も東京より進んでいた。ハリウッド映画もアメリカの流行歌も東京と遜色なかった。あるいは先んじていた。それどころか周囲は外国映画のセットのようだったから、東京よりも「本物」のモダン生活を感じられた。

サンパウロのモダンボーイ、モダンガール（両角貫一アルバムより）

西条八十の歌詞では「昔懐かし銀座の柳」と過去の風景を参照しながら、東京生活の尖端性を風刺している。ちょうど最初に挙げた詩の続きで、サンドラールが紺碧のタイル作りの植民地様式の家が、奇抜なモダン家屋に圧倒されて取り残されているのを描いたのと比べられるだろう。「残っている二、三のポルトガルの古い家が青いタイルでできている」。見るもののあまりに早い移り変わりが、近過去すら懐かしくしてしまうモダニズムの感性。しかし大都市の情景のすべてが珍しい新来移民は、現地の時代の流

れに目を留めることはなかったかもしれない。それよりも「浮気の都」とあるように異国の女に目が向き、切なく恋を歌った。「二、コスモポリタン　寂しい都／なまじ会ふたが　淡い夢／あきらめませうと／街路樹の下行けば／寂し寂しと雨が降る　三、コスモポリタン　別れの都／きのふ恋したパリジェンヌ／けふはいづこの旅空やらと／思ひ出しますつけ黒子　四、コスモポリタン　賭博《ジョーゴ》の都／ミリオナリオ〔百万長者〕も昼の夢／心惹かるるロテリア〔宝くじ〕なれど／思ひ出します君の言　五、コスモポリタン　珈琲《カフェー》の都／咲いた白花実を結び／恋は涙か熱くてにがく／いっそ逃げよか　レールウェイ　六、コスモポリタン　夜《ノイテ》の都／マルチネリーの夜霧舞ひ／サンジョン通りの灯おぼろ／更けて悲しい一夜恋　七、コスモポリタン　ダンスの都／キャバレの酒に酔ひ痴れて／いきなダンサはアパート住ひ／窓にゃ時雨か　ボア・ノイテ〔おやすみなさい〕」。

全体的にいって、時雨、一夜の恋、涙、夜霧のような日本の流行歌の伝統的なアイテムと、マルチネリ・ビル、カフェー、ダンス、キャバレ、アパートというモダンなアイテムを同居させる八十の詩学に従っている。特に「いきなダンサ」「いっそ逃げよか　レールウェイ」は原作の詞章を引いている（「いきなダンサの涙雨」「いっそ小田急で逃げましょか」）。サンパウロが特に賭博で栄えたとは聞かないが、日本移民には田舎にない大きな楽しみだったのだろう。[12] しかし「東京行進曲」が目指した尖端スポットの風刺画は第四連以降で走り書きされる程度で、前半は国際的ラヴの寂しさ、挫折、憂鬱を描いている。恋愛が心に占める割合の大きさがうかがえる。しかしかえって日本娘が思い出されるというから、国際人《コスモポリタン》のイメージにはそぐわない。パリジェンヌとの浮気も心底遊べなかったかもしれない。賭け事にひかれる一方で、それをとがめる「君の言」が思い出される。日本女性から逃れようとしながらも首根っこをつかまれた男性像が浮かんでくる。世界中から人が集まる風景のひとこまにはなっているが、少なくとも恋愛の世界については、十分にそこに組み入れられていない。国際化（コスモポリタンになること）への憧れと惧れは、今にいたるまで多くの日本人の心理的葛藤の根底にある。自分は借り物のモダン都市東京よりももっとコスモポリタンな都市にいる。しかしそのなかのどこに居場所があるのか。

都会の憂鬱

モダン青年の憂鬱は、匠と署名された雑記「冬日無為」ではもっと色濃い（一九三〇年八月一四日付『時報』）。多くの貧しい移民と同じく、アパートの半地下室（ポロン）に仮ずまいしている。その「穴居の様な薄暗い室内」で、近所のピアノの音と自動車の警笛が「いらいらしい都会行進曲」を奏でるのを聞きながら、退屈紛れに落書きしている。

プロレタリアートの情死、ブルヂョアと芸者と女給と、先生、モボ、モガの混血、ネオンサイン、ネオモボ、テレビヂョン、子オモダニズムと並べて見た。今度は徒然草、万葉、スポート性学、春秋、失業、苦しからずや…書いては消し消しては書きしていると止度もなくつまらない文字が後から後から出て来て、原稿紙がまたたく間に草紙の様になった。白髪、シラガ、性的興奮皆無、インポテンツ、ヒポコンデリー…

「ハ　ロ　ウ！セテ、クワトロシンコ、ゼロ！シンセニョーラ！」（もしもし、7—4—5—0、ハイ、そうです）

「アッ、Mさんですか？……」

灰色の空に黄褐色の翼を張った飛行機が科学的騒音を鳴り響かせて窓から見て八十度の大気の中を東から西へ飛んだ。

退屈紛れを文章に書くこと自体が、筆者のある程度の知性を示す。日本で中高等教育を受け、南米大陸に雄飛の夢を抱いてやってきたが、耕地生活にはなじめず、サンパウロにあてもなく出てきて、日本人街の半地下部屋に転がり込んだ——そんな青年が想像される。ネオモダニズム、インポテンツ、ヒポコンデリーというような語の選択や文末の飛行機の「科学的」描写から新興芸術派の読者であることがわかる。彼の連想をたどっていくと『新青年』あたりの話題をつらつら思ううちに（「ネオ」新語で連想しながら）、想念は突如、日本や中国の古典に飛び、日本を離れた理由かもしれない失業に行く。深読みすれば渡航前の過去が数語によって総括されている。ここから気持ちは下降し、「苦しからずや」という古風な物言いは彼の偽らざる心境だろう。心は続いて老いの不安（このまま異郷で朽ちるのか）に向かい、性的不満・不能を流行の性学《セクソロジー》用語で書き綴る。ちょうどヒポコンデリーと書いたところで、交換手の機械的な声が妄想を中断する。憂鬱症青年を主人公とする広津和郎の「神経症時代」（一九一八年）が、やはり電話を受ける場面から始まるように、電話は声による意思伝達の空間的分裂体験の始まりである。

精神分析医が患者をソファに寝かせて連想ゲームから意思疎通を始めるように、青年は落書きしながら心気症《ヒポコンドリア》と自己診断を下した。その語の露払いになっているのは「性的興奮皆無」「インポテンツ」で、性的不満が病因になっていると探り当てたかもしれない。さかのぼれば、モガ、混血、性学という語も出ている。落書きは書く自分から読む自分に向けて書かれる無意識の文字化である。その紙くず箱に捨ててもよいような文章を匠は公開する気になった。落書きする自分を匿名の仮面にかぶせて不特定の読者にさらした。愛や罪を告白して胸のつかえが収まるのと同じように、書くこと、さらにそれを他者に見せることには、治癒的な効果が見込まれる。

こう生真面目に、擬似フロイト流で解釈するのはちょっとアホくさい。匠が「科学的騒音」というような凝った言い方で文学としての憂鬱を楽しんでいた節もある。菅野昭正が『憂鬱の文学史』（新潮社、二〇〇九年）で論じているように、モダンボーイは「軽快な憂鬱」（室生犀星）に毒されていた。宗教や美の根源をめぐって沈み込むのではなく、物事の表層と戯れながらその空しさにちょっと顔をしかめる。その程度の翳りがモダン風俗に浮き立つ青年の心にさした。匠はヒポコンドリアを装って、新興芸術派に似せた文章を試しただけかもしれない。

「冬日無為」は物語の体を成していないが、鬱屈青年を短編小説のかたちで描いたのが太田黒「彼の心境」である（一九三二年二月四日付『時報』）。青年はS市に出て二ヶ月になる。仕事探しはうまくいかず、「穴倉の様な処」に住む「蛆虫」のようだと自棄になっている。サンパウロに流れてきた青年の一典型である。挨拶以外には一日口を聞かない日々をすごし、職業を選んでいる間に他の連中がありついて、自分は空腹と虚無しか残っていないと焦っている。ある時、「メフィストフェレスのように」冷笑的な日本人学生と知り合う。彼は映画やカフェーで時をすごす方が長く、思い煩ってもしかたないと割り切り、田舎の知人の元に働きに行くという。主人公も誘われたが、まだ都会に出てきたばかりだし、「何んだか未練と云ってはおかしいが、何ものかが僕を引き止める様な気がする」と断る。雨の駅で彼を見送った帰り道、飢餓以外何も見込がないが、「棄身になれ！」と天啓を受ける。「今の彼はたとえどん底に落されていてもプロレタリヤのために廃頽的生命を圧迫して新鮮な生命に躍進しはじめた事は事実だった」。その心境の変化がどこから来たのかは書きこまれておらず、読後感は薄い。ただ都市の下層に組み込まれたマルクス・ボーイのなかに文学好きが混じっていて、鬱屈晴らしに物を書いたことがわかる。ただし書き散らしであれ、誰かがそれを公開しなければ読み手に届かない。〈書く〉と〈読む〉の回路が生まれて〈文学〉の要件が整う。

昿野子「おしになりたい」——幻想の自由、観念の束縛

鬱屈は妄想につながる。客観的には詮ないことに想念が巻き込まれ、悪循環を始める。もつれた考えの断片が理性の統御を超えて自爆の方向に迷いだす。大正後半には谷崎潤一郎や佐藤春夫や芥川龍之介が、妄想や狂気や幻聴を近代人の精神の問題として提起する小説を著した。ブラジルでも二〇年代に多くの詩を発表した昿野子が「おしになりたい」（一九二五年一〇月二日〜一一月六日付『日伯』、五回連載）で、心の中の自問自答だけを記述する小説を試みた。

健一の心にある時、「啞になりたい」という考えが湧いてくる。それは「偶然のようにも偶然でないようにも」思われた。偶然だとしても、なぜそうなのか説明できないし、偶然でないなら、因果律をずっとたどっていけるはずだが、結局は錯綜した原因が渦巻いているというところで探求は終わってしまうだろう。石が丸かったり四角だ

ったり、草が緑なのもしかるべき理由があるはずで、何故と問うのは愚かしい。そう納得してみたが、「唖になりたい」想念は「ずんずん昂じて来てそれにさいなまされ、息苦しい圧迫――」。健一はどこから手をつけてよいかわからなくなり、「今日の午後三時三十三分から瞑目をして、頭の中の観念を全然払い去って仕舞って見よう。そしてその新たな頭の中に、真先に進入して彼の意識に感ぜられた、そのことを端緒として探求の歩を進めることにしよう」と決める。その時間が来ると鶏の声が聞こえ、「あの鶏の声は黒色だ」と直感し、何故この考えが現われたのかを追っかけた。すると「あの鶏の声は白色だ」という考えも現われ、その理由を瞑想した。彼は「周囲のありとあらゆるものを、黒と白とに分けることも出来る」のに気づく。さらに「鶏の声は赤色だ」と直感したらどうなったか、と仮想実験して、レーニンが連想され、ポケットに爆弾を詰めたテロリストだと世間の老人に怪しまれると空想はふくらむ。これらの推論はすべてバガブンド（ぐうたら者）という烙印につながり、これが「唖になりたい」の原因だと了解する。当初の目的が達せられると眠りに落ちたようで、頭の中には闇夜の嵐が吹き荒れ、蛇がのたうち、彼は草原に火を放つと悪魔が踊り、観世音菩薩が現われる。唯一の友である胡蝶に、お前以外とは口をきかない、唖になりたいと繰り返す。胡蝶というのは恋人のことだと精が叫ぶのが聞こえて意識がもどり、自分が広野の奥の風車の下にいることに気がつく。

健一にはいつも「彼奴」という得体の知れない他者が存在し、架空の対話を試みる。それは世間であったり、鶏や物識老人であったりいろいろに変身する。彼は考える。俺の頭の修繕のできる病院は世界中どこにもなく、哲学者も心理学者も教育家も宗教家も修繕できない。頭を砕いても霊魂は残る。精神病棟、ショーペンハウエルやニーチェやシェストフ、神や教祖や悪魔との対話、これらは当時の文学や随想によく現れる。すべてを否定して、自分も残らない。「今のおれには何ものもない。自分自身さえも、おれのみの所有でないような気がする」。自分を見る自分すら存在しない（らしい）が、「おれは真実に苦しい。苦しい孤独！自由！」。健一は世界と立ち向かっている。あるいは世界から孤立しながら、世界を背負っている気になっている。最後に行き着く菩薩の園では、先ほどまでの煩悶はどこへやら。「絶対孤独境に万象との融合境を見」て「草木とも、土石とも、色彩とも物語ることが出来た」。もし胡蝶が「恋人」なら、この物語は恋のみが鬱屈を救いうるという平凡な治癒指南となる。眩野子は浪漫的な詩を書いているので、案外、このずっこけるような結論が正しいのかもしれない。

芥川の「歯車」（一九二七年）、谷崎の「病蓐の幻想」（一九一六年）と似て、次々と湧いてくる妄想を自動筆記する（あるいはそう見せかける）だけで、確実なことは何一つ起きない。彼は「痼疾」にかかっていると自覚し、その原因を突き止めようとしながら、取り止めなく観念と幻想と戯れる。鶏の声の色をどう直感するかで世界の知覚は変わるが、他方でどう考えようが屁理屈はつくと、脳の成り行きを風任せにする。このように健一は支離滅裂な想念の行方を偏執的に、理性で追いかける。狂気に陥っているわけではない。ブラジルに夢を求めて渡ったものの行き場のない――バガブンドの――インテリ青年の鬱屈の徴は、あちこちにばらまかれている（ポルトガル語がところどころ挿まれる）。途中で「凡ての否定！凡ては虚無！」と叫び、手帳に「重苦しい孤独」と書き続ける。シュルレアリズム的な共感覚から、四方八方に被害妄想が広がるさまを自動筆記のような文章で書いている。「おしになりたい」という願望は言語的な意思不通に業を煮やして、自ら意思表明の器官を閉ざすという意味が込められているようにも思われる。脳内では「彼奴」だろうが霊魂だろうが、日本語を話している。その意味では完璧な意思伝達の世界を築いている。

しかし世の事柄を二色で感じ取るというような異常感覚は、奇想という以上に文学的なモチーフとして展開していかない。「バガブンドは、雨を降らす神様の使のうちの養われ者の小鳥の頭の毛が何本あるかを算えているのだ」というような妄執もまた、健一が世間の不調和を常人とは異なることばで捉えている証拠になっているが、粗雑な地の文章にその効果がかき消されている。爆弾の妄想は同じ年に京都の同人誌に発表された梶井基次郎の「檸檬」を連想させるが、眩野子には帝大生の内省や政治的不安を感じ取れない。とりとめのない連想を読み応えある文学に仕立てるのは、並大抵の技ではない。

最後の草原の夢想は言葉のもつれではなく、象徴的対象が順に現われる無意識の舞台になっている。地獄と極楽を見た後に、恋人の化身が現われる（同じ作者には「胡蝶の羽衣」という浪漫的な詩がある）。悩みの元凶は職無しと女無しにあったと見てよいのか。このあまりに陳腐な理由のために、健一は世間につまはじきにされたと感じ、言葉の通路を閉ざしてしまいたいと思っていたのか。こうして「おしになりたい」はこれまで述べてきた憂鬱青年の類型的物語に収まる。

インテリ青年の憂鬱は深刻だった。この作品は彼らの心を解剖台に乗せて病理の状況を観察記述している。断片ごとには谷崎や佐藤春夫の作品と伍していると思われるが、隠喩の力、鬱屈の根源、妄想の跳躍力など、妄想の「編集力」において劣っていることは否めない。作者が新進作家を読んでいたかどうかはわからないが、ブラジルの農村青年に人物を設定し、彼の屈折した精神状態を想像する作が試みられたことは重要である。

金髪女を嗅ぐ

サンパウロの青年群像から感じられるのは、性的な不満、露骨にいって女、それも異国の女に対する性欲である。この時期、猟奇的な小説がいくつか発表されたのは、青年層の欲望のありかを暗示している。その最も淫奔な例、羽室浩三の「女を嗅ぐ」（一九二七年二月四日〜五月二〇日付『日伯』、一三回連載）の主人公は、七つのときに女教師にセックスの手ほどきを受け、春画や女風呂のぞきで自慰を覚え、中学三年で初体験を済ませる。それからは人妻、未亡人、娼婦、処女と相手かまわず、ところかまわず女／牝を犯していく——移民船でも、下宿先でも、飼い犬や鶏とも。窃視、サディズム、鶏姦、強姦と性的暴力と倒錯の見本市の様相を呈している。題名はホテルのトイレで女の陰毛のついたちり紙の匂いを嗅ぐ場面から来ている。下宿主のドイツ人未亡人の陰部にナスをねじこむ場面の露骨さはブラジル移民の作のなかでは空前絶後で、前山隆は「自瀆的…ポルノグラフィー」と断定している。[13]しかしその一方で「通俗倫理への反逆をも表わした」側面もあると微妙な留保を残している。変態辞典というのがひどければ、性的ピカレスク小説の様相を呈している。秦豊雄の翻訳春本のようでもある。連載中に同じ新聞に劇外劇▲生「野糞を嗅ぐ」（四月八日付）というパロディが出るほど、話題を呼んだ。(14)

「女を嗅ぐ」の後、『日伯』はヨーロッパ移民の女と日本人青年の絶望的な性関係を中心に据えた連載小説数編を続けて掲載した。身辺小説が多い『時報』文芸欄との違いを明確化するためかもしれないし、文学青年が編集部周辺にいて互いに刺激を与えたのかもしれない（同一作者の変名の可能性もある）。「女を嗅ぐ」は露骨な性描写のお許しを書き手に与えたようだ。同じ頃、本国でも本牧、浅草、上海、ハルビン、パリ、ベルリンその他各地の旅行記や滞在者の小説で情欲的な金髪女性が日本人青年を翻弄した。彼女たちはハリウッド女優の代替や現地妻や異国情緒のアクセサリーで、人格を認められたことはまずない。ブラジルの移民の小説でも、事情は変わらない。くどくなるが、金髪物数本から青年の性欲を嗅いでみたい。

松尾小路龍麻呂の「降魔譜」（一九二七年六月一〇日～九月三〇日付『日伯』、一六回連載）の主人公は、サンパウロの日本人経営の料亭の魅力的な娘オルガを誘惑しつつ、むしろ翻弄されていることに気づき、彼女を避けるようになる。しかしいったん別れてだいぶたって再会すると、二人とも未練が残っていることに気づく。だがもうよりは戻せない。彼女はサンパウロを去り、男はアンデスで自殺する。彼は若いころ故郷でハンセン氏病患者に恋するが、周囲の無理解で実らず、やけになって満州に飛び出すもますます空しくなる。何についても考える前に跳んでは失敗する負け犬で、ブラジルでも耕地にはいられず、早々にサンパウロ市に敗走してきた。一旗挙げようと無計画に行動しては挫折するこれまた類型的な人物である。「これで人間一匹が屑になった。人間て馬鹿な奴さ！」。この末尾の文は作品の虚無主義的な性格を要約している。ハンセン氏病、満州帰りについてはもっと深めて欲しかったと注文したくなる。特に後者については戦後小説に数度取り上げられていて、大正期の満州帰りと敗戦後の引き揚げを比較することが可能だったのにと惜しまれる。どちらも伏線が張られているというより、思いつきで新しい設定が投入されただけで、ばたばたしたまま悲劇の幕が下りる。

秋津鷹継「淫売と犬と私と」（一九二七年一一月一八日〜二八年三月二三日付『日伯』、一五回連載）では、日本人青年が、娼婦に転落したロシア貴族の娘ナジーニャと結婚しそうになるが、結局はバクチと酒におぼれていく。彼は娘の自殺と後に残された彼女の愛犬の前でやはり自殺する。日本でもロシア革命後、亡命者がダンスやピアノを教えたり、舞台で踊ったり、露天商や娼婦になり、谷崎や川端の小説にも登場する。しかしモダン風俗の誘惑的なアクセントにすぎず、婚約まで進んだ例は見ない。ブラジルでは異人との接触の度合いが深く、このような悲劇も想像するだけの価値がある。「降魔譜」以上に悲惨な（あるいはばかばかしい）顛末が、それまでの新聞小説にはない軽い口語調で語られている。[15]

とき男（東京の謂？）「ゆける宝玉《たま》」（一九二五年六月二六日〜八月二八日付『日伯』、一〇回連載）の主人公門田は、元ポルトガル官吏の娘で田舎町には稀な気品の持ち主ローザに恋し、ダンスの練習を始める。彼の友人正木は在伯十年でポルトガル語もダンスもうまく、ブラジル人と如才なくつきあっている。門田は彼といつもダンスパーティーに出かけるが、ある時ローザにダンスを教えたのは自分であると正木は洩らす。門田はまるでローザを奪われたようなショックを受ける。ローザはその後、別の日本人と結婚することになり、式の招待状を受け取る。しかし内気な門田は行く気になれない。「嬉しい甘い蜜の様な世界で覚えたダンサ〔ダンス〕をどうして苦しい淋しい世界で出来よう」。ブラジル人にとってはダンスの相手が恋愛の相手とは限らないが、日本人男性にとってダンスはとても重い意味を持つ接触だった。

ダンスを通した白人女との接触はT・陽荘「生ける者の悩み」（一九二七年九月一六日〜一九二八年一月一六日付『時報』、一五回連載）でも描かれている。真実の愛や信仰とは何かを煩悶している好奇心ある青年慎一は、知り合った黒人に連れられて田舎町のダンスホールに出かける。人々から好奇の眼で見られるのに居心地悪さを感じていると、急に純白の肌の女に声をかけられる。彼は一瞬ジャズバンドの音も周囲の雑音も聞こえなくなるほど硬直する。白人女性に対する憧憬、近づけないもどかしさはこの外にもいくつかの小説で描かれている。目にした限りでは、この時期、幸福な結末を迎える「国際的ラヴ」の小説はない[16]。面白いことに、黒人や混血女性に対する強い感情を描いた作は見かけない。金髪憧憬に対応する肯定的な人種観が確立していないのだろう。また日本娘とブラジル男性の物語も戦前には皆無だ（ついでに言えば、同性愛関係は現在に至るまでほとんど書かれていない）。小説が主に男性に担われてきたせいなのか、他にも理由があるのか。

こうした歯の浮くような恋愛物について、前山隆は「ブラジル社会に根をおろした作品」ではなく、ただ「猟奇的にブラジル社会を覗き見した」「興味本位の作品」にすぎないと断じている（『コロニア小説選集1』解説）。意地悪く言い返せば、根をおろす気のなかった移民男性の関心事を教えてくれる。ブラジル社会に足を踏み入れて間もない日本人は、まず「猟奇」の視線で新しい環境を見つめ始めた。猟奇で聞こえが悪ければ、好奇心といいかえてもよい。言語、宗教、食、音楽、ダンス、その他の生活習慣に関して適応はむずかしかった日本人でも、「飲む・打つ・買う」は抵抗なく、あるいはむしろ喜んで現地のものに馴染んでいった。

ピニェイロス競馬場（両角貫一アルバムより）

芳郎と名乗るサンパウロ在住者はやけを起こしている。「エエ、面倒くさい／此の暑い太陽の下で／考へたって如何なるんだ。（中略）女、女、女／賭博、賭博、賭博、／酒、酒、酒、／世の中に厭いた上なら／云ってくんな。聞かぁ」（「弱者」一九二七年六月三日付『日伯』）。

ピンガ、ビショ（動物名を使ったブラジル最大の非合法賭博）やフロントン（金を賭ける球技）、白人や混血の女性（娼婦を含む）。これらの道徳的な悪に翻弄され、身を滅ぼす日本人男性がなぜ繰り返し描かれたのか。ひとつには文学的表現によって満たされぬ思いを代行するということがあっただろう。下品に言えば、原稿用紙のマスを埋めつつマスをかく（書く）。職業的春本作者と違い、「実用的な」目的で書かれたように思われる。原稿用紙に向かっている間は、欲望を客体化できる。破滅について書くことで自らの破滅を食い止める。物語に託して性的・経済的不満を晴らす一種の治癒効果が期待されたようだ。

しかしそれよりももっと大きいのは、このままブラジルに居残ってしまうのではないかという不安ではないだろうか。錦衣帰郷の大目標から見れば、ブラジル定住は敗残に外ならない。飲む・打つ・買うは単に道徳的によろしくないだけでなく、故郷への帰り道を遠ざける結果になる。だからのめりこんではならなかった。一九二〇年代には在伯十年以上の「古狸」（移民の俗語で「マカコ・ヴェーリョ」、古猿という）が耕地にも都市にもいたが、新来青年の眼には帰郷を先延ばしにしている失敗者と映った。地元女性との結婚は周囲の日本人、そして故郷の家族からほぼ絶縁を覚悟しなくてはならなかった。「同化」を最も明確に実行する道が異民族結婚だった。恋愛はまだ引き返せる地点で、向こうへ行けという肉欲と、引き返してこいという民族意識のせめぎ合いが金髪物の根底にあった。「植民文学」が提唱されると、猟奇的な小説は淘汰されていった（あるいは差し控えられた）。性関係よりも日本人家族問題が重視された。猟奇的なものは一過性だったからこそかえって、ある時期の青年の生活や心の揺れをあぶりだしている。また情欲描写を許す新聞の暗黙のコードも関係するだろう。

三　プロレタリア文学

工場、民衆、メーデー

いわゆる大正デモクラシーの重要な一局面に、農民や工場労働者の運動がある。北米には幸徳秋水のような大物も含めて多くの思想家・活動家が渡り（逃亡し）、ハワイでは農園争議もあった。ブラジルまで逃れた者は少ないが「放浪の兄あり共産党員《コムニスタ》の弟あり吾子も血引くや此の吾性を」（須貝富美子＝さだめ）という証言がある（短歌集『移り来て』一九三七年）。一九二三年三月二日〜四月六日付『時報』に五回連載されたうきぐさ生「復活《レスレイソン》」は、異国の空の下で今は落ちぶれた元プロレタリア運動指導者が、幼友達の姉と偶然めぐり合う結末を用意している。マルクス主義思想の出番はなく、運動歴は知性と志ある男の零落を強調する設定でしかない。「うきぐさ生」という筆名が、執筆の意図をすべて語っている。資本家対労働者の善悪二分構図が表に出る小説は、「復活」の後の『時報』連載、阪井田人間「狂伯爵」しか見当たらない（第1巻第1章参照）。ただし資本家の変態性欲、精神病をグロテスクに戯画化するのが主眼のようで、プロレタリア文学と呼ぶのははばかられる。サンパウロでルンペン・プロレタリアートに近い生活を送っていた青年もいたが、その体験を昇華した小説は見あたらない。

ブラジルの日本語プロレタリア文学の主流は、小説よりも詩だった。二〇年代半ばから三〇年代半ばにかけて、四、五十編を数えることができる。農民詩に比べると格段に少ないのは、農村と都会の日系人口比から説明がつく。農民詩が民衆詩に範を求めたように、日本のプロレタリア詩が鋳型となっていて、時折現れるポルトガル語の借用語や固有名詞を隠すと、産地を明示するヒントはほとんどない。たとえば、職工という直球の筆名を持つ作者の「工場」というそのものずばりの詩――

うららかな朝空に煙立ち登る／工場街の静けさを破る汽笛に／蒸気汽鑵は機重《ママ》機は旋盤機は／タービーンはダイナモはモータは／ハンマーはリーマはミシンは／凡ての生産労働の行進を始める／人々はみなわき眼もふらずに／各行路を驀地に駆るにも似て／活気に満ちたる真摯の雰気は／あふれ出て四辺を罩める／汽笛よ！煙突よ！はた工場よ！、／疲れたる労働者が窓越しに／大厦高楼の市街や緑の野に／倦怠に満ちた眸を投ぐる刻／塵埃は炭酸瓦斯は黒煙は／轟々の響は喧々の叫声は／単調な旋律は単調な行進は／只騒々しくもむさくるしくも／汗にまみれた若人の身も心も／あへぎと苦悩と倦怠の雰気を／張った密室に閉じ込める／労働よ！ハンマーよ！はた汗よ！…（一九二四年五月一六日付『日伯』）。

プロレタリア詩にとってのハンマーは、農民詩の鍬（エンシャーダ）にあたる。冒頭の列挙法、「〜よ！」という連呼は当時の流行で、農民詩でもよく見かける。職工生は「エンヂンの響にせかれ一すぢに墓場にいそぐ人のせはしき」など五首をあたかも長歌に対する反歌のように添えている。ブラジルでは他で見ない趣向だ。作者の意欲を感じる。労働の神聖化は職工生のお得意で、短編詩「工場の夏日」と「鉄敷の火花」では、焦熱地獄へ向かって石炭をくべよ、お前たちの死者の祭りが近づいたと挑発する悪魔に対して、労働者が神聖なる労働を掲げて立ち向かう（一九二五年一月一六・二三日付『日伯』）。

この高い調子は、農民詩の場合と同じように「俺」が幅を利かせる場面でもある。女性の働き手はこの修辞法からは外されている。女性的な筆名を選んだ古沢忍冬花（古沢典穂）の「俺」節を聞こう。

俺は稼ぐぞ！／労働に育まれた俺だ／あるかぎりの力を発揮して／運命と対抗する覚悟だ／俺は稼ぐぞ！／疲労しきった体を／永遠の床に横たへるまでは／へボ文学／模倣詩／冷たい道学、等々、／そんな六つかしいものは／俺は駄目だい／何んぼセンチメンタルな句を並べても書いても限りがない／尊い詩境なんて、てんで／判らん俺に詩を真似るも嫌だ（後略）（「稼ぐぞ」一九二九年五月九日付『時報』）

詩壇の主流を占めていた抒情調が（暗に女々しいと）批判され、粗暴な言い方に詩の真実があると「俺」は宣言している。もちろんこのぶっきらぼうも「模倣」されたものだ。同じ著者は別の週には抒情詩を書いていて、まさにこの作を編む時だけの気構えと思える。詩風が一貫しないのは、書きたいように書けるという日曜詩人の特権ともいえる。

「民衆」はこの分野では労働者とほとんど同意語といってよいほど輝き、ブラジルでもいくつもの詩が捧げられた。たとえば塩月脩一郎（チビリッサ耕地）は「民衆よ」と題する一五〇行以上にわたる長詩（もっと長大な詩の断片という）を発表した（一九三〇年四月一一日付『聖報』）。その書き出し――

民衆よ‼／まともに君は君自身の姿を見よ／君は不断に君自身を否定するか？／君はいつまでも避けるつもりで居るか？／見へないか見へないのか？／今は廿二ペードロ（一八二二年独立時の国王ペードロ二世）の時代ではないのだ／地平線上に電霆が咆こうする時なのだ／民衆よ‼

この調子で「民衆」に高邁な哲学を呼びかけている。敵は「裁判官／牧師／内閣の諸公たち両院議員／将軍／上官／法律家／商品／芸術家／マルクス学徒の実行家／銀行家／株式取引の親分」、あるいは「虚偽の所有者（之）紙幣を手にする者／彼女を売買する者／交通機関をつくる者司法権／警察権所有権／支配権／彼等の哄笑／声は目は腕は／君達の耕作地はもうとうの昔に通りすぎて／骨を肉を血を毛を腕を赤児を／死にかかった老人を／歴史の偉大な流れまた止むことなく逝く（後略）」。支離滅裂な雄叫びが全編続く。ブラジルらしさは「天は君達の肉体をぴったりと包んだ／ああ強大な流れの如きアマゾンの如く／起き上れる民衆よ」という行だけで、アマゾンは「民衆」の比喩らしい。現存の秩序を破壊して前進せよと煽るのだが、詠む主体は「民衆」のはるか上から見下ろしている。罵倒はしつこいが、肝心の「民衆」の姿は何も見えてこない[17]。日本人の稀な耕地からせっせと投稿した詩人の心中は、文学的洗練よりも、掲載紙面から文学好きと連帯することに向かっていただろう。

舟人「貧乏謳歌　数万の跫音」は、前掲「百姓舞踏」で披露したのと同じようにせわしないリズム感、硬い言葉、新語のたたみかけで、風俗としてのプロレタリアへの共感を表している。二、三の断片を引用する（一九三〇年三月一三日・二〇日付『日伯』。五月八日付の続編「貧乏謳歌　吸殻」も同じ調子）。

――俺は、／淫売窟と貧民窟と／頽廃と病毒と醜悪の／どん底から生まれて来た。（中略）飽迄も冷酷に、／陽気に／しかも大胆に、／スピード文化の／享楽へと――トーダンスだよ！（中略）常に矛盾とバルバリズムとを／はらむ／時代意識のハンディキャップ！忽ち闘争（CONFLICT）へののろしはあげられた。／複雑な人生の端的建設への／示威運動――（中略）惨虐―破壊―略奪―凌辱…／どろどろ　どろどろ…／陰惨な数万の跫音

英語の挿入から塩月同様、中等以上の学歴が想像される。次々と脈絡現れる硬質な概念で、読者を幻惑させるが、すぐに古びる新奇さしかない。作者はこの種の言葉遣いにブラジルで最も慣れた書き手だったようだ。

プロレタリア階級の最も輝かしい日、メーデーはブラジルでは二〇年代より国民の祝日で、ヨーロッパの諸国と同じような大がかりな集会が持たれた。(18) ブラジル移民の一部はその高揚感に興奮を覚えた。

「五月一日」　岸潤一

五月一日だ／兄弟、メーデーだぜ／デモンストレーションだ、行け／腕をくめ、腕を／大声で、メーデーの歌を歌へ／ブルヂョアヂイとの闘ひに／兄弟／犬に引きずり出されるな／気をつけろ／俺達の旗を守って／歌ほうぜ／かまうもんか、犬なんか／やっつけちまへ（一九三一年五月一五日付『聖報』）

岸潤一はこの放吟詩に「故国のメーデーを思ひて」と添えている。左翼運動弾圧を逃れてブラジルに渡ったのだろう。良く言えば、祖国の同志と「思い」のなかで連帯している。日本では翼賛体制が確立した時期にも、日本人街に近いサンパウロ大聖堂広場では大がかりな集会が開かれた。

「五月一日」　長一郎

暗雲はひくく／曇った思想／このラルゴ・ダ・セー〔市の中心部セー広場、東京の日比谷公園に相当〕にも／旗、指物と民衆は／拡声器《ラウドスピーカー》の音頭に合せて／合唱し、踊り、波打ってはいるが／錯誤にみちた頭脳は／仰いでみる大伽藍の未完成／群衆の耳から耳へは／御用党の甘言が／密なる子守唄と聞へ／その一瞬的煽上《ママ》は／陣痛を知らない分娩となり／イズムの悪魔に／噫呼！／おそろしきは／暗黒と暗黒の拳闘／群衆よ／一層　日の暮れるのを待ち給へ／今に十三夜の月が／交々《ママ》と照り輝くだろうか（一九三九年五月九日付『聖報』）

高唱すれども低調な作ばかりだが、これらのプロレタリア詩が一般紙に掲載されたことは忘れてはならないだろう。治安維持法下の日本ならば、メーデー讃歌や民衆煽動の詩は地下出版を余儀なくされたはずだが、ブラジルでは日本語を取り締まる官憲の部署はなかった。日本では伏字と決っていた（したがって簡単に読み解けた）「革命」の文字も、ブラジルの日本語新聞ではまったく問題なかった。[19] それどころか、移民は一九二四年、一九三二年にその革命を体験した。労働者革命ではなかったが。

革命の焔

サンパウロ市民は一九二四年七月、軍事革命（クーデタ）を経験した。サンパウロ州の部隊が蜂起し、政府軍との武力衝突により、市内各地で火の手が上がり、爆発音が響いた。『日伯』の読者はその興奮を早速、自由詩にしたためた（ともに七月一八日付）。

「革命の焔」　夢の子

焱々天を焦す革命の焰／汝は悪魔の呪咀の魔火か／善神の祝福の聖火か
濛々と渦巻き／渦巻きて立ち登る／轟々の爆音を交へ／悶々の篝火を包み／漠々と流れ／流れては立ち登る／
壮絶！／悲凄！／忘我の境に魅する
人々よ／薔薇の棘を咎めずに／薔薇の花を愛でやう／直面した焰に／探刺を止め／絶妙の姿を眺めよう
見よ／焱々たる焰／天をも裂かむ／地をも砕かむ／蒼龍は其中に躍り／怪神はその中に微笑む
凡て醜なるものを焼き／凡て悪なるものを焼き／焼きて美を創造り／焼きて善を甦らせむ
革命の焰よ／汝は悪魔の呪咀の魔火か／善神の澄世の聖火か

夢の子はあたかも大震災の大火を描くかのように、壮烈な火柱に圧倒されている。「天をも裂かむ／地をも砕かむ」、「蒼龍は其中に躍り／怪神はその中に微笑む」というような対句の作り方は、明治の新体詩のように古風で、「革命」以外に社会主義用語は一つも出てこない。そのためか、おそらく労働者階級に同情的だった作者は、諸手を挙げて革命軍に心を寄せることができず、ただ漠然と何かが灰のなかから蘇るのを期待するに留まっている。現政権が醜、悪で表わされているはずだが、あまりに抽象的で、革命の理想は見えてこない。薔薇、蒼龍、悪魔など意味ありげな象徴は空回りしている。背後にある社会状況を見透かすことが詩の本領というプロレタリア詩の立場からすれば分析が甘く、言葉の味わいを求める詩壇の立場からすれば表現が凡庸。著者についても読者の感想についても何もわからないので、これ以上のコメントを避けるが、同じ日に発表された花子と署名された詩とはずいぶん言葉遣いが違う。こちらではサンパウロの出来事がロシア革命と重ねあわされている。

1924年7月の軍事革命

「革命」　花子

一九二四年七月／霧深き高原の都に／悲惨な曙明け／赤き黎明の嵐訪れて／昂まり来る砲音に／平和の安静は俄かに破れ／パウリスタノ〔サンパウロ市民〕の心萎ひ／脅えしその魂いづちにか徨ふ。

赤き破壊の旗を翦し／尊き紅き血に染みし幾日／人々を弥が上に不安に慓かせ／そして待ちまうけし／美しい理想の曙に／何物をつかみ得やうぞ。

今、私は思ふ／切に、切に、／木も仆れ／草も枯れ／人も飢え／権利も秩序もなく／平和な緑の一点もない／牛乳色の荒野／飢えたるロシアを。

そして私は又思ふ／あらゆる侮蔑と嘲笑と／虚偽と偽善と罪悪で塊った／惨虐の鞭を投げかける／ブルジョア的階級と／彼等を仇敵の如く／刃向ふプロレタリアの／過労と病気と怨恨と／呪咀と反抗と／そしてその裡に燃えくるめく／現実苦に凝りしその叫びの／争闘いがみ合ひの暁を。

私は三度思ふ／飢えたるロシアを／骨肉を刺し徹す／その木枯の／灰色の荒野に荒れ狂ふさまを。


夢の子の作と違って、ブルジョア階級対プロレタリア階級の構図が鮮明に描かれている。「赤き黎明」は、実際に早朝から衝突があった事実を踏まえているとはいえ、社会主義者が好んだ革命の隠喩である。虚偽、偽善、階級、怨恨、呪咀、反抗、争闘（闘争）も彼らのパンフレットによく使われたし、「飢えたる」は日本語訳の「インターナショナル」（一九二二年に歌い初め）の歌い出しで、彼らの語彙集に入っていた。渡航前に社会主義文芸に親しんでいたことはまちがいないが、運動にどのように関与していたのかはわからない。本国の多くのマルクス・ボーイのように、遠巻きに応援していただけかもしれない。アメリカやメキシコへの移民（亡命者）のなかには共産党と連帯した者もいたが、ブラジル一世が政治運動に加わったという報告は今のところ見当たらない（六八年の過激派に加わった二世はいる）。

こうした思想的な詩の他に、あたかも琵琶歌のような定型で銃撃戦を描いた作もある。「七月二十一日、午後八時／淋しい下弦の月／寒空に朧に懸り／霧は低く垂れ／街燈は蒼白に光る」（椎野正「砲音の夜」八月一五日付『日伯』）。聞えてくるのは弓を引く音ではない。「彼方の魔殿から／長い余韻を曳いて／闇黒の夜の街に／訪ふ□音、四辺の寂莫を破り／地を震はせ／高くそして低く／砲弾は飛び、爆裂する」。砲撃の後の静けさによって「湧き起る悲哀に／私の心を無□に悲しませる」。砲音は確かに近いが、戦闘と作者の間にはかなり心理的な距離がある。[20]

前山は最初期の移民が多く社会の最底辺に組み入れられたのにプロレタリア文学が成長しなかったのは、日系人がブラジルを仮のすまいとみなし、その社会の仕組みにかかわらなかったから、また比較的早く小土地所有者になって使用人を使う側に回ったから、と二つの理由を推定している（『コロニア小説選集1』解説）。確かにその通りだが、階級意識はただ貧困を経験するだけでは生まれてこない。このことがもっと大きいだろう。ましてそれを文章に結晶化するには、それなりの文学的・思想的指導が必須である。移民のなかに社会主義の同調者は若干名いたかもしれないが、指導にあたれる人材は現れなかった。もちろん言葉の障壁から移民が同じ耕地や工場のブラジル人の労働者と連帯することはまず不可能で、せいぜい集団逃亡が抵抗の手段だった。ここで紹介した作は、力強い言葉とは裏腹に、ブラジルの現実からも移民社会からも孤立した青年の焦燥の表れでしかなかった。

四　痴人と農夫――園部武夫「賭博農時代」

サンパウロのナオミ

これまで戦前の移民社会のなかの少数派である都市青年による風俗描写、心境描写をずっと追って来た。その大半は表現として稚拙であることを否めない。そうしたなかにあって、本国の新潮流を最も鋭敏に捉えたうえで、ブラジルの文脈に移し変えた作品が園部武夫「賭博農時代」（一九三二年、『コロニア小説選集1』所収）だった。著者はブラジルの土を踏んでわずか七ヶ月、「まだ一度もコーヒー園の風に当ったこともない或特殊な条件と約束との変にからまった境遇の中で年甲斐もなくトマテとバタタをいぢくり廻しまるで大家の馬鹿息子の花作りのように可愛らしい百姓の真似事をしているにすぎません」と自己紹介している（一九三二年四月二一日付『時報』）。希望を持って渡って来るや否や、「すれっからし」の先輩移民のために挫かれてしまった。心労のために夜も眠れなくなっていて、「その数多い悪夢の中から拾った」のが、この作品であるという。実際、物語の冒頭に「これは植民地の或る寝苦しい夜の幻想に過ぎないかも知れないけれど」と気になる一行が付け加えられている。

作者は海外興業が農業指導者育成を目的に設立したエメボイ実習場の第一期生（一九三一年渡航）のリーダー井上哲朗（哲郎とも）で、北海道帝国大学畜産科出身。一九三九年ごろ帰国し、南方行きを志願、スマトラで農民練成所建設に携わり、建国挺身隊を指導した。オランダ軍の要請を無視して武装解除に応じず、原住民の独立運動を率いて山にたてこもった。一九五〇年に発見され投獄、二年後に本国送還。オランウータンを手下に、大蛇を好物とし、豹の脅威を逃れた数年間のジャングル生活を「日本人ターザン始末記」という実話物として、『キング』に寄せている。当局からは「スマトラの猛虎《ハリマオ》」、民衆からは「密林の師父」と呼ばれたそうだ。アマチュア小説家としては、自然主義の型にはまらず、文学的なひねりを好んだ。たとえばエメボイ実習場の寮が発行した文芸誌『南廸』四号（一九三二年、『望郷』の本間剛夫が編集長だった）には、寮生と木賃宿の娘との出会いをユーモラスに描いた短編「詩と腹痛と女」を書き、「新興芸術派龍膽寺雄そこのけ」と評されたらしい。上の「作者の言葉」も、自己紹介に擬して、実習場という特殊な施設に属すエリートであることを隠し、農業落伍者であるかのような――その分、一般読者の共感を得やすい――虚構が織り込まれている。(21)

題名の賭博農とは、単作栽培の投機的な大農園経営を指す。主人公花岡ルリ子はトマト相場をあてて鼻息の荒い大村の情婦だが、「野良犬」と軽蔑する若い情夫を別に飼っている。大村と結婚のまねごとをしたとたん、市場の

井上哲朗「日本人ターザン始末記」(『キング』1953年2月号)

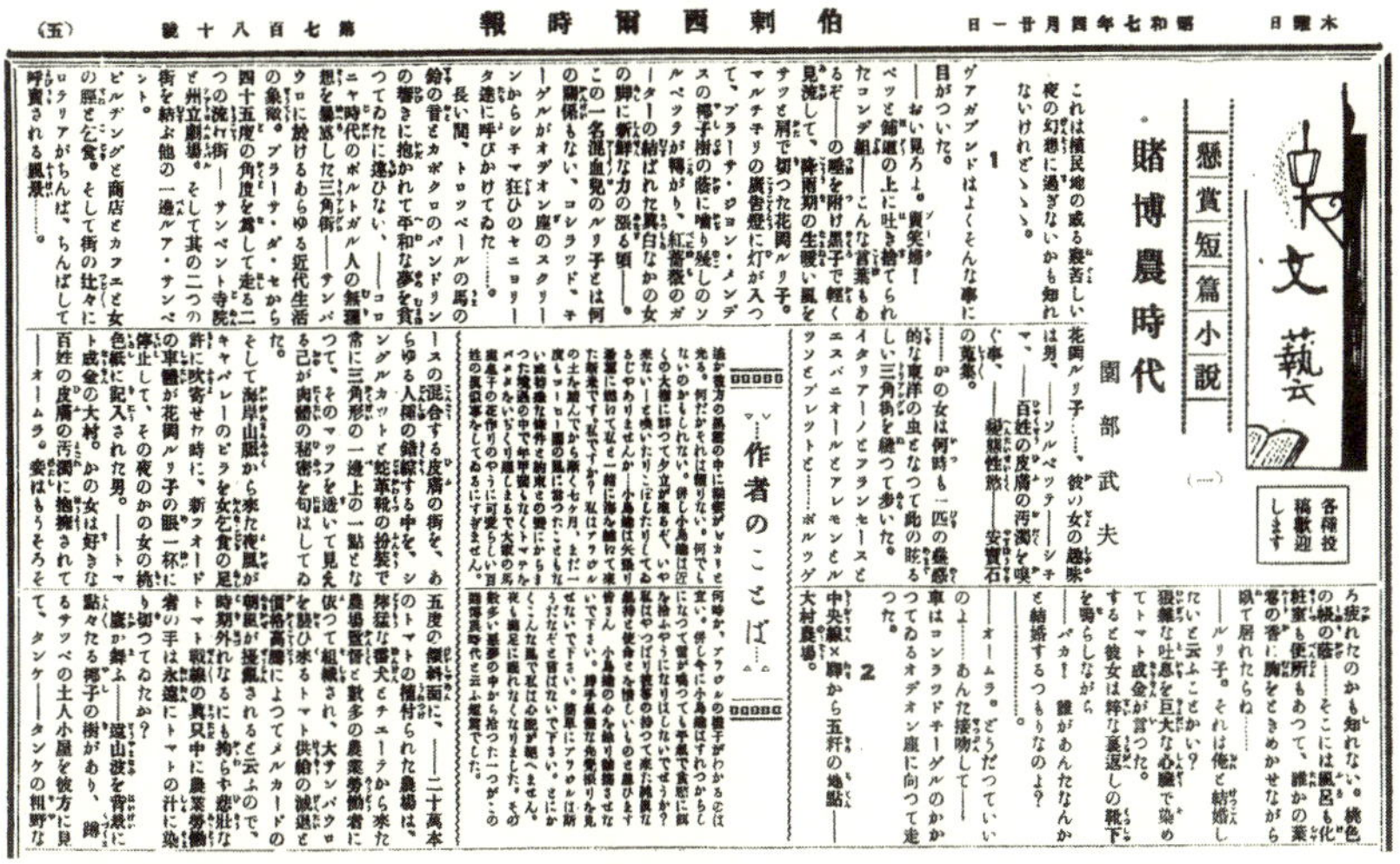

園部武夫「賭博農時代」作者のことば(『時報』1932年4月21日付)

仲買人が策動して相場を崩し、大村の富は瞬時に消える。ルリ子は去り、請求書だけが残る。戦後作家の藪崎正寿はモダン文学の寵児だった龍膽寺雄と同じく、今では古びてしまったと否定する〔一九七五年八月三〇日付『パウリスタ』〕。藪崎の内向的で現実的な志向とはまったく相容れない。また彼の随伴者、前山隆は『コロニア小説選集1』の解説のなかで「エキゾチシズム、頽廃、虚無、投機性の混淆した特殊な移民情緒を戯画化したスタイル」と簡潔に、また適切にこの作品をまとめている。また谷譲次の「直接的な影響」を推測し、「通俗化された新感覚派の作風とエキゾチシズムの移民文学」と判定している。「マンガ〔マンゴ〕が不審そうにつづいて落ちて行った」とか「猥雑な吐息を巨大な心臓で染めて」というような言い回しは、新感覚派の範疇に入る。だがそれ以上に物語の仕組み、律動感のある運び、映画的な展開、俗っぽい会話、女性の服装描写に新しい文学からの感化が読み取れる。前山の見立ては書き出しから確かめることができる。


ヴァガブンドはよくそんなことに目がついた。

……――おい、見ろよ。売笑婦〔プータ〕！

ペッと舗道の上に吐き捨てられたコンデ組――こんな言葉もあるぞ――の唾をつけ黒子で軽く見流して、降雨期の生暖い風をサッと風で切った花岡ルリ女。マルチネリの広告燈に灯が入って、プラッサ・ジョン・メンデスの椰子樹の蔭に翻り残しのソルベッテ〔シャーベット〕が転がり、紅バラのガーターの結ばれた真白なかの女の脚に新鮮な力の漲る頃――。

この一名混血児のルリ子とは何の関係もない、コンラッド・ネーゲルがオデオン座のスクリーンからシネマ狂いのセニョリータ達に呼びかけていた…〔…は原文、以下同〕。


「ヴァガブンド」は「のらくろ者」「役立たず」に近い蔑称で、青年たちもよく自嘲を込めて使った。ルリ子は

「そんなこと」とコンデ組（日本人が一九一〇年ごろから居着いたコンデ・デ・サルゼーダス街に住む下層生活の日本人）の目に映った事柄としてまず言及され、続いて侮蔑語で呼ばれ、その素性を一瞬のうちに明らかにする。非常に鮮やかな登場である。「こんな言葉もあるぞ」と物語の枠を破って読者に向かって突然話しかける挿入句、この種の語りの遊びはモダニズム文学によく出てきた。[22] 広告燈↓椰子樹↓ソルベッテ↓ガーター↓脚と、カット割りのはっきりした映画のように、都会風景からエロティシズムへ焦点が絞られていく。そこで彼女と「何の関係もない」映画館が突然、挿入されるが、少し先まで行くと、ルリ子と大村が新型フォードで乗りつけた市の中心部の映画館とわかる。農村育ちの大村が洋画を望むとは考えられない。ルリ子がせがんだに違いない。「同じ時間、別の場所では…」という時空間描写もまた映画から得た着想だろう。小説を映画の知覚に近づけようと文体や物語構造を工夫した跡が、モダン文学の随所に見られるが、このような不意の場面転換もまたそのひとつである。ルリ子がどんな容姿かは読者の想像に任されているが、当時、若い女性に人気を誇ったハリウッド美男の典型、ネーゲルがひとつのヒントだ。おそらく彼に愛される女優のような派手な姿を見せびらかしていただろう。シネマはソルベッテやガーターと類縁性を持つ尖端的なアイテムだった。ここまで舞台をしつらえたところで、ルリ子の正体が明かされる。

花岡ルリ子…。彼女の趣味は男。——ソルベッテ——。シネマ——。百姓の皮膚の汚濁を嗅ぐこと——。変態性欲——。安宝石の蒐集。

…彼女は一匹の蟲惑的な東洋の虫となってこの眩るしい三角街《トリアングロ》を縫って歩いた。イタリアーノとフランセースとエスパニオールとアレモン〔ドイツ人〕とルッソ〔ロシア人〕とプレット〔黒人〕と…ポルツゲースの混合する皮膚の街を、あらゆる人種の錯綜する中を、シングルカットと蛇革靴の扮装で常に三角形の一辺上の一点となって、そのマッフを透いて見える己が肉体の秘密を匂わせていた。

シネ・オデオン
Inimá Simões, *Salas de Cinema em São Paulo*（Secretaria Municipal de Cultura de São Paulo, 1990）

「ルリ子」という宝石（瑠璃）の輝きを放つ片仮名書きの名前は、既に彼女の浪費とモダニズムへの傾斜を暗示している。「この一名混血児」とあるので、彼女は行動や道徳に関して、純血／純潔のやまとなでしこではない。「東洋の虫」という形容は、民族意識も人間としての尊厳も持たず（だからこそコンデ組の唾を屁とも思わない）、異国的なからだを武器に渡り歩くコスモポリタンの哲学を凝集している。彼女は農民や役人のように日の丸を背負わず、身ひとつで民族の境を渡っていく。ほかの移民小説ならばテーマになるその零落の道すじはわからない。将来の展望もない。彼女は徹底的に過去にも未来にも欠き、今・ここに生きる。コンデ組のようにしかたなくのらくらするのではなく、積極的に金づるに寄生し、享楽を生きる。だから彼女は鬱屈を知らないし、郷愁にもかられない。彼女にとって祖国は生活の糧である「蠱惑的な」容貌を与えてくれた国でしかない。彼女は移民の筆が生み出した誠実な農村の娘とも、人格を持たない金髪女性とも一線を画し、男を利用して能動的に寄生する女だった。誰しも『痴人の愛』（一九二四年）のナオミを思い出さずにいられない。

ルリ子は三度、売春婦《プータ》とののしられる。冒頭でまずコンデ組に、ついで大村が泊まる高級ホテルの黒人の玄関番に（「エメラルド・グリーンのジョゼットの布地から透いて見えるエロチシズム」のために）、最後に転落した大村に。彼女はコンデ組に対しては「移民さん」、玄関番に対しては「クロンボ奴」、大村に対しては「ミーリョ（とうもろこし）の肥料」と見下し、自分の優位を崩さない。彼女は別れ際、大村に向かって、こう言い放つ。

何の為にあんたがジャポネーズの親分かね？一体あんたはこの頃移民さんが皆何で苦しんでいるのか知っちゃあいまい…。アレモンのように目標が欲しいんだよ。目標を立てようとどれだけ焦っているか。それにあんたは一文の仕事もしやしない…。みんな…お前みたいな奴は野垂死した方がいい。ミーリョの肥料位にはなるだろうから。ね。オームラ、妾は帰るよ。そして家の野良犬に言ってやるんだ。時が来たのだ！エンシャーダを持って新しい世界を耕せって…。勿論妾は、今日限りで離縁さ。…呪われてあれ！あばよ。

それまでの性格づけからすると説教めいた口調だが、ルリ子は「移民さん」の側に立ち、相場師やヒモを否定する。肉体的な魅力で世を渡る彼女が、男には体で働けと命令する（彼女が鍬を握るとは考えられない）。「移民さん」に対しては同情的だが、彼らの郷愁や焦りや勤労に価値を見出しているわけではない。思い起こせば、彼女の好きなことに「百姓の皮膚の汚濁を嗅ぐこと」があった。「野良犬」も大村も都会に長くいすぎて、汚濁の臭いが消えてしまったために、彼女の気を引かなくなった。百姓臭さを保ったまま彼女の都会好きに長くつきあうことはできない。彼女は都会に出てきたばかりの、まだ土の臭いのする富裕農園主を次々に取り替えることでしか、すべての欲望を満たすことができない。「野良犬」は「ブラジルへ来た許りで放心している」というので、サントスからサンパウロ市に着いたところで拾われたらしい。だからこそ農村に出て「新しい世界」を耕せと追い出される。都会に長居しすぎて「臭い」が薄くなったからだ。都会的洗練とは逆行する性愛の志向を持つところに、ルリ子の最大の倒錯が見られるだろう。土臭さを偏愛するモガ、語義矛盾のような存在がルリ子だった。

また彼女の上昇志向（「目標」）の否定も、焦らずに大地に腰をすえよという農村小説によくある教訓よりは、脱臭された男に対する嫌悪から来ている。土とともに生きるのはいやだが、その臭いを嗅ぐのは好き。「汚濁」は勤労の証ではなく、媚薬だった。この植民文学の大地礼讃をねじった変態嗅覚を持つモガは、同時代の日本の文学にはたぶん現われない。成金が農村から生まれ、都会生活者といってもほとんど例外なく農地生活を経験し、日本にはない大平原を見、いわば田舎のしっぽを隠しきれない日系ブラジル社会の特徴が、ルリ子の鼻に凝縮されている。

上の大村への三下り半について作家はこう註釈している。「腐れていく花岡ルリ子の肉体にニッポンの血が循環したということは奇蹟に相違なかった。それはむしろ見えない物の力がルリ子の紅唇を借りて言わせたと考えた方がましであった」。「ニッポンの血」とは無名の百姓として汗水流せと日本的勤労道徳を説教しているかのように見えるからだが、「ニッポン」というカタカナ書きは彼女の「混血児」性と関わり、その説教が空虚であることを仄めかしている。むしろ大事なのは「見えない物の力」で、これは欲望や民族や経済の力の束のことだ。プータと軽蔑された女はまさしくこのような闇の力がふきだまる場を生きていた。

三角街の情事

サンパウロはこの作品にとって舞台背景以上の役割を果たしている。川端の浅草、織田作之助の道頓堀、ベン・ヘクトのシカゴ、ポール・モランのパリ、アルフレート・デーブリンのベルリン…。同時代の傑出した例を素人の習作に引き合いに出すのはおこがましいが、「賭博農時代」ほど鋭いサンパウロの描写は、日本語で書かれたもののなかには見当たらない。冒頭のルリ子の闊歩に戻ろう。ジョン・メンデス広場は日本人の旅館、下宿、食堂が立ち並んでいたコンデ・デ・サルゼーダス街と、彼女の足が向かっているサンパウロの商業の中心、トリアングロ（三角街）を結ぶ線上にある。メンデス広場の地理は、日本人社会に片足だけ残して外に飛び出したルリ子のどっちつかずの位置の隠喩になっている。彼女が向かっている三角街はルリ子をめぐる三角関係を暗に示している。三角街は同時代の東京でいえば、銀座、丸の内、日比谷界隈にあたる。オ・ルーヴル、オ・プランタン、オ・パレ・ロワイヤルというパリ風が売り物の店、十いくつの大銀行、四つの日刊紙本社、上流階級の会員制クラブ、フロントン、最良の書店、豪華なグランド・ホテル、市内最初のデパート、市立劇場、市電とバスのターミナルが集中し、「サンパウロにおけるあらゆる近代生活の象徴」だった。[23] 作者は超モダンな空間にふさわしい数学的な文彩で記述している。「プラッサ・ダ・セから四十五度の角度をなして走る二つの流行街――サンベント寺院と市立劇場。その二つの街を結ぶ他の一辺ルア・サンベント」。この擬似科学的な書き方が新興芸術派の感化であることははっきりしている。見逃してならないのは、尖端性が悲惨と同居しているという視点である。「ビルディングと商店とカフェと女の脛と乞食。そして街の辻々にロテリアがちんば、ちんばして呼び売りされる風景」。乞食、足の不自由な宝くじ売りは、大村の投機と零落を予告している。

谷譲次はパリやニューヨークの「人種の錯綜」を強烈な文体で読者に印象づけたが、サンパウロの日本人はそれに劣らぬコスモポリタンな状況を生きていた。改めて移民の国籍が列挙されると、南半球最大の都市に成長していく萌芽が二〇年代に用意されていたことがわかる。日本国内の読者がいれば、そこから異国情緒を感じ取ったはずだが、移民の読者は自分たちが多人種的環境の一角を占めている事実を再確認しただろう。黒人のメイドやユダヤ人の宝石商がいる中に、日本人の仲買人や農園主や労働者がいる。日本では気にならない皮膚の色がどこにいてもつきまとう。このような場所だからこそ、彼女は日本人であるより先に「東洋人」だった。この言葉には当人の国籍意識よりも西洋人から見た人種的レッテルが強く含まれている。ちょうど日本では逆に、ドイツ人なりポルトガル人である以前に「白人」や「西洋人」であるように。

狂ったトマト

浮気女《フラッパー》の情欲生活を描いたエログロ小説は日本でも多く書かれたが、その相手はたいていサラリーマンや御曹司や自由業で、農民というのは珍しい。銀座のカフェー女給にしてやられる「村長の息子」が笑いの歌（エノケンの「洒落男」）の種になるぐらいで、尖端生活と農村とは文学のなかでは、ほとんど接点がなかった。それに対して、「賭博農時代」ではトマト大尽が女の犠牲者（共犯者）に設定されている。そこに模作に終わらぬ作品の読みどころ、移民社会に対する作者の鋭い観察眼がある。大半の読者は農村部に住み、故郷に錦を飾るために一攫千金を夢見ていたから、賭博農は身近な話題だった。ブラジルでは（中南米一般に）植民地時代から広大な土地と奴隷的労働力を大資本で搾り取る単一栽培（たとえばサトウキビ、コーヒー）が盛んで、農業は賭博的（こういって悪ければ植民地資本主義的）になりがちだった。トマトはサンパウロという巨大な市場が伸びたために大農園で栽培された。だが国内消費以上に、加工業者が介入して、コーヒーやサトウキビのような北半球の大市場向けの商品、今でいうグローバル商品になった。賭博農はブラジルのみならず、世界中で進行中の都市化、つまり農業生産地と消費地の分離と不可分だった。二〇世紀初頭のサンパウロ市の都市化に貢献したのも、「コーヒー王」たちで、彼らが奴隷に代わる労働力を必要としたため、政府を動かし日本人を呼ぶことになったのだから、日系移民の始まりは賭博農と切り離せない。重要なことは日系移民が早い時期に使われる側から使う側に回り、規模はどうあれ地主＝経営者として社会上昇をとげたことである。移住して最初の耕地では「同僚」「先輩」であったはずのアフリカ系、ヨーロッパ系の契約農民に対しては、半奴隷的境遇で満足している陽気な敗者と軽んじ、錦衣帰国を心の支えに社会のはしごを昇っていった。集団的上昇志向と出稼ぎ方針（この二つは錦衣帰国の大目標と切り離せない）は生活の基本設定で、引越しも勤勉も倹約も射幸心も投機も、その動機をたどればこの二つに行き着いた。

青物市場（『在伯同胞』）

日本人社会でもトマト、ジャガイモ、コショウなど投機性の高い作物で当てて、屋敷を建てたり豪遊したお大尽の成功譚はいくつも伝えられ、そのなかには日本で誇大に宣伝された者もいた。日本にいる限り、家父長制の下支えにしかなれない次男、三男は新大陸で初めて原生林や農地を買い、人を雇うことができた。独立するだけでなく、大地主になる道も開かれていた。もちろん移民がすべてハイリスク・ハイリターンの換金作物に飛びついたわけではなく、このような業態に飛び込んでいける者とそうでない者がいた。大村は中でもとびきり野心家で冒険家として描かれている。園部は、彼の大農園の資本主義的人間関係を次のように分析している。

> 五度の傾斜面に二十万本のトマトの植付けられた農場は、獰猛な番犬とチエテから来た農場監督と数多の農業労働者によって組織され、大サンパウロを襲い来るトマト供給の減退と価格高騰によってメルカードの朝風が擾乱されるというので、時期外れなるにもかかわらず悲壮なトマト戦線の真只中に農業労働者の手は永遠にトマトの汁に染り切っていたか？

奇妙な疑問文は新感覚派の修辞で論ずるに足らない。それよりも農園内の上下関係がその外の市場《メルカード》の支配を受けているという明確な認識が重要で、労働者を命令する農園主は、仲買人やその上に君臨する大企業に依存する中間的な管理者にすぎないことを、大村の没落は物語っている。仲買人の黒瀬は大村に、別の組合ではコロンボの缶詰会社と先物契約をしたのだから、そろそろトマトを卸す気はないかと打診する。サンパウロ州民の消費よりも、英国か米国資本で動く工業的原料として、トマトを扱っていた。コーヒー豆のようなブラジル特産品でもなければ、綿花やサトウキビのような典型的プランテーション作物でもない。しかしその赤い野菜は寡占的加工業者に目をつけられ、「世界商品」となった。おそらくコロンボ製造のトマト缶は、京橋の明治屋あたりにも並んだことだろう。大村は「近頃駈け出しの黒瀬の奴、一簾のコンプラドール〔仲買人〕振りやがって、畜生」と鼻息荒く拒絶する。黒瀬はその意趣返しで同僚と相場を操作し、トマト農家を無一文に陥れる。黒瀬はおそらく農民としてブラジル生活を始めながらいち早くサンパウロ市に引っ越し、商業部門に歩を進めているところだろう。この業界に日本人だからという仁義はなかった。「賭博農時代」では性別の衝突、人種の衝突、雇用者と労働者の衝突のほかに、職業の衝突が描かれた。

重要なのは猛犬と監督に監視された「農業労働者」の存在である。日本でこういう呼び方はあまりなかったのではないだろうか。大農園制なればこそ「労働者」という社会主義者が広めた呼び名を作者は選んだと考える。彼らは日給制で雇われる単純労働力で、意識や雇用形態に関して日本の小作人より工員に近い立場にあった（蟹工船の雇い人が漁師でないのと同じように）。耕地や作物に対する愛着はなく、賃金で駆り集められ、一日ネジを回す代わりにトマトをもぎ続けた。大村は前期、二万本植えつけたのが当たって一二万本に増産、総計一万箱、一五〇コントスの収入が懐に飛び込んだ。これはぼろ儲けといってよい。「市場売上価格の大半を大村が掻っ攫った」。それをみてブラジル人も仰天し、日本人の農園と先物契約する仲買人が続出、「我も我もと賭博的才智に囚われた英雄ニッポニコが蜂起した」。「ニッポニコ」は日本語をそのままポルトガル語流に展開している点で、ジャポネースよりずっと特殊で、ポルトガル語の文章で用いられると、借用語の語感が生まれる。日本語の文章にはめこまれても同じように、蛍光ペンで印をつけたような注意信号を放つ。「サントスでヨーイドンで始まった」同胞が成功を収めたというニュースが、「外国人」の成功よりもねたましく感じられたことは想像にかたくない。園部は日本人農場主が浮き足立つのを実際に見ていたのかもしれない。

ボルドー液に溶け込む移民

増産のひとつの決め手は肥料である。「彼等の射倖心は鉄槌で擲られたように興奮し、野心満々たる肥料屋の倉庫に眠っていたマモナ（トウゴマ、ヒマ）粕、骨粉、チリ硝石、塩化加里等々の山が崩壊し始め、経営の拡張は無理に走り、想いは早や栄耀の一角に膠着してトマトを作らぬ者は世界の馬鹿者と嘲笑するのみであった」。周囲ののんびりした風景から隔絶した「只無闇矢鱈に化学肥料を注ぎ込まれるだだっ広い農場」は工場に近い。化学的略奪農業。これが海外雄飛、実は「移民先覚者の我利我利の歴史」の展開する大地の実情だった。

もうひとつの決め手は農薬である。ボルドー液作りの一節は「賭博農時代」のなかで最も強烈な部分だろう。ボルドー液は農園主と労働者の間の搾り取り関係だけでなく、日系人とブラジルの土地の間の搾り取りの関係を象徴している。ここから作者がなぜ農業労働者と堅苦しく呼んだかがはっきりする。日本国内の小作人とは仕事内容や収入体系が異なり、土を相手の工員といってもよい生活ぶりだったからだ。

　ここに陣取ったニッポニコの小器用さが飽肉的民族の嗜好を利用して経営するトマト農園の井戸端では、数人の破衣の労働者がボルドー液を作るためにひとつの大樽を囲んで南緯二十三度半の苦熱と闘いながら、働いていた。

　或る労働者は発煙に咽せながら生石灰を溶いている。溶かれた石灰は大樽の中の硫酸銅液と都合良く化合された。化合して故里の秋空の色となったボルドー液の仄かな薄青色が労働者を感傷的《センチ》にして、移民先覚者の我利我利の歴史が不透明に沈殿して、尻のない搾取戦争がグルグルと渦巻くボルドー液の中に消滅して行った。

「我利我利」や「尻のない搾取戦争」を園部は風刺しているが、それを告発しようという意図はない。それを含む移民社会の歴史性が彼の頭にある。硫酸銅の色が「故里の秋空の色」を思わせたというから、この労働者はたぶん日本人だろう。彼の望郷を誘った硫酸銅は日本（人）の隠喩になっている。それがブラジル社会というボルドー液に溶け込んで消えてゆく。つまり同化していく。先駆者のなりふりかまわぬ拝金主義も農園内外の搾取関係も大樽のなかではすべて見えなくなっていく。個人の汗も涙も不道徳も不平等もいっしょくたに混ぜ込んだ大樽、それは当時しきりにいわれた〈るつぼ〉の隠喩と同じように、移民の同化を含み込んでいる（数年後には「日本人は硫黄のように溶けない」と反日キャンペーンのなかで非難された）。それだけでなく俗にいう歴史の流れも含んでいる。ボルドー液の隠喩は、横光利一の『上海』が奔流する揚子江を中国人労働者の群れに見立て、得体の知れぬ恐怖や圧倒的な力を表現したのを想起させる。園部も横光も液体の濁りと流動性にちっぽけな個人の力が及ばない〈歴史〉や〈民族〉や〈時〉を感じ取った。

作者は大村を「移民先覚者」と呼び換えている。笠戸丸から四半世紀、海外同胞社会は連綿と続いてきたし、これからも続くと認識していた。二〇年代後半の国策移民の波（またしても水の隠喩）はスポーツ大会、弁論大会、映画会、演芸会、学芸会など同胞社会内の絆を深めるいろいろな催しの土壌を作り出した。「先覚者」とは新しい波を迎え入れた「旧移民」というような意味合いを持った。この社会的な動きについて「賭博農時代」はこう書いている。「しかし満州の銃声を外にやはり幾何かの移民が、毎日サントスの埠頭を怖ろしい税関の方へと歩いていた。しかも移民というものは漸々新しい思想と新しい計画に満ちた人々で置換えられていたのだが――」。ここでいう新しい思想や計画には、たとえば民族意識や農業以外の職業や永住論が含まれていた。人の波は文化の波、思想の波でもあった。押し寄せてくる人波はやがてはボルドー液に溶け込んでいく。園部はこうして三層の歴史を描いた。前景にはまず大村やルリ子のような個人が欲望に任せて動いている。中景には無名の労働者がうごめいている。そして背景にはすべてを包み込む大樽、〈歴史〉が控えている。大村の没落で閉じた個人の物語の後に、あたかも西部劇のフィナーレのように、キャメラを引いて壮大な全景を見せる。そしてちっぽけな蟻にすぎない個人の行動や欲望や幻想の総和に、果して歴史を動かす力になりうるのかと問う。

ああ遂に移民史の貴重なる幾頁かを、大村と、黒瀬と、花岡ルリ子と野良犬とに貸し、彼等のために歪められた農業労働者の肉体！日没…一人の労働者は化学肥料の無節制な給与に疲弊し切った土壌の上に突っ立って彼方の山脈を睨みつけた…。あの蔭に平原あり、丘陵あり、山があり、その膨大なブラジルという土の上に…。
　賭博農の間歇的な光栄に幻惑されて何時の日もその目標を認め得ずして彷徨する蟻――蟻――その散漫な蟻が集まって高々と一つの蟻の塔を築く日は果して何時の日か？

個人の目の高さで見れば劇的な大村の人生も、〈歴史〉まで引いて見ると何ほどのこともない。塔による歴史とは記念碑による歴史、人々がなしとげたことの歴史と言い換えられる（実際、ブラジルの蟻は土を積み上げて塔のような巣を作る）。それでは人々がやり損ねたことは、ただ消えてしまうのかと園部は疑問を投げかける。塔の移民史では個人の欲望も幻想も破滅も位置づけることはできない。大村はもちろん、彼につられて「蜂起」した群小トマト農家、「英雄ニッポニコ」は移民史のどこに位置づけられるのか。「英雄」という記念碑＝塔に似つかわしい語の皮肉が、園部の群衆史観のなかで効いてくる。「賭博農時代」は上の引用に続いて、大村の絶望とは無関係に押し寄せてくる移民の波に触れて終わる。

今も彼方の大西洋を、一隻の新しい移民船が近付いてくる。
——輝かしい日本移民の目標を樹立するために——
畜生！
労働者は大きく息を吸い込んで叫んだ…。

希望に満ちた船上の移民と疲れきった大地の移民の対比、真っ青な大西洋から肥料にまみれた農園への場面転換で、読者に余韻を味わうひまを与えない。人生はサントス以前と以降で二分される。未来の移民が希望を託している大地に、現在の移民は疲労と後悔しか見いだせない。この心情的な亀裂を園部は宿命として描く。お上のスローガン、塔作りのモットーは「畜生！」のひとことで瞬時に粉砕される。輝かしいできごとと苦難の劇に満ちた「移民史」は、まだ来ぬ移民に「目標」を与え、ボルドー液をかきまぜる労働者を焦らせるほどの役にしか立たない。繰り返すが、「賭博農時代」は移民が残したモダン文学の白眉である。ブラジルにも風俗の表層と歴史の重層を描いた作家が一人はいたということを記録しておきたい。

一九二〇年代から三〇年代にかけて、日本では物見遊山や放浪の作家、赤毛布の冒険者、中産階級の上の家族や子弟が海外旅行に出るようになり、彼らはかっと眼や耳やからだを開いて、好奇心を旅行記や物語や詩につづった。本章で扱った文章はそれに幾分、類似している。『新青年』や『猟奇』や『戦旗』のような雑誌に掲載されても不思議はない。しかし決定的に違うことは、書き手が在外者と自覚していること、また文章上は日本の旅人の筆と区別がつかなくても、ブラジル在住の同胞に向けて書かれていることである。海外同胞による海外同胞のためのテクストという点で、パリやニューヨークから本国の読者層に向けて書かれたものとは性格が異なる。異国めぐりの楽しさを伝えたり、文学的欲求を満たそうというより、異国暮らしの鬱憤を筆で発散させようという面が大きかった。ほんの小さな仲間内の回覧しか期待できず、「文学以前」の模写や模倣もまた許された。意気揚々と異国生活を楽しんだ者は非常に少なく、ほとんどは落魄の身という負い目を大なり小なり感じていた。ベルリンやニューヨークなどと違って、サンパウロに憧れてやって来た者は皆無で、「腐ってもパリ」というような誇りを持って住める街ではなかった。アジアのモダン都市への渡航と違って、簡単には帰国できない距離にあることも、気持ちを重くさせた。

日本人ホワイトカラー層や留学生が多いヨーロッパや北米の大都市と違い、サンパウロの日本人社会は当時、圧倒的に貧困層が多かった。農業に失敗して逃げ出してきた多数者と、職や富を得て到着した少数者とが混在していた。サンパウロは帰郷への一歩というより、故郷を遠ざけるような通過点だった。サンパウロは脱農者に錦をもたらすような場所ではない。ブラジルでは農業にこそ富を作るチャンスがあり、遅れて都市に入り込んで来ても上昇する見込みはそれほどないことを彼らはすぐに学んだだろう。その多数者の一部に、渡航前にモダン文化・文学の洗礼を受けた青年がいくらか含まれていたが、ほとんどは農業で一旗揚げることも、下積みから脱出することできず、将来に不安を抱いていた。無名の青年の筆は金髪女や高層ビルやダンスを讃えながら、やけっぱちや絶望をにじませていることが多い。この時期には日系移民自体がブラジルに寄生しているようなものだったが（正規の市民という自覚はなかった）、サンパウロ市在住者は滞在が長引いても、華やかな物質生活の周辺に寄生しているだけで、ブラジル人の社交圏に参加できる者は稀だった。限りない誘惑と楽しみの街であることはわかっていても、それを享受する前に言葉や習慣の壁があった。母国語で書くことそれ自体が、遊興から疎外された移民が自分らしさを取り戻せる小さな領域だった。

註

（1）Blaise Cendrars, *Au Cœur du Monde*, Gallimard, Paris, 1968, pp. 59-60. 以下の二〇年代サンパウロの社会的概要については、Nicolau Sevcenko, *Orfeu Extático na Metrópoli: São Paulo Sociedade e Cultura nos Frementes Anos 20*, Companha das Letras, São Paulo, 1992の第1章参照。サンドラールの一九二四年のブラジル訪問は、サンパウロのモデルニスタに多大な刺激を与えた。その深い交流については、Aracy A. Amaral, *Blaise Cendrars no Brasil e os Modernistas*, Editora 34, São Paulo, 1997; Alexandre Eulalio, *A Aventura Brasileira de Blaise Cendrars*, Imprensa Oficial- Ed. USP, São Paulo, 2001に詳しい。

（2）Sevcenko, pp.31f. 後で触れる三角街、マルチネリ・ビル、市電などについては、レヴィ゠ストロースのブラジル写真集『ブラジルへの郷愁』（川田順造訳、みすず書房、一九九五年）、『サンパウロへのサウダージ』（今福龍太訳、みすず書房、二〇〇八年）を参照。後者には日本語のポスターの写真も含まれ、日本人俳人や考古学愛好家との接触（第1巻「俳句」の章）を考えると興味が尽きない。

（3）移民八十年史編纂委員会編『ブラジル日本移民八十年史』日本移民八十年祭祭典委員会、一九九一年、一二七頁。『在サンパウロ日本人職業案内』（伯剌西爾時報社、一九三二年）によると、サンパウロの都市部（capital）では商業五一四名、工業一七三名、小計六八七名、郊外部（suburbio）では農業九九一名、商業二〇名、工業八名、小計一〇二二名、合計一七〇九名の日系人が暮らしていた。家族を加えた総人口は不明。統計から洩れた人口もあったにしろ、三〇年代のサンパウロ市の日本人居住者はまだ少ない。

（4）参考のために全データを掲げる。『キング』七七〇冊、『婦女界』一七〇冊、『主婦の友』一二〇冊、『現代』一〇〇冊、『講談倶楽部』八五冊、『実業之日本』八〇冊、『改造』六〇冊、『富士』六〇冊、『婦人倶楽部』六〇冊、『雄弁』四八冊、『文芸倶楽部』

四五冊、『文芸春秋』四〇冊、『日本少年』三三冊、『新青年』二七冊、『中央公論』二五冊、『少女の友』二三冊、『朝日』二〇冊、『経済往来』一五冊、『少年倶楽部』一五冊、『幼年倶楽部』一五冊、『少女倶楽部』一三冊、『科学雑誌』一〇冊、『講談雑誌』一〇冊、『婦人公論』五冊、『少年世界』三冊、『少女世界』三冊。

(5) たとえば木下乙市「海外へ発展せんとする青年へ」一九二一年一月号、三〇～三六頁。上塚司「アマゾンの『空と水』」一九三一年六月号、一六四～六八頁。

(6) 移民の筆法は本国の流行に敏感で、たとえば昭和一ケタ代、本国では「行進曲」「レビュー」「ジャズ」があらゆるモダン文明を修飾する流行語だったが、ブラジルでも「邦人移殖民は、どんな行進曲を奏でて居るだろうか」（「新殖民行進曲」一九三〇年三月一四日付『聖報』）、「オーロ・ブランコ（白い黄金＝綿花）のジャズに各地を挙げて世は将に綿花狂時代である」（一九三六年一月二九日付『日伯』）、「棉花好景気のジャズに浮かれた借地農…」（同年六月二三日付『時報』）というような文章が見られる。他に「新植民行進曲」（三〇年三月一四日付『聖報』）、前述の「給仕狂進曲」（一九三〇年二月七日付『聖報』）もある。

(7) 似た趣旨のモダン生活批判には他に、一九二九年一一月二一日付・一一月二八日付『時報』の「疲れた生活」がある。

(8) 『踊る地平線』は一九三五年、遠藤書店が輸入したことが確認されている（一九三五年一月二〇日付『日伯』の広告）。

(9) サンパウロの芸術家・詩人の未来派受容とマリネッティの訪問の反応については、Annateresa Fabris, *O Futurismo Paulista*, EDUSP. São Paulo. 1994 参照。泡影子はおそらく『新青年』一九二四年一〇月～一二月連載の「コンドルの飛ぶ国へ」の「在南米」の著者、抱影子と同一人物だろう。この連載は筆者が南米に到着する前の部分で惜しくも中断されている。泡影はプロレタリア詩「自由の闘士」（一九二九年六月二〇日付『日伯』）、「亜細亜はおれのものだ／亜細亜は君達のものだ」と中国人少年とのアジア的連帯を謳い上げる「支那少年」（一九二九年六月二七日付『日伯』）など、ある時期毎週のように作を発表していた。

(10) 堀口九萬一「今日を楽しめ」、海野弘編『異国都市物語』一九九一年、平凡社、三一四頁（初出は『新青年』一九三四年六月号）。九萬一の伝記として柏倉康夫『敗れし国のはて　評伝堀口九萬一』左右社、二〇〇八年。

(11) フォックストロットのなめらかな動きを描いた詩に泡影子の「夜と人」（一九二四年八月一五日付『日伯』）がある。椰子樹茂る公園の星の夜――「静かな管弦楽につれて歩く／南国の男と女、少年と少女。（中略）フォクストロッテの始まる瞬間／幾十と白と黒の踵の高い／靴が異様に動き出す、／一様に小さな回転をする／曲線が生れる／躍ってるのだ。／／エメラルドの着物を着けた女と／淡紅色のスカーツの女との／腰が右と左に揺れる、／足と手がゆるやかに動く／女は軽く歩きながら躍ってゐる。（後略）」。

(12) たとえば、とき雄「都に出てから（六）」（一九二五年四月三日付『日伯』）で、カード賭博の現場が活写されている。

(13) 「移民文学からマイノリティー文学へ」、コロニア文学会編『コロニア小説選集1』コロニア文学会、一九七五年、三〇六～二〇頁。

(14) 「野糞を嗅ぐ」は農民と新聞記者が野糞を垂れながら、九州弁でサンパウロ市の日系エリート層の噂話をし、最後には新聞の社説の頁で尻を拭くという物語。実名で登場する医者や夫人が関わる御用新聞『時報』に対する『日伯』からの痛烈な攻撃とも、日本語ジャーナリズムに対する自嘲とも、ワイ談に対するオワイ談の切り返しとも読める。

(15) この後には阿羅多生「みじめな恋」(一九二八年一一月二二日〜一二月六日付『日伯』、三回連載)が、雑誌社勤務の日本人が、通勤電車でいつも見かける非日系女性をアパートに誘うのに成功し、セックスに及ぶ物語を描いている。女に金をやり深い眠りにつくところで終わる。ここでも白人女性の娼婦性と虚無的な性関係が中心で、猟奇的な類型に収まる。富岡耕村の「かるなばる前後」(『聖報』一九二五年一一月六日〜二七日、四回連載)では、サンパウロの薬局に勤める慶一がドイツ娘マルサに恋心を抱くが、彼女はカルナバルで遊びすぎて解雇され、彼は心の空白を感じる。

(16) 秋圃「明〔る〕い人暗い人」には、コーヒー園支配人のわがままな一人娘が、三人の日本人雇い人に無理やりダンスを踊らせたという場面がある(一九二九年一二月一九日付『時報』)。三人はあまりに「変な足取り」なので、仕事の代わりにダンスの稽古をさせられた。これは「楽しいやら可笑しい恥かしい」経験だった。移民の多くはダンスを心から楽しめなかった。『舞姫』(一八九〇年)と『痴人の愛』(一九二四年)の女性描写から、白人コンプレックスが映画を媒介として形成されたという出口丈人の説はなかなか興味深い。モダンは映画を知覚様式の基本におく新しい官能の域を開拓した(「何が白人コンプレックスを生みだしたか」、岩本憲児編著『日本映画とモダニズム1920〜1930』リブロポート、一九九一年、一〇四〜一二三頁)。

(17) 塩月はこの時期、暴言を文体としていた。たとえば散文詩(?)「裸人」(一九三〇年九月五日付『聖報』)では、世相、恋愛、農業、植民文学にさんざん悪態をついたあげく、「何やらわけの解らぬ事をべらぼうに書き続けた、然し如何に凡人共がさわいだ所で世界はどうにもなりはしないんだ、回想しても見給へ歴史が語る」。

(18) 通常と反対に、労使協調の日として、なごやかに宴を持つ日本人の家具工場もあった(一九三〇年五月一〇日付『新報』)。写真から判断すると従業員は日本人ばかりで、労働者組合に加入していなかったようだ。

(19) ブラジルの邦字新聞で伏字を数例見つけたが、どのような検閲体制にあったのかわからない。たとえば『日伯新聞』の三浦鑿社長国外退去を伝える一九三一年三月二七日付『聖報』では、第一面社説の約三分の一、中の面の記事では「日伯□□は其後」以外すべて伏字という措置が取られている。この煽情的な扱いは三浦と香山の個人的確執の現われに違いない(前山隆『風狂の記者——ブラジルの新聞人三浦鑿』御茶の水書房、二〇〇二年、二七六頁以下参照)。伏字が目立つ別の例は川崎辰夫「起てよ‼同胞　吾れ日本人なりの自覚に生きよ」(一九三八年一二月二一日付『聖報』)で、筧克彦の「神ながらの道」を長々と言い換えながら、在伯同胞の民族意識を奮い立たせている(最後に生長の家の谷口雅春の「宗教と科学の不敬性」が引かれていて、ブラジルへ移植された右翼思想の実例として面白い)。ダーウィン進化論が正しいなら、神の子である日本人はありえないというような趣旨の個所が伏字扱いになっている。

(20) この詩の隣には、次のような短歌が武力衝突を記録している(八月一五日付『日伯』)。

戦に暮れし真夜中ガラガラと砲車の響退却にやあらむ

朝ぎりの薄らぎ行けば新らしく塹壕の見ゆカンブシーの広場
記念にと集めし破片堆く牙にも似たる見るも慄く（以上椎野正）
暗を飛ぶ砲弾の咆りに群集は思はず黙し空見上げける
ひっそりと人一つなき街路の上を弾丸の咆りつ飛ぶもの凄し
稲妻か人は喚きぬ窓破り砲弾階上に落ち裂けてけり（以上孤山）

市民の眼から市街戦を写生している。砲弾の音や光が人々を慄かせたことがよく伝わる。戦いの翌朝には破壊の残骸を記念品として集めに出るのんびりした行動に微笑まされる。革命と名づけられたものの、現場では銃撃があるのみで、思想の出番はない。

(21) 増田秀一『エメボイ実習場史』（エメボイ研究所、一九八一年）一五六、二一七頁。井上哲朗「日本人ターザン始末記」『キング』一九五三年二月号、二二〇～三五頁。

(22) その代表、谷譲次の『テキサス無宿』の例を挙げると、「ま、そんなことはいいとしてアレキサンダアのことだが…」「そもそも――などと咳払いするにも及ばないが――社交倶楽部というものの…」（『大衆文学全集18』講談社、一九七二年、七一二、七一三頁、傍点引用者）。突然、書き手がぬっと現われることで、物語世界と読者の距離が縮まり、ちょうど実際に話を聞いているかのような錯覚を生み出す。マンガでは手塚治虫がよく使った。

(23) 三角街の繁栄についてはAnnateresa Fabris, ibid., p. 15 参照。

3 「あの時の目でない眼でみる旅券」――戦前移民の川柳

写真が伝えないこと――「斧の音聞えぬ度に気にかかり」

川柳は生活の細部に笑いを見つけ、かしこまった仮面の下でおどけた素顔を作り、他言できぬ本音をふと漏らすところに妙味がある。切実なはずの事柄をよその話であるかのように突き放し、定型に落とし込む。散文で言えば下品になることも、十七文字に圧縮することで洒落た味を持ち、共感と笑いを呼ぶ。失敗、打算、本音――等身大の暮らしと気持ちを巧みに結晶化する。鋭い生活観察、社会風刺、自嘲が身上だ。

ブラジルでは『農業のブラジル』(『農ブ』)が川柳振興に寄与し、一九二八年四月号から一九三五年一二月号の柳壇が確認されている(一九三五年一一月より『農友』と改題)。題の選択は、川柳で描いたら面白かろうという選者の目のつけ所をよく表している(章末の別表参照)。創刊当時は珈琲園生活が題に採られていたのが、やがて棉栽培、借地農、自作農、時事と話題が広がっているのは、生活の変化や投句者層の拡大と関係するだろう。そこには統計や社説、小説や他の詩歌には語られていない生活や心情の細部が見事に描かれている。現在のサラリーマンや高校生の川柳と同じように、大声で言えないことをこっそり洩らす。本章では同柳壇掲載句を主題別に分類して、戦前移民の生活と心情を探りたい。「ぶらじる柳多留」を気取りたいのだが、筆者の目がいささか怪しい(1)。

川柳を詠みそこなって学者なり

巨木フィゲイラの前の日本人（『在伯同胞』）

作を生活や心情の証言と見るのは古風だが、いまだ誰も体系的に読んだことのないブラジルの川柳を素朴に読むことにも、戦前移民の「生活の柄」（山之口貘）について想像力を喚起する程度の効用はあるだろう。たとえば伐採したばかりの巨木フィゲイラの前で撮られた有名なポーズ写真がある。それは射止めた獲物の前の狩猟家の記念撮影と同じく、大いなる征服、武勲の証で、豆粒のような男たちは、虫眼鏡で見ると、やや堅いが満足の表情を浮かべている。原始林伐採は人間（男）対自然の一騎打ちで、きつい肉体作業で危険を伴う分、男らしいと見なされた。サンパウロの写真館が外務省、拓務省各方面の讃辞を得て出版した公式アルバムに収録されている。大使が「楽土開拓」と一筆寄せていることが、写真の目的、性格をよく物語る（「写真機を畠に持って新移民」（浜四、28－4）、「カフェザール（珈琲園）横にカメラを向けて撮り」（閑人、29－4）という川柳から、農民の間にも写真好きがぽつぽつ現われていたことがわかる）。一枚の写真は開拓前線の生活を鮮烈に印象づける。

その横に「伐り始め妻は御神酒を持って行き」（農夫生、30－6）を置く。すると生活の実態をもっときめ細かに感じ取ることができる。ブラジルにあっても山の神に対する信心は失せず、御神酒を捧げた。日本の習俗は異国に持ち込まれた。民俗学者が現地調査していたなら、どんなに面白い仕事をしただろう。これが仮に「妻が森まで御神酒を持ってきた」と日記か随筆にあっても、事実確認に留まっただろう。十七文字に昇華された表現は、それ以上の感慨をもたらす。

さらに「伐りふせて高い所の飯の味」（頑骨、30－6）を持ってこよう。今度は記念撮影の日、樵たちが妻の握り飯を携えていたことを想像させる。女たちは飯作りばかりでなく、積極的に伐採の作業に加わっていた。写真のフレームのすぐ外には、たぶん下草刈りに動員された妻（や家族）がいた。

堅いでせう情の妻に木破片《こっぱ》飛び（清湧）
叫び声妻の視線に木は倒る（哲人）
斧の音聞えぬ度に気にかかり（柳女、以上一九三〇年六月号。以下30－6のように表記）

最初の二句では斧を入れる夫と見守る妻の間の目配せや感情の一致が、緊張感をこめて表現されている。「情の妻」あっての伐採作業だった。最後の句は離れた場所で仕事する夫婦一体を讃えている。選者（鬼念坊）注によれば、「知る人ぞ知る開拓者の妻のしん配です〔。〕優しさがコボれて真じゅの玉となり」（柳女は記録された最初の女性柳人の一人。アリアンサ居住）。こうしたあまり劇的でない仕事現場の写真は発見されていない。小説にするとたぶんくどくなる。川柳は記念するに値しない日々の繰り返しの貴重な証言になっている。さて女たちの活躍はわかった。それでは勇士たちはどうだろう。

倒れさうな木へ逃げ腰で斧を入れ（久米仙）
負け惜しみマッシャード〔斧〕に難を云ひ（清碧、以上30－6）

「逃げ腰」と「負け惜しみ」に柳味が込められている。「開拓魂」や「勇士」を讃える句よりもずっと等身大の個人に近い。失敗の責めを道具に押しつける言い訳がましさを吐露できる文学は川柳しかない。勇壮ぶりを一皮めくり、現実を接写する。眼に見えない心情を引き出す。ヴァラエティ番組の「NG特集」のようなおかしさを文字にする。公認の盗み撮りのようでもある。川柳は人の弱さ、醜さを語呂良く客体化する。

このように川柳はブラジルならではの生活習慣や、移民ならではの心向きを素朴に表現している。しかしそれだけでは文学の一面しか見たことにならない。異国でも変わらない喜怒哀楽もしっかり書き記している。日本の読者がブラジル独自の内容を優先したがるのは理解できるが、体験の地域性・特殊性と人情の不変性（あえて普遍性とはいわない）の両方をつりあい良く見る必要がある。戦前日本の農村川柳と比較すると、多くの発見があるだろう。文学的によく練られているとは限らないが、種々雑多な作を拾い上げ、柳人の鋭い観察眼を楽しみたい。

農園にて――「拗らせて除草の予定また狂ひ」

雑誌の性格から、農作業がよくお題に選ばれている。柳人は農民詩人のように、労働は神聖なりと自讃することはない。「カントクが来ても直ぐには出ない汗」（華珍坊、33－1）とサボリの実態を明かし、疲れるのはこりごりだと弱音を吐く。植民文学の聖具、エンシャーダ〔鍬〕でさえ、柳人にはただの日常用具でしかなかった。

トマカフェー〔コーヒー休み〕鍬の柄そっと尻にしき（茶目坊、28－12）
エンシャーダ枕に雲を研究し（君哉）
ムコ選びエンシャーダがものを言ひ（力自慢）
エンシャーダあの娘欲しさに無理にひき（独身男、以上28－8）
エンシャーダ筆持つ手には重さ過ぎ（清志、30－3）

振り上げるばかりが能ではない。尻に敷いたり枕にするのもひとつの使い方だ。「そっと」に道具に対する慈しみがうかがえる。仕事の合間の雑念や思惑、それを川柳は洩らす。婿の品定めにもなる。農作業はある場面では、結婚という現実的な目的達成の口実でしかない。いずれも生活の実態を品良く描いている。最後の句はインテリ層のぼやきといってよいだろう。

川柳ほど作業の現場を活写している詩歌はない。たとえば除草作業と球を投げると、こんな句が返ってきた。

拗らせて除草の予定また狂ひ（蓬春）
鍬を引く女房の顔に艶があり（椰子）
もう五年腰の据った草を取り（雅山）
二年目は草一杯でも平気なり（YA生、以上30－3）

最初の二句は夫婦の仲不仲の両面を切り出している。除草作業の前には妻のご機嫌を取らなくてはならないとは、かなり現実的な内容だ。逆にのろけも川柳ならば許される。次は五年も既にブラジルに腰を据えているという自嘲、最後の句は地主になって二年目の気の弛みを書き残している。ありそうなことで苦笑を誘う。

作業中に歌が放吟されたことを多くの川柳が記している。録音も録画もない現場の貴重な証言である。

琵琶歌がカフェザールから聞えて来（島田嘉春、29－4）
稲刈りや唄の上手が後れてる（三州、30－4）
安来節稲の中からきこへて来（三州、30－4）
プランタ〔種蒔機〕の音に合した安来節（オキタ、31－10）
山伐りに手を休ませて浪花節（白花、30－6）
パニャカフェー〔珈琲摘み〕モッサ〔女の子〕が来ると唄になり（逢田花郎、29－6）
梯子から落ちて上手な唄が止み（白石悟、29－6）

作業は楽ではないが、歌で調子をつけてはげみとした。特に第二句「稲刈りや」は報告的である以上に観察が行き届き、軽みが感じられる。仕事の種類に合わせた歌（たとえば田植歌、山伐り歌）ではなく、疲れを忘れるために好きな歌を歌う。仕事のリズムに合わせて口ずさむ。若い女性が通ると歌って気を引こうとする。独身者の生々しくもほほえましい現実だ。異郷であるだけに、日本語の歌声は作者の耳に留まったのだろう。実際には歌唱というより、相手のいない鼻唄だ。そしてこれは農村のうた文化の基礎である（柳田国男『民謡覚書』）。

コーヒー豆摘み（パンニャカフェー）の現場については、こんな句がある。

猫の児もパンニャカフェーの数に入り（川端生）

後一本と思ふ所でブジナ（角笛）鳴る（筑水）

パニャカフェー恋人の手をそっと握り（橋三田蘭花、以上29-6）

収穫量に応じて賃金が支払われるので、不公平が出ないよう、農園側はまるで工場のように作業開始と終了を牛の角笛で合図した。牧歌的である以上に資本主義的な号令だ。どの家族も「猫の子も借り」かった（「総動員赤ちゃん籠で泣いて居り」四ツ目、30-4）。この時ばかりは怠け者も尻を叩かれ駆り出された。その修羅場の最中に恋人と情を結ぶ者もいたようだ。他の詩歌が教えてくれない農場風景だ。収穫《コリエイタ》を終えると、帰国の算段のついた者、今年もだめだった者、悲喜こもごもの金勘定に入る（川柳が「悲」にじかに肩入れすることはめったになく、自嘲、風刺でオブラートをかける）。

コリエイタ済んで帰国の数がふへ（久米仙

報ひられましたと手紙長くなり（千曲り）
収穫を終へて不景気しみじみし（SM生）
収穫が済む迄産まぬと女房力んで居（秋月）
コリエイタ借金取は笑顔で来（冷夫人、以上30－4）

「報ひられました」には「積ねんの垢を風呂に流した気持」と選者鬼念坊が一筆添えている。「収穫は豊ならねど気は心」（YA生、30－4）というのはやせ我慢かもしれない。小作人は得られた金で帰国し、引越し、土地を買い、出産し、都会に出た。あるいは借金に泣いた。移民は経済的にも、地理的にも流動性の高い生活を送った。ひとつの目標である珈琲園《カフェザール》の主になったからといって、双六の上がりというわけではない。

コーヒー採集（『在伯同胞』）

カフェザール見せて縁談ハヤ定め（ボネーカ）
カフェザール仕上げて見たら白髪なり（嘉春）
カフェザール見事に出来て子は無学（やに之助）
カフェザール作っては売る日本人（ゴヤナ）
カフェザール売て孝行して見よか（佐太郎、以上29－4）

農民同士ならば珈琲園の外見で財産も推測できる。自慢の農園を見合いの仲介者か相手（たぶん農園主）の親に見せ、即断で縁談を取りまとめたというのが第一句。珈琲園という点を除けば、日本でもよくあったことだが、先祖代々の地縁、血縁のない移住先では、財産は一般に見合いにとって、本国以上に大きく物をいった。第二句は立派な珈琲園を作っているうちに、帰国の機を逃してしまったという笑うに笑えぬ内容。第三句も同じ自嘲。しかしこれは中くらいの成功者にはよくあったことだろう。珈琲園経営がうまく回りだすと、それを捨てて帰国するのは非合理に思えてくる。自分の土地に愛着が生まれてくるし、子どもにはそこが故郷だ。ずるずると滞在が延長する。より大きな富を求めて次々引っ越す、腰の据わらぬライフスタイルは日本移民に特徴的で、第四句のような冷ややかな自己評価につながる。農園の一部を売って親の念願（帰国）を叶えてやろうかという第五句の息子は、親子二代で成功した農家だろう。しかし一家で引き揚げる気はなさそうだ。

目先を変えて、豚（ポルコ）の題で集まった句を見てみよう。養豚は手堅い即金の源として（「満一《ママ》の時をポルコに貯めており」）、ある程度余裕ができるとよく営まれていた。

太るまで大事にされるポルコなり（村風子）
隣のに黙って石を強く投げ（概世士）
拓務省尻向けてポルコバナナ食ひ（章一、以上32－3）

屠殺されるとは知らずに育つ豚に同情したり、自分の豚を可愛がってよそのをいじめるような心情は、日本と変わらない。ブラジルへ来て初めて屠殺を経験した者も多く、仏教的な憐憫を催す飼い主もいた。「境遇が理不尽にポルコを醜くし」（根須徹）、「肉に生き霊に生きぬを豚と云ひ」（春声）と人間の隠喩として家畜を見た句もある。最後の句では移民独自の視点がせり出している。視察中の拓務省役人に尻を向けて、豚がバナナを食べている。豚が飼い主の突っ張った心根を代弁しているということか、役人の権威は動物界には及ばないということか、どちらにしろ役人に対する揶揄が感じられる。

開拓・焼畑生活の最も華やかな一幕、山焼きはその絵画的情景が開拓文学でよく讃えられてきた。しかし柳人は意地悪く失敗を取り上げる。逆に作業の緊張や生命の再生を詠んだ句もある。自嘲ばかりが川柳ではない。

二三回迷ふた挙句が雨になり（木蔭）
もう一度芽をふく力が焼け残り（破魔弓）
山焼きに見えない風をにらんでる（蓬春、以上30－7）

山焼きは風と雨を見計らわなくてはならない。隣人との合意も必要だ。「見えない風」はどう出てくるかわからない自然との「にらみ合い」をうまく表現している。『農ブ』柳壇の常連、堀田栄光花（蓬春の義弟）は讃美する。

「この句に依って作者は、古き型を破って、新らしく一歩のりだした感がある。全句にみなぎる緊張味、見えない風をにらんでる…と荒けずりに云い放ったところに、句の生命と湧き上る力強さを感ずる。堂々たる名主観句である」（「農ブ川柳と名吟」30－9）。私も『農ブ』柳壇の指折り五句のひとつに挙げたい。

外地ならではの経験に、非日系人との接触があり、最低限のポルトガル語で意思疎通をはかった。接触の深さは、目を合わすだけから一緒にピンガを飲んだり、果ては喧嘩や駆け落ちするまでさまざまだった。農場では最初は現地の日雇い農夫（カマラーダ）と一緒に働き、やがて彼らを使う側に回るというのが、多くの移民の歩んだ上り坂人生だった。明示されてはいないが、カマラーダはたいてい肌の色が濃く、貧困から抜け出る覇気のない無学・無気力の徒として日系人は見下した。川柳では侮蔑はあまり

山焼き（パラー州トメアスー）
浅野純麗寄贈、広島市市民局文化スポーツ部文化振興課提供

見せず、むしろ同情と親近感を描いている。隠れた優越感がなせる業かもしれない。

カマラーダで置くには過ぎた脳を持ち（栄光花）
カマラーダムダンサ軽し一つかみ（井上比露子）
カマラーダ物価は高し日は長し（明石M男）
手を見せて仕事求めるカマラーダ（関生、以上29－9）

家族——「子たくさん湯あみする間に飯はこげ」

投げ出した珈琲園見て妻は泣き（田実生、29－4）
新妻に草の少ない畦をやり（鉄人、30－3）

このような夫婦の機微の一瞬を捉えるのに、川柳ほど適した形式はない。夫が放棄した珈琲園は、生活の敗北そのもので、夫への同情と将来の不安を涙のなかに言い含めている。小説なら愁嘆場にもなろうが、川柳では妻の涙を離れて見届けることができる。リアリズムの優れた例だろう。農作業の現場には小さい子どもが一緒で、親子の一体感がいくつかの川柳に詠み込まれている。

共稼ぎ泣声がカフェーの合図なり（千曲り、28－12）
カルビ〔除草〕なら従いて来ますと子供ほめ（久米仙、30－3）
カルビイの折々窺《のぞ》く子の寝顔（栄伯、30－3）

ニコニコと子供にサッコ〔収穫の麻袋〕数へさせ（泉、30－4）
子は背に泣いてマキナ〔種蒔機〕の音高し（喜多覇生、31－10）

いずれの子どもも夫婦の喜びを一身に担って幸せそのものだ。日本の農家は大家族制が一般的だったが、ブラジルでは夫婦で渡航した者や、現地で結婚して独立した農家が少なくなかった。転住（ムダンサ）が頻繁であったことから推測されるように、同居家族の構成はよく変わった。移動性・流動性が高い家族生活が、情愛面にどう影響したのか興味が湧く。作業内容、用語はブラジル独特でも、親子の情は母国そのままだ。幸福な一家とは逆に、

マラリヤの乳房に飢を泣く子供（手代木休碩、35－6）

という極限の開拓生活も写し取られた。もし一九一〇年代に川柳が書かれていたら、このような句が多く書かれていたに違いない。文学的出来とは別に、記録的価値は高い。生まれれば生まれるほど短期的には労働力が増えるようだが、長期的には帰国が遠ざかる。他家の例からそれをわかっていながら、多くの夫婦は多産を止めなかった。後から見れば、日系社会の比較的早い拡大に寄与したことになるが、一組ごとの夫婦がそれを計画していたとは思えない。「貧乏人の子沢山」は、次のように自嘲されたり、仕事のはげみとなっている。

ムダンサをする度子供とボロは殖え（俊坊、29－11）
疲れては居られぬ夕餉に向う数（貧民王、31－11）

子どもは小さいうちはかわいいばかりだが、しだいに教育問題が重くなり、「カフェザール見事に出来て子は無

学」と自嘲するに至る。自分たちが金儲けに奔走するうちに、子どもの教育（その核にある日本語教育）をなおざりにしてしまったという後悔を多くの一世は持った。ブラジル化した子どもを故郷へ連れて帰れば、親子ともども馬鹿にされるだろう。錦を着られないことと同じぐらい、親の焦りの原因となった。青年期になると「第二世」（ニセイという語は戦後に一般化したようだ）と認識され、親と反目しあうようになる。「顔だけはやはり似ている第二世」（八五亭主、32－8）、「別々の魂を一つ家に生きて居り」（犀湖、32－8）という強烈な拒絶は、移民の生活ならではの摩擦を親の側からえぐり出している。選者の鬼念坊は「親の血は流れてゐない第二世」（32－8）ともっと露骨だ。あいにく子どもから親を見た川柳は見つかっていない。それほど日本語に長けた二世は多くないうえ、俳句・短歌のような学習体制が確立されていなかったからだろう。

神経の尖る歯痛に子の伯語（百笑）
カボチャさへぼけの入る頃第二世（黒ん坊）
金溜める話の中に育てられ（久米仙）
第二世家族制度へツバをかけ（ビックリ蛙、32－8）

それまでの家族制度から離れれば（異人種結婚のことか）、日本語社会との紡は解ける。そこから疎外された二世が、外に飛び出していったことは容易に想像がつく。一世は第二世の脱日本化につねに警戒心を持っていたが、純日本教育をほどこすことは不可能で、出て行くに任せるしかなかった。ぼけたカボチャにたとえられるほど見下しても、生活上子どもの語学力を頼りにすることが多く、親の権威は失墜しがちだった。異国の地に日本の村生活を再現することを理想としながら、言語、結婚、宗教など大事なところで子孫の同化を止められなかった。

土地探しと引越し——「永住をしないつもりの家を建て」

父祖伝来の土地に縛られた内地の農民にない経験が、土地探しだった。小作人にとっては地主になる第一歩だったし、小地主までコマを進めた者もさらに目標に近づく一歩で、大きな決断を要したが、希望の旅でもあった。これはブラジル独自の行動なので、たくさん引用しておこう。

半分は近所への意地土地探し（蓬春）
土地探しまだ見ぬ方に気が動き（蓬春）
土地探す頃には赤き思想消え（与志）
土地探し隣へ謙遜して出掛け（志安坊）
土地探す金から工面してかかり（蓬春）
土地探し先づ草分けの戸をたたき（霊泉）
地図面へ赤線を引く高楊子（頑骨）
旧移民らしいお顔で土地探し（久米仙、以上30－5）
土地探し一等を呉れと反身なり（慨世士、32－6）

このように土地探しには近所への「意地」があったり、気兼ねを感じることもあった。これは村のつき合いの深さ（悪く言えば相互監視的環境）を暗示している。原生林の分譲もあれば、売りに出た農地の購入もある。経済的制約の他に、交通や水の便、地味、地形、衛生、気候、教育環境など山ほどの条件があり、日本語新聞の広告、噂もつねに頭にある。広告を「買ふあてもないのにみつめてる」（夜詩野、30－5）。見栄や意地や焦りもある。買うまでには紆余曲折が避けられなかった。土地を探しに出る旅費すら欠くというのは論外だ。柳人は最貧困層の視線も忘れていない。こういう川柳を読むと、土地の広告にも眼が向く。そしてこんな宣伝文句にぶつかる。「農業者の成功は土地を買うにあり。土地を買う人はガルサを視察せられよ。ガルサの地権、地質、その高度等に就ては二月の末から今日迄、即ち三ヶ月の間に二千アルケーレス〔約五千ヘクタール〕に近い土地が売れたのを見ても判る事でしょう。隅から隅まで一坪として珈琲の入らぬ所がない、と云うのが当殖民地の特色です」（一九二五年一〇月九日付『日伯』）。コーヒー園に血眼になっていた日本人が飛びついたことだろう。

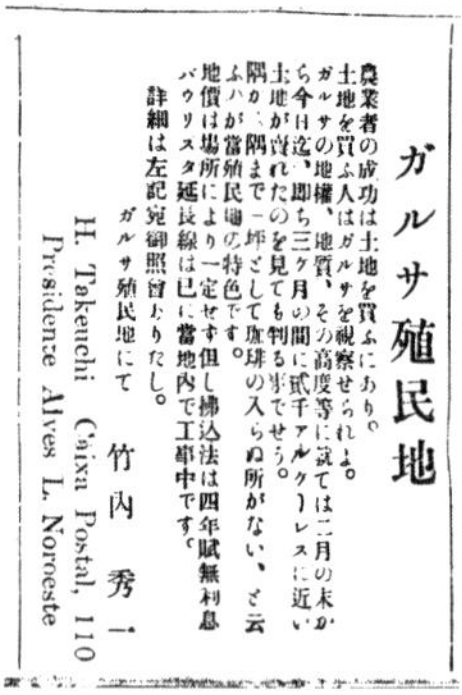
ガルサ殖民地

農業者の成功は土地を買ふにあり。

土地を買ふ人はガルサを視察せられよ。

ガルサの地權、地質、その高度等に就ては二月の末から今日迄、即ち三ケ月の間に貳千アルケーレスに近い土地が賣れたのを見ても判る事でせう。

隅から隅まで一坪として珈琲の入らぬ所がない、と云ふのが當殖民地の特色です。

地價は場所により一定せず但し拂込法は四年賦無利息
パウリスタ延長線は已に當地内で工事中です。

詳細は左記宛御照會ありたし。

ガルサ殖民地にて　竹内秀一
H. Takeuchi Caixa Postal, 110
Presidente Alves L. Noroeste

不動産広告
（『日伯』1925年10月9日付）

現地の仲介者や日本人住民に対して、古顔ぶったり、一等地を捜しているとはったりをかます者もいた。いかに新来者が軽んじられたか、逆に古顔が威張っていたかが想像できる。日本人が分譲していたり、既に住んでいる土地が好まれたようで、ブラジル人とじかに不動産売買の交渉をするのは、ポルトガル語を覚えた限られた者だったのかもしれない。「赤き思想」の句は含蓄が深い。移民のなかには社会主義者ないしそのシンパが多少含まれていたが、彼らもまた地主階級に「上昇」する道を選んだ。北米移民と異なり、ブラジルへ渡った日本人は言葉の壁もあり、地元農民・労働者と連帯する機会はなかった。元マルクス・ボーイも「転向」せざるを得なかった（剣花坊に「ちと金が出来てマルクス止めにする」がある）[2]。

戦前移民には行楽に出る余裕があまりなく、土地探しは「旅」の主要な目的だった。

十五分遅れて汽車は真面目なり（貧民王）
明けて未だ珈琲帯を急ぐ汽車（農楽師）
旅すればトマテ植えたい土地ばかり（八五亭主、以上32－6）

ホテル・ジャポネース（『写真帖』）

列車の時刻表があてにならないことを、移民はよくブラジル人のずぼらと見た。その一方で馴れてくると、ブラジル人の「おおらかさ」と肯定した。今では日本からの旅行者やビジネスマンが遅れに苛立つのを、「ブラジル時間」とたしなめるのが日系人だ（沖縄の「島時間」と同じような意味で）。遅れても悪気がないかのように、粛々と到着する列車を「真面目」という言葉でうまく擬人化している。一晩走っても風景が変わらない大平原は、いろいろな紀行文で書かれてきたが、柳人も見逃さなかった。遅いはずの列車を「急ぐ」と修飾したところに皮肉が効いている。第三句では、旅情を味わうどころか、農民の目で平原を見ている。品種や肥料や儲けのことまで、旅人は計算しただろう。俳句や短歌では「写生」するばかりの車窓風景が、仕事盛りの目には耕作可能地と映った。川柳ならではの指摘である。列車で最寄の駅に到着した後は、バスで目指す分譲地まで行くのだが、

時刻表たより過ぎたが乗り遅れ（鉄兜）
乗合に遅れて宿借る田舎町（魔門）
乗合が通ると土地売り広告し（蝶鶴）
凸凹に均一にゆれる有難さ（黒ン坊、以上32－7）

というようなのんびりした風情だった。夢の地主になる第一歩で、どんなに揺れても希望に満ちた車中だっただろう。

うまく新しい土地を購入すると次は引越しで、ムダンサというポルトガル語が一般化している。「引越し」では言い尽くせない情景と感情がこもった経験で、非常に多くの文芸が語っている。『遠きにありてつくるもの』で詳

しく述べたので、ここではムダンサ生活を自嘲し、その失敗を悔いる四句を挙げるに留める。

ムダンサをしてばかりゐてコロノなり（緑葉生）
ムダンサの度に借金置いて行き（万里生）
三日目に元の耕地へ舞ひ戻り（南天坊、以上29－11）
土地を追ひ土地に追われて刻む皺（安藤魔門、34－6）

ブラジルに渡った段階で渡り鳥の習性を獲得したのか、渡航後も移動し続け、いっこうに腰が座らない。農園を代々継いで大きくするというような人生設計はあまりはやらず、目先の利益を求めた。借金を踏み倒すことも小作人であり続けることも辞さずにムダンサした。あるところで踏ん張っていれば、もっと早くに農園主になれたのにという後悔がよぎる。「腰が据わらない」生活形態、人生観はどこから来るのか。第一回移民から約十年間はかなり苛酷な条件で働かされ、契約満期以前に移動（脱耕）する者が多かった。その集団的な経験が後続者に、高い移動性が生活改善の道であると教えることになったのかもしれない。

引越し先に住処がなければ、大工に頼んで（時には自分たちで）家を建てる。板張りや漆喰から煉瓦作りまで、予算に応じて注文できる。日本式の風呂や畳は特別あつらえになる。たいていは仮住まいのつもりだったが、住みよくしたいし、見栄もある。どこで手を打つかは、帰国の見込みや家族構成や資産によって大きく変わる。川柳は家作りの哀歓を率直に伝えてくれる。

永住をしないつもりの家を建て（久米仙）
拾年の抱負が掘立小屋を建て（米良坊女）

もう九軒は建てましたとコロノなり（松本生）
母親の為に日本間一つ置き（双柳、以上30-10）

第一句には「出稼ぎ移民の悟り」と鬼念坊の注がついている。家を建てたことで、考えたくもない「永住」が頭をよぎる。帰国か永住かという選択、もっと心情に沿っていえばいつ帰国できるのかという不安は、戦前移民の心向きの基本にあり、家作りという大事業ではそれがとりわけはっきり現われた。できるだけ早く引き払うことが望まれた家とは、妙なものだ。十年の既に長すぎる辛抱が、せいぜい掘立小屋にしかならない。第二句の自嘲は絶望的だ。また故郷の土を踏むことがないかもしれぬ老母の郷愁を、畳で慰めようとする息子の気持ちが、最後の句にはよく表わされている。外地ならではの孝行といえるだろう。

習慣の違い——「餅もなし丸く西瓜で年を取り」

柳人は生活習慣の小さな違いによく気づく。たとえばブラジルではピンガやコーヒーを立ち飲みできるうえに、生活雑貨を揃えた売店ボテキン（語源的にはフランス語のブティックと同じ）が、村の生活に欠かせない。日本では伝統的に飲食店と商店は別のカテゴリーに属すので、これにぴったり対応する店はなさそうだ。

ボテキンの一杯が汽車に乗りおくれ（抜天穂）
ボテキンの壁に豆腐屋の広告（八幡船）
田舎町の輿論はボテキンでデッチ上げ（千歳、以上32-11）

豆腐屋があるぐらいだから、ある程度日本人が集住する村だろう。ポスターから旅人が日本人の多さを推測した

ボテキン（『在伯同胞』）

のかもしれない。ここでの「輿論」は日系社会、日本人会に絡んだ事柄で、「デッチ上げ」とあるように、それが公論ではないことは作者もわかっている。ボテキンは日本人社会の政治の裏舞台としても機能した。

ブラジル人との習慣の違いは日曜日《ドミンゴ》にはっきりした。三〇年代の農村ではブラジル人は日曜のミサに通うのが普通で、ほぼ日本人だけがその暗黙の規則を無視して働いた。そのために勤勉だが奇妙な異教徒という紋切り型が作り上げられた。ブラジル人の怪訝な眼差しを察して、隠れて働くこともあった。仕事しても休んでも何とはなしに居心地の悪い日だった。

ドミンゴにコロノこっそり稲を刈り（永井直）
ドミンゴ働く者はそっと行き（横川臥牛）
バガブンド〔怠け者〕ドミンゴ丈は仕事をし（田実生、以上29－3）
デアサント〔聖人の日、祝日〕たまに休んで大意張《ママ》（HF生）
デアサントだけは信者の気で休み（南子郎）
同化して法華も休むデアサント（四ツ目生、以上29－7）

休むほうが威張っているのは不思議なものだ。キリスト教の暦に「同化」するという言い方がおもしろい。ブラジル化は何もかもが「同化」だった。この日に日系人の行事が集中するのを「文化生活ドミンゴだけは高潮す」（熊谷義次、29－3）と揶揄した句もある。

暦の文化の違いは正月にも明白だった。ブラジルでは一年の始まりでしかない元旦を、日本人は盛大に祝いたがった。しかし真夏に当り、正月気分は出ないし、飾りの品々もない。そこで代用品を使って、恰好をつけた。

新移民初めて暑いお正月（玉姫）
カフェーの枝を飾って年を越し（吾呂八）
餅もなし丸く西瓜で年を取り（泉）
若椰子を門松にしてササ気嫌（泉、以上30－1）

故郷なら祝祭が三日なり七日は続くが、ブラジルでは一月二日には平常生活にもどる。手持ち無沙汰で「遊び事なくて元日エンシャーダとぎ」（晴峰）、「新年に一人で力む新移民」（長戸仁、以上30－1）という状態だった。味覚や衣装のようなもっと個人的な、些細なレベルの同化もある。

新移民いつもフェジョン〔豆〕を甘く焚き（紅雀）
日本着がなくなるまでは新移民（無限）
新移民畠の中で辞書をひき（くまそ）
足袋はいて初参見《ママ》のカフェザール（光星、以上28－4）

ブラジルの食文化では豆を甘く煮る（炊く）習慣はない（現在の和食屋でも、現地人向けには丼物の類にミリンや砂糖を使わない）。先輩にはそれが新来者のある意味での「未熟さ」の証拠だった。我々は既にブラジル化した味覚を持つと誇っているかのようだ。ある側面では胸を張って同化を拒絶しながら、別の側面では同化を誇る。この二面性は早かれ遅かれ古参になっていく一世に、ある程度共通した心向きであるようだ。

珈琲園と足袋。何とも奇妙な取り合わせだ。しかし初仕事に柳行李に入れてきた作業用品一式をまとうのは、農場側からお仕着せが支給されない以上、ごく自然なあり方だ。「お守りを体につけてカフェザール」（花月、28－4）というのも、川柳がなければ誰も教えてくれなかった習慣だろう。足袋が磨り減れば、裸足か靴になったはずだ。履物でさえ異文化接触の一局面である。

暮らしの楽しみ――「外人に煙管かしてる午やすみ」

酒、煙草、コーヒー、風呂、釣り、村芝居、運動会、スポーツ。川柳人は暮らしのなかの小さな楽しみの瞬間を見逃さない。川柳作りそれ自体ももちろんそれと変わらぬお楽しみである。ブラジルならではの句と、日本でもありうる句を混ぜて紹介する。まずコーヒー。

トマカフェーいつも新妻煽てられ（千曲り）
トマカフェー、いつもダンゴが黒くこげ（石心）
空腹に、カフェーばかりでもてなされ（スッカンピン、以上28－12）

日本ではまだ南国情緒あふれる都会の飲み物だったコーヒーは、ブラジルでは最も一般的な嗜好品で、朝晩欠かせなかった。初めは違和感を感じた日本人もすぐに慣れ、お茶代わりにたしなんだ（逆に日本茶がぜいたく品だった）。その味を新婚の夫がほめる。どうやら手製の団子をお伴にした家庭もあったようだ。次に焼酎の完璧な代替として愛飲されたサトウキビ酒ピンガ――

ガラホン〔甕〕を提げて出て行く軽い足（白石悟）

ピンガ工場（サンパウロ州、1923年）
清谷益次寄贈、広島市市民局文化スポーツ部文化振興課提供

その男ひとりになってよいがさめ（南天坊）
ピンガ飲み円くもなれば角もたち（かほる）
昨晩はイヤハヤなどと頭かき（中島迷月）
女房に死なれてピンガ強くなり（鴨井一郎、以上29－10）
人生を妻に聞かせて日に二回（一章、31－1）

いずれも日本で見られた酔漢の風景で、日本の甕とは色と形が違うガラホンぐらいしか地方色は見出せない。酒を飲みながら妻に説教を始める迷惑な夫の戯画は、馬耳東風の妻も対で描かれていて、なかなか秀句だと思う。酩酊に国境はない。喫煙の句についても大体同じことがいえる。

忘れてきた煙草に一日未練なり（呑海）
点けた火に望みの消えた老年《とし》が見え（米良坊女）
敷島になつかしさうな顔がより（文狂子、以上31－2）

戦前の大衆向けの煙草、敷島はたぶん新来者が持ってきたもので、日本で「なつかし」いはずはない（この煙草を懐かしげに吸う兵士を戦前の兵隊小説、慰問記はよく描いている）。日本の煙草が戦地以上に貴重品であったことはいうまでもない。

日本の煙草が懐かしくとも、喫煙者は現地の煙草に抵抗なく「同化」した。そのなかで日本にない種類は、煙草の葉をロープのように固めてねじった通称コルダ（紐の意、ねじり煙草、縄煙草などとも）である。先住民の習俗に起源を持ち、現在ではアフロブラジル宗教の儀礼に使われる他はめったに見られない絶滅種で、ちょうど日本の煙管《きせる》にあたるだろう。味と匂いはかなり強烈だそうで、戦前移民はそれを吸ってブラジル気分を味わった。半田知雄によると、初期にはポケットに火打石を入れていたという。

ねじ煙草吸へば親爺の味であり（渓水）
大陸が呑気にけづる縄煙草（火呂坊）
外人に煙管かしてる午やすみ（八五亭主、31－2）

ここでの「親爺」は既に若い世代から、工場で製造される近代的な紙巻き煙草に移行して、伝統的な縄煙草が古風に、田舎風になっていたことを語っている。「コールダを売ってシガーロ（紙巻き煙草）を買って喫み」（千鶴子、31－2）という経済学的に興味深い句もある。自分の父親（親父）ではなく、農場の老人（親爺）になった気分を味わっている。縄煙草は喫むたびにナイフで削る。パイプや煙管と同じように、その手間が楽しみの一部だが、紙巻き煙草派には疎んじられた。「呑気」はしばしば「大陸気質」の本質とされ、せっかちな「島国気質」と対比されてきた。縄煙草はブラジル時間を胸に吸い込ませた。一方、煙管は母国情緒を感じさせたに違いない。そしてブラジル人には異国的だった。回しのみは貸した方と借りた方の近しさを読み取ることができる。身振りで意思伝達したのか、「日本のパイプだ、試してみろ」ぐらいは言ったのか。こうした喫煙を通したつき合いはブラジル人・文化に対する親近感を増しただろう。

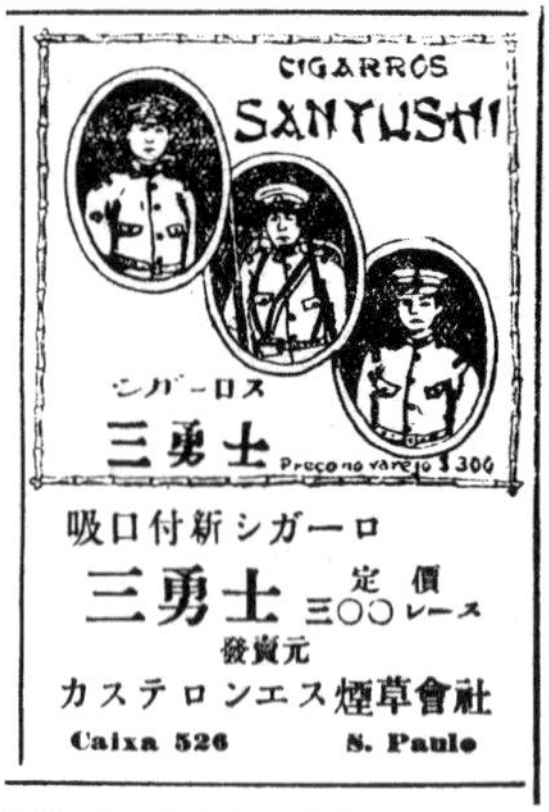

煙草「三勇士」の広告
（『時報』1935年4月29日付）

日本人の風呂好きはブラジルでも変わらない。ドラム缶の露天風呂から屋内の和風の風呂まで、各種の設備で人々は汗を洗い流した。現地の人々のように川で行水をするだけでは物足りず、村では早々に共同の入浴設備を整えた。「トマバンニョ」(入浴)というポルトガル語が日常化している。

パトロンに流しませうとコロノ言い　(森田光子)
トマバンニョ済して気付く庭の花　(芸州)
トマバンニョするサッコの勘定する　(岩一、以上29-8)

小作人が農園主にへつらうのは万国共通だが、「背中を流す」動作が服従の意味を持つのは日本だけかもしれない。この農場では日本人パトロン専用の風呂はまだなく、一緒に浸かっている。一面では平等主義的な風景である。パトロンといってもその家系に生れたのではなく、コロノより先に移住して、ある程度成功したにすぎない。元をただせば似た境遇から来ている。移民の生活哲学には裸一貫の考えが強いが、風呂はそれをまさに裸身で確かめる場所だった。

風呂上がりに気分が良く、花に気づくのは日本でもありえる。他国の入浴習慣に「清潔になる」他に、こうした「風流になる」ことが含まれるのかどうか知らない。風呂場の位置だけでなく、入浴に伴う精神的な意義が違うかもしれない。作者は続けて花の俳句を詠んだかもしれない。風呂上がりに仕事の続きをやるのは日本と変わりないが、ここでは麻袋の数を数えている。ブラジル農村生活の典型的なひとときであろう。

宴会(フェスタ)は日本と同じように、公的・私的さまざまな口実で開催され、社交の重要な場面だった。アルコールの種類と料理の一部は異なるが、日系人だけの席で、つとめて本国の宴会を再現し、歌や隠し芸が披露され無礼講がまかり通った。食事は持ち寄りで、男たちが酔っ払う間も、婦人会は台所仕事で忙しかった。逆にブラジル人をよく招いて開かれる焼肉バーベキュー(シュラスコ)では、現地風が尊ばれ、「国際親善」が目論まれた。こうした集いは比較的単調な暮らしのハイライトで、もちろん村の政治や商談や縁談の駆け引きの裏舞台として、単なる儀式や楽しみ以上の意味を持った。川柳は宴会の騒ぎぶりや思惑をよく伝えている。

空想の女房抱くフェスタの夜（洋樽）
美しく着せてフェスタへ送る母（志安坊）
呑みさうなのが祝盃を高く上げ（冷夫人）
フェスタ行き上戸の妻は念を押し（尼損）
三味線が出て唄ひ声調子づき（那岐人）
呼ばれなくても礼儀だと行く気なり（柳坊、以上30－12）
会長の隠し芸から唄となり（一石）
もちよりや隣の馳走もほめて食ひ（渓舟）
宴会に隠し芸だけ持ち合はし（蝶鶴、以上32－1）

妻に釘を差されたり、隠し芸や三味線が出たり、ご馳走を持ち寄ったり、乾杯の音頭取りがいるような日本の農村と変わらぬ雰囲気がよくわかる。日本人ネットワークが整備されるにつれて、宴会の数や規模は大きくなり、その場に渦巻く人間模様は複雑になったはずだ。誰を招待するか、どの会に出るかが日本人社会の裏の政治に関わってくる。「礼儀」の意味するところは深い。

金の天下――「何んにもが金の形に見える国」

川柳はあけすけに金の天下を描く。俳句・短歌が無視した俗世の下部構造をさらけ出す。金銭欲の空しさを説教した句もしだいに増えていったが、金の天下を皮肉る川柳のほうが、納得が行く。ブラジルへは一儲けを夢見て渡ってきた者が多かったから、金の力にはことさら敏感だった。それを思い切り文字にできるのが川柳だった。

のけものになるのがちびちび金を溜め（鉄兜、33－3）
残らんと云ふてゐる奴残して居（安頭如、30－8）
珈琲つみしみじみ悟る金の恩（かずとも、29－6）

嫌われても金を貯める「金銭道」の信奉者に対する目には非難とやっかみの両方がある。人に蓄財を知られまいとする駆け引きは、日本でもブラジルでも変わりない。金には恩があるが、金だけが人生ではないという道徳が捨てきれない。貧乏暮らしを納得するにはそう考えるしかない。

除草賃値切った畑直に知れ（久米仙、30－3）
カフェザール金の成る木が整列し（白野暮生、29－4）
ソーグロ〔舅〕は結納キンで馬を買い（白馬生、29－9）

このような作から農民の経済生活や金銭観がわかる。結納金は日系社会の経済にとって大金が動く機会だった。当時は花嫁不足で結納金は高い。舅の馬は俺が買ってやった（のに、感謝の気持ちが薄い）という気持ちの摩擦を最後の句は記録している。

川柳は貧乏を道徳的に持ち上げるのではなく、みじめさを自ら慰め、金策尽きたと溜息をつく。窮状に対してたとえ強がりでも余裕を見せる。否定的な状況に光明を見出す。怒りをぶちまける。どん底生活を泣くよりも笑い飛ばす。川柳は理想よりも現実的な感情の波を忠実に輪郭づける。

「といふ都合で」と夜はしんみりし（渓流）

金策の後姿に吠えかかる（秀峰）

待ちきれず女房の行李の中を食ひ（破魔弓、以上30－8）

「といふ都合で」は貸し渋りの決まり文句で、気まずさが家の中を蔽った情景が思い浮かばれる。つつがなく別れた途端に感情が爆発して吠えかかる。こういう場面は貧しい人ほど多く経験してきた。「待ちきれず」に妻に対する申し訳なさ、自分のふがいなさが込められている。日雇いでもない限り、農場では労働がすぐに収入に返ってこない。いらつきながら入金を待ったのだが、力尽き、妻の財産（着物？）を売った。「食ひ」は生活の比喩という以上に、食費にも事欠く生活難を訴えている。

新米と古猿――「新移民新移民が耳につき」

二〇年代後半には新来移民（ノーヴォ）が急増した。彼らは国の渡航費援助を受け、かつての自由渡航者とは移住の動機、経験や階層の違いが顕著だった。新来者のなかには独身青年が多く、移民社会の人口構成は若返った。彼らは労働力の主力となる一方、文芸を含む青年会活動にはげんだ。文化活動の隆盛は日系社会全般にわたる組織の強化と余暇の増加と切り離せない。震災以降の物質文明、世界観、生活様式を知って渡航してきた者は、時には旧移民にはなまいきに映り、軍隊の新兵いじめに似たいやがらせも記録されている。逆に後続者にとって旧移民は頼りになる先輩であると同時に、帰国できずにいる落伍者候補で、摩擦は避けがたかった。新来者と旧移民との摩擦（ないし世代交代）については、こんな文章がある。ある耕地の天長節奉祝運動会で、乙女のダンスや青年のハーモニカ（いずれも新来者の出し物だろう）が披露された時のことだ。「文化の粋をもつ大和民族、お前等は伯国へ退化しに来たのか、と云ひたくなると或青年は涙ぐんで居た。酔っぱらった挙句は青バナ垂らして、友の頭上にピンガ徳利の飛び合ひが終らねば奉祝でない様に思って居た旧殖民達の影は、斯くして時代の暗にうすくなって行くのだ」（一九二六年九月三日付『聖報』）。酒で憂さ晴らしするしかなかった旧移民（古猿＝マカコ・ヴェーリョとも）を、この新来青年は野蛮だと軽蔑した。青年たちも年を取ると、次の世代に同じ目で見られたのだが。

同化の傾向が目立ち始めた第二世、新しい文化を身につけてきた新移民、どちらも家長世代には受け入れがたかった。次の二句は閉鎖的な集団にありがちな衝突を記録している。こうした古顔のいやがらせが、新来者に定期的なムダンサを促す心理的な要因のひとつだった。

やせ我慢だせど追はるる新移民（仙一）
新移民は口のきける唖なり（夢次、以上28－4）

摩擦がすべてではない。新移民の初々しさを苦笑しながら見守る先輩も多かった。覚えたてのポルトガル語を使い、仕事初めの黴のまめを見せ、はつらつと畑に出る新人。早く新天地の生活に慣れなくてはというはやる気持ちが、旧移民によって観察されている。

ボンデア〔おはよう〕ボンデアと新移民（山椿）
初まめの手を見て威張る新移民（紫一、以上28－4）
エンシャーダかついで気取る新移民（黒髪、28－8）

逆に旧移民は「人生を初めて悟る新移民」（石心、28－4）と先輩風を吹かせた。まめは本物の農民になる資格証明と見なされた。古参もまたこのような過渡期を経て、いつのまにかブラジルに同化した。新人にはブラジル慣れした様子が羨ましくもあった。まさに「新移民旧移民が偉く見え」（照井、28－4）。こうした敬いがポルトガル語の借用語（コロニア語）のような文化伝承をもたらした。しかし初々しさも束の間、やがて「空想がだんだん晴れる新移民」（雲水）と現実の厳しさを思い知らされた。

新移民の若々しさの象徴がスポーツ活動だった。ちょうど日本でも昭和初期にはスポーツが時代の先端を行ったが、その流行が遠く南半球にも届いた（スポーツの大衆化・見世物化・プロ化は一九二〇年代の世界的潮流で、ブラジルでもサッカーの州選手権や州対抗戦が専用競技場で熱っぽく開催され、一九三〇年に第一回ワールドカップに参加した）。とりわけ陸上競技と野球は花形で、農閑期に青年は練習し、日曜の競技会に備えた。陸上競技の場合、新聞記事は本国のスポーツ面さながらに麗々しく報道した。

優勝旗帰りを照らす月の色（筑舟生）
棒高の尻を眺めて手を叩き（鉄兜）
スポーツ欄だけで新聞売れてゆき（与太）
跳ぶ事が上手で部長の席につき（作坊）
青年会運動で命続けて居（渓舟、以上31－6）

陸上競技（両角貫一アルバムより）

このように本国の大会と同じ雰囲気のなかで、選手と観客は楽しんだ。優勝旗が提供され、選手は村や地域の代表という重責を担い、好記録保持者が地元の組織で幅を利かせた。跳躍力と組織の運営力とは直接には関係しないが、個人の成果を人前で披露する機会の少ない生活のなかで、競技者は共同体の英雄になりえた。弁論大会とならんで、スポーツが青年会の主要な活動だった。そのためだけに存続するというような皮肉も言われたが（「運動会の時だけはづむ青年会」春声、31－6）、健全な肉体と精神の訓練を否定する理由はなかった。

独身者の無頓着、気まま、夢想好きについては、以下の句がある。詠み手の中にも多くの独身者、少し前まで独身者だった者が多かっただろう。

結婚写真（サンパウロ州ポンペイア、1940年）
花田繁雄寄贈、広島市市民局文化スポーツ部文化振興課提供

独り者飯にカフェーをかけて食べ（LKN生、28－12）
釜のままそのまま食べる独り者（閑人）
独り者カルサ〔パンツ〕破れて尻が見え（島田秀秋）
独り者マーラ〔トランク〕ひとつで西ひがし（カナモジ生）
ひとりもの柄ほどにない理想もち（暮山人、以上29－5）

新移民の大きな関心事が結婚だった（以前の青年にとっても同じだが）。金がかかるし、帰国を延期することでもあったが、独り者では移民社会内の信用を得られず（「パトロンは独り者かといや味云い」気楽院呑衆居士、29－5）、下積みから上がっていけない不安もあった。適齢男子数が女子数を上回り、一九三〇年代には「娘三コント」という高価な結納金が相場だとされた。農村部ではことにある年齢を過ぎた独り者は暮らしづらく、都会に出たり、無理にでも所帯を持つことが多かった。「独り者」「カザメント」（結婚）の回には、青年生活の実態、本音がつぶやかれている。

良縁を欲しさに励む独り者（IG生）
金よりも年が苦になる独り者（八重子、以上29－5）
カザメント借金しても急ぐなり（伊藤土雄）
独り者近所をたのむカザメント（テツ人）
カザメントした友急に偉く見え（一笑、以上29－9）

あいにく娘から見た結婚や独身者像の川柳は見当たらない。親の元で農作業や家事労働をしたり、町にいれば花嫁学校に通わされ、本国の同世代の女性と変わりない結婚を理想化していたはずだが、本音はどうだったのか。青年会報でも理想論をなぞるばかりで、女性柳人も少ない。乙女はほとんど何も胸のうちを書き残してくれなかった。

組織の裏面――「日本人会もめる度に名が上り」

「日本人が三人集まると日本人会をつくる」という言い方がある。それほど日本人会は生活に必須の組織だった。これは民族的結束の中核を成し、日系人の生活や精神の拠りしろとなった。ブラジルの法とは別の共同体内の法が通用する自治空間だった。半田知雄が宮本常一風に描くように、家長が集まる日本人会は道路の普請、学校や会館の建設、農作業の互助など生活基盤の協同体制をまとめ、新年会や天長節祝賀会のような日本人社会限定の催しを主催した。日本人同士のもめごとは裁判所ではなく、まず日本人会が裁いた。実務的な面のほかに、「親睦」や「相談」と称した寄り合いの口実となり、よくその後に飲み会に突入した。その会長や役員は村長や村議員にあたる名誉を担った。(3)

川柳は社会学的な分析からは見えてこない、野次馬的観察を得意とする。日本人会を讃える川柳はひとつもなく、反対に組織の裏面を意地悪な目線でえぐり出している。人に語ればただの蔭口だが、五七五に調子よくまとめられると、人間の卑劣さ、欲深さを突く普遍的な風刺画になる。

そもそも民族的自治団体それ自体が、ブラジル社会にはあまり好ましく思われていない奇妙な存在であると自覚している。

日本人会などと浮世に蚊帳を吊り（洋樽、31-5）

しかし蚊帳を吊らずにはうまく生きていけない。日本人の組織は村や地区にある程度、同胞の人口がたまるだけでなく、世話好きないし親分肌の人物が動いて初めて立ち上がる。そこに住み着いた古株（顔役）であることが多く、合理的判断だけでなく、見栄、名誉欲、支配欲が絡んでいるのが常だった。領事館はもちろん海外同胞の現状掌握と管理のために組織化を推奨した。

他所にあるので作らねばと日本人会（無鉄砲）
補助金や低資（官立移民会社の低利子融資）に出来た会であり（錦舟）
新聞に此段謹告仕り候と申し出る（南扇子、以上31-5）

半田によれば、日本人会の設立、新役員リストは時には三段抜きぐらいの大広告で報じられ、当時の日本語新聞では大きな財源で、境遇の差がさほど大きくない時代に、日本人会の役職は名誉欲を満たしてくれる数少ない肩書きだった。ヨコの広がりから創設された共同体に、タテ軸を通した。貧富の差とは別に地位と威信の差を作った。日本人会長は村長に比せられることもあり、お偉いさんに成り上がった姿はずいぶん冷やかされた。

なりたてが矢鱈に総会招集し（気楽）
長の字がお顔にまでも伺はれ（柯把）
会長に選ばれて知る会の味（其峯、以上31－5）

移民は誰も移住前の家柄や学歴や地位を一度白紙に戻して再出発した。どの家長にも「村長」になる資格があった。さら地に生れた組織であるだけに、人間関係は流動的で調整機能を失いやすく、会の運営はしばしば紛糾の種を生んだ。規範を外れた者に対する排除・制裁は厳しく、ムダンサ、夜逃げを強いられた者も多かった。保護と監視はつねに表裏の関係にある。また組織がしっかりしてくると、領事館と折衝する窓口となり、学校や道路建設などの目的で分配される補助金の受け皿となる（「会長になって領事に用が出来」酔楼、31－5）。金銭関係が絡んでくると、争いはさらに激しくなった。その醜態は川柳人に恰好の題材を提供した。

引出の奥に泣いてる会の主旨（浮自賛）
賛成と云ふた後から難をつけ（保介坊）
只半歩譲らぬ論に揺れる会（渓流）
反則の一人へ皆が腕を組み（黒楽天）
我が腹の痛まぬ衆議一決し（一陽）
会長をいじめてやったが自慢なり（渓舟、以上31－5）

争いの結果、除名や謝罪に至る場合もあり、なかには新聞で公告されるような大げさな結末を迎えた。「脱会を連署で広告得意なり」(扶養)は、去って行く一派が後ろ足で砂をかける図、居残り組は「残党で会は再び飲み直し」(伯人、以上31-5)ととぐろを巻いた。柳人は会のありかたに抗議しているのではない。彼らは多数派にしたがう共犯者で、会の席上では述べられない鬱屈した声を皮肉っぽくあげているにすぎない。風刺はしても、真剣に改革を考えているわけではない。

日本人会の下部組織には婦人会、青年会、処女会、父兄会などが設立された。そのうち青年会は「日本人の大人になる」ための民族的社会経験を積む場で、親の会の縮図のようなところがあった。

青年会先づ会則が出来ており(南天)
青年会出しゃばる程がエラク見え(渓瀑)
青年会此処にも独身者の数(農楽士)
腕よりも鼻息でもつ青年会(那岐生、以上31-6)
結局が日本育ちに抑へられ(鬼念坊、32-8)

最後の句は青年会の内部事情を詠んでいるのだろう(第1章で論じた杉武夫の同時期の小説「ふくしゅう」は、まさに日本生まれがブラジル生まれを抑える青年会の政治を描いている)。家長の意向を汲んで設立された青年会は、言葉と民族主義の関係で日本育ちが主導権を握る傾向にあり、外地生まれと衝突した。

組合の人間模様――「組合が出来て喧嘩の種がふへ」

日本人会とならぶ移民組織の要が農業組合だった。言葉の障害を越えてブラジル社会と渉りあうのに、民族的な組合は必要で、後には非日系も加入した。協同組合の制度は一九世紀の大農園制度が長く残存していたブラジルの農業経営を近代化したと日系人は誇りに思っている。一九三〇年代には日本人のみの組織で、日本人会と似た人間模様を繰り広げ、もっと露骨に営利が絡んだ。それは新聞でよくたたかれたが、柳人はそこにかえって風刺のタネを見出した。

人物か金かどっちか足らぬなり（久米仙）
もうける時にはすぐに一致する組合（魔嘴）
もうければ拡げるだけを考へる（木平）
産業組合の評議でいつも日を暮し（黒泥）
産業組合片手は政府にぶらさがり（さだを）
合理化も補助金あって成功し（多寝坊、以上32－2）

組合を創立するほど日本人農家が集中していない地域では、借地農、自作農に昇格した農民は、自ら市場に売りに出て、コンプラドール（買取人）、ネゴシアンテ（仲買人）と渉り合う必要が生まれる。農民はブラジルの市場の仕組みがよくつかめないために、彼らにいつも不信感と嫉妬を抱いていた。商売の才覚があれば百姓を辞めるのだが、とぼやいた。日系人のなかからも、生産者から流通側に鞍替えする者がしだいに増えた。同国人といえども信用ならない間柄となり、守銭奴のイメージで捉えられた（4）。

不景気を太く笑って値をつける（滑稽楼）
母国ではと俵数が愚痴になり（黒泥）
仲買は鼻紙のやうに札を出し（景南、以上32－2）

百姓をしてはゐられぬ儲けぶり（貧民王）
他のものに秘密ですよと安く買ひ（清美生、以上32－5）

満州から遠く離れて――「満蒙の計画にブラジルの夜が更け」

一九三三年七月号と八月号には、「非常時」「満州」が続けてお題に選ばれている（これに先立ち、一九三二年七月号には、今後はお題のほかに、時事吟五句を含むよう選者は注文している）。三月末の日本の国際連盟脱退が直接の引き金だっただろう。生活密着の題がずっと選ばれてきた流れからすると、異色といえる。(5) ブラジルはもちろん満州国を不承認で、ポルトガル語新聞は日本を非難した。国際社会における日本の孤立は、ブラジル社会における移民の孤立とある程度重ねて受け止められ（「孤立でも正義を楯の意気のよさ」黒泥、33－7）、東亜の政治を肯定することが帰属の証となった。軋轢の中で煽られた愛国心は「非常時に祖国を救へと叫ぶ声」（朝寝坊、33－7）、「非常時に会えば日本は光り出し」（渓舟、33－7）と謳われた。これらは本国で詠まれてもおかしくない標語的川柳で、読み手に解釈の余地を与えない。例によって、本国さながらの句とブラジル独自の句が混じっている。

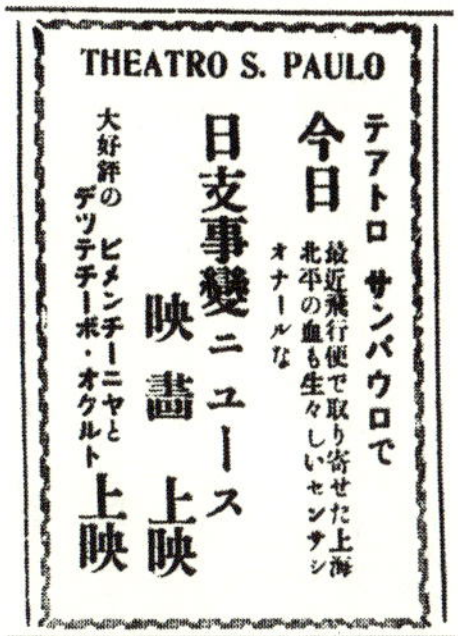

ニュース映画広告（『時報』1937年10月18日付）

移民社会でもこの時期、活字とラジオ（三〇年代後半には日本のニュース映画も）が国民意識・感情醸成の重要なメディアだったことに変わりはない。新聞雑誌がほぼ唯一の頼みの綱であることから、「非常時へ流言蜚語も飛び歩き」（義信人、33－7）という状況も生まれた。もともと日本で統制されたうえに、距離と時間を隔てて伝達された情報は、祖国へのあまりに強い希望的観測（それこそが民族の誇り）の磁場に引っ張られて歪められた。ポルトガル語情報との食い違いは、敗戦後もっと大きな事件を生み出す。

非常時に甦った祖国愛（夜詩湖）
ヒトラーと熱河で雑誌出来ており（一銭）
非常時となって新聞ねうちが出（入道雲）
腐っても母国の電波に耳をむけ（碧星、以上33－7）

「腐っても」は、受信が難しいという意味だろうか。乏しい速報源であるラジオが重宝がられたことはまちがいない。しかし最も重要なメディアは、速報性を高め、ページ数を増した新聞だった。新聞を囲んで男たちが白熱する姿が、本国と同じように、いたるところで見られた。「何事も貴夫まかせの妻であり」（月見草、33－7）とあるように、政治談義に燃えるのは男たちだった。中国を相手にするばかりか、世界を相手に孤軍奮闘している、人類を動かしているという誇大妄想が、彼らに取りついた。

陸相〔荒木貞夫〕の名は呼び棄てでよく知られ（北洋）
やっつけて了へと勇む兵隊出（北洋）
新聞を囲んで論客泡をふき（一銭）
新聞を読んだ時だけ興奮し（一銭）
一週間おくれて聞いていきり出し（北洋）
非常時の母国は紙で見るばかり（華珍坊、以上33－7）

日本語新聞が感情を昂ぶらせる。独りで黙読するよりも多数で音読するほうがこの効果は顕著になる。だがブラジルの読者環境は本国と同じではない。国内ならラジオ、ポスター、映画、他人の雑談、その他生活のどんな場面でも非常時が赤ランプを点滅している。これに反してブラジルでは、日本人共同体の外ではほとんど誰も騒いでいない。ヨーロッパ情勢が緊迫の度合いを深めているといっても、「非常時」気分を共有できるのは日本人だけだった。万歳で兵士を送り出す儀式も無言の帰国者をそっと迎える弔いもない。興奮をブラジル人と共有できないし、生活は平時そのままで非常時に染まったわけではない。そのうえ遅れて到着したニュースに興奮しているのだから、間が抜けている。沸騰状態にあるのは日本移民だけで、民族内の連帯と一般社会の中の孤立を同時に深めただろう。非常時は読まれるものであって、生きられたものではない。それは母国と運命をともにできない焦燥感と、非常時の構えを取らなくてもよい安心感の両方を生み出しただろう。これまでの議論を打ち消すことになるが、遠距離とメディア環境は切実感の欠如をもたらし、非常時を模擬的に、気分として感じるに留めたかもしれない。後ろめたさと同時に傍観者の安泰をこっそり感じていたかもしれない。本音と建前といってもよいが、こうした矛盾は誰の心中にもある。川柳は公言しづらい心の側面を巧みに表に現わす。

男たちを煽ったのはアルコールだった。非常時は悪くいえば酒の肴で、集会の良き口実だった。ピンガで民族的一体感を昂ぶらせる。酒盛り政談はどこにでもある。

非常時も続くからなアと呑んで居り（桜ん坊、33－7）

一見、不謹慎の誹りを免れないが、日本でも泡ふく議論は酒あってこそ盛り上がった。一方、満州情勢をはすに構えて詠んだ句も存在する。作者はポルトガル語新聞を読めるインテリ層と思われる。同胞との討論の場では劣勢で、絶望的に口を閉ざしたかもしれない。しかし大陸侵攻に釘を差す「良識」が、後に敗戦の認識につながったことは想像に難くない。

建国士大部は夢遊病者なり（南仙子）
満州は勲八等の捨て所（三太郎左）
油揚さらった型で独立し（筑舟坊、以上33－8）

ブラジル移民の満州への関心は「親父まで満州話に夜を更し」（一穂、33－8）というように極めて高かった。政治や軍事の面はもちろんだが、再移住の可能性を持った場所として、満州国の去就に注目していた。ブラジルと満州の類似（時には反対物の一致のような強引な推論で）を発見し、ブラジル経験者は満州でも適応しやすいはずだという楽観論が、よく口にされた。たとえば満州が地下資源の宝庫であるように、アマゾンは森林資源や農業の宝庫である、とか満州もブラジルも未開拓の沃土がどこまでも広がる、というように。満州開拓民は兵士と農民を兼ねた国境警備と農耕のふたつの任務を担った武装農民として盛大に送り出された。これは新大陸への移民とはまったく性格が異なる。「武装せる移民」の登場により、ブラジル移民は自らを「武装なき移民」と格付けた。無理のある定義だが、そうしてまでも満州移民の晴れがましさにあやかろうとした。武装こそしていないが、我々は同じ移民である。この連帯感は棄民意識から自らを救済した。満州開拓民が英雄視されるなら、ブラジル移民ももっと盛大な国家事業と見なされてもよいはずだ。再移住願望は帰国論のひとつの変形で、「受け売の満州論に花が咲き」（華珍坊、33－8）と限られた情報しかないことを承知しつつ、残りを希望的観測で補い、ブラジルでの「負け」を日の丸（と五色旗）の下で挽回することを夢見た。

満州も宝庫アマゾンも大宝庫（華珍坊）
満州を又夢に見る移住熱（北洋生）
満州に行けば儲かる俺であり（細水）

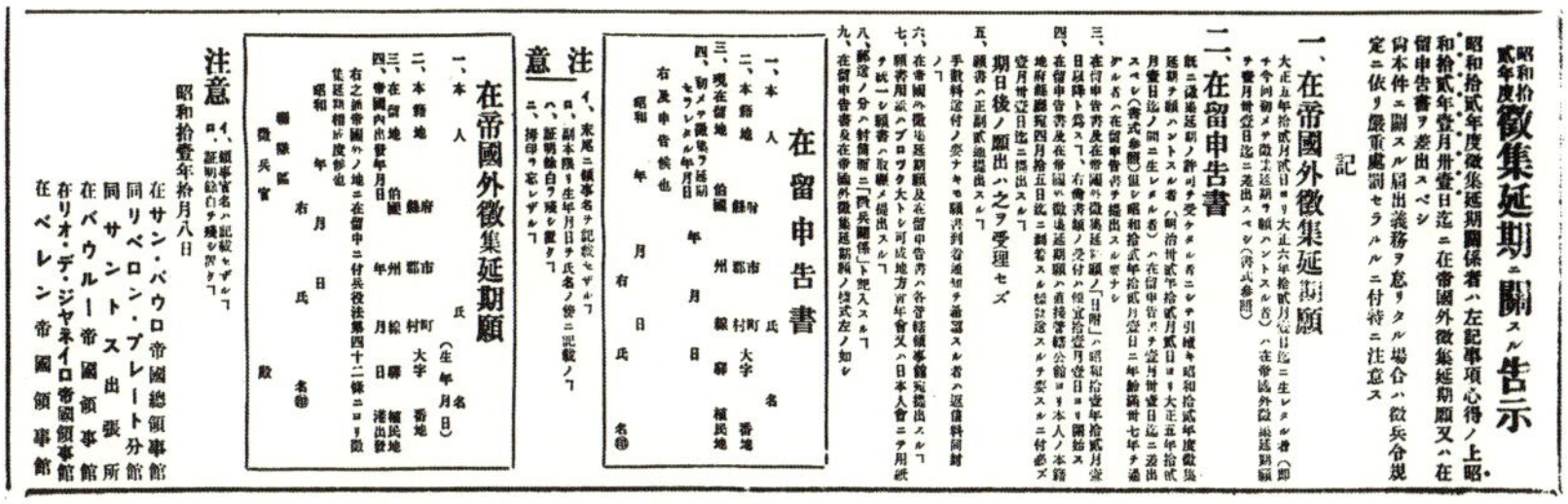

昭和拾貳年度徴集延期ニ關スル告示

昭和拾貳年度徴集延期關係者ハ左記事項心得ノ上昭和拾貳年壹月卅壹日迄ニ在帝國外徴集延期願又ハ在留申告書ヲ差出スベシ
尚本件ニ關スル届出義務ヲ怠リタル場合ハ徴兵令規定ニ依リ嚴重處罰セラルルニ付特ニ注意ス

記

一、在帝國外徴集延期願
大正五年拾貳月貳日ヨリ大正六年拾貳月壹日迄ニ生レタル者（即チ今回初メテ徴集延期ヲ願ハントスル者）ハ在帝國外徴集延期願ヲ貳月壹日迄ニ差出スベシ（書式参照）

二、在留申告書
既ニ徴集延期ノ許可ヲ受ケタル者ニシテ引續キ昭和拾貳年度徴集延期ヲ願ハントスル者（明治卅貳年拾貳月貳日ヨリ大正五年拾貳月壹日迄ノ間ニ生レタル者）ハ在留申告書ヲ壹月卅壹日迄ニ差出スベシ（書式参照）但シ昭和拾貳年拾貳月壹日ニ年齢卅七年ヲ過グル者ハ在留申告書ヲ提出スル要ナシ

三、在留申告書及在帝國外徴集延期願ノ「日附」ハ昭和拾壹年拾貳月壹日以降ト爲スコト、右書類ノ受付ハ便宜拾壹月壹日ヨリ開始ス

四、在留申告書及在帝國外徴集延期願ハ直接管轄公館ヨリ本人ノ本籍地府縣廳宛四月拾五日迄ニ到着スル樣送達スルヲ要スルニ付必ズ壹月卅壹日迄ニ提出スルコト

五、願書ハ正副貳通提出スルコト
期日後ノ願出ハ之ヲ受理セズ
手數料送付ノ要ナキモ願書到着通知ヲ希望スル者ハ返信料同封ノコト

六、在帝國外徴集延期願及在留申告書ハ各管轄領事館宛提出スルコト

七、願書用紙ハブロワク大トシ可成地方青年會又ハ日本人會ニテ用紙ヲ統一シ願書ハ取纏メ提出スルコト

八、郵送ノ分ハ封筒面ニ「徴兵關係」ト記入スルコト

九、在留申告書及在帝國外徴集延期願ノ樣式左ノ如シ

在留申告書
一、本人　氏名
二、本籍地　縣府　郡市　村町　大字　番地
三、現在留地　伯國　州　線　驛　植民地
四、初メテ徴集ヲ延期セラレタル年月日　年　月　日
右及申告候也
昭和　年　月　日　右　氏名印

注意
イ、末尾ニ領事名ヲ記載セザルコト
ロ、副本ハ限リ生年月日ヲ氏名ノ傍ニ記載ノコト
ハ、証明欄白ヲ殘シ置クコト
ニ、捺印ヲ忘レザルコト

在帝國外徴集延期願
一、本人　氏名（生年月日）
二、本籍地　縣府　郡市　村町　大字　番地
三、在留地　伯國　州　線　驛　植民地
四、帝國内出發年月日　年　月　日　港出發
右之者帝國外ノ地ニ在留中ニ付兵役法第四十二條ニヨリ徴集延期相成度候也
昭和　年　月　日　右　氏名印
聯隊區
徴兵官　殿

注意
イ、領事官名ハ記載セザルコト
ロ、証明欄白ヲ殘シ置クコト

昭和拾壹年拾月八日
在サン・パウロ帝國總領事館
同リベロン・プレート分館
同サントス出張所
在バウルー帝國領事館
在リオ・デ・ジャネイロ帝國領事館
在ベレン帝國領事館

徴兵延期の告示（『時報』1937年1月13日付）

武装なき移民は大きく鍬を振り（細水）
珈琲の暴落満州は花であり（細水）
ブラジルに来れば満州暖《ぬく》うなり（低水）
黙然と只満州を瞑想し（三太郎左）
寒い夜はしみじみと満州憶ひ出し（義信子、以上33−8）

寒さはそれまでは故国の冬を思い出させたはずだが、この時期には満州へと思いが向かった。「しみじみ」したのは、伝えられる寒冷地の開拓移住者の苦労（戦後にわかることだが、武装地帯の生活はブラジルとは比較にならぬほど厳しく悲惨だった）に同情したからかもしれない。それだけ作者の心は満州に取りつかれていた。満州移民がブラジル移民を思い出すことはなく、片思いに終わったのだが。
満州からは日々、死者の報が伝わってくる。死者は新国家樹立の尊い英雄と表向き手篤い弔辞で送られた。

満州で死ねば俺でも花であり（一麦）
満州に行けば儲かる俺であり（細水）
ブラジルへ来んなら俺も三勇士（一麦、以上33−8）

勇ましい記事がお国のために死ぬ覚悟を鼓舞するのはいずこも同じだが、ブラジル移民には「棄民」として野垂れ死にするかもしれない者の羨みが込められているように思える。「満州で死ねば」、「ブラジルへ来んなら」という反実仮想は重い。ブラジルにいる限り、英雄的に死ぬことはありえない。徴兵が延期（実質上は免除）されていたからだ。

非常時の故国へすまぬ申告書（ビックリ蛙、33－8）

「申告書」はたぶん徴兵延期願。成年男子の義務を果せず、また母国と命運を共有できない後ろめたさが、ある世代の移民男性の愛国心の裏にはつねに貼りついていた。(6) それだけに、さまざまな愛国献金には人口には似つかわしくないほどの額が集まったのではないだろうか。遠距離と負い目が日本への思いを純正に蒸留した。英雄的で抽象的な死者だけでなく、友人の死も伝えられる。日本にいれば自分が召集を受け、死んでいたかもしれないという思いは、多くの人の心に戦後まで残った。これは「幾万の命が替えた地図の色」（渓舟、33－8）が謳う高所に立った追悼とは次元が異なる。

級友の戦死を星の下で読み（華珍坊）
友の骨埋めた雪を同じ月（華珍坊、以上33－8）

満州を再移住の地として想像する者と、友の死んだ地として黙想する者。希望と追悼、共感と連帯。祖国を思いながら、その彼方にある新たな植民地を思う。ブラジルは北の王道楽土と同じように、帝国の開墾中の飛び地である。この自己意識は遠隔地の生存の支え棒になった。ブラジル移民開始以前、あるいはほぼ同時に帝国に組み込まれた朝鮮・台湾に対するのとは異なる満州独自の思いのあり方であろう。

帰国か永住か――「あの時の目でない眼でみる旅券」

旅券は日本人の証であると同時に、外国居住者の証だった（満州国、植民地へは旅券なしで入国できた）。その受領日はブラジル渡航が国家によって認可された日で、どの移民にとっても特別な思い出があったに違いない。時折、菊の紋章入りの紙切れを眺め、その日から今日までに起きたことに溜息まじりに反芻した。故郷にいれば自明なことを、こんな証書がなければ保証されない場所にいる。これは感慨を誘っただろう。そして考えるのはいつも同じこと――帰国か永住か。

これは戦前移民特有の覚悟のいる選択だった。大多数は帰国を望んでいたが、どこで実行するかの判断を下すことはむずかしく、決断がつかなければ、ブラジルに居残るだけだった。結果として滞在が非常に長引いている。「二十年大風呂敷で流れて来」（南仙子、33－11）、「さ程まで居った気もせぬ二十五年」（低水、33－3）というのは、多くの長期滞留者の感慨ではなかったろうか。

日本帝国海外旅券（大正７年発行）
リオ・デ・ジャネイロ国立史料館蔵

帰国は最大の望みだが、生活設計を真剣に考えると、そうやすやすと帰国船に乗り込めなかった。経済だけでなく、体面や郷愁が絡まって心は乱れた。帰国者のなかには、同胞を嫉妬させるような新聞広告を出す者もいた。逆に大儲けの夢は破れ、手ぶらで帰国する者もいたし、肉親の墓参が帰国のきっかけという悔悟に苛まれた者もいたし、親の死が永住を決意させることもあった。母恋し、父懐かしやの思いが帰国心の最も深いところにあったことを、死によって知らされた。渡航者にも滞留者にもそれぞれの事情があったように、帰国者も一くくりにできない。帰り船の乗客名簿調査はまだなく、その実態はまだほとんど解明されていない。

渡り鳥翼たたんで巣をつくる（渋川蓬春、34－4）
永住と金とはかりにかけて決め（凡花）
住み好いと言って淋しい永住の地（竹山澄枝）
帰国者もコロノ時代は永住論者（中村双葉、以上34－6）
不景気が帰国を止める策になり（柳女）
新聞に大きく見せた帰国ぶり（紅花）
帰国する為に儲けに来た思ひ（小波）
切り抜けた努力が墓参となる帰国（Y子、以上31－6）
国の親死んで永住の臍かため（千鶴子、31－12）

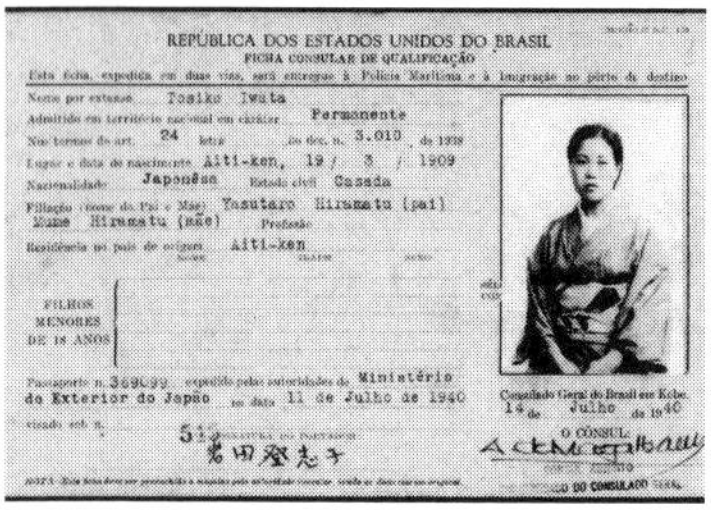

ブラジル滞在許可証
リオ・デ・ジャネイロ国立史料館蔵

領事館筋は永住を勧めるが、「三年でかへる官吏の永住論」（藤田愛雪、34－6）とまともに受け取られていない。永住には同化が前提となる。言語、習慣、宗教などさまざまな文化的要素と深さで、ブラジルに適応する必要がある（この時期、適応という社会学用語は使われず、「同化」が一般的だった）。「同化は異存ないが邪魔な一等国」（鉄兜、33－3）と民族の誇りが同化の邪魔になっていると鋭く自己分析している。誇りの裏にはブラジルは三等国との軽蔑があり、その三等国に渡ってきたという自嘲もあった。おそらく北米移民にはない屈折（古野菊生の「転蓬」に描かれたような）がブラジル移民の心向きをおおった。「退化して同化せよと排日屋」（土男、33－3）の句は同化論者への痛烈な攻撃である。一等国意識は、ブラジル側の愛国主義沸騰に包囲されて、ますます強く燃え上がり、孤立し忍従する人々の支えとなる一方、戦後のテロリズムを爆発させる火薬にもなった。

三〇年代は排日の声がしだいに高まった時期で、「排日と云ふ人種学の試験台」（世拉尊）、「人種学へ反証の良い子産んでくれ」（世拉尊、以上33－1）と集団的な緊張感を伝える句もある。歓迎されない異分子であることを自覚しつつ、帰国船に乗れない大多数の人々は、祖国との絆を支えにするしかなかった。同化すまいという決意は次の句にはっきりしている。

カボクロに成り果てられぬ気がしてき（春宵、33－7）

この句には「非常時日本の叫びには、今更ながら我々の身内にも脈うつ熱い祖国の血の流れているのを意識させられる。これは殆ど誰もの一致した所であろう」という讃を選者が寄せている。カボクロ（土人）に成る（成り果てる）は、語感の通り移民にとって最悪の道だった。それは人の最も文明退化した姿だった。遺伝的には日本人のままであっても、もはやその名に値しない劣等人種の群れに同化し、墜落することだった。そして帰国はおろか、目下の生計すら危うく、子弟も生活もブラジル化し、〈日本〉が遠くなったと感じていたところに、祖国の危機が伝えられた。環境に染まりそうだった作者は、〈日本人〉であることを改めて自覚した。ベネディクト・アンダーソンのいう「遠距離ナショナリズム」の典型といえよう。

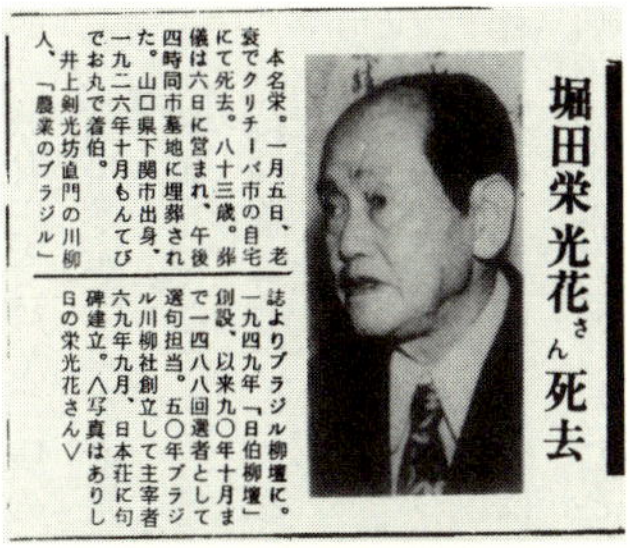
堀田栄光花さん死去

本名栄。一月五日、老衰でクリチーバ市の自宅にて死去。八十三歳。葬儀は六日に営まれ、午後四時同市墓地に埋葬された。山口県下関市出身、一九二六年十月もんてびでお丸で着伯。井上剣光坊直門の川柳人、「農業のブラジル」誌よりブラジル柳壇に。一九四九年「日伯柳壇」創設、以来九〇年十月まで一四八八回選者として選句担当。五〇年ブラジル川柳社創立して主宰者六九年九月、日本荘に句碑建立。〈写真はありし日の栄光花さん〉

堀田栄光花訃報
（『日毎』1991年1月9日付）

永住決意のひとつの要因はブラジル人との結婚だった。これは同化の顕著な現われで、日本人社会から一歩離れるのが常だった。生まれた子どもは日本人側にはあまり祝福されなかった。

永住ときめて毛唐の嫁を持ち（美唄）
国際愛が生んだ永住（藤田秋芳、以上34－6）
親善を尽してここに混血児（栄光花、34－3）
黄禍論よそに生れる混血児（手代木休碩、35－7）

また子どもの死をきっかけに永住を覚悟することもあった。子どもの墓をおいて帰国できない。この情理が日本移民特有なのかどうかはわからない。ただ「異郷に眠る」のは死者にとって不幸だという考えが、日本移民の帰国願望の根本にあったことはまちがいない。キリスト教の墓に納められるのは死者に気の毒だし、帰国後の墓参はまず不可能だ。親しい者の墓を置いて帰国を決意するまでには、長い逡巡があったはずだ。帰国は二度目の、最後の別れで、再び墓参はかなわない。

永住の地と定めたる子の墓標（渡部南仙子、34－6）
十字架を立てて念仏となふ母（双葉、34－11）
十字架の中に同化せぬ墓標（中村春宵）
十字架に成り損ひが帰国する（鵜飼人）
十字架へ泪で告ぐる帰国の日（ネルソン、以上34－9／10）

永住を苦渋の決断としてでも受け入れた者もいた。

甦ればそこが墓所の渡り鳥（安藤美唄、34－4）

永住の悟り開いてぐっと肥え（ネルソン、34－6）

しかしこのように、諦めをつけられた者はどれだけいただろう。小説のなかの渡世人のようなセリフを書きつけて、自分を納得させているようにすら感じる（こういう心情とならんで、「帰国心断然絶えて牛を飼ひ」（伯楽、32－4）と即物的な状況を教えてくれるのも川柳の面白さだ）。多くは異国の死を決意しても郷愁は消えず、土地に心情的に同化したとはいえない漂泊者の気分を保ち続けた。永住決意の者がいまだ少数派であったことも、淋しさの原因だっただろう。帰国目標を自ら捨てて永住を決意することは、戦前移民にとっての「転向」問題だった。祖国敗戦の認識が絡まる戦後の永住決意とは異なり、経済と家族の状況が方針転換の主な要因だった。

永住の心にチクチク帰国心（青柳、31－6）
永住と諦めきっても旅心地（一笑、34－6）

まとめ

他にも意表をつく生活の断片が十七文字に凝縮されているが、ここで留めておこう。渡航前に川柳体験を持った者は稀だったはずだが、雑誌が投稿の道をつけるとこれだけ集まった。村で吟社が結成され、経験者から指導を受けた者も含まれるが、孤立した詠み手が大半だっただろう。『農友』廃刊から十数年の激動期の川柳は完全に空白で、日本人や日本語の受難、あるいは社会に何が起ころうが続くしぶとい日常の川柳は何も記録されていない。文芸活動は発表場所あってこそ継続され、戦後、創作の意欲をもう一度燃やした者はごくわずかだった。

戦前移民の汗と涙については多くが語られてきた。それしか知られていないといっても過言ではない。川柳は汗と涙を茶化す別の自分によってしたためられている。本当に喰うや喰わずの生活では筆を執る余裕はなかったろうが、そこから一歩でも抜け出た者は創作を楽しんだ。柳号を名乗っただけで、本名の二四時間から数センチ宙に浮いた別世界が用意された。そうした空想の（文学的）時間と別の自分を確立し、現実から距離をおくことは、汗と涙を軽くする効果を持った。これは鼻唄の効用と変わりない。手軽な慰めのために書かれただけで、後世に残す作品や証言という気負いは何もなかったはずだ。自己表現という意図もなかったかもしれない。スナップ写真を撮るように習慣的に句帳に書き、編集部に送る。しかし素人の遊び心が生み出した十七文字は、他では記録されていない暮らしぶりと心情を刻み、読み飽きない。半田知雄の『移民の生活の歴史』の傍証として読めるし、もっと微細な観察も見られる。これはもちろん戦後でもあてはまる。ただし指導が入り、芸術化が進んだ反面、類型化も免れていない。道徳や標語のようになり、真情の証言としての価値は薄れている。全体的に印刷物や映像資料が増え、川柳にしか残されていない事柄は少なくなったようにも思える。『農業のブラジル』が川柳欄を持ったことに、移民史家も文学史家も感謝しなくてはならないだろう。

註

（1）　同時期の北米川柳についての論文に、触発されるところが多かった。粂井輝子「「旅という落ちつかぬ家で親となり」――『北米川柳』にみる一九三〇年代の日本人移民社会」『白百合女子大学研究紀要』三七号、二〇〇一年、一一八〜四〇頁。

（2）　失名氏「ストントン節」には「同盟罷業と意気巻いて／小作争議と騒いでも／どうせ日本じゃ浮ばれぬ／来な来な同胞ブラジルへ　ストントン」とある（一九二八年七月一三日付『聖報』）。この替え歌では「日本で暮すも国のため／ブラジルに来るのも国のため／同じ御国に尽すなら／此処で一花咲かせたい」と国策移民としての自覚も歌っている。作者が左翼運動に特に加担していたとは思えない。

（3）　半田知雄『移民の生活の歴史』（サンパウロ人文科学研究所、一九七〇年）二九六頁以下。

（4）　自由詩と自由律短歌の不二山南歩は、コンプラドールが田舎で得た富を都会の享楽で消費する様子を「田園Ａ・Ｂ・Ｃ」で戯画化している。「ゴオルドのコムプラドールが／日毎、奥地へ、どんどん自動車で／やって来ると／田園の空気も活気を呈しそめ／街のインチキ横町で／日本のレコードが／グルグル廻る！廻る！廻る！」（一九三五年二月二〇日付『時報』）。

（5）「非常時」は栄光花が所属するおぼろ吟社でも同時期にお題となっている（一九三三年六月二一日付『日本』）。たとえば「非常時の国に生れて名誉の死」（栄光花）、「すえ兼ねる腹へ呑まんず五大州」（破魔弓）。

（6）たとえば次のような短歌から、遠い地に安全に暮らす後ろめたさを読める（一九三七年一〇月二六日付『聖報』）。

故国（ふるさと）の幼な友等はすめらぎの軍に起たむ五師団動く
すめらぎの民の一とし外国（とつくに）に命安きが物足らぬかも

兼　題	例　句
1928.4 新移民	新移民口のきける唖なり 新移民いつもフェジョンは甘く焚《ママ》き 新移民畠の中で辞書を引き
1928.8 エンシャーダ	エンシャーダ使い古しが婦人用 エンシャーダも見ずにブラジル宣伝し ブラジルの国の名荷負ふエンシャーダ
1928.12 トマカフェー（コーヒー休み）	トマカフェー、パトロンこっそりピンガ呑み バーモ〔さあ〕、トマカフェーの昼の笛が鳴り 空腹にカフェーばかりでもてなされ
1929.1 カマラーダ（日雇い農夫）	カマラーダで、置くには過ぎた脳を持ち カマラーダ、物価は高し日は長し 猫なでる、カマラーダ目的ほかにあり
1929.3 ドミンゴ（日曜）	ドミンゴにコロノこっそり稲を刈る 文化生活ドミンゴだけは高潮す ブラジルに来てドミンゴの味を知り
1929.4 カフェザール（珈琲園）	琵琶歌がカフェザールから聞えて来 カフェザール金の成る木が整列し カフェザール売って錦を着ていのか
1929.5 独り者	釜のままそのまま食べる独り者 独り者自称学士の多い事 良縁を欲しさに励む独り者
1929.6 パニャカフェー（珈琲採取）	パニャカフェーして見て算盤くるい出し 鼻唄でパニャカフェーする古狸 バカブンドソーゴスタパニャカフェー〔なまけ者は珈琲採取だけが好き〕
1929.7 デアサント（聖人の祝日）	デアサントだけは信者の気で休み 同化して法華も休むデアサント 日本人畑次第でデアサント
1929.8 トマバンニョ（風呂）	子沢山湯あみさす間に飯はこげ トマバンニョカルサ〔下着〕忘れて長湯かな 垣根越ケトウがのぞいてボアノイテ
1929.9 カザメント（結婚）	カザメントした友急に偉く見え カザメント文化娘が先に売れ ソーグロ〔義父〕は結納キンで馬を買い

1929.10 ピンガ（火酒）	ピン助に肩を持ち過ぎ尻が割れ 昨晩はイヤハヤなどと頭かき 雨の日はピンガが誘う愚談会
1929.11 ムダンサ（転居）	ムダンサをしてばかりゐてコロノなり ムダンサをする度子供とボロは殖え ムダンサの度に借金置いて行き
1930.1 新年	カフェーの枝を飾って年を越し 若椰子を門松にしてササ気嫌 フォリンニャ〔カレンダー〕かえて新年気分なり
1930.2 カルナバル	カルナバル若い者には明る過ぎ 人込みで娘の尻をつめって見 ソルテイロ〔独身男〕楽しんで待つカルナバル
1930.3 除草（カルビイ）	地球の皮はぐ様な気で除草をし カルビイの折々窺く子の寝顔 エンシャーダ筆持つ手には重さ過ぎ
1930.4 コリエイタ（収穫）	コリエイタになって怠けたことを悔い コリエイタ子守で学校休まされ コリエイタして日本帰りも無期延期
1930.5 土地探し	買ふあてもないのに広告見つめてる 土地探す頃には赤き思想消え 土地探す様になったを国に書き
1930.6 山伐り	斧の音聞えぬ度に気にかかり 山伐りに手を休ませて浪花節 伐り始め妻は御神酒を持って行き
1930.7 山焼き	日本の土になりたい浮いた腰 二三回迷うた挙句が雨になり 焼く予定お客へ御愛想落付かず
1930.8 支払い	「という都合で」と夜はしんみりし 金策の後姿に吠えかかる パガメント〔支払い〕流るる如きアクセント
1930.10 家建て	永住をしないつもりの家を建て 永住の志かたく家を建て 建てまへの後は夫婦が大工なり
1930.11 コブラ	自信ある蛇は平気の大あぐら 蛇なれど殺せば赤い血が流れ おお怖と縋りついたが縁となり

1930.12 フェスタ	呼ばれなくとも礼儀だと行く気なり 三味線が出て唄い声調子づき 空想の女房抱くフェスタの夜
1931.1 酒	人生を妻に聞かせて日に二回 魂は御国に帰って安来節 肴だけあらして下戸はひき下がり
1931.2 煙草	ねじ煙草吸へば親爺の味であり 外人に煙管かしてる午やすみ せがまれて鼻から煙出して見せ
1931.3 夕立	今の雨お金が降ったと妻と笑み 枯れそうな稲を夕立見て通り 雨宿り細目の窓に可愛い目
1931.4 魚釣り	丸呑みにしてペイシエ〔魚〕は釣らるなり 垂れ下る糸へつながる死と無邪気 我が物になりきって魚の籠の中
1931.5 日本人、ソーグロ（義父）	只半歩譲らぬ論に揺れる会 一回は反対論を出す男 会長をいじめてやったが自慢なり 嫁だけを叱り飛ばして孫を抱き ソーグロの皺の一つ一つに持った愚痴
1931.6 帰国、青年会	切り抜けた努力が墓参となる帰国 帰る筈の餞別で土地探してる 成功談とかくブラジルはと大きく出 運動会の時だけはづむ青年会 青年会此処にも独身者の数 青年会先づ会則が出来ており
1931.7 霜	しものあとあきらめかねている妻の顔 パトロンの両足取った今朝の霜 愛児等に母国を語る霜の朝
1931.8 随意	覚悟した粗食へ唾液出て呉れず 手を組んで生活線に立つ強味 ドン底で拾って来た処世訓
1931.9 蟻	個人主義ありの行列見て自覚 勤勉家とほめてた明くる日やられてる フォルミーガ〔蟻〕も我と同じく棉を食い

1931.10 植付け	天と地の隙間へ発芽の晴れ心地 故郷の噂しいしいプランタなり おみくじを引く様な気でプランタソン〔種まき〕
1931.11 ジャンター（夕食）	疲れては居られぬ夕餉に向う数 ジャンターに一日の儲けみんな食い ペコペコの腹に粗食もないジャンタ
1931.12 随意	緊縮をはきしめてゐる破れ靴 売名の主義には安い広告費 日本にも豚が居るかと聞く幼児
1932.1 随意	壁の穴新な光もれて居る もちよりや隣の馳走をほめて食ひ 君が代を歌へば泣きたくなる異国
1932.2 産業組合、サッコ（麻袋）、 コンプラドール（買取人）	人物か金かどっちか足らぬなり 組合が出来て喧嘩の種がふえ 仲買は鼻紙のように札を出し
1932.3 ポルコ（豚）	拓務省尻向けてポルコバナナ食ひ 肥える程ポルコあの世が近くなり 雨続き予算の豚の子死んで居り
1932.4 牛	牛が窓から顔を出してる空家かな 仔に呑ます乳は家計に搾られる みな牛となればよかった食へる草
1932.5 ネゴシアンテ（仲買人）	他のものに秘密ですよと安く買い 何んにもが金の形に見える国 百姓をしてはいられぬ儲けぶり
1932.6 旅行	きりつめてきりつめて後は徒歩で行き 焔吐く汽車で入耕思い出し 十五分遅れて汽車は真面目なり
1932.7 乗合自動車	隣席の美人へ強くゆれたい気 一足のおくれで一日棒にふり 乗合が通ると土地売り広告し
1932.8 第二世	別々の魂を一つ家に生きて居り 結局が日本育ちに抑えられ バッテンの子も東京弁となり
1932.11 ボテキン（なんでも屋）	ボテキンの壁に豆腐屋の広告 ボテキンの一杯が汽車に乗りおくれ 田舎町の輿論はボテキンでデッチ上げ

1932.12 村芝居	カマラーダ今日は一座の太夫なり 勧進帳余り力んで床が落ち 見物の親爺に濡場気がひける
1933.1 汗	カントクが来ても直ぐには出ない汗 ブラジルは汗さへ出せば食へる国 涼み台力自慢は汗をかき
1933.2 満足	空想に一度は若さ満足し 満足が新聞に帰国挨拶し 出稼ぎの根性が抜けて満足し
1933.3 雑題	のけものになるのがちびちび金を溜め さ程まで居った気もせぬ二十五年 幸福は昔の日本を語る父
1933.4 故郷、手紙	ふる郷で金を儲けた奴が居り 放浪者の錦を故郷待ちあぐね ふとる子に故郷日に日に小さくなり 非常時には手紙までが長くなり 手紙をば出せと手紙に書いてあり
1933.7 非常時	カボクロに成り果てられぬ気がしてき ヒトラーと熱河で雑誌出来ており 非常時の故国へすまぬ申告書
1933.8 満州	受け売の満州論に花が咲き 満州も宝庫アマゾンも大宝庫 油揚さらった型で独立し
1933.9 運動	跳ぶ事が上手で部長の席につき 優勝旗帰りを照らす月の色 先頭を行く子へ母は伸び上り
1933.10 日本選手・経済会議（日本人陸上選手来伯にちなむ）	一本の竹で世界を漫遊し 六人で新興日本をせほって来 国際と名のつく会は纏まらず
1933.11 随意	割り切れぬ汗と汗との家計簿 二十年大風呂敷で流れて来 先生が通訳にする第二世
1933.12 年末	年末を倹約にして献納金 汗と血の赤字を生んで年は暮れ やりくりの腹が決って飲めるなり

1934.3 視察者	今一度渡伯以前に似た希望 血走った眼にマッパ〔地図〕拡げられ サイコロの目にどうでるか明日の旅
1934.4 渡り鳥	やがて飛ぶ日へよろこびの羽の音 甦ればそこが墓所の渡り鳥 渡り鳥翼たたんで巣をつくる
1934.6 永住	永住の地と定めたる子の墓標 永住の朝スガスガと陽の上る 住み好いと言って淋しい永住の地
1934.7 山焼き	一本のマッチの尖に祈る首尾 大理想白い煙に消えかかり 山焼きの煙を分けて春が来る
1934.8 異国	どこの国でも同じ太陽 地表踏む脚だ　異国の地がなンだ ことごとに日本人だと云ふ意識
1934.9/10 十字架	十字架へ泪で告ぐる帰国の日 十字架の中に同化をせぬ墓標 十字架も朽ちて淋しく土となり
1934.11 ブラジル風景	窓と云ふ窓に恋する眼が動き 猛獣毒蛇に住まはせて移民に制限 野良着脱ぐ間もなく惜しい月を寝る
1935.1 雑吟	金と鐘鐘と金とに縛られて 全国の人と知り合ふ異国の地 血と汗と忍苦でめくる開拓史
これより『農友』	
1935.2 無題	無数の目が日かげに追ひやる混血児 新来は指輪や時計食ひつくし 報国の歌も詠んでる歌留多会
1935.3 日、月、星	語らない星へ話して見たい夜 ルンペンの涙が月に光ってる 覚悟して稼ぐ移民へ日の強さ
1935.4 耕地生活	日曜日自由の天地を闊歩する ミレーの名画にならぬ鐘を聞く 寝しづまる頃母一人針仕事
1935.6 影	嬉し泣き異国をあをぐ御真影 わが影を時計がはりにするカボクロ 表面（うわべ）は紳士で影は狸

1935.7 収穫	獲入れた綿へ家中せまく寝る 食ふだけは獲れて新たに湧く力 収穫がすめばと指輪握らせる
1935.8 運動	大花火胸がときめく朝の飯 地に潜み草にかくれて伸びる魔手 一等の旗が飛びつく母の膝
1935.9 酒と煙草	平凡が若きを誘ふ酒へ煙草へ マレータ〔マラリア〕の予防ピンガの味を知り 仏壇へ酒と煙草をあげてやり
1935.10 故郷	陰膳をすえて故郷に母は老い 黙々の歩みしっかと抱く故郷 椰子かほる国を故郷と諦めて
1935.11 開拓	記念碑となって植民史に生きる 処女林の月に嘯く開拓歌 釜ひとつ茶碗ひとつの日が続く
1935.12 歓喜	生きてゐる喜びの朝となり 絶望の闇のあなたの一光り 天と地に満ちて歓喜の春は澄み

『農業のブラジル』および『農友』川柳欄の兼題と例句（ブラジル日本移民史料館とサンパウロ人文研究所所蔵分）

4　粋な移民がいちずに歌う恋と暮らしと心意気――戦前移民の都々逸

はじめに

都々逸（通常は七七七五）は主に宴席で作られ、独特の節回しで朗詠される歌謡の一形式で、文芸のへりにぶら下がっている。かつては寄席の種目でもあった。江戸末期に大成されたが、遠くは歌垣、歌合わせのような相聞歌の伝統にさかのぼるだろう。語呂と縁語と対語と誇張に飾られ、くだけた言葉遣いや性的な暗示が許され、社会風刺の眼も持ち、粋人のたしなみとされた。黒岩涙香が日露戦争期、『万朝報』上で「俚謡正調」として投稿を求め、色恋の外に題材を広げた。趣味人の遊びの色が濃かった俳諧が、同じ頃、子規によって真面目な文学としての俳句に生まれ変わったことが刺激だったようだ。しかし結社を築くには至らず、芸術、文学、作者性というようなかしこまった看板はない。色恋、生活、思想から情事、政治風刺、罵倒まで雑多な事柄が、いったんこの調子に乗ると諧謔味、洒落っ気を帯びる。短詩三ジャンルほど「改革」や「発展」が認められず、研究書も少ない。涙香の頃に「うたう都々逸」から「つくる都々逸」へ舵が切られたものの、お座敷の衰退とともに活力を失うことは避けられなかった（西沢爽『日本近代歌謡史』桜楓社、一九九〇年）。

ブラジルの邦字新聞では埋め草のように、折々掲載されたが、唯一、常設欄を設けたのが『聖州新報』だった（一九三一年一一月〜三二年一一月）[1]。ブラジル色の濃い庶民文芸を好んだ社主香山公孫樹（六郎）が「植民俚謡正調」

香山六郎（『香山六郎自伝』より）

と称して自ら選者となり、筆の慰めの場を開いたおかげで、普通なら作った先から蒸発してしまう気散じの文学が記録された。名前からして『万朝報』を意識していたことがわかる。川柳と同じく生活図鑑の観があり、散文では伝えにくい心の機微が鮮やかに描かれている。三十年後にふと思い出す人が現われるほど、一部では愛好された（児玉正風「俚謡正調の思い出」一九五八年二月一二日付『パウリスタ』）。

その時期の同紙文芸欄は「植民俚謡正調」と上塚瓢骨（周平）の俳句で独占され、他紙のたたずまいとはずいぶん異なる（この連載終了後、一九三二年一一月から約八ヶ月、文芸欄が消滅したのも珍しい）。「大和民族殖民文芸俚謡正調の玉成と大成を期す為め」と銘打って、天地人の三賞を設け、賞金を出した。大金ではないとはいえ、他紙の短詩欄にはない大盤振舞で、公孫樹の意気込みがうかがえる。投稿者は百笑、草楽仙、力丸坊、卜念、絹代のような常連を含めて総勢で七、八十名ほどを数え、俳句・短歌で見る筆名（渓舟、南仙子）もある。[2]

社主自ら選者となった投稿文芸はこれだけで、植民文芸の強い提唱者に似つかわしい。彼はある流麗な語呂の作を「殖民情緒の不足を惜しむ」と評している（一九三二年一一月一七日付）。田舎臭さ、ブラジルらしさを大切にしたことがわかる。都会の歌はひとつもない。同紙の短歌欄と同じく借用語が歓迎され、「豚を殺せばアジュダ（手伝い）が多い乞ふはドミンゴ、パガメント（日曜の支払い）」（猪虎犀漢、一九三二年一一月一〇日付、以下、31-11-10のように略記）のような現地化した言葉遣いまで採用された。本国の農民都々逸と比較するのも面白かろう。以下では、壇を築かなかった裾野のジャンルの豊かで軽妙な表現、他の短詩形との関連、この韻律でしか述べられない事柄や心情を論じる。また香山の寸評から彼の植民文学観を垣間見たい。そして本音を言えば、拙い議論よりも、戦前移民最盛期の喜怒哀楽をこの文芸の遊びから想像する方がはるかに重要であろう。

田園風景――「月は同じよ南米の月も」

「植民俚謡正調」の内容は大きく風景、人、心の三つに分けられる。風景ではコーヒー園、月、椰子の木など他の詩歌でお馴染みのモチーフが繰り返し詠まれている。田園趣味が横溢し、ブラジル生活が讃美されている。ふだんは低く見られる黒人も、異国情緒の引き立て役だし、日中の猛暑よりも木蔭の涼しさが美化される。おぼろ月夜が歌を誘う。俳句や短歌と同じように、既存の文芸的書割にブラジル固有の樹木や鳥を配置しただけのようにも見受けられる。後で述べる生活苦は微塵も感じられない。しかしこのように風景を調子よく描写しながら、ブラジルにいることを肯定し、知らぬ間に滞在の長期化を受け入れる心向きが醸成された側面もあるだろう。

月に照らされビオロ〔ン〕を弾いて黒奴あぶない千鳥足（蘇山、31－11－6）
南の国だよ緑の夏よ蔭の涼しさ水の味（草楽仙、31－11－13）
住んで住み良い南の国よ月が出てくりゃ皆踊る（南子郎、32－1－26）
色は白妙香りは薫る花の珈琲の朧ろ月（プロ町人、31－12－11）
明日の日和は曇りか雨か椰子の葉蔭に月おぼろ（花星、32－6－10）
汽車のまどよりマットを見ればイペの黄花が気を散らす（草楽仙、32－6－28）
露にシットリパスト〔牧場〕のもやに乳が張るよと山羊の声（草楽仙、32－6－21）

「明日の日和」の心配や「気を散らす」や「乳が張るよ」のように、詠み手の心境に言い及んだ個所が、俳句や短歌の切り詰めた韻律、写生の詩学では削られる。南国情緒を自分も夢見たということなのか、「椰子の葉蔭のソロソロ風が遠いジャポンのともを呼ぶ」（百笑、32－6－28）という歌もある。都々逸らしい主情的表現だ。引例に限らず、月は人気がある。元々、夜の文芸である都々逸には月がよく詠まれるのだが、月にまつわる想いの千年の歴史も詠み手は感じていた。

月は同じよ南米の月も昔三笠に出た月も（百笑、32－7－12）

公孫樹はこの一首を読んで、サントス上陸の翌朝、鶏の声が日本と同じなのを聞いて嬉しかったのを思い出した。世界はひとつという実感だ。「歳を経るにつれ私共も三笠の山を歌った人の心持ちがはっきりして来た、そうだ同じ月だ」。太陽もまた日本と同じはずだが、こうした感慨をもたらさなかった。太陽が和歌の題材として月ほど定着していないからである。和歌が日本人の情感に強く沁み込んでいる良い例だ。

上の情景描写を三十一文字に変換することはさしてむずかしくない。風景も心境もあまりに行儀がよく棘はない。そこで都々逸らしい皮肉が入ると——

夏じゃか冬じゃか雨降りゃ寒い日が照りゃ冬でも汗だらけ（仙一、32－1－29）
広いブラジル見様じゃせまい何処も同んなじ原始林（東風、32－3－18）

ブラジルの暑さと広大さの詩歌は限りないが、逆に季節感の欠如、単調な風景は他の短詩ではめったに見ない。都々逸ならではの着目ではないだろうか。「じゃか」のような田舎びた物言いは、他の三つの短詩形では許されない。それが使えるからこそ、冬の汗を仏頂面で詠む面白みが伝わる。もちろんこの程度の思いつきが文学的に価値あるかどうかは別だが。霞や雲を好む日本的感性とは反対に、澄み切った空気を好むラテン的感性を詠った「星の澄む空霞まぬ野山ラテン民衆の血が騒ぐ」（伊晩、32－8－16）という歌もある。言外に霞みや朧ろを好む日本民衆の血が仄かされている。気象の好みを基準にした民族的ステレオタイプはあまり見ない。

明るい農村——「マンガ可愛や夜な夜なふとり」

風景の都々逸が概して俳句と短歌に通底し、絵葉書のようであるのに対して、村人が共有したり、外から見える題材に引きつけた暮らしの歌では、川柳に通じる題材と、この形式でなければ語りづらい題材が混在している。まず川柳にありそうな毒のない観察から。

刈りた稲束腰うちかけて空を仰いで巻く煙草（ボク念、32-2-12）
マンガ〔マンゴ〕可愛や夜な夜なふとり昼の暑さで紅くなる（公孫樹、31-11-6）
稲は黄ばむコーヒは急ぐせはしうらめし雨つづき（春一路、32-1-29）
日毎色づく稲穂よ様と唱ふて刈り取る日も近い（渓舟、32-4-5）
米は豊作ミーリョ〔トウモロコシ〕も獲れたプレソ〔価格〕高くばムイトボン〔最高〕（竹軒、32-3-11）

どこにあっても収穫さえ順調なら、農民は歓喜を得られる。昼と夜、稲とコーヒーの対、「せはしうらめし」のようなたたみかけは、語呂を良くする都々逸の代表的な技法で、短歌では時にくどくなる。「様と唱ふて」と臆面もなく夫婦愛を表に出せるところが、都々逸らしい情緒だろう。いずれも健全な農村風景を謳歌している。

個人でなく、村〔植民地〕についての作も多少ある。肯定と否定を対比すると——

隣りは熊本向ふは秋田お国なまりで殖民地（蝶鶴、32-8-26）
教師一人を排斥擁護一ともめしないか殖民地（睦枝、31-11-17）
おれさ村だよカフェーは百万産業組合マキナ〔機械〕まで（睦枝、31-12-25）

各地の方言の入り乱れるさまは、内地のどこにもない植民地情緒をかもし出した。ただし村の調和が乱れると言語的寛容は斥けられ、県人同士が角を突き合わせることにもなった。教師冷遇や日本人会の紛糾は川柳でも取り上げられたが、「一もめしないか」と具体的な表現を採っているのが都々逸の特徴だろう。最後の歌は団体歌やご当地盆踊り、標語風川柳に通じる村の繁栄と近代化に対する讃美である。ブラジルでは旧来の大農園制が発展を妨げてきた組合組織を誇りとしているのが、日本人らしい（一方、機械化はブラジルが日本に先駆けた）。近代化とは逆に、原始的な部分も残っていて「豚を殺してパーリヤ（串）で焼いて鍬で皮むくブラジルよ」（貧民王、32-1-22）と驚かれている。屠殺の経験のない移民は、動物の血を見る暮らしを快く思っていなかった。『農業のブラジル』の川柳欄でも豚をお題にしたことがあったが、ここまで写実的な描写は十七文字では不可能だ。この都々逸が日本に紹介されたなら、渡航を思い留まった人もいたかもしれない。

ブラジル人――「土着同化で出来かしたものは」

ブラジル人についての観察は、都々逸以外ではあまり見られない細部や心情を語っている。

紺のドテ袍《ラ》を窓辺に乾せばソット見に来るポルツゲザ（ポルトガル女）（民子、31-12-11）
雨は降る降る珈琲はくさる気楽ものじゃよコロノさん（蝶鶴、32-6-28）
ブーロ（ロバ）見たよなカマラダ達を大和魂で指揮をする（土男、32-11-1）
うちのカマラーダみにくいけれど心の真面目がうつくしい（力丸坊、32-2-12）
土のカボクロにとる齢問えはママエケサーベ（母ちゃん、誰がわかるか）の別世界（?、32-9-13）
カマラダじゃとて軽蔑するな邦人社会の宣伝者（花星、32-9-13）

耕地労働者とともに（サンパウロ州、1920年代）臼井マサヨ寄贈、広島市市民局文化スポーツ部文化振興課提供

ドテラ（なぜか一度も「民族衣装」とほめられたことがないが）が珍しかったのか、ただ日本人の行いが珍しかったのか、この隣人は物干しをのぞきにきた。ポルトガル系とわかっているから、それまでに若干の接触はあったのかもしれない。「紺のドテラ」と細部まで描かれているのが都々逸らしい。

　これ以下の作は人種差別をむき出しながら、雇い人（大半は混血）の怠惰、無知を軽蔑している。都々逸以外では、これほどあからさまに他者を見下した詩歌はない。小説でも概して差別が引き起こした悲劇に目が向き、他人種愚弄を否定的に捉えている。戯れ歌は抑制された侮蔑を爆発させる。まず見た目が「みにくい」。日本人やヨーロッパ系相手にはこう露骨に言えないだろう。しかし性根は真面目。これはほめ言葉というより、よく働くという意味でしかない。しかしカマラーダは言われたことをただやるだけで、その意味がわかっていない。気楽な「別世界」のロバでしかない。そこで大和魂で（正当に厳しく叱りつけながら）命令する。これに対して、日本人はたとえ下働きであっても、「泣いて呉れるなカマラドじゃどてしばし雲まつ朧じゃもの」（カンホ生、31－12－25）と上昇志向を持っている。そのために引っ越し、汗水たらし、目標に近づこうと努力した。だからこそ、公孫樹がカボクロの歌について述べるように、「東洋文化人には不可解人間的の別世界」で、理解の道は閉ざされている。

　逆に日本式の風呂や食事に馴染む順応性の高い、あるいは好奇心の強いカマラーダもいて、あたかも日本文化の宣伝をしているかのように見えたこともあった。彼らが日本文化に親しみを覚えたとしても、作者に「軽蔑」を改める気はない。自分たちは宣伝に値する社会を持っていると誇るばかりだ。同時期の民族意識の高揚が、劣等人種に対する優越感をふくらませたことは間違いない。これとは逆に、人種平等のブラジルの国是を謳歌した都々逸もある。

隣りや黒人こちらは白よ私しゃ黄色い新移民（清栄、32－1－1）
五色人種が住むブラジル色の区別はせぬわいな（鈍也生、32－9－13）
父はイタリヤーノ母はムラタ〔黒人系混血〕ブラジレイラがニコニコと（清子、32－1－15）
土着同化で出来かしたものは可愛いカボクロとコンパドレ（土男、32－8－19）

ホンネとタテマエの二面性は他でもよく見られる（これは日本人に限らない）。たとえば日頃は差別をしたり憤っていても、カルナバルでは万民平等を讃える（前著のカルナバルの章参照）。都々逸でもブラジルの公定多民族主義は表向き肯定されている。五色人種という奇妙な言葉は、満州国の「五族協和」スローガンと響きあっているのかもしれない。最後の作は日本人が有色の相手と子どもを作り、名づけ親（コンパドレ）を招いて洗礼を行ったことを詠んでいる。この子はカボクロ（土人）と蔑まれている。これは日本人家庭最悪のシナリオで、香山公孫樹のコメントは「同化の恐ろしさもうかがわれる」。永住論と混血化は必ずしも両立しなかった。

不景気——「金のなる木と思ふて植えた」

連載は大恐慌後のコーヒー暴落期と重なり、多くの人がその打撃を受けた。川柳と同じように、事業の失敗は都々逸に好材料を与えた。洒落た文句で不遇をかこち、深刻な状況を滑稽に描くのは、罪のない鬱憤晴らしになっただろう。

金のなる木と思ふて植えたカフェー借金の実を結ぶ（□永、32－9－27）

親の意見で土地だけ買って友のすすめで抵当に（遠藤、31－12－22）
土地と気候で惚れたが因果品質不良で身をこがす（大河原、32－3－25）

いずれも農園を経営する段階までコマを進めた人々を扱っている。もはや極貧ではないが、見通しが立たない。「金のなる木」と「借金」、「親の意見」と「友のすすめ」、「惚れた」と「身をこがす」の対比で、よかれと思って始めたことが裏目に出たと自嘲している。「身をこがす」は金融の隠語（融資がこげつく）と掛けているのかもしれない。次の三作では大局的に不景気やそれにあえぐブラジルや移民社会を風刺している。国の誇りコーヒーは不作や過剰生産で一時振るわず、日本人農家にも直接影響した。

お国自慢の珈琲も今は粗雑多産で行詰まる（霞魔羅太、32－6－17）
せっぱつまった不景気底に万里雄飛の血がねばる（哀草花、32－1－26）
もっと不ケイ気続かばつづけ吾等移民のきもだめし（プロ町人、32－7－8）
珈琲値さがろと豆腐ろうと殖民戦線異状なし（北西子、32－1－19）

普通なら「血は騒ぐ、躍る」とあるところを「ねばる」と逆転させたところに興趣がある（あまり聞かぬ表現だが）。出口の見えない窮状を「きもだめし」と笑い飛ばす空元気、空々しさは都々逸らしい誇張といえよう。何があろうと「異状なし」と開き直るのもまた都々逸や川柳でしか見られない。

色恋——「枝のカフェーと隣の娘」

人についての描写のうち、都々逸の本領は恋情（劣情）にある。投稿者には男性が多いせいか（お座敷で発展してきたことに由来するだろう)、男が女を観察する作のほうが、その逆よりもずっと多い。縁語にちなむ連想の技巧を要した作から始めたい。

カフェーとろとろトラする〔焙煎〕娘想ひあかさず身をこがす（円洋、31－11－13）
枝のカフェーと隣の娘紅くなる程きにかかる（次男坊、32－2－5）
枯れたカフェーをつくづく見れば好いて別れた方のよな（稲穂、32－9－9）
秋も深いに山やく頃に私しゃ一人で燃えている（夜詩生、32－5－17）

縁語、駄洒落は新内など江戸の庶民文芸では盛んだったが、近代文学はこれを俗受けとして捨てた。都々逸が軽んじられるひとつの理由だろう。カフェーの紅色の実から娘の頬を連想したり、枯れたコーヒーから未練の残る恋人を思い出す。いずれも定型的で、作者自らの心境とはいえない。山焼きを熱愛にかける歌では、「燃えている」を「妬いている」と添削したい。昂ぶった感情は短歌の領域で、都々逸はあくまでも気持ちをふと洩らし、読み手がそのしずくから地下泉を想像するのに任せる。枯れたコーヒーを実際に見ているのだろうが、別れた恋人はたぶん作り事で、未練の都々逸の型を応用しているだけだろう。この作では「つくづく」に思いが込められている。枯れたカフェーの木の前に立ち止まってどうしても諦めがつかないように、昔の恋を心から追い出すことができない。同じ趣向の作に「おくれ咲いたる珈琲の花が内気娘を慰める」（アラキ、31－12－1）がある。いずれも艶のある空想を働かせて、作業の辛さを紛らそうとした形跡が読める。

昨日ジャポンから来たあの娘山にゆくぞと粧《こしら》えて（絹江、31－11－24）
珈琲摘む娘のあの手が白い刺もたとうにあれように（草楽仙、32－7－5）

ノーボ〔新〕移民かまだ手が白い珈琲摘むにも遠慮がち（草楽仙、32―8―12）
頸にはレンソを巻いては見れど人に会う度そっと取る（□子、32―10―14）

家族写真（1938年）角田歳丸寄贈
広島市市民局文化スポーツ部文化振興課提供

新来の娘は、転校生と同じように、隣人の注目を浴びる。彼女はまだブラジルずれしてなく、化粧して野良に出たり、仕種も遠慮がちで、手が白い。そこに色っぽさが感じられる。公孫樹の講評によれば、「イット百ポルセント〔パーセント〕の手が労働百ポルセントの手に変質する過渡期の哀愁である」（「イット」はハリウッド映画の題にちなみ、セックスアピールの意）。「白い手」だけで男性は気絶しそうな勢いである。

レンソ（スカーフ）はある時には女性の美しさを引き立てるアクセントだが、この場合には仕事用の汗臭い手ぬぐいで、この女性は人と立ち話をするたびに取る気遣いを忘れない。これは男女に共通した仕種だと思うが、働き者の一服と詠み手の好意が感じられる。公孫樹は「この日本女性の和やかな情緒」が「荒っぽい殖民地」の男性を慰めると評している。このコメントを男尊女卑と戦後の尺度で排除するより、働く女性に対する敬意を読むほうが、彼の真意にかなっているだろう。レンソを色っぽく見せた作に「春が来たのに恋さえ知らず草を刈る娘《こ》の赤レンソ」（アラキ、31―12―22）、「あかいレンソで姉さんかぶり妾しゃ四十後家珈琲摘む」（比古左、32―6―17）がある。作者が「四十後家」とは思えない。流行歌の歌詞と同じように、歌のなかの一人称を作者とは別に立て、作り話――たいていは型にはまっているが――を語ることがおおっぴらに認められているのが都々逸である。ここに遊びの余地が生まれる。自己を観察対象と融和させ消してしまうことをモットーとする写生の詩学とも、自分の体験や感覚を拠り所とすべきと主張する現実主義詩学とも違う。だからこそ、文学者に軽んじられてきたともいえる。白い手の娘がしばらくすると――

汗と土とでまみれちゃおれどいまだ咲かないおぼこ菊（絹江、32－12－8）
娘十七なやみも知らぬ土にいそしみすくすくと（絹江、31－12－8）
厚い鍬ダコ日焼けた顔が娘恋知りゃ気にかかる（鉄花面、31－11－24）

野育ちの娘が恋を知る年頃になった。初めて紅をつけた娘と同じように、おぼこから大人への過渡期の少女を温かく見守っている。短歌や詩でさんざん書かれた汗と土礼讃にはない艶の香りが、このジャンルの持ち味である。この少女が華燭の宴を持つ時には、「土がしみてか化粧のはえぬカーザメント〔結婚〕の嫁の顔」（豚の臍、32－9－16）と酷評され、農婦として切り盛りすると、「ポルコマッタして〔豚を殺して〕平気で喰ってこんな妾じゃなかったが」（蝶花堂主人、32－10－4）と呆れられる身になったかもしれない。一方、相思相愛の図もある。

あなたジャポンよわしゃブラジルよ国は遠いが近い恋（花星、32－9－13）
忍ぶ音じめのビオロン抱いて両人《ふた》りゃナモーラ〔恋〕のうれし仲（円洋、32－6－3）

このような遠距離恋愛は実際にはほとんど不可能だったが、「遠いが近い」という都々逸的な文句だけを言いたくて作られたようだ。後者ではギターに三味線用語をあてはめ、古賀メロディーでも弾いている図を想像させる。千鳥足の黒人が弾き語りしている曲ではない。写真花嫁を押しつけられて困っている図もある。

嫁を送ると写真も来たが私や南のエロに泣く（把恋草、32－5－3）

「エロ」は本国の流行語で、他にも何度か使われている。「私」は写真の女に満足せず、現地の女に泣いて（泣かされて）いたらしい。ブラジル女性に心ときめいた男は他にもいた。

ニット笑へば齶《はぐき》が紅い黒坊乙女の眼になやむ（卜念、32－1－26）
たまの町行きに四十男毛唐娘に投げキッス（大江山、32－4－8）
行きする合ふてむんむんすれどムラタ〔混血女〕お化粧が気にかかる（公孫樹、32－2－5）

黒人の赤い歯ぐきは非常に多くの歌人、柳人が好奇の眼で描いてきたが、都々逸作者はその先に誘惑的な眼を見る。それに比べると、投げキッスは脳天気で、四十男の無邪気な好感がうかがえる。町に出るひとつの楽しみが、村の相互監視や孤立を逃れて「南のエロ」を感じることだったのかもしれない。ブラジル女性の体臭は性欲小説でよく描かれたが、それを隠す強烈な香水が人込みの中で移民男性の鼻先を刺激した。しかし彼女らは必ずしも憧れではなく、見た目はよいが、心をくすぐるもの（香）がないと拒絶することもあった。また熱帯育ちは肉体的ピークが早くに訪れ、早くに凋むというのが定説だった。

ブラジル生れの娘とダリヤ咲いたと思ったら散るそうな（錦江、32－4－29）
異人よ恋すりゃダイヤ《ママ》の花や色はよいけど香はたたぬ（朴念、31－12－8）

だからこそ日本女性の白粉の香は郷愁を誘い、農婦上がりの女中を揃えた料亭が栄えた。男女交際の勘所は肉体接触に留まらない言葉のやりとりにあるからだろう。日本語空間でしか発散できない語りの欲望が客にはあった。

女の世間――「思ふお方と珈琲を摘めば」

女が男を詠む都々逸は多い。しかし上で引いたように気になる男を遠くから見る（盗み見する）のではなく、既に恋仲なり結婚している男しか描かれていない。性別による視線の非対称性、距離感の違いが働いているらしい。女は江戸の習慣を踏んで、男を「主」、「様」と呼ぶ。戦前の感覚では既に古風に響く。好きな人と働くなら、苦労は帳消しになると睦まじい仲を見せるお定まりの歌がある。

主とそうなら珈琲園のコロノ暮もいとやせぬ（千ヨ野、32-1-29）
恋を遂げよと南の国で主と跣足でカルビ（除草）する（民子、31-12-1）
いやなカルビも二人ですれば知らず知らずに夜と成る（百笑、32-10-7）
思ふお方と珈琲を摘めば落ちる夕陽が恨めしい（一雄、32-1-22）
様を想ふてエンシャーダ引けば甘い苦しい春日和（新子、32-10-14）

「主とそうなら〜いとやせぬ」は都々逸の定型で、アンコに「船頭暮らし」や「飯盛り女」など浮かばれぬ境遇が入る。雅号から判断すると作者はほとんどが男性で、慕われる状況を理想化している。男性作詞家による「女演歌」に対応する。恋人は二人の仕事が終わってほしくないと願い、夫婦は早く仕事が終わって夜になってほしいと願う。[3] 本国では男女の不実を怨む都々逸も少なくないが、ブラジルでは書かれなかったか、採用されなかった。公孫樹が良き恋や家族を描く文芸に価値を求めたのだろう。結婚を間近に控えた二人については、「米は出盛る珈琲は熟れる晴れて添ふ日が待ち遠い」（蘇山、32-3-11）、「晴れて添う日を指折りかぞえ踊る椰子かげ星月夜」（抜天坊、32-8-19）とアツアツぶりが歌われている。

妾しゃ稲刈り主は稲たたき腰のいたさよ夕月夜（清子、32－3－4）

風よ追手よあの山焼に火道切る主気にかかる（草楽仙、32－8－30）

主が使った形見の鍬で今日も妾は草をとる（笑月、32－9－2）

化粧した手にマメ打ちだして草が仇の鍬仕事（草楽天、33－11－10）

妾と主の対句は都々逸の定型で、「腰のいたさ」が滑稽だ。山焼きで延焼を防ぐために適確に火道を作るのは男の仕事で、「風よ」の句では夫の安否を気遣っている。「風よ追手よ」の切迫感がすばらしい。頼る人の少ない土地で未亡人となる辛さを隠して、「今日も」に淡々と過ぎ行く時が凝縮されている。「いい人」が見つかるのか、小説で描かれたたくさんの未亡人の行く末に想像力がはばたく。子育てしながらの活発な働きぶりは次のように讃えられている。語呂は良くないのに、勤労農婦の歌を拾ったところに、香山六郎の植民文学観がはっきり現れている。

坊や背負ふてエンシャダ肩に雄々し女房の野良姿（プロ町人、31－11－17）
汗と涙の坊やの顔を拭いて添乳の中休み（哲花面、31－11－10）

プロ（レタリア）町人の号にふさわしい野良女房讃歌だ。家庭の幸福を得た女性たちと反対に、「町のはづれで素足になって靴を背負ったジャポネーザ」（百笑、32－9－27）がいる。選者は「こうした実景にふれ実感をもたない人が十五万在伯邦人中何人あるでしょうか」と感銘を述べている。その姿に移民の成れの果てを見た。

家族——「鶏の油脂を頭髪につけて」

強い母親像に見るように、都々逸にとって愛する男女に次いで重要な人物は家族で、他の短詩で描かれた情景をもっと説明的に、感情的に詠んでいる。粋の美学から遠い分、実景、実感に近い。まず新婚生活から。

忍んで会ったる樹蔭で今は夫婦で嬉しいトマカフェ（渓舟、31－11－24）
天下晴れての夫婦となって畑に並んだ夢の朝（蝶花堂、32－11－1）
新コン旅行は畠ときめて二人並んだ恥しさ（蝶花、32－4－12）
一ツ手桶を二人で提げてアグワ（水）汲み込む新世帯（有森老人、31－12－4）

いずれも仲睦まじい。短歌や川柳では、木蔭の逢引や夫婦の一服（トマカフェー）を個別に扱えても、それを一つながりの物語とするのはむずかしい。「嬉しい」「恥しい」と素直に気持ちを述べられるのは都々逸の強みだろう。

主の背《せなか》を流して二人月にたたづむ野風呂端（絹代、32－1－22）
吾まま気ままの殖民くらし妻と二人で喰うちゃ寝る（□義、32－2－16）
ゆでたお薩摩芋《さつ》冷えないうちと夫待ち侘ぶトマカフェー（紅椿、31－12－4）
とどいた日本の便りをもって妻が出かける椰子の家（富公、32－1－12）
二人きりならバイヤにまで行うよいとしい子がありゃ気がほそる（絹江、31－11－13）

月下の野風呂は川柳でも可能な絵柄だが、「主の背」を中心に持ってきたのが都々逸の作法だ。いずれも夫婦円満そのものだが、逆に「夫婦喧嘩とポルコ（豚）のケガは虫がつかなきゃ直ぐなほる」（霞魔羅太、32－6－21）というのもある。「何々とかけて何と解く」式の謎かけは、寄席やお座敷の言葉遊びで、このように都々逸にも組み込まれている。豚のケガという意外な、そして現実的な連想に驚かされる。また円満ばかりでなく、子持ちの駆け落ちか夜逃げを企む切羽詰ったご両人もいる。バイアはブラジルの果てと想像された。
貧しいなかの小さな幸せは、他の詩歌にもしばしば描かれるが、都々逸は具体的なモノが場面を喚起する。

鶏の油脂《あぶら》を頭髪《かみげ》につけて破れ鏡に笑んでいる（百笑、32－8－26）
愛の巣じゃそな殿堂じゃそな椰子の壁から月がもる（□野、32－10－7）
隙間洩るる星夢□らせて拾歳守った椰子の床（正夫、32－7－8）

「鶏の油脂」について公孫樹曰く、「原始的に還元された此の悲哀は各殖民地婦人の□って居られる所でしょう。とに角殖民地婦人生活を、其気分をつかんで居る」。貧困の極みにありながら、髪結いの油を必要とする植民地婦人、彼女の絶望的な笑いが選者の琴線に触れた。次の歌は「じゃそな」と距離を置いた物言いのおかげで、清貧の模範歌になるのを免れている。あばら屋でも住めば都という心意気は公孫樹の植民生活の理想で、「椰子の床」の歌はかつてないほど強烈に視覚的イメージを喚起した。「床の傍には白い棉の塊も所々に落ちており、壁□はインシャーダとフォイシ〔大鉈〕とマッシャード〔斧〕が共同生活しており、其の下には石塊のフォゴン〔かまど〕とお尻を真黒にした鍋とが居る、ガラフォン〔ピンガの甕〕が此処の主人〔を〕なぐさめる顔である、耕人生活の単じゅんさ、十年一夢だ」。彼にとって、一九一〇年代の奥地生活がどれほど衝撃的だったかが想像できる。彼の思想の端々からうかがえる原始生活礼讃は、その時期の回想と切り離せない。日本よりもサンパウロ州の原生林が彼の心のふるさ

家族写真（サンパウロ州サンパウロ、1919年）
下田明雄寄贈、広島市市民局文化スポーツ部文化振興課提供

となり、日本人ツピ族同祖説を育む腐葉土となった。
妻と同じく、夫もまた甲斐甲斐しく働き、子煩悩で、愛妻家である。

上手いものさと親爺の料理産婦ニコット夏の窓（木公子、31－12－1）
仕事つかれて吾家の近く子供の声すりゃ気が晴れる（伊保子、32－8－16）
女房子供に手土産買って飲まぬピンガに酔った振り（笑月、32－9－27）
つかれて帰って休もうとてもパパイと縋らりゃ栓もなし（児玉、31－11－13）
妻の手燭で新聞ひろげ愛児寝かした枕辺で（正夫、32－3－15）

パイナップルを収穫する子どもたち（『在伯同胞』）

ホームドラマの一幕のようだ。いつもの皮肉も艶っぽさもどこへやら。しかし都々逸が描く家族百景をすべて絵空事と見るのは、行き過ぎだろう。子どもの成長を喜ぶ姿は、次のように記されている。

何処で覚えた母国の唱歌調子外れがいじらしい（渓舟、32－2－2）
可愛い二世の口から洩れる母国国歌に笑むパパイ（蚊坊黒、32－11－18）
さてもうれしや異国の空でいろは習うた孫の文（保介坊、32－2－12）
祖国知らない幼ない子らに祖国語った心持ち（利男、32－8－9）

学校や他の親子の公式・非公式の文化伝承路を通して、教えていない日本の唱歌や「君が代」を歌いだす。これは集団地ではありうることで、両親は懐かしさと同時に、思いがけぬ日本教育の成果に満足している。最後の歌は単純な親ばかではなく、子との文化落差を詠み込んでいる。公孫樹の一言は「幼子などが解って呉れた様な、呉れてない様な遣瀬ないウツロ心を誰が知る」。日本語がおぼつかないのは大きな要因だが、祖国にいれば暗黙の内に伝えられる多くの事柄が、ブラジルでは言葉でなければ教えられない。よほど積極的に日本について教育しなければ、子の同化を抑えることはできなかった。調子外れや舌たらずは幼いうちは好意的に受け取られるが、青年期をすぎると逆にマイナスの評価しか受けない。

伯語日本語半々つかふてブラジル育ちのキザな事（蝶花堂、32－7－5）
キリョウ好しだが字がよめないで玉にきづぞい殖民娘《ころにあこ》（蝶花堂、32－10－28）
大和撫子伯国に芽生□豆で育ちて米嫌い（蚊坊黒、32－11－22）

きちんと日本語を話せず読めず、米食を好まない二世。このように二世の同化が批判されている。ポルトガル語で半分は支えないと日本語で会話できない二世は、カタカナ語を多用するモボ・モガのように、いやみったらしく気取っていると田舎の一世には映った。二世当人は日本語に不慣れなだけで、借用語で自慢する気はなかったはずだ。二世は親の言語世界から飛び出し、自律していく。それを止めることはできない。「土地は持ったわ子供は無学これじゃ移民も栄やせぬ」（紅椿、31－11－24）という自嘲も生まれる。ここでの「無学」は単に学校へやれなかったというだけでなく、日本語を失ったという意味に取れる（文芸好きが子どもの日本語伝達能力を他人より重く見たことは間違いない）。こうした集団的な失望から「日本生れのブラジル育ち知らぬ故郷の夢も見る」（鈍也生、32－9－16）と、日本の夢を見る二世を夢見た。

結婚——「癪に障るよあの新移民」

話題を結婚に転ずる。川柳界では結婚までの裏話が青年や親の立場からずいぶん詠まれたが、都々逸も変わらない。

ポルコ一匹娘にくれてやがてカザ〔結婚〕さす親心（山本、32－1－12）
親の悩みと娘の思ひブラジル育ちの婿選み（蘇山、32－3－18）
男盛りに花嫁欲しや殿に珈琲の山欲しい（博正、31－11－10）

先に述べたような純愛から結婚への道もあれば、この歌のように結納の経済で進められる結婚もある。ブラジル育ちの娘は鍬ダコが厚かったり、日本語や食習慣に難があって、親が描く理想からかけ離れていることが多く、親が求める婿の理想（日本的な男性）と食い違うことが少なくなかった。小説にすれば深刻なメロドラマになる。しかし都々逸にすると重くなるのを避けられる。

独身者は村では一人前扱いされず、悔しい思いをした。予想外に滞在が長期化したために錦衣帰国を先送りにし、ブラジルで「腰を落ち着ける」将来設計に変更した。これは最終的には永住への一歩となった。「世帯かためて落ちつかしゃんせとかくブラジルうでの国」（麗子、32－11－8）と、周囲からも結婚を勧められた。

三十男が洗濯すまし晴れた心で鍬を引く（土男、32－9－23）
椰子の黄花ホロホロちるよ男三拾独り暮らす（洋円、32－2－2）
癪に障るよあの新移民廿歳前後で妻がある（福光南星、31－12－4）

三十代独身者の負け惜しみ（本当に「晴れた心」なのか）が感じられる。川柳よりもくどく、洗濯、鍬、椰子の花と小道具がごたごたしている。

郷愁——「船と別れて耕地に着けば」

心の都々逸では自嘲、望郷がよく詠まれた。望郷は大多数の戦前移民の心の基盤にあり、言い尽くせぬ思いがさまざまな形で表現されてきた。都々逸も例外でない。

淡い真昼の月見てご覧遠いジャポンが映ってる（どん生、32-9-27）
椰子にかかった十五夜様に故郷恋しの眼がうるむ（三十男、32-5-10）
メーザ（机）のカンテラ灯も細々と何度読んだか母の文（草楽仙、32-6-7）
桜盛りの母国の春をかすかに偲ばすパイネイラ（草楽山《ママ》、32-4-29）
桜咲いたと妹の便りヒシと故郷がなつかしい（三十男、32-5-13）
泣かしておいてよ悲しい時は異郷万里の秋の暮（百笑、32-5-6）

月、肉親の手紙、桜、桜の代用花としてのパイネイラ、これらをきっかけに郷愁が喚起されるというのは、他の短詩形でもお馴染みで、いうなれば形にしやすい題材だった。もちろんそれは何度詠んでも飽き足らぬほど、感情生活の重要な部分を占めていた。ただし都々逸では「何度読んだか」とか「かすかに」、「ヒシと」とややくどくなる。朗詠して恍惚境に至るには二十六文字分の長さが必要なのだろう。私が都々逸ならではと思うのは、次の歌である。

思ひ出したよレイロン〔売り立て〕聞いて故郷出る日の家財売り（蝶鶴、32－7－1）

新移民来る度私や思ひ出す神戸出る日の露時雨（霞魔羅太、32－11－22）

船と別れて耕地に着けば移民と言ふ気が身にしみる（鴨ねぎ子、32－11－1）

このような具体的な回想、しつこい心情は他の短詩形では表わしづらい。品物とせりの値段を連呼する家財売り立て人の声はどこでも似ている。それを聞いて離郷の日を思い出した。持ち主一家を自分たちに重ねて憐れんでいるかもしれない。次の歌では移民の緊張と興奮の様子から出航日、それから航海、入国、入植という同じ歩みを瞬時に反芻させたと読める。入学式などの儀式で来し方を振り返るのと似た心向きだ。入植日はサントス到着日と同じように、自分史のハイライトになる。その日が新しい人生の出発点だったという感慨は共有され、共同体の心情的な礎になる。その一方で日々の営みに忙殺され、郷愁を忘れたと詠んだ都々逸もある。

古郷恋しの想ひは消えて珈琲園の大事に追はれがち（麗子、32－11－15）

契約農時代は振り返る余裕すらなかったという多くの回想を裏付けている。「想いが消えた」ことを思い出すという複雑な心境を織り込んだ現実主義的な都々逸である。

涙の渡り鳥――「姉はモヂアナ弟はゴヤス」

郷愁の裏面で流浪の民という不安は、事あるごとに言葉にされた。落ちぶれた、帰る場所がない、気ままな人生よ、という捨て鉢な気持ちはいろいろな詩歌で詠われてきたが、都々逸の俗で感傷的な言葉遣いは「泣き言」に向いている。

姉はモヂアナ弟はゴヤス移民殖民散りぢりと（遠藤、31－12－1）
何処へ行こうと流れよとままよ可愛いアマッ子居るじゃなし（咎生、32－5－24）
コロノ五年に請負二へん来た歳産れた子が十五（大江山、32－5－13）
親に不幸し妻子に別れ南米放浪十余年（伊晩、32－6－14）

股旅物の調子で流れ者が詠われている。モジアナ、ゴヤスは極東の語感でいえば「北はシベリア、南はジャワよ」にあたるだろう。「アマッ子」の口調には強がりが感じられる。「実話」にありそうな悲惨な人生だが、作者と歌の主体とは別で、典型的な不幸を創作することに作者の喜びはあっただろう。こうした物語化の傍らに渡り鳥に自分（たち）を託した作がある。

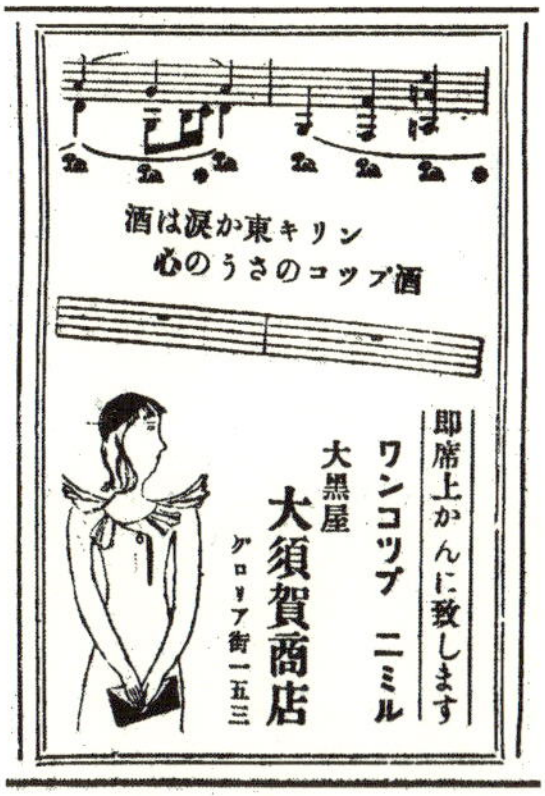

ブラジル産の清酒東キリンを飲ませる店（サンパウロ）の広告（『時報』1935年10月5日付）

渡鳥さへ春来りゃ帰る何時の春だか移殖民（清栄、32－1－1）
泣いちゃ居れども泣かれちゃいない恋に破れた渡り鳥（清子、32－3－11）
渡鳥でも運ある者は羽も休めりゃ墓も作る（猛、32－5－17）

嘆き節の音調は、「泣くのじゃないよ」と歌う同じ年の流行歌「涙の渡り鳥」（小林千代子歌）と似ている。[4] 節をつけて詠むとカタルシスを味わえるが、深刻さはない。失恋を絡めているのが、二〇年代に現地でよく書かれた告白調小説と共通している。「恋に破れた」という直接的な言い方は、お座敷の暗示的なやりとりよりも流行歌の歌詞に近い。最後の作を言い替えると、運のない大多数の渡り鳥は安息の場も墓もない。軌道のない移民の人生では「能」よりも「運」が成否を左右する。自分はその運が足りなかったというやっかみが、裏にはありそうだ。しかし陳腐な比喩にふさわしく、型通りの感傷を越えるものではない。これほど定型に収まっていない分、現実に近いと感じるのは、次の作である。

作り荒らしてノーボ〔新しい地〕に移るほんに移民の名の様に（百笑、32－9－6）
今は九月かムダンサばかり奥へ奥へと流れ行く（雲邃坊、31－11－17）
未練のこしてムーダンサすれば後に涙の花が咲く（麗子、32－10－28）
一昨年《おととし》やモヂヤナ去年はミナス今年やソロカバナで棉を摘む（源さん、32－6－10）

戦前の日系人は概して浮き腰で、ムダンサ（引越し）を繰り返し、指導者はそれを戒めていた。契約農時代について、「辛抱なされとコロノの四五年苦しけりゃこそ仕甲斐ある」（渓舟、32－5－31）と後輩を諭す歌もある。わかっちゃいるけどやめられない。「移民」、移る民なのだからしょうがないと最初の作は自嘲している。次の二作ではムダンサするたびに落ちぶれ、帰国から遠ざかっていくのを嘆いたり、ためらいながら転がっていく身を憐れんでいる。こういう実態だからこそ、「吾まま気ままに飛ぶ雲よりも千古動かぬ森がよい」（伊晩、32－4－5）という説教が意味を持つ。浮雲をかこつ延長に負け惜しみがある。

口で永住心は怠け食えぬ移民の負け惜み（プロ町人、32－3－29）
日本棄民と嘆くな泣くな鳥もかよわぬ島じゃなし（草楽仙、32－8－9）
何処で捨てよと唯土塊よ移民殖民人の果て（絹子、31－12－1）

この三作は一個人というより、集団の感慨を代表している。自ら「棄民」、「土塊」と卑下し、ほとんど自暴自棄に陥っている（ふりをしている）。永住論が貧民にとっては帰国できない口実にすぎないと暴露し、負け惜しみの下に隠された里心を暗に述べている。祖国に捨てられたという悔しさは、貧しければ貧しいほど強い。「土塊」の歌について、公孫樹は「二十五年の伯国日本移殖民史の裏面にふれて居る」と評し、「地」賞を授けている。自ら成れの果てを自覚し、ここまで開き直ればかえって海路が開かれるかもしれない。

老いて悲しく帰国の願ひ捨てて気楽に鍬を引く（滑ケイ楼、32－3－28）
私や流浪の老カマラーダ何処で鍬との別れやら（土男、32－10－21）
大和民族うつして築づくわたしゃ南米の人柱（春一路、32－2－2）

異郷に死ぬ覚悟ができた老一世。永住決意という能動的選択ではなく、夢は散ったという「悲しく」受動的な判断から、諦めの境地に達した。日雇い《カマラーダ》のまま鍬を握れなくなって朽ちていくのは、想像できる最も悲惨な結末だ。作者自身の境遇というより、そういう老人をたくさん見て憐れみの情にほだされているのだろう。川柳にも類句が多い。民族発展のための「人柱」という自覚は、空元気のように聞える。二〇年代にはこのような高潮した民族意識がほとんど文芸化されなかったことを思うと、満州から勇敢な自己犠牲が麗々しく報道されたのに、作者は引きずられたのかもしれない。

土と墓——「万骨枯れても殖民移民」

後ろ向きの姿勢とは反対に、模範生の都々逸もある。うがちの川柳の対極に、標語の川柳があるのと似ている(5)。

たとえば郷愁の涙を否定し、汗や土が衒いなく礼讃され、金よりもからだと心が大事だと諭す。

国を出る時や涙で出たが来て見りゃ涙がはづかしい（不幸楽、32－4－19）
万骨枯れても殖民移民土に想ひの根をのこす（伊晩、32－1－1）
土にまみれて陽にさらされて殖民生活矢の如し（絹代、32－8－9）
千両万両お金が何んのからだ大事よ移殖民（ノン気坊、32－2－5）
私は百姓雨〔ふ〕りゃ旱りゃ土によろこび土に泣く（伊晩、32－3－8）

香山はこの種の作を好んだようで、「万骨」について「此意気があって殖民移民に永遠の生命があるんだ」と「天」賞を与えている。これぞ植民文学の王道。この優等生の姿勢を、農民の道徳から民族意識に拡げた作がいくつか採用されている。

日本文化の花さえ知らぬ私や初回の旧移民（天保銭、31－11－24）
旧移民と笑はばわらえ私や瑞穂国の民（公孫樹、32－6－17）
稲が熟れたよ稲刈る明日は日本じゃ目出度い紀元節（千代野、32－2－12）
ここぞ民族発展の舞台日本男女の血が躍る（正夫、32－1－1）

文化の精華は知らないが、心の底は日本人と誇る老人は、「万骨枯れ」た老兵と重なる。ただ「想い」だけがこの地に残っていく。理想化された無知といえるだろう。稲の収穫と紀元節（二月一一日）が重なるのはブラジルならではの農事暦だが（稲が「熟れる」というのはあまり聞かない）、音頭のように底抜けにおめでたく、作者の農園では紀元節の祝賀会が控えているのかもしれない。三〇年代には母国の国粋主義の高揚と日系社会の組織化を受けて、ブラジルでも六大節を祝うようになった。遠距離ナショナリズムの典型的な表れである。最後の祝い歌は元旦の紙面にふさわしい。

人柱であれ、負け惜しみであれ、旧移民は異郷に斃れた。他の短詩でも墓は大きく扱われている。先没者の無念を受け止めることが民族共同体の歴史の縦糸を紡いでいるといってよい。友の墓はもちろんだが、無縁仏、共同墓地でも日本文字を見れば、同族と抱きしめて供養する。このような心向きを都々逸作者も共有した。

友の墓前に瞑目すれば遠く幽かにオノの音（芋作、32-1-8）
共同墓地だね十字架たてて南無阿弥陀仏と書いてなく（ボク念、32-1-15）
並ぶ十字架草花枯れて墨の日本文字眼にしみる（弘男、32-8-5）
無縁と云われよか同胞の墓よ分けて殖えましょゼラニウム（正味亭、32-11-18）
様と仰いだコロニヤの月が今宵墓標に濡れて照る（艶子、32-9-6）
雄図空しく移民の墓地で死んだものあろう墓参り（蝶花堂、32-11-18）

「ゼラニウム」について公孫樹は「無縁と云われよか、茲に仏教で育った大和魂がある」と書いている（一一月二日、カトリック暦でいう死者の日、日系人のいうお盆の墓参で作られた作だろう）。大和魂を異郷の地に移植するという考えは珍しくないが、彼は国粋主義を鼓吹するのではなく、仏教による供養の効用に「大和魂」の真髄を見た。これは珍しい解釈だろう。彼はつねづね日本人こそがここでは異人であると語り、上で挙げた「三笠山」（一七六頁）のコメントに「此唄に吾々毛とうの憂鬱が三千年を透して滲み込んでいる」（傍点引用者）と記した。時局に刺激された民族主義者でもなければ、単純な愛国主義者でもなく、移民の外来性を何とか考慮した民族論を展開しようと苦心していた。

満州――「赤い夕陽に鍬先光りゃ」

連載当時、満州の動向は移民が最も気がかりな事のひとつで、新聞を争って読み、短波ラジオにかじりついた。それでも対岸の戦争というのんびりした気分が抜けなかった。

独り小山の夕焼見てた日の出る祖国は戦争《いくさ》げな（木公、31−11−24）
ブラジルよいとこ馬賊はいない居るはビショ〔虫〕やらトカゲやら（作□、32−2−23）
骨を埋むる覚悟じゃおれど日支だよりにゃ気がもめる（力丸坊、32−3−8）

赤い夕陽が満州を連想させるのは、本国でも渡航先でも変わりない。しかし「戦争げな」という方言は、緊張感に欠く。そのため「日の出る祖国」という愛国的なフレーズが皮肉っぽく聞こえる。馬賊と虫やトカゲを対比させる誇張法は都々逸らしい修辞だが、大陸で日本人を悩ます馬賊と、ブラジルで農民を悩ますノミやシラミの類を並行的に捉えている点が面白い。このように高みの見物をする者もあれば、永住の覚悟だが祖国の情勢を気にかける者もいた。くだけた言い回しは、「気がもめる」にのどかさを加える。

もっと軍国主義的な都々逸も作られた。お国の何万里で「新興国」に思いを寄せる点では川柳と大差ないが、より大げさに昂ぶりを記している。

熱汗三斗の南の国で満州想へば涼しゆなる（仆念、32−1−19）
満州想へば聖州〔サンパウロ州〕の冬が何の寒かろ冷たかろ（凡漢、32−6−7）

赤い夕陽に鍬先光りゃ満州想ふてうでがなる（寸南、32－3－1）
剣はもたねど鍬とる身にもたぎる血はある意地もある（意和男、32－6－7）
銃剣気どりで鍬握りしめ土ひ〔匪〕のつもりで草を刈る（千代野、32－1－19）

最初の二作は暑いブラジルと寒い満州の対比から、無理矢理親近感を求めている。この種の逆転の連想（やせ我慢?）は、戯れ歌の修辞に属す。残りの三作では「武器なき移民」としての自覚を促している。剣と鍬はほとんど等価の道具と見なされ、祖国の拡大主義が遠い同胞を意気軒昂にしている。国際情勢はどうあれ、強い国からきた移民は強い、そしてそうあらねばならない。都々逸は講談に近い対句や語呂合わせの技法で、内容を膨張させるのに長けている。宴席で喝采を受けるような大仰さはこのジャンルの特徴で、遊びの詩歌たる所以である。もちろん「赤い夕陽」は満州の最強の縁語である。

満州への高い関心は、次の移住先と夢見られていたからだった。ブラジルの経験は満州でも活かせるはずだし、政府もそう考えているはずだ。棄民ではなく、外地生活の熟練者であると自分たちを見直そうとした。巷の満州再移住論の一端は次の作からうかがえる。

お前梅性だ満州へ行きやれブラジルは柿性の人がよい（絹代、32－8－23）

非同化的な梅と同化的な柿、この比喩は農民にわかりやすく、よく論説に用いられた。ブラジル移民は自分たちに「柿性」が要求されていることを知っていた。『聖報』の社説「柿殖民と梅殖民」を引けば、「梅根性の人間とは、梅の実が何に漬けても、煮ても焼いても酸ぱい様に、不変性の根性の持主を云ひ、柿根性の人間とは、柿の渋味が容物の臭ひによっても、変る様に、可変性の移殖民を云ふそうな」（一九三〇年七月四日付）。公孫樹によれば、この歌は「伯国移植民指導当局者に移植民選択の明リョウな性の尺度を示して居る」。梅も柿もしらないブラジル人にどう説明するのかは別に、自分たちが両国政府から何を期待されているかをよくわかっていた。それを棄民と見るか、別の国民への統合と見るかで人生観は両極端に分かれた。

戦争の報は移民の愛国心に火をつけた。桜や瑞穂や国旗を陰影のない象徴として、短歌、団体歌などと変わらぬ内容を謳った。男女の間の揺れるようなつながりを詠むのと正反対に、雄々しい「俺ら」を歌の主体とし、祖国との見まごうことなき一体化、誇りを讃えた。

古郷の軍に男々しく散った大和桜の噂がしみる（絹江、32－3－25）
海を越えても誇は捨てぬ　俺ら瑞穂国の民（三十男、32－5－6）
口に云へない涙がにじむ異国にかがやく日章旗（絹江、32－1－1）
大和桜を根づよく植えて可愛い二世に咲かそ花（力丸坊、32－2－26）
遠慮しながら日の丸の旗立てうれしい気が勇む（百笑、32－5－13）

この「遠慮」が少数民族たる徴で、都々逸ならではの正直さである。数年後に実施されるように、ブラジル側はいつでも少数集団の外から法的圧力をかけることができる。そのなかで内側から精神的な張りを支えているのが、文芸活動一般、とりわけこれらの愛国的な作だった。文芸の場では力強く「大和桜」と書くことができる。この「表現の自由」は他に替えがたい。これもまた瑣末ながら、言葉の力であろう。書くことで盛り上げられた空元気であっても、萎えてしまうよりはましだ。

イジドーロ革命——「やっと煎んぢた革命湯」

都々逸士は祖国の情勢だけに気をもんでいたわけではない。一九三二年七月にはサンパウロ州とミナスジェライス州の大地主層に支持されたイジドーロ将軍が、新興資本家の援助を受けたジェツリオ・ヴァルガス大統領に対して蜂起（護憲革命）を起こし、サンパウロ州は混乱に陥った。青果市場は閉鎖され、交通は遮断され、州都に向かう、あるいは敗走する将兵の略奪が農民や商店を悩ませた。ふだんはブラジル政治に無関心な移民さえ、その話題で持ちきりだった。生活がかかっているからだ。都々逸という即応を身上とする器に盛られたほぼ唯一のブラジルの時事である。勃発の十日後には早くも都々逸が生まれている。

イジドーロ革命のポスター（1932年7月）

勝てば官軍負くれば賊のイヂドロ将軍ぬれて起つ（伊晩、32－7－19）

照る日曇る日気は憂鬱の革命気分が晴れやらぬ（草楽仙、32－9－23）

リオの兵士〔政府軍〕の来たのを見れば同じ服だよ敵味方（百笑、32－10－21）

革命革命で夜も日も明けて街で兵隊さんが手鼻かむ（南仙子、32－10－21）

やっと煎んぢた革命湯じゃ国の病は治りゃせぬ（信子、32－11－22）

革命軍は幕末の会津藩のように映ったようだ。大局に立てば革命でも、末端では「憂鬱」の種でしかない。どんなに非日常的な大事件でも、日々のなりわいのなかで受け止める者にはこの落差が生じる。「革命湯」の作は革命の失敗を戯れ歌の伝統（たとえば「蒸気船〔上喜撰〕たった四杯で夜も眠れず」）に依って詠んでいる。文学的な記憶はしぶとく残る。定型性の強みである。再び公孫樹の言を借りると、「吾々毛唐共には伯国度々の革命に対する斯うした認識もある事は嘘でなかろう」。よそ者だからこそ、国家の一大事も些末な面しか見えない。渡航前、社会主義思想の感化を受けた香山は、革命に対して過大な期待を抱いていたのかもしれない。つけ足せば、「吾々毛唐」という香山のねじれた誇りは、労働運動家が語る「吾々無産者《ルンペン》」に一脈通じる。民族的な少数者か、経済的な弱者かの違いはあれ、どちらも侮蔑語を自ら選び取り、体制の外、社会の周辺や底辺にはじかれていることを逆手に取った連帯を待望しているからだ。

おわりに

都々逸は二重三重の心のひだを巧みに定型に落とし込む。労苦をピンガで紛らす者もいれば、都々逸で紛らす者もいる。下品な言葉遣いと教育者は見るかもしれないが、やり場のない憂い、他の短詩に収まりきらない感情をぶつけるのに、これほど適した表現形式はなかった。鑑賞のためというより、その場で声に出して鬱屈を発散するための表現といえる。どんな心痛も都々逸にすれば晴れやかに解消されるかのようだ。実際にはとめどない涙が文字の陰に隠れているが、都々逸にすると深刻さが薄れ、達観が感じられる。出版の機会さえ与えられれば、このような周辺的なジャンルでも潜在的な詠み手が表に現われる。日本語の文芸では七と五の韻律に乗れば、言葉が半自動的に選ばれ、少なくとも体裁は整う。近代詩人はこの深みにはまらないように言葉を磨いたが、その対極にその惰性（ないし本性）に溺れる楽しみに耽った素人が多数いた。都々逸で重要なのは、人をうならせる着目点をひとつ持つことだ。植民生活を詠むという暗黙の前提がある以上、日本の作法にわずかであれ地域性を加味しないと採用されない。些細ではあるが、そのような工夫に一分の詩心を感じる。一年ほどの「植民俚謡正調」を通読して、日本語の愛好家文芸の幅広さと奥行きを感じる。欄が続けばいくらでも投稿者は現われ、川柳とは別の精神史・生活史を描けただろう。

註

（1）単発物として、たとえば志津枝と称する作者の色っぽい連載（一九三一年一月三〇日・二月六日・二月一三日付『日伯』）。「どこからか根も葉もない事よくきいてきてわたしをいじめる罪な人」などが並べられている。『聖報』はこのような日本の都々逸と寸分違わない（書き写しかもしれない）作を採用していない。戦後、数回だけだが、『時報』上で都々逸の連載があった。北パラナの前島暁舟（常雄）という愛好家（一時期は日記も都々逸で書いたという）が呼びかけ、投稿作に寸評を加える丁寧な欄で、二、三十名が名を連ねた（一九五一年一月一五日、二月一九日、四月一三日、五月一八日、六月二二日付）。『聖報』に比べ、風刺色は薄く、色恋や情景描写が目立つ。国ぼめが多いのは、勝ち組新聞ならではのことかもしれない。長続きしなかったのが惜しまれる。

（2）都々逸の移民生活への浸透を示す事例として、サンパウロ市の日系商店の雄、中矢商店の広告から「中矢どどいつ集」を並べる（一九二七年二月〜一〇月『聖報』随時）。日本でも化粧品や薬品の宣伝に都々逸が使われたが、戦前の庶民にはこの調子が心地よく口に上り、頭に残りやすかっただろう。

　せめて勉強も小学だけは身体使ふも頭から
　八重の潮路もなに辛からう恋しお方の口に入る
　灘のお酒に罐詰そへて景気直し月見ざけ
　立てば這へ這へば歩めの子宝じゃもの
　命ちゃ物種病には勝てぬ勝てぬ病に勝つ薬
　藪の医者より筍ならぬ買ふた薬がよほど効く
　山で病気すりゃ医者迄三里備え身の為め人の為め
　お産苦にすなムエ備えたか楽に実を得るくすり
　珈琲山から茶摘みの小唄お声聞きたや顔見たや
　楽し団欒にジスコ〔レコード〕を掛けて国の情緒に子等も酔ふ

（3）都々逸の韻律を用いた「民謡」にも土の女が詠まれている。「顔が黒いとて／笑ふな　お主／土にまみれる／アリャ私だもの／／暑い照る日に／いとひもせずに／わたしゃ働く／アリャ主のため」（橋田富一「顔が黒いとて」一九三〇年二月七日付『聖報』）。囃し言葉の有無に、民謡と都々逸の分かれ目がある。

（4）ツグフォーゲル（ドイツ語で渡り鳥）と名乗る作者の「移民節」は、七七七五調で流れ者の成功を詠っている。「潮は流るる北から南／ブラジル目指して来た私／／日本出る時移民で来たが／今じあサンパウロでファゼンデイロ〔大農園主〕／／コーヒー花咲く／ファゼンダ〔大農園〕の中で／金のなる木を見て暮す／／ブラジルよいとこ／ピンガが飲める／黒い娘もほれて来る」（一九二六年八月一三日付『日伯』）。まさにピンガを飲んで気が大きくなった時の作と思われる。ばかばかしいほどの気宇壮大は、団体歌に通じる立身出世のグロテスクな誇張で、夢物語は現実の悲惨さの裏返しであろう。身にそぐわない環境に甘んじている教養層の鬱屈が想像される。

（5） 新聞社の標語になってしかるべき作も選ばれている。「鍬を持つ手に新聞とるも時代遅れぬ心掛け」（斎月、31－12－8）。

II　争う

戦後文学——「戦後」は始まらない

5　負けた勝ち組、勝った負け組——勝ち負け抗争の文学

インテリと云はれ欲しさにマケに組み（筆剣坊、一九四九年六月一〇日付『時報』）

はじめに

日系ブラジル史のなかで、日本勝利を信じる勝ち組（信念派）と日本の敗戦を認める負け組（認識派）の間の抗争ほど、人々の心の傷として残った出来事はない。対立は一九四六年から翌年にかけて、主にサンパウロ州の地方都市で信念派の特攻隊が認識派を襲撃し、二三名の死者、八六名の負傷者を出した事件で頂点に達し、その実行組織である臣道連盟は、暗殺団としてブラジル市民の不安をあおり、戦前からの反日感情に火をつけ、議会で排日法令が可決される寸前にまで至った。[1] この事件がブラジル社会に与えた衝撃は大きく、半世紀後、テロリストとのインタビューにもとづく真相究明のポルトガル語ノンフィクション『汚れた心』が出版され、映画化された。[2] ブラジル人にとっては不可解な東洋人の不可解な内紛にすぎないが、日系人にとっては「われら海外同胞」の存続と帰属に関わった。殺傷事件が鎮静した後にも、いやがらせ、いじめのかたちで対立は密かに続いた。殺傷や密告に手を貸さなかった大多数の者も、争いに巻き込まれざるをえなかった。ブラジル社会が日系人を許容した後も、事件当時の空気を吸った移民がきちんと決着をつけるまでには、ずいぶん時間がかかった。あるいは最後まで腑に落ちぬまま死んでいった。

事件の性格も社会的脈絡も異なるが、北米移民史で戦時中の収容所が与えたトラウマに比べることができるかも

しれない。これについては星条旗の汚点として長く封印され、苦汁をなめた当事者も過ぎ去ったことと沈黙してきたが、多民族・多文化主義が公認された七〇年代頃から、アメリカ移民史の見直しと被害補償という主に二・三世が関わる政治の力学に乗って脚光を浴びた。志ある者は証言や文書を集め、巡礼団を組み、映像を撮り、所内の新聞雑誌を復刻した。アイデンティティ・ポリティクスという合衆国特有の思考と実践（主流集団WASPとそれ以外の集団の摩擦と交渉からなる社会という発想）が、民族の受難を、日系人を日系人らしくする象徴的出来事として扱う根底にあると傍目には思える。国家の暴力による民族的犠牲を白日の下に曝すことは、民主主義の国是にかなう。このような思想的・社会的後押しがあって、収容所体験は――曲げられた人生は後戻りできないものの――文化的には償われた（少なくともその途上にある）といってよいだろう。

　勝ち負け抗争もまた同じように、記録された殺傷を越えて、すべての日本移民の同胞観、祖国観、ブラジル観に甚大な影響を与えた。しかし大多数の同時代人はそれを恥じ、あえて語りだそうとはしなかったし、それを聞き出そうとする後代の動きもなかった。警察の調書以外には公式文書は存在しないようだし、当事者もほとんどが何も残さないまま既に死亡し、事件の真相が現在以上に究明される可能性は薄い。収容所の場合と異なり、これは情報操作（外から見ればデマ）にもとづく民族集団内部の抗争で、ブラジル国家に政治的補償を求める運動はありえない。武装襲撃という劇的な事件ばかりでなく、末端では記録に残りにくい摩擦が長く残り、謝罪も追悼も公式行事には馴染まない。個人の心の奥で何とか辻つまを合わせ、納得するしかない。傷を蒸し返さず、静かに忘れてほしい。これが五〇年代以降、経済的にも社会的にも上り坂にあったコロニ

アメリカ敗戦の証拠写真――日本側の勝利を裏づける「ミゾリー写真」の一つで、トルーマン大統領が日本側に頭を下げていると説明。
（ブラジル日本移民史料館提供）

ア多数派の願いだっただろう。

しかしあえてそのタブーに触れる文学が書かれたことは特筆に値する。殺人、強姦から村八分、いじめ、罵倒に至る暴力の諸相、相互監視、悔悟、負け惜しみ、嫉妬、私怨のような表に出ない行動や感情を少なくとも四十数作の小説が扱っている。仮に「勝ち負け小説」と呼ぶことにする。半世紀あまりにわたって散発的に発表されていて、生々しい現実が遠い過去の出来事になるまでを追うことができる。その数は事件の影響力に比べて決して大きいとはいえないが、日曜作家は虚構の力を借りて、殺人からいやがらせまで、信念派の立場から認識派の立場まで、忘れられがちな出来事を記録し解釈した。戦後移民との心理的齟齬や歴史の書き換えを問題にした作もある。全体として時代を下れば下るほど、表現や設定は定型化し、読み物としての面白さが優先する傾向にある。勝ち負け文学は汗と涙を肯定する植民文学の範疇からはみ出し、同胞を告発し、集団の膿にあえて触れる。屈折は免れない。本章は勝ち負け小説を通読し、作者の思想や解釈枠の変化を追いかけてみる。

民衆と愛国

終戦時には九割方の一世が日本勝利を信じていたという。社会学者は抑圧されてきた帰国願望と日本語情報の長い途絶で、自分に好都合な情報に揺さぶられやすい状態に陥っていたと説いている。後から振り返れば、情報の伝え方に問題があったと指摘できるが、戦時下、組織や集会やメディアを封じられた集団に、しかるべき情報戦略を望むのは酷というものだ。しかも真実を認識したからといって、丸く収まるわけではない。なぜ勝利を信じていたのか、誰に信じ込まされたか、と答えのない問いを繰り返し、かさぶたのように心にわだかまった。信じられるが受け入れられないというような願望や信念が絡み合い、敗戦はどうやら確実だが、表に出すと村八分にされ、悪くすれば殺されるかもしれないという不安はなかなか消えなかった。人間関係や意地から、戦勝を主張したり、事を荒立てぬよう多数者側に追従する者（「レロレロ」と軽蔑された）も少なくなかった。認識派の言動が母国蹂躙のように聞こえ、たとえ敗戦を内心では泣く泣く認めても、表向きは彼らになびくことをよしとしない者もいた。勝ち組即ち狂信者という、事件当時の負け組から見たステレオタイプの裏で、かつて勝利を信じた普通の（行動しなかった）移民は、小さな沈黙を守り、戦後の新しい思想・家族・社会的環境に適応しなければならなかった。

認識派の先頭を行く知識人の一人、半田知雄は、集団的トラウマとして残ったことを次のように振り返っている。

〔日本戦勝の〕信念は、刻々と戦時気分を消し去って行くブラジル社会において、濡れた薪に火をつけたように、ただ、プスプスとくすぶるにすぎないものとなっていった。しかも、それはいつのまにか、内心の深い葛藤となり、わが身をむしばむものとなって行く。日本の勝利を信じなければ、という気持は、あたりのやつが、つぎつぎと敗戦を信じるようになっていく過程で、歯をくいしばって信じる、という苦しい立場へおいつめられていく。それは全身の骨をガツガツとひきしめられているようなおもいとなり、「真相はむしろ、日本の敗戦にあったのではないか」という真夜中の妄想におびやかされる。これではいけない、こんな弱いことで大和魂の持主と云えるか、と自分をせめたてるのであった。(3)

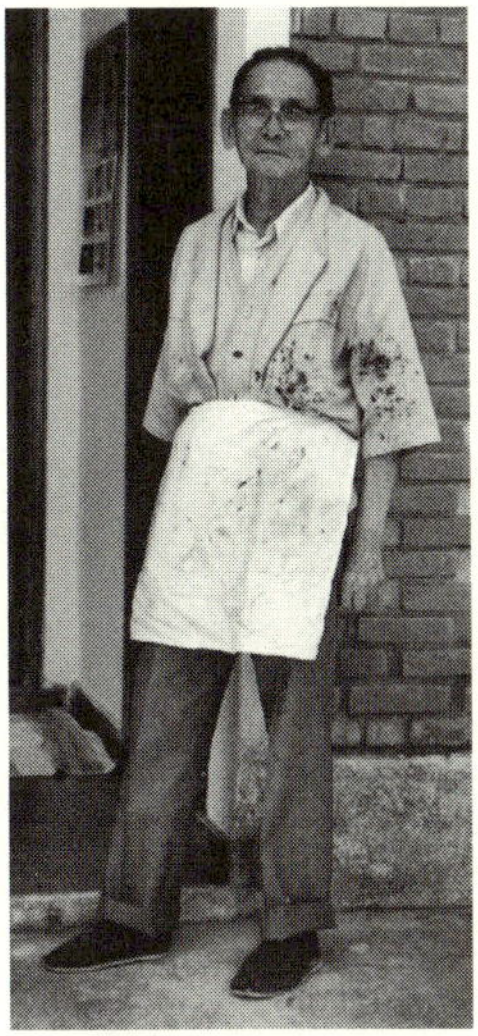

半田知雄（著者撮影 1992 年）

いつまでもくすぶり続ける煩悶（反問）は、なかなか表に出しにくいし、出てこない。多くの人にとっては忘却に勝る対処はなく、口を閉ざす。ブラジルでは、敗戦を認めることがいわば「転向問題」（松村俊明、後述）だった。本国の「転向」とは逆に、皇国思想を捨てて、それに代わる日本観を受け入れる政治（宗教）的転換を移民は迫られた。終戦当時、祖国戦勝を信じていた九割方の移民が少しずつ「宗旨替え」をする過程が、ブラジル日系社会の「戦後」だった。

比較的遅くまで戦勝を信じていた楡木久一の読者投稿「移民史への私感」(一九八四年一二月一五日付『パウリスタ』)によれば、いまだに「移民の心情」を的確に捉えた移民史はない。たとえば認識派を率いたパウリスタ新聞社発行『コロニア戦後十年史』(一九五六年)の記述は「文字通り負組からみた勝組の記録ノート」で、記述は間違ってないが「感情があまりにも〝負組的〟で温かい人間味が一行もないという淋しい文章の記述であると思う」。負け組の感情は冷たく、非人間的だといわんばかりだ。実際、これは認識派新聞の先鋒を切った同紙(かつては隠れて読まれたという)のいわば「勝利宣言」で、戦勝信念を克服すべきものと描いている。移民史の標準版、半田知雄『移民の生活の歴史』(一九七〇年)については「勝組の奥深い感情を捕え書いてあることは何よりも嬉しい。ただ記述のなかに、負組の人々の感情がひとつも表れて来ないのは残念だがそれも戦後移民史の難しさがあると思う」。半田のニュアンスに富んだ文章は楡木を納得させたが、半田自身が自己を振り返って描くべき負け組の感情は、描かれていない。楡木を納得させる負け組の感情とは、一体どういうものだろう。さらに新聞の論文や小説や投書は「全部負けた感情で暮した人々の手と気持によって書かれている」ので満足できない。彼らの会合に出て思うことは「その感情と思想論では、移民史からみて真実からは程遠いものとしか感じられなかった。わたしの様に勝組の心に組して暮した気持から、これ□や成程無理もないと思う。当時の社会情勢では、おそらくは勝ち負けの感情のうちに、どうすることもできない追い詰められたものがあったことは真実であり否めない。これからは移民史を記述する際、新しい思想で勝ち負けの事実を書かなければ本当の移民史にはならないと思う」。

楡木の求める「本当の移民史」は「追い詰められた」勝ち負け双方を、釣り合いよく、説得的に描くことだった。修正主義の立場といってよい。「真実」や「事実」は客観的である以上に、「感情」や「気持」によって受け入れられる内容でなければならない。そのための「新しい思想」は政治的に偏向してはならないが、客観主義の奴隷であってもならない。移民史は日本史やブラジル史にも呑み込まれない「自分たち」の歴史である。その登場人物の一人である自分が腑に落ちる書法が、何よりも優先される。多数者が自らの、そしてかつての敵対者の感情と思想について納得できる解釈や説明を求めた。勝ち組と負け組は別々の極に分かれているというより、彼も含めて前者から後者へ時に矛盾と混乱を抱えながら移行したので、その表に出せぬ起伏まで描いた歴史を書くのは並大抵ではない。四十年近く前の出来事に対して、いまだ納得の行く答えを得ていないという不満が、元勝ち組の知的な読者の間にくすぶっていたことは重要だ。彼自身、いつどのように敗戦を認識したのか。ドミノ倒しのように信念派が崩れていったのか、ある人の言葉が決定的だったのか、認識派が多数派となったのに渋々便乗したのか。

松村俊明（前列中央）と童夢倶楽部（山川健一蔵）

「勝ち組になりそこねた男」——大人の屈折

知る限り、勝ち負け抗争期の心理や言動を最も陰影豊かに記録しているのは、松村俊明（一九〇九年生まれ～一九八四年没、一九二八年渡航）の「勝ち組になりそこねた男の終戦記録」（『コロニア文学』七号、一九六八年七月号）である。これはそれまで封印されていた一般人の終戦前後の回想を掘り起こそうと意図された同誌の連載企画「私の終戦」の一部で、明治百年と終戦二十周年を期した本国の戦争回顧の動きといくらかは連動しているだろう。松村は同志社大学を中退し、家族と渡航、リベイラ河河口近くのレジストロ近郊のキロンボ植民地で日本語教師を務めながら、児童楽団、童夢倶楽部を結成してサンパウロへ演奏旅行をするなど意欲的に活動した。戦前の最も熱心な教育者の一人で、草の根知識階層に属する。ポルトガル語翻訳の詔勅と地元のラジオと新聞、それに日本語短波放送から敗戦を確証したが、戦勝ニュースに飛びつきそうになったこともある。当時、彼は日本軍が使用したらしい薬きょうと弾頭を机に置いていた。それには「忠魂碑」と彫られていたが、松村は「泥にふし、水に浸りて、戦いし、友の忠魂、吾を鞭つ」と自分の詩句を刻んだ。徴兵に応じられない無念は、ブラジルの多くの――すべてではなく――成年男子が抱いていた。同郷の、また広く日本の将兵の死傷ニュースは「申し訳ない」気持ちをかき立てた（彼が京都で移民願を提出した時には、担当官に徴兵忌避かと皮肉られたという）。

威勢のいい戦勝デマを憎みながら、声高にそれを否定せず、冷静にその信奉者を観察し、説得するやりとりが、この手記の白眉であろう。衝突は拳銃や暴力だけではない。敗戦から半年ほど後には、両派の「対立感が、尖鋭化して、お互い、敏感に敵味方を、一寸した表情、態度、言葉つきなどで、識別する様になっていた。…勝ち組の話をきいている時の態度に、何か、熱がないとか、同調しない、とか、敗戦派の家に出入りするとか」いったことも識別の根拠になった。微細な事柄を相互監視する緊張が同胞社会に張り詰めた。疑惑と排除と噂が迷走した。こうした生活の細部は公式文書や新聞からはわからない。士官学校で英語とフランス語を学んだ元中尉は戦勝報道を信じられないが、信じたいという葛藤を彼にこう語った。「この私の馬鹿な頭で、日本が負けたことが、ほんとうに、はっきり、わかる日まで、私に、神国不敗の夢を持たせて下さい」。説得と納得は必ずしもかみ合わない。理解と和解もまた。外からいくら「真実」をぶつけても、当人が身体の奥で理解する（「腑に落ちる」）には時間がかかった。ある移民は日系社会と関わりの深かったラサール神父の原爆講演を聞いて、納得したと回想している[4]。しかし一つの決定的要因が「転向」させることは稀で、たいていは自分の内面と周囲の状況から、しだいに「気分」が醸成されていったようだった。さらに気分が作られてもすぐに行動に表せるものでもなかった。理性と同時に感情と人間関係と打算が絡み、勝ち負け抗争を複雑にした。

松村の言を借りれば、「戦勝の信念が崩れかけて、集団のたががゆるんでも、過去の言動の堕性《ママ》のために、軌道から脱けきれず、個々が、自然に解放されるのに十年近い年月が必要だった」。一九五四、五年の桜組挺身隊事件（我々は共産主義集団であるから、日本に強制送還せよとサンパウロ市中心部をデモした事件）は大がかりな勝ち組事件のほぼ最後であったが、その二年後でさえ、山奥に土地を買いに行った日本人の前に四十がらみの女性が現われ、日本の勝敗を訊くので正直に答えると、「敗戦の奴等、動くな。皆、撃ちころしてやる」と鉄砲をもって脅したという。その話を人づてに聞いて、そのころには「戦勝の信念も色あせて、孤独感にさいなまれ、小さな物音にも驚く、森林の中に潜む敗残兵にも似たみじめさを感じさせる」と松村は勝ち組の末路を見ている。少数の性悪が流したデマと混乱に乗じた詐欺師に、大多数の善良な信念派と認識派が惑わされたと抗争を総括している。神国不滅の信念が崩れるのを、ちょうど最初はただ加持祈禱でしのいできた病人が、近代医学に折れるのにたとえている。勝ち組から負け組への「転向」は、いわばウェーバー流でいう魔術から科学への「近代化」に似ている。もちろん一部の人は頑固に祈り続ける。「負けた、負けた、と来る度に言ってくれるな。負けた話は、一回きけば結構。俺は、泣く時にゃ、布団をかぶって泣くんだ」。ある元軍人はこう涙ながらに訴えたという。説得された後も、意地っ張りはあるはずだった想像の世界に心の重心を置いて、何とか持ちこたえた。こうではなかったはずだという思いは、誰にとっても戦後の心向きの根っことなった。

松村は戦後の経験をいったんは小説にしようと思い立ったが、「生の事実そのまま」のほうが魅力的だと気づいて、記録のかたちを採った。だが彼が日記から再構成した事柄は、別の書き手によっていろいろな形で小説に盛り込まれた。これから勝ち負け小説を物語の内容で分類し、松村のいう「悪夢にも似た、苦しい、不快な思い出…最も、苦痛にみちた深刻な体験」がどのように文学化されたかを論じるが、その前に子どもたちもまた大人の分裂に巻き込まれたことを見ておきたい。

「ヒコクミンの子供」――子どもの屈折

勝ち負け抗争は家族を巻き込み、子ども生活にも影を落とした。母親とその父親が認識派、父親が信念派という修羅場を、ハシモト・ケイスケ君は「二世の綴方」掲載の「ヒコクミンの子供」のなかで、どんな大人の文章よりも現実的に活写している（一九四八年二月一八日付『時報』）。「オイ、コラ、ヒコクミンの娘」と酒びたりの父さんが言うと、「この家を出ていったら、誰がお酒をタラフク飲ませてくれるとゆうのダイ、この飲んだくれ」と母さんは叫び返す。酔っ払って泥だらけで帰るときまって、「申し訳ない申し訳ない、ハイセンの娘をカカアにして、世ケンにかおが立たぬ」とつぶやく。すると「センソウ前にお前さんはどれだけオクニへケンキンしたんだい。ハイセンのお父さんがウンとケンキンしたのを忘れたかい」というのが母親の決め台詞だが、高利貸が金を出すのは当然、俺はエンシャーダをかついだドン百姓だ、金なんかない、と啖呵を切る。『断』という勝ち組雑誌が回ってくると、父さんは読まずに神棚に上げるが、母さんはそれで弟のうんこを拭く。

ある程度、金繰りの良い家の娘をめとった無教養な男は、いつごろからか、酒びたりとなり、勝ち組の集会、たまり場で妻と義父を罵倒しているらしい。それでも「（母さんは）夜は父さんと一ショのカーマ（ベッド）にねます」とあるので、別居・離婚の道は選ばないらしい（この部分を拡大すれば、一幅の愛憎劇となる）。勝ち組雑誌を購入するのではなく、回覧されるという証言は貴重だ。読書習慣の無さそうな男にとって、仲間から回ってきた雑誌は祖国の護符のように祀られる。書物の珍しい効用だろう。それで糞を拭くとは女の気性の荒さが想像できる。これもまた珍しい効用といえないこともない。神と紙、確かに似ている。めったにないことだが、この綴方には読者の感想が寄せられている（三月一五日付）。F子は子どもの憂鬱に同情し、健やかな二世を作ることこそ我々日本女性の使命と、敗戦派の母親を諭す。作文よりもこの反応が信念派新聞らしい。こういう声を期待して、「二世クラブ」の担当者は、勝ち負けのどちらにもうんざりした子どもの作文を掲載したのかもしれない。

もうひとつ子どもにちなむ例を挙げよう（一九五〇年七月五日付『時報』）。早川春彦君の父親は七つの時に投獄されたまま三年も帰って来ない。でも「僕たち兄弟は日本男児ですから、淋しくも泣きません」。先日、自分の作文が載った新聞（「僕はねこです」五月一七日付）を差し入れたら喜んで、その部分を切り抜いて送ってきた。この父子愛は狂信者のイメージとは相容れないが、投獄者の多くが持っていたと想像する。テロリズムに走った者は投獄者全体からすれば少数派で、残りは危険思想の嫌疑で囚われた隠健な市民だった。仮に法的には犯罪組織に属していても、家族愛を守っていた者は他にもいただろう。以下の小説からもそれは推測できる。編集者は春彦君の手紙に泣かされ、「おのれよにそだつる子あり思へらく　清白のごと清しくあらしめ」こそ、ご両親の心持ちに違いないので、先生にこの歌の意味を訊ねなさい、こう指導している。上の作文と同じく、大人のコメントが新聞の声を代弁している。

以下で扱う小説で子どもの出番はさほど大きくない。しかし書かれていない現実で、抗争がこのような衝撃を周囲に与えていたと想像することで、素人の小説の世界をより陰影深く理解することができるだろう。事件簿的な部分ばかりが拡大される勝ち負け抗争、その背後に広がる静かな日常の側面をこれまでの文章は教えてくれる。これを一種の場面紹介ショットのように配したうえで、本題に話を進めたい。

アンシェッタ島の暮らし（藤崎康夫編『写真・絵画集成　日本人移民2ブラジル』日本図書センター 1997）

一　熱気のなかで

勝ち組の英雄化

勝ち負け文学のなかで最も無邪気なのが、信念派雑誌に掲載された小説だろう。思想的衝突の生々しさを明白に伝えている反面、正邪は真っ二つに分かれ、一直線の筋立てで語られている。『光輝《ひかり》』創刊号から連載された春秋生「獄中日記」（一九四七年一二月号～四八年三月号）は、抗争が最も激しかった町のひとつ、マリリアの留置所に収監された「私」ほか数名の勝ち組が、不当な取調により、アンシェッタ島監獄に送られる物語で、拷問に耐え、抗議の断食を五日間決行した木村の巌の如き信念と怖れ知らずの面構えは、署長をもびくつかせたとある。囚われのサムライのような描き方である。駅頭には彼らの支持者が大挙して集まり、万歳を叫びながら英雄を送り出す。「嗚呼！此の感激、此の歓喜、生を此の世に享けて三十有余年此の一瞬に死すとも何の悔ゆる所が有ろう…耐えんとして堪え得られず瞼に溢れる涙、私は両手で顔を押えながら汽車の窓辺に突伏した」。小説ではなく、投獄記として書かれたのかもしれないが、このような時代がかった文体で、敗戦派の策動の犠牲者たる我々を描いている。感情過多は戦前の大衆雑誌上の美談、戦場実話に特徴的で、実体験を強調すればするほど後世の読者にはうそ臭く読める。

「獄中日記」に続く重清露月「老媼哀傷記」（同年四・五月合併号〜一〇月号）は、終戦一周年の日に田舎の家に警官隊が踏み込み、夫と子ども四人を連行していく物語で、残された老妻が犠牲者として涙を誘う。(5) 彼女は次男の結婚式を三日後に控え嬉々としていたのが、一転して地獄に突き落とされる。出産したばかりの長男の嫁と孫がいるだけで、日本人の血があれば家は安泰と慰めあう。地の文は警察よりも密告した認識派を敵視している。島流しにされた長男以外は一週間後に釈放され、次男は無事に挙式する。悲嘆のなかに希望を見つけて、講談調の結末を迎える。「人生第二の誕生に孤々の声あげし愛しき子等よ、越え行く棘の道の更らに嶮しからむも志操堅固にあれよかし、悲しき母の心の叫びなるを心に銘じて忘るまじ。神よ護らせ給いてぞ、護り厚かれと切に切に祈るなり」。文語で書かれているため、まるで明治末の家庭小説のような読後感を与える（ブラジルでは最初で最後の文語体小説だろう）。同誌の皇国的な和歌と平仄が合っている。文語でしか描けない世界とは思えないが、語調の強さと誇張の修辞が作者を魅了したのだろう。勝ち組小説は彼らの雑誌の途絶によって消えていった。

村を追われて

襲撃の季節がすぎ、日本人社会が冷静さを取り戻すと、認識派が多数派を握る時代がやってきた。地域の差はあるが、一九五〇年代、表だって戦勝を唱道しづらい環境が整ってくると、認識派の立場から対立を描く作が書かれた。認識派は少数派で、信念派のいやがらせを受け、実質的には追放されるという筋立てで、犠牲者の側面が強い。

その先鞭をつけたのが、山路冬彦の「躑躅」（一九四九年）だった。いまだ状況が不安定ななかで（しかも信念派勢力の根強いパラナ州で）発表したのは、作家としての強い自負によるところが大きい。認識派の前青年会長の兄は、信念派の現会長である弟の運動会の計画を、ブラジル官憲の神経を逆なでしないために延期すべきだと寄り合いで批判する。そのためくすぶっていた亀裂が爆発し、兄一家は弟の一派に罵倒され、村を出て行く。カインとアベルの物語の変奏曲ともいえる。

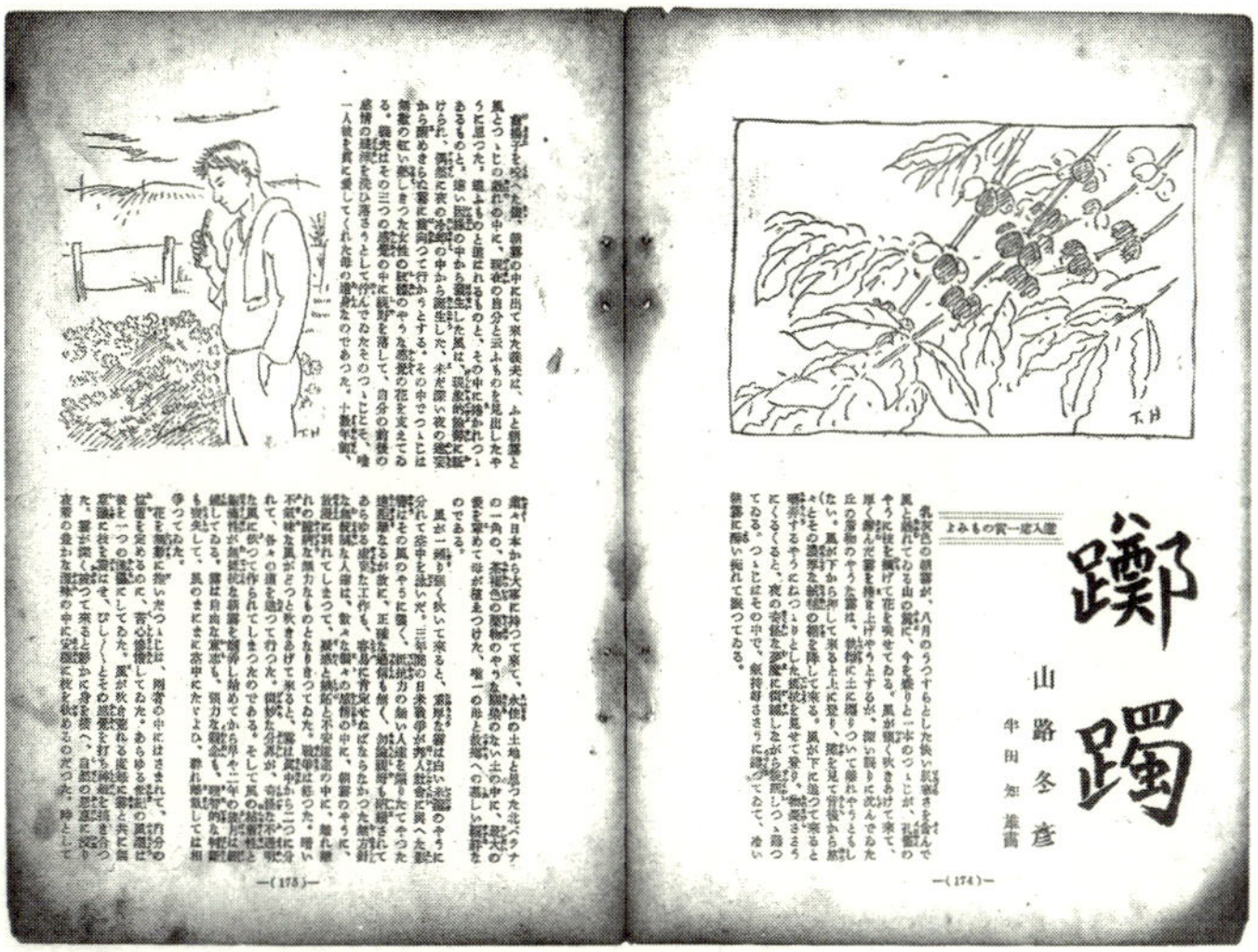
躑躅

山路冬彦

山路冬彦「躑躅」初出（『よみもの』1949年新年号）

兄は冒頭で「朝霧と風とつつじの戯れ」に、現在の自分を見出す。日系社会は日米戦中、霧に目隠しされたような生活を強いられたが、戦後、霧が晴れるどころか、風は霧を二分しただけで相変わらず暗い分裂状態を生きている。これが彼の時代認識だった。そしてつつじは「唯一の母と故郷への慕わしいきずな」を象徴する。村を出る決意をすると、「泉のふちには、朝霧にぬれて、湿気を持ち、今は充分に太陽の光線に全身を浴しているつつじが、真赤な光を満身にかかえていた」。殺気立った雰囲気のなかで、亡母が植えた庭のつつじが、涼風のように安らぎを与え、人間界の争いを超越した自然界の無私を象徴している。つつじには母恋しの深い心情のほかに、新生活を始める兄一家の希望の寓意がこめられた。

山路の文学仲間、摩耶晃（?〜一九八八年）の「侵入者」（一九五二年）は、「躑躅」の後日談、あるいは返礼の感がある。美しい仲間意識が表れている。一九五〇年、殺人者、思想犯罪者らがマットグロッソ州の大河の合流点の島に隠れ住んでいる。そこを州統領が返還を求め、原マリオ軍曹が追い出しの説得の任を与えられる。主要な不法占拠者の一人は、日本人村の分裂から勝ち組に追い出された義夫だ。軍曹が幼い頃から知る隣人で、日本語で話す時には「兄さん」と呼ぶ。彼は義夫が「独りよがり」の「隠遁思想」で出奔後、一家が苦しんでいると伝え、今、退去すれば代替の土地が与えられると説明するが、義夫はもともと誰の土地でもなく、我々が開墾したとはねつける。マリオは義夫の理想主義を認め、説得を諦める。義夫が持ってきた「母の片身《ママ》のつつじ」が、今では花を咲かせている。つまり日本人の家族愛がこの処女地に根づいている。

摩耶は勝ち組について「いびつに歪んだ、非科学的な、根拠のない自惚れによる神州不敗の思想」と一蹴する。しかし思想的対立、家族の分裂そのものよりも、それを矮小化してしまう神話的な大自然の包容力に力点が置かれている。マリオは義夫に「神話の様な大自然の中に創業した、植民達の郷土に対する無垢な、ひたむきな愛着、原人の様に純朴な隣人感」を感じ、説得を諦める。二人の耳には「悠久に続いて来、又、悠久に続くであろう瀬を渡る大河の音が、殊更の様に響いてくるのであった」。義夫はまさに「義人」で、勝ち組の横暴の犠牲者だが、悠久の大河は人の世界の騒動を小さな小舟のように流し去ってしまう。「悠久の」自然は政治、人事を超越する。

竹井博「老移民」(一九五四年)では、村で唯一の認識派の日本人会会長高田勢造が、勝ち組の説得に応じず日本人会から除名される。最後にはコーヒー園を子どもたちのいう通り、もっと儲かる牧場に転用することに同意し、永住を決意する。上の二作と異なり、彼は村に居座るが、仕事は二世に譲る。生活の便宜上、敗戦を認めながら勝ち組に与す友人が、強情を張ると殺されると忠告するが、高田は意に介さない。そういう打算的欺瞞者こそ、デマを飛ばして馬鹿げた殺戮を引き起こし、「騒擾罪に値する」。戦勝を素朴に信じた連中は、彼らに振り回された犠牲者として同情に値する。一九五四年の段階で、著者は敗戦を知る者の煽動を反民族的犯罪として問題にした。同じ年にサンパウロで日系人によって製作された劇映画『南米の荒野に叫ぶ』でも、勝ち組新聞社と認識派の首領の結託が描かれている（おそらくそのために、一般公開に圧力がかかった）。新聞沙汰にはならなかったが、認識派の関与が噂されていたようだ。

高田は愛国心を失ったわけではなく、町の敗戦派が子弟の日本語教育を拒絶したり、悪しきブラジル化を象徴するダンスパーティにうつつを抜かすのを批判する。そういう連中が勝ち組の過剰反応を誘い出す。「現在、いがみ合っている連中はあまり甘やかされ過ぎた」。草分け時代の苦労を知らないから、どちらもデマに惑わされるか、反日的同化に走る。彼にとって勝ち負け抗争はいわば開拓精神に反する。土と格闘した者は虚報をめぐって争うような愚行に出るはずはないという期待は裏切られる。敗戦を認めることは、必ずしも天皇や国家を棄てることではない。戦争はこの単純なことすら理解できない連中を生み出した。高田は除名を当然のことと受け入れ、後任には臣道連盟の支部長が就いた。

小説は信条を枉げない高田の頑固な性格に焦点をあてつつ、最後には老いの心境を描く。永住決意の裏には日本敗戦で帰国の夢が果ててしまったこと、そしてかつて開拓した土地が痩せ、育ててきたコーヒー樹が老木となったことがはたらいている。これまで牧場計画が提案されても、「珈琲樹の一本一本に、勢造たちの息吹きが通い、念願がこめられていた」ので思い切れなかった。開拓民の誇りが生活の転換に待ったをかけた。しかし花も実も乏しくなった老木に自分を重ね、息子たちに実権を譲る決心をつける。祖国を棄てるのではなく、息子たちの国に住み続ける。これが永住の心情だった。老一世の視点で移民生活を振り返る作は戦前には見当たらない。これはその最初の試みであろう。永住決断の過程を描いた物語もそれまで書かれなかったようだ。竹井は同じ頃「サントス港」（第1巻第2章参照）という詩で、しかたなしに永住する諦めを詠んでいる。併せて読むと、決断に至る心の複雑な道のりが浮かび上がってくる。

以上三作はいまだ事件の余韻が残る時期に書かれ、状況描写、言動は生々しい。いずれも日本人組織で孤立する認識派が主人公で、信念派の多数者の暴力に対する抗議の意味合いが強い。書き手の政治的な視線ははっきりしている。正義を主張したために犠牲となる者は、近代小説の決まった人物像のひとつで、彼らの内面の苦しみを重く描くのも常套的だが、勝ち組宣伝小説とはだいぶ趣が異なる。

隣の勝ち組

村の中ではたとえ思想が違ってもすべてが襲撃や追放に向かうわけではなく、何とか折り合いをつけて暮らすのが普通だった。「老移民」の高田家は日本人との交際を断たれても、村に居残り、ブラジル人と交渉して牧畜業を営むだろう。臣道連盟事件から三十年後に書かれた海野牛子「周辺」(一九七六年)では、もはやこれまで挙げた作品群に見る緊迫感はない。主人公一家の家の左側には勝ち組が多く、右側には負け組の元通訳が住んでいる。妻は威勢の良すぎるニュースに懐疑的だが、夫はそれを信じている。彼女は昭和一六年、ほぼ最後の移民船に乗ってきたが、サントスの帰国船待機の噂を否定している。女性作者は妻のほうを夫よりも理性的に性格づけしている。臣道連盟員が勧誘に来たが、様子を見てからとあいまいに答えると「非国民!」と一喝される。村人の多数は勧誘に乗ったが、一部では会費が重いとぼやきが出ている。臣道連盟の末端はその程度の意識だった。戦勝を信じるからというより、日本人組織に連なる安心感から入会するのが普通で、連盟解散後に日本の新宗教へ入信する者も少なくなかった。

勝ち負けが二十数年後も隠然と村を二分するさまは伊那宏「行方不明」(一九七四年)に描かれている。田中家の息子マウロが行方不明になる。どうやら勝本家の方向に行ったらしいと、先だって少年を目撃した「ぼく」は父親に告げるが、ありえないと彼は「威たけだかに」却下する。その断定ぶりから、勝ち組過激派だった田中が認識派の勝本に相変わらず抱く反発を嗅ぎつける。戦後移民の「ぼく」にとって、勝ち負けの相克は「一種の伝説」にすぎないが、「人間の執念の底知れぬ深さ」に恐れあきれる。テロリズムの恐怖を体験したかどうかは、戦前移民と戦後移民の心向きの決定的な断層を生んだ(後述)。「二人は、表面だって摩擦を起こしたわけではなく、以心伝心というか、すでに物言う前に相手の正体を感じとって、互いに敬遠し合っているというごく平穏な状態を保っている」。それは勝本が「利口」だからで、二人とも血気盛んならとうに摩擦が起きていたはずだと「ぼく」は想像する。田中の暴力性を心得た勝本の冷静さが、事態をそっと収めている。共犯関係といえば酷だが、両者の阿吽の呼吸が村内の平和の底流を流れている。知的階層から認識派が広がっていったことを考えると、攻撃的な勝ち組と冷静に応対する負け組という設定は納得が行く。物語は田中の娘二人が精神障害児の弟の殺害を謀ったという家族内の亀裂に焦点を移し、予期された勝ち組の暴力性の復活は後景に引っ込む(6)。

負け跡のイエス

勝ち組が譲歩する状況を巧みな手法で文学化したのが、多田恵子「涙の味」(一九九七年)である。一七歳の直次の父親和男は勝ち組結社の神々連盟の地方支部の指導者で、もちろん息子も血気にはやっている。ところが産婆をつとめる母親キクは、「赤ん坊が産まれるのに、勝ち負けもあるかいね」と言い放ち、平気で負け組一家の出産を助けにいく。応召するため、戦前に帰国した直次の叔父義男と兄一郎から、つい最近、祖国敗戦を伝える手紙が届いた。和男は動揺し、サントスに出迎え船が来るという噂を確かめに数日、留守をする。和男とともに連盟支部をまとめてきた牧師の広は、近頃では日本人同士なぜ憎み合うのかと勝ち負けの不毛な争いに批判的で、直次ら青年支部員は裏切り者呼ばわりする。青年たちは和男が逃走したかもしれないと疑惑の念を抱く。戦後は直次一家と交際の絶えた負け組一家の娘さくらが突然サンパウロから戻ってきて、牧師に神々連盟が殺し屋を差し向けたらしいと忠告する。また本部の地下室に和男が監禁されているのを警察が救出したともいう。標的は直次に違いないと牧師は直感する。同じころ、直次は偶然、関東弁で仁義を切るや、関西弁まぜこぜで話す奇怪な浪曲師と駅で遭遇し、家に連れていく羽目に陥る。そこへ牧師、さくらを連れたキクが飛び込んでくる。その浪曲師は自分こそがその殺し屋であると認めつつ、「でもな。何や馬鹿らしくなったわ」と廃業を宣言する。直次も「オレも昨日は自分のやってること、よーく考えさせられたよ」と転向を宣言し、広に泣いて抱きつく。浪曲師が牧師の手をとり大粒の涙をこぼすと、「神様、ありがとうございます」と広の目もまた涙に溢れる。

カギになるのは、キクと広だ。まずキクは敗戦のショックで夫が言葉を失ったところを「日本という国が亡くなってたまるかいね！」と沈黙を破り、直次は「止まった時間が再び流れ出した気がし」た。その瞬間から敗戦を認めながらブラジルで生活する新しい時間が流れ出した。敗戦しても民族的な心の支えを失わない。国破れても山河があればまずは安心。敗戦を民族喪失、国土消滅と解釈して、暴力に訴えてもその考えを否定する一派とは、その時に離別する。長男の報を疑わないのは、戦前に築かれた家族間の信頼の強さを暗示しているし、「アノヒトハ、ソウイウヒトナノダ」と急に片仮名書きで、直次は母への恭順を述べている。彼女は思想的分裂抜きで職務を果たし、何事も迅速に行動する。全体から母としての強さが読み取れる。別の勝ち負け小説では、妻が何と言おうが日本戦勝を盲信する夫が出てくる（たとえば山里アウグスト「老移民のこの日」）。それに比べ、和男は妻の意見を納得づくで認める。

広は「日本ではキリスト教ということで白い目で見られ」て移住したが、「日本を離れ、余計自分が日本人であることを意識させられてきた。その上、新天地と思ったこの地も日本とそう変わらない」。典型的な遠距離民族意識から戦前、青年団をまとめ、その延長で神々同盟に加わった。カトリック国でキリスト者として後ろ指を指されることはないが、一世社会では相変わらず少数者で目立つ存在だった。その視線から逃れるために、積極的に民族運動に加担したが、連盟に問題が起きた場合に真っ先に嫌疑がかかる。同族が血を流し合うことを人道上嘆き、神に祈る。和男の安否を気遣うキクに、神様がついてますと励ますと、日頃は仏頼みの彼女も思わず涙を流す。この交わりは宗教よりも信心に近い。宗教よりも同じ言葉を共有する者としての共感、同情が二人の間に流れた。

謎の浪曲師は身をやつしたイエス様だったという寓話仕立ては、勝ち負け小説群のなかではとても新鮮だ（石川淳の焼け跡のイエスを持ちだすのはおこがましいが）。キリスト教に関連する小説群のなかでも独特だ。浪曲師は敗戦を理由に日本文化（たとえば浪曲）も日本語も恥じる輩に我慢ならないという。敗戦を認識しても己の確固たる基盤は変わらないはずなのに、連中は政治と文化を混同している。彼はもともと積極的な戦勝旗振りではなかったというが、なぜ「回心」したのかその核心には触れない。彼が登場してから、突如、展開は喜劇となり寓話で終わる。その破調をどう取るかが評価の分かれ道だろう。展開と文体が拙いながらも、女性を物語世界の機動力として、宗教的なモチーフを織り込んだ勝ち負け抗争の物語が、事件後四十年たってようやく書かれた。一代記かメロドラマに傾斜しがちな女性の書き手の中に、このような着想を得た人が日本語文学の黄昏時に現われた。

二　暴力と私怨

詐欺の季節

終戦後の六、七年は日系ブラジル社会が思想的にも、気分的にも最も高揚した時期だろう。価値と規範の混乱は極まり、矛盾と不安が噴き出し、虚報と憶測が飛び交い、詐欺と暴力が蔓延した。本国の焼け跡闇市時代と似ている。テロの季節の後も数年間は、どんな私怨から標的にされるかわからなかったから、少数派は身の危険に関わる不安を感じていた。一部の男性は銃をポケットに携帯していたという。人々の不安が拡大すると詐欺師がまかり通るのは、世界史の経験則で、旧円売り、お迎え船のサントス接岸、朝香宮事件、桜組挺身隊、南洋再移住計画など祖国戦勝の情報と期待を悪用した詐欺が横行した。これは一般人を巻き込み、ある意味でテロよりもたちが悪いかもしれない。思想や道徳として、両派のどちらかに与するというより、密告と策謀の絵図を描くことに主眼を置いた娯楽小説が七〇年代以降、いくつか著された。勝ち組を現実主義的に告発するというより、彼らに対する固定観念を使って、時代相を描くことに書き手の主眼は置かれているようだ。

山崎僅漁「相克の巷」（一九九五年）の外交販売員川崎重夫は、マリリアからサンパウロに引越し、A商会に勤め始める。祖国敗戦は認識しているが、商売上、あいまいにしている。巷では怪情報が乱れ飛び、川崎は翻弄される。マリリア時代の知り合い井上は臣道連盟活動をしていて、川崎の拳銃を欲しがっている。川崎は銃を大森元公使に預ける。大森は勝ち組に狙撃されるが、川崎が身を挺して護る。親しかったバーのママの両親が日本への帰国船に乗るために土地を売ろうとしていると聞いて、阻止しなくてはならないと彼女を説得するが失敗する。サンパウロでは何もかもが中途半端に終わり、A商会のベロ・オリゾンテ支店に転勤する。川崎には正義も信念もなく、ただ淡い情愛と実務的な倫理だけで混乱を乗り切ろうとしている。心理的にも経済的にも不安定な時代のサンパウロの日系社会の暗黒部がよく描けている。井上の卑屈と横暴から、臣道連盟は思想団体というより、ゴロツキの集まりの感を持つ(7)。

私怨と殺意

勝ち負け抗争は思想対立以上に個人的感情のもつれを引きずった。波多野達馬「兇弾」（一九六一年）は事件の裏面を抉り出した最初の作で、パウリスタ文学賞に充分に値する。認識派の産業組合長綾部京太が殺される。数名の臣道連盟員に嫌疑がかかり、移住地の副支配人松山が投獄される。しかし実は認識派に属した主任武田が、不正取引を綾部に発見されたのを怨んでの犯行だった。武田はそれを悔いてピストル自殺する。彼の懺悔を間接的に聞いた別の友人が十五年後、綾部の墓碑を見ながら旧友に真相を語る。告白の伝聞というかたちで、事件が再構成される。冤罪で獄につながれた松山は、五年後、衰弱死した。認識派も信念派も一人の怨嗟のために人生を台無しにされ、殺人者もまた因果応報を受ける。殺人から社会の暗部をえぐり出すという執筆の志は、「社会派」といってよい（綾部京太は臣道連盟事件の最初の犠牲者、バストス産業組合専務理事溝部幾太がモデル。作者は終戦当時、バストスに在住していた）。

本作はそれまで勝ち組弾劾（か礼讃）一辺倒だったところに、道徳的に悪い認識派、良い信念派という新たな人物像を持ち込んだ点で、画期的だった。また暗殺を最初に扱った小説でもあったが、暴力を誘発した状況とその後遺症が物語の中心を占めている。組合では蚕種の密売事件が起き、従業員を解雇するか、責任者の武田を追放するかでもめていた。武田は認識派に属し、多数派の信念派の感情的反発を招いている。綾部は思想よりもビジネス優先で、生活がしっかり成り立てば、抗争は収まると考えていた。彼は同じ認識派として、武田をかばう唯一の上役だったが、その部下の不正を発見し、激しく叱る。思想上の同志が組織上の敵となる。もともと武田は女たらしとバクチのもめごとで嫌われ、道義的に追放されてもよい立場にあった。妻を病死させ、水商売の女性と結ばれ、生活は破綻している。一方、松山は俳句と麻雀とダンスをたしなむ「誰からも好かれ親しみ深い人物」、「実によく出来た人物」だった。松山の十回忌に集まった面々は、かつての仇敵であったことを水に流し、今では落ち着いて抗争を振り返る余裕を持っている。認識派の挑発者が「騒ぎに一層油を注いだことは事実だった」。勝ち組と負け組は狂信対正義に色分けできるほど単純ではない。思想よりもそれぞれの性格に刻まれた道徳観、善悪の判断力が民族抗争にエスカレートしていった。「あの両極端に、走った奴等が悪かったのだ」。通常なら作動する妥協の回路が未曾有の民族的出来事によって働かなくなっていた。

同じ時期の藪崎正寿の「路上」(一九五八年、三六四頁参照)が、衝突の下地を作った戦時中の事件は終わっていない立場に立っているのと対照的に、波多野は抗争を遠い昔のように回顧する。三人の死者の因縁を描いているせいもあるが、やはり十五年の歳月の力は大きい。「勝組と言っても大半は敗戦を知っていた。然し、あの場合、負けたという言葉が嫌だったのだ。人間の持つ複雑な感情と言うか、武士は食わねど高楊子と言うあの気持だ。言うなれば、つまらぬ日本人的な見栄だ。古い思想だ」。一人はこのように事件を総括する。思想よりも意地と見栄から殺人に発展したというのは、人間性の根源にかかわる解釈で、対立の根深さを仄めかしている。また敗戦を喜んだなかには、日本人と結婚して帰化した朝鮮人や、軍隊の万年二等兵で上官にいじめられどおしだった男もいたと墓参者の一人は思い出す。個人の怨みが勝ち負けどちらの肩を持つかを決定した(「路上」には戦後、朝鮮籍を取って、日系人の土地売買の背後で暗躍するブローカーが出てくる。日本人に混じって移住した朝鮮人や台湾人がいたようだが、詳細は不明)。

思想よりも私怨を重く見る方向は、「社会派」推理小説の逆(反社会派?)を行く。たとえば松本清張の場合、一見ありふれた心中や事故死が、実は省庁や企業の汚職、軍の犯罪や特務機関、部落問題など社会的な理由から偽装されていたことを暴くところに面白さがある。犯罪の動機の根深さが巧みな工作を見破る過程と同じぐらい読ませ所になっている。ところが「兇弾」は一見政治的対立から引き起こされた殺人が、私怨によることが暴かれる。いわば下山事件はただの猟奇殺人だったというような内容だ。しかし臣道連盟事件について「脱政治的」解釈を持ち出すことには意味がある。事件はそれまで認識派主導

臣道連盟の特攻隊員(暗殺団)
(藤崎康夫編『写真・絵画集成 日本人移民2 ブラジル』日本図書センター 1997)

の言論体制によって、あまりに政治化されていたからだ。皇国思想を丸写しした臣道連盟のパンフレットを素直に読み、政治結社が引き起こしたテロリズムと見なしてきた。しかし実際には、敵性国民となったために禁じられた日本人会の代替という側面が強く、愛国的で民族的ではあっても、思想によって結成された団体ではなかった。正確を期せば、日本人なら誰でも天皇の赤子であるという信念にもとづく半翼賛団体だった。戦前教育を受け入れた者には、この信念に留保の余地はなかった。煽動された実行部隊は、昭和一〇年代の右翼テロリストを気取ったが、その標的は必ずしも思想的な悪とは限らなかった。現実には思想を口実にした爆発の様相を呈し、数名の大物を除くと、後は認識派運動の末端を担っていた者が犠牲となり、誤認による殺傷も多かった(8)。

在郷軍人の気質——松井太郎「金甌」

特攻隊員でも犠牲者でもなく、勝ち組の末端の指導者を描いた異色作が、松井太郎の「金甌《おう》」(一九八五年)であ

る。精神練成塾に通う徹が、認識派の義兄小牧を殺す。小牧の妻は何十年たっても弟を許さないと、墓地で偶然行き遭った事件当時幼い隣人だった語り手にさめざめと話す。徹は思想に動かされたのではなく、他の青年たちと同じく、塾長の美しい娘を目当てに塾に出入りし、傍からみれば見込のない縁談成就のために、義兄に転向を勧めた。殺人は獄につながれた師に対する忠誠というより、愛国心を装った情愛のもつれから引き起こされた。しかし娘への思慕や姉との関係についてはほとんど書かれていないし、殺人までの追い詰められようも描かれていない。徹は昂奮しやすい青年という以上の印象を残さない。

それに比べて鮮明に描かれているのは、塾長の箕作太蔵だ。箕作は「軍国調講談」で青年を酔わせているだけで、成り行きで担ぎあげられたにすぎない。松井はお山の大将の卑屈さ、狡猾さを冷たく描きながら、突き放さず、彼を生み出し増長させた「日本人の気質」に言い及んでいる。箕作は上海事変に出征した軍曹あがりで、除隊後、家業に失敗し、見境なしに柳行李ひとつで移住してきた。百姓の経験はなく風土病にかかり、最初の移住地を逃げ出した。その後は転々としながら、日本語塾を開き糊口をしのいだ。戦争中はそれもままならなくなった。その無知無能な農民失格者が、愛国心を煽る風潮を利用して、尊敬を受け始めた。

箕作太蔵の半生は忿懣やるかたない不満にみちていた。学歴がないので軍隊での立身は諦めていたが、傷痍軍人として退役してからは、自分はお国のためにこんな身体になったのだと、自らを恃んでいても、上に諂い下に威張る下士官根性では、母がやっていた漁村の荒物屋はすぐに傾いていった。癇癪をおこした箕作は、ふかい考えもなくもう支那は嫌だと、ブラジル移民の募集に応じてきてが、この国でも見込みちがいで、うだつは上がりそうもない。そこへ戦争がはじまった。箕作は戦争に賭けた。

もちろん、日本の勝利にである。この大戦に勝てば、老骨でもまだお国の為になれると思った。

要するに戦勝を機会に帰国してもよし、またはこの国にとどまって、二世青年たちの指導にあたってもよいと考えていた。

昼からピンガ臭く、農業にも商売にも向かず、日本語社会に依存するしかない。題名の「金甌」は金色のかめの意味だが、「金甌無欠」が戦前、完璧な国家の隠喩とされたことから、昭和の軍国主義をただちに連想させる。箕作の講話にはしょっちゅう出てきただろうが、ピンガのかめに対する皮肉と考えてよい。口先がうまく、顔役に取り入り、目下の者には押しが強い。悪を仕掛けるような大物ではなく、せいぜい大言壮語、密告や中傷で自分の小さな取り分を確保しておこうというような輩にすぎない。犠牲者側から見れば根性曲がりの小悪人だが、「多血性」の青年には話のわかる「先生」だった。戦地からはるか離れたブラジルでは、軍隊経験は高く認められた。多くの男性は兄弟や友人が徴兵を受け、なかには散っていくのを聞くと、お国の役に立てない自分に苛立った（徴兵逃れの移民も若干含まれていた）。そうした劣等感を箕作はうまく利用して、自分を英雄化していった。体に残る弾丸は実戦経験者の勲章であり、聖痕だった。現実の臣道連盟の創唱者は退役大佐だったが、ブラジル各地で「箕作」がこの非合法結社の草の根組織をまとめあげていたはずだ。日系社会のなかで元帝国軍人がどのようなはたらきを果たしたのか、興味ある課題だ(9)。

松井は塾長の別の面も見ている。箕作は根っからの悪党ではなく、下積み移民の苦労を共有している。お国のために傷を受けたが、国はそれを償ってくれない。浮かばれない半生だったにもかかわらず、彼はお国のためにもう一肌ぬごうと、二世に日本精神を吹き込むことに情熱を燃やした。追従者が増え弁舌で生計が成り立つと、声はますます高くなる。戦勝の信念は小さい頃からたたきこまれた愛国心にもかなうし、帰国願望を満たしてくれる。お国を捨てる選択は箕作には考えられなかった。ここが「日本人の気質」の要になる。

松井は「虚偽と策謀」が日本人の大勢に支持されたのは「日本人の気質に深く根ざしたものではないのか」と書いている。「気質」は生まれながらに民族に共有されていると見なされ、その先の説明は求められない。日本人はもともと虚偽と策謀に長け、またそれに引っかかりやすい。信じ込みやすい気質だから策謀家も現われる。このような否定的な自画像は、無垢な大多数者と一部の狡猾な連中、羊と狼の敵対的な同居を想定している。だます方も だます方、だまされる方もだまされる方、そのどちらもが日本人。言語の壁によって、外からは隔てられた民族共同体のなかで完結した事件だったからこそ、ブラジル社会に与えた衝撃は大きかった。

殺された小牧は、八月一六日のポルトガル語新聞で祖国敗戦を読み、その内容を家長の寄り合いで伝える。一同が沈むなか、箕作一人は戦勝を主張する。小牧はばかげていると思いながらも、戦勝発言に潜む心理に共感を示している。こんな辛抱をするなら内地でもやっていけたはずだと思わなかった家長はいないし、子どもとの意思不通に悩まなかった者もいない。「口にすればすべてが不調和、不自由で、なにか胸のなかに溶けずにあるものをも持っている一世は、祖国は国家の格をこえて、信仰の対象にまでたかめられていた」。その証拠に「邦人農家では祖先の位牌は、粗末な石油箱にまつっていても、両陛下のご真影は金縁の額におさめて、客間に飾ったものである」。このような生活態度が「気質」に沁み込んでいて、改めることはかなり困難だ。宗教的な信頼を得たお国をちらつかせた虚偽と策謀に対して、日本人は無力になる。信念派の、つまり大多数の移民の心の根本に、祖先の霊よりも国家の霊を厚遇する向きが見出される。それに抗うにはどうすればよいのか。小牧のように中等教育を受け、「世界史の中の日本の地位」を正しく把握し、ポルトガル語新聞を信用していたのは少数派だった。

勝ち組描写の通俗化

勝ち組の暴力は勝ち負け小説の準必須要素で、大多数に現われる。暴力描写の拡大は、当事者の心理や不条理な状況や精神的な傷を後景に下げることにつながり、通俗性を高める。これは一九八〇年代以降、顕著になる。戸見沢比左良「さいはての花」（一九八〇年）は、勝ち負け抗争を利用した読み物の走りといえる。主人公の父が経営する店が勝ち組のたまり場となったことから、以前より張り合っていた日本人商店主に密告され、父は逮捕・暴行を受ける。父は無学のたたき上げだが客に好かれ、商業学校出の店よりもうまく行っていた。その意趣返しから男は通訳として出入りしていた警察と手を組み、父を陥れた。父は戦勝を信じ、ライバルは敗戦を認識していた。しかし思想よりも階層の違いが二人の対立の根底にあり、裸一貫で渡航しようやく店を持つに至った父と、中等教育を受けながら僻地に埋もれるしかない通訳の確執——後者が前者に抱く嫉妬——が、勝ち負けの対立を機に爆発した。勝ち組を擁護するより、貧しき正直者の小さな幸せを踏みにじる性根の曲がった「エリート」を非難する調子が強い。そこで終われば、いつもの泣き寝入りの物語だが、主人公は男を殺し、早熟な現地娘と結婚の契りを交わし、その妹も連れてパンタナルの大湿原地帯を逃亡する。姉妹との関係は本筋から離れ、活劇調に見せかけるだけの添え物だが、劇的な展開は『コロニア詩文学』の時期に進んだ娯楽物への傾向を映し出している。

波乱万丈の勝ち負け小説の極みは、能美尾透「火葬」(一九九二年)だろう。「私」は、臣道連盟員の弟と間違えられてアンシェッタ島に収監された。三年後に帰ると父は縊死し、だいぶ後に妻も縊死する。その遺言状から、逮捕の日、弟と姦通し、彼が逃亡したあとには義父に犯されたことがわかる。父を殺したのは彼女だった。「私」は家に火を放ち焼身自殺する。卑しい勝ち組像を家族の惨劇に絡めて、サスペンス調で映している。衝撃的事件が次々起きるが、怒ったり、目の前が真っ暗になるばかりで、文学的な感興には乏しい(10)。

二一世紀になると、愛し合う臣道連盟リンス支部長の娘と認識派の医大生洋一というロミオとジュリエットが登場する(高橋干晴「忘れない」二〇〇五年)。少女の父はアンシェッタ島に送られている。洋一の幼馴染である弟は自称特攻隊員で、いかにも恋を阻みそうだが、自重している。しかし医大生は殺人で監獄に送られてしまう。六年後、別の町に密かにもどっていることを彼女は知る。訪れると、彼は妹が勝ち組青年に暴行を受けて自殺したのに耐えられず、その青年と喧嘩し、誤って殺してしまったのだという。彼女は昔彼から贈られたハンカチを取り出し、二人はやっと愛し合える時が来たと思う。日本人社会の分裂は純愛の背景に置かれるだけだ。暴行した青年については何も書かれず、両派の対立を超えた愛というようなメッセージすらない。洋一は抗争が激烈な時期にサンパウロにいたので、難を免れたし、少女の父親も戦前から地域の日本人会の世話役を買って出た成り行きで、支部長となったが、敗戦を吹聴するのは戦争の死者を悲しませると思う。決して祖国戦勝の信念を掲げていたわけではなかった。弟は元来軽はずみだが、幼馴染を襲いはしなかった。このように彼女の一家は大多数の穏健な勝ち組に属し、事態が収まった後に洋一を敵視することはなかった。こうした肩すかしは、それだけ事件が風化したとも、やっと中庸の臣道連盟員を描けるほど冷静になったとも解釈できる。要約すると、勝ち組の暴力は典型的には家族に対しては村八分と追放、男に対しては殴打と殺害、女に対しては強姦というかたちを取った。

回顧と悔悟

時代が下るにつれて、事件は回想の形で語られることが多くなる。完治し得ない心の傷を抱えてすごした時が陰の主人公となる。藤光洩の「樹傷」（一九八五年）は文字通り、事件の時に斧で傷つけた樹の傷と、心の傷を象徴的に重ねあわせている。一九四七年頃、主人公は勝ち組の義兄が「厄介払いする意味」で買ったマットグロッソ州の開拓地に放逐される。村に居残れば殺されかねない状況だったのを「救って」くれたようなものだ。しかしそこは予想に反する土地柄で、同時に入植した日本人は次々去っていく。最後まで残った隣人は、長男が養蚕農家を放火したことを誇らしげに語るような勝ち組で、主人公は過去を伏せざるを得ないと感じる。そこへボリビア下りという得体の知れない「蟇男」が雇ってほしいと現れる。やがて男は妻を誘惑し特務機関員であると漏らす。大日本帝国には戦勝を伏せておかなくてはならない事情があり、今少し辛抱すればサントスに迎えの船が来ると吹聴する。

特務機関員を名乗る大詐欺師は臣道連盟の黒幕として実在し、過大な帰国願望のために理性を失った多くの被害者を巻き込んだ。特務機関の名は帝国軍と同じように、戦前の農民にとっては抗しがたい権威だった。秘匿性は堂々と戦勝を祝えない日本人に腑に落ちる口実を与えた。ギャンブルでも株でもこの種の「秘密」を握ったと称する詐欺が繰り返されるが、特務機関は、自分たち以外は誰も知らない国家機密の共有という特権意識と愛国心、帰郷願望をうまく混ぜ合せる魔法の符牒だった。

主人公は密通現場に踏み込み、男を殺害する。無抵抗だった彼女には樹に首を吊れと思う一方、いつまでも生き恥をさらして悔いよと罰する。何年か後に彼女は衰弱死し、その死に顔を見て、男自身の生もまた終ったと感じる。二十年後、その場所を再訪した男が、かつて樹に斧でつけた傷が瘤になっているのを見つけ、自分の心の傷と重ね合わせる。「傷は癒えても傷の周辺には、このように醜い木瘤を形成していくのだ。私の胸底に埋没した傷痕は手当もなく、実際に癒えるということはあり得ないのだ。傷の後は表面に残らなくとも、心の傷は内面へ内面へと深く、このように大きな木瘤を形成していくようである」。やや幼稚な手法だが、勝ち負け抗争で受けた傷に終わりはないと作者は言おうとしている。

家族の災難と勝ち負け抗争の二重写しは、松尾裕至「遠い日の嵐」（一九九五年）でも採り上げられている。主人公光雄の老母が最近懇意にしている鈴木老人が実は三五年前、父を殴り死に追いやった人物であることを息子は察知する。母は結婚以前、ある男につきまとわれたことがある。その男の父が臣道連盟の幹部にのし上がり、息子の肩代わりとして鈴木青年を差し向けた。ボクシングをやっていた鈴木の一発のフックは、無防備な父の致命傷となった。光雄との因縁を知らない鈴木は、英雄気取りで臣道連盟の特攻隊に名を連ねたものの、幹部の私怨を晴らすとしか思えない指令を実行して嫌気がさし、直後に手を切ったと彼に話す。「あの時代はコロニアの社会にも又と無い嵐が吹きまくったが、光雄達の家族の上にも荒々しく吹き荒れて行った。そしてその遠い日の嵐は、自分達の家族にとっては未だ終わっていないのだと光雄は思った」。やがてこの悔悛した暴行者は、事情を知るに違いない。その時どう過去を正当化するのか、償う気があるのか、和解は可能なのか。こちらの方が文学的には興味深いが、続編は書かれていない。

同じ著者の「遠雷」（二〇〇三年）では、養蚕農家の放火犯が友人に罪業を告白する。これは絹とハッカがアメリカ軍の落下傘、爆薬に利用されているというデマにもとづき、一九四四、五年に日系養蚕とハッカ農家が連続して襲われた事件で、天誅組、興道社（臣道連盟の前身）などと名乗る組織が後ろに控えていた。情報から遮断され、孤立感を深めていた日本移民が扇動されやすい状況にあったことを如実に示し、襲撃の理由と対象は異なるが、戦後のテロリズムの前哨戦と見なされている(11)。

懺悔の状況は先に論じた波多野達馬の「兇弾」とはずいぶん異なる。犯人のTさんはガンで余命いくばくもない。聞くのは、半身が不自由な七四歳の老人で、既に六十年の時がたっている。十代のころ、二人の村に天皇帰一を説く扇動者が来て、Tさんは熱を上げた。昔話のついでに放火の話題に触れると、彼のほうから告白し始めた。彼は炎を見るや後悔し、現場を逃げ出し、扇動者から離れた。悔悛した犯罪者は「ぼくに話して、胸のつかえがおりたのか眠ってしまった。それは安らかな寝顔であった。ぼくはその達観したような寝顔を見て不思議であった。どうしてそのような禅僧の如き心境になるのか不思議であった」。冥土の土産に真相を聞いたぼくは、寝顔に「安心立《あんじんりゅう》命《めい》」を見る。すべては遠い昔のこと、すべては時効。罪の重さよりも、悔悛の重さを寝顔から読み取る。当事者の死を乗り越えて尾を引く物語が大半を占める中、事件は「終わった」と宣言する唯一の作であろう。松尾はこの二作で実行犯の悔悛を扱っている。これはそれまでの勝ち負け小説にはない心理的なモチーフで、私怨とは別の事件の根深さを底に秘めている。それを読み応えある作品にまとめるには相当な熟練が必要である。通俗的に終わってしまったことは残念だが、その方向を示唆しただけで外の読者は満足しなくてはならない。

負け組犠牲者はついに怨霊となって現われることもある。遠藤勇「棄民の碑」（一九八三年）の語り手は、無名移民の歴史を調べに日本人開拓地を訪れる。道端で元二と名乗る貧相な男が語りかけてくる。彼は昭和一四年、商社マンの安定した生活を捨てて渡伯しそこに入植した。ところが終戦の年、日本人に射撃を教えていたという容疑で監獄に入れられ、敗戦を知る。村でそれを話すと村八分となる。災難は重なり、息子が馬から振り落とされて足が不自由になり、その治療費のために土地を売る。彼は後悔に満ちた人生を旅人に語る。語り手は翌日、男が五〇年代に一家心中をしていたと村人から聞く。あたかも夢幻能のような怪奇譚で、元二の怨みと悔いの深さは並大抵ではない。

三　戦後移民が見た勝ち組

静かな時代錯誤

日本は勝った——戦後移民にとって、この信念はまったく馬鹿げていた。彼らにとって、勝ち組は化石か狂信者のような存在だった。新移民が大挙到着した五〇年代半ば、戦前移民との心理的な摩擦が問題になった。勝ち組は新移民が吸ってきた民主主義の空気とは、心情・信条的にも感覚的にもまったく合わなかった。三原茂弘「陸の孤島」（一九八一年）や加藤武雄「移民・プロムナード」（二〇〇六年）の戦後移民が最初に出会う、もしくは最初に雇われる移民が勝ち組で、青年たちは最初、どう対応してよいか戸惑う。前者の場合、敗戦を教えるのは純朴さを傷つけ、戦勝を語るのは良識に反すると判断し、「私」は南島で玉砕の覚悟で戦ったこと、皇室を守ったマッカーサーのことを語る。相手のKさんはぴんと来ないようだが、どうやら納得する。彼との語らいは私の移民生活の出発点を印す。勝ち組を知ることはブラジル移民になる通過儀礼だった。Kさんは平凡で善良な農民で、決して狂信者ではない。日本戦勝は静かに信じられ、戦前移民の心向きを底で支えている。戦後移民はそれを頭ごなしに拒否してはならないし、迎合してもならない。題名にあるように、ブラジル移民はガラパゴス諸島のような「孤島」に、思想や信条に関して本国では絶滅した日本人として生き残っている。「移民・プロムナード」の場合、最初の耕主は決して「負けた」と口にせず、日本の家族から手紙をもらおうが、訪日してこの眼で確かめようが、負けたとは認めない。その依怙地さは、戦後世代の常識を超え、青年は冷笑したが、やがてブラジルに住むと、それにも歴史的・心情的理由があると納得し、当人の前ではなるべく触れない礼儀を学んだ。その行きつ戻りつの過程を通り越して、一気に四十年の時がたつ。たいてい戦後移民は戦前移民が経営する農場にまず契約農として入ったので、この礼儀は円滑な雇用関係にも関わった。勝ち組は戦後移民にとって、異なる歴史認識を持つ他者だが、同時に民族的な同胞でもあるというあいまいで厄介な存在だった。

荒木桃里は航空整備兵として終戦を迎え、一九六〇年代に移住した。一九九〇年代になって旺盛に小説を発表し、戦後移民と戦前移民のすれ違いを数作で扱っている。そのうち「邂逅の広野」（二〇〇五年）では、同郷の従兄弟どうし、一九三五年、小学校六年の時に移民船に乗った均太と一九五六年、家族連れで渡った良平が六〇年代後半、三十数年ぶりに再会する。同船者や兄弟・血縁者が勝ち負けに分裂するという設定は、お話にしやすい。昔話をするうちに、均太は「本当に日本は負けたのか」と訊く。一緒に通った小学校校長が万世一系の神国不滅を話し、砲兵があの地蔵松の前を行軍していたのに、負けたのか、と。良平は玉音放送、農地改革などについて話すが、従兄にはぴんと来ない。アメリカ軍が絹を使った落下傘やハッカで冷やすエンジンを使っていたかと元航空兵の良平に訊く。均太は実は日系養蚕農家の放火犯だった。彼は両親と別れ、戦時中は博打とのらくらの毎日を送っていたが、「パウリスタ線の憂国青年集まれ」のビラに吸い寄せられ、興道社に加わった。松井太郎の「金甌」の徹のように、興奮しがちな青年たちはそこで忠君愛国をたたきこまれ、敵性産業撲滅運動を実行する。他が害虫で失敗しているときに成功している養蚕農家が選ばれたというから、実際は私怨に近い。しかし炎を見ながら「歯の根が合わずに、ガチガチと音を立てて」いた小心者だったし、二人の共犯者は一二歳と一四歳で渡航し、早く帰国して軍隊を志願したいと願うような純情な愛国青年だった。松尾の悔悛の二作と同じく、根っからの悪人ではない。

良平は思う。「日本でこの話を聞いたのなら、このような時代錯誤を、或いは一笑に附したかも知れないが、自分も広大なブラジルの大地に移住してみて、交通も不便な土地に、豆をバラ播かれたような日本人の集団地には、母国からの正確な情報も途絶えて、この国の言葉も充分に分からず祖国への忠誠心を教え込まれて、過激派の扇動をを《ママ》受ければ多感な情熱を持っている青年なら、誰だってこのような行動に走るかも知れない」。加藤や三原の上記の作と同じく、焼き討ちは「忠誠心」と「多感な情熱」の現われと同情的に見なされる。煽動者の罪はあえて問わない。移住当時には擁護しなかったかもしれないが、半世紀の経験から戦前から続く日本語社会の一員としての自覚が根づいた。勝ち組を彼らが置かれた情報や思想の環境から理解する態度は、半生以上たって書かれたどの作にも一様に見られる。

暗殺者の観相学——醍醐麻沙夫「渡真利という男」

戦後移民が勝ち負け時代と出会う窓口には実体験者との出会いの他に、歴史的記録がある。移民の隠された歴史発掘に一時期熱心だった醍醐麻沙夫は、臣道連盟実行部隊のリーダー渡真利成一の調査に夢中になる日本語教師を語り手に「渡真利という男」(一九八五年)を書いた。作者の分身である「私」は日本戦勝を信じた者は北米にもペルーにも、大陸や南方の戦線にもいたのに、なぜブラジルでだけかくも強大な「勝ち組」として何年も勢力を誇ったのかということに疑問を持ち、その原因を秘密結社の組織力に見出した。そのトップに立っていたのが、元日本語教師で戦時中は行商で身を立てていた沖縄移民渡真利成一だった。彼は行商の機敏さと土地勘で、終戦直後、臣道連盟を巨大化するのに成功し、投獄中の元中佐の権威を手中に収めた。「私」は軍警察の調書から日本語に逆翻訳された彼の日記を読むほど熱心で、臣道連盟を掌握するまでの権力闘争を追えるほどの通になっている。「とまり」という苗字にすら魅せられ、この男に迫ることが人生の目標とすら思えた。敗戦直後の話題になれば誰かれとなく彼に会ったか尋ねた。屈折した日本語教師という共通点からも一体感を持った。「まるで彼の息吹きさえ身近かに感じるように思えたのも、なにかを求めながらも身動きできずにいた自分の心の投影だった」。

調査が膠着状態に入って数年、渡真利の取調の通訳をした老人に会う。老人は日伯国交断絶の間、外交窓口となったスウェーデン領事館に勤務し、ブラジル当局の公式通訳となった。信念派からすれば、連合国側の走狗にすぎない。渡真利は彼の自宅にも現れ、自分の背後には何万の人間がいると饒舌に脅し文句を吐いたと言う。これは私が思い描いてきた孤独で無口で暗い人物像とは相容れない。そのうえ長身の痩せ男を想像してきたのに、実際はずんぐりがっちりした体つきだったと聞き、失望を覚える。私が調べた事実に誤りはないが、想像してきた人物の性格も体格も間違っていた。そのため「何も知らないという地点に舞い戻ったような気がした」。

語り手は文字資料やインタビューから人物像を彫刻し、心理を再構築することに、調査の喜びを覚えていた。たとえば渡真利はなぜ暗殺の指令を出す時点で、日記を止めたのか。それが事件の全容、あるいは政治的野心よりも重い疑問だった。これまで歴史小説家は信長や竜馬の肖像から、空想力をたくましくしてきた。行動や性格に適した外見に造形し、読者の感情移入を助けるのは、大衆小説の約束事である。善玉、悪玉の容貌ははっきり分かれる。たとえば太い眉、薄い唇、鼻筋、面長、痩身、肥満、禿頭、がにまた、その他身体的特徴のすべては、文学的にコード化され、美醜ばかりか見えざる性格や振舞い、雰囲気について何事か（あるいは多く）を語る。大衆小説では容貌と人格の対応はなお強い。ベストセラー歴史小説の容姿記述は、案外講談と通じていて、主要人物数人が登場するや読者の視点はある程度、固定される。小説化された百人の信長の容貌の変遷を追うと、歴史小説のひとつの歴史が書けるだろう。醍醐の日本語教師がなぜ長身の痩せ男像を想像したのか。この容姿が文学的に何を意味するのか、実証する知識に欠くが、やや高い血統と知性と自己を律する力（それは他人を操作する力と不可分だが）が思い描けるのではないだろうか。サスペンス映画や小説の暗い影を持つ「ニヒルな」首領の定型のような…。

学者からすれば、美しい思い込みを作り出すのは小説家の仕事で、学術書が人相を語ることは稀だ。読者の視覚的想像力を導くことはほとんど考慮されない。一方、アマチュア歴史家は多くの場合、理論の証明や事実の確定よりも自分探し（あるいは郷土愛、資料愛）から資料を読む。書かれた事物や人物に対する共感が大切で、一般読者が小説の人物に願望を重ねるのと似ている。専門家には素朴と片づけられても、自分と距離を取った読解など面白くもない。醍醐の主人公は渡真利を「天才的な男」と決めつけていた想像を裏切られて、水をかけられたようなショックを受ける。「一時期の私に生甲斐とすら呼べるものを与えつづけてくれたものの正体は何だったのだろうか」。

面白いことに、醍醐の英雄像はずんぐり男が夢見ていた英雄像と収斂する。醍醐がずっと後に書いた長編歴史小説『超積乱雲』（無明舎、二〇〇八年）によると、渡真利は山中峯太郎『敵中横断三千里』（一九三一年）の建川中尉に心酔し、行動部隊の人数や制服でその趣味を露出したらしい。ゲリラ行動によって敵（ロシア軍、認識派）を攪乱するという基本は、少年小説と臣道連盟で共通する。そして勇敢無比の中尉の容貌描写は、醍醐の暗殺者の空想像とよく似ている。もし本当に建川中尉に自分を見立てながら暗殺部隊を組織し、日記を書き（途中で止め）、警察で弁明していたならば、臣道連盟の末端分子で終わっていてもおかしくなかった平凡な教師にして行商人は、自分について何がどう読まれるかを推測しながら、後世の小説家――彼もまた同じ冒険小説をかつて熱読したかもしれない――を見事に操作したことになる（この再話によって醍醐は最初の渡真利イメージを復活させたのかもしれない）。「渡真利という男」は過去の人物に関する取材過程を小説の形式に落とし込み、空想外れに終わった落胆でうまく完結している。だが当の人物が参照点とする冒険小説を外から接合すると、小説家の空想まで含め、実像と虚像、日露戦争の冒険者と戦後ブラジルの暗殺者が入り乱れた「魔術的リアリズム」の展開図が描けそうだ。聖州横断三千里……。

醍醐は思想的に信念派に共感しているのではない。認識派が政治的にも歴史観においても指導権を握るコロニアに六〇年代、よそ者として降り立ったが、抗争について一方的な記述しかないのに反発し、敗れ去った一派の側から、それも暗殺部隊の指導者個人から、事件を見直そうとしている。白虎隊か新選組から明治維新を見るようなものだ。想像していた渡真利は策略家にして行動家、愛国家にして冷血漢で、小説の反英雄になりそうな「逸材」だった。元通訳と知り合わなければ、異色の勝ち組小説が書かれたかもしれない。醍醐は情熱の対象を描きつつ、過去に引き寄せられる自分とコロニア史の交わりについて、歴史的記録の読みの視角についても考察されている。一本調子の勝ち負け小説が大勢を占める中、作者意識を見せる稀有な佳作といえる。

四　蘇った勝ち組

民主と売国——泉柳北「ある訪日」

一九七三年一一月、日本戦勝を信じる報国同志会の三家族十四名が国援法により念願の帰国を果たした。タラップの途中で「天皇陛下バンザイ」と叫び、翌日には二重橋と靖国神社で涙したと、メディアは好奇心たっぷりに伝えた。「やっぱり日本は勝った」。あたかも天動説を唱えているような台詞が衝撃と冷笑を誘い、前年の横井庄一軍曹の帰還と同じく、戦争がそう簡単に終わらないことを実感させた。三年前、高木俊朗『狂信』で読んだ信じがたい輩は確かに実在した。このニュースがブラジルの新聞に転載されると、認識派も元信念派も困惑を隠せなかった。

報国同志会（1973年）（藤崎康夫編『写真・絵画集成　日本人移民2ブラジル』日本図書センター 1997）

泉柳北「ある訪日」（一九七六年）はこの出来事をヒントにしたに違いない。ブラジルで三度、収監されたと豪語する強硬派の木川は昭和三〇年、二五年ぶりに日本を訪問するが、人々の心持ちが「圧倒的な負犬根性」で激昂する。彼は記者会見で「信念がどうであろうと、敗けたという現実をどうする積りですか」と聞かれると、「勝敗論争の次元でしか此のことを扱い得ない単純さは、ブラジルの敗組と全く同じではないか」と思い、「低能野郎共」と呟く。事実として祖国の敗北は黙認するが、皇国思想が敗れたとは思っていない。皇居前広場では「「天皇礼拝即ち自己礼拝」と内観し得ない、二元観の世界」を生きる不敬者ばかりがいるのに絶望し、「唯今再び皇国の地を踏ませていただきました」と最敬礼する。外務省移住局では「ブラジル人になりきって、祖国も民族も忘れて下さい」と言われ、「棄民というわけか、そんなら何故初めから、祖国なんか平気でほったらかせる器用な奴だけを選んで送らなかったんだ」と怒鳴る。学校の教科書は「日本の歴史を、階級闘争の面だけから見ようとする左翼史観に接続して、日本だけを悪玉にでっち上げた、占領政策史観」で書かれているので、生徒の頭はみるみる「ソ連やアメリカの注文通りの伏線に塗り潰されてゆく」。これは教育の名による「誘拐」に他ならない。彼にとって、アジア防衛と日本防衛は同じことだった。「有色人種奮起の戦いを戦い抜いた誇りを、子等に語りつぐかと思うたに怨みの対象をすら自国の軍部へと掏り替え、その上に、戦争の勝敗とは無関係な筈の国体観まで、洗脳の道づれにしてしまった」。

尊皇は彼が渡航前に農村で教えを受けた野田先生の思想である。先生は東京帝大法科に所属し、マルクス主義に一時かぶれた後、この国体観に行き着いた。彼によると、「天皇は神聖にして犯すべからず」は、「臣民自体の神聖も、自由も人権も、更にまた輔弼の神聖免るべからざる責も、必然の潜意」と解釈される。この国体思想を憲法学者も軍部も正しく読めなかった。憲法学者は「天皇親政」を「天皇個人の意志を政治に反映させるといった、原始的な解釈」しかできなかったし、軍部は時代を味方につけたため慢心し、下手な作戦しか展開できなかった。「強い背景を持つ者は、必ず不勉強になって堕落する」。野田先生は今、「国体観の錆落とし」を始めている。時代を敵に廻しているので、誰もが猛勉強しているという。

木川は吉原で京子という娼婦と知り合い、思想調教に成功する。帰国後、彼女から吉原を辞め、父母の勘当を解かれたとの手紙を受け取る。その住所から三菱銀行の女中寮に引っ越したことを知る。それは吉原に行けと木川に薦めた野田の計らいだと木川は直感する。野田はおそらく皇国思想家の妻なり母になる素地を持った京子を探し出し、裏に手を回して苦界から救い出したに違いない。戦時中は「中央の要職」にあったというから、右翼の大物なのかもしれない。信念の男は女の解放を祝福し、手紙も写真も焼く。「木川は再びブラジルの奥地の、野良の人となり、家庭の人となった。地理的条件と歳月とは、木川の追憶を次第に過去へとたたみ去って、淡くしてゆくだろう」。退廃した祖国も彼女も忘れ、堅実な百姓生活にもどる。

これに似た勝ち組小説を読んだことがある。天川兆星「テレーザと正雄」（『輝号』一九五一年六月号、第1巻第1章参照）である。そこでは木川と同じぐらい純粋な天皇崇拝者正雄が、イタリア系のテレーザに大君を仰ぐ国の尊さを教え、彼女もそれを一切疑わずに信じる。彼女は正雄を追慕するが、肉体関係も結婚も望まない。一年後に彼女の結婚案内を正雄は受け取り、心から祝福する。精神と欲望の葛藤、異民族間の摩擦は一切ない。天皇崇拝の普遍性を宣伝するのを目的とする作といって差し支えない。木川は正雄の「それから」のように思える。京子を何度も訪れるが、性行為はそこそこに、後は「男は憑かれたように語り、女は眼を瞠って、男の顔を近々と見つめている」だけだ。彼女は幸田文の『流れる』や宮沢賢治集を読むほど知的で、看護婦だった姉が終戦直後、結核療養所で感染して死んでからは、いつか看護婦になろうと独学している。テレーザよりは奥行きを持った人物として描かれているが、木川は私的なことは聞き流し、ただ国体思想の注入に夢中になる。端々に娼婦というより、知的で身のこなしや趣味や表情が日本的で、彼を魅惑しているようだが、溺れはしない。娼婦を社会のつまはじき者とする政治家や官僚連中こそが悪の根源だと信じるが、彼女たちを救い出すことには興味がない。そうした権力者に向かって怒りをぶつけ、蔑視されている娼婦こそ国の柱なのだと誇りを植えつけようと語り続ける。最後の夜が明けると、二人は座礼で別れる。まったく未練はない。「テレーザと正雄」と同じく、感情ではなく思想を問題にしている。

「ある訪日」が発表された一九七六年、祖国戦勝を信じる者はほとんどいなかった。しかし勝ち負け抗争のしこりは、無言の圧力として日常的に感じられた。三年前の出来事に託して、書き手は何を伝えたかったのか。戦後十年間の日系社会の概要を「祖国の敗れた事実が、勝組内部への漸次判明と共に、両派の対立は、勝組論争の形から転化して、敗組の流れは概して、祖国の変り方を進歩として是認し、勝組の流れは之を、亡国的堕落として悲憤するという、思想傾向の差に変ってきた」と木川は把握している。彼の講演を聞いた故郷の人は、「あんな融通のきかねえ料見で海外発展できるもんか」といったり、敗戦組の本家は日本にあり、農地改革でちょっと財産が増えたことぐらいで敗戦を喜んでいる阿呆連中でいっぱいだと同調した。後者はごく少数派である。ブラジルに帰ると、「さすがの彼奴も、今度こそ認識したろう」と噂されるが、「認識にだって幾通りもあらあ、一緒にされてたまるか」と反発する。戦後十年間に信念派と認識派の数は逆転していたが、それは決して正義の逆転を意味しない。日本の民主化を罵りながら、木川はそれと心中したコロニアを攻撃している。経済戦から政治戦へ、そして文化戦へ、思想戦へという段階説は勝ち組雑誌に既に現われている。思想戦の次に来るものは示唆されていない。何十年たとうが、思想を戦わせるしかない。「思想戦」は訪日した報国同志会の手記にも鮮烈に記されている（比嘉栄一「「勝ち組」の浦島太郎といわれて」『文藝春秋』一九七四年二月号）。それはどんな説得にも論証にも神国不敗の信念を崩さないことをいう。選択肢、「考える余地」はない。戦後とはどこまでも引き延ばされた思想戦の時代で、木川はしだいに皇国史観が弱体化しているのを懸念している。作者は勝ち目のないことを感じながら、敗戦論者の包囲網を戦後日本の思想的惨状を迂回して打ち破ろうとしたようだ。

「ある訪日」はコロニア文学新人賞の佳作入選を果したが、審査の席上では「強硬派の告白小説」と物議をかもした。小説以外のかたちでは表に出しにくい、内に秘めた事柄が書かれている。これほど勝ち組思想にどっぷり浸かった作は、それまでなかった。泉柳北は一九〇七年長野県生まれ（一九三三年渡航）の農民で、「いわゆる知識階級と呼ばれる人々への、やる方ない不信の念」から書いたと入選の弁で述べる。この「知識階級」は認識派指導者と読み替えられる。「毎日畑で出て、米や芋を作るのが私の本領であって、文筆はその柄ではない」とも語るから、七〇歳近くになって初めて小説に挑んだらしい。「やる方ない不信」がいかに長く、深くくすぶっていたかが想像できる。そして書きたかったことは、この不信ひとつだったらしく、この筆名は消えてしまう（落選作がないとは限らないが）。筆名は成島柳北への讃かもしれない。明治初頭にフランス遊学を果しながら、帰国後には文明開化に逆らい旧幕臣の美学を守った「旧墨派」の文人について、書き手がどのくらい知っていたのかは見当がつかないが。

玉砕する作者——小出源吾「勝ち組」

このような屈折や苦さを含む勝ち負け小説が積まれてきたところに、九〇年代、突然、何のためらいもない直情型の勝ち組小説が現われた。四〇年代末に途絶えたはずの勝ち組小説は、伏流水のように流れていた。その名もずばり「勝ち組」（一九九二年）。物語は単純そのもの、元帝国軍人で桜花愛国党員の小出は警察の出頭命令を拒み、自宅に有刺鉄線をめぐらせ、二人の息子（正吉、勝次）を連れて立てこもる。銃撃戦の末、「日本帝国万歳」と叫んで突撃し、射殺される。

著者は小出源吾という。主人公も同じく小出源吾。吾の源、源の吾。作者名と主人公名の完全一致は、私小説でもあまり例を見ないだろう。それにこれは三人称小説で、文中で「私」が登場するわけではない。書いた小出源吾と書かれた小出源吾の関係がもつれだす。しかし高橋源一郎や小島信夫のように、固有名や作者の理論を持ちだすにはおよばない。プロ作家はひとつの（稀には二、三の）筆名を使い続けることで、一貫した作家意識を保ち、特に名前が売れれば「ブランド」としての経済効果を利用しないことはない。逆に無名作家、日曜作家は気まぐれに署名する自由を持つ（非合法出版、ポルノ、ハーレクイン小説では作者性を消去するために、署名は恣意的につくられる）。ただし著者小出は手の込んだメタ小説を意図したのではなく、ただ自分の分身を物語世界で英雄的に散らせてみたかっただけだった。もし「憂国」の主人公が三島由紀夫中尉と名付けられたなら、大騒動をまき起していたに違いない。反対に「勝ち組」は何の反響も呼ばず、作者は物語世界の中で、高潔な自死を大胆にも、無邪気にもやってのけた。

源吾は小作農で貯めた金で小さな店カーザ・アサヒ（民族の誇りを込めた店名）を開くが、あくどいトルコ系商人にだまされどうしで儲からない。正直誠実すぎるのだ。戦争末期、その男にけしかけられた反日の暴徒によって店が焼き討ちに会い、妻も病死する。絵に画いたような災難の連続で、彼は民族意識を傷つけられた被害者となる。同胞の前で彼は演説する。「俺達はね、皆、日本人だという誇りがあったからこそ今日迄ガンバッて来れたんだ。

カマラーダ（日雇農夫）同様の下積みから抜け出して、ここ迄浮かび上がって来れたのも、言葉もわからん、気色も違う外人の間に入っての苦労に何くそと耐え抜いてこれたのも、外の国にはない「大和魂」をしっかり胸に抱いて来たからなんだ。我々の故郷、立派な祖国日本があるという誇りがあったからなんだ」。仲間は思想的には小出に同調しても、ここはブラジルだから妥協しなくてはならないと現実論で答える。小出は「いさぎよい桜の花の様に、きれいな散り際でありたい」と覚悟の別れを告げ、子どもの行く末を頼む。「源吾の決意の強さに打たれてか、子を想う親の心を感じてか、一同粛として声をのんだ」。このとき、「果てしなく広がった牧野に夜はますます深く、遠く夜鳥の鳴く声が「ヒヨー」とひびき伝わって闇に消えた」。このような講談調の誇張と定型化は「勝ち組」の文体的特徴で、物語の内容と合致している。三島由紀夫でさえ、「憂国」では精巧というより生硬な文体しか採用できなかった。思想が先走ると文章の工夫は二の次になる。

源吾は祖国愛に向かってまっすぐに自爆の道を歩むだけで、家族や同胞に対して、特別な感情を抱くこともなければ、内面の葛藤もほとんどない。病気がちな妻をいたわるが、感傷に走ることはない。突撃は長らく踏みつけにされた日本男児の意地をブラジル人に見せてやるために敢行される死の儀式といえる。いわば「たった一人の戦争」を仕掛けている。それが妥協的な同胞にもたらす社会的な悪影響を英雄気取りは何も考慮しない。彼が死の決意を固め、家を飛び出すと虚を突かれた包囲網は一瞬、固まってしまうが、「日本帝国万歳」の叫びとともに機関銃が乱射される。数秒後にはそれも収まり再び静まり返る。「〝ゴー〟乾いた砂を巻き上げて、又風が通り過ぎた」。東映や東宝の戦争映画でさんざん見てきたような情景ではないか。

小出源吾が誰なのか、私はずいぶん気になっていたが、『ブラジル日系文学』二四号（二〇〇六年一二月号）の駒形秀雄「燃える」のあとがきを読んで初めて疑問が氷解した。そこでは「燃える」が「勝ち組」と対になるとはっきり書かれている（駒形秀雄は本名で、ブラジルに帰化している）。そして主人公は勝次、つまり小出源吾の次男とされている。「燃える」は一九六二年、ミナスジェライス州の日伯合弁製鉄所（モデルはウジミナス製鉄所）の建設に携わる二人の二世作業員、勝次と三郎を主人公としている。突貫工事の最中に重要な部品が盗難に遭い、二人は各地のスクラップ屋をしらみつぶしに回り、ついに発見、深夜の道を飛ばして現場にもどり、創業式に間に合わせる。裕次郎映画にありそうな筋立てだ。

日本から来た技師長が日本の良さと国力を示すことは、日系ブラジル人の地位の向上につながるので、国のため、自分のために仕事に邁進してもらいたいと訓示を垂れると、勝次の脳裏には、「父源吾が「戦死」した日に、高くかかげていた日の丸の旗」がはためく。「白い地に浮かぶ赤い色が自分の心だと思った」。心に日の丸を抱いているというのでは不十分で、心が日の丸に染まっているといったほうがよい。日の丸の像は、泥にタイヤを取られあわや火入れ式に間に合わないかもしれないという物語中、最大の山場でも現われる。「負けてたまるか！俺は勝組の子だ」と「勝次の固くつぶった瞼の裏に赤い色が炎のように燃えた」。赤い炎は溶鉱炉以上に日の丸の隠喩になっている。父から子へ大和魂は完璧に伝えられた。

白と赤の対比は銑鉄を初めて炉から出す儀式でも描かれる。「千五百度近い高熱で白く赤く輝きながら溶銑鍋に流れ込む鉄の湯はまるで生きている様に見えた」。これは「働く人」の「赤心」の表われであるという（「働く人」と対比されるのは、大統領、大使ら「偉い人」）。「赤心」は戦前の用語体系に属す。勝次は興奮する。「父は自分の心に忠実に生きたのだ。その父の血は自分の身体の中にも流れているのだ。「父ちゃん、俺はやったぞ〔。〕日本の魂でブラジルの鉄を作ったぞ」。高炉から流れ出る溶銑は熱く、赤く、たぎっていた。勝次の燃える心のようでもあった。炉頂にひらめく日の丸の赤のようでもあった」。

「勝ち組」と同じく、日の丸の鮮烈な映像で物語は閉じられる。ブラジルにはためく日章旗に、作者は創作のすべてをかけているといって過言ではない。人物はこの旗の下で操られる人形のようだ。選評で「スジ道の運びが、背広か、或いは制服を着たようで構成に固さがある」（荒木桃里）のが難点と指摘されているが、大和魂を強調すればするだけ、空虚で平板な人物描写に終わってしまうのは、終戦直後の「勝ち組小説」と似ている。「憂国」でさえこの弊は免れていない（これは制服が主人公といえる小説だが）。駒形は六〇年代の工業移民で、勝ち組への感情移入は現代日本の弱腰ぶりに我慢ならないからだという。本国がしっかりしてくれないと、海外同胞の意気が消沈する。遠距離ナショナリズムの典型だろう。

暗殺の森――佐々崎屯「奔流」

勝ち組復権は現段階での最新の勝ち負け小説、佐々崎屯「奔流」（二〇〇七年）で繰り返されている。特攻隊員小田原毅が負け組の密告で一団の警兵によって惨殺されたことをきっかけに、勝ち組の「押えることの出来ない愛国心の至情」が各地で堰を切ったようにあふれ出て、負け組暗殺を実行させたという物語で、連続テロは「応酬の念」で広がったという歴史観を提示する。臣道連盟はその念を組織化したにすぎない。小出源吾の作品と同じく、空想の英雄を祀り上げ、勝ち組こそが卑劣な負け組の犠牲者で、勇気ある者が立ち上がったのだと熱弁し、最初の現実のテロ事件を暗示した「兇弾」と正反対の歴史観を提起している。実在の関係者を連想させる人物名が記録と虚構のはざまを縫うような歴史＝物語を作り出し、架空の英雄たちに実在感を与える。

愛国心の「怒涛の如き発露」によって天誅を受けた犠牲者は、最後に実名で並ぶ。その列挙の後に、突然、舌足らずな人生訓で全体を枠づける。「人間にとって死とは――誰もが避けることの出来ない。人間には末路がある。惜しまれることもなく汚名の極印をおされて末路を辿る者が、この世の中にないとは誰が言えるか――いま一度人間として、自己を反省してみたいものである」。負け組の汚辱を再確認することを目論んだといって間違いない。しかし本来ならば暗殺者の名前を掲げてこそ、英雄として汚名挽回できるはずだが、殺された者の名前（中には誤認による射殺もある）を列記しているのは首をかしげる。特攻隊を美化するよりも、犠牲者の見せしめに主眼が置かれたのか、負け組の末路を辿るなといいたかったのか、その意図がわかりづらい。それとも六十年たっても英雄的暗殺者を実名で挙げられないほど、事件の傷は深かったのか。

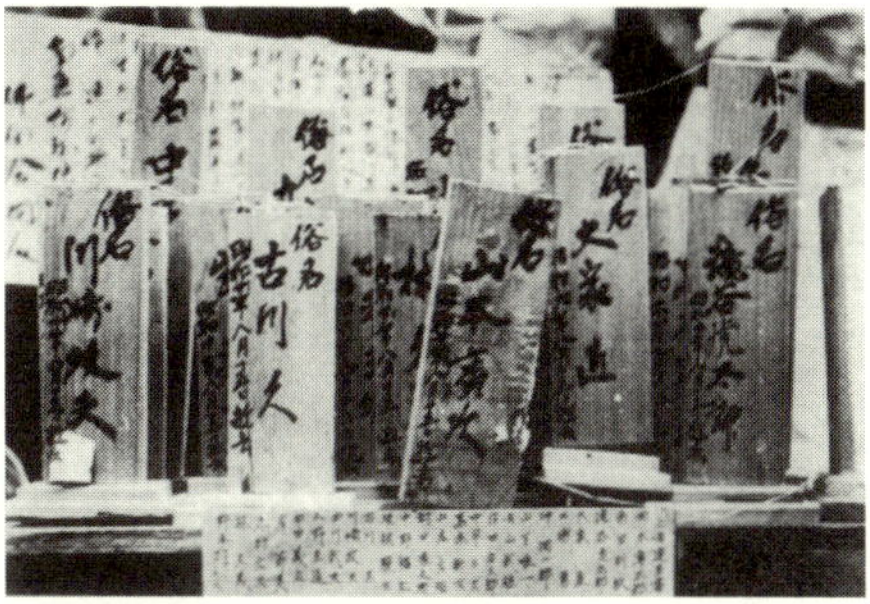

負け組の俗名を記した脅迫用の位牌
(ブラジル日本移民史料館提供)

「奔流」は『光輝』掲載の小説と同じように、善悪が真二つに裂けた世界を描いている。悪＝負け組は「日本難民救援工策」に走り、旧円売りで懐を暖め、官憲と組んで勝ち組一掃をはかっている。一味の描写はあからさまに否定的だ。会合には「明るさという色はなく、どこか落ち着きのない刺々した空気」が漂っている。銀行家は「太い葉巻を咥えて、椅子に身を凭せていた」。産業組合長は「誰にはばかることもなく思ったことを言わずにおれない性分のようだ」。言葉遣いはひどく下品で、あたかもギャングの密会のように描かれている。一方、勝ち組の指導者は露骨に肯定的で、皇民会会長は「どこまでも軍人あがりの精悍な面魂がうかがわれ」、副会長は「日本人離れのした眼光のするどい気骨のある面構え」をしている。門人たちは「会長に劣らぬ堅固な意志を持ち、うてば響くような精悍な者ぞろいで固められている」。愛国者の眼光が「日本人離れ」しているのは皮肉だが、天誅を下す赤誠の集団と理想化されている。

負け組に対する怒りは他のどの勝ち組擁護小説よりも鮮明だ。認識派巨頭は祖国敗北を嬉々として受け入れ、自衛という名目で官憲と共謀して臣道連盟を監視している。首謀者の一人が率いる産業組合は、戦前、毅や皇民会青年が加わっていた農村産業研究連盟という団体をつぶした経緯があり、青年の敵愾心を燃やす一因となっている。対立は今始まったことではない。負け組は産業組合、新聞社、進出企業、銀行の上層部が共謀して、愛国的農民層を戸惑わせる犯罪集団で、旧軍人に率いられた精鋭行動隊が今やその野望を打ち砕かんとしている。それが「奔流」の底を流れる状況理解だ。「[認識派は]道義心、または倫理観の喪失をねらうために日本国家の崩壊説を唱え敵愾心や蔑視観を抱かせ、自分の身辺に恐怖感を募らせて官憲の擁護獲得に懸命であった」。勝ち組から見れば、負け組が一方的に祖国を侮辱したことに、対立の原因がある。暗殺未遂と謀殺を聖戦の始まりと見なしている。

小田原剛（毅の兄）の義父は認識派で娘（剛の妻）を実家に帰らせようとするが、彼女は「私は小田原家の柱を守る母となっています」と語り、「兄の顔をキッと見据えた眼差しには一滴の涙もなかった」。五人の母として「何の怖じ気もない言葉は透き通るほど清浄な力があった」。この決断には山路冬彦らが描いてきた家族の葛藤、思想の葛藤はない。家族のドラマは兄弟の間で起きる。弟は老母を世話してきた兄に代わって、暗殺の実行犯となる覚悟を伝える。「日本人の子だよ僕は――」。すると「弟の手を握った剛の眼に、真実のこめられた涙が光っていた。堅く握りかえす毅の頬に、流れた涙のあとがあったが、もはや眼には一滴も涙らしいものは光っていなかった」。講談調は死なない。

毅の妻は産褥熱から鼓膜を害して耳が聞こえなくなり、腹痛が絶えない。毅は彼女が不憫でならないが、「コロニアの不逞の徒輩」を討つための小さな犠牲と切り捨てる。彼女は何も知らされない。兄夫妻に任せれば「何の心配もない」。兄への信頼はゆるぎない。妻子への未練はこれっぽっちもなく、皇民会の隠れ家に向かう。夫婦の愛よりも兄弟の絆を謳い上げて、物語は暗殺の場面へと進められる。小出源吾と同じように、毅もまた「蜂の巣のような銃弾」を浴びる。小出の英雄的たてこもりと反対に、負け組の密告による惨殺で、ブラジル人の伍長は死体を逆さに振り上げ肋骨を殴り、負け組の腰巾着は銃の台尻で顔をつぶす。負け組憎悪はこの残虐場面で頂点に達する。「思想的抗争」を超えて「感情的抗争」を煽っているように思える。勝ち組の一方的な讃美――勝ち負け文学はちょうど出発点に戻ってきた。

おわりに

勝ち負け抗争は日系ブラジル社会最大の事件で、「戦後」の思想的・心情的・文化的な布置を決定したといっても過言ではない。しかし当事者が触れたがらない犯罪と誤解、扇動と欺瞞に満ちていて、誰が加害者で犠牲者なのか、見る角度により結ばれる像が変わり、全体図はつねに錯綜している。それに関する小説が四十数本書かれた。

それが多いか少ないかはわからない。ただ時事性や政治や思想を盛り込んだり、暴力を前面化するのに格好の題材であることはまちがいない。事柄が重すぎるのか、一代記では飛ばされることが多い（例外として、リカルド宇江木『花の碑』と矢島健介『夜逃げ』）。

事件の記憶が生々しい五〇年代前半に、主に北パラナの作者が、「戦後」文学を興そうという意欲をもって——それは『文芸パラナ』の創刊の辞に明白だ——認識派の立場から数作を発表してから約二十年間、勝ち負け問題はあまり書き手の刺激にならなかった。藪崎正寿「路上」、波多野達馬「兇弾」のような読み応えある作が生まれたにもかかわらず、多くの書き手はタブーに踏み込むことを畏れた。その呪縛が解けるのに約三十年かかったところに、この抗争の根深さが表われている。認識派文化人（六〇年代には祖国戦勝を信じる者はごく少数だったが、日本精神や天皇へ帰依する一世は多数派だった）が中心となって編まれた『コロニア文学』に、認識派に沿った位置から問題を描いた作が出版されるのは当然だが、泉柳北「ある訪日」のように勝ち組強硬派を讃美したり、醍醐麻沙夫「JIZOの由来」（二九九頁参照）のように草の根の帰国願望に同情する作が登場したのは、狂信者や時代錯誤者のイメージから戦前教育の犠牲者、草の根民族主義者へという信念の内容についての評価が変化した兆候と見てよいだろう。前者はプロパガンダといってよいほど一方的に思想色を打ち出していて、勝ち組の文学的復権を印象づける。後者は戦後移民の優れた書き手が、デマに踊らされた勝ち組と通常片づけられてしまうサントス帰国船騒動を、愚かしいほど一徹な人物を通して愛情深く描いている。銃弾、暴行こそないが、数千の一般市民が軍隊に排除された事件は、戦勝情報がもたらした最大の暴力事件のひとつに数えられるだろう。このデマで後半生を棒に振った家族は少なくない。

年代順に並べてみると、勝ち組の思想宣伝、負け組の村八分（追放）に始まり、過半数は認識派に同情的だが、小出源吾「勝ち組」、佐々崎屯「奔流」のような勝ち組礼讃小説が間歇的に現われるのは面白い。本国の修正主義史観の台頭と連動しているのだろうか。時代が下るにつれて、終戦前後を回想したり、ふとしたきっかけで悪い思い出が甦ったり、犠牲者を追悼するような構成が増えるのは自然で、摩擦それ自体より、巻き込まれた人物に注目することが多くなった。七〇年代半ばからは、いつまでも村の暮らしにこびりついた亀裂を描いた作が生まれてきた。また日系ブラジル文学全体の傾向にしたがい、通俗的なあらすじと文体で、暴力を描く例が増えた。殺人、謀略、怨恨、強姦、密告、脅迫、詐欺などはどの時代でもあり得、ブラジルでもいくらも書かれてきた。勝ち負け抗争を題材として選ぶ時、二色に色分けされた同胞集団の全体から個々の出来事を描くことを迫られる。多くの物語は政治的対立が引き起こした暴力という公式見解を離れ、私怨を絡ませている（反対に宣伝小説は政治思想と愛国心しか表に出さない）。緊迫した政治状況があったにしろ、人を暴力に駆り立てるのは、いつもの卑しさである。文学はこうした一種の裏面史を提供しうる。

本章は筋立て中心の議論で、暴力や共同体の問題は表面的にしか扱えなかった。勝ち負け抗争が戦後日系社会の原点である以上、行間で仄めかされる作が、他にもあるに違いない。暴力の表象という現代的な話題から読みなおすことも必要だろう。本章がそうした作業のきっかけとなれば幸いである。

註

（1） 宮尾進『臣道聯盟——移民空白時代と同胞社会の混乱』サンパウロ人文科学研究所、二〇〇三年。移民八十年史編纂委員会編『ブラジル日本移民八十年史』移民八〇年祭祭典委員会・ブラジル日本文化協会、一九九一年、一六八〜二二九頁。同時期の日系社会の騒乱を舞台にした娯楽小説に、麻野涼『天皇の船』（文芸春秋、二〇〇〇年）がある。勝ち組の救世主来臨信仰（メシアニズム）ほど強烈な帰国願望を利用した旧円売りと朝香宮事件の背後に、満州特務機関があり、現役の首相、移住事業団総裁、公安部長まで悪のつるは絡まる。移民のなかにはこれほど手馴れた物語作家はいない。

（2） Fernando Morais, *Corações Sujos. A História da Shindo Renmei*, Campanhia das Letras, São Paulo, 2000.

（3）　半田知雄「省略されたジグザグ」『コロニア文学』二号、一九六六年九月号、八四頁。
（4）　筑紫次郎「懐疑派」『のうそん』一四一号・一四二号、一九九三年七月・九月号。
（5）　投獄者の留守を守る女は、勝ち組文芸のタイプのひとつだった。「独り静かに燈明あげて欲なかれと留守の妻」（一九五一年九月三日付『時報』）。この都々逸に対して、選者前島暁舟は、聖戦に征く夫の武運長久を願う妻よりも、「不正なる密告により夫は冷たい獄窓に」つながれた妻と解釈するほうが「実感味」があると評し、このような緊急時でなくとも、神棚に燈明を捧げる「敬神仏の念」を子孫に伝えてこそ日本人と述べている。作り手の素朴な意図を超えて、選者が皇国思想を繰り広げることは、勝ち組新聞によく見られる特徴だ。
（6）　認識派を善人の側に置く立場は、安部義郎「教師の苦悩」（一九九二年）でも踏襲されている。同じ船で渡航した友人、森山と有明は思想対立で分裂する。勝ち組の森山が経営する日本語学校が警察の捜索を受け、閉鎖されると、彼は縮小気味の日本語教室を開く有明の密告と見て、臣道連盟に襲わせる。襲撃は未遂に終わり、有明夫妻は逃亡する。その後、森山は愛人を作り、妻は弟の家へ出て行く。一方、有明は元から教師を志望し、戦時中は日本語を秘密裡に教え、国粋主義を教育した。敗戦後はそれを悔いるが、日本精神の価値は亡びないと信じている。しかし日本に行く／帰る可能性の薄くなった二世に、どうやってそれを伝えていくべきか悩んでいる。暴力的で自堕落な勝ち組と良心的な負け組の対比ははっきりしている。
（7）　梅木幹弘「周辺」（一九七五年）には勝ち組と負け組の間をうまく立ち回った詐欺師村松が登場する。二十年後にもなお不渡小切手を切るしつこさで、弱みを握った連中の前にいやらしく現われる。主人公は戦前に渡航した現地採用の日系企業の勤め人で、日本人同士の足の引っ張り合いにうんざりし、その外に早くから出て商売を成功させる。ブラジル人と自覚しているが、「皮膚と身体のなかの血は——日本民族から断つことは出来ない」。その断てない部分を詐欺師は攻めてくる。
（8）　私怨はその後もいくつかの勝ち負け小説に描かれている。たとえば安部義郎「勝ち組の妻」（一九六八年）では、夫が警察に囚われ、留守居の妻セイを見知らぬ男が訪れ暴行を加える。それは臣道連盟で顔のきく町の実力者が、彼女に袖にされた意趣返しに送り込んだ警察の関係者だった。妻は強姦者が戻ってきたら刺し殺すつもりで護身していると、案の定、現われる。そこへ夫がちょうど釈放されて帰宅し、彼女を守る。一九六八年の世相を反映しているのではないだろうが、セイは泣き寝入りする移民妻ではない。後で紹介する勝ち組小説「奔流」が認識派と警察の和合を糾弾しているのと正反対に、ここでの臣道連盟は指導部が腐敗し、警察に取り入るならず者集団にすぎない。本国の戦時メロドラマの「留守を守る妻」という類型に負った一作。
（9）　臣道連盟創設にあたって、退役大佐が当人の意志に反して担ぎあげられる様子は、大岩和夫「同郷」（二〇〇四年）が描いている。既存の記録を貼り合わせただけで、「物語化」されてないのが残念だ。
（10）　同じ著者の「A島に向けて」（一九九九年）はA島（アンシェッタ島）に二人の友人が弔いの旅に出る物語で、一人の息子は殺人現場に居合わせたために冤罪で送られ、そこで死んだ。話すうちに実は同行者の甥が真犯人だったことが発覚し、彼を殴る。島送りになった純真な青年を擁護しつつ、背後の黒幕が戦後ずっと安泰だったことに初老の男二人は怒りを隠さない。そこから社会批判なり、亡き息子をめぐる心理劇として描ける種は蒔いているが、作者は娯楽本位で殺人事件を再構成するに留める。リカルド宇江木の超大作『花の碑』（二〇〇五年）は、勝ち組の暴力と強姦が連鎖する一代記で、別の章で詳しく論じる。

（11） 藪崎正寿「恋文」（一九六五年）が養蚕農家の緊急集会を描いているが、心底怯えたというより、怯えてみせたという皮肉な解釈を下している。

発表年月	著者名	題　名	発表雑誌名	備　考
1949.1	山路冬彦	躑躅	よみもの	『コロニア小説選集1』収録
1953	摩耶晃	侵入者	文芸パラナ2号	
1953.11	山路冬彦	十方無尽	文芸パラナ3号	『コロニア文学』28号再録
1954.1～2	竹井博	老移民	パウリスタ新聞	パウリスタ新聞短編小説賞
1958.1	藪崎正寿	路上	パウリスタ年鑑	『コロニア小説選集2』収録
1959.1	岡野由布	呟く女達	パウリスタ年鑑	同紙文学賞佳作
1961.1	波多野達馬	兇弾	パウリスタ年鑑	『コロニア小説選集2』収録
1961.3～4	春日健次郎	ミーリョは夜伸びる	農業と協同117-8号	『コロニア小説選集2』収録
1961.9～10	山里アウグスト	老移民のこの日	農業と協同123-4号	『コロニア小説選集2』収録
1965.7～8	佐藤実	霜明	農業と協同169-70号	同誌文学賞佳作
1965.9	藪崎正寿	恋文	農業と協同171号	
1968.7	安部義郎	勝ち組の妻	農業と協同205号	
1974.11	伊那宏	行方不明	コロニア文学25号	
1975.3	梅木幹弘	周辺	コロニア文学26号	
1976.3	海野牛子	カジューの汚点	コロニア文学29号	
1976.3	泉柳北	ある訪日	コロニア文学29号	
1976.10	醍醐麻沙夫	JIZOの由来	コロニア文学30号	『森の夢』再録
1979.9	山口東風	味噌汁	のうそん60号	
1980.1	戸見沢比左良	さいはての花	パウリスタ年鑑	同紙文学賞佳作
1981.3	三原茂弘	陸の孤島	コロニア詩文学3号	
1983	遠藤勇	棄民の碑		同名創作集2001収録
1985.9	醍醐麻沙夫	渡真利という男		『「銀座」と南十字星』（単行本）
1985.5	松井たろう	金甌	のうそん95号	同誌文学賞佳作

1985. 6	藤光汥	樹傷	コロニア詩文学 19 号	
1987. 5	石城秀節	裂れた流れ	のうそん 106 号	同誌文学賞佳作
1992. 2	小出源吾	勝ち組	コロニア詩文学 40 号	
1992. 7	安部義郎	教師の苦悩	のうそん 135 号	
1992. 10	能美尾透	火葬	コロニア詩文学 42 号	
1995. 2	山崎僅漁	相克の巷	コロニア詩文学 49 号	
1995. 10	松尾裕至	遠い日の嵐	コロニア詩文学 51 号	
1997. 11	多田恵子	涙の味	のうそん 167 号	
1998. 11	西山恒雄	植民地解散記	のうそん 173 号	
1999. 7	能美尾透	Ａ島に向けて	のうそん 177 号	同誌文学賞佳作
2000. 8	葦屋光延	鈴の音(第三回)	ブラジル日系文学 ５号	
2002. 5 ～ 2003. 5	松尾裕至	白い奔流	のうそん 194 ～ 200 号	
2002. 7	矢島健介	夜逃げ(第七回)	ブラジル日系文学 11 号	
2003. 3	松尾裕至	遠雷	ブラジル日系文学 13 号	
2004. 9	大岩和夫	同郷	のうそん 207 号	同誌文学賞佳作
2005. 8	高橋干晴	忘れない	ブラジル日系文学 20 号	
2005. 8 ～ 11	荒木桃里	邂逅の広野	ブラジル日系文学 20-21 号	
2005	リカルド宇江木	花の碑		単行本
2007. 1	加藤武雄	移民・プロムナード	のうそん 221 号	同誌文学賞佳作
2007. 12	佐々崎屯	奔流	ブラジル日系文学 27 号	

「勝ち負け小説」一覧（「勝ち組雑誌」掲載分を除く）

6　『コロニア文学』の時代

はじめに

『コロニア文学』は一九六六年五月から一九七七年一二月にかけて計三二冊、サンパウロのコロニア文学会（Grêmio Literário "Colônia"）によって刊行された雑誌で、ブラジルの日本語文学史のなかで、最も活気に満ちた時代を象徴する。その約十年間は現在でも文学の黄金時代として語り草になっている。この時期、戦前移民と戦後移民がいずれも健筆を振るい、時には激論を交わし、既存のサークルでは不審がられた新しい潮流が詩歌各ジャンルで盛り上がっていた。同誌の足跡を追うことは、ブラジルの日本語文学史を論じるうえで欠かせない。題名に見るように、ジャンルを超えた「文学」を対象としたことに特徴がある。三つの短詩と詩が集まるのは初めてだったうえ、雑誌の中心は小説だった。小説の書き手にとって、それ以前はパウリスタ文学賞と農業と協同文学賞しかほとんど投稿先がなく、どちらも四百字詰四、五十枚程度と定められていた。これに対して『コロニア文学』は文学専門誌で、連載も認め、百枚以上の作品も現われた。専門誌であるから、読者の高い質も期待された。これが良い刺激にならないはずがない。各ジャンルが大同団結した雑誌は戦後には前例がなく、立ち上げには躊躇があったが、情熱家が前に進めた。その原動力になったのは、一九六一年、貨物船で渡りサンパウロ大学社会人類学に所属していた人類学者前山隆だった。到着して五年目の学徒と、戦前から短歌雑誌に関わってきた武本由夫が周囲を説得し創刊された。大体六百部から八百部刷られたというが、推定される日本語人口からいってずいぶん健闘したといってよい。

ここでは創刊時の意気込みから終刊時の敗北感に至るその概要を述べた後、理論的な柱であった前山隆について触れる。彼は移民の文学（とりわけ小説）に歴史的視角を与え、過去の佳作の発掘を始めた。その人類学的な知識に裏づけられた実存主義的な文学観は、創作者を置き去りにするほど先走っていた。日系小説の理想的な存在基盤として「土着性」、また実際の心向きとして「被害者」という批評用語を提案し、論争を巻き起こした。「被害者」意識が強く現われた題材が、作者の分身か周囲の人と思しき現実主義的な人物の受難と忍苦の生涯を追った履歴書的文学、つまり一代記物だった。移民の辛苦を書き残しておきたいし、読者は同胞の苦労を読みたがっている。文学的には悲劇のほうが価値が高い。おそらくこのような思惑から自分の、あるいは所属集団の過去にひとつの側面から光をあてた類型が好まれた。「被害者」意識を徹底的に追及したのが、別の章で取り上げる藪崎正寿だった（第8章参照）。彼は戦前移民の屈折を執拗に描き、『コロニア文学』の看板作家となった。それに対して、一九六〇年にブラジルに憧れて移住した醍醐麻沙夫は、被害者の重荷を背負わない――しかし愁いを含んだ――若い主人公、娯楽本意の筋立てと文体をひっさげて、文学界に新風を巻き起こした。「戦後派」の颯爽たる登場で、後に日本でも認められた日系ブラジル唯一のプロ作家となった。本章では『コロニア文学』の歴史的位置を前山の批評、履歴書的文学、醍醐麻沙夫の三つの柱を立てて測ってみる。全作品のあらすじは第1巻の巻末を参照されたい。

一　高揚と焦燥

雑誌の立ち上げ

編集母体のコロニア文学会は、一九六五年一〇月二日に準備会をサンパウロの日本文化協会（文協）で開き、同月二〇日に発足宣言をしている。発起人には文芸界の先駆者古野菊生、短歌の清谷益次、俳句の増田恆河、川柳の安藤魔門、詩の横田恭平のような実作者、それに雑誌編集者・著述家佐藤常蔵、サンパウロ大学の社会学者斉藤広志（『地平線』へ詩を寄せた昔からの文学好き）のような知識人など合わせて三四名が名を連ねている。文学会は翌月二一日に創立総会を開き、会長鈴木悌一（サンパウロ大学日本学研究所創設者）、副会長武本由夫と藪崎正寿、委員十名など役員を選出し、『コロニア文学』の発行、地方の文学団体との交流など活動方針を決議した。

前山はブラジル到着日に、たまたま『のうそん』誌の文芸欄を眼にしたことで、現地の文学活動の存在を知る（「コロニアにおける文学賞の歴史」二七号）。前山は中学生のころから同人誌を発行し、「同人誌ズレ」した男と武本が評するような文学青年で（「たとえ泥臭いと言われても」一〇号）、彼の熱意が財政面や編集面の心配で今一歩を踏み出せなかった古株を説き伏せたかたちで、文学会が結成され、機関誌が創刊された。前山隆は『コロニア文学』の理論と実務のエンジンとして活躍し、物議をかもす発言で会員を発奮させた。六〇年代の本国の文学青年の論争のスタイルをブラジルに輸出し、回りはただ彼に引っ張られた感がある。

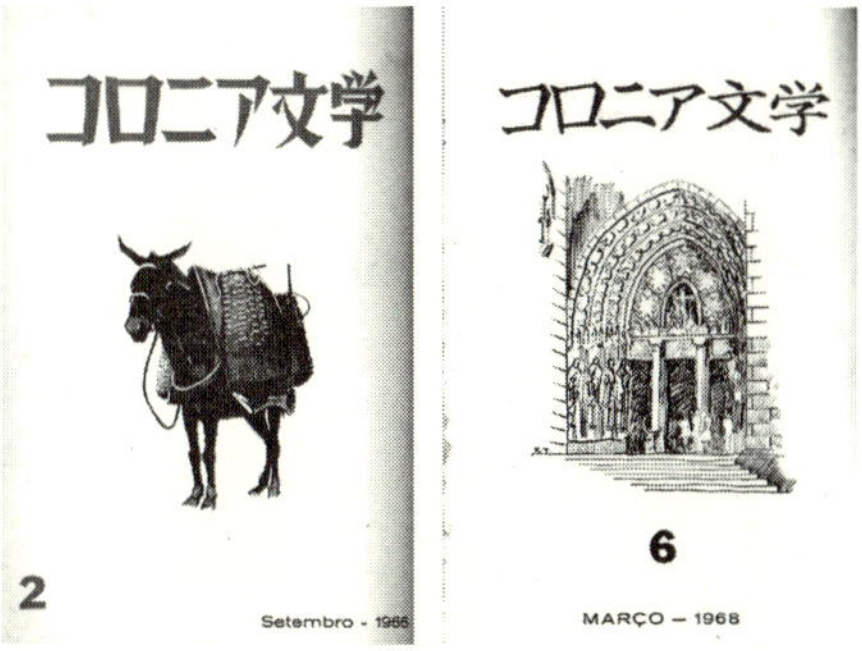

『コロニア文学』2号（1966年9月）
6号（1968年3月）

コロニアでは短詩はよく育っているのに、散文学は未熟なまま留まっているが、この「畸型」ぶりを改善しようというのが、発起人の思いだった（無署名「『コロニア文学会』をなぜ興したか」一号）。実際、小説中心の文芸サークル結成は戦後初めてだった。短詩と違い、小説は結社組織に馴染まず、師弟関係、選者作者関係を結びにくい（数文字添削して出来が変わるという性質の形式ではない）。限られた数の、しかしまとめにくい小説の作者を結集させた功績は大きい。

小説中心と関連して、評論の充実は『コロニア文学』の特徴といえる。結社雑誌は当然、実作者によってほぼすべて占められているが、『コロニア文学』は「評論家」、つまり創作せずに評論に専念する者が熱心に寄稿した。彼らは論戦を仕掛けて、雑誌を活気づけた。また『コロニア文学』の時代には、詩歌の世界では写生や抒情に疑問を持ち、前衛的な作風が飛躍した。破格・破調の短詩、「難解」作品が同人誌で話題になり、時には排除された。種目を超えた雑誌はいわば「はぐれ者」を集める結果となり、『コロニア文学』には新傾向の作が多く並んだ。彼(女)は、同誌に既存の同人誌とは別の読者層を期待した。

伝承されない日本語

武本由夫によれば、「コロニア日本語の将来性から推して、現在の時点で発行できなければ、恐らく、以後は不可能事に属するのではあるまいか」(前掲「たとえ泥臭いと言われても」)と前山隆が説いて回り、困難な道が予想される文学雑誌創刊の気運を高めた。日本語は子孫にはあまり受け継がれない言語であると嘆く論調はそれまでにもあった。前山はむしろ消滅寸前にある少数民族の言語で書くことに、どのような意味があるのか考えようと愛好家をたきつけた。日本語人口の漸減という危機感が、雑誌を立ち上げたといっても過言ではない。座談会「伝承に耐え得る日本語」(一二号)が企画されたように、『コロニア文学』同人は日本語が次世代に伝えられないことを粛然と受け止めていた。日本でも間歇的にやってくる「文学の危機」以前に、言語の衰微が大きな問題だった。日本の文学界では、言葉の乱れが問題視されても、日本語が消えていく不安はない。日本語は自動的に伝承され、子孫がその気になれば読むことができる(本離れは別の問題)。これが暗黙の前提で、出版はいわば末代までの文化遺産だった。ブラジルの日本語使用者は既に、肩寄せ合って生きている感があった(1)。

同時期には小説の書き手全体の高齢化が始まっていて、一九六七年にはパウリスタ文学賞の「応募作の約四分の一は老年の文学である」と古野菊生が講評している(『パウリスタ年鑑一九六七年』)。高齢化は内容の変化を伴う。同文学賞の受賞者や応募者が多くを占める『コロニア文学』は、その経過をよく記録している。半世紀以上の歴史の蓄積によって、日系社会はその内のエピソードもその外との接触も多様化させてきた。それにしたがって、文学的な主題の幅が広くなったことが、一七〇本ほどの掲載作からわかる。主流はコロニア内の出来事に取材した「純文学」志向の現実主義、とりわけ家族と恋愛の物語だが、稀にはユーモアや犯罪や歴史に挑んだ作も選ばれた。古野の評の裏面を突いた「近年少しずつだが、浪花節調の物語りが減ってきている」という武本の言は、渡航前に戦後文学に触れてきた新移民の台頭をある程度裏付けている（『パウリスタ年鑑一九六九年』）。選者の言葉から落選作の筋もある程度わかる。今となっては、作者と選者しか読まなかった落選作も読みたい。

一九七三年には日本語の衰微はもっと顕著になった。武本編集長は「コロニア日本語」の最期につきあう悲壮な覚悟を述べている。「日本語が滅びるべくして滅び、『コロニア文学』が消えるべくして消える場合、わたしたちに、何の未練があろう。この異郷で、よくこれまで頑張ってきたと、わたしたちは、〝コロニア日本語〟に拍手を送ってやりたい。その日まで、及ぶ限りの力をつくして、コロニア日本語に有終の美を飾らせたいというのが唯一の念願である」（「わたくしの念願」二〇号）。『コロニア文学』の力が弱くなっていったのは、同人の文学的な限界と同時に、一九七〇年代に進行した日本語利用者層の縮小も関わっているだろう。主要な執筆者はほとんど一九一〇年代から一九三〇年代にかけて生を享けていて、雑誌発行当時、四十代から六十代にさしかかっていた。実年齢に加えて、「老齢期に至ったコロニア」という認識もかなり共有されていた。これには日本語共同体の終息が刻一刻迫っているという事実が大きく関わっている。老いや病をテーマにした作がしだいに増えていったのは自然の成り行きだろう。

活動の充実

一九六七年一月、在外文学団体として東京の日本文学振興会に登録した。その結果、芥川賞・直木賞の選考対象の資格を得ることになり、「コロニアに芥川賞を」というような声も聞かれた。同じ年にはブラジル国内でも

Colonia Bungakuとして雑誌登録し、市販可能となった。このように短い前山編集長時代に、ありきたりの同人誌以上の活動を求める下地が出来上がった。第三号（六七年三月）の編集に携わった後、彼はテキサス大学に留学し、武本が後を継いだ。彼の回顧では、その時に創刊時の熱が去ったという（「第三〇号の編集を終えて」三〇号）。いかに前山の感化が強かったがわかる。醍醐麻沙夫は実り多かったのは最初の一〇号までだったと厳しい（「第二六号・読後感」二七号）。第一〇号の座談会「コロニア作品の質と作者の創作姿勢」では、当時、パウリスタ文学賞の審査員を務めていた尾関興之助が四年間に作者の質が上がったと述べたのに対して、雑誌編集部にいた宮尾進は「伸びていない」と断定し、次の号で前山隆がそれに同調している（「コロニア文学は伸びていないか」）。三人は「評論家」格の代表だった。作者を甘やかしてはならないと厳しく叱咤したが、それに応じるだけの筆力を持った書き手は少なかった。

コロニア文学会は地方委員を日系人の多い市町村に置き、中央との連絡を密に取ろうとした。第二号から七号にかけて各地から短信が寄せられた。俳句と短歌の繁栄がピラミッド型の地方結社組織にあることは明らかで、文学会はそれを小説や詩にも拡げようとしたようだ。しかし八号以降は意欲ある地方会員が他に現われなかったのか、地方短信欄は短詩結社の近況報告を除いてほとんど消えてしまう。短詩界にとって、『コロニア文学』は他流との対話にも応じる革新派の別宅のようで、全体からすれば存在感は小さかった。

コロニア文学会はブラジル文学、日本文学にもある程度の関心を払った。前者については二ヶ国語で読み書きできた野尻アントニオの「現代ブラジル文学の動向」が創刊号で掲載されたのを手始めに、グラシリアーノ・ラモス（尾関興之助、二号）、ジョルジ・アマード（山添良一、五号）らが紹介され、ダルトン・トレビザン、エリコ・ベリッシモらが翻訳された。特にベリッシモの長編『時と風』が田畑三郎によって翻訳連載された意義は大きい。また野尻の短編《コント》「A Carta」（手紙、創刊号）や「A Mácula」（汚点、第三号）をはじめとして、ポルトガル語の作品も時折、冊子を飾った。二一号からは巻末に最大十頁ほどのポルトガル語欄が野尻の編集で設けられ、二世や非日系の詩や短編、彼自身の作、太宰治の「斜陽」の部分訳などが終刊まで出版された。ポルトガル語の書き手を刺激するために、ポルトガル語文学賞を一九七五年に設けたが、一回で終わってしまった（受賞作は二八号に掲載）。百数頁中十頁ではいかにも添え物の感が否めない。

日本文学への言及はそれに較べると散発的で、前山隆「椎名鱗三の文学的発展」（一号）、矢島健介「『斜陽』の文体について」（三号）、水野林「「三島由紀夫」について」（四号）が、発足当時の研究会の熱を伝えてくれた後は、川端康成のノーベル賞受賞（八号）、三島の自決（一四号）という大事件を除けば、あまり話題とはならなかった。それよりもカナダ移民を扱った大庭みな子の芥川賞作品「三匹の蟹」（八号）やブラジルを舞台にした深井富子の群像新人賞優秀作品「ドン・ペードロ二世ホテル」（九号、『群像』一九六八年六月号掲載）を批評しているのは、同人の関心のありかを示している。田宮虎彦のブラジル訪問（九号）、訪日した同人の深沢七郎訪問（一〇号）のようなニュースもある。

川端を夢見るコロニア文士の風刺画
（『パウリスタ』1970年1月1日付）

コロニア文学会は研究会と機関誌のほかに、コロニア新人文学賞（一九七三年より）とポルトガル語文学賞（一九七五年）を設定し、『コロニア小説選集』全三巻を出版した（一九七五年〜七八年、一九九六年にコロニア詩文会より第四巻）。しかし新人文学賞は新人発掘につながらなかった（ほとんどの受賞者は既に掲載作のある作者）。研究会の参加者もしだいに少なくなり、投稿者も固定していった。それにつれて会費未納者が増え経営が悪化し、映画試写会やクリスマス・カード作成などの企画で何とか持ちこたえながらもジリ貧は免れなかった（裏方の悩みは武本「第三〇号の編集を終えて」に詳しい）。日系の銀行・企業・商店の広告がある程度、財政を支えたが、やりくりは常に苦しかった。文学会の会長は設立十年（一九七五年）を機に、鈴木悌一から野尻アントニオに代わったが、実務の担当は創刊当時からほとんど変わらず、建て直しにはつながらなかった。

新会長の下で二号を出した後、第三二号をもって終刊が宣言された。野尻アントニオの「終刊の辞」には「老齢期に至ったコロニアに於て、本誌の使命は一応終った」と記されている。終刊号の最後の頁には、創刊号の冒頭を飾った矢島健介の新作が掲載されている。偶然とは思えない幕の引き方である。コロニア文学会は、一九七五年より結社の縄張りを超えた自由詩と短詩の専門誌『コロニア詩歌』を出していたが、『コロニア文学』終刊後には両者を合体させて、『コロニア詩文学』（一九八〇年六月）として再出発した。創刊当時は俳句、短歌、詩歌が集合し、小説の影は薄い。追い詰められた文学愛好家が肩を寄せ合うような寂しさで、その創刊の辞には、これから論じる鈴木悌一の「創刊のことば」にはちきれる覇気は感じられない。

「創刊のことば」を読む

最初のうち、文学会は日系ブラジル文化協会内の聖美会アトリエの一角を借りて事務所を開いた。聖美会は日系人美術家の集まりで、日曜画家の他、間部学、若林和男、玉木勇治、高岡由也のようなブラジルの画壇でも認められたプロの美術家が入会し、その縁で『コロニア文学』は彼らのさし絵をよく使った（聖美会では既に戦前の『地平線』に版画を寄せ、文章と美術のふたまたをかけた半田知雄の存在が大きい）。また後年にはアトリエ訪問（一一一〜一九号）という連載もあった。美術はブラジルでも他の国でも、移民が最初に主流社会で認められる芸術分野で、日本生まれの共同体からほとんど外に出ることのない文芸の対極にある。美術家の躍進に続け、短詩結社に負けるな、という競争心は、鈴木悌一の「創刊のことば」にはっきりしている。その全文を引用する。

移り来て五十余年、コロニアというひどい瘦土の上にこつこつと培われてきた文化活動も、ようやく実を結びだしたようである。

聖美会を中心とする美術運動は、すでにブラジル美術界の推進力の一つとなり、国際移動展にまで発展してきている。また伝統的な短詩型文学も高い水準に達し、日本の歌壇や俳壇に新風を吹きこんでいるようである。ところが散文学の方はさしたる展開を見せず低迷を続けているのはどういう訳であろうか。

次のような「申訳」がある。短詩型文学は強固な同人組織と発表機関があり、切磋琢磨の場があるに反し、散文学にはそれがないからだ、というのである。

戦後「よみもの」誌、パウリスタ新聞、「農業と協同」誌の文学コンクールを契機として文学への関心が高まり、此処に「コロニア文学会」が生れ、機関誌「コロニア文学」の発刊となった。待望の切磋琢磨の場が出来たのである。研究会も毎月欠かさず続けている。

これでもやはり低迷が続くようでは、もう「申訳」もたたない。他の文化部門に較べて、われわれ「文学愛好者」という種族は、じつは独りよがりの怠け者に過ぎないということが証明されるだけである。

同人諸君よ、各員イッソウ、フンレイドリョクせよ、と何処かで聞いたような文句が飛びだしてくる始末である。

鈴木悌一（鈴木正威『鈴木悌一』サンパウロ人文科学研究所、2007年）

彼は農民には身近な「痩土」という比喩から、文学の必要性を説き起こす。美術界、短詩界に対する競争心のほかに、⑴コロニア五十年の文化活動の歴史のなかに自分たちはいる、⑵文学の核は散文学にある、⑶文学は切磋琢磨のなかで生まれる、⑷我々は文学愛好家である、このような認識が文学会結成の前提となっていたことがわかる。この一つ一つについて註釈をつけておきたい。

(1)「コロニア」という日系ブラジル共同体の自称は既に五〇年代に使われ始めていたが、「コロニア文学」という語は、鈴木か武本が言い始めたらしい。たとえば一九六〇年、鈴木は農業と協同文学賞の「選後感」で、「なんとかコロニア文学が母国の文壇をシンガイせしめ、世界中をドウモクさせる日が来るようにならないものであろうか」と応募者にハッパをかけている（七月号）。『遠野物語』の口吻を真似れば、「母国人を戦慄せしめよ」というような意気込みだ。それだけ母国文学に対して劣等感を持っていた。

『コロニア文学』創刊の頃には、短詩以外の文学活動もまた、ほぼ移住と同じだけの歴史を持つということはまだあまり知られていなかった。鈴木が名を挙げた戦後の文学賞は会員の記憶に新しかったが、戦前にも小説が書かれていたことは、創刊号掲載の前山隆の評論「『地平線』の時代」が体系的に論じるまで、ほとんど忘れられていた。この評論の最大の意義は、それまでかなりの数の創作がブラジルの日本語メディアに発表されたにもかかわらず、読み捨てられ、後続世代、他の地域の作者や読み手に何ら養分を与えてこなかったことを反省し、「コロニア文学史」の構想を打ち出した点にある。個々の作者や作品は孤立していても、コロニアという共通の生活基盤の上に書かれたのだから、ひとつの系譜にまとめることができる。彼はこう確信し、既存の散漫な年代記以上の歴史記述の可能性を初めて真剣に考えた。コロニア文学史は特徴的な文体や理論や作家の盛衰ではなく、移民であるという自己認識の歴史になると論じた。二号から一二号まで戦前の旧作を再録したのは（後に『コロニア小説選集1』に合本）、そのような歴史発掘を意図している。同人の作を並べる以上に、歴史意識を強く主張したところに同誌の特徴があり、これは初期移民や笠戸丸以前にさかのぼる歴史小説という新しいジャンルに結実した。

(2) コロニア文学会は、小説中心主義を踏襲している。創刊号の別のところでは、「まず散文学が発達して、その肥沃な土壌の上に、いろいろな型の文学がたくましくそだっていくというのが、健全な形」で、短詩の先行は「畸形」であると述べられている（「「コロニア文学会」をなぜ興したか」）。短詩にはすでに結社同人誌が盛んなので、『コロニア文学』は散文学に限ってはどうかという意見もあったが、会員数の確保や読み手層の重なりから短詩にも開かれた。宮尾進によれば、コロニアの短詩人口の割合は日本の八倍といわれるほど高い。「コロニアの日常生活の構造が、俳句とか短歌に結びつき易い。小説も、俳句短歌と同じ制作態度で、創作されている。だから、至極安易なわけだ。コロニアの欲求不満が短詩型にむすびついている」（座談会「コロニア作品の質と作者の創作姿勢」一〇号）。「文学」の真骨頂は思想なり世界観なりを表現できる小説にあると彼は信じている。短詩は安易で抒情性しかなく、「非常に初原的」である（いわゆる「第二芸術論」に従っている）。これに対して歌人である清谷益次は「短歌には、抒情の面で、私小説に通じるものがあって、一応文学するという気持ちを充足させるものがあるんです。そこに、短歌から散文に転向しにくい要因があると思われます」と答えている。

(3)思いつきをなぐり書くだけでは不充分で、賞だけでは書き手の指針にならない。執筆と討論によって創作力を鍛える必要があると文学会は考えた。雑誌は馴れ合いに終わってはならず、同人間の厳しい批評眼で書き手の質を高めることが、『コロニア文学』の使命とされている。「切磋琢磨」とあるように、素人とはいえ筆のすさびではなく、精神的な価値のある創作を目標に掲げた。この種の激励は集団的な野心と相互扶助の精神を含み、理想的には書き手の長短所を正しく指摘し、質を向上させる役目を担う「評論家」的な同人から、いくどとなく繰り返された。書き手も作品が欠点を含めてきちんと評価され、自作の指針となるような文章を期待した。毎号、選考会議の席上の忌憚ない意見が掲載されている。しかし書き手を励ましつつ欠点を指摘するという鞭撻の理想はなかなか実現しなかった。たとえば宮尾進は「コロニア文学がコロニアの文学に終わってしまってはならない」（傍点原文）と、狭い共同体でしか通用しない創作を否定している（「作品「井戸」に寄せて」七号）。彼は前山理論に則り、コロニアの作家独自の拠り所を描いてこそ、普遍性に突き抜けるとぶった。コロニア作家だからと基準を下げて評価するのはかえって失礼で、文学の普遍性に照らし合わせて評価しなくてはならない。この要求を胸に刻んで次の作に取り組める者は幸せだ。中には厳しい文言に挫ける者もいたし、不採用が続けば意欲が失せた。比較的甘い評者（多くは実作者）と厳しい評者（多くは非実作者）の間の態度の違いは、なかなか和解点を見出せなかった。

(4) 会員は文学を「愛好」する者の集まりであることをまず考え、それで生活することは念頭になかった。素人ならばこそ、業界に拘束されることなく文学に打ち込むことができると理想が語られた。藪崎正寿は、才能はあってもひまつぶしが基本にあるディレッタントではなく、熟練も才能もなくとも全力でぶつかり「白痴の一念」を見せる書き手を範においている(「感想」四号)。丸山健二の文学青年に与える言葉(『まだ見ぬ書き手へ』一九九四年)と同じぐらい誠実な文学観だが、作者の純真さと読者の読み甲斐が必ずしも一致しないところに、文学一般のむずかしさがある。

二 人類学的文学批評——前山隆

『地平線』の評価とコロニア文学の概念

牽引車を買って出た前山隆にとって、文学すること、哲学すること、人類学することは同じことだった。すべては人間の理解に通じる。「ぼくにとっては、文学することを、自分の生活の中心、自分の生きる理由、の位置からいちども動かしたことはない」(「体験とコロニア文学」一四号)。信仰告白といえるほど強い文学への信頼は、文学概念自体に疑義が申し立てられ、相対化・歴史化された今日から見れば、あまりに生真面目と見えるかもしれない。しかし激しい季節を通り過ぎてこそ、現在の醒めた視点が生まれたことを忘れてはならない。『地平線』『南十字星』『椰子樹』など既存の文芸雑誌によくある詩的な興趣に富んだ題名と違い、「コロニア」から生まれた「文学」に捧げることを真正面から謳っている。そのためだろうか、コロニアとは何か、文学とは何か、コロニア文学はどうあるべきかという議論が評論や座談会のかたちで何度も展開された。「コロニア」や「文学」についてこれだけ自覚的な雑誌は、それ以前も、それ以降もなかった。

半世紀の日系移民文芸史のなかに自分たちを置いた点にコロニア文学会の大きな特徴がある。歴史意識は過去の発掘につながり、埋もれた作の発見が歴史感覚を研ぎ澄ます。その宣言文といえるのが、創刊号の前山論文「『地平線』の時代」である。戦前に短命ではあったが、立派な同人誌が出ていたことを彼は発見し（全巻揃を半田知雄から借り受けたという）、自分たちの文学的先人と見なした。古野菊生、武本由夫のように『地平線』同人から出発した創作家が、コロニア文学会創立に関与していたが、前山に指摘されるまで、この雑誌への寄稿を「若書き」とか思っていなかっただろう（だからきちんと保管してこなかった）。それを一九三〇年代の農村脱出した青年の心の表現として体系的に調査分析することで、前山は議論に足る創作活動として蘇らせた。同誌の小説に限定する議論の枠組は、彼の文学観をよく示している。同じ論文で「コロニア文学」の概念についての最初の定義を行なった意義も見逃せない。歴史発掘はコロニア文学会編纂の三巻本『コロニア小説選集』に結実した。その第一巻に寄せられた前山の解説は、日系ブラジル小説史に最初に鍬を入れた基本中の基本である。(2)

彼によれば、「『地平線』という文学グループはもとより或る種の文学的主張を同じくする人々の集いではない。むしろこれは、「文学を愛する者」であることだけで、そこ此処から呼応して集まって来た、「「文学」なる一種の寒燈」（創刊言）を燃やしつづけるための「據城」を築いた人々の寄り合い世帯であった」。これはそのまま『コロニア文学』にもあてはまる。短詩界のように詩学や人脈にもとづいて複数の雑誌が割拠するような状況は、ブラジルの日本語小説界には後にも先にもなかった。小さな所帯では文学的主張で同人を選り分けることはできない。前山は続ける。「したがってそれぞれの文学的姿勢がずいぶん異なるわけであるが、彼らはその生きた社会と時代という共通な基盤に立っているが故に、根深い地層としての同質的な性格を重く擔っている」。「社会と時代」というのはあまりに大雑把であるとはいえ、この考えもまた『コロニア文学』に適用できる。「移民であることが、彼らを基本的に性格づけている。移民であることによって、彼らはブラジル居住者となり、農民となり、日本人であることを日常生活の中でギリギリと嚙みしめねばならなくなった」。戦前の『地平線』から『コロニア文学』を通して今日の作まで、これは移民文芸の最も基本的な条件になっていて、「日本人は移民して初めて『日本人』になった」という前山のアイデンティティ論が、はっきりと浮かび上がっている。「日本人である」とは自動的に「日本語を母国語とする」ことで、その言語が社会では周縁的で、言葉を同じくすることが少数民族の絆になっている。このことが移民文芸の「根深い地層」を築いている。文体や主題の好みや思想的主張はすべてその後にやってくる。日本語で書く意味が本国とブラジルではずいぶん違い、その点をどのように表現するかが文学的な分かれ目だった。

前山は『地平線』論のしめくくりに、コロニア文学という概念について論じている。コロニア文学とは「ひとつの合い言葉であって、それは既成の文学作品を分類するための範疇であるわけではない」。コロニアに取材した日本語文学がすべてその中に含まれるのではなく、「ひとつの傾向性をもった文学的主張を内包している」。彼は移民であることを何よりも重くみる態度を概念の核に据えている。したがって、旅行者、一時滞在者の作、その気分の抜けない作はコロニア文学に含まれない。移民であることを中心にして日本生まれ、ブラジル生活、人間であること、現代を生きることなど、生存の根本的な価値が配置されている。それが「コロニア人」の自己規定である。コロニア文学は「コロニアに特殊な社会的現実の批判とそれとの対決を主題としそれを『コロニア人』としての典型的な人間像の中に具現していくことを志向する」。そして日系ブラジル社会の歴史性もおのずとこの価値の集合体と絡み合う。「戦後、コロニアにおける文学活動は、敗戦とそれによって潰滅した日本的価値体系という廃墟からのコロニアの精神的更生、そこに出てくる新しい価値体系のブラジル社会との対決を背景として、営まれてきているように思う」。しつこいほど繰り返される「コロニア」の文言は、歴史的同人誌発掘、雑誌創刊の高揚感をよく伝えてくれる。この日常語は文学批評の用語として鋳直された。ブラジルに骨を埋める覚悟でいた前山の所属意識が、この論文の底流を流れている(3)。

思想や主張で区分けされたサークルではないといいながら、非常に強い「傾向性」を含んでいた。彼は「人間としての闘いの場でテーマを把握する」ことが文学の根幹にあると考え、移民の創作も一貫してこの基準で考察する。私小説は逃避的であるとして厳しく斥けられる。自然主義リアリズムについては、「事実描写の偏重、自己暴露、題材の自己とその周辺への限定、社会性の欠除、批評精神と改革への意志の不在」と仮借ない批判を行なっている。

彼の文学観は一方で非実作者には受け入れやすかった。たとえば尾関興之助はコロニアを「日本的なものと西欧的なものとラテン的な文化とが混在し、錯綜し押し合いへし合う社会〔、〕それでいてバイタリチーにとんで泥臭く生きる世界」と特徴づけ、「ブラジルに生活する日系人の精神構造や思想を表現し」、「コロニアに根をおろした文学」を待ち望んだ（「コロニア文学についての一考察」一九六九年二月二一日付『パウリスタ』）。戦前の植民文学論では「土」がキーワードだったが、コロニア文学論では「泥臭さ」がしばしば求められた。そして理想とするコロニア文学は「コロニアにおける土着的土俗的なものというか、ブラジルに生活する日系人の精神構造や思想を表現したものでなければなるまい」と記す。少し後に花を咲かせる批評用語としての「土着」は、このような文脈で種を播かれた(4)。

他方、前山の実存主義は、実作者からいろいろな批判を受けた。たとえば強い移民意識の文学に反発する創作者の代表島木史生は「特異体験の持ち主である移民」の「典型化された集団の中で作者と読者がふれ合い理解しあったように見せかけている姿がむしろ危険」で、「移民」よりも「文学」に比重をかけるべきであると述べている。「移民というフードを通しその奥にひっそりとおさまっている人間像にふれること」ではなく、まず人間を見てこそその移民性にふれることができるという主張である。コロニア問題に拘泥するあまり文学の本質を忘れているという島木の考えでは、コロニアの存在を暗黙の前提とした「共通の広場は、単に有刺鉄線を張りめぐらした危険な空地であるかもしれません」（「〝コロニア〟という怪物」一二号）。

古い作品では、「私たちが、がむしゃらにしがみついている、コロニア問題が、あっけないように素通りされているのに気付きます。それは問題意識の稀薄さに起因するというより、日本人コロニアという集団のあり方に確かな存在理由を持っていたからではないでしょうか」。いいかえれば、コロニア意識をやたらにふりかざすのは、危機感から来るのかもしれないと島木は感じている。戦前の書き手の多くはブラジル社会の一角を占めるというより、日本文学の飛び地にいると感じていた。日本人集団が確かな存在感を持っていたのは、遠隔地にいる（居続けるかもしれない）不安はあっても、日本語社会が消滅していくとは考えていなかったからだろう。島木は移民独自の危機感を抱えつつ、それに拘泥しすぎぬ頃合を求めた。

「土着性」の文学――論争的な歓迎会

前山は一九七一年、日系社会調査のためにテキサスから一時的にブラジルへ帰り、コロニア文学会の仲間との歓迎会兼討論会の席上で、北米で得た新しい着想、「土着性」の文学を会員に披露した（一六号）。これはこの時期の文学批評の到達点をよく示している。冒頭で人類学者は「あらゆる文学というものは、具体的には、かならずひとつの国民性をもち、ある種の自己規定《アイデンティティ》というものをもっている」と一般論から切り出す。「アイデンティティ」という用語は心理学から批評用語に入ってきたばかりで、時めいていた。この国民性を基礎にゲーテやトマス・マンのような「世界文学」、あるいは「文学そのもの」（人類全般に訴える普遍文学）が成り立つ。「文学」は便宜上、「アメリカ」や「コロニア」などの限定辞をつけて分類されるが、究極的にはホモ・サピエンスが共有しうる価値を持つ。そのためには個別の事柄を入口に、政治的現実を説得的に描かなくてはならない。移民独自の文学樹立の声は戦前の植民文学論にさかのぼるが、前山は政治的な音調を高め、移民性あっての人間性、特殊性をふまえての普遍性という議論を押しまくった。そこで提起されたのが土着性の概念だった。

土着性は「文学創造上における体験のもつ意味をどう把えるかという問題」で、具体的で個別的な人間の営みの政治的根拠を問うことに他ならない。土着性と不可分の体験については、T・S・エリオットにならって「体験とは、文学以前の問題ではなく、素材と作家との対話の文学する処理過程において創造的に形成されるものである」（「体験とコロニア文学」一四号）と定義している。ブラジルに移植され根づいているという意識から書く必要があり、土着性、つまり地域的な政治文化状況を表現してこそ世界文学たり得ると主張した。特殊な生を文学的に消化・昇華してこそ、多くの読者が自分のことと受け止めるような普遍性を獲得する。

土着性は合言葉となってしばらく同人を湧かせた。前山の考えに完全に賛同したのは宮尾進で、尾関興之助は概念の有効性を認めつつ、「コロニア文学というのは、日本から輸入した文学」で、一世には土着性はありえず、移民の末裔が初めて土着したといえると疑問を呈している。前山は「生え抜き」ではなく、「別のところにやってきて、これから根を生やしましょう、今生やしつつあるんだ。その姿がわれわれの土着性だ」と答えている。尾関がブラジルへの同化の程度で土着の程度を測っているのに対して、前山は外来種が異土で生育する過程を指標においている。この違いは大きい[5]。

実作者のなかで、最も強烈に反応したのは杉村士朗で、「私は、作家になる決心をすることによって、自から選びとった使命を、強く自覚する…私は、自分の存在の証しを、小説という表現様式によってしかうちたてられないのだから、小説をかくのをやめるわけにはいかない」(「私における「コロニア文学の土着性」」二〇号)とのぼせた。それだけこの概念には喚起力があった。しかし興奮はすぐに冷め、その後ほとんど実作を発表していない。一方、藪崎正寿は自分なりに咀嚼し、植物が地中に根を張ることを想像しながら、無機物・有機物が土に同化していくことが、土着の原意であるという結論に達する。完結した土着性が土である、と。「土著《ママ》性とは刻々「土壌」となるいとなみをいい、文学の「土著性」とは刻々主体となる主体みずからのいとなみをいう」(「〝土著性〟について」『コロニア文学』一六号)。こなれない言葉遣いだが、主体が土の一部に同化するまでの違和感を描くのが土着的文学と言いたいようだ。前山の「体験はつねに土着性をもち、文学は土着性をもっている」という発言を、当時、最も「土臭い」作風を持つといわれた作家はこのように言い替えた。誤解は含まれないものの、前山の含意の半分しか伝わっていない。同じように、武本由夫も短歌では体験の深みから土着性がかもし出されると述べて、政治性を骨抜きにしている(第

宮尾進(『コロニア文学』30号[1976年10月]より)

13章参照)。

人間であることを前提にしてこそ、移民であることが意味を持つというのが島木史生の持論だった。実作者としてどう移民を描くかということを議論すべきで、抽象的な特殊/普遍論争はいくらやっても終わりがないと反駁した。移民意識に凝り固まっては作者と読者の共同体を越えられないが、移民以外を書いても文学的価値は生まれない。体験を文学的に昇華せよといっても、そのためには高い技術や想像力が要求される。結局はどの程度、移民意識を小説に塗りこめるかという問題に帰着する。藪崎のように頭からつま先までこの意識に染まった創作家もいれば、島木や醍醐のようにそれほどでもない創作家もいる。土着性の議論は自己規定を問題化した。それまで漠然と「移民ならではの作品」を目指していたところに、理論的根拠を与えた。

日系人が登場しない作を書いていると前山に名指しで批判された二世の会員野尻アントニオは、土着という言葉から農村をまず連想し、都会の文学にはあてはまらない気がすると述べたが、前山は農村でも都会でも土着的になりうるとすぐにはねつけた。野尻は「学校の先生みたいな話」と首をかしげ、抽象論で空回りし、具体的な書き方について何も示せない議論に飽き飽きしている。前山も実作者が聞きたがっている技術については何も触れず、「自分を見つめろ」「現実を見つめろ」という昔ながらの叱咤に終わっている。批評家と実作者の間の溝は、容易に埋まりそうにない。歓迎会の写真には何人かの女性会員の姿が見受けられるが、一言も発言はない。理論は男たちにお任せの様子だ。座談会の外側には小難しい理屈よりも、感想を聞けば十分という多くの——評論家連からすれば志の低い——実作者がいただろう。評論家連は面白く読める小説をほとんど弁解の余地なく、読者への迎合、サービス精神、「慰みとしての文学」と片づけ、社会悪の根拠を真正直からさらけ出すような文学しか認めない。読んでもらうのが先決の書き手は、前山の高邁な理想論をどう受け止めただろう。

ニューオーリンズからサンパウロへ

前山は土着的文学の想をアメリカ南部の暮らしで得た。一九六八年から一年ほどテキサス大学で研究生活を送りながら、黒人街、メキシコ人街、白人街と市街地が分かれ、学食でさえも自然と白人席と黒人席が分かれる現実を、人種雑居の国ブラジルから来た人類学者として観察してきた。黒人バスに乗った日本人は乗客全員の強い視線に曝される。道を隔てただけで白人が一人も通らない別世界に歩み入るというのは「カフカの小説」のように「幻夢的でさえあった」(「ニュー・オーリンズの朝」九号)[6]。それだけアメリカでは同じ肌の色どうしの連帯は強い。たとえばそれは白人男性が並んで小便をしているところにも表われる。また黒人のバス運転手が見知らぬ黒人通行人の娘に乗っていかないかと親しげに合図を送ると、女たちも同じだけ親愛の情を示す。これはリオの男が女にやたらに声をかけるのと一見似ているが、背後にある人間観が違う。リオの親愛さの合図は男女の情愛にもとづくが、アメリカでは肌の色にもとづいている。「われわれ黒人は、他の黒人から物を盗んではならないし傷つけてはならない」という張り紙さえ前山は発見した。それだけ人種を越えた連帯はむずかしく、ブラック・モスレムのような人種結社が生まれる土台となっている。白人と黒人の間の境界線が日常的には見えないブラジルでは考えにくいことだが(合衆国の黒人運動に刺激を受けた活動が一時期生まれたとはいえ)、日系人はそのなかで珍しく人種・民族的な群れを成している。「日本人」であることが、仲間意識の根本にある。これは少数民族という自己規定の一番の基本にある。人種混淆の社会では、それは「グロテスクな感を受ける」が、その日系人の民族的共感のメカニズムを探ることが、人類学者のその後の仕事の中心課題となった。

彼はブラックパワー運動の全盛期に南部で黒人文学と出会い、スポンジのようにそのエキスを吸い取った。かつて黒人作家は皮膚の色を忘れた人物ばかりが登場する「人種不在の小説」ばかりを書いてきた。白人なり白人になりきった黒人を描くことが、人間一般を描くことになるという誤った前提があったからだ。ところがリチャード・ライトやジェームズ・ボールドウィンの登場によって、黒人作家が自分たちの人種的現実と取り組むことが始まり、真の黒人文学、即ち世界文学、即ち文学そのものが確立した。人種的（そして民族的）な自己規定を追及することが、「文学そのもの」の出発点かつ終着点であり、日系ブラジル文学もまたその潜在力を秘めていると前山は力強く述べた。

日本でも黒人作家の代表作は六〇年代に集中的に翻訳され（たとえば早川書房の黒人文学全集）、白人中心の世界秩序、植民地主義を斬る刃とする左翼的文学批評が盛んに書かれた。八〇年代のラテンアメリカ文学ブームと似たところがある。前山は向こう岸の文学新潮流としてではなく、南部の生活で体験する事柄の描写と分析として読み込んだ。この点では黒人系のハワード大学（ワシントンDC）で学んだ北村崇郎『ブルースの彼方へ』（コリア評論、一九六九年）と似ている（北村はキリスト教にもとづき、黒人の人間性をむしろ重く見る）。前山は黒人文化という固定された領域よりも、人種棲み分け社会がどう文学に組み入れられているかを考え、ブラジルやそのなかの日系社会を考えるのに応用した。アメリカは単に論文提出先ではなく、生活の中で自己規定や同胞意識について思索を深める現場だった。

七〇～八〇年代にリオの人類学者ロベルト・ダマータが北米とブラジルの人種と社会的上下関係の違いを対比する論を展開したが、前山は既に同じような点に着目している。重要なのは生活空間や家族制度のなかで他人種・民族とあまり混じらない点で、アメリカ黒人（やメキシコ人）とブラジルの日系人は似ているという発見だった。少数民族集団と主流社会から見なされ、自らもそう認めている。アメリカ黒人ほどではないにしろ、ブラジルの日本移民は他人種に対して冷淡で、距離を取る傾向にある。人類学者は後に日系人の特殊性から引き出された理論を人種・民族理論一般に拡張できるかたちに書き直している。座談会で述べた土着的文学の理論と同じ方向で研ぎ上げている。

先に挙げた「体験とコロニア文学」は、人類学者がどのようにして黒人文学をコロニア文学の範に求めたかを教えてくれる。たとえばロバート・ボーンの『アメリカの黒人小説』（Robert A. Bone, *The Negro Novel in America*, Yale

University Press, 1965）を引いて、黒人作家は黒人を素材にするが、それは「神秘的な紐帯」や「人種的忠誠」によるのではなく、「作家自身の心の最深奥部に横たわる体験」のためだと述べている。黒人を日系ブラジル人と置き換えれば、前山の主張は言い尽くされる。ここからライト以降の作家が「フランス実存主義を練習し、「体験伝達文学」を「超えた」人間性普遍性の文学で目にものみせんと四苦八苦」したが、その「パリ文学」は「スルタンの去勢された黒人ボディ・ガードの声のように色さめたものであった」。これは「植民地型人間の思考様式」（フランツ・ファノン、小田切秀雄）で、コロニアの書き手が日本を向いているのはその一例とされる（前山は芥川賞に尻尾を振る者と呼ぶ）。白人社会と黒人社会の関係が、本国とブラジルの関係と並べられる。

前山はここから移住したての青年と行きずりの黒人娘の深夜の出会いを描いた醍醐麻沙夫「朝の予感」（一九六九年）の分析に入る。この青年は、他人に対しても自分に対しても身元証明を持たない日本移民が、「人間と人間の断層を跳びこえて連帯を求めていくブラジルへの求愛の姿ではないか」（傍点原文）。戦前移民は天皇に最終的にはつながる身分証明を持っていたが、戦後生まれの青年は天皇からも〈日本〉からも宙ぶらりんのまま、ここブラジルにやってきた。浮浪者の娘はねぐらこそないが、ブラジルに身元を落ち着けている。男は彼女を樹の下で裸にするが、性欲は湧いてこない。「私の心には性欲がないのに、私の発音した言葉が性欲を持っていた」。心と言葉の相反。この先にサルトルなり三田誠広が見えてくるが、青年は過度に内省に走らず、さわやかな空しさを残して一番バスとともに、女と別れる。

前山はこの作品をブラジル移民の社会的位置や内面の寓意として読む。これは人物描写や筋立ての巧拙を述べるに終わる従来の批評とはまったく視点が異なる。そのうえ彼はコロニア文学を日本語以外の文学と絡めた最初の論者だった。残念ながら議論を発展させる対話者は数人に留まり、当人もこの話題には戻ってこなかった。しかし着眼点は刺激的で、まだまだ掘り起こすべきヒントが隠されている。従属的な人種や民族の「体験」はいかにして文学化されたか。アメリカとブラジルの肌の色の政治的意味、民族共同体の規模と歴史と宗教的背景、日本語と英語の文学史上の位置、これらの違いを探求することで、ブラジルの日本語文学を「世界文学」や「辺境文学」から読む可能性を示唆している。

「加害者不明の被害者」

前山隆「加害者不明の被害者」(二六号、前山『異文化接触とアイデンティティ』〔御茶の水書房、二〇〇一年〕に再録)は、『コロニア文学』の中で最も知られる評論となった。「覚書」と副題されていることから、もっと議論を深める用意があったことがうかがえるが、実質的にはこれが彼の最後の文学論となった。キーワードの「被害者」は『地平線』の時代」以来、温めてきた概念で、その骨子は、移民は天から降ってきた災害(運命)の被害者であると自覚するが、加害者(政治、社会状況)を探り出すことには向かわないという内容だった。黒人文学の被害者意識批判から触発を受けたのだろう。また彼は述べていないが、終戦直後、国民が被害者意識を免罪符に戦争責任を忘れようとしたことも思い起こさせる。自分たちは無垢な民で、政治状況には一切関わっていない。なぜ被害者になったのかという問いを立てなかったし、それに答えもしなかった。移民文学もそれと似た轍を踏んでいると少壮の人類学者は論じた。ブラジルの日本語文学には、「目前の日常的事象を世俗的日常性のままで把えた〝籠の鳥〟文学」(自然主義的文学)と「コロニア的現実を存在しないとわめいて小児病的抽象を行なう脱色文学」(「脱色」は黒人性に無自覚な黒人文学についてのサルトルらの否定的烙印で、ブラジルの人種社会学の基本概念)はあっても、政治・社会的問題意識を明確化するような文学はなかった。

被害者の文学は抵抗、告発、政治参加の姿勢に欠き、ただ不幸な運命を嘆くだけの消極的な主体を描くことでしかない。「強姦者を突きとめようとはしない強姦された人々の忍苦の文学」と変わらない。「ブラジル社会とコロニア的現実を根底的に見なおし、その状況変革への闘いをみずからの文学することと関係づけようとはしていない」。前山はコロニア小説の盲目性とひ弱さをこう指摘し、「宿命を特権に転化する」(平野謙)道に希望をつなぐ。「作品のなかでも、移民の像は被害者として色どられ、日本を離れたという段階でいつのまにやら背負わされた宿命にただ堪え忍び、忍苦しているものとして把えられがちであった。作中人物の軌跡は、かれの意志によっては展開されず、なにかある外因によって、押し流され、追いたてられ、押しつぶされるように描かれる」。前山が問題にしているのは、移民の実態がそうであったかどうかではなく、その文学的表象である。

彼は続ける。戦後の短詩の繁栄、コロニア文学会の擬似安泰は、踏みにじられた青春を取り戻そうとする「遅れ咲きの青春」の開花に他ならない。不幸な自分たちの過去を振り返り、同情を得ようとする程度の文学でしかない。負の過去には四種類ある。「棄民としての青春」(母国に対する引け目)、「後進国農村で生きる青春」(野蛮な土地に対する引け目)、「敵性国人、あるいは敗戦国人として敵国あるいは戦勝国内で生きる青春」(日伯の国際政治に由来する引け目)、「マイノリティーとしての青春」(ブラジル国内の少数民族としての引け目)。祖国に捨てられたという意識、カボクロに同化する(文明退化)という不安、戦時中のブラジル官憲の迫害、戦後の勝ち負け問題と祖国喪失の虚脱感、主流社会の正式なメンバーとはならず、社会的辺境にいるという孤立感。これらが濃淡ないまぜになって、被害者意識の文学ができ上がっている。前山はこう移民の集団的鬱屈を分析した。

彼の挑発は激しい語調もあいまって、実作者の反発を招いている。安井新(藪崎正寿)は前山の大枠には賛成しつつ、荒っぽい抽象化には疑問を呈している。戦前の農村生活は確かに「キングとポエイラ(土埃)の青春」と呼んでもよいほど不毛だったが、「あそこにもあそこなりの人生があった」し、前山が引き合いに出す『近代文学』誌のような深みはなかったかもしれないが、少数の読書家はそれなりに思想家との格闘を行なっていた。藪崎は前山の戦前像が偏っているとやんわり仄めかす。これに対して前山は、『近代文学』を引いたのは、高尚な文学雑誌だからではなく、『コロニア文学』と同じように「暗い谷間」(一方は自国の戦争、他方は祖国の戦争、棄民意識)をくぐり抜けてきたという体験が基盤にあるからだと再反論している(「コロニア文学の原点」二八号)。『キング』を農村青年の読み物の代表としたのは、移民の無教養をあげつらうためでもなければ、誰一人、西田やハイデガーを読んでいなかったというためでなく、教養書以上に大衆雑誌のほうが現在のコロニアを担う準二世、日本である年齢まで育ってから移住した者の精神史にとって重要だからだという。藪崎が文化ヒエラルキーに敏感なのは、被害妄想をかえって証明しているようなものとつけ加える。

藪崎によれば、加害者を告発しなかったのは、ポルトガル語で泥棒や強姦者という言葉を知らなかったからではなく、「未だことばを共有していない、という疎外の意識からだったにちがいない。ことばがどのように谺をうちかえすか測定もでき」なかった者が「余儀なくえらんだ消極的方法だったにちがいない。そしてそれが唯一の方法でもあったのである」(「論争のすすめ」二七号)。ソルジェニツィンを引用しながら、叫び声を上げようにも、それを聞く耳への信頼なしにどうして叫べようと自己弁護している。「隣人」、話相手となる他者はいなかった。前山はポルトガル語学習以前の創作の姿勢として、社会的・政治的問題意識を説いていると返し、藪崎の周辺にも日本語の隣人はいるに違いなく、孤立を虚偽申し立てしているにすぎないと論を崩す。前山は藪崎論で、孤独で無気力な敗残移民に同情を寄せながら、その原因を突きとめたり、彼らを生み出した社会的現実を描いていないと批判したことがある(「藪崎正寿の文学」一七号)。ここではそれを「隣人」をとっかかりに繰り返している。

前山は生ぬるい同人誌環境(「義兄弟的な連帯となれあい」)に飽き足らず、書き手をことさら挑発しているのだが、書き手は黙殺というもっと手ごわい壁に囲まれていた。ポルトガル語社会はもちろん、日本語社会からもほとんど谺が返ってこない状況のなかで創作を続けることは、困難というより徒労に近く、意気消沈せざるを得ない。大半の文学同人誌と同様、創作と合評で書き手の刺激になることを『コロニア文学』は目標としたが、書き手が期待するような読者層の開発にはあまりつながらなかったようだ。藪崎が自ら「投書魔」と呼ぶほど日本の雑誌に投稿したのは、前山が邪推したように日本向けに移民哀話を売り込むためというより、ブラジルの日本語メディアでは得られない確かな読者層を期待したからだろう。

被害者意識が小説の本流から消えるのは、一九八〇年代以降で、自信と諦観が入り混じった気持ちが底流に流れている。非日系人は家族の一員として迎え入れられ、家庭から日本語は聞えなくなったが、高齢化した書き手は現状を素直に受け入れ、移住を悔いたりブラジル人に脅えることはめったになくなった。同時に文学に期待することも少なくなった。切迫した心理や状況を描写するというより、身辺雑記を脚色した程度のゆるい作があふれ、内容も文体も通俗化していった。後から振り返れば、被害者意識は文学的な張りを構成していたと思える。

三 一代記という語り口

心情的体験主義

醍醐麻沙夫は一九七四年、「「銀座」と南十字星」でオール読物新人賞を受賞した。これはブラジル移民の小説が本国で得た最初の栄誉で、『コロニア文学』時代の画期的な出来事だった。『パウリスタ』はこれまで音楽と美術で生計を立てる者がいたが、今度は文学でも可能になったと、自社の文学賞受賞者の栄冠を寿いだ(社説「文学活動でも糊しうる」一九七四年一〇月二日付)。そのなかで移民生活は小説のタネの宝庫で、掘り起こさない手はないと読者を励ましている。「移民は、なかんずく戦前移民は、一人一人が異常体験者といってよかろう。異常体験をしていない、という人も六十数年の長期間にわたって見聞してきている。それ自体がドラマチックで、格好な小説のタネになるはずだ。これを書き遺しておくべきであろう。より年配の移民には渡伯後自身の日本語を〝鍛えた〟人が多いようだ。この点も貴重といっていい。(職業作家になるかどうかは別に)移民のあらゆる意味での〝実態〟を記しておく作業を心がけたいものだ。職業作家たりうるのは、その所産であるかもしれない」。

移民の人生は既に「ドラマチック」な素材にあふれている。後はちょっと日本語を「鍛える」だけで小説になる。体験・見聞を小説に翻訳するにはさしたる跳躍を必要としないというのは誤った通念だが、素人に筆を執らせる動機づけにはなる。日本でもブラジルでも、小説のかたちを取った多くの自分史が自費出版されているのは、それを証明している。移民（とりわけ戦前移民）は誰しも波瀾万丈の人生を歩んできた「異常体験者」であるという認識は、我々は本国の人とは違うという誇りを含んでいる。前山の「体験」を薄めた解釈であるにしろ、人生の記録に移民文学の本筋があるという発想が根底に流れている。具体的には私小説か現実主義に向かう発想である。

同じ時期には日本移民史料館設立の話題が上り、歴史資料の収集・保存・展示についての意識が一世の間で高まっていた（一九七八年開館）。史料館は消えた生活の痕跡をモノによって永世に伝える場所で、納屋のガラクタが生活資料として貴重品扱いを受ける。資料提供者は学術や社会教育上の効用よりも、元の所有者がこうして「浮ばれる」と思った。文学は文字による生活の保存史料という役割を持たされた。どういう形であれ「実態」を記しておく作業には意義がある。記録はコロニアの文化を向上させる。ただし社説はなぜ書くか、誰に向けて書くのかということは考えていなかった。

移民がしきりに書き残した一代記という物語の定型は、移民ならではの刻印を押された一人の人物の「異常体験」を、脚色された日記のように記録しておきたいという欲求から生まれているだろう。自分なり近親者をモデルに来し方を反芻し、若干の虚構を取り混ぜ、最終的には倫理的に理想的な人生（社会的敗北者であっても倫理に適い、読者が共感しうる人生）を描くことが、その執筆動機にある。忘れられがちな、しかし他方で集団的記憶として定着している開拓移民の暮らしぶり、心情を物語のかたちで記録する意図を持つ。ある無名人物の人生行路を時間軸に沿って描く一種の履歴書で、ほとんどは一生の長さに引き延ばされた苦労譚の様相を呈し、散々な忍苦の末に小さな安心立命の境地を得て、静かな老化や死を迎える。「異常体験」は概して「被害者」意識と切り離せない。そして一代記にはそれがよく表れる。

葦屋光延「水源地帯」

葦屋光延「水源地帯」（一三号～一五号）は、頑固者一ノ瀬百蔵を家長とする一家の叙事詩で、一代記の典型といえる。一家はブラジルに渡って八年目に広大な原始林を購入するが、インチキな地図で商売をする土地売り業者のために、水が湧き、農耕に不適切な土地であることに後で気づく。ブラジル人にだまされた被害者としての半生が、ここから始まる。水源地帯は最初から傷つけられた虚偽の始まりで、移民としての家族の仮の根っこの象徴である。清岡卓行が「ニセアカシア」の方が本物のアカシアよりも「偽満州国」への郷愁にはふさわしいと語ったのをふと思い出す。この仮の根からどのような家族が築かれていったのか。

百蔵は一ノ瀬家の借金を兄から背負わされ、逃亡同然のかたちで移住してきた。妻のかなは父親に相続権がなく、貧窮のなか、働き者の百蔵の元に嫁にやられた。二人が日本の農村家族制度の犠牲者たりうるに十分な労苦を背負わされてきたことが、細かに記されている。「被害者」文学は周囲の圧倒的な力に振り回される個人の弱さを訴えようとする。しかし読みようによっては、逃亡であれ出稼ぎ根性であれ、最後にブラジル渡航の決断を下したのは百蔵であり、先を見越す力はなかったにしろ、ブラジル生活は彼が選んだものともいえる。しかし書き手はそのような力強い自画像を避ける傾向にあった。「被害者」たる所以である。

百蔵はブラジル生活に馴染まないが、かなは別の土地には別の暮らし向きがあると割り切り、表には出さないが、内心では頑迷な夫に不満を持っている。しかし夫に従う以外の人生は考えられない。自主的決定を奪われた女という見方もあるだろうが、私には重要な決断を夫に任せて、残りの私的な領域で自らの楽しみを見出す知恵で、困窮を乗り切った女に見える（第11章で論じる山路冬彦のおたかと似ている）。作者は彼女の内話を織り交ぜることで、夫以上に豊かな感情生活を送ってきたと描いている。

前半では日本人会の創立に山場が置かれている。会長になりたがる家長、それを快く思わないが対抗案を持たぬ家長、会そのものに消極的な家長らの地域政治的な駆け引きが、かなり細かく書き込まれている。日本人会はたいてい記念誌のなかで創立の経緯を公式的に記しているが、『水源地帯』は会員の視線から裏面を捉えた貴重な記録だ。後半の青年会の創立の模様もまた、実況中継のように記されている。選考委員が指摘するように、一部始終を描きすぎて全体の流れからはみだしている。現実感を出すことが回りくどい説明に終わっている。いいかえると、記録する欲求が物語る欲求を上回っている。

後半の主役は子どもの世代に移る。一ノ瀬家と笹尾家の長男二人とその妹二人が、青年会の中での衝突を乗り越えて結ばれる。二重の姻戚関係はそれまでの暗い調子と打って変わって幸福に包まれている。ただし百蔵は長男の結婚には不満だし、若夫婦の洋風の新居や家族的な賑わいが癪に障ってならない。彼は自分が育ち、最後には放逐した東北の生活スタイルしかしっくりこない。郷愁は不適応と背中合わせで、移住後の彼の心情を縛り続けた。一世と二世の溝は、老人のつぶやき以上には深刻化しない。

百蔵は初孫の誕生に久々の歓喜を得る。孫ができたことで、長男を信頼するようになり、家を継がせると気負い込む。だが百蔵が「家」と呼んでいるものが、かなには「過去の暗い影」のように思え、引き継ぐ価値を内心認めていない。ブラジルで〈日本〉を続けようとする夫と、それを拒絶する妻の齟齬ははっきりするが、彼女は口で逆らうわけではない。誰とも分かち合えない歓喜のなかで、老人は最期を迎える。「根元を切られた回想の巨木のように、倒れるぞおっと、回想の中の百蔵が叫ぶ。どういうわけか、彼の躰が倒れる巨木の勢いに引かれて行くのだ」。故郷の樵仕事が思い起こされる中、巨木のように彼は倒れる。彼自身が根元を切られ、自然に還っていく。物質化していく。かなは呆然として助けを呼ぶ。「何か探しでもするかのように、驚愕のあと、放心の眼はあらぬ方へ向けられているのに、足元に倒れている夫の映像だけが、毛穴まで大写しになって打ち込まれていた。死の恐怖が過ぎ、長く連れ添った男との別離の哀しさが消え、後に冷たい真空が拡がった。一瞬間のうちに、夫は一切の苦悶を失った物体に変り、生の苦悩のゆがみが、だんだん物体の安息の中へ還って行くのだ。そのように、かなの映像は変ってゆくのだ。と、彼女の冷たい真空の中を、この時はじめて悲しみの大波がうってきた」。

ところどころ破綻があるが、文学的な洗練を盛りこもうとする葦屋の生真面目な文体がよくわかる部分である。驚愕、放心、恐怖、真空。その後に悲しみの大波。百蔵の大往生はかなの感情の激しい推移から描かれる。愛情ある夫婦生活ではなかったが、喪失感は免れない。巨木の比喩に輪廻思想を込めようとした意図は明らかで、土くれに還っていく生命の無常を葦屋は描きたかったと思われる。「ひとりの老移民の執念や思惑、或はその死にさえも関りなく、次の世代は自然にブラジルの中に根づいて行く」。歌人清谷益次はこのように『水源地帯』を読んだ（「葦屋作品への感想」二〇号）。ちっぽけな個人を越えて進む移民の〈歴史〉の滔々たる流れを描いていると彼は解釈した。個別の生涯を描きながら集団の生涯を描く方法は、多かれ少なかれ無名人一代記に共通する志向で、作者が半ば主人公に自分を重ねながら、所属感を確認するようなところがある。日本人会の細かな描きぶりはその反映だが、それが現実的であればあるほどかえって読み手には退屈なのは、報告と小説の違いを作者がつかめていなかったことによるだろう。清谷は移民の「姿」はある程度描けていても、その「実態」には迫れていないと苦言を呈している。つまり開拓生活の記録にはなりえても、人々がどのような心情で社会生活を営んできたのかについては浅い理解に留まっているといっている。ある体験を積むこととそれを小説に表わすことの間には、大きな飛躍がある。それこそが「文学性」とあいまいに呼ばれている表現力で、日曜作家には求めにくいことだった。

清谷は「水源地帯」と「敗残の人たち」（一七号～一九号）、「二つの間」（二一号）を合わせて葦屋の移民三部作と見ている。前者は地方都市に移った移民が、もう一度、綿作に取り組み失敗する物語、後者は地方都市で事業に失敗してサンパウロに移って小さく商売をして暮らしてきた花咲かぬ老人の物語で、三作合わせて開拓地から地方都市、大都市へと拠点を移した下積み移民史に葦屋は取り組んでいる。文章力が壮大な構想についていけない憾みは残るが、個人の内面に沈潜する藪崎とは違う方向で、移民意識を回顧する一種の大河小説を目指していたと思われる。三作を通じて日本人家族の外にはほとんど誰も出てこないのは、日系人の所属感の排他性を仄めかしているだろう。(7)

女の一生ブラジル編

一代記のなかには、女性を主人公とするものが少なくない。『コロニア文学』をざっと見たところでも、川原奈美「移植」(二号〜五号、第一回コロニア文学賞受賞)、原奈保子「貞女」(五号)、川原奈美「日照り雨」(六号)、星野良江「孤影」(九号)、高須絹代「水車のある家」(二一号)、林伊勢「船中夜話」(二三号)、福村淋「日の中の芥子」(二四号)、佐々木みよ「流れる雲」(二四号)、高須絹代「風の中」(二五号)、山路冬彦「おたか」(二八号)、海野牛子「河は歌う」(三〇号)が、それにあたる。ほとんどが父の強圧、夫の不実、男の暴力、子どもの夭逝、事故死、裏切り、病気、発狂と男性の一代記に劣らず不幸の見本市の様相を呈している。女性の作が女性を主役にするのは、体験主義、自然主義の態度のひとつの表れかもしれない。女の一代記もたいてい女性の筆による。林芙美子、有吉佐和子、宮尾登美子、円地文子ら女性作家の一代記物を模範にしやすかったからかもしれない。ブラジルの「女の一生」物では非情な男を恨みつつ、老いて振り返ればそれも運命であったと諦めるような語り口が多い。

たとえば川原奈美「日照り雨」(六号)は、自分は日照り雨の時に生まれたから、日照り雨のなかで死ぬと信じている七〇歳の美輪が、孫子に語る一代記の形式を採っている。美輪一七歳のとき、二六歳の寺の院代に処女を奪われ、数ヶ月後に結婚式を挙げた。夫は女ぐせが悪く、村を出るしかないと決意し、第四回移民(一九一二年の神奈川丸)に乗った。マラリア、娘の死、夜逃げ、夫のギャンブル地獄、いなごの大発生と一通りの悲惨を経験する。その直前、人妻構成家族として連れてきた従兄弟は破傷風で亡くなり、夫も渡航後一二年であっけなく病死する。その直前、人妻との関係が発覚し、彼女は腹いせに看病を怠ったのが原因だったと悔いている。

美輪は夫の死後、生計を立てるために男に体を売り、三度妊娠し堕胎したのを心の傷とし、仏壇の前で日々祈っている。彼女は小石に化けた三つの魂が腹に飛び込もうとする悪夢さえ見る。夫の不実を責め立てる機会はあったが、死後の行いでは彼にはどうしようもない。世間的には貞女を通したが、私のほうが性悪で罪深いと信じている。死によってすべての罪は贖われ、葬列は日照り雨の中を出て行く。

川原奈美（『コロニア文学』7号［1968年7月］より）

移民妻の苦労のカタログのような前半部と、絶望的な悔恨と懺悔の後半部から構成され、女の外と内のどん底を執拗に描く。女の悲哀の深さと通俗性は日活の（松竹よりも）メロドロマを連想させる。あまりに悲惨が続くので、ひとつひとつが軽くなってしまう。汗と涙を流せば流すほど作り事に見えてしまう。だが長編に耐えうる文体とリズムを持った女性の書き手はブラジルには他に多くない。無頼の男に泣かされながら、愛さずにはいられない。それどころか死後も貞淑を尽さなくてはならないと誓い、それを破ったために一生罪悪感から逃れられない。それは純愛の結果なのだが、散々な目に遭わされながら恨み言ひとつ言わない美輪の受動性は、不気味なほどだ。創意の面を見ると、苦労話に宗教的な軸を交わらせて立体化したところに工夫がある。日照り雨で死ぬという妄執は、死によってのみ罪を洗い流せるという信仰から来ている。死は生まれたままの無垢にもどることで、最後の決定的な贖罪の機会だ。苦労の内容はブラジル独自だが、国内に住み続けても淫奔な夫に一生を振り回される一生はありうる。

なお川原は島木史生の厳しい批評（おそらく活字になっていない）に耐えかねて、一九七〇年頃に筆を折った[8]。日曜作家は傷つきやすい。もともと才能を信じていたわけではなし、文筆で生業を立てるつもりもない（その社会基盤もない）。読者層の支えが乏しいところへ、社交としての文筆活動の意味をわきまえない批評が出れば、あえて筆を執り続けるには及ばない。馴れ合いを否定し、厳しく互いを練磨せよという説教は何十年も繰り返されてきたが、批評を撥ね返す気力を失った者を脱落させる側面もある。愛好家サークルの維持のむずかしさはそこにある。短詩だけが参加者のレベルに合わせた投稿→選定→（添削）→掲載→投稿の円滑な循環を保てた。

満州からブラジルへ——福村琳「日の中の芥子」

第3・4章で述べてきたように、一九三〇年代の移民は満州とブラジルを比較したり、再移住を目論んだ。戦後には、逆に満州からの引き揚げ者が南米に再移住する場合が少なくなかった。女の一代記のうち、福村琳「日の中の芥子」（二四号）はその引き揚げ家族を扱っている点で異色だ。琴子の一家は戦時中、ノモンハンに近い索倫で暮らしていたが、一九四五年初頭、父が現地召集を受けたため、一家は東北の故郷に引き揚げ、終戦を迎えた（父は戦死）。食うに食われず、PXで働くうちに米兵ウイリアムと懇意になり、恵子を生むが、彼は朝鮮戦争で戦死、また母子に対する世間の軽蔑は激しく、一九五四年、叔父を頼って移民する。ポルトガル語教師ミゲイルをいったんは愛すが、他の情婦の存在がわかり、熱が冷める。成長した恵子は日本語を拒絶し、左翼くずれとつきあい、あげくの果てに留置される。偶然ミゲイルと再会し、最近、先妻を亡くしたという彼を受け入れてもよいと思い直す。娘を叔父夫婦のイタリア系の養子パウロと結婚させたいと思う。

琴子にとって人生はいつも過去の繰り返しのように映る。たとえば北満の風景は故郷の風景と重なる。「琴子の故郷に北上川が流れているように、索倫の町にもハロンアルシャンから落ちてくる川があった」。酔っ払った乱暴狼藉者の米兵は、北満でみかけた「日本の兵隊にどこか似通っていた」。ブラジルに来てからも「叔父がサンパウロで始めていた日本食堂は、どことなく〔彼がかつて経営していた〕奉天の食堂に似ているようだった」。どちらの食堂でも古い押絵の額が壁にかかっていて、短冊にメニューが書いてあった。外地では瑣末なものでも日本らしさを演出する小道具になる。とりわけ現地人の給仕の横に置かれると、いかにも日本食堂の再現という感を強くさせる。彼に限らず「戦前に、満州や支那などにいた日本人達は、戦後の日本の生活に不満を持ち、狭苦しい土地にいるよりも外国のほうが良い、とブラジルに渡って来た人達も少くないのだ」。いったん本国からはみ出した者は、時には本国への再適応が困難で、海外雄飛の夢を引き揚げ後も改めて抱いた。満州を引き揚げてからブラジルへ渡った者の数や実態は不明だが、「日の中の芥子」はそのわずかばかりの手がかりを与えてくれる。

外地への適応は琴子の場合、外国人の恋人への傾斜と重なっていた。彼女は農園主に紹介された二世男性に魅力を感じない。「自分は日本人でありながら、どうしてウイリアムやミゲイルを愛するようになったのだろう。避けようとすれば、避けられた筈だった。戦争さえなかったものなら、あのまま北満にいたのだった」。実は一七歳のとき、索倫の牧場で知り合った山形生まれの初恋の青年はアイヌの血を引き、「手の甲などは黒いほど毛深かった」。この淡い恋は彼女の他民族好みの伏線になっている。「大きな身体をしたその青年の腰につかまっていると、琴子は不思議なほど安心して馬にゆられていた」。彼女が恵子を宿したのは、長身のウイリアムが北上川の小島の「葦の中を琴子を抱いて渡った」ときだった。ふたつの至福の場面はよく似ている。彼の戦死は渡伯の動機のひとつだが、ブラジルで知り合った「ミゲイルの笑顔は、ウイリアムにどこか似ているようだった」。占領期の体験がブラジルで反復される。故郷と満州とブラジルとは、感情生活の面でもつながっていった。

題名は公園をミゲイルと手をつないで散歩しながら、北満の芥子畑を思い出す場面から来ている。「朝靄のこめている花壇に陽が少しづつさし込んで来て、公園の建物の前に来ると、芥子畠には金粉をまき散らしたような朝陽が一杯になった。真赤に開いた芥子は、夢のようにゆらゆらと動いている。琴子は花に近づき、花々の中にじっと一人でたたずんでいた。そうしていると、琴子の回想は、はるか遠くにつながってゆく。少女だった頃の琴子が、北満の六月のそよ風の中に立っている。素足になって露の上をふんでいる少女の周囲は、何処までもつづいた芥子の花で、透明な切子硝子のように光りを帯びてかがやいている。まぶしい太陽を背にして、牧場の青年が、影のように淡く消えてゆく――」。腰こそ曲がって禿げ上がったが、ミゲイルはアイヌ青年の化身であるといわんばかりだ。すべての恋は初恋の反復という陳腐な言い回しに甘い筋立てを要約できるかもしれないが、彼女は満州、占領下の東北、ブラジルで異なる人生の段階をすごし、いつも日本人ではない男に惹かれてきた。異人種恋愛は日系ブラジル文学のなかでも大きな主題だが、本作は二人の白人の恋人を肯定的に扱っている。ウイリアムは誠実だし、ミゲイルもすぐに火がつきやすい性格だが、琴子をだます気はない。多くの小説が移民社会の内側で完結するなか、満州と占領下日本とブラジルをまたぐ女の一生という大きな構想は珍しい。

四　プロ作家の誕生——醍醐麻沙夫

「新来者」の文学

「被害者」の物語が主流を占める中、醍醐麻沙夫の登場はブラジルの日本語文学に新風を吹き込んだ。醍醐は一九三五年横浜生まれ、学習院大学文学部卒業後、一九六〇年、貧困よりも好奇心からブラジルに渡った。サンパウロの日本領事館に勤務していた高校の先輩がブラジル熱を焚きつけたという。農業経験はなく、サンパウロでは日系のナイトクラブなどでバンド演奏をしながら生活していたが、処女作「朝の予感」（『農業と協同』一九六九年一月号、『コロニア小説選集3』所収）が認められ、新聞雑誌に投稿する機会が増えた。翌年、渡航した前山隆が、新しい方法や視点を評論の分野に持ち込んだのと対比できるだろう。一九七四年、オール読物新人賞受賞以降、日本からの原稿注文が増え、プロに転じた。ブラジルをよく知る文筆家として貴重がられ、北杜夫や開高健のブラジル旅行に付き添った。

伊那宏は藪崎と醍醐によって、「『コロニア文学』はほぼその全容を摑むことが出来てしまいそうである」と述べている[9]。同誌はこの二人を両極とする帯の間に入ってしまうということだ。大雑把にいえば、移民とは何かをつきつめ、異国での孤立を語る戦前移民藪崎と、舞台こそブラジルだが、人物の特徴は同時代本国の中間層からあまり遠くない戦後移民醍醐の作風は、良くも悪くも好対照を成している。親に連れられて渡伯し、奥地で辛酸をなめた準二世と違い、日本で高等教育を受け、高度成長期に「世界を見てやろう」という冒険心からブラジルの土を踏んだ醍醐は、戦前移民と感覚や思想の溝を感じざるを得なかった。新来者を主人公としている点でも、作者の年齢や文体からいっても、醍醐の登場は「新人」の登場と呼べた。醍醐と相前後してブラジルの土を踏み、同じ時期に『コロニア文学』に最初の小説を発表したコチア青年（農業実習生）伊那は、ほぼ同年齢の都会派の登場に鮮烈な印象を受けたと回顧している⑽。

醍醐の『コロニア文学』第一作となる「紺青の城」（六号）では、二八歳独身のコーヒーの品種鑑別人宮沢良一が、地方長距離バスで姉妹と乗り合わせ、妹と恋に落ちる物語で、それまでのブラジルの日本語小説にはない甘美で軽い筆致が心地よい。冒頭、サンパウロの長距離バスターミナルには、「小柄な可愛い黒人」の同棲者マリヤが見送りに来ている。「君も友達の処へ行って遊んで来給え」、「ハイ、サヨナラ」。彼女は日本語で答える。二人の間柄にはそれまでの小説にあった異人種恋愛の重圧はまったくない。彼は大学を卒業後、ブラジルに渡り、すぐにブラジル女性と婚約した。しかし一年ほどで別れてからは、深入りを避けている。相手の家族が現われると重たくなるからだ。家族が現われると「あの果てしない移民の道」が見えてくる。それは願い下げにしたい。彼は移民人生の重苦しさを避けて生きる道を探している。またブラジル人とのつきあいも薄い。「ブラジルの社会に入りそこなった自分」に引け目を感じているからである。そうはいっても別の娘と同棲しているのだから、孤独ではない。

渡航当時は英語で会話していたが、数年でポルトガル語を学んだというから、他の創作でうんざりするほど書かれてきた言葉の壁を感じていない。日本人ともつきあわず、日本人街から離れた地区に借家住まいをしている。また服装も垢抜けていて、「ソフトデニムの明るいブルーの背広上下に、もっと淡いブルーのシャツを着て」、スリップオンの靴からは白い靴下がのぞいていた。それまで描かれてきたサンパウロの底辺生活者とは大違いだ。こういう細かい服装の描写も過去にはまず見ない。作者は日本を参照しなければ「自分の考えをまとめられぬ多くの日系人」を「黴の生えた鰯の頭にすがって生きている人々」と軽んじ、彼らの精神構造を「不具」とみなしている。自嘲抜きでこれほど辛らつに旧移民を捉えた書き手は、たぶんそれまでいなかっただろう。

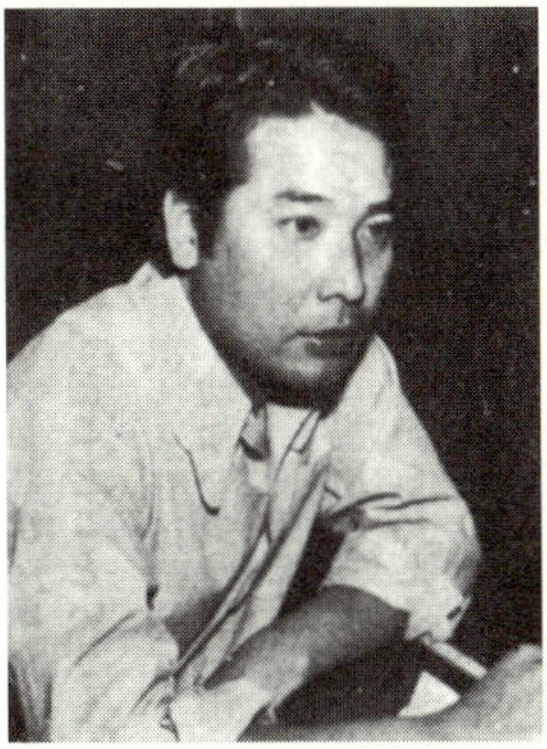
醍醐麻沙夫（『コロニア文学』30号［1976年10月］より）

彼は大学で成績の悪かった順に、ブラジルでは独立しているのを見て、日本の大学教育の無益をぼやく。「教養が邪魔する」と冗談めかすが、山里アウグストの「移民が抵抗を失った時」（四号）のような自嘲はない。日本の友とは共有するものが既に無く、生きている者についても死別した人のようにしか思い出せない。浦島太郎の不幸は帰る処、待つ人がいると考えたところにある。日本に卒塔婆を立てられたら気持ちが良いが、そこまで思い切るには至らない。「祖国を棄てて幸福に生きるのは容易ではない。ただ本当の原型的な農民と支配者だけが外国でも幸福に生きられそうな気がする。…何故なら彼らは国から生まれるのではなく、国を造る人々だからだ。だが僕達はそのどれにもなる教育を受けなかった」。強がりも負け惜しみもなく、一世を客体化している。それまでの創作にはないほど郷愁の薄い人物に描かれている。このように割り切れないからこそ、従来の作者は、手を変え品を変え日本への思いを吐露してきた。宮沢にはその葛藤はない。日本への執着はない。

彼は日本との精神的な縁を切ったが、ブラジル社会に同化しているわけではない（適応はしているが）。宙ぶらりんという点では、旧移民と変わらないものの、生活の手段があるし、自分の態度についての確信がある。流謫の身に満ち足りてはいないが、「観念の城」に閉じこもり、何かが来るのを待つことに決めている。「彼の魂を漂泊の呪縛から時は解き放ち、国境や伝統や人種や言語を一挙に越えさせる絶対的な自由への啓示を待ち始めたのだ」。その城のなかで自由を得たいという大胆さと「汗水たらして歩む移民の道程を忌諱する行為の臆病さ」を選んで、隠者のように生活している。彼はブラジル社会からも移民社会からも距離を取って、自覚的な孤独を愛している。

この醒めた距離感が崩れるのは、バスで知り合った二世姉妹のうちの妹順子の日本舞踊を見た時である。既にバスのなかで彼女への情熱を感じていた青年は、日本で教養として見てきた古典芸能が今や自分の内側に食い込んできたのに気づく。「彼のかつて観た数々の浄瑠璃や能の舞の断片は、彼の内部に鬱く滓のように淀み、醗酵し、気づかぬうちに繁殖し、彼を冒していたに違いなかった。そして、それらは順子の踊りを診ているうちに、針で刺された膿のようにとめども無く滾れ出て来たのではなかろうか。単に郷愁と呼ぶにはそれはあまりに深く、彼を冒している様に見えた」。日本舞踊は谷崎『蓼食う虫』（一九二八年）の文楽と同じように、主人公の抑圧してきた「日本人」意識を呼びさました。モダン大阪ならば「伝統」回帰にあたる志向が、ブラジルでは「祖国」回帰、郷愁と名を替えた。この昂ぶりは彼が築いてきた観念の城を「一挙に崩しかねなかった」。彼はその夜、順子に情熱を告白し、一夜を共にする。孤独の信念が魅惑的な女性の登場で崩れるという通俗的な展開である。

　選後評のなかで弘中千賀子は「垢抜けした玄人っぽい文体。巧みな比喩。今まで読んだ中で飛び抜けてうまいと思った」と技巧に感心している（「読後の感」五号）。「絃楽四重奏の第二楽章の様に」静かに発車する汽車というような箇所のことだろうか。彼女は同時に観念的な空虚さも見逃していない。水野林は「ブラジル日系の文学の世界で、初めて成功を見た恋愛小説であり、我々の仲間に、一人の作家の誕生を告げる作である」と讃えている（「選評」六号）。それまでにも恋愛は多く描かれてきたが、二人の心の動きよりも状況説明のほうに重きが置かれる傾向にあった。純愛よりも肉欲や結婚（とその破綻）に重きが置かれてきた。醍醐は好感、予感、躊躇、気兼ね、そして告白、歓喜へ進む青年の心の動きを細かく追っている。本国の小説では珍しくないが、ブラジルではそれまで書かれたことのなかったリズム感を持っている。

　戦前派の猛反発を浴びたことはいうまでもない。その一番手葦屋光延によれば、裸一貫的な重さを持たずに渡ってきた戦後の新来者は「高度な教育と技術」を身につけた企業戦士、「「ブルジョワジー的な理念」の尖兵」として、「教育程度のひくい思想のふるい、土臭い移民」を押しのけて闊歩している。それを気取って書いただけだ。恋愛小説としても失敗で、「観念の城」には実は大した観念もなく、主人公の悩みも自覚も軽薄そのもので、「おやじの意見を聞こうともしないで身を持ちくずした放蕩息子が、今になって意見の正しさが分かったようなもの」と否定している（「新来者の小説」一九七一年一二月二二日付『パウリスタ』[11]）。戦前移民からすれば、新来者はほとんど旅行者と変わりない。悲惨な少年・青年期を経験し、ようやく物を書けるだけの余裕を得た準二世と、その気になればいつでも日本に帰ることができる醍醐らエリート青年の間の摩擦は、想像以上に大きかったようだ。

醍醐はその後も独身移民の恋愛を描いた。「モエマ」（二一号）では、わざわざ現地採用を選んだ商社マンが、リオの美術館のモエマ（先住民の伝説的女性）像と、事務所の同名の女性を重ねながら恋をする。コロニアからは遠く、ブラジル社会へ同化する道を歩んでいるが、「一世」になるつもりか、きりのよいところで帰国するつもりかは考えていない。いつでも帰れると気楽に構えている。閉館後の展示室で彫刻に接吻をするキザな日本人は、吉行淳之介あたりに出てきそうで、移民の文芸にはついぞお目にかかったことがない。いずれの青年も世代の葛藤、移民社会の家族関係、言葉や人種の壁もエンシャーダも知らない大学出の新来者である。汗と涙の演歌とは接点がない。文体はこなれ、女性の描写は甘ったるく、滑らかに読み進める。これほどよどみない小説はブラジルにはたえてなかった。その分、「本格小説」好きからはそっぽを向かれた。

娯楽小説

通俗性を進めたのが「ガランチードな良い女」（一八号、二一号、二二号）で、ブラジルの日本語文学に欠けていた笑い（悪ふざけ）の要素をふんだんに取り入れ、旧移民の文学観を撹乱している。「ガランチード」は保証つきという意味で、ブラジル人に信頼される日系人（「ジャポネース・ガランチード」）という肯定的自己類型の形容詞である。題名から既にふざけている。主人公マサオクン（一九六九年のベストセラー、庄司薫『赤頭巾ちゃん気をつけて』のカオルクンがヒントに違いない）は、日系商店の使い走りだが、週末にはバンド演奏で小遣いを稼ぎ、キャバレーで遊び、娼婦を買うようなのらくら生活をしている（醍醐もまたバンドマンの経歴を持つ）。悪友とはのど自慢、ノミ退治、カエルのウンコのようなムダ話にふけり、勤労や内省の対極にいる。日曜には総領事主催の社交パーティーに出席する。エリート青年の自己紹介を小馬鹿にしながら聞き、懇意のアキコが一人、貧しい家庭の出身であるのを恥じて泣き出すのをなだめる。マサオが作中で見せる唯一の善良さだが、彼女とのつきあいが深まるわけではない。

パラナ州ロンドリーナにガラガラ売りの仕事で出張させられるが、偶然、マージャン友達シーチョー・ジミーとバスで顔を合わせる。ジミーはロンドリーナで複数の女を安ホテルに連れ込んだり、イカサマのサイコロを振る根っからの遊び人である。マサオは勝ち組の雑貨屋店主に日本は本当に負けたのかと尋ねられ驚く。中年男はかつて近所の負け組指導者が射殺されたのをきっかけにロンドリーナに逃げてきたと話す。ジミーは日系バーのママさんに好かれ突然、支配人を任される。マサオはサンパウロから社長自殺の電報を受け取り、真っ青になる。

あらすじよりも、異様に引き伸ばされた無駄口やふざけた筆致（実在した沖縄二世経営のラジオ・サントアマーロを「ラジオ・ヨンタマーロ」と呼ぶなど）を面白がれるかどうかが、読み手の評価の第一にあるだろう。『コロニア文学』でこの作ほど無意味なおしゃべりに頁を取った作はないし、軽薄そのものの人物もいない。ピカレスクと呼ぶには小心で、反道徳的と呼ぶには保守的だ。マサオもジミーもいわゆる「女にだらしない」男で、結婚や肉欲や嫉妬の煩悶なしに、日系人かどうかの区別もなしに女と遊ぶ。女関係のもつれの先に悲劇が待っているわけではない。とんちんかんな勝ち組老人は、コロニア史の傷跡をさらけ出すというより、戦前移民の滑稽さを戯画化している。社長の自殺が行き当たりばったりのマサオを改心させるとは思えない。青年たちの徹底的な享楽主義、無計画、無思想ぶりはそれまでの書き手が描いて来た移民の被害者意識、憂鬱、後悔と真っ向から対立する。また「真面目な」文学の信奉者を怒らせることを企んだような作だ。『コロニア文学』創刊のころなら不採用だったかもしれない。日本向けに書き直した「「銀座」と南十字星」は無駄話、内輪話、女たち、社長の死を省き、別の作といってもよいほどだ(12)。

醍醐は同じころ、「小説のたて」と「小説のよこ」という考えを提起している（「小説のたてとよこ」一九七〇年二月四日付『パウリスタ』）。「たて」は「履歴書的な部分」で、コロニア小説でずいぶん書かれてきたことだが、ブラジル人との接触のような日常関係のふくらみ、彼のいう「よこ」は蔑ろにされてきた。醍醐はブラジルでは、自己を積み重ねていけるような文化的な遺産がないと作家が感じ続けてきたからだと推測している。つまり各々が更地の上に「精神的掘立小屋」を建てるしかなかった。たいていの書き手は自分の体験・見聞から書き始めるより他になく、参照できる素材は限られていた。各自の尋常ならざる体験を掘り下げるよう評論家にハッパをかけられても、文学に成型するときに使える技術は限られている。素材の限定、建設技術の限定、家の固定観念から、掘立小屋がどれも似てくるように、話題の限定、物語る技術の限定、小説の固定観念から日曜作家の作は似てくる。醍醐は「経験伝達文学の限界」(「移民文学への疑問(3)」一九六九年七月九日付『パウリスタ』)をきちんと指摘し、語りの技術の洗練に重きを置いた。その分、技巧的、器用貧乏、軽薄の謗りを(主に戦前派から)受けざるを得なかったが、それまでにない移民文学の可能性を開拓したことは間違いない。

歴史小説

醍醐は娯楽小説を発表するのと並行して、歴史小説に挑戦している。履歴書的な文学とは違うアプローチで、移民の歴史を文学化しようという試みである。日伯移民協定の前史から、上塚周平らが竹トンボ作りで窮地を脱するまでを描いた「船がくるまで」(一四号、一五号)、明治半ば、パリよりリオに連れて来られた軽業師の数奇な人生を描いた「軽業師・万吉」(二五号)がそれにあたる。一九七九年には「船がくるまで」を改称した「中国人の墓」に、平野植民地の悲劇「森の夢」、明治初頭、イギリス練習船で航海中、バイアで切腹自殺した薩摩藩士と、彼を調査する笠戸丸以前の試験的移民鈴木貞次郎を重ねた「聖人たちの湾」を加えた三編を含む『森の夢』(サンパウロ新聞社)を出版している(このうち「森の夢」と「聖人たちの湾」は、東京の冬樹社より一九八一年、『森の夢』としてまとめられた)。

これらは履歴書的な創作の定石を外れ、移民史の始まりを掘り出す明確な意図を持って、ある部分では文献にあたって書かれている。本人の言によれば、家の中(現在)を整理しようとすると庭前が荒れているのに気づく。庭に立つと野原の藪が気になるという具合に、時間軸をさかのぼって、自分の立つ場所を文学的に確かめようとした。「現在へなだれこんでいる過去が一度も文学的な鍬に耕されなかった荒野にすぎないのが見えてしまう。そしてその荒野は辿って行けば第一回移民船の笠戸丸までつづいているんです」（藪崎との対談「克服へのアプローチ」二〇号）。六〇年代の新来者を小説の世界に導いた醍醐は、その反対側の先駆者を物語化した。どちらも「被害者」の定型に収まらない新しい創作の方向性だった。

「船がくるまで」はブラジル国民の親日ぶりを綴った杉村公使の有名な報告書（一九〇五年）を長々と引用し、日露戦勝に浮かれたその上っ面な観察が、前年に出たイタリア移民の惨状についての前公使の報告書をごみ箱に捨てさせ、外交レベルでの日本移民計画を進めたと記している。つまり題名の「船」とは笠戸丸のことだ。笠戸丸移民の失敗、ひいては日系人の苦しみは、外交官の誤った判断に淵源を発する、つまりコロニア史は最初の一歩から間違っていたと言いたいようだ。そのような政治的なプロローグの後に、第一回移民が不適応から早々に契約耕地を逃れて仕方なくサンパウロに逃れてきたのを、上塚周平ら皇国殖民会社員が献身的に助ける本筋に移る。この部分は上塚伝でよく知られた苦労譚の再構成だが、醍醐は教会の裏の森に小さな茶畑と一九〇四年の碑銘のある中国人の墓を偶然発見する物語を付け足している。日清戦争以降、日本人は中国人を大体において蔑視し、ブラジルでは貧民層に「シネーズ（支那人）」とはやしたてられるのを不快に感じていたが、上塚は墓の前で、後続の同胞なしに死んだその広東人に深い哀れを感じる。五年前には仲間がその男を悼んで墓碑を刻んだのだろうが、その中国人はどこへ消えたのか。数百名の中国移民は「流木かアブクのようなものになって点々とブラジルを漂っている」。たった今到着したばかりの日本移民が、その轍を踏んではならない。その責任を担う立場にあると彼は肝に銘じる。そして墓に竹の行灯を捧げることから、竹細工で急場しのぎの財源を確保する案を思いつく。

竹細工のエピソードは上塚伝でお馴染みだが、それに一九世紀末に始まったものの、すぐにブラジル政府が中断した中国移民史を重ね合わせたのは、醍醐の創案である（その失敗のため、ブラジル政府は当初、日本政府から持ちかけられた移民計画に難色を示した）。上塚は当面の財政危機を脱したところで、その墓を詣でピンガとお茶をかけ、赤い竹トンボを供える。日本移民史の始まりを東アジアとブラジルの交渉のなかで捉える視点は、それまでにもそれ以降にもない。上で述べた「小説のよこ」の実現といえる。上塚の墓参は無名移民一般に対する深い同情から来ているが、同時に醍醐の上塚追悼の意味も濃い。浪曲の英雄作りとは違った方法で、戦後移民が歴史の礎石を築こうとしたのが、「船がくるまで」である。異国で死ぬ寂しさは日本人特有ではなく、移民すべてが引きずっている。醍醐の意図ではないかもしれないが、私の耳には赤い竹トンボから望郷の歌「あかとんぼ」が聴こえてくる。

北杜夫を囲んで（1977年3月）後列左より、梅崎嘉明、醍醐麻沙夫、滝井康民、清谷益次、大浦文雄、高野泰久（高野書店主）
前列左より、小笠原富枝、陣内しのぶ、北杜夫、新井千里　（大浦文雄蔵）

「森の夢」は入植者八十余名がマラリアで斃れたことで名高い平野植民地の悲劇（一九一六年）で、ブラジルでは北杜夫『輝ける碧き空の下』（新潮社、一九八二年）の下敷きになった小説として知られている（北は一九七七年、醍醐の案内でブラジルを取材旅行した）。これは『パウリスタ』で一九七七年、連載されるや移民小説としてはかつてない反響を得た。いずれもその村や近隣にかつて住んだり、登場人物と知り合いだったり、マラリアにかかった戦前移民で、物語を個人に非常に引きつけて読んだ（同年八月一〇日、九月二日、一〇月四日、一一月一日、一一月八日付『同』）。「自分のことのように」読めることが重要で、「フィクションよりも真実性に富んでいる」と一人は書いている。小説という形を借りた生活記録が歴史小説には求められた。これに対して、作者のなかでは慰霊の意味が強かった。補注ではわかる限りの犠牲者の名前を「哀悼と鎮魂の心をこめて誌した」と太書きしている。このような作品はブラジルでは唯一無二だ[13]。

「聖人たちの湾」では上塚と同じぐらいよく知られた先駆者、鈴木貞次郎が明治初年にブラジルの土を踏んだが、非業の死を遂げた侍の人生を追いかけるという筋で、両方に弔意を表している。先人追悼の作としてこれ以上に成功しているのが、「JIZOの由来」(三〇号)である。領事館職員がサントス海岸に一人住む日本人を調査に来る。彼の板小屋には明治天皇と昭和天皇皇后の御真影のほかには何の飾りもない。老人は一九四五、六年、戦勝国日本より迎えの艦隊が来ると聞いて、たくさんの日本人家族とともにサントス海岸に集まったが、それ以来、船を待ちすぎたと語る。海を眺めることでかえって心が落ち着き、輪番で監視を続けた。いつしか日本人は海の見張り人となり、迷い込んだクジラを見たり、溺れた人を救ったこともあった。やがて日本人が去った後に、その身代わりに地蔵を立てた。待っている間に孫は大きくなった。自分だけが帰国することは不可能だし、誰の幸福にもならない。老人は死んだら灰を日本に届けてほしいと職員に頼む。よく練られた台詞は戯曲化の道を示唆する。

虚報に踊らされた移民の無知や迫害を救い上げるよりも、事情をすべて呑み込んだ上で一人残った老人の頑固さと孤独、帰郷の思い、ポルトガル語の由来文を持つ地蔵に託された日本人ここに在りの気概が力強く描かれている。銅像や記念碑で先駆者を讃える一方で、浜のはずれに建てられた海を向いた地蔵が表わす日本人の証しもある。老人は地蔵建立のいきさつを説明する。「日本の船は来ませんでした。ついに来ませんでした。ある日、海を見張って立っていた若い者の姿が、光線の加減で地蔵さまのように見えたのです。わしの故郷の海辺に建っている地蔵さまのように見えたのです」。民衆カトリック信仰にも通じる奇蹟の体験から十一年、老人たちは市にはたらきかけようやく地蔵は建てられた。地蔵は彼の心のなかで、故郷とブラジル上陸の地を一直線で結ぶ。時の風化に朽ちかけながら残った勝ち組の静穏な信念のありようを、戦後移民の醍醐は冷静に描いている。招待脚本家としてブラジルを訪れた高木俊朗が、抗争くすぶる五〇年代初頭に交わった「狂信」的な日本崇拝者とはほとんど相容れない。臣道連盟事件を体験した世代では描きにくい信念派老人の同情的な人物描写に成功している。老人が死んだ後にはやがてはその地蔵もまた朽ちて、由来が忘れられていくだろう。路傍の石像は風土に同化していく。風化に耐える思念、記憶はあるのだろうかと、醍醐は場違いな地蔵に託して問いかけている。むしろ由来が忘れられ、ただの石に帰っていくことに無言の同意を与えているようだ(14)。

おわりに――書けない、書かない

『コロニア文学』は壮年期から老境に達した戦前移民と、青年期から壮年期にさしかかった戦後移民が出会うことで生まれた。新旧世代の文学観、生活観の違いが良い刺激となって、ブラジルの小説中心の同人誌としては例外的に創作のレベルを維持し、長続きした。ブラジルの日本語文学雑誌のなかでは飛び抜けて議論が沸騰していて、外部の読者にも読み応えがある。行動的な評論家前山と実務にたけたベテラン武本、対照的な実作者の藪崎と醍醐、誌面から判断する限り、この四人が雑誌の活性剤となって十年にわたる刊行を持続させたようだ。しかしその勢いも七〇年代半ばには失われた。

三〇号（一九七六年一〇月号）の座談会「一体、何に躓いたのか――執筆中断作家の胸の裡」は書かせようとする「評論家」と、筆の進まない（あるいは筆を折った）実作者の間のすれ違いを見事に示している。評論家は「文学することによって、自己を追求し、人間を追求する」ことを求め、そこにはプロもアマも、才能の有無もないと言う。アマチュアなればこそ、騒がれたり遠慮したりせずに書くことができると激励する。実作者の方で書かないことに強くこだわっているのが島木史生で、良質の作品だけが文学的価値を持つので、むやみに書いても無意味という。コロニアでは真剣に文学すればするほど奇人扱いで、世間的評価が得られないし、評論家の支援も指導力も弱い。プロになる野望がそもそもなくとも、それに代わる刺激にも乏しい。こう述べる島木に対して、評論家側は批評に値する作品があるのかと言い返す。結局はどちらも望ましい水準に足りないために、共倒れになっている。実作者はヘタでも書き上げれば満足は得られるとか、パウリスタ文学賞を獲得した時点で到達感を得て、その後は意欲が湧かないと語っている。無報酬だからこそ自由に書けるという理想は、書き手には必ずしも受け入れられなかった。あるいは無遠慮に書いたら実話と受け取る読者が多くて、かえって書きづらいともいう。身近すぎる読者は、創作を「実話」として読みがちだった。また書き手の方も時には「体験」をフィクションに仕立て直すだけの力量に欠けていた。「書けないから書かないんだもの」（島木）。プロはいくらなんでもこうは開き直らない。

島木には「書けない」心理をもっと分析した随筆がある。ブラジルで最初に上陸した思い出の地バイアに文学的刺激を摑もうと、八年ぶりにノートを持って出かけたが、一行も書けなかった。「小説を通じて切り開こうとする私の周辺にある社会は、ひょっとすると、私にとって虚構のようなものかも知れないし、逆に確かな実在であるなら、私という一人の移民は、生物にしかすぎないではないか。こんなあやしげな位置で、彼等〔バイアの貧しい少年〕のことを彼等に解らない言葉で書こうと試みているのである」（「機械的な操《マ》返《マ》し」一九七〇年一月一日付『パウリスタ』）。

島木が感じた社会と自己との剝離、空虚な世界像、存在の不確かさは、二〇世紀文学の大きな主題だった。それにもかかわらず、あるいはそれだからこそ、一流作家は社会に対する自己の「あやしげな位置」を実存主義、信仰心、幻想、寓話、恐怖、妄想、殺意、セックスなどを通してさまざまに物語ってきた。島木も文学界の末端で同じ稀薄な実在感を共有したが、まさにそのために書けなくなった。書く根拠を失ったと書き続けるほど、器用でも理知的でもなかった。引用の後半からわかるように、日本語の周辺性も書く意欲を挫いていた。彼の文学的興味を一瞬引いた乞食の少年は、確かに社会の周辺部に暮らしている。しかし自分は言語的な周辺部に暮らし、果たしてブラジルを描く資格があるのだろうかと自問している。日本の日曜作家が同人以外には読者がいないと嘆いても、同じ言葉の社会がずっと広がっている。それに対して、島木は日本語の孤立を前に立ちすくんでしまった。その孤立を掘り下げる書き手は何人か現れたし、そこまで考え込まず、ただ小説を書きたいという者も多かった。だがなぜ書くかという根源的な自問に立ち返った後、島木は創作に戻って来なかった。誠実すぎたのか、探究心が足りなかったのか、理想を追いすぎたのか。

座談会から改めて確認されることは、愛好家の集団は、プロの文学界と根本的に異なるというごく陳腐なことだ。日曜作家には批評家や読者に対する説明や応答の意識はない。執筆の義務を感じないし生活もかかっていない。数行の選者の評と、仲間との文字に残らない会話の他にはほとんど反応のないなかで、大半の書き手は筆を握り、ある時点で投げ出した。職業作家でもスランプや断筆はある。評論家不信は根強い。しかし評論を拒否することはできないし、ある点では利用している。また出版側では書き手がいなくなるという不安はない。文壇は経済的にも人材的にも十分に大きく、崩壊はありえない（比喩的には語られても）。日本語社会が存続する限り、日本語文学は消滅しない。少なくとも過去の履歴は残る。ところがブラジルではこの大前提があやうい。そのゆっくりした下り坂のなかで、実作者も評論家も年をとっていった。上の座談会と同じ年、パウリスタ文学賞の審査にあたった醍醐は、かつての書き手に比べると、今の人には「書きたいテーマ、それを書かなければ心の中で爆発してしまうモノがない」と述べている（『パウリスタ年鑑一九七六年』）。デビュー当時に彼がこれに似た批判を受けていたことを思い出すと、わずかな間に小さな文学界が様変わりしたのを実感する。

藪崎は「贋ヒッピー」（三〇号）を最後に、創作を止めてしまう。醍醐は日本からの注文に忙しくなる。武本のエネルギーは『椰子樹』に向けられ、前山は博士論文に本腰を入れる。かくして『コロニア文学』の四輪駆動体制は働かなくなった。終刊の二年前に付録として始めた新聞タイプの『コロニア詩歌』だけは継続し（武本が本腰を入れた）、次の『コロニア詩文学』創刊（一九八〇年）までの中継ぎ役を果たした。同誌が小説中心になるにはさらに数年かかる。主力は『コロニア文学』以来のメンバーだった。この雑誌が播いた種は日本語文学の終焉を憂いつつ、細々としかし確実に生育を続けた。

註

（1）この事情は北米でも変わりない。カリフォルニアの『南加文芸』で、野本一平は自分たちの創作が子孫に読んでもらえないのを残念がっている（「伝承のない文芸」一八号、一九七四年三月、四九～五五頁）。南北アメリカの同時期の文芸誌を比較文学者太田三郎は、日本人意識の再認識という観点で並べている（「外国における日本語文学」一九七五年四月一五日付『パウリスタ』）。

（2）選集第一巻は日本にも紹介された（前山隆「ブラジルの日系マイノリティー文学」一九七五年一一月一二日付『日毎』、『朝日新聞』初出）。選集の反響については、活発な文芸人であった安井新、葦屋光延、清谷益次が『パウリスタ』に感激と思い出を書いている（それぞれ一九七五年八月三〇日、九月二日、一二月二三日付）。

（3）前山に最も感化されたのが、尾関興之助で、コロニアの特殊性と文学の普遍性をほとんど口移しのように唱えている（「文学の思想性とコロニア文学」一二号）。彼を含めた同人と前山のやりとり（一二号の合評会）から、荒削りであっても、何かを始めなくてはコロニアの文学活動は消滅してしまうという切迫感がよく伝わる。前山の唯一の創作は、二世の劇団のために書いた戯曲である（「トマテとコンピュータ」一八号）。これは親の農家を継いだ長男と、彼らの支援で都会の大学に行かせてもらった（そしてブラジルにより同化した）弟妹との対立を明快に（図式的に）描き、上演後に討論会（ティーチイン）を開くのに向いている。チャンバラ物で回る劇団を除いて、日系人劇団が稀少であったことから、ブラジルではほとんど日本語の戯曲は書かれてこなかった。これは上演されたほぼ唯一の例外だろう。日本語とポルトガル語が、文のレベルで混在するのが珍しく、また主題にかなっている。

（4）『コロニア文学』を一読したロサンジェルス発行『南加文芸』（謄写版）の編集長曰く、「会員制度によるためか、編集にいささか泥臭さを感じたが、内容は多彩で、立派な体裁を保った、移住地の文芸雑誌である」（第五号「編集後記」一九六七年九月号、一三三頁）。「泥臭さ」の印象は作品の印象から来たのか、雑誌全体から感じ取られたのか、あるいは北米人の南米同胞に対する先入観から来たのか。彼は「批評活動が盛んなのも、移住地の文芸雑誌として珍しい」ともいう。前山、武本らの指導力は北米の同志にも明白だった。

（5）移民体験を本質とするコロニア文学理解に対して、日本語の諸条件を重く見る考え方もあった。たとえば大間知一途は「いかにブラジル的土着性のある作品が生れたとしてもその根底となるものは日本の言葉であ」り、書き手の国籍にかかわらず「日本的視野、日本的情緒、日本的［な］もの、考え方なくしては到底日本語による文学の創造はなし得ないのではあるまいか」、つまり「コロニア文学は永遠に日本文学であるのではないか」と述べた（「コロニア文学の土着性」一九七二年六月一四日付『パウリスタ』）。

革新短歌の紹介者として知られた細江仙子《のりこ》（『コロニア文学』一二号に小説「バウーにて」を発表）もまた「現在のように日本語で書かれている以上日本文学の一分野を占める地方文学である」と述べている。将来的にはポルトガル語で書かれる「コロニア文学」もありうるという含みもありそうだが、現状では沖縄や北海道の文学と根本は変わることがなく、ただ「ローカルカラー」だけが違う（「O先生へ」一九七〇年一月一日付『パウリスタ』、O先生とはおそらく尾関興之助のこと）。六〇年代初頭に渡航した細江は、とても「根をおろした生活」については書けず、一種の「旅人コンプレックス」に陥っていたという。それだけ「根」（永住性）を重視する風潮が強かった。

（6）テキサスやルイジアナの体験は、前山の人類学的思考の重要な転回点となった（「文化人類学入門私記（五）」『国境地帯』二〇号、二〇〇八年一〇月号、『文学の心で人類学を生きる―南北アメリカ生活から帰国までの十六年』御茶の水書房、二〇一〇年に再録）。「虐げられた者の真情」（犠牲者に肩入れすることで白いアメリカを批判する立場）に傾きがちな黒人論を越えた観察と考察という点で、六〇年代半ばに黒人文化と深く接した文学者北村崇郎の回顧録『アメリカ』（筑摩書房、一九九〇年）と並べて読むと面白い。

（7）葦屋は『コロニア文学』の時代、文学理論にも明るい実作者として鳴らし、数本の内容の濃い評論を『パウリスタ』に掲載した。たとえば「コロニア文学の土壌」（一九六九年四月二四日、五月一日付『パウリスタ』）では尾関の大げさなコロニア文学論に皮肉を述べつつ、三瀬喜与志と高野耕声を分析している。「コロニア文学理論のための準備」（一九七一年一〇月六・一三日付）は、コロニアの「特殊な」現実と文学の「普遍性」の折り合いをどうつけるかという答えのない問いを、当時よく読まれたG・E・ウッドベリーやハーバード・リードを引用しながら反芻している。「水源地帯」は移民という意識を横目でにらむ態度で書かれ、一部で言われたように、コロニア意識過剰とはいえないと弁護した。コロニアの小説は文学未満で「読みづらい」という読者との論戦は、葦屋の執筆姿勢とコロニア文学観、さらに実作者の一般読者からの孤立をよく伝えている（一九七二年七月一九日、八月三〇日、九月六日、一〇月一二日付『パウリスタ』）。

（8）『コロニア文学』八号（一九六八年一一月号）の作品選考会では、川原の投稿作が雑誌の水準には達しているが、彼女の過去の作から一歩も出ていないので落とすべきと島木は発言し、実際に不採用に終わった。川原だけに厳しいわけではないが、アマチュアといえども常に「文学の勉強」をして向上し続けなくてはならないと強く信じていて、結果として彼女の創作意欲をそぐことになった。

（9）伊那宏「『コロニア文学』の意味づけ」『コロニア詩文学』（八五号、一九八五年九月号）。醍醐と藪崎の対談「克服へのアプローチ」（二〇号）は、二人が飛車と角のように良き対比を成していると編集部が考えて企画されたのだろう。そのなかで戦前派は「帰りたい帰れない派」で、醍醐のようにいつでも日本に帰れるという者とは根本的に相容れないと藪崎は述べている。「帰りたい」と「帰れない」は対で、いつでも帰れるならばそれほど帰りたいとは思わないだろうと彼は続け、祖国帰還の不可能性が、戦前移民の自己規定や文学的動機の根底にあると主張している。それに対して醍醐はそのような連中はもはや少数派で、「都会に漂っているアブク」のようなものと片づけている。年配の書き手が固執する帰りたい／帰れないの二律背反は、もはや非現実的で書く意味がない。ブラジルは生活と文学の「現場」ではあるが、藪崎ほど抜き差しならぬ関係にはない。どこまでも平行線をたどる対話は、すがすがしいばかりだ。一九八〇年代以降に台頭するのは「いつでも帰れる」世代の書き手で、筋立ても文体も「軽量化」した。

(10) 同人の間で醍醐がいかに注目株だったかは、一八号掲載の安井新「醍醐麻沙夫試論」と島木史生「「土曜日のリカ」と醍醐」、二六号掲載の福村琳「醍醐麻沙夫の作品について」と坂尾英矩「トミー少年の酒・バクチ・そして女」からわかる。新来者と二世女性の恋愛を描いた「土曜日のリカ」は中平康の傑作『月曜日のユカ』(一九六四年)のもじりだろう。「モエマ」(一一号)の主人公は「渡辺貞行」という。醍醐はクラブでジャズを弾いていた時期があり、一九六六年、一九六八年にブラジルを訪れた渡辺貞夫と接触があったのかもしれない。こういう本国の新しい都会文化の仄めかしは他の書き手にはない。

(11) 「紺青の城」のパロディと思われるのが、五条騎一郎「日蔭に咲いた花」(二五、二八号)である。「ボク」はリオからサンパウロのバスのなかで二世のホステスお染に会い、翌日、彼女の料亭で接待の宴席を設けると裸踊りでわかす。ボクはまんまとお染と同衾する。「紺青の城」の清純な姉妹を男ずれのした商売女に、日本舞踊を裸踊りに、やや虚無的な戦後移民を夫婦関係に倦怠した中年男に置き換え、セックスの妄執が全編を彩っている。しいて実存的な箇所を挙げると、両親の古写真集をもう過去を振り返りたくないと閉じる場面がある。藪崎ならば家族写真の意味について内省するところだが、五条は性生活に話を進める。

(12) オール読物新人賞の審査員のなかで、井上ひさしは勝ち組、企業のブラジル進出、目標のない移住者などの「重い」テーマを計算づくで破綻させていると評している。異邦生活者の寂寞感をユーモアで包む叙述をほめているのは伊藤桂一(『オール読物』一九七四年一二月号)。

(13) 平野植民地の悲劇についての最初の小説化は、木村茂平「墓碑銘」(『よみもの』一九五〇年二月号)である。主人公の農民はそこで死んだ娘たちが眠る場所を離れない、つまりこの地に永住する決意をする。終戦直後の新しい歴史観の芽生えに同調するのだろうか。永住が家族の死と引き換えであるという移民の悲劇と鎮魂は、コロニア浪曲の基本でもある。平野が脇役で登場する歴史小説に、伊豆田京「毒茸」(二七号)がある。第四回移民(一九一二年)が契約開拓地に徒歩で入っていく西部劇張りの大移動を描きつつ、一九六七年、同じ土地にトラックで入植した戦後移民が、五十年以上前のジャポネースを覚えている古老に会う。老人はなぜ日本人は茸を食べるのか、きっと毒茸の中毒で皆斃れていったに違いないと語る。ほとんど最後の移民と初期移民を出会わせる趣向は、なかなか面白い。

(14) 醍醐には惜しくも未完に終わった「女の一代記」がある。『農業と協同』(一九七一年一一月号〜一九七二年一二月号)連載の「女絃《みじる》」である。大正一〇年に渡った花嫁移民二人が、夫となるはずの男の死や失踪に直面し、自ら道を拓いていく物語で、生活や心情の細かな描写や山場作りに、うまさが光る。

Ⅲ　流れる　実存の求心、遠心（そして仏心）

7 サントス行きの遅い船——宙吊りの移動空間

海を渡らなくちゃならない、生きる必要なんてない
（カエターノ・ヴェローゾ「アルゴー船の一行」一九六九年）

生きなくちゃいけない、海を渡る必要なんてない
（イヴァン・リンス「ファド」一九七七年）

だがそれにしても、すべきは女づれの旅、すまじきは女づれの旅
（村松ちゑ子「大島ゆき」一九三二年）

ブラジル移民の圧倒的多数は、戦前ならば神戸を出帆して西廻りの航路を取り、戦後ならば横浜を出て東廻りの航路を取って、目的地に到着した。出航までの面倒な手続き、離郷と国内移動、収容所での待機を経てようやく船に乗った人々は、誰しも大いなる安堵と希望と不安を感じたに違いない。数十日の航海は大多数にとっては初めての経験で、船上の閑塞生活、異国人との接触、寄港地の異国情緒など誰の胸にも強烈な印象を残した。同じ航海で渡伯した者を集めた同船者会（同航者会）は、同窓会のような機能を果し、一世の人脈の一端を担っている。そういう会合では、赤道祭やダーバンやパナマ運河の思い出が、飽きることなく語られる。多くの自分史は航海の思い出に数頁を割く。また移民百周年事業のひとつに乗船名簿のデータベース化があり、姓名や船名で検索できる。日本との最後の絆、「我ら移民」意識の最初の拠り所であるかのように。

移民文学のなかには、航海を舞台とした小説がいくつかある。第二の人生の始まりを見直そうという意図によるだろう。北米移民の例を論じた日比嘉高は、航海は離郷と入国の間の長く退屈な宙吊りの時空間で、さまざまなしがらみから解かれた解放感と同時に、拠り所のない不安な境域だったと述べている[(1)]。エンジン音と縦横の揺れは身体感覚の一部となり、船中は良きにつけ悪しきにつけ、濃密で外へ逃げようのない共同性を強いる。閉鎖的な船中は語りや出会いの場となり、そのために陸上では起きなかったかもしれない衝突や恋愛が火花を散らす。船室の等級によって乗客の経済的背景は明瞭に区別され、船会社側と乗客側の役割の差も見間違えようがない。確かに一等、二等、三等船室の間の差はあったが、生存競争はまだ始まっていない。「サントスでヨーイドンで始まる」前の体ならしの時間で、格差が生まれる前の「平等な」共同生活が同航者会では懐かしく思い出される。このスローガンは、第二の人生が全員ゼロから始まったことを含意し、移民の共同意識の根底にある。いわば「移民」が生まれる、「移民」として生まれ直す前の羊水期が航海だった。

北米航路には移民以外にも、永井荷風、有島武郎、田村俊子ら多士済々の文学者が乗り込み、多くの作品に取り上げられてきた。日本の作家による船上の描写だけでも研究課題になる。それに比べ、ブラジル航路の乗客名簿は文学史的には寂しい。航海をきちんと描いたのは石川達三だけといってよい。しかし移民もまた航路について書き残した。数編の「船の文学」から、ブラジル移民にとっての特殊な移動空間の意味を見つけ出してみたい。

サイゴンの三等船客——古野菊生「配耕」

一九三四年、『時報』に連載された古野菊生「配耕」（一九三四年一月一七日〜二月二一日付、『コロニア小説選集1』に収録）は、ブラジル最初の船の小説である（配耕は移民会社によって契約耕地に配置されること）。古野菊生は一九三二年に渡航し一九七一年に帰国するまでの四十年間、多くの小説、詩、評論を発表した。「泥臭さ」を主流とする文学界では、早稲田大学仏文科卒の教養に裏づけられた技巧的な作品はやや評価が低い。戦前には二編の船の短編を物している。移住地の悲惨やサンパウロの憂鬱が文学青年に好まれた時期に、これは異例のことだ。連載開始の前の週に、在伯邦人の芸術方面が不振という声に対して、いまだ二十数年の歴史しかなく、あわてて結論すべきではないと述べている（「在伯邦人芸術の弁」一九三四年一月一〇日付『時報』）。「配耕」は自ら芸術の模範例として差し出したのかもしれない。

主人公新吉はサイゴンで二歳の息子を熱病で死なせ、妻もまたブラジル到着前日から重態に陥り、病院に収容される。新吉は監獄部屋と称される陰惨な奥地に配耕される。典型的な家族の破滅物語だが、それだけに終わっていない。「海は次第に泥色に濁って来た」という書き出しは、全体の汚濁した色調を決定している。ひょっとすると横光利一の『上海』（一九三一年）の書き出し――「満潮になると河は膨れて逆流した」――や、石川達三『蒼氓』（一九三五年）の書き出し――「神戸港は雨である」――と重ねて読むべきかもしれない。ちょうどこの二作の有名な一行目が、中国人群衆の膨張や収容所生活の陰湿さを真っ先に仄めかしたように、古野はその後の出来事がすべてこの泥のような濁りに帰っていくような、強烈な書き出しを思いついた。彼は他のブラジルのほとんどの書き手と違い、一行目の効果を知り、そこで読者を「つかむ」技術を持っていた。すぐにそこがメコン河の河口付近であることが告げられる。ブラジルを舞台とすることを前提とするような約束事を鮮やかに破り、読者を驚かせたに違いない。本国と違い、サイゴン港に見覚えのある読者もいただろう（香港、シンガポールからコロンボへ向かう航路の方が一般的だったとはいえ）。古野のフランス趣味の現われなのか、森鷗外「舞姫」への目配せなのか。

サイゴンでは「密閉した病室の湿気は耐〔え〕ら〔れ〕なかった」と病気と死の空気を漂わせている。陸から隔離された船のなかの密閉された病室、この二重の閉所は主人公一家の心の居場所を象徴している。息子は「乾柿のように痩せ衰っていた」。信吉は「喉に指を突き込んで、吐こうとしても、胃袋を絞るようにして出て来るのは、ねばねばした胃液ばっかしだった」。妻は「熊手で脳味噌をひっかき廻すような頭痛と、吐き気を歯ぎしりしながら辛棒《ママ》」している。このように家族は全員、半死半生にある。もはや船酔いの域を越えている。しかも悪臭が朦朧とした頭を直撃する。「新しいペンキの匂いと、病人の熱っぽい体臭と、石炭酸の臭いが、ごっちゃになって胃の工合を悪くしている信吉は、幾度も吐き気を催して病室を飛び出した」。それに追い討ちをかけるように、マラリア蚊対策のために、船窓を閉めるよう通告がでる。そのため「雨で湿気を帯びた生あったかい大気が船を包み、船室内は更にむんむんと蒸して塵箱みたいな汚臭が充満した」。しかし無神経なボーイはきちんと食事に箸をつけない乗客を「はよ食うてんか！」と叱りとばしている。「蚕棚」の船客に対する乗組員の軽蔑と罵倒は、『蒼氓』でも描かれているように、移民たちに「棄民」意識を最初に気づかせるきっかけで、海外雄飛の決意を後悔させた。

後半はブラジル着岸前夜に飛ぶ。配耕先が決まると、移民は後ろに置いてきた故国によって結ばれた「家族的」な気持ちではなく、将来の現実へと向かった。「ブラジル、そこに茫漠としてつかまえどころもなく拡がった世界、そして、その眩野の果にみじめなほど微かな、ちっぽけな自分達の存在——あがいたところでどうなる！といった自棄と、本能に近い自衛への身構え、そうした砂の噛み合ったような気分、雰囲気が移民船から湧くメタン瓦斯であった」。それは希望とは程遠い。同時代の植民小説が描く悲惨と憂鬱は、船から始まっていた。

古野菊生と大浦文雄（右）
（大浦文雄蔵）

ここでも信吉は貧乏クジを引く。「最も巧妙な機構《からくり》によって、移民の骨まで、しゃぶり尽す有名な監獄部屋みたいな日本人耕地」に配属が決められた。そこは老獪な日本人が組織し、「いくつも蔓はひろがっとるが、どの蔓も一本の大木に這いよっとるというわけですたい」と再渡航者が解説する。船が地獄なら、陸も地獄。信吉たちはその「大分甲羅の固うなった老木」に一喝されて、耕地変更交渉に失敗する。ボスにワイロか生娘を献上すれば話は別だろうと部屋の代表は囁く。配耕先の地獄も見えてくる。配置先は後ろに置いてきたはずの村社会とあまり変わらない。数十日間の共同生活にもかかわらず、信吉の周りには「路傍の人みたいに興なげな、冷たい眼」しかなかった。家族も友もなく、「監獄部屋」に送られる。信吉は他の誰よりも先に悲惨のどん底に突き落とされた。サントス港でゼロから始まったと裸一貫の哲学は述べるが、彼はマイナス地点から出発しなければならない。その前途は暗澹としている。

面白いことに、上陸前夜には聖書研究会の男女が感傷的な声で「また逢う日まで」を歌ったという。その会長は売店で片栗粉を買い占めたり、婦人洗面所で褌を洗って、「極度に嫌われていた」が、「鳥のように上ずった声を振りしぼって〈神の国は近ずけりです〉と長ったらしい説教の終りを結んだ」。再渡航の青年は皮肉っぽく言い放つ。耕地に着けば神の国だか地獄だかわかる、その時になって「主よ何故に見捨て給う」などとほざくな。これは非キリスト教徒の移民の大半が抱いていた反感を代弁しているだろう。知識階層、指導者層に信者が多かったり、キリスト教的な清らかさや気高さに文学青年が憧れたが、その裏面では「耶蘇」に対する不信が多数派にはくすぶっていた。古野はそれを小説の形で最初に顕在化した。

古野は信吉の孤独と落魄を記した後、突然、「作者の知友」から日本のK君への手紙というかたちで、夫妻のその後をまとめている。この視点と文体の転換は鮮やかで、マルクス青年らしい言辞を述べている。「作者の知友」をそのまま「古野の知友」と読む必要はないが、一家の悲劇を移民一般の悲劇として批判する視座を得ている。接岸するや否や、妻は病院に収容され、夫は農地に送り出されたことを指して、二人が「移民として処理されてしまったよ。移民として、そうだ、明らかに人間としてではなかった」と手紙は書いている。「処理」という言葉に要約されるように、「移民」は「人間」以下の存在で、まさに棄てられた民だった。信吉に起きたことは「僕」にも起き得たことで、「もっと残酷な、非人道的な実例を聞いた」こともある。諸悪の根源は「商船と郵船との大株主によって命脈を保つ移民会社」の営利追求の圧力が、「もっとも抵抗力の薄弱な移民の上におおいかぶさってくるということはきわめて自然な物理的現象なんだ」。移民会社とグルになっているのは政府で、「悲劇の最も根幹的なものが、日本政府の、移民――南米移民と遠慮しておこうか――に対する冷淡あるいは放任にあることは勿論だ。

ブラジルに棄民という言葉がある。実に、尽し得て正こうを得ているね」。

社会の周縁部への関心と権力への怒り、良心の痛みと全体をおおう重苦しさは、プロレタリア文学直系である。『蒼氓』以上に憤りは激しく、怒りははっきりと移民会社、その上に立つ日本政府に向けられている（『蒼氓』は乗組員の横暴を断罪するが、政府や企業悪についてはぼかしている）。また石川達三のように、移住地の明るい生活を約束することもない。石川の文明論的な姿勢よりは憤慨が激しいが、だからといって、抵抗に立ち上がるのはなく、前山隆のいう「泣き寝入り」の弱々しさが信吉のすべてだ。「作者の知友」も非人道的な仕組みを知っているが、抵抗するわけではない。明日から珈琲園の除草に従事するというから、自嘲しながら良きコロノを務めているのだろう。その意味ではその後の無数の被害者意識の小説と軌を一にしている。だが「加害者」の一端を名指し、抗議のそぶりを見せたことには注意を払っておきたい。

船上のポルトガル語講座（『日本人を南米に発展せしむ』渋沢栄一記念財団 2008）

雪を見た二世——古野菊生「転蓬」

古野が一九四〇年に『新ブラジル』誌に発表した「転蓬」（『小説選集1』に収録、日本の『文芸首都』一九五八年六月号に転載）は、「配耕」とは打って変わった設定と教養人らしい文体で書かれた船の小説で、作者の他の作品と通底するところが大きい。題名の意味を辞書を引かずに理解できる人は少ない（さすらいの意味）。雅語であること、それに音からいっても「蒼氓」を意識したのではないだろうか。主人公の名を石川達三の出身地であり、『蒼氓』の主人公一家の出身地としたのは、古野らしい悪戯（間テクスト性？）かもしれない。北太平洋航路の帰国船に乗るこの秋田青年を物語の視点に、ブラジルから引き揚げる二組の家族、カリフォルニアの二世大学生を配し、一世・二世の居場所について思いをめぐらす。「配耕」と同じように、インテリは貧民の苦境に同情するが、その先に踏む込むことはなく、プロレタリア文学の基準で評価すれば、ひ弱な印象を否定できない。しかし体験記的な文学には見られない洞察が含まれ、「〝氷菓子〟のごとき読後感」（前山隆、『コロニア小説選集1』解説）と一概に切り捨てられない。古野は一九三六年、七ヶ月東京に滞在し、二・二六事件（彼は「革命」と呼ぶ）を間近で経験している（「新投書家の弁」一九三六年一〇月二八日付『時報』）。秋田の視線と永住決意にはある程度、作者自身が埋め込まれているだろう。

「雪《ネーヴェ》！海も甲板もいっぱい。雪《ネーヴェ》！」。サイゴンという地名で読者を驚かせた古野は、今度はこういう書き出しで意表を突く。異国趣味といってよい。すぐに「極地の白夜」とあり、やがてアリューシャン列島の南を日本に向けて航海する船上であることが明かされる。雪を初めて見るルイザは「氷菓子《ソルベッテ》」みたいとはしゃぐ。雪はブラジル生まれにとっては親の国の証で、秋田にとっては故国の証だった。彼は船員から今夜は雪が降りそうだと聞くと、「何となく胸の疼くのを感じた」。そして上野近くの鶯谷に下宿していた頃、北からの列車の屋根に雪が残っているのをよく眺めたものだと思い出した。彼は九州の出身だが（古野自身は福岡県生まれ）、雪は故国への懐かしさを呼び覚ました。出身地に雪が降ろうが降るまいが、「雪が降る国」を恋しく思う。ちょうど、南方に送られた皇軍兵士が雪を降らせる芝居で故国を偲ぶ（東宝映画『南の島に雪が降る』）のと似ている。雪は内地では北国の象徴だが、雪の降らない外地では〈日本〉の象徴になる（「秋田」という苗字に雪の象徴作用を読むのはうがちすぎか）。秋田にすれば、郷愁は氷菓子のようにはかない。彼はポルトガル語の詩をつぶやく。

Oh, neve, como a saudade, / Caes leve, caes leve
（雪はふる、追憶《おもいで》に似て／かろやかに　かろやかに）

田舎育ちのジュオンはこの詩を知らない。ルイザは「追憶（サウダーデ）って、なあに」と聞く。兄はポルトガル語混じりの日本語で答える。「夕方になると、俺《ヨ》ら豚小屋《シケイロ》にミイーリョ（とうもろこし）もってやったろ、じゃけ

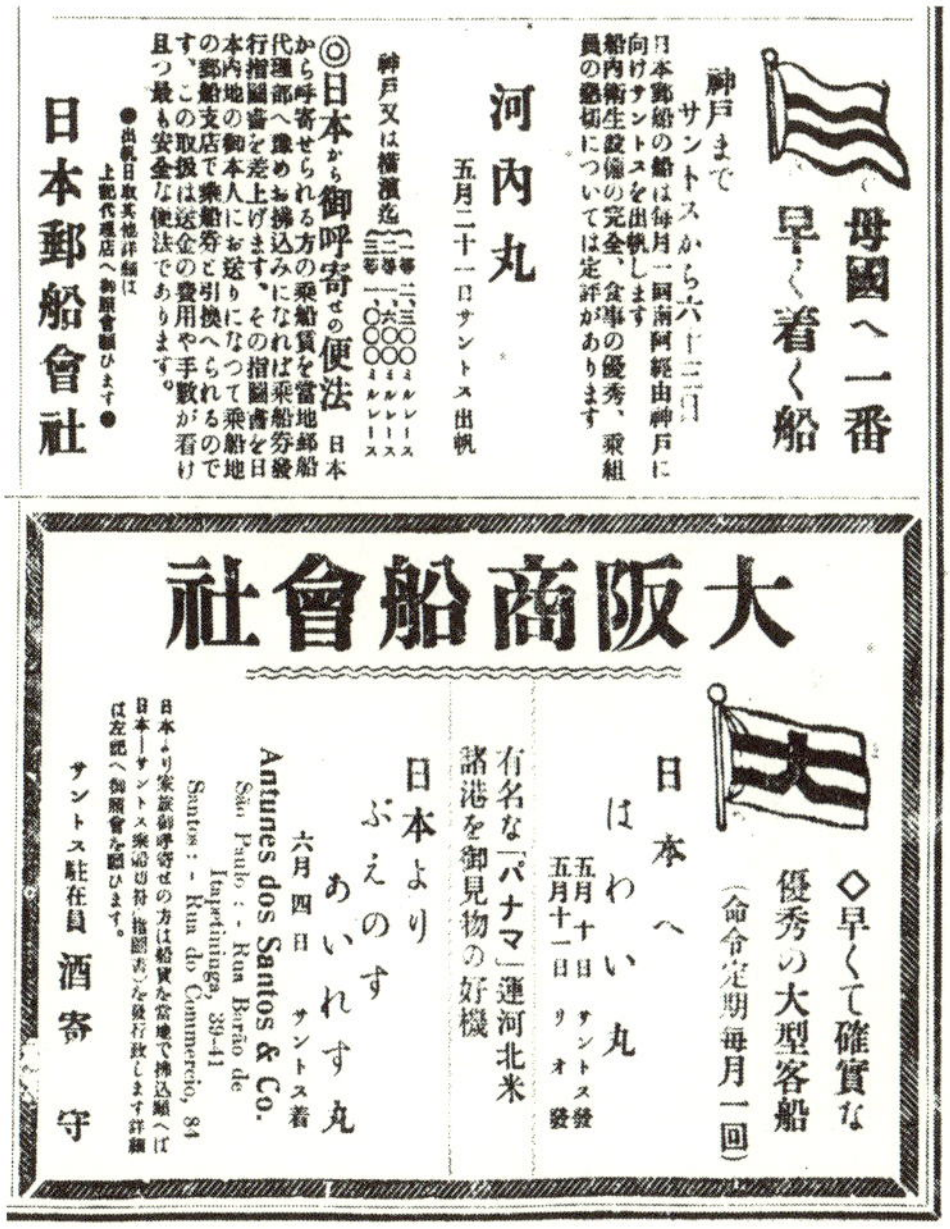

日本郵船と大阪商船の広告（『時報』1930年5月8日付）

ん夕方になると、俺《ヨ》ら、豚小屋《シケイロ》想い出す。あれたい《アケレ・メズモ》」。秋田は苦笑するが、ジュオンの解釈は間違っていない。生まれ育った土地を遠くから想い出すのは、サウダーデの基本である。ジュオン一家は貧しく、豚小屋ぐらいしか想い出すことがない。しかし労働や時間帯と結びついた具体的な事物に対する思いをジュオンは抱き、それをサウダーデとポルトガル語で感じた。よく知られるように、サウダーデは「ブラジル人の心」とされ、いわばこれをきちんと感じられるか否かが、ブラジル人になる一種のパスポートと見なされている。そのためにブラジルへ憧れる者は濫用しがちだ（フランスと「エスプリ」の関係に似ている）。この民族論的な意味では日本語にたとえるなら、たとえば「義理と人情」や「情け」に当たるだろう（サウダーデの字義的な意味は「切なさ」や「思い」に近いと思う）。夕焼け空に赤トンボを見て胸がいっぱいになる、それが情けたい。ジュオンの説明を日本人論の文脈に翻訳すれば、こんな具合だろう。サウダーデを実感するジュオンは心情の面ではブラジル人になった。だがルイザは兄の説明を理解できない。彼女はブラジルの夢を見て、帰りたいと駄々をこねる。つまり故里に強く引っ張られながらも、サウダーデを感じ取れない。抽象的な概念を理解・体感するには幼すぎた。

秋田は外国育ちに対する差別が船の中で始まっているのを観察している。ジュオンはそれまで箸を持ったこともないし、正しい日本語も使えない。周囲の冷淡さを感じた二世は、食堂では「盗人のように」どぎまぎし、両親譲りの強い訛りを恥じて、「舌たらずに」しゃべるようになった。日本船に乗ったとたん、ブラジルとの橋は破壊され、「周囲はことごとく日本であった」。二世はいわばガイジンだった。「茫洋とした大陸の平原児」が「けわしい日本の社会で受ける無限の試練」は既に始まっている。「配耕」の信吉が上陸を前に受けた仕打ちと同じように。ルイザは兄の陰でもっとおびえている。秋田は二人を心で激励する。「大威張りでフォークを使って食べるのだ。お前達が生れた国のブラジルの言葉で、誰憚からず大声でしゃべるのだ」。彼はルイザが給仕に雪の玉をポケットに入れて日本まで帰ったらとからかわれ、外国人、日本人乗客に大笑いされたのに立腹し、「幇間ボーイ奴」を軍隊式の平手打ちで懲らしめた。秋田はこう弁解する。「移民であることにひけめを感じている故か何かこうブラジル移民全体を愚弄されたような気がしたんだ」。なぜ日本の青年にブラジル移民を代表する意識が芽生えたのか。これは物語の核心だが、古野は説明しない。

古野が読んだかどうかわからないが、北米経由でブラジルから帰国した石川達三の『最近南米往来記』（昭文閣書房、一九三二年、中公文庫で一九八一年再刊）では、船上の民族意識について次のように書かれている。「船中の人々は種々の国家と種々の港とを通って来た者であって、そのたびごとに奇妙に国家意識が強くなって来ているし「日本」の観念が常にフレッシュであるのだ」（一五一頁）。この伝でいくと、秋田は日本人や北米移民と接することで、思いがけず「ブラジル人」意識が強化された。それが最終的にはブラジル再渡航の決意につながったと推測される。

そもそも秋田の帰国の理由は「故郷の方の整理」としか述べられていない。そのためブラジル永住決意の結末が活きてこない。不確実なヒントだが、秋田は開拓村で母と座っている夢を見ている。母の足の指に巣食った砂蚤《ビッショ》をほじくり出そうとすると、あたりが朝焼けのように赤くなり、満開の花木綿《パイネイラ》の花びらが落ち、混血の娘たちが秋田に何か叫んでいる。夢から覚めると、頭から毛布をかぶって「ブラジル！ブラジル！」と叫ぶ。それは耕地を出てリオに行く日に似ていたという。推測にすぎないが、耕地で母が亡くなり、その遺骨を日本に届けに行くのかもしれない。

秋田がブラジルで見た最も強烈な風景が珈琲園の樹海だった。「樹海という言葉は、正しく、その珈琲園から幾十粁と、地平線の彼方にまで目路はるかに連亙する珈琲園の巨大な起伏に与うべきであった」。その中ではどんな叫びも「無限の静寂」に吸い込まれ、一人の感傷や詠嘆は無に等しい。彼は宇宙的生命に包まれた小さな自分を感じることで、精神的な充実感を覚えた。つまり大正生命主義のはしくれを身につけていた。そして熱帯の海は色といい、スコールといい、樹海を思い起こさせた。スコールに遭うと、珈琲園ではアフリカやイベリア半島の血を引く娘たちが競って走り、茂みから「いたずらぽい声」で秋田を呼ぶ。「ここへお出で《ヴェーニャ・カア》よ、アキタ」。先ほどの夢では聞えなかったが、少女はこう叫んでいたのだ。大海原を見ながら彼の思いは樹海へ、ブラジルへと向かっていった。母の存在はともかく、花咲く乙女たちが秋田の夢見るブラジルの中心にいた。特定の誰かに恋しているのではなく、若々しさ（「未熟な果実の房」、「若鹿」のような足）が彼を惹きつけた。

　引け目をもったブラジル移民と対照されるのが明るい北米帰りで、たとえば谷というカリフォルニアの学生（谷譲次の親戚？）は、「シューア！」「ゴッデム！」とブラジル帰りにはない鷹揚さでふるまい、「バイバイ！」と「軽業師のような投キッス」をして走り去る。ブラジル帰りは、一等国の風を吹かせてと、ひそかな羨望と拒否を引き起こす。谷を見ていると、「ブラジルの子は、みんな憂鬱だと思う」とブラジルを引き揚げる若林夫人は秋田に語る。それはどこよりも早く生活戦線に動員されるからだと秋田は解説する。ブラジルの子どもは社会の貧しさ故に早熟で、これは日本移民の子にもあてはまると会話は進む。谷とジュオンの振舞の違いは、国力の違いに帰せられる。

　石川達三はブラジルと北米の二世の心向きの違いについてこう観察している。「ブラジル生れの日本人は、別にブラジルに対して愛国心は持たないらしい。しかし、生活の容易さや楽しさからの執着はある。そのゆえに日本に帰ろうと言わないだけである。アメリカうまれの日本人になると、明らかにアメリカに対して「マザ・ランド」という観念を持たされる。そこにアメリカの魅惑がある」（二一三頁）。ジュオンとルイザはまだ愛国心、祖国の観念を分節できるほど成長していない。しかしブラジルを故郷として愛しく思うことはできる。それに対して北米二世は甲板を我が物顔でのし歩くが、「マザ・ランド」など知らないかのような軽佻浮薄な輩だ。またブラジルの二世が「中途半端な性格と根性」を持っていて、一世のように覚悟や意気もない反面、悪才に長けていると後の作家は決めつける。温順平和でなく犯罪的で、ブラジル全土で指弾されている（一四二頁）。一世の第二世批判を真に受けた全否定で、前向きな北米二世の肯定像と対比されている。ジュオンは日本語が苦手で「中途半端」と言えないこともないが、悪人どころか妹思いの純朴な田舎者である。偶然かもしれないが、古野は旅行者石川の訳知り顔に異を唱える。

北米の輝かしさを象徴するのが、秋田が食べようとしているサンキスト・レモンだ。サンキストは薔薇のような「甘美な香」を放ち、「豊饒な大地に育った果実の色にも香にも、若々しい奔放さがあった。一片を口に入れると、甘い中に柔かな、舌を刺す冴えた味わいがあった」。それに対してブラジルのラランジャ（オレンジ）は「たよりない甘さ」しかなく、フランスで不評だったという。フランスに憧れる古野（そして当時のブラジルの知識階層）にとって、これは誇りを傷つけられることだった。柑橘類でさえ、一等国と二等国はこんなに違う。秋田はブラジルの国力としての弱さにうなだれつつ、弱き国民の中でもことさら弱い立場にいる日系人との心の絆を強くする。サンキスト（直訳すれば、「太陽の口づけを受けた」）ははつらつとした谷と相同関係にある。秋田らがサンキストを食べていると、彼が派手な緑のジャケットを着て現れる。キリスト伝の阿呆の役のようだと秋田がからかうと、「シュア！緑《グリーン》は希望のいろ。夢見《ドリーム》よ、緑《グリーン》の《ドリーム》！ですよ」と谷は調子に乗る。船の上ではこうして、英語混じりの日本語は大声で、ポルトガル語混じりの日本語は小声でしゃべられている。

古野は少し前、ブラジル一世と二世が浅草でアメリカ二世らしき二人組がノミ芝居を打っているのを見物する「ノミ芝居」という他愛ない短編を発表している（『地平線』八号、一九三八年一月）。北米回りで一時帰国した作者ならではの、南北大陸の日系人の比較の萌芽は見られるが、「転蓬」にいたってようやく文明論として形を成した。

秋田とは逆に、引き揚げを決意したのが五年半奥地で暮らした若林夫妻だった。夫はマラリヤで臥し、生まれた赤ん坊は急性肺炎で亡くなった。埋葬しながら「ブラジルの土になるんだ」と決意するが、不作と病が重なり、もう一度人生に挑む心意気で、北海道の兄の元へ帰国する。二人はインテリ同士の親しみを覚えている。秋田はアナトール・フランスの格言を引用する。人生のどんなすばらしい変化にも憂鬱がともなう、なぜなら一つの生涯を生きるには他の生涯では死ななくてはならないから。だから若林夫妻が空虚感を感じているとしても、うなだれてはならない。空しさは人生の変わり目につきものの憂鬱にすぎない。ブラジルで充分に戦ったうえの「賜暇帰朝」なのだと慰める。若林はしかし va victis「敗れたる者は悲し」とラテン語で本音を洩らす。

日本生まれがすべて郷愁にすがって生きてきたのではない。ジュオンの母親は開拓前線で郷愁すら失った。「蛍を見て、日本の村のことが想われたのはそれはもう遠い昔のことである。想い出もない、希望もない。山のようにのしかかって来る仕事ばかりだ。故郷のことどころではない、しみじみと空を仰ぐことさえない女——母親」。郷愁とはひとつのぜいたくな感情ですらある。錦なしで帰国する「敗残者」の粗末な暮らしにすっかり疲弊し、生気を失っていた。対照的に夫はわずかであっても金を握って帰国するのに上機嫌で、ピンガを煽り、大成功者のように三等船室で振舞っている。そのお道化ぶりが秋田には痛々しい。

船では二本の映画が上映された。一本は古びたフィルムを継ぎ接ぎしたような代物で、「幾百かの齣が逆であったり、表裏入り混っていたり、筋におかまいなしに前後入替えになっていたりしていて、船暈で調子の変になった気分と交錯して、まるで奇怪な夢魔の一巻であった」。もう一本はこんな筋だった。「アメリカ・インデアンである一人の農村青年が、発奮して都会に出、苦学して大学を卒え作家となる。ある白人の娘と恋愛したが、社交界で、インデアンであることを嘲笑され、一冊の小説を著して失意のまま、また元のインデアンの部落に戻る」。前者は秋田（あるいは移民全体）のブラジル生活の混沌の隠喩で、宙ぶらりんのままの救い難い苦痛と要約されている。一方、後者は主流社会への同化の意志と挫折の物語で、日系ブラジル人の寓話と読める。北米では少数派が人種・民族の壁を越えて、支配的集団（WASP）と見なされる（擬装する）ことを「パッシング」と呼び、数多くの物語で扱われてきたが、これはその露骨な失敗を白人の側から、しかし感傷的に描いたものらしい。このインディアン作家が秋田なり古野の分身であるとして、一体、どのような寓意を読み取れるか。ブラジルで同化に失敗した日本人か（排日の口実）、日本に戻っても居場所のないブラジル帰りか。中島敦の「狼疾記」（一九三七年ごろ）で、冒頭上映される南洋土人の実写映画が、そのまま主人公三造の精神世界に反映していく仕組みを思い出させる。

秋田は日本領海（「水平線にサクラとムスメサンが見えていますよ」と谷がおどける）に入ってようやく、ブラジル永住を決意する。ポルトガル語を解す秋田は、亜熱帯国に心底サウダーデを感じ、それを癒す（ポルトガル語では「サウダーデを殺す」と言う）向きに人生の舵を切る決断を下す。「この国には四季があるが、自分がこれから死ぬまで住まおうと心に決めたところは季節のない国である」。樹海や混血の娘のほかに、季節の欠如が、彼にとってのブラジルらしさだった。だからこそ雪は四季のある国、具体的には冬がある国の象徴になった。その時に思い出したのは蘇東坡が海東島に流離した時の詩だった。「四時是夏　一雨便秋」。北の大陸から南の島へ流される唐の詩人と、北の島から南の大陸へもどろうとする自分が、どこか海上ですれ違うような幻想が脳裡をかすめたのかもしれない。

欧州帰りが懐郷病をつのらせ、日本が見えてくると海に飛び込むという話を思い出すが、彼は日本に対して「淡々とした気持」しか湧いてこない。決意を若林に「強いて快活な口調で」（傍点引用者）伝えた。完全に納得づくの決意ではなく、重く引きずるものがあるということだ。「爽やか」だが「負け惜しみ」もあると自分でも確かめている。「ブラジルの第一世の永住の決意なんてものは、結局生活探求に疲れた者の、悲しい終着駅じゃないかと思うのだ。悲壮な諦めなしに、永住を決意することはできないんじゃないかと思うんだ」。その意味では若林と大差ない。この深い溜息にいたる迷いや悔いこそ、近代（心理主義的）小説の妙味であろうが、秋田が何に疲れ、何を諦めたのか、そのヒントすらほとんど何も読者には与えられない。この重い言葉も淡雪のように印象から消えてしまう。若林を慰撫する言葉としか受け取れない。「配耕」ではマルクス青年のややおどけた手紙で悲惨なまま終わることを避けたが、深刻ぶらない古野の作風は、「転蓬」の意味深長だが浅薄に響く結語にも表われている。

「転蓬」は永住決意の瞬間を描いたブラジルで最初の小説だ。それもブラジルで、ではなく、日本帝国の領海＝国境で。第1章で論じたように、三〇年代の小説は移住までの経緯、家族や組織の裏面、青年の鬱屈などを主に描き、永住については明言せず、ただ将来の不安として濁らせるのが普通だった。「転蓬」は異色作で、永住せざるを得ない諦めに力点が置かれている。これは政府の意向に沿った愛土定住ではない。作者自身の決意の表明と見てよく、その苦渋を秋田に託したと考えられる。一九四〇年にはブラジルの排日運動は議会や言論から生活の場に広がり、日本人学校や新聞に圧力がかかっていた。そういう中で大方――当時のある調査では八五パーセントの日本人――は帰国を願いつつ、逗留を続けざるを得なかった。『地平線』創刊言で「植民地的功利主義」を批判した古野は、早いうちにブラジル生活に慣れ（ポルトガル語習得は大きい）、アナトール・フランスの言にしたがい、憂鬱を抱えてでも新しい土地で人生を拓く決意をしたと思われる。帰国を唯一の目標に右往左往する大多数に対する教訓という意味合いはない。読者に想定しているのは、文学者の苦しい決意を理解でき、散りばめられた教養を受け止められる階層だったろう。帰国船という稀な場を借りて、永住という戦前としては稀な主題を扱った作品、それが「転蓬」だった。(2)

性愛の空間

戦後移民は政府間事業としては一九五三年に正式に始まった。永住と定めての移住で、計画性が高く、いわゆる一旗組は少なかった。意識の違いは横浜の移民収容所や船上でも既に表われていたはずだし、船内設備も改善され、戦前の「蚕棚」物語を過去のものとした。戦後の移民船の小説にプロレタリア文学の雰囲気がないのは当然である。船客どうしは密集共生のなかで親密になるが、それが過渡的であることを知っている。だからこそふだんより大胆な人格を演じることができる。林伊勢の「船中夜話」（『コロニア文学』二三号、一九七四年）は、帰国船上で同室者の無聊を慰めるために問わず語りを始めるという設定で、女の一代記が書かれている。林伊勢は谷崎潤一郎の実妹で、題名は兄と親交のあった荷風の『あめりか物語』第一話、「船室夜話」を意識したものだろう（余談だが、伊勢の娘は吉川英治の『宮本武蔵』を英語からポルトガル語に訳し、文学の家系を守っている）。老婆は三一年ぶりの帰国が、姑の五十周忌に出席するためだと語り始め、姑と最初の夫との感情的関係、結婚の失敗からブラジルへの逃亡、強姦未遂、夫とのなれそめまでをあけすけに語る。彼女は深川の大工の棟梁の娘で、家族と縁の深い酒問屋の若旦那に見初められて縁づく。若旦那は長身美男、資産家で教養豊かなキリスト教徒で、表向きは女性に優しい。彼は病弱の妻と離婚したばかりで、新婚早々、先妻の弟が現れたり、女中との性関係が発覚して、結婚は幸せをもたらさない。彼女は夫の従兄のつてで、逃げるように移民船に乗りサンパウロにやってきて、日本人街の下宿の手伝いをして生計を立てる。雇い人と仲良くなるが、結婚には至らない。特高の男という噂の、実は好色な紳士に強姦されそうになる。病気で倒れたので、同船者を頼って田舎に住むことにする。そこで妻と幼児を失った男と知り合い、結婚に至る。今では一男二女の子どもたちはみな独立している。夫は四年前にガンで亡くなっている。恋仲にあった雇い人はマナウスで結婚しているが、主人公のことが実は忘れられないらしいとかつての知り合いに聞く。誰もがそれぞれの道を歩み、病み、老い、死んでいく。愛も憎しみも、大海のような時のゆったりとした流れのなかに溶けてゆく。この航海は彼女の人生に区切りをつける決別の旅だった。有吉佐和子か田村俊子にありそうな人物像である。

饒舌はもちろん問わず語りのお約束だが、「船中夜話」では船中という語りの場がそれに拍車をかけているように思える。ふだんなら人聞きをはばかる房事や強姦にまで話が及ぶのは、親密性の高まる船中の空間性と関わっているだろう。話の句読点に「私」は「お退屈さま」などと相手に向かって語りかけ、物語世界の外に出る。聞き手の存在が明示され、語りの場面が具体化されると、おのずから一人旅の老婆に対する周囲の好奇心が想像できる。長い航海は『コロニア文学』の読者に共有された経験であるから、書かれていない事柄もありありと、たぶん懐かしさをこめて空想できただろう。そういう現場であればこそ、老婆は話を面白く、つまり現実以上に感傷的に、猥奇的に、劇的にしているかもしれない。作者は「実話」や「告白」という枠をつけたお話を語り聞かせている可能性を仄めかしている。若き谷崎の一人称小説のように。「船中夜話」は語りの場の特性、語り手と聞き手の束の間の関係を語りの内容に反映させた作といえるだろう。

「船中夜話」と同じく、女の一人語りの形式を採った一代記に、川原奈美の第一回コロニア文学賞受賞作「移植」(『コロニア文学』二一〜五号連載、一九六六〜六七年、『コロニア小説選集3』収録)がある。物語の発端は船で発覚した不倫にある。夫(実は殺人犯)は次々と女に手を出し、あげくの果てにリオ上陸二日前に、不倫相手の夫に寝込みを襲われる。夫が男に殴打されるのを見て、吐き気を催す。「醜い自分は、暁方の大西洋の波間に微塵となって霧散して欲しい…、私は生まれて初めての激しい昂奮の中で、生れ変わろうとしている自分を見出し、急にいじらしくなって、洗面所の水を顔にぶっかけながら、あるだけの涙を洗い流しました」。これが転回点となって、下船後、離婚の手続きを取り、主人公はブラジル人社会に一人飛び込み、住み込み女中からやがて家の主人に裁縫屋を任される。器量に劣等感を持ち、引っ込み思案だった「私」は、日系人社会の外でがむしゃらに道を拓く。たくましい女の一代記の代表で、時間軸に沿った一人称の回想で綴られる。船は単に日本からブラジルへ地理的に移動させるだけでなく、他律から自律への暴力的な移行、当人のいう「生まれ変わり」の時空間で、曰く「頼りとするものは、一メートル六十一センチ、四十九キロ半の我が身一つきりなのです」。ただし「移植」には語りの現場については一言も言及がなく、「船中夜話」とは構造が異なる。

りおでじゃねいろ丸、ラウンジ
(『1920年代・日本展』朝日新聞社 1988)

移民船はこのように不倫の空間として描かれることが多い。宙ぶらりんであるために、陸上生活を縛るたがが外れ、放縦が黙認された。上陸後は二度と顔を合わせないかもしれないという安心感、海に囲まれているという閉塞感、無為と退屈が、特別な行動を取らせることは想像に難くない。前田河広一郎は「三等船客」（一九二二年）のなかで、次のように誇張している。「悉くの人が、はしゃいだ、不純な、一時限りの恋に陥った。…いたる処にもつれ合う彼等の視線は、今まで知らなかった御互を、全く別の半面から、目新しく発見したように、異常な嫉妬と、疑惧と、執着心とを以て、じいと凝視めるのであった」（鈴木貞美編『モダン都市文学Ⅷ プロレタリア群像』平凡社、一九九〇年より）。すべての恋が行動に結びついたわけではないだろうが、相互監視の強化が、かえって情欲をかき立てたことは想像できる（たとえば有島武郎『或る女』）。退屈紛れに噂を渇望し、噂が別の噂や行動の引き金となって囲われた空間の性愛関係を強固にしていく。将来の不安が何かのはけ口を求めさせたり、絶え間ない揺れが心身の軸を狂わせることも、船上の性行動に影響するだろう。(3)

性愛の空間としての船を最大限利用したのは、リカルド宇江木の『アマゾン挽歌』（二〇〇二年）である。彼はウィルヘルム・ライヒの性革命思想にイザナミ・イザナギのまぐわいを重ね、性欲の自由な爆発こそ一夫一婦制に支えられた天皇制の桎梏を爆破するという、古神道とアナーキズムを重ねたような思想を書き続けた（第12章参照）。『アマゾン挽歌』の溝口次郎は広島で他人の妻と性交中に被爆する。数ヶ月後、死んだはずの夫が生還し、妊娠中の妻を日本刀で殺害し自決する現場に居合わせる。この突拍子もない傷を負った青年が、人生をゼロからやり直すために、兄の夫婦とともに黄麻《ジュート》栽培を始めるためにアマゾン流域に移住する。

「黒い海が、膨張したり、収縮したり、していた。その巨大な生き物が息をしている背の上を、滑ってゆく小さな箱のような移民船だった」。インド洋を呼吸する生命体のように描く書き出しは、やはり季節ごとに生き物のように水位が上下するアマゾンの予兆となっている。次郎が渦から連想するのは神話の大八島《おおやしま》で、その液体とも固体とも定まらぬ物質のなかに引き込まれそうな恐怖感を覚える。白い航跡は日本につながり、「忘れようとしている過去を忘れさせまいとしている意地悪い女神が織りつづけている布を想わせ」た。白い泡沫は精液も連想させた。こうして船尾に立ちながら、青年は忌まわしい出来事と性遍歴を思い出す。そこへ美貌の人妻が現れ、彼は勃起する。トラウマはいとも簡単に解消され、二児の母の手管に導かれる。しかし彼女は交合を許さず、彼には海に向けて発射させる。精液は「非情で空虚な泡立ち」に消える。

海は神話と現在を結ぶ未生の生命源で、次郎を生命の循環に巻き込む。次郎はアマゾン入植後、その女性だけでなく、その娘、そして兄嫁と交わる。道徳的な後ろめたさはなく、女たちが望むままに応じ、快楽を追求する。女は生来、強い性欲を持っているが、道徳や男の不能などによって抑圧されることがあり、それを解放するのが良き男の任務であると作者は考えている。宇江木が愛読するヘンリー・ミラーとの接点もないわけではないが、次郎は男っぽさ（女性に対する精神的・暴力的優位）を誇示するというより、女の性欲処理屋というような役回りで、自らの性欲も発散している。

インド洋に放出された精液はめぐりめぐってアマゾンを回遊する。インド洋に始まった長編はアマゾン河口のポロロッカで終わる。逆潮と訳されるポロロッカは満潮と満月が重なった夜、河を上る海水と河口に向けて流れる河水が「鬩ぎ合い、激突して、河水が潜り、海水は覆い被さってきて、狂気の逆流となり高潮になり、河上に向かって奔流となって遡る」現象で、「横隊に展開した赤馬の軍勢の急襲」に似て岸の木々をなぎ倒して濁流がぶつかる。こうした激しい描写は性交の場面をほうふつとさせる。人智を超えた自然の力をまえに次郎は「気の狂いそうな恐怖」を覚える。大海原にぽつんと浮かぶ船とポロロッカを前にたちすくむ次郎、物語は円環を閉じる。水の惑星の表面に人はぽつんと生かされているにすぎない。『アマゾン挽歌』は巨大な水に翻弄されるちっぽけな人間たちの愚かな生＝性の物語で、次の大作『花の碑』の自然観、人間観が既に用意されている。

陰謀の空間――春日健次郎「渇情」

戦後最初の船の文学と思われる春日健次郎（一九二五年生まれ～?）の「渇情」（一九六〇年度パウリスタ文学賞）は、一九五五年、戦後の第一回企業移民一行を乗せた船を舞台にしている。団長の中里は京大卒で戦前はドイツ駐在の外交官だったと自称して、ブラジルに撚糸工場を立ち上げる計画で金を集めてきた。実は京城（ソウル）中中退で、戦争中はタイの大使館勤務中にスパイ行為が発覚して帰国を命じられ、海軍のコネで満州に渡った。その時期の上役が三年間のブラジル代理大使（サンフランシスコ講和条約締結により日伯の国交が回復するまで採られたポスト）を終えて帰国し、戦後ブラジルの有望性を吹聴したことから、中里のブラジル熱は高まった。移民会社のボスが満州時代の先輩で、融資を約束する。中里は町工場の社長をだまして、人材と機械を揃える。戦争特需後の不景気が背後にある。ブラジル移住と大日本帝国の軍部、特務機関、外務省、満州の黒いつながりが大きく描かれている。

それに加えて、彼が取引相手を「落とす」ために使う美貌の妻美子は、裕福な夫が終戦直前に死に、戦後の混乱の中、夫の遺した建物を使った大衆酒場で一儲けした女で、進駐軍の中佐に妊娠させられ中絶したことがある。中里は最初の妻を捨てて、二人の娘と資産つきの美子と結ばれる。「色と欲との両天秤」、同じ穴のむじなというところだ。中里は「従業員」のトラベラーズ・チェック（外貨持ち出し制限が厳しかった）を集めて自分の名前でサインをし、香港でヤミドルに交換するつもりでいる。香港入港の場面で物語は終わる。ブラジルは一度も現れない。そのため審査員の一人、武本由夫は「コロニア小説」ではないと審査の枠外に置いた。企業移民という戦後の現象を最初に取り上げただけでなく、サスペンス仕立てになっているのも珍しく、農村の苦労話を聞き飽きた読者には新鮮だっただろう[4]。

春日健次郎「渇情」のカット画
（『パウリスタ年鑑』1960年）

それまで中里ほど腹黒い人物がブラジルで書かれたことはなかった。当時の中間小説によくある戦時中の闇の部分を秘めた悪人で、占領期の闇も抱え込んで、今度はブラジルで立ち回りつつある。麻野涼『天皇の船』（文藝春秋、二〇〇〇年）でも満州の裏社会の人脈が、勝ち組をカモにした旧円売り詐欺事件を操った設定になっているが、国内の司法の手が届かぬところに、巨大な金脈が隠れている。かつて満州に人々が希望を抱いたように、一九五〇年代には南米が夢の国だった。中里はその夢を食い物にする詐欺師で、「満ゴロ」（これは彼の過去を知る男の言）転じて「外地ゴロ」といってよい。国内で居場所を持てず、外にはじき出されるしかない。梶山季之ならば、京城時代に悪に陥るきっかけを設定したかもしれない。満州や朝鮮からの引き揚げ者のブラジル再移住については、いくつかの小説が描いているが、「渇情」はその悪党編といえよう。

あるぜんちん丸、シェードデッキで麻雀に興ずる乗客
（絵葉書、著者蔵）

「ずんぐりした背の低い男が、ユカタ地で作った白と紺のマチス模様のアロハを着て、ゆっくりラッキーストライクの煙を吐」いていた。中里のファッションが既に何事か、「堅気」ではない来歴を語っている。彼は背丈に劣等感を抱き、いわゆる「背の高くなる靴」をはいている。そのため歩き方が少しおかしい。ヨーロッパ文化の知ったかぶりで、娘にはバレーと西洋音楽を習わすつもりでいる。デッキゴルフに興じる。スパイ役を仰せつかった若い部下の大西は軍隊調で受け答えする。中里は彼に「どん百姓」どもへの軽蔑を露わにし、俺の真似をすれば上に立つ人間になれると豪語する。『蒼氓』の移民監督村松や小水と似て、横柄な態度を威厳のために演出し、専門家は不要という技術講習会を開き、従業員の統率を図る。腹心たちは食堂の一角に毎日のように集まり、小声で相談している。一人は夫妻の過去を知りながら、スパイ役を仰せつかっている。彼を通じてボスの悪い噂は漏れ、彼らは糾弾の機会を狙っている。その外に無知な羊の群れが新天地の夢を見ている。物語は中里グループに集中し、ブラジルで放り出されるはずの従業員についてはほとんど何も語らない。一人も名前を持たない。彼らは三等船室で手紙

を書き、談笑し、麻雀をし、自主的に「委員会」を作って生活の決まりを作っているだけの存在だ。中里は田舎者が作った委員会なんぞつぶしてやると息巻いている。『蒼氓』との視点の違いは明白だ。

一方、美子は便秘に悩み、大西に肩を借りて便所に向かう。衆人環視の下で若い男とくっつくことで、「美童趣味」を持つ彼女は「対角線の快感」に疼く。中里は美子の「趣味」を知りつつ、大西との接近を許す。これは彼が部下を手なづけるいつものやり方だ。浣腸後、夫婦は家族船室で抱き合う。大西は非常に腋臭が強く、彼女は鼻をそむけながらも、かつて中里に惹かれた理由のひとつが体臭だったことを思い出す。「あの人が、こうだったわ、この人より強い位だったか知ら——強くって始め困ったけど、ふふ——」。大西は匂いによって結ばれた中里の若き分身である。中里にやや疑いの目を向けている別の部下は、美子の下着をちらりと見て心乱れる。彼女の身に着いた立ち居振舞はエロチックでスカトロジックな妄想を男たちの間に広める。垢抜けた二人の娘は乗客の間を飛び跳ね、パパ、ママと呼んでいる。蚕棚とあだ名される三等船室には、戦前のような悲惨さはないが、別の不気味さに満ちている。蚕棚に寝起きする生糸産業の移民、ここにひょっとすると作者の皮肉が込められているのかもしれない。

そして船は行く

ブラジルの書き手にとって、航海は移民意識を固めたり、郷愁の一撃を受けたり、移住後の性関係の発端や離縁の時空間だった。航海中は単調な毎日かもしれないが、上陸後と違い、いつか終わることがはっきりしている。中里のように悪事を画策する少数者を除けば、無為が公認され道徳的・性的な弛緩が許されている。退屈ではあるが、非日常的な宙吊りの時空間で、新たな人生の始まりの意識を醸成した。後から見れば特別な経験だが、移民自身による作品の数は予想外に少ない。「移民になる（ならざるを得なかった）」までの通過儀礼、「本編」が始まる前の序曲にすぎず、新聞雑誌のコラム欄や自分史には向いていても、物語として展開しづらかったのかもしれない。いや、少ない例から多くを語ることは慎まなくてはならない。地平線まで漕ぎ出す汽船に乗るつもりでいながら、タグボートで湾内を一周する程度の章に終わってしまった。少なくともささやかな乗船のヒントを提出したことで満足し、いずれ他の国々の移民船文学と比較するような評論が現われることを期待したい。

註

（1） 日比嘉高「船の文学――『あめりか物語』「船室夜話」」『文学』一〇巻二号、二〇〇九年三月号。山田廸生『船にみる日本人移民史――笠戸丸からクルーズ客船へ』中公新書、一九九八年。

（2） 「転蓬」と同じく、冬の日本行き北太平洋航路の船上を舞台とした作に、大石千代子「早春の愁」がある（一九三五年一二月四日～三六年二月五日付『時報』、九回連載）。園子はアメリカでホテル業に就いている夫について渡米するものの、六ヶ月有効ビザしか発給されず、そのたびに帰国を余儀なくされている。これが六回目の太平洋往復という。しかし今度という今度は、最後の帰国と思い詰めている。夫が女事務員と浮気したのを発見して、愛も冷めたからだ。船には夫婦の親友で、日本に許嫁の待つ和田領事が乗り、二人はタンゴを踊りながら恋の睦言を交わす。だが彼女は深入りを恐れ、横浜上陸直前に突き放す。船上の情事を描いてはいるものの通俗的で、有島武郎『或る女』（一九一九年）よりも村松ちゑ子「大島ゆき」に近い。登場人物はすべてデッキゴルフに興じるような一等船室の客で、船底の乗客（その中には帰国移民もいたはずだ）とは別世界を生きている。

　大石千代子（一九〇七年新潟県生まれ～?）は一九三〇年代、夫についてブラジルに数年間滞在し、第一次交換船グリップスホルム号で帰国した後、短編集『交換船』（金星社、一九四三年）を出版した。そこには二編の船の作品「交換船Ⅰ 祖国へ」と「交換船Ⅱ ロレンソマルケスへ」が含まれていて、航海が彼女の好きな舞台であったことがわかる（女性しか登場しないのも異色だ）。一等船客と三等船客、夫の地位による夫人の上下関係、一世と二世、南米帰りと北米帰り、皇国主義と世界万民主義《コスモポリタニズム》の対立（嫉妬と羨望と見栄）が描かれている（元ポルトガル植民地のロレンソ・マルケス港に舞台設定）。古野と読み比べて興味深いのは、二世の少女が、「あなたは日本人なの?」と民族主義的婦人に問い詰められ、日本語だと思うことの三分の二ぐらいしかいえないので、借り物みたいと答えるところだ。彼女は母親に船にのったら日本語だけにしなさいと命じられるが、ポルトガル語を日本語に翻訳しながら話すことしかできない。「言葉は風のように自然に話せないと嘘」。こう第二言語である親の母国語に対して引け目を感じている。「転蓬」の兄妹に対するのと同じ二世差別は、いたるところで見られた。

（3） 他に隅本佐平「欺かれた女達」（『ブラジル日系文学』三四号、二〇一〇年三月号）が船上の強姦を扱っている。加藤武男

「赤道」（『のうそん』一九一号、二〇〇一年一一月号）は、レシーフェ到着（戦後の移民船は太平洋・パナマ運河経由）までの数日間の独身移民を描いている。男はミスA丸に恋心を覚えるが、彼女は婚約者が待つレシーフェで下船し、虚ろになる。

（4） 他の審査員の評を引用すると、「コロニア文学のステレオ・ワイド化始まる…ドライ、というよりむしろタフな作品です」（古野菊生）、「題材の面白さと、それを処理するドライといってもよい手法。題材を一応、自分のものとしてつかみ畳み込んでゆく描写など、とかくアイマイモコ、じめじめし勝ちなコロニア作品の中では異色があった。「爽快」感さえ感じる」（木村義臣）、「殊に企業移民と称する移民の一群がたくみに描き出されている」（尾関興之助）。農民文学の定型を外れた文体と題材は、審査員の注目を集めた。

8　霧散者の居場所を探して——藪崎正寿と準二世の鬱屈

それさえあれば仮にほかのよき生活の手段の全部がなくても人間が生きていけるようなもの、、、……
（石川好『ストロベリー・ロード』一九八八年）

はじめに——移民小説の終わり

「移民小説は藪崎さんで終わりですね」。

一九九四年、小説・評論・川柳をまたいで活動する伊那宏は、移民の創作なら何でも、あるいは移民生活を描けばすべて「移民小説」というわけではなく、そこに移民とは、祖国とは、ブラジルとは何かというような「移民理念」が込められて初めて、その名にふさわしくなると考えた。そして藪崎正寿こそがその意味での最後の「移民小説」家であり、確固たる「文学的個性」のおかげで、「藪崎文学」を語りうると讃えた(1)。自分史的リアリズムが主流を占めるなか、彼の占める位置はかなり特異なものだ。自己探求の姿勢というと聞こえがよいが、ある種の堂々巡り、答えのない問いを粘っこく偏執的に記していく姿勢は、文学的理念と文体、そして作家意識を持つ数少ない書き手だったことを教えてくれる。

藪崎正寿（一九二二年東京生まれ〜二〇〇六年サンパウロ没）は、一九三〇年代、両親に連れられて最初パラナ州に渡った準二世。太平洋戦争中から終戦頃まで、日本人の集会や日本語が官憲の取締を受けているなか、青年の読書サークルに所属し、西田幾太郎、フッサール、ハイデガーなどを読んだ。一九四〇年代、サンパウロ市に引っ越す。

戦後の混乱期に書いた詩を一九四八年（昭和二三年）、原民喜に送るが、簡単な謝辞と『三田文学』数冊を送られただけで、不満に思った。そのころの詩は、『第一町安太《まちあんた》集』として一九五二年に自費出版した。同じ頃、小説を書き始め、詩と合わせて日本の文学雑誌や敬服する文学者、たとえば堀田善衛、室生犀星らに送るが、ブラジルで書かれたことに感嘆されるばかりで、立ち入った反応を得られず失望。日本に作品を送る自称「送稿魔」だったが、採用されたのは、『新潮』一九六五年一二月号掲載の「恋文《ラブレタア》」だけのようだ。一九五〇年代後半には、読書人のサロンとして機能した古本屋のんき堂をリベルダーデ界隈で経営し、文芸サークル「路上」主宰者を名乗った。本名の他、やぶさきまさじゅ、安井新のペンネームを持つ。確認できた作品は以下の通り(2)。

一九五二　『第一町安太集』サンパウロ、私家本（大浦文雄氏所蔵）
一九五八　「路上」（安井新）『パウリスタ写真年鑑』新年号（第二回パウリスタ文学賞受賞、『コロニア小説選集2』に再録）
一九五八　「坂」（安井新）『サンパウロ新聞』六月二五日～八月五日、一五回連載
一九五九　「計画」（安井新）『日伯毎日新聞』一〇月一六日～二八日、七回連載
一九六〇　「移民の子供たち」（安井新）『農業と協同』七月号（第一回農業と協同文学賞受賞）
一九六五　「恋文」『農業と協同』九月号（日本の『新潮』同年一二月号に再録）
一九六六　「板小屋の来歴」『コロニア文学』三号、一二月号
一九六七　「CASTIGO（懲罰）」『コロニア文学』四号、五月号
一九六九　「始めと終わり…」『コロニア文学』一〇号、一一月号
一九七二　「ボクの中の国…」『コロニア文学』一六号、一月号
一九七四　「おかしな世代」（安井新）『コロニア文学』二五号、一一月号
一九七六　「贋ヒッピー達」（安井新）『コロニア文学』三〇号、一〇月号

「藪崎的人物」——準二世の苦節と屈折

藪崎は文体や主題の手持ちが豊かな作家とはいえない。松井太郎の多面性と対照的な一徹ぶりが特徴だった。「不器用」（宮尾進）と呼ぶのは当たっている。類型性は免れない。逆にいえば類型を生み出せるだけの一貫性を持っていた。主題は非常に単純で、どれもその変奏曲にしかなっていないかもしれない。似たモチーフや人物が繰返し用いられる。たとえば「路上」の主役が「坂」ではスラムに住んでいたり、戦時中にポルトガル語で恋文を交わした若者が「路上」と「恋文」に登場する。自分のニンニク畑を作ろうという子どもが「計画」と「移民の子供たち」と「おかしな世代」に現れ、「板小屋の来歴」のバナナ売りが「おかしな世代」でも似た大演説をぶつ。「恋文」の哲学青年には「ＣＡＳＴＩＧＯ」や「板小屋」の理屈っぽい古本屋の面影がある。こうして結び目をつけていくと、最後の「贋ヒッピー達」以外はひとつの連作と見てよいかもしれない。

主人公の年齢によって、少年物、青年物、そして老年物に分類することができる。少年物には「計画」と「移民の子供たち」、青年物には「路上」、「坂」、「恋文」、老年物には「板小屋の来歴」以降の作が含まれる。続き物として読むと、一人の準二世の精神形成と崩壊が浮き彫りにされる。準二世とは十代半ば頃までに親に連れてこられたグループで、「日本で第一次の社会化を体験し、ブラジル農村で第二次の社会化と自我の覚醒を経てきたものたち」と前山隆は定義している(3)。「板小屋」のバナナ売りは、一世や二世と違い、どちらの国にも所属できない準二世の劣等感を次のように叫んでいる。

> 四十で移民になった奴は未だいい。そいつらは自分の日本での〝可能性〟を費い果しての揚句なんだろうからな。それから此国で生れた奴もいい、そいつには七千万分ノ一〔当時のブラジルの人口は約七千万〕の割当だけは何にしろ一応主張することが出来るだろうからな。だがだ、十や十五の小僧っ子の時分に親の腰巾着でくっついてきた俺たちというものは一体全体、どういう訳合になるんだ。

準二世は一世のように誇りに思う祖国もなく、二世のようにブラジル人としてふるまうこともできず、劣等感に悩まされてきた。ある準二世は兵役召集されたブラジル生まれ（よく同音の「純二世」と対比される）に引け目を感じたという（むぎきくお「準二世論」一九七〇年七月二二日付『パウリスタ』。これは弘中千賀子「準二世」同年七月九日付『同』に対する同意）。第二言語を学ぶには渡航が遅すぎたり、そういう教育・生活環境になかったり、戦前の日主伯従風潮のなかで育った。そのため初歩ポルトガル語しかできない者が大半である。他方、日本は親の祖国であっても自分の国と思うほどの愛着は湧かない。あるいは観念の祖国だからこそ、過剰に執着する者も現れる。臣道連盟の行動者には準二世がだいぶ含まれていた。ブラジルではのけ者扱いなので、生まれた国への暴力的な忠誠に存在証明を求めた結果だと説明される。今でこそ、どっちつかずin-betweenが政治や文化の二項対立を揺さぶるなどと讃えられもするが、当人は狭間で窮屈に暮らすしかなかった。藪崎が筆を振るっていた時期は、四十代から五十代に達した知的な準二世層が名前のなかった集団に名前をつけ、中間的な「世代」であると認知させるのに成功しつつあった時期にあたる。そして文章・文芸を通して彼らは一世と二世の間に埋もれがちな自分たちの復権を求めた。短歌では弘中のほかに清谷益次、陣内しのぶが準二世の居心地悪さを詠んだ。小説では藪崎が第一に挙げられる。

藪崎正寿
（『コロニア文学』10号［1969年11月］より）

「藪崎的人物」の典型は、一九三〇年代、小学生のころ、親に連れてこられて日本人村で育ち、中等講義録を日本人になる証として学び、戦争中の養蚕農家焼き討ち事件や勝ち負け問題で心の傷を負い、親兄弟と死別し、戦後はサンパウロの日系社会深奥部で孤独に暮らしている。ポルトガル語は上達せず、ブラジル人との接触を忌避している。主流社会や順応者からすれば、不適応を起こしている。彼からすれば、言葉の壁が意思伝達を阻んでいる。容貌の違いが民族意識（被害者意識）をたえず刺激する。日本人であることに胸を張ることはない。壁は移民の「運命」で自分ひとりではどうしようもない。男はいちように内省的で、自意識が強く、少数民族という抑圧を感じている。居場所のなさを愁い、日本人とブラジル人の間の溝、言語の壁に阻まれ内に引きこもっている。苦労話に落とし込むことなく、偏屈者の内面を延々と語る。「ボクの中の国」では「でも、どうしてそう自分をつらくばかりお仕向けになるのか、どうして直ぐそういう言い振りばかりなさるのか」と日本の婦人は移民に質問するが、藪崎的人物は不幸の牢獄に囚われ、その不幸はすべて、ブラジルに連れてこられたことに始まると確信している。壁は押しつけられたもので、自分はそれに対してまったく無力である。「嗚咽と泣き寝入りの文学」という前山隆の批判は当を得ている。後世の読者にはその嗚咽と泣き寝入りの根源を読みとることが、要求される。

準二世のことを藪崎は「おかしな世代」と自嘲気味に呼び、『コロニア文学』の同人葦屋光延は、経済的な意味よりも、心情的・哲学的な意味で「成れの果て」と呼び替えている(4)。彼によると、「世代」を自覚すればするほど、人生の意味を見失い負の螺旋をたどりながら「すすり泣く」しかない自省に、作家は書く根拠を求めている。同じ世代に対して共感と連帯を求めるというより、社会に対する意識を失い、果てしない自問を繰り返し、不確かさの根拠を確かめる矛盾を引き受けている。藪崎が描く「世代」は、拠り所となるはずの日本については「貴族主義的」な上っ面しか感触しか持てない。「くに」に頼れない以上に、何かに頼ることそれ自体に疑いを持っている。「成れの果て」は実存のどんづまりで、ただ成り行きに身を任せるしかない。葦屋は抵抗も苦悶もなく、ただ他者に向けて徹底して消極的で、無感動な藪崎的人物をこのように解釈している。

『コロニア文学』の時期、彼の刺激剤となったのが前山隆だった。藪崎を論じるにあたって、作家と書簡を交わし、未発表作を読む機会を得たこの人類学者の熱っぽく包括的な議論を素通りするわけにはいかない(5)。作家を叱咤激励する評論は、純粋さと性急さにあふれていて、反論ともども『コロニア文学』のハイライトになっている。前山の厳しい言葉を受けて返せる唯一の作家だった。『コロニア文学』廃刊後には文学仲間との交流が途絶え、『コロニア詩文学』にも『ブラジル日系文学』にも関わっていない。いつしかのんき堂も閉店された。『コロニア文学』

廃刊間際に発表された最後の作「贋ヒッピー達」は、従来の物語とは対照的に、ブラジル女性との愛を信じ、日系社会の外に出る青年を描き、新境地を開いた。自分の持ち味とも偏狭とも言われてきた類型をひっくり返しながら、心ひそかに断筆を宣言したのかもしれない。

一　観念の中の祖国

人嫌いの観察者

デビュー作「路上」は戦時中の日本人一斉捜査を八年後、四人の若い男女の疲れた生活から振り返る物語で、戦争の傷跡を正面から取り上げた。自然主義リアリズムが大半を占めるなか、最初の「実存主義的な」書き手の出現を告げる一作だった。四人の視点が交錯し、対話と独白が入れ替わる野心的な構成を試みている。それに続く「坂」と「恋文」ではサンパウロの赤貧アパートに生きる日本人、「計画」と「移民の子供たち」では戦前の村の子どもを描き、いずれも他の日曜作家にない内面描写の冴えを示した。特に前二作の貧乏青年は「路上」の主人公と重なり、移民の実存や居場所のなさ、母国語の無力について煩悶する。

これに続く『コロニア文学』の十年間に藪崎の創作意欲が最も高まったことに、異論はないだろう。『コロニア文学』の発表作は、筋立ての面白さや物語の流れを犠牲にして、読者の視点となる人物（「私」「ボク」「彼」）が、場面ごとに出会う相手と交わす長い対話に重きが置かれている。外的な出来事はあまり起きず、移民史の黄昏を疲れ果てた中高年の生のかけらから観照する境地を切り開いた。言葉は韜晦を含み、理屈っぽい(6)。戯曲のように場面転換が明確で、その場面ごとに異なる性格の対話者を用意し、複数の明りをたよりに主人公の屈折した内面を照らそうとしている。「私」や「ボク」は作者自身と似ているが、寓話のような誇張と単純化が施され、私小説と読み違える読者はいない(7)。

その第一作「板小屋の来歴」の視点となる古本屋について「感情のないピンセット」、「単なる語り手であって、主題の中では自らの場をもたず、出てくる必然性を欠いている」というような批判が出た[8]。私の読みでは、視点の人物はピンセットというより、人物を描く絵筆に似ている。無感情というより、感情を抑えた存在で、他者を語らせる触媒であり、彼の場＝カンバスの上で群像が描かれる必須の支えである。彼の解釈を通すために、「よくある話」は個別の物語として磨きなおされる。作品世界のなかに代理人を立てることで、飽きるほど書かれた移民哀話にはない文学的な洗練を達成し、脇役から、コロニアのちぐはぐな現状の断片を指し示すのに成功している。

日伯毎日新聞　第2708号　(4)

計畫　(一)　安井新

少年は床の中で眼をあけていた、両親は午後から泊りがけの予定で奥の部落のある家へ出かけたので、あとには姉弟だけ残つた

その夜に限つて少年は姉に幾度も注意されるまで、ランプを消さず本に読みふけつていた、ランプを吹き消してからも闇の中で眼を見開らき、屋根裏に瞳を凝した

その家は椰子とセードロの製板で出來ていた、ところどころのすきまから、うすあおい光線が入りはじめた、板仕切りの向うから姉の寢息が聴えていた、いつもは少年も同じ部屋に寢るのだが、その夜は両親の留守の部屋へ蒲團を移していた、寢床は土間に組まれた合の上に椰子の割り木を並べてつくられたクッション代りのミイリヨの皮がちよつと身じろぎにも鳴つた隅に夜光塗料の置時計が

ニャやトツシンニョに代り失われていた

少年は時計を見やり、既に幾度も繰返した秘密の計算を頭の中で仕始める、時計の針が進んで行つた

少年は枕から頭を浮かせ、しばらく気配を窺つていたが、ミーリョの皮の音を忍ばせ、蒲團を剝ぎ、細心に土間へ下り立つた、寢るとき、着代えずに置いたので、身仕度はズック靴を履くだけで終つた、目は先刻から闇

安井新（藪崎正寿）「計画」（『日毎』1959年10月16日付）

語り手を置く作品群では、大体において観察された相手どうしも、また観察者と相手も関係を結ばないまま並列される。しかし藪崎の語り手は単に無関係な人物を数珠つなぎにして呈示するだけのはたらきを持つのではない。「引き廻し役」（前山）というより、無関係そうな人物を集め、作品の中に物語の場を作るのは、観察者の控え目な視線と言葉で、人生の断片から日系社会の底にわだかまる摩擦や矛盾を淡々と描き出す。一人一人は一代記にふさわしい浮き沈みの激しい人生を送ってきたのかもしれないが、藪崎は劇的になるのを抑え、叙事的な筆致で通行人の見る限りのたたずまいを記していく。読者が知るのは、観察者の認識の濾過を通した各自の印象である。観察者（話者）を立てる手法は、できごと自体よりもそれを解釈する個人の内省を書くのに適している。彼らは移民社会の吹き溜まりに暮らし、行き交う人々を観察し、個人の喜怒哀楽と集団的な歴史や意識の両方を見通す。個人の感情は誰がそれを共有するかという共同性の想像力と切り離せない。

どこにもいない人

日本向けのエッセイ「海外版〝文学青年〟」が、彼の文学理念を明確に述べている。それによると、移民とは「日本を日本として眺めた人間」のことで、「日本を日本とし、祖国を祖国として純粋に観念化出来るのは、そこからある距離と時間とを隔てる新しい立場の者だけである。〈移民〉だけが見ることの出来る日本と日本人の意味…」。前山隆の移民の自己認識理論を作家はこのように咀嚼していた（いや、二人は激論のなかで共通の理論に達したのだろう）。二人は熱い議論を交わしたことだろう。ところがこの「文学青年」は自ら「高調子」に気づき、それが「移民の独りよがり」だったと声を落とす（この感情の大波——興奮から自嘲＝自重へ——は後述する「ＣＡＳＴＩＧＯ」の公務員を思わせる）。

祖国の観念化は、実はそれだけ移民が日本から遠退き、それを失いつつあることかも知れないのだ。そして問題なのは、そのように一方の国が失われて行くのに、もう一方の国、移民が現実にそこに立ち、そこに住んでいるブラジルが、いつまでも移民にとって遠遠しい国であることだ。ひとつの国から離れることが、別の国へ近附くことでないのなら、離国とは祖国を失って漂いさまようことと変りない。その苦患、その哀感だけが移民に残されるものなのだろうか。それは非常に理不尽に思われる。しかし多くの移民が現に生き、死んで行くのは、その救いの無い唯中に於てなのだ。せめても、日本に住む人たちにこの移民の口惜しさが正しく受けとめて貰えたなら、そのとき、移民は故郷を回復するかも知れないのだが、と、ぼくは小説を書くことを思い立つのである。

経済的資産に欠くのが無産者であるならば、存在感があいまいに蒸発してしまった人々を実存的資産に欠く「霧散者」と名づけてよいだろう。失踪したわけではなく、ただ自分が十分に自分であると感じられない。移民はどこにも居場所がない漂流者、霧散者——この信念を彼は崩さなかった。本国の読者層を求める「送稿魔」だったのは、ブラジルでの出版が日本語としてどこか心もとなく感じられたからだろう。祖国の観念化を自明のものとして気づかずにいる読者ではなく、祖国を自明視している日本の読者に観念化とは何か、それが「口惜しい」とわかってもらいたいと願ったのだろう。日本での出版はそれと同時に精神的な帰郷を意味した。移民の代弁者や移民小説家の代表になろうという俗な大望より、書き手としての個人的な「故郷回復」を目指した。

日本でもブラジルでも居心地が悪い。どこにも「ふるさと」がない。故郷喪失は隠遁僧によって、時に精神の最も高い段階であると讃えられもするが、凡人にとってははなはだ頼りなく、始末に悪い。「板小屋の来歴」の風呂敷の男は語る。

　あ、あなたはこれまでに〝祖国〟の意味に就いて考えてみられたことが、おありですか。え、そこに生れ、そこに育った〝国〟というものを…。わたくしはこの〝祖国〟の意味を、ふかいふかいそれの意味を、移民の身になって初めて知りましたです。日本におりました頃、このわたくしの身につけております服、ネクタイ、靴というもの、少くとも、このわたくしというもの、それの帰属に就いて事新らしく考えたことはありませんでしたです。それらはもう明白な、疑う余地も不安を感じる余地も全く無い、紛れもないわたくしの所有、わたくし以外の誰の物でもないわたくしの物、わたくしそのものだったです。それが一旦日本を離れると、さいごの延長とも言える移民輸送船を下り、この国の地面に一歩踏み出すと、途端に手応のようなもの、確かのようなもの、地中に差す根のようなものが全部稀薄に、曖昧になって何かこうパアとけむりのように、パアと…。

所有物の確かさも霧散してしまう。男は続ける。「帽子は頭に乗っている間だけわたくしの物で、頭から離れたら、所有格のない唯の帽子になってしまうのです。逸早く宣言した方の勝です。わたくしにどんな抗弁も証明も出来はしませんです。それがよその国というものです」（傍点原文）。藪崎はいつもながらの哀話と距離を取りつつ、移民の言語的・社会的孤立について「板小屋」の職を探す女に語らせる。

> 日本にいさえすれば、貧乏なら貧乏なりお互い気心は知れてますからね、何が足らないといったって結構融通もつきます。けれど、こちらではまるで砂漠の中にでも迷い込んだみたいに思えるんですよ。たくさんの人間の中にいて、それで、一向に人間の中にいる感じが無いんですよ。言葉が通じない、というばかりでなく、同じ黄色っぽい、平べったい顔かたちの同胞の中でも、やっぱり、その無人島に流れ着いた一家族、という感じは変らないんですよ。

風呂敷の男と同じような存在の耐えがたい軽さを彼女は砂漠、無人島のたとえで繰り返す。言葉が通じるはずの日系社会すら不安定で、拠り所がない。海のように圧倒的な他者に囲まれているというあり方自体にあり、たとえポルトガル語を習熟しても黄色い顔を持つ限り変えようがない。古本屋は結論に近づく。日本では居心地が悪いにせよ、「相互の繋りの関係の中で、蜘蛛の巣の中の蜘蛛の位置のような場と均衡とを保ち、そこだけは自分の〝居場所〟と言えたはずだ」。しかし移住したとたんにその糸は切れ、その切れ端をひきずりながら攪拌器に入れられたようになり、最後には自分を手放す。移民は卑屈になるか（半地下の男）、疑い深くなるか（風呂敷の男）、へんに肩肘張らすか（金歯の男、沖田、職を探す女）して、実存の軸を失う。

しかし帰国すると今度は移民らしい身ぶり、口ぶりを獲得してしまったという自覚（あるいは悔悟）が現われ、「本物の」日本人との微妙な差に意識が過剰に働く。居場所のなさは、「本当の」日本人に同一化しようという過剰な意識を生み出す。たとえば「ボクの中の国」の一時帰国者は、「むこう」（ブラジル）と「ここ」（日本）との違いに過敏になって、立ち居振舞が「ここ」の基準に合わないのではないかと怯えている。「然りげない受け応えのうちにこそ、一等人情の機微というか、基本というかが含まれてい」ると思っていて、不自然に見られないよう過度に気を配っている。「むこう」では「人間同志の然りげなさ」を身につけることができず、「ギグシャグとなりがちで、つい独りだけの中に閉じ籠った」が、「ここ」ではそうあってはならない。正しい挨拶のことば、間合いの取り方、お辞儀の角度に心を砕き、自分が異分子ではないことを証明しようとする。「CASTIGO」の古本屋と同じような過剰な自意識を持ち、ブラジル育ちをさとられまいとするが、うまくいかない。見かけは別にして、日本人に同化できない自分に気づかされる。

ブラジルでコミュニケーション上の失敗をすれば自分ひとりの外聞や恥や自負心だけでなく、「日本民族の問題」になりかねないという自意識が働く。個人というより、民族の代表というレッテルの下で監視されていると彼は感じている。ブラジルでは逆に日本語も日本文字も日本人の顔も稀なために、彼は同化も適応もできず、ブラジル人の前ではおどおどし、声をかけるのも億劫だった。日本ではすべての文字や言葉が日本語なのだし、日本人の顔しかないのだから、「心細がったり不安がったりする理由は、すこしもない」。そう言い聞かせている。あたかも民族摩擦がないところでは、もっと堂々としていなければならないというかのように。

日本品の誘惑

祖国が観念化されているからこそ、日本の品物、日本の食事、日本語、日本にまつわる一切が、特別な意味を持って立ち現われる。「板小屋」では、風呂敷の男が「日本品、要りませんか」と切り出すと、古本屋主人は「日本品で…」と「誘われるように」答えて後悔する。彼は文無しの新来移民につけこんで、その所持品に「鳶のような目をそそぐ古移民」を苦々しく思っていたが、自分がまさにその鳶のように思えて傷ついた。しかも広げられた日本品が「その傷に追い討をかける〈罰〉のように感じられた」。押し売りではないのに、何かを買わなくては済まされないような事態に陥ってしまったのは、日本品につられた弱さに対する罰だと彼は感じた。それほど「日本品」に対しては過敏になっている。国産品に対する感情移入は、郷愁の一要素をなしているが、それだけではない。中古の日本品ということについては、その男のタオルや靴下と、店が扱っている古本とは違いがない。一方は手垢がつきボロボロになっていても商品として通用するのに、なぜもう一方は通用しないのか。古本と古下着の商品価値の違いはどこから来るのか。古本屋は風呂敷の男を直感的に一種の同業者と見たのだろう。ともに日本に物質的にも（そして精神的にも）依存している同類者で、その気安さがこの訪問者というよりも侵入者と不愉快な交渉を続ける破目にひきずりこんだ。

面白いことに、風呂敷の男はあらゆる所持品に自分の名前を書いている。「〔石鹼の〕紙箱の白地の部分という部分に刻明なペン書きの細字が埋っていて、それが鋭い針となって彼の心を刺した。どうやら男自身の名前のようだった。同じ書体の文字がちょっと目を遣っただけで、他の品にも見うけられた。股引の腰回りの内側に殆ど模様のようにその文字は並んで滲んだし、靴にも舌形の甲当てや内貼りの布にさまざまな向きで記された」。これは盗難に対する過剰防衛というより、祖国の品物と自分を強く結びつけ、居場所をつくる偏執狂的な行いというべきだ。古本屋の視線を見て、「男の上瞼が電流でも流れたように痙攣し、指が風呂敷の品の上をいとしむように這いまわった」。品物を売りたがっているのか、売り惜しんでいるのか。

男はモノの実在感よりも、撫でている自分の実在感を触覚で確かめようとした。身の回りの物の所有権を確実にするために、名前を書き込む習癖を生みだしたのではないか。自分自身に存在感はないが、文字で書かれた名前には社会に向かって実在を訴える力がある。二の腕から背中にかけても倶梨伽羅紋紋ならぬ、「署名」が彫りこまれていそうですねと古本屋が冗談めかすと、男はそれまで「生気に欠けた低い声」だったのが、「俄かに唯ならぬ興奮の態で喋り出した」。男は署名癖を恥じる一方、東アジアに伝わる文字の呪力をどこかで信じていたのかもしれない。古本屋がこれだけ名前が書かれていれば盗まれることはないとなだめると、「しかし、やっぱり、頼りないです」と彼は再び気弱になる。所有権を主張した品々を金銭と交換せざるを得ない事情が古本屋をぐらつかせる。

そこから売買に入る。しかし古本屋が「品物の持ち主はあんたなのだから」値段をつけてくれといっても、男は「多いほどいい」と半泣きで答えるだけで値段をつけない。これは経済的な交渉ではなく、同情につけこむゆすりである。場面は古本屋の当惑で打ち切られる。

二　「成れの果て」

古本としての移民

「CASTIGO」の対話者、「おかしな世代」の語り手は、藪崎本人同様、古本屋を営んでいる。実話的な枠組を与える以上に、古本自体が移民の隠喩になっていることに注目したい。古本屋とは作家にとって日系社会の小宇宙だった。のんき堂の棚を想像させる面白い一節がある。「西田幾多郎の片隣りに荷風があって、吉川英治の新平家の端本が幾冊かあって、推理小説と空手入門と、落語名作選と社交ダンス教本とがつづいて、学生六法の次に古びた文語訳の旧約聖書が立つ」（「おかしな世代」）。本棚の雑多性は日本語読者層の規模を反映しているだけでなく、藪崎が凝視する移民社会の底辺の様相を見事に表している。雑本の立場からありのままの現実を肯定する発想は、日系人というだけで既に周辺的な集団のそのまた縁、吹き溜まりに蝟集する細民に対する作家の姿勢と切り離せないだろう。持ち主の手を離れて集められ、ひとつの店頭に雑然と並べられている本。すべて日本からいつごろか旅してサンパウロに漂着した本。日本語社会の外にはほとんど出る可能性のな

一、柔道に関する研究（講習會、講演會等の開催並に後援）
一、講道館より柔道使節の招聘
一、サンパウロ市内に本會場の建設
一、刊行物の發行
一、前各項の他、必要と認められる事業
また當日の出席豫定者は次のとおり
▽サンパウロ　大河内誠夫、谷宗兵衛、松本幸志、國井猛、深渡會満壽次

讀書の候

古本屋お目見得
「のんき堂」の藪崎さん

讀書の秋を迎えてコ・フルタード街にのんき堂という古本屋が開業した主人は藪崎さんといってヴイアジャンテなどをやりながら文学書に親しんで來たというロマンチスト。新本屋があんなに繁昌しているのに古本屋が一軒もないというのはオカシイ、と思い立つて始めたそうだが、開店以來あまり成績は上らずもつぱら買氣に出ているという。コ・フルタード街一九四番と廣告に載つていたので探してみると、美容院の入口だつたりしてサッパリ古本屋らしい匂いはしない。勇を鼓して奥へ進んで行くと在つた在つた。チッポケなそれこそ方丈の間に所狭しと古本が並べてある。その本棚がまた、雑誌を載せるように巾廣く出來ているため益々狭苦しい。初めの計画ではもう少し廣い場所を借りるつもりであつらえたものだというところが古本屋商賣のパランセツテから行くと、これ以上の場所は借りられないというから辛いところ。「まあボツボツやりますよ」と語るのんき堂主人は正に當代珍らしい呑氣な微笑を浮べていた。以つて珍稀とすべき

「のんき堂」主人の藪崎さん

藪崎正寿、古本屋「のんき堂」開業の記事
（『サンパウロ』1957年5月8日付）

い本。その外では商品価値も使用価値もない本。読み捨てられた本。「成れの果て」とは棚ざらし本のようなものだ。

無秩序な配列は店主の怠慢というよりも、種類別で配置するだけの在庫がないからで、それは客層が薄いことに由来する。「あたまかずが在庫量を規制する」（傍点原文）。市場原理が配列を決定している。つまりでたらめなそうな配列にも必然性がある。「手あたりしだいのような取り留めなさも、実は日系コロニアというものをよく反映している」。逆に「（日系人社会）がむしろそっくりショーウィンドや棚やに陳列されてある」（かっこは藪崎独自の表記）。大衆小説と実用書と旧約聖書が同じ棚にあることはちぐはぐどころか、「しっくりとそこにあるのだといえないだろうか」（傍点原文）。これは単に市場規模から来る感想というだけでなく、藪崎の移民観と深く関係すると思える。流れ着いた先にしか、しかるべき「居場所」はない。そこが安住の場所ではないしても。

全体を見通す分類の秩序のなかでしかるべき場所を持つのではなく、今の居場所が既に正しい場所である。それぞれの本は隣の本と関連するのではなく、主人の気まぐれでそこに置かれている。しかしどの本もいったん置かれれば、その場所に「しっくりと」馴染み自分の場所だと主張できる。偶然であれ、いったん起きた結果は必然である。「何を本体として、何の雛形なのだろうか。たとえばマジョリティの中のマイノリティ…、あるいはブラジル人の中の日系人…、それはどんな必然に拠り、どんな必然へ流れているのだろうか」（「おかしな世代」、省略点原文）。彼は偶然の重なりから必然的に生まれた移民集団の心の流れを物語に乗せた。

疲れた空間

藪崎は「成れの果て」の心の配置を、空間的な隠喩で表現している。たとえば「板小屋」の一人の敗残者は半地下室に住んでいる。半地下室（ポロン）は都市の最下層が住む空間で、一九一〇年代以来、サンパウロに流れこんだ移民の多くがそこに仮寝の宿を結んだ。「カマボコ形の明り採りの鉄枠」の奥に薄汚れたガラス窓があり、中がのぞけることはめったにない。ポロンは文字通りどん底空間で、移民哀史の象徴だった。通常、通行人はそこに気を留めないし、人が住んでいるかどうか気にならないほど視野から外れている。そこから声をかけられたので、古本屋は驚いた。その声は「地底から湧くように彼のズボンの裾を這いあがって聴えた」という。『テンペスト』のキャリバンのような醜い声だったかもしれない。古本屋は「聴くべき場所でない場所から人の声を聴いたという愕きがつよく、不吉な奇異に襲われでもした衝激《ママ》を覚えた」。ポロンに人が住んでいることは知っていても、通行人との接触は予想されていなかった。そこは「別の世界」と思い込んでいたからだ。部屋に入ると二度目の驚愕が待っていた。「少くとも〝部屋〟が矩形のものであるとすれば、そこは部屋ではなかった。黒ずんだ床面のひろがりはなだれるように傾く天井と、その一角に鋭角をつくる壁の狭まりによって、いびつな台形にも見え、しかし、またそれ以上に押しつぶされた五角、六角の多角形とも感じられた」。カフカや安部公房風の歪んだ空間は、勲章本体を欠いた勲記を売ろうというこの老人の世界像の歪みを表象している。

空間的隠喩の別の例が「ボクの中の国」の冒頭に見られる。一時帰国者が東京で見る祖国の最初の風景で、彼の出口なしの閉塞感をそのまま映し出している。

> 長方形に窓の邊だけ明るんできていた。
> 寝台の枕許の方の桟に、両腕を支か《ママ》えながら肩を浮かせ、くびをねじむけた。
> しかしながら、ボクは、直ぐ顰め顔になった、と思う。窓の向うに眺望といえる外界がないのを知っていたから。窓とも呼べない、いわば、それは大きな換気口のようなものを、既によく知っていたのだったから。

それは部屋の唯一の開口部だが、あけてもコンクリートの「巨きな塀」にぶつかるだけで、とても外に向かって開かれているとはいえない。移民として生きるとは、藪崎にとってこのような偽りの窓のあいた小部屋に住むことだった。場所に広がりも結びつきも感じられない以上、移民は「煙のように消えて行くより仕様ないらしいのですね」。藪崎は霧散を移民の実在の根本に見出した。揮発性の実存とは語義矛盾だが。

「成れの果て」の果てる場所、墓地は靴をめぐる追憶から巧みに構成された「始まりと終わり…」に唯一登場する。この作は死者には上等すぎる未使用の靴（喪服連↓父）、くたびれた革長靴（父の葬式↓行商時代）、大きすぎる靴（靴屋からの贈り物↓幼年期）を蝶番に、靴屋のMが父の死を回想する物語で、女中の通学靴の思い出から突然、Mが墓掘り男の足音に振り返るところで終わる。死者に呼び出されたようなものだ。墓地の曲った道が題名の解釈にヒントを与えてくれる。「径は注意してみるとオメガの字形そっくりに曲りくねり、いつも出だしの地点へ逆戻りするみたいな気迷いを誘って、畳まれた。それは無限の蛇行のように、どんな人間でも、そこでは〈みち〉について考えずにいられなくなるような、そんな径だった」。追憶が父親の死から始まり、曲がりくねったあげくにそこに戻ってきたのは、まさにこのオメガ形の小道と重なり合う。その道ではまず夭逝した者のための区画があり、おもちゃが飾られている。続いてやや年かさのいった者の区画があるが、心が痛むほどの若い少年少女の写真が並ぶ。Mは瞑想する。「死者の来歴の永さにふさわしい埋葬区までの径の永さをきめたのだ。棺の中に封じられてある想い出が短かければ、短かい哀惜のみちのりを…永くつきない想い出なら涯しない蛇行のコオスで、それを反芻させようと」。道を進みながら、父の墓所が見つけられるかどうか不安になる。写真や番号札がなければ、道はまったくの「迷路」だった。「写真にしろ、薄い亜鉛板のプレエトにしろ、脆く、古びるのにたっぷりな時間を経ている、その時間がながれて過去のものとなったからこそ、そこへ向ってすすんでいるのだった」。「〈みち〉について考え」るとは、そのような時の成熟、たえず過去に流れていく時間と回想されて戻ってくる時間のプルースト的相克について考えることだった。始まりと終わりなのではなく、始まりは終わりだと言いたげだ。

黙り込む移民

移民の居場所のなさの根本的な原因は、日本語に居場所がないことだと藪崎は強烈に認識していた。ブラジルの日本語社会の間近な終焉を予感していた作家は、読み継がれる期待なしに、移民のよるべなさを刻み出す仕事を続けた。描かれる移民に居場所がないというだけでなく、描く言語がけっぷちで倒れそうだった。日本には日本語の乱れを嘆く文学者はいても、日本語消滅の切迫感を持つ者はいない。母国語の途絶をブラジルの真摯な書き手がどのように認識していたか。

母国語の無力化は一世の誰もが認識していたとはいえ、文学のかたちで記したのは歌人だけといってよい（第1巻序文）。短歌はそのような理知的な詠嘆に向いた形式だった。それに対して言語共同体収縮――伝承されない言語――の危機を、小説で受け止め、問いの形に仕立てたのは、ほとんど藪崎一人だった。「私たちの社会…、それは私たちの眼前にあることはあります。しかし、共有する言語の場…という段になると、到底流れとはいえず、もちろん悠久などとはいえず、もし水域に譬えるなら小さな水溜りほどの淀みのようです。その水は日々に干き、痩せ細っているようなのです(9)」。松井太郎ならば言語の壁を自明としながら、その向こうへ想像の羽を伸ばすことに物語作りの楽しみを覚えたが、藪崎は壁の手前で立ち止まり引き返す状況を書き続けた。

日本語が無力であると同時に、そもそも言語を介さない意思疎通こそが日本人の本質であるという逆説を藪崎は忘れていない。「始まりと終わり」の女性は小さかった頃、両親が話し合う姿を思い出せないほど、家庭は静まり返っていたと思い出す。両親は「無口で、感情というものを隠し込んでいます、余り奥の方にしずんでしまっていて、もう巧く顕せないともいえます、それで、たまに物を言うとしても、くぐもった不明瞭なものにしかならず、相手は、それへ頷くという仕草さえ見せることが稀で、ただ作業の上で応えるという具合です」。無口だが親密な夫婦は、日本映画や小説によく表われるし、経験的にも想像がつく。彼女はなぜ両親が無口だったのか考え込む。声を奪われた移民のテーマが再び浮上するが、今度は言葉が人を見放すという極限的な状況がぽつりと語られる。

「極端に乏しい生活の中では、ことばが喪われるのでしょうか、ことばは無力なものとしてそういう生活の中の人から棄てられるのでしょうか、それともことばの方でそういう人たちを見限り離れてしまうのでしょうか」。本性としての寡黙と、状況に強いられる沈黙の間にどのような違いがあるのだろうか。一世の寡黙とバナナ売りの饒舌は正反対なのだろうか。

移民は声を奪われているというのが、藪崎の基本的な移民認識だった。彼らの声は壁に吸収されるばかりで、誰にも聞かれない。「移民は唖…ですね。移民にできるといえますか、為ることをゆるされているといえますかする最良のその仕方は、泥のように石のように黙りつづけることですね」（「ボクの中の国」）。同じ人間なのに言葉を見捨てて黙るのは、他者を信じていないからか、と学生の一人が訊ねると、移民は沈黙の実態を教える。「俺はブラジル人だ」と叫べばブラジル全体を味方に引き込めるし、「お前はジャポネスだ」と言われれば、国を敵に回すことにもなる、と。そのような多数派と少数派を隔てる壁のなかで、共感や「偏向しがちな仲間意識」に支えられて生きるしかない。移民は「物怯じの甚だしい小動物」のように、落ち着きがなく、自負に乏しく、他人の善意を信じられない。小動物は猛獣を恐れるだけでなく、仲間はずれにならないよう気遣っている。「甘え」や「もたれ合い」が移民の心向きの根底にあり、「世間」の価値観を守りながら、少しでも外を向いた者を排除しようとする傾向にある。

こうした民族内引きこもりに対して、前山は日本語共同体の外のことを忘れてないかと批判した。壁の不可侵性を強調するあまり、浸透性を無視してないかということだった。日本語社会の絆を「偏向しがちな仲間意識」と片づける作家が、実は壁を作っているのではないか。ポルトガル語社会ではなく、日本語社会が既に壁となって、藪崎の語り手を閉じ込めているのではないか。主人公は移民社会の孤立を内省するあまり、あたりに響く日本語にすら耳を貸さなくなっているというのが前山の要点で、藪崎的人物の特質（前山の見方では欠点）をよく突いている。そう考えると、ポルトガル語社会に対する沈黙よりも、日本語社会に対する不適応、不信が藪崎の問題かもしれない。

藪崎からすれば、声が伝わるとは、「ボクの中の国」で述べられているように、社会全体に響くことでなくてはならなかった。ブラジルの日本語社会はそれ自体がすでに畸形で、多くのコロニア作家のように、所与の枠組みとして受け入れ、そのなかでの喜怒哀楽を描くだけでは不充分であると彼は考えていた。なぜ少数民族集団のなかでしか通用しない日本語で書くのか、という点を突き詰めれば、なぜ自分（たち）にとっての国語が生活のなかでは汎用性を極度に狭められるのか、と問わざるを得ない。「CASTIGO」や「ボクの中の国」が日本語の社会的無力を執拗に述べるのは、この問いが藪崎にとって書くことの根拠になっているからである。日本語社会すら信じられないのは、第一言語に対する批判的な見直しの結果だ。別の言語的可能性を持たない主人公はその長い問いかけに消耗し、口少なになっている。

日本語を信頼し、限られた人々に対してであれ（あるいはそうだからこそ）滔々と演説するバナナ売りは、主人公の言語観を鮮明にする対照項として機能している。バナナ売りは半ば鬱憤晴らしでしゃべりまくるが、周囲が耳を傾けているとは思えない。「おかしな世代」の「黒服」の演説も、音声であって言葉ではない。彼の声は「大きいばかりで緩急もなければ抑揚もなく、全然意味不明瞭にうわずった。黒服は喘ぐな息遣いの間間で切れ断れに声を発していた。それはむしろ怒号とよんだ方がいっそう応しかった」。多弁家は言葉の無力についてあまりに無自覚だと作家はいいたいようだ。しかし無力感があまりに強ければ、筆を折らなくてはならない。その手前のぎりぎりのところに踏みとどまって、無力の根拠について、霧散者たちの存在感の希薄さについて彼は書き続けた。

移民は外に向けた声を奪われている。これを逆説的に示しているのが、十日間、炎天下の農作業のすえに、「テンノーヘイカ・バンザイ」と叫んで棒のように倒れた戦後渡航の単独青年の話だ（「板小屋」）。労働から逃げるための口実に、ブラジル人に対しては何の意味もないが、日本語表現として神聖にして不可侵の文句が吐き出された。民族共同体の壁の内側で反響するような叫び声は、仕事をさぼるのに一回は有効でも、何度も使えば精神病院送りだと金歯の男はつけ加える。なぜ「テンノーヘイカ・バンザイ」なのかと古本屋が訊ねると、「その世代にとって、最も空疎な最も無意味な言葉として、いえ、言葉でさえない単なる片仮名の表音体にすぎない、とする感覚で、叫ばれるのではないかしら」と男は推量する。青年は思想的に天皇崇拝を批判しているのではなく、まったく無関係な脈絡でその音の無意味さを悪用する。前線の兵士がこう叫んで倒れていったというかつて流布した美談になぞらえ、農園のなかの二等兵に自らをたとえたとっさの言動かもしれない。風呂敷の男の少年時代に人をこわばらせた合言葉は、戦前教育と戦後教育の亀裂を示しながら、ねじれた形で戦後世代の青年に対する同情につなぎ合わされる(10)。

類似の逸話は「板小屋」の半地下室の老人によって語られる。彼は大正三年、青島に出征した時に得た勲七等瑞宝章と従軍紀章の勲記を売りたいと申し出る。勲章本体はとっくに売り飛ばしてしまったのだろう。「テンノーヘイカ・バンザイ」が無意味な表音体でしかないように、勲章を欠いた勲記は無意味な筆記物でしかない。「本も勲記も紙で出来ていて印刷されてある点では変りない」というのが、売りつけに来た理屈だった。先に述べた風呂敷の男とは別の理由で、古本と売りたい物の互換性が強引に理由づけされる。男が祖国から公式に受けた栄誉の徴だが、現在では交換価値のありそうな最後の所持品でしかない。高野耕声「帯勲者席」(『コロニア文学』八号、一九六八年一一月号)が戯画化する帯勲者の誇りは、とうに捨てた。「成れの果て」の果ての感がある。

三　沈黙と饒舌――「CASTIGO」にみる言葉の争い

言語と感覚の懸隔

言葉の居場所のなさの問題に焦点を当て、ほとんどそれしか語っていないとさえいえる作品が「CASTIGO」である。退職金を待つばかりの州農務局の下級公務員である二世の「私」は、戦後移民が経営する古本屋を偶然発見し、通うようになる。やがてその主人が公務員の非日系人との結婚を攻撃する。「私」は税務局勤務の義弟に古本屋が領収書なしで商っているのを密告し、小さな復讐を遂げる決心をする。戦前生まれのバイリンガル二世の言語観、移民観を戦後渡航のモノリンガル一世の見解と戦わせる構図になっている。どちらの人物も作者の分身とはいえない。藪崎の思想的産物である。彼の作品としては珍しく、「私」は行動に出る。それも悪意に対する懲罰という行動に。「毎日の暇の処理法」だけが悩みのたねの勤続二四年目の役人が、なぜそこまで相手を恨むようになったのか、その過程を戯曲のような長台詞から描き出している。

言葉を交わすごとに、売り手と買い手という通常の関係がねじれ、一人は遠ざかろうとし、もう一人は離すまいと近づく。その位置関係の変化が緊迫感を生み出している。第一回戦、二人の対立は自己認識の根拠が言語にあるか（公務員）、肌の色にあるか（古本屋）という次元で戦わされる。公務員によれば「一つの社会を成り立たせる要因は一つの言語だと言ってもいい」ので、「この国のことばの中に、日本風呂にでもつかるようにとっぷりとつかってみたら、どうでしょうかな」と、日本語しかできない古本屋に気軽に勧める。「ことばにはその一つ一つにどっしりとした目方があって、案外、生活の据りをよくするかも知れないですからな」。バイリンガルの公務員は、モノリンガルの移民が外国語に「とっぷりつかる」経験の不具合をきちんと（モノリンガルが経験しているようには）想像できない。古本屋が悩んでいる伝達不能がもたらす周囲の否定的な評価、またそれを想像して感じる気後れを客は理解できない。「言語の懸隔が感覚の懸隔でもあるように混同されたときは…酷い仕打を実に平然と加えることがありますからね。社会の契約の第一歩が〝同じことばを持つことだ〟というのは全くです」。公務員が言語を重視すると、古本屋は肌の色こそが差別の根源にあると言い返す。「同じ言語を持たない相手に酷く振舞うそれ以上に、同じ色の皮膚を持たない相手に、人間は往々残酷になりやすいのではないですか」。

「ガランチード」

二人の小さな亀裂は「GARANTIDO」という言葉の解釈から始まる。「保証付き」という原意を離れて、移民の間では「間違いない」「確か」という軽い意味に転用されていると古本屋は考える。また日系人の肯定的な自己イメージ（信頼される、任せられる人々という意味で）として非常に頻繁に使われる（『ガランチードと呼ばれた日本人』という本さえある）。人は移住して十年たっても、ポルトガル語は一向に覚えられないが、この言葉は最初に覚え、よく使う単語のひとつだという。彼の解釈では意味の転用は「斜視の滑稽感というか、駄目押しの馬鹿念というか、意図からはみでた妙な効果を生んで、聞き手を苦笑させてしまう」。実際、日本人を見ると「GARANTIDO」と呼びかけられる始末だ。彼は強すぎる語を選ぶところに「〝移民〟というものに影のようについてまわる不安の念、拠り所ない心細さ」を見る。

これに対して公務員は移民の心細さの現われではなく、単にポルトガル語に対する慣れの問題だと答える。「GARANTIDO」の使用頻度は移住歴に反比例し、彼の両親は古本屋主人よりも頻繁に用いたはずだが、自分はもう誤用しない。これは個人だけでなく集団のレベルでもあてはまり、古本屋の後から移住してきた日本人は、たぶん彼ほど頻繁に用いない。つまり日系人個人および集団がブラジルに同化するにしたがい、この語は正しく用いられるようになる。「〝移民〟はこの国でそれほど特殊でも異質でもなかった。生活におろす根の深浅の差にすぎなかった。この国のように混血のすさまじく進行しているところでは、移民とか、二世とか言ってもそれは少しも決定的な釘づけの条件ではなく、結局それぞれの生活に打ち込まれる時間の量の相違にすぎなかった」。

公務員は「一言毎にもどかしさが昂じて幾度もぶらじる語になりかけた」（傍点引用者）。誤用を移民の心情に帰す主人の説に賛成できなかったのが原因の一端にあるとしても、何十年も日本語で論理だった事柄を話したことがなかったために、もどかしさが昂じたと思われる。彼はこの時点ではポルトガル語で発想して、頭の中で日本語に翻訳して古本屋に話しかけていたはずで、その過程で混乱しているさまが、読み手が一瞬とまどう平仮名表記に、それとなく示されている。彼は日本語を話すのに慣れていなかった。話し言葉の乱れを日本語の表記体系の特徴を生かして表現している。

「ぶらじる語ワカリマセン」

主人はただちに反駁する。時が解決するような問題ではなく、「GARANTIDO」が象徴するような滑稽さは悲惨さの裏返しとして、移民が続く限りなくならないと持論を述べて、話題は第二幕「EU NÃO ENTENDO A PORTUGUEZA」（私ハぶらじる語ワカリマセン）に移る。これは移民が最初に覚えるポルトガル語のフレーズのひとつで、古本屋はポルトガル語（ブラジル語）で話しかけられた時には、時間の節約や人を退散させる目的で用いると笑う。ところが先日、これをあまりにうまく発音したために、相手は話を止めず、かといって自分には理解できず黙っているだけで、ついにブラジル人は怒ってしまった。「ブラジル語わかりません」だけがうまくなった、いいかえるとコミュニケーションを拒否するフレーズが、その本来の機能を果さなかったという笑い話である。意思疎通もできなければそれを拒絶することもできない移民の滑稽さを、象徴的に捉えた話と自嘲している。(11)公務員は微笑しながら、主人の考えかた一般に反発する。

移民には、物の考え方、受けとり方に特有の基調と言ったものがたしかにある。彼らの発想は常に彼らだけの承知する〝大前提〟の上でおこなわれ勝だ。いつも私を反撥させたのは、それだった。

それにしても移民は、この国の中での所属の仕方に就いて、つまり、その出自と位置とに就いて、こだわりすぎるということはないだろうか。常住坐臥、滑っても転んでもそれらの総ての起因を〝移民の条件〟の内に見出し、〝移民意識〟を強める。意識の過剰と言うほかない。

移民は盗難、死別、その他どんな人生の出来事も「移民したから」と考える。「不当に自己をおとしめ、いためつけているようで、実は一かわ剝けば野放図な甘えかも知れなかった」。この「畸形な思想のパターン、その神経的な反応の姿勢」を彼は受け入れることができない。古本屋は答える。過剰な民族意識は自然なことで、自分は近所では名前ではなく「JAPONEZ」（日本人）と呼ばれていると。公務員はただ適応に時間がかかっているというだけで、いずれ同化を果たすと信じている。少なくとも自分はそうだったから、他人もそうだろうと決め、周囲の烙印が自己認識に及ぼす効果を重く見ない。

続いて公務員は宙ぶらりん状態について、水槽に黄色い油を垂らしたときに、一滴として浮かぶか、溶けてしまうかというたとえを持ち出す。果して「異質の張力を持て余し浮かびつづけることはあぶらの〝幸〟だろうか」。古本屋は移住を悔い、いつか子どもたちに対して、日本人の肌の色がマイナスに働く国に連れてきたり、そこで生んだことを詫びる日が来ると恐れている。言葉がどんなに上達しようが、外見が違う限り、「常に少数者であり続ける運命」に従わなくてはならないと覚悟している。日本生まれは日本だけにしがみついていればよいが、ブラジル生まれは二つの国のどちらにしがみつくか、永遠に解決がつかない。二世の裡なる「日本人」は裡なる「ブラジル人」と分かちがたいので、糸はよじれたままいつまでも残る。古本屋は日系人の子孫にいつか完璧に同化する日が来るとは考えていない。

公務員がブラジル人と結婚していることが判ったところから、古本屋はしだいに居丈高につっかかるようになる。彼は「最初の異種族婚をする日系人や、二分の一、四分の一、日系人である幾世代かの者の身の上」に「過程的な〝何か〟に耐えて行かなければならない運命が待つように思われてならないのです」。古本屋は「雨天の歩行者理論」というものを持っている。濡れるのが判っているときに、どうせ濡れるなら早く濡れてやろうと水溜りを平気で渡っていくべきか、なるべくその運命を遅らすべく木立や庇を伝っていくべきか。公務員の結婚は「逸早くひとりだけずぶぬれになってしまった」のに当たらないかと訊ねる。店に通うのは家庭に居場所がないからに違いないと、古本屋はしだいにあからさまに言い放つ。閑職にあるのも、家庭の不和も、すべて肌の色と少数者の問題に帰せられるのに、公務員はがまんならなかった。そのうえ古本屋は「この国より他に国を持たない私を見下している」。自分は同化したブラジル人であると意識しているのに、古本屋は日系人としてしか見ない。主人からすれば、日本人の顔を持つ限り、何世代たってもジャポネースでしかない。それは誇りよりは屈辱の徴である。ハイフンを消去できないと決めつけている主人こそ、「少数者根性」だと二世ははねつけるが、振り返ってみれば、自分の子どもが父親に馴染まないのは、日本人らしさを恥じているかららしいと思う。自分を被害者と卑下している人間に見下されるという二重の屈辱にまみれた結論が、義弟への密告だった。

東洋街リベルダーデ（藤崎康夫編『写真・絵画集成 日本人移民2ブラジル』日本図書センター 1997）

母の舌

公務員は生活では日本語、日本文化とは縁が切れている。今の家族は「味噌醤油などの調味料を用いることもなかった」。そのためながらく日本人街に出向くこともなかった。通勤バスの故障で偶然T街に迷い込むと、「両側に日本文字の看板が目立った。そこがT街であるのを、私は思い出した」。日本の文字を見ることから彼の小さな道草が始まる。嗅覚の誘惑が続く。「鎧戸をあげたばかりの豆腐屋から、うすあまい香と生温かい湯気がただよい、漬物屋や雑貨屋の店先からもそれぞれの匂が這い出していた。日本人街そのものの臭いと言ってもいいその匂を、私は少しの嫌悪もなく嗅いだ。いや、ひどくなつかしいものとしてひとつひとつ嗅ぎわけながらすすんだ、と言ってもいい。そして、一軒の古本屋を見たのであった。吸われるように足が店内に向いた」。

視覚、嗅覚、そしてそれに刺激されてこみあげる味覚に誘われて、彼は古本屋にやってきた。いや、古本屋が彼の前に忽然と姿を見せた。読書欲ではなく、懐かしさが先に立って、店に入ると「ふしぎな寛ぎと愉しさ」、「馴染みの場所に身を置いたときの気易さ」を感じた。「めずらしく人なつかしい気持」になって主人に話しかけた。「あのあたりの本、もう、三十年にもなりますかな、随分と熱中して読んだものです」。公務員にとって日本語の本は幼少年期の思い出、父親の思い出につながるモノだった。「本は親父が持ってきていたのを、手あたり次第に読みちらしたわけです」。後になって、彼は日本語の本は「少年の頃の遊び場に転っていた小石か貝殻」のようなモノだったと言い放つ。日本の文字や手触りがいとおしかっただけで、買ったり読む気はなかった。良き思い出の品にすぎない。

しかしその日の午後は、役所でも落ち着かなかった。「感動」と呼ぶのは誇張であるにせよ、「心に浸すしずかな波のような高まり」に満ち、「燠のつたえるたしかな余熱がとどまった」。それは幼年期の追憶を蘇らせた日本語を久々に確かめたというより、「〝日本人街の臭〟をひとつひとつなつかしいものとして嗅ぎわけたときからつづくものであり、多分、意外に深いところに根ざす充足感にちがいなかった。それは謐かな歓びとなり、私をやわらげ、ときほぐし、あたためた」。

このように日本語の履歴は、嗅覚の履歴と重なり合っている。この場合、嗅覚の履歴は味覚の履歴でもある。「油炒りの飯と豆汁〔ブラジルの庶民食〕とをこの国の人間の味覚で食うようになった後も」、味噌汁、漬物は食卓に欠かせなかった。この両文化に二股をかけた時期は、農学校を出て農務局に勤め始めた頃も続いたと回想している。そのころまでは「私の思考の基調は日本語の語感によった」。それが両足ともにブラジルに体重を移したのは、戦争、両親の死、妻帯、この三つの大きな出来事があってからだった。特に日本語の使用が禁止され、日系書店の閉鎖はもちろんのこと、個人蔵書の没収まであった戦争の傷は大きい。スパイ扱いされたことも彼の心の傷になった。日本的生活の崩壊のなかで模索した「全く別な〝生き方〟」が、ブラジル人との結婚だったろう。こうして音声としての日本語は日常生活から完全に葬り去られ、文字として読まれるだけの言語になった。彼はそのなかで、同化論者となり、移民らしさを否定するようになった。〈日本〉は地下に押しこめられた。しかし完全には無化されていなかったのだ。

公務員の小さな冒険は日本語の看板を見たことから始まった。日本国内で日本人が見る日本の文字は、それ自体では意味内容の伝達以上の感興を呼び覚まさない。しかし外国人が見れば異国情緒をかもし出す。外国で日本の文字を見る日本人は、意味と音を想起すると同時に、民族主義的な感慨に襲われるだろう。公務員はそのどれでもない。日本の文字は日本食とその匂いといっしょくたになって、彼の幼少年期の思い出の根幹を形成している。日本語はある時期までは第一言語だったが（「小学校にあがる頃まで、私はこの国のことばを外国人のようにしか解さなかった」）、学校でポルトガル語を学び、成人してからは第二言語に格下げされ、事実上、縁を切った。「この二十年、家の内と外とを問わず、私の唇から日本語が音声を以って語られたことはなかったと言っていい。日本語はひとりきりの書斉《ママ》の内で、稀に読み返す本の中の文字の形象と意味とだけでつながった」。文字は相手なしでモノローグ（本というモノとの対話――物ローグ――というだじゃれも込めて）で目に飛び込んでくる（心の中で読む、音声に変換する）のに対して、喉を使う音声は通常相手を必要とする。文字はあるが、音声として聞こえてこない言葉。彼は言語的な飛び地のなかのそのまた縁にいる。本国ではありえない日本語とのつきあい方は、その響きに対する特殊な感覚をもたらした。

饒舌の罠

頭の中で言葉の音声を作るのと（通常の「考える」行為）、声帯を使って発音するのとは違う。公務員は二十年ぶりに日本語を話し、自分の耳でそれを聞く経験に浮かれた。「危惧したほどにもなく、すらすらと毛糸玉がほぐれるように舌に乗って出る自分の日本語に、こども染みた満足を覚えていた。私は多弁になった。幾冊かの本を一一《ママ》指で差し、ほとんど、ひとりで半時間の余も喋った」。日本語が少年期の言語である以上、「こども染みた」昂ぶりを覚えるのは自然である。言葉が「舌に乗る」と感じられるのは、音声が思考や意識の制御を越えて自律的に、自動的に走り出すように感じられるとき、言い方を替えると、言語が〈自分〉から離脱して運動するが、うわ言と違って、思考や意識の観察の届く範囲にあるときである。家庭でも職場でも話し相手がない男は、古本屋でだけ饒舌になった。彼は古本屋との最後の対決で「調子づいているのが自分で判った」という。毛糸玉どころか雪だるまのように言葉がしだいに自らの力で動き出しているのを察知しているが、自分ではもう止められない。日本語で話すこと自体が恍惚感を伴ない、古本屋の静かだが追い詰めるようなワナ＝挑発（「主人がふしぎなくらいしずまりかえった口調を保った」）に乗りやすくなっていた。「私はたしかに調子に乗っていた。手ぶり身ぶりまで知らず知らず大きくなった」。ブラジル人と結婚したことに、日系人として悔いはないかと訊ねられると、「大きな声になりそうなのを極力おさえ」て否定した。彼は守勢に回らされた。古本屋の「低いなめらかな声」は彼の無理やり押さえ込まれた声にはない力がある。「獲物の所在をつきとめた狩人の露骨な目の光」を持つ主人を前に、彼は「命運の尽きた城に踏みとどまる城主のように昂然と答えた」。うちの一家はとても幸せです、と。語調が言葉の内容を裏切っている。これは既に対話における敗北宣言だった。公務員の日本語会話能力が劣っていたわけではない。逆に日本語を話すことに有頂天になって、言葉が先に走り出したために、足払いをくわされたのだった。

彼は「詰っている言葉を（中略）一気に抜くように吐き出した」が、不意に父母の語彙が蘇ってくる。曰く「膽の煮える思いで」、「ラムネ玉のように」、「笑止の沙汰」…。二十数年、文字でしか接していなかった日本語が声になった時に戻ってきたのは、思いがけず、子どものころに聞いた日本語だった。生活は完全にブラジル化したにもかかわらず、「舌に乗」ったのは、明治生まれの言葉使いだった。言語的記憶の底には、あたかも「黄色いあぶら」の一滴のように、ブラジル語の海に溶けていかない淀みが残っていた。彼は音声として母の舌を覚えていた。

饒舌は領収書を出さずに商取引していることを店頭で告発する空想の場面でも続く。そのなかで彼は「一語一語、焦せらず迫らず落着いて、刻む口調を自分にとらせた」。つまり現実の古本屋が彼に対して取った態度をそのまま繰り返している。最後には「主人の〝優越者〟はもう完全に影をひそめ、その目は追い詰められた小動物のように血走ってきているだろう。私は歯を見せてわらい、止どめを刺すようにつけ加えてやろう」。狩人と獲物の関係が逆転している。空想のなかで彼は逆襲する自分の言葉の脅迫力に酔う。題名の懲罰《カスチーゴ》は個人的な復讐である以上に、ブラジル生まれと日本生まれの「宿命」的な摩擦に由来する。

ぶざまなポルトガル語

GARANTIDOをめぐるやりとりからわかることは、一世と二世の両国語能力の違いが、自分の位置づけをほぼ決定することだ。一世については実体験に近いとしても、ポルトガル語で育ったバイリンガル二世の言語観を、ポルトガル語をほとんど解さない準二世作家による文学的な空想にすぎないと批判されても、藪崎は反論できなかっただろう。彼のポルトガル語能力水準は、「恋文」の次の文章に近かったはずだ。終戦直後、都会に出た青年と田舎に残った少女は、検閲下、慣れぬポルトガル語で通信することを強いられている。

> 往復する手紙は、どれも一千以下のことばしかこなし得ない者の手になるぶざまさを示していて、否定しようがなかった。そこでは、もどかしさが行間をはみで、語感は自儘にゆがめられ、ひろげられ、絶えず、幾オクタアブかずれた異様な諧調の羅列となる。その甚だしさ加減で言えば、ぼくからのものの方が一段とぶざまだったにちがいない。一体、助動詞の殆ど見当らない、孤立した動詞の、それも活用は直説法現在きりという文章が想像できるだろうか。おまけに、点在する名詞と、おもいだしたように置かれた形容詞とが、FEMEA（女性）、MASCULINO（男性）の区別もでたらめなものだったとしたら…。そんなものは第一、ORAÇÃO（文章）でないばかりか、VOCABULO（単語）の羅列とさえよべないだろう。その大半が辞書のページページからひきうつしの、基幹語だけの、不器用な不連続線にすぎない。ぶざまと言う以上に、アラレモナイものにちがいな

かった。

青年は電光掲示ニュースでPREZADO（手紙の丁寧な書き出しの慣用語、「尊敬する」）という文字を見て、電撃に打たれたような衝撃を受ける。恋文で彼は常々、PLEZADOと書き出していたことを思い出したからだ。これはLとRを間違えただけでなく、男性に呼びかけていることになる（相手が女性ならばPREZADAが正しい）。彼は検閲官に男色者と誤認されてもしかたないような過ちを犯してしまった。彼は相手の女性に対してではなく（PLEZADOと書き出す彼女は、この過ちに気づかなかったかもしれない）、見知らぬ検閲官に対して恥じ、ブラジル社会に対して縮こまる。恋文の検閲は自分の行動と感情に対する徹底的監視を想定させ、彼の自律的実存を危うくする。檻の中の愚かな小動物のように怯える。否定的民族意識が働く。青年は文法上の書き間違いを語学力不足という以上に、二人の関係の稀薄化を象徴していると考えを進め、相手の顔、家を思い出そうとするが無に終わる。

中学講義録の青春

何故、準二世のポルトガル語はかくもみじめなのか。それは戦前、日本教育のみを受けたからだった。その日本教育の象徴が中学講義録だった。それは準二世にとって「信仰の対象」で「魔法の力さえ具え」ていたと「おかしな世代」は書いている。早稲田大学（東京専門学校）が出版した中学講義録は、長い間、苦学の象徴だった。中等教育を受ける余裕のなかった青年の間に広がる上昇志向を支える教育メディアとして確立していた。旧制中学から上の学生に浸透していた教養主義とは目的が違い、学歴社会で下からはいあがるための希望と切実さを刻みつけた通信教材だった。井上義和によれば、講義録は学歴による社会上昇を煽りつつ、実はその価値観を冷却していく機能を持っていたという。大多数の受講者を緩慢に挫折させ、立身出世から人生修養、今でいう生涯学習の方向に目を逸らせていくはたらきを持っていた(12)。もちろん若い受講者はそこまで見透かしていない。

ブラジルではその他に母国の教材という別の意味を持った。修了すれば、日本に帰ったときに専門学校の入学資格検定が受けられる――いつか・向こうでのより良い生活を夢見るひとつの道具で、今・ここで進行中の生活のためにポルトガル語を学ぶのと対を成した。講義録自体が祖国回帰の意味を多分に含んでいた。しかし講義録は帰国の実現には役立たず、むしろ挫折の思い出につながった。その学習の成果はせいぜい日本語教師として雇われた時に生かせるだけで、ブラジルにおける地位向上には益するところがほとんどなかった（日本語教師は概して教育者というより、農民失格者として冷遇された）。講義録の苦さを藪崎ほど痛烈に書き残した作家は他にいない。

「移民の子供たち」の少年は講義録を買うために、自分のニンニク畑を耕す決意をする。うまくいってほしいと願うだけで、たぶん目的を達成したようには思えない。本務のコーヒー畑の家族労働が忙しく、そこまで手が回るか疑問に持つような終わり方である。ニンニク作りの話は、「計画」では家計を助けるために家出する少年に引き継がれる。彼は夜明け前に家を出、初めて一人で鉄道に乗り日本人の農家にたどり着く。何万株を何坪に植えればいくらになるか、その計算を若者に述べるが、理想主義は完膚なきまでにたたかれる。価格の変動よりも何よりも、通常の労働だけで精根尽き果てることを計算に入れていないと。少年は家族が「半狂乱になって叫ぶ声」や顔を思い出し、「熱く、もえるようにうなり急旋回した」。やりとげなくてはならないと「悲鳴に近い声」で絶叫し、走り去った。「蒲の葉の青さと、鉛色のうねりが大きくひらくように迫る後ろで、ワタの枯枝や殻が弾かれて鳴った」。少年の善意も勤勉も知的向上心も、大農園の植物のなかに埋没してしまう。

安井新（藪崎正寿）「移民の子供たち」（『農業と協同』1960年7月号）ブラジル日本移民史料館蔵

講義録程度の教育でも、日系社会では「学のあるお人」とからかわれた。「板小屋」の古本屋は講義録で勉強した頃の青雲の志はとうに裏切られたが、本に対する愛着だけは残っている。書斎を持つ夢を果たせなかった代わりに、ただ商品としての本に囲まれて小さな満足を得ている。「おうい、古本屋あ、たかが古本いじりの癖に澄まし込みやがって、おうい」。バナナ売りの目には、本は学識者の文化に属し、古本は骨董と同じような暇人の道楽でしかない。「古本いじり」の語感は、「盆栽いじり」「壺いじり」のような老人の無益な行いに通じる。触覚を楽しむだけで中身はそっちのけ。バナナ売りの床屋政談「お定りの一段」を聞き飽きている古本屋の無関心は、澄ましこんでいると解釈される。二人はかつて奥地のコーヒー園で一緒に働いたことがあるが、精神的な接点はもはやない。古本屋の「学」が立派な生活や尊敬につながっているはずはなく、お飾りとしてしか認められない。

このように藪崎は講義録の虚無をこれから学ぼうとする少年と、学んだが挫折しか残さなかった老人に託して述べる。二人とも作家の分身をいくらか含んでいるだろう。戦前の農村は多くの記事が書き記しているように、知的な刺激に乏しく索漠としていた。講義録は暗闇の細々とした一灯であった。そのなかでも向上心を持った一握りの教養人はいて、藪崎は昭和一七、八年から終戦にかけて農村の青年指導者たちの哲学サークルに加わっていた。そこでは西田幾太郎『善の研究』の戯曲化がもくろまれたり、フッサール、ハイデガー、マルクス主義が研究された。青年たちは気取るためではなく、思想と本気で格闘していた。講義録は高尚な議論に加わるための基礎練習だった。しかし日本の職業思想家の存在感を前にすると、「彼らの実践のよわよわしさ、みすぼらしさは覆い隠せない」。真剣であればあるほど、「移民の青春は滑稽感を帯びるにちがいないのである」(「論争のすすめ」)。

藪崎はいつもの地点に戻ってしまう。知的な活動が周囲に広がるでもなく、敬意を受けるでもない。もっと上に進む階段もない。日本でも辺鄙な地方の哲学青年が似たような挫折感を味わっただろうが、県庁所在地や首都に出て渇きを癒すことはさほどむずかしくはなかっただろう。文通仲間や同人誌も見つかりやすい。図書館には読み切れぬ良書が積まれている。ブラジルではそのような居場所もない。哲学を深めれば深めるほど袋小路に陥っていく。負のラセンのなかで、西田もフッサールも色褪せてゆく。前山隆は有名な評論「加害者不明の被害者」のなかで、知的な農村青年の挫折を「キングとポエイラ〔土埃〕の青春」と呼び、抵抗や告発の文学とならず、被害者意識に閉じこもる藪崎を批判した（第6章参照）。これに対して、藪崎は山本有三『路傍の石』の吾一（彼も中学に行かせてもらえず講義録で学んだ）に仮託して猛烈に反発した（「論争のすすめ」）。吾一は社会の虚偽や不正を鋭く嗅ぎ分けるのだが、黙認し、立志出世の道から外れてまで抗議に立ち上がろうとはしない。移民の不徹底な社会認識とさほど違ってはいない。もっと悪いことに、移民は吾一の周りにいた話し合える「隣人」を持てなかった。声を上げても聞いてもらえる他人がいなかった。被害者意識というより、それが現実だった。しかしたとえ索漠としていても、「あそこにもあそこなりの人生があった」。その「非文学的」な人生を文学化することに彼は意欲を燃やした。

哲学や文学を自分（たち）なりに咀嚼したのに、誇りにならずかえって屈折と孤立の原因となるのは理不尽なことだ。だがその屈折と孤立に思案を投錨することは立派に「文学的」だと、藪崎は譲らなかった。もし同じ準二世の半田知雄、渡航前に十分な教育を受けたアンドウ・ゼンパチ、鈴木悌一ら土曜会（戦後コロニア知識社会の源）会員のように、思想や体験を論考の形で発表していたなら、心境は違っていたかもしれない。だが彼は近代文学を選んだ。伝統詩歌を拒絶し、新聞雑誌社という文章慣れした人がまず選ぶ職場ではなく、古本屋を生業としたのも、文学に対する潔癖さの表われと解釈できる。不本意な筆耕で飯を食うのではなく、書きたいことだけを書く。大量の書物に囲まれる生活を実現し、文学仲間のたまり場を自ら提供した。その名前が示すように「のんき」を旨とし、一歩引いたところからコロニアを観察し、自分を振り返った。小説は文学的知性の枠のようなところがあり、一九五〇～六〇年代、吉川英治、長谷川伸などを例外として、職業作家は高学歴者にほぼ限られていた。藪崎が目指した本格文学ではそれは特に顕著だった。彼は日本のアマチュア作家と同じように、同人誌に寄稿してヨコのつながりを確かめつつ、中央の雑誌に応募し、高みの評論家や作家の目に留まることを望んだ。文壇のタテのつながりに連なる実感は、ブラジルで日本語を書く孤独をいくらかは救ってくれただろう。藪崎だけが殺伐とした知的後進地で青春を送ったわけではないが、彼だけが講義録に象徴される挫折を小説のかたちで書き残した。学んだことが霧散してしまった青春への怨みが深いからこそ、同時期の書き手のなかで彼ほど執拗に知性、思想、死生観、移民意識について掘り下げ、言葉を選んだ者はいなかった。出来事、心境、行動よりも寓意を重くみた観念的な作風は、唯一無二といってよい。

四　遅れてきた戦後

民族的自覚と分裂

「ほうとうに、戦争は、もうとうに終っている、と言うのに」。「恋文」の青年は最後にこうつぶやいた。敵性国民としての屈辱はとっくに過去に流していいはずなのに、いまだにわだかまっている。準二世の戦争は決して終わっていない。これが藪崎の「戦後」認識だった。ブラジルには空襲も疎開もなかった。しかし本国とは別のかたちで同じ戦争を体験していた。それは敵国民として包囲・監視された抑圧生活だが、民族内抗争という別のなお悪い事件を引き起こした。第一作「路上」はこの問題を正面から扱った。まず一九四三、四年、日本人養蚕農家が生産する絹糸がアメリカのパラシュートに利用されているという噂が流れ、国粋主義の秘密結社によって襲撃された。これは日本人を敵性国民のなかでもとりわけ不可解で危険な集団と当局にマークされるきっかけとなった。組織的にも思想的にも、戦後の臣道連盟事件の前哨戦といえ、圧迫状態のなかで煽動されやすい青年を直接行動に向かわせる素地を作った。

「路上」は、一九四五年二月一〇日、本国の紀元節を狙ってルッシイラの日本人家族に狂暴な家宅捜索が行われ、四人の若者の運命がずれていく物語である。捜索自体ではなく、それによって村を飛び出さざるを得なくなった（また留まるにはそれ相応の理由を必要とした）四人の八年後を描いている。「ずれていく」というより、そういう道しかもともとなかったと後から振り返られる。「一度かけちがった二つのものは恰も一定のメカニズムに従うように、無限にかけちがいを重ねてゆく。しかも、それは偶然に過ぎないのだから、どう力んでみようもないのだ。その上、偶然は運命と同じ位い《ママ》気まぐれで畝地と同じ位い頑固でもある。つまりそれは運命そのものなのだ」。現在は新聞社に勤務している斉木二郎は八年後の同じ日、運命論を組み立てる。彼は論説委員のように整然と、戦中戦後の民族内抗争を分析する。

当時、各地の青年会は「民族的自覚」を合言葉とした。少数民族が異邦に入るとき、いやおうなく民族の差を意識する。日本人は固有名詞で呼ばれる以前に「ジャポン」と見下され、「種族」として扱われる（本国の「チョーセン」と同じように）。そこで祖国が本当に劣等国に成り果てたらどうなるか、移民は想像する。そこから祖国は優秀であらねばならぬと思い込む。そうでもしなければ、「自分自身の持ちよう」（今でいうアイデンティティ）もないではないか。「民族的自覚」とはまず「保身の絶体絶命から生みだされたものなのだ」。だから当局が取り締まれば取り締まるほど強くなる。だがそれは「弱者の意識」で、斉木は断固拒絶する。養蚕事件では羽振りがよい農家に対するやっかみが背後にあった。敵国ブラジルでもうけているとは、即ち利敵活動に違いない。その嫉妬にパラシュートの記事が突然結びついて、日本人養蚕農家に対する連続放火が起きた。養蚕家はアメリカに利しているという考えを憎んだが、「憎む態度よりは、怯える態度の方が何となく良心的に思えたので、彼等はやはり怯えて見せた」。誰もその町では養蚕を止めなかったのだから、と斉田はこの冷笑的な考えに至る。さらに養蚕家の不安は、「綺麗事の感傷に過ぎな」いと言い切る。「己の不安を表明することによって己の良心を証明しようとした」。養蚕家の敵はどこにもいず、弱者の仮面をかぶっただけで、ただ仮想敵がいるかのように縮こまって同情を待っているだけ。小説発表の一九五八年（あるいはそれ以降でも）、デマに惑わされた狂信者の犠牲というのが、養蚕農家に対する一般的な見方で、斉木ほど冷たく言い放った者は他にいない。当時の養蚕農家はどう読んだのだろうか。

戦後の勝ち負け抗争は経済的な格差だけではなく、社会的・知的な格差にも端を発する。少数の戦況の判断のつく「知名人」に対する大多数の無名人の抑圧感が爆発した。「少数派の立場は強者の立場であり、それだけで勿論戦勝派の弱者意識を刺激するに充分だった」が、不幸にも少数派は対立者の弱者意識を理解せず、衝突は悪化した。正しいとされる情報を流せば流すほど、敗戦宣伝と曲解され、相手をますます狂暴にするのを理解できなかった。「民族的自覚」は思想とも信念とも、ましてや血や魂とはまったくかけ離れた「弱者意識」の発露であると斉木は捉えた。これは勝ち組即ち狂信者という五〇年代に流布した方程式と大きく異なり、むしろ現在の理解に近い。その一方で、「計画」では勝ち組の信念や頑固は、一皮むけば「もっと別のかなしい何かだったのかも知れない」とも書いている。勝ち組はその「かなしさ」、弱者を互いに憐れむ気持ちを偽装するために、ますます猛々しくなったという解釈だ。

　斉木の友人、山野信太は養蚕事件に心を痛め、怪文書の出所をつきとめ、黒幕の妥協を引き出した。それは斉木の目には偽善的行いでしかない。山野が動かなくても養蚕家は生活を変えなかったはずで、彼は道化でしかなかった。ブラジル歴の長い斉木は、山野の行動をそこまで冷笑する。それを納得した山野は方向転換して、ブラジル企業の行商人になったとある。斉木はあまりに冷笑的なのか、藪崎の小説には戻ってこなかったが、山野を原型とする人物は「恋文」に再登場し、戦争による屈折者の典型としている。彼は「戦争が、ぼくをこの国で敵性国人にし、ぼくから職を奪い、そしてトランク二箇を振分けとする行商人《マスカッテ》にしたてた」と怨んでいる。行商人は必要品を売る「有用の商人」ではなく、「歓迎しない来訪者」、押し売りに近い「ヤクザな者」で、「移民の落伍者が同胞の憐みを期待して屢々行うなりわい」であると卑下する（「板小屋」の風呂敷の男はその仲間だ）。青年は養蚕農家の秘密集会に偶然居合わせる。利敵行為をしてよいのかという戸惑いが語られ、通夜のようなしめやかさだったという。ところがそのなかの唯一の二世が、召集令状を受け取ったと告げる。彼はドイツ兵を殺すことが日本に関わりないといえるかと回りに問う。「［君の意識は］あまりに純粋すぎもする。（中略）くるしむのは、君のなかの日本人とブラジル人とが引き裂かれるからではなく、それだけのためではなく、実は、斃す対象《あいて》が人間だという、この理由に拠るのだ、と思う」（傍点原文）。これは確かに優等生的回答だが（同じ頃、大岡昇平もレイテで同じような想に至る）、青年は北米の二世部隊がイタリアで活躍していることに話を向け、養蚕農家はますます混乱する。一世と二世の違いはそれまで日本語ができるかどうかぐらいだったが、戦争によって鮮烈に「外国人」と「ブラジル人」に線引きされ、それは生死の分け目かもしれなかった。だが傍観する行商人は緊迫を共有できない。「あの会合の内にある自慰に似た、気負いや詠嘆やその物言いぶりが、ぼくのなかでしだいに空転するようになった」。そして日本人社会から脱落し、窪地のスラムに紛れ込んだ。あたかもそこでは戦争から退避できるかのように。藪崎的人物は大義名分を嫌い、孤独の殻に閉じこもる。

対蹠地の世界大戦

この行商人の別人格、「ボクの中の国」の男は、イタリア、ドイツ敗北の日にサンパウロの目抜き通りの戦勝パレードで屈辱を浴びた。「多数のブラジル人の中で痛切に、唯一人の日本人」だったと「異質性」を意識し、熱狂から取り残された。それは敵性国民の烙印を押されていたことだけでなく、誰が見ても日本人であるということにも関係する。日頃から、日本人意識が強かった分、それに戦敗者の札をぶら下げられるのは耐えがたかった。

それを思い出したのは、彼が一九六八年に帰国中、東京の王子野戦病院の抗議デモに紛れ込んだときである（藪崎自身、王子生まれ）。王子でもサンパウロでも大変な熱狂のなかを歩かされるというのは変わらない。しかし全学連のデモのど真ん中で、誰も彼を移民であると気づく者はいない。外見は「日本人」そのものだから。群衆のなかで彼はむしろ安心感を覚える。その油断から逃げ遅れ、機動隊に殴られ転倒する。「音という音が、ひき潮のように退いていた。戸という戸が閉じ、廃拠《ママ》に似たしずまりの中でボク一人残っていた。（中略）心情に於いては終始黙ンまりだった」。彼は「手をつなぎあう味方」を見出せず、キドウタイもゼンキョオトオも――例の「テンノーヘイカバンザイ」と同じく――「片仮名以上の具体性を持たずに焉ってしまった」。それらは「余所よそしく、一字一字ばらばらの表音以上のものとは結局ならずじまいで遠退いてしまった」。島田雅彦の「サヨク」のようなものだ。言葉が解体し、日本語によってかろうじてつながっていた学生との絆は切断される。体の痛みは、日本人との同化の一瞬の夢を破る。

そこへ偶然、見知らぬ婦人が近づき、介護を受ける。彼女は電車で男が学生たちにブラジル帰りだと自己紹介しているのを見かけている。それを知って、彼は本当の日本人らしくふるまう必要はなく、打ち解け、移民の孤独を再び語る。彼女はそれを親子の断絶とか人間疎外というような一般論と混同するが、彼は準二世だけが味わう二重の孤立について強調する。年齢差のほかに、祖国の違いが親子の溝になり、決して乗り越えることができない。移民の子は「時勢」と「ブラジル」のふたつを相手に戦わなくてはならない。彼は養蚕農家事件を語り、戦後、勝ち組による養蚕推進派の長老殺しの犯人にでっちあげられ、投獄されたことを話す。そこまで話すと、婦人は肩に残るケロイドを見せる。それは大空襲で受けた傷で、彼女は赤ん坊と肉親をすべてその時に失ったという。男もまた移住してすぐに父母を亡くし、姉も戦争のころ「無茶の横行する中で口惜しい死なせ方をし」た。

地球の反対側で同じころに、同じ戦争の犠牲者となった二人が偶然、出会っている。その戦争が「世界」大戦と呼ばれるにふさわしい規模だったことが改めて認識される。アメリカへの戦争協力の噂とB29の無差別空襲で傷ついた二人が二五年後、アメリカの戦争が引き起こした衝突で顔を合わす。彼女の両手が彼の手を握ると、彼は「最初にボクへ触れた、そしてボクが触れている、日本の柔媚と湿潤と微温かさ」を感じる。この時、彼女は天涯孤独の男に子を授けたいとさえ思う。小説のなかで唯一、彼が〈日本〉との距離を無にする場面である。しかし二人の不幸の中身が違い、相互理解の道がまったくないのに彼女は気づく。「二人共、とても、どうにもならないぐらい、それぞれひとりぼっちだから」。彼が失わ

〈創作〉
ボクの中の国‥
〈64枚〉
安井 新

安井新（藪崎正寿）「ボクの中の国‥」（『コロニア文学』16号［1972年1月］）

れた赤ん坊を見ていない以上、彼女の傷跡と心の関係を理解できるはずがない。彼もまた敵性国民が受ける迫害や勝ち組負け組問題を本国の日本人に理解できるはずがないと思い直す。ブラジル人に対して沈黙を強いられたように、本国の日本人に対しても彼は語る言葉を持たない。〈日本〉との和解は断念される。「ボクの中の国」はあっても、「ボクの国」はない。「ボクの外の国」に包囲され、所属感を持てない。「ボクという人間は（日本人）でもなく、尚のこと（ブラジル人）でもなく、移民という、既に変形されたこころの異種族なのかも分らない」（傍点原文）。日本人にもブラジル人にもなれない移民（特に準二世）という持続低音が、再び響く。

五　居場所のある人たち

編上げ靴はいてた女の子

準二世の幸福は、日本人として目覚めたり、ブラジル人でないことに気づく前のほんの短い時期にしかない。「日本人」になるために講義録を学び（あるいは学べずに挫折し）、精神形成、自意識形成をすると、言葉の壁、肌の色の壁が立ちはだかり、世の中の窮屈ばかりが感じられるようになる。藪崎的人物のなかで唯一、素直に生活を謳歌しているのは、小学生以下の子どもたちだ。ブラジルの子どもと平気で遊ぶし、家族や日本人の村人からも可愛がられている。言葉の壁を感じず、肌の色の違いも気にならない。日本人の間で完結し、〈外〉を持たないわずかな時期こそ、幸せの絶頂期だった。子どもは室生犀星や堀辰雄の少年物と似て、独自の価値観と世界を持ち、大人の世界に包摂され、また反発する。

「移民の子供たち」は、幼年期の回想というブラジルではまだ珍しかった主題を開拓し、いくつかの作にヒントを与えた。農業と協同文学賞の選者鈴木悌一は、坪井譲治の『風の中の子供』（一九三六年）のように優等生ぶっていると不満を述べているが（一九六〇年七月号）、大人の世界を背伸びしてのぞく子どもという定型に収まってしまう部分は否定できない。裏を返せば、児童文学の古典を引き合いに出せるほどよくまとまっているともいえるのだが。この作よりも無邪気な子ども像をみずみずしく表わしているのは、「始めと終わり」の女中Fの回想だろう。最後の行商の旅で、男は売れ残った、彼女には大きすぎる赤い靴を贈る。「雑な鞣しは、足を包んで、一段とみにくく、紅い色もげひんなばかりに見えていた」というから、売れ残って当然のような品物だった。それでも彼女はめったにない喜びを示す。童謡の「赤いくつ」が連想される。「異人さんに連れられていっちゃった」少女は、移民の子どもではない。しかし波止場から船に乗って二度ともどってこなかったという点では変わりない。その少女が今では、異国でひからびた姿をさらしている。ちょうど醜く下品な赤い靴のように。女中は童謡の少女の成れの果てだといえないだろうか。

彼女は靴の思い出を語る。三、四歳のころ、夜明け前、靴をはかされて綿畑で一人きりに放って置かれた。親を探しに綿畑に分け入るうちに靴を失くした。母は憤慨し、私の手を引っ張り大またで畑を探した。それは母を農作業から取り戻すかけがえのないチャンスだった。何度も失くしたふりをしたその靴は、通学用にと日本から持ってきた綺麗なゴムのついた編上げ靴だった。貧しい夫婦がブラジル生活に託した夢の象徴だった。学齢に達したらはかせるつもりだったので、サイズは大きすぎた。だから脱げやすかった。行商人の赤い靴は、そのサイズも含めて少女時代の最良の思い出を呼び覚ました。藪崎は珍しく感傷的な文章で綴る。

芯摘のようなはかどる作業の場合などだとふた親の姿は幾十畝も遠退いてしまっている。かすかに枝の鳴るのだけが目当になる場合もある。そこへむかってすすむとき、株あいの棉の葉のいちまいいちまいは帳のように巨きく緑一色で、さしかう細枝さえかの女には手強い。諸手で顔をかばってくぐったり、目を固くつむって掻き分けたりしながらしのいでゆく。一度二度までは、それもおもしろい。だが、陽が昇りつめて、しばらく頭上で停止する日盛りの幾度目頃にはかの女はもう泪ぐんでいる。

彼女はその頃、巨大な綿の木の間を母としっかり手を取り、「一組の走り手」のように疾走したことを思い出す。体を半分宙に飛ばしながら、裸足で母の手に引かれて走る幼女、彼女は無垢で野性的で、泣けてくるほど母に甘えている。あたかも「聖週間の聖者映画のように始終サイレントの中」で、二人は一心同体となって走った。このようにブラジルの数少ない休日の夕べを楽しく思い出す。この親子のまったき絆は親の死によって失われ、準二世の受難の生涯が始まる。

ブラジル生まれの居場所

宙ぶらりんの移民と対比されるのがブラジル生まれだ。彼らはどういう暮らし向きであれ、この土地を抱きしめる権利を持つ。彼らは肌の色を気にせず、国語を話し、気がねなく生活権を主張することができる。藪崎は「坂」と「恋文」でブラジル人のどん底部落（実際に窪地にある）を描いている。貧民連中は子沢山で怒りっぽく、他人には不信と好奇心を抱き、性欲と賭け事以外の関心に乏しい「荒れた」人々で、「徹底したリアリズムと、同時にひどく子供っぽいロマンティシズムとが併存するようだった」（「恋文」）。これを「恋文」の語り手は「窪地気質」と呼んでいる。ゴーリキー的「どん底」をサンパウロに移植したような場所と人々である。彼らは観察者からすると、経済的にはともかく、実存的には充分な足場を持って生き残っている。たとえば混血売春婦と白人のヒモは「仲のよさ、と言った情緒的な感じともちがい、互が、互を必要な物として見、捕え合っている、そんな結び附きの強さがあった」（「恋文」）。たとえ商品と売人のつながりであっても、このような頼り合いは日系群像には見当たらない。

「板小屋の来歴」の冒頭と結尾に現われるブラジル人の浮浪者二人は、孤独な日系群像の正反対を行く。物語の冒頭で、古本屋は家の近くに寝泊りする浮浪者の女から少し離れた廂の下に白髪まじりの男を発見する。末尾には二人が坂の下の空き地に板小屋を作って住んでいるのに出くわす。男は火をたいて空き缶で湯を沸かしている。その時になって、古本屋は女が一人で「艦褸」のように転がっている時には別段興味がなかったが、「ひとつの紙くずの傍に別の紙くずが吹き寄せられるように」、別の「艦褸」男が現われたのに注目する。二人になって「生活」の基本単位が誕生した。紙くずは古本とまさに紙一重のところで商品価値を失ってしまったクズだが、時には奇跡がそれに古本以上の輝きをもたらすことがある。板小屋の煙と湯気は「最も素朴な共同体への賛意と、根づよい人間関係の基本」を表象していると彼は考える。二人には所有権を主張できる持ち物はなくとも、バナナ売りの視点からすれば、ブラジル生まれであるから、国民の総可能性の「七千万分の一の割当」を得ることができる。ちょうど浜辺の小屋にかろうじて家族と住みながら、「おれにゃ住むとこなんかない」と歌うバイアのドリヴァル・カイミの歌の主人公でさえ、「ブラジル北東部の民衆」像に正しい住処を見つけられるように。極貧ではあっても、〈ブラジル人〉であると誰もが認めるはずだ。古本屋の言葉が届かない世界の住人こそが、この土地に根をしっかり張っている。

藪崎正寿（左）と醍醐麻沙夫（『コロニア文学』20号［1973年4月］より）

古本屋が遭遇した日系人はいずれも家庭を持ち損ねたか、初めから独り者で歳を重ねてきた。共同生活の最低の単位を構成した浮浪者に比べると、出会った日系人はすべて「甚だしく夢想家」で、「存在感が遥かに稀薄となった」。浮浪者二人が、数十万の「日系人」の生存基盤を揺さぶる。極貧生活の日系人は一体、どのような夢を見ているというのだろう。夢の正体は〈日本〉である。誰もが居場所がないとぼやくのは、かつていた国に相変わらず不可能な夢を託しているからだ。〈どこかよそ〉に〈ここ〉にないもっといい場所があると空想する限り、帰属感はどこでも得られない。日本語依存と日本品びいきは宿命的な夢の何よりの現われであろう。その空想——広義の郷愁——を失うとき、日系社会から完全に切り離され、心情的な同化を果たすだろう。

人物のなかで最も存在感が稀薄なのは、語り手自身だった。店も家もある。しかし浮浪者二人のような「生活」がない。数日来、ポケットに入ったままの姉からの手紙をあけると、案の定、「鈍重な書きぶり」でいつものように結婚をすすめている。「植民地に住みつき、多勢の子供を生みあげ、すっかり腰まわりの太くなった」姉は、「生活」者の代表だ。彼が考える「生活」とは家族の絆をもとにした農村的な共同生活で、都会の単独者はその範疇から外れていた。生活とは大儀なことだという信念は、あまりに強く、その中に踏み出すにはあまりに老いている。改めてこう感じた彼はその手紙を燃やす。「けむりがちの火、男は根気よく煽ぎつづけていた」。板小屋から上がる生活臭い煙と正反対に、生活を拒絶する煙で小説は終わる。

届く声、届かない声

藪崎にとって、本国の日本人もまたどんなに周辺性を主張しても、揺るぎない足元を用意されている。だから移民の居場所のなさをせいぜい頭で理解することしかできない。「ボクの中の国」の帰国者は、山手線でヘルメットをかぶった学生が車両を占領し、あちこちから昂ぶった声が上がっているのにぶつかる。「渦と渦とは似通って、箱全体一つのようになっていた」。〈外〉から見ると、政治的異論よりも均質性が目立ち、その箱のなかでは肌の色について何も考えるには及ばない。ブラジルと違って〈日本人〉であることは自明のことだ。「みなさんは何といっても安心し合っているし、結ばれ合っているのですね、単にこの箱の中というだけでなく、みなさんはもうずっと、日本中と、つながっているですね」。ブラジルの新聞で皆さんの活躍を読んで羨ましかった、「ホントオにみなさんは、ホントオに幸福なのだ」と、学生には思いもつかぬことを一人語りする。

帰国者にとって、学生たちは「相対者」に向って行動しているといっても、同じ言葉と顔の国土のなかで孤立しているわけではない。「無人島の漂着者」になるわけでは決してない。彼には政治的な対立は、言語や容貌の対比ほどは重要ではない。学生は政府に反対しようが、社会の一員であることに変わりない。同じ言語と肌の色の個人が集まっているというレベルでは、均質な社会であると彼は考えている。学生が求める政治的な連帯と、日本人であることから得られる自明の絆の食い違いはあまりにはっきりしている。ちぐはぐなやりとりは、古井由吉「円陣を組む女たち」（一九七〇年）のターミナル駅の場面を連想させる。雑踏のなかで、主婦たちが学生グループに対して世間の良識の立場から非難すると、ヘルメットの若者はサラリーマン家庭の保守性をあげつらう。だが藪崎の目にはどちらも「日本人」という大枠に収まり、対立はコップの中の嵐にすぎない。民族的少数派と政治的少数派の間に対話は成立しない。前者にすれば、後者である学生はやはり多数派で、生存の根底から否定されているわけではない。「ナンセンス」と罵倒されても彼は演説する。「〔ブラジルと違って日本では〕壁に向ってパクパク口ばかりをうごかしているのでもなく、足音は足の下の地面で慥められるし、声は声になるですね。その声の及ぶ到る処に人間がいる。日本語の解る、日本語を話す、日本人がいる…」。

地球の反対側では日本語が通じるからアンポハンタイにも意味があると「おかしな世代」のバナナ売りはしゃべくっている。「国が、こう皆の真ん中のまた真ん中にあって、日本の日本人はそれを取り囲んで結ばれるんだ。だからこそ拙い政治には黙っていられないし、それを許して置くことはできない。積り積ればデモということにもなって総理大臣のバカタレーとなる」。日系移民のブラジル政治に対する低い関心は、日本語が政界に届かないことに由来すると言いたいようだ。「日本人なら日本語が通じない道理はないと信じて、てんでに吸鳴るわけだ。そしてそうだとするとだな、日本の日本人はやっぱり倖せといえるんだな、腹を立てれるぐらいにどこかしらで結ばれてよ、吸鳴れるぐらいに」。移民は言葉が通じないから沈黙している。前山流に言えば、「泣き寝入り」するしかない。

おわりに——トンネル抜けて

藪崎の最後の作「贋ヒッピー達」の髭と長髪の日本生まれの男は、ボリビア国境の駅で知り合った若いブラジル女性と一緒に、彼女の南ブラジルの故郷で暮らす決心をする。その決断を促した老一世は諭す。サンパウロは「〈日本〉もあれば、〈日本〉を全然含まない所も隣り合ってある、実に調法な都会」。だから「日本人というもの、とか、日本というもの、とかの自家中毒が抜けるまで、当分ブラジル人ばかりの中に混じり込んで、ブラジル語ばかりで過ごせばいい」。懐かしくなれば、日本人や日本語のあるところにもどってくればよい。〈日本〉と〈ブラジル〉は往復可能で、とりあえず「ブラジル人になる」選択を行う。「ボクの中の国」の男女と異なり、二人の間には信頼の兆しが見える。「この幾年かぼくの心の奥で瘤のようにわだかまっていた緊張が、すこしずつ解けはじめているのだ、とも感じられた」。

小説はこう閉じられている。この男は過去二十年間、藪崎の筆が生みだした多くの兄姉を苛んできた緊張から解放された。彼は公園で革細工を売って暮らす打算的な「贋ヒッピー」を見下し、真のヒッピーを目指す。「〈あそび〉の中でだけ人間は柔和なものとなり、侵したり侵されたりしなくなり、愛さえ芽生えはじめる」。このような余裕ある人生観はそれまで描かれてこなかった。〈あそび〉はこれまでの藪崎にはない語彙だ。男は「まにんげんになろうといっしょうけんめい、かんがえているにんげんです」と自分を定義している。醍醐麻沙夫の戦後青年と同じように、言葉の心配も過去の鬱屈もない。作者は長く折れ曲がったトンネルを抜けて、やっと明るい場所に出てきた。しかし同時に彼は書く動機も失ってしまったかのようだ。「贋ヒッピー達」は、それまで藪崎が書いたり語ったりしてきた嗚咽、泣き寝入り、気後れなど消極的人物像を覆している。そういうものしか書けないという批判への彼なりの答えだっただろう。

『コロニア文学』の主軸作家を自負していた藪崎の断筆の理由はわからない。九〇年代以降、小説の自費出版が盛んになるが、彼にその意欲はなかった。前山の追悼文によれば、最晩年まで日本の出版社の「お迎え」を待っていたのだという。終戦直後、サントスで何千もの家族が帰国船を待ちわびたのを連想させる。傍目には尊大とも滑稽とも思えるが、彼はこのように「送稿魔」の精神——祖国の読書界こそ自分の作品の居場所である——を持ち続けた。

冒頭で引用した伊那宏は、移民小説が単にある作家の死によって終わったというより、社会変化により古典的な意味での移民が終わったために、もはや藪崎が深めたような移民の心持ちに現実性がなくなったと述べている。移民とは二度と祖国に帰れないかもしれないという「精神的距離を内に宿しつつ生きていた集団」で、「二国間の国家政策が行動の出発点にあったことによって、つねに何らかの社会的政治的制約を受けなければならない運命を背負っていた集団」だった。ところが航空機の発達と経済力の上昇でいつでも帰れる便利が得られると、「かつての悲壮なムード」は一掃され、「移民」という言葉に代わって「移住者」「定住者」「海外在住者」と呼ばれ始めた。そこから彼は「ポスト〈移民小説〉」という用語を提案する。伊那はそれに満足していないが、「移民」の時代が変わった以上、藪崎的な文学が不可能であることは了解している。藪崎は狭い意味での「移民」の心のたたずまいを、自分（たち）の事柄として明確化した一握りの移民作家群のなかに属した。

最後に彼の最初の出版物『町安太詩集』（一九五二年）に収められた「自画像」を引用したい。

みすぼらしい　ひとつの円がある
その永劫に　おなじい回帰点に
白いわらいで立っている侏儒がいる
駈けても駈けても
そこは同一円周にすぎぬのだから
禱って甲斐なき一点に在って
わらいはいよいよ不逞である

円周をめぐるばかりで外に出られぬ白い笑いの侏儒。この自画像には作者のその後の閉塞感と空虚感と理屈っぽさと韜晦と冷笑が既に現れている。始まりは終わりの着想は既にはっきりしている。この円周から飛び出したところで、彼の文学的軌跡は消えてしまった。

註

(1) 伊那宏「ポスト〈移民小説〉の現状——文学的良心の在り方を問う」『コロニア詩文学』四七号、一九九四年六月号。
(2) 藪崎の自伝的回顧については、「海外版〝文学青年〟」(『新潮』一九六六年二月号)を参照。未発表作を含めた作品一覧は、前山隆「藪崎正寿の文学——作家の姿勢と作中人物」『コロニア文学』一七号、一九七二年四月号。前山「追悼藪崎正寿氏」(『国境地帯』一八号、二〇〇七年一〇月)は僚友の文学的達成、晩年の印象を万感の思いをこめて描いている。のんき堂は商店が数軒並ぶ通路の奥でごく小じんまりと営業した。開店当時の記事によると、店主の蔵書から明治大正文学全集、世界文学全集などが売りに出された他、終戦直後のカストリ雑誌、タケノコ雑誌がずらり揃っていた(一九五七年五月八日付『サンパウロ』、一九五七年五月二四日付『サンパウロ』、一九七七年四月六日付『パウリスタ』など参照)。国交がない時期でも、出版物の輸入ルートが裏で確保されていたことがわかる。記事によると、これが日系古本屋の第一号らしい。
(3) 前山隆「加害者不明の被害者——コロニア文学論覚書」『コロニア文学』二六号、一九七五年三月号。
(4) 葦屋光延「『おかしな世代』」『コロニア文学』二七号、一九七五年八月号。
(5) やぶさき・まさじゅ「ヤボな耕作者でしょうか」、前山「ホモ・サピエンスの理論は一つ」『コロニア文学』一八号、一九七二年七月号。三年後には前山の前掲論文「加害者不明の被害者」をめぐって応酬があった。安井新「論争のすすめ——あるいは『加害者不明の被害者』について」『同』二七号、一九七五年八月号、前山「コロニア文学の原点——安井・醍醐両氏に応える」『同』二八号、一九七五年一一月号。
(6) 宮尾進「藪崎よどこへ行く——何が作者を追いつめたか」『コロニア文学』一七号、一九七二年四月号。
(7) 藪崎は作中の「私」を作者の分身と読む愚を諭している(「ああいえばこういう」一九六九年八月六日付『パウリスタ』)。モデル探し(実話性・推理)が多くの読者にとってコロニア小説を読む楽しみの第一歩(時にはそのすべて)であったことは、書き手の意欲を殺いだ。ことに藪崎のように作者意識が高いと、自分にふさわしい読者をよそに求める結果となった。
(8) 妹尾三郎「『恋文』——『板小屋の来歴』から『CASTIGO』(懲罰)まで」『コロニア文学』四号、一九六七年五月号。

玉井礼一郎「『移民』への肉薄――『板小屋の来歴』の主題と思想」『同』四号。前山隆「第三号応募作品について」『同』三号、一九六六年一二月号。

(9) やぶさき・まさじゅ、前掲「ヤボな耕作者でしょうか」。

(10) 金歯の男は服装やしゃべり方からブラジルの日本語文学としては珍しく、同性愛傾向を示している。「わたしにはあの若い連中の気持、そりゃ分るのね」。古本屋が良識から青年の抑圧生活に理解を示したのに対して、金歯の男は気持ちから青年に親愛の情を向ける。「判るなあ、この気持」。男は二〇歳そこそこの青年から聞いた逸話を何度もこのように中断している。二人の間に何かあったのではないかと想像をたくましくしたくなる。青年たちには何かを摑み取る自由はなく、せいぜい与えられるのを待つしかないと結論するが、これは自分のことのようだし、青年の「受け身の立場の遣り切れなさ」を語りながら、実は自分の心情を仄めかしているようでもある。

(11) 醍醐麻沙夫はこの冗談について、「ブラジル語に対する無知からひきおこされる移民の滑稽さ、哀れさがそのまま移民否定の思想へとつながっている点」が問題だと批判している（「移民文学への疑問」一九六九年七月二日付『パウリスタ』）。自然と身につく外国語には限度があり、学習しなくては無知を脱却できない。その努力を放棄して自嘲する藪崎的人物に、彼は疑問を呈した。言い換えれば、登場人物個人の滑稽さが、集団の滑稽さと読めるほど、藪崎作品の表現力が高い証でもある。余談だが、正しくは Eu não entendo portuguez。この誤りは小説にとって重要ではない。藪崎のポルトガル語誤用については、前掲の宮尾進「藪崎よどこへ行く」参照。

(12) 早稲田講義録については、井上義和「蛍雪メディアの誕生」、佐藤卓己・井上義和編『ラーニング・アロン――通信教育のメディア学』（新曜社、二〇〇八年、二〇～四一頁）参照。

追記

藪崎は『コロニア文学』廃刊とともに筆を折ったと信じていたが、彼と交遊のあった詩人大浦文雄によれば、日系老人会の会報『ブラジル老壮の友』（一九九二年二月号）に匿名で掲載された「福ノ神」は、彼の作に間違いないという。「街角で／歩道で／ゆきずりの人の誰彼に／幸福感を配給する…／わたしは福ノ神／みなさま、福ノ神のゴ面相を想像できますか（後略）」。答えは世にも醜い男で、わたしがいればこそ、みなさん、下には下があると安心できるから。この詩をサカナにした架空座談会も同じ作者の筆になると大浦は判定する。私にテクスト鑑定をする力はないが、ベテラン詩人の意見として紹介しておく。

9　ここから辺境へ――松井太郎の世界

私は身体を車体に揺られながら自分のように平凡に過した半生の中にも二十年となれば何かその中に、大まかに脈をうつものが気付かれるような気のするのを感じていた。それはたいして縁もない他人の脈ともどこかで触れ合いながら。

（岡本かの子「東海道五十三次」一九三八年）

手作り本の楽しみ

松井太郎（一九一七年神戸生まれ、一九三六年渡伯）は、ブラジルの日本語文学界の最長老で、最も個性的で多面的な書き手である。親に連れられて一九歳で渡航し、マリリア、モジ・ダス・クルーゼスなどで農業を営んだ後、六十代にさしかかる頃に第一作を発表、相前後して子どもに事業を譲り、年金生活者となってから、悠々と好きな文筆活動に専念している。遅いデビューだったが、その後は順調に作品を書き続け、九十歳を越えた今日も、あと数作温めているものがあると語る。主要作は『うつろ舟』（松籟社、二〇一〇年）、『遠い声』（松籟社、二〇一二年）にまとめられている。本章は前者に寄せた解説を拡張し、南米の稀有な日本語作家の全貌に迫ってみたい。

松井作品はほとんどすべて自ら装丁、製本した函入りの『松井太郎作品集』に収められている。ワープロ原稿の電子複写で、九〇年代半ばから順次発行されている。ノンブル（頁の数）とルビは手書き、各巻の表紙は茶系の紙に題名と作者名を書きこんだ白い用紙を貼る様式に統一され、薄茶の箱に収められている（二〇〇八年八月に贈られたものでは青い紐がかけられている。六巻と箱の背にあるが、第八巻目まで順次追加）。自筆の挿絵がところどころに配置されている。日系社会では自費出版が主流であるとはいえ、ここまで手作りに凝った書物は少ない。書物愛の賜物であり、配布部数は二十部前後という。また手紙にはたいていボールペンと色マーカーを使った挿絵が描かれている。一通一通に時間と労力を惜しまない。

松井太郎作品集（著者撮影）

松井は三十数年にわたって創作し続けた。日曜作家としては稀に見る持続力だ。また彼ほど作風の広い書き手も珍しく、年代分けをするに値するブラジルで唯一の日本語作家であろう。大作の「うつろ舟」と「宿世の縁」を切れ目にすると、作風の変化を一望しやすい。

前期（一九六六年～八九年）。処女作から「うつろ舟」第一部まで。一世を物語の焦点とする点ではコロニア文学の主流にしたがっている。大雑把にいって、日系家族が多く住む村や郊外を舞台とし、日系社会の内側に視点を置いた作品（「土俗記」「金甌」「山賤記」「うらみ鳥」「廃路」）と、日系社会の外やへり、またブラジルの地理的なはずれで生きる一世・二世を描いた作品（「ひでりの村」「ある移民の生涯」「遠い声」「アガペイの牧夫」）の二群に分けることができる。松井らしさが表われているのは後者の辺境物で、代表作「うつろ舟」はその頂点と見てよい。どちらの場合も、復讐や殺人や呪いなど読者を引き込む事件を組み込んでいるのが特徴だ。

中期（一九九〇年～二〇〇二年）。「うつろ舟」第二部を完成させながら、九〇年代には自身の分身と思しき老一世を主人公とする連作に取り組んだ（「年金貰い往還記」「位牌さわぎ」「高砂」）。その集大成が妻の死を機会に書かれた「宿世の縁」で、上の三作と重なる過去を語りながら、取り残された寂しさを描いている。このような私小説風を書く一方で、日系人がまったく登場しない「堂守ひとり語り」や「野盗一代」では、ブラジル北東部の民話や口承詩を翻案したような特異な作風を打ち出している。これはそれまでの書き手が一度も試みなかったことで、辺境物の発展形といえる。

後期（二〇〇三年～今日）。北東部物の延長で、「犰狳《タツー》物語」と「シセロ上人御一代記」を著している。民話、口承詩の色合いが強く、後者は創作ではなく翻訳なのだが、その文体は講談調で、松井のブラジル文学観を刻み込んでいる。そのかたわら、中世文学に形を借り、戦前移民の生活を面白おかしく描いた「コロニア能狂言」「コロニア今昔物語」を発表している。初期移民の苦労話は飽きるほど聞かされてきたが、松井はそれに説話のごとき装飾をほどこし、軽みを加えて品良く料理している。七五調のユーモラスな詩も、この時期に著している。

まとめれば、(1)移民物（日系社会内の物語）、(2)辺境物（北東部物を含む）、(3)私小説、(4)滑稽物、この四つのカテゴリーの作品を残してきた。移民の身辺を書く現実主義や履歴書小説の類型から離れ、殺人事件や古典のパロディを使って読み手を引っ張る技巧が光る。奇蹟や幻想を正面から扱い、ユーモアにたけ、物語作者として、彼ほど成熟した作家はコロニアでは他に見ない。小説の書き手が減ったうえ、その作風が身辺描写にますます固定化されるなか、彼の静かな存在は、ブラジルの日本語文学の最後の光芒のように思える。現実主義におおいつくされたかのような移民文学の、別の可能性を終盤になって示し、たそがれる太陽の残光がひときわ眩しく見えるように、その最後の特異点として輝いている。

一　血の物語

清く貧しく慎ましく

松井太郎の小説の多くは、血と地の物語に集約できる。親子の情愛と亀裂、さらに混血化に対する怨恨や復讐について、彼ほどしつこく描いた書き手は他にいない。どんな僻地にも過去の記憶（特に血に関わる記憶）を清算できず、傷心を負う無名の人が、小さな矜持を持って生きている。数作を続けて読むと、松井好みの人物像が浮かんでくる。信念を枉げず一途に底辺を生きてきた所在のない老人で、人に言えない執念を秘め、他人に振り回されながらも、ある縁にすがって生きている。失敗者といってよいが、その矜持を松井は見逃さない。

「ある移民の生涯」の砥ぎ屋はその典型である。男は戦前、一二歳のときに移住したが、すぐに両親が亡くなり兄夫婦と綿作りを始めた。そこへ最初の耕地で知り合っていた大石家が転がり込み、その長女珠江と恋仲になるが、彼女には別の縁談が持ち込まれていて、二人は駆け落ちする。日本人の原始林に入るが、珠江は流産して死ぬ。兄は弟の不祥事を恥じて都会に出て、交通事故で死ぬ。男は床屋の親方に拾われる。親方が勝ち組として留置されている間に、おかみさんと不倫の仲に陥る。良心の呵責から、床屋を出、巡回砥ぎ屋で気ままに暮らすことを選ぶ。だいぶたって、大石家に仕事を頼まれ、珠江の弟が立派な農園主となっているのを陰で見たところで人生の区切りをつけ、商人宿に隠れるように居候している。

流転は日系作家が繰り返し書き残してきた題材だが、この砥ぎ屋は不幸を怨まず、自ら単独者を選び、慎ましく潔く世間を渡ってきた。常に妻の実家を気にかけてきたというのも、松井太郎の倫理がうかがえる。情交を避けないが、深入りしない。性的な自制が強くはたらく。恋愛沙汰は前面化しないが、夫婦の契りは重く扱われている（「金甌」の小牧未亡人、「神童」のおしげと重作、「うつろ舟」のマリオとエバ）。大石家も深酒の父を早くに失い、母も珠江を気にしながら亡くなり、珠江の弟は砥ぎ屋と変わらぬほど孤独なはずだ。幸い「苦労が報われて今なに不自由のない、陽のあたる場所で暮らしている」と砥ぎ屋の眼には映る。しかし成功者を羨まず、苦労の一端は自分に原因があることを肝に銘じている。彼は珠江も他の誰も幸福にはできなかった。しかし「不運な者には不運なりに生きる道を選べる」。こう人生哲学を要約している。

もちろん不運な者ほど「選ぶ」幅は狭い。それでもただ他人の意のままに流されるだけではない。浮き草人生をかこったり、やけにならず、小さいながらも自分の意思に残された余白に存在の重みをかける。卑屈にならず貧困と孤独を友と

松井太郎（著者撮影 2008 年）

し、運命を甘受し、生活は自制に向かう。敗北感はない。日本の貧農の忍耐に近い。宮本常一描く無名の人々を思い出す。『忘れられた日本人』（一九六〇年）では、若い頃に奔放な旅をして生計を立ててきた者を戦前の村では「世間師」と呼んでいたとある。大旅行者ではなく、広く世間を知っている人という意味だ。移民とはことごとく奔放な旅の経験者で、いわば「世間師」の一大集団である。ただしブラジルにはもともと日本の「世間」は存在せず、自分たちでゼロから作っていかなくてはならなかった。日系社会の形成とは、ブラジル社会からの同化の外圧のなかで故国の価値観、人間関係、家族関係、慣習をなんとか再構築した「世間」を確立することだった。宮本によれば、口では自我だ個性だといいながら、私生活では類型的な人が今では多いが、老人のなかには強烈な行動を実践してきた者がいる。若い者は頑固者として片づけている。砥ぎ屋は数人のモデルをもとに作者が創り出した人物だそうだが、頑固な世間師の一人に違いない。外からはただの失敗者にしか見えなくとも。男は土着化を積極的に選び取ったわけではないが、矜持を失っていない。「加害者不明の被害者」（前山隆、第6章参照）を描く類型から外れている。「あまりに分別臭く行儀がよくなり過ぎ」という声は、このあたりから生まれてくるだろう（これは宮本の質朴な農民・漁民像に対する批判と似ている[1]）。

ギター慕情

「山賤記」の結城は砥ぎ屋と同じように、昔の女を心に留めながら、ひっそりと生きている。都会へ出て行った子どもたちの声を聞かずに、電気もガスも電話もない山奥のあばら屋で妻と暮らしている。貧してはいないが、人里を離れたかったが故に山林を買い取り、林業で生計を立てている。妻が死期を迎えた叔母に会うために日本に里帰りし、明日にはサンパウロに帰って来るという日、賊に押し入られ金品、車を奪われる。銃で殴られ意識不明に陥った数日間、朝子という名を呼んだ。それは昔、ギターを覚えて、楽団で弾いていた時期に一度だけ逢ったことのある娘だった。彼女は「母から人が嫌う病気」をもらい、父親と二人で日本人集団地を渡り歩きながら、治療費ですべてが消えてしまう最低の暮らしを送っている。娘も昔は歌が上手だったなどと父親が話すので、結城が慰めに「荒城の月」「真白き富士の根」を弾くと、「娘はメロディの哀傷にうたれ、嗚咽しながら激しく咳いた。結城はひどく何か悪いことをしたと思い、娘の背に手をおいた」。ただその一度だけの出会いだったが、彼の潜在意識から消えずに残っていた。この夜の演奏を潮に、彼は楽器をしまう。享楽のための演奏が虚しくなったからだろう。この「弾き納め」は砥ぎ屋の「砥ぎ納め」と同じように、下積みながら、ある到達点に達したと納得した男がつけたけじめだった。死の影を背負った娘へのほのかな情愛と憐れみの気持ちも働いただろう。それから数十年、あばら屋によく現われ、妻をぞっとさせるガマガエルを衝動から殺生した後、「生まれやがて死ぬ同類」としてふと朝子のことが思い出された。その突然蘇った閃光のような記憶が数ヶ月後、人事不省の間、傷ついたレコードをかけるように、何度も繰り返し意識下に呼び出された。意識の表面からは隠れていたが、甘い思い出では済まされない強烈な一夜だったのだ。ただ「夜食をふるまわれたという縁」で知り合った不遇の女は、「かりに生まれてかりに死ぬ、命あるものの哀れ」を、彼に教えた。

殴打から回復した結城は、何十年かぶりにギターを弾く気になり、嫁に驚かれる。「一度は死んだ身」だから、後は好きに暮らしたい。「ある理由から楽器はいっさい手にしないと約したのだが、もう固く考えることもない」。実は小学校の頃ハーモニカが好きで、祖父の端唄の伴奏などをしていたものだが、一切の遊び嫌いの父親が、楽器を踏みつけた。父との生涯にわたる軋轢の第一幕である。しかし音楽好きの血（実は祖母が流れ芸人で、家を傾かせたと父は怨む）は隠せない。「この国にきて、ようやく苦難の境を脱した頃から」ギターを独習し、「父にはかくれて」外国人の楽団に加わった。週末の楽団活動はただの楽しみという以上に、父からの自律と意趣返しの意味が込められていた。そして自分の演奏に心の底から揺すぶられた聴衆が一人現われ、ほとんど冥途の土産としていった。朝子に恋したとはいえないが、「傾き」があったことは否定できない。ヒキガエルは死に、朝子は死に、父母も義父母も死に、自分は死線から戻ってきた。「結城は楽器をだいて、彼が果せなかった遥かなる望みへの挽歌を、絃にのせてみたいとしみじみ思った」。ギターをつまびくことは供養であり、自分の生の証でもある。

ネにもつタイプ

松井は一九七、八〇年代、暴力、殺人を主題とする物語を好んで書いている。身辺のさざなみのような出来事から着想を得ることが多い移民小説の主流からすると、異端といえる。しかし血なまぐささ、アクションを売り物とするというより、人を暴力に追い込む心理的圧迫、社会的緊張と、その結果生じる悲劇の長い余韻に主眼は置かれている。松井の語る暴力には、私怨や挑発によるものと、名誉や正義の回復をもくろむものとがある（その境界は最終的にはぼやけてしまうが）。どちらにせよ、暴力は行う側、受ける側のどちらにとっても、一生ひきずらなくてはならない深い傷跡を残す。たとえば松井が日系社会の外へ題材を広げた最初の作「アガペイの牧夫」では、息子を白痴呼ばわりして侮辱した肉屋の三兄弟を、父親が短刀で殺す。このナイフの達人は何十年後、村にもどり、殺しの道具を二世の雑貨屋の椅子に突き立てたまま去っていく。二世は子どもの頃、その殺しの現場を偶然目撃していて、そのナイフから男が復讐劇の張本人であったことを直感する。舞台仕掛けはまるでマカロニ・ウェスタンのようだが、活劇よりも父子愛の悲劇的結末と、語られない歳月の重荷が読後に残る。

この作品が非日系の父子の絆に焦点をあてているのに対して、「土俗記」は日本人夫婦の亀裂から生じた復讐を語っている。アフリカ系の黒魔術マクンバを取り込み、ブラジル社会のなかで起きた猟奇事件として際立たせているのが特徴だ。留次は農業の成績が悪く、金策に駆け回っている。頼み込むなかに彼の妻珠江にかつて憧れていた兵三がいる。兵三は二人の結婚の後、雇い人としての借金を流すという条件で、農園主の妊娠中の娘定子と結婚させられたが、その子はすぐに亡くなり、定子とは溝が生まれた。兵三は珠江への秘めたる慕情から、留次に対する日本人会の私怨含みの冷淡さを無視して金を貸す。収穫期に入る頃、留次の農道に首を切られた鶏、ろうそくなどマクンバの呪い物が発見され、彼自身は大水の後、水死体で見つかる。兵三は珠江と精神薄弱の娘を助けるつもりで、留次の土地などを高く買い取る。兵三は町に出た珠江母子を訪れる。しかし二度目に訪れた時にはもぬけの殻で、彼は彼女の所在を調べ、車で向かう途中、霧の山道で転落死する。

呪いの依頼主は定子と断定できる。兵三と珠江の昔の噂を聞きつけたのだろうし、珠江の家に談判に出かけても いる。物語の視点では怨恨の固まりのようだが、彼女からすれば自分の不始末から雇い人に便宜上くっつけられ、子どもを失い、戻る場所のない不幸を背負っている。夫を愛してはいないが、珠江への憧憬を阻止することは小さな勝利感につながる。

「ある移民の生涯」の砥ぎ屋、「山賤記」の結城と似て、兵三は若い頃の憧れを忘れない。しかし松井の主人公の常で、情欲に走ることはない。兵三は煉瓦職人だった時代、珠江の入浴をのぞき見する悪友に同調せず、禁欲する。しかし裸身を見たいという本音を抑えつけながら。珠江を援助するにあたっても、昔馴染みとして型通りのことをするだけでよいかと自問すると、「五十男の情欲がないといえば嘘になる」と返ってくる。それでも距離を置くべきだと理性的に判断する。だが定子が珠江を町から追い出したと知るや、結婚以来「初めておぼえる怒り」で逆上し、珠江が身を寄せる弟のいる町まで車を飛ばす。気をつけろという理性の声は、神経の昂ぶりを制御できず、事故を起こす。

題名のなかの「土俗」はブラジルの土俗信仰に日本人もまみれているという意味だろう。兵三が若い頃、一緒に窯場で働いたジュリオ爺さんは、子ども二五人を作った色好みの風刺で「こんな仏にさかうらみ／マクンバまつる気がしれん」と歌っている。また留次の葬式では、二人目の犠牲者が出るらしいと予告の噂が飛び交っている。民謡は日本人共同体とブラジル社会の接点を描く松井らしい仕掛けだ。コロニア小説ではたいてい日本人社会のもめごとは、内部の出来事として描かれ、ブラジル人の出番はほとんどなかった。しかしこの作品はその常套手段に則りながら、最後になって奴隷貿易の名残が侵入する。その瞬間、移民社会を描きながら、れっきとしたブラジルの物語に早変わりする。

混血の恐怖

「アガペイの牧夫」では二世は話の聞き役にすぎないが、日本人の血の問題を絡ませた復讐譚が「廃路」「遠い声」「狂犬」である。親子の絆への「侵入者」に対する父親の報復という点で「アガペイの牧夫」と共通する一方、いくつかの点で対照的だ。「廃路」が遂行までの表向き穏やかな日常に焦点をあてているのに対して、「遠い声」と「狂犬」は復讐の因果が長い歳月を経ても帳消しにならないことを描いている。また「廃路」が混血の嫁の財産に対する仕返しであるのに対して、「遠い声」は自分の娘とブラジル人農夫の駆け落ちに対する制裁を描き、「狂犬」では不実の裁きを主人公が受ける。「廃路」が実行者の視点で書かれているのに対して、「遠い声」は第三者が記録から事件を再構成する語り口を採り、「狂犬」は復讐される者の視点で書かれている。このように復讐譚の括りのなかで一作ずつ状況を変える工夫を凝らしている。そしてどれも人種の壁が悪意の引き金を引いている点で、日系ブラジル社会の根底に触れている。

「廃路」は老いた父親が、事故死した息子の財産を乗っ取った日系スペイン系混血の嫁に復讐する物語である。嫁がその財産をもとにスーパーマーケットを建て、「勝利者」と名付けたことに、彼の誇りはことのほか傷つけられた。「敗北者」への面当てと彼は静かに憤り、開店日に時限爆弾で爆破する。一人息子は女に「骨抜き」にされ、親を顧みることが少なくなり、その挙句に自動車事故に遭った。嫁は間接的な殺人者であると父親は考えた。彼女の悪い性格は父方の日本人の家系から受け継がれたものだとも考えた。復讐は個人の誇りや正義が枉げられた時に、その償いを求めて強硬手段に訴えることだ。その暴力よりも、誇りや正義を松井は描こうとする。強い倫理観の持ち主が、静かな忍耐に堪えかね、法を犯してまでも直接行動に出る。夫の無言の怒りをすべて察した妻、二人にかつて恩を受けた養鶏農家、懇意の踏切番とのつきあいから、老人の篤実な性格が浮き彫りにされる。控え目な人物だからこそ、怨念の深さ、覚悟を決めた時の行動の大胆さが際立つ。

非日系との恋愛・結婚に対する不信は、他の前期の作でも取り上げられている。松井は純血主義を唱えているのではなく、周囲の不寛容や男の不道徳を問題視している。「遠い声」は松井の経歴にとって重要な作品で、自分の創作は間違いではなかったと確信させたと自ら語る。半自伝小説「宿世の縁」によれば、借地農をしていた頃、近くで数人の人骨が発見され、開拓当時、山伐り請負人が人夫に酒を飲ませ賃金を奪い殺したのではないかと推理された。「遠い声」はその事件をヒントに書かれた。「私」は父から引き継いだ土地で牧場を経営している。大雨で土が流れ、雇い人フィルモが男女二体の人骨を発見し、自ら失踪する。あたりは三十年ほど前、日本人が開拓した植民地で、日本人会の記録から、人骨発見場所の元所有者貝谷の名前が浮かんでくる。また貝谷の長女初音がジョンという雇い人と駆け落ちした事件があったことが判明する。貝谷の子どもの消息がつかめ、サンパウロに会いに行く。貝谷二世は七歳のころ、確かに姉が駆け落ちしたと語る。その後、二世は死に、父の日記が人づてに「私」の手元に送られてくる。ところが失踪事件前後の頁は切り取られている。家事手伝いの女が実行犯フィルモの告白を暴露する。

ジョンはミナス州出身とあるからたぶん肌の色は濃く、貝谷一世が長女との仲を嫌ったことは想像がつく。異人種恋愛の悲劇は多くの小説で扱われてきたが、探偵役が事件を間接的に再構成するような構成は珍しい。血なまぐさい実話ではあるが、開拓者伝説のように空想されている。犯人捜しよりも、捜査の顚末が明らかにする土地と日本人の関係、貝谷家のその後が物語の中心で、当人たちの悲恋ではなく、家族の悲劇に焦点が置かれている。

娘は母親代わりで一家三人の柱だった。父は駆け落ちがあってから「人が変わったように無口になり、頭をかかえて泣いているのを見たこともあります」。こう幼い息子の目には映った。貝谷は日本人会の書記を務めるほど人望があり、前向きだったが、駆け落ちを境に生活意欲を失った。サンパウロに出て、洗濯業で生計を立て、それで終わった。ぱっとした人生ではなかった。一時の怒りで娘を失ったことを悔い、自ら罰を受けた。そして息子にまで悪運がつきまとう。彼は陰気で、糖尿病を悪くして視力を失いかけ、昼間でも黒眼鏡をかけて暮らし、五十代で病死する。事件の真相は知らなかったようだ。一方、フィルモは思いがけず三十年前の犯罪を自らあばくことになり、暮らし慣れた農場から逃げざるを得なかった。初音とジョンはよほど思いつめて逃亡しようとしたに違いないが、歳月を経て殺人者にまで及んだその因果に「私」はおののく。人骨の金歯を初音のもとの推測し、無縁塚の傾いた十字架の下に埋める。六〇年代に数編の良質な短編を残した島木史生が「遠い声というのはコロニア史のこと」と評しているのは、至言といえる（『パウリスタ年鑑一九七九年』）。

この「遠い声」と性別が入れ替わった悲劇が「狂犬」である。日本人男性と混血女性の性愛関係を描いた作は多いが、これほど緊迫した設定はない。東吾・君江夫妻が父の代からの養鶏場を谷間の奥でひっそりと営んでいる。山の向こうに東吾が昔、こっそり子どもを産ませた混血の雇い人アンナが戻ってくる。卵を盗みに入った二人の不実の息子ジョージが、狂犬病にかかった東吾の犬にかまれる。それを警告しに東吾はアンナの小屋を訪れるが、何も知らないジョージに刺し殺される。母親は少年をいったん逃亡させるが、数週間後、狂犬病にかかって戻ってくる。

冒頭の犬の遠吠えが、悲劇の前兆としてよく効いている。東吾夫妻の愛犬がまず犠牲になるのも、結末を予測させるうまい流れだ。これは家父長に逆らえなかった息子が子に殺される物語である。東吾は父の監視から逃れることができない。そればかりか、家父長的な権威を初めから失っていて、出来心の相手からも妻からも見下されている。そして婚外子に父親と認められないまま殺される。父を超えることも、父になることもできなかった男。「狂犬」では日本人との結婚もまた不幸に終わる。日本的な（父親中心で純血主義的な）家族制度を守るためにアンナを捨てたはずが、幸福な家族をつくり出せなかった。東吾（東の吾？）は出来心の報いを不実の息子から受け、息子を間接的に殺すことにも手を貸している。自業自得、無責任にふさわしい死に方を遂げたといってよい。

因果応報の悲劇の真ん中に、アンナが置かれている。養鶏場の跡取りの嫁になれるはずだったのが、不実の子を産まされ、樵と結婚するが、夫に死なれ、息子を父殺しにし、狂死させる半生。意図せずして捨てた男に復讐を果たすが、息子を失う。十数年ぶりに東吾に再会した時、彼女は「衣食の苦労を知らぬ階級に住む一人の男」と呼び、彼は逆にアンナを美少女の面影を失った醜さから、別人と思った。人種だけでなく階級の落差も二人の間には横たわっている。彼は没落の発端が自分の放蕩にあることを忘れている。彼女は「自分を騙していまの落魄に突き落とした、憎み殺しても飽き足らない男」とも呼んでいる。彼女に代って息子が男を殺し、悲劇は拡大する。殺して初めて、それが行方知れずと教えられてきた父であったと母に告げられる。出生の秘密を解き明かされ、かつての父親と同じように、いったん現場から逃亡するが、帰ってきた時には狂犬病にかかっている。アンナはその時にいたって、東吾が何を話そうとしていたかを知る。

ジョージを一目見て、その父親が誰かを知る居酒屋の老主人は、父親に実に良く似ていると感心する。一方、君江は一度、卵を盗みに来たジョージと顔を合わせ、誰かに似た面影を感じるが、誰だかははっきりしない。フロイト流に読めば、彼女の眼は夫の容貌を認めたが、無意識はそれを否認した。彼女にとって夫の結婚前の行状は自殺行為につながるほどの痛手で、記憶から検閲されていた。そのわだかまりが夫婦関係を冷たくした。

先没者供養

「先没者」というブラジル特有の言葉があるように、異郷で死んだ同胞への鎮魂の気持ちは、一世の間に広く共有されている。本国の戦前・戦中派が「戦没者」を核に感情の共同体を築いているのと似ている。戦前より、新聞の読者投稿欄には、親しい者や先達の死に触れた所感がしばしば述べられているし、死者を思い出しながら物語を書いてみようという者が現われるのは当然と思える。移民の小説には苦労話が多い。そして無名の死者の数も多い。文学は親しい者の回顧に適した表現方法で、鎮魂は多くの日曜作家の執筆動機になっている。

松井太郎は一貫して供養をひとつの柱として創作を続けてきた。肉親の追悼はもちろんのこと、縁のできた他人を悼む作品が多いところに特徴がある。これまで挙げた作はほとんどそれに該当する。縁を結ぶまでが物語の工夫で、若い従弟から昔の知り合いの死を聞いたり、うわごとで死んだ女の名前を洩らしたり、雇い人が白骨を発見する。他人の死を自分の人生に重ね合わせ、忘れかけた記憶が蘇り、知られざる真実が明かされる。一度も会わなかった人も一度しか会ったことのない人も、ある時期には一緒にいた人もことごとく、現在の生からは遠くで死んでいく。死者を送ることが生者の特権であり義務であるかのようだ。「うつろ舟」の主人公は墓守に「死者につくすのは大きな善行だ」と語る。

当然、墓参の場面が多くなる。墓はふたつの世界の接触面で、死者を篤く敬うことは生者の道徳的義務であると、多くの主人公は考えている。縁のできた「先没者」を讃える墓参で、祖先信仰ではない。「アガペイの牧夫」の復讐者は息子の「長く捨てておいた墓参り」のために、村に戻ってくる。「墓標の番号は忘れずにいても、もう形の残っている筈はありません」。彼の他に訪れる人があろうはずはなく、荒れた墓はそのまま世間の忘却を意味する。しかしその墓の主を一生心に刻んだ者が一人いた。「遠い声」では殺された娘の白骨を、無縁塚の傾いた十字架の下に葬る。「金甌」の「わたし」はカトリック暦の「死者の日」（一一月二日、ブラジルの祝日。日系人は「お盆」とも呼んでいる）に、終戦直後に住んでいた町の共同墓地に両親の墓参に行く。当時、かわいがってもらったおじさんの墓を見つけ献花すると、老婦人が近づいてくる。聞けば夫は勝ち組に与した自分の弟に殺されたという。「わたし」は未亡人とともに横死の移民のために祈る。

供養のシリーズの異色作が「神童」で、ほとんどの人物が日系人なのに、ブラジルの宗教的な風土を強く刻んでいる。民衆の聖母信仰の奇蹟を日本の観音か菩薩信仰に重ね合わせ、ちょうど隠れキリシタンのマリア観音のような二面的な信仰のありようを描いている。聖母信仰は「土俗記」のマクンバに対応し、物語構造上も両作には共通点がある。通常なら日本人村の出来事で終わるところを突如、ブラジルの民衆文化が浸潤し、日本人村はそのなかの一点でしかないことを知らされる。地と図が反転し、日本人の生活はブラジル社会の一部として成り立っていることが陽の下に晒される。このような仕掛けを持った作品は他に思いつかない。

天才的画才を持つアキオ少年は母親おしげの死後、母の青銅像を建てる決意をする。彼女の二度目の夫で、頭の鈍い重作は、周りにいいくるめられて土地を売ってその金を工面する。像は建ったが住む場所はない。村を離れる晩、アキオはその像の前で落雷のために感電死し、母の横に埋葬される。その後、母の像の眼からでる涙が眼病に効くというので、地元の信仰を集めている。

アキオの絵には大人の内面を透視する力がある。たとえば、母親の死後、アキオの世話を見ていた隣人のおつなの肖像画は、いかにも下品な鬼婆の顔で当人を憤慨させた。しかし「根性まがり」で通っていた彼女の欲深さは少しずつ薄れていった。彼女はアキオの死に、村で一番の衝撃を受け、「アキオは仏さまの子だ」と叫んだ。また死体は皮膚が黒ずんだだけで、「眠っているような穏やかな死に顔」だったことから、格別の畏怖の念を呼び覚ました。

「神童」は縁のできた他人を「わたし」が悼むシリーズに属す。初老にさしかかったわたしは数十年ぶりに若い頃に暮した村に戻り、アキオが地上に遺した唯一の作品を見る機会を得る。その母の像は「どこか深山の奥からただよってくる蘭の花の薫」を思わせ、「母を慕う少年の情念」にあふれていると感じた。聖書に懐疑的な子どもだったが、宗教を越えた聖なる力を内に秘めていた。（聖）母の像は知恵の足りない重作の妻への思いも込められている。利発なおしげは結婚当初、「牛の番人」をさせられるのかと思う。彼のほうは愛情こまやかなところはなかったが、妻の死は「鉄槌で頭をたたかれたようなものであった」。生活設計の頭がないからこそ、アキオの粘土像をブロンズ像に直すために、親ゆずりの土地を売り払うという常識外れの行いに出た。アキオの追慕と芸術性、重作の純情と愚鈍が合わさって初めて、聖母像は完成した。その重作は作品についても、経済についてもはっきり呑み込めないまま、破産して行方をくらます。聖母と崇められる彫像の蔭に、忘れられた犠牲者がいる。誰もが疎んじた人生の敗残者にも、ひとつは世に残す仕事があった。「実に人の運命ほど計りがたいものはない。大雨のあと、チョロチョロと流れる水でも、従順に窪みにそってゆくものもあれば、阻むものを突きくずしてゆくものもある」。重作を「茫々とした移民史」のなかで供養するところに、松井太郎の同胞観が表われている。一個人の犠牲ではなく、自分につながる移民の犠牲と見ている。作品によって後世まで母思いを伝える神童、「茫々とした移民史のなかに埋まって、生死のほどもわからない」重作。運命線は松井作品全体の基調を成している。

糧なき土地

自分が暮らしたり、よく見知った場所を無造作に舞台に設定しがちな多くの日曜作家と異なり、松井太郎は地図に載るか載らないかの忘れられた土地に対する執着を持っている。棄てられた村、洪水に流された漁場、鉄道の終点から奥に入ったどんづまり。開拓者の冒険時代はとっくに終わり、今では二代目や流れ者が、不安定だが変わり映えのしない日々を送っているような土地。

「神童」の村は、かつては「共栄」村として多数の日本人家族が入植したものだが、土地の権利（地権）の問題があって彼らは飛び出し、「悲しいまでに寂れ果てていた」。黒く黴びた屋根瓦、はげ落ちたままの漆喰壁、人通りの絶えた道しか目に入らない。国道が通って風景も一変し、もはや旧宅のありかを教えるヒントはない。「往昔、この近辺に散在していた、何百と数えた農家はどこに消えたのか。コーヒー、綿、米、豆などの収穫期には、農産物を運ぶ車がひっきりなしに往来した。あの殷賑はどうなったのか。あれはこの地方の開拓期が生んだ、一時の空騒ぎだったのか」。

「遠い声」はある開拓家族の悲劇であると同時に、荒れ行く土地の記憶でもある。殺人事件の調査を通して、語り手は父が入植する以前のことを知ることになる。その一帯は「一時は邦人集団地として、殷賑をきわめた時期もあって、コーヒー栽培熱にういたが、この地方の土質にあわず。大勢は勝負のはやい雑作にうつっていった。くる年々の農家の収奪に、地力は急速に疲弊していった」。そして「入植者たちが離散してからでも、三十年からの歳月がすぎている」。今ではガソリンスタンドの老人を除いて、日本人家族はいない。村は無人化したのではなく、非日系の牧童や農民が住み着き、最低限の生活基盤は確保されている。日本人は開拓に貢献したが、あせるあまりその果実を収穫する前に移ってしまった。古い連中はかつて日本人に雇われていたはずで、主人が去った後、居ついている。彼らが死ねば日本人が開拓したことは忘れ去られる。「アガペイの牧夫」の部落と似て、日本人は斧を入れただけで、疾風のように現われて、疾風のように去っていった。一攫千金を目指して遠くから現われた一団は、目前の利益で右往左往し、土地と腰を据えてつきあおうとはしなかった。彼らはどこへ消えたのか。

他の土地を転々とし、多くは貝谷のように大都市に紛れ込んだ。人骨が発見されなければ、日本人会の記録は誰も読まず、貝谷の日記も焼かれていただろう。二体の人骨は民族集団の短い滞在期間の記憶を留めた遺物・異物で、日本人がブラジル化を拒絶した末路といってよい。貝谷は娘がブラジルの一部となることを拒否したが、自分も最後にはブラジルに取り残された。初音は殺されることで、まさにその土地に「骨を埋めた」。「遠い声」は純血主義の残酷な物語であると同時に、土地から去った数多くの日本人開拓者に対する鎮魂の物語と呼べる。彼らが見捨てた土地は細々とだが、今でも住民を養っている。土地に合った（放漫な）経営法に切り替え、錦衣帰国に囚われなければ、日本人もあわてて飛び出す必要はなかったかもしれない。随所で描かれる牧歌的な風景、のんびりした人情は、あわてて生きた一世を遅ればせながらいさめているかのようだ。

集団地の崩壊により、多くの移民家族は都市やその近郊に吸い込まれていったが、その一方で辺境に向かった（あるいは流れていった）者も少なくなかった。「アガペイの牧夫」の舞台は、サンパウロ州の鉄道の終点から一五キロ奥に入った辺鄙な集落で、ゼーという二世が営む雑貨屋の周りに五軒ほどの家が並んでいる。ゼーはあたりで唯一の日系人らしい。ゼーの姓は野毛というのだが、旅人はノゲイラと記憶している。ブラジルにはよくある苗字で野毛一家は通っていたようだ。ブラジル人として通用し、ジャポネースの刻印は薄かった。ましてや太郎、一郎にあたるブラジル男性の典型的な名前（ゼーはジョゼの愛称）を持った二世は、「この土地の人間」と自他ともに認めていて、旅人も気付かなかった。日系人であることは生活上、何も意味を持っていない。日系人は語り手として物語の枠を作るが、その内容には非日系人しか登場しない。出自は日本語を読む読者に親しみを感じさせる以上の機能を果たしていない。日系社会の統計には現れそうにないが、僻地で細々と毎日を営んでいる日系人、野毛／ノゲイラ親子はそのような読み手の感慨を誘う。

二　河の文学——「うつろ舟」

揺れる大河

これまで述べてきた主題群——供養、混血、家族、暴力、辺境、同化——の集大成が、あしかけ六年にわたって書かれた長編「うつろ舟」である。振り返ってみれば、八〇年代までの短編は、すべてこの作品に向けた準備とさえ思える。「うつろ舟」は松井の作品のなかでは最も構成と文章が練られていて、代表作と呼ぶにふさわしい。まず書き出しの緊張感——「二日続いて尾鋏鳥の群れが南方に渡っていった。鳥たちの旅立ったどこか遠い地では、天候が変わりはじめているのかもしれない。部屋の土壁に貼ってある絵暦では、すでに冬の乾期は終わって、春をつげるさきがけの雨が来る季節であった」。日本ではない風土が尾鋏鳥、絵暦、乾期に描かれている。尾鋏鳥が鋏のような形を持った尾を持つ鳥であるとは想像できるが、日本の渡り鳥ではなさそうだ。そして春が来るというときに、南方に向けて鳥は旅立つ。おや。少し考えてから、それが南半球であるとわかる。松井は日本の読者を想定していない。ブラジルの読者にとってはすっかり馴染んだ季節感が述べられているにすぎない。そのあまりの自然さに外の読者は驚かされる。

「うつろ舟」は日本人が自分にとっても他人にとっても日本人でなくなる臨界点を、奥地の大河を舞台に描いている。河は「流れる」ことを最も鮮やかに視覚化した自然の事物で、洋の東西を問わず、時や人生の隠喩として活用されてきた。日本文学にもブラジル文学にも河の系譜が存在する。そしてブラジルの日本語文学も例外ではない。アマゾン河は地獄や生活の水路であったし（高橋英一「洪水」、荒木桃里「うしおの河」など）、葦屋光延の「水源地帯」

はサンパウロ州の原始林に湧く源流を家族の始まりの地点として描いている。「うつろ舟」はこれらの未熟な作とはかけ離れた河の文学の白眉といえる。

ここにはさすらい者に対するロマンチシズムはかけらもない。「孤独といい、漂泊といい、よそ目には自由で気ままな生活も、ひとつ違えば人しれず野に骨をさらすことになりかねない」。「うつろ舟」は厳粛に一人の準二世の孤高を描くだけだ。彼は知恵ある漁師サント（ポルトガル語で聖人の意）の行動や発言から「生命というものを、どんと据えてかかる」哲学を導き出している（シベリアのデルス・ウザーラを連想する）。生存を中心に据える行動的思想、「真といい、善といい命を助けるもの、悪は生命から否まれるもの美でさえ生ける者の感性に応えるもの」。真善美は生命の根源を支える三対の概念と考えられている。「うつろ舟」のなかで唯一形而上学的な段落で、これ以上、作者の思想を探るきっかけを残していないのは残念だ。いや、そんな説教を聞かせないのが、松井の自信だ。物語を進めるほうが思想で立ち止まるよりも急を要す。

生命の根源にあるのが流れる水だ。辺境を舞台とした日本移民の数多くの小説のなかで、「うつろ舟」の自然描写の濃密さは圧倒的だ。大河には「おおらかで豊満、包容力がある」。しかしいったん「ヒステリー」を起こすと「おふくろ様の物狂いだ」。このように母性がはっきりと記されている。この物狂い、洪水の場面は死臭、熱帯樹の異臭をアクセントに、水位や泥水の色の変化、思わぬ奔流の向きをうまく描いている。松井の「歯切れのよくない、舌ざわりの重い文章」（則近正義）を引用すると——

黒い雨雲が切れ間もなく移動していく下は、一面の濁流の世界で、滔々と流れる水は高く低くうねりながら、波頭の上に波頭がのしかかって飛沫をあげる。処により水中に大きな渦ができるらしく、太い樹の根こそぎになったのが、ゆっくりと回りながら水中に呑まれていく。小動物の死体が芥にまじって流れてくる。図体の大きな牛馬の死骸が浮き沈みしながら流されてくる。半壊れの草葺きの小屋までが、波にのって目の前をすぎていく。それらの光景をただ茫然と眺めていると、幻惑と共におれの身体もふわっと浮上して、流れとは反対の方向に押されていくような錯覚をおぼえる。

大河は洪水のたびに地形を変え、集落を変え、暮らしを変えてきた。河べりの土地は容易に水没し、揺るぎなき「大地」とは程遠い。そびえたつ大木も根こそぎ倒される。繁茂する熱帯樹のように水脈が入り組んで、遠い土地の大雨が一夜にして風景を変える。確かなものは何もない。大河の気まぐれは住民の生活を律している。黒川創は「力強く、なにか、日本文学とはかけ離れた風格をそなえる作品」と讃えている。「性的なエモーション」がその力強さの根源にあり、人は「交わり、生殖し、別れる。組みあい、衰え、やがて死んでいく。国を越えたとしても、人はそうした自然の一部としての属性から、自由になることはできない(2)」。豊富な水が、その性的な情念の隠喩になっていることはいうまでもない。

汚れた血

「うつろ舟」はいたるところで「性的なエモーション」がむせかえってくるが、性行為は一度しか描かれていない。それよりも性交によって受け継がれる「血」が、物語の機動力になっている。神西マリオ継志の父は「旧家のとどこおった血に活をいれるつもりで、この新天地に渡ってきた」が、荒々しい土地には耐え切れず、二代目で傾いてしまった。継志は血の弱さを自覚し、引き取った息子マウロの「野性の血に将来を託すつもりになった」。一方、ジイアス家もまた「土地の細分をおそれて血縁とばかり結婚するので」、息子たちは弱々しく、経営は傾いている。イレネが神西に牧場を世話してほしいと頼んだのは、畜産の知識を見込んでのことだが、近親婚によって滅びかけた血を同族の外からの刺激で蘇ら

マリア・イレネ、カット画

せようとする点で、継志とマウロの関係とよく似ている。増補された章でイレネがエイズで死ぬのは血の物語の結末にふさわしいかもしれない。本編に比べるとやや唐突な筋の運びで惜しまれるが。

血の病という点では、日本人と現地人の混血エバも例外ではない。彼女との初対面で、継志は既に悪性の血液性風土病にむしばまれているのを認める。彼女のあばら小屋のそばを流れる川の底には「飴色のゆるい流れの底の砂礫をおおって、黒い巻き貝のむれが仲間の殻の上に、またその上にと盛りあがって絡みあい、長い舌をのばして這っている。恐ろしい肝臓吸血虫に宿を貸す貝がこれほどいる川に、あの女がいつも素足で入っているなら彼女の病気はそれからきているに違いない」。遺伝的弱さではなく、風土病が彼女の血に巣食い、寄生虫に血を吸われて死んでゆく。病理的な同化が彼女を殺した。「狂犬」のジョージが犬の血に冒されるのと似ている。辺境は人の血を脅かす危険に満ちている。妻のアンナと正反対に、エバの野人そのものの立ち居振舞が継志の気に入るのだが、衛生に対する無神経が命取りとなる。ついでにいえば、彼女の兄も別の風土病（フェリーダ・ブラバ）で人前に出られぬ面相になり、ついに一世の父の墓前で自殺する。日系のなかでは継志だけがしぶとく長生きする。しかし後には墓石しか残さない。

継志はめったに日本人であると意識しない。神西家の血を強化するためには「野性の血」を混ぜるべきだと考えていて、「遠い声」や「狂犬」の悲劇を誘い出した純血主義の正反対を行く考えを持っている。エバと初めて出会った時、日本人かと問われて、「血はなあー、だがここの者だよ」と答える。血よりも地を重く見ている。それでも彼女に関心を持ったのは、「土俗化した移民の裔」と一目でわかったからだった。女もまた「行き暮れの道で同類の牡にあい、本能的な牝の感覚からほっと安堵した一匹の獣のようであった」。日系人を頼りに生きるわけではないが、「同類」のよしみを無視しない。「野生の血」を望みながら、同胞への親近感は否定しない。日系社会の外で生きながら、民族的な共感を忘れない。継志の肌は既に浅黒く、アジア的相貌はほとんど目立たないようだ。男はるつぼの中に溶け込み、他の多くのコロニア小説が記してきた異人種・異民族に対する恐怖・差別やその裏返しの性的誘惑もない。周囲も日本人かどうか気にしていない。ほとんど同化（「土俗化」）を果たしたが、心には収まりきらぬ人種的異分子、日本人意識が残っている。継志は「日本人が日本人であることをやめてしまう」（西成彦）直前の臨界点にいる。生活上は民族的境界線の外に飛び出しつつ、意識の上ではその外周を経巡っている。通常のコロニア小説が暗黙の前提としている日本人同士の親愛の情を、境界の外で問い直している。伊那宏が「〝非移民的〟体裁を持ちながら、実は作者の意識下には、決してそこから逃れ得ない自己の運命としての移民像がつねにつきまとっていた」というのは要を得ている。(3)

墓参の倫理

漁労生活を始める前に、継志はエバの両親の墓を詣でるために、大きな回り道をする。墓参は数週間しか行をともにしなかったが、一生を誓った妻に対する誠実さの最後の行動である。一夜のギターで一生の縁を結んだ「山賤記」の朝子の場合と同じように、松井の男たちはロマンチックな愛とは別の領域で生涯の女と結ばれる。継志は死者の眼差しの下で俗世を生きている。両親の祖先信仰が、暗黙のうちに息子に伝えられたと思える。彼は両親の墓を詣でながら、それを否定するのだが。「墓碑はすこしも荒れてはいない。壺の水をかえ白菊を供えて瞑目した。心をしずめて過ぎた日々の両親の慈愛をしのんだ。といってもおれは女々しい感傷は好まない。父母の霊に語りかけるとか彼らの霊がおれを見守ってくれているなどの信仰はない。墓参は一つの習慣と、故人への思い出には適った所だからだ」。突き放しつつ敬意を払い、生者の責任を果たしている。習慣は感傷以上に、追想は霊の信仰以上に切実なお勤めだった。

縁ある死者との親近感は、内に残るわずかだが消しがたい日本人のしみだろう（神西＝西の神、継志＝志を継ぐという名前の象徴性）。エバやマウロに対する責任感やイネスに対する義理立ても、彼の倫理の表われで、貧しくとも「筋を通す」硬派の系譜に属す。なりゆき任せの放浪児ではなく、他人の世話にはなりたくないからといってジイアス農場を逃げ出したり、金もうけよりも身の丈に合った暮らしに満足している。

墓石からエバの父親がヨスケ・ヤマカワという名であることを確認する。彼は先物買いをするつもりで、未開地に飛び込み、山師の万作に密造酒を売りさばいていたらしい。継志とも取引のあった雑貨屋兼宿屋の万作が、エバに手をつけて生ませたのがマウロらしい。日系社会の外ではガイジンを娶るかどうかはもはや問題ではない。ヨスケは現地の女と早速結ばれ二人の子どもをもうけた。父親の墓碑はイヨスケ・イヤカバと誤記されている。誰も彼の本名を知る者がいず、子どもも字を読めるかどうか怪しかったのだろう。間違った名前のまま、この移民は世を去った。ろくな暮らしぶりでなかったことが、書き間違いから想像される。「狂犬」の東吾も仮にアンナと駆け落ちしていたら、ヨスケのようになっていたかもしれない。

父の代から神西家に仕えてきた共同経営者小林と話す時以外は、すべてポルトガル語の会話と思われるが、日本語が恋しくなることはない。日本語はかえって敵対的に現れる。日本から動物の生態を取材にやってきた取材班が主人公の小屋に突然現れる場面で、彼と日系社会、日本人社会との亀裂がはっきり示される。カメラマンは巨大鯰(ピンタード)を釣った写真を撮りたいという意志を英語でガイドに伝え、ガイドはそれをポルトガル語に訳すのだが、継志は拒否する。写真を撮られると死ぬからと煙に巻くと、日本人は「山猿めが、退化して面まで似ていやがる」と日本語で当り散らす。継志が鏡に顔を映すと、なるほど猿のような面相になっている。彼はこうして外見も内面もほとんど土民の側につく。

混血化はこれまで否定的に描かれることが多かったし、実際日本人社会から追放された者もいた。松井は逆にそのような生き方もあると肯定している。もちろん同化せよ、日本の美点をブラジルに持ち込め、という上からのお声がかりとは正反対に、そのような状況のなかでもきちんと(倫理的に)生きることは可能だし必要だと考えている。大勢においてはただいつのまにか順応し馴化されるのかもしれないが、要では道を選び取る余地が残されているはずだ。藪崎正寿の主人公が都会で同胞に囲まれながら移民の証明を失うことにつねに敏感なのに対して、「うつろ舟」の男は辺境で同胞の顔を見ないうちに出自を忘れていることにも気づかない。血がとっくに混ざった環境では、純血か混血かはもはや問題ではない。父と子、男と女、ボスと手下の力関係のなかでどう身を処すかしかない。

最後に題名について考えてみたい。「うつろ舟」とは木の虚ろを利用した舟のことで、住まいの次に重要な生命線である。主人公がジイアス農場と縁を持つのは、カヌーがひっくり返って子どもが溺れるのを救助することから始まる。養子との離反はマウロがカヌーを盗まれたことで表面化する。エバを土葬にした後、男はカヌーを焼いて忌まわしい土地から去る決意をする。その炎を見ながら、彼は束の間の幸福の終わりをかみしめ、養育の責任を肝に銘じる。模擬的な火葬に近い。記述はそっけないが、彼の出奔を促したジイアス農場の火事と並んで、彼の人生の変わり目にこうして炎が上がるのは、水に浸されたような小説のなかではなかなか印象深い演出だ。

ただ流されていく主のいない木っ端舟。うつろ舟はうつろう舟を連想させる。題名は物語の重要な仕掛けを指す以上に、人生のもろさ、うつろさの隠喩でもあるだろう。いのち自体、既に未生と死後の永遠の間にぽっこりとこの世に現われた束の間のできごとである。日本人が水や桜や蟬に託して感じてきた無常感を、松井は流れ任せで移ろう舟に託す。彼自身はこの物語を「追放者」の物語と考えている（二〇一〇年一二月二六日付『神戸新聞』）。継志は農場で寿命を全うしたが、他の人物は病気や貧困や争いによって無念の死を遂げている。彼もまた数十年後には「こんな荒れ野に迷いこむような日本人なら、どうせ気の変になった浮浪人ですよ」としか顧みられない。日本人の名を刻んだ墓碑から読めることは、その程度でしかない。一度の爆発から波乱の人生を歩んだ継志も、死んでしまえばこれぐらいしか記憶・記録されていない。逆に見れば、どんなに荒れた墓の下にも、とてつもない偶然の戯れと、それに抗しようとした選択の連鎖を生きた人が眠っている。「うつろ舟」はこのように無名移民に鎮魂の祈りを捧げている。

三　旱魃地帯――ブラジル北東部連作

荒地の想像力

松井太郎は日本語作家としては唯一、ブラジル北東部を舞台にした作品に取り組んできた。北東部はブラジル史の第一章の舞台で、大農園、奴隷制、植民地支配の原点といってよい。一九世紀以降栄えたリオやサンパウロの人にとって、アマゾンとならぶ辺境の代表で、土地所有制や政治や家族観や人の心向きには植民地時代の遺制が色濃く、近代化の「遅れた」地域と見られている。その反面、特徴ある地方主義的でかつ国民主義的な思想家・社会学者（その代表がペルナンブコ州出身のジルベルト・フレイレ）を輩出し、北東部こそブラジルを考えるカギであると論じられてきた。地域の風土を特徴的に表われているのが、バイア州、ペルナンブコ州、セアラー州の内陸部に広がる潅木と石ころの不毛な荒地（セルトン）で、雨が少ない（しかし稀には鉄砲水がありうる）極めて苛酷な生存条件に置かれている。一八、九世紀には砂糖キビ栽培で栄えたが、厳しい天候のために荒廃し、放棄され、残された者は牧畜で細々と暮らした。旱魃のたびに海岸部やブラジル南部に、農民が集団で出て行く最貧困地帯だが、独自の音楽や文学、民間信仰や生活習慣が育まれてきた。農園主と政治家に搾取されてきた反動から、都会人からは狂信的と見なされる救世主信仰が時に爆発した。後で述べるランピオン一党、カヌードスの乱、シセロ神父はその代表で、松井はこの三つの民衆的偶像をそれぞれ異なるやり方で料理している。

セルトンはアメリカ合衆国史にとっての大西部《ワイルド・ウェスト》、オーストラリア史にとっての中央沙漠《アウトバック》、アルゼンチン史にとっての大草原《パンパス》のように、建国の物語と歴史に欠かせない場所で、たくさんの文学、絵画、写真、映画などが、独特な風景と人々の生き方を活写してきた。これらヨーロッパからの移住者がつくりだした大国は、広大な辺境の開拓を国民共通の記憶の礎石として後代に伝えた。辺境といっても、元からの居住者にとっては暮らしの場所でしかないのだが、新来者はそこではキリスト教に支えられた文明化の使者であるかのようにふるまい、暴力的な行いを正当化した。

セルトンには日本移民は入らなかったから、彼らの文学的想像力がそこに向かわなかったことは納得がゆく。松井は北東部に空想の翼を広げた最初の書き手だが、面白いことに、サンパウロ州の外にはほとんど旅行したことがなく、農園時代に北東部出身の農夫から聞いた話が印象に残っているという。もちろんポルトガル語の本や雑誌から得られた知識が大きいだろう。同胞のいない土地へ文学的旅を行うまでに、半世紀以上かかったことを思うと、小説書きにとって現実主義の縛りがどれほどきつかったかがわかる。

北東部に対する松井の関心は、第一作「ひでりの村」に既に表れている。サンパウロ州奥地に移り住んできた、ペルナンブコ州出身の肉屋ニコライの一人語りだ。本筋からいけば、主人公米吉との商談に必要な言葉を交わすだけで役目を終えてしまうところを、彼は物語のつり合いが取れなくなるほど延々と昔語りを始める。つまり米吉はポルトガル語を十分に理解し、話し相手になれるほど懇意であるらしい。ふるさとのセルトンでは旱魃が周期的にやってきて、巫女が今度のは三年続くとお告げを下す。しかしそう簡単に牛や家を捨てられるわけではない。明日にでも大雨が降るかもしれないとかすかな希望があるからだ。牛の死骸があちこちに転がり、太陽が見えなくなるほどのウルブー（クロハゲワシ）の大群を見たとき、彼は立ち去る時がきたと悟った。「こうなると人の力なんて弱いものだ」。自然が意志を持って猛威を振るうわけではなく、そこにたまたま人が棲んでいる、棲まざるを得ない宿命が問題なのだ。後で述べるアルマジロの物語もここに始まる。

さらに肉屋は行商人が教えてくれたという田舎の歌を米吉に聴かせる。「青い山こえ／牛追いどもは旅をする／懐かしいのはあの娘／泣いて別れたあの娘」。北東部の民謡調流行歌（バイオン）にこんな歌があったかもしれない。歌が旅をして新来移民の耳にも届き、異国の香りを伝える。歌謡映画で俳優が歌い出す場面のように、語りに活気が湧く。文章はにわかに民俗的な色合いを帯び、ニコライの北東部訛りが聞こえてくるかのようだ。北東部の貧困層への共感をこのようなかたちで表明した書き手は他にいない。九〇年代に書かれる一連の北東部物で、松井は民謡（語り物）を八木節か浪花節のように訳して（創作して）地方色を醸し出している。その端緒が第一作に見られる。処女作にはひとりの作家の将来が予告されているというのは、欠伸を誘う言い回しだが、「ひでりの村」に作家の特徴が凝縮していることも否定できない。本人もそれをわかっていて、「いたるところの未熟な文章は不満だが、作者の本質は出ていると思う」と、三十年後に短編集に再録するにあたって記している。

荒れ野のオルフェウス――「堂守ひとり語り」

「堂守ひとり語り」は松井の北東部物第一作にあたり、日系人は日系人について書くという暗黙の前提を覆した。初出誌の選者の一人滝井康民（『コロニア詩文学』三六号、一九九〇年一〇月号）は、松井が以前に訳したドイツ系ブラジル人作家アフォンソ・スミッチ（一八九〇年クバトン生まれ～一九六四年サンパウロ没）の「牛飼いの聖者」（『コロニア詩文学』二六号掲載、一九八七年九月号）に似ていると指摘している。(4) この短編では、地元民が旅人にその土地で死んだ阿呆の純真について語る。「堂守ひとり語り」との類似は間違いない。しかし翻訳の語り口や民話的雰囲気を取り込んだのは松井の創意である。そしてブラジルの地方文学の翻訳のようにも読める。松井が翻訳したのはこの一本だけで、たとえば永井荷風や村上春樹や池澤夏樹のように、翻訳と創作の相互影響というような大きなテーマに発展していく可能性はない。しかしもし彼が専業作家としてやっていけたなら、二ヶ国語の往来から創造力を得ることもありえたかもしれない。本作はそのような空想の翼をはばたかせてくれる。

アニジオという気立てがよい農夫が、娘のシモネと二人で慎ましく暮らしている。アニジオの妻アデリアは娘が生まれてすぐに亡くなった。近隣の腹黒い一家のアルフレードは、かつてアニジオとアデリアを争って敗れ、復讐をねらっている。旱魃のために、アニジオは離れた町まで買出しに行かなければならない事態に陥る。アルフレードは街道外れで彼を殺し、アニジオの小屋に向かうが、狙ったシモネは首を吊って自殺している。彼は正体を失い、最後には堂守の教会に転がり込んで生涯を終える。物語は堂守がたまたま訪れた旅人に昔話を聞かせるスタイルを採っている。物語に現われない不在の「わたし」は縁あってアルフレードという不幸な男の生涯を知る。「ある移民の生涯」「遠い声」「金甌」など〈縁のできた他者〉のシリーズに属す。

アニジオの祖父はカヌードスの乱（一八九六〜九七年、アントニオ・コンセレイロ率いるバイア州奥地の千年王国的な農民集団カヌードスが、政府軍と対峙した大規模な叛乱）の残党と設定され、今の村は「司法の手をのがれて、ひそかに隠れ住んだ土地」と書かれている。荒地のなかでも人馬も通わぬ僻地で、ちょうど日本の平家部落を想像すればよい。そんな世界の果てにいながら、アニジオはアルフレードに対して意地を張って、引っ越そうとしない。不毛で危険な土地への愛着が、悲劇の発端である。か弱い一人娘を置いて旅に出る時に、読者は何が起こるか既に予想できる。その通りに話は進むが、その段にいたって初めて新しい人物が登場する。口のきけない従僕で、母親との関係をアルフレードは疑っている。もうひとつの書かれていない関係はアニジオとシモネである。二人に近親愛が仄めかされている。シモネは父の不在中に禁断の関係を断ち切ろうとしたのかもしれない。

三人の恋物語は歌になるほど近隣では有名だった。恋の勝利者アニジオは、事件がたちまち節をつけて歌われる口承共同体のオルフェウスだった。田舎の唄で野趣を盛り上げる深沢七郎のような手法は松井のお得意だ。その歌のなかで「まぬけのアルフレード」と歌われたのを当人は根に持っていた。復讐の主題がここでも現れる。悪人アルフレードと善人アニジオの対比的な性格づけは通俗的といってよい。仇敵が一人で買出しに行くのを発見し、「抗しがたい黒い影の力」に押されるのを感じた。「うつろ舟」の継志の発作的暴力に通じるところがある。

実はアルフレードをそそのかし、指図しているのは母親だった。シモネ略奪に失敗した息子にこう告白する。「おっ母ぁはなあー、自分のできなかったことを、お前に叶えさせてやりたかっただけよ」。一体、それが何なのか説明はない。ただ彼女は南部の耕地主の娘で教育はあるのに、なぜか牧夫と結婚して、僻地に引っ越してきた。駆け落ちだったのか、夫にだまされたのか。アデリアの家族も南部出身で、母親は息子に縁づけたかったが不成功に終わった。良き跡取りが生まれる可能性を摘み取ったアニジオは、彼女にとっても仇だった。シモネの悲劇を誰が唄にするのだろうか。

書きようによっては、母親固着《マザコン》と近親相愛の対決というフロイト風の筋書きを伏線に敷くこともできたかもしれない。しかし松井は深読みの素材を配さない。読者を引っ張っていく語りの力を前面に押し出し、旱魃地帯の復讐譚として仕上げた。

紐つき本と「ジュアゼイロの聖者シセロ上人御一代記」

北東文化の精髄のひとつに、「紐文学」（literatura de cordel）がある。これは六弦、七弦のギター（ビオロン）を伴奏に、大道で語る吟遊詩人の歌詞を書き取った小冊子で、露天商や売店でよく紐にぶら下げて売っていることから、この名前がついている。[5] 詩の形式はイベリア半島の古い時代の民衆口承詩にさかのぼり、内容は恋愛、英雄、政治、時事、宗教、スポーツ、教育、訓話、猟奇事件、殺人、ゴシップなど多岐にわたり、文盲のための新聞と呼ばれることもある。松井は日本語作家としては唯一、紐文学（彼の言い方で「紐つき本」）を創作の糧とした作家である。コロニアには翻訳と創作の両方に携わる書き手は何人かいたが、翻訳が創作に直接的な感化を及ぼしている例は他にない。また翻訳は著名作家にほぼ限られ、口承詩に関心を持ったのは彼しかいない。

紐つき本の人気者にシセロ神父（一八四四年〜一九三四年）がいる。神父はセルトンの町ジュアゼイロの教会に赴任し、治療や悪魔祓いの奇蹟を起こし、民の熱狂的支持を得たが、バチカンは煽動者として停職を命じた。そのことがますます信徒の熱狂をあおり、軍隊と一戦を交えるまでに群衆は熱を帯びる。やがてシセロは許され、現

紐文学『ジュアゼイロの聖者シセロ上人御一代記』原本表紙（松井太郎蔵）

在でも巡礼者の列は途切れず続く。ジュアゼイロの入口には巨大な彫像が立っていて、聖人の命日には大きな祝祭が開かれる。

松井はこの民衆的英雄の一代記を紐つき本から「ジュアゼイロの聖者シセロ上人御一代記」という七五調の六行詩一三八連として訳している。数連を書く抜くと、「一、「信仰あれば山も浮く」／これ人の世の救い主／イエスさまのお言葉じゃ／光をもってこられたに／心なきやから盲たちは／なんとその人を木にかけた／／二、信じることの力とは／おんみずからに示されて／ひとりの者が癒されて／おおくの人にさとされた／たって歩めおそれなく／信じる力が治したと…二八、この世のことについてなら／もうどうにもすべはない／神が終わりになさるなら／ただにシセロにおすがりし／この世の人へのお恵みを…」。

民間信仰に訴える口承詩の修辞は、この数連からわかるだろう。「上人」という訳に既に明白なように、松井は仏教の文脈に重ね合わせて、神父の事績をたどっている（そのため日蓮宗や一向宗の乱をふと思い出させる）。宗教的体系はまったく異なっていても、奇蹟を待望する貧困層の信心に大差ないという直感があるのだろう（これが「神童」の基盤を支えている）。ちょうど、後で述べる義賊ランピオンを国定忠治と比べたり、紐文学のありかたを浪曲の台本にたとえているのと同じ発想で、ブラジルの事物を日本の事物に翻訳して理解している。

紐つき本の古い詩形を彼は七五調で受けている。口承性を引き継ぐには、このような伝統的な民衆詩の形式しか日本語にはないのかもしれない。語彙は浪曲ほどくどくなく、明治の新体詩を口語に近づけたような軽い語り口だ。たとえば戦闘場面では、軍歌のように聞こえる。「九六、射撃戦はたけなわに／狂気のようにうちまくる／司令官の厳命で／町をすっかり包囲した／いっきに前線つきやぶり／全軍あげてせめよせた／／九七、敵もあっぱれ勇敢に／塹壕なんど突破せんと／とびくる弾はものとせず／突貫をしてつっこめば／ふかい溝にころげおち／穴のなかで死ぬばかり」。松井は調子良い日本語を練るのが楽しくてしょうがないという風で、正しく訳すことよりも、面白く音読できることを目論んでいる。

セルトン群盗伝――「野盗一代」

北東部最大の英雄ランピオン一党は一九三〇年代、義賊的なふるまいから北東部の民衆に広い支持を得、一時は州政府に対抗する勢力を持つに至った。そのため政府軍が鎮圧にあたり、一九三八年、虐殺された。独特の革の帽子と装束で知られ、今でも北東部の反骨と地域性の象徴となっている。「野盗一代」は、彼らに捧げられた紐つき本の自由訳と解説文で構成されている。翻訳とも研究とも創作ともつかない形式で、衒学趣味に走れば、ボルヘスか渋澤龍彦好みの悪党列伝に近づいただろう。詩の部分は七七調で、八木節の替え歌と作者はふざけている。「これから歌うは荒れ野のうたで／わしがつづった筋書きなれど／とおい想いは忘れはしない／ことは奥地の野盗のはなし／聞いておくれよ彼らの渡世」。こう口上を述べて本題に入っていく。日本の語り物の伝統でもお馴染みだが、世界観の開陳を枕に持ってきている。「人と生まれてこの世にくれば／ついた運命《さだめ》は果たさにゃならぬ／よい衆に生まれりゃ太平気楽／籤に外れりゃ水のみ小作／一歩あやまりゃ一足ごとに／同じことだよビグリーノといえど／そこから始まる裏道あるき／／人間どもをお作りになった／神さまでさえ後悔なさる／すべては歪み逆さまだらけ／ひとりが泣いてひとりが笑う／こんな筋書きばかばかしいと／舞台にのぼり思いのままに／芝居をかえる牛追い男…」。救世主待望とマルクス主義が融合した内容で、パウロ・フレイリの解放の神学やグラウベル・ローシャの映画と通底している。

「野盗懺悔」カット画

ビグリーノが野盗団を結成して、父の土地を奪った敵ノゲイラ一家を滅ぼす場面は、活劇調、講談調に調子よく訳されている。「情けは無用とこの野盗ども／ビグリーノを首領にたてて／襲う相手はノゲイラのうから／憎い奴らはセーラ・ベルメリャ（地名）／見つけしだいに容赦はしない／後は火をかけ焼きつくす／みるも無惨なインガゼイラ村」。元の大道芸ではこういう場面で聴衆はわくわくしただろう。

英雄には恋がつきもの。ビグリーノは人妻マリア・デェア（通称マリア・ボニータ、麗しのマリア）に惚れた。松井によれば、物語中の山場で「ビオロンの音も一段と冴え歌う調子も高くなる」。「亭主は待ってるすぐにも戻れ／人の妻とはそうしたものだ／おれの命は短い蠟燭／長くは望めぬおれ等のさだめ／さっとたつ風草のそよぎにも／人が契れば心がのこる／死ぬときゃ独り未練もなし／／マリヤは言ったその掟とは／寂しさかくすお前さまの意地／首領がわたしをお嫌いならば／わたしはすぐに戻りましょうよ／あなたの胸はわたしは分かる／旅は道連れ世は情けとか／死ぬときゃ共に手に手をとって…氷もとかす女の恋慕／心のうちはどうあらがっても／先はどうなれ情けに情け／配下の山羊《おとこ》たち顔見合わして／これからさきはどうなることか／首領をみろよマリヤに惚れた／野盗の中の一輪の花」。

長谷川伸の無宿者と鉄火女がかわしそうなセリフだ。この山場が終わると、後はルポルタージュ風の切れの良い散文で、一味の全滅までを語り切る。長詩の最後では「おおかみなりがどんとひびけば／ランピオンとてたおれて消える…やがて日がさす北の国ぐに」（おおかみなりは一味征伐の折の独裁的大統領ジェツリオ・ヴァルガスを指すと注にある）と、法治国家としての前進を寿いでいる。ちょうど西郷伝説と同じように、ランピオン伝説は近代国家建設の犠牲的な礎として機能し、敗者への同情から長く人気を集めることになった。「彼らのとびちった血の一滴一滴が、悪党となって全国に生き返ってきたようである」という結尾の一文は、世に悪の種は尽きまじという松井自身の社会観として効いている。講談の終わり方にも似ている。松井はその後、老野盗の一人語り「野盗懺悔」を書いて、荒野の悪党三部作を完成した。

砂漠は生きている――「犰狳物語」

セルトンを舞台にした短編「犰狳《タツー》物語」は、アルマジロの眼から苛酷な自然に敗れて出てゆく一家を諧謔味豊かに観察している。動物を使った無垢な童話はそれまで若干、書かれてきたが（大岩由美子「ある夜の黒猫さん」「馬」）、寓話の深さを持った作はなかった。「どこまで行っても小石まじりの、灰色がかった痩せ地であった」。なかなか印象深い書き出しで、読み手を荒地へと連れ出す。旅をしているのはジジイを家長とする一団で、アルマジロの親子に出会う。中の一人が撃ち殺そうとするのを家長は制止し、その後を追えば湧き水があるはずだと指示する。ジジイの子どもトトは農場を開いたが、大旱魃でついにそれを放棄する。その顛末をアルマジロの「わし」がじいさんから聞いた話として話し出すという設定になっている。「堂守ひとり語り」と似た趣向で、トト一家が出て行ったのは、語りの現在のはるか昔らしい。人間が荒地にいた時代の物語で、話の聞き手（若いアルマジロ？）はその二足歩行の生き物を見たことがないかもしれない。そう想像すると、「人間とわしらの不幸な出会い」（傍点原文）の物語は、われわれ人間読者にとって一層興趣に富んだものとなる。荒地に人が現れたものの二代目で去ってゆく。その主を自認するアルマジロ（「何十万年もつづいてきた旧家の末裔」）から見れば、ほんの短い間の闖入者にすぎない。一代の人生を越えた世界の長さは、「遠い声」や「うつろ舟」で描かれてきたことだ。

物語は単純だ。トト爺さんは妻のドナ・マリナ、その弟のジョン、番犬の忠助と暮らしている。トトとマリナの間には子どもがいたが、幼い時に重い熱病にかかった折、命を助けてくれれば神父にすると願をかけたところ快癒したので、町の神父に預けた。大旱魃がやってきて、まずジョンが町に助けを乞いに出たが、何週間たっても戻ってこない。そして同じ夜、トトとマリナの夢枕に立ち、山越えは止めろと忠告する。二人はジョンの死を直感し、砂漠生活を断念し、家に火を放って、町へ出てゆく。

病気の願かけと夢のお告げというふたつの霊的現象が一家の運命を決定する。奇蹟にしかすがりつくものがない北東部の信心深さは、多くの文学や映画で強烈に描かれてきていて、松井も一見その系譜に加わっているかのようだ。だが超自然的なものの扱いは、むしろ『今昔物語』や『宇治拾遺集』あたりに通じている。民衆カトリシズムの緊張はなく、不思議なお話という程度に留まっている。動物譚であるというのはその大きな理由だろうが、キリスト教と仏教の動物観の違いも関係するだろう。日本の説話では動物と人の世界は、結婚したり化けてもおかしくないほど距離が近い。アルマジロがトト一家に抱く親近感はその延長線上にある。

アルマジロは荒地を愛している。サボテンの根元の水分さえあれば生き残れるからだ。「こんな楽園はめったにあるものではない」。彼の天敵は旱魃ではなく、鎧皮を手に入れるために捕獲する人間である。この楽観的な動物の眼から見れば、人間の悲劇もしょせん、住む手立てがないのに無理するだけの喜劇のようなところがある。一家が旱魃に屈しようとしている時に、アルマジロは犬に尻尾を食いちぎられたことを悔しがっている。犬の忠助が主人に叱られているのを見て、「主人もちほど哀れなものはない」と蔑む。そして誰の指図も受けない野生の身を自慢する。そもそも「忠助」という呼び名は飼い主ではなく、アルマジロがからかってつけたに違いない。荒地には他にイタチの平太、野ねずみの福松などが暮らしている。松井の命名にかかると、ブラジルの民衆譚が日本の落語、小咄に早替りする。

語り手は人が逃げ出した後でも「生きのこる自信はある」と豪語する。その秘訣は「身ひとつの身軽さ」と「穴ぐらし」にある。主人を持たずに単独で生きること、それに避難場を持つこと。アルマジロがカフカのネズミのような入り組んだ穴に棲んでいるかどうかはわからない。またトトには猟銃で撃たれそうになったが、マリナにはエサを恵んでもらったことがあり、人間にもいろいろあると彼は思索する。たとえばジョンは「ブラジルの豪農の家族にはかならずいる、実直な子飼いの家僕のような一人」で、孤独を厭わず、実直で寡黙な男である。松井好みの典型だ。為すべき仕事を済ませた後には、「裏山の巨石のかげで黙然としていっぷくするのであった」。彼は自分で煙草の葉を丹念に栽培し、縄煙草に仕上げた。松井は数行をその煙草作りにあてて、どれだけジョンの生きがいになっているかを記す。一方、トトは「剛毅な荒れ野の男」とアルマジロの眼には映る。ルカ神父からは牧場をたたんで町で出てきたらよいと勧められるが、「堂守ひとり語り」のアニジオと同じように、人の世話にはならないと最後まで痩せ地にふんばろうとする。結局は旱魃に屈服した敗北者ではあるが、人事を尽くした者のすがすがしさが残る。「主人に許されたのだろう。チュウ助はマリナの鞍の後にちょこんと乗っている」という結末が、アルマジロの同情心と惜別を見事に言い表している。番犬を馬鹿にしながらも、荒れ野のなかの同居人という愛着を感じている。たぶんトムとジェリーのような「仲良く喧嘩する」関係にあった。このように松井は人間と家畜と野生動物とサボテンの共生関係を、アルマジロの視点から描き出している。

語り部はラマルクの『動物哲学』を愛読するという。動物寓話は数多いが、このような読書家は珍しい。ちょうど人間にとっての人間学《アントロポロギー》にあたるのだろうか。インテリは生物の鎖列のなかで自分たち齧歯目が最終段階である哺乳類に属しているものの、人類にははるかに劣っていることを知っている。だが荒野ではその人類が無力であることも知っている。ラマルクは動物界における人類の権勢について、次のように結論している。「一、能力の点では最も完成されたこの種類は、それによって他種類の動物を支配するに至るので、地球の表面に於て気に入ったあらゆる地域を占拠することになる。二、この種類は、他の優れた種類でこの種族と地上の天恵を争奪する状態にあるものを駆逐し、そしてこの種類が占拠しない地域に避難するように、それらを圧迫することになる（後略）」（小泉丹訳、岩波文庫）。

アルマジロの見聞はこの拡張主義的人間像に反する。人は必ずしもすべての地域を占拠できるわけではないと、野生の知性はラマルクの人間優位主義に反撃している。生物の鎖列の上下がそのまま世界の支配の関係に反映されるわけではない。物語は先住民がいったんは侵略者に屈しながら、最後には土地を取り戻す寓話と読める。アルマジロは気象条件を味方に、強者が力尽きるのを待つという受動的な抵抗を行った。人間観察に見られる楽天主義はこの辛抱強く「待つ」哲学から来るだろう。

四　〈縁のある他者〉——半自伝的小説

作者の分身を主人公に身辺の出来事を描く私小説が「うつろ舟」の後に表われる。辺境物の大作を完成し、次の境地に進もうとしたのだろう。「私小説的リアリズムを苦手とする作者」（伊那宏）という文芸仲間の声に挑戦したのかもしれない。「年金貰い往還記」、「位牌さわぎ」、「高砂」、「宿世の縁」の四作がそれにあたり、作者を連想させる人物名と設定で、一つながりの半自伝的作として読める（主人公は松木太吉か松山太一。また実際の妻は千栄子、作中では千恵か千賀）。

物語化した自分史は移民小説の主流だが、松井の場合、わたくしごとをつらつら書いたのとは違い、一筋縄ではいかない。たとえば「位牌さわぎ」が一人称の語りだけで構成されているのに対して、「高砂」は「神の眼」から見た部分と夫の独白、妻の独白の三つの視点で構成されている。主人公のいわゆる精神貴族ぶりを描くために、車や社交に金を使う同年代の俗物夫婦がところどころに否定的に配されている（「高砂」の北原、「宿世の縁」の北山）。「宿世の縁」では文学賞受賞をめぐる夫婦のすれ違いを最後のエピソードにおいて、物書きとして妻を偲んでいる。病気や死が私小説執筆の動機になるのは、志賀直哉や高見順など枚挙にいとまがない。多くの日曜作家も心の動揺を客観視する自己治癒の行ないとして、人生の艱難を作品にしておきたいと望む。私小説という器は日曜作家が身近な死者を語るのに適している。

「宿世の縁」について、「選後評」は「亡き妻に捧げる鎮魂歌」、「妻への詫び状」などと述べている（『ブラジル日系文学』六号）。一次的読者（同誌の読者）の大半は本人の境遇を知っていて、三人称による私小説として読んだことはほぼ間違いない。連作を通して、作者は家父長制、親子の相克、夫婦の機微、老いと死を激しく、また淡々と記している。書き方しだいでは、苦労話に仕立てられるところを、松井は何に対しても無感動な自分を省察している。父や兄弟に対しては自分を正当化する反面、二人の妻に対しては自分がまちがっていたと否定している（が、謝るつもりはない）。誰しも心のなかにはこうした二面性が渦巻いている。傲慢と卑屈の一方で捉えられないからこそ、他人との関係は複雑で気苦労が多い。

松井の人生観の根本には、人は「宿世の縁」を生きているという考えがある。これは庶民の仏教的世界観で、日本人の心に広く深く行き渡っている。日常会話ではいろいろな場面で「何の因果で」とか「縁があった（なかった）」という。日常表現に織り込まれているので、宗教性が意識されることはないが、かえって逃れられない。個人と世間を結ぶ偶然と必然が、「縁」の概念に凝縮している。個人の前に現れる事柄、個人が巻き込まれる出来事は、一人ではどうにもならぬ大きな因果律によって定められている。縁は良い場合には他人を身内にする符合であるが、悪い場合には諦めにもつながる。出会いや成就の喜びを「縁があった」と寿ぎ、絶望や悲嘆の状況を「縁がなかった」と理由づけて、無理やり納得したり、させることは、日本人の生活ではしょっちゅう見られる。偶発性、運命、タイミング、同時性《シンクロニシティ》などと言い換えることができるが、一番汎用性が高く、生活感に密着しているのが「縁」だろう。この概念は日本人の世界観や信心の根本を支配している。日常の出来事に対して、縁のさらに先を行く説明をつけることは難しい。西洋科学が説明する（はずの）因果が複雑に交差したその上のレベルの宇宙原理として、我々は縁を研究すべきであると南方熊楠が高野山の高僧に書き送ったことはよく知られている（いわゆる南方曼荼羅）。それから百年以上たつが、縁の学が深まったようには思えない。

縁は連作の第一作「年金貰い往還記」の基本モチーフになっている。松山太吉は年金給付のために月に一度、サンパウロ近郊の自宅から都心の役所へ電車で往復する。そこで太吉は三度もひったくりに遭っている。しかし魔がさしたか（そういう縁だったか）、豪華な腕時計をまたしても盗まれてしまった。その時「なにかせまってくる磁気のようなもの」を感じたが、「金縛りの状態」になって餌食となった。災難について後から考えると、「一つの現象に前後から妙に符合する事態がからんで」いるとしか思えない。賊を憎むというより、自分の力を越えた大きな因果律が、災難を引き起こした、あるいは災難のなかに自分を引き込んだと考える。時の流れのなかですべての事柄が互いに関連していて、自分はその端っこで細々と生を営んでいる。大きな世界の端っこではあるが、自分にとっては中心で、そこからしか世界は見えない。これが松井太郎の人生観の基本にある。それ自体は通俗的な無常観、宿命論といったらよく、とりわけ斬新ではない。あまりに納得がゆき、実も蓋もないような考え方かもしれない。重要なのはそれをどのような場面で思い出すか、そしてどのように物語化するかである。

〈縁のある他者〉はこの身辺小説にも登場する。太吉は別の時に四十年前、三ヶ月だけ同居した妻に似た日本人女性と隣り合わせになり、気になって話しかける。彼女はある日突然実家に帰って以来、何の音沙汰もない。顔立ちの記憶も怪しくなっている。もしその女とうまくいっていたら、太吉の人生は変っていただろうと想像すると、「人生のちょっとした蹉跌でも、行く先おおきな違いになる」と慄然とする。身近な出来事からふと世界律があらわになるのは、私小説の面白さだし、たぶん胡散臭さでもあるだろう。太吉は名前や過去を聞き出したいという気持ちを捨てられない。そのきっかけをつかめないまま「ホームにでて太吉が振り返ると、老女はまったく縁もない、通りすぎの他人の顔になっていた」（傍点引用者）。親密さはまさに束の間のことだった。「そですり合うも何かの縁」というが、気をもませただけの出会いと別れだった。

うまくいくはずだった初婚の女とはあっさり切れて、別れてもおかしくなかった二度目の妻とは最期まで連れ添ったのを「くされ縁は離れず」と自嘲している。「くされ縁」は切れるはずの縁が続いている状態、堅苦しくいえば人間関係に関する期待や理想と現実の剝離を指し、好ましくないはずだが、心ならずも親密さが続いている場合に照れ隠しに適用されることもある。「悪友」が大親友に使われるのと似ている。そのような反語的なくされ縁は、縁のなかでも最も奇妙なかたちかもしれない。

家父長に逆らって

父との反目は連作の太い柱になっている。「うつろ舟」で描かれた「血より濃いもの」の思想もここから来るかもしれない。父と息子の衝突は志賀直哉以来、私小説のひとつの定番だが、松井は霊界の父を戒めるというひねった形式で断絶を描いている。「位牌さわぎ」は清子という女性が狐つきに遭ったと、ある人が「おれ」に語るところから始まる。祈禱師に来てもらったところ、両親の霊が現れ、位牌が無くなったと泣いていると相手はいう。そこで長男の「おれ」に位牌を立てろと相手はいうが、父と義絶した経緯を話し、お門違いとつっぱねる。陳腐になりかねない父子反目のモチーフに土俗信仰を混ぜ込んだところに、松井の着想の面白さがある。「土俗記」や「神童」で見たように、超自然現象に対する松井の関心は深い。主人公は狐つきを因循な日本の習俗というより、科学では説明のつかない縁の現れと考えている。来世は存在しないが、縁は存在する。合理的ではないが、そうとしか言えない。

「おれ」の一人語りは感情的で、読者はなかなか事情を飲み込めないまま、すさまじい父親憎悪にただ圧倒される。会話の途中に突然、読者を巻き込む書き出しは効果的だ。父と息子の摩擦は他の移民の小説でも描かれているが、これほど激しく争う間柄は珍しい。息子の側からの一方的な告発で、事態を客観的に振り返る部分と、昂ぶる部分とが交互に現れ、語り手の記憶の温度、感情的混沌が浮かび上がってくる。後半になってようやく清子とは語り手の妹で、その夫と「おれ」は押し問答をしていることがわかる。一人語りの手法を巧みに用いて、切迫感をつくり出している。「おれ」には父の庇護で育った弟や妹にも同情心がない。親兄弟のなかで孤立し、血の絆を信じていない。「親は親、子は子」という『愚管抄』から採られたエピグラフが、作者の姿勢を表わす。

父との亀裂は、「おれ」の長男の死で決定的になった。息子が産後まもなく大病にかかったが、病院に診せに行くことを父に許されなかったために死んだ。この時「お前でも自分の子は可愛いか」と父に言われたのが、最後通牒だった。もはや同居できないと決心し、分家を申し出た。すると財産は渡さないと裸で放り出された。それ以来、訪ねてきた親戚はいない。「おれ」が家を出て二年後、父はぽっくり死に弟が相続した。彼はマツキ農場を経営し、経済的にはある程度まで上昇したが、愛人に子どもまで生ませたことがばれて、妻が腹立ちまぎれに位牌を灰にしてしまった。その因果が妹の狐つきだった。

父は水呑み百姓として食いつめてブラジルにやってきたが、比較的早く「中農」になった。「にわかに大金を懐にした馬車屋のように」舞い上がり、山羊髭をはやし、「ボーデ」（牡山羊）と蔭でからかわれるほど威張り出した。慣れぬ成功が破滅をもたらした。出奔の日には父の罵詈雑言が頂点に達した。「この親不孝者が、これからどんなことになるか、おもしろい芝居になる、お前が妻子に粥でも満足に与えられたら見物だ。泣き面で戻ってきても、この家の敷居は二度とまたがせないぞ」。そう怒鳴ると卒倒した。そのために親戚には人でなしの烙印を押され、交際を断たれた。

移民男性の多くは故郷では相続権のない次男か三男だった。彼らが移住先では家長になり、過去の怨念を晴らすかのように、家長以上の家長としてふるまい始めた。この父親もまたそうだったと思われる。「親はよく内地の経験をほこって、一族に見放された者はどんな目にあうか、と実例をしめして話したが、身分制の日本とちがって、このブラジルでは通らないと子は笑っていた」。内地の家族制度は民法や相続や檀家の制度と連携して成立しているが、ブラジルではそうした後ろ盾が何一つなしに、ただ家父長の権威だけが吼えていた。「日本風を吹かせる」典型で、子にはその場所の錯誤が滑稽だった。父をだめにしたもう一つの原因が軍隊だった。彼は「よく軍隊のことを口にし」、何事も軍隊式に仕切ろうとした。多くの貧農と同じように、父にとって移住前、軍隊が唯一、村から出た経験で、近代国家の制度に最も接近した場所だっただろう。軍隊経験は彼に近代人の自覚を植えつけた。長男を標的に、彼をいじめたような上官のようなふるまいに出た。「金甌」の箕作を思い出させる（第5章参照）。

否定的な父親像は因循な日本を表象している。移住したからには「内地の経験」を反故にして、新天地の経験で判断すべきだとおれは考えている。「生まれによる上下貴賎はない、先祖のことなどうっかり持ち出そうものなら笑われる。まずは気楽な自由が身上のお国柄、小作人でも一生小作ではない。甲斐性によっては大地主にもなれる」。ブラジリアン・ドリームと呼んでおこう。父親は一代で富を築こうとあせり、長男を見捨てたが、息子のほうは三代目で花咲けばよいとじっくり構えていた。本人のじっくりは傍目にはのんびり、ぼんやりと映ったが、長い眼で見れば、そのほうがよかったのだ。

家父長制、軍隊、そしてもうひとつの否定すべき日本が宗教だった。松井の分身は生命の終わりは世の終わり、来世などないと確信している。「死とは生者の目の前に闇の幕がおりるということではないか。死者の感覚のすべては消えて無になり永遠の闇にはいってしまう」（「宿世の縁」）。徹底的に即物的な死生観を持っているが、妻の葬儀は世間体を気にして仏式で行い、家には位牌が残された。これと逆に、父親は移住の折、身内がいない家系なので、寺の住職に相当な寄進して永代供養を頼み、柳行李の底に位牌を入れてきた。そして石油缶の上において仏壇と見立てて、ご先祖さまと毎日拝んでいた。よりによってその位牌が嫁に焼かれたために、父の霊は末娘に取りついた。

読書家の孤独

連作で何度も描かれるのは、家族のなかで唯一の本好きで、父からは役立たず、農村では偏屈と見られ、精神的に孤立してきたことである。故郷では与えられた土地と仕事で一応満足し、周囲から突出することを避けるよう教えられてきた農民が、ここブラジルでは金の亡者となってあわただしく走り回る。そのような精神的環境では、教養や読書は邪魔者でしかない。父に対する憎悪の一端は、本嫌いから来ている。「親父は本をとても憎んでいた。息子が理屈をいうのも読書が元凶と思っていたらしい」。父から離れて一家を構えたころ、「泥壁の粗末な部屋」に「現代文学全集や哲学書がならんでいたというので…旦那は偏屈者ということになった」（「宿世の縁」）。「血をさわがす享楽よりも、読書に思索という静謐を最上」と思った教養人は、尊敬されるどころか、奇人扱いされた。農村に居場所はなかった。

主人公は若い頃、日本人の小間物屋で長塚節の『土』を見るが、日雇いの日給程度の小銭すら持ってなく、諦めたことがある（「位牌さわぎ」）。半世紀たってもその悔しさを忘れられない。読書への渇望は次のように語られてい

松井太郎の書机（著者撮影 2009 年）

る。「会いがたいこの世に生をうけて、先人の書きのこした古典、現代の新しい思想や文学にも接しられないで、草木のように朽ちるのはいかにも無念だった」（「位牌さわぎ」）。

妻は夫の本好きをあまりよく思っていなかったが、表立って反対はしなかった。彼女の死後、ベッドを一人用に替え、一方の壁を本棚にして物置の蔵書を運び込んだ。壁が本で埋まると、部屋の雰囲気はすっかり変わった。すると「あんた。とうとう自分の思うとおりにしたのね」と妻の声が聞こえてきた。その昔は性を営む場所であったところが、男の個人的楽しみを満たす場所に変わった。妻の声には、もちろん皮肉が込められている。私が死ねば好きにやりなさいと生前毒づいていたからだ。夫はそれを忘れていない。妻と書物とはなぜだか反りが悪かった。たとえば太吉が初めて文学賞を取ったのを彼は妻に知らせなかった。するとよその婦人からそれを聞いて大恥をかいたと剣幕を張った。妻が喜ぶはずがないと思って黙っていたのが裏目に出た。その授賞式についても、前日になって一緒に行こうと言い出したので、着て行く着物がないと怒り出した。彼は古い背広でいくのが文学者の気概だとひねくれて答えたが、彼女は夫婦らしい真心を見せたことがないと反発した。

もっと決定的な不運は妻の死の前日に起きる。太吉は妻が入院した翌日、頼んであった本を引き取るために久しぶりにリベルダーデの本屋に出向き、昔からの店番の老婦人が亡くなったことを知る。感慨にふけっていると、その晩、妻が急死した。自分と違って妻は丈夫で五つ若いから、彼女が先に亡くなるとは考えたことがなかった。そうした心の習慣にしたがって、事態を甘く見て見舞いに行かず本屋に行った。それを彼は生涯の痛恨事と考える。私と本とどちらが大事なのと妻に喧嘩腰でいわれたので、ついお前なしでも生きていけるが、本なしでは生き甲斐がないと答えたことがある（「高砂」）。それは売り言葉に買い言葉だったかもしれないが、人生の最後に妻と本を天秤にかけ、後者を取る結果になった。これもまた「縁が薄かった」と溜息をつかせる原因だった。

妻の日記——文字の仕種

妻は生前、字がへただからと手紙などは夫が代書していた。夫の創作にも蔵書にも無関心だったにもかかわらず、自らは日記を書いていた。ある時期に廃棄されたらしいが、一冊だけ残っていた。

> 十月〇日、くもり、夜中に小雨、アルファセ〔チシャ〕二十箱つくりました。夫もネギを一箱だしました。ネギは汚れをとるのに手がかかります、晴れたりくもったりの天気でした（「宿世の縁」）。

このような子どもっぽい文章が綴られている。膀胱の病（入院の原因）のように、死につながる記述も、楽しい家族旅行のことも書かれている。ある年の家族生活を圧縮したホームムービーの観がある。「字はたしかに下手であったが、そこにはほかの誰でもでない亡妻の仕種のようなものがあった」（傍点引用者）。片言だが堂々とポルトガル語で渡り合ったというから、幼いうちに移住してきたのだろう。日本語教育は尋常小学校中退か卒業レベルだったのではないだろうか。下手な筆跡は自己流で字を書き覚えた結果で、学校で教わる標準化された筆跡とかけ離れていたために、「下手」と卑下し、夫はかえってそこに彼女以外にはありえないような「仕種」を見つけ出した。

「宿生の縁」カット画

それは誰も読めない二人の暗号のような書記体系だったはずだ。生前には妻の筆跡は読みにくいというだけの意味しかなかったが、その書き手が亡くなると、彼女の手癖を後世に伝える唯一の記録となり、哀惜をかきたてた。親しい人の手紙を死後に見つけて、本人がそこで読み聞かせているような錯覚に陥った経験は、多くの人が共有しているだろう。手書きの文字に刻まれた仕種は声を内に含んでいる。「書く」が「掻く」「引っかく」と近いことは、日本語を基礎から考え直すのに不可欠な事柄だ。

なぜ日本人はこれほど日記を書くのか。それも歴史意識・自己意識が強い政治家や知識人や文筆家だけでなく、初等教育しか受けていない農婦でさえも、不器用な手つきで一日の終わりに出来事を記録したがるのか。平安文学までさかのぼるのは、少なくとも千恵の場合には大げさだし、上からの国民作りのもくろみの一環として〈書かせる〉教育が浸透したからといって、当人が〈書く〉習慣を持つとは限らない(6)。読むのに不慣れな者までがなぜ書きたがるのか。仮説でしかないが、中国の学芸の伝統にさかのぼる文字に対する敬意や信頼が、庶民にまで浸透していると思えてならない。

私的な時間に文字を書く。一日を振り返り記録する。教育成果を自分なりに人生の目安、規律として使いこなす。原則的には他人には見せないし見られないのを前提に、「真実」を書き記す。悪筆は日記では問題にならない。彼女は文学には無関心だったが、こっそり文章を書くことは嫌いではなかった。悪筆が悪い日記ではないように、悪文が悪い文学ではない。そういいたいかのようだ。松井は流麗とは正反対の文体を持っている。下手であっても、自分の「仕種」を出せればよいと思い至ったかもしれない。

千恵の日記は「作業日誌」といってよいほど即物的な内容で、「夫への不満、恨みなどありったけの心情をぶちあけてないか」という夫の期待は外れた。太吉は妻にとって「馬のあわない、ずいぶんと自分勝手な男」だったと想像している。妻が自分を嫌っていた証拠を得られれば、自分を正当に罰することができると自虐的に期待していた。ところが彼女の日記は謝罪のきっかけを与えてくれなかった。それどころか、一家が追い風に乗っていた時代の記録で、彼女の「意気が感じられた」。夫が想像するほど妻は不満ではなかったのかもしれない。不満しか思い出さない夫とは別の哲学で同居していた。

小学生の作文のような記録でさえ、事情を知った読み手には感銘を与える。文学的世界を創作する夫、生活を記録する妻。書き物の性質はまったく違う。その妻の勤勉のおかげで、夫は早いうちに引退して創作に熱中することができた。いわば作業日誌のうえに文学が成り立っている。夫の書き物を手伝う気はなかったが、結果的に彼女の汗が夫の作品になった。誤字だらけの日誌を引用しながら、作者は遅ればせながら深い感謝の意を捧げた。

夫婦の機微

素直に感情を表わす妻と、自分の殻に閉じこもる剣呑な夫。性格は正反対でも、不仲だったわけではない。夫婦の阿吽の呼吸は「高砂」の末尾にきっちり描かれている。退院した妻に夫は梅干でお粥を勧める。妻はありがとうといって微笑む。台所に向かいながら夫は思う。「おれの言いたいことを、女房の奴さきどりしゃがった。やっぱりおれたちはおかしな夫婦だと思うと、つい涙がでてきて困ったが、こんな弱気をみせれば、この先々具合のわるいことになるぞと考えた」。金婚式は開催されなかったが、思いがけぬかたちで二人だけの祝いの会が開かれた。この結末は夫から見た夫婦の機微をうまく表現し、田辺聖子か向田邦子のようにほろりとさせられる。

題名の通り、ハッピーエンドなのだが、回りくどく裏を読んで見ると、(1)夫が先にねぎらいの言葉を言いたかったが、タイミングを逸した、(2)妻に先に感謝の言葉を言われたら、返礼できなくなった、(3)それを悔しいと思った、(4)真情に反しているのだが、それでも五十年続いているのだからおかしな夫婦だ、(5)そのおかしさに涙が出てきた、(6)だが涙を妻に見せると先々何か言われそうだから隠しておこう。一体、どんな「具合のわるいこと」が想定されるのか、せいぜい情味に乏しい夫の涙をからかわれる程度だろう。彼は家父長の権威を否定しながらも、妻に対して指図する立場にいなければ気が済まなかった。妻はそれに従いながらも、決して夫に仕えているわけではない。生計を切り盛り、満足に暮らしていける水準まで引き上げた。夫は内心では感謝しながらも、都合のよいところだけ以心伝心を信じて、言葉にも贈り物にもしない。妻に直接思いを伝えることは、彼の流儀に反していた。このようなむっつり型の夫は内地にも、外地にもたくさんいただろう。感情を露わに出すことをはばかるのは慣わしであり、その規律のために感情が圧迫されているとは感じなかったはずだ。

夫婦の交わり

傍目にはわからぬ夫婦の接着剤が房事だった。あけすけな描写こそないが、人間の営みの根本に性交があると松井は包み隠さず述べている。「はじめに交わりがあって、すべてがその後につづく」（「宿世の縁」）。理想的には愛あっての結婚だが、ブラジルの日本人社会では、交際圏の限定や男女比の不均衡から、その理想を達成しづらい事情にあった。だから「床をともにすれば情愛がうまれ、家族をなす」のでもよい。最初の妻との初夜でしくじってから、太吉は性的な劣等感を持っていた。それを克服しつつある時期に彼女は出奔してしまった。千恵とは最初からうまくいったが、しばらくして再婚であることがばれ、情熱的な迫り方をしなくなった。生涯の感情的摩擦はその時にさかのぼる。二人の交わりは比較的淡白だったと作者は考えているし、妻も同意したはずだと想像している（「高砂」の千恵の独白）。しかしただお勤めを果たすというだけの関係ではなかったようだ。

上で述べたように、妻は字が下手だという理由で、夫に代書を頼んでいた。すると夫は見返りに「夫婦の間だけのある行為」を要求した。人に言えない秘密の行為をやらされるほうが、「いやいやながらも字を書くよりはましらしかった」。日記を書くような妻が、本当に下手な字を恥じて代書を頼んだのかどうか疑問が湧いてくる。その行為をせがむ二人の間の演技だったと想像してしまう。「筆おろし」という俗語があるように、日本語では文字を書くこととエロスとは深いところで通底している。

ある時、千恵は珍しく十日間も入院した。退院した日、千恵は一人で入浴できないほど衰弱していて、太吉が抱きかかえて湯船につけた。その時、かれの人差し指が臀部に触れたので、「なにか惜しむ気持ちになりその感触をたのしんだ」。このような接触は絶えなかったので上機嫌となり、こんな世話なら日に二度でもすると冗談をいうと、仕方のない人と寂しく笑った。それが最後の肉体の接触となった。その夜、彼女は血を吐き救急病院に連れていかれ、数日後に息を引き取ったからだ。

亡くなった後には、妻と一緒に寝ている幻想を見た。明け方、柔らかな肌の感触があったので抱きしめると、布団の重なりでしかなかった。まるで『雨月物語』の「浅茅が宿」のようで、「はっきりとした空しい寂寥の気分におそわれた」。亡くなった妻に哀惜の念を抱くのは当然としても、「自分のような歳をして、ただの観念としても性欲の相手をもとめるのは、妻であった女とはいえ、死者だけに罪ぶかいものと観じた」。彼は死者とは既にいない者、「永遠の無」と割り切って考えてきたはずだが、妻だけは別扱いだった。

つれない連れ合い

「宿世の縁」は一茶の「もう一つの連れはどうしたきりぎりす」を冒頭に置き、妻の死をきっかけに「命あるものが避けることのできない生死の離別」に思いを馳せ、生きているというより、残されているという無常観から半生を振り返っている。「おれたち夫婦の営みは永い夢だったのかという虚しい気持ち」、これが作品の低音部を作り出し、父に対する憎悪が中音部、息子に対する信頼が高音部でそれよりも弱く鳴り響いている。

葬儀では最後の別れとなるのを惜しんで妻の額に手をおいたが、「とくに胸に迫ってくる悲哀はわいてこなかった。…死者は彼にかかわるすべての存在とともに、永遠の忘却、絶対の無になるのだから、そこには喜怒哀楽もないわけだが、かえって残された者が辛い余生をおくらなければならないだろう」。このような感慨は一瞬過ぎただけで、死者を前にした瞑想から得られたわけではない。そして位牌を死者に見立てることもできない。ただ喪失感だけが心を支配する。「位牌は千恵ではないし拝む気持ちになれない、千恵は死んだ。もうどこを捜しても再び会って、話し合うこともないのだ」。愛惜は彼女の占めていた場所、触れていたモノを触媒にして湧きあがってきた。

太一は夫婦の部屋にこもり、寝台の縁に腰をおろして、まとまりのない考えにふけった。

寝台の頭をおく側に枕が二つならんでいる。わずか三日前まで千恵が頭をおいたところなのに、今夜はもうその者はいない、いままでにも太一はおおくの人の死に会ってきた。——すべての人間は死ぬ、知人Aは人間であった。それでAは死んだ。で片付けてきたが、千恵の死はその帰納法では納得できないなにかがあった（「宿世の縁」）。

千恵は他人と片付けられない特別な存在であることが、死んで初めてわかった。とりわけ枕は肉体関係を連想させる。後段では彼が布団を妻の体と間違って抱きしめる場面がある。寝室はおおむねよそよそしい二人が親密になれる唯一の場だった。

千恵は金婚式に乗り気だが、夫がそうでないのを予想し、長男の口から言わせる策略を取る。しかし太吉は頑固に拒絶する。「息子か、やはり他者だな、お前もだ、それが証拠に、お前が傷をしても、こちらは別に痛くはないんだからな」（「高砂」）。妻の痛みも息子の痛みも夫は共有できない。物理上も、想像上も。平素の考えでは妻は他のすべての他者と同じだが、死者として見送って根底から覆された。喪われて初めて価値がわかることはよくある。妻との感情的一体感を元に戻せぬ出来事の後でようやく得たことは、残りの長くない人生の悔恨として残った。

「宿世の縁」の最後のエピソードは、文学賞の授賞式前日の口論だ。「初めから間違ってくっついた二人」だから、情の薄いおれに天罰が下って、お前は悠々と余生を暮らすがいいと男が言うと、女は私が先に死んでも、息子があなたを見るから心残りはないと言い返す。こういう意地っ張りの会話はしょっちゅうあったのだろうが、ことさら文学的履歴の大きな一歩にひっかけて思い出されている。これは女房あっての創作活動だったという感謝をひねくれた形で述べたかったからではないか。安定した家庭生活と筆を握る時間の余裕があってこそ、創作が可能だった。変人扱いを気にせず、自分の好きなことを中心に人生を設計した者の勝利といってよい。その蔭の功労者として、妻を讃えている。「彼ら夫婦は生きてきて、こころの通わないまことに浅い縁の者たちであったが死に別れもじつに呆気ない別れになった」。「宿世の縁」はこう結ばれている。浅いが切れることがなかった縁、良い意味でのくされ縁を哀悼の意を込めて振り返っている。それは残りの時間は一人で生きるという決意の表明でもある。

五　滑稽譚

「宿世の縁」で亡妻を送り出した松井太郎は、二一世紀に入ると、これまでとうって変わって、軽みを含んだ作を書き始めた（私小説連作にはさまった「虫づくし」と「邪視について」がその端緒）。続き物と考えてもよい「コロニア今昔物語」「コロニア能狂言」はその代表で、苦労話中心の移民小説の主流にはない境地を開いている。擬古的な文体で移民生活を戯画化し、苦労の合間に埋もれた笑いを蘇らせている。移民史の忘れられた細部を愛情豊かに描き、真面目顔の小説が取りこぼした人情をすくいあげている。移民とは何か、自分の生涯は何だったのかというような根源的な問いをいったん忘れ、興に乗って書かれたことがよくわかる。筆がすべるのを楽しみながら、移民であることの哀しみとおかしみを深く突いている。

この二作は説話や狂言を日系社会に置き換えたのではなく、「しだいに忘れさられゆく、初期のコロニアにおきた事件など、筆者の見聞〔を〕（フィクションもいれて）、いくらか時代がかったものにすべく、わざと、ござる　そち　われ　もうす、とかの古語をところどころにはさんでみた」（傍線原文）と作品集の「あとがき」に述べられている。芥川の中世物のように古典の教養のうえにこしらえた知的な細工ではなく、本人の直接の見聞やどこかで聞いた話をいつもと違う調子で書いただけで、「もとより古典に造詣もない筆者の思いつき、下手な偽物つくりが、名のある古い窯の出と騙そうとしても、具眼の士にはいたるところに尻尾をだしている品物」と謙遜している。しかし同時に「これらの物もけっこう役目を果たしているときく」と自負を隠さない。

ブラジルの社交には笑い話（ピアーダ）が欠かせない。失敗談、民族のステレオタイプ、色欲、嫉妬、性格、権力風刺などさまざまな種類の笑い話が見聞や伝聞をもとに作られ、打ち解けた場をめぐっている。笑い話の上手な話し手は愛され、上出来の作は雑誌で紹介されたり、本に集められる。松井の二作は移民社会に伝承する笑い話を古典もどきの形式で再話する試みで、日系ブラジル移民最初の民話集のようでもある。苦労話ばかりが表に出るなか、笑い話も伝承すべきであるというのは、彼の独創性だろう。

民話でござる——「コロニア今昔物語」

「コロニア今昔物語」は次の五話から構成されている。「第一話　わかい女、豚に尻をなめられた話」「第二話　少年、木の株を豹とみて恐れたこと」「第三話　山伐りの男、森で女の白骨に出会った話」「第四話　痛みをこらえて、災いをうけた男」「第五話　巨根の男、入り婿して養家を絶やすこと」。短いので一二〇〇字、長いので五千字弱という短編で、テンポ良い語り口を特徴としている。ふざけても品を落とさないところに書き手の凛とした文学観が現れている。第一話の書き出し——

今は昔、志あって異国に渡ってきた者は、昼は夜、夏は冬のちがいのたとえ、遠く天文の頃、ポルトガルの船種ガ島に漂着して鉄砲をつたえ、つづいてザビエル上人九州にきて、キリシタンの布教をはじめられた。フロイス殿は東洋の果ての国の風習が、西洋とはまるで反対のおおいのに驚き、書簡をもってその変わった仕種のかずかずを本国に伝えたとか。

それから四百年ほどもへて、おどろかした者の裔がおどろく立場になり、同じ言葉をはなすこの国に、子孫を後世にのこすことになったのも、まことに浅からぬご縁でござろう。

ところで、移民は定めによって一年は勤めなければならぬという。耕地に着いてみて新来者は吃驚仰天！。白ペンキぬりの邸宅の入口に立っていたのは、雲つくばかりの大男、うす茶のシャツにこげ茶のズボン、黒い長靴、腰のバンドには見たこともない本物のピストルを吊っている。移民にはいばっていた通訳も、大男のまえにでると、ペコペコと頭をしきりに下げるのも奇態でござった。すると大男はなにやら言ったが、もちろん新来者には何のことやら分かるはずはないが、――よくきた――ぐらいの歓迎の意味は、支配人の笑顔でさっしたのでござる。

一代記でお馴染み、農場入りの場面が、ここでは紙芝居のように調子よく描かれている。倒置や省略を配して、「ござる」で脱力させ、語りの声が聞こえてくるような調子の良さを作りだしている。キリシタン布教の枕は、日本移民を五百年にわたる日本ポルトガル交渉史のなかで捉えるというような大風呂敷よりも、ちっぽけな移民の失敗談をあたかも世界史のひとこまであるかのように語る誇張のおかしさをかもし出している。そのうえでさかさまと言ってよいほどかけ離れた文化に放り込まれる困難を、フロイスの観察を引き合いに述べている。

農場に着いた小川竹松一家は新来者の世話を任された佐々木家にもてなされ、竹松はピンガを初めて飲んで焼酎と変わりはないと気に入り、「ひえつき節」を歌う。松井は例によって巧みに歌詞を配して、臨場感を高める。竹松（この名前自体が笑いを誘うが）はもともと郡役所の書記官だったが、新所長に嫌われて辞めさせられ、ブラジル行きを決意した。自慢の長女は女学校を中退することになり不満を持っている。田舎暮らしには慣れていない。石油ランプしかなく、蛙が鳴き、妙な獣の臭いがする。酔っぱらった竹松はかえって上機嫌で、『方丈記』から「それ三界はただ心一つなり。もし心安んじからずは、宮殿、楼閣ものぞみなし」を口ずさみ、教養人の片鱗をのぞかせる。質素極まりない板壁の小屋にいるからこそ、鴨長明の引用は効いてくる。「気の毒なのは移民となった長明殿、火酒の酔をかって登仙の夢はかなわぬようでござる」というようなユーモアが、小話を明るくしている。竹松は生活苦からではなく、開拓生活に精神的なものを夢見て移住してきたらしい。彼がこれから出会う苦難を思うと、あまりに無邪気な酩酊ぶりで、かつて農村からブラジル暮らしを始めた読者はくすくすと笑いだすだろう。一家の最初の犠牲者は長女、彼女は便意を催し、便所が見当たらないのに当惑する。仕方なしに外で済ませようとするが、真っ暗闇で何者かに尻をなめられ泣きわめいて戻ってくる。犯人は題名から既に分かっている。

農場の原始的な排便事情については、苦労話によく出てくるが、このような笑うに笑えぬ話は、それまで書かれてこなかった。娘を外にやる場面では落とし紙さえないので、母親が布きれを渡したとある。描きようによってはただ下品になってしまうところを、書き手は今昔物語の縁飾りを借りて滑稽に語っている。佐々木家が饗するのが、「手造りの味噌をつかった吸い物、わかいパパイアの漬け物、主婦が心づくしの赤飯、干鱈の天火焼き」と細部まで記されていて、戦前移民には佐々木家の具体的な暮らしぶりまで想像できたことだろう。こうした細部は民族の書記が書き残されなければ消えてしまった事柄だ。新来者を気遣う佐々木一家も便所のことまでは気が回らなかった。外で排便することはあまりに自然だったのだ。

そして中世説話風の後日談を用意している。「初枝嬢は縁あって同県出の成功者の息子と結ばれ、現在、名もかくれなき名士になっておじゃるのは、いやさかのかぎりじゃ。また佐々木家の家族も小川の口ぞえで、世にでて栄えているともうすとか」。古典もどきの結末は、物語を実際よりもはるか昔の出来事のように錯覚させる。口頭伝承に擬し、近い過去を遠い過去に突き放す。山本周五郎の『青べか物語』が発表の三十年ほど前、昭和初期の浦安を、明治であってもおかしくないほど遠い過去の物語にしたのを思い出す。民話化の技法で移民史が語られるのはこれが初めてだった。

婚礼でござる――「コロニア能狂言」

「コロニア能狂言」は「蟻退治」「結納ぬすっと」「姉女房」「床さほう」「朝市」の五話から成る。中身は「コロニア今昔物語」と同じく、滑稽な昔話だ。中の二つの話には「この地方の移民の資料などあつめている田舎学者」が現れる。移民の自分語りや聞き書きの本はあるが、いずれも真面目な回顧で、本当にあったこととして書き記されている。松井は物語採集のかたちを借りて、ありそうな話を読者に聞かせる。「さりながら古い開拓者の話など、すぎた世の語り草としてしだいに忘れられるのは、まことに残念にござる。今のうちに移民風俗史のごときものを、

「コロニア能狂言」、「蟻退治」カット画

書き残しておかなければ時代とともに、塵芥のように処理されてしまうのは必定でござろう」。これをもっと洗練させると、『遠野物語』序文になるだろう[7]。

「床さほう」は田舎の結婚式の椿事を描いている。仲人が式の当日、一六歳の新婦に手をつけ、場内騒然となったが、父親が語り手のわたしに仲人の代役を頼んで式を執り行い、夫婦はその後子だくさんに恵まれ、めでたしめでたし。「開拓地の神話めいたころの話」をするために、枕でイザナギとイザナミやアダムとイヴを持ち出して、「男女がたがいに求めあうのは自然の摂理」と煙に巻いている。物語の肝は「娘三コント」と呼ばれたほど、かつての日系社会は「嫁市場」だったこと、そのために仲介者に入る謝礼が馬鹿にならぬ額で、うさんくさい奴もいたことである。綿の好景気の時期には、結婚式が盛んだったというのは、なかなか統計では現れない事実だろう。語り手の「せっしゃ」は仲人を一切断っていたが、一度だけ引き受けたのが、上の顚末だった。

もうひとつの結婚譚「結納ぬすっと」は「この地に古くからいる者」が、「往昔の邦人の跡をしらべたい」という者の訪問を受ける場面から始まる。牧童役の太郎冠者が語りだす。昔、父親が入植した植民地で、ミシンの外交販売員の夫が、器量よしの三人娘を持つ一家を連れてきた。三人を一目見ようと村の青年が妻の経営する裁縫塾に群がる始末。ところが上から順々にこっそりと嫁いでいってしまった。しばらくすると、上の二人が出戻ってきた。ミシン屋夫妻はまたしても非難を浴び、引っ越してしまった。何十年か後に、その一家がマットグロッソ州の農園で成功しているのを新聞広告で知る。姉妹の男兄弟が牧場主となっている。真面目ひとすじの一家が、結婚詐欺で家運を開いたというお話。「騙した者より騙された者がわるいという、お国柄のゆえでござろうか」と落ちをつけている。正直者だけが成功を収めたわけではない。誠実な一家も一度限りの(?)悪事をはたらいて、生活の元手を稼いだ。

裁縫塾＝花嫁学校には、より良い縁談を求める親が娘を通わせた。そこへ安宿（ペンソン）で拾ってきたという美しい三姉妹が連れてこられたので、退屈な村では何かと噂になった。村人の反応が面白い。あの一家は村に災いをもたらすから消えたほうがよいという声が上がったり、ミシン屋を青髭城の主と重ねたり、女を魔窟に売り飛ばしているという噂も出た。自分たちも異人であるのに、植民地のなかではよそから来た者に好奇心と警戒心を抱いた。日本と同じようなムラ社会の心向きが醸成されていたことがさらりと語られている。途中で「聞いたか見たかモジアナぐらし／鬼の耕地は石ころだらけ／夢のブラジル借金かさむ／これじゃうだつのあげようもない」と戯れ歌を引用しているのが、松井らしい。

「木芋庵詩集」

二〇〇九年五月、松井太郎は作品集の第八巻として「木芋庵詩集」を上梓した。これまでと同じく自ら装丁してあり、一枚一枚色塗りした挿絵が鮮やかだ。それは詩が描く風景や動物の図で、素朴に文と対応している。かつての文人が扇や色紙に漢文、短歌、俳句と走り書きの画を描いて遊んだのを連想する。写真や絵との緊密な交差を仕組んだ芸術狙いの詩集ではない。ただ頁の片隅に落書きしてあるようなものだが、松井ののんきな境地がよく伝わってくる。内容は滑稽譚の延長にあり、自分を茶化す境地に達したことを告げている。

藤村風の抒情詩から戯れ歌まで、「興にのって書きちらしたもの」二十編ほどが集められている。冒頭は「曳馬川の堤で」。浜松市を流れる川で十年前に遊び、「藤村風のものになった」と挿絵にボールペンで添え書きされている。一冊ずつ手書きのコメントを付けているらしい。「風さむき　曳馬のかわべ／たが駒を　ひきし名ごりぞ／縁なき　南よりきし／旅人は　ひとりたたずむ／／いますぎてふたたびあわぬ／青きみず　流れてはさる／立冬の　日もちかくして／すすきの穂　みだれてはとぶ／／（中略）かりそめに　足とめし地／定めなき　根なしの草か／人はさり　世はうつると

「木芋庵詩集」カット画

も／とわなれや　曳馬の岸べ」。立ち寄るはずのない地に偶然やってきて、川の水を眺めるうちに、「方丈記」が思い出されたり、自分もまた根なし草の人生だったと感慨が湧いてきた。人は去っても山河は残る。こうしてこの世のある一瞬に川辺に立つのも縁――感傷的といえばいえる内容で、数十年ぶりの帰国で、青春の愛読書を思い出したようなところがある。

藤村調はこの一作だけで、後は「野盗一代」のような七五調を連ねた戯れ歌、歌謡調が多い。そのうちの一群の作は、非日系の貧しき人々を主人公としている。「砂とり舟」はサンパウロ州内陸部、チエテ河上流で川底から砂をすくって生計を立てるペードロ爺さんのなりわいが主題で、「連れもなければ／子もなし／至福のいたり／ひと壺の酒」と孤独者の小さな満足を讃えている。「老牧夫」は北東部ブラジルのジョンという七十代の牧夫が人知れず死んでいるという詩で、「誇りもたかきツーピの裔／栄えはせねどほそぼそと」と、やはり心の気高さと質朴な暮らしの調和が理想化されている。現実的というより、高貴な野蛮人の決まり型を踏襲している。堀口大学訳『現代ブラジル文学代表作選』（一九四一年、『堀口大学全集　補巻2』）に収められているコエリョ・ネット「牛飼ひフィルモ」の主人公と似た、孤独で厳しい死が描かれている。「泣き車」では伝統的な蒸留法を守るピンガ職人ジョゼー爺さんと孫を乗せた馬車が、とんでもない軋り音を立てて道をゆっくり進んでいく。「冬の牧場の水かれて／日でりのつづく三ヶ月／牛はやせるがそのかわり刺鉄線でかこいした／蔗の甘みはましたろう／／（中略）これ（馬車）は奇妙な骨董物／この文明の世の中で／オメオペイア（オノマトペア）でどうかくか／それほどたかくはないけれど／遠くでもきく泣き声を」。馬車が「奇妙な骨董物」であるばかりでなく、手間ばかりかかる酒作りの方法も、当の爺さんも骨董的だ。潔い老いは、相変わらず松井の倫理の最も根本にある。

このように長老は相変わらず、北東部に対する想像力を燃やし続けている。「牧歌」は民俗学を修めた「わたし」が、民話語りの名人ファビオの死を悼む内容で、東京から来た先生が最後の小倉太鼓の継承者と出会う岩下俊作『無法松の一生』の名場面を髣髴とさせる。縁あった他人の死の追悼はまだ続いている。ファビオは「わたし」が少年のころ、父の農園に転がり込んできた男で、野盗くずれと噂されている。日照りによる水争いで「無法者」が跋扈すると、銃で連中を脅して退散させる。松五郎と同じく、腕っぷしが強いが、恩義に厚い。無法松が中学生の喧嘩に乱入する場面を思い出す。ファビオが「わたし」のことを「坊ちゃん」と呼ぶのも、無法松と少年に似ている。若主人と雇い人が双方向の敬意で結ばれている。ファビオは一見暴れ者だが、実は民衆の智恵に通じている。「文盲ながら耳がくもんで／民話は山ほどしっていた（中略）しぜんとかもすおかしさは／一芸たっし万芸に／ちょっと類ない名人芸」。農園に出会うまでのファビオの込み入った人生が暗示される。ちょうど無法松が正統的な小倉太鼓を継承しているのに対応する。一方、「わたしは遊学十余年／学士さまで帰国した／民話あつめて論文で／民俗学で名をとった／翰林院にでるほどの」。ファビオの夜語りが民俗学に目覚めさせるきっかけだった。しかし学問の道は諦め、「先祖伝来の土地」に戻り、牛飼いになった。それを悔いてはいない。都会で学問するよりも身にふさわしいことがある。ファビオの知識を都会のエリートに伝えるよりも、智恵の生まれた場所で智恵の主のかたわらですごすことを選ぶ。ファビオは老いて病に伏すが、医者を拒み、「好いたこの地」で「木の十字架になりはてた」。死の夜には牛がヒョウにおびえたように吼えまくった。ファビオは家畜にも敬愛される超自然的な存在だった。「ゆたかな恵み望まずに／仕えてくれた節まげず／生涯の友ファビオよ」。この総括的回顧も無法松と似ている。清貧と恩義。またしてもここに帰ってきてしまった。

おわりに――のんきな爺さん

手前生国はと切りだしても
県人会に籍もない
みんな似たよな移民の子

胴ながかに股いかり肩
口をひらけば残り歯の
四・五本だけでもご愛嬌
入れ歯にすればよかったに
すべて成るように成ると
文学以外は無関心
芋ぐらいは食えるだろと
つけた雅号は木芋庵
長男坊であったのに
親は園主のたかのぞみ
子は雲みて放浪を
父は息子に匙なげた
売りことばに買いことば
甚六家をでるという
どうせべそ面でもどるだろ
一文もやらずに勘当した
それからここに六十年
つらい苦労もあったけど
米びつふったことはない
こいつ案外のんき者

いつも光風露月こころには
天もあわれと感じたが
卒寿をこえる歳くれた
コロニアの文芸界では
意外としれてる古狸
人はめでたいというけれど
さかさごとが身にしみる
寂しさつのりペンとって
こんな作詩でなぐさめる

木芋庵はこんな自伝的戯れ歌「仁義をきる」をしたためている。ここまで生涯を戯画化できるなら何もいえない。戯れ歌に卓越した才能が必要なわけではない。語調に親しみ、少し気のきいた言葉の感覚があれば、作り慣れてくる。しかしそれを詩集に収めるかどうかは別の話だ。この文体が現在の自分であると自信を持って読者に差し出している。「文学以外は無関心」を貫いて卒寿まで生きたことを自ら寿いでいる。「こんな作詩」という謙遜に、拙くも筆を捨てずによくぞここまで書いてきたという秘めたる誇りが込められている。九十を越えて現役作家だった宇野千代や野上弥生子とは事情が違う。わずかな読者しか持たない孤島で、無償で創作し続けるには、よほど「のんき」でなければならない。周囲の評価に無頓着で、ただ自分の好きなことにしたがう持続する志がなければならない。無欲でなければならない。職業作家にこの「のんき」の美徳を求めることはほとんど不可能であろう。文壇、読者の期待と評価が仕事のなかに組み入れられているからだ。日曜作家は誰もがのんきであるかもしれないが、そのなかで質の高い創作を残せるかどうかはまた別の問題だ。松井の場合、創作の他に本作りも好きという特殊な性向のおかげで、こうして少ないながらも、読者の手に作品を確実に届けることができた(8)。

もう一編の自伝詩「大器晩成」では、二〇〇八年『すばる』に「遠い声」が転載された折の出来事をこう記している。「ある日、日本の本屋より／貴作の一編転載を／お許し願うという話／載るのは日本の一流の／文芸誌『すばる』にと／身辺にわかに騒がしく／田舎者のまようほど／おめでとうと人はいう／まずは女房に報告と／仏壇きよめ灯をともす／鐘をたたけば澄んだ音に／色即是空　空即是色空ときく／ぽろりとおちる一しずく」。「好きな道」を支えた妻への感謝が祈りに込められている。紐文学の翻訳から七五調に目覚めた松井が、私小説的な事柄もその鋳型に流し込めるまでになった。コロニア小咄では共同体の昔話を笑い話に仕立てる技を研ぎ澄ましたが、九十代になって自分をその俎上に乗せて笑ってもらう余裕が生れた。過去のふたつの書き方を統合して、新しい作法を試みている。息苦しい父子、夫婦関係を小説にした後、それと正反対の軽さで同じことを再現する。民俗芸能でいう「もどき」だ。笑いが生命の活力であると信じ、「ユーモアのない一日はさびしい」という藤村の言葉を引用している(「福わらい」)。詩体模写のモデルとなった『若菜集』よりも、この言葉に彼は藤村の真髄を見出しているようだ。松井は昔を懐かしみ、溜息をつくような老作家ではない。「好きな道ゆえ無償なれど／残した仕事に満足を」。その幸福をこぼれ笑いするような文句で、心許した読者と分かち合いたい。「木芋庵詩集」はその穏やかな枯淡の自由を拓いている。

硬軟の文体を使い分け、折々の関心を物語や詩に仕上げていく楽しみが、手作り本のどの頁からも浮かび上がってくる。読書させてもらえなかった青年時代の悔しさを晴らすかのように、老いてからはこまめに題材を拾ってきては、作り話の世界を作り上げた。八十を過ぎてからは滑稽に向かい、今では自分を茶化すようになった。一貫している哲学を見つけることもできるし、一作ごとに別の題材と手法を試しているともいえる。論じる楽しみを残してくれた数少ないコロニア作家が、どれだけの本を読んできたのか、また読みたくても読めなかったか私は知らない。しかし作品集はそれら読んだ本、読めなかった本に対して十分な見返しをしたと確信する。

註

(1) 伊那宏「ポスト〈移民小説〉の現状」『コロニア詩文学』四七号、一九九四年六月号、九六頁。貧しくとも筋を通す生き方は、処女作「ひでりの村」の米作に既に見られる。彼は仲買人に金を借りようとするが断られ、肉屋に豚を売ってなんとかかんとかしのごうとしているくせ、転出する独身青年にはお餞別を渡す礼儀を欠かさない。宮本の人物像に対する疑問として、『現代思想・総特集 宮本常一』(二〇一一年一一月臨時増刊)所収の石原俊「〈島〉をめぐる方法の苦闘」、篠原徹「記憶する世界と歩く世界」参照。

(2) 黒川創『国境』メタローグ、一九九八年、四〇三頁。口承詩、混血化との関連については、西成彦「ブラジル日本人文学と「カボクロ」問題」(『文学史を読みかえる』研究会編『〈いま〉を読みかえる――「この時代」の終わり』、インパクト出版会、二〇〇七年、八一~八九頁)も参照。

(3) 伊那宏「土着性へのアプローチ或は帰結――『うつろ舟』に見る文学的方向」『コロニア詩文学』三六号、一九九〇年一〇月号、一二九頁。この評論は第一部の雑誌連載終了後に書かれ、エバの描写について苦言を呈しているが、作品集ではそれが解消されている。則近正義は「自らへの厳しい戒めとして(上)」(『詩文学』三五号、一九九〇年六月号)のなかで、同作の不適切な言葉遣いを指摘している(豊かな育ちの継志が「おれ」と自称するはずがない、というような些細なことまで)。本論では連載版との比較には立ち入らないが、周囲の批判に応えて推敲された結果が作品集であることは強調しておきたい。

(4) 松井は『コロニア文学』四号(一九六七年五月号)に「オ・サント」(「聖者」)という翻訳を投稿したが、不掲載に終わった。その原稿を二十年後に引っ張り出したのが、「牛飼いの聖者」(原題は“O Santo”)である。松井の本作に対する一徹ぶりがうかがえる。またこの幻の原稿は最初の小説とほぼ同時期に書かれていて、彼が創作と翻訳の両方から執筆の道に入ったことがわかる。これはブラジルでは非常に珍しい。他の書き手と違う文学観が出発点に既に刻まれていた。

(5) ジョゼフ・M・ルイテン『ブラジル民衆本の世界――コルデルにみる詩と歌の伝承』(中牧弘允他訳)御茶の水書房、一九九〇年。ランピオン、シセロ神父についても同書を参照。

(6) 西川祐子『日記をつづるということ――国民教育装置とその逸脱』吉川弘文館、二〇〇九年。

(7) 狂言仕立ての戯作として、ほかけぶね「借衣の旅」(一九二二年六月三〇日付『時報』)がある。謡曲(長唄)の文句を借りて、クリチバへ旅するシテとワキの道中記になっている。このような滑稽文学は埋め草止まりで、流れを成すには至らなかった。

(8) 真剣とのんきの混じり合いは、ごく初期から松井の創作姿勢の特徴だった。「アガペイの牧夫」がのうそん文学賞を受けた後の文によれば、「活字になったのを再読して、自分の安易な構えにすこし空恐ろしくなり、すこし休んでみることにしたのです。しかし自重すればするで、本性の怠けぐせが頭をもたげ、つい梯子の下に座って良い気になっている次第です」(「私と『のうそん』」『のうそん』一〇〇号、一九八六年五月号、一二二頁)。多くの受賞者なら眉をつりあげたコメントを好むところだ。

追記

脱稿後、松井のそれまで見せなかった顔を露わにする詩が出版された(『サンパウロ詩話会だより』一三六号、二〇一二年一月号)。題して「カフカ流に」。「そこは砂漠の/つきたとこ/巨石を立てて/門がまえ/鬼のようなのが/見張り役/ある日旅人が/やってきた/入れてくれろと/ねんごろに/門番はいう/鍵みせろ/見せる鍵では/入れられぬ/いろいろなのを/持ってきた/ところが入れる/鍵はない/しだいに弱った/旅人は/門を前に/息きれた/鬼のような/門番は/死人をつかみ/谷底へ」。

もちろん「掟の門」にもとづくが、小道具や結末は『審判』や「断食芸人」を連想させる。日本文学に与えたカフカの影響は小さくないが、このように詩(それも俗な七五調)のかたちに「翻訳」した例を私は知らない。カフカ受容史のどこに位置するか見当もつかない。松井は他では一切、この好きな作家について書いていないし(そもそも評論、随想を残していない)、コロニアでカフカの名前が挙がることもほとんどない。老人の身辺詩に占められたリーフレットの読者に、その名を聞いた覚えのある者すらあまり期待できない(『詩話会だより』編集者は「なかなか意味深長な詩」で、「まずカフカの作品を読んでから」解釈しましょうと言い添えている。彼もまた読んだことがなさそうだ)。そういうひどい孤立の中で、この寓話詩が書かれ、今あえて発表された(松井は最近になって二、三号おきにこの冊子に発表しているが、会員との交流はほとんどないという)。引き出しに隠匿しておけなかったのは、一石を投じる、手腕を見せるというような大望ではなく、どんなに少部数であれ、出版された形で自作を眺めたいという素朴な楽しみからだろう。

ちょうど紐の文学を浪曲なり八木節の調子に書き換えたのと同じ手法で、好きな作家を料理した。理屈っぽくならずに敬愛とユーモアを示したことが、どちらからも強く感じ取れる。松井にとっては民衆文学も世界文学も、共鳴のあり方としては序列がない。お話としてぴんと来るものがあれば嬉しい。素人読者=作家として、有名・無名を問わず、共感できる作の前では、謙遜と礼節を以て対することが必要で、居丈高に「批判」や「評価」に走ってはならない。「影響」なんてとんでもない。ただなぞる、もどくぐらいでちょうどよい。松井はそう信じているのかもしれない。突飛な連想をすれば、打楽器を打とうなんて考えずに、触っては引くんだ、「おまえのおいぼれた指なんぞただのそえものと自覚しろ」と素人楽団員に諭す、いしいしんじ『麦ふみクーツェ』（二〇〇二年）の「おじいちゃん」の哲学と通じ合う。彼はどんなモノ＝楽器でも慈しんで触れば、すばらしい音が生まれると教えている。

「カフカ流に」は日本文学の名作を七五調に煎じ詰める歌謡曲のサブカテゴリー（俗に「文芸路線」と呼ばれる）——東海林太郎の「麦と兵隊」や「残菊物語」、村田英雄の「蟹工船」、姿憲子の「姿三四郎」など——とは、根本から異なる。こちらは大衆的な英雄物語を浪曲へ咀嚼（翻訳）してきた歴史から派生した流れで、プロの作者・歌手を動員する音楽産業が制作の根本を押さえている。一方、「カフカ流に」は「純文学」の民衆的定型詩への翻訳で、文学業界を介さない（かかったのはリボン代、紙のコピー代、郵送費だけ）。こういう「遊び」にどれほどの文学的価値があるのか、私に語る資格はない。ただ本国文壇を遠く離れて、こういう日本語でカフカを受け止めた詩人がブラジルにいたことだけを述べておきたい。

この詩の感想に対して、松井さんはただちに返事をくれた。そこでは「ブラジルにいって日本文学を勉強しようという奇妙な考えをもって移民になった者」と自分を呼んでいる。松井家の本当の事情はわからないが、このように十代から強く文学に心奪われてきたと今日、振り返っていることが大切だ。また上の詩を「コロニアの人々になじめるよう書きかえ」た「和訳」であると語っている。「カフカ流に」を現在盛んな翻訳理論ではどう解釈できるのか、専門家に聞きたい。

出版年	題　名	初出雑誌	作品集
1966.5	ひでりの村	農業と協同 179 号	ある移民の生涯
1970.7-8	ある移民の生涯**	農業と協同 229-230 号	ある移民の生涯
1975.8	狂犬*	コロニア文学 27 号	ある移民の生涯
1979.1	遠い声**	パウリスタ年鑑	うらみ鳥
1980.1	うらみ鳥**	パウリスタ年鑑	うらみ鳥
1982.3	アガペイの牧夫**	のうそん 75 号	ある移民の生涯
1983.9	廃路*	のうそん 84 号	神童
1984.1	土俗記**	コロニア詩文学 17 号	うらみ鳥
1985.5	金甌**	のうそん 94 号	うらみ鳥
1987.12	山賎記**	のうそん 108 号	ある移民の生涯
1988.1-1994.6	うつろ舟*	コロニア詩文学 27-33 号、39-47 号	うつろ舟
1990.1	堂守ひとり語り*	コロニア詩文学 36 号	神童
1994.1	年金貰い往還記	コロニア詩文学 48 号	うらみ鳥
1995.6	位牌さわぎ**	コロニア詩文学 50 号	うらみ鳥
1995	野盗一代**	書き下ろし	ある移民の生涯
1996.6	高砂	コロニア詩文学 53 号	うらみ鳥
1997.7	神童*	コロニア詩文学 56 号	神童
1998.1	虫づくし**	コロニア詩文学 60 号	神童
1999.11	家訓	ブラジル日系文学 3 号	未収録
2000.11-2002.11	宿世の縁	ブラジル日系文学 6-8 号	宿世の縁
2003.3	犰狳物語**	ブラジル日系文学 13 号	宿世の縁
2003.12	コロニア今昔物語**	ブラジル日系文学 15 号	コロニア今昔物語 コロニア能狂言
2004.12	コロニア能狂言	ブラジル日系文学 18 号	コロニア今昔物語 コロニア能狂言
2004	ジュアゼイロの聖者 シセロ上人御一代記**	書き下ろし	ジュアゼイロの聖者 シセロ上人御一代記
2006.12	邪視について	ブラジル日系文学 24 号	野盗懺悔
2009.1	野盗懺悔	書き下ろし	野盗懺悔
2012	ちえの輪**	書き下ろし	未収録

松井太郎作品一覧
*『うつろ舟』(松籟社) 収録作
**『遠い声』(同社) 収録作

10　亡びゆく民、甦る仏心——山里アウグストの空想解脱小説

移民が瞞されるのに一回も十回もあるかあ。
どっちみち日本に帰れないのは同じじゃないか。
（大城立裕「ジュキアの霧」一九八五年）

東寺で悟ったブラジル人

一九二五年サントス生まれの沖縄系二世で浄土真宗の僧籍を持つ山里アウグストは、第1巻第1章で紹介した「たそがれ時の暴走者」、つまり一九九〇年代になって日曜作家の常識を超える長編小説を書いた一人である。第一作『東からきた民』、第二作『七人の出稼ぎ』はともに、仏教思想の啓蒙を正面に掲げている。それまでブラジルで書かれた日本語文学にはないことだ。後者は当人が二ヶ国語で執筆している。完全な日本語ポルトガル語二言語作家は最初で最後だろう。四人の「暴走者」のなかでもひときわ異彩を放つ。

山里アウグストは沖縄系の多いサントスで、久米島出身の両親から生まれた。家ではウチナーグチ（沖縄語）、外ではポルトガル語を話し、小学生の時に日本人の多いモジ・ダス・クルーゼスに引っ越し、ほとんど初めて日本人と日本語に出会ったという。沖縄人か日本人かブラジル人かの選択肢に引き裂かれたが、「日本人」を選ぶ。しかし敗戦で大きく動揺する。家庭生活では、生まれてすぐに、母親が二三歳の若さで、横恋慕を入れてきた沖縄系使用人に射殺された。そのショックの大きさは計り知れない。この事件はあらゆる憎悪の根源で、その克服のためにさまざまな救いを求めてきたと現在は振り返る。幼い頃に祖父が過労死し、戦時中に姉が一六歳で病死し、相次い

で祖母を失ったことも不幸感に追い打ちをかけた。宗教面では、沖縄人の常で祖母の祖先霊信仰を真似てみたが、いっこうに貧困から抜け出せないので反発を感じ、カトリック教会に通った。姉が亡くなった時に、なぜ自分はこれほど不幸を背負うのか、と神父に問うたが、神の存在を知らせるための試練と決まり文句しか返ってこず、キリスト神のエゴイズムに辟易して、教会を離れる。同じ頃には「土俗宗教」のまわりもうろついた。またニーチェの「神は死んだ」に共感したものの、超人になる努力は三日で終わり、「知的マスタベイションの域を出ることはなかった[1]」。

戦後は敗戦と家族の相次ぐ死亡で虚無感を感じつつ、南米時事社に少し勤めるものの、一八歳の時に失明を宣告され、自殺未遂に追い込まれる。初恋に破れた時には相手と心中してやろうとピストルを買ったが、死の恐怖にかられて凶器を川に捨てた。心機一転、五トントラックを買って、事業を始めるや、大事故を起こして、経済的にも精神的にも打ちひしがれた。その間、酒と煙草と女の「自虐的な退廃の道」を辿ったこともある。親戚のすすめで仏教に興味を持ち、ポルトガル語で小乗仏教の本を読むものの違和感を覚える。少しして大乗仏教に出会い、その勉強に取り組む決心を固める。一九五二年、財産を売り払って、龍谷大学（真言宗系）に留学する。

しかし「二世の幼稚な日本語と漢語の知識」で仏教に取り組むのは「至難中の至難」で、勉強は挫折の連続だった。周りからは「嘲笑と憐憫の視線」を投げかけられるばかりで、「ただ「空」とか「無」とかいう言葉にまどわされた」。落ち着いて反省すれば、仏教修行は家族を次々失ったことを忘れるための「現実逃避をかねた自殺行為」にすぎなかった。「死の誘惑」に負けぬために自己を鍛えなくてはならない「のっぴきならぬ瀬戸際」まで追い込まれた。西本願寺阿弥陀堂への百日参りを思いたったが、一日でばかばかしくなった。南禅寺に禅を組みに行ったが、ブラジル育ちにはついていけなかった。ある夜、東寺の

山里アウグスト（86歳）
（著者撮影 2011年）

外塀を「夢遊病患者のように」さまよい、星空にうかぶ五重塔を見上げた。「永遠の宇宙と、七九四年の平安遷都に建立された歴史の枠内の古寺と、そして現在を生きぬこうとあがいている私とが同じ直線上に立っていることに気づいた。そして、その私が自分のエゴの小さなものさしでもって宇宙と歴史と自分の存在とをはかろうとしている愚かさに気づいた」。すると「私の立っている地盤がとつぜん大音響をあげて足もとから崩壊しはじめる感じがした」。恐怖のあまり、下宿にあわてて帰り「感情が怒濤のように氾濫し、号泣となってほとばしりでた」。恥じらいもなく「泣きに泣いた」。

すべてが存在価値を失った。修学も、求道も、世界も、自分自身の存在も意味を失い、ただただむなしさのみにかられた。泣き疲れて、涙も涸れはてた時、深い沈黙につつまれてふとんの中で胎児のように体をまげている自分にもどった。すると、沈黙のはるかかなたからやわらかな温もりが伝わってきた。生命の息吹であった。それが鼓動となって全身をかけめぐり、深い感動が私の全存在をゆすぶった。こうしたエゴの崩壊の体験から後、私は新しく生れかわった自分を自覚した。生存に付随するさまざまな問題は消えたわけではなかったが、深刻に悩み、実存苦に懊悩されることはなくなったのである（「日本人の伝統精神の真髄を求めて」）。

この時、「私の全身からまぶしいほどの光があたりへ放射されたのだ。何千何万とも知れぬあざやかな色調が、八畳の部屋いっぱいに満ちあふれた」（『宗教の産業化』一八六頁）。これが「無心」の境地（後述）を発見した瞬間だった。時に一九五三年一〇月五日夜明け。

龍谷大学では、後に同大学学長を務めた親鸞と古代仏教史の泰斗、二葉憲香教授（一九一六年～一九九五年）に感化を受けた。学僧は広島の寺の出身で、満州の奉天で文教部教官（山里の理解では開教使）の職に就くものの、引き揚げのさなかに二児の命を奪われる。敗戦後、故郷に帰るとそこは地獄、京都に引っ越すが、肺炎で死線をさ迷う。

そこまで見放されてついに如来の大悲に触れ、真の信仰の道を開いた。山里はこのように心の師の人生をまとめている（二〇一一年一二月五日付私信）。二葉の古稀記念論集（『日本仏教史論叢』永田文昌堂、一九八六年）や雑誌追悼号（『龍谷史壇』一〇六号、一九九六年三月号）には、家族の不幸についてひとことも触れていない。悩める青年がじかに聞いた話だろう。気鋭の仏教学者は当時、神道を後ろ盾とする戦後国家再建に対して激しく反対していて、山里の特殊な大和魂観に感化した可能性は高い。しかし留学生は未来の大学者が最初の著作を出したころの印象しか持たず、その後の学問上の成熟を何も知らないだろう。何かと消息が伝わる本国の情報環境の遠い外で、彼は暮らした。二葉の存在は仏教の知識を与えたというより、不幸を乗り越えて信仰を深めた人生の師として、心にしまわれた。その辛苦と解脱の人生は二世の魂に塗りこめられ、長編の主人公像の土台となった。手紙に見られる聖人伝のような強烈な語り口は、上で引用したような自身の闇と光を語る際の調子と変わらず、さらには長編の文体にも通じている。

さて留学生は六年間滞在して開教使の資格を得て、一九五八年帰国。いったんはサンパウロの教団に加わるものの再び悩み、僧籍を離脱し、文章を自らの布教の道具とする。たとえば帰国の翌年には仏教書『心のともしび』をサンパウロで刊行。一九六二年から二年半にわたって、沖縄系二世経営のラジオ局サント・アマーロからラジオ・ドラマ『笠戸丸移民』を放送した。これは評判が良く『東からきた民』の原型になった。一九六八年にはポルトガル語で『日本の歴史』を出版した。一九七一、二年頃には『レジナと魔法のコイン』という子ども向けアニメ映画をブラジル人経営のテレビ・ツピーで演出した。

一九九〇年から日本に滞在して、都内で警備員を転々としながら、沖縄の新聞に寄稿したり、『宗教の産業化』（一九九二年）を執筆した。この本では教団仏教、新興宗教、キリスト教を批判し、世界中で百万人に一人ほど点在する「正覚者」が人類を導くサミットを組織し、強力に無心、無我の境地へ導くべきだと宣言されている。このような強力な宗教心とメディアと著述をまたがる経歴は、ブラジルの日本語社会では唯一無二だ。二編の長編連載小説は七十代を迎え、執筆活動の総決算として書かれた。この後にはさらに『カーマ』と題する長編を完成しているが、いまだ刊行の機会を得ていない。二〇一一年に訪れた時には、居間の仏画・仏像に驚いた。仏壇を備えていない移民の家を探すのはむずかしいぐらいだが、仏画・仏像はめったに見ない。仏画は自分で描いたもので、『七人の出稼ぎ』の表紙に使われている。ほとんど視力を失ったため、大画面モニターに非常に大きいフォントを使って、ポルトガル語の仏教案内を書いていた。

前期短編——崩壊する家族

山里の「小説熱」は留学から帰った六〇年代に一度訪れた。いずれも同化がもたらす家庭の悲劇を主題としている。同人雑誌や文学賞の標準、四百字換算で四十枚から五十枚で収まり、内容的にも「前期短編」と一括できる。

「崩壊」（一九六一年、パウリスタ文学賞佳作）は戦時下、二世の「ブラジル化」によって、頑固な父親の日本的価値観が崩れ去る悲劇を扱っている。長男は強姦事件で留置場に放り込まれ、次男は雇い人に殺され、長女はその男と恋仲にあるが、この男は別の恋人ともつきあっている。父親は子どもたちの不良化に手のほどこしようがない。唱歌「ふるさと」や「君が代」、日本戦勝の信念がかろうじて心を支えている。妻が日本敗戦の報を告げるとショックを受け、彼女を殴り、自分は土間に崩れる。

「老移民のこの日」（一九六一年、農業と協同文学賞受賞）はこの崩壊劇の戦後版である。主人公は西南の役で祖父を、日露戦争で父を失った薩摩藩士の家系で、軍人学校で足を怪我して退学、その後移住して三十余年がたっている。二十年前に妻を亡くしたが、二人の息子の成長を心の支えに寡夫を守ってきた。近所の白人娘が金目当てですり寄って来るが、ガイジンに気を許すことは日本男児の恥と抵抗し、サンパウロ法科大学を卒業した自慢の次男が帰省するのを心待ちにしている。長男の嫁選びには失敗したので、今度は良い相手を探さなくてはならないと勝手に候補を選んでいる。しかし帰宅するや、次男はサンパウロのイタリア系女性と婚約したと告げる。老人は激怒し、追い返す。また農家を継ぐはずの長男が、次男びいきに腹を立てたことから暴力的に家を追い出す。老移民は息子たちの裏切りに人生の目標を失う。前山隆のいう「黒い兄、白い弟」（長男に農業を手伝わせ経済基盤を確立しながら、弟たちに高等教育を与え、社会的上昇をねらう生活戦略）の典型である。

日本精神の瓦解は別の形でも語られた。「移民が抵抗を失った時」（一九六七年、『コロニア文学』）の「おれ」は京都大学哲学科卒業後、勉学の道が閉ざされ、ニーチェの「超人」を南米で実行しようと叔父の農家に呼び寄せてもらう。労働意欲はないが性欲はみなぎり、友人の妻を犯して満たされる。二・二六事件のニュースに日本人意識を興奮させられると同時に、それを二ヶ月遅れで知ったことにがくぜんとし都会に出るが、仕事の口はなく、黒人娼婦と寝るぐらいの楽しみしかない。仕方なく、近郊の土地を借りて耕す方がまだ将来性があると思いなおし、モジ・ダス・クルーゼスの大地主と交渉する。しかし仕事するよりも地主の娘を射止める方が早道だと思い立って、求婚し夢の大地主に収まる。六年のうちに娘は五人の子持ちとなり容色は衰える。渡航直後には「動物みたいな人間」と軽蔑した愚鈍な農民（カボクロ）と見かけばかりか、内面も似てくる。そして日本敗戦の報も「川向うの火事を眺めている気分」しか与えない。祖国との絆は解け、渡航当時を思い出し、「あの頃、おれはほんとうに無知だったなあ！」と呟く。この皮肉なセリフは、『コロニア文学』を読むような教養ある読者に強く響いただろう。(2)

この三作はブラジル生まれが描く否定的な一世像としていずれも興味深い。同化、父子の衝突、日本精神の挫折のような深刻なテーマに最も真面目にぶつかる書き手の一人として注目された。周囲から孤立した頑固な家長は移民文学の人物類型のひとつといってもよいが、山里の場合、日々の細かな摩擦と最終的な爆発の対比が巧みで、読み手を引っ張ってゆく。長編を読んだ後に振り返ると、「老移民のこの日」の傷痍軍人は『東からきた民』の主人公の先駆人物であるし、薩摩藩士の子孫は『七人の出稼ぎ』のパウロに生まれ変わる。ガイジンとの結婚を許さない父親は同じ長編の金吾を日本へ追い出す原因だったし、強姦、性欲は両方の長編でも重要な役割を果たす。「移民が抵抗を失った時」の寓話的な書法、心情を突き放したやや戯画的な叙述は、長編の胚芽と考えられる。「超人」

思想は『七人の出稼ぎ』では「聖人」に形を変えて登場する。前期には〈沖縄〉はまだ主題化されていない。

二十数年、各方面での職業的な執筆経験を経て、山里は小説に帰ってきた。移民九十周年の年に『ニッケイ新聞』に連載を始めた『東からきた民』（一九九八年一〇月一四日～二〇〇二年六月二九日付、九〇七回連載、四百字換算約二二〇〇枚、ちなみに北杜夫『輝ける碧き空の下で』は約二六〇〇枚）は前期と打って変わって、超現実的な発想を持つ大長編に膨れ上がった（二〇〇二年にコロニア文芸賞受賞）。この手法は続く『七人の出稼ぎ』（二〇〇三年二月一四日～二〇〇四年五月一日付『ニッケイ』、二九八回連載、四百字換算約八五〇枚）でも踏襲された。前者は笠戸丸移民、後者は日本への出稼ぎ二世を扱っている。日系社会の始まりと現在を共通する物語構成と文体と思想で描いていて、対で論じるのにふさわしい。「後期長編」と呼んでおこう。

他の三人の「暴走者」の長編は完全な個人出版（リカルド宇江木）、手書き原稿（衣川笙之介）、同人誌（松井太郎）で発表された。それと比べ、新聞連載を選んだ山里は広範な読者層を想定していたはずだ。宇江木には露骨な性描写や天皇批判があったし、衣川のテーマはあまりに特殊的で、どちらも新聞には不向きだった。山里の長編にはそのような不適合はない。また松井の作品は新聞にふさわしい内容と文体だが、彼は永年、所属するサークルの仲間を最初の読者と決めた。逆に文芸サークルの外でいわば「プロ」の執筆活動を行なってきた山里には、同人誌という選択はなかった。長大化しそうな予測も新聞を選んだ理由だろう。

「仏教小説」

後期長編はどちらも荒唐無稽な筋立て、人物を単純明快に性格づけた群像構成、仏教的世界観を特徴とする。行間を読み取る苦労も喜びもない明快で単調な文体しか持たない。ヤングアダルト文学のように文章は透明で（あるいは幼く）、人物の性格づけは薄っぺらで、筋立ては思想につき従う感がある。これは選択というより資質に関わるだろう。個人の生きざま、汗と涙と笑いの抒情的・娯楽的物語ではなく、民族集団としての存在根拠を問う叙事的・思想的物語を意図している。ともに個人的心情の機微や冒険ではなく、集団の社会的・精神的ありかを問うことに重きが置かれている。一世紀前の移民は仏教を心の支えにブラジル社会に寄与し、出稼ぎ二世は日本で仏教精神を学び、ブラジルに持ち帰らなくてはならない。この明快な主張を伝えるために、老作家は文筆を握った。

後期長編は仏教を正面に立てているが、通常の「仏教小説」のどれとも似ていない。まず現実的な筋立てから離れている。自然主義的な物語ではなく超自然的な奇想を展開する。これは明治十年代、欧米から輸入されたばかりの「政治」という概念を、江戸時代の読み物から半分、翻訳物から半分借りてきた荒唐無稽な筋立てで論じ、ユートピア文学に近づいた「政治小説」と似て、思想伝達の一手段として、小説の形式を借りている。海外事情に目を見開かされた維新直後の教養人にとっての「政治」の代わりに、山里は仏教を前面に掲げた。この類似性を強調するために、彼の後期長編を狭義の「仏教小説」と名づけたい。明治の「政治小説」が、現在いう「政治的小説」(政治批判をもくろむ小説)とまったく異なるように、山里の長編は通常の「仏教小説」とは似ても似つかない。普通、「仏教小説」といえば、聖人や僧侶を主人公としたり、教団や寺の盛衰を描いたり、人物が無常や因果や成仏の観念を黙考する、あるいはぽろりと洩らすような作品を指す。これは近代以前の説話や唱導(説教節、念仏踊り、琵琶語りなど)も含めた日本文学史上の「仏教文学」の一端を成す。この広義の「仏教小説」のくくりに、作風がまったく異なる今東光や岡本かの子から、玄侑宗久やみうらじゅんまでがまとめられる。[3] 系統的に仏教に関わる作家の例ばかりでなく、死と向かい合う作品の多くは、どこかに仏教の痕跡が見られるだろう。キリスト教作家も例外ではない(遠藤周作、加賀乙彦)。仏教の死生観はそこまで深く日本の精神風土に浸透している。ちなみに山里は吉川英治『親鸞』(一九三八年)に感銘を受けたという。

それだけでなく、解釈を待つ「文学的」な表現から程遠い、生の言葉遣いで思想を述べる点が、他の「仏教小説」群と区別される。さらに因果応報の否定的な現れとして、差別(『東からきた民』では沖縄人、『七人の出稼ぎ』では部落民)を主題にしている。明治以降、差別は克服すべき政治的な課題として描かれるのが普通だが、山里は醜くも現存する宗教的な課題として提示している。明治の政治小説作者が、まだ熟していなかった「文学」よりも、緊急に樹立させなくてはならなかった「政治」を優先させたように、山里は「文学」制作よりも「宗教」啓蒙を動機に、物語を仕上げた。したがって彼の作品は小説の形式を備えながら、今日の「文学」の範疇に収まりきらないかもしれない。もちろん既成文学の〈彼方〉に冒険しようという意図はない。宗教論の文学への翻訳と捉えてもよい部分もある。奇っ怪な文学というのが私の第一印象だった。しかしよく読むと本国の文学・仏教風土からは生まれてこなかった突然変異が見えてくる。もう一言。日本人になろうとした沖縄系二世を、琉球弧の誰がこれほど屈託なく描くだろうか。

一　『東からきた民』——妖しき熱帯

かさと丸神話の沈没

『東からきた民』はかさと丸の神戸出航から始まる。その神話的航海については、乗船名簿が仔細に検討され、碑が建てられ、栄ゆる我らコロニアの原点として尊敬を込めて遇されてきた。文学化の試みとしては、上塚周平、平野運平、沖縄系博打打ちイッパチ、最後の生存者中川トミらを主人公にした実話的英雄伝が書かれてきた。建造から廃船に至る船舶自体の歴史さえ著されている（宇佐美昇三『笠戸丸から見た日本』海文堂出版、二〇〇七年）。大半が最初の農地を逃げ出さざるを得なかった第一回移民の苦難は、汗と涙の物語の祖形を提供した。作者はまず現実の人物に共感し、その感情をなるべく多くの読者に感染させることを目論む。読者もまた同情の涙を流し、心を浄化する。それは日本の読者にも、北杜夫の『輝ける碧き空の下で』でお馴染だろう(4)。

『東からきた民』は先行作とはまったく異なる書きぶりで笠戸丸に迫る。作者が組み立てた船の模型にフィギュアを載せて、劇を進行させている感がある。数名の実在の人物以外は架空の設定で、現実の再現、事実の脚色を意図していない。人物の心情に読者が自分を重ねるような情緒的な文体ではない。人物は外でめまぐるしく展開される出来事に翻弄され、一喜一憂する。感情は持つが「内面」や「自我」は持たない。寓意《アレゴリー》と見なすにはあまりに薄っぺらだ。経験から学ばず、同じ誤りを繰り返す。陰謀や対決の場面は随所に現われ、その部分だけ突然、表現が活劇調になる。小さい頃によく読んだという立川文庫を模したような文体だ(5)。

物語の中心を成すのは、日露戦争で味方の弾に当って足が不自由になった岡村信次と、彼の妹を強姦・妊娠させ形ばかりの結婚をした元戦友、松浦保夫の争いである。保夫は「金のなる木」（コーヒー）の話につられ妻を置いてブラジル出稼ぎを決意し、財産目当てで義兄を誘う。一方、信次は戦傷で柔道家になる夢を捨てただけでなく、コサック兵の槍が自分を逸れて、隣にいた姉の夫を殺したことを心の傷としている。姉は発狂し廃人と化す。信次は自責の念から、保夫の邪心を知りながら海外に逃亡する。もう一組の対立は久米島出身の青年大城栄造と、彼を陥れる博打好きの乱暴者、沼越源太の間に見られる。源太の形式的な許婚者ナミエと栄造が相愛となり、間柄はこじれる。

人物の正邪はあまりに明確で読み違えようがない。作者の立場は仏教徒としては信次、沖縄人としては栄造に割り振られ、この二人は超人的な武芸で困難を切り抜けてゆく。それぞれの相方となる中川ヨウ子と沼越ナミエもまた、人並み外れた美貌と愛くるしさを備え、知性や行動力を誇る。ヨウ子は「洋子」なのか「陽子」なのか誰も知らない。どちらの文字でも本人の魅力を裏切らないと信次は好意を寄せる。ヨウ子はフランス語を東京高等女子師範学校（現在のお茶の水大学）で学び、演説に長けている。聡明なうえ、なぎなたの高段者で、邪心ある男を退散させるスーパーウーマンである。だが重要なことは、二百三高地で父と兄を失い、そのショックで母も縊死し、信次と同じくらい深く戦争の傷を負っていることで、それが二人を「運命的に」結びつける。ナミエ（彼女の父も日露戦争で亡くなり、遺された借金のカタに源太の父に引き取られ、「婚約」させられた）はサンパウロの名家の御曹司と結婚する。通俗小説の正義の側の人物像そのものである。邪の側の人物も同じように悪一色に染められ、保夫以外、ほとんどが殺される。因果応報である。善悪とも性格が首尾一貫している反面、変化や成長もない（物語の中のいたずら者にあたる源太が、船上では敵対した栄造と上陸後は連帯するのは例外）。

かさと丸英雄像はしょっぱなからはぎとられる。山里は一九〇七年のハワイへの新規移住の中止通知を、ブラジル移民開始の大きな理由と見ている。「かさと丸移民の多くは、ハワイへ行くつもりであったのが、移民会社にだまされてブラジルへ来てしまったのである」（一九九九年六月三〇日付）。いうなればホノルルに向かうはずの船が、突然サントスに舵を切った。つまり「間違えられた国」に送られてしまった。移民の大半は「ハワイやブラジルの区別がつかず」、「金の稼げる海外の国としての認識しかなかった」（一九九九年六月三〇日付）。乗船者は英雄どころか、間違って連れて来られた民にすぎず、日系ブラジル移民の歴史は最初の一歩から踏み外していた。ところが山里は傷ついた起源にかえって吸い寄せられ、負の脚光をあてる。

初めてのブラジル移民送り出しで皇国殖民会社は危ない綱渡りをしなくてはならなかった。そのため道中の安全のためと言い訳して、神戸で乗客から所持金を集め、ブラジル側と秘密裡に交渉していた。事業が失敗すればその金で埋め合わせる算段だった。「野心が先走って、資金や信頼すらなしに、かさと丸移民を欺き、放したかのようにブラジルの荒野へほうりだして日本へ帰った皇国殖民会社の水野龍社長」（二〇〇二年五月二九日付）と山里は事業主を犯罪者扱いする。水野の銅像をひっくり返す勢いだ。立派な名前の会社だが、ヨーロッパ各地の移民商人と変わらない。「ウソ八百でも並べて移民を募集し、一人頭いくらというふうに甘言でもって必要人数を募って送りだせば金になったのである」（一九九九年六月三〇日付）。水野が移民監督を任せた「移民の父」こと上塚周平は、酒と賭け事に浸り、事あれば土下座して謝ることしか知らない。近代版人買いの狡猾な現場担当でしかない。ブラジルに到着して二年、玩具作りで食いつなぎ、第二回移民船歓迎式の金策に走っているみすぼらしい姿を見て、軍隊で手柄をあげた勇敢なアナーキスト児玉直継（後述）は叱る。「また大勢の同胞をたぶらかして金をまきあげるつもりだろう。かさと丸の連中の金も返していないそうだね。犯罪行為だから、誰かが告訴すれば裁判沙汰になるぞ。

気をつけろ」（二〇〇二年四月二六日付）。清貧に甘んじた人情家という従来の聖人伝とは大違いだ。他に香山六郎（後の『聖州新報』創立者）、仁平嵩や加藤順之助のような実在の通訳が登場するが、いずれも卑屈で無力な人物でしかない。

山里が肯定するのは、言葉の通じない荒野に放り出されながら、自らの才覚で社会に飛び込んでいった者たちである。多くの日本人が通訳や移民会社に頼って生活せざるを得ないなか、架空の人物は驚くべき歩みをブラジルに刻む。たとえば火夫になりすまして乗船したアナーキスト杉坂は軍隊に入隊し、豪胆な行動力で中将の信頼を得て、二年後には中尉に昇格する。別府の安芸者＝売春婦だったサエは窃盗罪に問われ、ブラジルに逃げてきた。サンパウロに到着するやまず下宿屋を開き、ついで農場から逃亡してきた日本女性救済のために娼婦館を経営し、警察と交渉するような手腕を発揮する。女たちを搾取しないという評判が立ち、やがて各国の女が三十人ほど集まる。彼女は別府で差別待遇を受けた屈辱を教訓に、貧困女性のための適切な労働機会を与えるために、この事業に乗り出した。性の女神のようなフェミニストが経営する多民族の娼窟。興味深い設定である。

ナミエはサンパウロの新聞記者の案内で、ヨウ子を姉貴分にポルトガル系大貴族の家政婦となる。お家騒動に巻き込まれるが、言葉の覚えも早く、跡取り息子と結婚にこぎつける。源太は「店員求む」の張り紙を見て、日露戦争後、親日家となったリトアニア系ユダヤ人の織物屋に勤める。源太は元々、広島の老舗反物問屋の一人息子で、仕事に早く慣れ、すぐに支店長を任される。一方、信次らは鉄道工事の労働者としてマットグロッソ州で各国移民に混じって肉体労働する。なかには北東部のジャグンソ、カンガソ（農園の用心棒）に加わって、一旗挙げようと志す者もいる。第一回移民の逃亡はお涙物語というより、ブラジル社会への「参加」（梅棹忠夫）の一ステップだった。御用会社の思惑とは別のところで、人々は智慧と力を出し合って生き抜いた。汗と涙の英雄ではなく、思考し行動するはみだし者に作者は肩入れする。

はみだし者図鑑——『大菩薩峠』の補遺として

かさと丸が「間違えられた船」であるように、乗船客もまた間違って連れてこられた有象無象の集まりだった。彼らはことごとく負性に傷つけられている。作者はその社会的雑多性・周辺性に逆転した賛辞を送っている。金もうけに出るという以外に共通点のない出稼ぎ連中は、本国社会の陰画を映し出している。人類学でいう「徴つき」、それに否定的な意味合いを込めて「札つき」の集団と呼んでよいだろう。乗船名簿に載る者は——

落ちぶれ華族、うだつのあがらない貧乏士族、破産して夜逃げする商人、差別から逃れようとする部落出身者、村のおんぼう、駆け落ちの若い男女、田舎回りの旅役者、温泉場の女郎がいた。また街のとうふ屋、漁船の乗組員、仕事にあぶれた書生、博打と女で身をもちくずした僧侶、大学の万年浪人、旦那の金をかすめて逃亡をはかっている若い妾、相撲取りになりそこねた大男などもいた。棟梁の女房と不義の仲になって追い出された宮大工もいた。また、警察当局から指名手配中の過激派の自由党員、日清・日露戦争の生残者、日本人の戸籍を買った朝鮮人・中国人もいた。社会的な身分、境遇、思想はそれぞれ異なっていたとしても、めざす共通のものは「金銭」にあった(一九九八年一二月八日付)。

あたかもボルヘスが紹介した中国の百科事典と同じように、およそ系統立てる意志に欠いている。弱者、貧者、敗者、悪人、罪人をひっくるめ、「落ちぶれ華族」と「万年浪人」と「とうふ屋」と「部落出身者」と「朝鮮人・中国人」と「過激派」と「駆け落ち」を同列に並べるのは、誰の目にも乱暴で、非論理的で配慮に欠くように思える。「身分、境遇、思想」は本来なら、それぞれ別に扱うべき項目だ。彼らに共通するのは、日本にはいられない状況である。貧困は最大公約数だがそればかりではない。移民とは理由は何であれ追放されるか、自ら逃亡した食い詰め者の集団だが、山里ははみだし者故に選ばれし者であるとひっくり返す。

はみだし者の見本市といえば、誰しも中里介山『大菩薩峠』を思い出す。遊女、落ちぶれ商人、脱藩者、駆け落ち、大工、博徒、乞食、追いはぎ、強姦者とその被害者、放浪僧、外国人船員など無数の周縁の民が、机龍之介の前を通り過ぎてゆく。それぞれが秘めた寓意については、既に多くが語られてきた。『東からきた民』のはみだし者はそれほど深く描写されていないし、多様でもない（上のリストの半分以下しか登場しない）。信次は龍之介と同じく身体的な傷を負った武芸の達人だが、それ以上の物語的な共通点はなさそうだ。山里作品には『大菩薩峠』の現実と夢想の二重構造も、込み入った心理も人間関係もない。

この国民文学との比較は滑稽と映るかもしれないが、介山が最初の単行本化に当って、大作の主意は「人間界の諸相を曲尽して、大乗遊戯の境に参入するカルマ曼荼羅の面影を大凡下の筆にうつし見んとするにあり」と述べたのは聞き捨てならぬ。さらにもう一点、長編の終わり近くで、駒井能登守らが太平洋上の無人島に船を漕ぎ出し、ピルグリム・ファーザーズにならって理想郷を作り始めるのも引っかかる。かさと丸移民が、その延長線にあると考えれば（彼らは公定移民史ではよくこのアメリカ建国の父にたとえられる）、『東からきた民』ははからずも『大菩薩峠』の補遺、後日談のように思えてくる。この島の「征服」を成田龍一は帝国主義の寓意と解釈し、非武力的な開拓であっても、先住民との血を流す争いは避けられないというヨーロッパの「異人氏」の言葉を重く読んでいる(6)。一方、山里は帝国主義の一段階、日露戦争をかさと丸移民の主要な動因と見、生存者でさえ既に犠牲者であるとはっきり述べている。移民たちにとってブラジルは、駒井が思い描くような協同生活の理想郷ではなく、金儲けの場所にすぎない。しかし人の生活は経済活動では終わらない。新しい土地でゼロから生活を始めると、新たな倫理や精神も必要となる。山里が描くのは、現世の目標の如何を問わず、人々の行いには人智を超えたレベルで裁かれる因果応報がつねにはたらいているという世界観である。

野口良平の介山研究によると、「カルマ曼荼羅」には世界の起源、世界の全体、世界の動因という三つの世界像が重なっている(7)。小説の冒頭で龍之介が老巡礼を殺した負の一撃、その業がどんな因果を世界に与えうるかが、長編の核である。通常の仇討ち小説ならば、龍之介の死によって悪は亡びて完結するのだが、介山はそのような単純な解決を斥ける。その代わり、生死を超えた世界の成り立ちを描こうとして、物語世界を因果応報の網の目として拡張する。それがカルマ曼荼羅だが、これは物語として決着しようがない。人斬り龍之介ほど業が深い人物は文学史上例を見ず、未完は物語の業のようだ。

『東からきた民』の業はさほど深くはない。信次の足を貫いた日本軍の流れ弾と義兄を殺したコサック兵の槍は、因果の車輪が回りだす最初の打撃で、彼の悔恨はいつもそこに戻る（龍之介には悔恨という感情は一切ない）。味方から身体的な傷、敵から精神的な傷を受けたことに、すべては回帰していく。彼の心理と視線と行動が物語の主軸で、複数のサブ・プロットが入り乱れる『大菩薩峠』とは根本的に構造が異なる。そして信次が悪因を結婚という良き結果に転換することに成功したところで、物語は終わる。保夫以外の悪人は都合よく亡びる。その意味では勧善懲悪の単純な大枠で、物語世界が成り立っている。解釈の余地はあまりない。

介山はある画工が数百畳の紙に何やら描くと、近くの者には何だかわからぬが、高い楼上から見ると巨大な仏像だったというたとえ話で、カルマ曼荼羅について説明している。山里の場合、半紙に仏像を描いてこれは仏像であると納得させるような筆法で、深遠さはない。これは二人の仏教理解の深さではなく、文学的な技巧と意図の違いに帰せられるだろう。山里はほとんど暗喩も寓意も用いずに因果を物語化している。僧侶の説法と同じように、その場で教えが伝わらなくてはならない。考え込ませてはならない。信次の世界解釈はそのまま作者の世界像で、読み込み不要なほど明快だ。思わせぶりな所作や言葉はひとつもない。信次だけが因果応報としてすべてを見通している。ヨウ子や栄造すら、信次の思想を共有していないだろう。一方、介山は途方もない剣客や無数の人物の因果を読みながら、読者が内なるカルマ曼荼羅（人生の小さな出来事を世界の大きさのなかで意味づける論理）を反省させることを目論んだ。これは道徳的判断に留まらない。山里とはこの点で大きく異なり、広義の仏教小説の極限に達している。

差別の宿命

介山は差別を正面切って取り上げていないが、山里のはみだし者は主流社会から疎まれ、公然と、隠然と差別される。沖縄系に対する差別を受けてきたと山里は私にはっきり語り、その根源を文学で表したいというのが、休めていた筆を再び執った大きな理由だったという。そこから部落民問題にも自ずから関心が向かった。差別を物語の梃子、人物の非合理的な行動の動因と捉えた。上の乗船名簿のうち、たとえば「落ちぶれ華族」と「部落出身者」が感じる圧迫や彼らが受ける中傷は、質的にまったく異なるはずだが、山里は無視する。差別に対する山里の強い関心は連載の第六回で早くも明言される。乗客はただ経済的な序列の下位に位置するだけではない。「貧困者の中にもはげしい差別・偏見があり、江戸時代から最下層民とみなされていた穢多が新平民と呼ばれてもっとも見下げられ、この集団についで朝鮮人の単純労働者、地方からの流れ者、とくに貧困な沖縄県からの流転者が軽視され、それにあぶれた農民や落ちぶれた士族などと、この貧困層の中にも順位があった」（一九九八年一〇月二一日付）。これほど無防備に差別の序列を述べた文章は、現代の日本の出版界ではまず発表できない。差別、排除を人の心向きの避けがたい負の心向きと考え、それを受けた者は個人ではどうにもならぬ因果と諦め、いじけずに生きるしかない。目取真俊、李恢成、中上健次のように、心理的・社会的な陰影に立ち入ることもなければ、住井すゑのように人道的・政治的な意図、社会改良の意図もない。差別の受け入れが仏心にかなうと述べるばかりだ。(8)

『東からきた民』で最初の差別のエピソードは、福島県人塚沢柳太郎に関わる。彼は祖父や父を継いで、村の青年団の団長を務める責任感ある人物だった。そのためか長男だったのに召集された。しかし配備されたのは、後方の物資調達に関わる輜重輸卒で、前線で散ることこそ兵士の本領という英雄思想からすれば屈辱的な部署だった。そこは「兵隊検査の不合格者、半島人や部落民の寄せ集めた人夫・雑役そのもの」で、負の烙印を押された者のたまり場だった（一九九八年一一月七日付）。柳太郎は戦時愛国主義のなかではからずも被差別民と同一視され、「輜重輸卒が兵隊ならば、電信柱に花が咲く」と村中に馬鹿にされた。父は村長のたくらみと戦後不況で田畑を売り、娘を奉公に出さなくてはならないところまで追い込まれた。上の名簿から拾うなら、「うだつのあがらない貧乏士族」に陥れられた。柳太郎のブラジル行きは家族再興の最後の札だった。

塚沢家をたどると、祖父は会津戦争の生き残りで、明治二年（一八六九年）、カリフォルニアに移住した会津藩士四十名（「若松コロニー」）を地元の誇りとし、父は板垣退助の自由党員として福島事件、加波山事件に加わり二年間、獄中につながれた。若松コロニーは旧幕臣が新政府の冷遇を逃れて新天地へ渡った勇気ある行動で、自由党の蜂起は同じ気質の表れだった。輜重輸卒配備は反逆の家系を知る村長の裏工作のようだ。柳太郎は経済的のみならず、政治的・社会的理由で故郷から放逐された。

柳太郎は差別を受けて故郷を追われてきたが、かさと丸で初めて差別を知るのは、それまで久米島から出たことがなかった栄造である。移民船は移民集団内の差別が表沙汰になる最初の空間だった。彼の日本語は「〜であります」という妙に堅苦しい語尾を特徴とする。学校で教わったが、こなれていないのだ。彼の思考もまたやまと流に飼い馴らされてはいず、「世間知らず」として登場する。自分は島から外では暮らせないのかと、困難にぶつかるたびに故郷を振り返りながら、「大人」に成長していく。彼はハワイに渡った叔父に憧れ、海外雄飛を目指すが、実は徴兵に取られないために親が逃がしたような渡航だった。逃亡と雄飛は紙一重だった。少年は乗船するや保夫、源太にひどく罵られる。ほぞを嚙むばかりだが、差別は本土対沖縄に限定されず、沖縄本島対離島、離島のなかの町対山村の間でも厳然と存在することに気づく。たとえば那覇の人は首里の人を「イナカンチュ」（田舎もん）と呼び、本島北部の山間部の人を「クェー・ヤンバラ」（クソ食い山原人）と蔑んだ（一九九九年一月二九日付）。人は誰でも自分より下の集団を作りだし、優越感を味わう。もっといえば、家族の中でも家長、長男が食事も風呂も優遇されたことを栄造は思い出す。社会生活のどんな場面にも序列がある。山里は差別を民族人種間の問題（あるいは家長制や性差の問題）というより、人が仕方なく備えた醜い本性と考えている。克服すべき社会問題というより、集団の宿命を成している。

栄造はナミエと姦通したとして公然とつるしあげられる。そして無実が明らかになっても、本島出身の沖縄県人代表に「ナイチャー（内地人）の女房に手を出すなんて、ウチナンチュー（沖縄人）の恥さらしめっ」と怒鳴られる。多勢の本島人に対して無勢の久米島人は太刀打ちできない。「いつの世にも、弱いものには道理はない」と栄造の構成家族の家長、盛吉智珍は諦める（一九九九年二月二三日付）。抵抗の素振りも見せない。山里は別の段で薩摩藩、次に日本政府に屈服させられてきた琉球人の歴史を唐突に述べ、差別に憤りながらも、「琉球民族にせおわされたいにしえからの宿命」と結論づける（一九九九年一月二七日付）。久米島と本島、琉球と薩摩の間の力関係では、政治的・民族的な要因から様相が異なるはずだが、山里は触れない。弱い者は弱いままで甘んじなくてはならない。「宿命」あるいは「宿業」観は山里の仏教思想の核にある。

栄造は差別と密告という試練をくぐる。地の文は「大人」や「世間」との出会いと名づける。「大城栄造は、いま自分がいわゆる大人の世界へはまりこみつつある事実に気づいていなかった。周囲からの制約と圧力が無残に自分の願望を押しつぶしていくのを実感することによって、人間は初めて大人の仲間入りするのである。世間とか、大人とかいうものは多くの因襲、風俗、習慣、歴史、文化、宗教などというわずらわしい枠内にはめこまれてがんじがらめにされ、その拘束によって抑圧されると、それから脱出しようとあがくのが大人のたつきなのである。この抑圧そのものが、いわゆる世間を秩序づける決めごとであり、これにそわぬものはその報いとして弾圧・処罰を受けるのである」（一九九九年五月二九日付）。世間の抑圧には反発を感じるが、秩序をひっくり返すことは考えていない。「大人」は因襲のなかであがくしかない。差別もまたその抑圧的な仕組みの一部を成している。「大人」である限り、受け入れるしかない。それが因果であり「道理」である。

雑種民族のまとまり

沖縄差別に対する反論を唯一公言するのは、謎の破戒僧、関口忍従で、鉄道工事現場の対立を見かねて、差別する側に向けて次のように演説する。

われわれはいま明治という新しい時代を生きているんだぞ。福沢諭吉先生の言われたことを知らんか。先生は、「天は人の上に人を作らず」と教えられたぞ。ここは南米ブラジルだぞ。異国へきてまで日本の封建主義を植えつけようとは何事かっ。沖縄県人は貴様らが踏みつけにしようとしている日本の新平民とも、また台湾の生蕃人とも違うぞ。五百年もの歴史、精神、文化を持った民族なんだぞ。このブラジルには世界中から人種・言葉・風俗・習慣のことなる民族が出稼ぎに集まってきているんだ。こんな国へ来て「日本人風」を吹かすな
（二〇〇一年一二月二七日付）。

差別は「封建主義」や「日本人風」の名残にすぎない。ことにブラジルは多民族の寄り合い所帯で、新参者の内部でいがみ合うなどけしからん。日本人の偏見は故無きものだが、もう一方で、琉球人は文化的・精神的独自性を持たない「新平民」や「生蕃」よりは上にあると言っているようにも聞こえる。忍従の言葉は福沢諭吉の平等思想を裏切っているとも受け取れる。山里は差別の撤廃を求めるのではなく、上に向かっては偏見を表に出すな、下に向かってはいじめられてもいじけるな、と諭している。仏教的にいえば、上下貴賤のどこに位置するかは、前生より定められた各自の因果で、逆らってはならない。作者は差別の本性をくどくど述べながら、ある時突然、集団内に差別を越えた連帯の力があったと視点を反転させる。「日本人」集団には二つの顔がある。

「かさと丸移民」という日本人団体は県別、地域別、身分別、境遇別なばらばらな集団であった。歴史的や伝統的な流れのうちに培われてきた島国的な差別の因襲は、この集団をほとんど支離滅裂な状態に追い込んでいた。だが、不思議なことには、このばらばらな集団はあるかたちで統合されていた。互いに軽蔑しあい、排斥

しあい、反発しあいながらも、一つにまとまっていたのである。だれもその接着剤的な統合力についてたずねるものはいなかった。だが、決して日本人意識でも、「金のなる木」という共通の目的でも、また異国へチャレンジする少数民族の自己防衛本能のなさしめる統合でもなかった。いずれにしても、かさと丸移民の一人ひとりの心の深層には、互いに結びつけあう説明しがたいものがあった。そのおかげで、破綻にいたらずに航海が続けられた（一九九九年一月三〇日付）。

この不思議な「接着剤」が、実は信次しか自覚していない仏教的人生観だった。「日本人風」を批判しながら「東洋の心」を讃える。「島国根性」を拒絶しながら「民族の純粋性」を主張する。小説は軽蔑と排斥に進みながら、折々統合に揺れるジグザグを繰り返す。矛盾した記述に出くわすが、そのすべてが因果応報の大きな世界観に包摂される。

山里の認識によれば、かさと丸移民は「日本人意識すら持っていない」集団だった（一九九九年七月七日付）。明治政府は天皇中心主義を降臨神話や教育勅語で教え込み、国民意識の統合を図っていたが、移民の大多数が含まれる末端まで浸透していなかった。そんな寄せ集めでさえ、一本の糸が心の深層をつないでいた。国民＝民族意識は明治の産物にすぎず、仏教がもっと長きにわたって無意識界で列島の人々を導いてきた。実は日本の人もまた、ポルトガル人、ブラジル人に負けず劣らず諸民族の雑種として形成された。先の忍従の演説は次のように続く。「そもそも日本人も雑種民族だぞ。ヤマト、イズモ、クマソ、アイヌ、クダラ、コーライ、カン、ゲン、南方諸民族の寄り集まった帰化人だ」（二〇〇一年一二月一七日付）。カンは漢人、ゲンは元（モンゴル）人を指すのだろう。数千年前に列島に四方から流れてきた人々が帰化・同化して築いた民族で、西暦一五〇〇年に建国の工事が始まるブラジルよりもずっと昔から、混成国民を構成してきた。だからやがて「帰化人」となって、ブラジル国民の正統な構成員として認められるべきだ。移民集団に閉じこもらず、積極的にブラジル社会に「参加」すべきだ。それもただ経済や農業や政治の場に進出するだけでなく、精神的な貢献もまたしなくてはならない。日本移民は仏教思想を携えて、ブラジルを善導する使命を持っている。作家は途方もない大望を小説に賭けた。

「やまとだましい」を選んだ沖縄人

山里は一九三〇年代、日本学校に通った。日本語は家の中の沖縄語と家の外のポルトガル語に次ぐ第三の言語（家庭語を日本語の一方言と解釈すれば、二・五番目の言語）で、「後から来た」言葉だった。日本語《やまとーぐち》（各地の方言の混成が日常的だった）の授業は最初、わかりづらかったそうだ。教室では「やまとだましい」を植えつける教育が行なわれた。少年はある時先生に日本人特有の魂とはどんな魂かと尋ねると、「バカモンっ、そんな質問をする奴があるかっ。「やまとだましい」とは「やまとだましい」だ。知らんのか」とどやされた。「沖縄の奴らには、「やまとだましい」なんかわからないんだ」と学友に軽蔑された。「やまとだましい」には忠君愛国精神が伴ない、ますます混乱させられた。上で引用した回顧エッセイの冒頭に置かれたエピソードである。

ブラジル人からは「ジャポネース」と排斥され、日本人からは「オキナワ」と差別され、ブラジル人、日本人、沖縄人の三つの社会的ありよう（「アイデンティティ」と彼は呼ぶ）のどれを選ぶかの「実存問題」にぶつかり、「日本人の立場に立とうと決意した」。しかし家庭では沖縄式生活習慣が変わらず、「すべてがちぐはぐでしっくりしなかった」。「日本人」は公的な顔で、悩んだ末、「日本人になる近道」として、「やまとだましい」と「忠君愛国精神」を身につけようとしたが、敗戦で中断され、「私の心に残ったものはひがみと劣等感だけであった」。方便として「やまとだましい」を我が物にしようとするのは日本側から見て、純真か不純か。「日本人」の本質にある自明でかつ神秘的な「やまとだましい」が暴力的な教育で他者に注入できるなら、それは本当に日本人独自の魂といえるのだろうか。もちろんそういう疑問は禁じられた。

山里は日本的価値への過剰な信頼と挫折を経験した。二編の前期短編（「崩壊」と「移民が抵抗を失った時」）で、敗戦ショック（とその不在）を結末に据えているのは、彼の精神的瓦解の大きさを物語っている（対照的に、勝ち負け抗争についてはまったく触れていない）。仏教への帰依は「やまとだましい」がいったん崩壊した後、もう一度日本的価値観によって、自己を立て直す精神的切り札だった。帰る場所は沖縄ではなく日本だった。この激しい振り子の経験は前期短編で深刻化され、後期長編では空洞化された。「やまとだましい」の喪失を補完する宗教、それは日本の排外的な社会や政治を批判する一方で、伝統的と彼が考える精神を賞揚する独自の哲学を生み出した。

戦前には、沖縄の学校でもブラジルと似たり寄ったりのカリキュラムで「やまと」化教育は徹底して行なわれた。山里少年のように、民族的恥辱を受け実存の危機に陥った子どもも少なくなかっただろう。そのなかで彼は「日本人になる」ことを選んだ、いいかえれば過剰に日本化を望んだいわば優等生だった。宗主国に同化しようとした朝鮮人、満州人、台湾人と似た心理にあっただろうが、もう一つ、沖縄系共同体内部の対立に対する批判の気持ちもはたらいた。彼らは「県人意識すら乏しく、各地方ごとに反目しあい、とけこみあおうとはしなかった」（一九九九年七月七日付）と山里は記している。それは「島国的な根性」の表われと否定される。栄造の親代わり智珍は「沖縄県人ももっと積極的に内地人の中へわりこまないと、いつまでもバカにされる」と諭している（一九九九年一月一四日付）。同じ理屈で、日本人はブラジル人のなかに割り込めと別のところで述べている。大集団への適応と同化によって小集団の孤立を免れるのは、山里が考える政治的に正しい選択だった。

この積極性を促すひとつの「近道」が「やまとだましい」の受容だったと考えられる。差別の原因を減らすために、劣位に置かれた者が優位に立つ者の言葉、服装、宗教、習慣を取り込むことは世界各地で見られる。現在は帝国主義的押しつけに対する反抗を高く見る思潮が強く、「協力者」「同化者」という選択は敗北的に受け取られる。沖縄文学批評は左派の力が強く、この傾向は不可避といってよいほど強い。やまとに対する協力は、苦渋の選択というような免罪符や皮肉なしには文学化しづらい。山里のあっけらかんとした日本人宣言が、そういう思潮のなかでどう読まれるかは想像できる。

だが第三の選択、「ブラジル人になる」という選択肢を拒んだことに注意を向けたい。家庭の外ではポルトガル語環境にあり、ブラジル学校で学ぶのに言葉の障壁はなかった。ガイジンからは「ジャポネース」と分類されるだけで、「オキナウェンセ（沖縄人）」というカテゴリーは存在しなかった。もちろん「沖縄学校」もない。日本／沖縄の違いは国民集団内部でだけ意味を持った。「日本人」や「沖縄人」の存在基盤も認識回路も日本・沖縄とは根本的に異なった。山里にとって「日本人になる」のは、血縁とは別の国民的絆をブラジル生活で築くひとつの方策だった。「やまとだましい」や仏教はその内面的な裏打ちに必須の事柄だった。

もう一点重要なのは、この「やまとだましい」には忠君愛国主義が脱落していることである。学校時代の思い出にあるように、少年は親の国を愛すことを疑問に感じた。おそらく一九四五年以降、「愛国者」の犯した愚を目の当たりにして、ますますその感を強く持っただろう。決して悪人ではない彼らを狂信化させた元凶を批判的に見たことは、『七人の出稼ぎ』のロナルドの台詞からわかる。

日本人はやたらに権威や権力にたいしてへつらう。…天皇といえば、思慮分別もなく、敬って土下座したがる。もっとありがた味をつけるために天皇を神格化して拝み、天皇のために命を捨てることをおしまない時代もあった。第二次大戦で日本が負けたとき、日本人は天皇のことを「天ちゃん」として嘲笑って呼び、日本が落ちつくと、「天皇」とふつう名詞で呼び、日本が経済成長すると、「天皇陛下」に変わり、そのうちにまた「天皇陛下様」とまつりあげられるきざしが現れはじめてきた。キリスト教の神や仏教の仏を信じえない低俗な庶民は天皇を現人神（あらひとがみ）つまりこの世に人間の形をとって現われた神としてあがめたがるんだ（六三頁）。

偶像崇拝は内面の鍛錬を究極におく彼の宗教観からすると、堕落だった。山里の考えでは、天皇は欺瞞に満ちた権威でしかない。その崇拝の度合いは経済や教育によって変動する。日本人は自分の核になる価値観や宗教観にもとづいて崇めているわけではない。信仰を自覚した者はそんな世俗的な権威を認めない。信仰を自覚しない「低俗」な者だけが尻尾を振る。これは桓武平氏と清和源氏の昔に遡る日本人の悪い心向きだとロナルドは独自の歴史観を述べる。「やまとだましい」は教室で「バカモン」と怒鳴られて注入されかけた教えから、天皇を抜き取った魂だった。少年は教師に対する反発が何を意味するかわからなかっただろうが、それでも残るものが仏心と呼ばれているものだと後に悟った。

この「親日」的文脈で興味深いのは、長編二作に西南戦争の影が宿していることである。山里は薩摩藩の統治を肯定的に捕えている。島津家は琉球国に重税や労働を強いたが、圧制者とは見なされない（山里の政治的評価はあいまいだが）。維新に寄与しながら切り捨てられた西郷隆盛への同情心は強い。『東からきた民』では信次の義兄の父と祖父がこの内乱で名誉の戦死を遂げている。義兄は日露で信次の身代わりで死に、三代にわたる「呪われた運命」が彼にのしかかってくる。官軍とコサック兵は薩摩武士の敵として重なる。日露戦争は反対に、忠君愛国思想によって引き起こされた醜い戦争で、信次やヨウ子や柳太郎の一家はこの思想の犠牲者だった。『七人の出稼ぎ』では富田パウロの四代前が、西郷隆盛のそばで割腹自殺をした下級武士だった。この祖先は富田家では崇拝されていて、日本文化にも日本語にも縁遠く育ったパウロでさえ、理由なしに誇りにしてきた。上野の西郷像の前で、日本に来たことがない父のために記念写真を撮りながら、青年は「自分の血脈をかけめぐる血潮も同じ武士からわかちつがれたものだと思うと、その末裔としての誇りをおぼえるのであった」（一二六頁）。彼の他にも日本語がまったくできない出稼ぎもいたが、パウロは英雄的祖先を通じて日本と「縁づいた」。しばらくして、風呂屋の娘と恋に落ち、上野のラブホテルで妊娠させる。祖先の前で結婚の許しを求めるような場所設定だ。

破戒僧の方へ

山里は仏心の復活が執筆の動機だと公言している。宗教は筋立ての背骨にあたる。仏教を正当化するための最初の敵は、キリスト教である。かさと丸出帆後すぐ、救世軍の山室軍平と親しい浅淵牧師が集会を開く。「神の愛を伝えるために先駆者となって行く」と信じる、少数だが熱心な聴衆の前で弁舌を振るう。しかし信次は嘘を嗅ぎ取る。浅淵は妻ナミエと姦通したという源太の告げ口を真に受けて、栄造に制裁を加える人民裁判を開く。「自分たちの権威を誇示する」（一九九九年二月二〇日付）下心があると地の文は明かす。山里の脳裡にはヨーロッパの魔女狩りがあっただろう。沖縄人差別を煽る発言でつるしあげが成功しそうになる瞬間、ヨウ子が現れ、聖書には「人を裁いてはならない」とあると叫ぶ（一九九九年二月一八日付）。信次は源太の偽証を自白させ、牧師とそのへつらい者に詫びを入れさせる。宗教的対話はなく、ただ二人のキリスト教徒の卑しさが強調される。カトリックはただ民衆の信心としては肯定される。ヨウ子とナミエが家政婦として入ったケイロース家のアンナマリアは、従兄カルロスに処女を奪われ妊娠させられたため、フランスの修道院に入る決意をする。そして生まれた子を信次とヨウ子は養女として引き取り、先祖の悪行が伝わらぬよう関口忍従にあずける。カトリック教会が救えぬ不義の子を仏教の破戒僧が救う。この養育の道は明確に山里の宗教観を映し出しているだろう。

山里はブラジルを堕落させた主要な原因がキリスト教にあると考えている。「〔カトリック教会は〕自分たちの加護・利益を祈願したり、宗旨の縄張りをしめすための豪華・絢爛な教会はいたるところに建てたが、奴隷や地域住民の知識・視野を高めるための学校は政策的にはほとんど建てなかった」。その結果、国民の七割以上が文盲・半文盲で、九割が貧困層に属す。この格差の結果、麻薬、強盗、殺人などの凶悪犯罪が巷にはびこる。「キリスト教は、そうした非人間的な生活条件の中であえいでいる大衆に対して、いたずらに自己憐憫の思いを植え付け、教会への依存心を起こさせる」（「『東からきた民』連載を前に」一九九八年一〇月一四日付）。「民衆の阿片」と変わらぬ感情的拒絶である。山里は心底、キリスト教を憎んでいるというより、仏教徒意識を高めるための敵として利用しているように見える。

次の敵は教団の仏教僧である。航海中、藤原誓願という僧が阿弥陀如来像の掛け軸の前で説法を説いている。信次は西方浄土を信じて念仏を唱えるだけでよい、というのには納得する。しかし「西方浄土はさん然と輝く金銀や宝石に飾られ…」と財宝の話に展開すると「ばかばかしく」なり、「子供だましの話に聞こえ」眠気を催した（一九九八年一一月二七日付）。カトリック教会が壮麗な構えで貧者の目を欺いたのと変わらない。誓願はブラジルに行けば、葬儀や法事が月に五つか六つがあると踏んで乗船しただけで、欲にまみれた俗人である。お布施なしでは人生相談に乗らないし、「地獄の沙汰も金しだい」とうそぶく。

名前負けしたこの生臭坊主よりも、二十年前、メキシコに渡ったという破戒僧、関口忍従の思想と行動が支持されている。彼はとうの昔に仏は捨てたと豪傑笑いしたかと思うと、色即是空、空即是色を呪文のようにつぶやくという不可解な僧で、ミナス州の金鉱を掘りに行くという。どこまでが本当かわからない。そのくせポルトガル語を上手に話し、ブラジル人に好かれる。世のしがらみを逃れた放浪者で、信次らの前に突然現れては消える。鉄道工事現場で開かれたロシア人対日本人の格闘技対決では、何と巨漢を前に般若心経を唱える。すると相手は呪文かと怯えて逃げ出す。不戦勝。こんなマンガ的な場面が後期長編にはところどころに仕掛けられている。忍従は『七人の出稼ぎ』では「破壊先生」として生まれ変わる。山里自身、僧籍を捨てて世俗の道に進んだこともあり、教団外の僧に自己同一化しているようだ。もちろん「はみだし者」に共感する姿勢が基本にある。

忍従と出会った直後、信次はまるで怪僧が呼びこんだかのような幻覚に襲われる。列車内でジプシーの娘と視線が合い、睨み返すが、「トビのようなまなざし」に負ける。ジプシー（ロマ）は北インドが流浪の起源とされていて、古代仏教の香を漂わせて登場する。やがてうとうとと催眠術にかかったように眠りに陥り、目覚めると姿は見えない。夢のなかで彼女はずっとむかし、インドでわたしはあなたに会った気がすると語りかける。「ふとい枝がいくつもひろがっている大きな木が村の広場のまんなかにあった」（二〇〇一年一月七日付）。沙羅双樹が世界の柱のようにそびえるのどかな村のようだ。信次は前生のことかもしれないと輪廻転生の教えを思い出すが、忍従は「異人娘にばけたキツネ」の仕業と笑い飛ばす(『七人の出稼ぎ』のロナルドの前世はインドにいたらしいし、キツネに化けたと思しきインドの女神も登場する)。中世の説話にありそうな場面だが、物語のなかでは他につながっていかない。

幻惑の彼岸

信次は自分を仏教徒と自覚してはいないが、日常の出会いや否定的な出来事、たとえば成功者の失敗、金持ちの没落に因果を見る。彼の信心の根底はこの因縁、因果応報の世界観である。「運命といってしまえば、人間の意志はまったく介入す〔る〕余地はない。だが、岡村信次は宿業としてこの人生のしがらみをうけとっていた。過去において、祖先、祖父母、父母の奇しき因縁によってからみあってきた無意識、自由意識にまとわりついてきた取捨選択によって展開され、また展開されつつある個人および集団のはざまに生きのびねばならない人間の悲哀をかみしめさせられていたのである」(二〇〇〇年一二月一九日付)。人生を「悲哀」の側から捉える思想が、とりわけ深遠とは思えない。しかし長い目で人生の浮沈に向かう心構えを作るには有効だ。

信次は自己を反省する時には般若心経に向かう。その根底には、義兄に対する負い目がある。生に執着したわけではないのに、生き延びているという申し訳なさ。「どうせ、おれは日露戦争で死ぬべき人間だったんだ。兄貴がよけいなお世話しておれの身代わりになったから、おれはかたわのむくろを引きずってブラジルくんだりまできてしまったんだ」(二〇〇〇年一一月二三日付)。般若心経は数千年以上もたった言葉なのに、「陳腐なカビの臭みさえ発散せず、つねにいきいきとした新鮮な生命の躍動をかもしだしている不思議さに、信次はいまさらのように驚嘆した」(一九九九年八月一一日付)。だが同時にその教えの通りに生きられないことに苛立つ。

すべてが色即是空だと、理論の上ではわかっていながら、人間はそうした空なるものに依存し、頼りにし、執着する。生あるものは必ず死に、形あるものは必ず崩れることは決まりきった大自然の法則でありながら、人間はその因果の法則を見るまい、聞くまい、云うまいとしている。だから迷い、悩み、悲しむのだ。この事実をどのようにすれば理性でとらえて自覚して悟りとし、どのように人生の諸問題に適応して心をつまらぬ迷い、悩みや悲しみから解きはなすことができるのだろうか（一九九九年八月一二日付）。

彼は「絶望的な孤独感」におののく。実存主義を宗教的に昇華した精神世界に生きる。航海中に相思相愛になったヨウ子と、経済的にいつでも家庭を持てる状態にあると理解しているが、彼女の愛情に応えられない。なぜなら戦争で人生の虚無を知った以上、家庭生活や金銭など「通俗的なもの」よりも、「実存的な人間として崩壊された価値観をいかに再建するか」に底知れぬ煩悶があったからだ。「人間の行為の愚かさとむなしさを痛感し、ますます深い虚無感に襲われ、そのきわみに心の細るような悲哀感が胸の底からこみあげてきた」（一九九九年八月一二日付）。恋心の機微や駆け引きではなく、この虚無感の克服が男女関係のカギを握る。個々の女性の役割、性格づけが明快で、女性遍歴はまるで紙芝居のようだ。近代恋愛小説特有の未練や駆け引きの残る余地はない。

信次は禁欲的である反面、性の歓喜を生命の根源として全面的に肯定する。「歓喜は肉体と精神の完全な一致のきわみに吐露されるものである。完全燃焼のあかしである。究極に到達しなければ、そこから歓喜はわいてこない。歓喜はいわば達人の境地であり、いにしえの剣士の憧れた免許皆伝の域である」（二〇〇〇年一二月一三日付）。しかし体に傷を負って帰国すると、女たちは拒絶し、せいぜい機械的な交わりしかできない。それを最初に救ったのは、「セックスの権化」こと笹谷サエだった。「権化」は「神または仏が人間を救済するためにこの世に仮りの（権）姿で化現することをさし、サエの場合はその肉体からあふれでる性感機能のいちじるしい発達にあった」（二〇〇〇年一二月一二日付）。二人の性関係はしかし長続きしない。信次は「悟りらしきもの」しか得られず迷う。一休に救われたと伝えられる遊女地獄太夫の「われ死なば焼くな埋めるな野に捨てよ　やせたる犬の腹をこやさむ」の境地、自己を滅却し、野良犬に肉体を投げ出す至高の境地を彼女に求めたが、サエは精神的なものを私に求めるのはお門違いと断る（二〇〇〇年一二月一四・一五日付）。信次とサエの性交を目撃しても嫉妬ひとつせず、彼の煩悩を理解するヨウ子が良き因果によって結ばれる。当然かもしれないが、二人の性交場面は割愛されている。

信次の性交肯定はインドのヒンドゥー教、チベットのタントリズムに由来するようだ。[9] 教団仏教にすれば「邪教」的だが、山里の価値観ではかえって仏教の本質に適っている。たとえば一休の言葉、「清浄な坊主は悟りをひらかない。また、破戒坊主は必ずしも地獄におちるとは限らない」、「戒律を守る者はロバのようになり、破戒する者は人間になる」に信次は真実を見出す。一休が地獄太夫に語ったとされる、強欲な悪坊主よりも、遊女のほうがずっと衆生の煩悩を救っているという言葉にうなずく。遊女は「悪行」を積み重ねているからこそ、仏にすがる気持ちが強く、救い甲斐がある。寺を放逐された破戒僧こそが仏教の教えを忠実に実践しているという発想は、はみだし者への共感と通じ、『七人の出稼ぎ』の弥勒受胎の夢で拡張される。

信次とヨウ子に限らず、『東からきた民』には通常の恋愛関係は存在しない。たとえば栄造はナミエを恋しているが、奥地で知り合った献身的な沖縄系の娘ミネも快く思っている。だからといって深く悩んでもいない。家政婦として入ったケイロース家の御曹司に嫁ぐナミエと再会した時には、今でも好きでありますと恥じらいもためらいもなく口にする。それはナミエを単純に喜ばせ、彼女は唐突に接吻する。しかし密かに会い続けるわけでもなく、栄造が嫉妬や未練に乱れるわけでもない。告白や接吻は筋立てに何も影響しない。近代小説の経済からすれば、まったく無駄な「愛の確認」に終わる。四人の男女の行く末を知りたいという気持ちも湧かない。伏線を張り巡らし、細部に意味を持たせるプルーストや谷崎らの緻密な書法の正反対といってよい。何度も繰り返すが、仏教精神を伝えるために小説のかたちを借りたという根本に立ち返れば、恋愛や結婚が主題化しないのは当然だ。

それは源太の結婚からもわかる。彼は鉄道敷設に従事しながら、カロリーナというリトアニア系の貴族の末裔と知り合い、童貞を破る。彼女はポーランド移民の群れに混じって大西洋を越え、今は田舎町の娼婦に成り果てた。

しかしロシア人工夫の一団に強姦され殺害される。彼女の名字は誰も知らず、「カロリーナ・ヌマゴシ」と墓碑に刻まれる。源太と知り合わなければ、無名の墓がひとつ立っただけだったろう。夫はもちろん嘆くが、それは問題ではない。小説は荒くれ男から女たちを守る防波堤となった聖女として、小さなチャペルが立てられたことへと展開する。しかもインジオに襲われるところを彼女の霊に守られたと噂が流れた栄造の構成家族で気丈夫な娘、上江洲カミが、カロリーナの霊媒と見られ、沖縄人の間では祈禱者（ノロ）として重宝がられるに至る。源太は日本語を解さないカミに何とか説明して、妻の霊を降ろしてもらう。ポルトガル語（リトアニア訛り）、日本語、沖縄語の不完全な翻訳を通して、夫は異界の妻と言葉を交わす。恋愛感情よりも、性的暴力による死と霊の蘇生に山里の物語的関心は見られる。

これは民間信仰が肯定的に扱われる唯一の場面である。『七人の出稼ぎ』では主人公の兄がブラジル北東部の女とつきあい、アフロブラジル系信仰（カンドンブレ）の祈禱所に通い、次兄も感化される。これは母の信仰を裏切る行為で、末弟のロナルドは母を救うためにも仏教を信じなくてはならないと決意する。彼によるとユタは「さまざまな迷信や俗信をもたらして民衆に弊害をおよぼす」。ユタはキツネつきのような「一種の精神病」で、沖縄人は窮地に陥ると、「ワラにもすがる思い」で、彼女に「依存」する。法律で禁止されても撲滅できないし、仏教普及を阻害する悪習になっている。「ユタの弊害といえば、沖縄県は中国からの仏教の導入口に位置していながら、残念ながら仏教のおかげをほとんどこうむっていないことなんだ」（『七人の出稼ぎ』一〇一頁）。沖縄の仏教作家なら、これほど露骨に民間信仰を否定しないだろう。ユタを生活の場で利用する多くの沖縄系ブラジル人が、どう仏教徒の同胞を見たのか興味深い。読者の沈黙が作者の筆をますます極端まで走らせた節もある。

革命家の火夫

各地方から集められたはみだし者が最初に共同意識を持つのが船上で、その芽生えとなるのが移民会社社員、船員との出会いだった。他の移民船小説に現われない重要な要素は、火夫の存在である。中国人、朝鮮人も混じった集団で、乗客とは対立と同調をはらんだ関係にある。彼らは「たどたどしい日本語と酒のへどまじりの臭いをはきちらし」（一九九八年一月九日付）ながら、博打に夢中になっている。日露戦争後の日本の帝国化が最下層労働者のなかに見出される（山里は政治的含意よりも、集団の雑種性を浮上させることに主眼を置いている）。出稼ぎと移民派遣会社員の関係は、火夫と船長ら船会社の制服組の関係に似ている。火夫はブリッジにいる管理職の言うなりに肉体労働をこなすだけで、人格は認められていない。三等乗客も積み荷扱いである。同じ下層民とはいえ、ブラジルに着いた時から仕事が始まる出稼ぎと、そこでいったん仕事が終わり帰途に就く火夫とは連帯意識を持ちようがない。

火夫の中には重要人物が紛れ込んでいる。杉坂常弘という無口な男だ。実は足尾銅山事件に連なるアナーキスト児玉直継で、火夫を煽動して乗っ取りを企んでいる。しかし上級船員に官憲のスパイが潜んでいて、蜂起は未然に防がれる。サンパウロではたちまちポルトガル語を学び、警察に雇われ勇敢な行動で上官の信用を得、下士官にまで昇格するが、イタリア系マフィアとの銃撃戦で殉死する。船戸与一描く超人的ゲリラを連想させる。山里は男の思想的背景にはあまり突っ込まず、けた外れの行動力を強調する。

児玉は浄土真宗の檀家の生まれだが、「国民を踏みにじって生血を吸いあげる権力に対してははげしい怒りを燃やして」社会主義運動に走る。一六歳の時、故郷に近い足尾の農民運動に加わる。一時キリスト教にも傾くが、貧民にお恵みを与えるだけに終わっているのに疑心を抱く。危険分子と見なされたことを案じ、両親は東京外国語大学（の前身）に入れたが中退。幸徳秋水に共鳴し、日露戦争反対に身を投じ、平民新聞社で内村鑑三や堺利彦の知己を得たという。兵役に就かされたが、出兵の直前に停戦となり、そのまま除隊し帰郷。そこへ昔の同志が現れ、農民一揆を起こそうと企てるが密告者がいたため、逃亡。筑波山中で山窩に助けられ、銚子へたどりつき、漁船、貨物船を乗り継ぎ神戸へ到着、かさと丸に密航した（二〇〇〇年七月二二日・二五日付）。煽動はほとんど職業といってよい。この冒険人生を山里はわずか二千字で通過する。真宗と社会主義のせめぎ合いもないし、著名知識人も名前が一度言及されるだけだ。それよりも重要なのは、革命家が「仲間を見捨て、祖国を見捨てて生きながらえていることに深い屈辱を感じてい」て、一緒に処刑されていればよかったと考えていることだ。この「申し訳なさ」は信次が義兄に対して抱いている悔恨と相通じる。どちらも親しい死者への引け目——生き延びてしまった、死に損なった——が、ブラジル渡航を「逃亡」と呼ぶ結果になっている。

信次は栄造に説明する。「国家・警察は社会主義者を悪者扱いにしているが、彼らには彼らなりのちゃんとした考えがあり、一つの行動方向があるんだ。つまり、その思想は、すべての生産物や富を民主的にみんなに分配できるようにするために、生産手段を社会の共有のものにする制度をつくろうとする運動を起こしているんだ。つまり、いま日本が歩んでいる資本主義とは逆の方向へ進もうとしているのが社会主義なのだ。いわば、国家の方針に従わない連中なのだ」(一九九九年四月二三日付)。明治の社会主義を二百字でまとめればこうなる。「内地の出来事や風潮」が久米島まで届くはずもなく、栄造には「全く要領をえない話」でしかない。この後に足尾銅山事件について事典から切り抜いたような解説が、地の文で五百字ほど続いてこの場面は終わる。栄造に語ったというより、読者を啓蒙しているかのようだ。

このように信次の知性は作中人物のなかで飛びぬけていて、仏教であれ歴史であれ、相手に一方的に教えるばかりで、対話にならない。理解されているかどうかも確認できない。言いっ放しは『七人の出稼ぎ』のロナルド織部の場合も変わらない。思想の内容は深められないし、作中世界に響いていかない。激しい問答から互いの矛盾をついて、思想を深めていく本格派の宗教小説の読み応えはない。山里自身が実生活で人生や信仰の問題について、話し相手を持てなかったことを暗示しているのかもしれない。

因果は続くどこまでも

山里の考えでは、ブラジルとは「どんな民族、文化、信仰、風俗、習慣や伝統の純粋性をも無造作に粉砕して、混血・混合してしまう巨大なミックサー」（一九九九年六月二九日付）で、ポルトガル人の野心と狡猾と寛容と情欲と暴力から生まれた国だった。ポルトガル人自体、北アフリカの諸民族がサラセン帝国下で混血した経緯があり、他人種との性交を楽しみ、インジオ、黒人奴隷との雑婚が無造作に、速やかに進行した。独身男性にとって、ブラジルは「セックス天国」（一九九九年七月九日付）だった。混血児を手下に大地主は事業を拡張した。また初期の入植者は流刑者と略奪者ばかりで、先住民を虐殺し、奴隷や住民の教育を顧みなかった。

なぜポルトガル人はブラジルを荒廃させたのか。山里は宗教をその主因に置く。せっかく一五、六世紀にインドや中国まで航海しながら、ポルトガル人はそこにはるか昔から伝えられていた因果応報の思想を学ぼうとせず、破壊的な行いが、どのような報いとなるのか考えなかった。奴隷制は最たるもので、黒人奴隷たちは自由も人間性を奪われた結果、ただ主人の鞭におびえるだけの人間に成り果てた。「うそをつき、人の目をかすめ、さぼりたがり、仕事の手をゆき、反省が乏しく、なんでも他人のせいにし、自分自身を憐れみ、恵みを欲しがり、ひがみが強く、劣等感に走り、その日暮らしにあまんじ、進歩意欲が乏しく、迷信に走りやすく、神のおかげを期待する」（一九九九年七月一五日付）。

これをまとめて「奴隷根性」と作者は呼んでいる。これに一九世紀に導入された「出稼ぎ移民の略奪、無責任、無反省、無秩序な「後は野となれ、山となれ」根性があいまって、ブラジルに亡国のかげりを濃くしたのである」。奴隷根性と出稼ぎ根性が「ブラジルの雑居民の民族性や気質となって、この国の発展をさまたげ、退廃と弊害をもたらすにいたった」。先住民虐殺、奴隷搾取に対する政治的・人道的批判はラス・カサス以来、いくらでも読むことができるが、奴隷主の方が奴隷根性を持つという強烈な主張はあまりなかったようだ。もしポルトガル人が東洋で仏教に帰依していたなら、ブラジルは健全に発展していたはずだ。数々の植民地主義批判のなかで、「もし植民者が仏教化していたなら」と思い至ったのは、この沖縄系ブラジル人が最初ではないだろうか。いや、レヴィ＝ストロースの『悲しき熱帯』最終章が、キリスト教と仏教の和解に西洋中心主義の打開を求めていた。山里がそれを知っていたかどうかは疑わしいが。上の「もし」が政治や経済や軍事を考慮しない文学的妄想にすぎない（明治の「政治小説」と同じように）と言うのは、あまりに皮相な読みだ。ブラジル史の基本設定としての政教一丸となった植民地主義に、宗教から平手打ちを食わせる発想は、キリスト教徒からは生まれにくい。仏教者ならではの批判的空想の賜物である。

山里はブラジルの公定混血主義の主唱者ジルベルト・フレイレの『大邸宅と奴隷小屋』（一九三三年）の国民史構想を因果応報（この場合、悪因悪果）の倫理でひっくり返した。上の引用にある黒人の否定的な形容は、日本移民の書き物にひんぱんに登場するステレオタイプといってもよい。ポルトガル人が世界史規模でなした悪のとばっちりを受けた奴隷に作者は同情しつつも、それが業だと突き放しているようだ。引用のうち「迷信」はカンドンブレ信仰、「神のおかげ」はカトリシズムを指す。奴隷制を容認しながら、その犠牲者を救済する。ムチを振るいながら、アメを差し出す。教会の豪奢な作りは貧民の目を奪う手管にすぎない。カトリック教会は仏教作家にとってブラジル国民の精神的腐敗の元凶だった。無慈悲なミキサーの刃によって後発の移民は「心身ともに微塵にされる」しかない。この粉砕過程を体よく言い換えた言葉が「同化」だ。到着前の「純粋」状態から見れば、移民は「ほろびゆく民」（「氓」）となる宿命から逃れられない。

もし移民がそれぞれの長所を持ち寄って国造りをすれば、ブラジルは「世界一の大国になれる自然条件はそなわっている」のだが、キリスト教各宗派と大地主層の結託によって、「ブラジル国民は劣等感と卑屈感を向上エネルギーに還元する術を知らないので、自己卑下・自己憐憫・自己嘲笑にはしり、誇りも自信もないので反省心がわかず、向上心も競争心も燃え上がらない」（前掲「連載を前に」）。逆に日本人は明治政府の優れた国民教育のおかげで、劣等感と卑屈感を国家建設に振り向けることができ、一等国に成長した。彼には「白人の叡智、土人の純朴、黒人の神秘」（堀口大学、『現代ブラジル文学代表作選』序、一九四一年、『堀口大学全集　補巻2』より）のような異国趣味も、ブラジル公定の混血国民礼讃もない。日系人もぼんやりしていると、この「ネガティブな同化プロセス」のなかで亡びて行く。だが本来はそれに抗して、堕落したブラジルを精神的に建て直す力を持っているはずだ。山里は執筆意図をこう語る。

日本人には、祖先から伝えられた「東洋の心」という反省源と、「無」という唯一なエゴイズム超越思想と、「空ずる」という実践の菩提心（世のため、人のためにつくす）とがある。ブラジルでもっとも欠けているこの三要素を、日本移民ははたして遺産として自分の子孫にのこしているだろうか。ブラジルへ渡ってきた最初の移民の足跡をたどりながら、日本人のこころの深層に永年にわたって秘められてきた「東洋の心」とはなにかを、探求するためにこの『東からきた民』をえがいてみた。この「東洋の心」をブラジル建国に役立たせるには、まずこれを心の遺産として日系人たちにのこさねばならない。この小説の意図はそこにある（「連載を前に」）。

日本人が人類救済の使命を担った選良民族であることは、『宗教の産業化』で繰り返し述べられている。人類を導きうる精神に達した「正覚者」「自由人」は百万人に一人ほどしかいない。五七億人のなかに五七〇〇人ほどしかいない。しかし日本にはなぜかその四分の一が存在すると仮定されている。大乗仏教が生活、精神、信仰に根づいているのが世界中でこの国だけだからだ（インドや中国では他の宗教に敗れたし、小乗は弱小化した仏教でしかない）。神道を融合させた寛容性もあるし、美術や芸能に見るように創造性も高い。日本民族優越思想には江戸の国学の流れ、明治から昭和の国家主義と帝国主義の流れ、昨今の経済や技術中心主義の流れなどいろいろなかたちがあるが、山里は大乗仏教を柱に主張した。既に述べたように、そこには天皇制批判が裏打ちされている。これが彼の日本人観を特異なものにしている。

「東洋の心」の実験場としてのブラジル——これほど壮大な意図を広げた小説は、ブラジル移民の間ではそれまで書かれたことがなかった。お気づきのように、日本（人）とブラジル（人）について、縁台話ほど単純に決めつけている。ブラジル人個人の意地悪や暴力を描いた小説は数多いが、五百年の国民史に構造的に組み込まれた汚辱を述べ立てた小説は他にはない。歴史的現実の批判は国の無限の潜在力に期待する愛国心を損わない。潜在力開花のひとつの方策が、日本文化と仏教による国の精神的な造り直しだった。「この出稼ぎこそは大和民族の純粋性と、文化の特殊性と、精神の清浄性と、義理や人情のきずなどのすべてを賭けての出稼ぎだったのである」（一九九九年六月二三日付）。日本移民はカトリック教会によって穢されたブラジル国民の精神を浄化する荒業を託された選ばれし民だった。「日本人」は血統的には雑種だが、「民族」としては純粋で、その精神的な無垢の根幹となっているのが仏教思想だと彼は疑わなかった。

山里は「日本の心」ではなく「東洋の心」と言っている。仏教を根底に置いているからだが、これは「東からきた民」と平仄を合わせている。ひとつの皮肉は、この民が西回り航路で到着したことだ。題名の「東」は、「西洋人の方位磁石にしたがっている。自分たちを「東からきた民」と認識した時には既に、文化地理学的に「西洋」に、ブラジルに歩み寄ったことになる。そもそも「東洋」が日本の西に位置することが、方位の感覚を乱すのだが。

二　『七人の出稼ぎ』——二一世紀の弥勒説話

『七人の出稼ぎ』（ニッケイ新聞社、二〇〇五年）は著者の手で日本語とポルトガル語の両方で書かれている（ポルトガル語版は同新聞社より同年に出版された *Os 7 "Dekaseguis"*）。ポルトガル語版は直訳ではなく、同じ設定を使った別の小説と考えてもよいほど、大幅に書き分けている（ここでは日本語版を論じる）[(10)]。みっちり二ヶ国語教育を受けた山里にしかできない力技である。弥勒の権化を受胎する神秘体験をクライマックスに置き、『東からきた民』にもまして波乱万丈で、現実離れした出来事が起きる一方、仏教の世界観はもっと明確に表れている。

「序に代えて」で作者は執筆の意図を簡明に三項目にまとめている。一、「宝の山に入りて、手を空しくして帰るなかれ」。出稼ぎが日本で金を儲けるだけで満足するのは愚かしい。日本の技術、芸術、武術の根本にある最大の宝、「無心」を手に入れて帰るべし。二、「日本のパラドクシカル哲学の真髄——人間性喪失症候群にたつ日系出稼ぎの前途を憂える」。日本移民は相変わらずブラジルに溶け込もうとしないが、その子孫もまた日本で同じ愚を繰り返している。日本の世界飛躍の原点、「無心」を排除すると、人間性喪失におかされる。三、「日系出稼ぎよ、日本で新たに差別される群を形成するなかれ」。出稼ぎは急速に精神や生活の変化を強いられる。その混合の過程で「抵抗、葛藤、排他、独善、無視、無関心、自棄などがともなって摩擦や軋轢を生じ、受け入れ側の住民や社会の排斥の原因になる」。のけ者にされると、汚い・きつい・危険の3Kの仕事に回され、金儲けすら忘れ、ただ「おもしろ、おかしく暮らす」生活に堕ち、子弟の非行にもつながる。「そこでブラジル人でも日本人でもない、プライドの欠けた無責任かつ粗野で厄介な子孫を日本にはびこらす結果を招く」。前作と同じように、金もうけと快楽に走ることを戒め、仏教の教えに沿った無心無欲の境地に人生の価値に置くことを教えている。今度の説法の相手は二・三世の出稼ぎと想定され、ポルトガル語版を同時刊行した理由もそこにある。

無心の境地とは「エゴのおりなす一切の野心、願望、権力、栄光やそのほかの意図的なもの、偶像化された神仏、そして自分自身も壊滅しさった瞬間に自覚されるエゴのまったく介入しない「完成の満足と歓喜」」を指す。これは「全人類の無意識に内在している物質と精神の不可分の次元」で、仏教の精髄である。ところが日本以外の国では仏教は教学、哲学、宗教、修行、祭典の手段として利用されているにとどまり、ただ日本人だけが、「仏教の真髄を実践的に生活と生産の中に取りいれて生かしている」。無心の実例として挙げられるのは、豊田佐吉のドイツ体験だ。最初は部品と部品をうまくはめこめなかったのが、やがてうまくやれるようになった。最初は「我」が介入していたのが無心の境地に至ってやりおおせたという教えだ。日本の経済やテクノロジーの発展は、すべてこの精神的な基礎の上に成り立っている。無心は武芸、芸道、絵画、料理、芸術にも取り入れられている。これは「日本人の伝統精神の真髄」で、敗戦を乗り越えて世界の大国に伸びることができたのも、無意識に実在している「完成の満足と歓喜」である（前掲「日本人の伝統精神の真髄を求めて」）。

「出稼ぎを、むかしは「移民」と呼んでいた」。作品本文はこう始まる。前作のかさと丸移民も本作の出稼ぎ二世も同じ存在、あるいは同じ因果でめぐる親と子の世代と認識されている。二作はきっちり対を成す。そして上述の『東からきた民』の連載を前に」の言葉を繰り返し、中国では移民を「氓」の文字で表したと続ける。移民とは伝来の習慣や信仰や精神や文化の「純粋性」を失いやすく、「亡びゆく民」という宿命を背負っている。「滅びゆくブラジル日系人の民族的、文化的、精神的、情緒的、感性的な純粋性の中でもっとも残念なのは、東洋の宝庫ともいうべき仏教哲学思想である」（一五頁）。

「純粋性」は山里の思想のなかでは一方では誇りをもたらし、他方では排除をもたらす点で矛盾をはらんでいる。戦前の日本移民は「祖先からの純粋性をうしなうまいと、ほかの雑種民や多民族とのへだたりを補強するために「ヤマト民族」「ヤマト魂」意識のもとで日本人の優秀性を自画自賛し、この国の土着民や他人種系移民たちを賤しめて「毛唐」（ケトウ）、「外人」（ガイジン）呼ばわりして軽蔑し、自分らの子弟とのあいだに差別の垣根を高くきずき、他人種とのセックスのまじわりを汚れとみなした」（一一頁）。日本語教育を施したまではよかったが、それ一辺倒で「不同化民族」として排斥された。戦後は敗戦により天皇の神性も民族の純粋性も大和魂も崩れ、同化が推奨され、日本語も日本の美徳も捨て去られた。祖国でも「大和撫子」の純潔が失われ、混血児が多数生まれた。七〇年代には本国の繁栄が輝かしく、その「七光」で日系人も肩をそびやかしたが、既に精神や文化の面で同化し、日本人ともブラジル人ともいえないヌエとなってしまった。だからこそ二・三世に与えられた日本での働き口は、精神を鍛えなおす絶好の機会である。山里は自民族優越思想が他民族排除に陥ることを批判しつつ、東洋思想の純粋性を守る是を説いている。民が混血化によって亡びても、美しい民族の心は残したい。この理想を小説のかたちで語ることが、『七人の出稼ぎ』の目的だった。

光明体験

表紙には作者自筆の弥勒菩薩像が描かれている。これは一九八〇年、「菩薩の念願がわいた時に、おのずから心にわいた願望の象徴」で、当人のいう「第二の光明体験」（第一は上記の東寺の体験）から描かれた。

その週のテレビ放送劇の脚本をようやく書きあげ、かなりの疲労を感じながらスタンドの明りのもとでぼんやりしていると、とつぜん脳裡に強烈な光の大爆発のようなものが起こった。眼球が飛びだしたのではないかと思われるほどのまぶしい光があたりに火華を散らし、次の瞬間それが輝かしい色調となって私の頭のまわりを照らしたのだ。すると、私は鮮やかなインスピレーションを感じた。にわかに仏画を描きたくなった（『宗教の産業化』）。

山里アウグスト『七人の出稼ぎ』
ポルトガル語版表紙

それまで絵筆を握ったこともなかったのに、それから三年間に六十枚ほどを描きまくった。一時期は自宅が仏画で埋まっていたが、ある時、白いカンヴァスに自分が色をつけると自由性、平等性、清浄性、創造性が失われてしまうと気づき、一枚を残してすべて廃棄した。白いカンヴァスこそ色即是空、空即是色の無の境地であり、そこに人は何もつけ加えてはならない。「宗教の真実な目的は、死者の霊をまつったり、家内安全、商売繁盛、交通安全などの非物理的な気休め祈願ではなく、往還の能動的な機能の活発化にあるのだ。つまり、既成価値観世界で汚染されて疲弊した心を超越世界へ還らせて浄化させ、新たな生命力に満ちた創造性と可能性を持って既成価値観世界へカムバックさせることが宗教のもっとも大切な機能である」（『同』）。

ブッダやキリストを物象化しては、偶像信仰に陥ってしまうので、

「ブッダする」「キリストする」ことを真剣に追及しなければならない。この確信が後期長編を書かせた原動力である。『七人の出稼ぎ』の仏画には、読者にもこの像が心に立ち上がってくるようにと自註をつけている。通常の、「非宗教的な」小説とは一線を画し、説法として書かれたことをあからさまに表明している。ブラジルで建国以来書かれた最初の本格的な仏教文学に違いなく、ポルトガル語版は「日本の哲学と精神性にもとづく小説」と副題を添えている。老作家の自負を感じる。ただし描かれた菩薩像は美術館に展示される日本や中国の仏教美術の威厳からは程遠く、インド放浪後の横尾忠則が描いたポップ・アートか、南アジアの大衆向け絵解きの図に近い。その「軽さ」は筋と文体をよく反映している。

この仏画にはもうひとつ別の創造物が続く。一九八二年九月二三日、山里はサンパウロの雑踏で、「急に巨大なフラッシュの強烈な光で体を貫かれた感じをおぼえた」。第三の光。通行人が皆、一度は「高次元の自由を体験する」機会を与えられながら、それを生かせずにエゴに縛られているのに、深い慙愧の念を覚えた。帰宅後、家族すら救えていないのを悲しんだ（ちなみに一人の子は「シッダールタ」と名づけた）。「自分の家族が各自の内部に密んでいる不滅な調和エネルギーに導かれて、つつがなくめざめの道を辿って行けるように、切ない思いをこめた決意であった」。自分の家族の延長には全世界の家族が見える。全人類を救う祈りから、生まれて初めて彫刻刀を持ち、一年かけて二メートルあまりの石膏の観音像を完成させた。このように、「宗教的アナーキスト」を自認する山里の人生は、既成教団から離れ、現世利益や崇拝に背を向け、宗教的な問題を自力で克服していく道のりだった。

山里宅の仏像（著者撮影 2011 年）

ある時には新興宗教に加わり、導く立場に立ったが、反逆を起こして追放された。自ら宗派を立てようと考えたが、教団になってしまえば他の腐敗した新興宗教と変わりないと思い、断念した。浄土真宗の講師をしたこともある。しかしひとつの宗派に縛られるのには抵抗を感じたし、阿弥陀仏や念仏を偶像化、麻薬化せずに個々の精神に打ち立てるには、一度はすべてを破壊しなくてはならず、一般信徒には無理とわかった。彼はすべての新興宗教のように、一般人が一歩ずつ高次元に達していくような——それは組織内の位階組織に対応する——プログラムをつくるには至らなかった。いきなり精神界の頂上に立てとしか言わないのでは、教団化はむずかしい。これまでの宗教経歴からわかるように、彼は超自然的な光を浴びる／発する体験をし、それを他人に感動的に語る教祖的な素質がある。だがあまりに普遍的、精神的で、俗人を招き入れることはできなかったし、組織の拒絶が根底にある以上、教団を打ち立てることはできなかった。小説は教団とは矛盾する個の覚醒という教義をわかりやすく伝える手段（広義の説教）だった。

三度の光明体験が彼を決定的に導いた。そこから得た強い信念は後期長編に強烈に反映している。一人で人類を導く宗教の産業化はできないが、せめて小説によって読者に案を提示することはできる。このような動機から、七十代に達した彼は長編に没頭した。仏画、仏像、「仏話」（こんな造語が許されるなら）は表現素材が違うだけで、同じ動機から同じ軌道に乗って同じ目標に向かっている。いずれにおいても「素人」だが、絵筆も（手許にあればたぶん鑿も）お手のものの日本の「文人」の伝統が、突如爆発したかのようだ。とりわけ『七人の出稼ぎ』は心に阿弥陀観音を作り出し、世界に弥勒を到来させることを目指した作品として、二一世紀文学に稀有な光明をもたらしていると信じる。だがこの物語の形を借りた説法が仮に文学以下と批判されても、山里は意に介さないだろう。

七人の因縁

冒頭で七人の運命が予告編のように要約される。小説はいわば「予告された因果の記録」を成している。前作と同じように、近代小説の背骨たる内面の描写は眼中にない。かさと丸にあたるのが、サンパウロから成田に向けて飛び立つＪＡＬ便で、これから南浦和の工場の寮に送られる七人の青年が乗り合わせている。前作でブラジル国民の雑種性を大いに述べた山里は、かさと丸の子孫の混血化を当然と考えている。七人の出稼ぎのうち四人は沖縄系、朝鮮系、先住民系、アフリカ系の血が混じっている。二人はヨーロッパ系との結婚に反対された過去を持つ。一人は被差別部落民と設定されている。いずれの場合でも、純文学ならば人物は葛藤に悩み、激論を交わす。あるいは読者の読みを試すように、真実を隠喩や寓意を用いて仄めかす。それほど政治的に微妙なものを含んでいる。ところが『七人の出稼ぎ』では血の問題はあからさまで、表現も無防備だ。それぞれの行方を要約すると——

(1) 富田パウロはブラジルの一流大学工学部を卒業したが、満足な就職口が見つからず、日系の女医クラリンダとの結婚資金を稼ぐ目的で出稼ぎに出る。学歴のない従弟が自分の十倍以上も日本で稼いでいるというので思い立っただけで、これまでまったく日本教育を受けていない。銭湯の娘秋本ユカリと一目惚れの恋に落ち、妊娠させる。ブラジルでのほぼ保証された生活を捨て、秋本家の婿養子となる。

(2) 木戸カルロスは日系二世の父とグアラニ族の酋長の娘の子どもで、父方の親戚からは軽蔑されている。日本への関心はない。彼の父は第二次大戦にブラジル兵として出征した地域の英雄だった。金ほしさというより、父方の従兄弟ペードロの後をついてきたにすぎない。意志が弱く、浦和では不良仲間とつきあい、ついに中国人ギャングの一味によるパチンコ店強盗事件に加わる。逃走中、ギャングのボスに射殺される。

(3) 中城金吾はサントス生まれの沖縄系で、白人女性と婚約したものの父から勘当を受けたために、やけになって日本行きを決意する。出稼ぎ先では遠縁にあたる沖縄人部長と知り合い、高貴な血統であることを知らされ、娘と結婚を薦められる。

(4) 藤原ジィノ氏政は被差別部落民の家系だが、差別を逃れて移住した祖父によって貴族の血筋と教わってきた。しかし京都の実家で現実を知り、父を恨む。偶然、カルロスらが盗んだ金三千万円を隠したロッカーの鍵を手にし、ブラジルへの逃走資金にしようとする。しかしロナルドに計画がばれ、空港で取り押さえられる。少年院に送られ悔悛し、少年指導員になる。弁護士の資格を利用して、出稼ぎの法律相談に乗る。

(5) 森野リッタはロンドリーナの寺の娘で中学教師。ドイツ系の恋人が、彼の家族の反対で結婚できずにピストル自殺したために、世をはかなんで日本に逃避する。心のすきまを埋めるため、男漁りに走り、エイズに感染する。ロナルドの計らいで入院するものの、抜け出して鉄道自殺する。

(6) 松岡ルーシアは日本人の母と敬虔なカトリック教徒の黒人の父を持つ。父は市長を務める人格者だが、彼女は肌の色のために日系社会から差別を受け、自らも劣等感を持ってきた。思春期にロナルドに憧れたが、言い出せなかった。文部省の奨学金試験で、抜群の成績を取ったのに、肌の色を理由に失格させられた。雪辱を晴らすために今度は自力で日本に渡り、東京大学大学院に合格する。母方の松岡家は大資産家で、一人娘真由美がロナルドに恋をする。ルーシアは複雑な気持ちで真由美の恋を見守る。

(7) 織部ロナルドは朝鮮帰化人系。大阪商人の祖父は金儲けのためにブラジル移住したが過労死、父もやはり事業に失敗し鉄道自殺。金の虚しさを知った母は敬虔な仏教徒で、以前、ロナルドを京都大学哲学科へ仏教を学びに行かせた。今回はさらに阿弥陀信仰の極意を学んでくるよう命じる。ジィノの従妹サツキと相思相愛になるものの、悟りを開くまで結婚を待たせる。地下鉄サリン事件に巻き込まれ入院する。ロナルドはいよいよ業の深さに慄き、比叡山で断食修行に入る。死にかけるが、「破壊先生」と呼ばれる怪僧に助けられる。僧はロナルドが臨死状態にある間に娘しおりと交わらせる。病院で治療の後、ロナルドは怪僧の祠に戻るがもぬけの殻、壁に色即是空、空即是色の八文字が残されている。ついに無心の境地に達したと感激し、サツキに結婚を申し込む。

阿修羅のごとく

作者の視点・思想を一身に担っているのがロナルドで、仏教の学徒として、前作の信次以上に因果応報思想に取りつかれている。信次が仏教を心の習慣として消化し、そこから人生訓を得る、あるいは心のなかで反芻するところで留まるのに対して、ロナルドは仏典の内容を諳んじ、周囲に話す。おしゃべりな伝道僧の感がある。彼は自分たちの周りに起きる理不尽な差別、蔑みを仏の御心と解釈し、決して怒らず静かに解決を待つ。あるいは解決不可能な課題として無視する。うろたえる仲間に説教を垂れ、状況の外から導く菩薩のような位置にある。遠藤周作や高村薫のような高度な教義問答はもちろんのこと、一般的な宗教的な対話もほとんど成立していない。ただ無知な輩に教え諭すだけだ。ただ現実的な問題解決を助けるだけでなく、精神的に衆生を導かなくてはならない(仏教化しなくてはならない)と苦悩している。面白いことに、当人は仲間が感心する仏教の知識が大学教授や母の口真似にすぎないと内心では知っている。言葉による理解は最後になって行いによる理解と融合して、悟りに至る。己の未熟さを誰よりも知っている点で、誠実といえるだろう。

ロナルドの発心は父の自殺後、母が信仰を強烈に貫いたことをきっかけとしている。貧窮のなか、ロナルドの兄姉、義兄はアフリカ系の呪術信仰にはまり、母を見捨てた。母はロナルドにすべてを託す。「せめてお前とだけは、この世限りの親子で終わらずに、普遍不滅とこしえの因縁でもって結ばれる親子になりたい。それには、ともに信心を得てお浄土へ生まれさせていただかねばなりませんよ」(一〇七頁)。母はそのために息子を京都大学に仏教を学びに行かせたし、出稼ぎに遣るのは経済的理由ではなく、「地獄」を見て来いという母の信仰による。息子は「高野聖」か「身毒丸」のような母子一体の信心を堅く守り、修行一筋の超人となる。

浄土真宗の檀家に生まれた母は、無宗教の織部家のメンバーが過去に犯した善悪の行為すべてが集積した「宿業」を一身に負い、八寒地獄、八熱地獄のすべてを転げまわった。そして「阿鼻叫喚地獄へ身をひるがえした瞬間、アミダ仏の誓願でもって念仏信仰の真髄を体験したのである。母は地獄の猛火のまっただ中へ飛びこんで、みずからの大慈悲心にめぐりあい、極楽往生の可能性を切実に実感し、未来世界へわたって永遠の命をあずかる確信をえた」(一四〇頁)。彼女によれば、「極楽へのもっとも近い道は地獄なのよ。…お前も覚悟を決めて地獄へ飛びこみなさい。…そうすれば、不思議な心の現象が起こるのよ。アミダ仏は自分を信じてひたすらに念仏をとなえるものは、どんな悪人でも必ず救ってあげると約束をされたんですから、この約束から不思議なエネルギーが生じて、これまでの地獄の苦悩がことごとく転換されて、極楽の安らぎに変わるのよ」(一四〇〜四一頁)。

極楽往生を遂げよといいつつ、地獄へ落ちて阿弥陀様に救ってもらえという母の矛盾を息子はどう解釈してよいかわからない。仲間が巻き込まれる地獄を見、自分もそのなかに巻き込まれるが、すべてが仏の御心と静観し解決する。前期短編「移民が抵抗を失った時」の京都大学哲学科出身者が抱いた屈折はない。

地の文もしきりに因果を繰り返す。たとえばパウロが初めて銭湯の番台に座るユカリの手に触れると、「ほんの瞬間的なふれあいであったが、宿命的なふれあいであった」(一三〇頁)。これは単なる男女の接触に留まらず、「因縁生」へと方向づけられたと解釈される。白人女性との結婚に反対されて日本へ逃げ出してきた沖縄系の金吾は、偶然配属された工場の上役より、首里の尊い血筋であることを教わる。貴種流離譚で、因果が良い方向へめぐっていった。ルーシアの場合も肌の色を理由に屈辱を浴びるが、猛烈な受験勉強で克服し、正しい恋人を見つける。ロナルドは強奪金を持ってブラジルへ逃亡を図ろうとしたジィノの犯罪が発覚するように仕向けることで、彼を改悛させる。他に中国系ギャングの姉妹二人を善の道に導く。まるで聖人の化身と出会って、悪人がそれまでの行いを悔いるタイプの仏教説話と同じで、心理的な攻防はない。「ロナルドが僧侶のよそおいをしていたので、荘姉妹は彼の善意な説得をうけいれて、仏心を起こした」(四一一頁)。あっけない。姉妹は根っからのワルではなかった。カルロスを悪の道に誘ったペードロもロナルドによってころりと改心し、武芸と無心について教えを乞う。

対照的に寺の娘リッタはお経を暗記し、本来ならば仏心に一番近いはずだが、恋人の自殺によって道を外れ、淫蕩に走り「業病」を得、ついには自殺する。彼女と性交渉のあったカルロスは、意志が弱く、悪の道に誘われるままにはまり、案の定、ギャングのボスに殺される。因果応報思想にしたがえば、本性からの善人も悪人もいない。山里もこの二人の蹉跌を道徳的な、あるいは社会的な悲劇というより、負の因果のしわざとして描いている。物語の中で負の因果の最たるものが、部落民という出自である。

因果としての差別

『東からきた民』が沖縄人差別を物語のひとつの軸としていたように、この小説は部落民差別をめぐって展開される。前作から想像がつくように、差別の政治的・社会的解決を目指すのではなく、当人が宿業を引き受けて、堂々と生きれば何も災いは起きない。すべては心がけしだい。解放運動団体が呆れるようなことを山里は提言する。

別に部落民やその末裔に罪があるわけではない。彼らは自分たちの祖先の宿命にわざわいされて後指をさされ、いまなお他人から非難されている傾向がある。したがって、内面的なひがみの影響をうけてその末裔がなおも性格的なひずみに苦しめられてマイナス点になっている。この現実をありのまま見きわめてなおしてゆけば、人類全体の性格的欠陥と同じように問題はないんだ。ただ、その現実から逃避しようとするから、かえって迷妄にかられてわざわいされる（六一頁）。

差別を因果と見なして沈黙するのは教団主流の姿勢で、山里はこの点に関しては保守的である。国内ならばこのような素朴な因果論を公言すれば、作家に非難がはね返っていく言論の回路・圧力がある。それが正義か監視かは別に、歴史的に積み重ねられたやりとりを内面化しつつ、書き手は態度を決定する。発言がもたらす負の影響を考慮し、無用な非難を受けない言葉遣いを探る。編集者、出版社も敏感にチェックする。ところがブラジルにはそのような言論界がない。山里は京都暮らしのなかで、部落問題の根深さを知ったに違いないが、それを組み込んだ言論の世界には住んだことはなく、無防備に書き留めることができた。状況はリカルド宇江木の「不敬」発言と似ている。彼の『花の碑』と似て、差別という主題を取れば純文学に近いが、筋立てや文章が通俗的で、人物はゲームのコマのように盤の上を機械的に動く。そして宇江木の作品と同じく、本国ではたぶん発表を控えさせられるような筋立てを山里は展開する。

ロナルドの大阪の親戚がそうだった。またまじない宗教に走った彼の兄弟も、自殺した父もまた業をわきまえなかった。さを、ロナルドは痛感していた。暗黒の世界をのたうちまわっている家族は、あながち部落民の末裔だけとは限ってはいないことを彼は思い知らされていた。帰化人の末裔である自分の家族も、正当な日本人の子孫であった母の家族も、過去世の因縁に影響されて心がねじけて自分のまわりに地獄、餓鬼、畜生、修羅、人間、天界、声聞、縁覚、菩薩や仏覚などの世界を展開させた」（三二八頁）。ねじけもまた（ねじけこそが、と言うべきかもしれないが）菩薩、仏覚に至る道なのだが、衆生は仏が示す小さなきっかけを見落とし、悪い輪廻に転落する。

ロナルドがいう「ありのままの現実を見つめる」は、カーマ（業）を受け入れよ、と仏教的に解釈しなくてはならない。ロナルドはルーシアに諭す。人類が地上に現れてざっと百万年、二十万世代、その間に君の父方の祖先はアフリカから奴隷船でブラジルに運ばれ、母方の祖先は日本から同じ土地に移住した。父母は「ある因縁」で同じ学校に学び、双方の家族の反対を押し切って結婚した。その結果、三人の子が生まれ、遺伝子の組み合わせの違いが肌の色に反映した（ルーシアの兄弟は黒人の形質をほとんど受け継いでいない）。これを業という。「森羅万象の生滅転変を自覚のうちにキャッチすることが業というわけだよ」（九一頁）。両親は社会の通念を破る意思の力を持ち、父親は市長に選ばれるほどの人徳者だった。長く引っ込み思案だったルーシアは最後になって黒人の恋人を得る。リータと逆に、悪因を克服したのだ。嫉妬、羨望、いじけなど負の心向きはすべて業を拒絶するところから始まると、ロナルドは人生訓をあちこちで語っている。

業は部落民差別の根本にある。インドのカースト制のように、「人間は生まれながらにして社会階級や職業は運命づけられてい」て、「この運命を自覚し、うけいれるところまでふかめて業とし、宿業とした」（九一～九二頁）。それを受け入れるか隠すかで、人生はがらりと変わる。ジィノのほぼ最初のセリフは「ぼくの家系はその昔は宮廷で天皇につかえていた藤原家で貴族なんだ。純粋な血統をひいている。そんじょそこらのアフリカ奴隷、エタやオキナワさんじゃない」（三〇頁）。前作の源太、保夫以上に強烈な差別意識をぶちまける。ロナルドは同じ会話のなかで、日本の裏面を何も知らない仲間に対して「日本の封建制が過去にうみだした人間的不平等と、それによってかもしだされた多くの社会的悲劇と弊害」、「人間の尊厳性まで奪われた」部落民の憤怒について説明する。しかし社会的水平化よりも、当人の精神的克服に解決を求める。

ジィノに偽りの出自を教えた祖父藤原政治は、一九二二年、水平社結成に参加した文学青年で、何度も投獄される「過激派のリーダー」（二五六頁）だった。しかし社会の偏見を改めることはできず、絶望して南米に逃れ、コーヒー農場で労働に耐えながら空想の世界に遊び、明治の上流階級の夢物語を孫に伝えた。いいかえれば、部落解放と鹿鳴館は政治の現実から同じぐらい遠い。祖父の政治的挫折は、山里の〈因果としての差別〉観をよく説明する。(11)

偽りの選良意識を植えつけられたジィノが、現実を知らされた時のショックはたとえようがない。実家は暴力団員でアルコール中毒の父親とけなげなクリスチャンの母親、それにカエデとサツキ姉妹で構成されている。夫婦、姉妹とも光と影ほど性格も容貌も色分けされる。サツキは「愛くるしい無邪気な顔」と「明るい性格」を持ち、六歳の時に同志社大学のスミース教授の養女にもらわれた（父に売り飛ばされた）。出自を恥じることなく生き、瀬川丑松の苦悩はかけらもないし、猪子連太郎の悲劇もない。一方、カエデは出自を隠し、美貌で誘惑した大会社の社長と結婚するが、秘密を世間にばらすと父親はゆする。社長はしつこい脅迫についに離婚するが、カエデは二人の子どもを誘拐して身代金を要求し、逮捕され三年の刑期を終えたばかりだ。「強烈な脂粉の香を散らし」、「衣装の胸部は大胆に切りこみをいれ、はちきれんばかりに乳房をもりあがらせ」、「男なら誰でも仙術をうしなって雲の上から落ちるほどの魅惑的な肉体美をもっていた」（三三四頁）。カエデはロナルドを陥落させ、妹の恋を破壊しようとするが、彼は「毒婦」の本質を見究め動じない。心の美と容姿の美、対照的な姉妹と出会い、彼は沈思する。中国の陰と陽のように善と悪、地獄と極楽は補完しあっている。畜生道の姉を知らなければ、菩提心の妹は輝きはしない。両方あって初めて、「仏の境地が自覚され、実践されてゆく」。いいかえれば、「カエデの淫らな心が醜くむきだしにされるほどに、それを憐れみ許し、抱擁してゆくサツキの心の浄らかさが輝くのである」（三三八頁）。

これはサツキがスミース夫妻から受けてきたキリスト教教育とは異なる。それには善、勇気だけが要求され、悪、邪心を包み込む憐れみが見当たらない。「人間の心の深層には、永遠の生命へいたる真実がやどっている。この真実にはひたむきな信仰によってのみ到達できるのだ。真実な道にはいれば、イエスのように十字架のむごい死すら恐れることはないのだ。ましてや、部落民の子孫だとさげすまれて、くじけることはない。それには勇気が必要だ。キリストによって顕現された神をひたむきに信仰しなければ、十字架の死を恐れぬ勇気はわいてこないのだ」（三三九頁）。サツキはそんな途方もない勇気を持てるかどうか不安だった。キリスト教は立派なことをいうが、個人に対してあまりに厳しく、慈悲がない。ロナルドの仏心はもっと納得のゆく抱擁の力をもっていた。

『東からきた民』の信次と同じ悩みにロナルドは直面する。肉体的な快はもちろんのこと、通常の精神的な愛のさらに向こうにある宗教的な悟りを得られなければ、恋愛は虚しい。修行僧はまるでエロイーズに禁欲的純愛を捧げたアベラールのような境地を、自分に言い聞かせる。

ふつうならば、心根のやさしいサツキをうしなうまいという行動をとるのが人情であったが、ロナルドはたんに情にほだされるようなことはしたくなかった。祖父、父母、兄や姉たちが暗黒世界に落ちこんでまでしめしてくれた因果応報のなりゆきを理解できるようになり、しかも東洋のシャカムニ仏、マハカシャッパ、ナーガールジュナ、ボディダルマ、孔子、孟子、老子、荘子、臨済、最澄、空海、法然、親鸞、日蓮、道元などなどと、数千人の聖人や哲人の存在を知り、彼らがもとめ、自覚しえた永遠不滅の真理が実在していることを確信しながら、そこまで到達しえずに祖父、父や兄たちのように無明のうちに人生をはてたくはなかった。せっかく姿・格好は人間に生まれ、心は地獄の様相で死んでゆくとすれば、かえすがえす残念であると母だけがいまなお述懐している（三二一頁）。

恋愛もまた修行の一段階でしかない。ロナルドは部落民との結婚を禁止する母を説得できるかどうか不安があったが、告白の機会を得る前に彼女は亡くなった。小説は母か恋人という恋愛小説として予測される最も大きな盛り上がりを回避し、秘蹟体験による悟りから婚約への道を選ぶ。

「第三階級」の人々

因果は在日のギャングにもめぐる。浦和のなごやか寮（ずいぶん皮肉な名前をつけたが）の付近では韓国人、中国人のギャングが縄張り争いをしている。彼らは日本人が彼らを受け入れないために悪行に走っているとロナルドは仲間に説明する。日本人の排外主義はブラジルの寛容な多民族国民には理解しがたいだろうと言い足しながら。在日韓国人のギャングが寮に殴り込みに来たが、朝鮮系の帰化人ロナルドが我々もまた「第三階級」であると述べると、ブッダに話しかけられた鳥獣のように一瞬にして説得される。ロナルド──「君らは韓国からきた出稼ぎ、ぼくらはブラジルからきた出稼ぎなんだから、けんかせずに。けんめいに稼いで故郷へ帰ろうよ。…ぼくらも、君らも日本では第三階級の人間なんだ。こんな外国人証明手帳を持っているだろう」。ギャング──「君らもタイサンカイキュウのものか。すまんことした。許しておくれ」（二一八頁）。かつての「朝鮮人」の紋切型にもとづき、現在の語感では軽蔑的な訛りだが、嘲笑の意図はない。通常の文学なら、激論ないし暴力沙汰になってもおかしくないが、山里はたった三行で済ます。この段の直後に古代の半島人渡来に二十行が費やされる（それはロナルドの先祖の歴史でもある）。その最後に二行だけ朝鮮併合について触れる。自我の感情的な衝突よりも歴史のおさらいに重きが置かれている。朝鮮人差別が深刻な社会問題であると述べるが、それは併合の副作用というより二千年近い歴史の因果と見なされる。

そしてこの節の最後に、因果応報に思いを馳せる。つまりロナルドの先祖が日本に渡る前、満州馬賊だったか、海の倭寇だったか見当がつかないし、祖父が大阪商人として成功しなければ、そのギャングと同じ道を歩んでいたかもしれない。もし何千年かの昔、祖先が別の人生を歩んでいたら、自分も「世をひがみ」、悪党に成り果てていたかもしれない。そう思うと「人間の宿業のなりゆきが個人とそのまわりの親族におよぼす影響の不思議さに心をひかれた」（二二〇頁）。半島出という点で共通点を持つギャングは、自分のありえた姿かもしれない。どんなにひどい他者でさえ、自分の可能態と認識することが、仏教的な「憐み」の基本にある。善人と悪人は因果の表れにすぎない。仮に悪の道に陥りかけていても、ひがみやいじけを心から追い払えば、軌道修正することができ、それは次の生に影響を及ぼす。目まぐるしい物語の展開と随所にこうした仏教的反省がロナルドなり地の文で挟み込まれる。そのためわかりやすいたとえ話で仏心を解説する法話と似てくる。主役はロナルドではなく、世の中を統べる因果律であるといっても過言ではない。

即身成仏

最後まで現世に留まる信次と異なり、ロナルドは解脱する。そのため作品は、いっそう仏教色が濃くなっている。比叡山中、断食修行で半死状態に陥ったロナルドは「目がおちくぼみ、頬骨がつきで、髪と髭はのび放題になって奇異な容貌をしていた」破戒僧に出会う。彼は断食など止めろ、シャカも六年やってみて、かえって煩悩が起こるとわかり断念したと諭す。僧には一六歳の娘しおりがいる。暴風雨となり親子は山を下りるが、ロナルドは祠に残る。念仏を唱えようにもすでに力なく、地獄の鬼に引っ張り込まれそうになり、臨死状態に陥る。僧としおりは山にもどり、乙女は若者の体を温め、性交する。翌朝、ロナルドは息を吹き返し、僧が呼んだ警察官によって病院に運ばれる。僧は地元では「破壊」先生と呼ばれている。一方、しおりは弥勒の権化を宿し、父親は歓喜する。回復してからロナルドはジィノと祠に出かける。マンダラ図は白ペンキで塗りつぶされ、ただ「色即是空、空即是色」と墨で書かれている。ロナルドはその文字を見て、悟りの境地に達したと歓喜する（作家自身が自ら描いた仏画を一枚を除いてすべて廃棄したのと重なる）。

この場面にはいくつもの興味深い宗教的要素が織り込まれている。まず破戒僧は地元民の間では畏怖と敬意を込めたあだ名がつくほど有名である。物の怪ではなく実在する。「わしかて人間じゃ」（三七二頁）と自称するのだから間違いない。だが破戒僧は同時に、ヒンドゥーの破壊神、即ちシヴァ神の化身に特定されていて、現実界と精神界が交錯している。シヴァ神はインドのモンスーンがいったんすべてをなぎ倒した後に新たな生命をもたらすように、「万物をよみがえらせる神でもある」（三八五頁）。暴風雨はしおりとロナルドを「縁づける」ために、彼が仕組んだようにも解釈できる。しおりは「わしが描いたチベットの無上ヨガ・タントラのマンダラ（本質の集合）からぬけだしたような美人で、どんな男でも完成化させるだけの色気があふれているよ」と、初対面のロナルドに自慢する。現世的な色気と聖なる美を兼ね備えた女である。「完成化」は僧がタントリズムに帰依していることを暗に示す。その思想によると、男女は別々に暮らしているうちは未完成だが、「セックスのいとなみのクライマックスのさなかにおいてこそ、無上ヨガ・タントラに達」し、「心身合意完全一体」になる（三八四頁）。これこそ真言宗と天台宗に見られる密教の加持祈禱の最高の境地、「即身成仏」の境地であると山里は解説している。

ロナルドは母のいう「極楽往生」に疑問を持っていた。それが死んだ後のことなら、浄土に生まれるのは無意味だし、そもそも浄土はどこにあるのか。「往生することは死ぬことなので、死なない限りは救われないならば、それまではつねに死の恐怖におびやかされることになり、安らぐことはない」（一六六頁）。母は極楽往生を遂げよという一方で、地獄へ落ちて阿弥陀様に救われよともいう。その矛盾を理解できる境地に達していないと息子は懊悩した。彼は母に疑問を呈するのではなく、自分の未熟と理解した。山里の小説のなかで、真宗の教義は一度も挑戦を受けない。あるいは対話によって深まることもない。無謬の教えとしてあらかじめ確立されている。ロナルドは生きながら往生すること、即身成仏に憧れ、それを唯一可能にする心身合体を待望した。昏睡しながら、その瞬間に至る道のりは詳しく描かれている。

「お願いだから、よみがえってね…」

何回も口うつしでロナルドに白湯を飲ませ、乙女は性的に燃えあがり、未経験ながらもあえぐよう挑発的に若者へはげしくセックスをもとめた。

「ねえ、わたしかまわないのよ…、してもいいのよ。お願い…」

乙女は気が遠くなっているロナルドを生命の根源から呼びもどしにかかった。はるかに遠のいた感覚がはげしく刺激されると、若者の全身に力がくわわり、乙女の生命の欲求にたいする反応が燃えあがりはじめた。

「はなさないで、お願い…」

仮死状態にありながら、性へのいざないはついにこたえられた。ひたむきに修行僧の生命をよびもどし、性欲でもって生命を復活させた山の乙女のひたむきな願い、二人の若い男女は燃えあがり、感きわまって全身をふるわせむせび泣いた（三七七頁）。

その祠の壁には、破壊先生が描いたという「色彩ゆたかな奇妙なマンダラがかかっていた。禅定のポーズで座禅をくんでいる全裸のインド人行者の膝の上に、これも全裸の妙齢の美女があらわにした太股をひろげて性交渉のポーズでまたがり、二人とも絶頂感にたっしたかのように恍惚状態の表情をしていた」（三七八頁）。タントリズムのマンダラ絵である。ロナルドは邪悪な美女カエデの誘惑に抵抗する精神力を持っていたが、この美人図の「豊満な乳房と太股のあたりの感触にひかれ、吸いこまれる衝動を感じた」（三七九頁）。病院で意識を取り戻すと、しおりが見守っている。「まぼろしとは感じられなかった」。ロナルドにとっては初対面だが、彼女を犯した夢を何度も見たことに気づく。しかし精液の後は見られない。彼は女がマンダラ絵図に描かれたシヴァの妃パールヴァティーだったと直観する。パールヴァティーは女神の精力を崇拝するタントリズムの根本神であると、ロナルドは京都大学で学んでいる。

彼はヒンドゥー＝タントラ的な悟りを次のように理解している。「悟りとは、肉体と心とが矛盾のきわみにおいてとけあって一つになる経過を通らねばならないが、この肉体と心がとけあう瞬間の摩擦熱、われわれ人間を根底からゆすぶって、歓喜をわかせて悟りを体験させるんだ。…悟りはたんなる人間の一つの知識ではなくて、一生一度の実存的な体験なのだ。ごまかしのきかない、真理の体験なのだ。この時はじめて「色即是空、空即是色」の境地を実感して飛びあがるほどの歓喜がわくのだ。人間の存在のクライマックスに達して自覚し、心に生涯生きてゆく上での立場、環境が焼きつけられる」（二七五～七六頁）。

破壊先生がマンダラ図も国宝級の仏画もすべてペンキで塗ったのは、シヴァ神の破壊＝再生行為だったと、しおりはロナルドに説明する。「何億円の価値があろうと、すべての絵図の型が決まっているから、新しい創造は生じてこない。ご破算にしてすべてをやりなおした方が新鮮味がわいてくるし、活性化される。自己にとらわれずにみずからを破壊する決断力と勇気を持てと、ちゃんがいわれたわ」（四〇二頁）。しおりは父親の完璧なメッセンジャーになっている。彼女はいつしか祠の奥に消えていくが、ロナルドがそれに気づいた様子もない。彼は「一回限りの生命の根源を一瞬のうちにむなしいものへ還元してしまった」といったんはがっかりするが、突然、壁に残された「色即是空、空即是色」から、色や形にとらわれずに、「宇宙万物には智慧と愛や慈悲に満ちあふれているんだ」と彼は破壊先生の教えを直観する。悟りの瞬間は例によってマンガ調で語られる。


「わあーっ」

ロナルドは狂気のように絶叫しながら古畳の上をのたうちまわり、だだっこのように号泣した。失神せんばかりに泣きくずれたあげくのはて、これまで永年にわたってうずいてきた心のわだかまりが、解けあわず、晴ればれしなかった感情がにわかに活性化し、新たな息吹に躍動しはじめた。

「それだー。わかったぞー。」

ロナルドは絶叫したが、山寺の本堂の中をばたばた駆けめぐって歓喜した（四〇二頁）。

冒頭で引用した作者自身の東寺の悟りの場面と似ている。ジィノに「色即是空」の内容を日本語とポルトガル語をまぜこぜにして説明する。理性のたがが外れた興奮状態に陥ったことが、妙な――生半可な日本語知識を持った二、三世には珍しくない――二重言語で表される。日本語に訳すと、

宇宙や世界のすべてのものの法則だ。「生あるものは必ず死に、形あるものは必ず崩れる」というんだ。…日本の伝統精神は、これに根ざしているんだ。日本人なら、誰でもむかしから知っているはずの「いろは歌」なんだ。だが、誰もこの歌を自覚していないから、日本人は世界、人類の指導者になれないんだ。われわれブラジル日系出稼ぎは、金儲けだけに目の色を変えず、この祖先の貴重な心の遺産である「いろは歌」を自覚してブラジルへもどらねば、出稼ぎとしての義務をはたしたことにならない（四〇四～〇五頁）。

これほどあけすけに世界観が開陳される小説は珍しい。「いろは歌」は空海の作とも伝えられ、無常観（その世俗的な詠嘆、自然観としての無常感）を強く表現している。ロナルドは色即是空の教えを高僧のように深めるのではなく、日本人の根本思想として讃え、ブラジル日系人の子弟もまた会得しなければならないと民族的に解釈する。物心を得た出稼ぎは、ゴアやマカオで何も学ばなかったポルトガル人と違って、ブラジルの精神的指導者になれるはずだ。この思想が本作の最も興味深い面だろう。序文で述べられていた意図が、この段に至って物語世界に配置された。解脱の境地が序文の説法のいわんとしていたことだった。宗教的な宣伝文学と解釈されても反論しづらい。しおりと心身合体の一回限りの体験をして悟りを啓いたロナルドは、これでさつきの愛を受け入れられると有頂

天になる。信次がサエと性的な絶頂感を味わいながら、何の後腐れもなくヨウ子と結ばれたのと同じように、世俗的な愛（結婚）と肉体的・宗教的な完成の間には矛盾はない。二人の女の間で引き裂かれることはない。感情や心理や現実を描く通常の小説との違いは明白だ。

弥勒受胎

しおりとの交わりはロナルドにとっては個人的な解脱のきっかけだったが、破壊先生にはまったく別の意味を持っていた。彼によると、ロナルドの前生はインドの修行僧でそこからチベット、中国、北朝鮮、日本へ渡り、祖父の代でブラジルに行き、今や因縁によって日本に戻ってきた。処女と童貞の交わりが五世代にわたって続けば、次には仏性をともなった子が誕生する。しおりのおなかに宿った胎児がその成仏に至る子となる。彼はそれをしおりの母親の夢のお告げで知る。彼女は土砂くずれで非業の死を遂げた破壊の二人の妻の一人で、生まれてくる子が「二一世紀のミロク仏」になるから大事に育てろと告げる（三八九頁）。このようなお告げの夢は古代から記されている（キリスト教の受胎告知もこの類型に加えられる）。彼女もまた夫に負けず劣らず聖なる存在である。

先生は娘に諭す。「東洋哲学の真髄をまなんで、この心身の遺産をお前に託したんだ。だから、お前は重大な任務を全人類へ普及するミロク仏の権化（仮の姿で）として現れてくるのじゃ」（三九〇頁）。破壊師は娘の胎内に宿った子が五六億七千万年後、「マイトレイア仏になり、退廃している人心を活性化させ、新たな息吹きをそそぐ使命をせおってやってくる」と予感している。その子はしおり一人の子ではなく、「人類の宝」である。しおりは子どもが「世間いっぱいの子供になって欲しかった」と思う。やがて父親を探してブラジルに旅立ってしまうと予感している。自分で看護しようと願ったロナルドを入院させてしまった父を怨む。つまり「人の子」の心を持つ。だが父親はきっぱり言う。「悲しければ、寂しければ、母さんやちゃん、織部君や生まれてくるその子と同様に、ミロク仏の浄土へ往生しろ。みんな来生にはそこへいってふたたび生まれかわるのだから、お前もそのミロク仏の浄土へ往生すればみんなと永久の命を楽しく生きることができるぞ」（三八九頁）。

父には通常の親子の情愛はなく、娘はいわば「ミロクを産む機械」でしかない。しおりは父に反目せず、その因果を受け入れ、心情的な衝突はない。村上春樹『1Q84』の巫女のような少女の超自然的な懐胎と似ていないこともない。「妊娠小説」（斎藤美奈子）と呼ぶには状況が唐突だが、ロナルドの聖の力と性の力の交差が、しおりの弥勒受胎をもたらしたと解釈できるだろう。『宗教の産業化』では、腐敗した人類を立て直すのに、五六億年七千万年も待っていられないので、弥勒を早く生み出す宗教化のプログラムを組み立てなければならないと主張されている。聖なる胎児はその期待が賭けられている。突飛かもしれないが、映画『二〇〇一年宇宙の旅』のいわゆるスター・チャイルドの誕生を連想する。

破壊先生父娘が実在の人間なのか、別の世界からその都度現われるのか、はっきりしない。しおりは祠にもどったロナルドに父親の教訓を伝えていたが、タクシーの警笛に驚いて灯を消し、「どこへ消えたのか、その気配すらなかった」。破壊先生は叡山近辺ではよく知られ、松岡真由美とも話している一方で、別の住民は父娘をタヌキとキツネと警戒している。ロナルドとしおりの交わりは、どこまで現実的な事件なのかはっきりしない。

しおりの実在性があいまいである以上、ロナルドの夢の中の交合と片付けることはできないが、平安中期の聖徳太子伝説以来、多く記録されている聖人受胎の夢の系譜から、この場面の一部を理解できるかもしれない。高僧の誕生譚には多くの場合、神秘的な夢が関わっている。秀吉や三国志の英雄なども、母の受胎中に超自然的な力がもたらされて生まれてきたという「感精譚」を持っている。これは世界各地に存在する。[12]だが山里が語るのは、弥勒を宿すという途方もない事態で、夢のなかというより昏睡状態のなかで実際に性交したらしい。類話として吉祥天女の像に愛欲を抱いた修行僧の話が『日本霊異記』にある。彼は天女と交わる夢を見、翌朝、吉祥像には彼の精液がついていたという。『今昔物語』には虚空蔵菩薩が美女に変身して若い僧侶を誘惑し、一夜をともにすることを条件に『法華経』の習得に専念させ、僧はやがて立派な学僧になったという物語がある。ロナルドは「犯された」

後に、相手がパールヴァティー（歓喜天）であると悟るので、前者とは異なる。また菩薩が智慧と引き換えに（先払いのほうびに）官能を献ずる説話とも教訓が異なる。弥勒受胎は民俗的な説話群にも、近代小説にもないようだ。弥勒の権化を宿すとは、どのような事態なのか、俗人には想像がつかない。遥かなる世直しの思想なのだろうか。

弥勒信仰は「世直し思想」、「日本的メシアニズム」などと言われ、仏教の影響が一般にあまり強くない沖縄でも、習俗と混淆してミルク世の信仰は強い。終戦直後、「天皇の船」がサントスに迎えに来るという噂が広まったが、下積み移民の間ではメシア信仰の心向きがいつでも火がつく状態にあった。二世の山里がこうした潜在的な集団的心向きをどこまで汲み取って、弥勒信仰を要とする物語を書いたのかは明らかでない。沖縄経由ではなく、仏教の源流をインドにたどった際に現われてきた来世像ではないかと推測するにすぎない。阪神大地震と地下鉄サリン事件で末世来れりと感じた作者が、日本、さらにブラジルの未来に明るさを求め、弥勒にすがったように思えてならない。ロナルドはずっと母親の阿弥陀仏信仰に影響されてきた。彼の解脱はそれにヒンドゥー教やチベット密教の心身合体を重ねてもたらされた。しかし彼の知らぬところで、弥勒の権化を受胎させた。もし山里に小説技法の磨きがあれば、現実界と精神界の入れ子状態を面白く書けたかもしれないが、彼は単純にロナルドの視点だけから物語世界を構築した。教団仏教を否定し、ヒンドゥー教、タントリズムを取り込んだ天台密教を奉じ、セックスを寿ぎ、日本人の美徳、誠を一体化した信心と人生のあり方を主人公に語らせた。仏教小説として、突出しているのではないだろうか。

解脱小説

『東からきた民』が栄造の成長小説、即ち「大人の社会」の約束事を覚える過程の小説であったように、『七人の出稼ぎ』はロナルドの解脱小説、即ち「色即是空」を我が物とする過程の小説と見なせる。この文句を引用した小説は多いが、言外に含めるだけの作家もいる。大城立裕（山里と同い歳）は沖縄の作家のなかでは例外的に仏教（とりわけ般若心経）を心の糧としている。大野隆之によると、大城の仏教的なモチーフは表面には見えてこない。ただ世界の実体を仮想とみなし、絶対的な真理もまた空にすぎないという根本は、「沖縄」という複雑な対象を描くための、方法意識の母体となったのである」[13]。状況をひとつの眼から描くのではなく、複眼で見る手法が、「色即是空」の実践だという。「〔沖縄生活の〕一見無関係なものが「空」と「色」をつなぐ「縁起」のように有機的に関係している」。沖縄の特殊性を人間の普遍性に昇華させたのが、この芥川賞作家にとっての仏教の教えだという。山里はその正反対で、「色即是空」を見落としようもないほど露骨に物語のカギに利用し、登場人物はお経の下に隠れてしまうほどだ。主人公が超人になりたいと自らを叱咤し、仏教の奥義に達しようと独り言を続けることから、浅野卓夫は『七人の出稼ぎ』を「織部ロナルドかく語りき」と呼んだらどうかと冗談めかしている。初期短編のなかに京大でニーチェを学んだ哲学の徒がいた。初期と後期は切れているようでつながっている。

生まれ変わったロナルドは最後になごやか寮で演説する。日本は世界、人類のために尽くさなくてはならず、我々出稼ぎも日本の重要な責任の一端を担っている。日本が文化大国として国際舞台に立っているからこそ、我々日系人はブラジルでも他でも胸を張っていられる。「おもしろ、おかしく」暮らす生活を改め、日本精神の根幹にある「誠」を学び、精神修養を忘れてはならない。昔のインドの指導者は四十歳までは家庭の建設に励んだ後、子どもに譲り、後は心の建設に励んだ。そういう時間を持たない現代人は道を迷ってしまっている。口先ではなく、ロナルドは――山里は――心底そう信じている。人物の言動が作者の思想を寸分たがわず複製している。これもまた明治の政治小説との共通点である。トマス・マンも埴谷雄高も複数の人物を使って、自分の主義主張を論文とは違ったかたちで展開したが、山里にはそのような回りくどさはない。

ロナルドはそこで「だしぬけに講演をぽっつんと切った」（四一六頁）。物語は生き残った五人の出稼ぎ、そしてロナルドとサツキの行方には口をつぐむ。人物の行動や心理に関する結末は用意されず、この訓話が物語の結論となる。「開かれた結末」というより、宗教的信念の仮の姿として小説を借りてきたことの良き証だろう。このような型通りの、堅苦しいメッセージは社説、評論、読者投稿など新聞の他の面でよく読むことができる。しかし小説のかたちで述べたのは、山里が初めてだった。

日本でも日本人の生き方、国のあり方、心の持ち方についての評論・随筆は山ほど出回っている。書き手のなかには小説家も大勢いる。たとえば曽野綾子、三浦朱門、五木寛之、瀬戸内寂聴が、評論・随筆で述べた事柄を生のまま文章にした物語を書いたらどうなるだろうか。評論・随筆の副産物として小説——私小説でなく——を書くのではなく（またその逆でもなく）、フィクションという形式がそのままノンフィクションに乗っ取られたような作を書いたら、たぶんあまり歓迎されないだろう（メタ文学の仕掛けを使えば別だが）。ジャンルによって、読者・評論家の期待する内容も文体も異なるからだ。一方、山里は評論家を恐れない。いや、そもそも文学評論がほとんど成立しない社会で、後期長編は発表された。求める読者もほとんどかすんで見えない。読まれている手ごたえもない。経済的な見返りもない。そのためにかえって本国ではほとんど不可能な「仏教小説」に没頭できた。「書きたいことだけを書くわけではない」というフローベールを見返すような仕事に熱中できた。ひとつの皮肉は、業を忘れた人々の愚行を「おもしろ、おかしく」読めることだろう。

晩年のスタイル——サイード風コーダ

二〇一一年六月、山里さんから大きな文字で印刷された手紙をいただいた。東日本大地震を「天罰」と見るのではなく、「より超人となれ」との試練と受け止めるべきだろうと書かれている。これはロナルドが心に刻むセリフそのままである。日本人が育んできた精神文化を文学に取り入れ、一般読者の理解を促すようもっと努力して欲しい。ブラジルの日系コロニアでも、文学を通して、日本の伝統精神を広く六十余民族に広める使命感に燃えた同志を求めつつ、ついに出会えず日暮れてしまったと悔しさを書き記す。それでも諦めずに今一度、文学に取り組みたい、もう一度これが最後と思って訪日したいと抱負を語る。

宗教遍歴やセックス観について質問するこちらの手紙に対して、九月の手紙では「七十年もご無沙汰していた大学卒論めいた質問や論題」に驚きながら、熱心に答えてくれた。そこで初めてキリスト教、ニーチェ、実存主義、小乗仏教に「錯乱」した末たどりついたのが、J・クリシュナムルティ（一八九五年～一九八六年）であることを知らされた。このインド人霊能者は最初、神智学協会に少年時代に見出され、西方のキリストと東方の菩薩を融合させたロード・マイトレーヤの化身として期待されたが、霊験体験を得てから自らの教団を打ちたてる。しかしそれも八年後に解散し、後は著述と講演を通して個の覚醒を説くことに専念した。彼の『生と覚醒のコメンタリー』（春秋社）をあわてて読むと、我を捨て精神的な高みに向かう一種の超人が待望されていて（仏教的な悟りの色合いも濃く、「超人」という用語は適当ではないが）、『宗教の産業化』と通じる点も見られる。しかし性の歓喜が無心の境地に至らしめるとはどこにも書かれていない。性欲の安易な発散は否定するが（ブラジル社会の「性の堕落」を同じ手紙で指弾している）、そこから超越した心身合一の性交がある。タントリズムとの混淆は山里独自の発想である。八六歳の自称世捨て人は次のように確信している。「私が最後に辿りついた宗教は、絶対者を置かないこと、確信を前提としない、神や仏の存在を信じないまま驀進させたものです。…私の思想体系は支離滅裂で、今の視点へどうして辿りついたかはわかりませんが、中国禅の巨匠臨済と日本の大宗教家親鸞にひかれて、薄っぺらながら自分の信仰をまっとうしてきました」。「信仰をまっとうする」。こう言い切れる心構えは、信仰の問題を避けて生きてきた私には、途方もなく懐が深く見える。この章なぞは賢しらなだけで、文学による世界救済の本意を汲み取っていないと叱られそうだ。

山里アウグストは通常の意味の――職業的な――宗教家でも文学者でもない。しかし両方の情熱を持ち続けて晩年を迎えている。文学についても、七十代になって改めて筆を執る決心を固め、二十年前の作のざっと四十倍もの長編に打ち込んだ。「やまとだましい」の崩壊が前期に一貫する主題であるなら、後期は仏心の復活が出発点であり到着点である。作風は別人のように変わったが、一貫した部分もある。二十代と七十代で作風ががらりと変わる職業作家はそれほど珍しくない。しかし四十代と七十代の間で、彼ほど劇的な変化を見せた作家はあまりいないように思う。しかもその間に二十年もの空白期がある。若いうちにいろいろ試し、そのなかから自分の作風を打ちたて、後年はそれを守るという職業作家の一般的な道のりを、この日曜作家はまったく無視した。ある時、仏心の尊さを文章で伝えたいという欲求が急に高まった。それをどうにも押え切れずに書いた。その方便として、小説という馴染みのある形式を借り、大量の挿話、そして宗教、歴史、思想の知識のすべてを投入した。その結果が重くなっても不思議はない。しかし山里の場合、死が間近になるにつれ、伝えたいことがますます単純になり、伝えたい相手が若返っていった。その結果が『七人の出稼ぎ』だった。

　八十代近くになって書いた物語の主要人物がすべて二十代前後というのは、懐古調、準自伝の場合を除けば珍しいかもしれない。作者が人生で思い悩んだあげくに到達した曇りのない境地であろう。これはヤングアダルト文学に職業的に関わってきた作家が、晩年も同じ作法を続けるというのとは違う。もし山里が職業作家だったならば、後期の変身は反響を呼んだに違いない。しかし彼のまわりには、文壇も信頼できる読者さえもいなかった。だからこそ「若返り」は自在だった。

　これはエドワード・サイードのいう「晩年のスタイル」のひとつのあり方ではないだろうか。「偉大な芸術家」しか相手にしないと明言する彼の思索を、素人作家に応用するのは噴飯物かもしれないが、箔をつけるために引き合いに出すのではない。「年齢にふさわしくない」文体と筋立てを持つ点で、また「時宜に適わぬ」構想を持つ点で、「時代錯誤性と変則性」を特徴とする点で、体制と土地から疎外された「故国喪失《エグザイル》」の精神と深く関わっている点で、パレスチナ人批評家が提唱する「晩年の（遅れた）スタイル」の概念は、山里の後期長編（特に『七人の出稼ぎ』）の若返りをよく説明するように思える。[14] サイードが関心を持つのは、歳相応に「円熟」し、時代と「和解」する老芸術家ではなく、最後まで釈然としない矛盾を抱えた文学者や作曲家だ。山里の突き抜けた境地は、サイード好みの矛盾や緊張感とは正反対に見えるが、これは基本設定の宗教の違い（キリスト教と仏教）に由来するかもしれない。

かつて「始まり」を批評用語に昇華したサイードは、今度は「終わり」を見据える。ヘルマン・ブロッホの言葉、「〔老齢のスタイルは〕死の影のもとでしばしば時季はずれの早咲きとなるか、老齢あるいは死の到来直前に開花する。それは新しい表現レヴェルの到来である」を引用する（一二〇頁）。これは作家個人にとっても、また文学史にとっても突然変異である山里の後期長編にもあてはまるだろう。この無名作家をブロッホが念頭においているレンブラントやバッハの横に並べるのは、いかにも滑稽だが、文学界の末端でも精神や表現上の狂い咲きが起こりうることは否定できない。五十代になって生涯ただ一編、一世紀前の旧家の盛衰を自分の家系をモデルに描いた叙事小説『山猫』（一九五八年）の著者、ランペドゥーサと並べてはどうだろう（彼もまた山里に似て、若いころ地元の文芸誌に数本の短編を書いた）。

どちらも文学史的タイミングを考慮せずに書いたことが、第一の共通点だがそれだけではない。シチリアの「アマチュア」作家は、市民戦争によって落ちぶれ、地上から消えそうな（しかし頑迷に残る）貴族をイタリア敗戦後、実存主義とネオ・レアリズモ全盛期に描いた。出版年を伏せられたら、パヴェーゼとヴィットリーニの同時代文学と誰が気づくだろう。一方、サンパウロの「アマチュア」は、アメリカ化とブラジル化によって享楽と豪奢に人々が目と心を奪われるなか、仏心の復活という「時代がかった」メッセージを叙事小説に込めた。村上春樹とパウロ・コエーリョの時代に。ランペドゥーサが自ら所属する貴族階級の終わりを描いたならば、山里は自ら所属する少数民族集団の始まりと終わりを描いた。さらにいうなら、シチリアも沖縄も「北イタリア」や「やまと」から従属的に扱われ、長く差別を受けてきた南の島で、アフリカや中国との文化的・経済的中継地である。そしてどちらも連合軍の最初の上陸地でもあった。サイードは『山猫』が描く一八六〇年代のイタリアとオーストリアの戦争には、作家が体験した一九四四年のシチリア戦の記憶が先取りされていると述べる。『七人の出稼ぎ』でも「負けたのは日本であって、われわれ琉球人じゃない」（九六頁）と中城金吾の祖父は「郷里をアメリカの進駐軍の土足に踏みにじられた悔しさ」を持ったまま、終戦の翌年にブラジルで死んだ。繰り返すように、山里が「世界文学」の水準に達していると持ち上げたいのではなく、「遅れた」という側面から文学を見る先端的な批評眼が、末端でも時には有効であることを示したいだけだ。

宗教小説は（キリスト教であれ仏教であれ）一般に心の煩悶、信仰の葛藤、危機を主題にし、人物の内面を描くことが前提となっている。読者は彼（女）に自分を重ね合わせて宗教観を考え鍛えることが期待されている。確かに信次もロナルドも悩むが、信仰の揺らぎはないし、対話による深まりもない。ロナルドは「一生一度」の体験によって一瞬にして悟りを啓くだけだ。信仰を持つ者と持たざる者の形而下の争いはあるが、信仰自体を俎上に上げるわけではない。状況が仏道から外れることに憤ったり諦めるだけだ。二人のセリフは仏教事典のように明快だ。これは東洋の宗教が精神的土壌に浸透していない場所から「日本の」仏教をなるべく合理的に、真摯に記述しようとした結果だろう。ロナルドは、日本人には辞書的な意味のレベルでは自明の「悟り」や「無心」を、出稼ぎ仲間に説明する立場にある。ちょうど日本を舞台にした外国語の小説が、予想される読者の知識に合わせて、事物の解説をするようなものだ。イアン・フレミングからマルコ・ラセルダまで、作者は日本通を大なり小なり示すことで、作者の立場を正当化し、作品の信憑性を高めようとする。それは時にはオリエンタリズムに陥り、日本人にはくどいか滑稽に映る。『七人の出稼ぎ』は日本の仏教について、外の読者を啓蒙する強い意図で書かれている。ポルトガル語版を日本語に直訳すると、日本語読者には日本語版よりも奇異に感じるだろう。

近代文学の通常の評価基準をあてはめれば、後期長編の人物像はいかにも「平板」だ。これもまた「時宜を得ぬ」手法で、近代以降とされる時期に近代以前の小説作法を用いている。ちょうど矢野龍渓『経国美談』（一八八三〜四年）のギリシアの英雄や、東洋散士『佳人之奇遇』（一八八五年）の革命家が、二葉亭四迷や尾崎紅葉らに始まる近代文学の主流から見ると、旧劇の演技のように大げさで、大言壮語する人形のように薄っぺらに見えるのと似ている（ちなみに東洋散士は柳太郎と同じ会津藩出身で、「若松コロニー」が『佳人之奇遇』が空想する志士のフィラデルフィア渡航のヒントになっているかもしれない）。言葉が内面と結び合わず、宙を待っているように感じられる。政治小説は黄表紙の虚構性、国際性を自由民権運動に組み込み、あたかもロシアの虚無党員やフランス共和党員が新首都東京で、和洋漢混淆の新しい日本語で芝居を打っているかのような幻想を描いて読者を興奮させた。しかし国会開設で民権運動が終息し、自然主義、文壇の確立で文学観が「近代化」すると、幼稚と見なされた。その系譜は大正以降では、「日米戦」小説（猪瀬直樹『黒船の世紀』）に引き継がれる程度で、文学史主流から消えてしまう。

サイードのいう晩年のスタイルは「若さと老齢とのありえない同居」（「子どもに見せかけた老人」）をひとつの特徴とする。それは神話やフーガのような「時代遅れの」形式に、それまでにない内容と定義を与え、いまだ涸れることのない霊感が秘められていることを示す。一種の「先祖返り」によって、同時代の主流から外れつつ、未来につなぐような芸術の核をつかむ。山里の文体や善悪塗り分けた構成は「子どもっぽい」。先祖返りが若返りに向かう不思議。文学史的な大望を抱いていたわけではないが、百年前の一過性のジャンルの特徴を突然復活させ、心のふるさとから追放された者の居場所のなさを大真面目に描いた。それが戯画風に見えるのは、私たちが近代文学の規範にいつのまにか毒されているからである。

サイードは追放者（亡命者）の文学が晩年のスタイルを持つことが多く、その代表として、コンスタンディノス・カヴァフィスを挙げる。彼は文語のギリシア語で書き、「みずからが近代におけるその最後の使用者であることを自覚し」ていた（『カヴァフィス全詩集』の訳者中井久夫は、民衆語と古語の混交体であったと、やや意見を異にする）。廃絶寸前の古典語によって、「永続的な亡命感覚」を描いたと評価する。一方、山里の使用言語、日本語がブラジルで途絶えるのは目前だ。二人とも「遅れてきた」言葉によって精神的亡命を表したといえないだろうか。「民は滅び行く」という山里の〈氓〉の認識は、地中海の詩人も分かち持っていただろう。彼は過去へ過去へと心も言語も引きずられ、現在から疎外されている。南米の小説家は信仰の点で、生まれた国から疎外されている。政治的亡命者ではないが、心のふるさとから生まれながら引き離されている。だが日本では差別を受け、沖縄は信仰の拠り所とはならない。二編の長編はどちらも外の世界へ金や信仰を求めて旅する物語で、開かれた未来に希望を賭けている。弥勒受胎はその顕著な現われである。一方、カヴァフィスは『オデュッセイア』を下敷きに、最終目的地〈イタカ〉に既に到着し、もうどこへも行く場所のなくなった閉塞を詩行に残した。故郷への帰還は目標の達成というより、そこにいたる旅の経験がどれほど生きる智恵を授けたか、後から気づかせる終着駅にすぎない。そこはもう引き返せない後悔の始まりでもある。詩人が過去と現在のはざまに沈潜し、未来を閉ざしているのに対して、山里は五六億七千万年後の弥勒菩薩の復活に希望を賭けている。この楽観と達観はサイードやカヴァフィスの終末観とは相容れない。だが仏教的無常感にもとづくメシアニズムの文学には、このような晩年のスタイルもありうることを示しているとは言えないだろうか。

「亡命感覚」は天皇崇拝を差し引いた多民族的「やまとだましい」という矛盾した理想にも、深く浸透している。日本の仏教作家は阿弥陀信仰、弥勒信仰を「やまとだましい」とは呼ばないだろう。「やまとだましい」を所与のものと考えるのではなく（山里少年を怒鳴りつけた先生のように）、主体的に選び、作りだすという発想は、日本の外でしかありえない。ブエノスアイレスで『トランス＝アトランティック』を著したヴィトルド・ゴンブローヴィッチの言葉が思い出される。『トランス＝アトランティック』は作者の分身と思しきポーランド人作家が第二次世界大戦開戦のために、しかたなくブエノスアイレスに滞留し、ポーランド人サークル、地元のチンピラたちとばかばかしい論争や夜遊びや決闘をするという愚行の物語である。いたるところで民族集団はほころび、地元民はグロテスクに諷刺される。山里描くかさと丸移民、出稼ぎの冒険と似ていないこともない。

この作品が母国で売国呼ばわりされたことに対して、作家は次のように反駁している。「ポーランド人ひとりひとりをポーランドから救い出すこと…ポーランド人にはポーランドに対して受け身ではなく、自分から主導権を発揮してポーランド性なるものを取り扱える存在であってもらえるよう仕向けること。…もしも〈愛国心〉という言葉が、現在の、一過性の〈祖国〉に対する愛などではなく、ぼくらの中に潜在的に埋め込まれている祖国、ぼくらポーランド人が自分の内側から生み出しうる、ひとつではない、いくつもの祖国すべてに対する愛を意味すると考えるならば、愛国心という言葉の最も深遠な意味とは、〈祖国〉創成能力のことなのだ」（「パリ版前書」西成彦訳、国書刊行会、二〇〇四年）。

山里の「愛国心」は日本とブラジルの両方に向かっている。この段階ですでに通常の意味からずれている。そして現在ある祖国ではなく、「潜在的な」祖国に対して愛を示すことが、後期長編の意図にある。潜在性の中核に仏教がある。あるべき祖国、民族の基盤を仏教化に求めることが、世俗的価値が支配的な現代文学として時宜を得ていないことについては、既に述べた。そのうえ、ここでの仏教は教団仏教ではなく、ヒンドゥーやチベット密教の性の奥義を溶融している。これは宗教的にも非常に特殊な見方だ。かさと丸移民はこれからブラジルを第二の祖国として創成し、出稼ぎは東洋の心を祖国ブラジルに持ち帰るべし。移民とその子孫が〈祖国〉を主体的に作り出す能力が試されている。ちなみに『トランス＝アトランティック』には祖国の反対語として「孫国」という造語が現われる。出稼ぎにとっての、さらに山里にとっての日本が、それにあたるだろう。彼が日本への愛を述べれば述べるほど、日本の読者はそれが批判の言葉に聞えてくるのはそのためである。

大地震と原発事故を「天罰」と呼んだ都知事を「愛国者」と呼ぶ通常の定義に照らせば、「超人たれ」の試練と捉えた二世はその範疇に入らない。だがその辞書が間違っていて、その政治家が人気取りの虚言を弄すばかりで、「一過性の〈祖国〉に対する愛」しか持っていないならば……。実は「愛国的な」二人の国外作家ならきっとそう言うだろう。山里は国家神道が日本人の心を首尾一貫しない、他人頼みの無責任な心にしてしまったと考えている。現実的に天皇制を廃止に追い込むような革命的プログラムを考えているわけではない。ただ仏心が民族の心に強力に根を張れば、おのずと「神頼み」の弱さは克服されていく。ブラジル人の一部が無心の境地を学べば、教会依存を脱却し、一等国になる。荒唐無稽な発想に違いない。だが小説という表現形式はそれを伝える力を持っている。読者を説得できるかどうかは、別の問題だ。彼は虚構の力（物語的想像力）を思う存分利用した。

ゴンブローヴィッチは個人と民族との「生来の」結びつきを疑問視し、民族の中にあって、外にあり、さらにその上に立ってこそ、「等身大で自分に見合った民族」を創造できると言う。彼は民族や国民（ポーランド語ではナルードという一語で両者が押えられる）の撤廃を要求しているのではなく、新しいかたちの祖国や民族との関係を作り上げようと主張している。「ワルシャワ版前書」には、「ポーランド的な形式に対する自由を獲得し、ポーランド人でありつつも、より幅広く、しかももっと大きな何者かであるようにすること」が、『トランス＝アトランティック』が密かに送り届けようとしている「思想的な密輸品」だと明確に書いている。民族（国民）である前に、普遍的な個人（あるいは世界市民）になる。これもまた考えようによっては、ブラジルの仏教化と同じぐらい荒唐無稽かもしれないが、宗教的な「魔術」から解放された近代（やそれ以降）の世俗社会では、珍奇ではない。多くの近現代文学が民族＝国民概念の権力癒着を批判している。作家はポーランドの読者に外から演説する。人と民族や国民との関係の見直し、「大衆の圧倒的な猛威に対して個人的な生を強化し、豊富化すること」が、必要とされている、と。ここでの「大衆」は社会主義によって統制されたポーランド国民が念頭に置かれているとはいえ、資本主義陣営も含めたすべての国民も含めて構わない。しかし作家には民族や国家を盲信した大衆を「啓蒙」する意図はない。これは凝った文体からして、教養人に向けた文学で、大衆向けの読み物ではない。山里の姿勢はやや違う。説法への接近は序文ではっきり述べられている。これは世俗的な「現代文学」ではない。近世の勧化本かヨーロッパ中世の弁神論的物語に近い。そして筋立てや表現は新聞読者、大衆向きだ。ただブラジルの日本語読者は「大衆」と呼べるほど分厚い層を成していない。ゴンブローヴィッチに噛みついたような批評家集団も存在しない。

サイエンス・フィクションはよく「空想科学小説」と意訳される。「空想」は物語の特徴を説明した日本語独自のつけ足しだ。それならばレリジョン・フィクションを場合によっては「空想宗教小説」と意訳しても許されるだろう。そして山里の場合は、宗教のなかでも仏心の覚醒を強く込めているので、「空想解脱小説」ないし「空想因果小説」と呼んでも差し支えないのではないか。山里の二作ほど突飛な設定と真摯な目標を持った宗教小説が他にあるのか、寡聞にして思い出せない。仮に先駆作品があったとしても、山里が参照したとは思えない。彼はただ日本の宗教や文化の風土からは生まれてこなかった着想から、かさと丸移民と還流移民の精神的理想を自然主義・現実主義を無視して描いた。先ほどからサイードを導きに「時宜を得ぬ」ことを論じてきたが、山里にはさらに「場所を得ぬ」ことも加えてよい（late に対応する空間概念は存在しないので、ずいぶん飛躍するが）。日本語にふさわしい場所の外で、彼は執筆を続けた。そこには文学が普通書かれる文壇制度がない。外地にいること、アマチュアであることは彼の文学の基本条件である。ここから逆に「東にいる（あるいは居残る）民」の宗教風土、文学風土を照らすことも可能だろう。

註

（1）「日本人の伝統精神の真髄を求めて」『コロニア随筆選集　第一巻』ブラジル日系文学会、二〇〇〇年、二六二〜六七頁。『宗教の産業化』そうぶん社、一九九二年、一七九頁以下。

（2）山里に二〇〇二年に会った西成彦は、この作をカボクロ化＝同化問題の表象の系譜で論じている。「ブラジル日本人文学と「カボクロ」問題」、池田浩士『〈いま〉を読みかえる——「この時代」の終わり』インパクト出版社、二〇〇七年、七九〜八〇頁。

（3）最近の仏教文学の概観として『国文学 解釈と鑑賞』二〇〇九年二月号参照。留学中に謦咳に触れた師の影響を過大視してはならないが、一九五〇年代の二葉憲香の急進的な発言は、山里の主人公の超越的な境地、反国家神道にある程度反映しているように思える。留学中に出版された二葉の『親鸞の人間像』、『親鸞の社会的実践』では、真宗の聖人が、蘇我氏以来、国家に庇護・懐柔されてきた仏教を民のために解放したと繰り返し述べている（私には仏教学上の達成について判断する力はない）。山里は恩師の書『無宗教時代と仏教』（百華苑、一九六二年）をサンパウロで買い求めたかもしれない。この本では、明治政府の国家神道擁立と、欧米向けの文言「信教の自由」の空洞化、真宗を含む既存教団の服従について、一般向けに舌鋒激しく書いている。そこでいう「反律令仏教の人々」の系譜に、二作の主人公、放浪僧、破壊（破戒）僧は連なる。ただしそれは作者が仏教書を渉猟した結果というより、家族の不幸に見舞われ、教団仏教に失望したうえ、沖縄系二世というどこにも収まりづらい「宿命」を負ってきたという自覚に因るところが大きい。

山里の『宗教の産業化』は、題名から想像される産業＝金もうけ教団化に対する批判ではなく、「無宗教時代」に仏陀の大悲を広めるために、宗教的直観を持つ世界の賢人を集めて精神産業として拡大しようと提言している。途方もない提言だが、一九五〇年代の二葉の政治認識が、間接的にブラジルの弟子に伝わったと私は見ている。『無宗教時代と仏教』のなかで、故郷の被爆を目の当たりにした親鸞の門徒は、原子爆弾についてたびたび言及し、後に「五五年体制」と呼ばれることになる安定政権時代の軍事依存の始まりを鋭く観察している。原発事故後の社会批判にも有効な視点を見出せる。

(4) 『東からきた民』については、浅野卓夫「ブラジルへの沖縄移民史をめぐる二つの小説」(西成彦・原毅彦編『複数の沖縄――ディアスポラから希望へ』人文書院、二〇〇三年所収) 参照。同氏からは本作品の部分複写を借り、山里について語り合った。記して感謝したい。

(5) たとえば栄造とロシアの大男との格闘技対決の場面。「栄造は巨体な男の前に腕を卍型に構え、必殺の一撃を入れる隙を狙った。突然、相手は覆い被さるように襲いかかってきた。飛鳥のように脚に渾身の力をこめて大地を蹴った少年は、宙へ跳ね上がり、相手の盛りあがった肩に乗るやいなや、両踵で巨人のこめかみを左右から蹴った。相手の巨体はぐらりと揺らいでふらふらと泳いだ。「エエイーッ」栄造は気合いもろとも、相手の肩を蹴って宙返りを打った」(二〇〇二年一月一二日付)。

(6) 成田龍一『「大菩薩峠」論』青土社、二〇〇六年、第7〜9章。

(7) 野口良平『「大菩薩峠」の世界像』平凡社、二〇〇九年、二三七頁以下。

(8) 『東からきた民』にはサンパウロ到着直後、沖縄人が故郷の習慣そのままに素足で町を歩き、野蛮人のように見られたことに、部落民がことさら反応し、いがみ合う場面がある。またハムやサラミ製造の仕事をさせられた元神主が、それは「汚らわしい」仕事だと騒ぎだし、仕事の後に体を清めて祝詞を唱える場面がある(二〇〇一年四月一八日付)。豚や山羊をさばくのに抵抗がないのは沖縄人だけで、本土の人々が沖縄人と部落民をいっしょくたに排斥する一因となる。差別が差別を生み出すと山里は説明している。

(9) 山里が真言密教の立川流を独学した可能性もある。これは男女の交合の絶頂こそ即身成仏の境地と唱え、性行為讃美を伝えていた。鎌倉時代に流行したものの、戒律遵守の主流から「邪教」と弾圧されて途絶えた。笹間良彦の『性の宗教――真言立川流とは何か』(第一書房、一九八八年)と『性と宗教――タントラ・密教・立川流』(柏書房、二〇〇〇年)参照。真宗の学僧守山聖真は食欲とならぶ人類普遍の生存欲である性欲の解放を掲げた立川流を邪教視せず、いくら猟奇的に見えても行いの根本を宗教学的に考察する必要があると説いている(『立川邪教とその社会的背景の研究』鹿野苑、一九六五年〔一九九七年復刊〕)。立川流、後段の弥勒信仰については、同僚の末木文美士教授よりご教示いただいた。

(10) 両版の主な違いをポルトガル語版の結末部分に関して挙げる。(1)ロナルドは弥勒懐妊をしおりの口から知る(が、それに感動することもなく、物語の展開はない)、(2)しおりは破壊先生が霊的存在であると明言する、(3)ロナルドの悟り＝無心は「色即是空」の落書きを介さず、沈思黙考から突然得られる、(4)その後、ロナルドとペードロはナムジ(南無寺?)という荒れ寺を訪れ、中国人ギャングの親分の姉妹の一人マリーザが、ブラジル人出稼ぎと偽装結婚して子どもがいることを知る。彼女は過去がばらされるのを恐れ、ロナルドのお茶に毒を盛るが、九十歳になる老僧アズマ・タイザンの妻リカに見破られる、(5)ロナルドの演説の代わりに、彼とさつきの婚約をジィノに知らせる電話で終わる。全体として、ポルトガル語の通俗小説の文体や語り口を踏襲し、誇張は少なく、ロナルドの因果の説教も短い。細かい点では、「部落」の語源はポルトガル語の buraco（穴）から来ているという珍説を紹介している。『七人の出稼ぎ』日本語版は岡村淳氏より借りた。記して感謝の意を述べたい。

(11)　水平社の創立者、西光万吉が本願寺系の寺に生まれたこと、一九二〇年代には本願寺の差別因果論に反対する水平本願寺運動があったことを、林久良『仏教にみる差別の根源――旃陀羅――餌取法師の語源』（明石書店、一九九七年）から学んだ。この解放運動家は親鸞の「同朋同行」に支えを求めたが、大教団を説得することはできなかった。想像するに、ジィノの祖父はこの運動にのめり込んだ末に挫折し、ブラジルに逃亡し、正反対の妄想を子孫に伝えた。社会主義運動に挫折して、ブラジルに亡命した『東からきた民』の児玉直継に対応する。山里はブラジルを日本から最も遠い避難所と考えた。

なお、二葉憲香には部落問題に関する発言が遺されている（「仏教の人間観と部落差別」『部落解放』一九一号、一九八三年一月号）。差別を負の宿命として黙認する山里の考えとは相いれないが、留学中、京都で日本社会のタブーを知り、その非道に反対する言葉を師から聞いたかもしれない。

(12)　河東仁『日本の夢信仰――宗教学から見た日本精神史』玉川大学出版部、二〇〇二年、第8・9章参照。仏教と夢説話については、同僚の荒木浩教授より基本から教わった。

(13)　大野隆之「大城立裕と仏教」『国文学　解釈と鑑賞』二〇〇九年二月号、一三六～四一頁。

(14)　エドワード・W・サイード『晩年のスタイル』岩波書店、二〇〇七年、二一八頁。

Ⅳ　乱れる

錯乱と淫乱の女

11　裁断された郷愁——山路冬彦「おたか」

自身の記憶と過去の情景にばかり目をむけるあのノスタルジアという一種の弱さがこのうえない強さに転換されていく…。
（堀江敏幸『河岸忘日抄』二〇〇五年）

はじめに

郷愁はたいていの場合、気のふさぎぐらいで終わるが、稀にはうつ病、分裂症、被害妄想、その他心の病に至る。移住先で治療を受けられる環境はほとんどの場合ありえず、極端な場合には発狂、自殺に至る。一世の多くに心当たりがいたり、伝え聞いた話として語り継がれている。心の弱さを糾弾するというより、異国生活の過酷さ、悲惨さが個人を押しつぶした顕著な実例として語られる。文学でも狂気に至る郷愁を描いた作品がある。山路冬彦の「おたか」（一九四六年ごろ）で、本章はこの中編小説を読みながら、病としての郷愁の根源について議論したい。

郷愁はどこでも一世の文学の持続低音になっている。日系の場合も例外ではなく、故郷の追憶や故郷についての会話は、南北米で書かれた日本語小説のいたるところで見出せる。「おたか」の前半に間歇的に描かれる故郷の思い出が、その中で目立っているとは思えない。作品の見せ場は淡々とした感情生活が、後半、一転して狂気に走るところにある。郷愁は甘美に見せかけながら、鋭いナイフで心を切り裂くことがある。「おたか」は郷愁の暴力性を女性の狂乱に託して描いている。これを読んだ後には、移民の故郷志向を「単なるノスタルジー」とか「単なる懐かしさ」と片づけることはむずかしくなるだろう。

懐かしさに対する過小評価は、それが現在や未来を変えることがない無益な行ないであるという含みがある。「思い出に耽る」という言い方にも、懐かしむことが中毒性の習慣に陥りやすい負の心的動きであるという前提が隠されている。懐かしさとは過去への情動的依存で、日本の文脈でいえば「甘え」に近い。甘えが他人にもたれかかり、ある意味では個の自律を妨げる心持ちであるのに対して（これは日本人特有のことではないが）、懐かしさは過去にもたれかかる心持ちで、現在を蔑ろにし、将来に目をつぶることにつながる。親密な過去を思い出すほうが、非人間的で疎外的な現在を生きるよりも心地よい時に、私たちは「思い出に耽る」。それを逃避と呼ぶのは、逃げ出したくなるような現実を生きていないか、不愉快さに耐えられる強い精神の持ち主、不愉快さの原因を取り除こうと努力する理知的な人間に限られるだろう。過去に懐かしむのは、過ぎ去った時間は多いが、現在の社会に対してすべき仕事を持たない老人にだけは許されても、生産的な人生を送りたい者は、なるべく避けなくてはならない。「ノスタル爺、リメン婆」（平岡正明）と茶化されるように、懐かしむことは老人性の心の状態と見なされている。懐かしむことが否定される一方で、現在、記憶が社会学・人類学で話題になっている。その場合、収容所や差別や暴力というような当人の、あるいは集団のトラウマになるような否定的な体験に対する記憶を取り上げる傾向が強く、懐かしさのような肯定的な記憶はかすみがちである。「おたか」は一人の女性が時にはどれほど強烈な心的エネルギーを故郷に投入し、当人を消耗させるかを示した。

悲劇的作家

山路冬彦の経歴については、前山隆が「マイノリティー作家と戯作性——山路冬彦を中心に」（『コロニア文学』二八号、一九七五年一一月号）に載せた「年譜ノート」を改訂する仕事は出ていない。以下にそれを要約する。(1)

山路冬彦（一九〇九年青森県生まれ〜一九七五年パラナ州マリンガ没、本名西出清三）は、一九三三年〜三七年ごろ、日本大学芸術学部創作科に在学し、直木三十五に師事、ドストエフスキー、モーパッサン、フローベール、ゴーゴリを愛読し、同人誌を発行する。一九三八年、親戚の一家の構成家族としてサンパウロ州ペナポリスに入植し、綿花園で働く。その一家の女性と結婚するものの十ヶ月後に彼女は死亡し、彼は農園を離れ放浪生活に入る。一九四一年、当時開拓前線であったパラナ州北部に現われ、アラポンガスに定住、一九四二年ごろ二世と結婚し（五男一女をもうける）、生涯の文芸仲間まやあきら（摩耶晃）と知り合う。一九四六年、もう一人の文芸仲間堀田栄光花（堀田野情）と知り合う。一九四八年、『よみもの』誌の短編小説応募に「躑躅」を送り、第一席を得る（翌年一月号で発表）。一九四九年には『日伯毎日』に「美しき咎人」（一月、『コロニア小説選集1』収録）、「奇蹟の手術」（一九四九年八月三〇日～九月一八日付）を連載したが、心霊術を扱った後者に対して執拗な糾弾文が出て、作家は大きなショックを受ける。[2] 一九五一年には北パラナ在住の文芸愛好家がロンドリーナにパラナ・ペン倶楽部を結成し、翌年、『文芸パラナ』誌を創刊、山路は「再び花咲かん」（二号）ほかを寄稿した。しかしパラナの農業が壊滅的な霜害を受けた一九五三年には、ペン倶楽部の活動も滞り、雑誌は同年一一月の三号で終わる。同じころに彼はアルコール中毒に冒され、ペンを折る。生活は妻にホテル（ペンソン）経営を任せてやりくりするものの、一九六三年ごろから症状が悪化し、パラナ州の州都クリチーバの精神病院に一年半ほど入院。そのころ記憶喪失症にかかり、自分の小説すら忘れてしまう。一九七二年、宿経営を辞め、マリンガ郊外に隠棲する。好々爺となった作家は、花と子どもに囲まれた生活を「良寛の境地」と友に語ったという。その間に認知症が進行。一九七五年八月二九日他界。享年六六歳。

山路冬彦（『コロニア文学』28号［1975年11月］より）

勝ち組負け組の分裂から、両親と弟たちを置いて村を離れる長男一家の物語「躑躅」（一九四九年、『コロニア小説選集1』収録）が代表作としてよく引かれ、まやあきらは「「つつじ」一作を書くために、はるばるブラジルに来たような人」と追悼している（「冬彦と私」『コロニア文学』二八号）。臣道連盟事件のほとぼりがさめぬ時期に、認識派の立場から家族と日系社会の分裂を描くことには勇気が必要だっただろう。この作は第一回よみもの文学賞を取り、眠っていた山路の創作熱を再燃させた（第5章参照）。

その後、「月光」（一九五〇年、『コロニア小説選集1』収録）では、月光が妖しく輝く夜、街道で行き倒れた老人の最後の数時間が幻想的に描かれている。「美しき咎人」は一九三〇年代、サンパウロ領事館に赴任した外交官の目から、盗癖のある領事の麗しい令嬢が、それを見咎めた日系商店の雇い人と駆け落ちし、バイアで自殺する中編。舞踏会の華麗さと恋人の間の謎めいた間柄がなかなかうまく描けている。短編「竃」（一九五三年、『コロニア文学』二八号収録）では、馬車の事故で孫を失った老夫婦の供養の気持ちが読み手の心を打つ。

その短い活動時期に、彼は「真の移民文学」を希求している。「文学者とは崇高な精神の戦士であり、犠牲者であります。文化の先端を行き世相を裁断する勇猛果敢な人のことです。あらゆるものを吸収した全身全霊を罩めて闘わねばならないのです」（「懸賞作品募集に就いて」一九五三年一月二九日付『南米時事』）。このような高姿勢は戦前の植民文学論に顕著だが、文学の修養を積んだだけに、山路は本気で闘いの姿勢を保っていたように思える。移民とは過剰人口吐き捨ての犠牲者であるというのが彼の基本理解だった。「躑躅」の兄弟を始め、主要作の悲劇的な人生はこの点から考えると納得がゆく。被害者意識を基礎とする移民文学の本流に彼は位置した。

ブラジルで初めてペンを執った書き手に比べ、山路には「躑躅」から既に熟練した筆致が見られる。主役と脇役のバランスと性格づけ、筋の面白さ、明確な主題など小説作法の基本がしっかりし、「読ませる」レベルに達している。読み通すのに苦労するレベルの創作が多い中（職業作家にない魅力であるとはいえ）、山路は読者の期待を計算することができただけでも抜きん出た存在だった。これを前山が前掲論文で辛らつに評しているように、コロニアの読者を甘く見た結果とは言い切れない。前山は「作者の明確な世界観・社会観」が表われてこそ真正な文学にふさわしく、それ以外は「戯作」と一段低く見ていて、山路はおうおうにしてこちらに陥りがちだったと残念がっている。たとえば「美しき咎人」は「華麗な美文調によって書かれた、菊池寛ばりの風俗小説」にすぎない(3)。

その一方で、人類学者は「おたか」を「おそらくコロニア小説史の最大の収穫のひとつ」と讃を惜しまない。死後、発見されたその原稿を公刊するために、彼は未発表作を集めた『コロニア文学』山路特集（二八号、コロニア文芸誌唯一の個人特集）を編集したほどだ。前山にとって、山路の作は「あまり明らかではない社会の力に圧し潰されてどこかに摩滅していくひとりひとりを描いて美しい」、いや美しすぎる。それでは読者をかえって酔わせてしまうという。それだけの筆力を持った書き手は、たぶん他にはいなかった。この圧し潰され摩滅していく個人の代表がおたかだった。

千年刻みの日時計

「おたか」は数多い移民妻一代記に属するが、他と違って悲惨さの見本市や、か弱くしかししぶとく生きる女の一生のような体裁を取っていない。まるで生人形のように従順な妻であり嫁であり母が、内面の奥底で狂気の種を抱えていて、ある時それが爆発したという筋は、ある側面からすれば、不幸に次ぐ不幸に泣かされる波瀾の（しかし文学的には定型的な）人生よりも現実的であろう。山路は全体の三分の一を錯乱にあて、その部分は幻想小説に仕立てている。「奇蹟の手術」に見るように、彼には現実や理性を越えた〈向こう側〉に対する関心が深かったようだ。錯乱の場面は山の魔物に子どもをさらわれる日本の民話を連想させる。多くの民俗学者と文学者が書き記してきたように、深い森――闇、異界、彼岸の入り口――に対する畏怖は、山がちな列島の住民の土俗的心持ちの底流を流れている。

主人公は鬼怒川のほとり、貧農の家庭に育ち、十年前、夫の家族とともに、鉄道駅から三十キロの開拓村に入植した。一九二〇～三〇年代のことと設定されている。契約開拓民を経て、幸いにも綿畑を経営している。その村にはほとんど日本人家族しか住んでいない。上は働き盛り、下は乳飲み子まで六人の子どもがいる。ある日、弁当を届けに赤ん坊を抱いて森の向こうの伐採地に出るが、その帰り道、その子を見失ってしまう。野獣にさらわれたという妄想に執りつかれ、取り戻すため、森の中を走り意識を失う。村人に発見された時には発狂している。物語の重きをなすのは、穏やかな日常から狂気への急展開である。作者はふたつの伏線を置いている。

小説はおたかの起床から始まる。家族が眠るなか、「日本から持って来た精巧社の丸い置時計のちくたくと打つ正確な音」が響く。この日本製の時計の音は、彼女の脳内時間が日本で止まっていることの伏線になっている。ブラジルにある程度、適応したものの、内面的な時の軸は祖国に合わせたままだった。おたかは顔を洗い、東に向って合掌する。この「清厳な儀式」の後、薪でかまどの火をくべ、台所仕事を始める。規則正しさが日常を支配している。信心深さは彼女の精神生活の要である。

もうひとつの伏線は、彼女がふだんから森を特別な目で観察していたという点である。「毎日みなれた壁のような森林ではあるが、時によるとふと、その変化あることに奇異の目をみはり、親しさを覚えることがある」（四頁）。親しさばかりか、畏れを感じることも多かった。息子を森の向こう側の日本人学校に送り出した後、いつも子どもの後姿に手を合わせて祈った。「ふと我が子がオンサ〔豹〕におそわれる無惨なありさまを想像して、ひそかに戦慄を禁じえないことが、しばしばであった。そんなときは、広間の仏壇に灯明をあげて、一時は心の納まるまで読経するのであったが、神経のたかぶった時には、どうしても良四郎の顔を見るまでは、気が静まらず、トンネルの入口のような森の道を、一日中、眺めてばかりいることがあった」（六頁）。この戦慄的な想像が後で、彼女の錯乱の始まりを告げる。彼女は常人以上に森の超自然性に感応する体質を持っていた。

この二点を伏線に置きながら、山路はおたかの心の動きを追う。彼女はブラジル生活に絶望しているわけではない。日本の百姓生活は「痩地の雑草」のように希望もなく、ただ「自動人形」のようにむやみに働くだけで、狭い世間のしがらみから一歩も出られない。それに比べ、ブラジルの小作人生活はかえって気楽だと感じている。「百姓の仕事も、日本のように煩雑であくせくしたようなところもなく、小さな土地を後生大事に、生命より貴いもののように抱いている必要もなく、難しい肥料の工作や入手の困難を心配する必要もなく、税金だ、組合だ、何だかだと、色々な複雑多岐な社会的連鎖のまどろこしさと、憂うつな機構さえない」（五頁）。三年間の契約小作人時代は、見るもの聞くものすべてが新鮮で、「極楽にいるような呑気な生活苦のない生活」、「春の若草のような生活」だった。独立してからは働いた分だけ懐に入り、消費も自由で「夢のような希望が、泉のように尽きないほど湧く暮らしに満足している（五頁）。数多の小説で描かれた開拓生活の逼迫ぶり、困窮は、どこにもないかのようだ。まるでブラジルは農民の天国であるかのようだ。夫に外との交渉のすべてを任せて家族関係に閉じこもっていたからこそ、彼女は無垢に生きられた。

図体ばかりがでかい夫は昔から商売を始めたいと思っている。しかし踏み切れずに徒に時がたってしまった。頑固一徹というより、無能で無精なのだ。彼が職種を変えられないのは、「おたかの生真面目な性格が、それを許さないであろうことを知ってい」たからだった。実際には妻を口実に自分の憶病を弁護しているだけだった。よくぞブラジルへ渡る決心がついたものだ。夫婦らしい会話を交わすことはなく、当り散らすだけで、暴力を振るわないまでも、決して良い伴侶ともいえない。妻も家族もただ彼につき従うだけで満足している。夫への盲従は「おたかの生涯の格率」だった。「女は、だまって家の仕事をしていればよいのだ。男たちが働くのに不服のないように、万事じょうずにととのえてやればいいのだと、おたかは思っていた」（五頁）。もちろん大家族の家事は、男子の仕事に劣らぬ重労働である。子どもたちは別段、問題を起こさず順に成人を迎えている。コロニアの書き手がさんざん書いてきた親子の断絶、兄弟の不仲、男女の不倫はない。一家は夫に頼りきりで、「反省も疑惑も考察さえもないある種の平和があった」。彼女はそのなかで「気安さの中で切なくあきらめる」気持ちに落ち着いている。彼女には犠牲者であるという自覚はほとんどない。見方を換えれば、不服を表に出すことすら許されないほど抑圧されている。従順さが完全に内面化されていて、生活を換える知恵を持たない無知な女、目覚めない女かもしれない。

山路は移民妻のおかれた政治的な状況を分析したり、特別な事件、心の葛藤を作り出す代わりに、綿栽培、炊事洗濯、子育て、団欒の実際を小川紳介プロのドキュメンタリーのように事細かに、淡々と描いている。「おたかの一日一日は、異郷の蒼穹の下に、平凡に、単調に、なんの変化も、事故もなく暮れていくのであった」(一四頁)。読者は彼女の外見や服装については一切知らされない。彼女の会話もほとんどない。しかし彼女の行動、五感、記憶から、私たちは日々の暮らしと同じぐらい平凡な彼女の人柄と、その底に逆巻く逆風を少しずつ知ることになる。

こことあそこ

なりわいのなかで彼女はしばしば日本を思い出す。「淡い望郷の念」におそわれていることは、彼女にとって「甘い揺籃の中で、子守唄をきいているような快いものであった」(一四頁)。激しい仕事の間のひとときに、そうした「自分だけの快楽」にひたることがあった。望郷は直面している他人や状況に向けられていない。したがって他人や現実に及ぼす影響は小さい。怒りや悲しみと違って、外からあまり見えないので、自分に引きこもるときの伴侶となりやすかった。望郷には心理学者のいう「気分不一致効果」、つまり否定的な気分のときに肯定的な気分を想起してバランスを取る効果があるようだ[4]。たとえば男たちの気持ちに応えられない自分が、女として役不足であると感じて悲しくなると、「必ずはげしい郷愁にかられてたまらなくなることがあった」(五頁)。

最初は十年で帰国すると誓っていた夫は、今ではブラジルほど良い国はないと言い出し、彼女の帰郷はなおさら遠退いてしまった。故郷とブラジルの差が大きければ大きいほど、帰郷が不可能な夢と判れば判るほど、「故郷への念は、烈しい憧憬と断片的な恋着になりつつあった。未練なことだと思いながらも、その未練をすてきることができないところに、おたかの生活要素が醱酵しつつあるのかも知れなかった。そして、僅かな追憶的な頭脳の働きで、自分の片身を故郷へとつなぎあわせていたのであった」(一四頁)。合理的に時間の不可逆性を判断すれば、未練は起こらない。未練はつねに非合理的で非効率的な心の動きだが、人を未練に誘うのは「自分だけの快楽」が未練に含まれているからである。こういう現在もありえたかもしれないという可能的世界を空想する楽しみ(あるいは「逃避」)が未練に含まれているからである。この楽しみは現実生活に返ってこないという意味ではまったく無益なのだが、その非現実性がかえって無償性、つまり楽しみの純粋性を保証する。未練は無駄だからこそ甘い。それは本質的に苦甘い。山路は「醗酵」と呼んでいるが、望郷はゆっくりした時の熟成から生まれる。おたかの記憶は俗にいうセピア色に褪色し、思い出す〈今〉に都合よく改ざんされた。

> 日本を出てから、はや十年、何千里も離れた円い地球の反対側の日本、が、その記憶も、昔ブラジルに到着した時代の、後悔と無念さに充満した鏡のようなものにくらべて、まるで焼きつけの足りなかった写真が、褪色し薄れ変っているようになっていた。それは単調な刺激のない日々の生活の連続が、おたかの、記憶をうすめるのに大きな作用をなしていたのかも知れない。それらの記憶はまったく断片的になって、いつの間にか連続性を失い、花骨牌を一枚一枚、やたらと繰っているのと同じことであった。地理、風俗、習慣、気候、風景のまったくちがうブラジルにきたことは、おたかの幼年時代と処女時代、そして母親時代の半分とを、大きな斧で裁断したのと同様であった。日本での生活が一画であり、ブラジルでの生活も一画である。それがために、それらの記憶は、ある時は空想的に、ある時は追懐的に、ある時は創造的になって、大部分は変更され、歪曲されていて、ほとんどその連続性を失っていた（一四頁、傍点引用者）。

彼女の精神のバランスを奪ったのは、この記憶を裁断する斧の一振りだった。斧は男連中が山伐りに使う。彼らに弁当を届ける帰り、彼女は狂乱に陥った。斧は森の側からすれば侵略者の暴力の象徴で、彼女の心にも致命的な一撃を加えたのだった。伐採の現場では「斧の音が、乾いた活発なひびきを空中に反響させ、こだまを作って転がるように聞えてきた。そしてその間にばさばさと物憂いフォイセ〔鉈〕の音は、からん、ころん、からん、ころん、とまるでよくできた大太鼓でも打つような音であった。それを聞いているだけでも、順調にはかどっている仕事が思われて快いものであった」（一七頁）。この大太鼓のような響きは、知らぬうちに、彼女の日本時代の最良の思い出、盆踊りの思い出（後述）を喚起し、それと切り離せない夫との出会いを思い出させたに違いない。暴力性と喜びの両面を表す斧と鉈の二重奏は、狂乱を予告する触れ太鼓のようなものだった。

鳴海絞の思い出

漠然とした望郷ではなく、モノが導く明確な故郷の記憶もある。衣類の整理をしていると、行李の奥から結婚する前の最後の盆踊りの時に着た鳴海絞の浴衣などが「まるでおたかの娘時代の追憶を、無理に感覚の鉤で引っかき出すように出てきた」（一五頁）。日本からの持参品、たとえば台所道具は柄が取れたり穴があいているが、どれも「おたかの感覚を、遠い母国へ運ぶようすが」（三頁）であるため、捨てることができない。彼女は持参品に深く感情移入している。「日本から持って来た」ということが特別な意味合いを持ち、故郷の追憶を自動的に喚起させるからだ。観光客にとってのみやげ物と同じように、本物の体験を物質化した換喩（部分が全体を代表する関係）として機能している。台所道具はおたかにとって日本の全体を代表する。持参品のなかでも特別重要なのが晴れ着だった。行李の一番奥にしまってあるのは、台所用品と違って生活の役に立たないからだが、行李を彼女の記憶の隠喩と考えれば、記憶の一番奥にしまってある事柄と見ることもできる。彼女自身が無意識に封印している記憶があるからこそ、古着は暴力的にそれを引きずり出したのかもしれない。

晴れ着を手に取って、彼女は思い出す。「太鼓にあわせて村の喉自慢が、いろいろな俚謡をうたう。それにつれて人々は踊る。時には滑稽な猥褻な文句で、森の中は笑い声で鳴りひびくことがあった」。明記されていないことだが、「〔男女は〕いりまじって輪になって踊り狂う」、「なかなか腰つきをしなやかにすることが難しい踊りであった」、「〔だらり帯〕は何とも言えない、女の美しさを見せてい」たというような思わせぶりの記述から察して、その盆踊りの夜、おたかが性の通過儀礼を体験したこともありうる。盆踊りの「甘い苦い追憶」とはそのことを指しているのかもしれない。鳴海絞が夫婦の面識の始まりの象徴として、未婚時代の最後の楽しい思い出と、結婚後の辛い日々を思い起こさせたことはまちがいない。思いに耽っていると、夫はいつものようになじる。「また昔の夢か、いいかげんにしておかんか。そんなものいつまで見ていたって、何にもならんよ。役にもたたんもの、いつまでも大事にしとかんと、仕末してしまえばいいものを。馬鹿な奴、後生大事に」。

彼は妻よりも合理的で、思い出が無益であることを知っているが、なぜ彼女が着物とそれにへばりつく記憶を始末できないかを理解できない。ある人にとっての宝物は多くの場合、別の人には一文の価値もない。逆に言えば、個人的な思い出は他者の介入を拒絶するからこそ、当人にとって特別な意味を持つ。身の「回り」の事柄があまりに没個人的で心情的なつながりが失われてしまうとき、身の「内」にその代償を求めて、回りとは隔絶された自分だけの安全無比な領域を作り出そうとする。これはよく理解できる。鳴海絞が彼女にしか意味がないことが、彼女には深い意味がある。夫はそれが初めて知り合った時の服であることをたぶん忘れている。少なくともそのことに重きを置いていない。夫にはモノと結びついた望郷はないようで、唯一の楽しみは男たちとの将棋（とその間の雑談、猥談）だった。将棋はつねに現在のできごとで、今、指しているということしかない。彼はそれによって異郷にいることを束の間、忘れることができたが、おたかにはそのようなゲームはなかった。何につけ夫は妻を発散の対象として怒鳴りつけていたから、彼女はたいていのことを聞き流していただろう。しかし妻の望郷を痛めつける心ない言葉が、錯乱に向けた小さな一歩になった可能性も否定できない。

郷愁の変調

日々の追想、心の習慣が、事件の日の朝には時計の秒針と同じぐらいわずかだが、ずれていた。「その日は、おたかにとって、何かしら妙な日であった。明方のまどろみにみた故郷の夢が執拗に湿った砂のようにこびりついていて、いつまでも離れようとしなかった」（一四頁）。夢が彼女に起きる事件を告げている。「その日は、いつになく、懐郷の寂寥の念が烈しく、まるで砂漠の中で、渇を覚えるほどにも頭にこびりつき、水溜りからとってきた野

フィゲイラの巨木の下に集う移民（アリアンサ植民地）
（藤崎康夫編『写真・絵画集成 日本人移民2ブラジル』日本図書センター 1997）

菜をにつけながらも深い郷愁の底に沈溺するのであった」（傍点引用者）。甘いはずの「故郷の夢」がその日に限って、おたかの心に逆襲を企てる。その日は家を出たときにも、奇妙な気持ちが残っていて、畑を抜けてから家を見てはなぜか涙が出そうになり、いつもより足取りが重かった。「右側に絶壁のように突き立っている密林が、その日は何だか不気味におぞましく思われてならなかった。何か密林そのものが生物のような錯覚におそわれ、今にも上方からのしかかってくるような恐怖をおぼえた」。少しずつ、森の霊が彼女にのりうつりかけていた。

彼女は、男たちが倒したばかりのフィゲイラの巨木をあたかも死体のように見る。「その白い肌は雑木の中に眼立って美しく、蜒っているその姿は恐ろしい、白竜のように思われた。森林の持つ生暖い苦しいほどの芳香は、まるで人間の生々しい暖い血液のような烈しさを持っている。そして強烈な日光の直射をうけて、火に身を焼かれるような苦悩と、臨終の苦悶に喘いでいるようであった」（一六～一七頁）。奇妙な故郷の夢に目覚めてから、おたかは死の恐怖に囚われていたが、ついに現物に出会った。ふだん身の回りの瑣末事か故郷のことしか考えない彼女は、開拓の自然史的な意味を考える。人間の生の拡張と自然の破壊の根源的な衝突に行き当たる。森が彼女の思考に忍び込んできたかのようだ。「中の方の未だ緑々した樹木は、伐り口からまるで生きものの油脂をにじませ、断末魔の苦しみを苦しんでいるように思えて、悲惨な思いがされた。けれどもその悲惨な中に、人間の苦斗の歴史が刻まれているのだ。生活の紋章が押されているのだ。圧制と服従の定義が、大自然を舞台として実演されているのであった」。

瀕死状態のフィゲイラは人と森の戦いの一方的な犠牲者として眼前

に立ち現れた。原始林への入植当時の生活は「悲惨をとおり越して凄惨そのもの」で、「オンサをはじめとして、野獣との猛烈な生存競争であった」と書かれている。「人間の生活とは謂い難いものであった」。人間が人間のままでいられるか、野獣に堕ちるかの瀬戸際を生きた一家は動物を打ち負かし、人間的な生活を確保した。動物は犠牲者だった。森は人間の征服を待つ雄渾な自然というより、野生動物の正当な棲み処で、斧を振るう人間はむしろ侵略者だった。ほとんどの開拓民は征服の勝利を当然と思っているが、思わぬところで、森は彼女に復讐を始めた。

用事を済ませて帰途につくと急に「石のような寂寥と悲哀の中に、自然に陥っていくのを覚えた。それは何か人間界から堕落し、生と存在を失ったような茫漠とした知覚の喪失に似ていた」（一七頁）。いつもの道が「世間から隔絶した孤独な場所」のように思えた。円満な生活の下に隠された根源的な孤独がせり出してきた。道が森に入ると、涼しくなり一休みした。そこは「別天地にでも自分がはいってきたように思」えた。知らぬまに異界に入ってしまったのだ。その日の朝、おたかが「渇を覚えるほど」の懐郷の念に囚われたとあったが、「別天地」に入ったとたん、彼女は「咽喉が焼けるよう」な渇きを覚える。朝のらっきょうがたたったのかと思いつくと、その丸い玉が「おたかの視野に、嘲笑するようにころころと転って踊った。おたかは我ながら、自分の奇妙な錯乱的な頭の働きに不思議な気がしたのであった」。脳に思い描かれたモノが勝手に動き出す。転がるらっきょうが向こう側へ意識を連れ去る。彼女が変調を自覚できたのは、ここまでだった。

近くの清水で咽を潤すと、あまりに心地よく、風景が「絵画のように麗し」く見えた。完全な静けさの中で急に物音がし、「奇怪な格好をした、巨大な真黒の毛が針のように突っ立った野獣の頭が、ぬうっと現われた」（一八頁）。仰天して森を無我夢中で走り出してから、赤ん坊を置き忘れたことに気づく。これが発狂の合図となった。ここから山路はブラジルの日本語文学のなかで最も激烈な錯乱場面を、約一万六千字にわたって描いている。

森は生きている

…すると赤ん坊の生きた影像が、ぐるぐるとおたかの頭の中で回りだした。それは五色の綾にいろどられて輝いていたが、急に奇妙な真黒な一匹の野獣に咬み砕かれ、血みどろになった赤ん坊の姿に変ってきて、その後からいかつい憤怒に燃えた凶暴な夫の顔が、おいかけて火の束になって現れてきた（一八～一九頁）。

赤ん坊と夫が彼女の心のどれだけ多くを占めているか、一人は絶対的な情愛の相手、もう一人はその正反対の相手として。彼女はあッと「悲鳴とも絶叫ともつかない軋み声」を叫び、それが動物的な本能を蘇らせ、森を獣のように疾走させる。自分の声がもはや自分のものとは認識できず、人間的な理性が溶け流れてしまった。頭の中には「無数の火花が黄金色に飛び跳ねていた。赤ん坊と夫の顔が交互にいりまじって、面白いように急速に動く」。赤ん坊のところに行きたいが、夫はそれを許さない。夫は漠然と不満な相手というより、今や暴力と恐怖の対象に変化している。「おたかの心は、失った赤ん坊と、いかつい夫の顔と、おたかの知らない間に彼女を蝕んできた生活の重圧のしこりで、それ以外のものに恐怖も苦痛を感じないようになっていた」。

そこへ猿が現われ、彼女をからかう。彼女はさらに恐怖を覚え、がむしゃらに逃げ出す。切り傷を作り血が流れ出す。藪を払う音が無数のこだまとなって密林に響く。羽虫が目に飛び込んできて涙が流れ落ちる。「ころん、ころん、ろん」と鳥の声が響き、おたかは縮み上がる。「ねんねや」。彼女の唇は「それ以上のことばしか知らない原始人の本能的な動きしか発せなかった」。赤ん坊と夫と「いろいろな形も色彩もない漠然とした、まるで、ちみもうりょうが雑然としておたかの生涯にあるあらゆる形像が、ぐるぐるとおたかの周囲を回転しはじめた」（二〇頁）。

耳もまた魑魅魍魎に囚われ、雑草を踏みしめ、枝を払う音が樹木の間をこだまのように反射する。「密林のなかでは音響は、生物のようになって、一つの音は無数の反響となって、不気味な蛔虫のように増大し、強調されるものなのだ。おたかの叫ぶ声でさえも、それは森の中で生れる唯一の主音となって、森は一斉にその主音に伴って一つの交響楽を作っていく」。どのような小さな音も森全体に響きわたる。「鳥の羽ばたきの音、獣の鳴声、密林の軋み、それらが交錯してくると、それは怪獣の咆哮にも似ていた。ある時は、その小さな鳥の羽ばたきの音、虫の羽根の擦りあう音が、おたかの耳元をかすめることがあると、おたかは全神経を集中して、それに対抗し、全力をもって防ぐのであった。それも皆、おたかの赤ん坊のためであり、おたかの四十幾年、人間の歴史のためである」（二一〇頁）。自分が立てる物音や声と鳥獣の鳴き声が溶け合っていった。つまり自然に対抗する人間であることから、しだいにそのなかの一要素に還元されていった。赤ん坊の奪還は彼女の人間であることの証しなのだが、しだいにそれを放棄し、巨大な森に呑み込まれていくのに任せようとしていた。

西方浄土へ

彼女はいつしかけもの道を走っている。そしてフィゲイラの巨木が「あらゆる現実の高低を超越してそびえたっていた」。先ほど死体と化した樹が蘇ったかのようで、「その太いまるで地球の主動脈のような樹木をみると、おたかは、まるですべての希望が砕かれたように落胆し、そのフィゲイラの樹木の前にどっかと坐ってしまった。完全におたかの希望する前方の道は、この一本の巨大な地球の神経系統の一脈にさえぎられてしまったのである」。赤ん坊を探さなくてはならないという彼女の絶対的な希望をくだく。「おたかの意志は、人間の意志であり、世界の生活感情の意志である。おたかは、じっと自分と世界を凝視して、その巨木の前にたたずんだ」。人と森の戦いはおたかとフィゲイラの局地戦の様相を呈する。その樹の根を伝って反対側に回った。しかし道はますます細くなりついに完全に消えてしまった。光がまったく届かない暗黒の「樹木の絶壁」、「巨大な緑の城壁」に到達してしまった。そこは世の果てだった。

疲れ果てたあげく、彼女はようやく自分を取り戻す。そして「色も形も漠然とした古代の遺蹟の中に刻まれた訳の判らない浮彫模様」のようなものが、頭に去来した。故郷に天狗が出るといわれた「厳しい陰気な」社殿の鎮守の森があり、母の病気の祈禱のためによくそこに通ったことを思い出す。鎮守の森に寄せる畏れの念が、原生林への畏れの根源にあった。天狗にさらわれるかもしれないという幼いころの怯えが、数十年後、今度は自分の子どもがさらわれる怯えになって蘇る。また少女時代には母に代わって下の子の子守をしていたことも思い出す。赤ん坊を抱えて森を行く彼女は、幼年時代の体験を知らぬ間に反復していた。錯乱の最中に、埋もれていた記憶の古層がむき出しになった。日本とブラジルの間で引き裂かれていた記憶が、無理やり張り合わされる。過去の場面は「独立した影絵となって、統制も連絡も色彩も形体もなく、不思議な作用で現出し、消滅しているにすぎなかった」（二二一頁）。先の引用で「花骨牌」にたとえられた喚起のプロセスが、影絵と言い換えられているが、錯乱以前と実は何も変っていない。「甘い苦いえぐい、雲母のように断片的にきらめく、追憶の中に陶然として身を横たえていた」。記憶のなかで起きていることが、彼女の現実的判断を押しのけて、意識全体をおおってしまったようだ。それが傍目には狂気と映る。

恐怖は最高潮に達する。「赤ん坊。血みどろになった赤ん坊の顔。怒りに燃えた夫の顔、義父の顔。顔、顔、顔。あらゆる感情の顔が、無数におたかの周囲を回転しはじめた。そして嘲るように、罵るように、喚くように、叱責するように、おたかをおどかしつけてきた」。出口のないどん底から彼女は「本能的に立ち」あがり、最後の力をふりしぼって前進したが、断層に落ちて動けなくなった。彼女はいつしか大きな真っ白の四輪馬車にのっていた。

空には、深い白灰の霧がたちこもっていて、その霧の流れが厚くなった。道には紫水晶や、黄、緑、赤の水晶が、ごろごろと大小の塊になって転がっている。片方は高い断崖になって底は見えない。道はどこへ行っているのか判らなかった。その道を馬車は矢のように走っていた。時たま前方に紫水晶の大きな塊が転がっているのが見えたかと思うと、白い馬車は容赦もなく、その上を走ると、紫水晶は、ぱっと真紅の輝きをみせて無数に割れる。するとその破片が、黄色い夫の顔、青い赤ん坊の顔、赤い義父の顔、緑のおたみ〔夫の甥の妻〕の顔、黒い顔、白い顔、褐色の顔になって、おたかをおどかしたり、笑わせたり、泣かせたりした。そして四輪馬車がなおも馳せ抜けると、それらは悲しい顔になって、片方の深渕の中に落ちていった。おたかは、そんないろいろの人の顔の水晶が、みな落ちていってしまってくれればいいと思った。それでおたかは、力強く鞭を当てた（二二三頁）。

「銀河鉄道の夜」を思い出させる水晶の川の道行で、このような鉱物的な幻は臨死体験報告で出会うことがある。黒、白、褐色の顔はもちろんブラジル人を表象している。彼女は非日系が大の苦手で、不意に出会うと逃げ出したくなるほどだった。おたかは愛児を含めて、縁のあった生者をすべて捨てようとしている。馬車は最後に高い丘の上に着いた。そこは恐ろしさ、哀しさ、不気味さ、醜さから解放された浄土だった。「それは大きな花園で、あらゆる四季の花が、赤、黄、緑、桃、紫の色とりどりに皆競って咲き、その艶美と優雅をみせ、馥郁とした芳香を放っていた。おたかの身体は、その間を緩慢に動いていた。美しい律調に満ちた音楽が、どこからともなく聞えてきて、五彩の色の雲がまわりに垂れこめ、美しい虹が二重にも三重にも空にかかっていた。大きな円い白い柱が幾本となく、その中に立っていて、おたかの動きにつれて、奇妙に揺れ動いていた」。

彼女は蟻の巣に倒れこむ。錯乱から数時間がたち、樹海には雄大な夕焼けが広がっている。山折哲雄が述べているように、神仏習合の日本人の信心にとって、夕焼けは西方浄土への道だった。鹿やリスが寄ってきても逃げない。密林の花を少女のように撫で回す。森によって征服され、動物化した。水の湧き出るくぼ地に落ちて意識を失う。おたかは鬼怒川にも通じていそうな水源地、生命の始まりに帰った。救出されたおたかは数日後、鳴海絞の浴衣を着て嬉しそうに笑っている。「その姿は蓮の葉に乗って、純白の水晶のように輝いている一滴の水玉のように美しいものであった」（二一六頁）。大きな代償を払って、彼女は聖なる無垢を手に入れた。何やら作家自身の晩年を予告しているようで、不気味でさえある。

おわりに——「コロニア中毒」の作家

前山隆は前掲論文のなかで、山路ほど「コロニア性」を体した作家はいないと結論している。「いい意味においても、悪い意味においても、あまりにもマイノリティー作家であったのであり、コロニア性を自らも求め、かつ悪しきコロニア性・マイノリティー性に圧し潰されて、文学的に自殺をしていってしまった」。前山によれば、生粋の文学青年が移住し、旺盛に創作を発表するものの四十代半ばで「アルコールとコロニアに中毒し」、パラナの奥で「生きながらにして埋葬され」たその生涯は、あまりにも「コロニア的」である。「コロニア中毒」は聞きなれない言葉だが、人類学者が定義する「マイノリティー性」に人生をむしばまれたというような意味だろう。その生き方／死に方にはコロニア作家の姿のみか、「コロニア文学の風貌があり、日系マイノリティーのたたずまいがある」。ブラジルの日本語の創作家のなかで、山路のような自ら破滅に至った者は稀だ。どん底生活を送った者は少なくなかったが、最終的な危機から脱出できた者が、物を書く時間と余裕を得た。犠牲者としての移民像を提示しながら、本当に犠牲に斃れた書き手はまず見当たらない。霜害と『文芸パラナ』の終刊とアルコール中毒——社会、文芸サークル、個人のレベルで連鎖的に起きた危機のなかで、作家山路冬彦は死んだ。

山路は最後に「それ（おたか）は初期の移民の小さい犠牲であるが、尊い繰り返すべきものではない犠牲である」と蛇足気味の訓示を垂れている。本作は一九四六年ごろの作と推定されているが、戦争を経て、もはや初期ではないという意識が彼にはあったのだろう。それは日系ブラジル人が、歴史と呼ぶに充分長い過去を持っているという意識と不可分である。先駆の犠牲を乗り越えて戦後のコロニアがあるという感謝の念が、この訓示には込められている。

政治的な加害者こそ明示してはいないが、移民体験に本質的な現在と過去、〈ここ〉と〈あそこ〉の切断、記憶のなかでの故郷の断片化と美化が、ありふれた移民妻の心を少しずつ異常な方向に逸らせていったと山路は考えていた。郷愁が物憂さのレベルを越えて、狂気に暴走する潜在性があることを彼は見抜き、周到な伏線を張った物語に実現した。郷愁はいわば心の中に抱えた甘美な爆弾だった。

まったく偶然だが、「おたか」と同じころに書かれた織田作之助の短編に「郷愁」（一九四六年）がある。その末尾で、主人公の人気作家は虚脱とも放心とも違う「きょとんとした眼」の浮浪児を見て、自分と同じ眼差しであると直観する。それは実存の本質に届く眼差しで、作家は「人間というものが生きている限り、何の理由も原因もなく持たねばならぬ憂愁の感覚」を見抜き、その存在の足元に愁いを湛えた「人間への郷愁」にしびれた。ここでの「郷愁」は通常謂う故郷への思い、懐かしさを越え、世間とのつながりをはぎとった普遍的でなおかつ個別的な生の根源を指している。おたかもまた周囲との連携を斧で断ち、裸の眼差しに帰った。山路が狂女に託す「郷愁」は古里の幻想にとどまらず、仏教的な心向きで生きる人すべてを下支えする「憂愁」を包み込んでいる（北原白秋も似た次元で郷愁を捉えていた）。山路は数作において移民という生き方をこの深い意味での郷愁が立ち現れる典型として描いている。さらにおたかを、ちょうどこの浮浪児と同じように、その移民の典型と見なし、純粋な状態の憂愁（世間的には錯乱）に立ち帰るさまを描いている。本作は単なる幻想譚にも悲話にも留まらない、しいていえば仏教的実存主義の域に達している。

おたかの悲劇は例外というより、どんな移民（特に家父長制の被害者）にも起こりうる物語で、多くの移民はあやういところで錯乱を逃れ、生き延びたといっても過言ではないだろう。ブラジルの日本語小説のなかで、おたかほど鮮烈に描かれた女性はめったにいない。またこれほど美しい墓碑を立てられた人物もあまり見つからない。山路は犠牲者の描き方のひとつの手本を示したが、机の奥にしまわれた原稿が、その後の書き手にヒントを与えることはなかった。文学的な継承の中断は、ブラジルの日本語文学の悲劇として別に論じるべきだろう。

註

(1)　一九三四年、朝日新聞懸賞小説で第二席入選と前山の記事にあるが、同紙の記事(八月二八日付)に山路の名前はない。作家が枉げて吹聴したのかもしれない。前山が見落とした作に、「影のある色彩」(『よみもの』一九五一年九月号)がある。結婚に失敗した女が、自分の兄が経営する薬局の雇い人と駆け落ちする通俗的な物語。

(2)　「奇蹟の手術」は「私」の友人の母久子の胃がんがアフロブラジル宗教マクンバによって治療された顛末を語っている。半信半疑だったが、祈禱場を訪れることで疑念は氷解する。信仰がなくても奇蹟は現われる、科学と宗教の区別がつかなくなった、と「私」は絶句する。「事実小説」と銘打ち、神が降りた婦人の心理状況以外は、話者＝私の視点で書かれている。連載直後、六甲山人(木原暢《ちょう》、高名な医師、後に日本政府により叙勲)が「邪教と病気」と題して、癌がマジナイで治るはずがない、久子のカルテを見せよと激しく攻撃した(九月二九日、三〇日付)。これに対して山路は自分でも信じられないが事実だと反論した(久子の実名を明かした)。また同時に事実小説といえども小説であることを忘れてはならず、霊の神秘について書いたものだと執筆の意図を語る(一一月三日付)。しかし六甲山人は糾弾の手を緩めず、最近、末期癌の婦人が「奇蹟の手術」を読んである心霊術師にすがって金をまきあげられた例を挙げて、小説の質がどうあれ、「人迷わせな宣伝小説」の「社会的悪影響」は否定できないと宣告した(一一月二〇日、二二日付)。

「事実小説」を「事実」として読む読者が愚かしいのか。「奇蹟の手術」の迫真的描写があまりに優れていたために、愚かな婦人はイカサマ師に頼ってしまったのか。事実と物語の境界線という厄介な問題は別にして、ブラジルの日本語小説のなかで、現実に直接の反応があった唯一の作かもしれない。六甲山人から受けた作者の精神的打撃については、文芸仲間堀田野情の記事に詳しい(一九六八年五月二二日・三一日付『日毎』)。

呪術信仰はブラジル文化の大きな特徴として公認され、多くの文学作品のなかでアフリカ性を視点の中心において描かれている。これに対して「奇蹟の手術」はその教義や神秘ではなく、病気治癒という実利のみを描いた点に特徴がある。「私」は「信じられない」と連発するだけで、霊的な世界に読者を連れていってくれない。日本人は奇蹟の現れにしか関わらない。自ら心霊治療師である衣川笙之助の連作では、儀礼の細部が描かれているが、治療師と患者の外にある世界(実世界であれ霊世界であれ)は関心外だ。二人の作者は心霊術をアフロブラジル文化というより、超自然的な出来事への入り口として捉えた。

(3)　山路に対する完全否定論(言いがかりに近い)として、滝井康民「山路冬彦作品の研究」『コロニア誌文学』二〇号、一九八五年九月号、三三～四四頁。

(4)　榊美知子「感情と記憶」、北村英哉・木村晴編『感情研究の新展開』ナカニシヤ出版、二〇〇六年、九九頁。

12 なめくじ天皇に塩をかけろ——リカルド宇江木『花の碑』

ぼくは、ブラジル人になっても、ブラジル語を覚えようとは思わない。
ぼくは、日本を捨てても、日本語しかしゃべれない。
ぼくは、ぼく自身の存在をいつまでも曖昧にしている。
（リカルド宇江木、詩集『反転の幻想』の「あとがき」）

書き憑かれた移民

リカルド宇江木の『花の碑《いしぶみ》』（二〇〇五年）は、ブラジルの日本語小説のなかではまちがいなく最長編で、最大の問題作である（四百字換算で約一万五〇〇〇枚、ちなみに『大菩薩峠』は約一万四〇〇〇枚）。一九三七年、一七歳で渡航した内藤柳子が、一九五五年、勝ち組のエセ教団の崩壊に立ち会うまでの性の遍歴を描きながら、神話的なまぐわいを讃美しつつ、近代の天皇崇拝を根底から否定する。ともかく長い。従来の移民小説の定型をはみ出すばかりか、日本語小説の枠も破壊しながら、ただ書くことに取り憑かれた作者の妄想が、無際限に広がっていったとさえ思える。

巻頭言によれば、「ブラジルに移民した日本人社会のなかで、戦後に起こった「勝ち組」「負け組」騒動の、愚かな「勝ち組」集団に紛れ込んだ一家族を中心に描き、その愚かさが何に起因するものかを究明した長編物語である」。「愚かさ」は全体のテーマで、「庶民」の中心的な特徴である。愚昧を非難するのではなく、彼らを愚昧にさせた原因を探ろうとする。結論を先取りすれば、あらゆる権力は自ら喜んで搾り取られる愚かな民を作る。日本ではその中核に天皇がいて、戦前教育が愚かさを自覚しない国民をうまく作り出した。戦後も戦争責任を取らず、人間宣言ですべて解決したとする象徴天皇制がそれを引き継いだ。天皇をたとえ言外であっても罵倒する作家はブラジルには他にいない（日本にもほとんどいない）。また勝ち組の愚かさ、狂信、無知は既に他の書き手によって何度か記されてきたが、彼の刃はむしろ庶民の愛国心を蔑ろにして、祖国敗戦を唱えた負け組（認識派）を斬りつけている。彼はブラジルで日本語を読み書きできる最後の世代と自覚し、移民社会が最も揺れた二十年間を勝ち組史観でも負け組史観でもない視点から、愚者の繰り広げた喜劇として記録しようという妄執に捉われた。

リカルド宇江木（リカルド・オサム・ウエキ、出生名は植木修）は一九二七年大阪市西区生まれ。四分の一イギリス系の血を引く。一九四一年、高等小学校を卒業し「せまい日本にゃ住みあきた」の大陸雄飛鼓舞の歌に刺激されて、単身で旧満州に移住、満鉄撫順工業学校に入学し二年後卒業、吉林省蛟河駅に勤務。一九四六年に「強制送還」され、大阪大空襲で両親を失ったことを知る。ルンペン、担ぎ屋、工員、看板屋などをしながら絵画と文章を独習（後にサントス・デュモン絵画賞受賞）。一九六四年、広告代理店の下請け会社を設立し、野立て看板をはじめ商業デザインに関わる。その頃ガリ版同人誌『えんとつ』を作っていたという。一九七四年に妻子と会社を捨てて、進出企業の現地社長として渡伯。一九七五年、二世と結婚、一九七八年に帰化。一九八〇年、計画通り会社をつぶして各地を放浪する。

リカルド宇江木自画像
（『宇江木リカルド作品集』ウェブサイトより）

一九八五年ごろコロニア詩文学会、亜熱帯社と接触を始める。遅い始まりだったが、その後は驚異的なペースで作品を発表した。リカルド（りかるど）宇易、奥山今日子、宇江木里狩人の筆名も持つが、作風を使い分けているわけではない。一九八六年、短編「誤算」でパウリスタ文学賞佳作を受賞、一九八八年から『コロニア詩文学』に寄稿。九一年に詩文学会と喧嘩別れし、翌年、個人誌『南回

出版年	題　名	出版媒体	筆　名	備　考
1985. 9	失った過去	詩文学 20 号	リカルド・宇易	
1986. 10	赤い陽炎	詩文学 23 号	リカルド・宇易	
1987. 2	飛翔	詩文学 24 号	リカルド・宇易	第四回武本文学賞佳作
1987. 3	灰色の女	のうそん 105 号	リカルド宇易	のうそん文学賞佳作
1987. 9	黒い海鳴り	詩文学 26 号	リカルド・宇易	
1987	誤算	未刊行	リカルド宇易	パウリスタ文学賞佳作
1988. 9	手紙の内容	詩文学 29 号	リカルド宇易	
1989. 1	にがい風	のうそん 114 号	りかるど宇易	のうそん文学賞佳作
1989. 4	手紙の裏側	詩文学 31 号	リカルド宇江木	
1989. 10	掛布団	詩文学 33 号	リカルド・宇江木	
1989	かげの部分	未刊行	リカルド宇易	パウリスタ文学賞佳作
1990. 1	煙	詩文学 34 号	リカルド・宇江木	第七回武本文学賞佳作
1990. 6	豪雨そして銃声	詩文学 35 号	リカルド・宇江木	
1991. 1	アリノス河上空にて	詩文学 37 号	リカルド・宇江木	第八回武本文学賞佳作
1991. 1	静かに狂うて	パウリスタ年鑑	リカルド・宇江木	パウリスタ文学賞佳作
1996. 10	なまけもの	詩文学 54 号	奥山今日子	
1997. 2	花かげのアリア	詩文学 55 号	奥山今日子	
1998. 2	花いちもんめ	詩文学 58 号	奥山今日子	
1999. 2	花の柩	ブラジル日系文学 1 号	宇易リカルド	
2001	白い炎	ウエキ文芸工房（ウェブ公開）	リカルド宇江木	
2002. 2	アマゾン挽歌	ウエキ文芸工房	リカルド宇江木	自費出版単行本
2005	花の碑	ウエキ文芸工房（ウェブ公開）	リカルド宇江木	自費出版単行本
2006. 5	蜆川物語　燃えて	ウエキ文芸工房	宇江木里狩人	自費出版単行本
2006	サンタ・イザベル村で	ウェブ公開	リカルド宇江木	
2006	マルタの庭	ウェブ公開	リカルド宇江木	

リカルド宇江木小説一覧（詩文学は『コロニア詩文学』の略）

帰』を創刊。そして一九九三年から『花の碑』の準備に取りかかる。一九九六年六月一四日、著者六九歳のときにワープロで第一部の執筆を開始、二〇〇五年三月脱稿された。創作開始の日付は巻末の自筆略歴による。その日付が記念されるほど重要な仕事と作者は自覚していた。『花の碑』は第一四巻までウエキ文芸工房より、カラー表紙とハードカバーで自家製本出版されたところで中断したが、残りの部分は、その他の小説と詩（『吼えろ！雄鶏』『引き裂いた風景画』『反転の幻想』の三冊）、インタビューと並べて、インターネットで閲覧できる（http://www.100nen.com.br）。このような発表形態はコロニア文芸では唯一で、著者が一世としては比較的早くワープロに馴染んでいたために可能になった。この他、『精神病棟からの招待状』という詩集もある。『花の碑』と並行して『アマゾン挽歌』全二巻（四百字換算で七七〇枚、第1巻第1章参照）も完成され、二〇〇二年に出版された。驚くべきことに、『花の碑』の後も創作欲は衰えず、死の直前まで家族の来歴を描いた長編『蜆川物語』三部作に取り組んでいたという。第一部『燃えて』は大阪人の祖父と英系インド人の祖母が知り合う経緯を武器密輸、曽根崎大火（一九〇六年）を読ませ所に自由に脚色して書いている（二〇〇六年自費出版）。そして同じ年、第二部『揺れて』を二百枚ほど書き進んだところで癌が命を奪った。享年七九歳。(1)

満州、関西、サンパウロ

八、九〇年代に雑誌に発表された短編から、他の同人とは区別される特異な文学志向がはっきりわかる。それは性欲に対する妄執で、全作で不倫、近親相姦を肯定し、婚外関係を規制・禁止する道徳律を非難している。強姦も性的暴力であると同時に、欲望の奔流にしたがった「人間的」行動と見なされ、時には被害者の欲情のふたを外すことになった（「赤い陽炎」「手紙の内容」「手紙の裏側」）。蓄妾もまた性経済の一形態として容認されている（「豪雨そして銃声」「花いちもんめ」）。こうした反フェミニズム思想は『花の碑』で一段と拡張される。性描写や性的設定は同人誌・文学賞を離れてから一段と激しくなった。いいかえるとある時期までは、欲望をすんでのところで自制する結末も用意された（「掛布団」）。

性欲という独自の課題を追う一方、同時期のブラジル日本語文学の流れにも敏感で、殺人や犯罪（「赤い陽炎」「豪雨そして銃声」「黒い海鳴り」）、駐在員社会（「飛翔」）、非日系社会（「赤い陽炎」）、日本社会（「手紙の内容」「花かげのアリア」）を扱った作を発表している。ただ流れに乗ったというより、同人誌の傾向の切り替え時期（広い意味での通俗化）に書き始め、頭角を現したというべきかもしれない。筋立ての面白さを追いつつ、つねに性欲の問題に囚われているのが宇江木の特徴だった。文体は総じて滑っていく感じがする。内面性、思索、心境などをじっくり描くことはなく、人物の大半は発情とその抑圧のふたつの間を往復している。

フィクションの他に、宇井昭雄（アキオ）を主人公とする一連の半自伝的作も残している。これはブラジルの多くの書き手に共通する発想方法だが、いずれも虚構と思しき部分が多く、真実の自己の暴露（あるいは演出）という私小説の伝統からは外れる。この作品群は大きく満州時代、大阪時代、ブラジル時代と分けられる。満州体験の集大成が中編『白い炎』（二〇〇一年）で、日本人青年が目の当たりにした阿鼻叫喚を描いている。ソビエト兵に輪姦された娘、それに歯向かって撃たれた父、ボイラー番を怠ったためにみせしめに銃殺された青年たち、それに抗議して代わりに処刑を志願した女教師、日本人に同情的な中国人、戦争中の中国人虐待がいつ裁かれるか不安でたまらない日本人、ソ連将校に貢がれる満鉄エリートの妻たち、通訳としてソ連軍に取り入り同胞を裏切るインテリ。なかでも輪姦のさなかに「天ちゃん、よう観ててくんさいやあ、これがわてらの遣り方や」とソ連兵の睾丸を握りつぶし、即座に射殺された元芸者は強烈な印象を残す。最後の場面では収容所で積まれて自然冷凍された日本人の遺体を、生存者がまとめて火葬にする。異臭を放つその炎を見ながら、占領軍に命乞いをして生き延びた天皇への遺恨が、主人公の心に広がる。

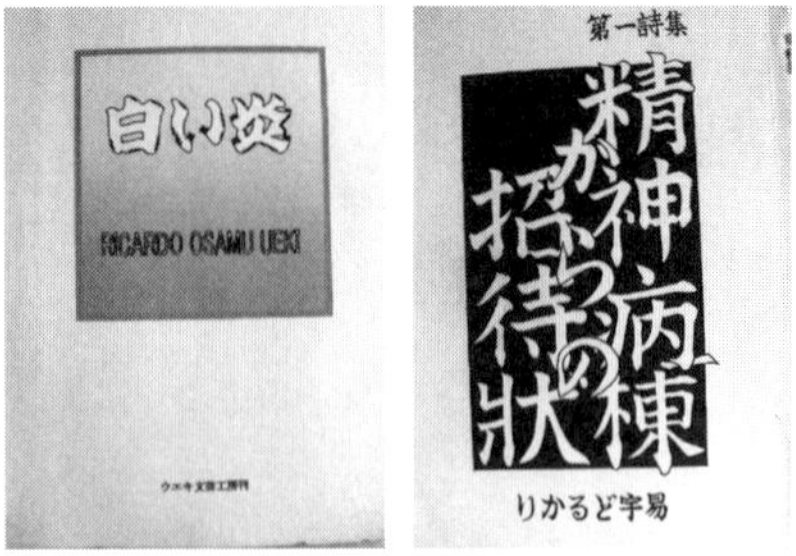

『白い炎』、『精神病棟からの招待状』表紙

大阪の闇市焼け跡体験については手記「にごり酒」（『コロニア詩文学』二七号、一九八八年一月号）に詳しい。肉親の死（非生存というべきか）を知って虚脱状態に陥ったところを、田村泰次郎『肉体の門』に出てきそうなしぶとい娼婦と出会い酒を酌み交わす。「アリノス河上空にて」では、大阪で知り合った最初の妻との強姦に近い最初の性交、情愛なき結婚、離婚をマットグロッソ州の牧場管理人になるために移住してきた日欧混血の男が回想する。女が「日言宗」に入信し、空襲で死んだ彼の両親の位牌を片付けたのを口実に別れたというが、『花の碑』で吐き出される日蓮宗への憎悪は、案外、個人史的な背景から来るのかもしれない。

「サンタ・イザベル村で」は大阪弁の一人称語り（地の文を含めた方言の全面採用はブラジルでは初めて）。男は日本人をやめたくて満州で中国娘と結婚して帰化申請、姓名変更の届出を提出したが、敗戦でうやむやになってしまった。ブラジルでは国籍を取るために即座に二世と結婚した。キリスト教徒の偽善を徹底的にこきおろしながら、ブラジルの現実と折り合いをつけ、人生をがむしゃらに肯定している。生来の風来坊が村を離れる時かと思っているところに、自分が育てたマンゴに当たって全身に腫れ物ができてしまう結末、これをどう解釈したらよいのか。(2)

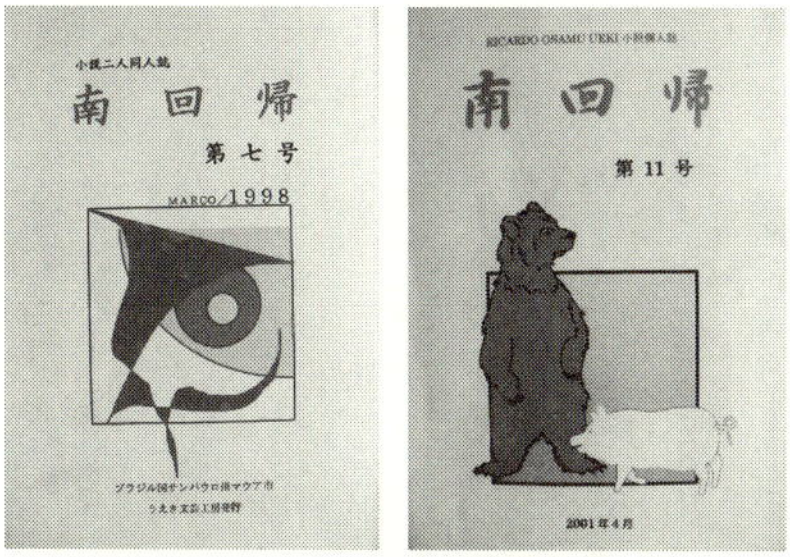

『南回帰』表紙　第7号、第11号

「マルタの庭」ではサンタ・カタリーナ州の河口の町にたどりついた絵描きの大阪人が、ドイツ移民の娘マルタの家に下宿する。マルタはソ連のドイツ侵攻の最中に母親とまとめてソ連兵に強姦されたことがトラウマになっている。そのとき、父が居合わせたもののソ連兵を射殺しなかったために母は自殺した。父と二人でブラジルに移住したが、父は不審な死をとげる。実は彼がユダヤ人虐待の犯罪人であることをマルタのユダヤ人の夫がつきとめ殺害したのだが、殺人の証拠を得たマルタは夫を射殺する。彼女はさらにアキオと彼女の関係に嫉妬するもう一人の愛人の若い医師も殺す。すべての死体はアキオとマルタの手で海に沈められる。アキオは満州でソ連兵の暴力をさんざん見ていて、マルタの強姦を他人以上に身近に感じる。マルタとアキオは戦争の犠牲者であるという点で心情を重ねあう（アキオは中国人に対する加害者という意識も強い）。ヒトラーとヒロヒトに対する憎悪が二人を結びつける。満州をただ懐かしむのではなく、巨大なソ連をはさんでアウシュヴィッツと隣り合わせの場所と見ている。ヨーロッパ系移民と日系人の接触を日常のつきあいを超え、戦争犯罪、迫害という歴史の暗部まで包むかたちで描いた壮大な作品は他にない(3)。

『花の碑』のあらすじ

内藤柳子（一九二〇年生まれ）は一九三七年、父龍一と母チヨの一人娘として渡航し、スイス人経営のコーヒー園に入植する。父は信州出身の養蚕技師、女性問題で勘当されかかったため、国外脱出を図る。渡航前、柳子は東京の叔父夫婦にあずけられ女学校に通った。左翼的な新聞記者である叔父良三と女権論者の妻雅子に感化を受ける。耕地では大学出の反戦論者川田鷹彦が唯一の知的な話し相手になる。彼は叔父よりも極端な侵略史観を彼女に教える。彼は被差別民の娘、そして叔母と肉体関係にあり、その罪悪感と病弱から自殺する。耕地では美人の妻タツと子ども六人を連れて渡って来た大阪人小森茂の一家と親しくなる。柳子より二歳上の小森秋子は男を縊死や狂気に追い込んだ経験を持ち、大阪では父親の事業の債権者と結婚させられた。耕地でも、父親によって好色な通訳熊野球磨吉に貢がれる。内藤龍一は一年後、アラモという日本人の多い村に農地を買う。ここまでが第一部「新移民の一農年」。

第二部「勝った敗けたの大騒動」はアラモを舞台とする。柳子はキリスト教者で戦争に反対する鈴木一誠と、天皇崇拝者で好戦的な佐藤肇に求婚される。青年会では肇が実権を握り、一誠はサンパウロに出る。日米開戦後、愛国結社が日本人養蚕農家を焼き討ちにかける。龍一は先手を打って自ら蚕小屋を焼き、祖国忠誠を果たすが、同時に張り合いも失う。終戦直後、肇は負け組の首領格暗殺を実行するが、その直前、自分の死後も血を絶やさぬためと叫びながら柳子を強姦する。生まれた子はチヨと父龍一の子として届けられる。同じ頃、内藤家と同郷で遠縁にあたる私生児稲村敬一が一家の前に現れ、養子となる。柳子は彼から初めて性の深い快楽を教わる。

第三部「柳子のウィタ・セクスアリス&桜組挺身隊の顚末」は、柳子がサンパウロに家出する場面から始まる。彼女は州都に着くや勝ち組の練成道場に住み込み、日本語教師や塾長と次々関係を結ぶ。そこを追い出された後には勝ち組系の平和新聞社を訪れ、安西浩一編集長の知的な愛国心に同調する。彼女は望まずして安西の子を宿し、彼はその義務感から結婚する。安西はパラナ州ロンドリーナの新聞を任せる話に乗り、一家を連れて引っ越す。同じ頃、吉賀谷義雄が、詐欺と殺人を犯しながら、日蓮宗教団を名乗る桜組挺身隊をサンパウロ市郊外カサケーラに設立する。ニューギニア再移住船の話につられた一五〇人ほどの賛同者が共同生活に入る。賛同者から吸い上げた資金が尽きると、教団は共産党シンパを名乗り援助金をだまし取ったり、領事館に暴れ込んで日本への強制送還を要求する。教祖は相手を選ばず性交し、女子側近団を作り上げる。

彼らがロンドリーナ布教活動中、柳子は吉賀谷に催眠術にかけられ、性の絶頂感を覚える。龍一は娘の反天皇発言に激昂し、斬りつけるところをチヨが救う。彼はそのまま脳軟化症に倒れる。一家はカサケーラに引っ越す。柳子はアラモ時代の求婚者、鈴木一誠と会い、その友人で、戦時中、沖縄で地下の反戦組織で活動してきた元歴史教師、上地長承と会う。柳子は上地と交わり、知性と肉体の双方が刺激しあう快感を覚える。一方、教団は行き詰まり、父親を教団に奪われた沖縄系二世の告発で強制捜査が始まり、幹部が自ら施設に火を放つ。しかし教祖の姿はいつのまにか消えている。時は一九五五年、柳子三五歳。

「縁台話」として

膨大な人物数（約八十人）、描写の執拗さと反復、哲学や歴史書から新聞、政府声明、ポルノまで含む多様な文章形式の混在、長ったらしい会話、通俗的な文体、明快な筋立て。長編はこういう特徴を持つ。「純文学と大衆文芸をミックスした庶民文学」を目指すと作者は表明している。「庶民」は多数者を指すのに彼がよく使う用語で、愚かしくえげつないがしぶとくしたたかな連中というような意味合いが強い。「大衆」は独立しては使われていないが、たぶん遠めに見てのっぺらぼうな人々の塊（マス）というような語感で捉えていたようだ。カネッティの「群衆」と「群集」のような違いがあるようだが、当人はあまり厳密に使い分けてはいない。またこの超大作を「団扇でぱたぱた蚊を追いながら話す縁台話」（「第二部を出版し始めるに際してのご挨拶」一一巻巻頭、以下「ご挨拶」）と呼んでいる。職業作家ではないという誇りが裏には込められているようだ。高度な思想や表現はもとよりお呼びでない。

創作に対する態度はいたって素朴で、「作者自身が俗物だから、神の位置に立って、好きなように駒を動かすことに快感を覚えました。自慰行為でしかありませんが。「神の視点」はサルトルの批判があってから評判が悪いとのことですが、最終的に一万枚ほどになる小説を、私小説のような一人称ではとうてい書けないのではないだろうかと思っています」（一〇巻巻末の「第壱部完結に際して、作者からひとこと」、以下「ひとこと」）。古典的な「神の視点」は確かにさまざまな前衛、才気によって崩されてきたが、今でもしっかり生きている。素人が小説を書き始める動機は、おうおうにして作り話の閉じた世界の創造主になりたいという願望にある。『花の碑』では随所で登場人物がいまだ知らないことを先取りし、作者が神たる位置を楽しんでいるのがわかる。

「ひとこと」で作者は次のように中間報告している。戦争の結果を知っている者が、勝ち組をまじめで普通の庶民だったとどれだけ真実らしく書いても、戯画化されてしまう。それを承知で書くのは虚しくはあるが、決して無意味ではない。「この小説は、けっして過去の物語ではありません。いまもなおブラジルのニッケイ社会は、おおむね「勝ち組」に属する考え方をする人たちで占められています。全体主義的で、張子の人形でしかない天皇様をありがたがって居ます」。日本も戦前のファシズム期と様相が酷似している。「アメリカ軍に尾を振って、「一億総中流」という経済機構を得、そのなかで、ほとんど無思想にファシズム化への道を歩んでいるのが、日本の外にいるとよくわかります。これは一つの告発なのだ、と作者は考えています。ひ弱いながらも権力構造への抵抗であり、作者自身も含めた弱気者たちへの嘲笑です」。ブラジルの文学史でこれだけ日本の現状を憂い、告発の姿勢を示した声明は他にない。

宇江木は安東守子《しゅこ》（本名内藤龍子、一九二〇年長野県生まれ〜二〇〇三年サンパウロ没、一九三七年渡航）の日記と聞き取りから勝ち組の詳細を知ったと感謝を述べている。主人公の名前からすると、モデル小説ともいえるが、宇江木の想像力は実人生の再構成をはるかに越えている。耕地や終戦直後の生活がこれまでの小説にはないほど細部まで書き込まれているのは、彼女の協力のおかげだろう。しかし細部へのこだわりが読み応えに必ずしも通じているわけではない。積年の構想、思想をあらいざらいぶちまけようとしたためだろう、繰り返しが多い。特に戦後の詐欺事件や臣道連盟については、旧字体で新聞や声明文が長々と引用されていて、読者を引っ張る力が緩んだことは惜しまれる（それが大西巨人『神聖喜劇』の軍規の長ったらしい引用と同じように、官僚的組織に対する皮肉を含むならまだしも、実話性を保証するだけの効果しか持たない）。「幻の小説」に終わらぬよう、最後の方はあまり推敲せずに完成させたとある（たとえば一六六章の冒頭一万六千字は前章の末尾と重複している）。「正直言って、作者自身がシンドカッタんですから、読者のほうが数倍シンドカッタだろうと思っています」と戯作者らしい言が「ひとこと」にはある。はい、そうでした。

自身の言葉によれば、大阪駅裏の焼け野原でルンペンをしている頃、大学教授とあだ名された人物が、日本を理解するには「天皇制をでっち上げた『古事記』」と「宮廷文学の『源氏物語』」を読んだらいいと勧めたので読んだところ、「笑えて笑えて笑い転げて、こいつ気ぃ狂いよったで、と仲間のルンペンから心配されたことがあった」という。その日から、「人間の行動はすべて喜劇だとわかった」（「ご挨拶」）。どこまで信じてよいかわからないが、挙げられた二冊が『花の碑』の二本の柱――天皇とセックス――の地固めをしていることは明らかだ。『源氏』は「無頼派」の元祖と反語的に尊重されている。

好きな作家としてヘンリー・ミラーとミシェル・ウェルベックの名を挙げている。二人の「性の自由のために権力との闘争を目的とした創作活動」が評価され、一八九八年生まれのミラーと一九五八年生まれのウェルベックのちょうど中間に、一九二七年生まれの自分がいると位置づけている。[4] ミラーはたぶん若い頃から愛読していたのだろうが、ウェルベックは新しい発見で『素粒子』(野崎歓訳、ちくま書房、二〇〇一年)、『プラットフォーム』(中村佳子訳、角川書店、二〇〇二年)あたりを読んだと思われる。そう言われると、『素粒子』で描かれた「形而上学的変異」が柳子の覚醒のヒントと思えるし、ヒッピー運動の系譜を引く解放的な共同体「変革の場」が桜組挺身隊と近く、長ったらしい性器や性交描写も通じ合う。『プラットフォーム』のセックスのカタログは柳子の遍歴に影を落としているようだし、アラブ人や消費社会に対する悪態は吉賀谷や上地の長台詞にやや似ている。しかしフランスの人気作家を読んでから長編が発想されたわけではなく、影響と言えるほどの関連は見出しにくい。時間軸を往復したり、視点を切り替えるウェルベックの語り口の妙はない。一代記物の定石通り、時間軸に沿った構成を採っている。

男のカタログ

『花の碑』は信条も信仰もどっちつかずの柳子が、どちらの面についても確信を得るまでの「成長」を描く自己形成の小説と見ることができる。どのようにでもなれる可変力と潜在力を持ち、ちょうど蚕と同じように彼女は一齢、二齢、三齢と重ねて変身している。性的な面では一生独身ですごしたいとばくぜんと夢見ていた思春期の少女が、二十年後には性のアナーキズムの実践者に変貌している。枝葉の相方を除いて遍歴をたどると——プラトニック・ラブへの憧れ↓性への好奇心(小森春雄)↓キス(鷹彦、一誠)↓強姦(肇)と出産↓快楽の発見(敬一)↓快楽の追求(サンパウロの道場、新聞社員)↓結婚とその破綻(安西)↓催眠術による強姦(吉賀谷)↓真のアナーキズム(上地)。思想的には父と叔父の両方の影響から、軍国主義の勇ましさに走ったかと思うと反天皇を口走る(第六章)。全体主義の抑圧には耐え切れないが、それに代わるアナーキズムに完全に振り切ることもできずに、終章まで蛇行し続ける。行動と思想の矛盾は彼女の本質にある。反天皇の鷹彦や一誠に共感しながらも、父や肇の神国思想のほうが頼りになると信じている。結婚に敗れた安西浩一は彼女を「分裂症患者」と冷静に判定している。「知性と愚鈍を併せ持ち、暴力を否定せず、平和を喜び、絶対的な主体を護持しようとするあまり、愚直な総体的欺瞞のなかに陥没してゆく」（一七三章）。彼女はこの欺瞞を武器に人生を切り開く。

柳子は思想ばかりでなく外見もあいまいで、男装しているために「オトコオンナ」と陰口を叩かれ、自らもそう言いふらして注目を集めようとしている。叔父夫婦の影響で従順さを拒絶し、両親はよく思っていない。体つきに女性らしさがなく、少年扱いを受けることもある。スイス人耕地では乗馬用の馬を買ってもらい、アラモの若者のなかでは唯一銃を携帯し、一度は暴漢から身を護るのに役立てる。妊娠から出産という道を「金魚のウンコのよう」（第九五章）と嫌悪し、二児に対して母性愛をまったく持たないし、生んだ子どもは物語に登場しない。

『花の碑』男性人物の特徴

	内藤良三	内藤龍一	川田鷹彦	熊野球磨吉	鈴木一誠	佐藤肇	稲村敬一	安西浩一	吉賀谷義雄	上地長承
政治	左	右	左	―	左	右	左	右	（右を偽装）	左
知性	高	低	高	低	高	低	高	高	低	高
性欲	?	高	高（病弱）	高	低	高	高	低	高	高

『花の碑』は別の見方をすれば、彼女が出会う男たちのカタログでもある。彼らは彼女を変えていくが、自分は変わらない。彼女を中心に見れば、成長のエサに使われただけだ。登場する数多くの男性は政治的信条、知性、性欲の三つの軸で大別できる（右表）。あいまいな人物がいない分、「純文学」的な陰影には乏しいが、読者を迷い込ませない利点がある。政治的信条は右寄りか左寄りかで分けられる。これは厳密な用語ではないが、慣例にしたが

って国家主義、国粋主義、天皇を肯定するか、それに対して懐疑的、反抗的かで大雑把にくくれる。他に政治などどこ吹く風という熊野、小森のような人物もいる。知性は信条を裏付ける理論に通じているかどうかに関わる。龍一は養蚕の知識は豊かだが、それ以外は「講談本で覚えたような」浅い知識しかないので、ここでは知性が欠けていると見なされる。男のなかには性欲が行動の原動力になっている者とそれほどでもない者とがいる。

良三に代表されるように、左寄り思想と高い知性はたいてい相関関係にある。権力の欺瞞を見つけ、それに対抗する立場に立つには、政治的・思想的な分析が不可欠で、無教養な左寄りという人物は考えにくい。少なくともこの小説のなかでは。左寄りのなかで性欲の軸を取ると両極端のタイプがあり、一方にはそれほどおおっぴらでない連中、他方にアナーキストを自称し、多くの相手と性交すればするほど公序良俗を破壊できると考え実行する敬一と上地がいる。柳子が肉欲を越えたもっと深い快感を味わうのはこの二人との交わりで、作中の理想的男性として描かれている。

鷹彦は渡航前には亡命中国人をかくまうような左翼正義漢である一方で、抑えきれぬ性欲と道徳のはざまで煩悶する。病弱であるにもかかわらず移住してきたのも、ひとつには逮捕を逃れるためだったが、もうひとつには嫂（あによめ）が彼との関係を苦に自殺したためでもあった。スイス人耕地でも家庭教師の教え子の竜野文子、叔母川田常子との情交で性欲を晴らしていることに罪悪感を抱いている。他方でプラトニック・ラブに憧れる柳子には川端や谷崎を読ませ、ロマンチストを装っている。性欲は抑圧しなければならないという道徳に縛られた（が、実行できない）数少ない人物で、最後には自殺する。左寄りの厭世的なインテリゲンチャを代表している。

右寄りの連中は概して時勢に乗せられているだけで、知性に欠くのだが、例外は安西浩一で、彼だけが冷静に天皇崇拝を信じている。彼は南朝の末裔であることを子どもの頃からたたき込まれた尊皇思想家で、永住を希望して渡ってきた。彼の尊皇思想は利害関係を無視した純粋な思慕だからこそ、唯一の友、具志堅マリオの純粋な琉球愛と理解しあえる間柄にある。たとえ国家が戦争に敗れても天皇の輝きには変わりない。いや国家主義とは切り離された純粋な敬慕をさらに抱けると、無理やり言い聞かせている。純真さ故に吉賀谷のような政治的な天皇利用者とは、とりわけ厳しく対立する。郷里では芸者と恋仲にあったものの、現在では女性に対して慎重になっている。セックスの面ではひ弱で、柳子が誘惑してみると早漏で失望させる。ロンドリーナ移転後は性関係がなくなる。登場する男性のなかでは唯一の不能者で、日本精神鼓舞の編集長という看板とはうまく合わない。ちょうど政治的には正反対の立場の鷹彦と同じように、「インテリの弱さ」（一七二章）をさらけ出す。

一つの軸で見ると対照的だが、別の軸では同族になる男たちがいる。たとえば安西と鷹彦は思想的には正反対だが、弱さでは一致する。性的な不能が思想的な不能に直結している。安西と吉賀谷はどちらも皇国思想を表に出しているのに（後者は偽装）、精力の点では正反対である。吉賀谷と上地は思想的には逆なのに、どちらも一夫一婦制に挑戦する性行動を取っている。敵対するはずの吉賀谷と敬一が反道徳については一致している。一人一人は書割のようにはっきりと性格づけられ、奥行きはない。しかしその組み合わせの妙で作者は一万枚の長編を組み上げた。

反キリスト教

信心、信仰はもちろん日系移民の心の柱として欠かすことができないが、小説で正面から扱われることはあまりない。生活習慣、心の習慣に染み込んだ信心がふと現われる場面がせいぜいで、たとえば遠藤周作や埴谷雄高のように宗教談義を交わす場面は見当たらない。しかし宇江木はキリスト教と「天皇教」の内容に踏み込み、両者を否定した後で、宇宙や自然に対する信仰を肯定している。積極的に無神論（汎神論）を掲げ、そこにアナーキズムの基礎を見出している。

物語の前半ではキリスト教が俎上に乗せられ、その欺瞞が柳子の脳裏に残る。反キリスト教の種を最初に撒いたのは良三だった。

エジプトの奴隷だったユダヤ人が、イスラエルに向かって大移動するなかで、集団の倫理としてつくられたものだから、当時の状況のなかでは実際に必要な規律だったんだろうけど、迫害されつづけてきた血みどろの歴史のなかで、歪つな復讐心に練り固められてできた新約聖書は、異教徒と戦って勝つことを至上とする神の意志として受け継がれてきたものだから、非常に独善的で排他性に富んでいてね、そういう点では日蓮と似ているよ（一六章）。

良三は処女懐胎をマリアの不義を糊塗するために作られた嘘っぱちと退け、日本神話のオノゴロ島のほうがよほど生物学的に合理的だと述べる。一五歳の柳子はよく理解できないが、イザナギ・イザナミの宇宙創生譚は作の基調音のように繰り返される。やがて日蓮は桜組挺身隊の名目的な旗印となる。

スイス人耕地では中村一家がキリスト教に帰依している。父義雄は神戸の商社に単身赴任中、山形から娘須磨子を呼び出しミッション・スクールに入れる。二人は近親相姦の関係に陥り、義雄は会社の金の横領が発覚するのを恐れ、別居中の家族も連れて移住する。須磨子は父との関係に罪悪感を抱きつつ、神に赦しを乞うだけでずるずる続ける（母は黙認）。ブラジルでは日曜学校の帰りに黒人に強姦されそうになるが、男の欲望を神の試練、思し召しと見て受け容れるか、肉体的苦痛をはねのけるかで迷ったあげく、睾丸を握りつぶし、柔道の技で男を半死半生の目に遭わせる。正当防衛なのに、彼女はそれが信仰上正しかったかどうか迷い続ける。キリスト者像によくある清純さのイメージは見かけ倒しでしかなく、彼女の信仰が内面を伴わないことが暴露される。彼女はその暴力の後、誰かの子を宿すが、「神様に授けられた」というだけで父の名を明かさない。柳子は須磨子の乙女らしい容姿が急激に衰え、教会によくいる「オールド・ミス」に似てくるのを見逃さない。須磨子は信仰の殻をかぶった空虚な人物として、物語の世界から退いていく。

アラモでは鈴木一誠がキリスト者の家族で育っている。しかしあまり信仰に熱心ではない（七二章）。事実、サンパウロに出てからは教会に通っていない。それは宗教的な欠陥を見つけたからではなく、預けられた叔父一家の都合という消極的な理由しかない。日本の戦争に対しては批判的で、柳子からすれば叔父と同じように知的なところに惹かれるが、ブラジル生まれのため、日本については読んだ知識だけで観念を作り上げている。柳子は彼と性交に及ぶが、案の定満足を得られない。信条・信仰・知性・性能力、そのどれについては中途半端な人物に終わる。「一誠のように知性だけで現状を把握しようとすると、どうしても観念的になるしかないだろう。上地のように、知性を持っていてなおかつ肉体的、具体的行動で体験したものの話は、観念的な浮薄さを感じない」（一三七章）。鷹彦と同じように口先だけの左翼思想家だが、彼ほどは性欲が高くなく、柳子のカタログのなかでは凡人に属す。弁護士志望で、ある弁護士の娘と婚約し、アナーキズムから程遠い生活に埋もれていく。社会的・経済的な成功は柳子には何の意味もない。須磨子のような盲信者ではないが、信仰は心の添え物でしかなく、精神を支えているわけではない。

鷹彦はマルクス主義者としてキリスト教に反対する。キリスト教とジェッリオ・ヴァルガスの言論統制（それは日本政府の植民地や沖縄での圧制と変わらないとつけ加える）がどちらも道徳の名を騙った抑圧だと柳子にさとす。「キリスト教会は陰湿に個人の心情のなかに踏み込んでいって、良心の自由と思想の自由とを、神の名において侮辱し、蹂躙することで、人の心を統制しようとしているしね」（一二六章）。阿片というわけだ。柳子は一応うなづきつつ、父親ゆずりの天皇崇拝や祖国愛を斥けることができない。宇江木はさらに日本敗戦を信徒に告げてリンチに遭った日本人神父を例に、日本のキリスト教徒が神国を擁護し、天皇制に絡め取られていると示している（一〇五章）。それに対比されるのは、心の糧として教会に通うアラモ植民地の朝鮮人たちで、彼らは日本人とはあまりつきあわず、宗教的にしっかりしているとされる（七六章）。日本人嫌悪が朝鮮人や沖縄人への共感と一体になっている。

日本の隠喩としての教団

宇江木の天皇呪咀は筋金入りだが、『花の碑』でもアナーキストの口を借りて、また地の文で繰り返し表明されている。「日本精神とは、即ち天皇制を擁護するために捏ね上げられた神である天皇が、統帥する軍国日本に、無批判に滅私奉公する奴隷的精神のことだった」（一四章）。戸籍制度も万世一系も否定され、信じ込みやすい日本人の一般的傾向も天皇制の下支えとして批判される。「個性を表現することなどしらない日本人の特質でもあるし、寄らば大樹の陰とか、長いものに巻かれておれば間違いないという、長い歴史のなかで培われた民衆の狡さでもあった」（七章）。また頑固な農民ほどいったん思想の根底が崩されると新しい観念に固執する。「それは小さな島国を分断した戦国時代からの習性で、新しい領主に盲目的に従うことで生き延びてきた農民の知恵でもあったのだ」（一四三章）。その信じ込みやすい国民性のために、吉賀谷の策略にまんまと篭絡される。移民が「国際性」に欠けてブラジルに馴染んでいかないのも、民族・人種差別するのも、一国内の信仰に留まる天皇崇拝に起因する（一一六章）。日本人の負性は最後までたどれば天皇に何もかも委ねた支配の制度に起因する。あまりに長く屈服してきたために、根っから因循姑息になった。しかし非難の矛先は、天皇と結託して国民を愚昧にした権力にもっと厳しく向けられ、犠牲者個人や集団の愚かさは擁護される。

セー寺院前を行進する桜組挺身隊（1955年）（藤崎康夫編『写真・絵画集成 日本人移民2 ブラジル』日本図書センター 1997）

桜組挺身隊は一九五三年三月、ロンドリーナで結成された実在の団体で、まず朝鮮戦争へ派遣する「国連義勇軍」を募る名目を立て、入隊すれば無料で帰国できるという謳い文句で邦人を勧誘した（四ヶ月後の休戦協定後は国連協力軍と変更）。ついで物語と同じく、サンパウロ近郊で集団生活を始め、台湾を解放する「共産義勇軍」を名乗った。そして我々はブラジルでは非合法である共産党員であるから、即刻国外追放されるべきで、その行き先を日本にせよ、全世界七十万の海外同胞を送還せよ、と総領事館に何度も押しかけ暴力を振るった。警察が介入したが、翌年には市の中心地セー広場で一一〇名ほどが、揃いのたすきに幟を立てて大行進をして市民をぞっとさせた。作中の設定と同じように、隊員と外部の寄付で共同生活は維持されていたが、それが枯渇すると、隊員はハンストに入り、警察はついに解散を強行した。臣道連盟解散後の最大の帰国詐欺事件として、悪名を馳せている。(5) 宇江木はそこにセックスと天皇を強引にはめこみ、物語後半の柱とした。(6)

宇江木は吉賀谷を「カサケーラの愚昧な集団に君臨した痩せた天皇」（一七五章）と呼んで、桜組挺身隊を日本国の風刺的な縮図として描いている。終戦直後のいわゆるニセ宮様事件（皇族を名乗る人物を中心とした協同村事件）の中枢に関わったことが、彼の挺身隊設立のヒントになっている。天皇の名の前にひれ伏す愚かな日本人の群れは、彼の良き標的だった。自ら教祖になればもっと面白かろう。母娘との同時進行の性関係と結婚、夫の金目当ての人妻誘惑と夫の殺害、便器とあだ名された娼婦との内縁関係、これら教団設立期の乱脈は、親族殺害と近親相姦と略奪婚で彩られた記紀神話のパロディと見なせる（一三七章）。彼の権威が確立したカサケーラの閉鎖的生活は明治以降に対応するのかもしれない。教祖の欺瞞を知りながら、彼から金や権威をむりし取ろうとする側近は藩閥の黒幕に似ているし、教団炎上は空襲にあたる。教祖が警察の手を逃れて消えてしまったことは、誰からも裁かれずに人間宣言してのうのうと生き延びた裕仁以外にはありえない。

吉賀谷は教団の欺瞞についても、破滅についても自覚的で、愚民を巻き込むことにかえって快楽を覚える。道連れを欲しがる破壊願望者である。

> 己れひとりの破綻ではなく、愚昧な民衆である勝ち組の輩を道連れにして、必然的に来る終焉の日まで、じりじりと後退ってゆく快感は、性の愉楽に似ているのだ。このデカダンスな心理状態こそ、吉賀谷の最も好む心境だった。彼のこういう倒錯した人生観が、亭主を目と鼻の先に意識しながら人妻を犯すという戦慄を伴う快

感に導くのだから。詐欺を働くときにも、これに似た戦慄があるのだが、それを個人にかける催眠術ではなく、何百人をまとめて催眠状態にするときの緊張感に満ちた快楽は、滅多に得られるものではなかった（一七〇章）。

支配しながらその相手とともに堕ちて行く快楽がオルガスムに似ている。しかも支配の相手は一人ではなく集団で、道徳律に反するスリルが、吉賀谷をますます興奮させる。宗教は大なり小なり集団催眠の要素を含む。それは単に影響の範囲が広がったというよりも、崇拝の対象や支配の法を作り出す側とそれに従う側との決定的な剥離を前提とする。吉賀谷のモノローグは続く。

己れが神になったと惟う至福感に酔える欺瞞は…滅びることを覚悟して生きているものだけが味わえるものなのだ。イエス・キリストが、現在の俺と同じ心境にいたはずだ、と吉賀谷は嘯く。なぜなら、彼もまた復活ということを夢に観て磔の刑を甘受したのだから。俺もまた、その滅びの美学に陶酔して、殺されても殺されても、不死鳥のように復活し得ると信じている傲慢さの上に立って、悪魔的な満足を蕩尽するのだ。神の道や仏の道を無知なものに説きながら、もっとも神や仏を信じていないのは俺なんだ。信仰なんぞというものは、民衆を欺く護符でしかない。神や仏という観念的なものほど、民衆を欺くのに効果的な道具はない。日本の天皇を神に祭り上げたのもそれなのだ。財閥、軍閥、官僚閥も、日本が戦争に敗れたときには、いまの俺と同じ虚無的な快感に酔っただろう、と考えている吉賀谷だった（一七〇章）。

宗教と政治と道徳の共犯関係を教祖は誰よりもはっきりと見抜いていた。神仏や天皇を崇める心を民に刷り込み、主人に喜んで奉仕する奴隷の心向きを養い、道徳、とりわけその根本にある性道徳で信者や国民の考え方を縛り（催眠状態におき）、不利な立場に立たされていることを忘れさせるような仕組み。吉賀谷は支配構造の根源をこう直感している。彼は一夫一婦制をせせら笑い、「性の解放」（一五三章）を口では唱えて複数の女とまぐわう。「道徳や性倫理については、現在の常識を逸脱している行為こそ、人間にとってもっとも正しい生き方なのだ。現在の人間社会が常識としている道徳的観念が間違っている。なぜならその道徳や宗教的倫理観は、人間にとって不可能な、神の位置でしか達成できない理想なのだから」（一五一章）。常識の破壊について上地と吉賀谷は共通するが、政治的信条や行動は正反対の方向に突っ走る。宗教的カモフラージュを利用して教祖になるか、支配からなるべく遠くに逃れて自由に生きるか、これが両者の分かれ道になっている。また自分の後光を信じる教祖は、自分の思想を他人に説伏できなかったとカリスマ性の欠如を嘆く鷹彦と好一対を成している（四五章）。ひ弱なインテリと傲慢な教祖が対比されている。宇江木は宗教と政治と性道徳の解きがたいもつれ合いを吉賀谷天皇に代弁させている。

人の上に君臨しているもの。たとえばバチカン、エルサレムなど聖地に蔓延る欺瞞を牛耳っている聖職者たちもそうだろう。彼らの最大の嘘は、彼ら自身が道徳者ぶっているところだ。現人神の天皇という切り札さえ出せば、土下座する民衆。甘言を弄して俺のペニスを入れてやれば狂喜して、この世で極楽を得たと錯覚する女たちは、俺を教祖と奉って足元にひれ伏す。彼ら愚昧な民衆だけが真実を生きているのだ。…人間なんて、弱くて、甘いものなのだ。「神」という恐怖の対象を持ち出せば、恐れ戦く（一七〇章）。

神をも畏れぬとはこのことで、マンガならば高笑いの場面が続く。埴谷雄高ならば形而上的なモノローグが続く。遠藤周作ならば重苦しい沈黙が広がる。民衆が愚昧さ故に「真実を生きている」という反語的な「喜劇」観（後述）を、政治的には対立する吉賀谷と上地は共有している。

日本には石川淳『至福百年』（一九六七年）、高橋和巳『邪宗門』（一九六六年）、高村薫『太陽を曳く馬』（二〇〇九年）など「教団小説」と呼べる一群の作品がある。人心の不安な時代を背景に、世の救済者なり預言者という自覚を持った教祖が現れ、その周りに世間からはじかれた人々が集まり、やがて寺院を持つ。組織拡大を目標とする戦略家と教義に忠実たらんとする信仰家との間の政治的闘争が始まる。組織として目立つようになると、権力との衝突は免れない。警告、弾圧、武力衝突。こうしたお決まりの消長を教祖の家族や信者や反対者の視点から描き、宗教の意味を問う。桜組挺身隊の興亡はそうした教団小説のパロディと思える。しかしこの教祖には知性も信仰も世直しの善意もない。教団は徹頭徹尾、淫乱な打算家の詐欺として描かれている。

神々しきまぐわい

キリスト教も国家神道も仏教も否定した後に、宇江木は自然の神々しさや霊気に感じ入る力を肯定している。それが一神教、教団宗教に対する代案だった。たとえばスイス人耕地の広大な野原で柳子は神々しさに打たれた。

カピン・アマルゴ〔赤い穂を持つイネ科の植物、カピン・アマルゴーゾ〕の穂のひとつひとつが、白い光の輪郭に形どられて、逆光の眩しさを放ち、折り重なってつづいているさまは、自然に神々しさを感じさせ、神の存在を証明するんだよ、と常に疑問を持っている柳子に、それを諭しているように映った（五九章）。

アマテラスやキリストやデウスを信仰する気はまったくないのに、なぜ神々しさが伝わってくるのか彼女はふしぎに思う。故郷信州の芒の原で同じ光景に出会ったと既視感に襲われる。白っぽい穂が続くさまが「人間の思考を停止させ、神の意志のままに霊的な領域に誘い込まれ、逆らいがたい包容力に抱き込まれ、躰が溶解してゆくのを感覚したことがあった」。神々しさとは自然のなかに溶解し、自我が無化し、神経が麻痺していく感覚のことだった。

周囲に立っている山々から、ずんずんと霊気が押し寄せてきて、自分自身のなかにある思索する神経系統の領域を凝縮させられ、徐々に凍結してくるような、ぞくぞくするものを自覚したのだが、あのときにも自然には、人間の想像を絶するものが存在するのではないだろうか、と恐怖がわいた（五九章）。

教団化し国民・民衆支配の構造に組み込まれる以前の原始的な信心は、道徳律が確立する以前の動物的な性の喜びに近い。社会の法則に縛られた人間と、ただ子孫繁栄の本能にしたがってまぐわう獣の中間段階を性のアナーキストは目指している。彼らの性交は神々しさに充たされている。宇江木は何度も『古事記』の宇宙創成譚を宇宙の根源として持ち出している。たとえば柳子がサンパウロに出て行く第三巻巻頭――「白一色の濃霧が、ねっとりミルクを流した感触で、列車の窓ガラスの外をゆったり流れてゆく。地球を一個の攪拌機に入れて、ミルクとともに「こをろこをろ」にかき鳴らし、練り固め、オノゴロ島を創ったという太古の混沌を想わせる、気体とも惟えない、液体とも視えない、まして固体などであろうはずもない濃い霧のなかを…」（一二六章）。濃霧は「日本人社会の思想的な対立」を象徴すると同時に、宇宙の根源を想起させ、州都で彼女を待つ精子の池を予感させる。

霊気に対する柳子の敏感さは、後々、彼女の性体験でもよみがえる。愛国的テロリスト肇に強姦された瞬間、彼女はイザナキとイザナミが合意の上で交わったことを思い出し、「日本人のするべきことではない。日本の創世記に違反している」と怒る（一一三章）。神話にさかのぼれば、性的な暴力は日本に存在してはならない。肇はあちこちで女を抱いていて、柳子に対しても性欲のはけ口、それも青年会の仇敵一誠を侮辱する楽しみを含んだ相手としか見ていない。彼女も「子を産むための動物の雌」（一一九章）のように扱われて初めて、彼の天皇崇拝が国家に利用された虚偽であることを思い知らされる。一方、性のアナーキスト敬一は対等な性の相手として柳子を愛撫した。彼女は初めて「人間的な」セックスの真髄を知った。それは繁殖を目的としたり、相手を肉体的に支配するのではなく、自然ないし宇宙の営みのなかで対等な相手と一体化しながら、快楽を共有することだった。柳子は肉体の快楽を越えた宇宙的な合体を感じる。

夜の深さを測るように、広大な宇宙の彼方まで浮遊してゆくような、性の愉楽を想像させる。…とつぜん自分自身の頭蓋がぽこっと開いて、頭のなかのいろんな部分が、宇宙に向かって散乱してゆく錯覚を感じた。…宇宙との一体感を覚えた（一一九章）。

彼女は敬一を神のように崇める。思想と行動が一致し、肉体的にも性的にも力に充ちている。敬一の考えでは、原始人は「動物のように」産みっ放しだったが、権力や宗教が立ち現れて、姦淫を禁止する道徳や一夫一婦制を作り出し、セックスをみだらなものとして抑圧した。性の統制は民衆支配の中心的な道具になったと敬一は柳子に教えた。彼が最も嫌うのは公序良俗で、それを破壊することがアナーキズムの本質だった（一二一章）。古典的な性の解放思想で、柳子は一九六〇年代にはやったW・ライヒの「セクシュアル・レボリューション」という言葉さえ使っている（一五一章）。

敬一は柳子に「男性支配の枷から脱出し、果敢に翔び立ち、イザナミ以来の積極性と、その子アマテラスの政治性を取り戻さなくてはならない」と教える（一二八章）。彼の理解では、イザナミはイザナキと交わったときに先に声を出したので蛭子が生まれた、だから男が誘導しなくてはならないと『古事記』に書かれているのが、男性社会確立の最初の発言だという。しかし快感が押し寄せれば積極的に声を上げるべきだと彼はイザナミを評価する。その積極性があってこそ、高天原を支配する女神が生まれた。しかし女神体制は長続きせず、男が覇権を奪い政治を司ってきた。政治は民衆を欺く。「政治家と詐欺師は同義語」だ（一二八章）。しかし彼ら政治家が世界を動かしてきたのではなく、背後にある女が実権を握ってきた。こう宇江木は断定する。縁台向けのフェミニズムかもしれないが、神話的な基調音のエコーが聞こえてくる。

敬一は女の反道徳的策略のひとつとして嘘をあげる。彼が妊娠させた何人もの人妻は夫の子と偽って育ててきた。知らぬは夫ばかりというが、「女は確立した思想としてではなくても、行動によって権力者がつくった制度に反逆しているんだよ」（一二二章）。柳子が肇に孕まされた子を両親の子として届け出たのも、それに倣っている。彼は語る。「どうせ人間は、地球上に出現したときから自分本位な嘘の思考のなかで進化してきて、嘘が嘘の上に堆積して腐ってガスを発生し、自分自身が発生したガスで窒息して死んでいくのだから、どんどん嘘を上塗りしていけばいいんだ」（一三〇章）。彼女は一生を嘘で固めると反語的に決意する。「わたしは、嘘の人生を突っ走るのだ。嘘を完璧に貫き通すのだ」（一一八章）。一夫一婦制や道徳に対抗するための嘘は、「生活の知恵であり、娯楽であり、そして一種の快感でもあった」（一七四章）。しかしアナーキストとして嘘をつく女がいる一方で、吉賀谷に心酔し、教団の絆を支えているのも男よりは女だった。女たちこそ熱心に念仏を唱え、教祖にかしずいた。離脱するのは決まって男だった。ここから類推されるように、「天皇教狂信者の底力になってきたのも、実際は純朴で愚昧な女たちのほうだった」（一七二章）。「愚昧」はこの文脈では「人間的」と読み替えられる。「アホ」が文脈によってほめ言葉になる大阪弁の機微と同じで、宇江木の「愚昧」を表の意味で読むか裏の意味読むかで、読者を迷わせる。

彼女は鷹彦、肇、一誠のいずれもが「言葉による抽象的なもの」（一二八章）しか伝えず、行動と剥離していたことに気づく。快楽は性器の摩擦だけではなく、観念の領域での満足が不可欠であることを初めて教わる。敬一は一夫一婦制と権力について講義し、性の奥義を教授する。セックスは「人間の想像を絶する神秘的な、そして崇高な自然の営み」（一二〇章）だと彼女は発見する。敬一は諭す。「人間なんかである必要がどこにあるんだ。地球上に棲息しているヒトという一種属の生き物でいいじゃないか。地球上に発生したアミーバーが進化を経て成長し、自然淘汰され、二本の足で歩くようになり、棒を使い、火を使うことを覚えた生き物。セックスを、子を産むためだけではなく、快楽にまで昇華させた変な生き物」（一二一章）。これを彼女は「神の啓示」として聞く。大自然で感じた神々しさを肉体の接触からも得られることを彼女は体験する。「神というのは日本の天皇でもなく、西洋のキリストでもなく、宇宙の法則なんだ」(一二一章)。しかしこの体験の後でも彼女は天皇を捨てきれなかった。敬一が性のアナーキズムは実践しても、日本の政治までは洞察していなかったからだ。天皇からの解放は上地によってなしとげられる。

イザナミとミカド

神秘的で崇高な感覚は上地長承と出会うまで訪れることがなかった。上地との性交は敬一体験の先を行く。上地は敬一以上に歴史を掘り下げる知性を持ち、彼の性技は敬一以上に「神業」(一七四章)だった。セックスと思想が一致している。同じエネルギー源によって駆動されている。戦後天皇への怒りと落胆を長々と語った後、「上地の顔には、ほんとうにがっかりしたという、セックスしたあとと同じ疲労感のともなった、良かったのか悪かったのかわからない表情が浮かんできた」(一三七章)。上地と出会って柳子は再び「宇宙との一体感」に身を震わした。宇宙のなかの芥子粒となっていく感覚が脱我、恍惚に近く、絶頂感と重なる。上地の男根を哲学者のように観察する。

> この尊きものというのか、いっそう俗物的というのか、普遍的かつ具体的な物を使用しながら、彼の行為は、動物的なものではないだけではなく、人間的でもなかったのだ。わたしはこんなに卑小な生き物だったのか、と悲しくなるほど広い彼の懐に抱かれて、神の至福に包まれるような感覚のなかで、エクスタシーに達したのだ(一七四章)。

快楽の追求以上の神々しさに彼女は打ちのめされた。敬一に宇宙的な快楽の次元を教わった柳子は、他の男たちに対しては彼女の「名器」(ミミズ千匹)で操る喜び、男たちが彼女を支配しているつもりになっているのをこっそり見返すような喜び（一五三章）しか得られなかったのだが、上地との交わりはさらに、父親に背負わされた天皇の重荷を吹き飛ばす爆弾にもなった。敬一によって性道徳の縛りから解放されたが、上地は天皇制の縛りからも解放した。神話と現実の天皇が重なり合った。彼女は観念が肉体に及ぼす作用について驚いていたが（一五八章）、上地の精子＝政治思想が男根を通して彼女に注入された。

イザナミがイザナキの太柱を経巡って声を放ったようにぃ、わたしは長承さんの太柱で声を放ったついでにぃ、ぬらぬらしていた天皇に塩をふりかけるぅ、蛭子を産まないためではないわよぉ。いままで天皇という存在を、どういうふうに処理すればいいのかがわからなかったのぉ。いまそれがわかったぁ。あいつは塩をまぶせば溶ける存在だったんだってぇ（一七四章）。

彼女は「天皇という憑き物から解放されて、重たかった鉄の蓋を脱ぎ去った感じを受けた」。父親の感化からの脱出についに成功し、「日本人」の縛りから解かれた。「天皇よぉ、くそくらえ、ってぇ」。これが形而下的には（性の実践においては）既に変異を示していた彼女の「形而上学的変異」（ウェルベック）の瞬間だった。なめくじ天皇に塩をかけろ。長編全体の思想をこう要約できるだろう。「天皇という存在は人間そのものを指すものではなく、政治的につくられた概念でしかないのだから、邪魔になれば取り除けばいいのだ」（一七五章）。

疑い深い読者はそんなにたやすく天皇を取り除けるのか、と問いたいだろう。取り除いた跡が残り、それは決して消えないではないか、と。そういえばスイス人耕地で柳子は農作業があまりに報われないので、彼女を慕う小森家の末っ子春雄を共犯者にコーヒーの苗木を大量にひっこ抜いてしまう事件があった（三〇章）。苗木ですら「邪魔になれば取り除けばいい」というわけではない。まして政治的な道具として長年機能してきた天皇を取り除くとは具体的に何をすることなのか。日本国が天皇制に代わる政治を打ち立てることは期待していないようだ。上地の思想には一夫一婦制を破壊することが道徳的破壊につながり、そこから支配体制の基盤である家族が脆くなっていくことはプログラムされていても、アナーキズムを実現する蜂起や革命は当面の計画にはない。上で述べたような奴隷的な「日本精神」を捨てて、ブラジルに同化・帰化することで、天皇制の勢力圏外に脱出する。とりあえずここまでが天皇を取り除くこと（自分が天皇制から取り除かれること？）に含まれている。天皇を呪いながらも政治問題に帰着させず、生存の根底にある生殖行為に人物相互のつながりを持っていく。

不敬文学——中上健次『異族』の同族として

天皇に対する文学的タブーについては、渡部直己『不敬文学論序説』（太田出版、一九九九年）に詳しい。戦後、天皇（制）を政治思想や社会学の問題として論じることは認められたが、文学で描く対象とは受け入れられていない。あまりに畏れおおく、生身の人として描くことはおろか、恋闕を寄せることすら多くの場合、はばかられてきた（ないし紋切型を踏襲されてきた）。批判に回る者はさらにむずかしく、手の込んだ謎解き、隠喩、アレゴリーを使い、信奉者からの脅迫をかわす必要がある。深沢七郎『風流夢譚』をきっかけとする嶋中事件は、触れてはならない聖域に何重にも鉄条網をめぐらせることになり、聖域扱いされているところは、空っぽだと述べることすらためらわれてきた。

さて『花の碑』は不敬文学のどこに位置するのだろうか。まず否定的対象として、天皇を扱う部類に属する。そのなかでも、夢の中なり（深沢七郎）、現実のヒト（堀田善衛、小泉譲）として皇族が登場するタイプではない。憎悪はしても暗殺を企てるには至らない（桐山襲、大江健三郎）。渡部によると、不敬小説には「異常な性愛」を絡めた作が多く、『花の碑』はそのグループに属す。右翼と左翼の類型化とその間で揺れる主人公という点では、井上光晴『双頭の鷲』とある程度近いかもしれないが、柳子や上地らの罪悪感の欠如は井上の人物と相容れない（倒錯的、不道徳的性愛で悩むのは、鷹彦と安西だけ）。勝ち負け抗争の最中、青年会の妄信的な連中を見返すために、けしかける母親が撮影するカメラの前で割腹する気弱な青年が登場する。三島自身と「憂国」のパロディだが、もちろん大江の七〇年代の政治的諸作品（たとえば『みずから我が涙をぬぐいたまう日』）ほど難渋な暗喩表現や政治的分析は見られない。ばかげた行為として物語世界から忘れられてしまう。

　こうやって渡部の挙げる例を消していくと、最後に「粗雑」で「平板」に天皇崇拝者と憎悪者の一蓮托生を描いた中上健次の遺作『異族』（一九九三年）が残る（熊野球磨吉という人物名は何かの暗示なのだろうか）。これは満州の地図の形をした青アザを持つ被差別部落民タツヤ、アイヌのモシリ、在日朝鮮人二世シムの三青年が義兄弟の契りを結び、右翼結社に加わる大河小説で、彼ら異族の一統は多数派の日本人（和人）にとっては無自覚的な天皇、血統、異民族、差別と排除、存在と尊厳を意識の俎上に乗せ、敬いかつ憎み合う。一人一人の立場や思想は次々反転され、どこまでいっても実相に至らない。シナリオ・ライターという一応は左翼の道化が混ぜっ返し、対立を骨抜きにする。警察と右翼と暴走族が三つ巴で転がりまわる物語世界は、殺人や自殺のような大事件すらただの挿話に押しやり、際限なく、血生臭く拡散していく。同じアザを持つ義兄弟は八人に増え、沖縄、台湾、フィリピンの地下世界を走り抜ける。一統を陰で操るのはアジアの民族自決を掲げ、満州国再建、フィリピンと台湾と沖縄を合わせた南洋連邦建国をたくらむ、清朝皇帝のいとこらしき右翼の大先生、槙野原である。彼は財界に牛耳られた現存政府打倒を標的に、必要とあれば左翼も丸め込み、民衆の騒乱を画策している。沖縄ではタツヤに日の丸を振り回させ、島民による彼の空手道場放火を煽動し、フィリピンや台湾の反政府組織を支援している。主役の三人はどんなに自分の意志で動いているようでも、実は槙野原のあやつり人形でしかないと自覚し、感謝もすれば殺意も感じる。

　彼がもし反昭和天皇だが渡来王としての天皇家には一目置いている密航沖縄人、上地長承を知っていたなら、接触を求めたかもしれない。あるいは移民のニューギニア再移住をエサにした吉賀谷にも、同時に援助金を送ったかもしれない。もし作家の死が中断しなかったら、青アザの武闘家はブラジルでも暗躍していたかもしれない。長編には一人、ブラジルに渡った人物が出てくる。主人公の故郷の盗人頭スミエノオバは戦前、ブラジルのコーヒー園で働いたことがあり、尼を装いアマゾン回りの神父にくっついて、アンドラージという相手の苗字が戸籍に残っている。彼女が教会から盗んだが、落として粉々になったマリア像をコーヒーの木の根元に植えると、そこから夜な夜な光が洩れ、村人が掘り出すと元の姿に戻っていた。彼女の子どもの命日には像の目から涙がこぼれた。こんな奇蹟が語られている。彼女は帰国後、戦前、日系フィリピン人が拠り所としていたお寺から出たらしいダバオ観音を手に入れ、盗賊の守護神として拝んでいる。その寺は戦後、地元民によって破壊されたが、槇野原はアジアの新秩序回復の象徴として利用しようと、再建に巨大な額の寄付を行なっている。シナリオ・ライターがそれを投げ飛ばすと、首から白い乳液が漏れ出した。こうして偶像の奇蹟がブラジルとフィリピンと路地をつなぐ。『地の果て 至上の時』(一九八三年)、『軽蔑』(一九九二年)でも、主人公は逃亡先としてブラジルを脈絡なしに思いつく。途方もなく遠い土地の代表としてまず浮かび上がってくる国名なのだ。親しみがあると同時にまったく親しみがない国。野放図といってよい拡散、希釈、反転、移動を続ける大河小説が、書かれなかった部分で、アマゾンの逆潮(ポロロッカ)、カンドンブレ、ファヴェーラの暴動、刑務所のリンチ、サンパウロの韓国系・中国系マフィアの抗争、天皇崇拝する台湾系移民を登場させてもおかしくない。槇野原が関係するS18機関(これは昭和一八年から命名されている)という大アジア主義秘密結社が、ブラジルの旧円売りで得られた資金で戦後、基盤を作ったというような設定も、終わらない大東亜戦争という『異族』のテーマを増幅するには面白いかもしれない(麻野涼『天皇の船』の着想を拝借すれば)。

渡部直己はこの中上の遺作が、それまでの長編の精緻で濃密な構成と文体を意識的に否定して、「定型の誘惑」にあざとく乗ったと解釈している。戦略的な通俗化、冗長化は純文学の経済性に対する批判であるという。いわばぜい肉をつけて、プロスポーツに象徴される近代的身体のありようを批判し、茶化するような考えだ(いとうせいこうもまた、八人の青あざが跋扈するこの作品を『里見八犬伝』の隔世遺伝と見て、心理、現実、自然を追求してきた逍遥以来の近代小説の真髄に、反旗を翻していると論じている)。発表当時、『異族』に投げられた「劇画調」という批判は、宇江木の長編にもあてはまる。もちろん、両者が文学的に拮抗しているといいたいわけではない。アマチュア作家の作品が、ある一面ではプロの作品と通じるところがあるというごくありふれた事柄を述べているにすぎない。

『花の碑』でも朝鮮系、沖縄系、部落民、混血、外国人が、内地では多数派の和人を取り囲む。柳子を取巻く男たちは天皇崇拝者、否定者、崇拝を装った宗教者、彼らの追従者など『異族』に負けず劣らず多様だが、その天皇観は中上よりもさらに素朴で、眉間にしわを寄せた読者を作者は遠くから笑い飛ばしているようにすら感じる。「純文学と大衆文芸をミックスした庶民文学」というのは、通常は前者が扱う内容を、後者の枠組や文体で盛り込むことを指すと言いたいのだろう。「縁台話」の明快な筋立てと文体と冗漫さで、日本的な習俗と思想の根源を真っ向から粉砕する世界図を呈してみたらどうなるか。『花の碑』はそのような試みと呼べそうだ。明快さは陰影を犠牲にせざるを得ない。天皇への憎悪の吐露だけでは「不敬文学」どころか、「文学」と呼ぶに値しないかもしれないが、文壇の監視、右翼の恐喝から遠く離れた外地の地理的・政治的な「利点」を、一人のアナーキスト作家が充分に自覚していたことは間違いない。この憎悪が朝鮮渡来の族長への崇拝とぶつかり合いながら、融和していく時、このブラジル文学は大逆事件の土地に生まれた作家の傍らで読むべき作品に昇華していくだろう。

極東部日本島

宇江木は作者紹介のなかで「アジア地区極東部日本島大阪市域」生まれと記している。ここに彼の日本観が既に表われている。日本島で生まれたのであって、日本で生まれたのではない。日本国民であったことを消し、生地を地理的な位置関係に還元している。日本人の通念にある純血主義を批判し、複数の出自の混合と雑居から列島在住民が成り立ってきたと『花の碑』は語っている。(7) その現実を隠し立てして、一色に塗りこめているのが天皇だと彼は認識している。移民の血統的多様性から、天皇が統合しきれない国民の周辺部の広がりを指し示している。よく言われるように、民族レベルの「他者」は排除と包摂の政治的仕組みのなかで生きている。作中の多くの人物は純粋な「日本人」の通念からはみ出す。宇江木自身が四分の一イギリス系（あるいは四分の三日系）であったし、ブラジルでは帰化国民である半面、民族的他者――万民混血化の旗の下で――という自覚を強く持った。そこから純血主義を蹴飛ばすような多様な「日本人」が交錯する物語世界が構築されたのだろう。しかし中上健次のように差別と排除が織り成す重層的な物語にはなっていない。作家は少数民族のなかの少数派に政治的力を与えようというようなお人好しではなく、差別あってこその共存と明言している。むろんこれは日本の良識に反する（山里アウグストの差別観と一脈通じる）。

標準的「日本人」からはみ出た最たる例が朝鮮からの渡来人、安曇族の末裔を自称する内藤家である（柳子のモデル安東守子は南安曇郡生まれ）。安曇族は漁労を営む集団で、一族の始祖は神武天皇の叔父にあたるとされている。大和朝廷の権力闘争に敗れた後は信州に入り、朝廷の食膳に鮭を献納したり、養蚕の技術を伝えたといわれている（七六章、一〇三章）。龍一は養蚕の技術者であることを血統の誇りと重ね合わせ、信州が「シルクロードの終着駅」と得意になる（三章、二〇章）。天皇は渡来人の血統であり、内藤家はその一族と血がつながっていると家長は信じ、誇りに思っている（四四章）。龍一の天皇盲信は朝鮮族としての同族意識から来る。日本国民だからではない。ここに物語の根本にあるねじれが露出している。一五〇〇年前の「渡来人」の血統だからこそ、今度はブラジルに渡来してきたと気宇壮大な家族物語を作って、移住を正当化している。父の「古代妄想」は柳子の神話的性交の想念の下ごしらえをしているようだ。彼女もまたよく血を問題にし、人物の性格を血統から説明する（一三六章）。柳子の容貌にも「朝鮮らしさ」がはっきり表われ、肌は「朝鮮白磁のよう」（一二〇章）と男たちによって賞讃される（彼女はいわゆる無毛症）。敬一は初めて柳子を抱いたとき、ベレンで交わった朝鮮女を思い出す（一一九章）。

沖縄系移民は第三部になって登場する。いずれも反天皇思想が根底にあり、肯定的な人物として描かれている。まず安西が唯一心を開ける友人、ブラジル生まれの具志堅マリオは、日本の植民地にいるよりはポルトガルの植民地に住むほうがよいといって移住してきた父親譲りの琉球人意識を持っているが、はっきりと筋を通すという性格で安西とウマが合う（一五五章）。二人は思想的な対立を友情に持ち込むことはしない。天皇は日本の王であるから、日本人がどう信仰しようと構わない。ただ琉球まで植民地化して統治しようと画策したのは許せない。マリオはこう持論を述べる。二人は多数派を占める勝ち組の愛国心を理解せずに、祖国敗戦を触れ回る認識派に怒り、敗戦を納得させることができなかった日本政府の対応のまずさを糾弾する。戦前教育を受けた者には「狂信」のほうが正常で、認識派のおエラ方のように彼らの愚かさをはねつけると依怙地にさせるばかりだ。インテリ安西が自身の尊皇をどう他人に説いてよいかわからないまま、足をすくわれて萎縮していくのに対して、青果業のマリオは思想をのびのびと語り、生きる糧としている。思想上の対立以上に、死にかけた知識と生きた知識の対比が浮かび上がってくる。

第二の琉球人花城清吾は桜組に入信した父を奪還するべく、警察を後ろ盾に教団を壊滅に追い込む。彼はブラジルで政治家として立とうとしていて、同化に成功した二世の象徴として描かれている。父はまやかしにたぶらかされてヤマト化した琉球人を代表する。ウチナンチュウの自覚はあまり述べられないが、天皇の名を借りて琉球人までたぶらかす吉賀谷に対する憎悪は人一倍強い。

沖縄系で最も重要なのは上地長承で、柳子の性遍歴の終着点といえる（上地は作家が一九八〇年代からすごしたサンパウロ郊外マウアー在住とされていて、その名前はたぶんウエキのなぞり）。彼は最も激烈に天皇を呪う。「天皇は朝鮮から渡来した天孫民族の末裔だから、琉球政府を倒し隷属させた、にっくき敵。まさにこれは血の争いだからね。日本人の元祖は琉球なんだもの。彼らヤマトンチュウは日本人を詐称しているんだから」（一三七章）。琉球と朝鮮が日本を奪い合い後者が勝利した。こういう古代史を組み立てている。大和朝廷成立以前、琉球族は本州の中央部まで住んでいた。原日本人である。そこへ朝鮮からテンソン族が侵略して武力征服して混血していったのが今のヤマトンチュウで、沖縄語をもとに朝鮮の文法を使って漢字を読んだ結果が日本語（一三六章）、中国伝承の朝鮮文化がヤマトの文化、北方に追いやられた琉球人がアイヌ、平和なアイヌを大陸からの北方民族が蹂躙して生まれたのが日本民族、天孫降臨とは亡命朝鮮人が九州に渡来し支配階層になったこと、ナラ（朝鮮語の「くに」の意味）の都とは亡命政権が東征して作った都…と古代アジア文明論は続く。このように徹底して〈純血日本〉を破壊し、万世一系の虚偽につばを吐く。

上地が焼け野原で目撃した巡幸中の天皇は操り人形のようで、「日本人として」恥ずかしいぐらいだった。皇室中心の強制された愛国心は捨て去るべきだが、国民意識自体は間違いではなかった。人間宣言はそれすら裏切ってしまった。政治責任を回避しただけでなく、宗教的な責任も回避してしまった。「祭壇の上に鎮座してみずからが神になった男…が戦争に敗れたあとで、はい、私は神ではありません、人間でしたと、とぼけた顔して神輿から降りてきても、民衆の方は途迷うだけだよ」。彼はかつて自由主義者だった吉田茂が国会で天皇の退位の可能性を封じ、戦後政府が戦前の皇国皇民体制を保持したことにいたく失望した。「ああ俺はもう日本人であることが恥ずかしいと絶望した」（一三七章）。それでブラジルに脱出した。彼はマリオと違って、「日本人」と自覚している。しかしそれは日琉同祖論にもとづき、朝鮮（テンソン）部族の王たる天皇に敵対した愛着である。上地は作中最も雄弁な部類に属し、小説の思想色を強くする。だが荒唐無稽な縁台話の域を越えて行かない。宇江木は古代の再構成ではなく、〈雑居日本〉を強調し、単一民族国家の概念をひっくり返し、国家の根本的な虚偽を申し立てる。

無国籍者の夢、ブラジル人の現実

宇江木は桜組に吸い寄せられた貧しい移民の帰国願望をむげに否定はしないが、最終的にはブラジルに胸を張って留まる人たちが肯定される。もちろん戦前移民の大多数を占める一旗組は、上で述べたような日本人の欠点を南米でもさらけだして、同情には値する。それに対して、思想を持つ亡命者は一目おくべき存在とされる。なかでも戦時下の日本人の差別と暴力を目のあたりにし、琉球から密航してきた上地は、宇江木の理想を最も鮮明に体現している。「ほんとうはどこの国籍も持ちたくないんだ。無国籍者こそほんとうの自由人なんだけど、現状ではそんな理想論は空論でしかないんだから」。これに対して柳子の現実主義によれば、「…どこの国籍も持ちたくないと言ってもぉ、無国籍者じゃ暮らせないシステムのなかにぃ生まれてきた不幸だけはぁ背負っていくしかしようがないわねぇ」。志願移民はジョン・レノンのような夢を抱きつつ、現実ではブラジル国籍を持ってアナーキズムの自由を追求する。「だから、仕方なく、資本主義社会の毒に塗られながら生きているように、いまはブラジル人になるだけ。これからも可能な限りの運動はつづけるけど、無理はしないというのが、ぼくの生き方なんだ」（一七三章）。

敬一が天性の放浪者で、いったんは内藤家に養子に入るもののぷいと消えてしまったのに対して、上地は結婚をし（それは一夫一婦制を愚弄するための偽装でしかないが）、現実と折り合いをつけて生きている。だからこそ中途半端な柳子と反りが合う。「敬一の剛直に既成道徳を破壊して自由を得ようとするアナーキズムと比べると長承の柔軟な何でも在りの無思想のほうが、より包括的な影響を与えられそうな気がする」（一七四章）。上地は無国籍者を志願しつつ、ブラジルを賛美する。「国が小さくて、気候が湿っぽくて、人間が偏狭な日本という島に帰ろうなどと考えずに、この広大な土地、からっとした気候、そして自由でのんきな人間の住むブラジルで、したい放題のことをして、刹那刹那を楽しもうじゃないか。…ブラジルはねえ、民族の混合社会だと言われているけれど、これほど各国人が混ぜんと生活していて、宗教的な争いもなく、「おい、アレモン（ドイツ人）」「おいイタ公（イタリア人）」などと言い合いながら、平和に暮らしている国は珍しいよ。世界から国境線を抹消したようだものなあ。ブラジルこそ世界の理想郷だといえるだろう」（一七四章）。

このような王道楽土としてのブラジル礼讃は、よく聞く。日本人の差別には厳しい作家がブラジルの肌の色による差別の現実を見なかったとは考えにくいし、他の作（「サンタ・イザベル村で」）では、植民地統治以来の教会と政府の癒着や構造化された汚職、権力の腐敗が非難されている。人種平等について宇江木の認識では、かつて日本でもブラジルでも他の国でもチャンコロ、日鬼、チョッパリ、クロンボ、ジャップなどと「まことに大らかな人種偏見を、露骨に日常的にぶつけあって、共存していた」が、最近では「人種偏見などを口うるさく言うセンチメンタリスト」が増えて窮屈になってしまった（七章）。誰でも毛色の違う他者を動物並みに蔑視するのが本来で、それでも相互に罵りあうので丸く収まっていた。しかし人々の本来の他者蔑視を口先だけの「センチメンタリスト」が抑えつけたために、差別がかえって深く陰湿になっていった。公に侮蔑語を吐き合うほうが庶民にとって自然で健全だと宇江木は考え、それを良識の名で抑えつける見かけは進歩的で人道的なエリート層を嫌う。彼にすれば、昨今の「政治的な正しさ」と称する言い換えはとんでもない取り繕いでしかないだろう。山里アウグストと同じように、本国の出版界の規則の外にある一種の無法地帯の利を使い、差別をあからさまに述べる。人間の本性である自民族の優越感と他者蔑視を認めつつ、それを支配に利用する権力は拒絶する。

宇江木によれば、ブラジルは日本よりも自由で平和な世界だが、日本移民の閉じた社会は官憲の力が及ばない真空地帯、たくまずしてアナーキーな空間になっている。それをうまく利用して生き抜く者もいれば、故郷への執着を捨てきれない者もいる。故郷では気の小さい青年でしかなかった吉賀谷が教祖に成り上がれたのは、後者の群れをたぶらかす術を学んだからだった。彼は移民社会の本質的なアナーキズムが作り出した詐欺師だと自覚している。「ブラジルという植民地社会だから、俺のような人間が生きてゆけるだけではなく、面白おかしい人生を楽しめるのだということを自覚していた」（一五三章）。

宇江木の論法はあるところは型にはまり、あるところは矛盾だらけだが、すべては天皇制に対する言い知れぬ憎悪に始まり、そこに行き着く。しかし思想を戦わせるのが主眼ではなく、虚偽の宗教や政治にだまされながらしぶとく生きる凡人の肉体や感情の醜さ、デタラメさを笑い、肯定するところに宇江木の書かずにおれない原動力がある。

「ドロドロした人間臭い曼荼羅」

宇江木は反天皇主義を延々と述べている。しかし正しい思想の開陳が小説の主目標ではない。これは告発の書ではあっても啓蒙の書ではない。数人の「目覚めた」人物の回りにいる非常に多くの無知な「犠牲者」に対して、ただ同情を寄せるだけでなく、連中のいきあたりばったりの、熱しやすく、だまされやすく、時には野卑な、時には矛盾する生き方に積極的な「人間味」を見出している。思想的な敵役の吉賀谷や道徳的な悪役の熊野もまた、欲望中心の世界観からすれば、口先だけの知識人よりも人間的かもしれない。退廃と堕落こそが、反道徳であるどころか「ヒトの自然な営みであり、健康そのものだと思う」(「ひとこと」)。

たとえばしょっぱなに知性も思想もなく「女衒のように」(一章)と素描される通訳の熊野。作者は彼の悪辣ぶり、色情魔ぶりを否定しながらも、どん底の人間の生への執着が見られると救い上げている。彼には政治信条も知性もなく、狡知にたけ妻殺しもいとわない。戦後には旧円売りに加担している。しかし「熊野の野卑な欲望だけで生きている動物性こそ、道徳的な正否を問わないならば、ほんとうの人間の姿なのかもしれない」(五〇章)。つまり「人間臭さ、というのは、動物臭さに通じるものだったのだ」。

彼が秋子を犯しているのを目撃した柳子は、馬の交尾を思い出し嫌悪する。反道徳を信念とする敬一、上地と違い、熊野はただ女に飢えているだけで、あれこれ手を出す。吉賀谷は宗教の仮面をかぶって情欲を晴らす。動物は種族保存のために性交するが、人間は快楽追及のために交わる。これが再三繰り返される人間らしさの定義だが、行動の結果だけから見れば、哲学を持ったアナーキストと色情魔の間の区別はつけにくい。人妻にたくさん胤を植えてきた敬一は、妊娠を避けて弄ぶ吉賀谷よりも始末に悪い獣かもしれない。動物的な欲望を道徳的見地から否定するのは宇江木の望むところではない。思想(志操)ある男女の宇宙的・神話的な交わりが賞讃されるのと同じように、野卑な男女の「ドロドロした人間臭い曼荼羅」(一四三章)が肯定される。近親相姦すら個人の問題で、優生保護を理由に禁じるのは、道徳律による支配の方策である(一三四章)。実際、四組の相姦者が登場するが、道義的判断は下されない。性関係の組み合わせのひとつでしかない(獣姦は一度登場する。同性愛は出てこない)。

動物臭さとは最低限の生存に賭ける必死の生き方で、退廃と堕落を恐れず、欲望を真正直に表に出す。小森一家が熊野とは違う意味でこの道を進んでいる。小森は血統に誇りを持つことも、政治や思想で思い悩むこともない。卑屈ではないが、相手を見下すこともしない。大望を持たずに小さな現実を肯定し、小さな幸せで充たされる。「わてはアホでっさかい、と卑下して、その最低のところから這い上がってゆくと、どんな小さいことでも楽しいし、うれしいし、人生毎日が幸せに感じますねん」と下手に出る人生の妙味を語っている。彼の妻タツは「オナゴはカダラだっせ」（二五章）を口癖に娘を「売った」。彼女のいう「オナゴのカダラ」（カラダでなく）は抽象的な女の身体ではなく、売買可能な性的な女体を指す。柳子は彼女を「大阪弁で「えげつない」と言うほど現実主義的な考え方と生き方をした人」（八九章）と要約する。秋子を「買った」熊野が動物なら、「売った」タツも「売られた」秋子も同じ穴のむじなだろう。

　秋子は美貌が男を不幸に陥れることをよく知っているが、どんな男に対してもからだを触れられると拒絶できない。自ら男あさりはしないが、来る男を拒まない。精気に乏しい男は彼女に力を吸い取られるかのように亡びる。経済対価としてからだを売ることに何も罪悪を感じない。ただその結果得られる快楽だけしか彼女は考えない。こうして受動的に性のアナーキズムを実践している。「眼で見、手で触り、鼻で嗅ぎ、肉体で感じたものしか信用せえへんねん」（二七四章）という彼女の実感主義は知的な人物とはずいぶん違う。彼女は体験の向こう側にあることを信用しない。「大阪人間の…ど根性といういかにも獣じみた精神性」（九一章）と柳子は観察しているが、これは「ヒトという動物のメス」（一七四章）を自覚する彼女にも一部あてはまる。

　秋子を最終的に買い取るのは暗黒街の大物郷谷金之助で、西郷隆盛のように大柄で、赤ら顔で眉が太く唇が厚く、見るからに精力旺盛の感を柳子に与える。彼は「ぼくの血は、四分の一が大阪人、四分の一が朝鮮人、四分の一がユダヤ人、あとの四分の一は国籍不明ですわ」と豪傑笑いする（一五〇章）。ゼニとオナゴのどこが悪いんじゃ。他のすべてを擲つならば、そこには精神性も見えてくる。名は体を表わす。ナニワ金融道を体現しているようなものだ。上地が自由を求めて思想的に無国籍を思い描いたのに対して、朝鮮系の高利貸は血とゼニ儲け信条によってひとつの民族・国籍に収まりきらない。秋子は彼との生活に満足している。二人は動物的な生き方を突き詰め、信条としてのアナーキズムとは別のかたちの理想を体現している。

上地は未来でも現在でもなく、刻々過ぎ行く過去を生きるしかないと考えている。「瞬く間に過去になってゆく刹那を、思う存分楽しむだけだ。楽しい刹那刹那を金魚の糞のように、死ぬまで繋いでいけば、楽しい過去しか思い出せないものねえ」（一七五章）。これを柳子はこう咀嚼する。「「刹那刹那が重なってゆく過去」というのは哲学的思考としての消えた時間帯だろうけれど、概念としての「将来」があれば、それはつねに悲劇性を帯びているものだろう。その悲劇に向かって突き進むのだ、というドン・キホーテ的な覚悟さえあれば、結果的に喜劇になっても、なんとか形にはなると思える投げ遣りな気持ちになれた」（同）。推敲の足りない文章だが、推測すれば——刹那を楽しく生きるだけで楽しい思い出だけが残っていくはずだ。未来は複数の可能性が見え隠れし、すべてが楽しいとはいえない。悲劇も待っているだろうが、無謀に突き進むしかない。縁台向けかもしれないが、動物的な生き方を全面的に肯定する姿勢は明確だ。「どうせ人間のすることなど、滑稽でしかない。人間の行動を描くものに悲劇などない。すべては喜劇だ。と思っている作者は、すべての登場人物を喜劇的に扱っています」（「ご挨拶」）。愚行の原因究明を学者ぶって描いても仕方がない。愚昧な民はなぜだかインテリよりも幸せそうだ。それなら彼らの目線で愚かしく描くしかない。「悪い奴ほど鱈腹食って、ぬくぬく眠るのを賢者と言い、冷たい風に吹かれながら、外に出てわいわい騒ぐのを愚者と言うのか」（一二二章）。

おわりに——花と碑

どのような意図が題名に込められているのか、作者は語っていない。花についてあまり手がかりを残していないが、「年年歳歳花相似たり、歳歳年年人同じからず」という唐詩が、二度引用されているのが気にかかる。スイス人耕地での一年が終わる頃、柳子はコーヒーの白い花がまた咲き乱れているのに感動する。「人の移ろいは雑多だけれど、花には心の移ろいがないことを、いままで、これほど明確に感覚したことがなかったなあ」（五〇章）。白い花が落ちると、根元がふくらんで、黄緑色の実がなりそれが黄、赤に色づくと、貧しい労働者によって摘み取られ、農場主の懐がさらにふくらむ。こう鷹彦がマルクス主義経済学を教えたことを思い出す。花は経済の仕組みとは無関係に生命の循環を続ける。この感慨を誘い出すのが、龍一による上の成句だった。それから十数年後、宇江木哲学の代弁者上地が再び同じ文句を彼女に解説する。「動物も植物も自然の法則によって輪廻を繰り返しているけれど、人間は違う。「これは」「あれの」生まれ変わりなどではない。常に新しく違ったものが生まれ、自然の法則を破ろうとしているし、逸脱したところで突然変異を激しく行って、何かに変貌しようと意志を働かせるもの。それは愚かなことなんだけれど、愚かだからこそおもしろいんだなあ」（一七四章）。

一言でまとめれば、花は人の愚行を静観する大自然を象徴している。彼女は生まれた時から父母のどちらにも似ない突然変異だったと自己認識している。彼女は人一倍愚かしく生きてきた。作者がよく「無頼派」を名乗るのは、この愚者への限りない信頼に関わるだろう。愚行から逃れられないというのは、半面を返せば権力の操作から免れないということで、党文学の観点からすれば敗北主義の烙印を押されるだろう。作者は愚かしさの意識を愚者の一人として庶民に自覚させようとしている。愚かしいと知らずにいるよりは、そうと知っているほうがまし。「庶民にとっては国境なんぞという線引きは、迷惑なものでしかないのですから。その迷惑極まりない体験をさせられた移民たちの、戦中戦後を描いたのが、この小説です。如何に人間という生き物が愚かなことをするかという見本でもあります。地球の襞に生息している虱的存在でしかないのに」（「ご挨拶」）。

碑については一場面だけ用意されている。小森タツの無念の死に同情して、柳子が移民した「女の辛さや悲しさや、その裏に秘めた愛の物語を埋め込んで」鎮魂碑を建てようと思いつくが、「柳ちゃんの言うことは、いつも文学的やねえ」と秋子にあっさり蹴られる（八九章）。柳子は鷹彦や父の死を悼む詩を書くような「文学」少女で、ロマンチックな小説を愛好してきた（安東守子の面影を残す）。宇江木が建てようというのは無名女性のための鎮魂碑である。そしてこの長編を稗史と呼んでいる。

これは小説ではありますが、稗史でもあるというのは、正史に対する庶民の眼から視た歴史的解釈をしていますが、事実だと思えるところはけっしてひん曲げていない、という自信からです。その自信は、作者自身が戦争被害を蒙っていますから言えることです。朝鮮人や中国人から、おまえら日本人は全部加害者だ、と指弾されて卑屈になる必要はありません。どこの国の庶民も、権力者以外はみな被害者なんです。庶民同士は話し合えば互いに解り合えるんです（「ご挨拶」）。

『花の碑』にはメタフィクション、つまり作中人物による作という仕掛けがある。いつか移民史を書こうと資料を集め、日記を書いている安西に向かって、マリオは君が真のジャーナリストなら、移民の稗史を書けと挑発する。「正史は権力者に都合がいいように事実を改竄してつくられるもんだよ。稗史こそ真実なんだ」（一五五章）。しかし安西は日本の敗戦や桜組の欺瞞に動揺し、勝ち組からみた記録を残そうという計画（一六〇章）を断念し、「過去を焼却」しようとする（一七四章）。しかし柳子の体当たりで彼の資料は焼却を免れる。彼女は自分には物を書くだけの知性がないから、それを使って自分を主人公に「正史の裏側を覗」く稗史を上地に書いてもらおうと決意する。明言されてはいないが、物語の仕掛けからいって、『花の碑』は柳子が安西の資料をもとに上地に書かせた物語と仄めかされる（安西の名は宇江木に資料を提供した安東守子から取られているのだろう）。戯れに『古事記』にあてはめるなら、柳子が元明天皇（女帝）、安西が稗田阿礼、上地が太安万呂にあたるだろう。安西に小説を書くよう促すマリオはさしずめ天武天皇の役目か。[8]『花の碑』は柳子についての物語であると同時に彼女が書かせた物語である。「男を動かしてきたのは女なんだ」（一二八章）の言葉通りだ。男は自分で動いているつもりだが、実は動かされている。これはアマテラスの神話的世界と同じだと宇江木は仄めかしている。移民社会では他民族と接触・対抗しなくてはならないため、女たちは「男の陰ではなく、対等な存在として横に並んで、社会と対峙する」（九二章）。柳子はもちろんのこと、タツも秋子も須磨子もそれぞれのやり方で父や夫に伍して闘う。強姦に抗議せず、男の慰み物となる女の生き方を肯定する一方で、このようなフェミニストの側面もある。

柳子の七変化ばかりを論じてきたが、従順で愚直な母チヨも夫の死が近くなると急にアナーキスト＝自由人に化ける。渡航前に一度限り情を結んだ良三が乗り移ったかのように、安西に向かってインテリの弱さを糾弾する最初で最後の長台詞を吐く（一七二章）。それを起爆剤に失われた数十年を取り戻そうとするかのように、がぜん生気を放つ。上地の演説を聞いて、彼女もまた天皇の重荷から解放される。彼女にとって神様とは小さいときからお蚕様であって（七九章）、あのヒトではなかった。

「だいじょうぶよぉ、おかあちゃぁ。どうにかなるわよぉ。お父ちゃが言ってたじゃないぃ、人間誰も納まるところに納まるもんだってぇ」（一七五章）。長編は柳子が母にこう語る場面で終わる。かたわらで吉賀谷の遁走を気に病む安西が入る隙はない。二人の絆をはっきり見せることで、長編が女の物語であったことが改めて確証される。この言葉自体は縁台向けの処世訓でしかないが、父の口癖だったことが重要だ。彼が死ぬことで二人の頭から天皇の蓋が取れた。家父長として、観念としての天皇の代理をしていた父は、「どうにかなるさ」と移住し、土地を買い、養蚕を始め、自ら放棄し、錯乱し、桜組に加わった。家族から見て愚昧な決断も数知れないが、朝鮮系王族の国への帰国を信じたまま命を終えた。それは本人には幸せだったかもしれない。そして死は妻と娘に安堵をもたらした。死んだ男の楽天主義に振り回されたが、思えばそれこそ今のチヨと柳子の心と生活の基盤になっている。だから感謝を込めて冥途に送り出そう。

ところで柳子は長編の冒頭で、自分のなかで父と母の相反する性格がごたまぜになっていると自覚している。「母の内側に向けて閉じこもろうとする性格と、そとに向かって発展しようとする父の性格とが衝突し、火花を散らし、反発したり吸収したりしているうちに、相矛盾する力が均衡を保って、ひとつの突然変異が生じこの世のなかに弾きだされた物体がわたしという生きものなのだ」（一章）。最後にいたって、このあぶなげな均衡が相変わらず彼女の本性であることが確認される。繭は男たちによって蝶に変身した。しかし内向的な思索と無防備な行動の間を揺れ続けている。今や夫の呪縛から解かれ生まれ変わった母としっかり手をつないで、桜組以降の世界をしぶとく生きるだろう。身軽に変身する蝶の周りで咲いて枯れる花々のなりわい、それを宇江木は鉄筆で石を削るように書き、秋子に「文学的」と笑われた移民女の碑を建てた。花の碑とは女たちの碑と読める。四百万字を書いて二人の女の物語にとりあえず決着を着けた宇江木の高笑いが聞こえてくる。どうにかなるわよぉ。ほんまかいな。

註

（1）『花の碑』の書籍版は岡村淳氏より長期貸し出しした。記して感謝の意を表す。宇江木の人となり、経歴については、『花の碑』の校正者で、宇江木が信頼を置いていた数少ない文芸仲間、伊那宏の「言葉の塗装人」（『国境地帯』（一六号、二〇〇六年）、「リカルド宇江木の世界」（『同』一七号、二〇〇七年三月号）を参照（「塗装人」は宇江木が看板画を一時期、生業としていたことにちなむ）。

（2）この他、満州では万里の長城が見たくて列車で中国側に入ったところ、密入国の未成年者として日本人の官憲に拘禁されたという（「国境について」『コロニア詩文学』三七号、一九九一年一月号）。その屈辱が日本嫌悪の原体験かもしれない。「失った過去」の記憶喪失の主人公は、大阪生まれで五年前にブラジルに帰化と身分証明書にある以外はあやふやで、駐在員だったが、社長に暴力を振るって追われた形跡もある。絵と文章に手馴れているので、元は文化人のはしくれだったかもしれない。作者の自伝的な部分もありそうだ。

（3）なお「マルタの庭」の先行作「黒い海鳴り」と比較すると、強姦、殺人、暴力が加わり、マルタとアキオの絆がよりどぎつく描かれている。同人サークルを辞めて「書きたいように書く」、極端に走る方向に吹っ切れたようだ。

（4）作中では南回帰線付近のアラモ村で、龍一が「ヘンリー・ミラーの小説のあいまいさと、虚無感に通ずる」空気を感じる（五一章）。ウェルベックの人物にも、私はあいまいさと虚無感を感じる。宇江木はそこに留まらず、愚者の祭り、喜劇に書き直そうとしている。

（5）宮尾進『臣道聯盟――移民空白時代と同胞社会の混乱』サンパウロ人文科学研究所、二〇〇三年、一七〇～七二頁。
（6）実在する桜組挺身隊について、ほとんどの報道は批判や揶揄の視点から書いているが、勝ち組雑誌『旭号』（一九五五年一月号）は、珍しく思想的共鳴者の立場からインタビューしている。
（7）スイス人耕地に内藤家らとともに入植する竜野家が、三重と奈良の県境の深山で代々猟師をしてきた山窩の一家と設定されている（四章）。彼らは移民斡旋屋について里へ降り立って初めて、自分たちと違う人間が地球にいたことを知った。際立ってみすぼらしく、モノを欲しがらず、人一倍はたらき、帰国資金を蓄えるのに成功した。作者は「徳川時代の謂れのない階級社会のなかの最下級」におかれたと同情している。
（8）安東守子は勝ち組雑誌に小説を寄稿した数少ない女性である（久保田守子名義、第1巻第1章注24参照）。確認できたのは、「幸を求めて」（『光輝』一九四八年一〇月号）、「日本のかをり」（『輝号』一九五〇年七月号）、「女二つの道」（『ブラジル文芸』一九五一年五月号、信念派の昭和新聞社が一九五一年に創刊した雑誌）、「賢妻愚妻」（『ブラジル文芸』一九五一年六・七月号）。最後のユーモア小説を除けば、いずれも若い女性・少女を主人公に家庭問題を扱う広義のメロドラマで、特に面白いのが勝ち負け抗争に関わる「日本のかをり」である。両親は敗戦組だが自らは日本勝利を信じる美耶子と、両親も自分も勝ち組の道子の友情を扱う。美耶子の日本育ちの姉美穂は、夫を戦死させ、ブラジルの父母を頼って飛んでこようとしている。父母は敗戦の真実を美耶子に納得させる絶好の機会と期待するが、彼女は勝ち負け問題で混乱したブラジルへの訪問を拒む。あいにく物語は中断され、姉妹の対面場面は読めない（蛇足だが、実在した『昭和新聞』はポルトガル語名を *O Pacificador*［平和をつくる者］という。宇江木は一七四章で『平和新聞』をうっかり『昭和新聞』と書いている）。
安東は晩年に『コロニア詩文学』に「仏花の誘い」（五四号、一九九六年一〇月号）、「乱れそめにし」（五六・五七号、一九九七年七・一一月号）を発表している。後者は七十がらみの未亡人が老人会の男とセックスに及び、略奪婚をはかるが断られるという物語。彼女は次の男を仕留めたいと熱望し、恋文の代筆者（同世代の未亡人）から呆れられる。彼女の名前は長年消えていたが、この時期に突然、この二作を著した。性的な妄執を通俗的文章で描いている点、代筆者を物語の視点に立てている点から、宇江木の代筆の可能性もある。安東の簡易製本による詩集『屑籠の聲』（二〇〇〇年、伊那宏所蔵）では、一七歳で両親に連れられて移住したが、過酷な農作業のために長らく文学に時間を割けず、初老になってようやく筆を持ってみたと自分史を振り返り、少女趣味、老移民の嘆き、日本批判、時事、演歌風など筆の向くまま詩作を遊んでいる。

V 渡る

詩歌の世界——風土、季節、生命

13　風土と土着――ブラジル短歌の拠り所

土の熱さ　土の粘り気（新川和江「土へのオード13」）

はじめに

一九五〇年代以降、ブラジルの短歌が定期的に日本の雑誌に載るようになった。日本から歌人が訪れたり、ブラジル出版の歌集が書評されることも珍しくなくなった。ブラジルから見れば、「外」との結びつきは刺激になるし、第一人者の批評はブラジルでは得られぬ意見として貴重がられた。しかし同時に本国の批評や選定に対する違和感も生まれた。七〇年代になると、ジャングルや椰子を素材に日本受けを狙った作を「輸出向け」と揶揄するようになった。詩歌に要求されるブラジルらしさ、移民情緒が本国の評者と自分たちとでは食い違う。本国の専門家は豊富な知識はあってもブラジルを外からなでるだけで、そのなかで生きる我々の抒情を理解できない。そして自分たちは別の基準で創作し、鑑賞し、批評すると胸を張った。本国での評価とは違った基準を我々日系ブラジル人は持っている。つまりコロニア文芸は日本の文芸に従属しているのではない。表現手段である日本語を共有してはいるが、別の土地にあまりに長く暮らしたために別の種に変異していった。よろしい。それでは日系文芸の独自性はどこにあるのか。それが仮にあるとして、個々の作の出来不出来、創作者の作風を評価する基準になりうるのか。そもそも日本語の韻律やそこに塗り込められた抒情に支配された短歌・俳句に、はたしてブラジルの風土や移民らしさは本質的なのか、どこで作っても日本語の掌から脱出できないのではないか。議論は尽きなかった。

植民短歌

ブラジルの文学は地方色にこそ価値がある。この考えが最初に打ち出されたのが「植民文学」の概念だった（第1章参照）。これは移住後の見聞を特権化し、本国からの文学的離陸（文字通り陸を離れる）を意味した。小説と詩が「文学」概念の中心ジャンルだが、短詩の世界では短歌がこの思潮にある程度呼応した。たとえば古野菊生はアララギ風宗匠短歌に反旗を翻し、「われ等移民のうた」創造を提唱した。「私達移民がもつブラジルの一切との宿命的な関連に想到する時、私達は私達の感情や思想の中にある種々な夾雑物、を一日も早く整理すべきであろう、と考えるのです。ブラジルの膚にじかに触れブラジルの体臭を自らの体臭としなければならないと思っております。短歌が廿幾世紀の伝統を有つ日本独特の詩の一型式であることは動かせない現実です。と同時に私達ブラジル移民の生活が隔絶していることも厳たる事実です。この両事実が醸す微妙なギャップが、ブラジルの短歌作者達の間に、意識するとせざるを問わず、次第に拡がりつつある、と私は思います」（一九三六年一二月八日・一二四日付『聖報』）(1)。

『聖報』歌壇は香山六郎の思想の下、『日伯』や『時報』の型にはまった写生や詠嘆を無視して、ポルトガル語借用語を許容し、稚拙ながら生活ぶりを直接描写する歌を優遇した。古野の提唱はそれにはっきりした言葉を与えるものだった。しかし具体的には口語体を勧めるに留まり、「ブラジルの体臭」の何たるかは指し示せなかった。

一方、伝統的な歌風では、鈴木南樹が「植民の歌」と題する連作を『農業のブラジル』（一九二八年二月号）に発表している。「植民文学」樹立のかけ声に応じたのだろう。

よし五歩に十歩に喘ぎ苦るしむも大地の限り打たん此鍬
高きより地平の彼方指さしてこれ吾がものと云ふ日をば待つ

野を越えて山をも越えて尚つきぬ大地の果てに立てん吾が旗

眼じるしの椰子の木迄は鋤き終へつ後見すれば遠き吾が家

のびのびと背延びをしつつ鋤を手にサビア〔ウグイス〕の声を聞きほれて立つ

種子蒔きの後黙然と吾れ立てりくしき涙の湧くに任せて

パオ・ダ・アリョ〔ニンニク臭の香木〕の香かぐはし吾が撰むカナンの土地に栄光《さかえ》あれかし

大なる神の御手のふるる時ものの種子皆芽生えけるかも

アンデスの山もはるけし広き野に鍬もつ幸を忘るる勿れ

このようにブラジルの花鳥を讃え、大いなる地平線を農耕の喜びを素直に歌っている。異郷の風景とキリスト教の開拓者像が重なりあい、鍬は神々しく、日本人がミレーの農民になったかのような印象を受ける。地の果てまでやってきた自負が強く、未開地に立てる「旗」は、日の丸といわゆる「一旗」のふたつの意味があるだろう。南樹自身は開拓のお膳立てをする側の人間で、入植者ではない。大地主になる夢を抱きながら鍬を入れたことは一度もないが、その意気を讃えることには長けていた。南樹には愛読者が多く、「植民の歌」という歌集を出版が待たれる文学書の一位に挙げる者もいた（閑野或人「詩集はいつ出来る?」一九三四年二月二八日付『日本』）。また『椰子樹』創刊者の一人徳尾渓舟は「何処までローカルカラーなるものを多分に取り入れんと努力し、植民地情緒豊かな歌を作って居られる」点を高く買っている（一九三六年一〇月二八日付『時報』）。「ローカル・カラー」が文学批評で使われたブラジルで最初の例だろう。しかし「よし五歩」や「高きより」は北海道や満州でもありうる歌で、ただ椰子やパオ・ダ・アーリョと並べられて初めてブラジルの色彩が伝わってくる。ローカル・カラーの感じ方は掲載雑誌や読者の居場所にも依存している。

武本由夫のローカル・カラー論

戦後、ローカル・カラーは短歌の批評言語に入った。一九五一年の第三回全伯短歌大会で香山六郎が「伯国の現実生活に取材した歌」（「伯国短歌」）の増加を喜んだのを受けて、武本は「ローカル・カラーの問題と短歌の二つの性格について」を『日毎』紙上に発表した（一九五一年一〇月二三・二五日付）。すぐれた作は「その背景として、その作者の生活をうかがうことが出来、その生活を通して、伯国独特の情緒がやがてにじみ出てくるべきものであって、そうした情緒ある作品であってこそ、本質的にローカルカラー豊かな作品ということが出来るのであろう」。その表現には二通りが考えられる。ひとつはポルトガル語を借りること。たとえば「すみ渡る青空さしてウルブーの上り下がりつかろやかに舞う」。しかしこれはウルブー〔コンドル、ハゲワシ〕を「鳶群」に替えても作品の価値は変わらない。もうひとつは特殊な情緒を描くこと。たとえば「むづかりて泣く背の子に葱笛吹いて夕餉のミソ汁を焚く」は、「伯国に於ける実際的な生活が背後に在って生まれた作品であることが感じられ、一首全体から来る感じが、如何にも伯国らしい、特殊の情緒をかもし出している」。武本は言葉づらのブラジル色よりもこちらを評価する。そしてブラジル生活が長くなればなるほど、「伯国的風物の実感」が豊富になり、ローカル・カラーが自ずと表出されるだろうと述べる。上の味噌汁の歌は大会で第一席に選ばれるほど、参加者の共感を得た。移民の誰しもが経験したことなのだろう。しかしこれがたとえば広島の歌会で提出されてもおかしくない。葱笛と味噌汁の取り合わせのどこに「伯国らしい、特殊の情緒」があるのか、私には測りがたい。つまりよそ者には感知できない微妙なブラジルらしさを移民の短歌人は共有し始めていた。武本は本国の読みとは異なる感受性を基礎にして、地方ルールを確立しようとした。今日の批評家のいう「解釈の共同体」を目指した[2]。

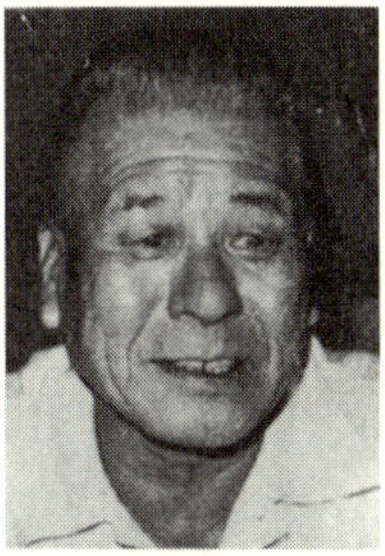
武本由夫（ブラジル日本移民史料館提供）

五〇年代初頭は二度と帰れないかもしれない母国からの精神的独立がじわじわと実感を帯びてきた時期にあたり、認識派の知識人は帰国計画を諦め、新たな地に子孫を残す一代目である気概を持つよう同胞に説いた。この「我々」意識、所属意識の転換は「コロニア」の語がそれまでのように集団移住地ではなく、日系ブラジル社会全体を指す語に意味を変えたことに端的に表われている。戦前の「植民地情緒」のみならず、都会人の抒情にもブラジルらしさを発見する武本のローカル・カラー論にも、「コロニア」の意味の転位が反映しているようだ。岩波菊治が写生、心情描写さえうまくやっておればよいと考え、あまりブラジルらしさを考慮しなかったのに対して、二十代で終戦を迎えた武本由夫は、戦後の意識変革に反応し、ブラジル移民としての独自性を強調した。

安良田済の風土論

椰子樹同人の安良田済は「コロニアでなければ出来ない作品を作らねばならない」という考えが、戦後顕著になったと一九六四年に振り返っている。[3] 彼はまずローカル・カラーには「その地方の地声が現われていなければならない」という狭い意味と、「その土地の風物と作者との物的あるいは心理的関係が詠まれていればいい」という広い意味とがあると考える。(1) 広義で取ると、郷愁こそが移民の内的生活の究極にあり、郷愁短歌は移民ならではのカラーと呼べる。これは「ふるさとの話はずみて冷えしるき夜更けとなれど誰も座を立たず」(開沼貴代) のような戦前の歌にはことにあてはまる。(2) これだけでは満州や北米移民の歌と区別がつかない「普遍的な移民カラー」だが、そこへ地域色を加えると場所が特定できる。たとえば「樹海焼くる幾日を太陽の赤く懸り珈琲の花は二度目を咲けり」(但野拾三)、「排日法令は日に次ぎ布かれつつ吾を此の国になじめしめざり」(天津夢城)。ここまでは戦前の作で、望郷に苦しみ、浮き草人生に溜息をつく姿が描かれる。(3) 戦後すぐにはこの大地に根を下ろす決断が下され、「すくすくと育つ子みれば祖国恋う望郷の念は我が感傷か」(徳尾渓舟)、「国籍も宗教も異にする子等といて新年の祝事簡略となる」(西田季子) のような現実的な歌が現われたが、模索を脱し切れていない。(4) 五〇年代後半になるとブラジルを墳墓の地とするのを当然のこととし、風土を見つめる歌が生まれた。たとえば「親の国の言葉に伴う違和感に鋭き子等を今は肯う」（本庄研二）、「草を焼く煙あがれり谷沿いに土民ら黒き豆蒔く季なり」（新納潤魚）。(5) 六〇年代には「移民自体が風土化」した歌が生まれた。たとえば「くれないにカンナ炎えたつ晩夏の午后流氓たりし日のよみがえる」（戸崎清作）、「砂質土にふかく鋤きこむ牛糞と層なさむわが民族の自負」（新納潤魚）。

安良田は見るからにブラジルらしい歌を期待する日本人に対して、移民は「尾骨」のように日本人の「体臭」を保ち続けているし、短歌の因襲的発想や表現、日本語の独自性に縛られ、そうたやすく風土に融合することができないと答えている。期待されるようなローカル・カラーを持った作はそれほど多くないが、そこにこそ作者の生活の視点（支点）、環境（感興）がにじみ出ている。誰に向けて書くのか、作は誰にとって何を意味するのか、という根本問題がローカル・カラーや風土の問題に秘められていると指摘して、論を閉じている。このように「コロニア」意識確立後の文化的自律の志向が、五〇年代末から六〇年代にかけて強められた。

「ブラジル臭」――日本から見たブラジル短歌

ブラジル新歌人集団の雑誌『蜂鳥』は専門家の評価を聞きたくて、甲山幸雄（『水甕』同人）に最近号を送った。[4] 甲山によると、日本では書き得ない「ブラジル臭」はまずポルトガル語の借用から得られるが、これは底が浅い。たとえば「わが友は口髯なぞを生やし居りサラリオはわれよりも上かも知れぬ」では、サラリオ（給料）をサラリーにすると英米臭くなり、ブラジル本来の生活を描いているとはいえない。それに対して「アレルイアは野に咲き初めぬ亡命の夫を慕ひて旅だつ写真」や「「パトリシオ煙草はないか」と黒人の白き掌浮けりルス公園の宵」は、ポルトガル語がブラジルの自然や固有名詞に用いているので、日本の読者にも理解できないわけではない（それが花やタバコの名前であることはわかる）。しかし「割り椰子のカーマある土間に水打ちて独りドミンゴを只いねし居し」では、借用語が情景の基本（ベッド、日曜日）で理解はむずかしい。新聞売りの少年の呼び声を歌った「吸いさしの煙草を捨てし少年が再び声あげゆくA GAZETA, DIARIO POPULAR」（新聞の名称）から、その声が聞こえてくる日本の読者はまずいない。日本でもブラジルでも五〇〜六〇年代には少女の間で落下傘スカートがはやった。それを娘たちが嬉しそうに広げている図を写生した一首、「ゴーデーグワルダ・シューバと云うサイヤとなりの娘らはひろげほしたり」は、日本人の鑑賞を拒絶している。「ブラジル現地では通用するのでそれでいいと云い切ればそれまでですね」。甲山が秀作と推したのは、ポルトガル語に寄りかからずに、「生活感情」を描いた歌で、たとえば「寺院より蠟の匂の流れ来る夕ぐれの街突切りてゆく」や「秋とかく食郷愁をそそるべし昆布若布が滅法売れる」だった。「ブラジル臭」は必要だが、「ブラジル的すぎる」のは考えものだ。語彙から丸見えの異国性ではなく、言葉自体が作り出す移民の生活や郷愁を日本の歌人は求めた。

ブラジルの独自性をという声は、一九六三年から十年ほど滞在し、前衛短歌を紹介した中部短歌会会員細江仙子《のりこ》からもはっきり語られている(5)。大切なことは「ブラジルの歴史、風土、習慣などの上に立ってものを考え、見る態度から新らしく生れたもの、又は変化したもので、そう云うものだけがブラジルで生き続けることができるでしょう」。彼女はブラジルの詠み手が日本に追従しているのに不満だった。新来者に一番聞きたいことは本国の情報だから、細江に会えば新しい潮流や歌人についての質問が出たのだろう。それはブラジルの独自性を蔑ろにしていると感じられた。また発表される作にも、彼女の期待する風土が感じられなかった。「技術的にも優れ、抒情の質も新らしいのにそこにはブラジルの血、風土といったものが見当たらない。日本でも詠えるという作品が多く、やっぱりそうかと思うだけで成る程と思えない。ブラジルの民衆になって、ブラジルの歴史とか、民族性とかいったものへの眼が感ぜられない」。風土性を要求するといいながら、彼女は矛盾に気がついている。たとえば北陸の歌人が北陸らしさを詠うとしても、固有名詞や方言や歴史を出すしかなく、旅行者の眼を持つしか訴えられないのではないかと。「土地の人間の根性などなかなかつかめない」。九州でも東京でも人間を詠うことに変わりないというならば、「日本に居ても詠える短歌」でも構わないはずだが、それでは不満だ。おそらく彼女も出身地である「岐阜らしさ」を求められたら、苦吟するか、拒絶しただろう。それをなぜ移民には要求できるのか。風土、地方色の根底にある中央／周辺の二分法的認識の矛盾に彼女は気づいていたが、まさに心の習慣に則って追認した。風土性（なり地方性）は中央との自然や歴史の違いが明確であればあるほど、期待され要求される。時には対抗的な姿勢を隠さない。たとえばある北海道文学史の著者は、「風土と文学」の問題は「北海道における文学の存在そのもの」と強く発言している(6)。

一九七二年には細江仙子が間に入って、『椰子樹』誌上で「日本の実作者によるブラジル短歌の鑑賞・批評」という連載が実現した（一二一号〜一二五号）。仲間内ならば、作者の人柄、創作歴、随想などを照らし合わせて鑑賞するが、日本の歌人は手渡された作だけと向かい合った。ある意味では純粋な批評だ。見せる歌は清谷益次が問題含みの評になって返ってくると想定した作で、日本の歌人を試す戦略的な意図が含まれた。井本惇は当を得ているかどうかは別にして、「かなり衝撃的」だったと感謝している（「批評の視点」一二二号）。外の眼に曝されることが、詠み手の向上につながる。それを認めたうえで作者や環境から切り離されて批評の俎上に置かれるのは辛いとも述べている。仲間内なら言わずとも通じることが、日本の歌人には通じないもどかしさが感じられた。つまり井本は作が外へ一人歩きしていくことに不慣れだった。地元で歌っている歌手が、東京へオーディションに行くようなものだ。外の眼は必要だが、ブラジル事情がわかっていないし、移民の見方とは正反対になる局面もある。それは風土、地域性についての感受性だ。果たして日本の専門家の批評をどこまで受け入れたらよいのか。それを出発点に書かれたのが、後で論じる井本の「風土への虚妄」である。

連載では六人の日本の歌人のうち半分が、これまでの本国の視線を踏襲してブラジルらしさ、風土性を期待している。「全体的にブラジルの風土が迫って来ないのが惜しい」、「ブラジルの風土もあり生活感情もあるだろうに、日本の歌のわるいところが多くわたっている」（一二一号）。与えられた字数が少ないせいか、第一回には雑駁な第一印象しか飛び出していない。ブラジル製という以外には何もわからない十首を手渡されただけでは、他に言いようがない。しかし第二回以降は知識も少し増えて、それぞれの移民短歌観を展げている。

風土性にこだわる大橋基久（『一路』同人、一二五号）は、与えられた作を四種類に分類した。まず(1)コロニアから眺めた他の移住者とブラジルの風土性（「通わざる言葉固持してことごとに殻閉じやすき異邦の民ら」）、(2)コロニアの内面に定着しつつあるブラジルの風土性（「コロッテ〔甕〕に水を満たして擔い行く形もすでに土民に似つつ」）、(3)風土に根ざしてはいるが、多分に叙景的な内容（「草を焼く煙あがれり谷沿いに土民ら黒き豆蒔く季なり」）、(4)風土の感じ取れないもの（「焼け山の黝き地肌に萌えたちて尖る萱の芽ひそかに青し」）。彼の意見では(2)が望ましく、(3)は不十分、(4)は望ましくない。コーヒーの花や土民を眼に見える外の風景として描くだけでは足りず、そのなかに自分や心情を据えた「内面の風土」にどこまで肉迫できるかに、移民短歌の価値はかかっている。「内面」は文芸批評では底なし井戸のような魔法の言葉で、その先は探りようがない。

大橋はかつて中国に住んだことがあり、派兵された者よりも深く中国の風土に親しんでいたと思い出している。そのころ上海や天津などの居留民を対象とした日本語新聞には歌壇があったが、それは「中国の風土に根づいたものではなくて、日本の風土性そのものであった」。在留邦人は永住を考えていなかったからだ。しかし住みつくことを決意したブラジル移民の短歌は「ブラジルの風土と決して無縁ではないはずである」。「風土」の定義しだいでどのようにも取れるし、彼自身ブラジルの風土を実際には知らないと言っているので、足元がふらついた論ではある。風土を期待する鑑賞者は、既にどこかで聞き知ったブラジルらしさと整合性を保った題材と発想を求めていたようだ。

栗山繁（『アララギ』『塔』同人）は単なる風景詩や表面的な詠嘆が多く、内面的に深めた作は少ないと大橋と同じような感想を抱いた。「生活様式とその中に定着している言語の理解」がむずかしいため、風土性を感じ取るには苦痛をともなう。たとえば「土民に似つつ」を、字義を越えて深く感覚することができない。風土性が表現されてしかるべきなのだろうが、「日本人の心」ばかりが目立つ。これは日本語の創作が根本において外国語に翻訳できないことに関わる。今後は「豊かな日本人の心を伝統詩の形式の中で、実在としての内面を露呈してゆく自己表現の方法が欲しい」（一二五号）。これは移民に対してというより、すべての歌人に捧げる言葉だろう。

異郷の風土はそれではどのようにして言葉として立ち現われるのか。早川桂（『核』会員）は理解の前提として、細江仙子の歌集『二世』の序文を引用する。笠戸丸の人たちが日本から大根の種を持ってきて、カフェーの間に播き、やがて農園から日本人はいなくなり、野生化した大根だけが残された。それはもはや元の大根ではなく、異質の土に定着した別の種子になっていた。このような寓話から細江は同化のプロセスを説き、「故郷を失った一世、無国籍者だといわねばならない準二世、日本人にもブラジル人にもなりきれない二世」の「心の軋み」を歌にした。早川はそれこそが「内なる風土」と理解する。これは「荒涼」という言葉が似合う自然環境（井本惇の「『二世』ノート」からの想像）と呼び合い、同じものの表裏のような関係にある。鑑賞に先立つ知識なしには、風土も内面性も批評の基準になりえない。「ブラジルという苛酷な風土は、この人たちにとって、はたして故郷か異郷か。コロニアの人たちのたどってきた時間（歴史）の悲しみを湛えたもの、それこそが、作の巧拙を越えたコロニア短歌の「風土性」というものではあるまいか」。「内なる風土」（気取りを捨てれば「心向き」ほどの意味だろう）は悲しみを湛えてこそ鑑賞に値する。短歌固有の抒情性を考えに入れれば、半分は肯定できる。残りの半分は悲哀の民という先入観に縛られているようだ。「故郷も異郷もなくなった一種の空白の状態、おのれを土着さすべき自然も歴史も稀薄な状態こそが、日本人移民にとってのブラジルの風土性ではあるまいか」。このように細江の『二世』をのぞき窓に、早川は移民の歌を鑑賞している。(7)

風土を感じ取れるかどうかは鑑賞者によるし、それをどう評価するかも違う。たとえば大橋がそれを感じ取れないとした「焼け山」の歌は、日系人にはとりわけ感慨深い焼畑農業の大スペクタクルを描いている。アマゾンや大平原と違って日本人のブラジル・イメージには入っていないので、食い違いがあっても仕方がない。これとは逆に、ブラジルの類型が描かれていないからこそ、かえって生活に根づいていることがわかると小瀬洋喜（現代歌人協会員、中部短歌同人）は同じ歌を鑑賞した。素材の平凡さがかえって「作者の生活基盤の強固さを感じさせる」（一二五号）。移民意識をむきだしにすると、かえって興が冷める。「語る自分をつねにブラジルの風土とは別のものとしようとしている」からだ。小瀬は字句からはどこなのかわからない「傾ける老樹に触れて音たつる程にも肌理の荒れし掌」（清谷勝馬）や「さしあたり播くべきものもあらざりき陽にほぐしいる土の塊塊」（小笠原富枝）についても、荒れた掌や土くれのなかに、「日本移民として長い年月の間に定着させてきた移民根性がある」と認めている。これらがブラジル移民の歌であると知ると、日本の類歌に比べて、重みが増す。移民即ち貧苦の開拓民という固定像が、鑑賞に影響しているだろう。

一方、風土をことさら描かない歌を低く見る批評も届いた。大橋基久は井本惇の「寝ころびて読むまくらべの乱れにもいよいよ吾のせまくなりつつ」について、寝転ぶ場所がサンパウロでも東京でも「風土とは何の関り合いをもってはいないし、こうした生活の態様はどこにもみられる」と評した。言い換えると、「普遍的な共感に終わりそうに思われてならない」。「普遍性」はここでは風土を消した特徴のないものという意味合いになる。海外永住者は「その国でなければ短歌でうたえないものを、歌にしてほしい…。そこに表わされる詠嘆の質はあくまで日本人のものではあっても、単に行きずりの旅行者の眼ではない筈である」（一二二号）。風土が特定されない歌は移民創作としては好ましくない。

これに対して、『椰子樹』会員の森谷風男は「旅行者にとって〝サンパウロの空〟であっても永住者としての移民にとってはその空が、ただの〝空〟に過ぎない」と痛烈に反論した（「移民にとって短歌とはなにか」二〇〇号）。「風土と密着した寝転び方」を教えてもらいたいと皮肉をまじえて。森谷は大橋の見方をアマゾンに鰐という「輸出短歌」の勧めと見て、「北海道のアイヌが、その誇りを傷つけられながら観光資料として歌い、踊るのと似たものがあ」るとずいぶん飛躍して結んでいる。移民短歌は本国では珍妙な見世物で、作品そのものを鑑賞してもらえないという不満を爆発させた。

「移民でなければ作れない歌」

日本の歌人の批評と補完関係にあるのが、「移民でなければ作れない歌　ブラジルでなければ生れない歌」というコラムで、ふだんあまり文章を発表しない椰子樹会員が、風土や移民らしさを刻印したと考える歌を鑑賞している（一一五号〜一一七号、一九七一年五月号〜九月号）。こうした歌にこそ価値があり、常連以外に誌面を開こうという編集部の考えを反映した企画だろう。不器用な文章からふだん登場しない会員の鑑賞眼、移民観がわかって興味深い。

「自ずから火酒《ピンガ》を注ぎて内部より酔い痺れくる孤独にひたる」（中川荒記）について、「私は火酒《ピンガ》と云う言葉が日本移民の口から言われた時に千万言費しても云いきれぬ移民の哀愁を感じます」という感想が洩れている。筆者にとって、移民とは第一に親子の断絶や貧困や孤独に苦しむ者である。どん底生活に移民らしさの本質を見出し、やけ酒の酔い痺れてくる感覚が忘れられない。類似した題材の「地を這いて流亡の歌流れくる部落の酒場の淵深くいる」（岩佐一歩）についても、「浮草の民」が吹きだまる「木椅子の軋む貧しい酒場」が移民を象徴する情景として思い出されている。このコラムでは戦後移民でさえも、戦前生活回顧の歌をよく選んでいる。笠戸丸に始まる歴史を共有し、参加しているという意識がそこにはあり、実際に聞いたり活字で読んだ戦前の体験を自分たちの集団的記憶の柱に置いている。一九二〇〜三〇年代にはやけ酒の歌は見ないので、回想のなかでこそ浮上してくるテーマなのかもしれない。短歌を通じて、集団的記憶が作られていくことは間違いない。「吾が土地と思おゆるまで耕しき彼のモヂアナの石ころ畑」（大場時夫）を挙げた回答者は、石ころならぬマラリアに苛まれた自己の契約農時代を思い出しながら、土地への愛着とひたむきさが脈打ち、涙がこぼれると書いている（モジアナ線は耕作不適地で一九一〇年代以来、日本移民は辛酸をなめてきた）。配耕当時の苦労が連帯感を生むのは、短歌に限らない。印象深い歌はたとえば山焼きや火酒やカフェ摘みの想像力をはばたかせ、同時に固定する。そして先人の労苦は歌の題材として後代に伝えられる。定型化がどのように進行したか、子細に詰めれば面白かろう。

三歳で日本から朝鮮に渡り、戦後引き揚げた後、一九六五年、実父母兄弟のいるブラジルに移住したという吉武加野枝は、「鍬を地におきて比類のなき色の空睨まえぬ熱し尿は」（新納潤魚）に、胸の奥がじんとこみあげてきたと書いている。彼女は鍬（エンシャーダ）が開拓の象徴的な農具として、日系人の間で特別扱いされてきたことを移住後すぐに理解した。彼女自身がそれを握ったかどうかはあまり重要ではない。それよりも文学的なモチーフとして、農具の意味を感じ取ったことが、文学の鑑賞として重要である。成功者と敗残者誰もが「コロニアの尊い礎」で、新納の歌はその頌歌と彼女は考えた。日本人が「支配者と自負して」雄飛した満州や大陸ではこのような歌は決して作られず、ブラジルでなければ生まれなかったと断言している。なぜなのか説明はないが、二種類の対照的な外地で暮らしてきたことが、短歌鑑賞のみならず、人生回顧の基調を成していた婦人であったと想像できる。自分のような新移民には先輩の積年の労苦、思いはとうていつかめないという負い目が、背後にありそうだ。無名の先人に対する敬意が、移民としての自己認識を確かなものにしているのではないだろうか。共感によってわずか六年の滞在を六十余年の歴史のなかにきちんと置こうという気持が、鍬と小便の歌の讃美につながっているのではないだろうか。

彼女は国を三回替えた半生から、一体どこを故郷と呼ぶべきか迷うという。「生活に追われ、郷愁も忘れ勝ち、ともするとブラジルに在ることすら、心にかけていない」。歌会に参加して三年になるが、義務的に作るだけで勉強の時間は無く「ブラジル的な短歌」を作れずに終わってしまうのではないかと、せっかく始めた趣味の先行きに不安を感じている。短歌に向うことは自分の居場所を確認する——これは同時に郷愁を回復することだが——ことで、上の歌はその指針となったのだろう。彼女がもう一首挙げているのは、「井戸端に血を吹きし手を洗うなり移民の悲しさ言うこともなく」（酒井繁一）で、こちらも「移民の悲しさ」がむきだしに表現されているという。吉武の好みが推測できる。

種子島の神官の家系に生まれ、五〇年代の青年期、自衛官を勤めた後、兄弟と移住した上妻《こうづま》博彦は「北欧の訛り重たき会話のせ石礫をはじきゆける幌馬車」（大場時夫）を挙げている。本国ではただの外国語としか聞こえない話し言葉が、お国訛りのポルトガル語と聞き取れるところに、移民ならではの感覚がある。相手も自分も正しいポルトガル語を話せない移民という点で共感を持っているが、会話は重たく、見かけほどのどかではない。「一齣の動く映像であり詩の演出である」。上妻が挙げるもう一首は「幼顔うつる写真も色褪せて旅券に記せし一生《ひとよ》の終末《おわり》」（本庄研一）で、これはただ昔の写真を懐かしく眺める図ではない。「時として簞笥の奥からひき出される旅券には、移民としてこの国に渡る決心をした当時の自分、又開拓者としてたどった数々の思出が秘められている。色褪せた写真なればこそ鮮明な記憶が甦る。現在の生き方がどうであろうともこの旅券を携える異国人の一生であることよ」。旅券の写真は第二の生を始めたときの顔を映している。作者はこの地で命を終えることを覚悟しながら、ブラジル到着時、つまり新しい人生の第一日を回想している。上妻は旅券の重さを移民の心の重さになぞらえている。

一九六五年度椰子樹賞受賞の高橋よしみは、「果して幾人の人達が移民という意識のもとにその感覚を通して歌を詠んでいるのでしょう」と問うている。大方はその場の情景や心情を詠むだけで、ことさら「移民でなければ作れない歌」に挑んでいるわけではない。しかし日本的感覚を守れず、かといって同化しきれない宙ぶらりんの状態（「哀れなるコスモポリタン」）にあってこそ、民族意識に燃えて移民らしい歌が生まれる。遠隔地でこそ民族意識が高まる。高橋はその移民らしさの極致として、上記の「地を這いて」の他に「やどり木のいつか身にそうむなしさの如きは誰れにつげむ帰化人」（木谷醇）を選び、ブラジル人でも日本人でもなく、「かりものの座にいる様な虚しさ」が移民の宿命と悲哀の根源にあると説明している。「帰化人」と字句にあって、読み違えることはない。

「移民でなければ作れない歌　ブラジルでなければ生れない歌」というむずかしい注文を受けて、寄稿者は短歌の理想や移民という生き方に思いめぐらした。そして技巧や独創性を見ようとする選者クラスの批評からはあまり聞こえてこない考えを記した。このアンケートには百人百様の答え方があるだろう。数名の回答を典型と考えるのは飛躍しすぎだが、指導者たちとは違うかたちで、ブラジルで短歌を詠む姿勢や意義の多様性が見えてくる。

前山隆が提唱した「土着性」の概念（第6章参照）は、武本由夫によって短歌に応用された。土着性は、それまで使われてきた「ローカル・カラー」や「風土性」よりも深く創作者の体験にかかわるというのが彼の基本的了解だった。(8) ローカル・カラーは「ブラジル、コロニア独特の〝色あい〟」を指し、風土性は「ブラジルまたはコロニアの状態、気候、地味」などを指す。どちらも程度の差こそあれ、「表面的な観察」によって描くことができる。ところが土着性には事物の印象・感受よりも、書き手の態度・体験が関わる。字面からはブラジルらしさはうかがえないのに、「ブラジル的な体験の深みから、にじみ出たものが認められ」ると、土着性がかもし出される。このように前山の理論の中心にある政治性よりも、体験の深さが強調された。

実例で示そう。ローカル・カラーは旅行者でも、あるいは到着したばかりで何事も新鮮な新移民でも簡単に出せる。たとえば、

カーニバルの曲の高鳴り肩車されしニグロの児もうかれおり
清貧と言うには寂し土着民《カボクロ》の沃土を持ちて為す術知らず

のように、ブラジル独自の行事を描いたり、ポルトガル語を借用すると、簡単に異国趣味を出せる。これは酒井繁一が、所属する日本の『まひる野』（窪田章一郎主宰）のブラジル特集に送った作で、移民が選んだ輸出短歌となった。素材、用語のレベルで風物を取りいれている。だがわざとらしさが目立つだけで、作の価値は低いと武本は断じている。風土性になると現地体験が物を言う。たとえば、

紅き芽の顕つ珈琲地帯くっきりとギアーボ山の全容浮かぶ
ひびき合うものは互いに持ちいつつ会話乏しき吾子との日々

は外国人的な眼から見た珍しさではなく、「作者の心の状態」が歌の要にある。したがって現地人にも納得がゆく。土着性の短歌はさらにそれを洗練させた段階にある。

朝という語感のような枇杷色の光ようやく充ちてくる庭
打ち起す土鮮烈に陶酔の稚なきわれを問い詰めてくる
マンジューバ〔大形の淡水魚〕かの透明の胎内にリベイラの水冽き追憶
幾度か水をかえたる透明に日本製の花も終わりぬ

武本の考えでは、これらは日本の短歌の世界をなぞろうとするところがなく、全体のたたえる精神的な世界がブラジルの独自性を表現している。土地の特殊性、即ち風土性に着目する段階から、「世界的に共通の対象」を詠う段階に達している。土着性は理知的にではなく、無意識的に歌を作るときに獲得される。

武本はさらに日本で精神的な経験を積んだ後に移住してきた一世、準二世は、ブラジルの風物や状況を日本のものに照らし合わせて感受する傾向にあり、ローカル・カラー、風土性を描けるまでになっても、土着性には至らない。感受性の基盤が「日本的な精神構造」にあるために、ブラジルを描いても「二重写し」になってしまう。そのような「外国人的なものの潜在」を否定できない。ブラジルで精神形成した世代にはそのような不純さはない。土着性はブラジル生まれの純二世、ないしブラジルで精神や感性を形成した準二世にしか出せない。「〝土着性〟は、他の国での諸体験を持たない、また持っているとしても、それを排除した単一構造の精神を基盤として、生み出される作品にこそ、求められるものであろう」。前山が移り住んで来た履歴に土着性を求めたのに対して、武本はブラジルに生え抜きの世代にしか土着性は表現できないという。これは概念の根本的なすれ違いだが、武本はそれを自覚していなかった。ローカル・カラー、風土性の延長にブラジル短歌の第三段階として土着性が置かれたときに、二人の分岐は始まっていた。そもそも移民社会と主流社会の摩擦から生じる政治的な自己規定を問題にしている前山の概念は、そのままでは短詩には応用できないのかもしれない[9]。

武本の論に対して、批評用語としての土着性の有効性を短歌についてはあまり認めない立場を表明したのが、『椰子樹』上にしばしば歌論を著していた井本惇（本業は写真屋、詩の高原純）だった[10]。彼は風土と土着をあえて区別せず（したがって武本の論を否定し）、あえて既存の用語、風土によって作品の地域性を代表させる。そして「作品と風土が結びつくことがその文学的生命をなす」という暗黙の前提を疑い、生まれや育ちの場所がある歌人の風土性（土着性）を決定するという武本らの考えを否定する。そもそも武本がいうような土着性は、一人の作でも大きく出たり出なかったりする。歌の題材や内容の違いは一世か準二世か純二世かよりも、個人の資質、生活環境に左右される。ブラジル生まれだが「日本人以上に日本的」な詠み手は多い。作歌とは「日本的感性の所産以外のなにものでもあり得ず、言わば、日本的心情の純粋培養であろう」。これはブラジルでも変わらない。ブラジルで短歌をつくるとは、心に（外国語の）城を築くことで、実は自然条件に反したこと、「非風土的な風景」である[11]。

素材が浮き上がったような作は日本でもブラジルでも感銘は薄い。たとえば「コロッテ〔甕〕に水を満たして担い行く形もすでに土民に似つつ」や「移民のみの汽車の扉は閉ざされて暗褐色に下がる錠前」はいかにも移民生活の一コマを写生しているが、観察者の心情には何も触れていない。それよりも「短歌的に構築され」、「作者の心情の世界そのもの」を描いた歌のほうが優れている。たとえば——

脚はやく追い越しゆける黒人が積乱雲の下に少さし（東野暁風）

雲や黒人ではなく、「生における重圧感」が全体として詠まれている。「日本的感性と言語的秩序、その短歌的抒情の質」が一首の出来を決める。風土性や土着性はこの大原則にとって二次的でしかない。それを過大に判断基準に持ち込んではならない。短歌の「言語的な秩序」はそのまま「作者の精神の秩序」であり、この詩型に心情を托し得るのは、「言語の秩序、その抽象作用」により、短歌の場合、日本語の秩序に隅から隅まで支配されている。

通常これは韻律と呼ばれている。

散文（や俳句）は「もの」に即しているが、短歌にはそれがない。しいていえば「質」に即している。こう述べる井本の舌足らずを補うならば、短歌は何かを外から言及するのではなく、韻律だけで成立した抽象的な世界を築いている。その世界は他では応用のきかぬ「高度な言語感覚」に負っている。ブラジル短歌を支配してきたアララギ的写実は、「私」の内部へ手がかりを求め、作者固有の狭く深い世界にはまりこんでいくことで成立している。その抒情の本質には土地の姿よりも、詠み手の生活と心情のほうがしっかりと絡んでいる。親子の情や夫婦の機微に日本もブラジルもない。どこで何を詠もうが、言語とその表現の約束事から逃れることができない。言語に抒情・感情の様態が織り込まれている。「生活感そのものもまた形式も用語も日本のものでしかない移民の短歌が、よし外地のブラジルで作られたからと言ってそう変ったものであろう筈がない。それは日本語そのもの、ひだひだに畳みこまれた感性の質であってもいれば尚更のことであろう。もともと歌を作る行為そのものが日本人的な抒情の一部をなすものであろう」（傍点引用者）。

井本はこのように短歌の韻律にこびりついた抒情の本質性を説き、風土や土着の虚妄を突いた。実は上で引用した日本の歌人大橋基久も同じ結論に達していた。「所詮、短歌がわたしたち日本民族の固有の抒情詩である以上、日本人の心で感じ取ったことを、三十一音律の定型のなかで、日本のことばで表わすしかない。たとえ素材ではブラジルの風土を扱い得ても、そこに歌となる詠嘆の質は、日本人以外の何ものでもないのではなかろうか」。大橋はブラジルの風土については無知だと譲りつつ、大胆な発言を残している。「ブラジルは短歌で詠嘆するには余りに広大であり、その風土はむしろ動物的に逞しく躍動するものを孕んでいるゆえにわたしたち日本人固有の抒情のありかたからいえば、たいそうむずかしい問題である」。これはたぶん彼の中国体験から生まれた考えだろう。日本とはまったく異なる風土を日本語の抒情形式で表わしきれるのか。「動物的なもの」を矮小化せずに表現できるのか。短歌とブラジルの風土は相容れるのか。この問題は確かにたいそうむずかしい。彼は「動物的な」風土と想像するものを描き切れたと判断できる作を好んだはずだが、それがブラジル側の鑑賞とぶつかることは大いにありうる。輸出短歌に初めから内在する葛藤である。たとえていうなら、旅行者が求める地方独自の料理が、地元民の日々の皿であるとは限らない。日本料理が対外的には寿司と天ぷらに代表されるといっても、そう頻繁に食す料理ではない。何を代表に選ぶか、どうやって固定観念が定着するか、その過程は場合ごとにずいぶん異なる。ブラジルの、また移民の固定観念がどのように日本で作られたか、これは別に考えるべき問題である。

おわりに

地域に根ざせば根ざすほど普遍的だという言い方がある。津軽、岩手、信濃、沖縄など生まれ育った土地の「風土」を「内側から」、前向きに描くことで、全国的、国際的な評価を得た作者を讃える手っ取り早い文句だ。シチリア、アンダルシア、ウェールズ、ブルターニュ、ルイジアナ、タスマニアなど首都から遠い（かつては辺境と呼ばれた）地域の出身者にも適用される。一国の作者というばかりでなく（あるいはそれよりも）一地域の作者という顔が大きく出される。地表の風土は異なっても、地下ではどこまでも通じていて、優れた作者はそこを掘り起こし、人間の普遍的本性や理性や感性を言い当てる。そういう信念がこの言い回しの奥にある。六〇年代の「土着性」討論はそれを理論的に精密化した。暗に対比されているのは、中央に進出したり、土地に縛られない表現の道を選んだ人で、上っ面の普遍性にすぎないと斥けられている。普遍性といっても自然科学的な意味からはほど遠く、強力な言語への翻訳や文化的大国での評判がそう過大評価されるにすぎない。だから共通性と穏やかに述べるほうが正鵠を得ているだろう。

ブラジルの歌人は大陸間移動により、望まずしてそうした「地域」を背負わされることになった。それも日本語の歴史のない土地にパラシュート降下して、短歌の楽しみを知った。気散じに三十一文字を連ねるだけなら持参の習慣的語法だけで充分だが、指導者が現われると、技術が問われるようになる。そして辺境にあることを積極的に意識し始めると、地域性が評価の軸に加わる。「地方色」や「風土」が研がれて文学批評用語に転化する。問題は誰にとっての地域性かということだ。これは中央が定義することで、地域の作者が違い（独自性）を積極的に捉えるときに語りだす。外部でその地域らしいと評価されて初めて意味を持つ。「上から」ないし「外から」の視線は不可欠だ。ブラジルの短歌界では一九五〇年代にそれが感じられ始めた。実際に日本の専門家の意見を聞くと、移民の境遇へのひととおりの同情と共感の次には、ポルトガル語由来の語彙の理解不可能性、技術の陳腐さ、あるいは期待した地方色の欠如が指摘された。本国の作と違いがないと失望され、ありすぎると拒絶された。日系人にとっては生活感情からにじみ出た抒情が、日本の評者には伝わらない。「輸出短歌」のほうが受け入れられる。これは何とももどかしい。地域性と共通性が程良くつりあう点はなかなか見出せなかった。言葉そのもの（普遍的素材）に還れば、詠んだ／詠まれた場所の特質は二の次になってしまう。井本が風土性を拒否したのはそのためだ。ブラジルで詠まれたからといって、「ブラジルの」短歌と呼んでくれるなと言い返している。

小説や俳句でもたまに本国の専門家の評を乞うことはあったが、たいていはおざなりの言葉が帰ってきただけだった。単発的な点ではあっても、本章で追ってきたような線にはならなかった。短歌ではコロニア側の熱意が伝わり、真剣な回答が寄せられた。ブラジル移民への一般的関心が高く、ブラジル短歌がまだ珍しく、日本の短歌の沈滞を打破するヒントを与えてくれるかもしれないと期待された時期だったことも幸いしただろう。しかし本国歌壇への問いかけは長く続かなかった。おそらく武本らはある段階で、コロニア内で創作と批評と鑑賞の循環を閉じても不自由ないと判断しただろう。日本の雑誌や歌会始などへの投稿は妨げないが、本当に理解し合えるのは「我々」日系人だけだと腹を括った。

外の視線が消えると、ブラジルらしさは問題ではなくなり、『椰子樹』の評論は「写生」や「主観」のような本国の歌誌と共通した概念を扱うだけとなる。ブラジル独自の解釈が浮かんでくるわけではない。逆接的だが、それこそ本国が設定する地域性の罠から逃れた証ともいえる。日本への対抗心、少なくとも違いの意識があればこそ、文化的独立、表現の独自性が主張される。しかしそればかりが目標ではないとなれば、本国の複製でも構わない。「地産地消」の文芸活動はもどかしさを痛感した後の開き直りというより、高齢化に伴う身辺の事物に対する愛着のふくらみとも関係しているだろう。ブラジルらしさも自分らしさも二の次となり、定型のぬるま湯につかることが創作の目的となる。日本の眼も、同人の眼も気にせずに、日々の小さな思いを三十一文字に記す。自分のために書くという理想がようやく実現されたのだ。

註

（1）これは渡航前にアララギ派の薫陶を受けた阿部青社との論争のなかで書かれた。阿部の反論は「古野氏にただす」（一九三七年一月二〇日付『時報』）。本文中、号数のみの引用は『椰子樹』から。

（2）短歌史の風土とローカル・カラー論の回顧については、武本「コロニア短歌の〝土着性〟」（『コロニア文学』一六号、一九七二年一月号）参照。彼はラジオ講演原稿「私の観た短歌」（『椰子樹』五二号～五九号、一九五七年八月号～五九年六月号）で曰く、ローカル・カラーは「作品の裏付け」として色濃く存在しなければならない。「作者その者の生活精神」にどれだけ深く「ブラジルの特殊性」が滲みこんでいるかが見極めどころとなる（五六号）。たとえば「オニブスを待ちゐる長き列の中に疲れてネオンの点滅を見る」では「オニブス」を「乗合」に変えても内容は変わらないので、ブラジル色があるとはいえないが、「夕霧は谷間に蒼く沈みゐて澄みとほるサッポサパテイロの声」の下の句（ガマガエルの声の意）は「内容もまた語感から言っても動きを持ってい」るので、ローカル・カラーを出している。他に養鶏農家の嘆き、「羨しらに人らが言える卵値さへ費へ払ひては残るものなし」、訪伯族を叱る「利をあさる来伯者の行状も狭き世評の中に消えてゆく」は、移民にしかわからない感情を謳っているのでブラジルらしい。例を挙げれば挙げるほど、武本の感じるブラジルらしさがぼやけてくる。ローカル・カラーが肯定的な用語であったことだけを確認しておく。

（3）安良田済「コロニア短歌が戦後に拓いたもの（四）」（『椰子樹』八一号、一九六四年一二月号）。

（4）「ブラジル臭短歌に就いて」（『蜂鳥』一九五六年六月号）、「ブラジル的すぎる作品に就いて」（同年九月号）。

（5）「私の見たコロニア短歌」（『椰子樹』八一号、一九六四年一二月号）。

（6）小笠原克『近代北海道の文学――新しい精神風土の形成』（日本放送出版協会、一九七三年）、一〇頁。本書は「内地」からの旅行者や一時滞在者の自然描写や人間観が、やがて道内生まれの（ブラジルでいえば二世）作家を励ましたり、反発させたことを豊富な実例から論じている。前山隆ならば風土よりも土着をあてはめたと想像できる政治的内容を含む例も少なくない。言語が継承された「外地」は、そうでなかった「外地」とはまったく異なる文学史を持つ。あたりまえだが。

（7）「内なる風土」について、小笠原富枝はブラジルらしい素材を探すことはしないが、「短歌というものが、自分の生き方だと思うから、この地を踏みここの空気を吸っているからには、〔風土性が〕無意識の中に必ず出て来る」と発言している（座談会「椰子樹の指向するもの」一四一号、一九七五年一二月号）。

（8）「コロニア短歌の〝土着性〟」『コロニア文学』一六号、一九七二年一月号、四五～五〇頁。戦後移民の酒井繁一はそれ以前に前山に近い概念を「郷土性」と呼んでいる。「自分の存在を土台にして、その他の民族、社会、政治等にいかに立ち向っているか」を把握した「生活態度」が重要で、郷愁に囚われず、ブラジルを「郷土」として作歌することを薦めている（「コロニア短歌の郷愁性と郷土性」『コロニア文学』四号、一九六七年五月号）。

俳句では地域的独自性は、主に現地季語の問題として現われた（次章参照）。「土着性」は議論の種にはなったが、短歌界ほどは大きくならなかった。多数派の木蔭俳人は、念腹宗匠にならって自分の結社以外のことには無関心で、『コロニア文学』の議論を歯牙にもかけなかった。ホトトギスのふたつのモットー以外には信じることは何もないという念腹の信仰は、新しい概念を拒否しただろうし、弟子たちが他誌へ寄稿することを快く思わなかっただろう。『コロニア文学』の土着性特集には、増田恆河が「コロニア俳句の土着性」（一六号、一九七二年一月号）を寄せただけだ。彼はポルトガル語俳句に熱心に取り組み、念腹一本槍の弟子ではない。しかしローカル・カラーと風土の議論の流れのなかで、土着性を構想した武本の寄稿「コロニア短歌の〝土着性〟」に比べると、おそろしく素朴で理論としては弱い。土着性を意識すると嫌味な句ができるから、「淡々と諷詠する」のが写生俳句の王道で、その結果、移民の生活を美しく喚起すれば土着的といえる。これだけ。武本が風土を感受する体験を中心に土着性を概念化したのに対して、増田は移民即ち鑑賞者の共感を第一義にこの概念を解釈した。語義を深めるより、ただ良質の言い替えとして土着性を採用している。

（9）『椰子樹』一二四号（一九七二年一一月号）の巻頭言「短歌における土着性」（井本惇？）は、武本が挙げた歌のどこが土着的なのかわからない、つまり鋭敏な局外者にしか、土着性は嗅ぎ分けられないと感想を洩らしている。弘中千賀子もまた自分には短歌の土着性の判断がつかないと述べている。それに対して自分は日本人（二十代で移住）の眼で準二世の歌を読むからわかると武本は答えている。そして自分の短歌には土着性がないと認めている（「椰子樹の指向するもの」一四一号、一九七五年一二月号）。彼が六〇年代以降、実作をほぼ離れ批評に回ったのは、己の限界を知ったからかもしれない。

準二世の八巻培夫（俵万智『サラダ記念日』の共訳者）は「移民短歌」の語に通常、準二世、純二世の作も含めるのに抵抗を感じるという。「移民」とは自らの意思で渡航した者に限定されるべきだからだ。「これは、短歌というポエマが、日本でもって作り継がれてゆく限り、移された民の子孫も、その原産国を意識のなかに置いてでなければ、思考もできない――ということを意味するのであろうか」（「ためらいを覚えつつも」『椰子樹』二〇〇号記念別冊）。

（10）井本惇「風土への虚妄」『椰子樹』一四四号（一九七六年六月号）～一四六号（一〇月号）連載（第二回のみ「土着の虚妄」）。

（11）九歳で渡航した『椰子樹』会員小野寺郁子は「短しと言えぬひと世のすぎゆけり生れたる地とも遠く無縁に」（弘中千賀子を読みながら、今では移民という意識すらないが、実は日本と無縁にはなれないと反対している。短歌を詠んでいるのは相変わらず「日常のすべてを日本語で思考している」証で、これは「遠く離れていようとも切れない絆」である（「感銘するもの幾つ」二〇〇号記念別冊）。言葉でだけ縁を結んだ故国。言葉以外では縁が切れてしまった故国。土着性の問題は言葉と居場所の結び目を内省することに行き着く。二人の女性歌人は活字にならない場面で深く議論したに違いない。

14　季節のない国――ブラジル季語をめぐって

この国に四季あるなしや山笑ふ（牛歩、一九五〇年九月二七日付『時報』）

はじめに――四季の正しい国からきた詩歌

俳句特有の問題に季語がある。俳句が生まれた国とはまったく異なる気候と行事と動植物相の土地で、いかに季語を設定するか。これは俳人の悩みの種であり、また意欲をかきたてる問題だった。季語の設定はブラジル俳句の独自性を言い立てる根拠で、俳句がブラジルに適応するための最初の関門だった。季語の認定は俳句の文法作りに等しく、初心者はその運用を学びながら俳句の語法に慣れる。季語を通して季節感、即ち時の流れと繰り返しの感覚を感じ、言葉にすることを覚える。俳句を長くやっていると、季語抜きで季節を感じることができなくなるそうだ。歳時記に登録される前に句会で撥ね退けられた語もずいぶんあっただろう。そのような集団的な試行錯誤のなかで、新しい季語を使った名句が生まれるとその語は他でも応用され、やがて俳句作りの正典・教科書、歳時記に登録される。この章ではブラジルで出版された数冊の歳時記、句集を読みながら、俳句言語の根本、季語の問題について考えたい（季語と季題の区別はここでは考慮しない）。

佐藤念腹はブラジルで四季を発見したのは日本人だと明言している。「ブラジルの四季は日本移民が発見した。この国は四季の変化に乏しく、それに無頓着なブラジル人に対して、自然相手の農業移民はその生活の中から四季を感じ取り、季語季題を確立した(1)」。ブラジル人もまた一応は春分秋分、夏至冬至を境に春夏秋冬を区別している。

宗教的・世俗的行事のなかには、それぞれの季節特有の風物と感じられているものもある。六月のサンジョン祭りは冬から連想される最も大きな行事であろうし、有名なジョビンの歌が「三月の大水が夏を閉じる」と歌っているように、季節の始まりと終わりの感覚が無いわけではない。日系人が集中しているサンパウロ州、パラナ州は比較的寒暖の差がはっきりしていて、四季が過ぎ行く感覚がないわけではない。しかしそれが生活で占める意味は小さい。春分秋分は祝日ではなく、特別な行事もない。年始ならではの習慣もないし、「初」を寿ぐ行事も気持ちもない。

念腹は四季の発見について次のように書いている。虚子曰く、能を退屈なものと決めて観ると、鼓が鳴るとか足で床を打つような小さな出来事さえ、大きな事件のように注意を引かれる。同じように、ブラジルには四季はないと決めてかかると、ある日の風に秋を感じたり、夜の虫の声に耳を傾けるようになり、「無いものにしていた季節に驚かされ」る。日本から来たての人には季節の変化は判りにくいが、住み慣れるとやがて「其の変化に追い立てられながら暮しを立ててをることに気づくのである」。これは俳句を作るかどうかにかかわらず、「四季の正しい日本」から来た人間ならだれにもわかるはずだ（『念腹俳話』四七頁）。心を白紙にして歳月の流れに対せよというのは、虚子が口をすっぱくして述べていたことだ。暮らしのリズムの土着化が進んで初めて季節が感じられる。暗に述べているのは、ワニや椰子のような新来者にも感知できるブラジルらしさよりも、住み慣れて沁みてくる季節感を大切にせよということだ。

季節感は自然条件だけではなく、人の行なう事柄（文化）も相俟って作り出される。たとえば中国由来の二十四気、七十二候が日本の宮中や知識階層の生活習慣や季節感に及ぼした影響はよく知られている。行政と教養の言語、漢文のろ過を通して日本の文物を描き、気候を感じる伝統は、平安文学にさかのぼる。それどころか、縄文人の自然感までその始原をさかのぼれるという俳人さえいる（宮坂静生『季語の誕生』岩波新書）。たとえば「月」や「虫」は秋という約束事が確立するまでには、長い文芸の積み重ねと行事・習慣が関わっている。ホトトギスの約束事では、藤のほうが牡丹より遅く咲くのに藤は春、牡丹は夏とされている。「朝寒」は秋、「寒い朝」は冬であるのも、素人には理解しづらい。七夕は秋、端午は夏なのもよそ者には奇妙だ（その後、ホトトギスでも改訂があったし、現代俳句協会は現在の感覚に合わせ、「通季」という概念を取り入れた歳時記を出している）。季語は体感温度や日付の問題ではない。暮らしの季節感と季語は必ずしも一致しない（太陽暦と太陰暦のずれは置くとしても）。虚子は「季題に対する感じ」が重きをなすと述べている（『新歳時記』）。その「感じ」に個人差があるというのでは、約束事にならない。権威づける必要がある。虚子は俳壇の覇権を握ることで、その力を得た。

移民にとって俳句作りはいうなれば、見馴れないものを見馴れたものにすること、異郷の風物を自分の言葉に咀嚼することである。ブラジルに渡った俳句人が発見したのは、俳句界に伝承された季節感によって、新しい風土を解釈する方法だった。だから彼らが「発見」した四季は、必ずしもブラジル人に理解されるものではなかっただろう。ブラジル季語は日本の歳時記をただ機械的に逆転するだけで設定されるのではない。現地の風土や習俗を自分たちのものに咀嚼し、詩的言語の体系に取り込み、表現の対象として固定することでようやく成立する。（亜）熱帯の動植物や行事はもちろんだが、コーヒーや綿の栽培に関する農事も季節の徴として俳句の語彙に加えられた。それ以外にもブラジルならではの習慣や風土に注目した新しい季語も編み出された。ブラジル季語は日本から見れば異国趣味だが、ブラジルから見れば母国の俳句体系からの小さな離陸である。アマゾンでは冬の代わりに雨季を設定し、夏を五ヶ月取る不均分歳時記が作られた。ブラジルの俳句は平板な写生句が大半だが、時たま独自の季語と季節感を伝える作に出会える。私はそれが楽しみで読んでいるようなものだ[2]。

『南十字星』の試案

日本にない風物を俳句に織り込む。これは一九一八年の週刊『南米』に既に例が見られる。「カルナヴァル香水の雨降らしけり」、「ハンモックかけて涼しき青葉かな」（一九一八年二月二六日、三月一六日付）。しかし作者がカルナヴァルやハンモックをブラジル季語と意識したとは思えないし、議論もなかった。愛好家はただ眼にしたものを十七文字に写すことで満たされた。季語の妥当性を問題にするのは、経験を積み、実作だけでは満たされなくなった者だ。また彼ら（俳論はほとんど男性による）のための議論の場がつくられて初めて、やりとりが表に現れた。ある程度の俳句社会の拡充が、議論の前提となる。

ブラジルの季語を初めて正面から問題にしたのは、ブラジルで最初の本格的な俳誌『南十字星』創刊号（一九三七年九月号）の市毛暁雪総領事「サンパウロに冬ありや」だろう。曰く、サンパウロでは六月に秋冬春が共存している、いや短い冬があるというより、「秋春に交って居る冬」を拾い出すしかない、だから俳人にははなはだ厄介だ。たとえば「焚火やや色持ち初めぬ虫時雨」。焚火（日本では冬）と虫（日本では秋）がぶつかっているが、サンパウロ州の六月の季節感をよく表わしている。さらに悪いことに、六月には「磯の香やもののひこばえ光り居り」（ひこばえ＝日本では春）もふさわしい。つまりこの月には夏以外の三季が共存している。ブラジルでは三ヶ月ごとに四季を分ける原則から考え直さなくてはならず、当面は季題の月だけ決めてはどうか。「日本を中心として見て世界を余り小区分することが却て効果的でないと言う説が現われるかも知れぬ」。この意見には後で論じる虚子の「俳句の統一」に逆らう方向が示されている。(3) 虚子崇拝者念腹には認めがたかっただろう。こうした俳句観の些細なズレが、やがて小さな俳壇を二つに割っていく。

彼を中心にサンパウロの三水会の俳人は一九三七年末頃から数度会合を重ね、この問題を議論した。活字印刷の俳誌創刊は彼らの気分を高揚させ、季題分類は俳句つくりの基礎固めに不可欠と考えたに違いない。そして試案を発表した。そこからやがてはブラジル歳時記が編まれることを待望すると『南十字星』は書いている。地元の歳時記編纂は本国からのささやかな独立を意味しただろう。次頁にブラジル初の季題分類集を掲げる。

	花卉	果実	鳥類	獣類	魚虫類	人事
1月	泰山木、棉の花（1、2月）	アバカテ（乳酪果）、葡萄、バナナ			マンヂューバ	
2月	合歓	カジウ、フルタデコンデ（仏頂果）、梨、桃、李、栗			タライーラ	カンナバル（2、3月）、珈琲熟る（2、3月）
3月	仏桑花、王冠樹、パイネラ	柿、リマ			蟹	山視、視察（3、4月）
4月		ゴヤバ（蕃石榴）、カンブシ、アラサ、林檎、芝栗			鰯	猟始（15日）、天長節（29日）、山立て、棉摘（4、5月）、豚追い、豚追い出す（4、5月）
5月	ミモザ、猩々木（一品紅）	カランボーラ（五斂子）、ジャボチカバ（二番）、実棉（4、5月）、蜜柑	アララ（5、6月）			入植、移民、移民列車（5、6月）
6月	薬玉（学名アストラペラ）、エンビラの花（6、7月）	オレンヂ	トッカーノ、ペルデス（鶉）、ジャクー（雉子）、ベンテビー（6、7月）、ウルタウ（6、7月）	タツー（アルマジロ）、コチヤ（大型ネズミ）、猪、山豚、クツツナ（山猫）（6、7月）	ピラーニャ、パクー、ドラード	サン・ジョアン、サン・ペードロ（29日）、山伐り（6、7月）、カンナ（サトウキビ）刈る、マンジョカ掘る（6、7月）
7月	イペ	ピニオン（松の実）	イグニャンブー（山鶉）	アンタ（獏）		瓢骨忌（6日）、珈琲採集（6、7、8月）

8月	ジャカランダ、珈琲の花	苺			鰡（8、9月）	終猟（15日）、山焼（8、9月）、牛渡し、牛追い
9月	藤、蕨、カトレヤ、ズィナ、アマリリス		パッサロプレト			珈琲植え（9、10月）、山崩し
10月	躑躅、柿の花、マナカ、ジュワの花、インデオの袴	竹の子			ランバリー〔河の小魚〕（10、11月）、蛇、蜥蜴	ムダンサ（転耕）（9、10月）、配耕（9、10月）、棉蒔（10、11月）、茶摘（10、11月）
11月	プリマベラ（常春の花）、ピコデパパガイヨ、ナカチロン、仙人掌の花、紫陽花、樗の花、海芋、眠り草	ジャボチカバ（一番、木葡萄）、ジャカ	サビヤ、アラポンガ（フェレーロ）、ペリキット〔インコ〕、パパガイヨ〔オウム〕、蜂雀（蜂鳥）	仔牛、仔馬、仔羊、タマンヅーア〔アリクイ〕、怠者（プレギッサ）	蛍、蛙	慰霊祭（1日）、簾女忌（21日）
12月	ミルトニヤ、レーリヤ、オンシデオ、アカシヤ、カンナ、ジャスミン、くちなしの花、緋合歓、サイザルの花、薔薇、インコの鳥冠	アバカシー（アナナス〔パイナップル〕）、マモン（木瓜）、マンゴー、木苺、桑の実		鰐の子	仔蛇	クリスマス（25日）、除草（11、12、1月）

三水会による季題分類（『南十字星』1、2号）

暁雪の言にしたがって、月ごとの季題が挙げられ、特に四季を特定していない。日本にない植物や動物に関するもの、日本にない農作物や原生林の焼畑農業の暦に関するもの、ブラジルの生活暦に関するもの、移民史やブラジル俳句界に関するものに大別できる（日本にも存在するものも少し含まれている）。まず動植物に南米独自の種類が多いのは当然で、俳人がかなり博物学（自然誌）の知識を持っていたことがうかがえる。ただし戦後の歳時記と季節が反対のものもある。たとえばここで六月（冬）に割り振られているタツー（アルマジロ）やピラニアは、戦後には夏に変更されている。季題として定着するまでには決定的な一句や数多い佳作が必要で、未知の生き物と集団としてかなり深くつきあう必要があるだろう。そしていったん固定されると、そこから外れることはむずかしくなる。歳時記は指針である以上に、規範になることが多い。

人事のなかで、カルナバル、サンジョン（サンジョアン）祭やサンペードロ祭、慰霊祭（死者の日）のようなカトリックの行事、狩猟の解禁と禁止、ブラジルで亡くなった俳人を悼む（中島）簾女忌、（上塚）瓢骨忌には説明は不要だ。珈琲に関する語が多いのは、多数派の日本移民の生活体験を反映している。日本にない農作業、「棉蒔」「マンジョカ（芋）掘る」「カンナ（サトウキビ）刈る」も問題はない（マンジョカやサトウキビは年中、収穫できるが、この案では俳句の規則として時期を特定している）。面白いのは「山立て」と「山崩し」で、珈琲園独特の作業を指す。前者は珈琲の実が熟す頃、落ちた実を集めるために雑草や枯れ枝を樹の間に寄せて小山を築くこと、後者は作業後にそれを崩すこと。それぞれブラジル人は arruação, esparramação と呼ぶ作業（それぞれ通り道をつくること、散らすことの意）で、ただ即物的な語感しかない。しかし俳人はいかにも俳味を持った語を造った。支配人に命じられる作業にただ従事するのでなく、作業に親しみやすい和風の名前をつけ、俳句に仕立てる。これは労働を自分たちの側に引きつけ、文学的意味を見出すことにつながっただろう。(4)

原生林開墾関連語には注釈が必要だろう。一般に三月ごろに山（原始林）を視察し（山視）、条件が合えば購入し、六月ごろに伐採し（山伐り）、八、九月頃に焼く（山焼）。この暦にそって季題が配されている。山焼きは本国にも存在するが（焼野、末黒《すぐろ》、山火、野火などの関連季語あり）、ブラジルは一年の最大の農事といってよいほど規模が大きく、ひんぱんに文芸に採りあげられてきた。この試案でも独自の季題と認められている。移民の思いを濃く染みこませているムダンサ（転耕。収穫と契約を終えて農地を移ること）や配耕（新たな農地に割り振られること）も、既に珈琲栽培後の月の季題と認定されている。移民のなかに牧畜を営む者が多かったことが、牛や豚の季題からわかる。

入植、移民、移民列車は五、六月に振られている。これは九月にブラジルの農事暦が始まるのに合わせて、六月から八月にかけて日本から到着する移民船が多いことに関わる。契約農は通常八、九月に移動し、これを移民に含めることもある。九月は耕地も学校も「新年度」を迎え、日本の「春」四月のような季節感を醸し出した。これらの季語は戦後の歳時記にも引き継がれた。

『南十字星』は一二〇部程度刷られたらしいが、どれほどの俳人の手に渡ったのだろうか。同誌の誘いを拒絶し、有害視した念腹はたぶん見もしなかっただろう。そして先駆的議論が発掘されるには、『ブラジル俳句』（一九七九年一一月号、九三号）の再録まで待たなくてはならなかった。

念腹と季語

ブラジルで出版された最初の季語配列の句集は、佐藤念腹編『ブラジル俳句集』（一九四八年）である。純然たる歳時記ではないが、季語を明記して読者の役に立つ。実際、「最初のブラジル歳時記出ず‼」と宣伝され（九月二〇日付『パウリスタ』）、「はるのかぜやブラジル句集読飽かず」（一九四八年一一月一二日付『時報』）と熱読された。戦前千句、戦後千句、合わせて二千余句が新年（夏）から収録され、季語数は春一〇一、夏二〇九、秋一三二、冬一二三、合計六六五種に及ぶ。念腹は五年後、自ら選者を務める『パウリスタ新聞』の俳壇掲載句から『パウリスタ俳句集』（パウリスタ新聞社、一九五二年）を編み、季語の充実を図っている。この二冊から、ブラジル独自ないし亜熱帯特有と私が見立てた季語を例句とともに掲げる。

春

イペの花　学僧を恋うてあはれやイペの花　（ブラジルの国花）
マンガの花　飼槽の列に馬留守花マンガ　（マンゴの花）
珈琲の花　珈琲の樹海に起る花あらし
リッシャ　山番の土人の小屋やリッシャ道　（草花）
珈琲植う　花珈琲生けて老いたり移民妻
転耕　転耕の足止め芝居ありにけり（引越し）
慰霊祭　山頂に十字架あがり慰霊祭
闘牛　人も牛も八百長めくや草闘牛

夏

雨季　とかげ出て鶏卵をとる雨季入る
朝蔭　朝蔭に牛の注射の始まれり
木蔭　遠目にも人の憩へる木蔭かな
スコール　スコールの外れしデッキに物干せり
熱帯　熱帯や深井の水に直射の日
鰐　射止めたるワニにむらがるカヌーかな
マンジューバ　マンジューバを干してニグロの村豊か　（大形の淡水魚）
仙人掌　朝焼け居り仙人掌の花くだつ
火焰樹　火焰樹やニグロを恋す移民の子
マンガ　マンガ売る軒一ぱいにバス停る　（マンゴ）
アバカテ　アバカテや医者の許せしもののうち　（アボガド）
コンデ　この国の雨季も終りやコンデ熟る　（果実）
護謨の樹　ゴム落葉はさみて俳句手帖かな
榕樹　門をなす榕樹の根股くぐり訪ふ
椰子　花椰子や再渡伯して落つける
蘇鉄の花　せせらぎや巌に抱かれて蘇鉄咲く

鳳凰樹　鳳凰樹電車を待てる通い婢等
ジャスミン　ジャスミンの花の怒濤を登山バス
ハンモック　吊床に爪染めし足見ゆるのみ
棉莳　棉莳くや野良めぐる雨に追はれつつ
棉間引く　棉間引唐黍畑に突き当る
簾女忌　簾女忌の朝着きしホ誌〔ホトトギス誌〕供えけり（中島簾女）
赤道祭　船酔の妻も化粧す赤道祭
大試験　十字切り室に入る娘や大試験（全国一斉大学入学資格試験）

秋

パイネーラ　パイネーラ慰め合うて移民妻
木葡萄　日々熟るる木葡萄近く開墾す（果樹、ジャボチカバ）
パモニャ　掛小屋のパモニャに寄る自動車かな（トウモロコシ菓子）
ゴヤバ　ゴヤバ園豪族にして治安官（果樹）
アラマンダ　アラマンダ歌うが如く名を教ゆ（樹木）
猩々木　猩々花恋うてはならぬ人とたつ
暁雪忌　暁雪忌考古学会絶えにけり（石毛暁雪）
カルナバル　仮装して人待ち貌やカルナバル
受難節　稲妻や耶蘇受難日の雲間より
棉摘　豚売りて銭ふところに棉を積む
新棉　バス下りて綿商人は顔馴染

冬

乾季　床板のそりて乾季の長きにけり
パイナ　鳥撃って足もとに落つパイナの実
蔦サンジョン　野に暮るる蔦サンジョンに汽車飽ける
甘蔗刈　噛んでゐし甘蔗で馬車の馬を打つ
シュラスコ　シュラスコやまことに仔牛ほどの犬（焼肉バーベキュー）

山伐　朝霧に呼びかけあうて山伐れる
珈琲摘　摘み進む畝は果なし珈琲採り
珈琲熟　ブラジルは珈琲の国珈琲熟る
棉殻焼　家近く棉殻を焼く闇夜かな
移住　移民着く鉄路の上の薪の山
移住祭　汽車着いて駅にはじまる移住祭
圭石忌　日本へ帰りはぐれて圭石忌　（木村圭石）
瓢骨忌　アマゾンの鰐も老いけん瓢骨忌　（上塚瓢骨）
バロン　染め分けて双子バロンの流れゆく　（六月のサンジョン祭の気球）
ボンバ　わが住める奥に里あるボンバかな　（サンジョン祭の花火）
サンジョン祭　大篝焚いてバザーやサンジョン祭

ブラジル季語のおおまかな内容と句の雰囲気は伝わっただろう。花や果樹は図鑑を見てもらうしかない。農事暦、カトリック暦、現地俳人の忌日には説明は不要だろう。注釈が必要なのは、日本で季語と認定されているが、別の季節や通季の事柄である。たとえば蛇は日本では夏の季語だが、ブラジルでは四季を問わず出会う。鶏合（闘鶏）は宮中行事（三月三日）に合わせて春の季語とされるが、ブラジルでは季節と無関係に開かれる。このような不一致は避けがたい。しかし実作上の不都合はあまり起きないだろう。どの季節に収まるかよりも、たとえば蛇の生態を適確に描写することに作者は腐心するからだ。ブラジルの読者もまた夏を感じずに解釈する。もちろん現代日本でも一般の季節感にそぐわない季語は多数ある。それでも約束事と割り切るしかない。

熱帯季語――虚子の提言

面白いのは「熱帯」という季語だ。季節を表す地理学的用語。この一見首をかしげる季語の創案者は虚子である。

大宗匠は一九三六年（昭和一一年）、ヨーロッパ旅行の途上、シンガポールに立ち寄った折、四季の区別があまりない熱帯の季語作りについて地元の俳句愛好家から質問を受けた。虚子は夏の部のなかに熱帯の小部を作る試案を出した。(5) 天文としては赤道やスコール、地文としては赤道や南北緯二〇度以内の緯度、南洋、地名としてシンガポールやインド洋、動物として象、鰐、熱帯魚、極楽鳥、サソリ、植物としてゴム、椰子、鳳凰樹、火焔樹、ブーゲンビリア、これらを収めたらよい。地名を季語にするというのは斬新な考えだが、「新嘉坡なんかもう土地それ自身が暑い聯想を持っているんです」。この伝でいくと、ブラジルもアマゾンも夏の季語になるだろう。

地名としての季語という妙案については、高弟達の間で早速、否定的な意見が飛び交った。(6) 地名が暑さを連想させても、日本の暑い時の風物を連想することはできないし、それはかえって変なことになる。よく知られた地名ならば暑さを連想できても、そうではない地名からは何も感じられなくなり、季題の普遍性が損なわれる。熱帯詠全般については、現地にいれば風情を感じられても、日本にいるとよくわからないし、誤解も多いだろう。「日本的な趣味に基礎を置」くべきか（楠目橙黄子）、「俳句のインターナショナル（性）」（前田青邨）を目指すべきか。こうした懐疑は、日本の季節感から生れた花鳥諷詠が、果たして異国で通用するのかという地域性と普遍性の根本に行き着く。国内では普遍的であった物差しが、外部を導入したために局所的になってしまう事態にどう応えるべきか、俳人はとまどった。仮に「みちのく」が季題になったら句を作りやすくなるとか、北極で見えるものはすべて冬の季語だと冗談めかす者もいて、一同、虚子のお言葉を待った。

作者と読者の地理的経験と先入観の不一致は、外地の句の鑑賞にとって避けがたい。熱帯季語についての論点は満州や台湾でもあてはまる。(7) さらにいえば、国内でも（北海道や沖縄はいわずもがな）、各地の四季をくまなく知り尽くした者などありえない。佐渡を見れば芭蕉の名句の鑑賞を深めることにはなっても、それを見なければ正しく鑑賞できないというような体験主義は否定され、書物、メディア、談話、そして膨大な句と句論から蓄積された知識が、鑑賞の基礎になっている。季節感の地域差は「日本の」気候として捉えることで消され、鑑賞上の不都合はないものとされる。ところがその蓄積のない国外の語彙や風物は、読解の糸口を与えてくれない。つまり鑑賞の経験則が国内法にすぎないことが、俳人の海外滞在で明らかになった。旅行詠ならば量的にも質的にも大して問題ない。しかし大きな詠み手集団が居住すると、例外では済まされなくなる。結社組織が強固になると、統一見解が求められる。現地の裾野の声と国内の熟練者の声を聞きつつ調停案を出すのが、宗匠の役割だった。それは後で述べる歳時記にまとめられる。

さて虚子と話した日本郵船会社シンガポール支店長は、熱帯にいると人間は怠惰に陥るとぼやきつつ、四季の「変化が極めて明瞭であって、併もその期間がいづれも三ヶ月づつであって、其変化が規則正しく行われるという日本のような国であってこそ、初めて人間が勤勉な人間になり、その国の文化が発達する」と話し、虚子は我が意を得たりとうなづいた。西ヨーロッパでは四季の区別こそあれ、冬が長く、春、秋は非常に短く、日本で味わう「変化の妙」に欠いている。スペイン、イタリアは亜熱帯といってよい。世界に冠たる日本の四季、彼はこう確信し、それを寿ぐ俳句を自讃した。

虚子にとって歳時記はあくまでも日本（東京、京都）の気候風物に合わせて作られるもので、各地方はやや例外を認めるという程度で収めるべきだった。「別に熱帯地方の歳時記を編むがよいといふ説もあるが、そんな風に地方地方で歳時記が出来たら俳句の統一がむづかしくなる」（傍点引用者）。フランス歳時記、台湾歳時記、北海道歳時記が仮に可能でも、日本（内地）のを宗としなくてはならない。どこで詠むにしろ、最終的には内地の読者が季節感を汲み取れるような句でなくてはならない。これに対して、台湾の同人山本孕江がここにも四季は存在するので、それを夏に一括するのは無理があると強く主張した。彼は台湾歳時記編纂を目標に掲げた。虚子は彼の句集の序文で、外地に俳句が進出するのを歓迎しつつも、本土の歳時記を「動かすべからざる尊厳なるもの」として、熱帯の句は夏の一部に分類すべきと持論を繰り返した。地方固有の歳時記作りはいわば分派活動と牽制した。[8] あくまでも本土の「尊厳」を守ったうえで、外地の従属的な独自性を認めた。この文化的な政治観を帝国の植民地統治の類比と読むことも可能だろう。

この考えにしたがって、虚子は改訂版『新歳時記』（三省堂、一九四〇年）で「熱帯の気候・動植物・人事等のうちで已に夏季に属するものとして諷詠し来ったもの」三五語を夏七月の最後に付け足している。採られているのはすべて南方関連で、気候（貿易風、スコール）、人事（馬来《マレー》正月、嫁選など）、動物（象、水牛、極楽鳥、鰐など）、植物（火焰樹、ドリアン、パイナップル、月下美人など多数）などが含まれる。熱帯、赤道という地理用語もまた選ばれている。南方への渡航者の多くは軍属、政府や企業関係者、役人、商人、教師などで、農民・漁民は少ない。たぶんそのために熱帯季語には農業や魚類に関するものはない（熱帯魚、鱶のみ）。観光客的な（本国の読者にも想像つきやすい）語彙が大部分を占めるなか、朝陰と木蔭は珍しく灼熱の土地なればこそ、「特別の感じ」を人に与える季語とされ、生活者の皮膚感覚が感じ取れる。例句は「大船の朝陰曳いてゆきにけり」、「ややありて潮の満ちくる木蔭かな」。戦後この二語が念腹直系の俳誌の題名に選ばれる名誉に浴したのも納得がゆく。

俳句の南進

「熱帯季語」（「南洋季語」とも）は一九四三年には、日本文学報国会幹事会でも話題になるほど注目を集めた。議論の内容は熱帯季題独立論、南方歳時記論のふたつにまとめることができる。たとえばシンガポール在住の俳人永田青嵐は、熱帯で夏を感じるのは温帯から来た旅人だけで、熱帯人は夏とは感じない、したがって夏の句の小分類としてではなく、熱帯句と独立すべきであると主張した。さらに冬がない地方の夏は、四季のひとつとしての夏とは異なるので、「熱帯の俳句は何処迄も熱帯の俳句であって日本の歳時記による春夏秋冬の季感を有する詩では無い」。既に京都を基準に作られた歳時記は、樺太や沖縄で齟齬を来たしている。ましていわんや南洋では。土地ごとに気象の年周期がある。それを彼は神に与えられた歳時記と呼んだ。「神様の作られた歳時記は何処でも厳存して居る、唯人間の作った歳時記は出来て居ない、之を各地に於て作る事は自由であり又必要である。八紘為宇の精神は各民族をして各其所を得さしむるにあるとすれば、我俳句に於ても寒帯温帯熱帯各其所を得さしむる寛容の態度があってほしい、之を「俳句の自治」とでも言いたい」[9]。

暁雪の「サンパウロに冬ありや」と似た考え方だ。実際、ブラジルの俳人と同じように、青嵐はジャワ高原旅行中、早朝のモズは春、海棠の花は秋で、糸のような雨は春雨としかいいようがなく、季節がごちゃまぜになっていると感じた（後述の矢野蓬矢の言によれば、「季感がトンチンカン」）。このように南方在住俳人は虚子の案に疑問を投げつけたが、あえて反旗を翻すことはせず、「日本歳時記の神聖」と各地の歳時記の編纂とは両立するとつけ加えている。このとき、青嵐は「神聖」（や「自治」）の意味合いが相対化されたことに気づいていただろうか。言語政治との類比で語れば、日本語を帝国の第一共通語と認めながら、マレー語、タガログ語などを現地語として利用する立場に似ている。

一九四三年、スマトラ司令長官に就任したホトトギス同人の矢野蓬矢は、翌年、日本文学報国会で、南方特有の情景や季題に内地の季題を配して作る句にこそ、地域色の興趣が湧くと講演して、虚子の地名の季語認定、青嵐の熱帯季題独立論には賛成だが、南方歳時記制定には反対を唱えた。南方独自の季題は少なく、雨季乾季の差も四季の区別ほどは目立たない。内地の歳時記を使いまわし、いくらか熱帯特有の風物を加えれば実作では困らない。このことからせいぜい「南方季題を認め季として四季より分立せしめた日本歳時記」を著すのが精一杯である[10]。矢野によれば、文芸を解する原住民文化人に落葉、虫、跣足、汗などに季節を感じるかと訊いたが、何も感じられないという。また白い息や霜も高原だから起こるので、季節ではないと答えた。このように原住民には季題が理解されないので、俳句は作れないだろうが、南方生まれ、南方育ちの日本人二世もまたそうなるだろうと矢野は考えた。つまり故国の四季の感覚が基礎にあってこそ、熱帯でも俳句作りは可能で、土着の季節感（仮にあるとしても）にもとづく俳句は暗に否認されている。内地あっての外地らしさしか認められない。

『ホトトギス』誌上で佐藤漾人はこれに同意し、「季の動きがない処には俳句は絶対に育ち得ない」、「俳句は季の明瞭さの程度に応じて発達する」ときっぱりと断定している。日本からの旅行者のほうが、土着人よりも優れた俳句を書ける。したがって彼らに「自治」を認めても、俳句が栄えることはない。現地人は二級品しか作れないし、日本生まれでも土着化すれば、俳句の腕は衰える。虚子の論を単純化した分、外地の文化に対して攻撃的になっている。「現地」や「土着」を見下ろす視線はかなり一般的で、新たな領土の人々は皇民として組み込まれながらも、内地の民とは区別された従属的な位置に置かれた。俳人はこの通念を踏襲した(11)。

当時、これだけ熱帯季語論が熱く語られたのは、もちろん南進論の沸騰と深く関わっている。そもそも虚子の中では、俳句の海外進出は「花鳥諷詠国の領土の延長」と概念化されている（『高濱虚子全集』第一四巻、三一五頁）。また矢野の講演は虚子の「芭蕉忌や俳諧南に進みたり」でしめくくられている。虚子が「花鳥諷詠国」の統一を求めていたことは既に述べた。東京が統治し、外地はその支配下で小さな自治を享受するのが、彼の描いた版図だった。もちろん帝国の領土のすみずみまで俳句界が拡大することは、歓迎すべきことだったが、熱帯季題の独立、現地歳時記の編纂は、花鳥諷詠国のいわば「国体」に関わる大問題だった。だからこそ青嵐は「自治」の問題と政治的に解釈した。特殊な気象条件下で洗練された花鳥諷詠は、果たして（旧）国境を越えて異なる気象の下でも応用なのか。これは帝国が拡張したことで初めて浮上した問題だった。

最近の文学研究は「他者」の表象を問題視する。熱帯季語論で浮かび上がってきたのは「他風土」――もっと語呂良くいえば「異土」「異郷」――の表象についての問いである。南方と文学の関わりについては、文学者の派遣、駐在、現地の自然や他者の描き方、体験の物語化など近年、非常によく研究されている。そのなかで熱帯季語は、内地の季節感に合わせて規範が極めて明確に定められたジャンルに固有の問題で、宗主国（宗匠国？）の権威が問われた。歳時記という独特の典範があるために湧き上がった問題だった。誰も見慣れぬ風物を詠むことを否定してはいない。写生の術に国境はない。問題はある選ばれた語をどう四季の体系に割り振るか、歳時記に記載するか、という事後的な枠付けにある。歳時記はもともと経験論的な積み重ねから生まれたが、ホトトギス以降は作句案内の役割を越えて、典拠として機能し、俳句人を拘束するようになった。

なお『新歳時記』の戦後版（一九五一年）では熱帯季題が削除されている。外地、軍、宮中などに関する季題をGHQが抹消させたらしい。[12]旧帝国領への旅行者、駐在員がドリアンやスコールを詠むことが途絶えたわけではないが、歳時記に登録するほどの意義も数も認められなくなった。それは海外詠（即ち国外詠）という色の違った箱に収められ、異国情緒として片付けられた。熱帯は日本の延長ではなく、単なるよその国となった。西成彦のいう「外地喪失」のひとつの帰結である。

「カジューの雨」が降る

敗戦により熱帯から日本人は引き揚げ、熱帯季語への関心はすっかり薄れてしまったが、ブラジルでは日本移民が居残る決意をした。六〇年代になって、念腹は戦前の熱帯季語論争を改めて持ち出している。ブラジル歳時記編纂の根拠を示したかったのかもしれない。彼はブラジル歳時記を作るといっても、「現地の吾々の感覚」で判断し、実作で裏づけを取るのが先で、「何処迄も、日本本土に産れた歳時記を基準とする事は云うまでもない」と青嵐に同意している。現地人の感覚と本土歳時記の間に齟齬が生れた時はどうするのか、彼は口をつぐんでしまう（『念腹俳話』五三頁）。彼自身は資料を整えていたものの発表する前に亡くなり、実際の仕事は弟子に任された。

その第一歩、北米生まれの梶本北民（一九〇九年〜一九八四年）編『ブラジル季寄せ』（日伯毎日新聞社、一九八一年）は、作句上はブラジリアを基準に、春は八月から十月、夏は十一月から一月、秋は二月から四月、冬は五月から七月と定めている（いずれも日本の立春、立夏などを境界線に）。日系人が集中する州都サンパウロではなく、わざわざ首都を参照点にすると明記しているのは、「国」の季語を代表させる意図だろう。季語ではたとえば「名月」は日本では中秋だが、四月の満月に定めている一方、「端午」は日系社会でも五月五日に節句を祝うことから初冬の季語に選ばれている。「はしがき」で述べるように、一年中開花したり、初冬から晩春まで咲き続け、四つの箱へ仕分けることを拒む草木も数多いが、一つの季を仮に割り当てた。念腹一門は通季の季語を認めなかったので、こうした苦肉の策を採らざるを得なかった。またトマテ、シャレ（ショール）、セルベージャ（ビール）、アケセドール（暖房器具）のような借用語を含む。

それにもまして興味深いのは、編者がブラジル季語に星印をつけている点である。明らかにブラジル産の季語、「夏時間」「マレイタ（マラリア）」が外れていたり、日本にも見つかるペリキット（インコ）、釣浮草（フクシア）、コカコーラ、風蝶草（クレオメ）、春の蘭、素十忌などに印をつけていて、校正が足りないようだ。しかし俳人自身が地元の季語を区別した最初の歳時記で、印のついた季語と北民による解説をすべて別表にまとめた。

ブラジルの国民的行事や動植物については、これまで述べてきた以上に議論すべきことはあまりない。ここでは隠れたブラジル季語について考えたい。

たとえば「南窓塞ぐ」「雨季茸」「残る燕」が、本国の「北窓塞ぐ」「梅雨茸」「残る鴨」の応用であることはいうまでもない。雨季と乾季の交替から「一番雨」「雨季上る」などが季語扱いされるのも熱帯らしい。ユーカリなど一部の熱帯樹の特徴から「木肌を脱ぐ」が夏の季語とされている。これは幹の表皮が裂けて、中から青い木肌がむき出しになる現象で、美しくも醜くもないが、俳句言語に化けると、妙にエロチックな想像をかき立てる。

興味深いのはサンパウロ州付近の風土を反映した季語で、たとえば「秋夕立」には「大陸的な初秋の厳しい残暑のあとにやって来る集中雨」と解説されている。日本でも秋に夕立がないわけではないが、季語としては確立していない。同じ季語でも違う季節感を持つ例に、「夏の雨」がある。梶本によれば、日本の夕立や長雨などと異なる「じめじめもせず、激しくもない、明るい雨」とある。「夏雨の別れ合羽をかき抱き」、「雲の上の雲より降るや夏の雨」はそのような気分で読まなくてはならない。

暁雪が「発見」した「西風吹く」については、「北西のなまあたたかい強い風が吹くころになると、珈琲の花が咲きそめ、イペーやジャカランダ、鈴懸など街路樹の蕾が膨らみ、春の到来を思わせる」と解説されている。同じく「一番雨」には「冬の長い乾季を経て、心配されていた蒔付時に、北西の風がともない来る待望の雨」と補われている。農民として感慨深い一雨で、年間を通じて降雨のある日本では感じられない季節感である。これよりももっと興味深い慈雨を表わす季語に「カジューの雨」がある。これは内陸部の長い乾季が終わる八月ごろ、カジューの花が咲くころに降り出す雨のことで、農民に野良仕事の心構えをさせるという。現地でも「シューバ・デ・カジューchuva de cajú（カジューの雨）」と呼ばれている（サンパウロ市在住のポルトガル語で生活する友人たちは聞いたことがないという）。本国の「花の雨」に由来するが、ポルトガル語から翻訳された珍しい季語だ。「純朴な土民の詩心を感じさせる、ほほえましい季語」と北民は記している。「カジューの雨」を俳句に詠めれば、地元民の季節感で十七文字を仕立てたことになる。佐藤牛童子『ブラジル歳時記』（日毎叢書企画出版、二〇〇六年）から例句を挙げると、

カジュの雨出稼ぎの父送る庭
カジュの雨耕主を貶す語り唄
カジューの雨物売船の来し汽笛
窓近く土民機織るカジュの雨

この雨は慈雨であると同時に、父を大農園に出稼ぎに送る出す別離の雨である。雨のなか、苛酷な労働を強いる農園主に怒りをぶつける北東部からの国内移民の節をつけた語りも聞えてくる。このように、この雨が降ると、ブラジルの貧農に対する同情をこめた田園趣味の俳句を思いついた。もともと彼らの言い回しに由来することに想念が引っ張られたのだろう。

「煙曇《けむぐもり》」は純然たるブラジル季語である。もちろん「花曇」の変奏だ。これは野焼き、山焼きの時期の重苦しい気象を指し、「狂犬の月」ともいわれるほど「物狂わしいような日々が続く」（本章追記参照）。ポルトガル語では

「煙で曇った空」と散文的に説明するしかない。それを二文字五音の俳語に成型した俳人の造語力には感服させられる。山焼きは焼畑農業暦の区切りとなる大がかりな作業で、夜中にも山を火が走り、あたり一帯に煙がたちこめる。非日常的な光景が動物を狂わせ、人間の集団心理に特別な影響を与えることは十分に想像がつく。北民の例句からは、日本の曇天や霧とはだいぶ違う様子がうかがえる。

煙曇軒に垂れこむ日を病める
煙曇ほとほと厨事に倦む
煙曇日をさえぎりし刻を聞く
月の如朝日やさしき煙曇
煙曇パラナは西へ拓けつつ

作者の憂鬱や切れの悪い空気感が切実に伝わってくる。それが開拓前線に特有だという認識もわかる。山焼きに連れ添うような季節感として興味深い。いうまでもなく焼畑農業は現在ではほとんど消え、煙曇は過去の季語となった。サンパウロ州・パラナ州の開拓地特有の気象の歴史的な証言になりそうだ。

近代生活のブラジル季語として「タイヤ冷す」がある。「馬冷す」「牛冷す」(どちらも『ブラジル季寄せ』収録)の応用で、アスファルト道を長距離走る車(特にトラック)が、タイヤやエンジンの過熱を防ぐために日蔭で休むこと。幹線道路ではよく見かける風景だ(「タイヤ冷す間のつきあいでありにけり」)。実際には年間を通して見るが、俳人は夏の風物と解釈して十七文字でスケッチした。「タイヤ冷す荷の牛足を踏み鳴らし」、「タイヤ冷す車の上の眠り馬」などは、

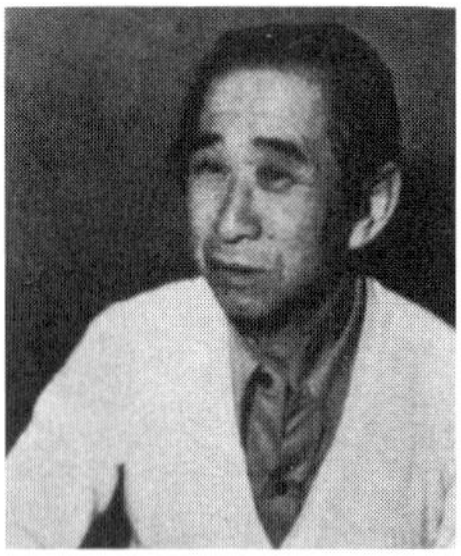

増田秀一(恆河)
(『コロニア文学』22号
[1973月11月]より)

増田恆河編『自然諷詠――ブラジル俳句・季語集』(日伯毎日新聞社 1995年)

解説なしには本国の読者には状況をつかみにくいかもしれないが、ブラジルの牧畜地帯の風景をよく観察している。休憩中の運転手は、自分がジャポネースの詩の題材になったと知ったらさぞ驚くだろう。

日伯修好百年、芭蕉生誕三百五十年記念の一九九五年には、農業雑誌『アグロナッセンテ』の俳壇選者だった増田恆河編『自然諷詠――ブラジル俳句・季語集』(日伯毎日新聞社)が編まれた。春は九月〜十一月、夏は十二月〜二月、秋は三〜五月、冬は六月〜八月と単純化した(春秋分や冬至夏至も無視した)。そのため北民本では夏に分類されていた「慰霊祭」(十一月二日、死者の日)が春に、秋の季語だった「カルナバル」が夏に、「五月花」と呼ばれる蟹サボテンが夏ではなく秋になるというような変動が生じた。本の構成では、新年(夏)から始める通例と違って、春(九月)から始めているのが目新しい。これまでのブラジルの歳時記では夏の真ん中の「新春」に始まり、立秋(二月)が来るので、「新春」の座りが悪かった。恆河はたぶんそれを気にして、元旦から始めない歳時記を編んだのだろう。ちょうど日本の現代俳句協会編の『現代俳句歳時記』(一九九九年)が太陽暦を基本に、春(三月〜五月)から始めて、新年で終わる構成を採ったのと似ている。この歳時記によれば、立春は春を知らせる冬の「さきがけ季語」と定義されている。合理的といえばいえるが、俳句の慣習から大きく逸脱していて、論議を呼んだという。『自然諷詠』が季語にポルトガル語訳をつけているのも、それまでにない特徴だ。これは編者がポルトガル語ハイカイと深く関わってきたことに関係する。日本語が読めないと使い道は少ないが、読めない人にも配慮したことは重要だ。ブラジルで作られた俳句は何語であれ、ブラジル文化に寄与すると確信し、著作が「ブラジル文化の向上」の力添えになることを期待した。(13)

ふぞろいな四季——アマゾン版「雨に謡えば」

ブラジルの歳時記のなかで日本から最もかけ離れているのが、ベレン、トメアスーの句会を中心に編纂された原田清子・竹下澄子・渡辺悦子・斉藤けい編『アマゾン季寄せ』（汎アマゾニア日伯協会、二〇〇四年）である。ここでは一月から三月が雨季、四月から五月が春、六月から十月が夏、十一月から十二月が秋と定義されている。[14] 冬の代わりに雨季を入れ、夏を五ヶ月とって何とか四季を作り出している。四季を均等に割り振る必要がないというのは、まったく独創的な発想で、虚子のいう「俳句の統一」を無視している。この柔軟な考え方は、ブラジル俳句が十分に成熟したことはもちろんだが、赤道直下が文化的にサンパウロから独立しているという意識から来ているだろう。サンパウロの日系人が日本との違いを強調するように、北ブラジルの日系人はサンパウロ州との違いをよく述べる。アマゾニア地方主義といってよい。文芸サークルの規模からいって、北ブラジルにはサンパウロ近辺のような対立はあまりない。日本語社会の孤立のなかで肩を寄せ合うように愛好家が集っている（編者・例句作者はほとんどが七十代以上の女性）。四人の編者には俳壇に反旗を掲げるような意図はない。ただ日本とあまりに違う気象の地域で、納得の行く歳時記を作り、仲間の句を後世に残したいというだけだ。アマゾニア（アマゾン河流域）の最も特徴的な季節、雨季からその唯一無二の季寄せをのぞいて見よう。

一月　**雨季入り**　雨季に入る隣も屋根を直す音
　　　雨季曇り　屈託は両手に余る雨季曇り
　　　雨季の雷　標的をいずこに雨季の雷狂う

二月　**雨季**　インジオの籠買いに雨季の船に乗る
　　　雨季最中　鉄骨の錆鮮やかに雨季最中
　　　雨季寒　雨季寒しアマゾン二十六度なり
　　　雨季の夜　雨季の夜めくる歳時記母譲り
　　　雨季の闇　対岸の一灯雨季の闇深し

雨季の月　影ふみて驚き見上ぐ雨季の月
雨季の泥　鍬だこに触れつつ洗う雨季の泥
雨季の灯　雨季灯太字の日語吾子に書く
雨季の宿　雨季の宿身の上話に夜も更けて
三月　**雨季深む**　吠猿の原始林の奥より雨季深む
雨季篭り　センテーラ〔土地なし農民〕騒ぐ噂に雨季篭る
季雨激し　季雨激し路上商人空仰ぐ
季雨茸　野ざらしの木材に生える季雨の茸
四月　**雨季晴間**　雨季晴間洗濯バサミが小躍りす
季雨しぐれ　季雨しぐれ音のみ深む原始林
五月　**雨季夕焼け**　雨季夕焼け消えて孤独のおしよせる
戻り雨季　戻り雨季満員バスの孤独かな
六月　**雨季明ける**　雨季明けという白銀の日の強き

サンパウロならば「雨季」の傍題扱いになろうが、アマゾニアではすべてが見出し語として扱われている。「乾季」にはこれだけ豊かな傍題すらない。雨季と乾季というより、雨季と雨季でない季節の交替で一年が回るというほうが、地元民の実感に近いかもしれない。とうぜん、日本の歳時記に「梅雨入」「梅雨茸」「梅雨曇」「梅雨寒」「梅雨の月」「梅雨の星」「梅雨の出水」「梅雨冷」「梅雨闇」「梅雨明」などが並んでいるのにならったのだろう。いつであれ雨季は憂鬱に違いない。

身ほとりの日々の重さや雨季に入る
屈託は両手に余る雨季曇り
点滴に委ねるこの身雨季寒し

雨季の泥跳ねて方向定まらず

よそ者には単調な雨季にただ降り込められているようにしか見えないが、アマゾニアの俳句好きは、雨季に入り、深まり、戻り、明ける移り変わりを敏感に感じ取っている。「根太替えて高床家屋雨季を待つ」に始まり、「浮きポスト〔航行の目標ブイ〕塗り替えアマゾン雨季あける」で終る半年。その間に日本の梅雨の俳句を参考にしながら、雨の降り方、雷、曇り空、晴れ間、夕焼け、茸などさまざまな詩想を発見している。

赤道直下では年間を通した昼夜の時間差は顕著でないが、それでも春四月には早く暮れると感じることで、俳句の自然観に自分たちを引き寄せた。日本では短日は寒さと直結しているが、「リオネグロ昼を灯して暮早し」をそのように解釈してはまちがいだろう。ただ心持早く暮れるというだけだ。「明るさや一気に燃ゆるゴム若葉」、「新緑や大客船の着く港」とあっても、日本の五月の体感を想像してはいけない。摂氏二六度を寒いと感じる人々にとっての「朝寒（肌寒）」が、サンパウロや日本の人々に共有されるとは思わない。そして二月が寒いのではなく、やや気温が上がらない日があるだけで、よそ者には相変わらず「夏」としか思えない。

サンパウロや日本と異なる季節に設定された季語に、以下の例がある。稲光が二月（サンパウロと日本では秋、以下カッコ内は通常割り振られる季節）、朝寒（肌寒）が二月（冬）、木の芽が三月（春）、若葉が四月（夏）、短日・暮早しが四月（冬）、無月が四月（秋）、新緑が五月（夏）、さわやかが六月（秋）、風光ると囀りが七月（春）、陽炎が八月（春）、落ち葉が八月（秋）、枯れる・草枯れが十一月（冬）、朝焼け・夕焼けが十一月（夏）、喜雨が十一月（夏）、種蒔きが十一月（春）。サンパウロでは原則的には守られていた日本の規則が、すっぱりと破られている。虚子の考えを応用すれば、アマゾニアで詠われる季語はすべて夏扱いしてもよいが、地元の俳人は一年の流れを感じ取ろうと、独自の振り分けを試みた。よそ者の視線はもはやない。十一月には「枯れる」「朝焼け・夕焼け」「朝靄」「喜雨」「種を蒔く」が同時に季語に選ばれている。温帯や亜熱帯の感覚では冬でも夏でもない。乾季の最中である植物は枯れるが、雨が降ると蒔いたばかりの種が育ってくれる。ある地域では朝靄が濃いが、朝夕は朝焼けと夕焼けを見られる日が多い。季寄せからはこういう季節感が読み取れる。序文によれば、十一月は秋にあたるが、この分類を真正直に受け止めてはならないだろう。日本の時候とは最も離れた地域の一つでも、このように季語を調整・創生して俳句作りが積み重ねられていった。

胡椒栽培で名高いアマゾン下流の日本人集団地トメアスーの武藤霞城曰く、「肌に感ずるのがせめてもの春（白明了りから翌朝迄）、秋（夜明けより午前九時頃迄）午後は真夏の焼けるが如き炎天、冬の景物は巻層雲と巻積雲…季語ダブリのような状態は必然的に生じて来る場合がある。四季に拘束され日本が飽き飽きした方々は北のアマゾンのダイナミックな天地に来られて俳句される事を望むものである」（火焔樹編集部『ブラジル現代俳句集』一九七〇年）。

まとめ——「落ちない雷」

『自然諷詠』のなかで、増田恆河は面白いことを言っている。確かにブラジル固有の季語は存在する。しかし日本生まれの季語であっても、ブラジルで詠めばすべて、元の風土性は切り捨てられ、ブラジルの季語になる。たとえば念腹の代表作「雷や四方の樹海の子雷」の雷は、ブラジルの雷に他ならず、これを日本の雷と解釈することは不可能であると極言している。単語は同じでも意味内容はブラジル化しているし、そうなるより他ない。拡張すれば、「寒さ」「蝶」「天の川」その他なんでも、ブラジルの花鳥諷詠に埋め込まれた季語は、ブラジルの季節感を（少なくともブラジルの読者に）喚起する。訪日吟、あるいは最初期にあった日本想像吟を除けば、すべての句はブラジル生活の何かを指している。初めて見聞きした珍奇な動植物や行事もあれば、共通する事柄もある。ブラジルで編み出され、そこでしか通用しない俳句術が存在するのではなく、どこにいっても、日本語文芸の歴史のなかで醸成された書法＝処方で、十七文字の小さく完結した世界を切り出すことしか俳句の道はない。繰り返せば、ブラジルで詠まれた句の季題はすべて「日本には無いところのブラジル特有の季語」である。恆河は語彙のレベルではなく、内包・体験された意味のレベルで季語を捉えている。いたずらにブラジル独自の、したがって「未熟な」季語を見つけ出すのに苦労するのではなく、写生力と語感を磨くほうが賢いと暗に示されている(15)。

実は念腹が一九三六年に既に似た意見を述べている（「時報俳信」八月二六日、九月一日付『時報』）。『聖報』に拠る大槻不鳴楼が、ブラジル独自の季語を集めた歳時記を作って初めてブラジルらしい俳句が確立すると書いたのに対して、彼は地域的季語の使用と、句の質とは別の要点だと明確に反論した。日伯共通の季語を使ってもブラジルならではの風景を描くことはできる。季語の選択、熱帯歳時記編纂よりも、さらにブラジルの郷土性よりも、ただ深い詩心を持った秀句を生み出すほうが本質である。念腹は性急にブラジルらしさを求めるのをこう戒めている。

ただし念腹と違って、恒河はポルトガル語ハイカイ・サークル（特にそのなかの少数派である有季ハイカイの集団）の育ての親で、身をもって翻訳の問題を体験してきた。たとえば日本語の「雷」はポルトガル語では「雷鳴 travão」と「落雷、雷電 raio」という二語に対応する。前者の意味に取れば、「ブラジルの雷は落ちない(16)」。念腹の句は雷鳴を詠んでいて、「子雷」とは雷鳴のこだまであるとブラジルでは一般に解釈されている。恒河が日本の雷ではありえないと強く主張するのは、そのためである（私は以前、旧アリアンサで巨大な雷電の後に小さな雷電が続き、四方の樹海がフラッシュをたいたように浮かび上がるのを見た）。そして「落ちない雷」を知っているのは大体ブラジルの読者だけであるから、ブラジル俳句の「正しい」鑑賞を本国に求めることはむずかしい。「雷や」の『ホトトギス』初出時に、秋桜子は雷鳴のこだまを「小雷」ではなく、「子雷」と呼んだ念腹の造語力を讃えている。しかし他の読者が「落ちない雷」と取ったかどうかはわからない。

恒河は日本の季語を海外に強制してはならないという俳句の国際化推進者に向かって、その心配はご無用だと言う。「ブラジルにある季語は如何なる国語によって表現されようとも、ブラジルの KIGO である」（傍点引用者）。このなかには日本語も含まれるだろう。彼にとって、ブラジルの日本語俳句は本国の俳句よりも、同国のポルトガル語ハイカイに近い。二言語の仲介者ならではの立場で、日本文芸の同化について多くを示唆している。私は移民の俳句作りを本国の文芸との関連ばかりで考えてきた。しかし恆河の考えを拡張すれば、ブラジルの風土や感慨を詠むかぎり、それは適応・同化の道を拓いていることになる。ある月や事象が春か夏かというのは、言葉が呼び覚ます季節感をブラジルの読者と共有することに比べれば瑣末になる。本国の語彙を慣用しながら、別の事柄を吹き込み、俳句という形式、日本語という道具の可能性を拡げている。ポルトガル語のハイカイスタ（ハイカイ人）は、翻訳を通して俳句の季語について研究しながら、ブラジル生活に見出せる季節感を季語として提案している。あいにく、彼らの相談相手になれる一世は少なく、日本語俳句界との接点は乏しい。日本移民の句会が消えた後にしぶとく残るのは、彼らのハイカイ、レンク（連句）だろう。

季語の選択が俳人の着眼点を決めることはいうまでもない（それだけでは作句できないにしろ）。移民は誰しも故郷とはまったく異なる気候、動植物、行事、習慣にとまどった。自然相手の農民は生活暦の違いをことに顕著に感じた。季節感を表現の本質とする花鳥諷詠の俳句を作ると、違いはよりはっきりする。ブラジル季語は俳人の規則に則った言葉遣い、物を観察する方法や解釈、風土に対する感覚を未知の土地で試した結果生まれた。それは俳句の伝承にもとづいた新しい体験の言語化で、俳句の土着化に貢献した。

註

（1）一九五二年のサンパウロ版『念腹句集』の跋（栢野桂山「俳諧小史」、『ブラジル日系コロニア文芸　上巻』サンパウロ人文科学研究所、二〇〇六年、一五八頁）。一九五三年の暮しの手帖版には見当たらない。

（2）元山玉萩編『ハワイ歳時記』（博文堂、ホノルル、一九七〇年）は、太平洋のアメリカ領島嶼独自の季語がずいぶん選ばれている。自然現象としては「エプルシャワー」（四月の豪雨）、「月に降る」（冬、月が曇ることは稀で、年末の雨季ならではの情景）、「コナ嵐」（冬、年末から春にかけて、赤道から生ぬるい風が吹いてくる）など。人事では「桜船」（春、日本へ花見観光へ行く船）、「新番号」（春、一月から三月に車の登録が義務づけられている）、バスケットボール（春、ホノルル高校の行事）など。自由律が俳句移植の初期から盛んだった社会で、季語がどのように形成・承認されてきたのか知ることは興味深い。確定した季語から生活史を調査した論文として、篠田左多江「ハワイ歳時記にみる文化変容(1)新年の季語について」『東京家政大学生活資料館紀要』一九九七年、二巻、五七〜七五頁。

（3）この記事発表直後（市毛の帰国直前）の渡部南仙子宛の手紙が、『ブラジル俳句百年』（ブラジル俳文学会編、二〇〇八年）に再録されていて、始終、季語選定に心を配っていたことが記されている。「先の日曜終日相当強い北西風が吹きまくりました。それで鈴懸の並木が芽を出しアベニダのイペが美事に咲いて終いました。小生前からサンパウロ高原には東風が無いのではないかと思っている矢先、之がチャコ（南米大陸の中央平原）から来る暖風ではないかと考えるのです、或はブラジル式に言って冬を夏にする風と思うのです」。三水会で「外套に迷ふ朝出や西の風」を出してみたが、風の批評は聞けなかったと残念がっている。現在では「西風吹く」は春の季語と認定されている。

『南十字星』廃刊後、三水会員十二名は『ホトトギス』で熱帯季語の難しさについて語り、最終案を虚子に委ねている（中野陽水他「サンパウロ」一九四〇年四月号、一一九〜一二八頁）。

（4）戦後の歳時記には、コーヒー栽培に関連する季語として、収穫を終えた樹から枯れた枝やむだな芽を摘み取る作業、「徒枝《とし》欠き」「徒芽欠き」が挙げられている。

（5）高濱虚子「熱帯季題小論（上・下）」「熱帯季題小論補遺」『高濱虚子全集』第一一巻、毎日新聞社、一九七四年、三〇七〜三一三頁。

（6）「座談会」『ホトトギス』一九三六年六月号、九三〜九六頁。

（7）『ホトトギス』では一九二七年九月号が満州小特集を組んでいる。それによると、内地の読者は一方では現地詠が内地詠と変わらないことに不満を持ちつつ、もう一方で描かれた現地の風情がわからないと壁を感じている。現地在住の寄稿者は、一方で地方色を出したいと言いつつ、それが安易で定型化しやすいことを危惧し、それだけでは良句にならないと自戒している。満州では春と秋がないに等しい他、正月や仲秋節のように内地とは趣の異なる行事、異なる季節に咲く花も少なくない。内地の読者と地元の読者のどちらを重視するかで句法は変わる。作る側と読む側双方にとっても地方色は鬼門だった。台湾からも地方色を開拓し独自の歳時記を作る必要があるが、「台湾臭い」だけでは不十分で、「台湾の感」をつかまなければならないという声が上がっている（西岡塘翠生「台湾作句者の苦悩と私観」『同』一九二七年八月号、七五〜七八頁）。こうした外地詠の問題は前の章で述べたように、短歌でもまったく変わらない。

（8）「熱帯季題について」『ホトトギス』一九四三年四月号、一七頁。

（9）永田青嵐「南洋雑詠」『ホトトギス』一九四三年四月号、一八〜一九頁、「熱帯季題の考へ方」『ホトトギス』一九四三年五月号、一二〜一三頁。

（10）矢野蓬矢「熱帯俳句」『木蔭』一九六号、一九六五年三月号（元は昭和一八、九年ごろ、日本文学報国会で行なった講演）。句集『赤道標』に収録とのことだが、未見。『木蔭』一九六四年一、二月号の念腹「半頁の閑話」の要約を参照した（『念腹俳話』に再録）。

(11) 佐藤漾人「「熱帯季題」に関聯して」『ホトトギス』一九四三年六月号、六頁。同じ頁には、インド短期滞在を経験した福井圭児が、内地の歳時記や現地季題に戸惑わず、ひたすら虚子の教えにしたがって中心季題を突き詰め写生するだけでよいと書き記している（「熱帯季題の問題」）。これは念腹が戦前から主張していることで、写生の本義にさかのぼれば、季語の認定、地域歳時記編纂は取るに足らない。芭蕉でさえ無季俳句を残しているのが本質論ではよく引かれる。しかし初心者には必携だった。三水会の中野陽水によれば、「堂に入った人々は別として、吾々の様な者には句作の目安がないと、どうもやり憎いので、矢張り季題を多分に持つと云う事が必要ですね」（「サンパウロ」『ホトトギス』一九四〇年四月号、一二一頁）。歳時記は俳句界の裾野が拡張するのと並行して成立した参考書にすぎないが、いつしか権威となり、そこにない語は詠むべきではない（少なくとも初心者は）というような暗黙の原則が生れた。ちょうどある言葉が辞書にないから存在しないというような逆転が起きた。

(12) 「半頁の閑話（5）」『木蔭』一九六四年一月号、一八二号。念腹のブラジル季題開発について、栢野桂山は「季節の一つを探し出したらんば、後世によき賜物」という芭蕉を引いて讃えている（「更めて念腹先生の業績を思う」『のうそん』一九九六年一月号、一五六号、六二～六四頁）。

(13) 二〇〇六年には念腹の実弟、佐藤牛童子が『ブラジル歳時記』（日毎叢書企画出版）を上梓した。ブラジルでたぶん最後の大きな歳時記だろう（念腹作と念腹選句を基本に例句）。動植物、カトリック行事、ブラジルの世俗行事が過去の版より格段に充実し、見出し語の数は多くなったが、新見解は少ない。面白い例を挙げると、袋継ぎ（秋）、フェイジョアーダ、新マテ、競馬（冬）、羊の毛を刈る、垣繕う、屋根替（春）、陸稲蒔く、アマゾニア、マロンバ（増水期に木で組む貯蔵庫）、レガトン（運搬用のエンジン付ボート）、舟タクシー、浮家屋、タカカー、ヴァタパ、マニソバ、タピオカ（いずれも北伯の庶民食）、椰子酒（夏）。このうちアマゾニア（アマゾン流域）以下の季語は北ブラジル特有の事柄で、虚子のいう熱帯季題として、夏に加えられた。牛童子にとって、アマゾニアは地名として既に暑かった。つまりよその（他者の）地域、文化だった。もちろん同地の俳人はアマゾニアを季語とは見ていない。

　現代俳句側ではブラジル俳人協会編『ブラジル歳時記』（一九七七～七八年、間島稲花水・渡部南仙子編、解説編）、『ブラジル歳時記』（一九九〇～九二年、例句編）がある。本文で挙げた伝統俳句の歳時記にないブラジル季語が、ごくわずかだが含まれている。たとえば「カンナ嵐」は一五〇万トンも栽培されている巨大なカンナ（砂糖黍）畑が秋風にゴーゴーと波打つ様子。日系人が多いパラナ州ウライのラミー畑（麻の一種）に強風が吹きつける様は「ラミー嵐」と呼んで、ともに秋の季語とされる。面白い冬の季語として「ポルイッソン」（大気汚染）、みみづく（冬鳥ではないが、声がヴォウヴォウと不気味なので冬）。

(14) これと同じ不等分季節分けは『樹海』（一九六四年ごろ）というアマゾンの句集で既に試みられていた。冬の「実感が得難い」ので、雨季という「特種な季節を持つ一時季」で置き換えたと述べられている。念腹は冬の代わりに雨季を置くのはおかしいと述べているが、一体、アマゾンの俳人はどんな冬の句を詠めばよいのか。彼はブラジル内の「俳句の統一」に気を奪われていた（『念腹俳話』四八頁）。アマゾン流域在住の加藤三浪は一九六四年に地元句会で、造語である「強雨季」（「強雨季の胡椒の枯れし話など」）を出し、言い得ていると認められた（「ブラジル季語研究欄」『火焔樹』一九六四年五月号）。

(15) 終戦直後、『よみもの』俳壇の選者を務めた中村草田男もまた季題に捉われずに写生を徹底することを勧めている。「季題の伝達する情趣というものを概念的に（つまり内地的に）規定してかからないで、御地での実情のままに写実の態度でおし通して貫いたいと存じます。…どんなに内地と懸離れたような季節現象が詠んであっても写実の態度で、写生を徹底さしてあるものは、私には、可成り造作なく、理解し受取ることが出来ました。御地独特の風変りな事物を報告的に描いて、その新奇さの点で、選者を魅了してやろうなどとは、ゆめ考えられないで各自の正直な感動と、実感との上に立って句作してください」（「選後の言葉」一九四九年四月号）。いわゆる輸出俳句に対する警告である（同じ趣旨を前述の矢野蓬矢も述べている）。たとえ詠まれた熱帯植物を思い抱けなくても、作者の着眼は鑑賞できる。本国の読者を意識せずに自然体で事物に接するときに、俳句という形式の本領は発揮される。俳句の妙味は必ずしも描かれた事柄によるのではなく、言葉遣いがつくりだす風雅や情趣にあるという原則論を、草田男はブラジルの俳句界に教えている。

(16) 増田恆河「ブラジルにおけるハイカイの季語」『俳句文学館紀要』第九巻、一九九六年、一一〜一四頁。ブラジルのポルトガル語社会では一九一九年、フランス語経由でこの短詩が最初に紹介された関係で、ハイカイという呼び名のほうが普通で、三行分け、題名つきの簡潔な形式が主流（音節数は五七五を守るかどうか二派に分かれる）。同じ著者の「ブラジルにおけるハイカイの近況」『同』第八巻、一九九五年、一三〜二〇頁。ほかに増田恆河「移民と俳句」『コロニア文学』二〇号、一九七三年四月号、五一〜五八頁、間島稲花水「ブラジル俳句の現状」『同』、五九〜六一頁参照。

季節	季語	例句	備考
夏（新年）	一月		
人事	サント・レイス	サントレイス唄分らねど迎えたり（猪原備舟）	1月6日。東方の三賢者がキリスト降誕を祝った日とされる。
秋	二、三、四月		
時候	雨季上る	雨季あけや地面の黴の大模様（佐藤念腹）	ブラジル中部では3月初旬。北伯では6月すぎのことも。雨季尽る。
	秋夕立	秋夕立牧草の山頭をつらね（佐藤念腹）	初秋の厳しい残暑のあとにやってくる集中雨。
動物	残る燕	釣倶楽部残る燕に竿干せる（佐藤念腹）	海岸山脈あたりには秋を過ぎても去らない燕がいる。
	ドラード	椰子柱ドラード一本軒に吊り（佐藤念腹）	鱒に似た淡水魚。体長150センチに及ぶ。
	パクー	パクー釣るパラナ嵐に河濁り（小川貴美枝）	体長60センチ以上に達する淡水魚。3月から7月が食べごろ。
	ツカーノ	なし	極彩色の大形鳥、嘴が体長の3分の1ほどを占める。アマゾン流域に多種棲息。
	アララー	青アララブリチ椰子の暁の穂に（梶本北民）	体長1メートルでアラーアラーと啼く鳥。緋、青黄、青などの種類がある。
	パパガイオ	葡語で呼ぶ和語で答えて軒オーム（山本千柿）	日本でいうオーム。
	ペリキット	婢の背より主を炉に呼ぶペリキット（上塚瓢骨）	小型のオーム。インコ。
	水豚	なし	カピバラ。体長1メートルほどの豚に似た哺乳動物。
	パッカ	なし	体長70センチほどの子豚に似た動物。食用。
	クチア	なし	体長60センチほどの兎に似た動物。
	栗鼠	なし	日本のリスと同じ。
植物	花ベイジョ	花ベイジョ温泉に入る沓をぬぐ（大熊星子）	アフリカホウセンカ。ツリフネソウ科でおしろいばなのような白、ピンク、赤などの花をつける。

枕菊	枕菊摘み余しある野末かな（佐藤念腹）	野生の菊で白、黄の花をつける。「枕菊」はブラジル俳人の命名。
花ジンジアー	花ジンジアー沼より山にのぼる風（佐藤念腹）	沼百合、沢百合。2、3月に白い花をつけるショウガ科の植物。
泡立草	なし	黄色い花をつけ、3月ごろから南伯の原野を飾る代表的な野草。
旅人草	葉を解いて朝露はじく旅人木（星野瞳）	芭蕉科。白い大形の花をつける。
パイネイラ	パイネイラ墓碑黒々と日本文字（大野拓夫）	キワタ科の落葉の大樹。2月から4月にかけて薄紅色の花。
クワレズマ	クアレズマの入日に向いゆく山路（梶本北民）	山野に群生する10メートルほどの木。大形の花は白からしだいに桃色、赤紫と色を変え、四旬節（クアレズマ）のころに満開となる。
野牡丹	単線の汽車野牡丹の山くだる（杉本三千代）	ノボタン科の低木。紫の花。海岸山脈の沼地に自生。
紫紺野牡丹	なし	紫の大輪の花。初秋から咲きすぐに散る。
歓喜樹	肉絶つ日続き歓喜樹咲き盛り（渡辺志げ女）	マメ科、10メートルほどで鮮黄色の花。復活祭のころに咲きそろう。
火焔樹	火焔樹やネグロを恋す移民の子（中野陽水）	秋から初秋に紅殻色の大輪の花を咲かせる。
マモナ紅葉	吾が庭はマモナ紅葉に畑つづき（山下梅芳）	唐胡麻（マモナ）の紅葉。
キアボ	キアボ買うたまに朝市見る男（中川暁星）	オクラ。
草梅	草梅やキアボと高きを競い合い（藤田似草）	熱帯東アフリカ原産。邦人は実を漬けて食べる。
マシシエ	海の物なくて乏しきマシシエ売る（佐藤念腹）	隼人瓜、シュシュ。胡瓜に似た葉、淡白か淡緑の花。やや苦い緑の野菜。
胡椒	胡椒熟る毒蛇標本室の前（大熊星子）	ピメンタ・ド・レイノ。夏に白い花をつけ秋に結実する。パラ州トメアスーの特産。
木薯の花	なし	マンジョカ芋。サツマイモにやや似る。

	秋わらび	虚子祀る湖畔の句碑や秋わらび（中野良友）	蕨は春のものだが、亜熱帯では雨季の終わるころ、日当たりのよい牧場や荒地に出る。
	コンデ	この国の雨季も終りやコンデ熟る（岩波掬二）	仏頂果。クリーム色の果肉で芳香。
	アバカテ	汽車の旅アバカテ買うて砂糖なし（高良子）	アボガド。
	ゴヤバ	落ゴヤバふぐり無き豚肥りそむ（坂倉きみ子）	白い花をつけ球形の果実を結ぶ。
	カンブシー	なし	海岸山脈に自生する。白い花をつけ4月ごろ黄緑色の実をつける。
	珈琲熟る	村もはや主婦は二世や珈琲熟る（目黒はるえ）	秋に青い実が色づき、晩秋からルビー色に輝き、熟すと黄金色になる。実は冬には黒く干からびる。
	ピニョン	茹たての松の実食うて峠越す（村田麦仙）	パラナ松の実。褐色の殻のなかに白い胚乳。4、5月に南伯や高原地がピニョン拾いでにぎわう。
	梅檀の実	インジオの寺小屋一棟おおちの実（梶本北民）	センダンは夏に薄紫の花をつけ、秋に黄色い実を結ぶ。
	鈴懸の実	鈴懸の実は五ツづつ稀に三ツ（佐藤念腹）	一本の果軸に3つないし5つの果実をつける。
	アロエー	アロエ画いて日曜画家は夫婦連れ（菅原一耕）	ユリ科の常緑多肉植物。3メートルほどに達する。
	神父のふぐり	触り見て神父のふぐり暮果てし（佐藤念腹）	晩夏から白い小花をつけ、その後、しわのある薄緑の風船状の毬をつける。風船玉の木、草バロン。
	ジュアー	狐ジュア両耳立てて一つ熟れ（宮崎怪城）	和名はキンギンナスビ。全面に棘、白い花。ジュアーは棘のある実という土語。
	玄圃梨	玄圃梨もつれて一荷朝市に（辻富士子）	クロウメモドキ科の喬木。淡緑色の花を咲かせ、秋に球形の枝果をつける。
人事	入営	入営す明治移民の孫にして（坂本美代子）	2月。
	パウ・デ・アララ	水を乞いパウ・デ・アララに女病む（星野瞳）	北伯の旱魃地帯から南に出稼ぎに来る労働者。
	袋継ぎ	なし	農家が収穫期に備えて、いたんだ麻袋を繕う。

山立て	山亀の穴の深さよ山立てる（小笠原此君子）	珈琲の実が熟す頃、その落果を保存するため、樹下の雑草、枯れ枝、うわ土などを樹間にかき寄せる。
パモーニア	パモーニア黍の葉擦れの音に解く（富重かずま）	玉蜀黍の粉に椰子ジュース、バターなどをこねあわせて、玉蜀黍の葉にくるんで茹でた屋台食。
葡萄祭	女王選豆女王選葡萄祭（田端月露）	サンパウロ州サンロッケ、あるいは南伯カシアス・ド・スールで開かれる官民共催の祭り。
柿祭	柿祭モジ市も日本名の如く（宮野契城）	モジ・ダス・クルーゼス市で開催されるのが有名。
ラミー刈る	袈裟懸けにラミー運ぶは大ネグロ（橋本垂南）	戦前は各地で栽培された麻の一種。
アラプーカ	アラプーカ見はり疲れて樹を降りる（佐藤孝子）	小鳥や小動物を捕える罠。
カルナバル	排日の一節カルナバルの唄（大江木舟）	ブラジル最大の祭典。
聖灰祭	灰の日の出勤眠り足りし如（佐藤潔子）	カルナバル明けの「灰の水曜日」。
四旬節	金曜日毎の鱈食べ四旬節（星野瞳）	灰の水曜日から復活祭前日まで。元は肉食を断った。
枝の日曜	枝の日や彼岸会修す移民寺（今出均）	復活祭週間の第一日。「枝の日曜日」。
ユダ打つ	わが町の貧しき人等ユダを搏つ（佐藤念腹）	復活祭前日、ユダを象った人形を叩き燃やす。
土人の日	豹の皮に置く弓と矢や土人の日（山崎南泥）	4月19日。1648年、土人兵の一人が軍功を挙げた故事にちなむ。
チラデンテス忌	チラデンテス国旗を低く掲げる日（都田松陽）	4月21日。独立運動の指導者が処刑された日。
冬	五、六、七月	
時候		
五月	良き縁を授かる良き娘マリア月（内山春一）	かつては婚礼の月とされ、良縁につながるマリア月とも呼ばれた。
乾季	土舐めて乾季の牧の牛痩せし（岡崎風太郎）	冬から春にかけて。冬旱（ふゆひでり）、乾季宿、牧乾季。

	南風	丘の椰子みな弓なりに大南風(鈴木あきら)	みなみ、なんぷう。日本では夏の季語。
	寒波	寒波来部屋にも庭にも温度計(寺田賢水)	
	枯牧	牛売れぬまま枯れ急ぐ牧場かな(山本千草)	広大な牧場が枯れる。冬野、枯野とは違った風土的情景。
動物	ウルブ	百本の杭に一羽づつウルブ(山口錦水)	はげたか。死肉、小動物を食らう。
	グワラー	埋めピニョンして南伯のグワラー啼く(八巻耕土)	夜行性の山犬。赤褐色で黒いたてがみ。
	糠ダニ	ムクインの熱に土人女来て優し(坂根三珍)	肉眼で見えないほど小さいダニ。乾季の牧場などに棲み、動物の血を吸う。ムクイン。
	砂蚤	故郷を忘れ砂蚤掘っていし(大河内しのぶ)	メスは人の爪に産卵し、成虫は皮膚に食い込む。ビショ。それをほじくり出すのは奥地生活の一コマ。
植物	蟹仙人掌	朱を吐きて五月の花と訳さるる(八木忘我)	5月に開花するのでフロール・デ・マイオ(5月の花)の別称も。
	蔓サンジョン	枯れ残る物他になし蔓サンジョン(勝田苔石)	ノウゼンカツラ科の蔓、6月下旬から8月に橙色の花が咲く。
	ポインセチア	猩々花恋うてはならぬ人とたつ(山本よし枝)	
	スイナン	蜂雀ささやきスイナン紅潮す(斎藤信山)	マメ科の潅木。嘴形の真紅の花を6月から9月ころに咲かす。土語で「小さいオームの姿の花」の意。
	冬の蘭	寒の蘭一輪重く地に垂るる(佐藤寒月)	
	パイナ	移住して悔とてもなしパイナもぐ(目黒はるえ)	パイネイラの花が散った後の実。やがて中から綿のような種子が現われ風に舞い散る。
	ピタンガ	ポ語まぜて話せば気楽ピッタンガ(影山比浪士)	小さい木。サクランボに似た芳香の果実。

季語	例句	解説
ジャトバ	ジャトバの実獣の径と見て進む（遠田豊秋）	白い花を咲かせるマメ科の木。冬に茶褐色の実をぶらさげる。
マンジョカ	朝市の木藷貧しく売れ残る（井原南風子）	サツマイモのような芋で、重要な栄養源。5、6月に花を咲かせる。冬季が採取に最適とされる。木藷。
脂肪草	脂肪草咲きてブラジル祭り月（今出均）	無数の紫の小花をつける牧草で、油脂を分泌し臭気がする。
蒲枯る	川豚を狩りつくしたる蒲枯るる（新津松川）	川や沼の蒲が寒くなるにつれ枯れる。

人事

季語	例句	解説
奴隷の日	奴隷の日集団乞食わが家にも（安部三豊）	5月13日。1888年のこの日に奴隷解放令。
母の日	母の日やブラジル浪曲語り次ぎ（高野南月歩）	5月第二日曜。
兵隊の日	耶蘇を聴く輪に兵隊の日の兵士（西方耕一歩）	5月24日。教会で兵隊のためのミサあり。
愛人の日	愛人の日に米をとぐ自炊かな（鈴木あきら）	6月12日。聖アントニオの日の前日。
聖体祭	なし	6月中旬。信徒が市中で聖体行列を行なう。
移住祭	移住祭人種差別のあればこそ（増田恆河）	6月18日の笠戸丸到着日。サンパウロ市の記念行事もある。
移民着く	替玉のわれと見抜かず移民官（菅原国芳）	移民、移民船、移民列車、新移民。
ジュニナ祭	若き歌手エレキ鳴らしてヂュニナ祭（八巻耕土）	6月祭りの総称。6月中、気球、花火、焚火、踊り、ショウガ酒で聖アントニオ、聖ジョン、聖ペドロを祝う。
サンジョン祭	焚火祭踊る女に火の粉舞う（溝口栄子）	6月24日。ジュニナ祭の中心。
サンペドロ祭	神父にもケントンすすめペドロ祭（大熊星子）	6月29日。
神の旗	マストロや病家の加勢畑に行く（佐藤念腹）	ジュニナ祭の最中に三聖人の旗を立てる。マストロ。
ケルメッセ	面白し痩馬も耀りケルメッセ（鈴木逸巒）	ジュニナ祭の時期によく開かれるバザー。
バロン	火滴をたらりたらりとバロン澄む（梶本北民）	ジュニナ祭にはよく簡単な気球が打ち上げられる。
圭石忌	日本へ帰りはぐれて圭石忌（石川芳園）	6月30日。

瓢骨忌	誤字多き移民の投句瓢骨忌（佐藤念腹）	7月6日。
山伐	山伐りや幹囲み打つ四つの斧（千葉涼葉）	原始林開拓民の重労働。
トーラ出し	アマゾンの流に落すトーラ曳く（中川いさむ）	山焼きの前に牛を使って丸太を運び出す作業。
シイロ開く	なし	牧場で乾季になって、サイロ（シイロ）に保存してあった飼料を出す。
フェイジョン打つ	フェイジョン打つ天気を待ちて十日過ぎ（白川土子）	5、6月に主に豆類の収穫をする。
マンジョカ掘る	木藷掘ってカボコ（田舎もん）の妻となり果てし（田中夏子）	冬のマンジョカ（木藷）が食用に最適とされる。
木藷摺る	夜業いま部落を挙げて木藷摺る（片野音庭）	マンジョカ芋をすりつぶし、乾かし粉食する。
棉殻焼く	家近く棉殻を焼く闇夜かな（佐藤いさを）	棉採取の後、棉根を抜き積み重ねて焼く。春近しの感を抱く。
胡椒摘む	ドル相場心だのみの胡椒摘む（佐藤寒月）	アマゾンの胡椒（ピメンタ）の収穫は6、7月ごろ。
珈琲採り	珈琲採るペネイラ擦れの臍とかや（栢野桂山）	6、7月ごろが最高潮。珈琲摘み、珈琲干す。
シュラスコ	シュラスコや力行会旗椰子に吊り（須永一夢）	バーベキュー。祝い事で一年中行なわれるが、野外で火を使うので冬の季節感。
ケントン	ケントンにタンゴを踊る跣かな（千本木早苗）	ジュニナ祭の飲み物。ピンガにショウガ、オリーブを入れた熱い酒。
新マテ	新マテの希望の器手に入れし（藤田似草）	マテ茶の収穫期は晩秋から10月ごろ。走りマテ。
新ピンガ	新ピンガクイヤは盛られし呑みっぷり（坂根三珍）	ピンガの新酒は晩冬に出る。
ピポカ	ピポカ炒る火明りに来る木の葉哉（西方耕一歩）	玉蜀黍の実を炒ったスナック。街角の手押し車で売る。年中出るが、ジュニナ祭の風物。
霜消	霜消やシャツ一枚の日雇等（道面たつみ）	霜の寒さに立ち向かうためにあおる火酒。
南窓塞ぐ	祖父として汝に南の窓塞ぐ（星野瞳）	寒い南風を防ぐために窓を塞ぐ。

	山視	山視にも嫁探しにも母と行く（青木一風）	契約農年が終わるころ、次の年の土地購入のために視察に出た。山は原始林の意。
	転耕	此処も亦運なかりしと転耕す（石塚冬鳥）	契約を終えた農民が新しい耕地を求めて移転する。冬の農閑期に多い。
	牛の旅	汽車止めて続いているや牛の旅（坂根三珍）	牧場から市場まで牛の群れを連れていく旅。
春	八、九、十月		
天文	一番雨	一番雨馬の虱も死ぬと言う（浅野つや）	冬の乾季を終え、種まき期に降る最初の雨。
	カジューの雨	なし	8月ごろ、カジューの花が咲くころに降る雨。
	西風吹く	なし	雨気を含んだ北西風、春の到来を感じる。
	煙曇	山焼に行く長旅や煙曇（保田草南）	山焼きが行なわれるころ、奥地の大気は狂気をはらんでいるかのように重苦しい。
動物	獏	板木打つ音にも似たる獏の恋（杉浦武山）	アンタ。牛の大きさになるサイに似た動物。交尾期は春、荒々しい動作が特徴。
	馬交る	血なまぐさき牧風起り馬交る（渡辺志げ女）	ロバの交尾は騒々しいいななきが特徴。
	蜂鳥	蜂雀後ろへ飛んで花離れ（石塚冬鳥）	ミツバチ大の花を求めて飛ぶ野鳥。
	ベンテビー	ベンテビー屋根を斜めに鳴き過ぎし（増田恆河）	25センチほどの鳥。暗灰色の胴に黄色い腹部。
	アラポンガ	アラポンガ開拓小屋は椰子の屋根（中村とし子）	甲高い声で鳴くので鍛冶屋鳥の俗称も。
	サビアー	雨近きサビアは声を長く引く（斉藤信山）	ブラジルの国鳥。美しい声で名高い。
	タンガラー	タンガラや蔓竹細工の山市場（長岡閤竜）	15センチほどで、全身空色、頭に赤い冠のある鳥。
	アズロン	低木にアズロン群れて啼く野かな（佐藤念腹）	黒い嘴を持つ青紫の鳥。陸稲を荒らす。
	地カナリオ	蛇を追う山カナリオの鳴きつれて（名越舗風）	翼と尾の一部が黒い南米産のカナリア。
	クリオー	クリオーの浜啼き山啼き果てもなし（佐藤念腹）	15センチほどで、黒に一部赤褐色の鳥。

植物		
くろだね草	なし	キンポウゲ科。茎の上の青や白の花。
暮鐘草	暮鐘草移りし家の小ささよ(高島ひさし)	2、3メートルほどのナス科植物。白い花が春咲く。夕方咲いて昼はしぼむ。
ミーリョの芽	ミーリョの芽地権登録して来たり(最上拓馬)	玉蜀黍の芽。
アルカショフラ	日照雨花アルカショフラの一輪に(佐藤念腹)	チョウセンアザミ。食用。
花珈琲	訪日の父母へ珈琲の花便り(坂崎毬藻)	春となり雨が土を潤すと珈琲の赤い花が咲く。
花マモン	なし	パパイアの黄色い花。
カジューの花	花カジュー娘っ子まで火酒を飲む(丸木草人)	8、9月頃咲く。小さく見栄えがしない。
花ピキー	なし	ピキーは大陸中央部の荒野に群生する。
花アバカテ	アバカテの枝ぶり畝の上に花(佐藤念腹)	アボガドの花は8月から10月にかけて咲く。
花マンガ	花マンガ散りしきて蜂黄ばみ飛ぶ(亀井杜雁)	マンゴの花は淡紅白色、30センチほどの房で咲く。
マテの花	なし	高さ10メートルほど、小型の緑白色の花。
木葡萄	厠の灯青く走りぬジャボチカバ(大熊秋楓子)	サルスベリに似た幹。8月末から10月に白い小花。
カカウ	カカウ割る刀は狂わず唄いつつ(渡部パウロ)	カカオ。白い小花。
牛蹄花	牛の爪の花に一気に野にも春(岡田文子)	マメ科。葉が牛蹄に似る。白い花が夕方から朝まで咲く。
花リッシア	蜜蜂のみちにリッシァの花曇(高橋果亭)	高さ5メートルほど。8、9月頃咲くと、米を蒔く準備を始める。
マナカ	花マナカ混血の娘の気立てよく(平野住代)	森林中に繁殖する潅木。咲き始めは紫、後に白。
プリマベーラ	門燈下ブーゲンビリア真暗がり(宮崎颪来坊)	ブーゲンビリア。花の名は春の意。
やもめかずら	篭編んでやもめかずらの野の一戸(藤田似草)	河辺に自生するクマツヅラ科の植物。濃紫の花。
金鳳樹	なし	暗褐色の幹の10メートルほどの木。黄色い花。褐色の蕾が尾のようにみえるところから命名さる。
カンジャラナ	カンジャラナ珈琲道路に出し眺め(宮崎怪城)	15メートルほどの木、全枝に橙色の花房を垂れる。
ジャカランダ	花の客とてなく散りぬジャカランダ(梶本北民)	30メートルほどの木、紫色の花が10月ごろから咲く。

	花イペー	この汽車の夜明けイペーの野とならん（佐藤念腹）	紫イペーは6月ごろ、黄イペーは9月ごろ、白イペーは10月ごろが最盛期。
	春の蘭	春の蘭小さき鉢にうつしけり（鳥井筑泉）	春咲きの蘭。
	紅千鳥	紅千鳥この岩山の水美味し（遠田豊秋）	小型蘭。8月ごろ深紅色の花をつける。
	君子蘭	なし	8月から10月ごろまで橙色の花を咲かせる。
人事	棉の種	棉種は樹木の日より売出すと（山田秀峰）	農務局が優良種を一斉に売り出す。
	木藷植う	人真似の木藷を植えて新移民（村田麦仙）	サンパウロ州では8月ごろ。
	珈琲植う	灰神楽上げ来る風や珈琲植う（中村宙村）	苗を数本ずつ穴に植えるか、種を蒔く。
	ミーリョ蒔く	ミーリョ蒔くフェイジョン蒔く雨逃げにけり（佐藤あきら）	玉蜀黍を蒔く。
	牧手入れ	豹の毛を噛んでたるみし馬棚直す（中井秋葉）	牧場の柵や鉄条網を手入れし修復する。
	徒枝欠き	たちくらみつつ珈琲の徒枝かく（栢野桂山）	収穫を終えた珈琲樹から枯枝やむだな芽を摘み取る。8月ごろから。
	山崩す	山崩す後ずさりつつ鍬早し（青木駿浪）	珈琲採取が終わったころ、採取中に便宜のために畝にかき寄せられていた芥や土を散らす。
	野犬狩	市役所を出でし野犬狩の馬車（宮崎怪城）	8月から9月、煙曇のころ狂犬病を予防するために、野犬狩を行なうことがある。
	みずほ忌	櫓翁のハイカラなホ句祀りけり（佐藤念腹）	中田みずほ忌。8月18日。
	牧夫祭	ロデイオの始まる赤き六扉かな（宮地耿葉）	サンパウロ州奥地のバレットスの祭り。8月25日から27日。ロデオが見世物。
	独立祭	日本字で覚えし国歌独立祭（星野瞳）	9月7日。
	樹木の日	母国より桜苗つく樹木の日（川崎春芹）	9月21日。
	黒母の日	なし	9月28日。ブラジル生まれの奴隷の子の自由を認める法令が公布された日。
	牛馬市	牛馬市日本国旗も立っていし（宮城一浪）	10月初旬、牧畜地域で大々的に開かれる。

	新農年	なし	農契約は10月に始まる。
	作地割	パイネイラ迄椰子までと作地割（栢野桂山）	契約小作農に耕地を按配する。賃貸の雑作地を割り当てる。
	素十忌	なし	高野素十忌。10月4日。
	動物の日	なし	10月4日。犬の日ともいう。
	小鳥の日	なし	10月5日。
	海の日	なし	10月12日。コロンブスのアメリカ大陸発見の日。
	小供の日	子供の日人形抱ける中学生（宮田勢子）	10月12日。
	先生の日	六年生も出来て日本語教師の日（北村海牛）	10月15日。
	念腹忌	なし	10月22日。
夏	十一、十二月		
時候	雨季	雨季ながし箕笠もたぬ国の農（万城目金之助）	中部では夏の後半から。
	ピラセマ	ピラセーマ平野の大河音も無く（佐藤念腹）	川魚が産卵のために川をのぼること。11月から1月までは禁漁。
地理	イガポー	イガラペの小舟カカオを売りに来る（佐藤念腹）	アマゾンなどに特有の浸水森林。
	アマゾニア	アマゾンの土人が死にに戻る島（保田照子）	アマゾナス河一帯。日本人はアマゾンと呼ぶ。
	赤道	赤道の町の寺院の青き壁（千本木溟子）	アマゾナス河の北岸をつらぬく。
	熱帯	熱帯や四十にして既に老い（山本抜天子）	バイア州、ゴヤス州、マットグロッソ州以北。
動物	襲撃蟻	露天風呂襲撃蟻に囲まれし（目黒白水）	豪雨のような音をたてて移動する蟻の大群。
	マンジューバ	帆の如くマンジューバ網立てて漕ぐ（横井十歩）	15センチほどの川魚。灰色、10月から3月まで産卵のため川を上り、よく釣れる。
	チラピア	チラピアの朝釣りの餌に焼きし藷（佐藤念腹）	アマゾン流域でよく釣れる魚。
	トライーラ	なし	丸太状の泥水に住む淡水魚。40センチ以上。
	ピアバ	なし	兎に似た口と羊に似た顔つきの淡水魚。

ピンタード	なし	最大3メートルを越える鯰。黄色地に黒い斑。
カスクード	なし	50センチほどの鯰の一種。甲羅に包まれる。鎧魚。
ピラーニア	ピラーニアの啼くが夜釣の綸伝う（馬越のぼる）	50センチ近くにもなる肉食魚。
ジャウー	ジャウー食うて明日の米無きこと忘る（星野瞳）	1メートル半の鯰。褐色に黒い斑点。ひれに棘を持つ。
ピラルクー	ピラルクーを干してスコール過ぎし町（大熊星子）	3メートルにも及ぶ最大級の淡水魚。
電気鰻	なし	喉の赤い種類は2メートルに成長する。
牛魚	牛魚の鼻萍に穴開けし（佐藤念腹）	アマゾンに棲息する3メートルほどの哺乳類。
夏河豚	夏河豚に塩ふりかけて釣仕舞う（池田豊年）	河豚は本来冬の味覚だが、熱帯の夏の河豚もすてがたい。
クリンバター	クリンバタ釣る茶の船とバナナ船	フナに似ている。
ランバリー	ランバリーにも弓なりに細き竿（石塚冬鳥）	タナゴに似た小魚。10月から2月に産卵。
鰐	ワニ食うて先駆誇りて開拓す（佐藤耕雨）	ブラジルには6種あり、最大6メートル。
スクリウー	スクリウの味噌汁なりと出されたり（保田草南）	アナコンダ。20メートル。河大蛇。
サラクーラ	サラクーラ雨待つ木々に露もなし（佐藤念腹）	クイナ科の水鳥。全体にオリーブ色。
駝鳥	柵飼いの駝鳥に蛇をやる女（渡部パウロ）	主にセラードに棲み、夏に多く見る。
サビアーの子	山の樹と同じ庭樹やサビアの子（佐藤念腹）	サビアーは春の鳥、産卵期は9月から11月。
牛鷺	なし	黄色地に黒い斑点や横縞のある鷺。夜行性で牛のような鳴き声。
鋏鳥	なし	20センチほどの鳥。同じぐらいの長さの鋏状の尾。
タツー	蟻塚を無慙にタツー恋の跡（林あつし）	アルマジロ。
なまけもの	なまけもの手探り登る一夏木（斉藤信山）	
ガンバー	なし	いたちの一種。夜行性哺乳類。鶏を襲う。
獣毛を脱ぐ	毛を脱げる馬にゆるみし牧の柵（酒井信女）	夏には牧柵や切り株に獣毛がからまっている。

植物		
椰子	椰子に佇つ長身君にまぎれなし(西岡敏子)	
ゴムの樹	ゴム茂る枝払うては煉瓦積む(三原春波)	
章魚の木	章魚の木の茂りつつ足殖えにけり(勝田苔石)	幹の元はたこの足のような気根がある。
榕樹	門をなす榕樹の根股くぐり訪う(中野陽水)	ガジュマル。幹から気根を四方に垂れる。
日傘の樹	日の高き吾が出勤や日傘の樹(佐々木古雪)	25メートルに達する日蔭樹。太陽の帽の俗称。
花ゴヤバ	なし	10月から12月にかけて白い花を咲かせる。
椰子の花	この土を再び踏めば椰子の花(目黒はるえ)	黄白色の房状の花を垂らす。
パンの木	パンの実の落ちしをネグラ貰いけり(佐藤寒月)	掌状の光沢葉。こぶのある黄色い実を作る。
パルミット	ファコンの錆に汚れてパルミット(佐々木古雪)	椰子の若芽の芯。サラダとして食べる。
カンバラー	カンバラー畠境に咲き変り(森川喜十)	夏から秋にかけて初めは黄、後に濃赤の花。
青珈琲	地を撲って来る大雨や青珈琲(佐藤いさを)	花の散った後の珈琲樹はすずなりに青い実をつける。雨にはえてみずみずしく輝く。
ピキーの実	干肉とバナナの煮込ピキー酒(渡部パウロ)	9、10月ごろ開花。芳香の実を煮込んだり醸造する。
椰子の実	火酒つめて置く椰子の実に厨狭し(新津稚鷗)	果汁や果肉を酒や油として食用。
ジャカ	鈴成りのジャカ双肩に一樹立つ(佐藤念腹)	直径30センチほどの果実、強い匂いを放つ。
マンガ	豚に投げマンガに不作年もなし(宮崎怪城)	マンゴ。
マモン	パパイアの月に日本を忘れがち(木村逝子)	パパイア。
カランボラ	カランボラネグラが食えば汁とんで(伊津野静)	ジャックフルーツ。楕円形で溝がある黄(褐)色の実。
マンガーバ	なし	黄色に赤い斑点の鶏卵大の果実。北伯では露天で売られる。
カジュー	聞き分けの良き児にカジュー色づけり(小柳照子)	黄色か赤のこぶし大の多汁の果実。
アバカシー	鳳梨むく牛車の上の山刀(中村不朴)	パイナップル。

胡椒の花	師に見せし胡椒の花の一握り（藤橋耕春）	つたのように絡まる。穂状の白い小花。
牧草	牧草の毛のねばついて夏来たり（宮崎怪城）	2メートルほどに達する多年草で雨季に繁茂。
ジロー	貧しくも鍋良く光りジロー煮る（弐方一角）	ミドリナス。幹はトマトに似るが、果実や葉はナスに似る。
カンブキーラ	カンブキーラ食えば薇舌に載る（黒川さちを）	かぼちゃの芽。
時計草	珈琲樹にからみて咲けり時計草（榎本明花）	原野に自生。掌状の葉、白い花弁。
シュシューの花	花シュシュ谷埋めつくす日本村（増田恆河）	つる草。雄花は淡白か淡緑色。葉は食用。
マラクジア	マラクジアのジュースに睡気さしにけり（林蘭月）	時計草の実。パッションフルーツ。
王冠樹	王冠樹牧場風なる門扉（林貞逸）	グアプルブ。黄色の五弁花をつけた花房を無数に上下に突き出す。
鳳凰樹	鳳凰の花に白蝶群るる昼（今井せい）	フランボワイヤン。緋色の花が鮮やか。熱帯花木の王。
ムルングー	ムルングー咲くリオ街道の古い町（西田孔子）	コルチセイラ。赤い蝶のような花を咲かす常緑樹。
花ジャンボ	なし	緋色の花。同色のおしべが突き出しているのが特徴。
緋合歓	新築の佐藤念腹庵の緋合歓（佐藤あきら）	天使の髪の俗称。真紅、白など合歓のような花を咲かす低木。
クロトン	クロトンや二タ間に続く大出窓（林伊勢）	葉の色が鮮やかな観葉植物。
浮釣木	なし	仏桑華に似た低木。花は真紅。
黄金の雨	金の雨幹よりも垂れ簾なす（佐藤牛童子）	黄色の房状の花が乱れ咲く低木。
プルメリア	寺風の屋根の造やプルメリア（梶本北民）	ごつごつした枝先にめしべの先が白、赤、黄の黄色い花。
電信草	荒園や根を張り葉をはるモンステラ（小川貴美枝）	ツル性の観葉植物。夏、白いサヤに実をつける。

黄金のうぜん	なし	8メートルほどに伸びる。黄の筒型の花を青葉を残したまま咲かす。
源平かずら	なし	クリストの涙。白いガクから真紅の花を咲かす常緑低木。
紅孔雀	紅孔雀月下美人と咲き次いで（佐藤牛童子）	スイレンに似た深紅の大輪の花。茎は扁平で赤い縁取りが現われる。
月下美人	月下美人開いて火虫静もりぬ（的野いさむ）	純白のスイレンのような芳香性の花をつける。
千年蕉	なし	ドラセナ。玉蜀黍に似た観葉植物。
アラマンダ	アラマンダ放れし蝶の黄なりけり（白井輝女）	ツル性の低木。光沢のある葉、黄色い花。
風蝶草	酔蝶花凌渫の泥皆かぶり（羽瀬記代）	クレオメ。酔蝶花。1メートルほどの草、白か桃色の花弁。
精霊菊	精霊菊マラリア病みし入植地（梶本北民）	11月初旬の「お盆」のころに黄色の花を咲かせる。ブラジル人は「精霊の花」と呼ぶ。
マルガリーダ	マルガリーダ恋の病の頬寂し（薮本松湖）	シャスタデイジー。中心は黄色、花弁は白の花。
錦芋	なし	カラジウム。楯状の赤や白の葉を持つ観葉植物。
アンツリオ	アンツリオの棒芯を蜂吸いあがる（丘乃一平）	真っ赤なガクから黄色い花弁を出す観葉植物。
アガパンサス	なし	ユリ科。白と紫の六弁の花。
極楽鳥花	茎高く極楽鳥花跳ねて咲く（林貞逸）	橙黄色のガク、孔雀のような花。日本では秋、冬が咲き頃だが、ブラジルでは晩春から夏。
月下香	なし	チューベローズ。剣状の葉、白色の花。
金蓮花	金蓮花呉れて少女は独乙系（橘美恵子）	ノーゼンカツラのような黄の花、蓮のような葉。
夜光木	夜香花の雨後の匂いの甘さかな（中島孤穂）	夜香花。緑を帯びた白かクリーム色の花で芳香を放つ。
紅丁字	花火の尾ふめば地を翔つ蜂一つ（内山春一）	ナス科のツル性低木。筒状紅紫色の房状の花をつけるので、ポ語、日語ともに「花火の尾」とも。
釣浮草	なし	フクシア。「王女の耳飾り」の俗称も。

	岩霧草	岩霧草レオン峠のインジオ村（梶本北民）	崖に自生する多年生草木。初夏、淡紫の花を。
	ユーカリの花	蜜蜂のかよい路長し花ユーカリ（今本南雀）	白、黄、稀に赤の芳香性の花。
	木肌を脱ぐ	青ゴヤバたわわに木肌ぬぎ初めし（太田幸恵）	ユーカリなどでは幹の表皮が裂けて、中から青い木肌が見える。
	雨季茸	雨季茸に鼻つけて馬斃れをり（目黒はるえ）	雨季に生える茸。食用と毒性がある。
	サマンバイア	釣しのぶ閉ざされ勝な日本間（間崎恵子）	観葉シダの一種。軒葱（のきしのぶ）、釣葱。
	乾燥花	新首都やセンプレビイバは夏の花（梶本北民）	珪酸を含んだかさかさした花弁を持つ花かんざしなど。ドライフラワーも。ブラジリアの名物。
人事	暁雪忌	暁雪忌考古学会絶えにけり（富岡静司）	11月。市毛暁雪追悼。
	共和の日	なし	11月15日。
	国旗の日	なし	11月19日。
	海軍の日	なし	12月13日。
	甘蔗植う	甘蔗植う先立ち進む歩をゆずらず（佐藤念腹）	夏から秋に植え、冬に収穫。
	夏山家	珈琲搗く白系カボクロ夏山家（橋本岐陽）	青葉、若葉に沈むひなびた山家。
	浮家屋	浮家屋引越せしや橋架かり（佐藤念腹）	北伯の港町で見かける水上家屋。
	マロンバ	なし	アマゾン流域の家畜や農産物を出水から守る大筏。熱帯季題。
	タイヤ冷す	タイヤ冷すブラジリアへも通いなれ（川崎明子）	長距離トラックなどがタイヤを冷すために日蔭で休むこと。
	冷しマテ	暑に耐える冷しマテ茶を飲み廻わし（友寄影泡）	マテ茶はブラジル南部でよく飲む。
	グワラナー	渡舟茶屋はだしの娘グワラナ抜く（高甲太）	国民的清涼飲料水。
	コカコーラ	コカコーラ並べて子らの席きまる（梶本北民）	〝コカコーラ文明〟といわれるほどに世界的に知られている。
	ガラッパ	ガラッパや町景気にも耳をかし（宮崎怪城）	砂糖黍のしぼり汁のジュース。露天で売る。
	ビタミーナ	ビタミーナ林檎の混りし舌ざわり（川崎明子）	野菜や果物のミルク・シェーク。

	タカカ	タカカ食うて北伯の旅これよりぞ(岩田要)	北伯でよく露天で売るマンジョカ芋料理。
	アサイ	アサイ汁出来しか赤き旗立ちぬ(佐藤寒月)	アサイ椰子。マンジョカ粉を入れたジュースにする。
	椰子酒	飲み廻す椰子の杯椰子の酒(渡部パウロ)	ヤシの果樹を発酵させた濁酒。
	ジャンガーダ	丸木六本帆柱二本ジャンガーダ(佐藤念腹)	北東部漁民の筏式帆かけ舟。熱帯季題。
	嫁選び	牛追いの旅終えて夜の嫁選び(栢野桂山)	田舎町で広場や公園を男女が反対方向に散策し、相手を探す。
	ガリンポ	ガリンポや茅葺き屋根も活気づき(宮崎北星)	鉱物の採掘所。特にダイヤモンド、金など貴金属を漁る。
	椰子細工	椰子細工鰐の子細工値切る侭(佐藤念腹)	北伯の民芸品。熱帯季題。
	椰子草履	畳にも似し踏み心地椰子草履(西岡敏子)	熱帯季題。
	青田借	青田借してもらいとる嫁とかや(宮地耿葉)	未収穫の畑作を担保に営農資金を前借りすること。青田売。
	プレゼピオ	雨季の漏りプレゼピオの馬小屋に(後藤綾子)	クリスマス前に飾る降誕の場を再現したジオラマ。
	除夜競走	鉢巻のコロンビア勝つ除夜競走(佐藤牛童子)	元旦の深夜に開催されるマラソン大会。
追加			
秋	草棉	日曜のバスが着きたり棉の秋(目黒はるえ)	綿の実が熟して割れると中から白い毛状繊維を噴出す。実が桃に似ていることから「桃吹く」とも。
	棉取	鈴蛇の臭いがすると棉摘女(宮地耿葉)	晩秋の晴天続きのころに行なう。
	新綿	バス降りし綿商人は顔馴染(岩波掬二)	秋にできたばかりの綿。今年綿、古綿。
冬	甘蔗刈	寝て待てり甘蔗搾りの控え牛(山口一枝)	甘蔗を刈り、砂糖やピンガを得る。
春	焼野	痩せ牛のさまよう焼野果て知らず(大熊星子)	害虫駆除と掃除を兼ねて野を焼く。牧場では新芽を育てるためにも焼く。
	焼山	焼谷へなお燃え倒れ落つ木あり(佐藤念腹)	原始林を伐採し焼き払う。

	野焼く	火の子吐く汽車のゆく手の野火明り（畠山露耕）	草焼く、土手焼く、芝を焼く、畦を焼く。
	山焼く	古き世の民に還りて樹海焼く（増田拓山）	山火、火道切る、樹海焼く。
夏	スコール	スコールの後の日ざしも南緯二度（石津蒲嶮）	熱帯、亜熱帯特有の通り雨。
	朝蔭	朝蔭の家を数えて馬車着けり（佐藤念腹）	涼しい朝方の木蔭など、「朝の片蔭」。
	緑蔭（木蔭）	バイア料理木蔭木蔭を食べ移り（増田恆河）	緑したたる夏の木蔭。
	夏時間	夏時間ナモラ（逢引）は暗くなってから（宮崎北竜）	夏季の繰り上げ時間。
	マレイタ	マレイタの熱出る頃や蛍飛び（木村圭石）	マラリア。

梶本北民編『ブラジル季寄せ』中の「ブラジル季語」指定語一覧

＊備考は編者の解説をもとに要約。追加は同書の指定から外れているが、細川がブラジル季語と判断した語（野焼きや棉関連語は、本国の歳時記にも収録されているが、ブラジルでは格別深い意味合いを持つので追加した）。指定語のなかにはブラジル固有とはいえない語も含まれるが、北民の判断にしたがった。

追記

本章完成後、『蜂鳥』三〇二号（二〇一一年七・八月号）で、戦前のバストスで俳句を始めた池田童夢が「八月雑抄」と題して、興味深い季語（季題）をふたつ挙げているのを読んだ。ひとつは「忌八月」。これはブラジル人の間で八月を嫌う心向きがあることによる（とりわけ一三日が金曜日に当たると最悪だそうだ）。童夢はポルトガルでこの月は真夏の旱月だから農民に嫌われたのかもしれないと推測している。彼は「一些事にこだはる今宵忌八月」という例を引いている。つまらぬ失敗や偶然が過大に評されるというのだから、「忌八月」とは「厄月」のような感覚らしい。もうひとつは「野犬狩り」。かつて八月には市の衛生班が野犬狩りをよく行なった（狂犬病の発病期と関係するらしい）。連中がやって来ると、夜間だけ鎖につなぐような飼い犬を守るため、「犬捕りだ、犬を隠せ」と伝令が軒伝いに走ってきたという。たとえば「捕り縄を逃がれし野犬一目散」、「十米飛んで投縄野犬狩る」の句が残されている（カウボーイからの転職者が多かったのか）。もちろん今はこのような「風物詩」は見ない（少なくとも都市部では）。日本では犬（野犬）は一般に無季とされるし、野犬狩りがある時節にだけ活発だったこともなさそうだ。ふたつの季語はブラジル独自であるし、後者は農村部に大体限られそうだ。

この件について、サンパウロ大学日本文化研究所森幸一教授に尋ねたところ、おおよそ以下の回答を得た。大航海時代、八月は新大陸に向けて出航する船が多く、この月には結婚してもろくな新婚時代を過ごせないどころか、すぐに未亡人になることさえあった。そこで八月を忌む俗信が生まれたのだという（語呂良くagosto desgosto、いやな八月と呼ぶことも）。アルゼンチンにも同じ言い方があるそうで、ラテン文化に共通する俗信という説もある。引っ越しや事業の失敗もこの月に多いとか、第一次世界大戦が八月一日に開戦したことを嫌う理由に挙げた記述もある（その直後には「ひどい月、不吉な月、八月／いやな月、悲劇的でどうしようもない月」という流行歌が生まれた）。犬が落ち着かず（発狂し）、野犬狩りや狂犬病注射の季節であることも、この言い回しの原因であるらしい。ブラジルの俗信が季語に取り込まれた稀な例である（森教授と学生に感謝する）。

改めてブラジルの歳時記をめくり直すと、「八月」の下に「忌八月」の句が含まれているのを見つけた。たとえば『ブラジル俳文学』の歳時記・春の部（『麻』一九九一年四月特別号）には、「八月を忌みて動かぬ老となり」、「雲染めて旋風赤き忌八月」の例が挙がっている。その横には「八月や血走りたるは眼か月か」、「狂犬より強盗が恐し忌八月」、「犬追って十字のラッサ（人種、犬種）狂犬月」というような「野犬狩り」と重なる心情句もある（牛童子編の『ブラジル歳時記』中の「八月」も同様）。

参照した歳時記の大半は「野犬狩り」を項目に挙げている。どちらも童夢の思い出を読むまでは、引っかかってこなかった。

八月が俳句上の春であるというだけで驚いていては、移民の季節感にはとても想が届かない。現地人のように感受・鑑賞することが望ましいと言いたいわけでもない。本国人との間に春秋の逆転、亜熱帯気候というのに留まらない季節感の溝があることが、わずかふたつの季題から浮き彫りになる。このことが重要だ。他にも最近の訪問者には感知できぬ、途絶えた季節感が、何気ない季語の後ろに拡がっているかもしれない。

15　むかご飯と子雷——佐藤念腹鑑賞

蠟燭

ブラジルで佐藤念腹（一八九八年新潟県生まれ〜一九七九年バウルー没、一九二七年渡航）ほど敬慕され、同時に憎まれた俳人はいない。彼はブラジル俳句の句風と組織の確立に最も大きな影響を残した。客観写生、花鳥諷詠以外は俳句ではないと断言し、小さい俳句界を二色に塗り分け、短歌と共存のおかぼ会（一九二七年〜三三年）にも、ホトトギス以外も認める『南十字星』（一九三七年〜三八年）にも背を向けた。最大多数派の結社を率いて、ブラジルで唯一宗匠らしい暮らしを送った。生涯に二冊の個人句集、六冊の選集、一冊の俳話集を残し、一九三〇年代から亡くなる年まで半世紀近く、新聞雑誌の選者をつとめ、俳句指導者として余人の及ばぬ情熱を燃やした。北はアマゾンから南はアルゼンチン国境まで九百回に及ぶ行脚を行い、花鳥諷詠を村々の初心者に教え、その弟子の数は二千数百名に及んだという（栢野桂山「俳諧小史」『日系コロニア文芸　上巻』サンパウロ人文科学研究所、二〇〇六年）。全伯の句会の数は過去現在を合わせて、六百余りになるが、そのうちの七割は花鳥諷詠調であるらしい。そのすべてが念腹の直接的感化ではないにしろ、驚くべき布教の成果である。これは『曙雲』（萩原井泉水主宰）と結びつき、一九一〇年代から無季や自由律が盛んだったり、定型俳句であっても写生一辺倒に飽きたらず、主情的な方向を広げた室積徂春の『ゆく春』に範を求めたハワイの俳壇とは違う[1]。

佐藤念腹、本名謙二郎。一八九八年、新潟県笹岡村（現在の阿賀野市）の海産物屋に生まれ、小学校卒業後は家の手伝いをする。父親は「武家の商法」で没落し、もっぱら俳句に娯楽を求めていたという。その影響で自分も一六歳のころに念腹と自ら名乗り、『ホトトギス』に投稿を始める。一九一七年に初掲載されたということだ。一九二二年（大正一一年）、新潟医科大学に虚子の直弟子中田みづほが赴任するや、彼の組織するまはぎ会に加わる。木村圭石とはこの会で知り合い、媒酌人を頼むほど懇意になる。木村夫妻が大正最後の年に南米移住を発表すると、念腹は一家でついていく決意をし、同じアリアンサ植民地へ向けて半年遅れの一九二七年（昭和二年）三月、両親、妻、長女、弟二人を引き連れて鹿島立ちした。圭石と同じく、念腹もまたキリスト教徒で、生活の糧を求めてというより、原始林開拓に人間としての意義を見出した。小学校卒とはいえ、アリアンサの精神風土に似つかわしい自負を抱いた人生の切り替えだった。別れに際して虚子から「東風の船着きしところに国造り」、「畑打って俳諧国を拓くべし」という句を贈られたことを生涯の誇りとし、「俳諧移民」を自負していた。神戸港では「強東風のわが乗る船を見て来たり」、サントス港では「検疫や霧にとざされ移民船」と句帳に書き留めた。

佐藤念腹
（ブラジル日本移民史料館提供）

アリアンサへ向かう道中で頼みの次弟が列車衝突事故で死亡、暗い始まりとなった。「土くれに蠟燭立てぬ草の露」（『ホトトギス』一九二七年八月号）と、はかない人生を蠟燭の風に揺れる炎と露に事寄せて追悼した。蠟燭のか細い炎に焦点を当てた技法はすばらしい。人生の打ちのめす不幸な始まりであると同時に、新天地での豊かな俳句生活の始まりを予告する一句であろう。弟にブラジルで詠まれた数多い弔いの句のなかでも特に印象深い。弟に対しては後年、「掃苔の碑に毛布巻く物語」、「恋をする命惜みて墓参」の句を捧げている（『念腹句集第二』）。

アリアンサでは圭石と短歌の岩波菊治が中心となったおかぼ会に

一時的に所属したが、短歌との相乗りを潔しとせず離脱。一九三三年、自らアリアンサ俳句会を設立し、本意に沿った活動を始める。前後して上塚周平（瓢骨）の知遇を得て『聖州新報』と『農業のブラジル』の選者となり、知名度を高めた（数年後、『聖報』から『伯剌西爾時報』へ引っ越す）。

新潟では農業経験はなく、コーヒー、陸稲、とうもろこし、豚のいずれも失敗、三〇年代には「白い金《オーロ・ブランコ》」といわれた棉を試みたがむずかしく、生活苦を味わった。しかし契約農と違い、自営農から出発したのはアリアンサ移民の強みで、牧場牛で生計を立て、しっかりした二階建ての家を構えることができた(2)。戦後はサンパウロの三水会発行の流派不問俳誌『花筏』に一時期（不本意ながら）身を寄せる。一九四七年には創刊と同時に『パウリスタ』の選者となり、翌年一一月、満を持して『木蔭』を創刊する。一九五四年には僻地アリアンサからサンパウロ州の中央に位置し、鉄道の結集地であるバウルーに引っ越し、俳句指導で生計を立てる生活に入る。一九七九年、『木蔭雑詠選集（第二）』を選句中、同地で一生を終える。享年八一歳。

腰かくる木

越後時代の作が『念腹句集第二』（暮しの手帖社、一九六一年、小杉放庵見返し絵、花森安治装丁）に並べられている。

海苔舟や相傾けて掻き競ふ
一人づつ颪に耐え打つ棚田かな
瓜番や仮寝の肱へ月さして

解釈は不要だろう。青年は二艘の舟の動きを遠景化したり、瓜番の肱をクローズアップする焦点化の技法を使いながら、ホトトギスの作法を十分に身につけていた。写生句は言葉の指示能力を駆使して、ある瞬間の視覚性を十七文字で表現することで、見慣れた情景を巧みに切り取ったり、見慣れぬ角度からのぞいて、読者の驚きを誘うところに妙味がある。「一人づつ」からは棚田一枚が狭いことが想像できるし、「相傾けて」「風に耐え」が情景の要として生きている。しかし他方、「年玉を商ひながら配りけり」、「鴨撃ちに今出し父や銃の音」、「竹馬や股間に犬を従へる」のようなばか正直な生活詠もまた多い。よく言えば、新潟時代に会得した語法で彼は一生を貫いた。悪く言えば、二十代の句風から一歩も出なかった。ブラジルならではの動植物を見ても、筆さばきはまったく変わらなかった。信念一徹か、千篇一律か。

アリアンサ到着まもない一九二七年一〇月号の『ホトトギス』雑詠で早くも四句掲載の名誉を受けた。これは虚子が選ぶ欄で一人四、五句を最高に一句まで入選者が並び、多くの読者が最初に目を通した。

木漏れ日や桶にとりつく秋の蝶
空うつる木の根が上の桶清水
腰かくる木に燃えうつる焚火かな
梢より風踏み下る新樹かな

四句とも翌月の「雑詠句評会」で取り上げられ、絶賛を受けている。どれほど虚子一門の注目を集めていたかがわかる。「原始林を伐り拓きて住む」という前書きが鑑賞の要で、「腰かくる木」に対して、「原始時代の人の生活を見るような気がする」（増田手古奈）という評すら現われた。高野素十が夏秋冬を同時に経験する「四季が大変乱雑になって居る」国で、季題をうまく扱ったことをほめているのは、後のブラジル季語の展開から見て興味深い。彼は地方色を喚起する術語を用いずに、南米の天地を「異常なる興奮と寂莫」を持って詠じた句と適確に評している。

子雷

念腹の句は翌年三月号の『ホトトギス』雑詠欄の巻頭句、つまりその号の最良句に選ばれている。虚子の高弟として認められたことを意味する。いずれも彼の代表句である。

雷や四方の樹海の子雷
八方に流るる星や天の川
井鏡やかんばせゆがむ昼寝起
食卓やとりわけ父母の日焼たる
八方に仮の戸口や夕立中（一九二八年三月号）

「雷や」はサンパウロ市と新潟の故郷五頭山《ごずさん》に句碑があり、念腹没後の雑誌名（『子雷』）にも採用されている。大きな雷が一面の樹海に谺を響かせたという音響句で、「子雷」という造語力に評者は驚いている。「雷の谺を子雷と云って小雷と云わなかった処など非常に面白い」（秋桜子）、「子雷という言葉を捻出したのは念腹君の作句の技術が著しい進歩をしたことを証明する」（虚子）。さらに素十は「南米の天地はかくもあろうかと思われるほど雄大によく景色が出ている」と讃を惜しまない。「四方の樹海」が圧倒的だ。これは雄大というブラジルのイメージに合った。新しい俳語の発明と「雄渾な叙法」（秋桜子）によって、これはブラジル俳句のひとつの頂点を成しているといっても過言ではない（第14章参照）。

星が「八方」に流れるという描写も壮観だ。天の川と流星の両方を見所とする大空のスペクタクル、これははてしない樹海と好一対を成す。生活が落ち着き、風景が目に馴染んできた証拠だ。「井鏡」や「食卓や」も暮らしの細部に注意を払う余裕の表われで、後者には老いた父母を苛酷な環境に連れてきた悔いが感じられ、風土への馴化と時の流れを示している。「日曜の剃刀あてる日焼かな」という句もある。念腹の人間写生は、戦前のブラジルの俳人のなかでは抜きん出ている。その翌月、翌々月にもまた雑詠に選ばれている。虚子の期待を背負っていたことはまちがいない。

囀や只切株の海とのみ
幹に寄す汗の流るる背中かな
杣の戸を出で野獣《のもの》や夕立あと
たてかけて木にある戸かな夕立中（四月号）
芥火や向きなほりたる蟇
日盛や垂れたる蔓のかげの花
雇はれてここの国民《くにたみ》落花掃く（五月号）

連続金星の直後、念腹は秋桜子によって芝不器男、川端茅舎、後藤夜半と並ぶ四人の新進作家と呼ばれるほど注目を浴びた（「新進作家論」一九二八年九月号）。秋桜子はそこで地方色と芸術の問題を提起している。たとえば「稲刈るや畑見に来る新移民」や「稲刈るや大三十日蒔き二日蒔き」は一目で異郷の作とわかり、やや惹きつけられる。しかしそれは「作者に対する同情の心」によるだけで、「地方的特色があっても芸術的価値はない」。つまり移民は同情すべきという先入観なしには、味わう点が少ない。それに比べると、上記の「雷や」や「春雷や拓きし土を守り住む」は「心の奥を描いて秀でている」。念腹の長所を認めているものの、総体として他の三人に比べると点が辛い。「要するに、念腹君の句には気の利いた観方もない。また冴えた技巧もない。ただ熱心に手堅く素十君に師事して写生を修練した結果が、模倣を事としている人々の中で、次第に眼立って来て、知らず知らずの間に新進の

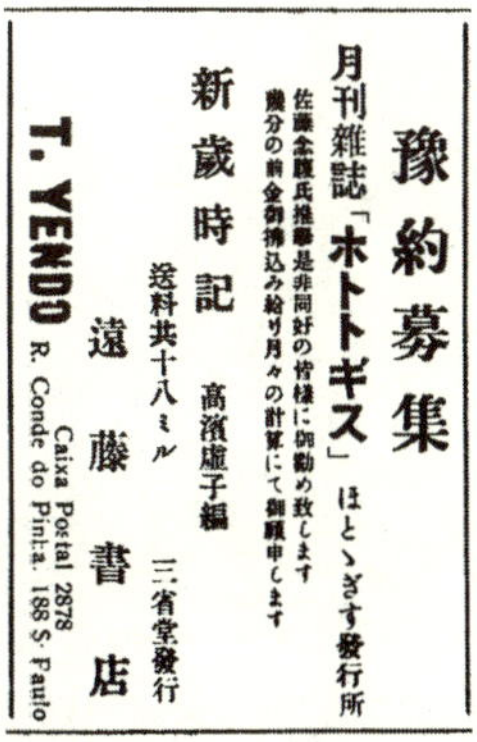

『ホトトギス』広告
（『時報』1935年6月22日付）

位置をかち得たものと考えられるのであります」。

この時期、秋桜子は写生を否定しないが、そこから主情的な暗喩を込める方向を目指し、素十の馬鹿正直な写生、いわゆる「純写生」を批判していた。念腹はそのとばっちりを受けたようなものだ。虚子が素十を支持したため、秋桜子は一九三一年に結社を去った。念腹批判はその前哨戦のように思える。後年、念腹が秋桜子を悪く言うのは、ここから始まっているに違いない。

地方色や先行知識の問題は、二年後の「野良合羽用意あるなり秋夕立」で再燃した（一九三〇年八月号）。一人が「ブラジル特殊の情趣」を感じると述べると、別の一人は「どうも句を鑑賞するにその句を詠じた人の環境を頭から取り去って批評することは出来ぬ。…ブラジルと云う前書があったら尚よいではないか」と付け足している。秋桜子が「雷や」や「杣の戸」には前書きなしで南米だとわかるが、この句は作者名を伏せられると内地のとしか思えないと批判すると、虚子は「秋夕立」という語が異国の景色を思い浮かばせ、決して内地の句ではないと援護し、外地の季語を打ち立てたことを讃えている。ここでも秋桜子と虚子の断絶がはっきり見られる。

念腹の句はその後も句評会で採り上げられるが、前書きや作者の情報に依存した鑑賞が肯定されて、今述べたような疑義の声は挙がっていない。結社が花鳥諷詠、客観写生の信奉者で固める流れと切り離せないだろう。たとえば虚子曰く、「こう云う景色は日本でもよく見る景色であるが、然しブラジルのアリアンサの高原地帯を想像して見ると其荒涼たる感じが犇々と迫って来る」（念腹の「霧まぎれ幹がくれして野辺送り」に対して。一九三三年七月号）。宗匠がこのように念腹を支持すれば、対抗意見は述べにくい。どのような高原風景を想像したのかはわからないが、ブラジルらしさは一種の書き割りのように、ホトトギス流に整えられた句調を外から支えるだけで十分という結論だった。秋桜子のような高い基準を設けると、俳句は文学エリートの専有になってしまう。虚子の姿勢は一方で排他的であるが、他方では月並を容認し、裾野を広げるのを助けた。

むかご飯

ブラジルは世界の田舎むかご飯

念腹の代表句として、この一九三七年七月号『ホトトギス』巻頭句がよく引かれる。ブラジル在住の勲章をつけて売り出し中の気鋭が、コーヒーでも大蛇でもなく、その国名を発句にすえる大胆さで、一筆で揮毫したような句である。花道で六法を切るように勇ましく大舞台に打って出た句で、気迫に満ちている。日本の田舎と世界の田舎が、むかご飯という味、匂い、茶碗の手触りまで喚起する食べ物によって通底しているという発見は鋭い。奥地でさえ常食していたわけではない料理が見事に昇華されている。日本でいうむかごは自生せず、土から掘り起こす小さなイモ類を指すのではないかと推測する人がいるぐらいで、もちろん写実ではない。土臭い語感が鮮烈に打ち出されている。ずいぶん後、『蜂鳥』の念腹句評会（一九九〇年七月号）では、告示に近い強烈さと讃えられ、指導者富重かずまは蕪村の「うれしさの箕に余りたるむかごかな」を引用し、一九九二年の念腹忌では「むかごめしゑぐいと言はず召上れ」を捧げている。

佐藤念腹「むかご飯」句碑（阿賀野市）（著者撮影 2012 年）

かずまの師、野見山朱鳥《あすか》の一九五四年の鑑賞文によると、「世界の田舎」という言い方は、ヒマラヤを「世界の屋根」と呼ぶのと同じ「真実感」があるという（『忘れ得ぬ俳句』朝日新聞社、一九八七年）。そこから「地の涯」「世界の涯」という言葉が連想される。地球は丸くて涯なぞないと知りながらも、ブラジルは日本の真下にある国と子どもの頃に教わった記憶やシベリアの流刑の話が思い出されて、世界の涯の語にも「真実感」が伴なう。いいかえると、「田舎」はこの場合、「時代遅れ」「ださい」「のんき」というような価値判断よりも、はるか彼方という意味を持ち、「世界」を冠することで最上級化して、「涯」を指す力を得た。念腹も田舎に自嘲ではなく誇りを込めている。世界のはずれでどっこい生きている。自分一人のことではなく、「我々」を代表するような気概で、移民が土に生きる姿を讃えている。「世界の田舎」という言い回しは他では見たことがない。彼はめったに使われぬ季語のすす払いをしただけでなく、日本から見たブラジルを新たに定義した。

腐肉

群鳥や野辺の腐肉に蛇は樹に
馬の尾を玉と結へて露に発つ
棉摘や稲の不出来にうち励み

「むかご飯」の隣にはこの三句が並んでいる。このうちブラジル色が濃いのは最初の句で、家畜の遺骸に群れるハゲワシ（ウルブー）と熱帯樹を這う蛇というふたつの強烈な生き物が、十七文字に極彩色で凝縮されている。驚くべき言葉の経済性で、俳人の技巧を見せつける。ブラジル色を示す語はひとつも使われていないが、読者は日本にはない野生の迫力に圧倒されたに違いない。「子雷」とならんで、念腹の最も華麗な叙景句である。これに対して「馬の尾」は日本でも見られるような細部の堅実な写生、「棉摘や」は佐藤家ないし当時の日系農家の生活事情を詠んでいる。三〇年代、飽和したコーヒー生産よりも有望視された棉で、稲の不作を補う農家は少なくなかっただろう。棉は日本にはない異国的作物だが、コーヒーや椰子ほどはステレオタイプ化されていない。虚子は見るからにブラジルらしい句からブラジル色のない句まで選び、念腹に（広くはブラジルの俳句人に）句作の指針を与えている。念腹はその後、三度『ホトトギス』巻頭を飾っている。

跣足にも傷の棘のと老来たり
牛屠るや相合せ磨ぐ刀の秋
日雇も天下の職や月の秋
野の石の割られて久し秋の蝶（一九三八年八月号）
仲悪しく旱の畑を啀ひ合ふ
守り呉るる宿なし犬や夜長宿
凶作の棉摘みかけてなげき合ふ
凶作や接ぎはぎズボン著て安し（一九三九年八月号）
枝の木莵足を揃へし目鼻立
梟に夜の渡舟の向かはる（一九四九年五月号）

「跣足にも」では、足裏の痛覚に老いの細かな兆候に気づいている。「傷の棘のと」というくだけた言い回しが、老人の際限ない繰言を真似て、くすくす笑いを誘う。牛の屠殺の異臭が漂ってくるような「牛屠るや」には、日本ではお目にかからないブラジル農村の異国性が強烈に打ち出されている。日本でも牛の屠殺は行われているが、俳味ある情景とは認めがたい。一方、ブラジルの農村では大宴会（シュラスコ）に欠かせない。その現場を血まみれの二本の剣に焦点を当てて描いた。「相合せ磨ぐ」はあまり使われない言葉だが、剣を複数化し場面を大きく見える。ブラジルの秋がどのようなものか想像がつかなくても、日本の「食欲の秋」から連想をつけやすい(3)。生活の地歩が固まってきたことは、「倒れ木の上の胡坐や稲光」、「草刈って庵の風みち作りけり」、「蜻蛉や昼餉の卓のもた

米作（宮尾厚編『創設十年』アリアンサ移住地十年史刊行会 1936）

せ鍬」、「倒したる大木の上の今朝の露」、「湯浴みして今日の日焼の加はりぬ」のような句からもわかる。伐採した大木と稲妻や露、草深い庵、蜻蛉と鍬など日常の一点に針を通すような観察を行った結果で、森に畑に仕事は厳しいが、ちょっとした合間に句帳が開かれた。生活句のなかで、これだけ言葉が収まるように収まっている句は珍しい。

　稲の「不出来」に棉を始めたのが一九三七年、しかし棉もまた「凶作」で嘆いたのが一九三九年、並べると佐藤家の日記になっている。また三八年には日雇い労働者を使いこなせるほど現地の農園経営に馴れた。「日雇も」は日頃は低く見られているカマラーダを「天下の職」と持ち上げている。もちろん写生句ではないし、プロレタリア俳句でもない。「天下の秋」の名月なればこその特別待遇なのか。この言い方にユーモアがある。彼らが何かをしているのではなく、月の秋の満たされた気分を日雇い連中にも分けてやろうという、俳句のなかだけの恩赦である。ブラジル農園の階級性は移民が最初に学んだことで、その階段を上っていくのが生活の基本方針だった。この日雇い観には農園経営者の余裕が感じられる。

「仲悪しく」が書かれたのと同じ頃、岩波菊治はアリアンサの行政悪化に苛立っている（「指導精神を既に失へる移住地事務所の理事に向ひて何を頼まむや」）。同地がもはや理想郷ではなくなったことが、現実的な二句から推測できる。

　農業の失敗と賭博農への懐疑については次の句がある。

　　霜害や犬の如くにさまよへる
　　霜害や起伏かなしき珈琲園

棉ちぎる農も賭博や移住祭
一と儲せずんばやまず棉を蒔く

一年の努力が一夜で水の泡となる霜害は、農村生活の負の極みとしてよく書かれてきたが、念腹は茫然自失を十七文字に巧みに描き出している。犬のようにさまようは直接的にすぎようが、「起伏かなしき」は見慣れた風景が一転して自分を拒絶し、冷たく不毛の広がりに見えると落胆している。別離の言葉を聞いたとたん、恋人のえくぼがあばたに見えるようなものだ。地形の起伏にかなしみが宿っているという言い方にひねりがある。悲嘆を句にすることで萎える心を支えたはずで、創作には精神的な治癒の効果がある。棉作の流行に走り失敗するのだが、上の二句はその前なのか後なのか、自嘲に聞える。地平線まで広がる雄大な農園風景は一皮むけば、投機性が顕著で、それだからこそ一攫千金が可能だが、念腹のように自覚した農家はそれに批判的だった。「花大根牛曳いてわれ今農夫」、「渡り鳥わが一生の野良仕事」の優等生が一儲けの誘惑に負けた。

巻頭句が一九四九年で終わっているのは、一方では虚子もまた戦後俳句の新しさを受け入れ、戦前の句風から遠のいていったこと、他方では念腹自身が結社の経営に忙しく、日本への投句に力を振り向けていられなくなったこと、この二つの理由からだろう。戦後には少なくとも私の目には、見るべき句が少ない。

宿なし犬

「馬の尾」、「宿なし犬」、「木菟」、「梟」の句にみるように、念腹は生き物との日常的なつきあいをしばしば共感深く描いている。これらは日本でも見られるようなありふれた風景かもしれないが、草田男が評しているように、「家畜や生物等が内地の人の句と違って何となく人間の生活と関係深い親し味のような情を以って扱われて居ることが目立つ」（『ホトトギス』一九三四年一〇月号）。これは「くくられてゐて鳴く山羊や朝焚火」に寄せた言葉で、冬の季語、焚火が伝える寒さよりも、白い山羊と赤い焚火の対比がもたらす「朝のいきいきした気持」を強く感じるという。ブラジルの農地の朝についての想像にうまく合った。「犬の貌来てゐる月の寝椅子かな」、「雨来とて犬すり寄れど棉を積む」もまた草田男を満足させた。日本の農家の犬がどのように暮らしていたのか、どのように詠まれたのか私は知らないが、月下で寝椅子に横たわったり棉を摘む生活がめったになかったことは確かだ。その意味で異国的だが、椰子や大蛇でこれみよがしにブラジルらしさを炸裂させる句ではない。飼い犬とはいえ現在のペットよりは、住みこみの野良犬のようだ。開拓生活が家畜・野生動物との共生のなかで営まれたことに俳人は注意を払った。

夕立や撲ちて止まざる柵の豚
豚の群追ひ立て移民列車着く
歩み居る豚の背にとぶ春の蝶
足裏を舐め去る豚や庭昼寝

豚だけでこれだけある。都会育ちの見方だろうが、この家畜がそこにいるだけで空間が緩くなるように感じる。新潟時代の師の中田みづほに「早苗饗の酔馬に辞儀牛に辞儀」という田舎暮らしの一コマを一筆書きした句があるが、それに似た家畜の臭いを放つ一句である。放し飼いでぞんざいに扱われているが、人の暮らしに溶け込んだ姿がうまく写生されている。雨に曝され、鉄路に我が物顔でたむろし、蝶や人になついた家畜。念腹は養豚に励んでいるわけではなく、山羊や牛や鶏と同じようにいつか売る家畜の一匹にすぎない。ブラジル独自とは思われないが、全体に漂う長閑さは捨てがたい。

花珈琲

ブラジル情緒と切り離せないコーヒー園生活からは、実の採集と花の鑑賞のふたつのタイプの句が生まれた。

上枝より降るが如くに珈琲もぎ
珈琲樹にもぐり宿りや秋夕立
遠く行くつむじは高し珈琲摘
流れ来る珈琲の花に濯ぎけり
ギタ弾いて道に憩へり花珈琲
珈琲の花明りより出でし月

実の採集ははしごに昇り、枝を揺すって地面に落とす作業で、日本の果樹採集とはやや違う。竜巻が遠くを行くという図は地平線の遠さを感じさせ、日本的な風景ではない。ギターの句は、野良で田舎唄をつまびいてくつろぐブラジル人を想像させるが、「ギタ可笑し夜なべの杵を打外す」という句もあるから、民衆楽器をつま弾くモダンな日本人が身近にいたのかもしれない。逆に「流れ来る」のが山吹、さざんか、桜、梅などのような花でも俳句にしたくなる風景だ。コーヒーの花弁が何色か知らなくても、日本の読者がただちにブラジルらしさを感じ、絵を想像できるような句だ。はめ絵といったらよい。同じように、「花明り」の句は念腹の句のなかで最も愛された句のひとつだが、掛け軸になりそうな日本画の桜の花をコーヒーの白い花に塗り替えたようだ。花明りは非常に絵画的な季題で、細工なしに俳句的情景になってしまう。月夜のコーヒー園でこの季題を思い出したところに、彼の豊かな語彙の蓄積が感じられる。

生活の細部の描写は写生句の真髄で、以下のスナップは念腹が書き留めなければ、忘れられてしまったかもしれない。

転耕を見送るや馬とばしつつ
漏り減りのして届きけり樽清水
当番の移民が配る賀状かな
新藁にもたれかかりて野良珈琲
瓜漬を食ひ結飯食ひ珈琲飲む

「転耕」（ムダンサ）は契約を終えて、あるいはその途中で別の農地に引っ越すことで、戦前移民に共通した生活形態だった。アリアンサは初めから土地を分譲された家族が住み、例外的に定住家族が多かった。それでもいろいろな理由で転出家族はあり、念腹はまるで西部劇のように馬を飛ばして友人一家を見送った。日本にはない風景だ（北海道の開拓村は別かもしれない）。アリアンサには樽に山の水を入れて届ける商売や、町の郵便局に届いた手紙を当番が配る制度があったことがわかる（「漏り減り」という面白い言い回し）。最後の二句は、本国ならお茶であるところがコーヒーになっているのが面白い。日本茶が入手できないわけではないが、「トマカフェーする」（文字通りにはコーヒーを飲む、実際には「お茶にする」と同じく、一服する）という慣用句があるように、コーヒーが常用されている。「瓜漬」の句は食い合わせが妙であると自覚しているからこそ生れた。妙であるが馴染んだという側面もある。漬物と握り飯を放せないという同化の拒絶も含んでいる。いろいろな場面でふたつの文化を折衷して暮らさざるを得ない移民の中間的な位置をユーモラスに述べている。

これらの句を読むと、あまりに牧歌的で、苛酷な労働を強いられた移民という先入観はどこかへ消えてしまう。詠み手の社会的な位置を消して、情景に没入することが是とされる花鳥諷詠では、生活苦は題材になりにくい。あるいはなりえない。それは川柳や短歌、あるいは新興俳句で描く事柄で、写生俳句の領分の外にある。少なくとも念腹派は長閑な情景しか描かなかった。その作法は既存の題材や語句を継承していくことにあり、熟練者になればなるほど、言葉の在庫は豊かで、ほとんど必然的に過去の名作に似てくる。ゆるぎない既視感の上に人となりを感じさせる芸当をやりおおせる俳人は少なく、写生の旗印は惰性、陳腐と踵を接している。だがそれも一概に否定できない。写生俳句が裾野を広げられたのは、まさにこの特徴によるからである。念腹が陳腐というわけではない。彼の作が後進によって模倣されて陳腐化していったのだ。

椰子帽子

戦前一世の心の持続低音、郷愁については次の一句が優れている。

寒かりし日本の記憶薄らぎし

記憶が薄らぐとは、まだ残っているということでもある。新潟の寒さを実感として思い出すことはむずかしくなったが、寒かったことは覚えている。雪や防寒支度を忘れるはずはないが、肌の感覚としては思い出せない。故郷は遠くなり、人生は終わろうとしている。だが国への思いをつなぎとめておきたい。郷愁句は少なくないが、そのなかでこれは最も曰く云いがたい心境を巧みに述べた秀句だろう。最後に老いの句をいくつか。

天の川何処にあれど老ゆのみぞ
山眠り面影もなく移民老い
開墾の昔初夢にも悲し

戌年の七十三の椰子帽子

念腹が天の川を詠むときには必ず、最初に挙げた移住直後の名句「八方に流るる」を思い出したに違いない。四十年後、華麗な空の見世物に背を向け老いていく自分に閉じこもっている。「山眠り」では風景の輪郭がぼやけていくように自分の輪郭もぼやけていくとつぶやいている。山の眠りは自らの死の前兆で、天の川と同様、老いた主体は風景から切り離されていく。天の川も山も自分が亡びた後もそのまま存在し続けると想像しながら、己の小ささに溜息をつく。開墾時代を初夢に見ても、懐かしさよりも老いの悲しさが先に立つ。

戌年の句はおそらく年男になった新年に書かれた。鏡を見て身づくろいをしながら、皺が深くなった日本人の顔と南国の帽子の取り合わせに、移住してからの歳月の重みを思った。愛用の品を椰子帽子と書いてみると妙に熱帯情緒が漂う。それが意外な発見だったかもしれない。日本なら異国趣味に終わるものが、ここでは生活のありふれた品になっている。ブラジルの風土にすっかり同化したことに感慨を催すと同時に、次の戌年を迎えられるかどうか自信がない。同じ時期にもこのホトトギス俳人は数多くの模範的写生句を残している。しかし私はその合間に洩れる時の流れに対する反省に興味を覚える。椰子帽子の一句は年男になった開拓民の老いを表わす最良の句のひとつであると信じるが、いかがだろう。

註

(1) 島田法子「俳句と俳句結社にみるハワイ日本人移民の社会文化史」『日本女子大学紀要　文学部』五七号、二〇〇七年、五五〜七五頁。ただし『ハワイ歳時記』などを見ると、全体としてホトトギスの影響は強い。
(2) 一九三〇年、念腹宅を訪問したまはぎ会会員で、新潟医科大学の中村隆治「南洋・南米の旅」(『ホトトギス』一九三九年二月号、四三〜四五頁）参照。

（3）「相」を用いて情景を壮大化する技法は「秋風や相見失ふ野良の人」でも応用されている。この句に対して、最初どういう景色か見当がつかなかったが、念腹の作とわかって、「広漠たるブラジルの野原が眼前に浮んでくる」（富安風生）、「何処の景色でもいいように思われるが、併し断然南米であろう」（中田みづほ）と評されている（「雑詠句評会」『ホトトギス』一九二八年一〇月号、二〇頁）。「見失う」では月並に陥るところを「相見失う」としたことで、農夫たちを隔てる空間が一気に広がり、南米らしくなったと各評者は見ている。南米在住俳人の作という知識は、鑑賞に大きく影響している。

16　生命の無限を讃える——横田恭平の農民詩

決して懐かしまないこと（辻仁成「PERFECT STRANGER」）

ティンブクツというと世界の果てみたいに思う人がいる。でもそうじゃない。ぼくはティンブクツ出身だ。だから思うんだ、そこがぼくらには世界の真中心なんだと。

（アリ・ファルカ・トゥーレ『トーキング・ティンブクツ』CD解説より）

はじめに

横田恭平（一九〇二年新潟県生まれ～一九八七年スザノ没、一九三二年渡航）は、ブラジルの日本語文学史のなかで、論じるに値する数少ない詩人の一人である。創作のほか、詩論、同人誌出版、組織運営にも力を注ぎ、戦後詩壇の巨大な求心力になった。戦後四十年間、中断なく発表してきたその持続力だけでも敬服に値する。犀星調の抒情詩に始まり、暮鳥の生命主義に共鳴し、戦後には光太郎のような強い語調に転向し、最後には宇宙の肯定を歴史の肯定に拡大し、移民史を背負うような詩を書くに至る。このような変化を追える詩人、渡航前にさかのぼる詩業を見通せるのは、ブラジルには他に永田泰三がいるだけだ。しかし日本に出版先を求めた永田と違い、横田はすべての詩集を地元で自費出版した点で、精神も詩業も移住先に根を生やした詩人と呼べるだろう。日本へ投稿すらしなかったのではないだろうか。大浦文雄との共著『スザノ』（一九六一年）を皮切りに、『感情粗く憔悴せる』（一九六六年）、『スザノ第二』（一九七一年）、『スザノ第三』（一九八三年）、『あまい空気と道路のある』（一九八六年）の合計四冊半の詩集がある（すべて国会図書館所蔵）。

一九〇二年（明治三五年）三月一三日、新潟県南蒲原郡の農家の五男として生まれる。父は俳句を詠んだ。中学時代、藤村の『若菜集』、徳富蘆花の『思出の記』を夢中になって読み、詩を書き始める。三条中学卒業後、三条銀行に勤務（二十歳）。堀口九萬一のブラジル紹介、フェニモア・クーパーの『草原』五部作に感銘を受け、新風の詩を書いてみたくて、一九三二年、りおでじゃねいろ丸で出港。三十歳の旅立ち。リンカーン伝にあるような丸太小屋に住んでみたいという夢もあり、食い詰め者ではない。トランクには厳選して米次郎、犀星、暮鳥の三冊を入れた。入植先でも文学書には困らなかったというから、読書家が残した文庫があったようだ。約四年間、ピラチニンガの小作農、借地農を経験してから第二アリアンサで原始林を購入（一九三六年）、しかし不用意に身元保証人を引き受けたために全財産を失う（一九四〇年）。ゼロから再出発し、小作農としてアリアンサの日本人耕地で働く。日系人に対する弾圧もあって四〇年代前半は人生で最も苦しい時期だった。四九年、近くのミランドポリスの借地農になり、暮らしは少し楽になる。一九五四年、スザノに入植し、果樹栽培を始める。二年後、生涯の棲み家を購入。少し後、近くに住む二十歳ほど年下の大浦文雄と知り合い、二人詩集『スザノ』（一九六一年）を出版、一九六四年、スザノ詩話会を創設。時に六十歳。それから上に挙げたように着実に個人詩集を上梓している。一九六八年、サンパウロ詩話会発足に関わる。二つの詩話会の中心的存在で無欠席を通す。両者合同の詩集『叢』（一九七二年）、『風と土』（一九七五年）に作品を寄せる。一九七六年、『亜熱帯』創刊。一九八四年、日系ブラジル文化協会よりコロニア文芸賞を受ける。一九八七年一一月二六日、肝臓ガンにて逝去。享年八五歳。一男五女の父。[1]

横田恭平（大浦文雄蔵）

小作農から地主へ、原始林から近郊へとある程度典型的な移民の道を歩んだ。コーヒー、綿花、養蚕、果樹とひとわたり作物を扱い、失った財産を取り返した。堅実な優良農家との感を受ける。十代より途切れることなく詩作に励んだが、移住後、作を公開し始めたのは、終戦直後の『パウリスタ』詩壇からだった。大浦はそれを読んだ時の身震いを次のように述べている。「あの終戦後の社会思潮の混乱と、自分自身の年齢的な人生の動揺期の重なり合った時に於て、大地に生えた槻の樹のような強靭な、それでいて梢たかくわたる風を思わせるひびきをもった詩に接した時の感動は、おそらく私の一生の中で、読書をつうじてめぐり合う、数少ない「邂逅」の深いよろこびの一つであった」（「横田恭平の詩と人と」『感情粗く』跋）。二人の出会いが、詩話会結成、出版というその後の展開の起点だった。そこから戦後の詩壇は運動のかたちを取るようになった。つまり個々の作の発表に終わらず、愛好者が出会い、批評や議論、指導や歴史作りを含めた人と言論の場が出来上がった。二人の出会いは文学史上、紛れもなく意義深い出来事だった。ついでにいえば、大浦は横田の詩の『パウリスタ』初出切抜きを今でもきちんと整理している。(2)

大浦は先輩を次のように素描している。「自適の精神は／あばら屋の中に存在する／／読みさしの本と／書きかけの詩稿／ゴヤーバにかける／古新聞紙の袋の束と／封切られた数々の／手紙のさんらん／／それらに被われた机をはさんで／平衡をとらぬと、潰れそうな／（現代の世界にも似た）／椅子に腰かけ／この家の主人と話していると／／戸口から／青い草と／コスモスの花が／そよ風と共にのぞき込んだ」（「自適の精神は」、合同詩集『風と土』一九七五年）。「自適」、横田の慎ましい生活と信条を表わすのに適切な一語を大浦は発見した。これは大浦自身が目指す徳でもある。百田宗治の「人生」が示す質朴な暮らしを思い起こさせる（「よき寝床あり／明日食べるだけの麵麭《パン》があり／台所にその寒さをふせぐだけの炭があれば／――家のうへに屋根あり／屋根の上に月あるをおもふのみにて／わが心足る／われはかかる平静なる人生を欲す」）。しかし最晩年、横田がコロニア文芸賞を得たころ、ある行き違いから大浦の方から離れていく。それにもかかわらず、師への礼として横田の死に水を取り弔辞を読んだが、死後の和解はない。これもまた小さな詩壇の見逃し難い出来事である。

移住前——暮鳥と犀星の下で

渡航前の代表作として、『北越新聞』の募集（一九三〇年新年号）で一等を取った「北方の追想」が挙げられる。「私はそこに野生する／葱の辛みを知っている／私はそこの流れにすむ鮠の児の／生きたままの味を知っている／／あんずの樹の梢に石を投げると／どんな風に、熟した実が落ちるかを知っている／皮ごとの茄子や胡瓜を少年らが／どんなに好むかを知っている」（四〇年代までの作は『感情粗く』に収録）。葱、鮠《はや》、あんず、続いてふきのとう、菜種に寄せて村の風土を美しく描く。結尾の連は「おお私は、そこの草の、木の、虫共の／それから、夕日をながめることの好きな／少年たちのこころを知っている」。その少年こそ、横田自身である。犀星が描く無垢な故郷や少年像が彼を捉えたことはまちがいない。選者白秋のお墨付きを得たことは容易に想像がつく。この詩には、一部が東京の若者向け文芸誌『若草』に、女性名の作者によって盗まれ、西条八十選で一席となったというオマケがついた。

時に可憐な少女も現れる。「少女らと約するはかなし／少女らそをひそやかにまもりぬ／／されば少女ら海に行きて帰りしとき／めづらしき貝殻など拾いて吾れに贈りぬ／また少女ら山に行きて帰りしとき／うつくしき花びらなどおして吾れに贈りぬ／あわれ少女らかかるうつくしきこと／大人びやかにふるまいたり」（「約束」）。海と山で対句をつくりながら、純情かつ「大人び」た少女たちとのつきあいを甘ったるく歌っている。全国の中高生がこのような藤村や白秋の模作を作っていただろう。なかには異国への憧れも表われる。「私は夢想する、彷徨える叔父よ／追放されし兄よ／異人のごとく丈高く眼なつかしく／大いなる鞄を携えてこの星降る夜／ふるさとの停車場に降り立ち／私を抱き、私に物語り／遠い邦の品々を私に与え／私をその邦に連れ去ってくれないか」（「藤の花咲くころ」）。四十年後に訪日した時、ブラジルの叔父さんは甥に向かってこの詩を読み聞かせただろうか。

歌謡や短歌の懸賞募集でも賞を得たが、やがて創作の純粋性を考え、詩以外のものは作るまいと誓ったという。一ジャンルに身を捧げるという決意は、佐藤念腹、永田泰三など移住前に文学的な履歴を残したわずかな人に限られる。ブラジル文芸界のかなりの数の人物は複数のジャンルをまたいで活動した。著者意識も制約も少なかったため、好奇心のおもむくままにジャンルを遊泳できたし、文芸サークルが小さく、ジャンルを越えた人物交流があった。趣味なればこそ、つまみ食いが可能だった。文学を書くことが好きな人には、ジャンルは問題ではなかった。横田は対照的に詩に献身した。

詩少年は第一書房版の堀口大学や西条八十の詩集、八十編集の『愛誦』を通じて、中西悟堂、尾崎喜八、野口米次郎（『人生詩集』）を知り、その「自由な思想表現」に驚いた。後に青春の愛読詩人をこう評している。「米次郎の詩は情緒の湿《ママ》いがなく、思想がそのまま露出している。犀星は流露感がありすぎ、それはもちろん特長でもあるが、最後まで同じスタイルで通した。八十は恋愛詩以外に書かなかった。白秋は才気に寄りすぎた。順三郎は貧乏の味を知らない。露風は社会性に乏しい。耿之介は高踏を自任しているが衣装に凝りすぎる」（「詩、よもやま」）。この寸評から当人の目指す境地は想像がつくだろう。このような欠点なり癖があるにしても、自分の言葉を持った大詩人であるという尊敬に変わりはない。そのなかで最も心惹かれたのは、山村暮鳥のポケット版『月夜の牡丹』だった。ブラジルへ持参した三冊のうちの一冊である。同年生まれの隣県出身詩人に対して、格別な親しみに通じたはずだ。故郷の古本屋で手にしたとき、「すでに死を予期した暮鳥の淡々たる詩境、生き方に打たれた」。彼が心に刻んだのは、「花をみること／それもまた／一つの仕事である」（「朝顔」）。あるいは「まづしい一家族の／住んでゐるのは／とうもろこし畑の中だ／蟋蟀よ／霧深いな」（「ある時」）。朔太郎が目を見張った初期の『聖三稜玻璃』の鋭角的な語法ではなく、中期から後期にかけての平明ながら宇宙観を秘めた語法が、横田の好むところだった。暮鳥の宗教的な葛藤には無関心なようで、彼が晩年に行き着いた仏教的な生命主義に、横田は最も共感した。暮鳥は「死をみつめつつも人生を肯定する」。語法はずいぶん離れていくが、この哲学は横田のなかに最後まで留まった[3]。

新潟時代の作には花、虫、川、星、里山、田畑、雪など美しい風景を、時に文語体をまじえて藤村、犀星張りの感傷で描いた作が多い。生涯を貫く田園好み、都市嫌いは、「草いろもて／都会をぬりつぶせよ／その街々に麦を植え／緑野の感情を／まっすぐに吹き通せよ」（「草いろもて」）に既に表われている。都会を緑色に塗りつぶせという大胆な考えは、今日の環境保護の標語にしてもよい。農作業についてはこんな一節もある。「畑中の径に藁筵を敷いて／その上で熟した菜種の莢を打って／菜種をはじけさせた」（「第一の収穫」）。戦後、本格的に開陳される輪廻思想については、「すずめその糞をたれて／土となせり／白くなめらかなる芽／そを出でぬ／あわれうつくしきこと」（「芽」）に関心が示されている。これらを採りあげて、詩想の一貫性を証することはできるが、戦後には素直な抒情は薄れていった。

開拓時代

渡伯後十数年の詩想は新潟時代の延長にあり、ブラジル奥地の風土と生活を賛美している。渡伯前の詩心は新しい大地でいろいろと試みられている。たとえば南国風景の象徴については――「椰子の木はいつもみどりのひろ葉を風に吹きながし／その花ふさはいつしかに白う咲いて垂れさがり／その青き実ふさはつぎつぎに黄いろく熟れ」（「片倉農場」）。椰子の美しさを四色ののぼりのように描いている。観光映画に出てきそうな風景だ。幼子と遊ぶ詩は家庭生活の充実感に溢れている。「はるみ（四女）はまだしゃべれないが／お月さまは？ときくと／ん、ん、と月を指す」（「はるみ」）。戦後詩壇にあふれる他愛ない身辺詩は、横田の作品群のなかでは珍しい。

横田恭平と娘はるみ（1953年10月）
（大浦文雄蔵）

　他の詩人が好んで描いた生活苦は片鱗も見えない。悩みや涙、心のさざなみは彼の詩的表現の外の事柄だった。人の行ないを全面肯定することにインクが費やされた。たとえば移住前からの主題である農作業の喜びが、のびやかに表されている。「枝頭の黒く乾いた実は棒で叩き落す／赤い実青い実は／青葉と一緒に素手でこき落す／バラ　バラ　バラ／実粒は散乱し／見る見る地上に堆積する／やわらかな白光の中で／珈琲収穫作業が進捗する」（「珈琲採集」）。「その最後の日かげをも掬わうと／その茎しやんと伸びあがり／その葉ぶり斜めにそびやかし／ああこの日光を愛する棉共／幾万の棉共の、その一本一本がいつしんに努めているそのすがたは」（「棉に寄す」）。無理に鍬や汗や土を美化したところがないし、開拓者の気負いもない。日の丸を背負っているような硬直もない。

しかし他方で表現の変化の兆しが見られる。文語体はほとんど影を潜め、心情描写は減り、藤村、犀星の影響からの離陸が始まっている。恋愛はおろか、女性もほとんど消える。暮鳥の「労働者の詩」や「老漁夫の詩」（『風は草木にささやいた』）のような人間礼讃が強く出て、一部で説明的になり、後年の時事詩の特徴が頭をもたげている。たとえば「訪客は／寸鉄詩作者と名乗った／暗いランプを挟んで相対するや先づ／天地創造の際に拾ったという」（「訪客」、詩仲間の芳賀裸人の訪問を受けて）。このような散文的な言い回しが思想的な詩では特に目立ち、抒情的言葉遣いはしだいに葬られ、言葉遣いが硬くなっていく傾向がはっきりしている。「ああ言葉なきものの社会のひそけさ／ここには色とりどりなる哲学はない／自然の純真があるばかり／この閑寂の境に在って何を思わう／しばらく人界の悩みを忘れて／思想を爽やかにして了った」（「森際の収穫」）。原始林の小動物の観察から、人の知性の重苦しさをやや否定する内容だが、社会、哲学、思想のような生硬な言葉は渡伯前にはほとんど出てこなかった。また小さな生命体を客体として観察するだけでなく、そこから人間について省察している点に、詩想の成熟が見られる。その先に後で述べる生命主義が待っている。

労働の律動と神聖化

四〇年代末には日系社会も横田の生活も危機を脱し、安定した境遇に入る。彼は『パウリスタ』への寄稿を自分に義務づけた時期もあり、創作に力が入った。それと同時に壮年期の気概なのか、詩壇の指導者たる自覚なのか、

「〜よ」と呼びかけ、「私」が命令し、「〜なのだ」と断定し、「おお」と感嘆するような声高な調子が目立つようになった（若い頃にも散見できたが）。「青年よ、さあ跳びたまえ」（「走高飛をする青年への助言」『スザノ』）。このように強く呼びかける者は、上から物を言う位置にある。この詩は不退転の気迫で世間を渡れと青年に諭している。このような姿勢は家長としての自覚と関係しているだろう。生活描写、真情吐露は彼の詩学の外にあった。井上正夫、百田宗治ら前の世代の民衆詩の高揚感が、抒情を押しのけてせり出した。彼は「自分は他の大衆と同じようなことを思考し感情し、他の大衆は自分と同じようなことを思考し感情しているにちがいない」と確信し、宮沢賢治が好きになれないのは、彼が農民指導者としての意識を捨てきれなかったからだと述べている（「詩、よもやま」）。農業を指導することはなくても、青年や移民の精神的指導者たらんという気概が『パウリスタ』に投稿するころから湧いてきたと思われる。

この時期には農作業を讃えるだけでなく、耕す人を讃えることが始まった。それにつれて、汗、鍬、土といった農民詩の常套的な語彙が目立つようになった。戦前の植民文学に逆戻りするような内容だが、鋭利な言葉選び、豊かな語彙、滑らかなリズムが横田らしい特徴を出している。その典型を一九五二年元旦の『パウリスタ』で入選第一席に選ばれた次の詩に見る。

「焼け土を耕す歌」

このやけただるる真昼陽のひかりの中に
焔ともえあがる男ひとりの人間のちからに堪え難く
私は私のはだか身を投げいだす

この脈うち奔るちからは一挺の鍬を振上げ振下げし凝り沈んで

寂念に収まり激発して炎を息吹き
醜草に土くれにはねあがるひかりを制し

このくすぶれるちからはとろろ身裡に燃えさかりたちまち
こまかき筋となり皮膚を奔り
淋漓　汗にながれてはだか身にしたたらし

ああこのいのちはみなぎりはがねになれ
真昼陽のひかりの中になお赫灼と溢れ散り
男ひとりのにんげんのちからは
ひとすじこのやけ土にしみこめ　つらぬけ

農村文化振興映画の背景で朗読されそうな高い調子だ。農夫は焼け土と格闘している。いのちは戦う男の筋肉と脈と皮膚に迸っている。(4) 男性的身体の讃美は、彼の戦前の詩にはなかった。これに並べて発表された「樹」では、樵が力士に重ね合わされ、男性的な生命を謳歌している。「樹にぶつかつてゆく　がつちり四股を踏み／けもののようにちからを撓め／朴訥なる樹にぶつかつてゆく／／ああ揺り返して韻く／／鬱々とはらわたに韻く／寂しき生命のちからのひびき」。「寂しき生命」に仏教的な諦念がほのかに見えるが、全体としてがぶり寄り相撲のような前進するからだに歓声を上げている。

農夫の身体性については、ずばり「男性の美に就て」（『スザノ』）がある。これは横田の男性的な理想を断定口調で書いている。「ひびわれた粗硬な樹皮」や「ふみにじる土壌の沈痛な泥色」に発見される「幽邃な美」は、男性の美と同じものだ。樵夫や農夫は労働の対象と同質の美を保っている。彼らは自然の生命循環の一部に同化している。「戦士」は「種属の繁栄のために献身する／同時に精神的には不断に生と死の間を歩く／彼等は懐疑者である／不信者である／しかも熱烈な求道者である」。自らの「理智の殿堂に祀る神」のみを祈り、心より悩み、「悩みに生きつらぬかんと意志する」。その「内面の金剛」が外貌にほのかに現れ出たのが男性の「深遠な美」である。白樺派を引きずった理想型で、内面を磨けという説教にも聞こえる。彼がとりわけ讃えるのは長年の苦労を皺に刻んだ老人の顔である。よく働いて老いてこそ男性美の真骨頂が見られる。一方「女性の美は花／性の花／妖しくも粘こいその魅惑の前に／男性はしばしば跪く」。このように女性の美は否定され、彼女らの献身も悩みも忘れられている。少女への憧憬はもはやない。一介の農民であると同時に、家長であり詩の指導者であるという自覚からこのような詩句が生まれてきたのだろう。

一九五三年元旦付『パウリスタ』で第一席に入賞した「壮年」を、上で引用した「珈琲採集」と比べると、この時期の高調ぶりが如実にわかる（『感情粗く』に再録）。作業の描写の相がずいぶん異なる。「壮年」では疲労に抵抗して労働する身体が、高村光太郎のような反復の心地よさと律動感を持って彫刻されている。労働讃歌は農民詩の常套的主題のひとつだが、体操のような動作の美に踏み込んだ作はブラジルでは珍しい。

「壮年」

吾が壮年は
落日の金粉の中
すでに疲をかんじつつ
地上に寄せあつめられた珈琲の実を
腕いっぱいのペネイラ〔ふるい〕に抱えて起き上る

支える指をしなやかにし
はづみをつけ
からだを伸ばし
一とふりまた一とふり
颪なきに颪を起し

なだれ落ち
またなだれ落ちる重圧に耐え
力を奔らせ
力を制し
思念は衷に冴えていよいよ沈痛となり

（中略）

寸秒狂わぬ操作
ぎりぎりの熟練
歯軋る力と意志
私は裸形の競技者のごとく
力を試みんとする意欲さえもつ
生活の悪戦に疲れたが
私は尚力の壮美を思う

動作に力こもるとき
優婉な韻律になることを思う
（中略）
私は力が、粗野なる力が鍛錬された時
軽んぜられたる労働をも
最も高貴な芸術とさえ観ずる
（後略）

作業の身体的疲労と「生活の悪戦」のふたつに押し潰されそうになるのを「私」はこらえている。高貴な労働＝芸術家であると自分を奮い立たせながら。虐げられた農民という像はまったくなく、前向きな表現に全編貫かれている。マルクス主義者には、階級意識に欠落し、搾取の現実を見ていないと酷評されるだろうが、ペネイラの律動に合わせて珈琲豆が空中を舞う姿が巧みに描かれていることは否定できない。ここでも「生活の悪戦」については、微かに触れられるだけで、高貴な農民＝芸術家像が彫り上げられている。

声高な調子は『感情粗く』の巻頭詩（初出は一九五二年四月二九日付『パウリスタ』）でひとつの頂点に達する。

「私は諸君を最も愛することが出来る者だ」
太陽よ
もっとはげしく、私の筋肉を灼け
労働よ

お前ははがねのように優美に
私の肉体を仕上げるだろう
動作はあざやかに
韻律にあれ

軽塵よ
あがれ
草よ
燃えろ

花粉よ
こぼれよ

小鳥よ
私の肩に来てうたえ

さあ、やってくれ
私は諸君を最も愛することが出来る者だ

太陽、労働、花粉、小鳥などに自然のままをやってくれと呼びかけている。あるがままこそ最も美しい。自然の摂理に沿って生きるものに恵みあれ。犀星の「自分は無限に一切を愛したいのだ」（「自分の使命」）を髣髴とさせる。暮鳥で探せば、「とびだせ／虫けらも人間も／みんな此の光の中へ！／みんな太陽の下にあつまれ」（「万物節」）の生命讃歌が近い。

六〇年代には、見たもの感じたものをそのまま詩にすると信じ、概して抒情に流されがちな他の詩人と一線を画した態度をさらに鮮明にした。思想や理念でさえも「詩精神」が溢れ、昇華すると詩性に転化すると理論づけた。その「詩精神」とは「詩を思う精神、詩をかんずる精神、それを詩に表現しようと意欲する精神、詩を生活しようと望む精神、それらのすべての精神をつらぬいて、なおかつもっとも純粋に昇華されたものであろう(5)」。感動に加えて思考の深みがあって初めて良い詩が生まれる。同語反復的だが、あまり理詰めで問答してはならない。たとえば「詩を生活する」というような強い言葉が喚起する昂ぶり、それがこの論の核心にある。

万物のものうい命

大浦は『感情粗く』の跋のなかで、横田の詩を「肯定の文学」と要約している。「しかもそれが「今」に甘んずる軽い楽天的なものでなく、過去と現在と未来の重なりあった重厚なイメージの原板の上にうつしだされる作品は、時としてかたい抵抗の構えをもつ、それはまた、どこともなく吹きあたる「虚無」の風に立つ姿勢でもあり倦怠の翳りをふみながら長い人生の道を歩いてゆく一人の人間の姿でもある」。

農民を、労働を、青春を、故郷を、家族を、恋慕を肯定する詩人。その肯定の最も根源に生命と宇宙の肯定がある。「抵抗」は疲労に対する身体の抵抗と、状況に対して竿を差す抵抗というふたつの意味がある。「虚無」は無限に包み込まれた感覚であり、「倦怠」は大宇宙のなかでちっぽけに立ちまわるしかない生命の物憂さである。これがすべて合わさって他の生命への共感につながる。大浦の評言はその後、横田が広げていく詩想＝思想を適確に予言している。「ものうい感情の詩」（『スザノ』）は「ものうげ」が自分と生命を結びつけると描いている。全行を引用する。

「ものうい感情の詩」

まひる
あるいている
熱くしめった
土の上
てくてくと
風さえ通さぬ
なんというものうさ

ひとりあるいている
なんというものうさ
かたわらの
草も木もものうげ
端草《はぐさ》かつぐ

蟻ものうげ
おお私の思いが
彼等に反映するのか

彼等の思いが
私に反映するのか

みんなが呼吸をひそめて
ありあまるいのちのちからを
重苦しく圧えているのだ
そのために
空気も
土も
世界中がものうげなのだ

思う
このものうさは
遠く子供のときから
つづいているのだ
いや　生れぬ前から
つづいているのだ
草や木のものうさは
草や木がこの世界に出来たときから
つづいているのだ

ものみな
耐えがたいものうさに耐え
なにごとか
待ちのぞんでいるのだ
それは死か
破滅か
または目覚めるように鮮烈な
大きな生命の発生か

親は子に継ぎ
子はその子に継ぎ
思うだに
ああなんというものうさ
生きのいのちの
このものうさ

なんとなくものういという浪漫的な気分は、文学として平凡極まりない。しかし横田はたとえば春の午後や雨の日にものうさに浸るのとは異なり、世界が生まれた時からずっとものうさが続いていると確信していた。その気分に生類の本質を見出し、草木も土も世界までもがものういと記している。蟻と自分の間の伝染関係を想像するほどだ。生命が継承されていくことがすでにものうい。世界の存在自体がものうい。それは諸行無常が生類をものうげにさせるからだ。彼は山村暮鳥の「たそがれると／それをしってゐて／そろそろ／花も／草木も／よりそって／それもまた」（「おなじく」『月下の牡丹』）を、生命あるもののさびしさに連れ添う詩と讃えている。[6]同じく暮鳥の「このたくさんの／蟻、蟻、蟻／なんとなく／なんとなく／ただ、歩き廻って／ゐるのでもなからう」（「蟻」『月下の牡丹』）は、「生命は一体なんのために存在するかという大疑問を提出している」。「ものうい感情の詩」の詩想は暮鳥の延長線上にあり、いのちの連続性を宇宙の連続性として捉えている。キリスト教の世界観よりも仏教の生命観がせり出している。このものうさを上品に言い換えれば「もののあはれ」となるだろう。

横田は生命＝宇宙主義的な信念を、上で引用した詩論「〝詩〟には何の規制もない」にきちんと表明している。彼によると、宇宙に空気のある地球が転がっていて、その上で人や草木が生きているというだけで驚異だ。人が歩き、馬が糞をするだけでも「壮麗な詩」だ。「なぜならば、それらはすべて、無限を意識することによってそこにおのずから詩的情操を培養する内部精神をくぐりぬけて、詩性ある映像として感覚されるからである」。馬糞が詩なのではなく、目前で馬が生きていてそれを別の命である自分が見ている、そのことを宇宙の奇蹟と感じたら詩といえる。詩とは生命に満ちた宇宙を寿ぐことだ。「生命の世界は詩の世界である」（『スザノ』には文字通り「馬糞の詩」が収録されている）。

鈴木貞美の徹底した著作『生命観の探求』（作品社、二〇〇七年）が描いたように、日本にはいのちをめぐる思想と言語表現の長い系譜がある。明治以降は中国語由来の「生命」が一般人の語彙に加わり、仏教、神道、陽明学、キリスト教、西洋科学・思想などいろいろな受け皿の下、意味を重層化していった。定義を明確化する目的の議論が、互いの足場をきちんと理解できないためにかえって意味を拡散してしまうという事態が、雪だるま式に生命観の輪郭をふやかしていった。横田は知識人の議論についていったわけではないし、新しい生命観を人知れず打ち立てたわけではない。ただ時代の通俗的思潮に刺激を受けつつ、北陸の農村に広がる仏教的宇宙観（たとえば「草木国土悉皆成仏」）を素朴に信じていただけである。そうしたアニミズム的な読書家は他にもブラジルに渡っただろうが、それを詩のかたちに表現したのはごくわずかだった。

一九一〇年代の日本では、進化論的生物学と仏教的輪廻観とキリスト教的人生論が混じり合った大正生命主義が開花した。鈴木貞美は科学と信仰が互いにもたれ合い、それぞれの自律性を失うところに特色と危うさを見、蘆花にはこの思想が典型的に現れていると論じている。横田は蘆花の他にトルストイ、阿部次郎、土田杏村、有島武郎のような青年の必読書をすべて読んだだろう。西田幾太郎や木下尚江をかじったとも想像できる（鈴木、前掲書、第八章参照）。いずれも生命主義を唱えた論客だが、しかし琴線に触れたのは、散文ではなく詩だった。とりわけ平易な言葉で、小さないのちへの共感と輪廻を説いた暮鳥の発見が決定的だった。先に引いた随筆「詩、よもやま」では、『月夜の牡丹』の「朝顔」が愛唱歌とされている。「一輪の朝顔よ／ここに／生きた瞬間がある／生くることの尊さがある／／さいてゐる／花をみよ／かうしてはゐられぬと思へ／／花をみること／それもまた／一つの仕事である／／それの大きな仕事であることが／解ったら／花をみて／その一生とするもよかろう」。

横田は若い頃、暮鳥のような伏目がちだが、しっかりと芯のある声で書かれた詩を好んだ。しかし五〇年代にはだんだんと声が高くなってきた。生命主義的な宇宙観と声高な調子はパパイヤ（ポルトガル語でマモン）に呼びかける「マモンの詩」（『感情粗く』）で、十分に展開されている。

「マモンの詩」

真摯なる態度で
新山に自生する一本のマモン
その巨大な果実は
どれ程私の家庭を湿したことか

私は親愛と感謝の念を以て
この植物の全霊に対す
マモンよ
風貌特異なる熱帯植物よ
君が分厚の闊葉と
累々と幹に実を成らすそのふりと
独前の気慨に溢るる生命の力を讃えよう
私もまた一個の生物として
他の容喙を赦るさざる独創の力で仕上げて来た
私は私の祖先の鏤骨の努力を知る
私は私の子孫のなおも受難すべきことを知る
一個の植物としてその稟性に従い
環境に順応して生存と繁殖の方式を改良し
向上せんとする意図をもつマモンよ
私の感情は君の感情に投合する
私は君を諒解し君の決意を讃嘆する
私は実に君の呼吸をさえ呼吸する
すなわち礼節を以て両の掌に
君が秘法の果実
多汁豊美なる一個を受取る

君が期待する耀かしい永劫の未来を含める重量を

用語は堅苦しいが、精神は暮鳥の「ザボンの詩」を受け継いでいる。「私」はマモンをもぎ取って食べる。目に見える動作はそれしかない。しかし詩人はそこに一期一会の瞬間を捉える。感情を投合するほどふたつの異なる生命体は一体となる。品種改良は農家の仕事というだけでなく、植物の自発的な向上心の賜物で、両者の協力によって実現される。私も果物も祖先から連綿と続き、子孫へ引き継がれる生命の永劫の流れの一断片でしかない。ふたつの生命が今・ここで出会うのは奇蹟といってよい。「めぐりあいは／たった一度でいいのだ／たとえそのとき／お互いの心臓が／はげしく喘いだとしても」（「めぐりあいは」『スザノ第二』）。

私は君を食べて命を延ばす。君は次の果実を幹に残す。それほど全生命は霊的で協調的なつながりを保っている。果実の触感、特に果汁のみずみずしさが哲学的な内容に潤いを与えている。技巧的には擬人化の一種だが、ここでのマモンは人智を超えた生命体と捉えられている。「マモンの詩」について、詩人はこう書いている。「自分は農夫なので、年中草木や樹木に接している。これらの植物こそ、実存思想の所有者であると思う。彼等が「現実」を最善に生きるために、孜々として努めるすがたを見ると、頭が下がる。つねに環境に順応し、自然をドミナ〔支配〕しようと試みる。肯定し、しかして抵抗する。決然として質的の飛躍を遂げる[7]」。

スザノ、宇宙の中心として

詩集の題名から一目瞭然だが、横田にとって五〇年代半ばに引っ越したスザノは霊感の源だった。宮沢賢治にとっての花巻、更科源蔵にとっての石狩、原民喜にとっての広島のように。横田ほどひとつの場所に詩的に固執した詩人はブラジルにはいない。彼は場所が与える印象を深く受け取り、言葉に醸成した。どこで暮らしているかをつねに反芻した。日々の散歩は自分の居場所を確かめ、そこから宇宙の片隅にいると感じる儀礼のようなものになった。終の棲家と決めて以来、〈スザノ〉、〈歩く〉、〈道〉は生命主義を発展させる新しい糸口となった。「私の放浪時代は終った／私はあの樹のように／ここに根を張ることにしよう」(「道路舗装工事」『スザノ第二』)。日本と似た風土で、新潟と同じく山に近く、日系人が多いため、「空気の青い町」はすぐに第二のふるさとと認定された。「あらゆる地点から／あらゆる角度から／この町をながめた／少年の日、郷里の古い小さい町にいだいた／あの愛着の思いと同じ思いで」(「スザノ市(ふたたび)」『スザノ第二』)。他の数多い詩人や歌人のように、浮草人生を自嘲し、故郷喪失を嘆くのは、まったく考えられないことだった。

「スザノ市」

澄明な
そして湿度ある青い空気をもつ町
ものかげさえも
いや、人ありて
ほしいままなるその思情のかげりさえ
青いいろにそめなすよ

これはスザノに引っ越して間もない頃の作である(『スザノ』)。清らかさがまず印象深い。「清冽」はスザノの描写に何度となく表われる。ここに住んだからこそ、空気がいのちを支えるという六〇年代以降の重要なモチーフが生まれてきた。その風景には一点の瑕もない。「森、畑、珈琲園／ユーカリの林、牧場、休閑の草地／柑橘に囲まれた赤いフランス瓦の家々／ああ吾が住む田園は美しい」(「日没と革の草履を穿く男」『感情粗く』)。スザノ市外のこの桃源郷的イメージは、終生訂正されなかった。

スザノには日系人が集中し、町の経済や農業の重要部分を占めている。ジャポネースの姿は日常風景の一部として溶け込んでいる。ふるさとのように感じられるのも、同胞の姿がそこにあるからだ。五〇年代の駅前の日本人経営のバール（カフェ兼軽食スタンド）では、明治の「真白き富士の嶺」が流れていた（「スザノ駅前」『スザノ』）。また公園では一世がお国訛りで話し、二世がポルトガル語新聞を読んでいる。そして「すっかりブラジル人の相貌に似変った古い移民が／日本語の新聞をむさぼり読んでいる」。そればかりではない。「手を組み合って心はづむ／清純な日系の制服の女学生たち／あちらでは日系の園丁が／ゆっくり鋏を動かしている」。「見馴れた風景」なのに、初めてこの町に着いた旅人のように物珍しく映る。毎日更新される同じ風景、繰り返しのなかに生を深めていく道がある。「そもそもこれは如何なるさわやかな感傷であらう」（「スザノ公園」『スザノ』）。

異土が郷土になった。ここまでは反転した郷土文学と解釈できる。ところが横田はその先に宇宙論を組み立てる。他のすべての生命がそれぞれそうであるように、自分は宇宙の中心にいる。「スザノは地球と称する太陽系惑星の頂に位置するものであり、同時に、際限もない宇宙空間の中心あたりに存在する地点である」（『スザノ第三』序）。政治・経済・文化・人口の中心とは別に、自分の居場所からしか世界を見ることができないという宣言で、自分は今・ここから宇宙につながっていると自信を持って語った。地方都市、田園を描いた無限の世界も自分の小さな居場所から見たり考えるしかない。「考える／おのれの立っているあたりが／宇宙の中心だろうと」（「宇宙の中心」『スザノ第二』）。

宇宙は無限という言葉で言い換えられる。無限は無に通じる語感がある。そして虚無感をくぐり抜けた無には生を支える力がある。横田は高橋新吉の「無限身」（創元選書版）を引用する。「此の身無限にあり／万物無限なり／我一身にあらず／無限身」（前掲「無限・無・そして実存」）。無は諸行無常の無、生命あるものはすべて滅びる、だからさびしい。ことに知性を持ったために人はなおさびしい。しかし無からしかいのちは始まらない。彼は仏陀が大衆の前で何も説法せずに下がったという話から、無（言）の実存的意味を読み込んでいる。仏陀は言葉ではなく

「現身を以て法を示した」。詩を志すような人は自己とは何か、他とは何かというような問いに悩まされて一度は虚無に陥るが、そこから這い上がると実存思想が見えてくる。彼は当時の最新思想家サルトルを仏教で受け止めている。「仏教は、何万年何億年後にも真理であると云われている。それは地上にあらわれるすべての哲学、思想を包含するということかも知れぬ。まさしく実践によって自己を顕現しようとする実存思想をも包含していると思われる」。この発言は森本和夫『道元とサルトル』（一九七四年）に六年先立つ。フランスかぶれに陥らず、自分の履歴にそって実存主義を咀嚼している。

田園好みの詩人が都市を嫌うのは自然で、横田は後年になるほど、文明批評的な態度を明確にしていく。「都会という大有機体の／脂肪、情熱、美徳、痴愚、淫猥／みなこの中に排泄されて溶けている／自分はこの川上の湿地に生息して／ほそい疳の強い詩を書いている」（「天国の貌」『スザノ第二』）。最後の詩集の表題作「あまい空気と道路のある」は、「性愛だけがいやに肥大し」て、「ポルノロマンチコ」、羞恥を失ったヌードが氾濫する現代を、「よろずの生きものへの情《こころ》」を喪失した時代と捉えている。性はいのちを引き継いでいく神聖な行為なのに、快楽に仕えることに貶められている。

五〇年代から彼は社会や生活との直接的な接触を詩に求め、都会の「芸術」や「文化」を拒絶した。農民であるという誇りがその裏づけにあり、大衆の視線と感性を共有していると信じきっていた。しかし都会の産物を嫌悪する時、彼は農民を特権化した。「あまい空気の底」で、町や国を縦横に結ぶ道路は、人間の「聡明と叡智の徴／大いなる愛と秩序の詩」であるはずだが、その理想は汚濁した水に沈んでしまったと失望している。「人類の歴史は／欲望の進化の歴史でしかない／欲望は律せられるときうつくしい」。肯定の詩人はこのように欲望の過剰を否定した。都会の物質生活は宇宙や全生命とのつながりを断とうとする。この思想の良し悪しはここでは問わない。繰り返しになるが、人類史というような壮大な主題を詩のかたちで言い表そうとしたのは、ブラジルでは横田一人だった。

空気と道路

詩人八四歳、最後と予感したに違いない詩集は『あまい空気と道路のある』と名づけられている。空気と道路は彼の詩想の到着点と見なすことができるだろう。道路は人がこれからつくるものの代表、空気は既にそこにあるものの代表で、両者の交わりに彼は詩の行き着く先を見た。まず道路から見てみよう。第一詩集の「ものうげな感情の詩」に登場する「てくてくと」歩く人は、その後もライトモチーフのように顔を見せる。たとえば「廃道を歩いている」(『感情粗く』)では——

遠く市邑をはなれ
行くほどに丈を没する草地の中
一筋の廃道を歩いている
すがれはてた荒蕪地や
風そよぐ野草の間
又は手入の行届かぬ牧場を過ぎる
ひっそりとした道

こうして「なつかしい人生の市街」をはるかに望む荒地を歩きながら、「私」は鳥や風を愛でたり、見知らぬ農夫と世間話をする。やや疲れて後ろを振り返る。「ふり返れば過ぎ来し方はいとも鮮やかに／風景の襞に重ねて指呼せられ／再びそちらへ歩いて行ってみたい衝動をかんずるのであった」。こう詩は結ばれる。明らかに人生を振り返ることに重ねられている。「風景の襞」とは視覚的には、「なだらかな傾斜」に遮られて全体を見通せない「私の道」のことだが、隠喩としては断片化された過去を指すだろう。戻りたい衝動に駆られたところで詩は閉じてい

一本道を歩く横田恭平（1984 年）
（大浦文雄蔵）

る。しかし横田は多くの詩人・移民と違って、回帰の衝動（郷愁）を抑え、前進することを選んだ。

歩くこと、そして道は、人生の隠喩として詩の言語に昔から定着している。横田もその系譜にある。ただし宗教的意味合いの濃い「道」よりも「道路」という言葉を好んだ。即物的な語感がするが、道と路の合成という独自の用語のようだ。[8] その内容はしだいに抽象的な色合いを濃くしていった。「ひっそりとした道」に心を寄せる割に、高い調子が好まれた。廃道をとぼとぼ歩くというより、堂々と行進しているかのようだ。「道路」をモチーフとする最初の作（『スザノ第二』）は、彼の哲学を余すところなく描いている。

「道路」

自然は人間をつくり
人間は道路をつくった
道路は人生の表象
道路は人情の川
道路は秩序、渝るなき社会正義
すなわち大いなる愛
世界のはてまでつづく愛
（中略）
だれも通らぬさびれた道路には

思索と内省の自由がある
往来はげしい道路は
律動の美に溢れる
（中略）
曲りくねって長々となんの奇もなく
どこまでもつづく一すじの道路の風景
私はそこに
人生に於て最も力強く
而して最も暗示的な美をみとめる

生類のなかにあって人だけが道路を作る。その道路は長く曲がりくねっている（ロング・アンド・ワインディング・ドーロ？）。詩人が歩くのはもちろん「思索と内省の自由」のある「だれも通らぬさびれた道路」だ。スザノの具体的な風景をしたがえた「廃道を歩いている」に比べて、形而上的というか一本調子になった感がある。人情、正義、愛、思索というような肯定的な概念も、想を十分にふくらませてはいない。光太郎を遠い模範に、道路を何とかして思想的に、詩的に輪郭づけようとしてもがいているが、結果は芳しくない。同じ詩集のほぼ末尾では「道路について（ふたたび）」と題して、同じ主題を変奏している。ここでの道路は過去から未来へまっすぐに続いている。五百キロも変わらぬ風景のなか直線が続くというトランスアマゾニア国道を走る感じだ。

「道路について（ふたたび）」

少年らの物思いを明日につないで

落日のかなたへはるかに見失われる
ひとすじの道路
それよ、思惟する人間らのつくれる

それよ、思惟する人間らの
情操そのもの
理念そのもの

それはある国家を通過し
それはある社会を通過し
それは断絶をもたない

それは究極をもたない
それはつねに新しく
また古く
しかもそれはおのれに
「今」に還帰する
そして更に出発する

それはすでに文学であり

それは哲学である
私は根気よく
存在に於ける希求と思慕をうたってきたが
かえりみれば、どのうたも
道路のうたにすぎなかったように思う

暮鳥の「道はすべて大都会に通ずる／道は蔓のやうなものでそして脈搏つてゐる」（「遥にこの大都会を感ずる」『風は草木にささやいた』）を思わせるが、「それよ」というこなれぬ呼びかけにはぞっとする。「それは」の連呼も理屈っぽい。道路は情操、思念、文学、哲学、さらに「存在に於ける希求と思慕」と等価とされる。ずいぶん重い意味を担わされている。何でもかんでも道路に結びつけられているという感を深く持つ。

一方、空気についても数編を残している。その代表（『スザノ』）——

「空気に就て」

空気！
この忘れはてられた浮遊のものを
つねに意識し、感覚し
熱望し、春恋する
魚類が水でその身体の内部まで濡すように
肺臓の深いところで
しっとりと湿った空気を味わう

それから一杯の珈琲をのみ
手馴れのエンシャーダを肩に
　どんどん丘の上の畑へ

数万の星のなかで空気を持つ星があることが既に奇跡だ。それを何よりも先に寿ごう。命を支える気体まで遡って生命を謳歌している。具体的には朝の深呼吸という程度の情景だが、呼吸の快感が宇宙に対する感謝とともに表明されている。同じ詩の後半はこの詩想が全面的に開花している。

私は父と母の子
父と母はその父と母の子
空気の中に
私は久遠に垂れる一本の生命の緯《いと》を握る
空気の中で
私の生命は他のすべての生命に関聯する
微々たる虫けら　道端の草の一片にも
つねに新しく
つねに古い空気
その中に発端した輪廻を思え
ああこの百方無辺の透明体は
かなしみとうつくしさに満ち

そが中に現実の皮膚を頌す
（後略）

空気の中で世界の初めにさかのぼるすべての生命の連鎖が行なわれてきた。「私も草も木も同じようなものであった／とるに足らぬ生活のごとくして／おのがじじに高揚する精神があった」。仏教の生命＝宇宙論が明白な字句で表現されている。この感覚は暮鳥の「曼陀羅」が詠う「かなし」い宇宙と近い。「このみ／きにうれ／／ひねもす／へびにねらはる。／／このみきんきらり。／／いのちのき／かなし。」

世界の中心で、尿を放つ

さて、朝、畑への道で深呼吸した農夫が次にすることは小便だった。「丘の上の畑ではたらくときは／先づ小便しましょう／大地のたしかさは／くらべるものがない／土こそ悉皆《みな》のものであろう（中略）でひとつ小便しましょう／しみじみと／生きていることの感懐をかみしめて／おおこの大きな展望の中にいて／まづしい自分の二本の足からも／地熱のようなものがつたいのぼって／胸ぬちにこもるのだ」（「丘の上の畑ではたらくときは」『スザノ第二』）。このように詩人は朝の仕事始めに小便を垂れるのを常としていた。この一見卑小なことは、宇宙の摂理に一直線でつながっている。

「かくして世界を変革する」

乾いた土の上の
何気ない放尿からも
ささやかな浸蝕が行われる

かくして
私は世界を変革する

この五行の詩はまずおおげさな題でおかしみを誘う（『スザノ第三』）。小さな行いは耕すことと変わらない。鍬で耕すときには道具を介して腕と大地がつながる。しかしここで放出しているのはからだの中から湧いてきた液体、生理的な解放感を伴って、直接、大地に散布される。生きていることを実感できる。これとて宇宙でたった一度の出来事である。「午前八時／光りいよいよみなぎる／光りの中に放尿す／いばりは燦きて地に触れ／沁む、沁む／吾が生命の沁みこむごとく（後略）」（「壮年」『感情粗く』）。小便で世界史が変革するわけではない。しかし万物流転の微小な一部分を担っていることも否定できない。他では替えがたいからだと大地を結ぶ偉大な行為で、生きている証である。今流にいえば、生態循環系の一環に自分を位置づけている。

王道楽土の移民

「宇宙の中心」では、スザノらしい町が「移民の辛苦が／舗石に沁んでいる町」と描かれている。しかし横田はこの辛苦の主題をふくらませることはなかった。辛苦を重ねたが、それは昔の話、今はこの王道楽土に心から感謝を捧げる。生命の全肯定はちっぽけな移民のなりわいの肯定も含めば、公式史の全肯定につながる。歴史を作り上げてきた葛藤や抵抗は消され、小さな場面での個人の奮闘や敗北も隠される。一人の農夫の美化は詩的な感興をたたえていられる。しかしそれがすべての農夫、すべての移民となると、思想的決めつけでしかなくなる。その間に明瞭な境界は引けないが、歴史を言及するときの横田は、自身も巻き込まれてきた細部を捨象し、教科書のような通り一遍の物語に作り替えている。ものうさは飛んでいってしまう。小さな生命と大きな宇宙に注意を払う一方で、歴史の代弁者、公式の年代記作者として筆を持つと、出来事の裏面や生活の微細な感情の揺れはどこかに消えてしまう。それが彼にとっての詩である。肯定的宇宙観を基礎とする生命主義が歴史に応用されると、一面的な記述に終わってしまう。日本でも仏教的な、生命主義的な世界観がたやすく翼賛体制に加担し、滅私奉公、自己犠牲を正当化した歴史を思い出す（鈴木貞美、前掲書、第九章参照）。横田の場合、日本回帰の正反対に向かっているのだが、ブラジルの手放しの讃嘆はその裏返しの過剰同化の結果と思える。ブラジルの国技のワールドカップでの敗北が二度も詩になっているのは——「対おらんだ、世紀の蹴球試合を見て」と「八二年コッパ敗戦記」（ともに『あまい空気』所収）——完全にブラジル人になったことを宣言したいからだろう。サッカーに言及した日本語の詩は時々あるが、この二編ほどブラジルの国民感情に同一化した内容は他にない(9)。

振り返れば、その端緒は五〇年代末の作と思しき「勿論私も」（『スザノ』）に早くも表われている。「私は移民の生涯を哀愁の眼差もて見送るものではない」といういきつい書き出しに、全体の調子は予告されている。移民は二十年以上たてば、「身も心もこの国のものになる」。奥地の日本人は「しっかりと踵で土をふんで歩く／永い間の労働で脂肪を洗われた／淡白なあかるい表情／質素な小ざっぱりした服装／相俟って一種の清潔感を与える／これが謀反心多かりし移民第一世の／成れの果てである」。何に対する「謀反心」なのか、郷愁自体が同化を拒むという意味ではブラジルに対する反抗といえないこともない。そう考えると「成れの果て」はよく理解できる。否定的な言葉に逆説的にたくましさを込めている。聖別された民族という意識が「謀反」に内包されている。この移民にとって「この国の土は／ふるさと以上のものだ」。かつて「故郷から携えて来た高尚な理想」は破れたが、今ではブラジル人以上にこの「若い民主国」を愛している。「彼等は労働の中に悦楽を見出す」。移民五十周年（一九五八年）の祝賀式典で朗読されたらよさそうな音調だ。「自分の詩はおおむね、こうしたさびしい感情、悲哀の感情を深いところに匿し、上べを太陽の光線のあかるさで刷く」（「〝詩〟には何の規制もない」）と自作解説している。しかし移民史総括の詩は上べの明るさしか描かれず、行間から悲哀が顔を出すことはない。

「歴史」（『スザノ』）では「私たち」と人称を換えて類似の内容が描かれている。愛する故郷への「重たい愛着を断ち切って」、「大きなロマンセを夢みて」到着、爾来二五年、「私たちは過去に悔いない」、「私たちはほんとに自由に気ままに振舞った／どこまで寛容な邦だろう（中略）私たちはどうにもならないほど／この邦を愛する思いでいっぱいだ」。多くの回想や事実に残る苦労は、「非常にみぢめな場合もあったが／いつも希望をもって生きた」の二行に圧縮されている。上の詩で「謀反」にあたるのが「手の付けられない浮浪児」である。私たちは「高尚な魂の持主」ではなく、「自由にして暢達なる主義「放浪」」を掲げて、地球の裏側からやって来た(10)。放浪はこのように哲学的に再定義されている。高尚さ（気取り、都会的洗練と言い換えても良い）よりも自由に高い価値を置き、ブラジルほどそれが許される国はないとベタ褒めしている。ブラジルの愛国主義者（ウファニスタ）に翻訳して聞かせたい。彼は言語以外は全きブラジル人という自己意識を持った。日本を恋しがる詩が一編もない詩人は他にもいるかもしれないが、ブラジル移住をここまで屈託なく肯定する者は珍しい。後悔や悩み、個人の感傷、美しい風景は他に任せ、自分は世界なり歴史を一挙に捉えるような思想的な詩を書きたい。横田はそう考えていたに違いない。ある時期には否定していた野口米次郎の、時には情感に乏しい愛国表明に近づいていった。二人には「二重国籍」詩人（堀まどか）――一人は人生の後半に生国に戻った著名なバイリンガル詩人、もう一人は三十代で渡った国で一生を終えた無名のモノリンガル詩人――という小さな共通点を持ち、ともによそ者の微を克服すべく過剰に愛国心を吐露した。ただし祖国との溝を細やかに描いた野口の筆致は横田に欠けている。

私は前の著作で移民自身が書いた『浪曲　笠戸丸』について論じた。この曲では無名移民が苦労に苦労を重ねたあげく、二、三世に優秀なブラジル人として一世の開拓魂を伝え、ブラジルの発展に貢献しているという理想が描かれていた。それはいかにも非現実的だが、涙で苦労を洗い流す効果があると分析した。ナルシシズムの歴史観は浪曲の約束事で、移民はそれにしたがって自分たちの歴史を書いた。歴史学者の歴史ではなく、体験にもとづく自分史を必要とした。正確にいえば、集団的苦労に正当に報いる賞賛を必要とした。横田の歴史物は、物語も涙も定型もないが、移民浪曲と似たような内容を持っている。浪曲と違って、現代詩の書法にはナルシシズムの歴史観は定められていない。それだけにブラジル礼讃の作品は、良くも悪くも目立つ。このような歴史観は随筆では散見されるが、詩のかたちで表明されたのは他に見ない。一九七〇年代以降、しだいに数を増す時事詩は、散文で発表できる内容を一文ごとに改行したような不恰好な言葉遣いで、単純な社会・政治認識が披瀝される。そのため見かけは詩の体裁だが、通常の意味でも、あるいは彼が詩論で述べている意味でも詩精神から程遠い。時事詩は初出で読んでこそ意味があるともいえるが、深遠な宇宙観を読んだ後では失望を隠せない。

おわりに――「粗雑な男」の小さな部屋

横田は部屋の様子を次のように描写している。「枕元にちいさいランプをともし／書きかけの詩稿や読みさしの詩集が／雑然とちらばっている／私の怠惰の場所に／だれも触れてくれるな／／乱雑、なげやり／そして未解決／なんという親しみ深い私の「時」の堆積／悔いも恥もなく／古い埃りの中に沈んでねむるのだ」（「昼は、はだしで」『スザノ第二』）。ちょうど、最初に引用した大浦の「自適の精神は」を自ら裏書している。慎ましい部屋のなかに彼は居場所を見出し、薄暗いランプの下で世界を見通した。「怠惰」はバートランド・ラッセルが定義するように、物質的な生産を止めて内的な自由を享受することと解釈できる。他人から見て怠惰な時間こそ、自分に忠実に、創造に打ち込める時間だ。農作業でなく、脳作業に従事する贅沢な時間と場所。そのなかで雑念が生まれては消える。詩を書いては消す。その蓄積の結果が作品として上梓される。

彼はまた数編、自画像の詩を残している。そのうちで最もよく引かれるのが、『あまい空気』の巻頭詩「粗雑な思想」である。「粗雑な男が／粗雑な土壌に栽培するのは／芋のたぐいであった／／掘り上げた芋の、愚鈍で／誠実な面貌を睨んで／うんざりはするが／わるい気持ちでなかった／／芋は翡翠のひとの器官によって／優雅に消化され、排泄され／あひるも蝸牛も／同じ情況で至極幸福であると信じた／／男の握って放さぬ／粗雑な思想であった」。たぶん最後の詩集と覚悟して出された一冊の巻頭に置いたのは、自分の詩業をうまく凝縮しえたと確信したからだろう。「粗雑」は彼が言葉の端々で讃える雑草やごつごつした手と同じように、都会的な洗練を拒絶し、土に馴染み、枠に収まらない活力を含意する。詩を芋と呼ぶのも同じ発想だ。耕す人にとっての農作物と等価と見た。たぶんサンパウロ市の現代詩人に百姓詩人と皮肉られたことへの開き直りだろう。だが同時に、粗雑な歴史観と言葉遣いを含むことにもなった。

晩年、珍しく少年時代を思い出しながら、「詩はフリージヤの花のように／丈低いくせに／すがすがしい、いい匂いがした」と綴っている（「詩について」『スザノ第三』）。五〇年代以降は向日葵のような詩も書いたが、「丈の低さ」は詩の重要な要件だった。慎み深さの美徳を暮鳥から教わったようだ。「いい匂い」から、別の詩を思い出した。「匂い」である（『スザノ第二』）。そのなかで詩の理想は次のように語られている。匂い——空気が媒介する感覚——から出発する横田論がやがて書かれるべきであろう。

「匂い」

詩になんの飾るべきものが必要だろう
詩が詩たるために必要なのは
ただその匂い
匂いは詩の衣からは来ない
匂いは詩のはだかの
そのうちのうちの髄から

ありふれた言葉で

万人に思いの通う詩を
文学の枠からはみ出る詩を
因習に囚われない
この新しい大陸の太陽や風のような自由な詩を

註

（1）横田恭平「詩、よもやま」『コロニア文学』一五号、一九七一年七月号、三四〜三七頁。永田泰三「横田恭平氏の詩精神の跡づけ」『コロニア詩文学』二八号、一九八八年五月号、五八〜七五頁。『亜熱帯』四一号（一九八八年四月号）の横田追悼号に年譜や弔辞がある。

（2）大浦の横田への敬意は「或る詩人の像——横田恭平に」によく表われている（『コロニア文学』二号、一九六九年九月号、同じページには大浦の『感情粗く憔悴せる』絶賛もある）。「歩いている／歩いている／自動車が追いこす／バスが追いこす／自転車に乗った若者が追いこす／意に止めず／自分の歩調で歩いている。／あたりの風物をながめ／うしろに流れる己が思念の翳りを見つめ／彼は歩いている。（中略）行先もなく歩いているわけではない／だが歩き出すとすべての目的を忘れて／しまうらしい。／／空気になる／風になる／樹のこころになる／動く思惟の翳りになる」。横田の語調を換骨奪胎し、空気、風、樹のような頻出するモチーフを喚起しながら、歩く詩人の真髄を鋭く観察している。ことに「動く思惟の翳り」に私は感心した。「歌おうとすると／ぎっしり意味のつまった言葉が／喉一杯にせき上げてくる」の一節は、抒情と思惟の葛藤と後者の勝利という本論の後半で述べる事柄を巧みに表現している。横田は大浦の肖像を全面的に受け入れている（「コロニア詩人論 大浦文雄篇」『亜熱帯』一九八三年五月号、一一〜一四頁）。横田との最終的な確執については、大浦玄編著『子供移民 大浦文雄 農村に生きる或る準二世の軌跡』自費出版、二〇一一年、一四八頁以下。

（3）「家のかたわらに／ミイリヨ〔とうもろこし〕の小屋と／マモン〔パパイヤ〕の木が二本／そのあたりに白い山羊がつながれている／ありふれた新開地の景色だが」（「素朴な抒情」『感情粗く』）。これだけの風景描写にも暮鳥の詩想を自分のものとしたことがわかる。

（4）暮鳥でいえば、高い工事現場で「蜘蛛のよう」に働く人夫に捧げた「荘厳な労働者」（一九一七年）に似た視線を見出すことができる。「地べたに前額をすりつけろ！／手をあはせて礼拝しろ！／（中略）／さらにその遠くのその上の／唯一つの大空のその太陽も感歎しろ！」。

（5）「〝詩〟には何の規制もない」『コロニア文学』一〇号、一九六九年一一月号、一〇六〜一〇八頁。

（6）宇宙のなかの生類のかなしみという詩想は、移住前の作にも既に垣間見られる。たとえば洪水で人が筏で往来するような非常事態のなかで、青年は溺れ死んだ小動物に「かなしみ」を寄せる。「青き虫、蛇、野鼠のたぐい／数かぎりなく梢に着き居り／かなしく思えり」（「洪水記」）。しかし同時に新しい命が氾濫していることも見逃していない。「水減きて吾等川を漁りたるに／川底に泥深まり／鯰、鰌などぬめらこきもの数知れず生まれいし」。幼いながら万物流転を目撃し、諸行無常に心を揺さぶられた。後年に成熟する哲学の種が芽をふいているが、語法はあくまでも抒情的だ。

（7）「無限・無・そして実存」『コロニア文学』七号、一九六八年七月号、二八頁。

（8）「廃道を歩いている」と同じ詩想を持つ「歩行者の詩」（『スザノ』）には、「ぼうぼうたる荒蕪地の中の路を歩いている」、「世界中の路はつながっている」という行が見える。道と路は交換可能で、区別していないようだ。

（9）どちらも随筆として発表して構わない文体と内容だが（ともに試合直後の『パウリスタ』が初出）、著者はあえて分かち書き詩の体裁に整えた。大きな感情の動き（この場合には絶望）にしたがった言葉があれば、そこに詩が成立すると考えたようだ。

（10）「この歴史の流れを変えてはならないのだ」（『スザノ第三』）では真珠湾以降の移民史が、一時期「若干の撹乱者」と「情勢便乗者」によって枉げられたが、その後は正しく進んできたと演説している。「善意、発明、誠実、勤勉の特性は／この邦の社会のよき建設分子として認識された／産業、経済の各部門で／信用はそのまま資本であった」。いわゆる「ジャポネース・ガランチード」（信用できる日本人）の肯定的な自己像を、詩人はまるごと転用している。「川」（『感情粗く』）も同様。「この邦に大いなる詩と自然を求め来て／苦艱に憔悴せる移民の果て」と苦難の歴史にさらり触れつつ、最後には「手を翳し／視野のかぎり、君が流れゆく方を望んで／思いを叙べる」と川の流れていく先を晴れ晴れと遠望している。詩人の任務は未来を肯定的に透視することだと、横田は疑うことがなかった。

付論　対蹠地にて

17 ふるさとブラジル——石川達三『蒼氓』に見る常識、忍従、国策

石川達三の『蒼氓』（一九三五年〜三九年）は移民自身が書いたどんな小説よりも鮮烈に、ブラジル移民のイメージを日本の読者に植えつけた。第一部出版の五年前の昭和五年（一九三〇年）、ら・ぷらた丸に移民輸送助監督という身分で乗って、ブラジルに二ヶ月滞在した二五歳の雑誌記者は、ルポルタージュの手法を巧みに取り入れ、移民の語り部となることに成功した。第一回芥川賞受賞作という看板は知名度の大きな要素だが、多数の人物、心にくいエピソードを巧みに配した集団劇は、看板倒れにはなっていない。芥川賞（一九三五年）を獲った第一部「蒼氓」の後に、第二部「南海航路」、第三部「声無き民」が書かれ、その全体が『蒼氓』として昭和一四年（一九三九年）、新潮社の昭和名作選集の一冊にまとめられた。ブラジル旅行から九年ごしの仕事で、第一部で脚光を浴びた後も、納得の行く決着をつけたかったことがわかる。他にブラジル滞在の副産物として「あんどれの母」（一九三七年）のような一世と二世の摩擦を描いた短編もあるが、移民のテーマは単発に終った。

題名の「蒼氓」はめったに使われない語で、作者も漢和辞典で初めて出会ったという。蒼く草木が生い茂るような人の群れということから、人々、たみくさの意味を持つ。氓の文字は太古には眼をつぶされた奴隷（民＋亡＝姿をかくす、見えない）、後に無知な人々を指すようになり、「他国から流れてきた移住民。また支配される人民」（『学研 漢和大辞典』）を意味する。類語の「蒼民」「蒼生」よりもこの小説にはふさわしい。作品発表当時、著者はゾラ

のルゴン・マカール叢書にならって、蒼氓叢書をもくろんでいた。第一部 移民、第二部 農民、第三部 有産階級、第四部 知識階級、第五部 政治、第六部 国防、第七部 文明、第八部 文明の惨禍という大構想を持ち、完成の暁には「一時代を横に切った社会史」が出来上がるという野心を抱いていた。移民の物語で文学者の道に入ったという事情があるにせよ、移民をたみくさの最初の代表に置くような歴史観は異例といってよい。それだけ石川にとってブラジル体験が強烈だったことを裏付けている。

よく指摘されてきたように、石川は社会の周縁に強い関心を寄せながら、マルクス主義の信奉と挫折という同時代の知識人のお定まりの背景がない。斬新な言葉遣いや筋立てからも縁遠い。「真にすぐれた芸術はすべて常識的である」という本人の言葉通り、中庸を行き、ある人たちからすれば野暮ったく生ぬるい。『蒼氓』発表当時の文学界の地図でいえば、転向者のように知識人としての良心の呵責や後ろめたさを底に秘め、シニカルに世間や文学・芸術に対するのではなく、私小説作家のように自分の周辺に沈潜するのでもなく、少し前の新興芸術派のように尖端生活と戯れるのでもなく、中断されたプロレタリア文学のように階級闘争の図を現場にあてはめるのでもなく、ただ「田舎者小市民」（中野好夫）の常識内の正義感を手堅くまとめることが、彼の背骨になっている。

『蒼氓』初版本（1939）、ポルトガル語版（2008）

石川は処女作以来、「時代意識」（中村光夫）を鋭敏に伝えるいわゆる「社会派」作家と見なされてきた。そうであるために、問題が新鮮さを失うと作品も埋もれがちで、現在なお読み継がれているとはいいがたい。中庸を行く分、思想的な深みも文学的な妙味も冒険性もない。彼は文豪でも、早すぎた鬼才でも、問題児でもなく、ただ同時代の多数者の関心をうまく拾い上げ、世の良識を代弁する「大衆啓蒙家」（磯田光一）と生前から見なされていた。

各社が昭和三、四〇年代に競って出版した日本文学全集には、たいてい彼の名が見られるが、現在では文学史上の巨匠というより、文学全集史上の常連、「文学全集の時代」(田坂憲二、おおよそ二十世紀後半の前半)の人気者と片付けられている。八〇年代以降の近代文学史書き換えのなかで消えた作家の一人である。せいぜい「生きてゐる兵隊」(一九三八年)が戦争期の文学史再編のなかで取り上げられるぐらいで、石川作品を読み返す機運はほとんど感じられない。ただし移民文学に関心を持つ者が、それに同調してよいわけではない。[1]

自由渡航の青年と金もうけ目当ての貧農の間に越えがたい溝があったことは、彼が旅行中に経済雑誌に送った原稿を集めた最初の著作『最近南米往来記』(昭文閣書房、一九三一年、中公文庫版を参照、以下『往来記』)の「発刊について」に明らかだ。未来の人気作家は海外旅行の教訓を次のように要約している。

一、俺はどこの国にでも住めることが解った。
二、人間、たまにはでたらめなこともやって見るもんだ。
三、小金を貯めるよりは旅をして使ってしまう方が気が利いている。

出稼ぎ農民はコスモポリタンでもなければ、でたらめをやる余裕も、旅で素寒貧になる楽しみもない。この小田実や沢木耕太郎の先駆けといえる冒険心溢れた青年作家は、読者層を移民事情を知りたい人々と想定し、自ら移住したい、あるいはそうせざるを得ない人々はあまり念頭にない。両者の間には経済的に、思想的に大きな隔たりがある。レポーターとして当然ながら、最後には移民には移民の幸せがあると、いわば「置き去り」にして帰国する。彼の意図がどうあれ、旅行者的な視線は避けがたい。「外の人」である点では、もちろんこの私もまた変わらない。

ブラジル移民を主人公にすえた最初の本格的な小説は、現地で書かれ、現地読者を想定した作品とは異なり、日本の読者に向けたメッセージが明確に込められている。作家にとって移民は他者で、その描き方は描かれた人々の自画像や母国認識とは相容れない点が多い。その反面、大方の素人作家よりも巧みな文章・構成で「読ませる」小説になっていることも否定できない。そして悲劇のヒロインは「移民妻」のモデルとして、碑に読まれるほど愛された。著名な作品を当時の政治状況のなかで読み取りながら、移民の表象、外国への移動体験と故郷像の変化、エリートの文明観と庶民の生活、移民政策との関連について論じてみたい(2)。

神戸収容所（『在伯同胞』）

雨の神戸

「一九三〇年三月八日。神戸港は雨である。細々とけぶる春雨である。海は灰色に霞み、街も朝から夕暮れどきのように暗い」（八頁、一九九三年出版の新潮文庫版を参照）。

『蒼氓』の書き出しは、日付と場所をまず確定し、実話性を宣言している(3)。この日、三ノ宮駅から移民収容所までの赤土の坂道は「どろどろのぬかるみ」（傍点原文）だった。雨、霞み、暗さ、ぬかるみ。これが小説全体のトーンを決定している。もしこの日が晴れていたなら、小説の展開はよほど違っていたと思われるぐらい、この絶望的な雨模様が移民群像のイメージの一部に滲みこんでいる。これはそれまで流布していた移民＝棄民の敗残者的な固定観念を強化した。いわばこの日は文学的には晴れてはいけなかった。またぬかるんだ坂道の右手には「贅沢な尖塔をもったトア・ホテル」が続き、左手には「黒く汚い細民街」に連なるその丘の上に国立海外移民収容所が立っている。収容所は一見天国＝外国に向かう門でありながら、実際には地獄門であると、この位置関係を象徴的に読めるだろう。『往来記』では、収容所の黄色いビルディングは「国家組織の不備を物語、国家の無力を物語る国辱的建築物ではなかろうか」（一八頁）と強い調子で書かれているが、『蒼氓』では削られている。逆に国策移民を羨む中国人を登場させている（後述）。五年間の思潮一般の変化もあるかもしれないが、一方的な政策批判と見られることを懸念したのかもしれない[4]。

収容所の待合室は倉庫を改造したもので、金網張りの窓も小さく「人の顔もはっきりしない程に暗く、寒く、湿っぽい」(九頁)。そしてこの絶望的な気候や場所に照応して、移民たちもまた絶望的に語られる。収容所の移民は一旗揚げると意気軒昂な家族から子どもが病死しても無感動な一家まで、犯罪者から兵役逃れまで多様で、国民の枠を崩さないなかでうごめいている。佐伯彰一がいう「集団のうちにひそむ、受動的だが根強い活力」は、閉鎖された収容所や船のような文学空間では特に目立つ。廊下は「雨に濡れた着物から発する悪臭と濡れた女の髪から発する悪臭がむっと温か」い(一四頁)。栄養失調の子は「蚤の様にぶよぶよと蒼白く透きとおるような肌の下から静脈の網目がすっかり見えていた。凋びて皺の寄った小さな顔、眠るでもなく醒めるでもなく唯ぐったりとしている表情。眼を開く力もなく声を立てて泣くことさえも出来ないのだ」(一五頁)。これなどまだましなほうで、ある「人間であるか獣であるか」区別のつかない「白痴のような夫婦」には、九人の子供がしがみついていて、その中の三人の少女は「頭に虱が霜の降った程にたかっていて、中の一人は頭一杯の腫物で膿が流れて髪が固まって悪臭を放つ中を虱が歩いている」(一六頁)。最後の子沢山の一家は、第三部まで目もあてられない困難が降りかかり続ける。当時多く出された細民窟レポートの筆致から遠くない。作家は劇的効果のために、極端に悲惨な人々ばかりにスポットライトをあてる。移民の真実(彼が文学で伝えたい真実)は悲惨さのなかにある。収容所でも船でも移民が苦しさのほんのすきまをぬって、唄い踊り顔をほころばすさまを石川は見逃していないが、石川は喜怒哀楽の喜と楽を怒と哀の背後に隠す。犠牲者に社会の歪み、すなわち真実が凝縮していると考えているからである。前山隆が分析した移民作家の自己イメージ「加害者不明の被害者」(第6章参照)の淵源は、既にここにあるといって構わない。

作家の戦後の回想によれば、収容所に入った日、「群をはなれて小雨の降る崖の端にうずくまり、ただ黙って泣きつづけた」という。「理屈ではなしに、私には彼等移民たちの姿が悲しくてたまらなかった。国家と国民との対立をこの時ほど強く感じたことはなかった。『蒼氓』は私の悲しみであり憤りである。そして悲しみと憤りの後に醸し出された私の愛情である」（小田切秀雄の解説から引用）。作家の善意は疑いようがない。「国家と国民との対立」の根源をプロレタリア文学のように名指すわけではなく、その結果生まれる犠牲者の怒りや悲しみに文学的な焦点を合わせた。彼らが悲惨な目に会いながらも権力への従順さを失わないことに石川は感銘を受けた。移民日本の農村の貧困が移民を作り出したと認識しているが、農村政策そのものよりもその上位にある「文明」を批判し、その犠牲者に同情した。

『日陰の村』（一九三七年）の村民や『生きてゐる兵隊』の兵隊も、同じように国家の不条理な命にいやいやながら、しかし他の選択を知らずに服す。後者の筆禍は思想問題というより、国家が許す兵士の像にそぐわなかったから起きたことで、対立の根本に作家が言い及んだわけではない。マルクス主義なり社会学なりをかじった知識階層から見れば、移民の「無智」（菊池寛、芥川賞審査評）ははっきりしている。そのとき無智ではない側に属しながら、石川は別の社会体制の可能性を教育・啓蒙しようというプロレタリア文学の綱領に則らず、服従に甘んじる人々の現実的な処世術、平凡な人間関係を提示する。阿部謹也のいう慣習と自己調整が利害関係を調停する「世間」の原理が、あたりを統べている。社会問題を解決はしないが、やりすごすところで小説は落ち着く。山本健吉が「時の多数者の生活的体験にねざした、常識の許容し得る限界」（新潮文庫版『蒼氓』解説）のなかで、石川は社会悪に抗議するというのは、まさにこの点を指している。対立の原因にあるのは、階級闘争や資本主義ではなく、社会決定論、文明決定論だった。貧農には貧農の道が決められていて、それを途絶えさせるか、太く開拓するかは各自の努力と運による。このような常識的な人生観が、石川の創作を支えていた。後で論じるように、「文明」は『蒼氓』の数少ない理論的概念で、哀れを誘う移民の姿のその先に、世界文明の残酷さを指差したところに、社会的関心の広い読者に受け入れられた理由があるだろう。

たとえば先に引用した『往来記』巻頭言の教訓には、次の二項が続く。

四、日本は世界中に親類のない、地球上の孤児だ。
五、いまに、地球を支配する人種に異動があろう。

文明批判の視点である。知的な読者は国際事情を読み解く鍵を、ブラジルへ行った珍しい旅行者の報告から読み取ろうとしただろう。移民事業宣伝のようなブラジル本が多く出る中、三等船客を細かく観察し、一ヶ月の珈琲園体験をし、アマゾンや北米も見聞してきた無名青年の旅行記は、新鮮に受け取られただろう。この巻頭言には「昭和六年新春」と日付が打たれている。まさに満州事変勃発を控えた時期の予言的な直観である。ただし本文を読んでも、この第五項ははっきりしない。帰途に寄ったアメリカの印象は好意的だが、アメリカに代わる次の支配者がやがて現われるといいたいのだろうか。

収容所では「制服制帽の巡査のような所員」が点呼し、時間と健康が管理され、金網張りの窓に囲まれ、囚人のような飯を食わされ、「兵隊のようだな」「青年訓練所だべしゃ」とささやかれる。収容所は学校よりは厳しく、兵舎よりはゆるい規律で収容者を縛った。自動車にも乗ったことのない田舎者を四十数日間国際船に乗せ、外国に送り出す（「棄てにやる様なもんだが」と医者は心で思っている）のに最低限の規律を教え込まなくてはならないと当局は意図した。カタカナで教える語学やブラジルの習慣の授業以上に、規則正しい生活を送らせることに目的があったと思われる。船上では婦人会や青年会などが移民会社の命令で作られ、村長役の船長や監督との交渉にあたった。つまり農村の社会組織がほとんどそのまま船に再現された。規律は上意下達の体制に不可欠だった。

一九二五年に始まる国費移民の制度は、それまでの自由渡航移民に比べ、民族意識を植え付けられて送り出された。食事は陛下がくださったものと教えられ、出航時には「行け行け同胞海越えて」と勇ましい歌に送られた。「君が代」合唱と東方遥拝を執り行なう春季皇霊祭（三月二一日）と神武天皇祭（四月三日）が、だれ気味の国民体操の付録として催された。これは移民輸送監督村松のご機嫌取りに、助手の小水は白い体操服を着て、リーダーぶりを発揮した。そのほかにも講演会を開いて、移民（とくに女性）たちの前で指導者の顔をすることが楽しく、国家行事はそのよい口実だった。小水は皇民思想を信じていたというより、無知な連中を服従させたい、上役に仕事を評価されたいという俗物根性から移民を整列させるような行事に熱心だった。石川の視点からすれば、移民は小水の本心も知らずに「君が代」を歌う無知な人々ということになる。彼らは上から遥拝を命じられれば最敬礼するだけで、本能が既に恭順に染まっている。しかし知識人には形ばかりの服従に見えても、その蓄積がやがて内面化されて移民の心の習慣となっていった。国費移民は海外同胞社会に以前よりも強い民族主義的な雰囲気をもたらした。本国から遠く隔たっている不安感を償うためであるが、同時にブラジル国内の排外主義から心を守る意味もあった。

「共同の悲哀」

移民の一人は講釈をぶつ。糸価委員会が大資本家を優遇するあまり中小養蚕家が倒れている、そのあおりで移住しないと食っていけない何万もの農民が現れた、船賃のかわりに養蚕家を援助するのが筋じゃないか、と（三三一〜三四頁）。しかしプロレタリア文学の場合と違って、これは新聞の受け売りで、単なるうっぷん晴らしを越えるものではないし、演説の聞き手は議論が好きではない。演説者も船賃目当てで神戸にやってきた一人で、移民志望を取り下げるわけではない。彼は「政治家が農民百姓を馬鹿にしとる」と「新聞を叩いて」憤るが、聞き手は移民とは吹き溜まりの落ち葉のようだとぼやくばかりだ。政治的正論は泣

ら・ぷらた丸船上の石川達三（最前列右端）
1930年4月29日（国立国会図書館蔵）

き寝入りに封じ込められる。作家も演説の中身を掘り下げるわけではなく、熱弁は床屋の政談のように、宙に浮いてしまっている。

『蒼氓』ではこの種の社会批判は世情一般の不安という以上の意味を持たない。移民が神戸に着いた日にはロンドン軍縮会議の号外や文部大臣の汚職起訴やらを報じる号外売りの鈴の音が響いている。「物情騒然として暗澹たる中に、胸を刺すような鋭い号外売りの音が絶えず移民の自動車の行列を突っ切って走っているのだ」（一二頁）。世界情勢が折に触れて引用され、「物情騒然」は舞台のホリゾントに現れる。出帆後も日本からの電報というかたちで船内新聞に掲載される。しかしドキュメンタリー・タッチは背景の緊迫感を与えはするが、それ以上にはせりだしてこない。「風俗的形象」（松原新一）として配置され、現実感を与えはするが、そこに切り込んでいくわけではない。移民の関心はそれとは全く別の細々したことに向けられている。多数者の日常は新聞の社会面、政治面とは別のところで営まれている。社会と世間とは分離している。号外売りはたちまち自動車の行列の背後に消えてしまう。

移民の大半はきのうまでは農民だった。農村の人口対策の一環として放出される人々で、移民文学もとりわけ出発前に関しては、「裏返しにされた農民文学」（山本健吉）と呼べる（「生きてゐる兵隊」も似た面を持っている）。ちょうどプロレタリア文学で、地主や資本家が担う役を移民会社が担っている。著者は明らかに移民の側に立ち、移民を積み荷としか思わない監督官や医師を卑小に描き、その権威主義的でご都合主義的な横暴ぶりはいくつものエピソードで強調される。たとえば軍隊時代、上官をなぐったことのある気の強い九州人、村松移民輸送監督は、わざと砕けた調子で移民に話しかける。そのほうが信望を得られると計算しているからだ。「それは結局彼が移民を軽蔑している事を証明するものではあったが確かに有効な術《て》でもあった」（五四頁）。権威に弱い移民はその種の偽装に簡単にだまされてしまう。ただ読者だけが村松の腹黒さを知っている。「少々悪い事をしても金を儲けた奴の方が結局悧巧だよ、今の世では」（七八頁）と彼は部下の小水にうそぶく。一方、小水は「金口の外国煙草」を吸う気取った男で、「心の底に軽蔑をたたえている第三者」という点で村松の手先だった。たとえば彼は収容所でお夏に夜這いをかける。彼女の弟に呼び出され、てっきりその報復を受けるのかと脅えたが、弟は徴兵を受け入れ、移民を辞めたいと相談を持ちかけた。監督助手は安堵し「この田舎者の青年の善良さを軽蔑した」（五〇頁）。詐欺師がひっかかる連中を軽蔑するのと同じように、都会人の目からすれば、ばか正直と無知は同義語といってよかった。

一方、移民側には生まれながらの連帯があるとされ、たとえば同県人の出会いは次のように記されている。「それは知識階級の初対面と違って虚栄も探索も警戒も軽蔑も、一切ぬきにした急激な親しみであった。そのうえ皆が同じ目的をもって集まって来たのだ。言わば誰もかれもが日本の生活に絶望して、甦生の地を求めて流れて行こうとする、共同の悲哀を胸に抱いているのだ。それが一層早く皆を親しくさせるのだった」（一七頁、傍点引用者）。誰も同じような思いで田畑を整理し故郷を去り、同じ船で同じ土地に向かおうとしている。共通の悲しく哀れな運命が彼らの親しみの底にある。石川は悲哀を移民の心情的な絆の結び目においた。これは小説が大衆の支持をえる最も確実な方法だったし、移民（あるいは農民）のステレオタイプにも合った。石川は踏みつけにされる農民の善良さ、無知を世間のなりわいの根本にある悲哀として描く。

彼は個人の悲哀を凝視する代わりに、集団の悲哀を外側からほとんど決めつけるように触れる。現実から認識を築くというより、「すでに所有している自己の観念の内部に現実を吸収する」（松原新一）思考を採っている。農民は悲しい存在という常識に合わせて、現実を切り取る観念的な文学であると松原は述べている。心の内部には分け入らず、社会状況が彼らを悲しくしていると述べるだけである。それにもかかわらず、あるいはそれだからこそ、手だれの評論家に「現実は、何のめんどうな処理も経ず、そのまま現実として立ち現われた」（中島健蔵）といわせるほど、透明な現実感を読者に与えた。中島は石川のリアリズムを政治や心理の歪みを受けずに逞しく現実そのものを描く「平面鏡」にたとえている。だが実際には現実を映し出すというよりはそのさし絵を描いている点で、平面鏡よりも書割に近いというべきだろう。役者はその前で動き出すどころか、点景に吸収されてしまう。

移民は悲しみを共有する。運命の前では平等である。石川は会社側の人間と違って、農民＝移民が全体として気持ちを一つにしていると信じている。個別の不幸の外側に全体をおおいつくす枠があると信じている。さらに共同の悲哀の裏側に共同の希望があると述べて、感傷的な類型化から逃れている。このような両方向からの光で無名人を照らすところに、彼の中庸を行く思想、つりあいの取れた社会観があるだろう。人々は一見相容れない感情を平気で両立させている。諦めには希望が混じり、自嘲にはたくましさが潜む。「彼等は諦めを持っていた。諦めと混った希望をもっていた。彼等のみならず全部の移民が希望をもっていた。それは貧乏と苦闘とに疲れた後の少しく棄鉢な色を帯びた、それだけに向う見ずな希望であった」（五六～五七頁）。上で述べたように、こうした集団の心情に対する決めつけは、彼の作品をわかりやすくしている。どう捨て鉢でどう向こう見ずなのか、何の説明もない。しかしその分、いわば理屈抜きで読者は移民像を頭に焼きつける。

移民の間に心情の絆はあったが、国家やその手先である監督に対して、団結して立ち向かおうという集団ではない。船上の待遇改善要求も腰くだけに終わったし、洗面所事件でも、当事者以外のほとんどの移民は、監督側に暗黙のうちに味方する。権威に対して頭を下げ、反抗的な言葉や行動を示すことをためらう。そもそも移民は酒を飲んでは荒れたり、女の噂をしたり、人を困らせては楽しむような卑小な側面を持ち、一部の農民文学のように理想化されていない。収容所でも航海中でも大きな葛藤や対立になりそうな火種はいくらもあったが、善良な移民はただちに穏便に和解してしまう。彼らは疑問をもたないし、反抗もしない。無名人の従順さの観察は、石川の得意とするところである。

サンパウロの移民収容所で別れる段になって、航海中、反感を持っていた連中も帽子をとって村松監督に頭をさげる。移民の共同性は同船者の共同性に輪を広げる。それはさらに民族の共同性に広がる。「日本人同士のなつかしさに心がふるえていた。…黙って別れてしまってよいものを、わざわざ平和と親しみとを求めずにいられないところに、この別れの巨きな意味があった。そこに地球のひろさがあった。移民の心細さがあった。どんなに仇同士も無条件に握手させる、人間の真情の不思議に弱い流れがあった」（二二四～二二五頁）。移民と監督は「日本人同士」というくくりに吸収されてしまう。国民は最後には国家に対立せず、融和される。階級差を包み込む民族の血がどちらにも流れ、祖国から最も遠い場所では、同族意識は他のなによりも大きな心の絆になる。それが「人間の真情」の根底に流れている。屈折や憂鬱や虚無をたたえた当時の文壇からすれば、あまりに素直で拍子抜けする。

文明批判

蒼氓叢書構想の最後が「文明の惨禍」で結ばれていることを先に述べた。「文明」はある時期、石川の世界観の中心を占めていた概念で、大構想の全体が文明批判になるはずだった。この当時、室伏高信、大宅壮一、長谷川如是閑、鶴見祐輔をはじめとして、世界文明を俯瞰して物申す論客は多かった。高い所からざっくり議論するときの基本概念で、総合雑誌、政治経済雑誌に表れる頻度が高く、国の興亡と文明の興亡は講談調の論者の好む主題だった。文学修業生は文明を大雑把にいって物質生活の政治経済社会的基盤と捉えていて、栄えるもの必ず滅びるという常識的歴史観にもとづき、繁栄に浮かれるべからずと警鐘を鳴らす立場に立っていた。

移住は農村の荒廃によって引き起こされた。そしてこの荒廃は「文明の脅威」の表れである。移民は発達しすぎた文明の犠牲者であった。「日本の農村の津々浦々までも行きわたった文明の脅威に比べれば猛獣害虫の迫害はまだ何でもないのだ。日本の農村のどこに農村らしい駘蕩《たいとう》としたものがあろう。生活の絶えざる脅威と圧迫、絶えざる反抗と焦慮、不安と怒りと絶望とが有るばかりだ」（二六頁）。物質的なものよりも、精神的なものの退廃を彼は憂いた。文明の圧倒的な力は弱い者からなぎ倒していく。収容所にいるみすぼらしい連中も、この脅威と圧迫からしかたなしに押し出されてきた者たちだった。つまり日本の社会のなかで、はじきだされたもののなかのさらに最もへりにあって、どん底のなかのどん底にいるのが移民だった。「日に日に廻転速度を増す文明日本の、その廻転の遠心力を支え切れずに抛り出された者」（一三頁）と『往来記』は呼んでいる。当時、スピード時代を礼讃する風潮があったが、石川はそれに与さず、文明の華、尖端都会生活に退廃を見出し、牧歌的な農村像を持ち出した。

文明は回転のイメージで捉えられている。回転はますます加速し、それに抗するのに必要な力はますます大きくなっている。弱者必衰の社会の仕組みが移民を故国の外に放り出そうとしている。モーターやスクリューの回転が想起される。これは平凡な発想で、巨大な力が世界を動かし、個人はそのなかでどうすることもできず、めまいを感じるだけという認識が、回転のメタファーには示唆されている。これはモダン文明論にはよく出てくる比喩で、方向を失う感覚は、ポオの短編が精密に描いたように、渦に巻き込まれた体験の最も中心にある。頭痛、眩暈のような生理的な不快から「物情騒然」たる社会状況まで、方向を失うことにはいろいろなレベルがある。世界を破滅に向かって回転させている駆動力が文明で、その惨禍は個人や社会が方向を失うことにある。石川が思い抱いていたのは、このような文明観ではなかったか。

文明の燃料にあたるのは資本主義経済だと作家は直感していた。農村の悲惨は資本主義の蚕食なしには考えられないと彼はいいたそうだ。資本主義はかつて自律していた農村の経済を都市依存型にし、都市の下層部に余剰人口を押し出し、さらに日本の外に押し出そうとしている。資本主義が農村を襲わなければ、構成家族としてブラジルに送り出されるお夏が味わうような悲劇は生まれなかった。石川は農村の共同体的な黄金時代を素朴に想定し、現代の堕落を嘆く。資本主義批判をかざせばマルクス主義者と間違えられかねないので、文明という安全な用語でぼかしているとも思える。文明は資本主義経済と同じように世界のほぼ全域をおおい、日本はその尖端近くにいるという自負が「文明日本」という言い回しに込められている。

船は未開地＝植民地を通過しながら、資本が世界を回転し、世界を回転させている。コロンボで日本の綿糸、綿織物を降ろし、リプトン紅茶を積む場面を見ながら、作者はこう実感する。「日本の綿糸布はコロンボへ、コロンボの紅茶はケエプタウンへ、ブラジルの珈琲は北米へ、北米の棉花は日本へ。…世界の経済がら・ぷらた丸と一緒に動いている。世界の富が波打っている。移民たちはこの素晴しい経済の動きを、まるで月の世界でも眺めるように無関心に見ていた」（一六二頁）。今でいうグローバル経済が、ら・ぷらた丸を巻き込んでいた。コーヒーという「金のなる木」を求める移民自身、この経済体制の一端を担う労働力の移動であることはいうまでもない。移民にはただの積荷の揚げ降ろしが、経済雑誌記者の目にはこう映った。移民は自分たちの大移動を、このような地球規模のモノと富の移動の文脈で把握する知識を持っていなかった。愚か者たちは自分が「積荷」である自覚を持たなかった。彼らは日本の船がサイゴン港に停泊していただけで、「「国際関係」というものをふと考えてみた」（一三二頁）だけだった。横光利一の『上海』が国際経済を前景化したのとよい対比となる。「国際関係」とは、無知の民にとって日本郵船のマークが外国に浮いていることだった。再び、彼らの無知が強調される。

亡国民族の悲しみ

村松は香港から乗ってきた「英語は素晴しく上手」な中国人の青年銀行員邱世英と知り合う（彼は『往来記』にも登場する）。彼はシンガポール支店に出向くところである。青年曰く、国費移民は中国では考えられない、そのような政治組織、国家施設を持った日本が羨ましい。邱は移民輸送監督にただ外交辞令を述べただけかもしれないが、村松はそれをつねに戦乱に荒らされ、国家組織が整備されていない中国四千年の歴史を青年が不幸に感じているのだろうと解釈した。裏返せば、比較的平和で国家組織が立派な日本に誇りを感じた。外国に侵略されることのなかった歴史が優越感を誘ったかもしれない。

彼は「亡国的な支那民族の悲しみ」（一三九頁）を青年が共有しているだろうと考えた。その感慨は仏領インドシナの首都で見た夕暮れの風景にもとづく。フランス人の家族が広場を散歩するのを見て、「街全体がこまやかな情緒をもって、ゆたかさと教養とをもって暮れて行」くのに感銘を受けるが、一歩横道に入ると、「鳥のように痩せて汚い支那人の車夫が黄包車《ワンポウツ》を曳いて客をあさり、汗だらけで走り廻ってい」た。おそらく裕福な中国人が広場を闊歩していたならば、単なる貧富の差で終わったはずだが、白人との鮮明な対照が亡国民族の悲しさという感慨を生み出した。彼は一等船室と三等船室の上下関係が、これと同じであることに気づいていないようだ。上海、大連、ハルビン、シンガポールなど植民都市を描いた小説でよく出てくることだが、白人の存在があるために「劣敗の黄色人種という考えが村松をふと憤らせた」（一三三頁）。階級差が人種差と見事に対応し、支配者と被支配者がまったく隔絶した生活をしていること、そして自分は後者に所属することに内心、怒りを覚えた。ヨーロッパ人が支配者として君臨するかぎりにおいて、ふだんは一緒にされることを嫌う中国人との間に人種的連帯が感じられた。書かれてはいないが、白人の手から「われわれの」東洋を奪い返せという帝国主義的野心は、ここからわずかな一歩である。

しかし村松には同時に別の考えも湧いてきた。日本は国土が狭いから移民を出す必要があるが、広大な中国にはその必要すらない。イギリスでは一人の外国移民も出していない。帝国内で誰も土地を持つことができるからだ。国費移民は「国家としての不幸を象徴しているのではなかろうか」。彼の考えでは、国家の不幸は国民の不幸にただちに読み替えられる。そうだとすると、日本人と中国人のどちらが幸福かはわからない。日本人はかの亡国民族よりもなおひどいのだろうか。苦力と銀行員をひっくるめた中国人と、移民と移民監督とその他すべてをひっくるめた日本人の幸福度の比較、これはなかなかむずかしい。この種の無理な議論は文明論の常套内容で、既成観念を持ち込まずには進められないが、同じ時期、日中、日米、日独などいろいろな形で論じられた。一方的に日本を持ち上げていないところが、石川のバランスの良さを示しているかもしれない。「中国は元々移民を出す必要がないのではなかろうか」と自問しているが、国家ではなく、家族

ブラジルへ向かうサントス丸船上での記念写真（1934年）
橋本幹三寄贈、広島市市民局文化スポーツ部文化振興課提供

と同郷者のネットワークに頼って各国に移り住む華僑の存在を村松が知らないはずはない。首をかしげる箇所だが、海外興業会社のエリートはこのように、移民の幸福ではなく、国家の幸福と不幸について省察した。彼は移民を積荷としか思っていないし、小水を使い走り程度にしか見ていない。村松は一等船室の差別的な白人が好きではなかったが、立場上、大事にせざるを得なかった。三等の移民の肩を持つこともさらさらなく、死なずにサントスに送り届ければ上々と心では思っていた。英語を話す「黄色人」エリートという点で邱は船上で唯一、共感を持て、文明について話のできる相手だったかもしれない。黄色国民の優劣について英語で話す日本人と中国人の会話は、『蒼氓』中、アジアの植民地支配と南米移民の国際政治的つながりが交差する重要な場面である。

近づく外国

遠く、港が灰色にかすんで見えている。その向うには海がぼやけている。そしてその海の向うには、外国がある。ついぞ考えて見たこともない外国という事が今は大きな不安になって胸を打つ。すると又しても故郷の山河を思い出す。故郷には傾いた家と、麦の生え揃った上を雪が降り埋めている幾段幾畝の畑と、そして永い苦闘の思い出とがある。しかし、家も売った畑も売った。家財残らず人手に渡して了った（九〜一〇頁）。

収容所に着いた日、ある農民はこんな思いにとらわれていた。宣伝募集の時には「海外雄飛」の夢ばかりが誇張され、現実の距離についてはほとんど真剣に話されなかったに違いない。移民は「話に聞いたブラジルの良い所に日本の良い所だけを付け加えての空想」（二五頁）しか持たされていない。神戸まで来て初めて、海の向こう側に待つ「外国」が想像力に入り込んできて、「大きな不安」を覚えた。同時に外国との対比でふるさとを思い出せるようになる。故郷を外から想像することなど、兵隊を除けば、それまでなかったに違いない。しかもそこへは当分帰れない。この時に郷愁の最初の芽がふく。この不安混じりの喪失感を得て、農民は移民に生まれ変わるといって過言ではない。この時点では「外国」は日本の外という想念でしかなかった。それに具体的な風景を付け足したのは、最初の寄港地ホンコンだった。

すると、彼等の眼の前には見たことのない風景があった。それが「外国」であった。あらためて日本に別れてきたことが考えられ一種の不安が感じられた。日本人がいないということ、言葉が通じないということ、簡単には帰れないのだということ。それらの混雑した感情が漠然とした不安になって胸を重くしていた。彼等はハッチの上に胡坐をかき、膝を抱いて、近づいて来る「外国」を見まもっていた（一一四頁）。

風景がもたらす衝撃は大きい。外国が絵葉書ではなく、この眼の前に横たわる。不安の内容が具体化されるが、整理がつかず「漠然とした不安」に囚われる。芥川流の実存的な不安よりも、実際的な不安に近い。同船者が何々県人ではなく、日本人というくくりで認識され、ただそれだけで言葉が通じる頼りがいのある存在と認めるようになる。「外国」が具体化すればするほど、国籍と国語を基礎とする同胞感覚が醸成される。ホンコンを発つころには外国の風景も見慣れ、「ブラジルに懸ける期待もなくなったかもしれないが、恐怖をそそるようなものもなかった」（一一九頁）。風景の衝撃はあっという間に回収された。少なくとも船上ではそう思えた。

外国の具体化の次に、外国人の具体化が始まる。一等船室の白人とは没交渉で、互いにほとんど存在を認めていない。外国人に対する恐怖はまだ移民が誰も上陸していないサイゴン出航後の噂話に初めて表れている。積荷に来た黒人が寝ている女にいたずらを働いたという。つねられた後にはあざが残り、放っておくとだんだん黒くなりしまいには腐ってしまうと船員は被害者の少女を脅かした。犯人の肌の色が指の接触を通して伝染するというのは、吸血鬼に噛まれると吸血鬼になってしまうというようなもので、外国人（特に黒人）忌避の者の不安に油を注いだ。それ蔑視する者に知らぬ間に同化してしまう恐怖は、ブラジル上陸後には一般に「カボクロ化」として知られる。それは日本人でなくなること、家族、故郷、記憶を捨てることで、向こう側の野蛮な世界に行ってしまうことだった。サイゴンの噂はその先触れといえる。船上新聞は、碇泊中はカーテンを引いて寝ること、婦人は猿股を着用のことと警告した。事件を欲しがっている船上新聞が、婦女の保護を口実にこの種の性的な小話を大げさに述べ立てるのはよくわかる。異人種に対する恐怖、偏見は一部にはメディアが煽り立てた結果であった。

シンガポールで移民は初めて外国の土を踏んだ。女たちは「外国人の中を歩くのが怖い」（一四一頁）と出て行かなかった。男連中が集団で、道に迷わないようまっすぐ街を歩き、その先にある日本人の旅館で食料を買い、まっすぐ帰ってきた。それが冒険の限界だった。上陸地では必ず接触ゾーンまで行って、引き返してくるという行動を取った。接触ゾーンでは言葉が通じ、もてなされ、他者性が一時的に消える。その先には危険が伴う広大な立入禁止ゾーンが控えている。しかし針の先のような接触ゾーンでその土地全体の印象が決まる。すべてを知った錯覚が生まれる。だからシンガポールを直線に行って帰った連中は「シンガポールの「通」になっていた」（一四二頁）。石川の皮肉は、中産階級読者の軽い嘲笑と同情を呼ぶだろう。コロンボでは日本語が通じるインド人の店と郊外の観光寺に行き、ダーバンでは親日家というイタリア女の食料品店に殺到した。少しずつ「外国」に慣れてきたのだ。彼女は日本にいたことがあり、たどたどしい日本語を話す。「日本語ワカリマス」の看板の効果は絶大で、彼女はふだんより高い値札をつけたが、すべて売りつくした。移民は日本語のやりとりのために別料金を払ったようなものだった。「移民ははじめて外国婦人と会話した喜びに満悦し、彼女の口紅の赤さに魅惑的な世界を感じ」た（一八五頁）。一等船室の白人を下から眺めるだけだった移民は、こうして日本語を媒介に初めて白人と言語的に接触した。男たちは性的な夢想の相手として遇した。

最後の寄港地ダーバンでは、当局が「最近の有色人種の抬頭に恐怖して」、排日を取り下げようとしていて、有色人種禁制の場所にも日本人が入ることが許された。「名誉白人」待遇である。排日注意の訓示があったにもかかわらず、移民は家族で上陸し、映画館に入り、電車に乗り、公衆便所に入ることができた。「外国」に慣れてきた証拠だ。逆に言えば、外国人を見ることにもそう見られることにも慣れてきた。白豪主義者が東洋人を歓迎したはずはないが、作家は友好的な面ばかりを挙げる。日本の威光が今や南アフリカにも届いているというメッセージは昭和一四年の段階では好ましかった。

先ほど、サイゴンの裏町で中国人車夫が村松の心に亡国民族の哀れを誘ったと述べたが、ダーバンでは、日本の人力車が移民の心を和ませた。たぶん現在、ブエノスアイレスの地下鉄で、東京や名古屋からの払い下げ車両を見たときに日本人が感じる懐かしさと同じだろう。車夫は「頭に鳥の羽と牛の角とのついた酋長めいた冠を戴き、半裸の姿で車を曳いていた」（一八五頁）。中国人車夫に対して感じた同情の代わりに、風変わりな未開国に迷い込んだ気がした。そのためばかりではないが、人力車という乗り物が「随分野蛮な未開人の乗りもののように見えた」。日本製品がここまで来ていることは「殊にうれしかった」が、日本では時代遅れになった乗り物が、冒険譚をいまだに生きているような未開人にちょうどお似合いであることには、複雑な気持ちが湧いただろう。ダーバンをまだ明治並みと見下せばよいのか、日本製はこの程度の文明にしか追いついていないのか。

ダーバンの人力車（『在伯同胞』）

遠ざかる祖国

「外国」が想像上の彼方から現実の環境に具体化されると、今度は日本が意識からかすんでいく。インド洋で東方遥拝をしたものの「今はもう母国があまりに遠くて、何かしら空虚な気がしないでもなかった」。いわば精神的な電波が届かない範囲に出てしまった。日本から暴風雨のために桜がだめになってしまった、西園寺公望が大病に病んでいるというニュースが届いたものの、もう桜よりもコーヒーの花のほうが切実であるし、出航以来、西園寺を思い出す者は誰もいなかった。こうして「日本ははるかに消えて行きつつある」（一六六頁）。

日本からのニュースが現実感を失っていくのは、ホームシックと背中合わせだった。神戸を出るときに見た満月がもどってくると、一ヶ月の疲れがからだに鬱積していた。誰もが「心の中にいつの間にか淋しい穴があいていて、その穴を風がすうすうと吹きぬけているような気がしていた」（一八三頁）。眠れなくなり、酒を飲んでみたり、稀には自殺する者さえあった。「心の穴」を埋めるために船の隅で情事を結ぶ者もいた。「誰の罪というわけでもなくて犯される罪」を作家は「航海病」と呼んでいる。ここでも誰かの場合に照明をあてるのではなく、移民全体がこの病にかかっていると決めつけている。ブラジルで多くの移民を悩ますホームシックの前兆で、この鬱状態は間歇的に彼らを襲うだろう。

この危機を乗り越えると、後はリオ、サントスに着岸するだけで移民は旅気分を捨てて将来を考え出す。「遠いはるかな夢」「お伽話」（一八六頁）であったブラジルが現実の住処としてだんだん姿を現わしてくる。配耕先、賃金の低下。漠然とした不安が具体的な不安に変わる。郷里にいればよかったと後悔が頭をよぎり、船出の時に彼らを送った海外雄飛の歌（「これぞ雄々しき開拓者」、「君成功の日は近し」）に「うつろな感激の残痕があらためて胸を痛めた」（一九三頁）。乗船者の不安を見ていると、「移民たちをあまりにも深い夢のなかに迷いこませるような宣伝」（一九四頁）を打った当人の村松でさえ、問題を感じないわけにはいかなかった。彼は再渡航者の談話を新聞に載せて彼らの気分を鎮静する。どこにも景気の上下がある、日本と同じ苦労をするならブラジルのほうが税金やつきあいがないだけ楽、つまり「万事覚悟一つですな」。経験者の言葉は平凡ではあっても他の誰の言よりも信憑性がある。「夢の甘さには不安があったが、現実の苦さには却ってつつましい安心がなくもなかった」（一九五頁）。

このような苦労の覚悟、現実肯定が、『蒼氓』の移民像の核にある。宣伝にだまされたかもしれないが、運命を受け入れ、そのなかでやれることをやる人々。実体験にもとづく真実の物語という触れ込みだが、反抗するでもなく、人生を勇ましく切り開くでもなく、世間に流されながらどうにかこうにか小さな幸福に満足する物言わぬ多数者、この世間の人という類型をいろいろな社会状況を背景に合わせるところに、作家の常識リアリズムはあった。

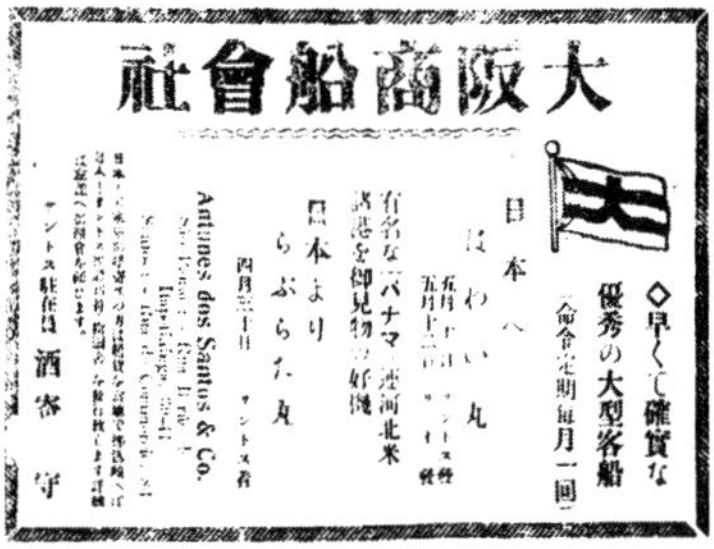

ら・ぷらた丸到着の告知（『時報』1930年4月17日付）

サントスに着岸した瞬間、一人の日本人が岸壁から日章旗を振って歓迎する。誰もが黙り、とめどなく涙がこぼれてきた。「一万二千哩の彼方、恰度この地球の真裏に『日本』という国が厳然としてあることが考えられた。俺たちはあの国で、あの旗の下で育って来たのだ。…故国を遠くはなれて、彼等は日章旗に飢えていた。日章旗の有難さが初めてしみじみと胸に湧いた」（二〇八頁）。船上の「君が代」や遥拝は小水の点数稼ぎのようなところがあり、儀礼的に対応しただけだったが、この日の丸は幸福な生活を保証するかのように、新米移民を勇気づけた。これは『往来記』に報告されている実際の光景で、記者は「国外にあって我々はあまりに日本人であった」（八〇頁）と感銘を記している。移民はその後も「君が代」や日の丸の象徴性に敏感になる。郷愁と草の根民族主義の調合は避けがたく、彼らの心向きを方向づけた。

いつのまにかふるさと

長い旅路を経て、移民はブラジルの農園に到着する。そこはあたかも移民を吐き出した日本のあるべき姿を体現するような場所、「農村らしい駘蕩としたもの」が行き渡った場所だった。日本では失われた「ふるさと」がブラジルに残っていると石川は認めた。

日がおちかかるとそのあとへダイヤモンド形のオリオンが浮んで来た。またプレエジョン〔沼地〕には霧が立ちこめた。野飼いの牛や馬は低地からのそのそと人家の方へ上って来て、道路へごろりと横になった。どの家からも晩飯《ジャンタ》の烟が上り、家の外でカフェを煎るために焚火をしているのが真赤にゆらめいて見えた。平和な、のどかな村落の夕景色であった。一日じゅうどこかへ遊び暮した子供たちは泥まみれになって家へ帰り、野飼いの鶏はバナナの下の茂みへもぐりこんだ。やがて残照が空の高みから消えて行くと、そのあとにサザン・クロスの荘厳な菱形がかがやきはじめた。長閑な村の風景であった。ゆったりと幸福そうな、野心の闘いも欲望の悩みもない、静かな生活の姿であった。貧しいことはいかにも貧しいが、しかし文明国家の下積みになっている貧乏暮しとは随分違った暮し方であった（二四一頁、傍点引用者）。

この夕暮れに、エキゾチックな風物に溶け込んだ「ふるさと」のイメージを読み取ることはたやすい。ブラジル・イメージの三つの核、カフェ、バナナ、サザン・クロスもしっかり折り込まれている。見慣れないポルトガル語からの借用語やルビも外国の雰囲気を作るのに欠かせない。しかしこれらを除けば、日本の駘蕩とした農村に早変わりする。このサンタ・ローザの耕地ののどかさと豊かさは、文明国家の下積みではないからだと分析されている。日本の農村を汚染し荒廃させた文明化の波は、幸いにもこの地の果てまでは到着していない。ブラジルは日本ほど文明化されていないからこそ、のどかに暮らせる。

この認識は残念ながら根本から誤っている。ブラジルの単一栽培農（コーヒー、綿花、薄荷、ゴム、胡椒など）は北半球の大消費国の市場に依存し、投機的な側面を持つ。したがって景気の浮き沈みは自分たちでは制御できず、一挙に荒廃することもありうる。石川はよほどのどかな農園に滞在したようだ。ブラジル農業の文明国家への依存は日本語新聞を読めば明らかなはずだが、彼の桃源郷には「物情騒然」が伝わってこない。ニュースからの孤立が平和な空気を作り出している。「新聞雑誌はおろか、部落以外の事件は何一つ伝わって来ない。部落の一つが絶海の孤島のように孤立していた」（二三九頁）。世帯数だけ発行されたという日本語新聞を、サンタ・ローザ農園では誰も読まなかったらしい。そういえば、再渡航の堀内は収容所で、ブラジルの四年間はコーヒーの稔りと子どもの成長だけが関心事で、日本のことも年に一度か二度、風の便りに聞くだけでただ日の出から日没まで働きづめだったと語っていた。五ヶ月前に岡山県の山村にもどってからは汚職、議会解散、選挙違反、共産党裁判など毎日知らされる。それだけで「身も心もさむざむとする様に思い、母国の終焉を見るように悲しかった」。何も知らないほうがよいと思い、「日本に何の未練もなく、むしろ逃げる様な気持で出発の日を待っているのであった」（二六頁）。これらの重大ニュースは日本語新聞に報道されたはずだが、彼は切迫感を感じなかったか、読まなかったかそのどちらかだろう。彼は四年間、日本の物情から離れているうちに、平和母国の幻想を信じるようになっていた。郷愁は望ましい面ばかりを増幅しがちなので、待望の帰郷は苦さを残した。彼は日本から、というより日本のニュースから逃れるべく再び船に乗った。

文明は加速する渦巻きのイメージで捉えられていたが、反対にブラジル農村は変化の無さが特徴だった。「桃花源の物語りにも似た悠々たる生活は、昨日と今日との間に何の区別もなく、昨年と一昨年との間に何の変化も無い」（二六頁）。都会で革命があっても農民は無関心で、世間から隔絶している。まして日本人は何も知らずにただ言いつけられた仕事をするだけで食っていける。「このような世界にあっては、日常生活以外の何ものも縁のないものであった。この部落ばかりが全世界で、部落以外のことは星の世界のように遠かった」（二四三頁）。世界の回転から無縁であるかのような部落、この自己充足した場所、足元しか見えない、また見る必要のない亜熱帯のアルカディアに移民はたどり着いた。

船上ではブラジル宣伝映画が上映された。「絵のように美しいロマンチックな農園風景が映し出された。製作者が故意に美しく撮影したわけではないにしても、映画になってしまうと何でもが美しくなり過ぎて、結局は移民たちに幻想的なブラジルを教え込むことにもなった」（一七四頁）。石川は実写映画が編集作業とナレーションによって、本質的に「美化」「虚構化」のメディアになることを知っている。そして現実のブラジルがそんな絵空事ではないことも知っている。だからこそ「幻想的な」という形容詞に「虚偽の」という意味を含ませ、移民会社のずる賢さとそれに操られる移民の悲哀をこの場面にほのめかしている。だが『蒼氓』のサンタ・ローザがまさに「絵のように美しいロマンチック」であるのはなぜだろう。彼もまた「幻想的なブラジル」を教え込んでいるのではないか。ルポルタージュの手法は、プロレタリア小説やモダニズム小説に先例があり、読者と物語世界の間に社会的現実が割り込む新しいテクスト的関係を作り出した。収容所や航海中の些細な悲劇を読み手は移民の眼の高さで傍観する。正確な日付や折り込まれるニュースは、悲惨な物語に実話の雰囲気を漂わせ、虚構と実話の区別をあいまいにしてしまう。そのような語りかたであるからこそ、異国のふるさとは政府の美辞甘言以上に説得力をもつ。

成り行きの同化

再渡航者の堀内は神戸の収容所で自分たちを「落葉」にたとえて自嘲する。日本社会から振り落とされた敗残者だが、ブラジルでは何とか食いつないでいける。食いつめ者が食っていけるのだから、ブラジルは良い国だ。ブラジルではあせらずにのんびり構えて暮らすのが一番、言い換えると自然体で同化に逆らわないのがうまく生きるコツと彼は未体験者に語る。捨て鉢で向こう見ずな希望はこのような自嘲と重なる。語り手の本音を伝える効果を持つ方言で、堀内の処世観が語られる。

移民言うものは、こりゃあ、まあ落葉あみた様なもんじゃと思うとりますわい。つまり村で生きて居れるだけ生きてなあ、葉の青え中は…。どうにも生きられん様になった者あ枯れて落ちる。落ちたところがまあ、此処へ集うて来るんじゃと、なあ。つまり収容所言うものあ落葉の吹き溜りですらあ。それがブラジルに行ったらまた何とか落葉から芽が出てなあ（三四頁）。

先輩風を吹かせているように聞こえるが、この世間ずれは初めての渡航者にはない。「吹き溜り」も見捨てたものではない。自嘲と楽観のないまぜになった心境を、第三部の古参はこう言い替える。「移民はほんとの裸一貫がいいね。小金を持った人が一番駄目だ。…成功しようと思って来るとブラジルは地獄だ。…しかしただ食って行けさえすればいいという者には極楽だね」（二三四～三五頁）。男は金もうけにがつがつせず悠然と暮らすよう新移民にこのように諭している。ある人は小金をもったばかりに失敗して失意のまま帰国した。一、二年の間は日本の夢ばかり見るが、三年たつとブラジルの夢を見るようになる。そうなればこの地も捨てたものじゃない。このような「平和な話」が「やさしい微笑」をたたえながら語られる。この話をきいたならば、一旗揚げに来た移民はこう考えただろう。わざわざこんなところまできて食っていくだけなんて。五年後に錦を着て帰郷するはずではなかったか。しかし新移民は夢と現実の違いに驚くどころか、「ブラジルというところの本当の生活が多少わかる気がした」（二三五頁）とすぐに納得してしまう。新旧移民の摩擦はまったく起きない。実際には食っていけさえすればいいという者は少なく、「日本人のように成功という言葉を日常瞬時も忘れない国民は他にあるまい」（一〇三頁）と『往来記』は観察している。そのあげくに疲れ果て、ブラジル生活に満たされる。石川は文明が遅れているからこそ、ブラジルは日本よりすごしやすいはずだと考えている。こうして帰郷の欲求を捨てなかった多数者を無視して、国策に合った心向きを作家は後押しする。

昭和文学選書序文では、第一部が移民政策反対を唱えているという風評を否定し、「政府の方針を特に支持もしなかったが反対もしなかった」と述べている。ただ「自己の眼をもって大移住の真実を見たい」。真実は政治よりも上にある。しかし「真実」を物語として構成するときに、作者の置かれた状況が入り込まないはずがない。耕地生活のかなり楽天的な描き方に、前年三月発表の「生きてゐる兵隊」に対する起訴が影響しなかったとはいえない。反政府分子と誤解されるのに警戒していたようで、再渡航者を通して移民に「肯定的な解釈」を与えたと念を押している。「しかしその肯定は決して装飾に充ちた虚構の宣伝ではなく、あくまでも現実の姿を直視することから来た肯定でありたいと思った」。しかしそれが宣伝と似ているのはなぜだろうか。彼の短い耕地生活がどれほど第三部に反映しているかはわからないが、同化の趨勢に飲み込まれていく農民を「真実」のモデルとして選んだ。「声無き民」、移民は声をあげない。知識人には受動的でのっぺらぼうで、啓蒙すべき衆生にも、それぞれの倫理と正義がある。石川達三は彼らに声を与えるよりも、沈黙と忍従を取り囲む社会を描いた。やむをえない状況に置かれ、闘争・抵抗し、苦痛をこらえていた人物はいつしか後景に退き、人々の摩擦の根源にある政治、欲望の行き先である文明すら舞台装置のひとつに限定し、もっと大きく惰性的な「世間」や「常識」を描いた。

第一部の船客の大半は出稼ぎのつもりだったが、第三部の農民は帰国の希望を持っていない。第一部の不安げな乗客はどうやってこの達観に至るのか、その生活や感情の一番起伏の激しい部分を抜いて、第三部に到達する。あたかも佐藤家ら苦難の人々が数年後には皆、いつのまにかこうなるかのような錯覚を与える。物語論的な省略、というより「キセル乗車」である（その省略部分が移民作者の領域になった）。第三部の定住志向は、一九三四年の移民制限法以来、あからさまに進められた排日政策に反対して、官営の移民会社（ブラジル拓殖会社）が愛土定住運動を先導したことと関係するだろう。一九三八年ごろからGAT（gozar a terra、直訳すれば「土地を好む」）運動と総称され、宣伝の歌や浪曲やレコードや標語が作られた。日本人は硫黄のように溶けないという攻撃に対して、領事館筋は異民族結婚率の高さを示すパンフレットを配った。石川は移民政策の急展開、日伯関係の緊張を知りながら、第二部、第三部を書き進めただろう。だがそれをそのまま盛り込むのは、彼の手法ではない。政治的動向のいかんにかかわらず、生き続ける定めにある民の平凡な心向き、暮らし向きを肯定することに彼の筆法はある。第三部は決して定住を高唱する物語ではないが、美しく追認し黙認する内容になっている。収容所や船上の悲惨は遠い過去、土地のこととして消えかけている。

黒人の小作人はこう言う。「〔新来の〕日本人はみんな綺麗だが、ブラジルに永くいるとみんなお前たち〔ベテラン移民〕のように汚くなるね」（二三三頁）。この汚さには農作業で土が皮膚にこびりついたり、日焼けするということと、風土に馴染むことの両方が含まれている。石川はわざわざ黒人にこのセリフを言わせている。この男にすれば、自分たちの肌の色に近づくという意味だ。日本人の一般的人種観からすれば、これは忌避すべきことだが、作家は「汚く」なってこそ（カボクロ化してこそ）、この土地で生きていく資格を得られるとベテランに同意させている。勤勉と同化がこの地で幸福を得る道である。使命感を持った同化ではなく、ずるずると成り行きでこの地に居座ってしまったというような移民が『蒼氓』の理想だった。

「汚く」なったベテランは帰郷の希望を捨てているかのようで、郷愁を免れている。「ここへ来たら先ず日本流のことは皆忘れるんだね。醤油がほしいとか餅が食いたいとかいう気にならん方がいいね。そんな事をしているといつまでも腰がおちつかなくて駄目だ(5)」（二三九頁）。それに感化されたか、ある若者は到着してまもなく郷里の友人に手紙を書こうとするが、筆を執る気がしない。「何だか郷里の友達とも縁が切れてしまった気がして、手紙を出す興味がないのであった」。日本はあまりに遠ざかってしまった。いつのまにか同化しそうな兆しが見える。何年かたったら両親の墓参のために日本に帰ろうと考えるだけで「悲しさも慰む気持であった」（二四四頁）。帰郷の野心を捨て、ブラジル流ののんびり生活に慣れ、しまいにはブラジルの土に還れ。ここに移民の幸せがあると小説は諭している。

この部落の人々の生活は、〔ベテラン入植者の〕真鍋にしても米良にしても、または黒人やイタリー人たちにしても、あらゆる世間的な欲望を忘れ、世界の国々の動きにも何の関心もなく、貧しくつつましい気持のなかから、いつの間にか静かに湧いて来た、生きていること、そのことのみの喜びによって生活しているもののようであった。こうして日がな一日紫赤土《テーラ・ロッシャ》にまみれての労働の中にも、他人にはわからない幸福がある、むしろ意外なほど純粋な幸福、原始人のような幸福がありそうであった。新移民《ノーボ》たちが日本から描いて来た数々の夢は幻となって消えたが、消えたあとに残る他の幸福があることがおぼろげながらわかって来た。ここはブラジル国の土でもなく日本人の土でもない。ただ多数の各国人が寄り集まって平等に平和に暮す原始的な共同部落というに過ぎなかった。というよりもむしろ、大陸の大自然のなかに迷いこんだ人間たちの住む小さな洞穴と

もいうべきものであった（二四六頁、傍点引用者）

プロレタリア文学風に始まった『蒼氓』は、ここにいたって白樺派のようなヴィジョンを描くようになる。作家はずいぶん後になって、昔の移民の「馬鹿正直」「純朴さ」を懐かしがっている。[6]彼が一ヶ月滞在した農園がよほど例外だったたか、現実の狡猾さに目をつぶったのかはわからないが、移民＝農民をそのようにしか書けなかった。実際には「各国人」の間には緊張があったし、日本の農村と同じように貧富の差ははっきりし、他の耕地や都市への逃亡者も多かった。異人種結婚、混血という大問題もあった。植民文学の旗印の下、同時代の移民による小説はそのような厳しい現実を掘り下げる題材を好み、詩歌は逆に原始共同体を讃美する題材を好んだ（第1章参照）。『蒼氓』第三部は両者を混ぜ合わせ、原始共同体を讃える小説を提示した。原始人たれと諭された当人は幸福を味わえたろうか。これは日本の読者（「他人」？）を想定しているからこそ生まれた発想だった。

農園主と小作人の間には一等船室と三等船室と同じぐらい厳然とした差があり、それは肌の色に対応していた。サンパウロの薄汚い日本人街も、夜逃げ、駆け落ち、殺人、発狂、自殺など移民社会につきものの悲劇も作家の関心にはない。『往来記』の「聖市夜情」「聖市漫歩」という章では、都会へ逃亡してきた移民の拠り所なさと不安と虚無感が生き生きと描かれているが、それを酵母に続編を書くことも不可能ではなかったはずだ。物語は新移民到着後、数日間の出来事と設定されているので、多くを要求できないまでも、石川はダーバンの寄稿場面と同じく、あえて葛藤に目をつぶり、プロレタリア文学に絡め取られるのを恐れた。物質的な貧困（「貧しいことはいかにも貧しい」）は精神的な高貴さ（「野心の闘いも欲望の悩みもない」）はそれを補ってあまりあると素朴に信じた。

文明批判のひとつの帰着が、原始共産的なユートピアだった。善良で従順な人も運命に身を任せるうちに幸せが得られる。移民には日本で失われた豊かな農村生活が待っている。世捨て人は錦衣帰郷という価値観からすれば敗残者なのだが、ここでは純粋な幸福を見いだした人々として描かれている。実は彼らこそ日本政府が望んでいた移民だった。もとは農村の人減らしとして始まった移民だから、片道切符の移民こそ望ましかった。ブラジル社会への同化は、領事館筋が口をすっぱくして説いたことだった。この小説は棄民という軽蔑語に夢を与える。『蒼氓』は積極的に意図せずに、しかし消極的に否定もせずに、国策にかなう作品だった。そしてさまざまな読者の常識にかない、また常識を作り出した作品だった。

句碑になったお夏

さてブラジル移民のイメージを決定づけた小説は、当の移民たちにどう読まれたのだろうか。残念ながら発表当時のブラジル側の反響を知る手がかりは見つかっていない。読書家は必ずやこの話題作を読んでいたはずだが、記録はない。戦後はもっと多くの読者を得たはずだが、きちんとした論評は書かれなかった。「『蒼氓』のイメージ一掃へ」（一九七八年五月二五日付『サンパウロ』）という社説は、この作品が日本人にブラジル移民の陰鬱なイメージを与えたとやや非難している（第三部は読んでいないのかもしれない）。また六〇年代以降のブラジルの文芸人が短期滞在者の作品を否定するのは理解できる。たかが旅行者に我ら移民の何がわかるという敵愾心すら感じる。「我ら移民」は一方では非日系のブラジル人、他方では旅行者や駐在員との区別によって、集団意識を作り出している。『コロニア文学』の土着論争（第6章参照）では「ツーリスト的」が「土着的」の反対語として用いられている。アマチュアの書き手には、さらに職業作家に対する対抗心もある。

しかしこうした向かい風にもかかわらず、『蒼氓』はひとつの石碑をブラジルに残した。日伯修好百周年（一九九五年）を記念して、日系人向けの老人施設、憩の園（グアルーリョス市）に建てられた句碑「蒼氓のお夏の村も春の風」である。(7) 作者は小説でも活動した高野耕声で、もともと『雲母』（飯田龍太主宰）にその前年に発表された。お夏の名はいわゆる「移民妻」を代表している。だからこそ、女性の入園者が大半を占める施設にふさわしい句と見なされた。お夏にはモデル探しの記事もあり悲劇のヒロイン扱いを受けた（七三年四月一四日付『サンパウロ』）。

お夏の句碑（著者撮影 2011 年）

航海の終わりに、お夏は構成家族の勝治に、故郷に残してきた好きな人堀川か、自分のどちらを選ぶかと聞かれて、何も言うことはないと答えた。それが勝治に対する承諾の意思表示だった。「何も言うことはない。選り好みしようとは思わない。望んでくれる男の女房になる、その自然な運命の流れのままに身をまかせて、その日々に処しその時々を生きて行こうとする、雑草のように素直な、雑草のように強い生命力を持ったお夏であった。ひっつめに結った額の下で、眼には悲しみがたたえられていた。自分の従順さを悲しむのではなく、かくの如くにして生きているおのれを侘しむというような漠然とした表情であった」（一九〇頁）。現在の読者ならば、運命に身を任すことが、なぜ強い生命力なのか理解に苦しむだろうが、石川が好んで描く「弱い」女性像のひとつの類型であろう。逞しさが自己憐憫と対になっている複雑な性格づけに、他の通俗作家ほどは一筋縄ではいかないところがある。「受動的だが根強い活力」という佐伯彰一の評言は、こうした人物像から思いつかれたのだろう。

最近では強姦されても声をあげず、家族の利害のために結婚させられた人形をヒロインとすることに批判する声が高い。そうさせた男性たちへの批判抜きでは「声無き女」に取り合いにくい風潮にある。しかしブラジルの読者は、作家の言葉通り、声無き女の「素直」や「生命力」や「悲しみ」に共感を示した。勝治をさしおいて、そのモデル探しが行なわれたことからも、ブラジルの読者がこの作品をお夏中心に読んできたことがわかる。語句のうち「お夏の村」は、故郷秋田の寒村か、小説第三部の最初の入耕地か、その後に引っ越した日本人集団地か、いずれが適切かと、歌人清谷益次は問いを立て、集団地が近いと解釈している（ブラジル人耕地を「村」とは呼ばなかったという。言いかえれば、日本人の共同生活の基盤が整って初めて「村」と呼べた）。戦前の集団地の多くは日本人家族の都市への移転によって、今は荒れ牧と化している。そこにも春の風は吹いている。その無常観を彼は読みこんでいる。

「春の風」が句を前向きに締め、入園者をはげましていることはいうまでもない。

「春の風」はそれだけでなく、憩の園で一九七六年に亡くなった石川芳園（一八九三年山形県生まれ）の「春風や門を出づれば下婢ならず」を踏まえている（地元読者にとってはそれなしでは鑑賞できないほど強く結ばれている）。これは外国人の家の女中をしていた作者の、女性としての矜持を詠んだ句として名高い（第1巻第3章参照）。いったん仕事場を出れば、私は自由人。偶然だが、芳園は石川達三と同じ一九三〇年にブラジルに渡航している。お夏とは反対に、生活力のない夫を日本に帰し、息子と生き別れ、ブラジルで単身生活を選んだ女性で、お夏よりも積極的に道を拓いてきた。下婢の忍従を知る人が、お夏の「悲しみ」を知らないはずがない。文学の碑は概して、作者か作の内容にゆかりの場所を選んで建てられる。憩の園の句碑は、珍しくそこに暮らす人、さらにそこで亡くなった俳人に向けて建てられている。構成家族として連れて来られたり、女中奉公をしてきた女性の心に、最後の灯を捧げる句として、碑は建てられた。お夏を男性作家が望む犠牲的で感傷的な女性像にすぎないと否定するのは、現代の知的風潮に合っている。しかし憩の園の住人は彼女に同情し、代表的移民妻として遇し、句碑を讃えた。『記念文集』は句に寄せる思い、句碑を持つ慶びを素直に、素朴に表現している。次の第一句は芳園を詠み込む技を見せる。

蒼氓の句碑建つ園に風芳る
囀やお夏の句碑の字のやさし
蒼氓の句碑建つ丘にベンデビー声澄み渡りそよぐ春風
細りゆく命支える句碑建ちてこの楽園に老ゆ移民妻

このような平凡な賞讃者を前に、賢しい文芸理論は黙らざるを得ない。知識人の評価とは別の基準で、裾野の人々は他人の作を読み、自分に同一化し、碑を寿ぐ。石の形を取った公式認定は批判理論の対極にある。それでは碑の建立のために用地を交渉し、寄付を募り、石材や揮筆者や文句を選び、招待する名士の名簿作りに心を砕き、式典の手配をする地元の顕彰会は、文学という読み書き語り思う営みにとって無意味なのだろうか。

『蒼氓』のテクストに向かい合い、移民会社員と農民、日本人と中国人、夫と妻、男と女、日本人とブラジル人、新来農民とベテラン、小作人と農園主など幾重にも重なる人間関係、経済や政治の関係を読み解く作業は知的に重要だが、作品に対するまったく違う接し方もまたあることを碑は語っている。碑の建立もまた「文学する」行為のひとつであると信じる。

註

(1) 石川達三については以下を参照した。小田切進「石川達三」『日本文学全集64』集英社、一九七二年。山本健吉「作品解説」と佐伯彰一「石坂洋次郎　石川達三入門」『日本現代文学全集86』講談社、一九八〇年。中野好夫「人と文学」『現代文学大系50』筑摩書房、一九七六年。中島健蔵「石川達三」『現代日本文学大系75』筑摩書房、一九七二年。『国文学　解釈と鑑賞』(一九七六年八月号)の石川達三特集号所収の遠丸立「遠心的告発と時代の暗部からの声」と松原新一「石川達三の時代認識」。

(2) 石川達三は時折、日系ブラジル社会に乞われてつながりを持つことがあった。六〇年代に農業と協同文学賞の審査員を数回やり、一九七一年には『サンパウロ新聞』母国版(同紙は一時期、東京支社を持っていた)のインタビューに応じている(四月一五日付)。そのなかで日系人は孫子の代まで民族的なものを残すべきであるという記者のしつこい誘導に対して、どのような人生がよいのかを押しつけることはできないと返事している。

日系ブラジル人のこの小説への関心は下がらず、出版後四十年以上たってなお、『蒼氓』が自分たちに対する日本側の否定的イメージを固定したと信じている(たとえば一九八九年九月一日付『サンパウロ』の社説「『蒼氓』から五〇年、出稼ぎふえる」など)。

(3)『最近南米往来記』の書き出しは「神戸港は春雨である。細々と煙る春雨である」。既に文体を持った記者だった。

(4) 小説化に際して社会批判が弱まったことは、木村一信「石川達三『蒼氓』論——〈棄民〉を前にして」(『昭和作家の〈南洋行〉』世界思想社、二〇〇四年、五七〜六九頁）が指摘している。

（５）『往来記』曰く、着いて二、三年は代用味噌や餅を作って郷愁を癒している。ひどい者になると黒砂糖を焦がして塩水に漬けた「変なもの」さえ試している。「ブラジルにいてどうしても日本を忘れ得ない者は、こうした涙を催させるような徒労をして悲観のみしている。だが、少し徹底的にブラジル化した者たちはブラジル流の食物を毎日美味しく食って、明るい心持の日を送るのである。他国に行って母国の生活を恋しがるのは、自分で自分の生活を島流し的に悲惨にする愚であると思う。そして日本人ほどこの愚を繰り返す民族は他にない」（一〇〇頁）。郷愁ないし同化への抵抗をこれほど痛烈に批判した文章はめったにない。舌が拒絶する食物にどう馴染んでいけばよいのか、石川は考えなかった。

（６）「作中人物の系譜９」『石川達三作品集１　月報』新潮社、一九七二年、二頁。

（７）『春の風　句碑建立記念文集』自費出版、一九九六年。この句碑については、内山勝男『蒼氓の九二年――ブラジル移民の記録』（東京新聞出版局、二〇〇一年）第二部参照。

18　勝ち組になりきれなかった男――本間剛夫『望郷』

忘れられた移民小説

一九五一年、東京で出版された本間剛夫『望郷』（宝文館）は、戦後最初の本格的なブラジル移民小説である。勝ち組の暗殺部隊に加わった開拓前線の日本語教師が、標的であった元少将に敗戦を説得される物語で、本書でいう「植民文学」と「勝ち負け文学」の顔を持つ。今ではまったく忘れられているが、出版当時、舞台化されるほど評判を取った。生活に行き詰まった日本人の移住先として、戦前から太いパイプのあるブラジルに期待がかかっていたが、それと同時にその楽土にいまだ敗戦が信じられず、殺し合いまでしている同胞がいることを訝しむ風潮もあった。ブラジル側で、出稼ぎの在留邦人から永住する日系ブラジル人へと生活指針、自己意識を変容させつつあったように、日本側の移民観も刷新される必要に迫られていた。『望郷』はなぜ敗戦を信じられない秘密結社が地球の裏側に現われたのか、という好奇心に対する時宜を得た回答として読まれただろう。

勝ち組批判としてもっとセンセーショナルなルポルタージュ、高木俊朗『狂信』（朝日新聞社、一九七〇年）が、一九五二年に初めて渡伯し、勝ち負け抗争に巻き込まれた台本作家の実体験にもとづいているのに対して、本間は日米開戦直前まで十年暮らし、事件に至るまでの社会的・思想的経緯を熟知している。しかし戦後の混乱を体験していない。その分、高木より距離を取った視点で勝ち組の心理を追っている。ルポと小説というジャンルの違いの

本間剛夫『望郷』表紙

他に、二人のブラジル歴の違いが、勝ち組に対する心情的な距離の違いを生み出しているようだ。本間は『ブラジル』（立川図書、一九五二年）のなかで、もし日米開戦後もブラジルに居続けていたなら、臣道連盟（作中では「臣道会」）のメンバーになっていただろうと振り返っている。主人公の精神遍歴の一部は自伝でもあるようだ。

同じ時期、ブラジルでは勝ち組賛美や負け組の怨恨を描いた作品が書かれていた。だが勝ち組から負け組への「転向」を追った作品は見つかっていない。この作品のひとつの特徴はそこにある。また主人公の恋人は、中国系の父とアメリカ系白人の母からキューバで生まれ育ち、一三歳でブラジルに渡ってきた女性と設定されている。スペイン語訛りの抜けないポルトガル語と日本語訛りのポルトガル語で、二人は愛を語る。この程度の混血ノマドはいまどきの日本文学には珍しくない。ハワイやラテンアメリカや歌舞伎町を舞台に設定すれば、アンナの同朋が気安く話しかけてくる。しかし一九五一年にこのような複雑な血と地の交錯は日本人作家の発想外だっただろうし、ブラジル側の作にも出てきたことがない。キューバからブラジルへの移住者はさほど多くなく、やや非現実的な設定だと、これを読んだ一世は思ったかもしれない。彼女は作者の世界主義《コスモポリタニズム》を結晶化した理念的存在と見るとよい。国粋思想と世界主義、この二重焦点で忘れられた移民小説を論じてみたい。

本間剛夫（一九一一年栃木県生まれ〜？　一九三一年〜四一年ブラジル移住）は拓殖大学出身。サンパウロ郊外に、拓務省のお声がかりにより、その傘下の海外興業会社が設立したエメボイ農業実習場の第一期生として渡航した。そこは日系人農業指導者作りを目指し、中学修了以上を条件に募集された[1]（現地募集もあり）。渡航に際して明治神宮、宮内省、新宿御苑（当時は一般非公開）を回り、晩餐会まで催され、東京駅頭で新しい場旗を拝受した。この一連の模様は映画に記録され、航海中に上映されたという。華々しく新聞報道もされた。つまり国家事業の尖兵として送られ、当人もその意識を強く抱いた。もちろん全寮制で、本書第2章で論じた「賭博農時代」の作者、井上哲郎

（園部武夫）が作詞し、別の生徒が作曲した寮歌が記録されている。また場歌は日本で用意された（?・）歌詞を拓殖大学校歌の旋律で歌う習慣があった。ここに拓大の人脈との密接な結びつきを見ることができる。また課外活動も盛んで、生徒はスポーツ、音楽、演劇を楽しみ、ブラジル人との社交に必須というので、社交ダンスも推奨された。エメボイのダンスパーティは名物であったという。そういう自由な余暇活動を享受する環境の中で、本間は文芸部の要として、謄写版雑誌『高原』（後に『高廸』）の編集長を務めた。

一九三三年卒業後、教員資格検定を受け、一九三六年からレジストロのカトリック系の私学、パードレ・フレデリコ学院で主に日本語を教えるが、二年後、外国籍の教師不認可の新政策により辞職させられ、南米銀行に転職（その間、農業のブラジル社にも一時勤務）。一九四一年、研修出張のため帰国中に国交断絶となり、ブラジル帰還を断念し、神戸高等商船学校（後の神戸商船大）植民研究室で働く。その後、南方戦線に四年ほど送られた。復員後も文芸意欲は失せず、『望郷』出版当時は新作家協会に所属。同書第一部「望郷」は大阪の『文学世界』に最初掲載され、三好達治の賛辞を受けた。(2) 励みを受けて「奥地」「新風」と執筆を進めて完成したのが、三部構成の『望郷』だった。当初は『失われた祖国』と題されていたようだ。五〇年代半ばに三年間、ブラジルに滞在した後は、日伯中央協会に勤務したり、母校や神田外語学院でポルトガル語を教えたり、ブラジルや南米移民の案内本を著して身を立てた。「二世軍属」という興味深い題材の小説もあるようだが、文学は余技に終った。

醜い東洋のわたし

両親を亡くした青木修作は一九歳になった一九三三年、リオで貿易商を営む父の弟を頼って渡伯。叔父は将来の後継者と期待をかけ、夜学の商業大学に通わせる。修作はそこで中国系キューバ人の混血女性アンナと知り合う。互いに惹かれ合うが、日本精神を信奉する修作はためらう。一九三九年、世界一周飛行敢行中のニッポン号をサンパウロ空港で迎えるために、修作は叔父の反対を押し切って卒業式を欠席し、サンパウロに出かける。そこで北パラナ奥地、セードロ部落で日本語教師を求めているという話を聞き、これこそ天職と目を輝かさせ、進学を勧める叔父の元を発つ。既に日本語教育は禁止されていて、非合法の授業しか行なえないが、彼は生きがいを覚える。両家からの結婚許可の報を携えてアンナが迎えに来るが、拒絶する。一九四六年初頭、敗戦を吹聴する日系社会の指導者を抹殺すべく「臣道会」の特攻隊に加わる。日本の国際連盟脱退の現場にいたが、松岡洋右に反対して協調路線を望んだ斎藤少将が、北パラナに潜んでいるという噂を聞き、もし信念派だったら臣道会の首領に招き、もし認識派だったら射殺する覚悟で探し回る。人里離れた川辺で一人暮らす少将に遭遇し、殺そうとするが、先手を取られる。威厳ある少将の言葉に修作はついに敗戦を認め、リオへ帰ろうと決心する。

民族意識の沸騰と瓦解、世界主義の誕生にこの作品の精髄がある。同じ時期の農民を描いた『蒼氓』が、主に日々の営みを静かに支える惰性的で凡庸な帰属感を描いているのに対して、『望郷』は民族意識について明確に言語化できる教育ある青年が、日本人、二世、ブラジル人と議論しながら、勝ち組の最も過激な一党に加わるまでを描いている。石川達三が第三部で登場させた「ブラジルずれ」して、帰国の夢なぞ忘れて居残っているような農民には出番がない。『蒼氓』のサント・アントニオ農地の長閑さはセードロにはない。「最も帝国主義的な」時期にそれを容認する立場で書かれた物語と、その悲惨な帰結を見届けた後の批判的物語の違いといったらよい。

「コチコチの国家観念を植えつけられ」(一一頁)た青年は、サントス港に着くや、日の丸の赤が「故国につながる血の色」(二頁)に思え、涙をこぼす。大多数の食い詰め移民と異なり、彼は「世界の各地に雄飛して国力を伸張し、世界人類のために貢献すべきだ」(三頁)という中学校の地理教師の言葉に刺激されて渡ってきた。本間は修作を「最も帝国主義的な移民政策によって、送り出されて」(一三八頁)きた昭和初年の渡航者のモデルとして描いている。この時期の移民は「人権にも、階級意識にも目覚めていた。日本で社会運動も、自由獲得の運動も既に自ら体験したものもいるのだ。ところが、不思議なことには、そうした自覚をもった人たちが、日本人という民族意識に返え《ママ》ると、全く盲信的に日本を神聖化し、天皇の絶対神性を信じて疑わなかった」（一三八～三九頁）。大正デモクラシーもマルクス主義も、神国崇拝がすべて呑みこんでしまったと本間は戦後民主主義の常識を述べる。

　精神的な優位と補完的なのが、あるいはその根底にあるのが、身体的な劣等感だ。それは白人種を前にして初めて顕在化する。修作は天を仰ぐ。「低い背丈、低い鼻、彎曲した短い脚、そして悪魔の呪文のような怪奇な文字を書く人種！　これは動かせない事実なのだ。東洋の盟主といくら力んでみても、どこにこの人種の美が見られるだろう。ましてその種族の中で最も貧しい苦学生なのだ」（一二五頁）。個人の容姿ではなく、人種の容姿が問題となっている。日本人の間で鼻や脚の形や背丈の違いから美醜を判断するのとは、争点がまったく違う。ヨーロッパ系、とりわけアーリア民族を「人種の美」の基準におく発想が、「人種」の概念、人類学とともに明治に輸入されて以来、あたかも外見の醜さを相殺するために、内面の美徳を自讃することが、民族意識の一部を支えてきた（江戸時代の「紅毛人」は恐怖や不気味さを喚起することはあっても、人種的な美醜を比較する視点はなかった）。美醜が公式の場で語られたり、教えられることはめったにないが、暮らしのなかで人物や視覚表象、会話や読書を通して美男、美女の基準が各自のなかで作りだされる。その延長で、民族や人種の代表例を持ち出して、その美醜を集団の本質として語ることが始まる。論の内容に合わせて、どんな容貌を代表とするかが決められる。自然人類学は人種的類型の概念で、科学を装いながら優劣と美醜を後押しする。優生学と差別意識がそれを補強する。

　アンナの父については「明らかに東洋人と見える肥満した背の低い、風采の上らない中年の男」（一一六頁）と醜さが明記されているが、主人公の容姿、体格については何も書かれていない。仮に（日本人としては）背丈も鼻も高く長い脚であったとしても（映画化されれば、そのような俳優が選ばれるに違いない）、彼の人種的な劣等感は拭えなかっただろう。そのうえ彼はヨーロッパ系の視点で、自分たちの文字を見ると仮定し、その不気味さを想像している。悪魔の文字を使う言葉は耳にも不愉快だと、空想をはばたかせていただろう。ヨーロッパ系になったつもりで自分たちを見ると仮定することから、人種の美醜の議論は始まる。修作はこの無理のある仮定の妥当性までは頭が回らない。

東洋的な醜さが唯一、美に転化するのは、ヨーロッパ系の血が混じった時である。アンナ姉妹は一見、ヨーロッパ人と変わらない。だが「かすかではあったが、東洋人の匂いがあった。やや厚い唇と、一重まぶたの切れ長の眸のあたりに、最も強くそれが現われていた」(一六頁)。妹は容姿にならって母のヨーロッパ気質を強く受け継ぐ。姉のアンナは逆にかすかな東洋的形質に忠実に、父の気質を受け継ぎ、それを体現した日本人に一目ぼれする。二人の愛については後で述べよう。

物語上重要なことは、修作の民族意識が他者との衝突によってしだいに明確化していくことだ。それはブラジル人、一世、二世に大別でき、いずれの範疇にも敵と味方がいる。以下ではそれぞれの人物の特徴づけながら、彼が暗殺者になるよう追い込まれていく過程を追ってみる。

排日と拝日

修作の渡航時期はブラジルの排日運動が盛んで、議会で日本移民の制限が議題に上っていた。「日本移民はブラジルの癌《キスト》」という煽動的なスローガンを掲げた排日キャンペーンの主導者は、排斥の四つの理由を挙げている(五〇頁)。⑴日本移民はブラジルの基本人種型統一の見地より不可、⑵日本移民はブラジル人の言語、風俗に同化しない、⑶彼らの集団地を随所に置くと、ブラジルの将来に禍根を作る、⑷日本人は軍国主義的、侵略的だ。排日運動には北米の日本移民禁止、産業の保護、ブラジルの国粋主義など他にも多くの要因が絡まっていたが、小説を読むには伝統的な黄禍論の他に、交戦中の国民が、反日プロパガンダの影響もあってブラジル人に嫌悪されたことを押さえておけば充分だろう。もちろん国際連盟の一員として、ブラジルは満州国を認めず、日本の「侵略」は公式見解だった。

『望郷』では、第一部の学校が修作とブラジル人との接触の主な舞台となる。クラス委員に任命された日本人の秀才は、クラスの親分格で元伍長の混血黒人、アントニオ一派の目の仇となる。「日本が満州を盗んだのです！」（三五頁）と彼は地理の授業で大声をあげる。これ以上、日本人がブラジル農業・商業に進出するとブラジルは「第二の満州」（四七頁）になるという声も上がる。これは世論で、修作のアジア解放論は完全に包囲されている。この段階では反論するほどポルトガル語が上達しておらず、黙り込むしかない。彼の思想闘争はその後もブラジル人には向けられず、日系人に民族意識を植えつけることに力が注がれる。

だがアントニオは実は白人に対して引け目がある。修作が繁華街のダンスホールに誘うが、そこは白人だけの場所だといって「混血の黒人」（一九頁）は逃げ出してしまう。アントニオの劣等感は「人種の美醜の観念」よりも、「奴隷制度時代からの、白人に強制された他愛のない習癖」による（三三頁）。習癖と美醜、どちらが根深いか明言されていないが、血の一部となった前者は矯正不可能だが、後者は——少なくとも日本人は——他の美点によって克服し得ると、到着間もない青年は考えたようだ。祖国の戦争は単にアジア人の解放というだけでなく、「世界中の有色人種の自由と、幸福を獲得するため」（同）の戦いで、その勝利は白人優位の偏見を崩す。日本と中国が戦っているのではなく、有色の東洋が白い西洋と戦っている。当時の論壇でいう「戦争の世界史的意義」が、彼の正義の足場となった。

学校での数少ない理解者が、イタリア人と黒人の混血で、仏陀先生と仇名される数学教師だった。アントニオらの反日発言に対して、狭く資源の乏しい国土で列強に加わった日本民族の優秀性を讃え、ブラジルで初めて組織立って農業組合を作ったのも、新しい麦の品種や絹糸を始めたのも日本人で、その恩人を排斥するのはとんでもないことだ、排日は他国の利益にわが議会が誘導されているからだと演説をぶる（八一頁）。彼は中国系とインジオの血の混じった議員が排日運動を率先していると嫌悪の顔をあらわにし、アンナをぬすみ見る。彼女は作中、ただ一度の怒りを示す。修作は祖国の戦争が国際情勢の駆け引きによって成り立っているのを敵国で知り、日本精神鼓舞の政治的意味もおぼろげに理解する。叔父や外交官のように、日伯関係の政治的安定を求めてブラジル人と交渉するのではなく、孤立を恐れずに日系人の民族意識を守り、次代に注入することが、北半球の聖戦完遂を支える任務だという自覚を深める。高潔な孤立こそが、民族の生きる道だ。ブラジル社会は彼にとって「冷たい一線を画する別世界」(三三頁)だった。

白と黄色のブルース——一世の同化願望

人は他国に移り住むことで初めて「一世」となる。修作もまた自覚はないが、その一人である。小説のなかではワン氏(アンナの父親)と叔父が否定的な一世を代表する。二人は祖国を捨てたとして、修作の軽蔑を受けている。「アンナの父が少年のころ、中国を出てしまったことは中国に不満を感じ中国を見捨てたことだ。祖国に対する一種の叛逆なのだ。と同時に、黄色人種からの逃避でもあった。だから遠い異境の辛苦の生活に堪えて来られたのだ。そして、どんな犠牲をも忍んで、自分の子孫を黄色人種から訣別させなければ自由は得られないと考えたのだろう。——アンナは父の心の中に絶えず戦いつづけて来た黄色人の血を一日も早く消滅させようという悲願を知っていた。クーバで白人の母をめとり、しかもクーバを捨てなければならなかったのもそのためだ。ところが、ワン氏は今になって、その永年の努力が水泡のはかない夢だったとさとり初めたのだ」(六九~七〇頁)。

脱黄色化を願ったワン氏の口癖は「東は東、西は西」(七〇頁)で、「色が白いというだけで、無条件に優越を感じている」(三二頁)妻に、「野蛮人」扱いされているのを残念がる(なぜ中国人コミュニティがあって暮らしやすいはずのキューバを離れたかは、明記されていない)。アンナは知り合って間もない級友を家に招き、ぎこちない家族関係を故意にさらけ出す。両親の失敗を繰り返すまいと、一目ぼれした日本人に伝えるのが招待の隠れた意図だったろう。修作は黄色人種の悲しみという点では、ワン氏に同情できても、戦争の話になると訣別せざるを得なかった。彼は言う。「日本は世界を見ていない。日本はまだ幼年時代なのですね。それが一人前のつもりで、中国を見ているのです」（三二頁）。これが捨てたはずの祖国に対する未練なのか、ブラジルのアジア理解への同意なのかはわからない。青年は反論する。「日本が世界の舞台に出てからの歴史は幼いでしょう、たしかに。けれども、日本は一つの島嶼の国として、その中で大人になっていたのではないでしょうか」（同）。彼には批判はすべて非難に聞こえてしまう。対話の余地はない。彼は「同じ東洋人」でさえ隣国についての認識に欠けるのだから、他の民族が日本を軽蔑し、人種偏見を持つのは当然だと思う。日本の優越性を信じる、認める以外に国際理解の途はない。正戦、聖戦の信念は、中国系一世の言葉によってますます強固になった。

叔父もワン氏と似て、ブラジル人妻から疎んじられている。明治末、修作の年頃で渡って来た時のリオには、三人しか日本人はいなかった。結婚相手がブラジル人になるのは避けがたかったし、自分はともかく、子どもが差別を逃れるには「脱色」（白色化）が早道だと悟り、ヨーロッパ系の妻を娶った。だが修作には日本人の嫁を勧める。家庭の幸福は異人種結婚からは得られないと自らの人生が証明したからだ。貿易商は人種偏見をつねに受けてきたが、年とともに外国人と交際し、社会を見る眼が広がり、心の痛手は「その痕跡さえも、いまは留めていない」（一三〇頁）。近所の悪ガキに意地悪をされたり、息子にジャポネスの血を呪うと言われても、彼は取り合わないほどの胆力を持っているらしい。ビジネス面での成功が鷹揚さを生み出しているだろう。民間外交官を自任し、大使館を陰で支援している。日本を見捨てたわけではなく、排日運動が北米のように移民禁止に至らぬよう、外務大臣に警告の電報を打つ愛国者である。日本の帝国主義を憂い、侵略戦争として否定している。祖国がアジアのギャングに成り果てていると甥に諭すが、修作はこれまで紳士としてつきあってきたのに他国にだまされ続け、ついに堪忍袋の尾が切れたのだと言い返す。彼は「自分の祖国が、どうなっても、無関心でいられるような人」（一三〇頁）を軽蔑する。修作は外交的に祖国を救おうとする叔父の活動をまったく理解しない。

修作の精神主義は一世農民の実利主義からも疎んじられる。彼は薄荷が利敵品種だから栽培すべきではないと主張するが、農民は戦争でヨーロッパ農業が破壊されたこのチャンスを逃して、いつ帰国資金を貯められるのかと反論する。「先生、あんたの使命は、日本語による、日本精神の教育でしょう。おれたちは百姓だ。薄荷だろうとカフェだろうと、百姓が百姓のつくるものをつくる分には不思議はない。そいつで、うんと儲けて、戦争が終ったら晴れて祖国日本に貢献しようというんです。あんたばかりが日本人じゃないんだ。われわれを、まるで売国奴みたいに言うことを、止めてもらいたいもんだね」（二二二〜二二三頁）。「根っからの農業移民ではない若僧」（二二〇頁）の日本精神論はあまりに観念的で、その根っからの信奉者であるはずの日本生まれにもそっぽを向かれた。修作は他の小説によくある、農業から教師業に逃げ出した連中とは異なり、しっかり教育理念と能力を持ち、鍬を振るい、百姓に同化した（それだけ叔父の世界から遠ざかった）つもりだった。しかししょせんは半農にすぎない。作物の売り上げで生計を立てる者とは、重要な点で袂を分かつ。

　侵略論をぶつ日本人を修作は心の底から軽蔑する。「所詮、生活の破綻者にちがいない。教養が生活に追いついて行けなかった落伍者だ。それは、この国の移民に必須条件である労働力に欠けた人間なのだ」（一九二頁）。国粋思想を吹き込まれる以前に渡ってきた旧移民は、新しい日本の国力を知らないので、謀略情報を鵜呑みにしてしまうと修作は腹を立てる。セードロ村の長老の言葉を借りれば、「日本土人《カボクロ・ジャポネス》」（一九二頁）である。彼らは目先に囚われ、「進歩も改良も忘れ」、ついでに祖国まで忘れた元同胞にすぎない。彼らに祖国の現状を啓蒙しなくてはならない。もちろん農民の大多数が、そのなかに含まれる。彼らに拒絶された修作は思想集団、とりわけそのなかの特攻隊にしか居場所を見つけられなくなっていく。修作が意をともにする一世は、日本語教師を捜し求めていた石田ぐらいしかいない。彼は修作に小屋と土地を貸した他、臣道会に場所を提供する。セードロが勝ち組で完全に支配されたのは、二人の協力体制に負うところが大きい。

黄色い外地

修作の民族意識にとって最もカギとなる存在が二世である。本間は他の著書でも、二世はブラジル人であると強調し、日本人がつい「血のつながった」同胞としてつきあいがちなのに釘を差している。五〇年代には永住者とその子孫を一括する「日系ブラジル人」というカテゴリーが確立されたが、彼は中間的、あるいは二重の存在というより、ブラジル人の下位カテゴリーと見なしている。

日本人の血を享けながらブラジル人になった人たち。同化した二世は同じ顔を持つ他者、日本人であるべきブラジル人で、修作は非日系ブラジル人以上に強く拒絶する。アオキ家の従兄パウロは、最初に出会ったその悪しき二世だった。彼は日本語を話すが書けず、日本人の顔や血を恥じると語り、父親を「ジャポネス」と軽蔑する。彼に向かって神国の信奉者は、教育勅語を奉読する校長のように「荘重な調子で」日清議定書を読み上げるが、日本の侵略を非難されるばかりだった（一三頁）。「パウロにはもはや日本という祖国は失われているのだ。いや、はじめから彼には祖国は無かったのだ」（一四頁）。修作はこのように、生まれたり暮らす場所ではなく、父方の血統で「祖国」を定義している。ブラジル人の母親のことはまったく考慮に入れない。「おれは、日本人だ。祖国あっての日本人だ。何とかして、日本へ帰りたいものだ」（九二頁）。

これは松井太郎やリカルド宇江木の移民観とは正反対だ。もちろん徹底した二世同化論者である作者が与する考えではない。彼は「日本語を通じて、日本的な精神を注入する」（一五八頁）修作の教育哲学を全面的に否定する。この教師は「日本人の独善、孤立、排他という習性に、子供たちを追い込んでいることに、気付かないのである」（同）。つまりブラジルの気候や風土、慣習のほうが、「血液の力よりも強い」とは考えなかった。子どもは「眼前の現実的な、自らの手で摑むことの出来る夢でない幸福」（一五九頁）を求めているのであり、いつ行ける（修作にすれば帰れる）かわからない国のことを想像することではない。修作が熱心に日本語、日本文化の美徳を教えれば教えるほど、子どもたちは日本に生まれなかったことを悔いるだろう。修作は自己満足を児童に押しつけているだけだと、地の文は批判している。

祖国を持たない二世は表向きブラジル流でふるまうが、ブラジル人の前ではいつも萎縮している。少なくとも修作の眼にはそうとしか見えない。大使館のパーティで会ったエリート二世は一見、ブラジル人の派手な恰好を真似ているが、「彼等の父兄の血をひいた暗い翳を陰鬱に、どこかに残していた。彼等は解放的なブラジル人のように、喜怒哀楽の感情をゼスチュアたっぷりに、率直に表現したいと思う。そのとき、心の片隅で、それを引きとめるものがある。古い日本の封建的な伝統の尾をひいている父兄の感情を殺した、ごく控えめな、うちわに、うちわにと向けられていく姿勢である。動物的な動的表現と、植物的な静的沈黙の相剋が、二世の胸の中で、相反発し、相ひき合っている。その、どちらも身にしっくりとついていないのだ。自分自身のものは一つも持っていない自信のなさである」(五五頁)。

日本人とブラジル人どちらでもあるというより、どちらでもないという二世の否定像は、当時の日本語新聞でしばしば読める。修作の視線はそれを図式化し、二世を「精神の国籍を持たないジプシイ」と軽蔑する。「精神の国籍」には日本以外にはありえず、ブラジル魂など考えもつかない。精神の国籍と実際の国籍の食い違いがもたらす屈折、憂鬱は考えの外だ。批判的な相手との対話は成立せず、ただ一方的に拒絶する。後にパウロはスペイン系の妻と結婚し、父をスパイとして密告する。それは父と子の相克というより、ジャポネスの血に対するブラジル人の復讐と考えたらよい。

修作をセードロ村に誘う石田には、ブラジル生まれの弟がいる。彼は、ブラジル化した二世の最たる例である。医大に通うほど一家の期待を負いながら、イタリア戦線に出征し、陸軍大臣からの感謝状を携え、名誉の帰還を果たす。ところが部落の長老格である老父は先祖の面汚しと射殺し、自らも位牌の前で自決する。同盟国に矢を放つことは、祖国日本を敵に回すことと変わらない。終戦とともにすべてが平和に収まるわけではない。日本精神の行き過ぎが引き起こす暴力は、負け組暗殺に限らない。親子慙死すらありうる。作者はアメリカの二世部隊ほどは英雄視されないブラジルの軍属二世を、日本寄りからブラジル寄りまでさまざまに開かれた二世の人生の選択肢のなかで、最もブラジルに忠実な方向として提示した。実際に数が少なかったせいか、彼らは一世の文学眼からは洩れた題材だった（本間の「二世軍属」はそこに踏み込んでいるのだろう）。

作中、唯一修作の意に適った二世は、一九三九年、世界一周飛行中のニッポン号のサンパウロ着陸失敗を、日本精神の敗北として糾弾するアイスクリーム屋の女給である。「わたしが辱めをうけたのは、操縦士の技術のことではなくて、その精神でですわ。わたしがいつもお友達に話していたジャポネスの精神を、ニッポン号は裏切っている。…ニッポン号が着陸を決意出来なかったのは、キリストが十字架に登った、あの自殺の、つまり、――死して生まれる――思想を知らなかったためではないのでしょうか。カトリックも日本精神も、栓じつめれば、この究極で一致するのじゃないのでしょうか知ら」（一一六～一一七頁）。最後の部分は宗教的な理由による排日宣伝を論破していて、修作はふと細川ガラシア夫人を思い出す。この勇ましい言葉を「天啓」（一四五頁）と聞いて、彼は北パラナ行きを決意する。しかし一九四五年末ごろには、その頼もしい娘が円売りの黒幕の愛人に成り下がっているのに出っくわす。カトリックの大和撫子もまた、純真を保っていられない。生活のためと女は釈明するが、修作は納得できない。愛国の信条以上に優先される事柄を彼は想像できない。

女と男のいる外地

四面楚歌のなかで唯一、修作を救うのがアンナだった。父方の国を「祖国」と定義するなら、「中国人」だ。「東洋」というカテゴリーを立てれば同胞だ。ブラジル人から見れば、二人とも「外国生まれ」、つまり「一世」候補だ。二人の間柄は戦争のために複雑に絡み合っている。祖国の聖戦と戦勝を信じる限り、侵略論者の恋人と真っ向から対立する。しかし心の奥底では情を捨てきれない。それは彼女がどんな仕打ちを受けても、彼への思慕を失わないことを感じているからだ。戦争も人種の違いもなく、愛こそすべてと彼女は三文小説のヒロインのように断言する。「わたしたちはブラジルに現に住んでるんでしょ。そしたら、国籍こそ獲得出来なくても、わたしたちはブラジル市民同様、ブラジルのことだけを考えればいいんじゃない？　そんな遠い血の祖先のことまで考える義務があるかしら。馬鹿げたことだわ」（六八頁）。

彼女にとって「移民は母国を捨てた人」で、捨てないのは出稼ぎにすぎない。彼女は出稼ぎの制度も精神も理解できない（六九頁）。彼女にはブラジルで暮らしながら、日本にしがみつく修作の気持ちがまったく分からない。「祖国」や「血」を存在の柱とする修作もまた、彼女の考えを絶対に受け入れられない。彼女は排日の現状を次のように理解している。「日本人が自由を求めて、ブラジルに移住していながら、いつまでも日本精神とか、習慣にとらわれすぎているのが、ブラジル人には目ざわりなのよ。ブラジルの人間は、誰も彼も、ブラジル語を話すべきですし、ブラジルの風習に溶け込むように努力すべきよ。でなければ、移住した意義がないじゃありませんか。それに日本人排斥は、全ブラジル人の声じゃないわ。彼等は愛国の名に隠れた衒学者たちだわ」（一二七頁）。

彼女のいう「自由」は祖国における家族や借金やその他の制約から逃れることだが、男は祖国をより広い土地で輝かせるために雄飛しているのであって、逃亡ではないと考えている。修作にとって、アンナは「国籍をもたない憐れな流浪者、民族の誇りをもたない、ただ生きているだけの白い動物」（六八頁）にすぎない。それなのに離れられない愛の妙薬は何なのか。男は確かに女の姿や接触で心ときめくが、つねに後ろめたさを伴なっている。愛してはいけない人を愛している。それだけなら禁じられた恋としてかえって燃え上がるかもしれない。しかし修作は欲望に惑わされない。キスの場面ひとつない。それどころか彼には物欲、金欲、性欲、つまり世俗の欲は何もなく、ただ祖国愛の貫徹に動かされて行動している。口では大胆な告白、告発をしながら、アンナもまた放埒なラテン女のステレオタイプからは程遠く、控え目な態度を崩さない。「愛情こそが何よりも強い」（一七五頁）と素朴に信じる彼女は、恋人を挑発する。「あなたは、あなたの宗教、日本精神《エスピリト・ジャポネス》、大和魂《アルマ・ニッポニコ》の熱病患者ですわ。その憎むべき宗教が、わたしたちの愛情を邪魔するのですわ。わたしの愛情とその宗教との戦い。どちらが勝つのでしょう?明らかですわ」（一七二頁）。彼はそれに言葉でも態度でも答えない。これは現実主義の小説に登場する「生身の」男女のもつれではない。民族崇拝者の理念型と、世界主義的純愛の信奉者の理念型が繰り広げる「宗教」と「愛情」の戦いである。

修作はわからず屋に対して型通りの弁舌を振るう。「ブラジルが日本移民を排斥し、日本人を劣等視するなら、日本人は日本人として生きて行くより仕方ないじゃないか。そんな侮辱、我慢出来るもんか」（一二七頁）。この高ぶった反排日論は三〇年代の新聞論説、終戦直後の勝ち組雑誌の小説でいくらでも読むことができる。興味深いのは、修作が「自分の言葉に励まされ、雄弁になっていながら、ふと、言葉に酔っているのではないかという危惧を感じた」（一二七頁）ことだ。雄弁を振るうと、かえってそれが自分の言葉ではないように感じる。たとえば叔父に対する容赦ない攻撃の後でも、「叔父の口を封じる方法が、自棄な詭弁で実行されているのではないかという反省があった」（一三一頁）。この「危惧」や「反省」は、最後の改悛につながる小さな心のかけらである。自分の雄弁には嘘を嗅ぎ取るのに、石のように堅い大和魂を支えるならば、他人の、また書かれた雄弁にはたやすく酔わされてしまう。嘘臭いのに、大演説で異論を蹴散らす。

しかしアンナが愛するのは、弁舌ではなく、父と似た朴訥さだった。実際、彼女が饒舌に思いを告白するのに対して、彼の愛の言葉はひとつも記されていない。照れたり不器用だというより、言葉なしでも気持ちは伝わると信じているようだ。彼女は沈黙の意思表示を信じている。修作はそれまでに彼女が男たちから受けてきたお追従や挑発を一切見せず（それは美貌の代償というべきだが）、父と共通する「無愛想」な態度で接してきた。そのために彼女は「いっそう心をひかれた」（一二四頁）。容姿に若干残る東洋的な痕跡が、心にも残っている。アンナは母親と妹に軽んじられる父親に情を寄せている。朴訥、無愛想は東洋男子の美徳だと彼女は理解している。父親に代わる存在として修作を愛すのだが、彼はその心の機微を読めない。

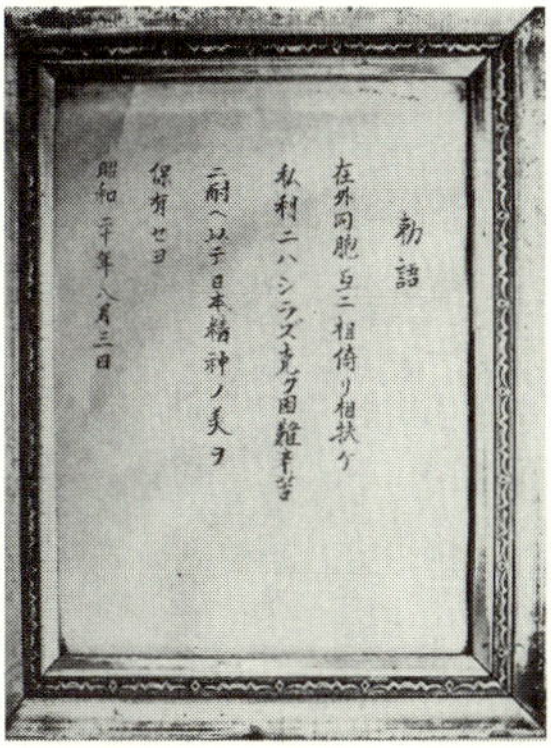

在外同胞へ向けた勅語
（藤崎康夫編『写真・絵画集成　日本人移民２ブラジル』日本図書センター 1997）

セードロに二度も迎えに来たアンナを送り返し、修作はますます思想を尖鋭化させ、民族国家のためだけに生きる決意を下す。臣道会への参加はその現われで、彼は以前にもまして興奮して演説をぶつ。聞き手はすべて志をひとつにするまさに同志で、ブラジルに来て初めて連帯を感じる。本部から送られたガリ版ニュースには、戦前、来日したこともある空の英雄リンドバーグを首班とする米国の新内閣が組織され、そこには日本人が加わり、人種差別のない国が作られると書いてある。実在の臣道連盟が虚報を次々に出して、会員を狂喜させたのにならっているが、物語の焦点である人種差別の概念に、ここでは光が当てられている。「世界の虐げられ続けた有色民族はもちろん、北米の黒人も今や救世主日本の勝利によって永久の自由を獲得出来るんです」。修作はこう「心の底から湧いて来る、しびれるような幸福感に酔って雄弁をふるった」（二七三頁）。彼が雄弁に陶酔したのは、渡航以来頭を離れなかった人種問題がついに解決したと考えたからだった。彼はもはや熱弁に躊躇することはない。本間は修作の雄弁／朴訥の分裂を、国粋主義／万民主義、西洋／東洋の分裂として描いている。国粋思想はいくら精神性を強調しても、言葉による説得が根幹を成している点で、雄弁術や文章術を下敷きにしていると暗に示している。

アンナへの捨てきれぬ思いと祖国戦勝の信念を両立させるために、修作は詭弁を思いつく。「アンナは、おれを日本人であるということを前提として、愛しているのだ。彼女は、戦争の勝敗などは眼中にない。しかし、おれは、この戦争に完全な勝利をおさめたとき、アンナをうけいれるのだ。そのとき、はじめて日本人としてのおれは、アンナと結婚することが許されるのだ。日本人が、いかにすぐれた人種であるかということを、アンナに十分に認識させるということは、世界のすべての人々に、日本人の価値を十分認識させるということでもある」（二二四頁）。

戦勝国民になる誇りなしには、国際的な愛を実らせることができない。この屁理屈に自己満足を覚える。修作の自己は、愛し愛されたい情と、祖国に忠実たらんとする意に分裂している。本間は前者を人間らしさの根源と見て、帝国主義を支える過剰な民族意識を批判する。「彼〔修作〕はおのれの自然な欲望を抑圧する奴隷性に気づかなかった。おのれ一人が日本人の道に忠実である満足感から、他人に与える苦痛や悲歎がどれほど激しく深くとも、不注意に見逃がしている矛盾を、アンナの手紙にはっきり指摘されながら、まだ彼は気付かなかった。しかし、いま、何ゆえに、心の中をさむざむとした風が吹き通るのだろう。このうら寂しい心の動揺は、いったい何物なのだろう。彼はいままで幾度もこの寂しさを経験したように思いながら、その実体は、ついに摑めないのだった」(二七八～七九頁)。残念ながら、このうら寂しさを修作の言動・行動から読み取れない。彼の二面的な性格を彫り深く描くほど、作者の筆は熟練していなかった。もし純愛一徹が、男の心の殻を溶かしたならば、メロドラマに終わるが、本間は元軍人の一撃を改心の場面に用意し、思想のドラマに仕立てた。

世界の辺境で、愛をさけぶ

作者は旧円売り、臣道会の設立、ボルネオ再移住など終戦直後の混乱についてだいぶ史実に則った(適宜創作を織り込んだ)記述を第三部で行なっている。情報提供者がいたのだろう。修作は一九四五年、正しい祖国の状況を知るためにサンパウロに出て、旧知の山本から円売り、ジャワ・スマトラの土地売りグループの首領を紹介されるが、その俗物ぶりを嫌悪する。(3) 山本は言動も行動も不審で、戦勝を心から祝っている風でもない。円札を売り急ぐのは、日本が敗れてそれが紙切れになったからではないかと修作は首をかしげるが、口達者の山本にうまく言い込められる。戦勝の信念が合理的判断に先立つ。別の日には認識派指導者の家に押しかけ話を聞くが、彼の情報源がポルトガル語新聞と非合法所持の短波ラジオ(日本人は戦時中、ラジオの所持を禁止された)であることから、戦勝の確信は揺るがない。どちらの派も「根拠の真実性」については「大同小異」(二五四頁)だと悟るが、彼は自分の信念にしたがう。臣道会の大義は日本精神の発露が基本にあるので、彼には居心地が良い。所属意識、同会の設立趣旨が彼を奮い立たせているようだ。帝国主義思想とともに送り出された移民の大多数が、泥臭い現実のなかで錦衣帰郷を夢みて実利を追い求めたのと対照的に、修作は中学時代から言葉に動かされ、観念が先立つタイプだった。教育の成果といえるだろう。

斎藤少将なる空想の人物は、最後のどんでん返しを演出するのにふさわしい仕掛けで、実話再現になりがちな勝ち負け文学のなかでは異色といえる。勝ち組が敗戦を認める瞬間を描いたのは、この一作しかない。暗殺者が拳銃を向けた瞬間、老人は敏捷にオールで殴打し河に飛ばす。彼を助けようとする元少将は、衰えぬ威厳をたたえている。「その人を眼の前に見ながら、彼は、すべての任務も、地位も誇りも、流れ去っていることを感じた。それは、人間対人間のへだたりが、この水面上と堤の上ほどの距離を、はっきり自覚させる対立だった。最後に、この決定的な対立がある限り、彼は堤に上って行かなければならない。少将の命令があろうとなかろうと、そうせねば生きる足場がない彼の、それは必死の自覚であるともいえる」（二九五〜九六頁）。「売国奴」に命令されても、水を上がることをよしとせず姿三四郎のように意地を張って、流れのなかに呆然と突っ立っている。その時、自分にしか聞えないほどか細くアンナの名を呼び、幻覚に向かって思わず手を差し伸べようとする。涙を流し、彼女に手を引かれるように岸に上がる。彼女の愛が初めて心の壁を溶かす。

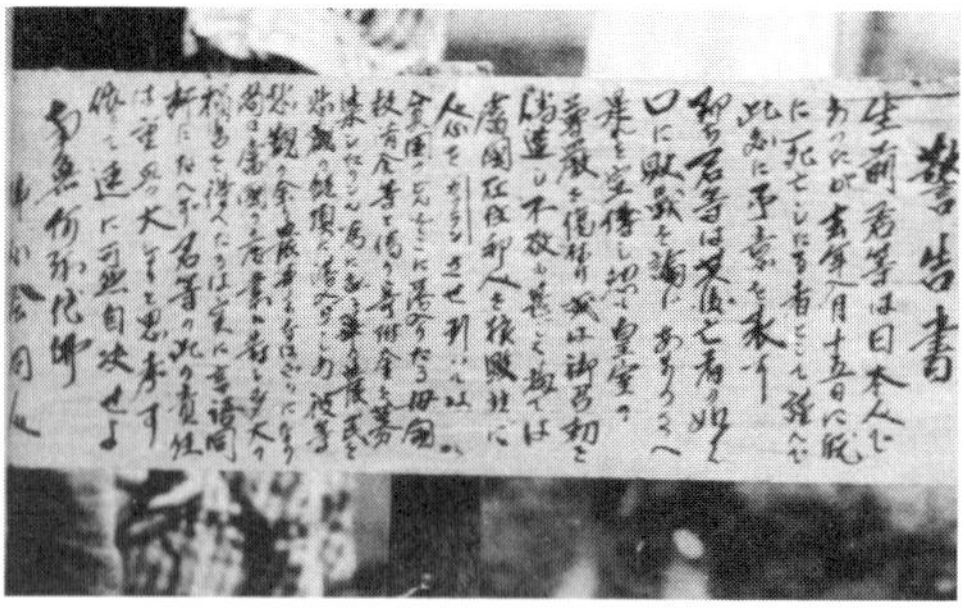

臣道連盟の警告書立札「速やかに然るべく自決せよ」
（ブラジル日本移民史料館提供）

　だが民族意識の残り火が彼を再び雄弁にし、白人支配から全人類を解放する聖戦だったとぶつ。しかし「修作は、何を叫んでいるのか自分にさえわからなかった。叫ぶことが彼の心を不思議に鎮ませていった」（二九八頁）。舌の滑りは最高潮に達するが、頭の中は思考停止点に到達する。言葉の内容は無になり、ただ声を発することに自己満足していると、うっすら理解する。かつては叫ぶことで高揚したが、今回は鎮静させる。頭に残っていた決まり文句をすべて吐き出すと、後には何も残らなかった。「一切の思考も判断も、もはや彼の能力圏外に置かれていた。激しい衝撃のあとの、虚脱感が彼を支配しているのだった」（二九七頁）。こうして彼は敗戦を認識し、誤った思想と引き換えに、愛を取り戻した。

少将は小声で語る。「こんどこそ、君、新らしい世界が来なくちゃ嘘だ。戦争の末に地球だけが残る。それじゃ意味ないからね。新しい地球に国境も国籍も人種も民族もない、ただの人間同志が棲むのさ。日本が敗けて、それが初めて実現しそうだね。この意味で、こんどの戦争はエポック・メーキングだったな」(二九八頁)。勝ち負け抗争の渦中にいる者には見通せないような、いいかえれば焦土でこそ発想される博愛主義だ。敗戦を世界史的に有意義な事件と読み替えることは、民主化の論壇ではある程度、浸透していた。それでもなお反抗する修作の「転向」を決定するのは、大型ラジオだった。老人はこれで世界の報道を聞いていた。臣道会の暗殺実行さえ知っていた。修作は初めてこのメディアの信憑性を信じる。もはや歯向かう力を失った。「わしらには、このブラジルも、祖国なんだ。…地球は一つなんだ」(三〇〇頁)。「ブラジルも祖国」という部分は、戦前にも日本政府主導の愛土永住運動(GAT運動)でも唱えられた。しかし「地球は一つ」は、民主主義を経て初めて生まれた言葉だった。「一つの世界にまで、世界の人間の努力で作り上げなくちゃならんね…日本は大きい犠牲のおかげでよくなるんだ。日本の敗北は無意味じゃないんだよ」(二九八頁)。今度は少将が雄弁になる番で、彼の口調は「次第に早くなって行った」。言葉は修作の思想をひっくり返す。「与えられる機会もなく固くとざされていた心の一方の窓が開かれ」た。言葉には出ないが、将軍とアンナの合作である。そして「深い雪の下に冬眠をつづけていた草木の若芽が、突然陽春の光を浴びて、ぐんぐんと驚くべき速力で成長するのと同じ現象である」(二九八頁)。

大げさなたとえを持ち出せば、少将はコンラッド『闇の奥』のクルツのような存在だ。だが奥地に身を潜めていたのは、闇の帝王ではなく太陽の帝王で、修作＝マーロウは命を吹き返す。クルツの決めセリフ「ぞっと《ホラー》する」に代わって、ここでは「ほっとする」が場面のトーンにふさわしいかもしれない。物語としての緊張は殺がれるが、修作の煮えたぎる民族主義を一挙に冷まし(覚まし)、本間は新生日本、新生移民の哲学を最後になって主張する。

孤老の「人のむねを抉るような真実のこもった声」に、修作の精神は武装解除される。

一切を日本の勝利に懸《ママ》け、新しい世界に生きることをただ一つの拠りどころとしていたおれが…。すべては終った。おれもまた祖国の滅亡とともに、ほろぶべきではないのか。いやすでにおれは死んでいるのだ。修作の右手は無意識に腹の上をまさぐっていた。そこには、コルト銃はすでにないのだった。気づいたとき、遠雷のように、胸の底をゆすぶり、ひびいてくるものがあった。それは絶えまなく水流の落ちるひびきに似ていたが、恐怖を伴うその異様な幻聴は修作の全身に伝わり流れた。彼の歯はかちかちと鳴り、脚は震えた。それは祖国の敗北に打ちのめされ虚脱し、茫然と彷徨する八千万同胞の跫音ではないか。悠久三千年の流から急激に深い暗黒の谷に転落して、行方も知れず、広い大海に漂い流れる悲運な民族のあがきと、絶望の号泣であった(三〇〇頁)。

少将は修作がそれまで会ったことがないような威厳と権威と武力と知性を兼ね備えた理想の〈父〉だった。叔父はそのような人格的支配力を持っていなかった。経済的な保護者にすぎず、精神面では離反していた。勝ち組の同志も言葉と人格がそっぽを向いていた。そのために修作のブラジル生活は揺れるばかりで、祖国愛と称した「逃避の道」に走るばかりだったが、ついに慕うにふさわしい〈父〉を見つけた。その存在感によって戦勝祖国の妄想から、現実の敗戦国民との心情的連帯への「転向」が劇的に、瞬時に起こった。斎藤の日本再生論と国際協調は、今後の定住移民の最適解と本間は結論した。斎藤の希望の哲学がどう現実に投げ込まれるかは、この観念的な小説の枠外にある。世界主義の礼讃がたちまち挫折したことは、五〇年代の歴史が悲しいほど鮮やかに証明している。

おわりに

最後の数頁を除いて、本間は戦後の国粋主義批判の立場から、主人公の行動・言動を否定し続ける。あってはならなかった移民像が修作に凝縮されている（それは大学で海外雄飛思想を叩き込まれた本間の自省を強く反映しているようだ）。少なくともブラジルでは、これほど読者と主人公の同一化を妨げるような小説を、他に思いあたらない。修作はアンチヒーロー、アウトサイダーではない。悪人であるどころか、民族主義の尺度に従えば、正論を馬鹿正直なままでに貫いているのだ。皮肉っぽく時代を透視する著者なら、八月一五日に一挙に否定されたはずの思想の鎧で固めた道化に仕立てることもできただろう。だがそのような機智は本間の着想にはなかった。

精神論は一撃で崩壊した。いや、するはずだった。本間の希望的観測は現実には裏切られた。渋々敗戦を認識した多数の一世は、日本語教育がせめて子弟の民族精神の注入につながると信じ、日本語は血のつながった子孫にとってさえ、他の外国語と同じく、コミュニケーションの道具にすぎないとするリベラルな少数派と対立した。国破れて言語あり。日本語は戦争の結果を超越して継承される父祖の文化で、日系人の誇りとせねばならない。修作のような教師は、勝ち負け抗争鎮静後も歓迎された。成り行きで教師になった戦前一世の教師のほうが、日本できちんと日本語教授法を学んだ二世教師よりも好まれた。母国語民族意識は、二、三世の日本語話者が減少すればするほど強くなり、新聞の読書欄などで主張された。二〇世紀末ごろには片言の日本語を話すだけでも孫は可愛い、とだいぶ譲歩せざるを得なかったが。希望が外れはしたが、『望郷』は一九五一年、ブラジル移民再開以前の段階で、新生日系ブラジル社会の理想像を小説によって表わした点で興味深い。この点で、『望郷』は同時代の民主主義鼓吹小説と似たところがある。半世紀後の一般読者からは見放され、歴史家しか喜ばせない。

本間の同化論、世界主義は、その時点で讃美された民主主義の移民版という性格が強く、現在では文化多元主義やエスニシティ論の逆風を受けている。民族精神か同化かという二者択一ほど現実は単純ではないし、主流社会に追従する生き方は好ましくない。メルティングポットではなく、サラダボールが少数民族のあり方のモデルとしてふさわしい。かつての民族意識への逆行ではなく、文化相対主義に則り、主流社会との不断の交渉、混血雑種化によって成り立つ集団の独自性が肝心だと唱えられている。北米型社会観が先進的だという思いこみに、私は反発を感じないわけではないが、ブラジルでもサンパウロ以南では、比較的受け入れられている。この方向からすれば、本間の理念は既に克服された遺物でしかない。

ブラジルの書き手が日系社会内部の抗争という次元で「自分たち」の事件を描いているのに対して、本間は明らかに本国の新しい価値観に沿って、「彼（女）らの」事件を描こうとしている。対蹠地の移民も「戦後」を体験している。しかし勝ち組が生きたのは、別の姿の戦後だった。彼らに本国と、つまり世界と共有できる戦後を与えることを、勝ち組になっていたかもしれない作家は望んでいる。「勝ち負け文学」の章で述べたように、日系ブラジル社会には終戦記念日にあたる切断線がない。勝ち負け抗争には始まりの日付はあっても、終わりの日付はない。一人一人が敗戦を納得するしか、正しい戦後は始まらない。本間はそれを課題として、初の長編小説に挑んだのだろう。

地球の裏側の勝ち組が無知な狂信者扱いされた時期に、帝国主義が本国にはない枝ぶりで繁茂した結果であると冷静に分析したのは、高く評価できる。敗戦を認識できない精神的・社会的土壌を作った責任のかなりの部分は、移住前の思想教育にあると述べているのも、勝ち負け文学の小さな歴史のなかでは良い点を突いている。敗戦の是認が隠棲する軍人との対決によって現実化する設定は、よく工夫された虚構だ。『望郷』は本国で一九五〇年前後に続々現われたきら星のごとき新人作家――「戦後」文学の担い手――の作品に比べれば、かなり幼稚かもしれないが、ことブラジル移民文学に限れば読み落としてはならないだろう。

註

（1）現地より第一期生として加わった増田秀一（俳号は恆河）の『エメボイ実習場史』（エメボイ研究会、一九八一年）参照。本間の経歴については、当人の『ブラジル』（立川図書、一九五二年）、『海外移住のためのブラジル読本』（文教書院、一九五八年）、『新しい移住地をさぐり——ラテンアメリカ編』（文教書院、一九六一年、小林大豊との共著）、「在伯邦人を惨劇に包んだ謀略物語——望郷と恩讐と」（拓殖大学創立百周年史編纂室編『南米編』拓殖大学創立１００年記念出版、二〇〇四年所収）を参考にした。

（2）「外から見た日本——『望郷』に触れて」『三好達治全集 第八巻』（筑摩書房、一九六五年）所収。初出は『人間』一九五〇年六月号。詩人は特に日本人差別に注目し、ピエール・ロティ、ルース・ベネディクト、オーティス・ケーリ（『日本の若い者』、当時話題となった親日派アメリカ人将校の日本観察記）が容赦なく、時に戯画的に記した日本人の醜さ、滑稽さが、民族意識を傷つけるどころか、自分たちが眼をそむけてしまう側面を陽の下に曝したと肯定している（やや不快を覚えつつ）。『望郷』が移民という特殊な視点から、日本人を描いている点を評価している。

（3）戦前の月刊サンパウロ誌社長と設定されている。実在する戦後のサンパウロ新聞社の社長が大掛かりな詐欺の黒幕であったという噂が本間の耳にも届いたのだろう。それを仄めかした映画『南米の広野に叫ぶ』が、上映禁止の憂き目を見ている（拙著『シネマ屋、ブラジルを行く』新潮選書、一九九九年、第6章参照）。最近では円売り事件が「勝ち負け合作」であったという説が、伊那宏によって検証されている（『暁に向かって』二〇〇八年、『犠牲者たち』二〇〇九年、ともに自費出版）。これは私には衝撃的だったが、戦前より円札がコミュニティ内で流通していた経緯から、どれほど計画性があったのか疑問で、さほど重大視するには及ばないと、宮尾進は別の見解を述べている（『臣道聯盟』サンパウロ人文科学研究所、二〇〇三年、一七八頁以下）。真相解明は私の手に負えない。一九五〇年頃に長編小説と劇映画によって取り上げられるほど、移民社会を揺るがせた事件であったことだけを述べておく。

19　「路地」は南米に拡がる——中上健次『千年の愉楽』

中上健次の『千年の愉楽』（一九八二年）に描かれた「路地」は、四方八方に穴があき、淀んだものが不意に流れこみ、清らかなものがなしくずしに流れだす空間に似ている。それは山本周五郎が『季節のない街』で描くような、「人情」がきちんとはたらく、貧しいながらも麗しい長屋とは正反対の、非人情のダイナミズムが毛細血管のような細い迷路のすみずみを支配し、穢れが浄められたものをかき乱し、隔たった時間と遠い空間が混在した超現実的な場所である。

語り部オリュウノオバは「噂というこの世の架空の、根も葉もない夢のような事ではなく、ありありと眼にみえ隈取り濃く立ち現われる現実が好きだった」（四二頁、一九九二年の河出文庫版を参照）。現実よりもさらに「濃く立ち現われる」現実、それこそがオバが語りだす〈世界〉即ち〈世間〉だった。彼女にとって身の回りの〈世間〉は、広大な〈世界〉の一部なのではない。また単に小宇宙が大宇宙を含んでいるというヨーロッパ中世の宇宙観が継承されているわけではない。「路地」は自分の尻尾をくわえた蛇のように〈世界〉を呑み込むと同時に、時には呑み込んだはずの大宇宙をぺっと吐き出してしまうような異物関係を保っている。物語全体に邪悪な血と精液がまき散らされ、〈世間〉の安定や秩序など信じていないところに、この物語の絶えざる反転構造、「六道の辻」から比喩を得るならば、自らの首にかみついてのたうち回る龍のとぐろのようならせん運動がせりあがってくるのだ。『千年の愉楽』に比べると三島の『豊饒の海』の転生譚は、さまざまなアジア的悲劇、仏教的無常の仕掛けがつけられているものの、最終的に偉大なるアジアのなかの偉大なる日本という安定した皇国イデオロギーに回収されてしまうように思う。

〈世間〉即ち〈世界〉。「路地」は、近くは北海道鉱山のアイヌ、闇屋の朝鮮人から遠くは南米の日本移民に通底している。しかし地理的な遠近は物語に大して意味はなく、空間が伸縮し、南米も北海道もマイノリティからの視点に関して同格に扱われているところにこの作品の自在な運動性がある。マイノリティは孔を通して交わる。路地はカフカの描くもぐらの巣のような通路と通路の結節点である。路地の周囲に住むふだんは善良な小心者だが、誰からも咎め立てを受けない立場にたつとどんな残忍なことでもやってしまう「常民と呼ばれるような者」(一三八頁)よりも、二万キロ離れた移民に近しさの絆が見いだされる。本論では南米を中心に読むが、同じ視点が北海道や朝鮮についても成り立つ。

主人公の六人の若者のうち二人が南米に出かけ、対比的な悲劇を生きることになる。オリエントの康と新一郎である。まずオリエントの康。満州帰りで路地の人が増え、かつて蓮池だったところにも家が建ち広がっているのを憂い、「路地の者らが増え続けそれらが住む新天地をつくりたいと奇異な情熱を持って」(一三二頁)、鉄血会という移民同志会を結成する。その誓いの第一条、「おれらは日本人として新天地で理想の国をつくる事」。「オリエント」という名前がすでに暗示するように、彼は日本を外からみる視座を獲得し、自らを「路地の人」としてよりも「日本人」と規定している(それが悲劇の始まりだった)。彼は「十五、六の子供のように新天地に行って、日本民族として今一度生きなおし活力を取りもどす」(一四四頁、傍点引用者)ことを信じる純真な青年である。彼は「路地」を取り囲むようにひろがる城下町を飛び越えて、昔路地から何家族も移民していったバイア、サンパウロ、ブエノスアイレスという地名に夢を馳せる。そこはリラとブーゲンビリアがむせかえるような甘いにおいをあたりに散らし、ダイヤや黄金がいたるところから掘り出されるエル・ドラドだった。彼はバイア、というその名前だけで、宣教師が現地人に食われてしまったという伝説が無性にすてきな新天地のイメージがふつふつと湧いてくるのだが、後に彼を撃つ子分の譲治は「なんじゃ、それは…アニよ、もっと分かるところへ新天地つくらんかい?」ととんちんかんな返事しかしない。地名から何も啓示を受けない人間に、新天地を作る資格はもとよりない。

オリエントの康の南米幻想は、路地の者がみたこともなかった蓄音機をもちこんで「絹を裂くような、しかし甘いとろけるような女の声が楽しげにうたう」(一二九頁)タンゴを聴くことにつながっていった。タンゴを聴いていると彼は「むずむずと血がさわぎ、障子戸を開けると昔から見なれた路地の小便臭い板塀や瓦を買う金がないので杉皮ぶきの屋根の見える変哲もない路地の風景がブエノスアイレスの町並のようにみえてきて、それがいつ見たのか分からぬが、自分が、牛の骨が転がり犬が一心にかじっている脇を擦り抜けて黄金を掘りにブエノスアイレスの山へ向うような気がする」(一四二〜三頁)。現実には路地のガキどもが牛の頭蓋骨で犬をたぶらかそうと遊んでいるのを見ているだけだったが、タンゴはまさに彼の血をむずむずと騒がせる幻覚剤だった。藤一郎の息子からオリエントの康にあてられた手紙には、アルゼンチンの居留区《ゲットウ》に押し込められた者が二万人から五百人になるほど虐殺されたということが書いてあり、それを読んだ譲治は「面白いと思うよりまるで路地のようなところだと思い衝撃を受け」た(一七三頁)。路地の歴史は南米のインディオの歴史と重ねあわされる。南米は桃源境だが、それ以上に路地そのものだ。

オリエントの康はオリュウノオバにタンゴを聴かせたが、よその国の言葉じゃ何を歌っているのか聞きとれないと言う。彼女はそれが日本語なのだといわれて仰天、「新時代が来たと思いしらされた」。「日本人が日本語でうたっているのを同じ日本語をしゃべっている自分がさっぱり聴きとれず、鳥の鳴き声のようにただ音だけが耳に響く」(一三〇頁)。鳥は動物や魚のあまり出てこない『千年の愉楽』にあって、例外的に重要な生類だ。「半蔵の鳥」と「ラプラタ綺譚」では、美声の鶯が中本の精液を女に注ぎ交わらせる媒介となる。また裏山のホトトギスの声が聴こえてくると、オリュウは「夜と朝のあわい、死ぬ事と生きる事のあわいをその鳥の声がぬい合わせているように思うのだった」(二四頁)。彼女は「時季ごとに裏山で鳴く鳥の声に耳を澄まし、自分が単に一人のオリュウではなく、無限に無数に移り変る時季そのものだと思っていた」(一七九頁)。鳥の鳴き声は時の化身といえる。鳥は鳴く。「ただ音だけが耳に響く」。何度か繰り返しては休み繰り返しては休む意味のない純粋なさえずり。時とはそのようにただ人事を超越してへめぐっていくもの。時を告げるのではなくもっと積極的に時を作りだし、朝と昼、死と生を縫いあわせ、また分けていくのが、この世界のなかでの鳥の仕事である。

この物語のなかで「成り行き」という意味での自然と最も近くにいるのが鳥だが、タンゴ歌手という鳥はオリュウノオバに別の記憶を喚起する。それは明治初め、穢多解放令が出たときに路地の者が意味もわからずバンバイ(万歳)といって両手を挙げたという伝え聞いた話だ。新時代とはいつでも言葉の意味のわからない時代の到来なのだと彼女は了解する。それは外から不意に、路地の者が理解するかしないかお構いなしに言葉がやってくる時代のことなのだ。タンゴ歌手は日本語で歌っていたにせよ、彼女の知っている路地の言葉では歌ってはいなかった。明治の時はお触れの出た後、「常民」が竹槍をもって路地の者を殺しにやってきた。オリエントの康は鉄血会の仲間に裏切られ単身南米に渡り、アルゼンチンの革命に巻き込まれて死ぬ。彼の死は「深い悲しみをこめてお母さんへ同志より」とスペイン語で添え書きされた見知らぬ人からの手紙で伝えられる。それから彼女はタンゴのレコードを毎日かける。「最初はレコードの中に女でも閉じ込められて絹を裂く声をあげているように聞こえたが徐々に言葉も聴き取れるようになると、オリエントの康が若くて女が腰から落ちるほどの色男でしかも伊達者だったからレコードを繰り返しきいていて歌舞音曲の力で彼方にとじこめられた気がしてじっとレコードをみつめた」(一七五頁)。

タンゴの言葉が聴き取れるようになったとは、ブエノスアイレスの居留区が路地と隣合わせになったということだ。バンバイが「万歳」だと理解されたように、タンゴもまた路地の言葉で歌われる。レコードは一種の鳥籠で女の声がそこに閉じ込められているのだとオリュウは理解し、それが鶯のように彼を地球の反対側に導いていったと考えた。新時代は来なかったし新天地もなかった。しかしどこにいても路地から始めるしかない。路地は「新天地」にまで広がったのだ。「天人五衰」の冒頭で、冬の木枯らしがブエノスアイレスにまで吹き、自分の耳が風にのって「遠くどこまでも果てしなく浮いたまま飛んでいく」（二一七頁）のを感じるオバにとって、地球の反対側は遠い彼方ではなかった。

もう一人、南米に魅せられたのは「ラプラタ綺譚」の新一郎。彼は盗人だが、やはりエル・ドラドを目指して南米にわたる。彼の絵入り手紙を読んでもらうオリュウノオバは「その手紙がこの地上のどこかから投函されているのが不思議に思え」た（一九九頁）。彼女には絵や文字が送り出されてくる「地上のどこか」が具体的に把握できない。新一郎は二年の後に帰り、オリュウノオバに語る。天の川の先にある銀の河のはてでは、土も銀でき作物にも銀が輝き、女は買い放題、金は無用のもの、羽のはえた女もいれば翔べない天人もいる、淫蕩の限りをつくす如来もいれば、眼の中にまで刺青をやろうとした者もいる、と。彼女はようやく「反対側の国」の本質をつかむ。「反対側、オリュウノオバが居れば坊主の礼如さんがいるようにと思い、淫売がきょうだいだという事が無理からぬ事に思えたし、実際、天と地生と死、上と下、右と左を反対側のここで考えれば、ここで右だというものは向うで左でありここで上と考える物は下の事であるとなり、すべて、地球が丸いということを考えれば上だ下だと考える理由は何もない事になる。一人のひねくれ者が昼を夜だ夜を昼だと言い、そのうち光のまったくない闇を、昼が夜だから昼か夜が昼だから昼だと混乱させていく以上にそこはリンネの国だった」（二〇一頁）。

「反対側の国」のことを考えるようになった彼女は、ただ秩序や価値観が逆立ちしている世界ではなく、「地球が丸い」以上、上下左右を認識させる絶対的な基準などどこにもない、という考えに到達する。全ては相対的であり、昼は夜になり、正は邪となり善は悪となる。これは「ひねくれ者」の屁理屈ではなく、世界の成り立ちとしての輪廻の絶対的な根拠なのだ。この「リンネの世界」にあって、実は「反対側」は存在しない。ここもあそこも区別がつかないからだ。ブエノスアイレスと路地の近さ、これはこの作品の読者が真先に感じる生者の世界と死者の世界の隔たりのなさと関係する。死の時間のほうが生の時間よりはるかに長く、輪廻によってそれはつねに反転と循環しうる成り立ちを持っている。ラプラタ河で銀のような女の肌をなめてきた新一郎は、家で水銀を飲んで死んでいく。南米はオリエントの康にとっても新一郎にとっても転生する場所だった。〈ここ〉で死のうが〈あそこ〉で死のうが。

オリュウノオバは路地を一歩も出ないで世界を見た。彼女は「時々、自分が万年も億年も生きてきたように思え、路地に息をし生きる者が生きつづけ増え続けてせきを切ったようにこの地上にこぼれ散らばって朝鮮にも中国にもアメリカにもブラジルにも増え続けるのを想い描いた。…同じようにうたかたの夢の中にいて生命が増え続けているのを想うと、オリュウノオバは何者か大きなものが自分を救けてくれている気がして気持が安らぐ」（六三頁）。

路地は世界に命をばらまいていくその中心なのだ。『千年の愉楽』自体は路地のなかの貴種、中本の血を中心に語られているが、その背後に数えきれない路地の人々の増殖が、具体的な顔をもった群れとしてオバの記憶に折り込まれているところに、私は『豊饒の海』のような華麗なる貴種流離譚よりも根深いものを見いだす。ここでは自決の瞬間に日輪を見るようなヒロイズムはなく、犬死にしかない。女たちも一人として高貴さを備えておらず、後家や娼婦や素性知れずの馬の骨しかいない。男も女もただ身をもちくずしているのではなく、「もちくずして」初めて成立するようなぎりぎりのバランスの身を持て余している。そしてそのあやうさを身代金に、無謀な賭にでるのが宿命となっている。中本の血の過剰性が、北海道や南米の先住民、マイノリティを交わり通じさせ、世界を「路地化」していく。オリュウノオバに安堵を与える「何者か大きなもの」とは、そのようなユートピア像だった。そこには蓮の池に象徴される極楽のイメージが重なっている。中本の一統の残忍さや淫欲や詐欺や盗みが全て清められるのは、もっぱらオリュウの祈りによる。またそこにこそ並の悪党小説にはない宇宙的な救済が見えてくるのだ。

「ことごとくがオリュウノオバの眼の内にあり、オリュウノオバは見ようと思えば藤一郎〔中本の一統の移民〕が、サンパウロでそうなように昔、山の端にいずこからかやってきて住みついた者らの顔が見え、それが波をうねるように人の数が増え続けたり減ったりしてサンジェゴにもサンパウロにもブエノスアイレスにも広がってゆくのが眼に見えるが、ただボウフラのようにわく生命が人の腹を裂くように圧しひろげてこの世のうたかたの夢の中に出てくるのに立ち会いつづけると、自分が生れてくる生命らの神々しさに眼を射られて盲い、耳が聴こえず、声が喉元で貼りつき固まってしまっている者だという気がし、それでなお一層仏様にすりより慈悲を乞いたくなる」（六三〜四頁、傍点引用者）

全能の透視者は、路地の者もかつて「山の端にいずこからかやってきて住みついた」のだし、日系移民もまた今、同じようにしてサンパウロに住みはじめたことを「眼に見」ている。移民と路地の歴史の「始まり」は、このような「ボウフラのようにわく生命」の長い長い流浪のひとこまとして交わり通じ合う。路地の歴史はずいぶん前に始まったが、それとてどこからか流れてきた者が始めた。もちろん藤一郎がサンパウロの歴史の最初にいるのではない。その前にイタリア人が、ドイツ人が、ポルトガル人が同じ「山の端」に現れたのだし、その前から住んでいたインディオもいる。ヒロポン中毒の三好に向かって、「血管は血の他に異物などいれるものではないとも言わない」（五一頁）老婆は、インディオもさらに昔は別のものと交じり合い、別のところから移動してきたことを知っている。「国や民族が最初からあったのでなく次々に滅んだり現われたりした」（一九八〜九頁）のだから、国や民族に絶対的な根拠はない。血はもとより「濁って」いるのだ。「四民平等」は法律によってではなく、世界の混血化によってしか実現されない。だからこそオバは世界中に路地の生命が広がり続けることに気持ちの安らぎを覚える。南米で天女とまぐわってきた「新一郎は中本の高貴な腐り澱んだ血をそこに置いてきた」（一九八頁）ものだとオバは考えた。「血を置く」というあまりみない表現に注意したい。日本の海外移民は貧農対策に困った政府が講じた近代に特有の人口移動だが、「万年も億年も生きてきたよう」なオバは特別視せず、そのことよりも腹を裂いて出てくる一人一人の生命の個別性にこそ全身の感覚を奪われてしまうような「神々しさ」を感じ、仏の「慈悲」を乞う。「何をやってもよい、そこにおまえが在るだけでよい」(五〇頁)。オリュウノオバの考えは、根拠なき存在そのものをあたうる限り寛容に認める。彼女の「悪の哲学」によれば、因果応報だけで中本の若者の早死や奇形を説明できるとは考えていない。それだけでは今また若衆が一人「澱んだ、いやそれゆえに浄らかな血によって徐々に亡びていくのを止める事も出来ない」(五〇頁)からだ。六人の若衆の死の日付けだけが、物語を流れる特定されざる時間に刻み目をつけていく。オリュウノオバは時空を超越していると同時に、この個別的な生き死に立ち会い、一つ一つ寿ぎ、鎮魂していく。その祈りの深さは、宣長を引用しながら江藤淳(河出文庫解説)が説くような意味では「日本的」ではない。

この物語に「日本的な日本人」、「日本そのもの」を見る江藤淳を私は受け入れることができない。自らを「日本人」と規定する被差別民が、路地の外の「日本人」を集めて「優秀なわが民族の子種を人類の平和のために貢献させる事」を誓いの第二条とする鉄血会を結成することの際どい価値観の二重、三重の反転を彼は見ずに、すぐさま宣長の「直情径行」——「君は本より真に貴し、その貴きは徳によらず、もはら種によれる事にて」——に結びつけてしまう。路地とは、また路地を流れる血とはそのような純粋な日本的なるものの「反対側」にある異物の濃密に混濁した超現実である。江藤は「凡テ万ノ物ニ、貴賤の別ハ無事ナリ」という市川多門の言を否定的に引用しているが、むしろこちらこそ、路地の哲学そのものではないか。

オバにいつも添うように登場し、現実主義的な言葉しか持たない亡夫礼如さん。語り部の分身であり、毛坊主で字を読めるが格別の記憶力を誇らず、有限の命をもち中本の一統でもある「普通の人」が体現する民衆仏教の下世話な奥深さこそが、世界各地に飛び地をつくる路地のとどまらないらせん運動に力を与える。それはもはや「真心」や「直情径行」など、評論家が神代の昔にさかのぼって発見した日本の固有性にしばられない脱領土的な運動と呼ぶしかない。中本の血を持つ者とは自らすすんで非＝国民を名乗り、国や民族の起源を信ぜず、飛び地の彼方に散っていく者なのだ。ブエノスアイレスまでも、サンパウロまでも。

＊ 本章は『ユリイカ』一九九三年三月号掲載の拙文に少し筆を加えた。

あとがき

そのひとたちが話しかけてくることがある、夢の中で。
深い思いに沈んでいる時には　こちらのこころが
声を聴く、たまさかながら
（カヴァフィス「声」、中井久夫訳）

この巻のなかで最後に完成したのが、山里アウグストの章だった。『七人の出稼ぎ』を早い時期に読み、比類なき作家とわかったが、仏教の伝道というあからさまな意図を、どう文学的に評価できるか見当がつかなかった。正直に言えば、どこまで本気で読めばよいのか判断に困った。そのため当初は老いて爆発した四人の個性的作家の一人として、小説史の最後で扱ったにすぎなかった。しかし二〇一一年二月、自宅を訪問して考えは変わった。インタビューに備えて、移民史料館の机に『ニッケイ新聞』を積み上げて『東からきた民』を粗読みし圧倒された。そして実際に会い、眼を患いながらも相変わらず、仏心を広めようと物を書いている姿に感動を覚えた。長編第三作『カーマ（業）』の表紙を見せてもらい、次回読ませてもらう約束をして別れた。

帰国後、二本の長編を軸に山里論を書き始めた。人物が因果応報を受けるだけでなく、主人公がそう明言し、読者に説教する狭義の仏教小説と定義し、マンガじみた筋立てを、明治の政治小説の隔世遺伝と捉えた。作家当人のあずかり知らぬ部外者の妄論である。何人かの専門家に訊いたが、こういう突拍子もない仏教小説は読んだことがないというので、面白がって、空想解脱小説と命名した。山里の初期短編と後期長編のスタイルがあまりに違うことに戸惑っている時に、エドワード・サイードの遺作『晩年のスタイル』に出会った。彼の自伝や記録映画（佐藤真監督）に接していたから、仕事盛りで白血病を宣告された知識人の「晩年」の重さが、読む前から頭を離れなかった。どう予告された、理不尽な早世を納得したらよいのか（宿命的に最晩年にいることを知りながら）、思索したに違いない。彼は「遅れた」と晩年と死が英語ではlateという一語で通じ合うことを、何人かの芸術家の晩年に共通するスタイルから考え抜いた。概念の発明が哲学者の仕事であるなら、この本は日常語を思想用語に磨き上げた輝かしい哲学的成果である。彼が光をあてた文学や音楽については不案内で、深い理解は望めないが、概念の表層は、湯葉のようにかろうじて汲み上げることができたと信じたい。本体の豆腐の方は専門家に任せるしかない。

サイードを読みながら、沖縄系の日曜作家もまた、もうすぐ完全に失明して好きな読み書きを放棄しなくてはならないこと、そこに至る前か後には「お迎え」がやってくることを初対面の日本人に語ったことを思い出した。二〇世紀後半の最高峰の知性と裾野の作家を並べるのは不釣合い（あるいは不謹慎）そのものかもしれない。しかし死は最後の民主主義という言葉もある。「時代錯誤性と変則性」が「晩年の（遅れた）スタイル」の特徴であるとも書かれている。そこから晩年に突然、長編に取り組んだという共通点を持つ山里とランペドゥーサを比較してみた。文学的到達は天と地かもしれないが、二人とも「アマチュア」として、文壇の主流から外れた「時代遅れ」のスタイルを使って同時代を批判した。

「遅れ」の概念に私が感応したのは、日系ブラジル社会と出会うのが「遅すぎた」とよく後悔してきたことに関わる。一九九一年、初めてブラジルを訪れた時には既に最後の日本映画館は閉じ、有名な弁士や作曲家は亡くなり、六〇年代に有名だった「コロニアのひばり」も消息不明だった。それでも多くの関係者から話を聞くことができ、音楽や映画に関する二冊を仕上げることができた。当時は遅すぎたと残念がったが、その方々も今ではほとんど亡くなり、あの頃に調査してよかったと思う。文芸人と本格的に会うのは二〇〇七年からで、多くの書き手は既に旅立っていた。一九九一、二年に移民文芸に少しでも興味を持っていたなら、戦前の書き手にもっと会えたのにとよく悔やんだ。ブラジルの日本語社会のように高齢化が明らかな集団についてのエスノグラフィーは、生者を通して死者を語らせる技法だと思えてならない。「遅れてきた」無念は調査する側の勝手で、話し相手はいつでも「自分の」タイミングで生きている。悔しがろうが懐かしもうが、書いているのは現在しかありえない。

先ほど、山里アウグストに会って読み方が変わったと述べた。文学観や人生観や私的な事柄を教わっただけでなく、姿と声に接した体験、仏画や仏像のある居間を見た体験もまた彼の作品を読みなおし、書きなおすうえで大きな支えとなった。作者の声で小説を黙読したからといって、議論が深まるわけではない。しかし作品への愛着が増し、脳内の対話の相手が具体化し、長時間の黙考が苦しくなくなるのも経験的に正しい。文芸研究を自称する以上、書かれたテクストが最優先の資料だが、インタビュー記事が皆無の日曜作家の場合には、個人的なつながりを持つこともかなり重要だ。職業文芸人と異なり、作品外の知識を得るのは困難だからだ。

実際に会うと、作からはうかがい知れない文学的情熱を持っていたり、作以上に驚きに満ちた人生を歩んでいたり、書かなくなってからの心境を語ってくれたりと、つねにこちらの蒙を啓かれる。「作者は生きている」。人柄、雰囲気としか言いようのない印象が、発表された文のたたずまいを補強したり裏切ったりすることも、取材の醍醐味である。文芸の会に出席しては、世間話をじっと聞き、人間関係や一般的な物の考え方、人生の姿勢を学ぶ。こうした無形の内容が本書に直接反映しているわけではない。立ち話に終わった書き手も多い。そういう場合でも書く時の背板、強い言葉でいえば倫理になっていると思う。「遅れてきた」という後悔を和らげ、今書いていることを正当化してくれたのは、生きた書き手とのつきあいだった。うまく間に合ったのだ。

「作者は死んだ」という六〇年代フランスで生まれたテクスト至上批評の殺し文句がある。たやすく死なない巨匠相手ならそれもよい。しかし無名の生きた作者の恩恵を蒙っていると、警句としてでも拒絶したい。私は逆に死んだ作者に会いたい、忘却から甦らせたいという素朴な信念に導かれて、本書に取り組んできた。実際に会えたわずかな生き残りの背中に移民文芸百年の歴史を背負わせることで、山ほどの「先没者」を救い上げる。これは当人にも死者にもずいぶん迷惑な、部外者本位の妄想かもしれない。民俗学批判でいう「保護者意識」をきっぱり捨てられないことは認める。だがどんな水準であれ、文学として発表された作は、読者の反応を期待しないはずはないと私の常識は答える（よく「よかった」「つまらなかった」の一言さえかけてもらえないと、書き手から聞いた）。それが公的報告や報道文や儀礼文や私的な手紙や日記との根本的な違いで、文芸は一般に書かれたものによって人をつなぐし、つながりたいから書く（まったく孤立した環境で、ただ思うがままに書く――あるいは強大な第三者によって書かされているという妄想を抱いている――例外的な、病的な書き手もいないわけではないが）。

私は感想を公開する特殊な（職業的な）読者で、ブラジルの日本語社会の一角を占める文芸集団を、地球の裏側にある大きな日本語社会につなげたいという不遜な気持から本書を書いてきた。誰かに読まれなくては、文は死んでしまう。遺族が処分してしまえば、私家本の多くは物理的に消滅してしまう。句帳・歌帳は凡人の書簡や日記と同じく、灰になる。煙になってこそ、副葬品のようで、故人の愛用品にふさわしいのかもしれないが、なぜか残念に思う。仮に遺品としてパスポートや腕時計など思い出の品々と一緒に保存してあっても、遺族にはそこに何が書いてあるかわからない。あの気丈夫なリカルド宇江木でさえ、二世の妻の忍耐と献身に感謝しつつ、自分の作を読んでもらえないことにやや落胆の溜息を洩らしている。日本語生活には困らないが、読み書きのできない二世と結婚した老俳人は、俳句のわかる、いやせめて日本語を読める妻を欲しかったとこっそり洩らした。日曜画家にはない悩みだろう。市場価値のない素人絵を形見に差し上げたり、受け取ることは珍しくない。しかし不可解な文字の踊り場にすぎない紙の束はもらい手が少ない。配られずに終わった私家本を入れた段ボール箱を作者の遺族に見せてもらうと胸が痛んだ。絵と違って複製品なんだとわかっていても、粗末に扱えないし、行き場がない。継承されない言語の社会的縮小はこういう場面にも現れる。

サンパウロ人文科学研究所とブラジル日本移民史料館で多くの貴重資料を閲覧させてもらった。数度の渡航は国際日本文化研究センター、人間文化研究機構「日本関連在外資料の調査研究」プロジェクト、文部科学省科学研究費補助研究「ブラジルの日本語文学史」の助成によって実現した。伊那宏さんと大浦文雄さんには、資料提供者というより賢人としておつき合いいただいた。松井太郎さんは「晩年」の哲学を身をもって教えてくれた。

この三氏は本書の刊行をとりわけ強く望んでおられ、ずいぶん励まされた。心より感謝の意を表したい。前著に続いて島原裕司氏が上手に舵を取ってくれたおかげで、長い旅を終えることができた。

二〇一三年一月二十五日

細川周平

人名索引

あ 行

か 行

さ 行

た 行

な 行

は 行

ま 行

や 行

ら 行

わ 行

事項索引

あ 行

か 行

さ 行

た 行

な 行

は 行

ま 行

ら 行

わ 行

著者略歴

（ほそかわ・しゅうへい）

1955年大阪生まれ．国際日本文化研究センター教授．専門分野は，近代日本の音楽史および日系ブラジル移民文化．著書：『レコードの美学』（勁草書房 1990），『サンバの国に演歌は流れる――音楽にみる日系ブラジル移民史』（中央公論新社 1995），『シネマ屋，ブラジルを行く――日系移民の郷愁とアイデンティティ』（新潮社 1999），『遠きにありてつくるもの――日系ブラジル人の思い・ことば・芸能』（みすず書房 2008，第60回読売文学賞［研究・翻訳賞］受賞），『日系ブラジル移民文学 I ――日本語の長い旅［歴史］』（みすず書房 2012）ほか．

細川周平
日系ブラジル移民文学 II
日本語の長い旅［評論］

2013年 2月 8日 印刷
2013年 2月21日 発行

発行所 株式会社 みすず書房
〒113-0033 東京都文京区本郷5丁目32-21
電話 03-3814-0131(営業) 03-3815-9181(編集)
http://www.msz.co.jp

本文・口絵印刷所 萩原印刷
扉・表紙・カバー印刷所 栗田印刷
製本所 青木製本所

ISBN 978-4-622-07693-3
［にっけいブラジルいみんぶんがく］